國家社科基金重大項目"東亞楚辭文獻的發掘、整理與研究"（編號：13&ZD112）
江蘇高校哲學社會科學重點研究基地重大項目"《楚辭·九章》注釋的彙集整理"（編號：2012JDXM021）

東亞楚辭整理與研究叢書　主 編／周建忠

九章集注

上冊

許富宏 撰

 南京大學出版社

東亞楚辭文獻研究的歷史和前景
——國家社科基金重大項目開題報告

周建忠

　　文化是民族的血脈，是人民的精神家園。 中國優秀的歷史文化在中國特色社會主義事業和實現中華民族偉大復興的中國夢中，佔有十分重要的地位，具有很大作用。 以屈原辭賦爲傑出代表的楚辭，是中華民族優秀傳統文化中一份極爲豐厚、極其珍貴的遺產，對中國社會發展和世界文明進步，產生過巨大影響。 屈原是中國的，亦是世界的，其偉大的人格曾在東亞歷史上影響過一大批學者和仁人志士，成爲人類崇高精神的符號。 爲了深入推進楚辭研究，在更高的學術平臺對其全面探索，同時積極回應國家新時期的文化戰略，充分體現"走出去"與"請進來"的學術思想，提升國際學術交流品質和水準，增強中國學術的國際影響力，我們將受楚辭文化影響較深的整個東亞作爲研究的新視域，力求採用新的模式、新的方法，對日本、韓國、朝鮮、越南、蒙古等國的楚辭文獻進行全面發掘、整理和研究，通過構建新的文獻基礎，進一步挖掘與弘揚中國優秀傳統文化，推進楚辭研究全面發展。

一、 楚辭文獻研究的學術史梳理

　　楚辭在古代就流傳到朝鮮、日本和越南等國，在地緣文化相近的東亞國家甚爲歷代學人所珍視，因此東亞的楚辭文獻也極其豐富。

《楚辭》最遲在公元 703 年已經傳入日本，這在奈良時代正倉院文書《寫書雜用帳》中有明確記載。 到 9 世紀末，藤原佐世奉詔編纂《日本國見在書目録》。 這是日本現存最早的一部敕編漢籍目録，著録有關《楚辭》的著作共有六種，其中《楚辭集音》注明"新撰"，可見此時的日本學者在接受、傳播楚辭文本的同時，已經開始從事對楚辭的研究工作。 據日本學者石川三佐男先生統計，江户時期與《楚辭》相關的漢籍"重刊本"及"和刻本"達七十多種。

近代以來，日本也出現了爲數頗多的譯注和論著。 代表性的楚辭譯注有：橋本循《譯注楚辭》（東京岩波書店，1941），目加田誠《楚辭譯注》（東京龍溪書社，1983），牧角悦子、福島吉彦《詩經·楚辭》（東京角川書店，1989）等。 相關論著有藤野岩友《巫系文學小考：楚辭を中心として》（1950）、赤塚忠《楚辭研究》（東京研文社，1986）。 日本當代著名楚辭學者竹治貞夫不僅撰寫了《憂國詩人屈原》，編了《楚辭索引》，還出版了分量很重的論文集《楚辭研究》，集中闡述了他對楚辭的一系列精闢見解。

高麗王朝時期，騷體文學盛行一時。 當時有很多文人模倣楚辭創作辭賦，圃隱鄭夢周《思美人辭》就是一首騷體詩歌。 朝鮮王朝時期掀起了一股研讀楚辭的熱潮，當時著名詩人金時習曾模擬《離騷》寫了《擬離騷》《弔湘纍》《汨羅淵》，以此來諷刺當朝的奸佞之臣。

韓國的代表性楚辭譯本有：宋貞姬《楚辭》（韓國自由教養推進會，1969）、高銀《楚辭》（民音社，1975）等。 相關論著有柳晟俊《楚辭選注》（螢雪出版社，1989）、《楚辭與巫術》（신아사，2001）等。 在論文方面，范善君博士論文《屈原研究》、宣釘奎博士論文《楚辭神話研究》、朴永焕《當代韓國楚辭學研究的現況和展望》、朴承姬

《15世紀朝鮮朝文人楚辭接受研究》影響較大。

據初步調查，越南和蒙古亦存有楚辭文獻，有待發掘與研究。

楚辭在東亞的廣泛傳播及興盛研究也引起了國内學者的高度重視。 1949年後，越來越多的國内學者開始研究楚辭在東亞的傳播和研究情況。 如：閭宥《屈原作品在國外》（《光明日報》，1953年6月13日）、尹錫康、周發祥等主編《楚辭資料海外編》（湖北人民出版社，1986）是對海外楚辭學術史綜合研究的著作。 國内學者對日本楚辭學研究的主要成果有：崔富章論文《十世紀以前的楚辭傳播》《大阪大學藏楚辭類稿本、稀見本經眼録》《西村時彦對楚辭學的貢獻》，王海遠論文《論日本古代的楚辭研究》《日本近代〈楚辭〉研究述評》等。 在韓國楚辭學研究方面，徐毅、劉婧《楚辭在東國的傳播與接受》，鄭日男《楚辭與朝鮮古代文學之關聯研究》，琴知雅《歷代朝鮮士人對楚辭的接受及漢文學的展開》等都是比較有影響的學術論著。

近年來，南通大學楚辭研究中心將研究重點轉向東亞楚辭文獻的發掘、整理和研究。 筆者先後赴日本、韓國訪問調研，搜集到數百種楚辭文獻，並形成論文《大阪大學藏“楚辭百種”考論》《屈原的人格魅力與中國的端午情結》。 中心特聘研究員兼學術委員會副主任徐志嘯也數次赴日本考察，並於2003年主持國家社科基金項目“日本楚辭研究論綱”，出版著作《日本楚辭研究論綱》（學苑出版社，2004），發表學術論文《中日文化交流背景及日本早期的楚辭研究》《竹治貞夫對楚辭學的貢獻》《赤塚忠的楚辭研究》《星川清孝的楚辭研究》《中日現代楚辭研究比較》等。 中心特聘研究員兼學術委員會副主任朴永焕現任韓國東國大學中文系教授，長期致力於韓國楚辭文獻的搜集整理和研究，取得的代表性成果有：專著《文化韓流與中國、日本》（韓國東國大學出版社，2008）、《宋代楚辭學研究》（北京大學1996年博士學位論文），論文《洪興祖的屈騷觀研究》《當代韓國楚辭學研究的現況和展望》《韓國端午的特徵與韓中端午申遺後的文化反思》等。中心成員徐毅博士曾任韓國高麗大學訪問學者，千金梅博士先後獲得韓國延世大學文學碩士學位和文學博士學位，賈捷博士由國家留學基金委公派至韓國延世大學攻讀博士學位，他們都曾長期在韓國從事東亞楚辭文獻的搜集和整理工作。中心成員陳亮博士在英國倫敦大學亞非學院攻讀聯合培養博士項目期間，調查了東亞楚辭文獻在歐美傳播的版本情況。

本課題組所調查的東亞楚辭文獻共包括以下五種情況：其一，中國出版，東亞其他國家亦有收藏的楚辭學文獻；其二，中國出版，但在中國已失傳，僅存於東亞其他國家的楚辭學珍本；其三，東亞其他國家的刻本、抄本；其四，東亞其他國家出版的該國學者楚辭研究著作；其五，中國出版的東亞其他國家楚辭學著作。

據初步調查統計，日本現存的楚辭學文獻共有 313 種，其中中國版本 228 種（其中僅存於日本者 10 種）、日本和刻本 47 種、日本出版本國學者的研究著作 38 種，期刊論文 291 篇，學位論文 18 篇。韓國楚辭學文獻 406 種，其中中國版本 204 種、朝鮮版本 178 種（抄本 117 種、木刻本 23 種、木活字本 19 種、金屬活字本 19 種）。韓國出版楚辭學著作 24 種，期刊論文 122 篇，學位論文 26 篇。越南楚辭學文獻 37 種。蒙古楚辭學文獻 12 種。

總之，楚辭流傳兩千餘年，文獻研究與之相始終。兩千多年的楚辭文獻研究在文本的輯録、校注、音義、論評、考證、圖繪、紹述等方面都取得了令人矚目的成就，新時期的多學科綜合研究也有了一定的學術積澱。這都爲我們在東亞文化圈內對楚辭文獻進行更深層次的挖掘、整理和研究搭建了一個很好的學術平臺，奠定了堅實的學術基礎。 就東亞楚辭文獻研究而言，已有的相關研究存在以下不足：
（1）以往的研究往往側重於楚辭文獻的某一個方面，呈現出零碎、分
散、粗淺的狀態，缺乏全面性和系統性；（2）對東亞楚辭文獻發掘不
夠深入，對一些楚辭文獻的孤本、善本和同一著作的不同版本的發掘
亦嫌不足；（3）除中國外，東亞楚辭文獻整理和研究欠缺，日本、韓
國、朝鮮有所涉及，越南、蒙古等國文獻研究幾乎還是空白。 由此可
見，東亞楚辭文獻有著廣闊的再研究空間，如對東亞楚辭文獻進一步
調查、搜集、挖掘、整理，並精選珍本重新點校，對重要批評資料進
行彙集和品評，對代表性楚辭著作進行統計、標引、著錄、提要，對
楚辭文獻按類別進行學術史梳理，構建東亞楚辭文獻語料庫和注釋知
識庫，等等。 因此，對整個東亞文化圈內的楚辭文獻進行系統全面的
整理和研究有十分重要的學術史和文化史意義。

二、 東亞楚辭文獻研究的意義

（一）學術價值

第一，文本價值。 本課題發掘、考釋中國散佚的、留存在東亞其
他國家的楚辭版本，彙集日、韓、朝、越、蒙等東亞國家的楚辭注本
及批評資料等，所收作品不僅有楚辭文本，還有作家的注釋、研究、
品評、鑒賞、考證等，所採版本涉及中國刻本、和刻本、朝鮮本、越
南本、翻刻本，以及稀見的抄本等。 課題預期成果，較之已有的楚辭
彙編類學術著作規模更爲宏大，搜羅更爲廣泛，研究更爲深入，具有
集大成的價值。

第二，文化傳播學價值。 搜集整理東傳楚辭文獻，可借以了解古
代東亞文化的交通，探尋文化交流可能的策略，增進相互理解，推進

文化互信和繁榮。 如 1972 年中日恢復邦交，日本首相田中角榮訪華，毛澤東主席將《楚辭集注》作爲國禮贈送。 本選題作爲一種全新的楚辭研究方法的嘗試，旨在於整個漢文化圈大背景下對楚辭學進行重新審視與定位，以期客觀探索屈原及楚辭對世界文學的影響。 同時，研究成果也爲今後將中華文化更有效地推廣到世界提供經驗借鑒。

第三，闡釋學價值。 東亞楚辭文獻的詮釋傳統和話語模式可以不斷強化楚辭的經典地位。 以文獻來源爲架構梳理東亞歷代楚辭學文獻，揭示楚辭研究可能涵蓋的領域，可以幫助我們理解不同歷史階段知識、觀念狀況與經典的互動，理解文獻的構成、話語方式、體制特徵，進而準確地描述出經典生成的原理和發展脈絡。

（二）應用價值

第一，爲楚辭研究提供新材料、新思路、新方法，爲以後的深入研究提供更高的學術平臺。 正如傅斯年所言，海外學者"做學問不是去讀書，是動手動脚到處尋找新材料，隨時擴大舊範圍，所以這學問才有四方的發展，向上的增高。 ……我們很想借幾個不陳的工具，處治些新獲見的材料"。

第二，對楚辭教學亦有重要意義。 楚辭研究的視域超越了一鄉一國而擴大到整個漢文化圈，其所得出的結論自然不同凡響，這將有利於釐正以往的偏頗結論，更好地還原楚辭在東亞文化圈中的作用與影響。 同時，亦能更好地引導學生採用新鮮的學術方法與學術理念去觀照中國傳統文化。

第三，東亞楚辭資料庫的系統構建。 一是基於全面的資料；二是充分利用現代信息技術的優勢，從而有利於楚辭研究的深入，並極大地促進作爲中華文化精華之一的楚辭的普及。

（三）社會意義

第一，珍視人類文明重要遺産並擴大中華傳統文化的世界影響力。屈原是中國的，亦是世界的，其偉大的人格曾在東亞歷史上影響過一大批學者和仁人志士，成爲人類崇高精神的符號。因而，對於載錄其精神的文本文獻和研究文獻，我們應懷有强烈的歷史使命感去進行搶救性的發掘和整理，從而有利於中華優秀傳統文化的世界流傳，並强有力地呈現屈原對世界文化的貢獻。

第二，激發國人對中華傳統文化的自豪感，增强民族自信。東亞楚辭文獻不只是中國典籍的域外延伸，不只是本土文化在域外的局部性呈現，不只是"吾國之舊籍"的補充增益，它們是漢文化之林的獨特品種，是作爲中國文化的對話者、比較者和批判者的"異域之眼"而存在的。本課題以東亞楚辭文獻爲側重點，能够更爲客觀、翔實地展現屈原及楚辭在東亞文化中的地位和影響，從而進一步增强我們的民族自豪感，以期爲中華民族在傳統文化基礎上實現"中國夢"培育更强有力的民族自信。

第三，增强中華文化的軟實力，掌握跨文化交流中的學術話語權。屈原及楚辭對東亞文化的發展做出過重要貢獻是不爭的事實，本課題作爲集合性、綜合性、實證性的研究，以無可置疑、有理有據的成果，建立起與世界對話的平臺，從而掌握國際學術交流的主動權、主導權，實實在在推進中國學術的國際化進程。

三、總體框架

（一）總體問題、研究對象和主要内容

本課題所説的東亞更傾向於一個文化概念，主要包括日本、韓國、朝鮮、蒙古與越南等古代以中國爲中心的漢文化圈。 本課題研究的總體方向就是對東亞地區楚辭文獻做綜合性的搜集、整理與研究。研究對象就是東亞各國現有的與楚辭有關的文獻，如歷代楚辭的注本及其不同版本、楚辭圖譜、研究評論與學術劄記等。 研究的主要内容包括在調查並摸清東亞各國現藏楚辭文獻的數量、藏地、版本特點的基礎上，對東亞地區的楚辭文獻做系統性的研究，涉及編纂書目、撰寫提要、點校、影印等文獻整理工作；以專題形式對楚辭文獻在東亞的傳播與影響做系統的研究；進行東亞楚辭文獻的資料庫建設等應用性研究。

（二） 總體框架和子課題構成

課題的總體目標是對東亞地區的楚辭文獻做綜合性的整理與研究，子課題按照“文本”“研究”“應用”的原則對總課題進行分解：

子課題之一“東亞楚辭文獻總目提要”，將東亞地區各國所藏的楚辭文獻書目編成“東亞楚辭文獻知見書目”，内容包括書名、卷數、撰者、撰作方式、版本、存佚、叢書項等基本信息，爭取將東亞地區目前可見的所有的有關楚辭學的注釋、考證、評點、圖譜與研究等方面的著作全部收入，以“總書目”的面貌出現，以“知見書目”爲基礎，選取其中有代表性的著作撰寫提要。

子課題之二“東亞楚辭文獻選刊”，主要針對東亞地區各國所藏重要的楚辭文獻的注本、音義、考證、圖譜、劄記等著作，對東亞楚辭文獻進行分類整理。 精選東亞地區稀見的楚辭版本予以影印，對目前尚未有點校本的楚辭文獻予以點校，精選外文楚辭研究著作翻譯成中文。 影印、點校、譯介形成系列成果。

子課題之三 “東亞楚辭學研究集萃”，擬對東亞漢籍中的楚辭批評資料及東亞楚辭研究論文進行整理研究。 一是對東亞各國的楚辭研究資料進行全面彙編。 二是對楚辭研究的學術論文進行全面收集，編訂目錄索引。 精選重要的楚辭研究論文撰寫提要，展現東亞楚辭研究的趨勢和流變。 三是甄選有代表性的東亞楚辭研究論文，評騭得失，編訂出版。

子課題之四 "東亞楚辭學研究叢書"，研究楚辭在東亞地區的傳播及其對東亞文化的影響。 對楚辭作家中的 "專人"（屈原、宋玉、賈誼等）進行評價與研究，對東亞各國學者翻譯、介紹楚辭作品中的 "專篇"（如《離騷》《九歌》《天問》《九章》《九辯》等）進行研究，對東亞各國藏楚辭注本中 "專書"（如《楚辭補注》《楚辭集注》《楚辭韻讀》等）的收藏、翻刻與流傳等進行研究，對楚辭史上的熱點 "專題"（屈原生平、端午風俗與韓國江陵端午祭等）等進行研究。

子課題之五 "東亞楚辭文獻資料庫建設及應用研究"，利用現代信息技術手段，將東亞楚辭文獻進行數字化加工處理，既有利於東亞楚辭文獻的永久保存，有利於楚辭文獻的便捷傳播，也有利於學者的深入研究與利用，有利於普通受眾學習楚辭、了解楚辭。 開發東亞楚辭文獻系列資料庫、語料庫和注釋知識庫、智能檢索系統，以滿足不同使用者的學習和研究需求。 這些研究成果將以東亞楚辭文獻網絡資料庫和智能檢索平臺的形式展現。

四、 預期目標

（一）本課題研究將達到 "構建平臺，承前啟後" 的學術目標。構建一個包括東亞地區楚辭文獻的整理、學術研究、語義化智能檢索在內的研究平臺。 這個研究平臺將發揮承前啟後的作用，既對此前東亞楚辭研究做一個系統的總結，也為後來的楚辭研究者以這個平臺為基礎將楚辭研究繼續推向深入提供助力。

（二）學科建設發展上的預期目標。 爲楚辭學研究建立一個全新的研究模式，這個模式是包括中國文學、中國歷史、語言學、圖書館情報與文獻學等在内的跨學科的綜合研究模式。 這個模式可以爲詩經學、唐詩學等文學研究提供借鑒。

（三）資料文獻發現利用上的預期目標。 調查並披露一批楚辭文獻的稀見版本，將結集出版系列點校本，系統推出楚辭各相關領域的研究史，公布東亞楚辭文獻的資料庫和注釋知識庫。 這些預期成果都將爲中國古代文學與文化的研究提供重要的基礎文本與研究資料。

五、 研究思路、視角和路徑

（一）總體思路

第一，在對國内楚辭研究充分把握、對國内外楚辭文本全面比對的基礎上，對流傳在東亞地區的楚辭的珍本、稀見本等進行搶救性發掘和整理，以期更好地保存中華優秀傳統文化。 第二，對東亞的楚辭學成果進行全面調查和研究，探尋楚辭作爲中華精華文化在東亞得以流傳的原因等，從而更爲客觀地描述中華文化對東亞文明的貢獻，喚起國人更強的民族自豪感，進一步加強國人把優秀文化傳承下去的責任感。 第三，對楚辭文獻進行深入的數字化工作，理論研究與社會應用並重。

（二）研究視角

課題將以古代東亞漢文化圈爲背景，賦予楚辭文獻研究一個整體意義。 研究視野超越國別、語言、民族的限制，以中國現存的楚辭文本文獻、楚辭學研究爲重要基礎和主要參照，以現存的日本、韓國、越南的楚辭文獻爲側重點，形成不同於傳統文獻研究的新視野。 因爲東亞楚辭文獻是一個龐大而豐富的學術資源，它會提出許多新鮮的學術話題，與之相適應，必須用新鮮的學術方法和理念去解決楚辭在東亞流傳的實質原因、楚辭在漢文化圈的作用和影響等重要問題。

（三）研究路徑

第一，利用多種途徑調查和搜集國内外楚辭文獻。(1) 利用各種書目調查現存於東亞各國的楚辭文獻；(2) 利用現代信息技術進行搜索；(3) 實地考察東亞各國的各大圖書館、著名文庫以及私人藏書樓等，進行發掘和搜集；(4) 利用各種文集、詩話等古代文獻，進行查閱、精選；(5) 對發掘和搜索到的楚辭資料，採用購買、複印、拍照等方法收集。

第二，對收集到的楚辭文獻以編目、影印、點校等形式進行整理。(1) 將搜集到的楚辭文獻編成詳細書目，對現存東亞楚辭文獻進行統計和梳理；(2) 精選東亞地區楚辭文獻的善本、孤本，以及有價值的抄本等予以影印，給學者提供真實的原始參考文獻；(3) 對没有整理過的典籍甄選並予以點校出版，爲今後的楚辭研究提供便利。

第三，對收集整理的楚辭文獻及東亞學者的楚辭研究論著，進行系統的專題研究。 如楚辭發生學研究，楚辭經典著作研究，東亞楚辭代表作家作品研究，楚辭在東亞的傳播時間、途徑、方式，以及對東亞文學、文化的影響研究等。

六、 研究方法

（一）整理與研究同步進行

進行編目、精選、點校等整理工作的同時，進行撰寫提要、發表專題學術論文、撰寫系列研究叢書等工作，形成"邊整理邊研究"的模式。 涉及的研究路徑有目錄編制、版本考辨、輯錄散佚、影印點校、專題研究等。

（二）以文獻爲基礎的綜合研究

首先，立足載錄楚辭文獻的大量域外漢籍，有書目、史書、日記、文集、詩話、筆記、序跋、書信等，其中還包括課題組發掘的未曾公之於世的朝鮮文人出使的日記（燕行錄）、文集、詩牘帖等。 其次，重視中國典籍中關於楚辭文獻的記載，並與域外漢籍中的記載進行參證、互證、補證等。 既重視域外文獻，也不忽略中國典籍，最大範圍地搜集和整理東亞楚辭文獻，是本課題研究的一個基本原則。 最後，在充分調研這些材料的基礎上，對東亞楚辭學的新現象、新問題、新特徵等展開分析和研究。 綜合採用整理、例證、比較、闡述等多種分析方法以及調查、統計、演繹、歸納等研究方法。

（三）涉及多學科領域的綜合研究

本課題研究涵蓋的學科領域有中國文學、外國文學、圖書館情報與文獻學、考古學、語言學、世界歷史等。

（四）以漢文化圈爲背景的比較研究

本課題超越傳統的楚辭本體研究，放眼東亞，對楚辭在東亞的傳播、東亞古代學者對楚辭的批評與接受、近現代東亞楚辭學史、楚辭及楚文化對東亞各國文化的影響等進行研究。

七、 重點難點

（一）資料的調查與獲得

本課題涉及龐大的資料調查工作，各地公私藏書的調查與獲得任務艱巨，尤其是域外楚辭文獻中的善本和稀見本的影印涉及知識産權，其複本的獲取和得到影印授權有較大難度。此外，獲取複本的經濟成本也較高。課題組擬採用各種合理方法努力調查、獲取文獻，與各大藏書機構建立密切合作關係，爭取得到已建立合作關係的海外研究機構和中國政府駐外機構的大力幫助等。同時，加大文獻資料購買的經費投入。

（二）東亞楚辭文獻的整理與校注

東亞楚辭文獻中的一些抄本、稿本十分珍貴，同時整理與校注有一定難度。首先，有些版本本身的源流系統由於證據缺乏，其版本刊刻、流傳過程等難以考辨。其次，有些版本中的文字爲草書，在辨識上有一定困難。再次，一些文本正文爲漢字，疏解爲韓語或日語等，多語種的文獻亦給整理帶來一定難度。最後，校注域外楚辭版本時，整理者亦需諳熟中國楚辭學、東亞漢文學、訓詁學等。子課題負責人均爲一流的古代文學、古典文獻學專家。課題組成員大多受過域外漢籍研究的專業訓練，均爲博士或正、副教授，熟悉東亞各國的歷史文化，通曉日語、韓語、英語等，完全有能力協助子課題負責人，共同完成整理與校注工作。

（三）楚辭研究新模式的構建

以整個漢文化圈爲背景，突破傳統楚辭研究的既有模式，利用多學科的研究力量，對東亞楚辭進行首次全面的調查、整理與研究。楚辭作品中的“專篇”、作家中的“專人”、注家中的“專家”、楚辭學史中的“專題”研究，以及楚辭的東亞傳播與影響研究，是楚辭研究新模式的重要標志。本課題擬通過多層面的學術探索，爲楚辭學的發展構建一個更高的學術起點。

（四）資料庫建設和語義化平臺建設

多語種資料庫結構和規範的設計與建立，多語種語義標注和智慧檢索系統的開發是"東亞楚辭文獻語義化"的重點難點問題。目前各種基於本體的語義檢索系統，多停留在理論研究和部分領域實驗階段，對於古漢語，尤其是先秦文學作品的語義檢索，尚無成熟案例。實現字詞的語義半自動切分，設計基於規則的語義標引系統是擬解決的關鍵問題。本課題將利用現有的分詞技術，結合楚辭作品語義語法規則，開發基於楚辭語義標引訓練集的楚辭語料庫，構建楚辭注釋知識庫，建成多語種楚辭文獻系統平臺，利用最新技術方法和手段推進楚辭研究領域的信息技術應用。

八、創新之處

（一）在問題選擇上，具有東亞文化交流史的視域

首次將楚辭研究置於東亞漢文化圈背景下，以現有的楚辭文本和研究成果爲基礎和參照，比較研究東亞其他國家楚辭文本的存在情況及價值，揭示楚辭作爲中華傳統文化精華在漢文化圈的作用與影響。

（二）在文獻收錄上，做到"全"與"新"的突破

對東亞各國所藏楚辭文獻做全面系統的收集整理，調查足跡遍布東亞各國的大小藏書館所。同時，重視日、韓、越、蒙、朝等國的私人藏書，如韓國的雅丹文庫、日本的藤田文庫等。目前，本課題組已經掌握韓國楚辭文本 394 種，日本楚辭文本 313 種，越南、蒙古等國楚辭文本 49 種。其中不乏一些珍本和稀見本，如韓國國立中央圖書館藏《楚辭》光海君年間木活字本、日本京都大學人文研本館藏《楚辭》慶安四年刊本等。

（三）在研究方法上，綜合運用多學科交叉的方法

研究方法涵蓋文獻學、考古學、歷史學、統計學、文藝學、美學、文化學、比較文學、圖書情報學、軟件工程學等諸多學科的理論方法。此外，因爲本課題的研究理念是實證與研究相結合，在具體操作上，注重將縝密的實證上升到綜合研究，在確定事實的基礎上，發現事實與事實之間，甚至事實以外、事實背後的因果或聯繫，做到出土文獻與傳統文獻互證，考據與義理並重，體現出綜合性、系統性與學理性。

（四）在技術路綫上，建立"一體兩翼"的研究模式

以文獻整理爲"一體"，以研究與運用爲"兩翼"。本課題的研究成果不僅是東亞楚辭文獻的整理彙編，而且是對東亞楚辭研究史進行的分類研究，並開發東亞楚辭文獻資料庫，開創了文獻整理研究的新路徑。特別是東亞楚辭文獻資料庫建設，這是先賢整理和研究楚辭尚未涉及的全新領域，基於語義化的資料庫建設，將爲楚辭研究的深入與普及提供一個更便捷的信息平臺，亦有利於楚辭文本及研究資料的永久傳承。

目　録

　　屈原爲中華文明軸心時期文學領域充滿“理智與個性”的代表人物，其憑忠誠愛國情懷與堅貞純潔之個性創作出了《離騷》《九歌》《天問》《九章》等傑出詩篇，在中國文學史占有極高的地位。在屈原諸多作品中，《九章》對研究屈原生平與思想有重要意義。然相比《離騷》《九歌》等屈原作品而言，對《九章》的深入研究尚嫌不夠，這與《九章》地位極不相稱。爲了給學界研究《九章》提供系統的資料，決定編纂《九章集注》。在搜集整理此前各家注釋的过程中，發現一些問題，也有一些思考，現寫出來，供使用《九章》時參考。

一、節士爲《九章》主要人物類型

　　清代以前，關於《九章》的爭論幾未涉及各篇之真僞問題，而對《九章》篇次與作時作地諸問題討論較多。對篇次、作時、作地的界定，歷代注家均注意從作品的思想內容去着手，如黃文焕以《九章》中多有言及歲月，並以此爲綫索做出篇次重排；林雲銘等注意到《九章》各篇中言及東、南、西、北之方位，結合《史記》所言屈原流放之故實等排出篇次順序；蔣驥則注意到《九章》各篇所言山、水等地形、水文，如陵陽、夏水、漢水、沅水、湘水等，對《九章》各篇創作的時間、地點，以及由此而來的各篇次序上做出了新的編排。 這些探索取得了一系列的成果，給後人的進一步研究提供了重要啓發與參考。 然而由於時間久遠，各篇創作時間跨度長，資料也缺乏，各説亦有未盡完善之處。 如以歲月爲綫，則每年皆有春夏秋冬四季，皆有十二個月份，到底爲哪一年，很難有確定的答案。 以方位爲綫來界定也是一樣，以爲屈原先往東，就不能往西，在南即不言北，亦不能令人信服。 而陵陽是不是山名，本就存在爭議，以此判定屈原的行蹤及其創作，也不能令人完全信服。

過去人們研究《九章》，幾乎没有注意到《九章》中屈原稱引的人物有着明顯的特徵，即《九章》稱引人物幾乎均爲節士。 此爲解讀《九章》各篇創作時間、地點，確定各篇篇次的一個重要突破口。

節，《説文》：“竹約也。”原指竹節。 節士，指堅持氣節之士。節士乃先秦時期一重要群體，其事蹟集中見於劉向《新序·節士》篇。 此外，《左傳》《史記》及先秦諸子作品中亦常有見到。 在《九章》中，節士人物主要有：

申生。 見於《惜誦》，其云：“晉申生之孝子兮，父信讒而不好。”劉向《新序·節士》中載，晉獻公太子申生路行，遇蛇繞車輪，隨從以爲天降祥瑞，建議申生取代父親，自己即位，即所謂“得國”。申生曰：“不然。 我得國，君之孽也。 拜君之孽，不可謂禮。 見機詳而忘君之安，國之賊也。 懷賊心以事君，不可謂孝。 挾僞意以禦天下，懷賊心以事君，邪之大者也。 而使我行之，是欲國之危，明也。”遂伏劍而死。《節士》篇引“君子”曰“可謂遠嫌一節之士也”。關於申生事蹟，《節士》篇與《左傳》僖公四年、《史記·晉世家》不同。《左傳》與《史記》均記載申生乃受其父晉獻公寵姬驪姬謀害，有人諫申生曰：“太子何不自辭明之？”申生曰：“吾君老矣，非驪姬，寢

不安，食不甘。即辭之，君且怒之，不可。"亦有人諫申生曰："可奔
他國。"申生曰："被此惡名以出，人誰納我？我自殺耳。"不久，申
生自殺於新城。申生自殺事蹟，各本記載雖不同，然申生爲孝子，顧
國之安危，甘願受屈自殺，以免晉國受損，此點各本記載一致。申生
此品節當與《節士》篇許國太子類似，《節士》載許悼公"疾瘧，飲藥
毒而死"，太子"止自責不嘗藥，不立其位"，"專哭泣"，"未逾年而
死"。"故《春秋》義之"。申生與許國太子皆爲節士。

　接輿、桑扈。見於《涉江》，其云："接輿髡首兮，桑扈臝行。"
王逸《楚辭章句》注曰："接輿，楚狂接輿也。髡，剔也。首，頭
也，自刑身體，避世不仕也。桑扈，隱士也。去衣裸裎，效夷狄也。
言屈原自傷不容於世，引此隱者以自慰也。"王逸將接輿、桑扈解爲
隱士，隱士歸隱亦爲節士表現之一種。胡文英曰："接輿、桑扈，蓋
皆賢人，知世不能用己，而托於狂放，以自隱者也。"接輿、桑扈對世
俗不滿，不願同流合污而避世隱居，有堅持氣節的意蘊在內，爲節
士。接輿被皇甫謐列爲高士，皇甫謐《高士傳》載："陸通，字接輿，
楚人也。好養性，躬耕以爲食。楚昭王時，通見楚政無常，乃佯狂
不仕，故時人謂之楚狂。"據皇甫謐《高士傳序》之説，高士乃從未入
仕途之士，其名節過於節士者。接輿既爲高士，雖不見於《節士》
篇，其爲節士也屬自然。

　伍子胥。見於《涉江》《惜往日》《悲回風》。如《涉江》曰："伍
子逢殃兮，比干葅醢。"《惜往日》亦曰："吳信讒而弗味兮，子胥死而
後憂。"《悲回風》："浮江淮而入海兮，從子胥而自適。"伍子胥事見
《左傳》《史記》等，王逸注曰："伍子，伍子胥也，爲吳王夫差臣，諫
令伐越，夫差不聽，遂賜劍而自殺。後越竟滅吳，故言逢殃。"伍子
胥忠心爲國，而吳王竟聽信讒言，賜劍而死，還把屍盛以鴟夷之革，

浮之江中。 伍子胥忠而不用，明知有危險，勇而直諫，被讒而殺，爲
節士之行。

比干。 見於《涉江》，王逸注曰："比干，紂之諸父也。 紂惑妲
己，作糟丘酒池，長夜之飲，斷斬朝涉，刳剔孕婦。 比干正諫，紂怒
曰：'吾聞聖人心有七孔。' 於是乃殺比干，剖其心而觀之，故言菹醢
也。"比干，爲商紂王叔父，《節士》亦載其諫紂作炮烙之刑事，"遂進
諫，三日不去朝，紂因而殺之"。 比干亦爲節士之一。

伯夷。 見於《橘頌》與《悲回風》。《橘頌》云："行比伯夷，置以
爲像兮。"《悲回風》也説"見伯夷之放跡"。 伯夷，亦節士。 王逸
注："伯夷，孤竹君之子也。 父欲立伯夷，伯夷讓弟叔齊，叔齊不肯
受，兄弟棄國，俱去之首陽山下。 周武王伐紂，伯夷、叔齊扣馬諫之
曰：'父死不葬，謀及干戈，可謂孝乎？ 以臣弒君，可謂忠乎？'左右
欲殺之。 太公曰：'不可。' 引而去之。 遂不食周粟而餓死。"朱熹、
汪瑗等皆同此説。《節士》載"伯成子高辭爲諸侯而耕"、曹國"子臧
讓千乘之國"、吳國延陵季子不受國君之位，皆爲節士。 故伯夷、叔
齊兄弟讓國，此行爲即爲節士之行。

介子推。 見於《惜往日》與《悲回風》。 其中《惜往日》云：
"介子忠而立枯兮，文君寤而追求。"《悲回風》曰："求介子之所存
兮，見伯夷之放跡。"王逸曰："介子，介子推也。 文君，晉文公也。
寤，覺也。 昔文公被孋姬之譖，出奔齊楚，介子推從行，道乏糧，割
股肉以食文公。 文公得國，賞諸從行者，失忘子推，子推遂逃介山
隱。 文公覺悟，追而求之。 子推遂不肯出。 文公因燒其山，子推抱
樹燒而死，故言立枯也。"介子推事亦見《節士》篇，内容與諸史記載
略有不同。 介子推因功而不受禄，即便死也不要被感恩，被列爲節士
之一。

彭咸。 見於《抽思》《思美人》《悲回風》。《抽思》："望三五以爲像兮，指彭咸以爲儀。"《思美人》："獨煢煢而南行兮，思彭咸之故也。"《悲回風》："夫何彭咸之造思兮，暨志介而不忘。"又曰："淩大波而流風兮，托彭咸之所居。"彭咸，被屈原多次提到，立爲效法的榜樣。 彭咸，傳統的注釋中亦解爲節士，王逸注曰："彭咸，殷賢大夫，諫其君不聽，自投水而死。"洪興祖《補》曰："顏師古云：彭咸，殷之介士，不得其志，投江而死。"介士，就是節士。 彭咸爲殷時節士。

申徒狄。 見於《悲回風》，其云："望大河之洲渚兮，悲申徒之抗跡。"申徒狄也被《節士》篇列爲節士，其云："申徒狄非其世，將自投于河，崔嘉聞而止之曰：'吾聞聖人仁士之於天地之間，民之父母也。 今爲濡足之故，不救溺人，可也？'申徒狄曰：'不然。 昔者，桀殺關龍逄、紂殺王子比干而亡天下；吳殺子胥、陳殺洩冶，而滅其國。 故亡國殘家，非聖智也。 不用故也。'遂負石沉於河。"

上述彭咸、比干、伯夷、申生、介子推、伍子胥、接輿、桑扈、申徒狄等人皆爲節士，乃《九章》中抒情稱引最多群體，爲《九章》抒情重要特徵之一。

二、節士爲《九章》各篇抒情核心

屈原在《九章》中選擇的歷史人物僅限於節士，有其明確之目的，即引節士爲同道，以節士爲知音。 如在《橘頌》中屈原表白要置伯夷以爲"像"，《抽思》中要"指彭咸以爲儀"。 屈原把自己視爲節士，明言效法歷史上的節士及其作爲。 劉向《新序·節士》篇即把屈原列爲節士之一。 因此，《九章》中的節士即爲屈原之自喻。 其通過節士身上體現出來的個性品質與人生追求來抒發己之情感。

第一，忠誠爲國。 節士的品質之一即以國家、國事爲重，忠誠於國家，在國家與個人私利的關係上，節士均毫不猶豫地選擇以國爲重，公而爲國，心甘情願地爲國犧牲。 如比干，《節士》篇載，紂作炮烙之刑，比干曰"主暴不諫，非忠臣也；畏死不言，非勇士也。 見過則諫，不用則死，忠之至也"，於是進諫，被紂殘殺。 比干爲節士，有爲國家事業不惜犧牲性命，通過個人犧牲來保全國家的安危，此即爲"忠"。 在屈原的作品中，忠誠國家有充分的表現。《橘頌》篇借頌橘表明自己"受命不遷，生南國兮""深固難徙"的愛國之情。即使在外流放時，詩人仍然關心時局，時刻想返回郢都，掛念國家的安危。 如《哀郢》即云："羌靈魂之欲歸兮，何須臾而忘反。"即使臨終將死，也要把頭朝向郢都，《哀郢》"亂詞"曰："鳥飛反故鄉兮，狐死必首丘。"屈原時刻不忘返回郢都，即爲對國家命運深刻關注與憂慮，乃忠於國家之表現。

在古代中國，由於家國同構的模式，君主往往代表國家，使得忠於國家往往與忠於君主相一致，忠君即忠於祖國。 屈原忠於國家更多地表現爲忠於楚王，尤其是楚懷王。《惜誦》云"事君而不貳兮，迷不知寵之門"，《哀郢》亦曰"楫齊揚以容與兮，哀見君而不再得"，表達了對楚國、楚君的忠心不二。《史記》載忠於國家，忠於君主，是屈原人格的重要方面，這一點從"節士"中得到有力證明。

第二，廉而不屈。"廉"之意爲若生於濁世，則不苟活。《節士》篇中載申徒狄"非其世"，負石沉于河，"君子聞之曰：廉矣乎！ 如仁與智，吾未見也。"申徒狄認爲其生活之世，不是一個明君賢臣相得益彰的時代，而爲賢人不用、奸臣當道之世。 如入仕途，則爲對自己品性的玷污，因而投河而死。 廉士的這種特徵，對理解屈原的作品十分關鍵。 過去關於屈原的死，有"殉國難"與"殉道"等多種説法，但是未注意屈原乃節士，未注意屈原對廉的認同，未注意屈原之死可能與他認爲生不逢時有關。 在《涉江》中，屈原説："鸞鳥鳳凰，日以遠兮。 燕雀烏鵲，巢堂壇兮。 露申辛夷，死林薄兮。 腥臊並禦，芳不得薄兮。 陰陽易位，時不當兮。"就是感慨自己生不逢時，抨擊當時楚國陰陽易位。《懷沙》中，詩人感歎"世溷濁莫吾知，人心不可謂兮。 知死不可讓，願勿愛兮。 明告君子，吾將以爲類兮"。 此之"君子"即爲節士，詩人明確地説出自己的死，是仿效節士，以節士爲同類。 因此，其投水而死應該就是仿效申徒狄，是對生不逢時的一種控訴，同時也表明自己廉而不屈的品行。

第三，清潔不汙。 節士皆注重個體人格尊嚴，重視人格修養，保持品質的純潔不汙。《節士》篇載黔敖不食嗟來之食而死，東方之士爰旌目誤食强盜送與之食，遂吐而死等事。"旌目不食而死，潔之至也。"《節士》篇説屈原"有博通之知，清潔之行"。 其云："屈原疾暗主亂俗，汶汶嘿嘿，以是爲非，以清爲濁。 不忍見汙世，將自投於淵。 ……遂自投湘水汨羅之中而死。"《節士》篇的記載在屈原作品中得到反映。《卜居》曰："甯廉潔正直以自清乎?"《漁父》："屈原曰：舉世皆濁我獨清，衆人皆醉我獨醒。"又曰："甯赴湘流，葬于江魚之腹中。 安能以皓皓之白，而蒙世俗之塵埃乎?"《九章》中以露申、辛夷等芳草來喻自己品性之高潔。 王逸説："《離騷》之文，依《詩》取興，引類譬喻，故善鳥香草，以配忠貞；惡禽臭物，以比讒佞；靈修美人，以媲於君；宓妃佚女，以譬賢臣；虬龍鸞鳳，以托君子；飄風雲霓，以爲小人。""善鳥香草，以配忠貞"，忠貞即爲節士之品質，王逸也認識到了此點。 對於屈原之清潔品質，劉勰《文心雕龍·辨騷》："蟬蛻穢濁之中，浮游塵埃之外，皎然涅而不緇，雖與日月爭光可矣。"給予極高評價。

第四，守信不變。《節士》篇多言節士守信之事，可見守信也是節士的重要品質特徵。如載延陵季子路過徐，徐國君看到延陵季子寶劍，"不言而色欲之"。後延陵季子歸國路過徐，準備把劍送給徐國君時，國君已去世，於是"季子以劍帶徐君墓樹而去"，以守信。又如柳下惠是魯人，齊攻魯，索要魯之岑鼎，魯國君送去一個鼎，齊國君不信此鼎乃真鼎，於是說"柳下惠以爲是，因請受之"。可見，柳下惠乃守信之人，連敵國的人也只相信他。節士守信對理解《九章》亦很重要。在《抽思》中："惜君與我誠言兮，曰黃昏以爲期。羌中道而回畔兮，反既有此他志。"亦對楚王失信加以譴責。在《惜誦》中，詩人說"言與行其可跡兮，情與貌其不變"，表白自己始終如一，守信不變。

第五，堅持正義。節士大都堅守正義，不畏邪惡。《節士》篇記載齊的太史群體，即爲節士堅持正義之典範。齊相崔杼殺國君莊公，"止太史無書君弒及賊"，太史不聽，"遂書賊"。崔杼已殺太史，"其弟又嗣書之，崔氏又殺之。死者二人，其弟又嗣復書之"。太史兄弟不懼強權，不畏死亡威脅，前赴後繼，堅持正義。不僅如此，"南史氏是其族也，聞太史盡死，執簡以往，將復書之，聞既書矣，乃還"。太史身上的正義感，乃節士標誌性品質之一。這對理解屈原個性及其作品，有重要啓發意義。在《惜誦》中，屈原即言"事君而不貳兮，迷不知寵之門"，不願爲了博得君主歡心而去阿諛奉承。又曰"欲橫奔而失路兮，堅志而不忍"，即便被放走投無路，也堅持自己的理想信念絕不放棄。《涉江》中說得更加直接："吾不能變心而從俗兮，固將愁苦而終窮。"在《九章》系列詩歌中，詩人足跡遍及長江南北，身歷春夏秋冬，"九年不復"，但一直未放棄正義，一直堅持理想，絕不同流合污，皆可以從持節角度得到解讀。 屈原作品之所以有打動人之巨大魅力，與其持節正義之品行密不可分。

第六，正道直行。 直亦爲節士共同特徵之一。《節士》篇載楚人石奢，爲楚主管刑法訴訟之官。 有一次在道上遇見有人殺人，於是追上去抓住了罪犯，然此犯人卻是自己父親。 於是石奢就放走了他的父親，親自到朝廷來認罪，說："殺人者，僕之父也。 以父成政，不孝；不行君法，不忠。"於是刎頸而死於朝堂之上。 孔子聽說了這件事，感慨地說："子爲父隱，父爲子隱，直在其中也。"《節士》篇又載晉文公臣李離，因爲誤判了案子，自求請死，晉文公百般阻攔，仍未攔住，"遂伏劍而死"。 石奢、李離，皆爲"直而不枉"的節士典範。節士的正道直行，在《九章》中也有充分的反映。《惜誦》曰："行婞直而不豫兮，鯀功用而不就。"鯀之死，即因直。《離騷》云："鯀婞直以亡身兮，終然殀乎羽之野。"即使像鯀那樣亡死身滅，也不願放棄正道直行。

第七，勇於犧牲。 不惜死，爲節士一共同特點。《韓詩外傳》卷十曰："吾聞之，節士不以辱生。"在《節士》篇中，節士之死皆爲不願受辱，或節士被冤殺，如比干、齊之太史兄弟等；但大多數節士爲主動自殺。《節士》篇中載節士李離的故事，結局是"遂伏劍而死"。許悼公太子哭而死。 衛宣公之子，兄弟伋、壽、朔等爭爲死，結果"兄弟俱死"等。 不惜死對理解《九章》有重要啓發。 過去以爲屈原投水死爲效仿古人彭咸，因爲彭咸爲"賢大夫"，其死方式即投水，故屈原也投水，如此理解未能真正理解屈原投水之必然性。 彭咸乃"賢大夫"，更是"節士"，因此只有從節士的品質特徵上來加以解讀屈原投水之必然性，才是抓住了根本。 如《懷沙》："知死不可讓，願勿愛兮。 明告君子，吾將以爲類兮。""類"，即爲節士。 詩人自言將像節士那樣，準備自死，不再偷生。 至於死的方式，《惜往日》曰：
"不畢辭而赴淵兮，惜壅君之不昭。"《漁父》也說"赴湘流"，投水爲
節士屈原選擇死之方式。

節士具有忠誠爲國、廉而不屈、清潔不汙、堅持正義、正道直
行、不惜死等精神品質，節士擁有的這些品質即爲屈原之品質，節士
追求之"節"亦爲屈原所終身追求之目標。 王逸在《楚辭章句·離
騷·後敘》中即評價說："人臣之義，以忠正爲高，以伏節爲賢。"屈
原由"求節"而"伏節"，借節士群體來抒發自己的情感。 節士身上
具有之特點，自然即成爲屈原之特點。 人們對比干、伯夷、伍子胥、
申生、介子推等人的理解與認識，也就變成了對屈原的理解與認識，
如此，屈原借歷史人物中之節士充分地表達自己的思想與情感。 節士
群體選擇從節有其社會背景，比如比干、伍子胥等遇昏君；申生遇讒
佞；介子推捨身爲君而不求任何回報；接輿與桑扈不活於濁世等。 這
些也成爲解讀屈原品質與社會背景之重要參考。 可以說，《九章》乃
屈原立志爲節士之歌。 在《離騷》中，屈原對自己的一生作了回顧，
並對未來進行展望，其云："路曼曼其修遠兮，吾將上下而求索。"對
今後人生之路作出規劃。《離騷》又曰"悔相道之不察"，要"回朕車
以復路"，此所復之路爲何種之"路"？《九章》諸多篇中揭示了答
案，即成爲節士之路。 劉向《新序·節士》篇將屈原列爲節士，即是
對屈原一生作了最確切的概括。 屈原在去職之後，即以節士身份度過
餘生。 然而在去職前後，走上節士道路之前，屈原經歷過激烈思想鬥
争，此種思想鬥争在《悲回風》中得到集中反映。《九章》之中，歷代
注家均公認《悲回風》最難讀，其實未能把握《悲回風》即爲屈原在
"入世"與"持節"之間思想鬥争。 當然，屈原也并非直到被逐之前
才意識到要立節走節士之路，他此前對節士也存在高度的欣賞與認

同，而最後投江自殺也是節士行爲之表現。因而可以"節士"爲切入口，對《九章》内容及篇次、作時、作地等作出進一步深入研究。

三、《九章》各篇繫年與次序

今本《九章》次序爲王逸所定，首《惜誦》，次《涉江》《哀郢》《抽思》《懷沙》《思美人》《惜往日》《橘頌》《悲回風》。至於爲何爲如此次序，湯炳正曾説："（《九章》）作爲先秦古籍的篇次，在漢代還是極不穩定的這一歷史事實。因爲《九章》既非屈原一時一地的作品，因而纂輯者只得根據自己的判斷來編排各篇的次第。"根據湯炳正考證，王逸所定之篇次乃繼承漢代流行之本，並未有專門考訂。其後注家多從王逸。至明黄文焕則對此提出疑問，他在《楚辭聽直·合論》中曰："余從《九章》中，詳稽其歲月，自非一時所作。然既有歲月，則《九章》次第自當以何歲何月爲先後。王逸原本殊爲淆亂。朱子因之未改。余以詳稽，遂爲更定。《惜誦》之後，次以《思美人》、三《抽思》、四《涉江》、五《橘頌》、六《悲回風》、七《哀郢》、八《惜往日》，而以《懷沙》終焉。"黄文焕以《九章》各篇叙及年歲、季節、月份爲綫索，將各篇排序，打破了王逸以來的序次，有石破天驚之效。林雲銘、高秋月等承之。後蔣驥據各篇題意重新序次爲首《惜誦》、次《抽思》、次《思美人》、次《哀郢》、次《涉江》、次《懷沙》、次《橘頌》、次《悲回風》、終《惜往日》。此爲清前有代表性之説法。民國以來，學者亦各有所次，另有解説，兹不具論。今以節士爲綫索，根據各篇言節士之情感及立志爲節之矛盾，結合"莊蹻暴郢"之史實，另行考訂篇次並編年如下：

懷王十六年，《惜誦》。《惜誦》主旨可以一個"忠"字概括，全篇有自表忠心，以正視聽之意。 開首云"所作忠而言之兮，指蒼天以爲正"，次曰"竭忠誠以事君，反離群而贅疣"，又曰"思君其莫我忠，忽忘身之賤貧""忠何罪以遇罰兮，亦非余之所志"，最後結以"吾聞作忠以造怨兮，忽謂之過言"。 從首至尾，五次言"忠"，可見篇中以"忠"爲主旨，詩人反覆在表白忠心，以正視聽，篇中有云"恐情質之不信兮，故重著以自明"亦是此意。 這説明，此篇之創作背景當爲詩人已被楚王所懷疑，受到了冤枉，而加以辯解之詞。 結合《史記·屈原列傳》，當是上官大夫讒屈原"每一令出，平伐其功"，"王怒而疏屈平"之事，與《離騷》"荃不察余之中情兮，反信讒而齎怒""指九天以爲正兮，夫惟靈修之故也"類似。 故此篇當爲屈原既疏之後而未放之前作，今繫於懷王十六年。 然篇中亦提及節士申生，贊其"孝"行，此亦與"忠"相呼應。 屈原有節士情結，慕節士之行，自幼而然也。

懷王十八年，《橘頌》。《橘頌》在文體上承於《詩經》之頌，而改頌人爲自頌。 關於《橘頌》的創作時間，當以文中"閉心自慎，不終失過"及"年歲雖少"爲依據。"閉心自慎，不終失過"暗示屈原已經被疏不在左徒之位。 故此篇當作于懷王十六年後。 屈原被疏之後，楚懷王即被張儀所騙，隨即發兵攻秦，懷王十七年與秦戰於丹陽、藍田，楚均大敗，且韓、魏亦出兵攻楚，而齊不救。 楚兵被迫撤回。事實證明，一旦不用屈原主張的"聯齊抗秦"之策，楚即喪師失地。同時也證明，屈原被疏不是屈原自身過錯，此即"不終失過"。 不久，即懷王十八年，屈原使齊，重結齊楚聯盟。 楚危險暫時得以解除，迎來短暫的和平局面，故從文中情感不是特別消沉。 由於屈原一貫主張"聯齊抗秦"，屈原與齊君臣關係勢必良好。 此次使齊，屈原又不在左徒之位，楚國內必有人懷疑屈原有可能使齊不還。 詩人爲了打消人們的懷疑，表白一心忠於楚國，寫下了此篇。"橘生淮南則爲橘，生於淮北則爲枳"，楚在淮南，齊在淮北，屈原借當時的俗語言自己不會背叛楚國而被齊國所用。　正是有此篇銘志之作，懷王才放心讓屈原使齊，再次締結齊楚聯盟。　而"年歲雖少"亦符合彼時屈原之年齡，故將《橘頌》繫於懷王十八年使齊之前。　一般認爲，屈原在懷王十六年不任左徒之後，擔任三閭大夫之職。　綜合起來看，將《橘頌》斷爲原任三閭之職時所作較爲合適。　本篇亦提到節士伯夷，言"行比伯夷，置以爲像"，屈原以伯夷之節士高行，喻己之才情、品格與人生追求。　爲流放沅湘流域之後徹底選擇節士之路作鋪墊。

懷王二十八年，《哀郢》。懷王二十七、八年間，五國伐楚，戰於垂沙，楚軍正與秦、齊等軍隊對陣。　因垂沙大敗，將軍唐昧戰死。　前綫戰事不利，楚懷王命莊蹻在郢都掘軍人家屬之墓，去軍人之籍。《尉繚子·重刑令》曰："將自千人已上，有戰而北，守而降，離地逃衆，命曰國賊；身戮家殘，去其籍，發其墳墓，暴其骨於市，男女公於官。　自百人已上，有戰而北，守而降，離地逃衆，命曰軍賊；身死家殘，男女公於官。　使民内畏重刑，則外輕敵。　故先王明制度於前，重威刑於後，刑重則内畏，内畏則外堅矣。"《尉繚子》所言之軍事法令乃戰國時期之軍法。　根據《尉繚子》所言，將軍若領兵千人以上，如有戰敗，則"身戮家殘，去其籍，發其墳墓，暴其骨於市，男女公於官"。　而懷王二十七、八年間連連戰敗，垂沙之戰更是大敗。　爲了達到"内畏則外堅"的政治效果，執行軍法，懲處戰敗之軍事首領，懷王下令掘墳墓，暴尸骨，没籍充公。　莊蹻爲楚之將軍，領命執行。　此即歷史上有名的"莊蹻暴郢"。"莊蹻暴郢"之"暴"即"暴尸骨"之"暴"，非殘暴之"暴"。　按照《尉繚子》的説法，掘墓這種懲罰必須涉及千人以上，所以"莊蹻暴郢"的這次掘墓，涉及人數應該超過

一千多個家庭，少説也有幾千人。 故引起的震動相當大，整個郢都都
處在混亂、恐懼與悲憤之中。 屈原也被卷入其中，與逃難的人群一起
離開郢都，向外逃亡。 古之禮，墓地一般均位於國都西方、西北方或
北方。 時楚軍將士家族之墓亦應在郢都之西北方，莊蹻暴郢引起震動
亦在此方位，故百姓逃難是向東行。 彼時除郢都混亂之外，楚國其他
地方尚爲"州土平樂"，并未受影響。 屈原已從懷王十八年使齊後，
不復左徒之位已九年，故將《哀郢》之作繫於懷王二十八年仲春。

　　懷王二十九年，《思美人》。篇中云"遵江夏而娛憂"，此點明屈原
活動地域在江夏之間，而非襄王放逐之沅湘之間。 與此同地之篇者，
還有《哀郢》。《哀郢》曰："去故鄉而就遠兮，遵江夏以流亡"，"過夏
首而西浮"。 地域即江夏間。 從方位上看，夏水、夏首均在郢都之
東，故《哀郢》曰"今逍遙而來東"。 本篇云"指嶓冢之西隈兮，與
纁黄以爲期"，相約在西方，也暗示詩人彼時也在東。 從情感上看，
兩篇皆有娛憂之情。《哀郢》曰："聊以舒吾憂心。"本篇曰："吾將蕩
志而愉樂兮，遵江夏而娛憂。"故本篇應作於《哀郢》前後。 從時間
上看，應爲懷王二十九年春。《哀郢》作於垂沙之戰莊蹻暴郢之後的懷
王二十八年春，此篇之作晚於這個時間。 篇中云"開春發歲兮"，説
明時間在過年之後開春之時，而非《哀郢》所説的仲春。 這只能是第
二年了。 由於莊蹻暴郢爲楚内部之事，不久當被平息。 莊蹻後又領
楚軍循江西上，轉烏江進入西南夷之地，後入滇爲王。 屈原對"莊蹻
暴郢"的事情心情是十分複雜的。 一方面，"暴郢"的事在楚國歷史
上很少發生，這次給郢都帶來巨大的動亂，故可"哀"；另一方面，懷
王下令這麼做也是執行軍法，屈原對依法辦事還是十分支持的。 正是
在這個意義上，懷王仍被屈原稱頌爲美人。 屈原再思美人，盼有機會
再行美政也。 事實也正如此，動蕩平息，原亦回郢都，復起用，而有

懷王三十年諫武關之事。 此篇今繫於懷王二十九年。

懷王三十年，《抽思》。此篇當於被放漢北時途中所作，篇中"有鳥自南兮，來集漢北"，又思郢曰"南指月與列星"，可證屈原彼時在郢都之北方，亦即漢北。 漢北爲楚故都郢、鄢所在，彼時未被秦占。屈原放漢北時間，當以懷王三十年諫武關之會爲準。 據《史記·屈原列傳》，懷王三十年，秦昭王約楚懷王會於武關，懷王欲行，屈平曰："秦，虎狼之國，不可信，不如無行。"懷王稚子子蘭勸王行，曰"奈何絶秦歡！"懷王卒行。 秦果伏兵武關，挾懷王入咸陽。 此次屈原進諫，在本篇中有多處可印證，如"茲歷情以陳辭兮，蓀詳聾而不聞""初吾所陳之耿著兮，豈至今其庸亡""憍吾以其美好兮，敖朕辭而不聽"等。 屈原如此反復言陳辭不聽，最終導致"庸亡"他鄉，只有諫武關之會與之相合。《抽思》又曰"與余言而不信兮，蓋爲余造怒"，造怒之事應指這次進諫不聽事，懷王遂放屈原於漢北。《抽思》篇後"亂辭"有"泝江潭""宿北姑""行隱進""狂顧南行"等語，可見作此篇時正在途中，亦即赴漢北途中。 故此篇今繫於懷王三十年。

頃襄王二年，《悲回風》。判斷本篇的寫作背景當以"夫何彭咸之造思兮，暨志介而不忘"一句爲標尺，此句透露了詩人欲學彭咸，立志爲一介士。 文中三次說到彭咸，除此之外還說："求介子之所存兮，見伯夷之放跡。"又曰："浮江淮而入海兮，從子胥而自適。 望大河之洲渚兮，悲申徒之抗跡。"彭咸、介子推、伯夷、伍子胥、申徒狄等人都是節士。 此篇如此多地說到節士，不忘彭咸志介，求介子之所存等，皆暗示屈原以節士自居。 彼時屈原還尚無必死之打算，故有"獨隱伏而思慮""孰能思而不隱兮"，一度有隱居之想法；又曰"任重石而何益"，不贊同申徒狄"驟諫"不成而立死。 立志爲節士，又不即死，當不爲絶命之辭。 屈原立志爲節士，當遭受政治上之打擊。

此當爲諫武關之會不成，反遭懷王流放漢北之事。 屈原被放之後不久，懷王入武關，被秦兵要挾至咸陽。 懷王入秦不歸，楚國内立頃襄王爲君，子蘭爲令尹，屈原徹底喪失了在政治上重起的希望。 彼時，屈原面臨人生道路之選擇，或去楚遠赴他國，或從俗同流合污。 然屈原均未實施，最終走上節士之路，立志作節士以度餘生。《悲回風》篇即屈原人生選擇節士之路的真實反映。 從時間上看，應爲流放漢北時期比較合適。 此篇今繫於頃襄王二年。 從篇次上看，約在《抽思》之後。

頃襄王三年，《涉江》。 頃襄王三年，懷王客死歸葬，屈原受命爲其招魂，在《招魂》篇"亂辭"中，有"君王親發兮憚青兕"一語，錢鍾書《管錐編》以爲"乃追究失魂之由"。 青兕爲青色之犀牛，當時被視爲神獸。 頃襄王至雲夢打獵，殺了青兕，此神獸作祟降殃於懷王，導致懷王客死。 故憚青兕乃極不祥之兆，有懷王之死隱喻責任在頃襄之嫌。 故"令尹子蘭聞之大怒，卒使上官大夫短屈原於頃襄王，頃襄王怒而遷之"。 上官大夫所短，應即《招魂》篇中指責頃襄憚兕之事，不然頃襄王也不會"怒"而"遷"之，因爲屈原言語確實觸及頃襄王之聲譽。 此次被逐，地點在江南之沅湘之間。 本篇即爲屈原流放江南途中所作。 屈原從鄂渚（今湖北鄂州）出發，向西行至洞庭，再向西南方向上沅水，沿沅水乘船溯水而上，在沅水的一個小灣枉渚上岸，再至辰陽（今湖南辰溪縣），上溯入溆浦，進入山林。 此地爲今湘西三苗界。 原涉江已然決定作節士，故篇中多言接輿、桑扈、伍子胥、比干等節士以明志。 今此篇繫於頃襄王三年。

頃襄王十六年，《惜往日》。 惜往日者，亦臨絶之音。 篇中曰"不畢辭而赴淵兮，惜壅君之不識"，正是投淵前之語。 篇中又曰"臨沅湘之玄淵兮，遂自忍而沉流"，可見，彼時詩人尚在沅湘之間，并未到達汨羅。 汨羅既不注入沅水，又不注入湘水，且沅湘注入洞庭湖之南，而汨羅注入洞庭湖之東，彼時屈原尚未到達汨羅也。 但已起意投水，篇中言"子胥死而後憂""介子忠而立枯"，皆言節士"死"事；又言"寧溘死而流亡兮，恐禍殃之有再"，亦定下赴死之決心。 但此時應未定投水之地點與時機。《懷沙》中已曰原於五月初五投汨羅，其時間、地點均爲精心選擇。 本篇只見投水起意，未見其選擇投水之時機與地點，故較《懷沙》爲早，今繫於頃襄王十六年。

頃襄王十六年，《懷沙》。此篇當爲屈原臨淵投水之前而作，爲其絕命之辭。 原謀投江久矣，然沅亦水，湘亦水，洞庭亦水，何以非至汨羅才投之？ 此不知汨羅水之走向也。 汨羅之水，自東向西流注於洞庭，且其離洞庭入江處未遠。 原念念不忘返回郢都，只此一水，在方位上可將尸體帶回郢都，此所謂狐死首丘之意也。 然汨羅注入洞庭，而洞庭水入大江，若投水，軀體不隨洞庭之水向東流乎，而何向西耶？ 此又決定於投水之時也。 原投水擇期爲農曆五月初五，彼時洞庭湖流域已然進入梅雨期，湖水普漲，水量大，水可西流至於郢都。 郢都即今湖北荆州，大江自荆州至岳陽爲荆江，爲蜿蜒性河道，有九曲回腸之稱。 河道北岸爲江漢平原，南岸爲洞庭湖平原，地勢都是十分低窪。 每年夏曆五六月間，大江梅雨期漲水，水位完全可以到達荆州。 此即爲屈原選擇在汨羅江、夏曆五月初五投水之原因。《懷沙》曰"滔滔孟夏"，時間上與農曆五月初五正合。 又曰"限之以大故""知死不可讓，願勿愛兮"等，皆爲臨絕之音。 因已定必死，而赴水亦爲節士之舉，契合節士身份。 篇中曰"進路北次"，即由沅湘之間北上至汨羅。 故定爲絕命之辭。 至於投水年份，亦當從節士身份去解。 屈原爲節士，持節而度餘生，如無大事刺激，則不會投水。 據《史記·楚世家》，頃襄十四年，頃襄王與秦昭王好會於宛，結和親。 十五年，楚與秦、三晉、燕聯手共伐齊，齊受到極大打擊，勢力受到很大削弱，不能繼續作爲楚可依賴聯手的對象。 且楚之最大敵人爲秦，楚竟然助最危險之敵人秦來攻最可依賴之齊，楚即將走上崩潰之道路。 且頃襄十六年，楚又與秦好會於楚之故都鄢。 總之，楚國距離滅亡已經不遠了。 面對國家如此局面，屈原不願意親眼目睹國之滅亡，憤而投水，以保故臣之節。 此篇今繫於頃襄王十六年。

四、 集注工作的幾點説明

在《九章集注》之前，已有游國恩先生《離騷纂義》《天問纂義》，從時代環境看，這兩部著作具有重要意義。 因當時信息閉塞，對大多數楚辭研究者來説，很多前代學者的注釋等資料很難見到，而由專人纂集提供給學界則乃惠澤學界之大事。

而今已進入信息時代，海量信息令人目不暇接，查找、購買、擁有與楚辭有關的各種資料是很容易的事，看起來再做這樣的工作似乎是没有什麽意義了，且最終成果被視爲二次文獻，在當前的學術評價體系中不被看好。 其實不然，因爲任何事物都有其兩面性，信息多，資料多，然時間有限。 在有限時間内，人們或进行碎片化閲讀，或是根據需要有選擇地使用資料。 且在資料不斷翻印的過程中，出現諸多的文字錯訛問題。 如果不是專業的文獻學專家，征引文獻不對版本作鑒别，則征引文獻的可靠性也就很值得懷疑。《九章》研究亦應是如此。 就資料而言，有關《九章》的資料以驚人的速度增多，可供核查的原始資料已甚爲豐富。 面對如此多的資料，真正做到將歷代注家所有的注釋都從頭至尾梳理一遍的仍爲少數，且能選擇最權威的版本來作征引依據的人則更少。 因此，無論是從系統化的知識來説，還是從專業化的文獻信息而言，做《九章集注》仍十分必要。

此前學術界已經出版的《楚辭集校集注》，頗便學者。然其個別注家注釋之版本選擇有值得商榷之處，且清前注家收錄未爲齊全。二十世紀楚辭研究者未經歷史評價，且注解重複、字句考證繁瑣者多。爲了提高質量，本着後出轉精之原則，我們另起爐灶，重新作集注。

二十世紀五十年代起，游國恩先生致力於撰寫《楚辭注疏長編》，原計劃分《離騷》《天問》《九歌》《九章》《招魂》五編。由於種種原因，最終只完成《離騷纂義》與《天問纂義》。在申請江蘇高校哲學社會科學重點研究基地重大項目時，原計劃做《九歌》，獲得了立項，并已經準備好《九歌》的各種版本資料，開始工作。後看到國家古籍出版規劃中有北京大學董洪利先生申請的《九歌纂義》，意識到不能重複，便申請改爲《九章》。爲了避免知識版權爭議，將成果名稱定爲《九章集注》。雖然名稱不同，但創意仍沿襲《楚辭注疏長編》，希望以此承續學術傳統。

此次作集注，在體例上仿游國恩《離騷纂義》與《天問纂義》，不對文字進行校勘，正文中有個別文字有異文，在文後以小一號字體附後。年代截至二十世紀末。文後有按語，對各家之説加以品評，並發表個人看法，以與《離騷纂義》《天問纂義》形成系列。與《楚辭集校集注》收錄諸家相比，元代增補祝堯《古賦辯體》、吳訥《文章辨體》，周用《楚詞注略》三家，明代增補于光華《重訂文選集評》、張京元《刪注楚辭》、李陳玉《楚詞箋注》、賀貽孫《騷筏》、周拱辰《離騷草木史》、王萌《楚辭評注》及王遠注、張詩《屈子貫》等七家及部分明人評點；清代增高秋月《楚辭約注》、吳世尚《楚辭疏》、許清奇《楚辭訂注》、王邦采《屈子雜文箋略》、賀寬《飲騷》、夏大霖《屈騷心印》、邱仰文《楚辭韻解》、丁元正《楚辭輯解》、陳遠新

《屈子說志》、江中時《屈騷心解》、姚鼐《古文辭類纂》、徐煥龍《屈辭洗髓》、張雲璈《選學膠言》、牟庭《楚辭述芳》、鄭知同《楚辭考辨》、顧錫名《屈子求志》、武延緒《楚辭札記》等十七家。當代楚辭學者增趙逵夫、潘嘯龍、周建忠三家，總計增三十家，争取將有價值的注釋均收入，以便學界使用。

本書撰寫時間跨度六年，在此過程中，趙師逵夫先生在注家的選擇、體例的確定等方面給予許多指導意見，并多次督促項目進展。對《九章》作品的理解，尤其是《哀郢》的創作背景與莊蹻暴郢有關的諸多觀點原是潘師嘯龍先生的觀點，潘師指導我寫論文時提出的，讓我獨立發表出來，體現導師無私奉獻的高尚師德。周建忠先生更是關注本書的進展，在定期開展的楚辭研究中心工作例會上，我都要向周先生匯報，聽取指導意見。周先生總是給予鼓勵，并將其列爲先生主持的國家社科基金重大項目"東亞楚辭文獻的發掘、整理與研究"成果之一，給予出版資助。我的研究生郭琳玥、趙迎迎也爲本書做了不少工作，南通大學楚辭研究中心陳亮先生在聯繫出版等方面付出了辛勞，在此一併致謝！

由於學力所限，諸家選擇或有遺漏之處，加之時間緊迫，文中錯誤與不當之處，在所難免，歡迎廣大學界朋友與讀者批評指正。

例　言

一、　本書的内容爲《九章》注釋之彙集，不涉及校勘。

二、　本書原文依洪興祖《楚辭補注》（中華書局一九八三年白化文點校本），個別明顯爲誤字者徑加校改，但不出校記。

三、　各家注釋所依據的版本如下：

王逸《楚辭章句》（洪興祖《楚辭補注》引），中華書局一九八三年白化文點校本；

郭璞《楚辭郭注義徵》，上海古籍出版社《胡小石論文集》一九八二年排印本；

李賀（《八十四家評楚辭》引），國家圖書館影印清乾隆聽雨齋刻本；

唐佚名《文選集注》，京都帝國大學文學部影印舊抄本；

蘇軾（《楚辭補注》引）；

洪興祖《楚辭補注》，中華書局一九八三年白化文點校本；

朱熹《楚辭集注》，上海古籍出版社二〇〇一年蔣立甫點校本；

劉辰翁（《八十四家評楚辭》引），國家圖書館影印清乾隆聽雨齋刻本；

王應麟（《八十四家評楚辭》引），國家圖書館影印清乾隆聽雨齋刻本；

祝堯《古賦辯體》，《四庫全書》本；

吳訥《文章辨體》，國家圖書館影印明嘉靖三十四年徐洛刻本；

宋瑛（《八十四家評楚辭》引），國家圖書館影印清乾隆聽雨齋刻本；

周用《楚詞注略》，國家圖書館影印清順治九年刻本；

桑悅（《八十四家評楚辭》引），國家圖書館影印清乾隆聽雨齋刻本；

張之象（毛晉《屈子評》引）；

汪瑗《楚辭集解》，廣陵書社影印明萬曆四十三年汪文英刊本；

王世貞（《八十四家評楚辭》引），國家圖書館影印清乾隆聽雨齋刻本；

孫鑛（《八十四家評楚辭》引），國家圖書館影印清乾隆聽雨齋刻本；

張鳳翼（《八十四家評楚辭》引），國家圖書館影印清乾隆聽雨齋刻本；

馮覲（毛晉《屈子評》引）；

陳繼儒（《八十四家評楚辭》引），國家圖書館影印清乾隆聽雨齋刻本；

陳深（毛晉《屈子評》引）；

焦竑（《八十四家評楚辭》引），國家圖書館影印清乾隆聽雨齋刻本；

徐師曾《文體明辯》，廣陵書社影印明萬曆十九年茅坤活字本；

林兆珂《楚辭述注》，廣陵書社影印明萬曆三十九年刻本；

陳第《屈宋古音義》，中華書局二〇〇八年康瑞琮點校本；

鍾惺（《八十四家評楚辭》引），國家圖書館影印清乾隆聽雨齋

刻本;

張京元《删注楚辭》，國家圖書館影印明萬曆四十六年刻本;

陳仁錫（《八十四家評楚辭》引），國家圖書館影印清乾隆聽雨齋刻本;

黃文煥《楚辭聽直》，廣陵書社影印明崇禎十六年原刻清順治十四年補刻本;

李成玉《楚詞箋注》，廣陵書社影印清康熙十一年武堂魏學渠刊本;

周拱辰《離騷草木史》，廣陵書社影印清嘉慶八年周氏家刻重刊本;

陸時雍《楚辭疏》，廣陵書社影印明末緝柳齋刊本;

金蟠（《八十四家評楚辭》引），國家圖書館影印清乾隆聽雨齋刻本;

王萌《楚辭評注》，清康熙十六年刊本;

賀貽孫《騷筏》，廣陵書社影印清道光二十六年救書樓刊本;

蔣之華（《八十四家評楚辭》引），國家圖書館影印清乾隆聽雨齋刻本;

蔣之翹（《八十四家評楚辭》引），國家圖書館影印清乾隆聽雨齋刻本;

毛晉《屈子評》《屈子參疑》，國家圖書館影印明萬曆四十六年毛氏綠君亭刻本;

錢澄之《屈詁》，廣陵書社影印清康熙間斠雉堂本;

顧炎武《日知録》，上海古籍出版社二〇一三年黃汝成《日知録集釋》本;

王夫之《楚辭通釋》，廣陵書社影印清同治四年湘鄉曾氏金陵節署刊本；

　　林雲銘《楚辭燈》，廣陵書社影印清康熙三十六年林氏挹奎樓刻本；

　　高秋月《楚辭約注》，國家圖書館影印清刻本；

　　佚名（《屈辭洗髓》引）；

　　徐焕龍《屈辭洗髓》，國家圖書館影印清康熙三十七年無悶堂刻本；

　　賀寬《山嚮齋別集飲騷》，國家圖書館影印清康熙華天章刻本；

　　陳銀《楚辭發蒙》，（陳本禮《屈辭精義》引）

　　張詩《屈子貫》，廣陵書社影印清嘉慶三年嘐城萬春堂刊本；

　　蔣驥《山帶閣注楚辭》，廣陵書社影印清雍正五年武進蔣氏山帶閣刻本；

　　王邦采《屈子雜文箋略》，廣陵書社影印《廣雅書局叢書》（清光緒二十六年）本；

　　吳世尚《楚辭疏》，國家圖書館影印明緝柳齋刻本；

　　許清奇《楚辭訂注》，國家圖書館影印清乾隆二十年刻本；

　　屈復《楚辭新注》，廣陵書社影印陝西通志館排印《關中叢書》本；

　　江中時《屈騷心解》，國家圖書館影印清乾隆三十六年刻本；

　　夏大霖《屈騷心印》，廣陵書社影印清乾隆三十九年一本堂刊本；

　　邱仰文《楚辭韻解》，廣陵書社影印清乾隆三十七年碩松堂刻本；

　　陳遠新《屈子説志》，國家圖書館影印大阪大學圖書館藏鈔本；

　　奚禄詒《楚辭詳解》，國家圖書館影印清乾隆九年知津堂刻本；

　　劉夢鵬《屈子章句》，廣陵書社影印清嘉慶五年黎青堂刊本；

　　丁元正《楚辭輯解》，國家圖書館影印一九五〇年《衡望堂叢書初稿》油印本；

　　于光華《重訂文選集評》，國家圖書館影印清乾隆四十三年啓秀堂重刊本；

　　戴震《屈原賦注》，中華書局一九九九年褚斌傑、吳賢哲點校本；

　　汪梧鳳《屈原賦音義》，廣陵書社影印清乾隆二十五年汪梧鳳刻本；

　　姚鼐《諸家評點古文辭類纂》，國家圖書館影印民國五年都門印書局鉛印本；

　　陳本禮《屈辭精義》，國家圖書館影印清嘉慶十七年裛露軒刊本；

　　桂馥《札璞》，清光緒十四年長洲蔣氏刊本；

　　胡文英《屈騷指掌》，國家圖書館影印清乾隆五十一年刻本；

　　牟庭《楚辭述芳》，國家圖書館影印清乾隆六十年雪泥書屋鈔本；

　　王念孫《讀書雜誌》，國家圖書館影印清嘉慶二十二至道光十一年刻本；

　　王引之（王念孫《讀書雜誌》引）；

　　曾國藩（《諸家評點古文辭類纂》引）；

　　方績《屈子正音》，國家圖書館影印清光緒六年罔閩舊齋重刊本；

　　方東樹（方績《屈子正音》引）；

　　張雲璈《選學膠言》，國家圖書館影印民國十七年上海文瑞樓書局、北平直隸書局影印本；

朱亦棟《群書札記》，國家圖書館影印清道光二年刻本；

朱珔《文選集釋》，國家圖書館影印清光緒元年涇川朱氏梅村家塾刻本；

胡濬源《楚辭新注求確》，國家圖書館影印清嘉慶二十五年務本堂刻本；

梁章鉅《文選旁證》，國家圖書館影印清光緒八年刻本；

姜皋（梁章鉅《文選旁證》引）；

顏錫名《屈騷求志》，國家圖書館影印清稿本；

俞樾《讀楚辭》《楚辭人名考》，國家圖書館影印清光緒二十八年刻《春在堂全書》本；

鄭知同《楚辭考辨》，貴州人民出版社二〇〇四年《鄭知同楚辭考辯手稿校注》本；

王闓運《楚詞釋》，國家圖書館影印清光緒二十七年《湘綺樓全書》刻本；

吳汝綸（《諸家評點古文辭類纂》引）；

孫詒讓《札迻》，中華書局二〇〇九年排印本；

馬其昶《屈賦微》，國家圖書館影印清光緒三十二年合肥李國松刻《集虛草堂叢書》本；

武延緒《楚辭札記》，國家圖書館影印清光緒二十九年刻朱印本；

梁啓超《楚辭解題及其讀法》，廣陵書社影印民國三十年上海中華書局鉛印本；

聞一多《九章解詁》，上海古籍出版社一九八五年排印本；

游國恩《游國恩楚辭論著集》，中華書局二〇〇八年排印本；

于省吾《澤螺居楚辭新證》，中華書局二〇〇三年排印本；

　　姜亮夫《重訂屈原賦校注》，天津古籍出版社一九八七年排印本；

　　饒宗頤《楚辭地理考》，台灣九思出版有限公司一九七八年排印本；

　　蔣天樞《楚辭校釋》，上海古籍出版社一九八九年排印本；

　　湯炳正《楚辭今注》，上海古籍出版社一九九六年排印本；

　　趙逵夫《屈原與他的時代》，人民文學出版社一九九六排印本；

　　趙逵夫《楚辭》，國家圖書館出版社二〇一九年排印本；

　　潘嘯龍《楚辭》，黃山書社一九九七年排印本；

　　周建忠《楚辭講演録》，廣西師範大學出版社二〇〇七年排印本；

　　四、本書所集之注，時間上自東漢王逸、下迄二〇〇〇年左右。清前注釋盡量羅列，民國以後選擇在楚辭學界影響較大者。入選標準爲對《九章》作注釋之著作及評點，個別注釋爲摘録學術著作；

　　五、全書原文及所輯各家注説均以繁體横排排印，通假字一律不改；各家注釋中明顯爲誤字者，則參考其他版本予以校正，不出校記；《九章》個別字句版本有異者，在此句後保留異文，以小一號字體標示；

　　六、所輯録的注釋，除王逸《楚辭章句》全文引用外，其他各家的説法，凡有重複的，原則上只取最早的一家，但後人若對前人的意見有所補充申説，或説得更準確，則酌情選入；

　　七、對所輯録的注釋，凡需要的地方作適當删減，而被删減部分，則不特别予以注明；

　　八、爲了查檢方便，本書把《九章》各篇篇題由篇末提至篇首，相關注釋與説明也作相應調整；

九、 有些舊注原爲雙行夾注，本書一律改爲單行注；

十、 編者在每則條目之下加有按語，除表明編者的理解外，也擇要對舊注加以評論，但不作一一表態，許多舊説存而不論，以便讀者鑒別。

九　章

王逸曰：《九章》者，屈原之所作也。屈原放於江南之壄，思君念國，憂心罔極，故復作《九章》。章者，著也，明也。言己所陳忠信之道，甚著明也。卒不見納，委命自沈。楚人惜而哀之，世論其詞，以相傳焉。

李周翰曰：原既放逐，又作《九章》，自述其志。九，義與《九歌》同。

李賀曰：其意悽愴，其辭瓌瑰，其氣激烈。雖使事間有重復，然臨死時，求爲感動庸主，自不覺言之不足，故重言之，要自不爲冗也。

洪興祖曰：《史記》云："上官大夫短屈原于頃襄王，王怒而遷之，乃作《懷沙》之賦。"則《九章》之作，在頃襄時也。又曰：《騷經》之詞緩，《九章》之詞切，淺深之序也。

朱熹曰：《九章》者，屈原之所作也。屈原既放，思君念國，隨事感觸，輒形於聲。後人輯之，得其九章，合爲一卷，非必出於一時之言也。今考其詞，大氐多直致無潤色，而《惜往日》《悲回風》又其臨絕之音，以故顛倒重復，倔强疏鹵，尤憤懣而極悲哀，讀之使人太息流涕而不能已。董子有言："爲人君者，不可以不知《春秋》，前有讒而不見，後有賊而不知。"嗚呼，豈獨《春秋》也哉！

桑悦曰：字字是血，字字是淚，讀之不盡隱痛。

孫鑛曰：是《離騷》餘韻，而微較清澈。

馮覲曰：古今之能怨者，莫若屈子，至於《九章》而淒入肝脾，哀感頑艷，又哀怨之深者乎。

張之象曰：長篇長句如《九章·惜往日》篇，自“惜往日之曾信兮”至“身幽隱而備之”二十二句爲一韻；自“臨沅湘之玄淵兮”至“因縞素而哭之”二十四句爲一韻；自“前世之嫉賢兮”至“惜廱君之不識”二十句爲一韻。一篇止有三四韻而已。又曰：中句如《九章·涉江》之“亂”，及《橘頌》前篇，率皆四句爲一韻，其餘損益，間亦有之。

陳深曰：《九章》悲悽引泣，用拙爲工，篇雖不倫，各著其志。《惜誦》稱“作忠造怨”“君可思而不可恃”也；《涉江》則彷徨鉅野，“死林薄兮”；《哀郢》篇“曾不知夏之爲丘兮”“孰兩東門之可蕪”，三復其言而悲之；《抽思》“憂心不遂，斯言誰告”；《懷沙》自沉也，“知死不可讓”“明告君子”，太史公有取焉；《思美人》非爲邪也，罄涕焉而竚昭焉，而又莫達焉，舍彭咸何之矣；《惜往日》有功見逐而弗察其罪，讒諛得志，國勢瀕危，“恨壅君之不昭”，故愿畢詞而死也；《橘頌》獨産南國，皭然精色；《悲回風》負重石聽聲波之相擊，惴惴其慄滅矣，没矣，不可復見矣。此以材苦其生者也。嗟乎！神人不材，原獨不聞乎？其義不得存焉爾。

焦竑曰：《九章》有淚無聲，有首無尾，灑一腔之熱血而究無所補。原真難瞑目於汨羅也。讀其詞，但當悲其志，亦何必問工不工耶。

郭正域曰：《九章》如《惜誦》《哀郢》《抽思》《懷沙》，意真響切，俱是絶唱。而昭明止取一首，何也？

陳第曰：舊説屈原既放，思君念國，輒形於聲，後人輯之，得其《九章》。愚按：《離騷》一篇已足以盡意矣。然放逐幽憂之日，情不能以無感，感不能以無言，言不能以不盡，盡不能以不怨，怨不能以不死，故自《惜誦》以至《悲回風》，未始有出於《離騷》之外也。《離騷》括其全，《九章》條其理，譬之根幹枝葉，總之皆樹；源委波瀾，總之皆水，未始異也。且其慕古哀時，思善疾惡；怨靈修之不彰，悲黨人之壅濁；厲素履之芳潔，將超遠而不安；願儷合於湯禹，終狗跡於彭咸，每篇之中不離此意。蓋其意膠葛而纏綿，故其詞重復而間作。要以舒其中心之鬱懣，未嘗琱琢以冀有傳於後世也。乃後世篤好而推先之，正以其文情併合，芬藹可掬，有異於修詞之士所爲耳。觀其言曰："臨沅湘之玄淵，遂自忍而沉流。卒没身而絶名，惜壅君之不昭。"噫！名固未嘗絶也。悲夫！悲夫！

張京元曰：屈原既放時憤詞，先後集之，偶得九章，非有所取義也。語意重復，亦《離騷》之蛇足耳。

黄文煥曰：《九章》次第，舊首《惜誦》、次《涉江》、三《哀郢》、四《抽思》、五《懷沙》、六《思美人》、七《惜往日》、八《橘頌》、九《悲回風》。朱子謂原既放，思君念國，隨事感觸，輒形於聲。後人輯之，得其九章，合爲一卷，非必出於一時之言。余從《九章》中詳稽其歲月，自非一時所作。然既有歲月，則《九章》次第自當以何歲何月爲先後。王逸原本殊爲淆亂。朱子因之未改。余以詳稽，遂爲更定。《惜誦》之後，次以《思美人》、三《抽思》、四《涉江》、五《橘頌》、六《悲回風》、七《哀郢》、八《惜往日》，而以《懷沙》終焉。《惜誦》之決當爲首，非屬漫然者。以其開口自道，從來忍惜誦言，遂致抑鬱憂愍。今始發憤抒詞，則《九章》之以此爲首篇。次第當有繼作。原固早定於胸中矣。且於首篇既命題曰"九章”，是未有文，先有題。原所自輯，非後人之輯之也。失原所自輯之次第，後人亂之耳。然歲月可考也。《惜誦》之結曰“願春日以爲糗芳”，是《惜誦》作於茲歲之冬，而預計明春之欲行也。欲行而未行，故曰“謂女何之”。曰“曾思遠身”，尚未定其所之與遠身之地也。《思美人》曰“路阻怵然”，欲行不敢行焉；曰“開春發歲”，則前之願春日者，茲屆期矣；曰“遵江夏以娛憂”，指出所之與遠身之地名矣。然但曰“將蕩志而愉樂”，猶未遵以往也。結曰“獨煢煢而南行，思彭咸之故”，亦只拈出所向之屬南，未再指地名。此殆其初行耶。《抽思》曰“曼遭夜之方長，悲秋風之動容”，又曰“望孟夏之短夜”，則是由春以後，孟夏迄初秋，但在途間也。曰“泝江潭”，逆水而上也。曰“宿北姑”，又止而未遽泝也。《涉江》曰“將濟乎江湘”，則既宿之後，復泝以行矣。曰“欸秋冬之緒風”，則在舟間者，由秋而冬矣。曰上沅則泝之之區矣。又曰“宿辰陽”、曰“入溆浦而遭迴”，泝者復暫止矣。《橘頌》則其冬候，遭迴之所見，即物生感者。其曰“願歲並謝，與長友兮”，固是歲於此終矣。《悲回風》曰“歲忽忽其若頹”，明言是歲之終。而其云“觀炎氣之所積，悲霜雪之俱下”，又合是歲之夏秋冬總言之，以誌夫途間舟間之愁況焉。首篇作於被放初年之冬，《思美人》《抽思》《涉江》《橘頌》《悲回風》作於被放次年之四季。蓋一一可考。如此其第三年則有《卜居》“既放三年”之確證，《漁父》之行吟澤畔，枯槁憔悴，自屬第三年以後。其曰“寧葬魚腹”則爲將死之決意明矣。《九章》不詳及第三年以後，而於《哀郢》曰“放九年而不復”，正以有《卜居》《漁父》之二篇在，故《九章》中可略而不言也。以彼詳爲此略，布置之妙如此。此豈後人所輯哉？《哀郢》既屬九年作，而其事其景皆屬追溯被放之次年，其云“仲春東遷”則《思美人》之云開春將“遵江夏”者，至仲春始實行也。 紀仲月，復紀甲日，九年後追紀之詳，歷歷不忘。 蓋因上官之再讒爲頃襄所逼逐使遷，非原之自遷也。 痛心之苦，安得不詳數確憶哉。"遵江夏以流亡"，即《惜誦》之"遵江夏以娛憂"，彼係虛談，此係實事耳。 發郢都、望長楸、過夏首、顧龍門、上洞庭、背夏浦、登大墳，皆九年前泝江上沅之實景。《抽思》之泝江潭，不詳言之；《涉江》之上沅，亦不詳言之。 而以一步遠一步，一程隔一程，獨詳於此，似遞補前略，似總收前篇。《九章》雖非一時之作，而其作法有意於布置，夫豈苟然。《惜往日》顯言追溯，則又九年以後之作也。"臨《沅湘》之玄淵兮，遂自忍而沉流"，明言投水；"惜壅君之不昭"，又不忍即投水也。"不畢辭以赴淵兮，惜壅君之不識"，則明言《九章》之辭未畢，又且待畢而死也。 屈原以《惜往日》爲《九章》之第八回，已自言其次序，顯然如此。 後人乃昧之紊之，何耶？ 世傳原死在仲夏之五日，《懷沙》曰"滔滔孟夏""汨徂南土"，此就死之前一月所作。 太史公曰"作《懷沙》之賦，自投汨羅"，則《九章》之宜終於《懷沙》。 以原之死期與太史公之言合考之，足以決矣。 舊本既以《悲回風》終焉，抑何誤也。《悲回風》曰"悲申徒之抗迹""負重石之何益"，於歷數古人中以徒投水爲太急。 與其後自忍沉流之念不同也。 九年以前，未嘗不矢死而不肯急於即死。 殆九年以後，無可如何而不得不死。 知此則《九章》之次第，安得以《悲回風》之不肯死者，反居其終耶？

周拱辰曰：《九章》，屈原再被楚襄之放而作也。 忠蔽而莫之白，故重著以自明，然而負重石矣。 而麗君不昭，不乃章之彌以晦乎？ 則病者乎？ 曰有所不得已於此也。 宗臣眷國，不得於其父而於其子，其如蓀與蓀之同轍乎哉？ 良藥苦口利於病，然厥父之所吐，而強其子食之，知其不能也已。 故曰父信讒而不好，又曰君可思而不可恃，此古今來撰絕命辭者不獨一湘纍，而傷宗社之蕪者，不獨一楚邱也。嗟乎，卞氏之泣玉也，兩斬足而寶乃論；靈均之被放也，九年而帝王之璞不售，匪啻不售也，且與玉同碎，君子以三閭之遭，不如荊民之遇之幸也，悲夫！

蔣之翹曰：《九章》，大略辭章已見《騷經》，但《騷經》此心睠睠，尚冀懷王之一悟也。《九章》則知其國勢已危，主辱臣死，無他道矣。故其辭意，激烈慷慨。試婉讀之，誰不感憤欷歔，潸然泣數行下。

陸時雍曰：《九章》，章之也。纕蘭自姿，無諼美人。《離騷》已既章之矣，而《惜誦》諸篇，抑何諓諓然者，當是時，去九年而不復，其所呻詠當不止此矣。譬彼行邁將蹶於海，而狂言號之，孫聾弗聞，何哉？朱晦庵曰：董子有言："爲人君者，不可以不知《春秋》，前有讒而不見，後有賊而不知。"嗚呼，豈獨《春秋》也哉！吁，豈獨《春秋》也哉！又，《八十四家評楚辭》引曰：《九章》《遠遊》，即《離騷》之疏。

金蟠曰：讀《九章》，不徒憫其志，耽其詞，當得其義而珍之。觀夫忘身賤貧，則自待菲薄者媿矣。可思而不可恃，則熱中非矣。顧龍門，則悻悻者小矣。爲余造怒，則作惡有道矣。善不繇外，死不可讓，則成仁決矣。惜廱不昭，則孝子慈孫之痛至矣。無轡銜舟楫則喪亡，炯戒再三矣。后王嘉樹，惜祖宗之培植。重石何益，悵一死之未補。嗚呼，豈特後人箕尾山河之壯烈已哉！（《山嚮齋別集飲騷》引）

賀貽孫曰：《九章》文字明白疏暢，不如《九歌》之蒼鬱，故昭明抑之，獨選《涉江》一首，但文以達情爲至。《九歌》于放逐之暇，點綴樂章以寄忠愛，故其辭工妙獨絕。若《九章》多絕命詞，滿腹煩

冤，含淚疾走，情至之語，不知所云。　豈區區從辭句論工拙乎？　韓
子作文，戛戛乎難之，獨《祭十二郎文》，明白疏暢，一往情深。　吾
不敢以《祭十二郎文》拙于《淮西碑》及《原道》《原毀》諸篇，而況
屈子乎？　且讀書人眼光各有所攝，即如從來讀《楚辭》者皆推《九
歌》在《九章》之上，而巖羽卿獨謂《九歌》不如《九章》。《九章》之
中，昭明取《涉江》，太史公取《懷沙》，羽卿取《哀郢》，亦各從其
向也。

王夫之曰：《離騷》之作，當懷王之時。　懷王雖疏屈原，而未加
竄流之刑。　其後復悔而聽之，欲追殺張儀而不果。　原以王不見聽，
退居漢北，猶有望焉，故其辭曲折低回，雖有彭咸之志，固未有決
也。　言諷而隱，志疑而不激。　迨頃襄狂惑，竄原於江南，絶其抒忠
之路，且棄故都而遷壽春。　身之終錮，國之必亡，無餘望矣，決意自
沉，而言之無容再隱。　故《九章》之詞，直而激，明而無諱。　章者，
無言不著，以告天下後世，而白己之心也。　至於《悲回風》之卒章，
馳神寫歿後之悲思。　生趣盡，而以焄蒿悽愴之情，與日星河嶽，互相
融結。　惟貞人志士，神遇於霏微怊悅之中，非王逸諸人，所能盡
知者。

林雲銘曰：王逸謂屈原放於江南之埜，思君念國；憂心罔極，故
復作《九章》。　似《九章》皆江南之埜所作也。　茲以其文考之。　如
《惜誦》，乃懷王見疏之後，又進言得罪後，然亦未放。　次則《思美
人》《抽思》，乃進言得罪後，懷王置之於外，其稱造都爲南行，稱朝
臣爲南人，置在漢北無疑。　若江南之埜，則謂之東遷，而以思君爲西
思，有《哀郢》篇可證也。　洪興祖謂懷王十六年放原，十八年復召
用，不言所放之處。　而王逸注《哀郢》以爲懷王不明，信用讒言，而
放逐東遷。　又似懷王既放，頃襄又放，皆在江南之埜。　殊不知《哀

郢》篇有九年不復之詞，如果懷王所放，則後此使於齊與諫釋張儀、會武關者，又是誰耶？ 或謂懷王止是疏原，並未嘗放，即洪興祖放而復召之説，未有確證。 余按《史記》本《傳》，有“雖放流”之句，《報任安書》又有“屈原放逐，乃賦《離騷》”之句，則《思美人》所謂“路阻”“居蔽”、《抽思》所謂“異域”“卓遠”，其不在國中供職可知。 但與江南之塾無涉耳。 大約先被讒只是疏，本《傳》所謂“不復在位”，以不復在左徒之位，未嘗不在朝也。 故有使於齊及諫釋張儀二事，及再諫，被遷於外，方是放。 然不數年而召回，故又有諫入武關一事。 其後《哀郢》篇所云“九年不復”者，痛其在遷所日久。以懷王名以比照，所以甚頃襄之暴耳。《涉江》以下六篇，方是頃襄放之江南所作。 初放起行，水陸所歷，步步生哀，則《涉江》也。 既至江南，觸目所見，借以自寫，則《橘頌》也。 當秋高搖落景況，寄慨時事，以彭咸爲法，且明赴淵有待之故，則《悲回風》也。 本欲赴淵，先言貞讒不分，有害於國，且易辨白，一察之後，死亦無怨，則《惜往日》也。《哀郢》則以國勢日趨危亡，不能歸骨於郢爲恨。《懷沙》則絶命之詞，以不得於當身，而俟之來世爲期。 看來《九章》中各有意義。 雖所作之先後未有開載，但玩本文，瞭如指掌，不待紛紜聚訟。 原本錯雜無次，皆由於未嘗細讀本文，所以篇篇訛解。 余依同里黃維章先生所訂正者，以爲定次，亦非敢以憑臆更易也。

高秋月日：朱子謂《九章》非一時之言，今以其詞求之，宜首《惜誦》、次《思美人》、三《抽思》、四《涉江》、五《橘頌》、六《悲回風》、七《哀郢》、八《惜往日》，而以《懷沙》篇終焉。《惜誦》以從來惜誦，言遂致抑鬱憂愍，今始發憤抒詞，則知《九章》自當以此爲首。《惜誦》之結曰“願春日以爲糗芳”，是作於冬而預計明年之欲行也。《思美人》曰“開春發歲”，則屆期矣。 結曰“獨煢煢而南行"，此非其初行耶？《抽思》曰"悲秋風之動容""望孟夏之短夜"
則是由春以後孟夏、初秋俱在途間也。曰"泝江潭"，逆水而上也；
曰"宿北姑"，又止而未遽泝也。《涉江》曰"將濟乎江湘"，則泝以行
矣。曰"欸秋冬之緒風"，則在舟間由秋而冬矣。《橘頌》其冬候遭迴
之所見，即物生感者乎？其曰"願歲并謝""與長久兮"，則是歲于此
終矣。《悲回風》曰"歲忽忽其若頹"，明言是歲之終，而又云"觀雲
氣""悲霜雪"，又合是年之夏秋冬總言之，以誌途間舟間之愁況耳。
首篇作於被放初年，次《思美人》《抽思》《涉江》《橘頌》《悲回風》作
於被放次年之四季，蓋一一可考如此。其第三年則有《卜居》"既放
三年"之確證，《漁父》之"行吟澤畔"，自屬三年以後。《哀郢》曰
"放九年而不復"，則是屬九年之作，其曰"仲春東遷"，皆追溯之詞
也。蓋因上官再讒，爲頃襄所逼逐而遷也。《惜往日》顯言追溯，則
又九年後之作也。世傳原死仲夏之五日，《懷沙》"陶陶孟夏"，此死
前一月所作。太史公曰"作《懷沙》之賦，自投汨羅"，則《九章》
之終于《懷沙》。以原之死期與太史公之言合觀之，足以決矣。其命
曰《九章》者，藉歷年所作以章明己志也。

　　徐煥龍曰：原之雜著，後人輯之有九，因彙爲一卷，曰《九章》。

　　賀寬曰：洪興祖曰："《騷經》之詞緩，《九章》之詞切，淺深之序
也。"細讀之，亦未一概論也。《橘頌》通篇賦橘，《悲回風》絕不及楚
事，惟末章"驟諫君而不聽"二語，仍說申徒，其可盡謂之切乎。黃
維章《聽直》本由《惜誦》起，次《思美人》、次《抽思》、次《涉
江》、次《橘頌》、次《悲回風》、次《哀郢》、次《惜往日》、次《懷
沙》，以太史公原《傳》載《懷沙》而云"於是懷石，遂自投汨羅以死
也"。《九章》中亦曰有次第，黃說得之。

　　蔣驥曰：余謂《九章》雜作於懷襄之世。其遷逐固不皆在江南，

即頃襄遷之江南。 而往來行吟，亦非一處。 諸篇詞意皎然，非好爲異也。 近世林西仲謂《惜誦》作於懷王見疏未放之前。《思美人》《抽思》，乃懷王斥之漢北所爲。《涉江》《哀郢》六篇，方是頃襄時作於江南者，頗得其概。 但詳考文義，《惜誦》當作於《離騷》之前，而林氏以爲繼《騷》而作。《思美人》宜在《抽思》之後，而林氏列之於前。《涉江》《哀郢》，時地各殊，而林氏比而一之。《惜往日》有畢詞赴淵之言，明繫原之絶筆，而林氏泥懷石自沉之義，以《懷沙》終焉。 皆説之剌謬者。《九章》當首《惜誦》，次《抽思》，次《思美人》，次《哀郢》，次《涉江》，次《懷沙》，次《悲回風》，終《惜往日》。 惟《橘頌》無可附，然約略其時，當在《懷沙》之後，以死計已決也。其詳附著各篇。 然亦不敢率意更定，以蹈不知而作之戒，故目次仍依舊本。(《楚辭餘論》)

王邦采曰:《九章》之作，《章句》謂作於江南之壄，《集注》亦但云非必出於一時之言。 蓋其先後次第，大率仍秦漢以來相傳舊本。近黄維章氏重加論次，首《惜誦》，次《思美人》《抽思》《涉江》《橘頌》《悲回風》《惜往日》《哀郢》，終之以《懷沙》。 林西仲氏確守其説，遂評駁原本，錯雜無次，皆由於未嘗細讀本文，所以篇篇誤解而不自知，其誤之更甚也。 林氏以《懷沙》爲絶命之詞，固已，而《惜往日》《悲回風》，《集注》謂其憤懣悲哀，讀之使人太息流涕而不能已，獨非絶命之詞乎。《哀郢》篇中有九年不復之語，遂坐定作於頃襄之世，且謂如果懷王所放不應後此，有使於齊與諫釋張儀、會武關之事，今即據林氏所編事蹟考，諫釋張儀在懷王十八年，至三十年，復諫武關。 自十八年至三十年，其間相去十有三年，不應屈子一無建白。 安知此十三年中不遭疏放而云爾耶? 且其詞雖多哀怨，而憤激之情較之《悲回風》《惜往日》兩篇則有間矣。 何以反次於其後，獨不思字經三寫焉，烏成馬，如《四子書》注“七尺曰仞、八尺曰仞”，傳寫之譌，二者之中必居其一。　雖聖經賢傳，尚未考正，況紛紛餘子哉。　執一字而斷，斷吾未見其能通也。　至《橘頌》一篇，無所歸著，遂以文心狡獪四字了之。　夫屈子一片忠愛血腸，昭人耳目，乃生既厄於黨人，至數千百年之後，猶不免於逢尤離謗有如是之評品乎。　茲悉仍章句舊編，不敢附會穿鑿妄有更定。　嗟乎，作者難述者，尤不易也。

吳世尚曰：《離騷》之作，在懷王之世，故其詞雖深悲隱慟而尚纏綿婉曲。《九章》之作，則多在頃襄王之世。　此時楚事，則大壞矣。故其篇中所陳，如云“願側身而無所”“民離散而相失”“兩東門之可蕪”“恐禍殃之有再”，則正痛心於藍田、武關之事也。　如云“衆兆之所讎”“妬披離而障之”“蓋羋余而造怒”“遠遷臣而弗思”，則正指令尹子蘭卒使上官大夫短屈平於頃襄王，襄王怒而遷之之事也。　朱子以爲多直致，無潤色，尤憤懣而極悲哀，讀之使人太息流涕而不能已者，真得乎《九章》之深情實境矣。

許清奇曰：王叔師以《九章》皆放於江南之壄所作，今按《史記》本《傳》，屈原初放被讒只是見疏不復在左徒之位，未嘗放之於外也。　故有使齊及諫釋張儀、諫入武關數事。　至於被放遠遷，傳無明文，不知的在何年。　然觀《思美人》篇，有稱楚臣爲南人；《抽思》篇有“來集漢北”之語，則懷王時，亦有被遷於外可知。　但必在漢北，與江南之壄無涉耳。　江南之壄，乃頃襄時所放，《哀郢》篇謂“方仲春而東遷”“背夏浦而西思”分明可證。　今依林西仲以《惜誦》爲懷王見疏之後，又進言得罪所作；《思美人》《抽思》，爲懷王放原於漢北所作；《涉江》《橘頌》《悲回風》《惜往日》《哀郢》《懷沙》六篇，爲頃襄王放之江南之壄所作。　黃維章先生即以此定爲《九章》篇次。　文義愈明。《楚辭燈》從之，今亦依爲次序。

屈復曰：章，明也。《書‧洪範》"俊民用章"。 又，表也。《周語》"余敢以私勞變前之大章"，注"表也"。 表明天子與諸侯異物也。 三閭忠而被謗，國無知者，《離騷經》之作，以自表明其志。 懷遷襄放，遠志彭咸，又作《九章》以自表明也。 故首章曰"重著以自明"，末章曰"竊賦詩之所明"，苦心真切如此，而鄙夫迂儒，猶有過論。 余觀其次序，《懷沙》爲絕筆，乃以《悲回風》爲結，或編集人意在此耶？ 夫文之顯著者，尚多謬說，又安論微妙者乎？ 蟬蛻穢濁之中，浮游塵埃之外，得意忘言，九泉知己，後世猶難，況當時哉，況其人哉，況其文哉。 又曰：《九章》非一時作也。《惜誦》作於懷王既疏又進言得罪之後。《思美人》《抽思》作於懷王置漢北時，篇中"狂顧南行"是以造都，爲南行；"觀南人之變態"，是以朝臣，爲南人；"有鳥自南、來集漢北"，是已身在漢北也。 然則懷王見疏止遷漢北，未嘗放逐，此其證也。 餘六篇方是頃襄放江南作也。 初放時，道途經歷作《涉江》；既至後，覩物興懷作《橘頌》；秋風搖落，感時明志作《悲回風》；忠佞不分，傷今追昔作《惜往日》；若《哀郢》，則知楚之必亡，《懷沙》則絕命辭也。 九篇中或地或時或敘事，文最顯著，次第分明。 舊本錯亂，予不敢輕改古書，姑記之就正高明。

江中時曰：《九章》舊首《惜誦》，次《涉江》《哀郢》《抽思》《懷沙》《思美人》《惜往日》《橘頌》《悲回風》。 朱子謂原既放，思君念國，隨事感觸，輒形於聲，非必出於一時之言也。 林西仲曰："王逸謂屈原放於江南之壄，思君念國，憂心罔極，故復作《九章》。"似《九章》皆江南之壄所作。 兹以其文考之，如《惜誦》乃懷王見疏之後，又進言得罪，然亦未放。 次則《思美人》《抽思》，乃進言得罪，後懷王置之於外，其稱說都爲南行，稱朝臣爲南人，置在漢北無疑。

《涉江》以下六篇方是頃襄放之江南所作。　初放起行，水陸所歷，步
步生哀，則《涉江》也。　既至江南，觸目所見，借以自寫，則《橘
頌》也。　當高秋搖落，寄慨時事，則《悲回風》也。　將赴淵而傷貞讒
不分，有害於國，則《惜往日》也。《哀郢》則以國勢日趨危亡，不能
歸骨於郢爲恨。《懷沙》則絕命之詞。　茲篇次悉依林本所訂，但《思
美人》篇疑漢北南歸時所作，當在《抽思》之後。

　　夏大霖曰：黃維章《聽直》合論《九章》曰：《九章》次第，舊首
《惜誦》，次《涉江》，三《哀郢》，四《抽思》，五《懷沙》，六《思
美人》，七《惜往日》，八《橘頌》，九《悲回風》。　朱子謂原既放，
思君念國，隨事感觸，輒形於聲。　後人輯之，得其九章，合爲一卷，
非必出於一時之言。　余從《九章》中詳稽其歲月，自非一時所作。
然既有歲月，則《九章》之次第自當以何歲何月爲先後。　王逸原本殊
爲淆亂，朱子因之未改。　余以詳稽，遂爲更定。《惜誦》之後，次以
《思美人》，三《抽思》，四《涉江》，五《橘頌》，六《悲回風》，七
《哀郢》，八《惜往日》，而以《懷沙》終焉。《惜誦》之決當爲首，非
屬漫然者，以其開口自道從來忍惜誦言，遂致抑鬱憂慇。　今始發憤抒
詞，則《九章》之以此爲首篇。　次第當有繼作，原固早定於胸中矣。
且於篇首既命題曰：《九章》是未有文先有題，所自輯，非後人之輯之
也。　失原所自輯之次第，後人亂之耳云云。　林西仲曰：茲以其文考
之，如《惜誦》，乃懷王見疏之後，又進言得罪，然亦未放。　次則
《思美人》《抽思》，乃進言得罪後，懷王置之於外，其稱造都爲南
行，稱朝臣爲南人，置在漢北無疑。　若江南之墊則謂之東遷，而以思
君爲西思，有《哀郢》可證也。　又曰《涉江》以下六篇，方是頃襄放
之江南所作云云。　按：《九章》應與《九歌》皆文樂之名。　樂有以九
名者，《九成》《九歌》《九德》是也。　文有以九名者，《九辯》是也。

以七名者，《七略》《七發》是也。 此《九章》固非一時一地之所作，而命之曰"九章"，則必屈子自名，非後人名之也。 夫後人得其篇而集之，斯可矣，從而九章之，不亦贅乎。 夫章之爲言明也。 謂此九篇，皆明言無隱者，得有人焉爲王誦之心所望也。

邱仲文曰：右篇其隨事思念君國作也。 原編次序如此，今就林西仲所遵黄維章氏定本，按文義而更爲别次之，當分《惜誦》一、《抽思》二、《涉江》三、《思美人》四、《哀郢》五、《橘頌》六、《悲回風》七、《惜往日》八、《懷沙》九。 大約陳志無路，去往無門者，皆爲懷王作，如《惜誦》《抽思》是也；其悲放跡險遠，愁國亂危亡立見者，皆爲頃襄作，如《涉江》《哀郢》等篇是也；《悲回風》《惜往日》，皆赴義前作，義詳各篇目下。 近見攻林者，謂不必另分篇目，余第謂比而不同之，不如差有分析，私便記憶，亦不能盡從其説也。

陳遠新曰：章，著也。《惜誦》曰"重著以自明"，是也。 王氏以《離騷》爲經，《九章》爲傳。 子朱子亦於《九章》上加《離騷》二字者，以其辭旨皆與《離騷》相發明，非若《九歌》諸作，絶不關照者比也。 王氏皆以爲江南之壄所作時，解以《惜誦》《抽思》《思美人》爲懷王時作，其餘爲江南之壄所作。 愚按《離騷》《天問》，瓗瑰斑駁，是懷王時作，其時不忘欲反，故微其詞，託以致諷。《九章》《遠遊》諸篇，瀏亮典麗，是江南之壄所作，其時不復求通，故顯其詞，假以自明。《惜誦》三篇，雖追述懷王時事，而作之之地，則在江南之壄，楚頃襄王時也。

奚禄詒曰：《九章》非一年之作，不必分其先後，如《懷沙》篇，安知不在《卜居》《漁父》之後。

劉夢鵬曰：余觀《九章》，皆《哀郢》之詞也，甲朝始行，九年不復，白起一烽，南郡焦土，時原已老矣，痛國故之禾黍，念龍闕之遺

楸，死者何辜，生者已慽，於是哀郢而作《九章》以敘憂思。 玩其
辭，逆其志，考其山川、道里所閱歷，要皆反復自明，次第相申，煩
而不殺，而鬱紓之情一日九迴，迄今猶將見之。 蓋較之《離騷》諸
篇，而音愈激楚矣。 其首章傷蕩析之苦也，次章慨靈修之化也，三章
道芬芳之未沫，四章陳遺則之願依，五章咤無益於任石，六章哀不當
之朕時，七章畢辭以自著，八章曾思而遠身，九章死而不容以自疏。
夫人窮則思，思苦則哀，哀而不能自解，於是往往託於詭俶幻譎之
詞、乘雲羽化之說，以絕於世，豈得已哉？ 若屈子者，其亦可以諒
之矣。

丁元正曰：《九章》或以爲懷王時作，或以爲襄王時作，紛紛聚
訟。 林西仲本黃維章所訂，以《惜誦》《思美人》《抽思》三篇爲懷王
見疏之後又進言得罪，尚未放時所作。 今細讀其詞，有說懷王時情事
者，蓋追憶之詞耳。 若竟以爲懷王時作，亦多強解難通。 而“指嶓
冢”“九折臂”等語，俱屃無著矣。 況懷王時見疏，至頃襄時沉淵，相
去二十年，而以十餘年所作，聯爲《九章》，亦可哂矣。 宜以作於頃
襄之世爲正。

姚鼐曰：此篇與《離騷》同時作，故有“重著”之語。

陳本禮曰：屈子之文，如《離騷》《九歌》，章法奇特，辭旨幽
深，讀者已目迷五色，而《九章》黝邃更幽，非《離騷》《九歌》比。
益《離騷》《九歌》猶然比興體，《九章》則直賦其事。 而淒音苦節，
動天地而泣鬼神，豈尋常筆墨能測？

胡文英曰：《九章》之作，非作于一處一時。《惜誦》篇，自郢都將
往江南時作。《涉江》由武昌至辰州時中途作。《哀郢》，懷王將入秦，
遷屈子于岳州時作。《抽思》《思美人》作于今之江南。《懷沙》《惜往
日》，作于今之湖南。《橘頌》，不知作于何地。《悲回風》，作于郢

都。 餘詳見各篇題注。 舊注誤以今之湖南爲江南，又未明水陸程途形勢，遂至舍明據而就空談，今爲之分疏別白，庶不至誣古人而誤後人也。

胡濬源曰：細玩《九章》，皆《離騷》餘韻，即可作《離騷》注腳。

顏錫名曰：《九歌》《九章》之名，或謂原所自題，或謂後人集而題之，皆無可考，且亦不足深考。 惟章之取義，則有可得而言者。章者，明也。 言此九篇皆是實賦，其言坦白明顯，非如《九歌》之借題抒情，隱其義而微其辭也。 以詩言之，《九歌》爲變風，《九章》爲變雅，其意本不難知，乃從來注釋諸君，既不能窺其志，又不能達其辭，顛倒篇章，顢頇從事，連篇憤懣，滿紙悲哀，解者既覺容容芒芒，覽者亦自昏昏惘惘，又何怪昭明太子獨取《涉江》一篇而盡棄其餘也。 余初讀《九章》，亦頗疑其顛倒重復，倔強疏鹵，一如紫陽之所訾者，及逆得《離騷》《九歌》諸篇之志，遂以讀《騷》《歌》之法，復讀《九章》。 夫乃歎屈子之文，原無顛例，原非重復。 訾言倔強，非原文之倔強，實我未嘗得其旨歸，而自家倔強也。 訾此疏鹵，非原文之疏鹵，實我未嘗悉心推求而自家疏鹵也。 夫《九章》自有《九章》之志矣，我逆而得之，某篇因何事而結撰，某節因何思而成辭，靡不軒豁呈露，無有隱情。 伸紙疾書，橐然以解，不五日而蕆成。夫乃歎曰：章之言明，固有若是之坦白明顯者乎？ 而今而後，屈子之冤，庶幾無所不雪矣。

《九章》篇次，舊有《惜誦》、次《涉江》、三《哀郢》、四《抽思》、五《懷沙》、六《思美人》、七《惜往日》、八《橘頌》、九《悲回風》。 黃氏維章病其淆亂，重爲更定，林本因之。 今考《惜誦》《思美人》《抽思》三篇，俱與《離騷》相表裏，皆懷王置之於外之作。

林西仲云其稱造都爲南行，稱朝臣爲南人，置在漢北無疑，若江南之
墊，則謂之東遷，而以思君爲西思，有《哀郢》篇可證。《涉江》以下
六篇，方是頃襄放之江南所作。　其說甚明，但《涉江》《橘頌》以後，
黃氏以次《悲回風》《惜往日》《哀郢》《懷沙》。　按以屈子之文，仍覺
小有違舛，今復爲更定如左。

　　王闓運曰：《九章》者，《史記》專謂之《哀郢》，將死述意，各有
所主，故有追述，有互見，反復成文，以明己非懟死也。

　　梁啓超曰：今本《九章》凡九篇，有子目。　惟其中《惜往日》一
篇文氣拖沓靡弱，與他篇絕不類。　疑屬漢人擬作。　或吊屈原之作
耳。“九章”之名，似亦非舊。《哀郢》，《九章》之一也，史公以之與
《離騷》《天問》《招魂》並舉，認爲獨立的一篇。《懷沙》亦《九章》
之一也。　本《傳》全録其文，稱爲“《懷沙》之賦”。　是史公未嘗謂
此兩篇爲《九章》之一部分也。　竊疑“《九章》”之名，全因摹襲
《九辯》《九歌》而起。　或編集者見《惜誦》至《悲回風》等散篇，體
格大類相類，遂仿《辯》《歌》例賦予一總名。　又見只有八篇，遂以
晚出之《惜往日》足之爲九。　殊不知《辯》《歌》之“九”，皆別有取
義，非指篇數。　觀《辯》《歌》之篇皆非九可知也。　褒之《九懷》，
向之《九歎》，逸之《九思》，篇皆取盈九數，適見其陋耳。　故吾疑
《九章》名非古，藉曰古有之，則篇數亦不嫌僅八，而《惜往日》一
篇，必當在料揀之列也。

　　聞一多曰：《九章》九篇，除《橘頌》內容形式獨異，當自爲一類
外，其餘八篇可分爲二組：甲《惜誦》《涉江》《哀郢》《抽思》《懷
沙》；乙《思美人》《惜往日》《悲回風》。　以形式論，甲組題名皆兩
字，僅《惜誦》二字係摘自篇首。篇末皆有亂辭。乙組題名三字，均摘自
篇首，篇末皆無亂辭，此其大別也。　以內容論，甲組雖無法證明其必

爲屈原作品，然亦無具體的反證。 乙組則如《惜往日》《悲回風》
等，可疑之處甚多，詳下。 此其差別，亦甚顯然。 亂辭之有無，可以
覘其距離音樂之遠近，而文辭離音樂之遠近，又可以推其時代之早
晚。 據此，就一般原則論，甲組有亂辭，當早於乙組。 先秦著述初
本無篇名，有之亦大都只兩字。 漢人所撰緯書始皆三字名篇。《莊
子》內七篇亦三字名篇，然如《德充符》《大宗師》《應帝王》等乃緯書
一派思想，故疑七篇篇名皆漢人所造。 外、雜篇之纂輯，本自可疑，
其間篇名容皆出漢人，故亦間有三字者。 他如《墨子》之《備城門》
《備高臨》《備蛾傅》《迎敵祠》，《韓非》之《初見秦》等，其時代亦皆
在可疑之列。 要之三字名篇之風，至漢始盛。《九章》中《思美人》
《惜往日》《悲回風》三篇，疑至漢初始編入《楚辭》。 其篇名與《招
隱士》《哀時命》諸漢人作品之題名同風，蓋亦漢人所沾。 論其形
式，乙組之三字名篇與無亂辭，既皆可證其晚於甲組。 而論其内容，
乙組多數篇什又必不能認爲屈子所自作。 然則最初之九章，或只甲組
五篇乎？ 其謂之九章者，蓋如《九辨》之本不分篇，而《九歌》又有
十一篇，此所謂九，皆非實數乎？ 今《九章》有九篇者，又豈後人不
明九字之義，妄取乙組三篇並《橘頌》一篇混入之，以求合九之實數
乎？ 凡此種種推測，揆諸事理，皆極可能。（《聞一多全集·楚辭編·
論九章》）

　　游國恩曰：《九章》中包括九篇文章。 依照王逸《楚辭章句》的
次序，即《惜誦》《涉江》《哀郢》《抽思》《懷沙》《思美人》《惜往日》
《橘頌》《悲回風》九篇。 爲什麼叫做《九章》？ 王逸説：“章者，著
也，明也。 言己所陳忠信之道，甚著明也。”而朱熹則謂：“後人輯
之，得其九章，合爲一卷，非必出於一時之言也。”從《九章》各篇的
内容仔細研究一下，朱熹的説法是符合事實的。 王逸的解釋顯然是望

文生義。 但《九章》這個總篇名既不是屈原自己所定,究竟是什麼時候才加上去的呢? 按劉向《九歎·憂苦》章有云:"歎《離騷》以揚意兮,猶未殫於《九章》。"看他把《九章》與《離騷》並提,那麼《九章》這名稱似乎是一個現成的名詞,它當起於劉向以前。 又曰:關於《九章》的次序,古本與今本大異。 試看《漢書·揚雄傳》,《惜誦》在前,《懷沙》在後,中間有無顛倒,雖不得而知,然而已經與今本不同了。 今本九章的次序是:(一)《惜誦》、(二)《涉江》、(三)《哀郢》、(四)《抽思》、(五)《懷沙》、(六)《思美人》、(七)《惜往日》、(八)《橘頌》、(九)《悲回風》。 許多楚辭的注家都不以這次序爲然:林雲銘則根據黃文焕的《楚辭聽直》,謂《惜誦》《思美人》《抽思》三篇是懷王時作,《涉江》以下六篇是頃襄王時作。他對於《九章》的次序是這樣:(一)《惜誦》、(二)《思美人》、(三)《抽思》、(四)《涉江》、(五)《橘頌》、(六)《悲回風》、(七)《惜往日》、(八)《哀郢》、(九)《懷沙》。 但蔣驥又不以林氏這個次序爲然,他在《楚辭餘論》裏曾說《思美人》當在《抽思》之後,《涉江》《哀郢》兩篇,時地各殊,非皆一時所作。《哀郢》是頃襄王九年居陵陽作,《涉江》是自陵陽入辰溆作,《惜往日》有"畢詞赴淵"之言,明係屈原絕筆,《懷沙》是懷長沙,不能泥《史記》"懷石自沉"的話,放他在最後。 所以他對於《九章》的次序又是這樣:(一)《惜誦》、(二)《抽思》、(三)《思美人》、(四)《哀郢》、(五)《涉江》、(六)《懷沙》、(七)《橘頌》、(八)《悲回風》、(九)《惜往日》。 他們所定九章的次序,也有對的,也有不對的。現在把我的次序列在下面:(一)《惜誦》、(二)《抽思》、(三)《悲回風》、(四)《思美人》、(五)《哀郢》、(六)《涉江》、(七)《橘頌》、(八)《懷沙》、(九)《惜往日》。 懷王十六年,諫絕齊,不聽。

被讒，去職。作《惜誦》。懷王二十四年，諫合秦，不聽，放于漢北，作《抽思》及《悲回風》。頃襄王三年春，復遷屈原於江南，作《思美人》。頃襄王十一年，再放第九年，至夏浦，上陵陽，作《哀郢》。自夏浦至溆浦，作《涉江》及《橘頌》。自溆浦至長沙，作《懷沙》。將沉汨羅，作《惜往日》。

姜亮夫曰：《漢書·揚雄傳》敘雄作《反騷》《廣騷》後，繼之曰："又旁《惜誦》以下至《懷沙》一卷，名曰《畔牢愁》。"雄好擬古，而摹原作爲尤惆切。《九歌》爲典祀樂章，不可摹。而《九章》則《思美人》以下四篇，獨闕而不具，遂以啓洪興祖《思美人》《惜往日》《橘頌》《悲回風》四篇非屈子所作之疑。其説似矣！曾國藩謂《惜往日》多俗句；吳汝綸以《悲回風》爲弔屈原者之作；至于近世，疑者益紛紛矣！然周秦典籍，作者本自不一人。墨翟之書，有儒者之言；莊周之作，雜方士之説；即至寶典如《論語》，鉅子如孟軻、韓非，其書亦不能醇一。蓋同此一家之説，皆可納之宗主堂庶之中，競被主名，先秦典籍之例也。《九章》即不盡爲屈子之作，亦嫡庶衆子之從其宗者，其去屈子必不遠。考古之事，既不能有積極顯證以確定其時代主人，但當存故説，以待真智，固無取於多所更張也。曾、吳以文氣定《九章》臧否，其言雖若可信；然一人之作，剛柔美惡，固亦難衡。即以文之馬、班、韓、柳，詩之陶、謝、李、杜論，豈篇篇同調，句句不違者哉！賢者固無所不能，亦無所不可。則推敲文辭，以定一人之作者，史家所當慎擇之術也。即就子雲所擬五篇而論，設欲全翻舊案，指爲非屈子之作，亦非無術。然而歷世學人信之不疑者，其實與《思美人》以下四篇，同不過信王逸之敘論而已。敘論所本，疑不出向、歆《敘錄》。向、歆以前之的然有據者，不過史公《原傳》。《原傳》所載，亦不過《懷沙》《哀郢》，世人又何以不爲前五篇作正面論證，實指其必爲原之作者乎？ 吾人設必守其私學，執其我見，而以某種作用讀屈子作品，如康有爲之必指《六經》爲向、歆纂亂僞造者然，則廖平固不妨以其經今文説攝戰國、秦、漢一切學術之方法見解，以謂《離騷》《遠遊》爲“仙真人詩”矣！ 則此蓋當別論者也。 不然，吾人實不可輕易割裂古人，任意定其是非，推其極至，則並屈子而疑之矣。 曾、吳文人，凡文人之見，論魏晉以下多中程，論漢魏以上幾荒渺不足以言矣。 則此又宜本蓋闕之義焉可耳！

屈賦之以九名者，凡兩篇：《九歌》《九章》是也。《九歌》者，蓋爲一整套之大曲，借用元曲名。不可或少。 前有金奏升歌，後有合樂，其實則爲十一章。《九章》者，輯九篇了不相關之文，存於一卷之中。《楚辭》之以數名者，除《九歌》外，如《九懷》《九思》《九嘆》《七諫》等，皆相聯如貫珠，不可或缺。 而《九章》則章自爲篇，篇自爲義，且多各有亂詞，如大曲中之合奏。《説文》訓樂竟爲一章。《九章》蓋即九首樂章，而非一大曲之九段也。 然則《九章》必不爲屈子原題，必爲後之輯録者之所加無疑。

且《九章》之名，亦不見于劉向以前人著作之中。 劉向《九嘆》云：“歎《離騷》以揚意兮，猶未殫於《九章》。”爲西漢人著作中最早見《九章》之名之文也。《史記》稱《哀郢》《懷沙》，揚雄擬《惜誦》以下五篇，亦不以《惜誦》以下九篇爲《九章》。 則輯《九章》者，豈即向、歆父子乎？ 雖然，王褒爲《九懷》以追愍屈原；東方朔爲《七諫》以昭其忠信；其所擬象者，自體貌以至文心，莫不本于《九章》。《七諫》《哀時命》《九懷》襲用《九章》中語句者至多，此亦一佳證也。《九章》久已爲西漢文人取則之典型，則稱引用《懷沙》諸小題者，亦如《墨子》之引《虞夏書》《周書》，他家之引《堯典》《湯誓》；不得因不見《尚書》之名，遂謂典謨訓誥之不在《尚書》也。 以此例之，則《九章》名雖未存，而實已久定矣。

　　然則輯録而名定之者爲誰？　雖不可確考，而其必後於司馬遷而前於王褒、劉向之徒。　當景武之前，諸貴盛在朝，能爲《楚辭》者，有賈誼、劉安、枚乘、鄒陽、司馬相如、朱買臣、嚴助；而漢廷樂府，亦多楚聲；當時賈誼、劉安實爲《楚辭》大家，誼所爲《惜誓》，儼同《九章》，《鵬鳥》則方物《卜居》，安爲《離騷傳》，文辭美備。　度當時傳屈子之作者，必甚多。則輯《惜誦》等篇爲一卷者，雖不必印爲賈、劉、司馬、朱、嚴之徒，而亦必爲不甚速之專家爲之。　淮南王聚天下文學之士，大爲專書；又曾受詔爲《離騷傳》；且朝受詔而食時上，自必早有輯定之本，故能迅捷至此。　安後雖不得其死，而其侍從文學之士，亦多在朝者，則《九章》之輯，蓋必成于淮南幕府無疑。　以其上於天子，中祕有其藏本；子雲得觀書中祕，其擬作前五篇，亦即本於安所定之次耶？　此非余固爲驚人之説，静言思之，自能認余説之不可易。　至劉向校書中祕，乃集諸爲《楚辭》者，定爲十六卷。　王逸更附己所爲《九思》爲十七卷，明定《九章》爲一卷。　東漢以來，遂多稱引《九章》者矣。

　　蔣天樞曰：舊序曰：“《九章》者，屈原之所作也。　屈原於江南之壄，思君念國，憂思罔極，故復作《九章》。　章者，著也，明也。言己所陳忠信之道甚著明也。　卒不見納，委命自沈。　楚人惜而哀之，世論其詞以相傳焉。”宋朱子《楚辭集注》更定《九章》序，除確定《九章》爲屈原所作外，於舊序頗有所删訂。　曰：“屈原既放，思君念國，隨事感觸，輒形於聲。　後人輯之，得其九章，合爲一卷，非必出於一時之言也。　今考其詞，大氐多直致無潤色，而《惜往日》《悲回風》又其臨絶之音，以故顛倒重複，佶强疏鹵，尤憤懑而極悲哀。”朱子删去“於江南之野”一語，其説明又多誤解。　明代後治《楚辭》者因《集注》“後人輯之，得其九章，非必出於一時之言”之語，紛紛割裂《九章》篇第，强析出某篇爲某時之作，衆説紛紜，互相疑誤，自擾自縛，糾結不可解。 今考舊序以《九章》爲本來命題，其説有所本。 核之各篇文義，亦蟬聯相貫，無次序顛倒之誤。 今移《九章》各篇小題於每篇之前，於各篇誼旨，詳篇題下。 各篇序次先後之故，詳《涉江》《懷沙》篇題下。 又曰：《九章》主要敘南行後事。《惜誦》乃闡明開宗明義之旨，實以《涉江》爲冒首之篇。 其下追敘楚國劇變之始，故繼之以《哀郢》。《哀郢》之下繼之以至漢北之《抽思》。 於是上可以補《離騷》之所未及，下則爲《涉江》伏一張本。 其後即接以北行被阻之《懷沙》，而於南行後所作所爲，反付諸闕如。 然《思美人》《惜往日》兩篇中均隱約言及己之意圖，《橘頌》又明著南人中之伯夷，此皆不可顯言，而又爲己所孤懷嚮往者。 凡此，皆屈子申明己志于國事，非徒託之空言，《惜誦》"所作忠而言之"者是也。 最後，乃就死之頃，闡明己對秦人之洞察，與對於所懷"調度"之自信；以及對於未來之殷憂深念，而特致痛於己雖死而無益於國，無救於世。 故《九章》各篇，不特顯示作者南行後主要行跡，亦充分表現其精思毅力。 而其識力之夐絶，料事之深透，計慮之邃密練達，在古代作者中可謂特出無兩。 世或謂《九章》篇次顛倒，或謂《思美人》《惜往日》《悲回風》三篇爲僞作，皆盲人摸象之談也。

湯炳正曰：《九章》均爲屈原所作。 楚頃襄王元年（前二九八）屈原再度遭讒被放，流浪於陵陽、漢北、沅潊、湘水流域，飄泊輾轉，寫下《橘頌》《惜誦》等篇。 後人將其作於不同時地的這些篇章搜輯成帙，適得九篇，故命曰《九章》。 依屈原流浪時地及作品内容，九篇之先後順序當爲：《橘頌》《惜誦》《哀郢》《抽思》《思美人》《涉江》《悲回風》《懷沙》《惜往日》。

　　趙逵夫曰：《九章》九篇，王逸認爲是屈原放於江南之野時所作，宋代朱熹《楚辭集注》提出"後人輯之，得其九章，合爲一卷，非必出於一時之言"。　清蔣驥《楚辭餘論》中説是"雜作於懷、襄之世。其遷逐固不皆在江南，即頃襄遷之江南，而往來行吟，亦非一處。諸篇詞意皎然，非好爲異也"，並肯定林雲銘《楚辭燈》中所説，也認爲"《惜誦》作於懷王見疏未放之前，《思美人》《抽思》乃懷王斥之漢北所爲"。　又説："《惜誦》當作於《離騷》之前，而林氏以爲繼《騷》而作；《思美人》宜在《抽思》之後，而林氏列之於前。《涉江》《哀郢》時地各殊，而林氏比而一之。"對林雲銘之説有所補充修正。《懷沙》爲屈原絶筆，司馬遷《屈原列傳》已寫得很明白。《惜往日》《悲回風》二篇，宋代李壁已有詩曰："《回風》《惜往日》，音韻何淒其！追吊屬後來，文類玉與差。"認爲像是宋玉、景瑳之作。　明徐學夷和清代以來很多傑出學者從各方面指出此二篇非屈原所作。《悲回風》爲宋玉之作，《惜往日》爲景瑳之作。　西漢時東方朔模仿《惜誦》等篇而成《七諫》，與此後的同類之作《九懷》《九歎》《九思》不同，似乎在東方朔之時，西漢早期所輯屈原的《惜誦》等七篇作品中尚未加入《惜往日》《悲回風》而取名"九章"。　今仍保持"九章"之名。（《楚辭》）

　　潘嘯龍曰：從現存資料推測，《九章》之題，當是漢人劉向整理《楚辭》時所加。《九章》帶有强烈的政治性與抒情性，與《離騷》一樣，是詩人在同貴族黨人鬥争中産生的。　特別是沉江前夕所作的《惜往日》《涉江》《懷沙》等，其情感之熱烈，放言之無憚，甚至超過了《離騷》。《九章》較少運用瑰奇的幻想，因爲大多是放逐生涯的紀實抒憤之作，故更多使用直接傾瀉與反復詠歎的方式，以表現憤鬱哀惋之情。

　　周建忠曰：一般認爲，《九章》九篇並非出於一時一地，而皆爲

"隨事感觸"、直抒胸臆之作。司馬遷曾分別提到《哀郢》《懷沙》兩個單篇，至西漢末年劉向編成《楚辭》一書，輯九首詩爲一組，並定名爲《九章》。劉向《九歎·憂苦》云："歎《離騷》以揚意兮，猶未殫於《九章》。"清人戴名世《讀揚雄傳》亦提到，"《離騷》《九章》皆忠臣愛君拳拳之意"。說明《離騷》《九章》屬同一性質的作品，因而後人將《九章》稱爲"小《離騷》"。關於《九章》各篇的作年，一般認爲《九章》是屈原一生歷程的寫照。陳本禮《屈辭精義》云："《九章》則直賦其事，而淒音苦節，動天地而泣鬼神，豈尋常筆墨能測?"《橘頌》爲屈原早年立志之作;《惜誦》《抽思》《思美人》三篇與《離騷》爲同期作品;其餘五篇作於被放江南之後，是頃襄王時期的作品。從內容上來看，《九章》中每一首詩都與屈原生活中的一兩個經歷有關，其感情基調和脈絡與《離騷》互爲呼應。由於採取了"用賦體，無它寄託"(朱熹)的創作方法，《九章》如實描繪了楚王朝政治風雲變幻莫測的情景，描繪了楚國由興旺走向衰亡的過程，揭露了楚國宮廷群小蔽君誤國的罪惡，以及他們爾虞我詐、相妒以功、排斥賢才的種種醜行。同時，也強烈地表現了詩人生不逢時，遭遇排斥打擊使其偉大理想破滅的痛苦與不平，抒發了他熱愛祖國、忠於楚王的高尚情懷。表現了他堅持理想、保持廉正的美好品德，以及不隨波逐流、秉德無私的高尚情操。

按:屈原行蹤及各篇創作順序，各家或以時序、或以地點、或以措辭，皆一家之言。余又有所訂正，其次爲:首《惜誦》，次《橘頌》，次《哀郢》，次《思美人》，次《悲回風》，次《抽思》，次《涉江》，次《惜往日》，而以《懷沙》結。詳見前言考訂見各篇題下之注。江中時所言合理，可供參考。

惜　誦

洪興祖曰：此章言己以忠信事君，可質於明神，而爲讒邪所蔽，進退不可，惟博采衆善以自處而已。

朱熹曰：此篇全用賦體，無它寄託，其言明切，最爲易曉。而其言作忠造怨，遭讒畏罪之意，曲盡彼此之情狀。爲君臣者，皆不可以不察。

祝堯曰：賦也。晦翁云：此篇全用賦體，無它寄託，其言明切，最爲易曉。

汪瑗曰：此篇極陳己事君不貳之忠。公爾忘私，國爾忘家，真可對越神明，宜見知於君，見容於衆。然反叢罪謗，使側身而無所，欲去而不能，其情亦可悲矣。而猶聖守素志，不肯少變，可謂獨立不懼，確乎其不可拔者也。大抵此篇作於讒人交構，楚王造怒之際，故多危懼之詞。然尚未遭放逐也，故末二章又有隱遁遠去之志。然盡忠而不變者，固屈子事君之本心，而亦不使讒人之終害者，又屈子見幾之明決。《詩》曰：“夙興夜寐，以事一人。”又曰：“既明且哲，以保其身。”屈子兼得之矣。揚雄、班固，咸謂其過於高潔，而以不智譏之，後世之號爲知屈子者，又不過曲爲之説以解之。夫屈子曷嘗不智？曷嘗無去楚之心？曷嘗真欲沉流而不寤哉？遍以《楚辭》熟讀而詳者之，斯可見矣。夫讀《楚辭》，論屈子者，不於其書而稽之，而顧援引他說以證之，不亦俵乎？ 嗚呼！ 讀六經者，不尊經而信傳，多援傳以解經，其來久矣，豈獨《楚辭》也哉？ 吾於是乎深有所感也夫。

張鳳翼曰：起句已言章旨。

張京元曰：以篇首二字命題。

黃文煥曰：《惜誦》言君言眾人，語顯而直。 自是《九章》首篇體裁，久經閉口，一旦訴憤，豈得半吞半吐，與他章或隱言之，或於君與小人一明及之，而不復說者弗同。 蓋既經《惜誦》之顯指，則再說必須更端，此中確有次第也。 朱晦菴謂《九章》皆直致無潤色，諸章深練無盡，何嘗太直？ 謂《惜誦》為直，則頗近之。 然章法重疊呼君呼眾人，繚繞萬端，語雖直而法未嘗不曲也。 言字、情字、志字，是通篇呼應眼目。 中段忽入說夢，尤工於穿插出奇。

李陳玉曰：此篇訴其孤忠為君，而遭黨人之仇。 君又不知，呼天自明，熱思遠禍之道，無所從出也。

陸時雍曰：此篇深病黨人發明禍本。

賀貽孫曰："惜誦"二字甚奇。 中有不平，必誦言之。

錢澄之曰：惜者，惜君也；亦自惜也。 誦者，顯言無諱，與眾共聽之。 故其文明白易曉。

王夫之曰：此章追述進諫之本末。 言己之所言，無愧於幽明，冀君之見諒。 而終不見用者，非徒君之不察，實小人設阱誤國，惡其異己而蔽毀之。 故欲反覆效忠，再四思維，知其不可，而情難自抑，是以終罹於害。 宗臣無去國之義，吞聲放廢，浮沈於羈旅，要未嘗一日忘君也。《離騷》《遠遊》與此章皆有歸隱之說。 此章雖作於頃襄之世，遷竄江南之後，與彼異時，而所述者乃未遷已前，屏居漢北之情事，故與彼同，而無決於自沈之意。 於時上官大夫恐其復用，必構其怨望之語，誣以外叛之罪，故自表著其始終所由，與《涉江》《懷沙》《悲回風》諸篇，詞旨有異。而《抽思》篇中所云集漢北、望北山者，皆述往事也。

林雲銘曰：此屈子失位之後，又因事進言得罪而作也。首出誓詞，以自明其心迹，繼追言前此失位，在於犯衆忌、離衆心所致，中說此番遇罰，因思君至情，忘其出位言事之罪。然後以衆心之離、衆忌之謗，痛發二大段，總以事君不貳之忠作緻，末以不失素守之意結之，仍是作《離騷》本旨，故曰重著，詞理甚明也。舊注把“惜誦”二字解作“貪論”二字，“贅肬”二字解作忠君如人有贅肬之病，“忘身賤貧”解作竭忠忘家之意。紛紛傳訛，總因不知來歷，守定王叔師《章句》以爲《九章》皆放於江南之埜所作。若果放也，必有羈置之所，安能任其“僶俛干傺，高飛遠集”乎？按《史記》，懷王聽上官之讒，“怒而疏屈平”。“疏”者，止是不信任耳，未嘗放也。玩是篇“懲羹吹虀”及“折臂成醫”等語，其爲前番既疏猶諫，失左徒之位，此番又諫無疑，即得罪亦但云“遇罰”，不過嚴加譴責，以其所諫不當理耳，亦未嘗放也。劉向《新序》所云“放之於外”，乃後此之事，且非江南之埜。其放於江南之埜，因令尹子蘭之怒，使上官大夫短之頃襄，又與進諫無涉。讀《騷》者皆不可不知。

徐煥龍曰：即篇首二字名篇。

蔣驥曰：《惜誦》，蓋二十五篇之首也。自《騷經》言“從彭咸之所居”，厥後歷懷、襄數十年不變，此篇曰“願曾思而遠身”，則猶回車復路之初願，余固知其作於《騷經》之前，而《經》所云“指九天以爲正”，殆指此而言也，舊解頗多謬誤，此皆由未得誦字之意。余本《抽思》歷情陳辭，《惜往日》陳情白行之義疏之。通體似爲融貫，其末章曰“重著以自明”，未嘗不三復流涕也。夫身將隱矣，焉用文之？ 然必自明而後遠身，夫豈惟不欲以身之察察，受物之汶汶乎？蓋庶幾君之聞其吉，證其行，而鑒其忠，則蓀美可完，猶誦之之意也。"指九天以爲正兮，夫惟靈修之故"，《經》固自言之矣。

王邦采曰：即篇首二字名篇。

吳世尚曰：《九章》之作，雖非一時之言，然而此篇之詞，則固《九章》之所發端也。 然猶在國之音也。

許清奇曰：此屈子失位之後，又進諫懷王得罪而作也。 得罪亦是遇譴罰，非放於江南也。 放於江南，乃因令尹子蘭之怒，使上官大夫短之於頃襄，與進諫懷王無涉。

屈復曰：此篇即《離騷》"余固知謇謇之爲患兮，忍而不能舍也"之意。 其寫作忠造怨，遭讒畏罪，更曲盡情狀。 爲君臣者，皆不可以不察。 通篇只兩段，首兩句總起，末四句總結。

夏大霖曰：惜，痛惜也。 誦，誦説也。 按《正字通》作訟。 公言爲訟。 篇中多訟言。 全騷其望悟君總是一意，而文心變化則無奇不有。 此《惜誦》篇全篇是訟詞，無門控訴，上訴於天而望天，令天地間凡有百神都與聽直，可謂情激而憤極矣。 或曰君可訟乎，曰惡是何言哉，此寓言也，滑稽也。 使其君聞此而或悟也。 則其君即天與百神也，亦以天況其君耳。 諺所謂叫天不應者，此也。 訟云乎哉，誦雖通訟，仍誦而已矣。 君父一也，知號泣昊天之怨慕，可與語斯文矣。

江中時曰：前半反覆明見罰之由，憤甚，筆筆快。 所謂發憤以抒情也。 後半見罰之後，若悟若悔，或述夢，或述古，總是自傳，筆筆曲。 所謂惜誦以致愍也。 看來一意到底，卻有曲折用筆。

邱仰文曰：惜其君而誦之也。 大抵爲懷王見黜言之。 蓋既失左徒之位，又因事進言而得罪。

陳遠新曰：此《卜居》所云"竭智盡忠，而鄣蔽於讒"者，而著明之。　因《離騷》之語以發《離騷》之義也。　中間亦有語同《離騷》，而義不必同者，學者當以上下文脈求之。

奚祿詒曰："惜"字意深長，思前想後，省身慕君，憂天愍人，俱有。　又曰：全篇用賦體。

劉夢鵬曰：舊名其章曰《惜誦》，列第一章，今次第八章。

戴震曰：誦者，言前事之稱。　惜誦，悼惜而誦言之也。

胡文英曰：《惜誦》篇，繼《離騷》後所作，玩其中云"僵徊干傺"，末云"曾思遠身"，大約自郢都將往江南時作也。

牟庭曰：《惜誦》亦作於南土沅湘之間，《懷沙》賦之第二章也。自第二以下，各隨舉兩三字以爲當篇之標題，其實皆《懷沙》賦也。惜誦者，自惜將死而誦言也。

顏錫名曰：此篇敘竭忠被讒，進退維谷。　思欲懷芳遠引，獨善其身之事，而首爲誓辭，末言恐情質之不信，故重著以自明，則作是篇之本旨也。

鄭知同曰：此章首承《騷經》。　大要約《騷》之旨，而以促節寫之。《離騷》之作，欲以感悟懷王。《九章》則欲以感悟頃襄。　然所以訴於頃襄者，不外作《騷》之事。　章末言"恐情質之不信"，故"重著以自明"。　此自點明題旨，爲重繹《騷》詞也。然《騷經》大篇，無意不有。　此章祇及《騷》中三事。　前半痛陳君之蔽讒，邪之害正，以訟己之忠誠冤抑。　其詞纏綿往復，與《騷》前數節同一結撰。惟恐君終不信，故質之天地鬼神，《騷經》"指九天以爲正"之意。　至此提作綱領，此一事也。　中間托言占之屬神，神告以群小惑君。　無可如何，因自詰怪。　從前犯難危身，到今猶不自懲，非特庸流不可合，即向之協力以事君者，亦無不以己爲戒。　駭遽離心，己適成介然孤立。 亦是依《騷經》假設一占之靈氛,再決之巫咸,皆導以國無人知,不如遠求賢臣明主,別圖遇合。 己亦目擊讒諂日深,衆賢改節,不可久留。 此一事也。 末以不容枉道干君,與去之他國,亦不能背道而馳,終取喻於衆芳自保作結。 又申明《騷經》入後衆香皆變,惟己之芬芳未沫。 非不可遠適列邦,究之欲周流絶域,終不離心繫故都,此一事也。 蓋屈子自放逐以來,所爲悲歌慷慨者,無非忠不可伸,行不可虧,國不可去。 三大端事,朝夕耿耿於中。《離騷》詞繁不殺,苦以自明。《九章》亦百變不離其宗。 此章上接《騷》詞,下開諸作,故特舉此三者,再申演之。 其所以異《騷》者,通篇皆對新君訴往事,無非追述之詞爾。 其卒曰:"願春日之糗芳",則終欲進馨香於君,求君一悟而返已。 此其所以復作《九章》,爲前數篇主腦。 若其情詞之懇切,屈子是時離君日久,去國日遠,悲憤日深,篇中且訴且辯,諄諄款款。 至今讀之,哽咽酸楚如聞其聲。 故其詞旨視《騷經》爲愈迫急,音節亦倍增淒緊。 惜乎頃襄無異懷王,終不爲動,可哀也哉。

游國恩曰:"惜誦"二字怎麼講? 按《吕氏春秋·長利》篇云:"爲天下惜死。"高誘注:"惜,愛也。"《廣雅·釋詁》也訓惜爲愛。 又按《説文》:"誦,諷也。"《國語·楚語》云:"宴居有工師之誦。"韋昭注:"誦,謂箴諫也。"惜誦就是好諫的意思。 又曰:《九章》各篇只有這一篇不是放逐時所作的,因爲從文字中不但找不出絲毫有關放逐的跡象,而且有許多話反可以證明它只是反映了被讒失職時的心情。

姜亮夫曰:本篇大義,略與《離騷》相近。 然無《離騷》傷老嘆逝,自絶于國之詞,而猶有冀望切盼之思。 故其情切激,其氣憤勃,曲盡作忠造怨,遭讒畏罪之意。 其三十歲初放時之作與? 又《九章》各篇,皆就文義立題,不作泛設。 此以篇首首句二字命名,貌雖同于三百，而旨實切乎文蘊，與莊生之《逍遥》《齊物》，荀子之《解蔽》《正名》，同一體例也。《九章》各篇，作於何時？ 說者至爲紛紜。 以余所考，武進蔣驥所定略爲得實。

蔣天樞曰：《九章》爲樂章歌辭體。《惜誦》爲《九章》開宗明義之篇。 誦，樂詩之文體。《國語·楚語》所謂"宴居，則有工師之誦"者是也。《九章》中雖僅有首篇以"誦"名，實則各篇均是"誦"體，《説文》："惜，痛也。"痛己志之徒託於誦也。

湯炳正曰：此篇作于楚頃襄王元年遭讒流放準備啓程之時。 以正文首二字爲題。

趙逵夫曰：《惜誦》一詩作於懷王二十六年（前三〇三）前後。其中對國君還抱有一些希望，可證是作於懷王朝被放時。 林雲銘《楚辭燈》云："此屈子失位之後，又因事進言得罪而作也。 ……玩是篇'懲羹吹虀'及'折臂成醫'等語，其爲前番既疏，猶諫，失左徒之位。 此番又諫，無疑即得罪……"被疏而失左徒之位在懷王十六年（前三一三），此次得罪，應即懷王二十四年（前三〇五）被放漢北一次。 蔣驥從其内容分析，認爲"《惜誦》當作於《離騷》之前"（《楚辭餘論》），其說是也。 本篇不但在思想情緒上與《離騷》相近，其構思也有共同之處。 聞一多《楚辭斠補乙》言《涉江》從開頭的"被明月兮佩寶璐"至"與日月兮同光"八句，"當是《惜誦》末段及亂辭而竄入本篇者，其間復有缺奪，語次亦稍顛倒"（《清華學報》一九三六年六月）。 一九四二年三月出版的《楚辭校補》對此又加以論述與厘正，所論甚爲有理，所作《九章解詁》即據此以録文。 今在聞氏基礎上加以校正。《戰國策·楚策一》："於是楚王遊於雲夢，結駟千乘，旌旗蔽日……有狂兕車依輪而至，王親引弓而射，一發而殪。"《楚策四》莊辛諫頃襄王，也説到頃襄王攜其親幸"與之馳騁乎雲夢之中"。

則漢北雲夢爲楚君臣狩獵之地可知。本詩中"繪弋機而在上兮"一節正是寫侍候君王狩獵之事，二者相合。"惜誦"即痛切進諫之意。《國語·楚語》："宴居有師工之誦。"韋昭注："誦，謂箴諫時世也。"王夫之《通釋》云："誦，誦讀古訓以致諫也。"(《楚辭》)

潘嘯龍曰：惜誦，痛惜地進誦。誦，稱述往事以諫的詩歌。此詩當作于楚懷王三十年。屈原諫阻懷王出赴武關之會，觸怒懷王，又遭王子子蘭爲首的貴族黨人的惡毒詆毀，終於遭受放流漢北的處罰。可能在離開郢都前夕，詩人帶著莫大的冤屈和不平，作此詩以剖明心志。前人疑此詩作于屈原初遭懷王疏黜以後，與詩中所稱"初若是而逢殆""猶有曩之態也"所透露的再次"遇罰"背景，以及"終危獨以離異"的處境不符。

周建忠曰：此篇作於屈原初被楚懷王疏遠、尚未離朝遠去之時。明代汪瑗云："大抵此篇作於讒人交構、楚王造怒之際，故多危懼之詞。"《楚辭集解》。蔣驥亦云："蓋原於懷王見疏之後，復乘間自陳，而益被讒致困，故深自痛惜，而發憤爲此篇以白其情也。"《山帶閣注楚辭》。本篇與《離騷》前半部分描寫有重疊之處，可以看出，《離騷》是在《惜誦》基礎上發展、成熟的。此篇開頭介紹創作動機："惜誦以致愍兮，發憤以抒情。"這是文學創作具有自覺意識的表現。而詩中"九折臂而成醫"等名句，閃爍著理性的光輝。

按：關於《九章》各篇的篇次，清代及以前學者言人人殊。《惜誦》之作時亦爭議不定。判斷此篇作時，當據詩中內容及其反映出的情感而定。本篇主旨可以一個字"忠"字概括，從創作背景上看，詩人有"作忠造怨"之歷史故實。全篇五次言忠，有自表忠心，以正視聽之意。這説明，此篇之創作背景當爲詩人已被楚王所懷疑，受到了冤枉，而加以辯解之詞。結合《史記·屈原列傳》，當是上官大夫讒

屈原"每一令出，平伐其功"，"王怒而疏屈平"之事，與《離騷》"荃
不察余之中情兮，反信讒而齌怒。余固知謇謇之爲患兮，忍而不能舍
也。指九天以爲正兮，夫惟靈修之故也"類似。故此篇約作於懷王
十六年，當爲懷王既疏之後而未放之前作。林雲銘言之有理，蔣驥、
吳世尚、邱仰文説法亦近之。

惜誦以致愍兮，發憤以杼情。

王逸曰：惜，貪也。誦，論也。致，至也。愍，病也。言己貪
忠信之道，可以安君。論之於心，誦之於口，至於身以疲病而不能
忘。憤，懑也。抒，渫也。言己身雖疲病，猶發憤懑，作此辭賦，
陳列利害，渫己情思，風諫君也。

洪興祖曰：惜誦者，惜其君而誦之也。杼，渫水槽也。杜預
云：申杼舊意。然《文選》云：抒情素。又曰：抒下情而通諷諭。
其字竝從手。

朱熹曰：惜者，愛而有忍之意。誦，言也。致，極也。愍，憂
也。憤，懑也。抒，挹而出之也。

周用曰：下二章，原以忠見放，其情莫申，故呼天以自誓。終篇
是誓辭。

汪瑗曰：惜，歎惜也。誦、頌、訟，古通用。《詩》曰："吉甫作
頌。"《論語》曰："吾未見能見其過而内自訟者也。"大抵古人指己所
作之文，自省之言，皆謂之誦。此所謂惜誦，謂己歎惜而作此篇之文
也。致，猶《易》"鉤深致遠"之致，謂推而極之也。愍，憂也。
憤，懑也。抒、紓、舒，古亦通用，渫也。朱子讀作去聲，謂挹而出
之也。亦通。發憤抒情，與致愍平看，無輕重先後意。《楚辭》之
文，意同而語異，如此類甚多。此謂己之所以歎息而作此誦者，蓋欲

推致己之憂愍，發揚己之憤懣，抒渫己之情愫也。　愍，言其幽隱之
思；憤，言其不平之氣；情，言其衷曲之忱也，或以二句相承看。　又
曰，憤甚於愍，情深於憤也。　亦通。　要之二句以“惜誦”二字爲主，
下三者皆本作誦而來也。

　　林兆珂曰：起句已盡章首。

　　陳第曰：惜，憫也。　誦，論也。　爲憫惜之論，以致其憂愍之意，
故發憤以抒其情。

　　張京元曰：原見楚國將亡，痛惜在心，誦言在口，憫顧之極，發
憤陳辭，不一而足也。

　　黃文煥曰：屈子之所自悲，悔訴冤之無及也。　始惜之而不肯遽
言，今抒之而未必見信。

　　賀貽孫曰：既以愛惜而不肯誦言，恐遂致愍，故發憤以舒情，則
發憤焉，可矣。

　　王夫之曰：惜，愛也。　誦，誦讀古訓以致諫也。　愍，與愍同，憂
恤也。　抒，舀也，出心所欲言，如舀粟於臼中也。

　　林雲銘曰：惜，痛也，即《惜往日》之“惜”。　不在位而猶進
諫，比之矇誦，故曰誦。　言痛已因進諫而遇罰，自致其憂也。　惟惜
故憤，惟憤故抒，皆情之不容已。

　　佚名曰：此篇皆質言，故其詞易曉。　然不細玩其淺深轉折，則
“竭忠誠”“誼先君”等句，“情沉抑”“心鬱邑”等語，亦似復而無味
矣。（《屈辭洗髓》引）

　　高秋月曰：此章賦也。　惜誦者，惜之而不遽言也。

　　徐煥龍曰：即事而詳言其本末曰誦。　向因惜此誦言，不忍直出諸
口，以致中心憂愍，今用發洩憤懣，聊以自抒其情。　二句明是篇所
由作。

賀寬曰：孤憤欲泄抒之。

張詩曰：言我痛惜誦言以諫其君，而自致此憂愍而難釋，故復發揚己之憤懣，抒潒己之情愫也。

蔣驥曰：惜，痛也。 誦，《增韻》：公言之也。 通作訟。 愍，即後篇"離愍"之"愍"，謂憂困也。 蓋原於懷王見疏之後，復乘間自陳，而益被讒致困，故深自痛惜，而發憤爲此篇以白其情也。

王邦采曰：惜，惜其君也。

吳世尚曰：惜誦者，欲言而不忍言也。 發憤者，欲不言而不得不言也。 致愍者，恐彰君之過。 抒情者，以白己之冤。

許清奇曰：惜，痛也。 誦，諫也。 痛己因諫致憂，初則被疏，繼則被放也。

江中時曰：誦，言也，謂進諫也。 痛己以進諫，遇罰自致其憂，於是發憤以抒其情也。

夏大霖曰：此首一句，明《惜誦》所由作，即明《九章》之所由作也。 愍，憂也，痛惜而誦，所以寫憂，然由憤懣不平而發，故以誦寫憂，所以發洩憤懣以抒我中情也。

陳遠新曰：發，洩之使不留。 憤，情之激也。 抒，暢潒也。 言一痛念所以致愍者，不覺情思憤懣而欲發抒以自明。

奚祿詒曰：誦亦諷也。 公言爲誦，託詞爲諷。 愍，悲哀也。 言己惜國君而諷誦以盡言，所以致其中心之悲。 悼君不見納，因作詞以發其致愍之憤，抒其惜誦之情也。

劉夢鵬曰：惜，痛也；誦，反復言也。 致，招愍憂也。 痛己佪以忠諫得罪，致此憂患，別無他過也。 憤者，心求申而不遂之意。 言廱言不識，陳情無由，不能嘿息，故發憤抒之所誓詞。

丁元正曰：惜，愛而不忍之意。 誦，如"家父作誦"之"誦"。

"家父作誦"以式訛，屈原惜誦以致愍也。

汪梧鳳曰：愍、閔通。

陳本禮曰：惜誦，諫諍之詞。《詩》："家父作誦，以究王訩。"

胡文英曰：誦，如《孟子》"爲王誦之"之"誦"，謂直言而無隱也。愍，可愍也。惜以直言不見用，而反致，此可愍之境也。抒，抒寫也。情所難忍，故發憤而抒寫之也。

牟庭曰：發憤抒情者，頌懷襄兩朝事也。

胡濬源曰：惜，可惜也。誦，即忠言也。舊注愍人者不肯極道其事，嘗若自愛其言也，故曰惜誦。

顏錫名曰：言作此哀痛之言，以致吾憂之情也。

王闓運曰：誦，誦言也。本與頃襄謀反懷王，忽背之而以爲罪，欲誦言自明。王怒益禍，又使王負不孝之罪，國事愈不可爲，故惜之而自致愍也。今依不存楚，亡郢失巫，己竟殉之，而志終不白。故悉發其憤，抒情而作《九章》也。《九辯》曰"自壓按而學誦"。

馬其昶曰：《説文》："惜，痛也。"惜誦，猶痛陳也。《詩》："家父作誦，以究王訩。"

武延緒曰：誦，古通訟也。《史記·吕后紀》："未敢訟言誅之。"注："訟，公也。猶明言也。"《漢書·吕后紀》作"未敢誦言誅之"。鄧展注："誦言，公言也。"是其證。

聞一多曰：蔣驥讀誦爲訟，近是。《漢書·東方朔傳》："因自訟獨不得大官，欲求試用。"本篇亦自訟之辭，而"指蒼天以爲正"以下五句，尤可參證。訟誦古字通。《史記·吕太后本紀》："未敢訟言誅之。"《漢書·高后紀》作誦，是其例。杼通抒。《哀時命》"焉發憤而抒情"，情，誠也。《抽思》"焉舒情而抽信"，情信即誠信。

游國恩曰：因爲他喜歡諫諍，所以遭此憂愍。

姜亮夫曰：《周語》有瞍賦矇誦之制，蓋古之諫官也。古巫史實掌諫納之事，屈子爲懷王左徒，左徒乃宗官之長，入則圖議國事，出則應對諸侯，其職實與漢之太常宗正相類，故得自比於古之瞍矇也。惤，憂也。言己悼惜，因古訓以致諫，以達其憂惤國家之隱。發憤、抒情對舉，發憤即發其悼惜稱誦之憤，抒情謂申抒其下情，以通其諷諫之義也。

蔣天樞曰：致，謂申之使達。惤，悲痛。《説文》木部："杼，機持緯者。"詩述内心蘊結，猶如"機之持緯"，故謂爲杼情。

湯炳正曰：惜，痛。誦，通訟。謂爲争訟是非而内心傷痛。

按：誦，用婉言、隱語諷諫。《國語・周語上》："瞍賦，矇誦。"這裏是用婉言、隱語爲自己忠心作辯護。惜誦，猶痛陳，馬其昶説近是。因己經處於"惤"之境況，故發憤抒情，泄己愁思。王逸以爲泄己情思以諷君，意亦不差。周用以二句爲一章，以爲原以忠見放，其情莫申，故呼天以自誓，切中詩意。林雲銘以爲不在位而猶進諫，乃過於執著"誦"之諷諫意，與詩意未合。

所作忠而言之兮，指蒼天以爲正。

王逸曰：言己所陳忠信之道，先慮於心，合於仁義，乃敢爲君言之也。春曰蒼天。正，平也。設君謂己作言非邪，願上指蒼天，使正平之也。夫天明察，無所阿私，惟德是輔，惟惡是去，故指之以爲誓也。

郭璞曰：蒼天，天形穹隆，其色蒼蒼，因名云。（《爾雅・釋天》"穹蒼，蒼天也"注）

洪興祖曰：作，爲也。下文云：作忠以造怨。

朱熹曰：所者，誓詞，猶所謂"所不與舅氏同心""所不與崔慶者”之類也。 蒼，天之色也。 正，平也，猶言“有如白水”“有如上帝”之類也。 言始者愛惜其言，忍而不發，以致極其憂慇之心，至於不得已，而後發憤懣以抒其情，則又從而誓之曰：所我之言，有非出於中心而敢言之於口，則願蒼天平己之罪而降之罰也。

汪瑗曰：所作忠，謂己所爲忠君之事，如下“竭忠誠而事君”，至“迷不知寵之門”二十句，皆是。 故下文又曰：“吾聞作忠以造怨。”朱子以“作”爲“非”字，且深辯作“作”者爲誤，特知兩章文意爲不明，而不知於通篇大旨尤欠穩也，恐未之深思耳。 言之，即申指己所作之誦也，謂己所爲忠君之事，而今鋪陳以作此誦而自歎者，可使神聖以爲證明也。 蒼，天之正色也。《莊子》曰：“天之蒼蒼，其正色邪？”《爾雅》曰：“春爲蒼天。”正、證同，王逸曰：“平也。”朱子仍之，亦通。

陳第曰：使其非忠，天當證之。

黃文煥曰：忠無可白于人，而祈白之于天。

周拱辰曰：“指蒼天以爲正”，匪啻正吾言，以正聽言者也。 隱然與君訟矣。 情訟之不聽，理訟之不聽，故以天訟之。 寸心爲訟庭，而以天帝爲鞫讞之官，所以省君者至矣。

陸時雍曰：此誓詞也。 人不可告而正之天，則情窮而無所之矣，斯拳拳不能自己之衷也。

王萌曰：慇人者不肯極道其事，嘗若自愛其言，故曰惜誦。 然中情結軫，又不得不有所發抒以通其意，所非忠不得已而爲此言，非欲故言其忠也。“蒼天”以下五句，遂偏指衆神爲誓，有若愚夫負冤，搶地呼天之爲。 屈子於此，憤鬱衝喉，姑不暇細説也。 正，訓質。 如《書·呂刑》“正於五刑五罰五過”之義。

王夫之曰：正，證也，證己之得失也。

林雲銘曰：言，指所誦之言。意當年必有一事，原又進諫者，欲上天代爲理。

徐焕龍曰：我之誦言，有所非忠，指天可正。

張詩曰：蓋使我所言非忠君之事，而敢出之于口，則可指蒼天以質正之。

蔣驥曰：所者，誓辭。正，謂平其是非也。

吳世尚曰：所者，誓詞。忠者，中心正者，平正其罪也。二句如云"予所否者，則天厭之"之意也。

江中時曰：言所言有非出於忠心而敢言之於君，則願蒼天正己之罪也。首二句，一篇之骨。

夏大霖曰：夫言不忠而得罪，則無可憤而誦矣。我寧有非忠而言者乎。此指天可證也。下二句，憤極之誦，舉朝無一人可告語，乃援天也。

邱仰文曰：進言得罪，必有其事，故曰所。此必懷王時事，若頃襄時，則子蘭使上官大夫，未知之而放，非有進言之事也。

陳遠新曰：作，著作也，指《離騷》說。蒼天，九天之一。正，平也，質也，《離騷》指九天以爲正。所作之言，皆出於忠，可援天以相質也。

奚禄詒曰：忠，發己自盡也。己所諫諍必先盡己心慮，其合於仁義而後言之，如有非然者，願指蒼天以爲平正也。末句已起下節。

劉夢鵬曰：將抒情而先爲誓詞，以求諒也。言即誦言正，正其言。原誓言曰已前所誦，苟非忠謀，則指天可正也。

丁元正曰：所者，誓詞，猶《左傳》"所不與崔慶者"之類也。正者，證也，猶言有如白水之類也。

戴震曰：凡誓辭率曰"所"者，反質之以白情實。

陳本禮曰：所，所誦之辭。 正，證也，證其言之是非也。 下二語即指所誦之詞。 前誦之於君而致愍，故今又誦之於天以求其證也。

胡文英曰：有所不由衷之言，則天宜知之，天當厭之。 正，猶的也。 所言皆合天理，故天可爲正也。

牟庭曰：非忠者，言不實也。

胡濬源曰：指天爲正，觀此益知疏後使齊而反，必有多少讒言力諫不傳於外者，激怒懷王、子蘭，故遂致放而作《騷》也。 所謂歸命投誠控告於君父也。

顏錫名曰：所，誓詞，旨在發端。 言己之忠誠固可以質諸天地鬼神而無愧也。

俞樾曰：作，一作“非”。 作“非”者是也。“所非忠而言之兮，指蒼天以爲正”，此二句乃誓詞，猶云“予所否者，天厭之”。

王闓運曰：己所作謀至忠而後言之，非強與國家事也。 王不肯證己，則無正矣，唯指蒼天耳。《黍離》曰：“悠悠蒼天。” 頃襄代懷，如周平嗣幽，父子之間，皆託怨於蒼天也。

聞一多曰：所、儻對轉，古本同語。 古誓詞多以所爲儻。《論語·雍也》篇：“予所否者，天厭之，天厭之！”《國語·越語》：“所不掩子之惡，揚子之善者，使其身無終沒于越國！”《左傳》僖二十四年“所不與舅氏同心者，有如白水”。 此例尚多，不備舉。 所皆當讀爲儻。此曰“所非忠而言之”，亦謂儻所言之不實也。

姜亮夫曰：所作，古誓詞術語，多用“所非”“所不”爲發端。 此疑“作”字乃“非”字之誤。 王、洪說“所作忠”句皆非。 朱熹《集注》以所爲誓詞，似也，而未全允。 按李調元《勦説》卷三：“所作誓詞”云：“《左傳》僖公二十四年，‘所不與舅氏同心者，有如白水’；文公十三年，‘所不歸爾帑者，有如河’；宣公十七年‘所不此報，無能涉河’；襄公二十三年‘所不請于君焚丹書者，有如日’；二十五年‘嬰所不唯忠于君、利社稷者是與，有如上帝’；昭公三十一年‘所能見夫人者，有如河’；定公三年‘余所不濟漢而南者，有若大川’；六年‘所不以爲中軍司馬者，有如先君’；哀公十四年‘所不殺子者，有如陳宗’，杜《注》並云：‘所，誓辭也。’愚按所字未必便是誓辭，疑當時誓辭之例，以‘所’字爲發句，而繼之以有如云何也。”除李氏所引外，如《論語》“予所否者，天厭之，天厭之”，《書·牧誓》“爾所弗勖，其于爾躬有戮”，《左傳》宣十年“所有玉帛之使者，則告，不然，則否”。又哀十四年“所難子者，上有天，下有先君”。皆是。依上引諸例斷之，則“所”下有承以“不”“否”“能”“有”“弗”等詞，則“所”乃一種假設連詞，而用“不”“否”“弗”“能”“有”諸字之處，大抵皆誓詞，此言“所非忠”，與襄二十五年“嬰所不唯忠于君、利社稷者是與，有如上帝”意同。以今語譯之，則所即“設若”二字之合音，誓時迫塞，故以急言出之也。本文“作”字，蓋形近而誤。“所非忠”二句，言設若昔時發憤抒情之誦諫而非忠于君與社稷，願指蒼天以爲之正也。“指蒼天以爲正”即他詞“有如河”“有如日”“有如上帝”“天厭之”之例。戴震曰：“凡誓詞言所者，反質之以白情實。”言，即上所誦之言。此屈子追述在朝事君之實，無一言一行不爲君國，故誓曰：“設若所言有非出於心中，而敢言之於口，則蒼天平己之罪，而降之罰。”

蔣天樞曰：《九章》各篇，主要意旨在言己所行，故曰“所作忠而言之”。正，射之鵠的。指蒼天以爲正，與《離騷》“指九天以爲正”意同。下文即言所謂“正”之意圖。

湯炳正曰：所作，一本作“所非”，是。所非，古人發誓常用語。

　　按：點明本篇主旨乃在“忠”字。呼蒼天爲己忠心作證。原以此語，疑時當受楚王懷疑有不忠之行，而自證清白。核之史實，當爲上官大夫奪稿事，而使王怒而疏之。原作此篇自表治國事侍國君，從無貳心，蒼天可爲作證矣。王逸以陳辭仁義，未免迂腐。朱熹、江中時、夏大霖皆以爲此篇言辭爲忠言而非虛辭，不得文意。汪瑗説近之。

　　令五帝使木枋中兮，戒六神與嚮服。

　　王逸曰：五帝，謂五方神也。東方爲太皥，南方爲炎帝，西方爲少昊，北方爲顓頊，中央爲黃帝。枋，猶分也。言己復命五方之帝，分明言是與非也。六神，謂六宗之神也。《尚書》：“禋于六宗。”嚮，對也。服，事也。言己願復令六宗之神，對聽己言事可行與否也。

　　洪興祖曰：枋，與析同。按《史記索隱》解“折中於夫子”引此爲證，云：“折中，正也。宋均云：‘折，斷也。中，當也。’言欲折斷其物而用之，與度相中當，故言折中也。”《孔叢子》云：宰我問禋于六宗。孔子曰：所宗者六：埋少牢於太昭，祭時也；祖迎於坎壇，祭寒暑也；主於郊宫，祭日也；夜明，祭月也；幽禜，祭星也；雩禜，祭水旱也。禋于六宗，此之謂也。孔安國、王肅用此説。又一説云：六宗：星、辰、風伯、雨師、司中、司命。一云：乾坤六子。顏師古用此説。一云：天地四時。一云：天宗三，日月星辰；地宗三，太山河海。一云：六爲地數，祭地也。一云：天地間游神也。一云：三昭、三穆。王介甫用此説。一云：六氣之宗，謂太極沖和之氣。蘇子由云：捨《祭法》不用，而以意立説，未可信也。

　　朱熹曰：此皆指天自誓之詞。欲使上天命此衆神，察其是非。

若曰司謹司盟，名山大川，群神群祀，先王先公也。 五帝，五方之
帝，以五色爲號者，太一之佐也。 折中，謂事理有不同者，執其兩端
而折其中，若《史記》所謂"六藝折中於夫子"是也。 六神，日、
月、星、水旱、四時、寒暑也。 嚮，對也。 服，服罪之詞，《書》所
謂"五刑有服"者也。

汪瑗曰：五帝，謂五方之神也。 東方太皞，西方少皞，南方炎
帝，北方顓頊，中央黃帝是也。 詳見《月令》。 折中，或作折衷，或
作質中，其義一也。 謂執事理是非可否之兩端而折中之，如以物從兩
頭而屈折之於中間，則長短均平也。 若《史記》所謂"六藝折中於夫
子"，《法言》所謂"衆言淆亂折諸聖"是也。 戒，飭也。 六神，王
逸引《尚書》禋於六宗以解之，以六宗爲六神，似矣。 然説六宗者，
亦無的論，或以爲星辰、風伯、雨師、司中、司命；或以爲乾坤六子；
或以爲天地四時；或以爲三昭三穆；或以爲天宗三，日、月、星辰，
地宗三，太山、河、海；或以爲六爲地數，祭地也；或以爲天地間遊
神也；或以爲六氣之宗，謂太極、沖和之氣。 蘇子由曰："舍《祭法》
不用而以意立説，未可信也。"故蔡氏注《尚書》，朱子注《楚辭》，
皆用《祭法》之説。 愚意實有所未安，姑誌其疑，以俟後之君子。

徐師曾曰：五帝，五方之帝。 六神，六宗。

陳第曰：五帝，謂五方之神也。 東爲太皞，南爲炎帝，西爲少
昊，北爲顓頊，中央爲黃帝。 六神，謂六宗之神也。《尚書》："禋于
六宗。" 嚮服，嚮聽而使之服罪。

黃文煥曰：又祈天之分敕諸神以共爲白焉。 人世之不足賴，一神
之未易決，一至是哉。

金蟠曰：浩氣干霄。

王萌曰：五帝，五方之帝。 六神，六宗也。 嚮，對也。 服，服

罪之詞。

賀貽孫曰：乃煩冤號呼，僅指蒼天爲證，又歷指諸神以共證，可遂爲發憤耶。只此數行，血淚迸流矣。

王夫之曰：五帝：太皥、炎帝、黃帝、少皥，顓頊，古帝之明神配五行者。六神，上下四方之神。枌，與析同，辨也。中，刑書之要也。枌中，辨枌事理，定爲爰書也。服，事也。對質其事理也。

林雲銘曰：服，從也。

高秋月曰：折中，分是與非也。服，服事也，對聽己之所言也。

徐煥龍曰：令五方之帝，以中道折此獄，枌天令之也。五帝則有五神，《月令》其帝某其神某是也。并天神而爲六。嚮對以服厥辜。

張詩曰：且令五帝折其中，戒飭六神以質對其所服之詞。

蔣驥曰：五帝，五方之帝，太一之佐也。折中，辨析事理而取其中道也。六神，日、月、星、水旱、四時、寒暑也。嚮，對。服，事也。言對質其事也。

王邦采曰：此皆指天自誓之辭。五帝，五方之帝。折中，以中道折此獄。六神，《書》"禋于六宗"是也。嚮服，嚮對以服厥辜。

吳世尚曰：五帝，即《月令》所謂太皥、炎帝等，乃太一之佐也。折中，猶云取正也。六神，即祭法所謂日、月、星、水旱、四時、寒暑也。嚮，對也。服，服其罪也。

屈復曰：欲上天使此衆神，明其是非也。

邱仰文曰：接蒼天説。六神，一云天祟三，日、月、星辰；地祟三，泰山、河、海。一云三昭、三穆。二説俱通。

陳遠新曰：折中，分明言之是非。服，對己言事可行與否。天之主宰爲五帝，天之司令爲六宗，山川折中者，臨之在上。

奚祿詒曰：令、戒、俾、命，皆願蒼天使之也。五帝，東方太皥宓羲氏，南方神農大庭氏，中央黃帝軒轅氏，西方少昊金天氏，北方顓頊高陽氏。　六神，即《舜典》"禋于六宗"，《祭法》曰：埋少牢於泰昭，祭時也；祖迎於坎壇，祭寒暑也；王宮，祭日也；夜明，祭月也；幽宗，祭星也；雩宗，祭水旱也。　山川，即《禮》云"四坎壇"，祭四方之名山大川也。　折中者，判其是非之中道也。　嚮服者，對其服行之事實也。

劉夢鵬曰：折中，按所言而折其義理之中也。　即其言而對較事理以求是也。

丁元正曰：折，辨也。　中，利害之要也。　折中，辨析事理，定爲爰書也。　嚮服，對質事理也。

戴震曰：五帝，明堂四郊所祀。　六神，覲禮所謂方明；《周官·司盟》所謂北面詔神明者是也。　設六色象其神，六玉以禮之。《虞·夏書》之六宗，其此與？

陳本禮曰：嚮服，質對共事之實。　嚮服，嚮而訴之，令心服也。

胡文英曰：嚮服，証其行事也。　六神，六氣之神。　六神嚮服，可見無時非忠矣。

顏錫名曰：戒，速也。　猶言召請也。

王闓運曰：《傳》：國事重。　故又折中五帝。　六神，方明木陳六玉盟詛之主也。　山川國內望祀亦盟詛所告也。　服，車服。

聞一多曰：戒，敕也，告也。《韓非子·飾邪》篇："此非豐隆、五行、太一、王相、攝提、六神、五括、天河、殷搶、歲星，數年在西也。"《九歎·遠逝》"訊九魁與六神"注曰："九魁謂北斗九星也。"疑六神亦斥星言。《漢書·東方朔傳》"願陳泰階六符"注引孟康曰："泰階，三台也。　台星凡六星，六符，六星之符驗也。"未審六神即三台六星否？　或曰文昌宮六星，即司命司中之屬，亦通。　與，一作以，義通。 嚮讀爲相，助也。

姜亮夫曰：下言六神、山川、咎繇，則五帝爲天神，非人王必矣。 五帝、六神、山川等，即《周禮·大宗伯》之"以實柴祀日月星辰，以槱燎祀司中司命飌師雨師，以血祭祭社稷五祀五嶽，以貍沈祭山林川澤"以次諸祭也。 此自誓籲天垂鑑之詞。 屈子世守巫史之職，故視誓詞極隆重。 此四句義實不甚殊，而必駢列之者，非文詞之茂密已耳。 枑中，本爲治獄求其中正不偏之義，引申爲對一切事物求其至當不偏不倚之義。 後世字多作折中，又作折衷、執中、制中、質中、節中等。《九章·惜誦》"令五帝以枑中兮，戒六神與嚮服"，諸家説此義，不甚一。 按"枑中"有兩用，而其義則皆相成，一用于司理聽獄，即《管子·小匡》篇所謂"決獄折中，不殺不辜……請立爲大司理"是也。 字或作"折衷"，《尸子·仁意》篇："聽獄折衷者，皋陶也。"又作"執中"，《韓詩外傳》："聽獄執中者，皋陶也。"又作"制中"，《羽獵賦》："不制中以泉臺。"李善注"韋昭曰：制或作折也"，《淮南子》注："言聽獄制中者，皋陶也。"制、折，古同聲，執、折同音通用。《惜誦》所用，與此同義。 上言"所非原本作"作"，非。 忠而言之兮，指蒼天以爲正"，下言"令五帝析中"即令五帝審判此言之忠否，蓋用司理爲斷之意，後文又補敘"命咎繇使聽直"，則皋陶聽訟折獄之舊説也，此其一。 二、《史記·孔子世家》贊："自天子王侯，中國言六藝者折中于夫子，可謂至聖矣。"《漢書·劉向傳》："覽往事之戒以折中取信"，又《師丹傳》："折中定疑。"字又作"折衷"，《漢書·揚雄傳》："將折衷乎重華。"中、衷同音通用也。 又作"枑中"，枑與折同。 又作"制中"，《禮記·仲尼燕居》："夫禮所以制中也。"《後漢書·馮衍傳》："援前聖以制中兮，矯二子之驕奢。"即用《離騷》成句，而字作制，制與折同音。 古浙字又作淛，猘犬作狾犬，則折、制古通之證。　亦作"執中"，《孟子》："子莫執中，執中爲近之。"
亦作"質中"，劉向《九歎·遠游》："北斗爲我質中兮。"又作"節
中"，《離騷》："依前聖以節中兮，喟憑心而歷兹。"第二義實第一義
之引申，決獄必得求其正，故決獄曰"折中"，引申之但求事物之正
者，亦曰栝中矣。　惟朱熹以來，多以中爲兩端之中，于義爲不切。
施于第二義似尚通俗；施于第一義則全非矣。　折獄之中，乃聿書也，
爲官府所執，以理民事者，"栝中"，猶言以法律條例斷之也。　此司理
之所掌，故戰國諸子，多以皋陶當之，舉錯合乎律令，故亦曰執中
矣。　依此説，則"析中""執中"之"中"，當用中形，古籌算史皆在
中，故以書册律文爲中也。　至第二義之中當作中正解，中正者，直
也，爲"中"之引申。　直者，無枉屈也，則折中猶言以直斷之，折中
于夫子，猶言：是正於夫子耳。　二義有本有變而皆相因云。　按六神
爲六宗，是也。　惟六宗之説至繁：朱熹以爲日月星水旱四時寒暑，蓋
本於《尚書·舜典》"禋於六宗"。　僞孔《傳》，以《祭法》案之，此
在天地山川諸神之間，次第相合，於義爲得。　與，與以同。　嚮服，
古刑獄專用術語，即核對罪人服罪與否，與所罰當否之辭也。　王逸
注："一云以鄉服。"服，讀《呂刑》"五罰不服"之服。　嚮訓對者，鄉
之借，不服，不應罰也。　正于五過，從赦免云云，則服乃刑獄中一專
用術語，王鳴盛云："五罰不服，則其人必有所恃，欲挾私倖免，故不
服，宜察其是五過否，如非五過，然後赦之，如是，則五過必正其
罰"，云云，至此則嚮字之義，亦可明。《呂刑》云："兩造具備，師德
五辭，五辭簡孚，正于五刑，五刑不簡，正于五罰，五罰不服，正于
五過。"則所謂"嚮對"者，即《呂刑》之所謂正其簡孚矣，簡，誠也；
孚，信也。　簡孚從原則立言，嚮服從實質立言，義則一也，故嚮服與簡
孚，實又一語之變矣。　山川，名山大川之神也。

蒋天樞曰：枂，古析字。《説文》："析，破木也。"以斤破木，首須衡量輕重大小，故析有量意。　令五帝析中，言使五帝爲我衡量立國中正之道。　戒，敕命也。　此與用神話託意者同，"戒六神"亦寓意之詞。　與，猶以也。　服，謂邊服。言使六宗爲四裔服務。

湯炳正曰：五帝，傳説中五位聖明的帝王，諸典籍所指不一，約有少昊、顓頊、高辛、堯、舜、伏羲、黄帝等。屈原具體所指待考。析中，當從一本作"折中"。古稱斷獄爲"折獄"，折中謂折其中而斷之，無所偏頗。　此決獄常用之語。《管子·小匡》："決獄折中，不殺不辜，不誣無罪。"

按：此寫被懷疑不忠之怨深而切也。　上言蒼天可爲余作證，本已足可證矣，然則又不足證，此又申言請五帝六神爲余證之也。　五帝、六神，説法不一，要之皆非天神。　或以五方之神，或以山川、日月之神，皆與"地"有關。此從"天"至"地"，上下呼告，已證己之忠心，可見冤之深矣。　諸家注釋未及要旨。

俾山川以備御兮，命咎繇使聽直。

王逸曰：俾，使也。　御，侍也。　咎繇，聖人也。　言己願復令山川之神，備列而處，使御知己志；又使聖人咎繇聽我之言忠直與否也。夫神明昭人心，聖人達人情，故屈原動以神聖自證明也。

洪興祖曰：舜舉咎繇，不仁者遠，惟茲臣庶，罔或干予正，故使之聽直。

朱熹曰：山川，名山大川之神也。　御，侍也。　咎繇，舜士師，能明五刑者也。　聽直，聽其詞之曲直也。

汪瑗曰：俾，使也。　山川，名山大川之神也。《書》曰"望於山川"是也。　御，侍也。　皋陶，古聖人姓名，舜士師，能明五刑者也。

《書》曰："徧於群神。"蔡氏注曰："群神，謂丘陵墳衍，古昔聖賢之
類。"屈子之引皋陶者，亦以爲神歟？ 如《遠遊》篇之引傅説爲仙
也。 指蒼天，令五帝，戒六神，俾山川，命皋陶，不一而足，重復惓
惓而不已者，蓋下文將以鋪陳乎己所爲忠君之事，故極援天引神，以
深明己之所言，出於實而非誑，欲人之信之而不疑也。《詩》曰："神
之聽之，終和且平。"孔子曰："知我者其天乎？"又曰："予有所否
者，天厭之，天厭之。"蓋古之聖賢，每託天以自誓，以爲人既不我
知，而求天以自知。 而知聖賢之心者，實惟天而已矣。 屈子之援天
引神者，其亦不得已之至情乎？ 瑗按：篇首三言，乃一篇之綱領，而
下所言者，不過推演所作之忠，憤懣之情耳。 又按《書》曰："類於
上帝，禋於六宗，望於山川，徧於群神。"屈子所誓之詞實倣此序。
《楚辭》中用經書之語，而不用其意者甚多，熟讀而遍考之自見，亦可
見屈子所學之博雅也。 不惟爲辭賦之宗，而實足以繼三百篇之末者，
豈徒然哉。 其學亦有所本矣。 故韓退之作文，每喜模擬六經，遂自
謂足以傳道，然其辭旨，實勝諸家。 後之綴文之士，其可不知讀六經
也哉？ 六經不熟，而自謂曰能文者，吾不知之矣。

　　徐師曾曰：山川，山川之神。 廳直，聽其説之曲直。

　　林兆珂曰：此皆指天自誓之詞也。

　　陳第曰：御，侍也。 復令山川之神，備列而處，又使聖臣咎繇，
聽我之言忠直與否。

　　張京元曰：言己之忠言指天帝山川以爲正，明當使古直臣聽
之也。

　　黃文煥曰：祈天祈神，而仍歸之咎繇之聽直。 天不足賴，終藉人
而已。 神即衆，仍不如繇之獨也。 當衰世而欲得古咎繇之人，此豈
復可望哉？ 嗚呼，直何時耶！ 聽何日耶！ 仰天俯地，前千世而後千

世，胥爲黯然矣。

李陳玉曰：質之天帝、河、嶽，千古直臣，此心方明。

王萌曰：此皆指天自誓之詞，欲使上天命此衆神察己之言也。御，侍也。廳直，聽而曲直之也。

王夫之曰：山川之神，備御在列公。聽，斷也。咎繇，與皋陶同。言己愛君而述古訓以致諫，所言之事理，質諸鬼神而無疑也。

林雲銘曰：廳直，聽其曲直。又曰：已上指天爲誓，所謂“發憤以抒情”者。

高秋月曰：聽直，若聽我言之直與否也。

徐煥龍曰：名山大川之神，皆俾備列侍御。廳直，聽其詞之曲直。

賀寬曰：天地鬼神，欲使一時聽我，爲我作證。若曰司謹司盟，名山大川，群神群祀，先王先公也。始忍之而不肯言，重自更矣。今抒之而言之，指天或爲鑒之。呼天搶地，千載而下，如聞其聲，如見其人。

張詩曰：并使山川之神備侍于左右，命皋陶以聽其曲直也。蓋所謂質諸鬼神而無疑者也。

蔣驥曰：原以自陳而獲罪，必有謂其不忠而讒之者，故因而誓之曰：使吾言而不忠，則天地鬼神，實昭鑒之。憤極之辭也。

吳世尚曰：山川，名山大川之神也。御，侍也。咎繇，能明五刑，故使聽其詞之曲直也。此承上文末句言之，以見其言之忠而非妄也。此二節言吾始者不言，至於今則不得不言，而其言實本於中心，可以對蒼天而質鬼神也。

許清奇曰：首段是《惜誦》破題，而言其發憤抒情之意。

屈復曰：痛言以極其憂思，發憤以抒其衷情，總起通篇，追述往曰，進吾之言，如有非忠則歷指蒼天鬼神，以平正而聽曲直也。 又曰：（右一節）質之天地鬼神，言外見國無人，莫我知也。

夏大霖曰：咎繇，同皋陶。 五帝，天神、山川、地神，六神當是人上下、左右、前後，監察之神，合三才之神，而又必統於咎繇之聽者，天事非人不行也。 憤極而誦，總根發憤句來。

陳遠新曰：山川，其神與六宗同司天權令。 嚮服備御者，質之在旁，且使淑問，如皋陶者，聽之天人交正而所作之言，無一不忠，豈知以是致愍也哉？

奚祿詒曰：備御者，具其刺宥之侍從也。 聽直者，斷其命詞之明允也。《尚書》"帝曰：皋陶汝作士，明於五刑，弼五教"是也。 此四句即指天爲正之目，知我者其天乎？

劉夢鵬曰：山川備御，同侍共聽，無不可質也。 咎繇，舜士師，死而爲神者。 此皆所謂指天爲正者也。

丁元正曰：言己所以諫君，出於忠愛之至誠，可以質諸鬼神而無疑者也。 嗟乎，人不可告而正之天，則情窮而無所之矣，拳拳之心，何能自已哉！

戴震曰：廳直，平斷而治其當也。

陳本禮曰：備御，備其侍御以待刺宥也。 古來斷獄惟咎繇惟明克允，故欲就咎繇而求其聽斷也。

胡文英曰：備御，共待而證其所言也。 山川備御，足證無地非忠矣。 古賢人必不阿枉也。

王闓運曰：御，車御。 嚮之、備之，欲迎懷王也。 事當分曲直，故命皋陶聽也。

聞一多曰：山川，謂山川之神。《淮南子·詮言》篇："聽獄制中者皋陶也。"《禮記·王制》注："聽，斷也。"聽直猶折中，折亦斷也。

姜亮夫曰：御，讀《詩·崧高》"王命傅御"之御，《傳》："治事
之官也。"備御，謂準備百執事之人也。此與下句連一氣讀，故曰
"會咎繇使聽直"。言使百執事之人，與咎繇會而聽直也。咎繇：
《舜典》："帝曰：皋陶，……汝作士，五刑有服。"咎繇即皋陶；《說
文》引《虞書》作咎繇；則咎繇乃璧中書也。舜命咎繇爲士，故原又
使咎繇聽直也。聽直者，直讀爲《詩·柏舟》"實維我直"之直，
《傳》："相當值也。"《漢書·地理志》"報仇過直"，注："當也。"聽
直者，聽其罪罰之當值；王逸以爲忠直，固誤；朱熹以爲曲直，亦未
達一間。此四句乃指天自誓之詞。

蔣天樞曰：咎繇，即皋陶，古直臣。《論語·顏淵》："舜……舉皋
陶，不仁者遠矣。"《漢書·百官公卿表》："咎繇正五刑。"言使如咎
繇者掌法，則內政清明。

湯炳正曰：咎繇，古代傳說中舜的司法大臣。直，同值，當。
"聽直"指聽訟斷獄，是非各得其當。《荀子·修身》："是謂是，非謂
非，曰直。"

按：咎繇，舜時能明五刑者。此承上從"天"至"地"，這裏到
"人"。人間咎繇明法訴訟，吾之忠心亦可請咎繇作斷。聽直，聽我
之忠心之直與否也。蔣驥、陳遠新說近之。余皆可通。

竭忠誠以事君兮，反離群而贅肬。

王逸曰：群，衆也。贅肬，過也。言己竭盡忠信以事于君，若
人有贅肬之病，與衆別異，以得罪謫也。

洪興祖曰：肬，瘤腫也。《莊子》曰："附贅懸肬。"

朱熹曰：贅肬，肉外之餘肉。《莊子》所謂"附贅懸肬"者是也。

言盡忠以事君，反爲不盡忠者所擯棄，視之如肉外之餘肉。

周用曰：下二章，言嘗見知於君，可與質其言也。

汪瑗曰：竭，極盡無餘之詞。 盡心曰忠，以實曰誠。 離群，爲黨人所擯棄也。 贅肬，體外無用之餘肉也。《莊子》所謂"附贅懸肬"是也。 言己竭忠誠以事君，宜爲人之愛慕推重，一體同心，若背膺之不可胖也。 今乃反爲黨人摒棄，視之若贅疣，無所用而有害，亟欲割而去之者何也？

徐師曾曰：言不忠者，反視爲肉外之餘肉也。

陳第曰：贅肬，肉外之餘肉，爲人摒棄，亦猶是也。

張京元曰：言君不我信，視若贅疣。

黃文煥曰：前憤心事之莫白，呼天呼神共爲剖雪。 此表忠忱之易見，不待天、不待神；不待聽直，君可立稽也。 曰竭忠誠反贅肬，言血脈之不貫，痛癢之不關也。

李陳玉曰：贅肬，人身必去之物。 爲人所必去，危哉！

賀貽孫曰：蓋滿朝皆小人，遂視忠臣爲懸附之餘物也。 贅肬，二字奇矣。

陸時雍曰：人固有日相與，而日不知者，我以爲忠，彼以爲佞。 此孝子所以無慈父，而忠臣所以無察主也。 或彼此之不同量，或始信而終疑，或讒入而間生，或愛深而望至，所由非一端矣。

王萌曰：贅肬，肉外餘肉，不切之物也。 同事君而已，獨爲不切之物。

錢澄之曰：贅尤者，舉朝覺多此一物也。

王夫之曰：離群，爲衆所不容也。 贅，餘肉。 肬，痣也。

林雲銘曰：失位之後，別諸寵臣，在官僚中如身之有餘肉，不能供用。

徐焕龍曰：離於臣群，憎若贅疣。

賀寬曰：此以下其所抒之言也。言吾忠以事君，爲人所擯，若附贅懸肬，不相關切者。

張詩曰：言吾竭忠誠以事君，反爲衆所擯棄，視之猶贅肬然。

蔣驥曰：離群贅肬，蓋在朝而無職，如贅肉之無所用，而爲人所憎也。

王邦采曰：贅肬，瘤腫病。

吳世尚曰：離，猶遭也。附贅懸肬，肉外餘肉，人之所厭惡者也。

許清奇曰：言爲人擯棄，若身之餘肉。

江中時曰：見疏之後，離群孤立，雖在官僚，如身之餘肉，不能供用。

夏大霖曰：贅肬，肉外之餘肉，如瘿瘤人不欲有之者也。言人君莫不願臣之忠誠。我以忠誠事君，不得親信而反爲君所務割去，不許在群臣中。此如何不憤。

邱仰文曰：贅肬，疏而不用之辭。

陳遠新曰：離群，衆不忠誠，所以反見離異。

奚祿詒曰：《莊子》“附贅垂肬”。衆人疾己爲贅疣也。

劉夢鵬曰：身有贅肬，必疾而去之。原言衆多己而惡思去之者，如贅肬然，忘失記也。心所不欲，失記其方也。

陳本禮曰：此五帝折中之語，惜其離群失位，如贅肉之無用也。此篇在《九章》中另一格，乃問答體，舊解不分，概作原語。不但“待明君”句涉於謗訕，即下章言行情貌，亦若自炫。此班固誤讀，所以有“露才揚己”之譏也。

胡文英曰：竭忠誠則宜君臣一體，而同僚亦如手足之相顧矣。乃反群擯而出之，如贅疣然，天地神人，其鑒此否。

胡濬源曰：離群、贅肬，尚是追述疏之而未放時。以後招禍、遇罰，則既放矣。

顏錫名曰：人情所憎，比己在群臣中爲人所惡，若贅疣也。

聞一多曰：贅肬，言其無所用之也。《莊子·駢拇》篇：“附贅縣疣，出乎形哉，而侈於性。”無用之形，於生性爲多餘，故曰侈於性。

蔣天樞曰：君子，殷周間以爲人君之稱。此虛擬詞，故稱“君子”。離群索居，古成語。肬，字一作疣。《莊子·駢拇》：“附贅懸肬。”凡體外生肉附著懸贅，俗名“肬贅”。而，如也。離群而贅肬，言己遠斥在外，形同肬贅然。

按：此句乃實言，可爲作本篇之由。屈子本竭忠誠以事君，蒼天、五帝、六神、咎繇，皆可爲證。然黨人如上官大夫之流嫉妒讒言，使吾離開左徒之位，不復參與朝政也。人如贅疣，而楚國之美政，半途而廢，亦成贅肬也，豈不可惜哉？王逸説以忠君爲病，未盡其意。朱熹、汪瑗説皆得之。李陳玉以爲讒人必欲除去屈子，義亦有之。賀貽孫、賀寬、張詩皆以“忠”立言，甚是。陳本禮以爲此乃問答體，爲五帝答詩人之語，非原語，非。下句“待明君”與《離騷》“求女”意同，不涉謗訕。

忘儇媚以背衆兮，待明君其知之。

王逸曰：儇，佞也。媚，愛也。背，違也。言己修行正直，忘爲佞媚之行，違背衆人言見憎惡。須賢明之君，則知己之忠也。《書》曰：知人則哲。秦繆公舉由余，齊桓任管仲，知人之君也。

洪興祖曰：儇，《説文》：“慧也。”一曰利也。言己忘佞人之害己，爲忠直以背衆。

朱熹曰：偄，輕利也。媚，柔佞也。然吾寧忘偄媚之態，以與衆違，其所恃者，獨待明君之知耳。

汪瑗曰：偄，輕利也。媚，柔佞也。與忠誠相反。背衆，猶離群也。言己之竭忠誠之心，而忘偄媚之態，甘於離群背衆而爲贅疣者，豈樂爲是哉？以爲黨人雖不能容而猶有所恃者，欲須明君之見知耳。嗚呼！群衆既不足恃，而所恃者，君之明也。其君又復壅蔽之盛，聽信讒言，而所恃者亦不足恃，則將何以爲慰哉？烏得不深歎息，作爲此誦，以致吾之惑，發吾之憤，抒吾之情哉？

黃文煥曰：未嘗見絶而置之無用，此堂簾暌隔之大弊，宗臣所最難堪者也。嗚呼！不得不待君之徐知矣。

李陳玉曰：不知衆人，止知一人，即無明君，道當如此。

陸時雍曰：偄，輕捷貌。

王萌曰：偄媚之輩，其互爲一體，雖心腹腎腸有不足以擬之者矣。是故己之背衆，惟賴明君之知之也。以下細細訴出千端萬緒，無不令人悲歔矣。

錢澄之曰：衆所以得君者，偄媚爲要術；而己獨忘之，是背衆也。

王夫之曰：偄，小慧，輕薄也。忘偄媚者，戀直而不能同於衆人之巧媚也。

林雲銘曰：以君必知，無藉衆言。

徐煥龍曰：寧爲衆所贅疣，忘偄媚以背衆態，欲待明君之自知之。

賀寬曰：以吾一意事君，不願同衆人之偄薄柔媚，獨待明主之知耳。

張詩曰：然我之所以忘此輕偄媚之態，甘離群以背衆者，惟欲待明君之見知耳。

蔣驥曰：此一節。 蓋誦言之旨，而欲正之天神者，言始以盡忠而失職，皆因與衆異趨之故。 所以欲誦之明君，而待其能知也。

吳世尚曰：背衆，言不爲衆小人所爲也。

江中時曰：言己忘俓媚之態，以與衆違，欲待明君自知之耳。

夏大霖曰：俓，利捷。 媚，柔佞。 然君豈不願有忠誠事君者哉？ 特未知耳，所以不知，衆蔽之耳。 蓋忠誠者不知用俓媚而背乎衆人者也。 明君如此，便可以知吾忠誠矣。 吾是以惜誦，待明君之知之也。

陳遠新曰：言人俓媚以事君，而己獨竭忠誠，是以離群。 衆皆不相爲用，然我固待明君。

劉夢鵬曰：原言己忘俓媚之術，致違衆好，此心獨待明君覺察耳。

丁元正曰：言己之戀直違衆也。

汪梧鳳曰：俓，音翩。《方言》云：“慧也。 自關而東，趙魏之間謂之黠。”

胡文英曰：俓媚，輕俓爲媚，蓋厚重之人，必不能媚也。 背衆，人皆爲此，而我獨否也。 備君知，不向人而乞哀，寧歸誠于君父也。

牟庭曰：此誦懷王之朝不我容也。 我心不難知，且恃君之明也。

胡濬源曰：忘俓媚，亦是以女自比。

顔錫名曰：言己離群之初，猶冀君能自察。

王闓運曰：俓，輕也。 媚，順也。 衆輕薄但求順君意，己忘竭誠之背衆心。

武延緒曰：媚乃娟字之誤。 俓、娟，疊韻字。 俓娟，猶便娟也。《集韻》：“俓，慧利也，便順也，利也。”與連娟、聯娟、嬋娟同，皆疊韻也。

聞一多曰：儇，讀爲嬛，與娟同，娟亦媚也。

姜亮夫曰：待明君，即下文相臣莫若君之義。

蔣天樞曰：儇，巧佞也。媚，柔順。背衆，行殊於衆，作遠適四荒之行。己既不能諂言取悅於人，故有今日處境，希頃襄終能悔悟明察己志也。

按：儇，輕薄巧慧。儇媚，持輕薄獻媚之態。此句折射原秉性與期待之間的矛盾，此乃悲劇命運之源。句謂原持貞潔之性，不願與黨人同流以免品行污損，以待明君知而識之，復再起用矣。"待明君其知之"，可見原心未死，尚有期盼耳。與《離騷》上下求女一致，而與後《懷沙》中徹底絕望大不同。核之史實，屈原左徒之職被調之後，或曰擔任三閭大夫，或如上所言擔任宗老，并未離開朝堂、離開郢都，美政理想尚有待明君實現耳。可見本篇之作在被讒間疏之後不久，當與《離騷》作期相先後而不遠。王逸、洪興祖、朱熹、夏大霖諸說甚是。蔣驥以原因盡忠而失職，與意不合，非。

言與行其可迹兮，情與貌其不變。

王逸曰：出口爲言，所履爲迹。志願爲情，顏色爲貌。變，易也。言己吐口陳辭，言與行合，誠可循迹。情貌相副，內外若一，終不變易也。

朱熹曰：言人臣之言行既可踪迹，內情外貌又難變匿。

汪瑗曰：言，出諸口者也。行，措諸身者也。可迹，言言行皆有踪迹，明白可據而考也，其與誑言詭行而神出鬼沒者，異矣。情，蓄於內者也。貌，形於外者也。不變，言情貌表裏如一，而始終不變也。其與厚貌深情而朝更暮改者，殊矣。此屈子自言己之事君，其忠誠如此。

林兆珂曰：變，猶匿也。

陳深曰：忠邪易辨，味哉斯言。

張京元曰：言己之事君，言行相合，情貌相副，無變易也。

黃文煥曰：抑吾之待知，豈有難知哉？ 言行可以蹤迹，情貌無可
變匿。

錢澄之曰：言己之言行，皆有迹可據；而情與貌，始終如一。

王夫之曰：不變，有諸中者，必見諸外，無變易也。

林雲銘曰：前所言與所行，其事之當否，俱有成迹可據。 情藏於
中，則貌見於外，不可改變以示人。

徐煥龍曰：我之言行顯可迹據，中情外貌，又不變更。

賀寬曰：然臣亦何難知以行，證言以貌。

張詩曰：言聽言可以知行，察貌可以識情。 吾之言行，明白可據
而皆有蹤迹，吾之情貌，表裏如一，而終始不變。

蔣驥曰：且人臣之言行情貌，莫逃君鑒。

王邦采曰：我之言行顯有成迹可據，中情外貌，未嘗改變示人。

吳世尚曰：言我盡忠以事君，而反遭衆人之所厭惡。 然我寧爲忠
誠而不敢爲衆人之儇媚者，以明君之必能知之也。 夫人臣之忠佞不難
別也。 言行既不可掩，情貌又不可匿，人君日與之接，以此驗之，不
待遠求而大白矣。

夏大霖曰：言忠誠與儇媚，發之在言行，其踪跡之可尋者也。 内
有其情則外現於貌，其不能變通者也。

陳遠新曰：相證於言行情貌之問，形跡不變，以知我也。

奚祿詒曰：言行相顧，可按迹而考，内外一致，終身不易。

劉夢鵬曰：可迹，猶言可考。 不變，初終一轍也。

丁元正曰：言己之忠誠事君，賴明君考言詞行，即跡征心，察貌知情。

陳本禮曰：此亦五帝語。上章諷楚懷之不明，此諷其不察。有臣如原，不能迹其言行，證其情貌，而相之也。

胡文英曰：言與行符，可尋其跡。情與貌合，不變其初。君倘察之，臣實無罪也。

顏錫名曰：可迹，言有蹤迹之可尋也。

王闓運曰：情，誠。貌，僞也。不變，易知也。

聞一多曰：《漢書·功臣表》注：“循實而考之曰迹。”《淮南子·齊俗篇》：“言與行相悖，情與貌相反。”言行情貌，兩兩對舉，例與此同。

蔣天樞曰：可迹，言己之言行蹤迹皆可查察，有否如讒人所誣構者。下文即言己過去言行之情貌，與《離騷》所言互相發明。

按：此言事君言與行始終如一，無不忠之心。《屈原列傳》曰：屈平屬草稿未定，上官大夫見而欲奪之。屈平不與。因讒之曰：“王使屈平爲令，衆莫不知，每一令出，平伐其功，曰以爲‘非我莫能爲也’。”此讒原之言與行有貳心者。原曰言與行可跡，情與貌之不變，乃竭力駁斥上官之讒也。王逸、汪瑗、錢澄之、張詩、吳世尚諸家解説合於文意。朱熹、黃文煥等皆謂屈原自持清潔，未及語中有辯駁之意，尚欠一層。陳遠新、丁元正以爲責楚王不變臣之言行，於意又欠一層也。陳本禮以爲五帝之辭，非原自語，然亦有責楚王不識賢臣之意。亦并非完全無理。

故相臣莫若君兮，所以證之而不遠。

王逸曰：言相視臣下，忠之與佞，在君知之明也。證，驗也。

言君相臣，動作應對，察言觀行，則知其善惡。 所證驗之迹，近取諸身而不遠也。

洪興祖曰：相，視也。《傳》曰：“知臣莫若君。”

朱熹曰：而人君日以其身親與之接，宜其最能察夫忠邪之辯，蓋其所以驗之不在於遠也。《左傳》曰：“知子莫若父，知臣莫若君。”此之謂也。

汪瑗曰：相，察也。 證，驗也。 不遠，謂即其言行貌，而可驗其忠佞也。 夫人君日以其身親與臣接，則察臣之忠佞者無如君，而其所以驗之者，又不在於深遠而難知也。 若屈子之言行情貌，果忠誠歟？果傁媚歟？ 試一驗之則瞭然矣。 顧乃不察乎此，而徒聽信讒人而齎怒焉，而造怨焉，何其不審之甚哉？ 夫屈子竭忠誠，忘傁媚，冒然離群背衆以事君者，蓋欲須明君以知之耳。 而君又不察而驗之焉，則所以須明君其知之之心益孤矣。《左傳》曰：“知子莫若父，知臣莫若君。”屈子之心，炳若丹青，昭若日月，楚王非真不知之也。 自古正道難容，讒言易入。 惡謇謇而喜諾諾，壅君之大都也。 嗚呼！ 前有讒而不見，後有賊而不知，猶之可也。 見其讒而信之，知其賊而近之，安其危而利其菑，樂其所以亡者，如此又烏可與言哉？ 其國家又烏得而不淪胥以敗哉？

徐師曾曰：相，察也。

林兆珂曰：知臣莫若君，察其忠姦之辨，取證非遠而難知也。

陳第曰：《左傳》曰：“知子莫若父，知臣莫若君。”故君之相臣，察言觀行，審貌度情，所以證驗之，豈遠乎？

張京元曰：相視而知之也。

黃文煥曰：以行證言，以貌證情。 至顯至邇，相臣真莫若君也。 難知而君不知，猶曰此日之昧，待他日之明。 易知而竟不之知，無可復待矣。不得不急於求親矣。又曰：下文屬神所占，曰君可思而不可恃，此曰待明君，曰莫若君，句句以君爲可恃，善伏下案。前曰抒情，曰忠言，此曰言與行、情與貌，互相呼應。情尚隱而貌顯，言尚虛而行實，如斯忠否，有何難辨？以此段催緊前段。

周拱辰曰：言行情貌之間，君之所以相臣。於其言行情貌而按之，并與其言行情貌而竊之，奈何則證之不遠，以爲不遠乃遠矣。然而非所以語朴忠者也。語曰：佞臣多深衷，直臣無餙貌。見一甲而知麟，視一毛而識鳳，主聖臣直，此瞻言百里，詩人所以興思也。

李陳玉曰：事本易辯，奈何無相臣者。

王遠曰：此緊承上文言人君觀其臣之言行情貌，即可辨其忠邪。言易知而怪其不知也。檢菴曰：天下後世孤臣孽子讀此同聲一哭。

錢澄之曰：在君左右日久，前後皆可證也。

王夫之曰：以，用也。即迹徵心，考言詢行，察貌知情，賢姦易辨，其則不遠也。

林雲銘曰：不遠，謂近在目前，最爲易驗。又曰：已上追叙前此失位之後，惟冀君自悟，以爲可恃。

高秋月曰：君之相臣，初不在遠也。

徐煥龍曰：故從來有相臣莫若君之説，正謂言行情貌，時在君側，所以證其邪正誠僞者，曾不待遠求耳。

賀寬曰：證情知臣，誠莫若君矣，而奈何其不知也。

張詩曰：夫善相臣者，莫若君。即此證之，亦甚近而可知矣。

蔣驥曰：證而相之，豈難知哉？

王邦采曰：故從來有相臣莫若君之説，正以近在君前最爲易驗耳。

吳世尚曰：此我之所以必待明君之知之者也。

許清奇曰：證之言行情貌而知之矣。 次段承所非忠而言意來。
言己之竭忠背衆，明君當諒其心。

屈復曰：右二節，知臣莫若君，往日之忠，今猶可驗也。

江中時曰：人君欲察其忠邪，所以驗之，不在於遠也。 二解追敘
前此見疏之後，惟冀君自悟，以爲可恃。

夏大霖曰：故人有言曰"知臣者莫若君"，謂言行情貌不得逋於
君前，君所證之者，不遠也。 此申待君知句。

邱仰文曰：以上四節，言忠佞易辨，援神作證，所謂憤詞。

陳遠新曰：苟遇明君，斷不以群衆之不忠視我矣。

奚禄詒曰：言行者，君子之樞機也。 情貌者，禮樂之節文也。
箕子、公旦之親賢，表於陳範鈇折之日；亞夫、日磾之黜陟，分於取
箸牽馬之時。 明良遇合，固有幸不幸，而臣子之道，蓋亦有學問存
焉。 然則屈原之心迹，豈易幾者哉？ 又曰：明君相臣之心迹，近取
諸身而已。

劉夢鵬曰：所證不遠，惟君之察之而已。

丁元正曰：取證不遠，甚易明也。

戴震曰：以上言神明既不可欺，又自恃君之前，忠僞易見也。

胡文英曰：古人"知臣者莫若君"之語，此不必遠求所證，即君
之於臣，亦可見也。

顏錫名曰：不遠，言言行情貌，俱在目前，君所常見，求所以驗
其是非者，原不遠也。

王闓運曰：衆皆嫉之，反誣以忘讎誤國。 欲王按考前後之詞，證
明本心也。

聞一多曰：人君之於其臣也，觀其行，可以驗其言；察其貌，可
以得其情，故曰證之不遠。

姜亮夫曰：此四句王逸注從屈子自身立言，未允。朱熹從上待明君其知之句義立説，與相臣莫若君，證之不遠，最爲貼切。勝王注遠矣。

蔣天樞曰：相，視也。證，驗也。不遠，謂猶歷歷在目。

按：此以古言"知臣者莫若君"之語來證己之忠心，有諫懷王勿聽黨人讒言之意。惓惓忠心，期待君明。彼時尚無從彭咸之所居之念也。又有抱怨懷王未去證之，證之不遠而不去證，此懷王壅之處也。陳遠新以尚有埋怨不遇明君之意，亦是也。

吾誼先君而後身兮，羌衆人之所仇。

王逸曰：言我所以執修忠信仁義者，誠欲先安君父，然後乃及於身也。夫君安則己安，君危則己危也。羌，然辭也。怨耦曰仇。言在位之臣，營私爲家，己獨先君後身，其義相反，故爲衆人所仇怨。

洪興祖曰：誼，與義同。人臣之義，當先君而後己。

朱熹曰：誼，與義同。怨耦曰仇。

周用曰：下七章言己篤事君之義，期以是得君，而不敢以富貴寵利爲心，卒以此罹謗，欲申其情而進退無由也。

汪瑗曰：先君後身，猶《論語》"先難後獲"之先後。又曰："敬其事而後食。"先君後身之意也。怨耦曰仇。

林兆珂曰：誼，與義同。怨耦曰仇，謂怨之當報者。言我以義而先君後身，與營私爲家者殊，故爲衆所仇怨也。

黃文煥曰：既已易知，無可自咎矣。此又痛自引咎曰背衆者，開釁於衆者也。偒媚之忘，仇讎之集也。

李陳玉曰：爾一身不足惜，其如衆人要身何！

陸時雍曰：人臣得罪於君，猶可言也。 得罪於左右，不可逭也。
左右能移君心，而用君之意者也。

王夫之曰：上既言己之正諫，可以質諸鬼神，則雖與群小不協，
而君應自知之。 君若不一其心，聽讒而猶豫，則衆方視我如仇讎，我
且有招禍之道矣。

林雲銘曰：衆人指寵臣，以其與己相反，必欲加害，伏下“設張
辟以娛君”句。

徐煥龍曰：相怨曰仇。

張詩曰：言人皆營私爲己，吾獨篤君臣之誼。

蔣驥曰：吾義先君，則盡力事君而與衆背矣。

王邦采曰：先君、後身，以事言。

吳世尚曰：先君後身，公而忘私也。

江中時曰：衆人謂寵臣。 以其與己相反，故深怨之也。 先君後
身，猶有身之見存。

夏大霖曰：後身是不顧自身利害。 言吾忘儇媚背衆者，吾誼以先
君爲急，故後吾身之利害。 此異乎衆人，而衆人仇怨我之獨異者也。

陳遠新曰：羌，反辭。 仇，在位營私爲家，故以忠爲妨也。 言
先君後身，與讒人無涉。 羌在爲所仇怨。

劉夢鵬曰：先君後身，公忘私、國忘家也。 仇，不合而遠之
之意。

丁元正曰：言忠異人，異人將仇。

陳本禮曰：此原聞五帝離群之語，推原其所以離之之故而復
訴也。

胡文英曰：言己先君後身，羌知衆人自愧其不如。 雖與案耦居，
反猜嫌日甚而成仇。 然此猶淺也，吾以爲人臣無私。

聞一多曰:《國語·齊語六》:"忠臣不先身而後君。"

姜亮夫曰:羌,乃也。 羌衆人之所仇者,言吾獨先君後身,故乃爲衆人之所仇視。

蔣天樞曰:誼與"義"同。 吾義,己所持立身準則。 羌,楚人歎咤語詞。 衆,群小。 仇,嫉惡。

按:誼,與義同。 洪興祖説是。 先君後身,乃吾秉持之義,衆人皆先身後君,故吾爲衆所仇也。 夏大霖説得之,林兆珂、王邦采以爲就事言,未免狹隘。

專惟君而無他兮,又衆兆之所讎。

王逸曰:兆,衆也。 百萬爲兆。 交怨曰讎。 言己專心思,欲竭忠情以安於君,無有他志,不與衆同趨,爲所怨讎,欲殺己也。

朱熹曰:惟,思念也。 百萬曰兆。 讎,謂怨之當報者。

汪瑗曰:惟,亦專詞也。 舊注曰"思念也",亦通。 百萬爲兆。 交怨曰讎。 言己明人臣之大義,先君而後身,國而忘家也。 專于事君而無他意,公而忘私也。 其盡道如此,當見取於衆可也,而群衆顧反視之以爲仇讎焉。 何哉? 蓋邪正不並立,忠佞不同謀,若苗之有莠,若粟之有秕,理勢之必然也。 又曰:先君後身,猶有身也。 至於專惟君而無他,則不有其身矣。 兆又衆於人矣。 讎又甚於仇矣。

林兆珂曰:但我專思竭忠於君,非有他志,何讎於衆而視爲必報之讎乎?

張京元曰:怨耦曰仇,交怨曰讎。

黃文煥曰:先君、專君,我所謂竭,衆所謂非也。

李陳玉曰:官是大家做的,爾一官不足惜,其如衆人要官何!

賀貽孫曰:仇而至於不共戴天,不反兵不同國曰讎。

王遠曰：仇、讐，微有深淺。《爾雅》：“仇仇、敖敖，傲也。”讐有必報之義。先君後身，衆之所厭惡。專惟君而不知有身，則舉國之人視爲私怨，而思報之矣。

王夫之曰：專，壹也。惟，思也。

林雲銘曰：衆兆，則盡乎人之詞。讐，報也。以其無與於己，亦以不相關切之情報之。伏下“駭遽離心，同極異路”句。

高秋月曰：衆兆，衆臣也。

徐焕龍曰：必報曰讐。惟，思也。先君後身，以事言。專惟無他，以心言。易人曰兆，則無人不與之仇。進仇爲讐，則此仇在所必報矣。

賀寬曰：申前離群背衆之故，以爲君不見知，斯已矣，徒爲衆人所仇讐耳。

張詩曰：先君後身，無有他志，故爲衆所仇讐也。專惟君，專心以思君也。

蔣驥曰：專惟君，則盡心事君而與衆背矣。

許清奇曰：讐，報也。衆以相反見仇，又以無情相報。

屈復曰：專心竭忠不與衆兆同趨，故爲所讐。

江中時曰：專惟君而無他，并忘其身矣。衆兆則盡乎人之詞。讐，報也。以其無與於己，則以不相關切之情仇之也。

夏大霖曰：無他，是不顧他人利害。我專意竭忠誠以事君，更無他顧忌人之利害，此亦不特現在衆人之怨仇，蓋千古一轍，乃衆兆之所怨讐，必欲擠而去之者也。苟君知此人情，則知贅疣我之由矣。

邱仰文曰：讐，言當報也。百萬曰兆。

陳遠新曰：況如此，又爲百姓所交口稱道乎。

劉夢鵬曰：無他，無私交也。讐，怨深而思報之意。衆兆，猶

言衆人。 言己先君之誼，已爲衆仇，而介然特立不交權幸，又深干衆
怒也。

汪梧鳳曰：仇讎連舉，則仇爲怨，讎爲敵。

胡文英曰：專惟奉君行法，別無顧忌，于是衆小切齒，如父兄之
讐，而殆自此矣。

王闓運曰：仇，怨也。 讎，匹也。 衆兆，今所謂“無萬數”，言
天下古今所同也，凡有血氣者皆願與無他之臣相匹，疾時不然。

聞一多曰：惟，思也。 下文“思君其莫我忠兮”，又“曰君可思
而不可恃”。

姜亮夫曰：惟，思也。 衆兆，古成語，衆庶兆民之省文。 衆人
乃屈賦常語，作衆兆，似少見，然下文又以“衆兆所咍”句見于文，
則不必爲誤字。 惟“衆兆”一詞，詞性不易明，故叔師訓兆爲衆，又
申之曰百萬爲兆，則“衆兆”二字爲平列，爲相屬，遂難決定。 按
《呂氏春秋·孟冬紀》“無或敢侵削衆庶兆民”。《周禮》多言“衆庶”
而鄭注往往以庶民釋之。 則衆兆者，衆庶兆民之省，猶衆庶兆民之作
庶民耳。 特習見庶民而少見衆兆。《文選·幽通賦》亦云：“炕衆兆之
所惑。”曹注：“衆，庶也。”較叔師兆之訓衆尤易明。 言己專心君
上，而不存他人於心中，此又衆人之所以爲讎怨者也。 義與誼先君而
後身兮二句似重，其實誼與義同，行之宜也，先君句從行事立言；惟
君句則從意念處立言。 即身在江湖，心在魏闕之義：此蓋放流以後之
作，追述其在朝之時，則其所事之者，純爲君耳，而不見容於小人。
既放之後，仍存心君國。 小人之讎怨，仍未稍變。 上二句印上文言
與行其可迹之義；下二句印上文情與貌其不變之義。

蔣天樞曰：衆兆，喻多數。 讎，至怨之稱。 衆兆之讎，謂衆怨
集於己身。 己忠誠專一以慮國事，遂爲衆怨之的。

按：仇爲心態，儺爲行動。 此言己一心爲君，毫無私利，忠誠可
鑒，然衆人施以讒間之報復行動。 此暗示上官大夫讒言"非我莫能爲
也"之事。 蔣驥説得旨，夏大霖、姜亮夫以爲專意事君而無顧他人之
利害，或無意結黨而同流合污，故而得罪黨人，亦通。 李陳玉説
非是。

壹心而不豫兮，羌不可保也。

王逸曰：豫，猶豫也。 保，知也。 言己專壹忠信以事於君，雖
爲衆人所惡，志不猶豫，顧君心不可保知，易傾移也。

李賀曰：淚灑徹於風雷，而憂讒畏譏之哀，尤甚奈何。

朱熹曰：不豫，言果決不猶豫也。 不可保，言君若不察，則必爲
衆人所害也。

汪瑗曰：不豫，言一心果決，不待猶豫也。 與上"專惟君而無
他"之語同，而旨益加明矣。 不可保，言爲衆所害也。

徐師曾曰：保，保身也。

林兆珂曰：豫，猶先也。 謂先意逆億之也。 言我事君壹心無
二，雖爲衆兆所儺，亦不敢豫逆君心之傾移也。

陳第曰：忠信事君，而不猶豫，然身不可保也，何者？

張京元曰：言己專一忠信毫無猶豫，而君心易移不可保也。

黃文煥曰：不豫，謂不豫爲備也。 仇隙既存，從而備之猶慮或
疏，況不備而可保哉？

李陳玉曰：不真是要保身。

王萌曰：不豫，不猶豫也。

王遠曰：不可保者，不能保君之信。

賀貽孫曰：忠臣爲小人之怨耦，爲小人所不共戴天，不反兵，不

同國之人，嗚呼，危哉！　故曰羌不可保也。

　　林雲銘曰：止用心一處，而不預防仇讐，何以自保？

　　高秋月曰：一心，專一其心也。　不可保，不能自保也。

　　徐煥龍曰：義先君，故心不猶豫，而明君之自知，則不可保。

　　張詩曰：言一心果決，無所猶豫，宜此身之不可保也。

　　蔣驥曰：惟專惟君，則其心果決而不猶豫；義先君，則其事急疾
而不顧私，故身不可保而禍至無期。　此皆言行情貌之可證，而冀明君
之能知者也。

　　王邦采曰：義先君，故心不猶豫，而明君見知，則不可保。

　　吳世尚曰：不豫，不疑也。　不可保，即下文之招禍是也。　言吾
先公後私，惟君是念。　則衆人以我爲怨，不齎父兄之讎而必欲報之。
故我雖壹心於君，而不能保其無禍也。

　　江中時曰：預，預防也。　不可保，言必爲衆人所害也。

　　夏大霖曰：然則反離群而贅疣，非竭忠誠以事君者所必致哉。

　　奚祿詒曰：不可保，不保其身也。

　　劉夢鵬曰：不豫，謂不疑。　保者，必其無仇而信之之謂。　言己
專志不疑，獨行其是，實不能保其衆之不仇。

　　丁元正曰：壹心而不豫，自信我心而不豫備也。　言我又不爲預
防，勢將難保。

　　陳本禮曰：此又五帝訓誡之詞。　言人臣事君，進思密勿，退欲和
衷。　若以爾之執一不和於衆，雖親君無他，然怙直不回，君亦不喜，
不但不能保位，且必招禍。　大有“爾其戒之”“欽哉毋忽”之意。

　　胡文英曰：壹心于君，而不爲猶豫。　自以爲可保無虞，孰知竟不
可保也。

　　王闓運曰：豫，度也。　不度王之無信，而專心忠謀。

孫詒讓曰：豫，猶言詐也。《晏子春秋·問上》篇云："公市不豫。"《鹽鐵論·力耕》篇云："古者商通物而不豫。"《禁耕》篇云："教之以禮，則工商不相豫。"《周禮·司市》鄭注云："定物賈，防誑豫。"皆即此不豫之義，王注並失之。

馬其昶曰：自言徑情直行，宜其不保。

聞一多曰：豫讀爲訏。《説文》："訏，詭僞今作譌，從原本《玉篇》改。也，齊楚謂[不]信曰訏。"《杕氏壺》"多寡不訏"，謂不欺詐也。 書傳多作豫。《晏子春秋·問上》篇云："公市不豫。"《史記·循吏傳》："市不豫賈（價）。"《鹽鐵論·力耕》篇云："古者商通物而不豫，工致牢而不僞。"《禁耕》篇云："教之以禮，則工商不相豫。"《周禮·司市》鄭玄注"定物賈，防誑豫。"本篇下文"行婞直而不豫"，《涉江》篇"余將董道而不豫兮"，字亦並作豫。 保，恃也，任也。 下文"曰君可思而不可恃"。

姜亮夫曰：壹心二句，自來解者皆誤。 壹者，讀爲《左傳》昭元年"今無乃壹之，則生疾矣"之壹，注："謂抑鬱閉塞也。"緩言之則曰壹壹，《説文》："不得泄凶也。"字或作氤氳、絪緼，別詳余《文字樸識》。 豫，即逸豫之緩言，此處"不豫"，即《書·金縢》之"弗豫"；《孟子》亦言"吾王不豫"；不豫，蓋古之成語。 羌，乃也。 不可保，言不得自保。 此二句言余心中鬱塞，不得喜樂者，乃不得自保之故也。 謂其見放逐流竄之意。

蔣天樞曰：豫，豫防禍難。 保，保己身。 不可保，言身危。 即《離騷》"阽余身而危死"事。

按：豫，即預。 不預，即平時沒有預備締結輔助之人。 在朝爲臣，人皆結黨，惟無壹心事君，從不結黨，關鍵時刻無黨人作媒理從中斡旋，則身不可保而禍至也。 王逸以爲雖吾一心事君，然亦不可保君心亦一心信任我也，有"傷靈修之數化"之意。 孫詒讓以爲一心真誠而不爲詐，故不可保。 可備一説。

　　疾親君而無他兮，有招禍之道。

王逸曰：疾，惡。 招，召也。 言己疾惡讒佞，欲親近君側，衆人悉欲來害己，有招禍之道，將遇咎也。

朱熹曰：疾，猶力也。 與上文"專惟君"之語同。 力於親君，而無私交，固招禍之理也。

汪瑗曰：疾，猶力也。 有汲汲不遑之意。 疾親君而無他，與"壹心而不豫"之語同，而詞益加切矣。 曰"不可保"，猶爲緩詞，曰"招禍"，則明言之矣。 此并上章，蓋言其忠愈盛，而其禍愈深。 詞旨雖同，而有淺深輕重之異，讀者不可不知也。

林兆珂曰：疾，猶力也。 但我疾力親君而無私交，則固有招禍之理，必爲衆佞所讒而君心難保耳。

陳第曰：急欲親君，而無私交，則衆害己，有招禍之道矣。

黃文煥曰：如是以徐待君之親我，不亟求合。 衆人衆兆，庶不之妬乎？ 乃又疾求親君，心無他術，勢無他佐，而亟於欲速，是招妬也。 以背衆爲始禍，以疾親爲催禍，無往而不招矣。 又曰：抒情自鳴無罪，招禍又自認有罪。 五帝、六神、山川、咎繇，到此亦難爲原判斷矣。 原實自招之，誰能雪之？ 艾情善用遞翻。

李陳玉曰：不真是畏禍。

周拱辰曰：疾，急也。 自緩其身，圖急乃公事也。 或曰，疾，懟也。 壹心苦口，有懟憤之意焉，恐君之癉怒而胎禍也。

陸時雍曰：百親君未必見忠，而一得罪於左右，則禍立至。 此《離騷》所以嫉黨人也。

王遠曰：招禍，招衆人之害。

王夫之曰：疾，亟也。此追述未放以前之情事，故自白其忠直之易知，以冀君之連棄以鑒己。故明知爲招禍之道而不恤也。

林雲銘曰：急於得君而背衆，其取禍乃理勢所必然，不足爲怪。又曰：已上根上文“背衆”“待明君”二句，推言前此所以見疏於君之後，不能再得君之故。

高秋月曰：疾，急也。急於親君招妒忌也。

徐煥龍曰：專惟君，故親愛其君者，急疾而君不可保，其道適足以招禍矣。

賀寬曰：誠不自意以先君專君，壹心以親君，君既不見知而反招禍也。

張詩曰：疾於親君，無有他志，宜有招禍之道也。

王邦采曰：專惟君，故急欲得君，而君不可保，適足以招禍矣。

吳世尚曰：何也？疾親君而無他，以義言之，固吾當然而在今之世，則必招禍之道也。

許清奇曰：疾親君，急於得君也。四句即承上四句意。此段言背衆親君，自有招禍之道。此前日所以見疏也。是《惜誦》第一層。

屈復曰：右三節，背衆專君，有招禍之道。言見疏也。

江中時曰：以上二解，遙接“竭忠誠”二句，申言所以離群之故，見背衆待明君，必行不去。上文說之不遠，下本直接下段，卻橫插一段，議論於此，若明知不合於衆，必見疏於君；下文方轉落再諫遇罰，更覺筆筆曲折，字字精神。

陳遠新曰：然則如此，羌不可保，則以如此，有招禍之道耳。此因上“竭忠離群”而反覆言之，即《離騷》所謂“余固知謇謇之爲患”意。

奚祿詒曰：疾，急也。招禍，小人害之也。此“親君”句，是親臣之心；下“事君”句，是正臣之道。二句不同。

劉夢鵬曰：蓋以親君無他，有招衆怨之道，亦安所避罪乎。

丁元正曰：人皆後其君而我急欲親君，而無他，則人心嫉妒，宜乎有招禍之道也。蓋痛自引咎敘被讒見疏之所由也。

胡文英曰：疾親君，奔走先後，欲及前王踵武也。如此，有招禍之道，理亦難憑也。

顏錫名曰：言不料壹心事君，無有疑慮，實爲危身招禍之道。

俞樾曰：注曰“言己疾惡讒佞，欲親近君側”，疾字無義。王注以疾惡讒佞增成之，殆非也。疾，乃侯之誤。侯，語詞，《詩·下武》篇、《蕩》篇，毛《傳》鄭《箋》並曰：“侯，維也。”屈子自言己之志，維親君而無他，此招禍之道也。古文侯作疾，與疾相似，故形近而誤。《周禮·大行人》：“立當前疾。”疾，亦侯字之誤。説詳惠氏《禮説》。

王闓運曰：疾，猶直也。直疾親君，不顧貴近，所謂釋階登天。

馬其昶曰：以上《惜誦》之始，猶冀君知。

姜亮夫曰：“疾君親”二句，王注極誤。朱注較各家爲允當。此二語蓋總上言。上言事君之言與行，及見逐後之情與兒，皆當爲明君之所察鑒；此疾字蓋總仕時之言行與放後之情貌爲説。言在朝在野，皆惟君是力，而不爲私交。此又招致禍害之道。

蔣天樞曰：親，近。急於近王招致群小嫉惡，爲己招禍主因。

按：承上句而來，上句言忠君身不可保，此言不僅身不可保，而且是取禍之道也。王逸、朱熹説近是。汪瑗言其忠愈盛，而其禍愈深。詞旨雖同，而有淺深輕重之異，甚得文意。俞樾以疾爲侯，語詞可參。

思君其莫我忠兮，忽忘身之賤貧。

王逸曰：言衆人思君，皆欲自利，無若己欲盡忠信之節。言己憂國念君，忽忘身之賤貧，猶願自竭。

洪興祖曰：此言君不以我爲忠也。

朱熹曰：言我思君，意常謂群臣莫有忠於我者，則是貴近之臣，皆不能致其身矣。故忘己之賤貧，而欲自進以效其忠。

汪瑗曰：思君，謂念念不忘乎君也。此即所以爲忠，而惟能忘賤貧絕寵利，然後能思君也。下文屬神曰"君可思而不可恃"，蓋即此言而勸之也。忽者，易詞也。忘賤貧，謂處下位受薄祿而能安之，故不覺其忽然而忘之也。謂之曰忘，則不惟無計較之私而已。

林兆珂曰：且我竊意在廷貴近之臣，其思君莫有忠於我者。故忘身之賤貧而願自效也。

陳第曰：憂國忘身，故不知賤貧。

張京元曰：莫知己之忠。

黃文煥曰：自咎之後，又復自解。吾之先君後身也，忘焉故也。

李陳玉曰：若在君不吾忠，知盡分不知安分。

陸時雍曰：作忠造罪，違衆取咍，此千載一大不平事。故《九章》細繹此意，以明《騷》也。

王萌曰：莫我忠，莫有忠如我也。

王遠曰：忽忘，不自覺也。

賀貽孫曰：平日貧賤自安，至此遂不復揣分矣。

錢澄之曰：君不我忠，言不以我爲忠也。賤貧之身，言豈足動君聽，行豈足爲國家輕重乎？而忽忘身爲之，誠有不自覺者也。

王夫之曰：思，念也。承上言忠與人異，爲招禍之道。然抑念之，遇罰而貧賤。

林雲銘曰：有可言處，忽記不得失位之後，身在賤貧中，而又進言。 蓋思之極，忠之至，故不憚位卑而言高也。

高秋月曰：莫我忠，不信己也。

徐焕龍曰：思君激切，忽自忘此三閭之職，身猶賤貧。 賤貧如此，盡忠何以爲富貴者也。

賀寬曰：言吾之所以先君而後身者，知有忠君而已，并忘其身矣。

張詩曰：言吾念念不忘君，即莫以我爲忠，亦不討身之賤貧也。

蔣驥曰：莫我忠，不以我爲忠也。 賤貧，指前已被疏而失禄位言。 此節言致愍之實也，言念君未知我之忠。

王邦采曰：莫我忠，莫有忠於我也。

吳世尚曰：此承上而言，吾之壹心而不豫者，非獨吾誼當如是也。 每思君平日，自言莫有忠於我者，故我忘其身之賤貧。

許清奇曰：莫如我之忠，失位之後，忘其賤貧而又進言。

江中時曰：忘賤貧，蓋忘其見疏而又進言。 此忠君之心，不能自已。

夏大霖曰：言君既莫以我爲忠而疏我，我若改爲儇媚固寵爲一身，計可免賤貧。

陳遠新曰：言以忠之招禍，思之亦惟君不以我爲忠，故身賤貧。

奚禄詒曰：思君之心，其不以我爲忠，故得賤貧，然我心實忘之矣。

劉夢鵬曰：言己雖放廢，而思君之情則莫有如我忠者。 念念君國，竟自忘其貧賤矣。 放廢，故曰賤貧。

戴震曰：我，代君自我也。

陳本禮曰：忘身賤貧，即忘其失位。此原聆五帝招禍之語，撫躬自思於事君之道，莫我忠已，何以莫能免於禍耶？是蓋自忘其身之貧賤，迷其所向而不知有苞苴貨賄，善爲邀寵之地也。

胡文英曰：賤貧，猶言微末也。前者螳臂當車，忽焉忘之，今因君之不以我爲忠而思之，而始知所言之不量矣。

顏錫名曰：言我嘗思之，楚之肯竭忠以事君者，蓋莫我若，故不慮身之賤貧。

聞一多曰：忽亦忘也。

姜亮夫曰：言我思君，意常謂群臣莫有忠於我者；則是貴近之臣，皆不能致其身矣。此即《離騷》哀衆芳之蕪穢之義。然身已放廢，居於賤貧之列，而仍欲自進以效其忠。

蔣天樞曰：莫我忠，不以己爲忠。忽忘，猶言不省記。賤，謂位卑。己所常念者，忠於國事；己所不錯意者，位卑身貧。

湯炳正曰：賤貧，指身份低微卑下。屈原本楚貴族後裔，但年代久遠，家道或已中衰，故云。漢東方朔《七諫》："平生於國兮，長於原野。"即指出屈原生於國都而長於原野。

潘嘯龍曰：屈原乃楚之同姓，列當時屈、昭、景三大宗族，出身本爲貴族。但屈原之父、祖，生平無考，也許這一支族已經沒落，故詩人稱自身賤貧。

按：賤貧，指身世。關於屈原的身世，《離騷》自言"帝高陽之苗裔兮，朕皇考曰伯庸"，高陽、伯庸，皆爲遠祖。至原時已爲平民，東方朔《七諫》曰："平生於國兮，長於原野。言語訥澀兮，又無強輔。"此賤貧，指原在朝堂無結黨，故無強輔之人，爲媒理而進說矣。《離騷》中多次說及無媒無理，此爲呼應也。此亦證原壹心忠君，疏於結黨，以致賤貧也。許清奇説近乎本意，而亦有未盡者。

蔣驥説未達本意。

　　事君而不貳兮，迷不知寵之門。

　　王逸曰：貳，二也。 迷，惑也。 言己事君，竭盡信誠，無有二心，而不見用，意中迷惑，不知得遇寵之門户，當何由之也。

　　洪興祖曰：《老子》云寵爲不寵，非君子之所貴也。 屈原惟不知出此，故以信見疑，以忠被謗。

　　朱熹曰：然其進也，亦但知盡心，以事君而已，固不懷貳以求寵也。 是以視衆人之遇寵，而心若迷惑，不知其所從入之門也。

　　汪瑗曰：不貳，即壹心也。 迷，瞀也。 瞀然不知寵利之門，則不媚權貴以求進可知矣。 蓋惟忘賤貧，故能絶寵利，惟絶寵利，故能忘賤貧，二者實相爲表裏也。 夫忘賤貧，絶寵利，惟專一盡忠，以求事君而不貳焉，則楚廷之臣，其竭忠誠以事君者，孰有復過於屈子者乎？ 夫忠之過而反爲禍之招，此又事理之不可推者也。《懷沙》曰："世溷濁莫吾知，人心不可謂兮。"誠然乎哉？ 此上五章，凡二十句，皆反復詳言己之事君之忠，以終篇首"所作忠而言之"一句之意，誠所謂建諸天地而不悖，質諸鬼神而無疑，百世以俟聖人而不惑者也。屈子之心事，磊磊落落，如青天白日，如此其所以援天而引神者，真可以對越在上，而無愧於心矣。 豈徒託爲虛無之説，以誑人也哉？若歎息夫躬之絶命詞，仰高天而自列，招上帝而我察，不惟誑人，適以自誑。 天豈可欺乎哉？ 上三節皆承"吾義"二字言，先君後身，親君無他，事君不貳，以事言也。 惟君無他，壹心不豫，思君莫我，以心言也。

　　陳第曰：寧無二心而不用，絶不知變節以求寵。

　　黄文焕曰：吾之專惟君而不貳也，迷焉故也。

李陳玉曰：人人從此門出入，有目如盲。

王萌曰：寵之門，謂讒諛之事也。賤貧、貴寵，情狀不同，昭然見矣。

王遠曰：迷不知，實無所知也。只知有忠，無二事無二心也。

賀貽孫曰：所謂其愚不可及也。

錢澄之曰：本圖事君，非以干寵，寵自有門，不在效忠，此己之所迷也。

王夫之曰：非己所恤。

林雲銘曰：寵之門，有許多交結作用在。

徐煥龍曰：又但知事君而不悟及於寵幸之門，可以托足，禍其能不及哉。

賀寬曰：自身之賤貧，且忘之，又安有貳心而識干寵之門。

張詩曰：一心事君，始終不貳，迷然不知有寵利之門也。

蔣驥曰：故忘其被斥而乘間自申其所以事君者，不敢二心從俗，固非以爲邀寵之門也。

吳世尚曰：而惟竭忠誠而不貳，亦更不知人臣之所以儇媚而求寵者，其門於何人而入也？

許清奇曰：不知結交貴寵。

江中時曰：終不知求寵於君也。此方轉落，再諫取罪。

夏大霖曰：乃若忘之，既疏猶諫，事君總無爲身計之貳心，以至於此。蓋自昏迷，不知有固寵之門也。

奚祿詒曰：《困卦》之《象》，曰困而不失其所享，其惟君子乎？如孔子之不主彌子，孟子之毁於臧倉，而屈原有之。原内則蔽於姦臣，外則制於強敵，有言不信，將無九五劓刖之禍歟？然以萬古綱常爲重，一身貧賤富貴爲輕。致命遂志，守一心之忠，不干嬖幸之援引，可謂剛中之德也。　又曰：我惟忠君不貳，其志不知由權寵之門也。

劉夢鵬曰：昔日事君但知不貳，而不知有寵幸夤緣之門。　由今追昔，初終含轍，未嘗變也。　在朝爲其事，故曰事君；既放，徒有其心，故曰思君。

丁元正曰：言君莫以我爲忠，雖疏我，而我若忘，仍然不貳其操，迷不知所以希寵之端。

陳本禮曰：被疏猶諫。　以下皆原語。

胡文英曰：不貳，即上專惟之意。　迷之爲言茫如也。　人臣事君，各盡其心而已，豈嘗計及何門而入，即得君之歡而固其寵乎？

牟庭曰：衆人讒我蔽君聰也，莫我忠，代謂君我也，我本願忠，不爲寵也。

顏錫名曰：亦不復知希榮固寵之術，一意事君，無有疑貳。

王闓運曰：疏放之臣，又謀大計。　初不自量，敗乃覺焉。　豈敢以尤人？　誠自咎也。　事新君可以得寵而以專忠，故忽若迷焉，今乃悟矣，悔已晚矣。　至此不復怨子蘭者，國破身亡，不暇罪此輩也。

聞一多曰：門猶道也。

姜亮夫曰：昔之進也，亦但知不懷攜貳，盡心以事其君而已。　於邀寵之門，固迷無所知矣。

蔣天樞曰：不貳，謂忠誠無私，無有二心。　迷，不解。　寵之門，權勢之門。　己祇知忠誠報國，附託權勢則素不爲。《離騷》"悔相道之不察兮"，謂是也。

按：此承上句，因壹心事君，不知求寵之門。　今君怒而疏，又無媒理爲通，故迷也。　陳第以寧不被用，亦不求寵，意亦近之。　錢澄之以爲忠與寵當兩立，吾不知如何處之，故迷也。　許清奇以不知結交貴寵，甚得詩意。

　　忠何罪以遇罰兮，亦非余之所志。

　　王逸曰：罰，刑。言己履行忠直，無有罪過，而遇放逐，亦非我本心宿志所望於君也。

　　汪瑗曰：忠，即上五章所陳者。罰，凡君加以怨怒之意皆是，不必放逐貶謫而後謂之罰也。志者，心之所之。所志，猶所期也。

　　張京元曰：志猶望也。

　　黃文煥曰：吾亦非志於招禍也。

　　王遠曰：言忠而遇罰，非所期望。

　　賀貽孫曰：似悔似怨，纏綿有味。

　　林雲銘曰：以理言，本是意想不到的。

　　徐煥龍曰：然而盡忠究竟何辜，反遇譴罰，亦非志所及。

　　賀寬曰：吾亦不知忠以賈禍，而有心以邀名。

　　張詩曰：言忠誠如此，何罪而遇罰乎？大非余志所期矣。

　　蔣驥曰：遇罰，即所謂致愍也。然至於無罪被罰，亦豈所及料哉？

　　王邦采曰：非余所志，謂志不及料。

　　吳世尚曰：言忠而被放，固非夙心之所期。

　　許清奇曰：意料不到。

　　江中時曰：志，意計也。

　　夏大霖曰：言物以不平而鳴，我竭忠誠事君有何罪而當罰，此已非余意及之事。

　　劉夢鵬曰：言忠而得過，念不到此。

　　丁元正曰：雖無辜見罰，我終亦不以爲意。

陳本禮曰：忠，跟上"莫我忠"來。

胡文英曰：以忠遇罰，人或疑其賈直，故曰非余之所志。班氏謂其露才揚己，豈嘗深究其義之所存哉？

牟庭曰：雖以遇罰，非所恐也。

顏錫名曰：言雖遇罰，不以爲意，蓋志在竭忠事君，原不以賞罰爲念，但不意衆之咍而且謗耳。

俞樾曰：注曰"言己履行忠直，無有罪過，而遇放逐，亦非我本心宿志所望於君也"。王注未是。此承上文而言，上文曰"事君而不貳兮，迷不知寵之門"，此云"亦非余心之所志"，志，即知也。《禮記·緇衣》篇："爲上可望而知也，爲下可述而志也。"鄭注曰："志，猶知也。"是其義也。屈子之意，蓋言得寵得罪，皆非己之所知耳，以爲忠而遇罰，非宿志所望則轉淺矣。

王闓運曰：無罪遇罰，衆所不平也。然余心猶不志之，以古今常有此比。

姜亮夫曰：志即識之古文。所志者，所及知識也。言忠有何罪，而遇放逐之罰？蓋非余心中之所能知也。

蔣天樞曰：罰，謂責譴之并黜己職。忠何罪以遇罰，即《離騷》所言"朝誶夕替"。非余心之所志，言出己意外。

湯炳正曰：志訓知。《禮記·緇衣》："爲下可述而志焉。"鄭玄《注》："志，猶知也。"此謂不知何以忠反遇罰。

按：志即記。忠而遇罰，此出乎意料者也，故余從未有記也。此責楚國君臣不辨忠奸，不分黑白也。王逸說亦通，汪瑗解甚是，賀寬說非。

行不群以巔越兮，又衆兆之所咍。

王逸曰：巔，殞。越，墜。咍，笑也。楚人謂相啁笑曰咍。言己行度不合於俗，身以巔墮，又爲人之所笑也。或曰：衆兆之所異。言己被放而巔越者，行與衆殊異也。

洪興祖曰：咍，《說文》云："蚩笑也。"

朱熹曰：咍，啁笑，楚語也。言無罪放逐，本非臣子夙心所期望，但以行不群而至此，遂爲衆所笑耳。

汪瑗曰：行，指己之素行而言，而忠在其中矣。不群，言行之高潔，不同於衆，如上言離群背衆亦是。巔越，隕墜也。咍，訕笑之意，猶嗤哂也。此承上五章，言己盡忠如此，本無罪遇，初欲待明君之知以蒙賞，而今反遭罰，是豈余本心之所期望於君者哉？特以己之素行高潔，不合于時俗，故致顛越狼狽如此。然彼黨人覗予之顛越，不惟不爲憐之，方且享富貴，固寵利，自以爲得志，而竊笑於傍也。上二句言得罪於君，下二句言見笑於衆，亦相承講。言己之所以遇罰者，又由讒人之嫉妬也。又曰：夫咍之爲啁笑，通稱也，豈獨楚人哉？然則夫子之哂由也，又豈魯人謂啁笑爲曬乎？《楚辭》中凡曰楚人謂某爲某者，皆王逸之陋見，不當從之。他倣此。

黃文煥曰：吾亦未嘗不欲避人之咍笑也。

陸時雍曰：楚人相啁笑曰咍。（《楚辭疏》）又曰：作忠造怨，違衆取咍，此千古大不平事，故《九章》抽繹其意以明《騷》也。（《七十二家評楚辭》）

王遠曰：但獨行取害，又爲人所啁笑耳。

賀貽孫曰：以忠臣爲仇讎者，不令之顛越不止。蓋至此，始得志而笑矣。最難堪，在此一笑，較仇讎更爲可恨。

王夫之曰：巔與顛同，僕也。但徒勤無益，衹見笑於小人。

林雲銘曰：獨行取害，笑其愚。前所讐者，至此冷眼觀之而大快矣。

徐煥龍曰：料行不群於流俗以致顛越，又何人不以爲哈矣。

賀寬曰：亦不知忠以招哈，而有心以顛越。

張詩曰：行不與衆人爲群，而巔頓隕越如此，宜爲人所哈笑矣。

蔣驥曰：蓋至罰至而顛隕失所，則益快衆心而共笑之矣。

吳世尚曰：不群，即上文之背衆也。然行不群而顛越至此，則又不能免於衆人之嘲笑。

許清奇曰：獨行取害。

屈復曰：哈，笑紛亂貌。

夏大霖曰：自行不與衆群，自望求榮，反致顛越遇罰，爲衆兆所哈笑，豈能不發憤而誦耶？

邱仰文曰：哈，《説文》："嗤笑也。"左思《吳都賦》："㸌然而哈。"

陳遠新曰：哈，笑也。人卻以迷寵爲笑。

劉夢鵬曰：離群取禍，至爲人笑也。

丁元正曰：但違衆得禍，又適足貽笑於人耳。

陳本禮曰：此又追溯前此之遇罰、顛越種種不合，皆由迷於寵門所致。今雖翻然改悟，竊恐前怨已深，衆讎莫解，雖欲挽回，已不及矣。

胡文英曰：哈，讀若戲，嗤笑之聲。吳楚諺也。言我一人獨行此不貳而顛越，衆人皆旁觀而哈然笑其愚也。

牟庭曰：惜我君爲衆人報仇，使衆人視我而嘲弄也。哈者，視笑之容也。

顏錫名曰：乃突遇意外之罰，至爲衆所哈笑。

王闓運曰：以不群之故，被不忠之名，爲有知者所笑。斯乃可傷，故不能無言也。

姜亮夫曰：行不群，即上文"疾君親而無他"之義。巓越，即《離騷》之"巓殞"一聲之轉也。詳彼注。

蔣天樞曰：巓，與顛同，自上墜下。越，失脚跌仆。己所行者衆所不喻，而顛僕則衆所共見，遂爲衆多人所嗤笑。

按：不群，即不與衆人聚集在一起，不結黨營私，即上言"離群背衆"者，亦即《橘頌》中"獨立不遷"之意。《漁父》中亦曰："聖人不凝滯於物，而能與世推移。世人皆濁，何不淈其泥而揚其波？衆人皆醉，何不餔其糟而歠其醨？"此即所謂"群"也。屈子不群，則必顛越，爲衆兆所笑也。王逸説未得真意，陳遠新説不妥，此笑當爲啁笑也。朱熹、汪瑗説與其切合。其他諸説亦不差。

紛逢尤以離謗兮，謇不可釋。

王逸曰：紛，亂貌也。尤，過也。謇，辭也。釋，解也。言己逢遇亂君而被罪過，終不可復解釋而説也。

洪興祖曰：紛，衆貌。言尤謗之多也。離，遭也。

朱熹曰：紛，亂貌。尤，過也。謇，詞也。釋，解也。

汪瑗曰：紛，衆亂貌。言尤謗之多也。逢，遇。尤，過也。離，遭謗毀也。謇，難詞。釋，解也。咍，但笑其行之不群耳；尤，則加之過矣；謗，則毀其行矣。至於紛然而起，謇然而不可解釋而脱也。其見嫉於讒人也甚矣。又曰：或曰，逢尤，指上遇罰，以君言；離謗，指上衆咍，以讒人言。下二句又申言謇不可釋，俱通。

林兆珂曰：言己遭謗而被罪，終不可以解釋。

陳第曰：罪自外至曰尤。

黄文煥曰：愈忠愈迷，以至於此。 吾亦不自知其所以，但有日愚日甚耳。

李陳玉曰：有口無舌。

錢澄之曰：謇不可釋，亦是自咎其褊淺。

王夫之曰：則有不能甘者，故於諫不聽，而又諫之。 時遲回自念，欲言姑止，乃忠憤內積，不可強抑。 則雖逢尤離謗，而謇直不可釋。

林雲銘曰：重重遇罰，於人所難言處，又忍不下。

高秋月曰：不可釋，不可解釋也。

徐焕龍曰：逢非志之尤，離衆咻之謗，謗尤交集，紛如亂絲，不可解釋。

賀寬曰：追至尤謗交加，既不能以言相解。

張詩曰：言余紛然遇此，尤遭此謗。

蔣驥曰：離，麗也。 是以尤謗紛至，則禍不可解也。

王邦采曰：逢非志之尤，離衆咻之謗，而愛君憂國終難釋然。

吳世尚曰：所以罪謗紛然，不可解脫。

屈復曰：尤謗不可釋。

江中時曰：言動輒得咎，由於人所難言者，不能自止也。

夏大霖曰：紛，重疊意。 謇，借字法，比口吃者。 言見疏見放重疊，逢罪尤，離衆咻，欲謇口不言而不可釋憤也。

奚禄詒曰：離，同罹。 多逢衆尤而受謗，謇謜之心不釋。

丁元正曰：夫逢尤離謗紛紛如是，情亦可以已矣。 乃忠憤內積，終不能釋。

陳本禮曰：紛逢尤，重重遇罰，有口難辨。

胡文英曰：紛然逢君之尤，亦可以快小人之心矣。 而又罹衆之謗，蓋以謇謇直言，衆人所深忌，故不能釋然也。

牟庭曰：讒慝宏多，或默或語，我不能宣此窮也。

顏錫名曰：謗議沸騰，不可解釋。

聞一多曰：謇與讓同。《方言》十：“讓，口吃也，楚語也。”此言逢尤離謗，口吃不能自解也。

姜亮夫曰：紛，盛也。 逢尤，諸家皆以爲遭過，以訓詁字易之也。 寅按：如舊説則逢尤與離謗爲對文，如心猶豫而狐疑之例；然紛爲狀字，果如舊説，則義當直貫離謗，方適於文法，義謂紛逢尤、紛離謗也。 則不辭之甚！ 按紛、逢、尤三字，皆以狀離謗一語也，句與忳鬱邑余侘傺、斑陸離其上下、怊惝悅而永懷同，皆於聯綿字上，更綴一疏狀字也。 逢尤，猶今言蠭湧；尤、湧，雙聲之變也。 紛逢尤以離謗者，言其所遭誹謗，大爲蠭湧也。 謇不可釋者，謇讀爲讒，即《秦誓》之讒。 讒，巧言也。 謇不可釋，言巧辨之言，使余逢尤遭謗，不可解釋。 諸家説皆誤！

蔣天樞曰：言己不特爲群小嗤笑，且爲衆訴所集，壹若己罪不可解免。 即《離騷》所謂“謠諑謂余以善淫”“忍尤而攘詬”者是。

按：離，即罹，遭也。 謇，句首語詞。 言遭到讒言毀謗，又不可解釋。 此句承上句而來，因獨行不群，故無人通媒以告懷王，自己的忠心與冤屈無緣得以面君解釋。 賀寬説近是。 王逸、林兆珂以遭讒被疏，不復解釋，意亦通。 汪瑗説讒言蜂起，屈子想解釋而無門也，以見讒言之甚。 徐焕龍以爲愁思紛雜，不可解釋，皆可備一説。 王邦采以爲雖遭讒言，然憂國之心仍不放下，於意較遠。

情沈抑而不達兮，又蔽而莫之白。

王逸曰：沈，没也。 抑，按也。 言己懷忠貞之情，沈没胸臆，不得白達，左右壅蔽，無肯白達己心也。

洪興祖曰：情沈抑而不達，人君不知其用心也。 又蔽而莫之白，群臣莫肯明己所存也。

朱熹曰：沈，没也。 抑，按也。 白，明辯也。

汪瑗曰：情，謂盡忠被讒之情。 沈，没也。 抑，按也。 不達，不能達之於君也。 蔽，謂讒人壅蔽也。 白，明辯也。 此章承上，言己被讒之深，而冤情莫能致之於君上也。

林兆珂曰：而素懷忠貞之情，徒沈没胸臆，爲左右壅蔽，而不能自明也。

陳第曰：中情沉抑，不得自達，左右又壅蔽，無肯暴白其心。

黄文焕曰：既迷而又莫爲之指迷者，我實有情而不得達於人。

李陳玉曰：有目無睛。

王萌曰：檢菴曰：謗不可解，清莫之白，呼君而告之，怨慕之詞，如聞其聲。

王夫之曰：若沈默不言，則己心既不見諒於君而莫白。 欲自陳己志，乃言之必長，不可挈其要以簡陳之。

林雲銘曰：進言之本意，無人肯白之君，使免謗尤。

徐焕龍曰：衆共蔽之而莫爲之白。

賀寬曰：而此情沉抑，無從表暴，徒然佗傺，我不能自白。

張詩曰：寋然不釋，以至情志沉抑，不能上達，非以讒人壅蔽，無由辯白故耶。

蔣驥曰：情志沉抑，又無人代言也。

吳世尚曰：忠貞之情，既不達於君，又障蔽於讒而莫有代爲剖白也。

屈復曰：沈抑不達，蔽而莫白。

江中時曰：而進言之情，又不能自白於君。

夏大霖曰：不言則情沉抑而不達於君，衆人蔽君更莫有爲吾代白者，誦可已乎。

陳遠新曰：無寵甚之遇罰，而顛越、而尤謗，以致沉抑不達耳。然我則忠君一心，不以貧賤介懷，而求希寵之術，無如己則忘之不志，而衆兆則不諒。余心反以爲笑也。謇謇此情，釋之不可，達之無由，且或又從而蔽之，使終沉抑也。憤可以發，情何以抒。

奚禄詒曰：深情沉抑而不達於君，又有小人蒙蔽而不爲之白也。

劉夢鵬曰：情即謇，諤之情。言己逢尤離謗，忠誠不解，乃遭黨人沉抑。有情莫伸，而君爲蔽惑，又不明辨也。

丁元正曰：情志不達，蔽之者衆。

陳本禮曰：加倍朦蔽，更難自白。

胡文英曰：承上言逢君之尤，情已沉抑而不達，離衆之謗，又蔽而莫之肯白。

顏錫名曰：向猶冀君能察，今且爲衆所蔽，欲辯白而無由。

姜亮夫曰：沈抑，義近複合詞，没而抑厭之也。或倒言曰抑沈。凡五見。《惜誦》之“情沈抑而不達兮”，又《七諫·謬諫》：“情沈抑而不揚”，又《哀時命》“志沈抑而不揚”，《九嘆·怨世》“思沈抑而不揚”，按諸漢賦所用，顯爲抄襲屈子《惜誦》之詞，蓋屈子自鑄之詞也，古籍無用之者。聲轉爲“沈菀”，見《思美人》。情沈抑句，即上文離謗及不可釋之情。不達達字，王以爲達左右；洪以爲不達人君；皆誤！達字從己身立説，謂情沈抑而不通利也。下莫之白，乃言達於君。如舊注，則語義重矣。蔽而莫之白者，言左右壅蔽君之明，而莫爲表暴其情者也。王、洪、朱皆未允。

蔣天樞曰：沈抑，抑塞於胸中。不達，無人敢通己情。蔽，壅塞王耳目。 莫之白，無人肯爲己辨白冤誣。

按：此句關鍵在一"蔽"字，情沉鬱積於心，然欲白而有人蔽之，不爲之白也。 奚禄詒説近是。 於上文"行不群以顛越"呼應。因獨立不群，無結黨故無人爲理，且欲白，則敵黨蔽之，而無白也。就楚而言，上官大夫、靳尚與王后鄭袖爲一黨，靳尚讒之於朝堂，鄭袖蔽之於後宮，欲白幾無可能也。 故《離騷》有"求女"，欲不蔽之也。 王逸、林兆珂、陳第説左右壅蔽，意亦近是。 張詩説，非。

心鬱邑余佗傺兮，又莫察余之中情。

王逸曰：鬱邑，愁貌也。 佗，猶堂堂立貌也。 傺，住也。 楚人謂失志悵然住立爲佗傺也。 言己懷忠不達，心中鬱邑，惆悵住立，失我本志，曾無有察我之中情也。

汪瑗曰：忳，憂貌。 鬱邑，愁苦不伸貌。 佗傺，傍惶失志貌。

林兆珂曰：鬱邑，愁貌。 言己懷忠不達，心中鬱悒佗傺，曾無有察我之中情也。

張京元曰：佗傺，惆悵佇立貌。

黃文煥曰：人又不察我之情以憐乎我，所謂情與貌其不變者，空自悵然矣。

李陳玉曰：有胸無心。

周拱辰曰：佗傺，失志也。

毛晉曰：按朱考亭云："中情當作善惡字。 於義不悖，於韻已合。 然直改二字矣。"又按：《古音義》云："情字疑或愫字，與路爲韻。"蓋情愫字形稍同。 舊本模糊致訛，理或有之。

錢澄之曰：上文情既不達，人又從而蔽之，此所以鬱邑而致疾也；徒自鬱邑耳，誰復有察之者？

林雲銘曰：君不能自察。

高秋月曰：侘傺，失志悵然佇立也。

徐焕龍曰：沉郁之情，至於鬱邑侘傺，君又莫能別白而加之察。

賀寬曰：又安望人之見察耶？

張詩曰：言余心憂悶，余身彷徨，孰能察其中之善惡哉。

蔣驥曰：心之鬱邑，君又不察也。

吳世尚曰：不達莫白，則心雖憂，身雖困，而余之衷曲固無有察之者矣。

屈復曰：中情莫察。

夏大霖曰：言我心鬱邑而失志者，爲無人察余之實心。

陳遠新曰：人莫己察，則己志不能言白之於人。

奚禄詒曰：侘傺，趦趄貌。心已鬱抑，行又侘傺，上下皆莫察此衷。

劉夢鵬曰：善惡猶云好惡，所好者，忠誠；所惡者儇媚，方望明君知之，而君不我察，則蔽之者多也。

丁元正曰：是以竚立彷徨而中情莫察。

胡文英曰：以故鬱邑侘傺，居處不樂，又莫有察余之中而解吾之憂者，其何以處之哉？

馬其昶曰：陳第曰：情或是愫字，與路韻。

武延緒曰：情疑愫之譌，或曰當作情愫。疑偶脱愫字，後人遂遶《離騷》補中字以足句耳。愚謂中與衷通，中愫即情愫也。

蔣天樞曰：鬱邑，胸中所積累之悲憤。侘傺，行動所遭遇之困阻，致己之中情無人察知。

按：此言孤獨。心抑鬱而悵然佇立，無人可察吾之情。因不群，故無人察。此一心忠君，而不結黨之必然結果。此句上下文皆圍繞“不群”而敍之、而抒之。 王逸説是，林雲銘、徐焕龍、蔣驥、劉夢鵬皆以爲君不察，意亦在其中。

固煩言不可結而詒兮，願陳志而無路。

王逸曰：詒，遺也。《詩》曰“詒我德音”也。 願，思也。 路，道也。 言己積思累日，其言煩多，不可結續，以遺於君，欲見君陳己志，又無道路也。

洪興祖曰：詒，贈言也。《思美人》：“媒絶路阻兮，言不可結而詒。”

朱熹曰：煩言，謂煩亂之言。《左傳》曰“賈有煩言”是也。《騷經》曰“解佩纕以結言”，《思美人》曰“言不可結而詒”，疑古者以言寄意於人，必以物結而致之，如結繩之爲也。

汪瑗曰：煩言，謂詳細委曲之言耳。 蓋欲丁寧煩悉其辭，以自道達，非謂煩亂之言，不可遺之於君也。 結，謂葺其詞也。 詒，謂致之於君也。 此承上章末二句而申言之耳。

陳第曰：謂多言不能結而貽君。《騷》云“解佩纕以結言”，《思美人》曰“言不可結而詒”，與《左傳》“賈有煩言”不同。

黄文焕曰：煩言，謂言之多也。 意不可盡，則言不可省。 故未易結也。

李陳玉曰：有天無日。

焦竑曰：煩言，是詳細委曲之言。 欲煩悉其詞以自道達，非謂煩亂之言，不可治於君也。

陸時雍曰：舊詁“解佩纕以結言兮”，又“言不可結而詒”，疑古者以言寄意於人，必以物結而致之，如結繩之類。

王萌曰：《離騷》曰“解佩纕以結言”，《思美人》曰“言不可結而詒"，疑古者以言寄意於人，必以物結而致之，如結繩之爲也。

王遠曰：煩言，言之多也。

錢澄之曰：欲結言以詒之，則言之煩矣，不可結也。其惟對君以面陳此志乎？而黨人蔽之，其路無由。

王夫之曰：言煩而君且厭聽，終無能以自達。

林雲銘曰：上書而頭緒甚多，有涉於瀆。前所仇者，至此固不可結其心，而求其代致。又難自通，進言時尋不着門，得罪時自然摸不着路，呼應甚靈。

徐煥龍曰：是以凡物可結束而詒人，若余之中情，萬語千言難盡，固不可結詒，願陳志於君前，終於無路可通也。

賀寬曰：既無人見察，煩言噴興，所自來矣。

張詩曰：即煩瑣其言，綴結以詒之君，奈欲陳吾志而終無道路也。

蔣驥曰：言之煩亂，己又無可陳也。進退無門，煩鬱轉甚，豈誦言之始念哉？

王邦采曰：結而詒者，結束以詒人也。

吳世尚曰：所以胸中許多言語，既非如外在之物，可以結而相詒，欲面陳之而又無路。

許清奇曰：詒，贈也。言既煩不敢結而贈，恐涉於瀆。

屈復曰：煩言難遺，陳志無路。

江中時曰：煩言，多言也。言君既不見察己，又不能結言而致之於君。雖欲陳志而無路也。

夏大霖曰：我爲煩厭之言於此，不得如物可以結而致之於彼。

陳遠新曰：結，固結人心。進退語默，皆非陳志之路。

奚祿詒曰：固然煩數之言，不可繼結以詒君，但此志難按願陳無路矣。

劉夢鵬曰：陳志無路，仇讐鄣之，原其如之何哉？

丁元正曰：結言語君而無路可陳，余實進退維谷，語默兩難。

陳本禮曰：欲上書自陳，又恐言煩詞冗，有涉於瀆。進言時，既邀寵無門，失意時豈復有路耶？

胡文英曰：煩言，謂己之前後所欲盡言于君者，如歷年之所以獲罪者，臣意云何，君以誤聽而加罪，非臣之罪，亦非君之薄于臣也。臣之所欲言者如是，固不可結而遠遺，而宜面陳矣。而奈何陳志無路，如下文所云矰弋諸物，可畏而不敢也。

顔錫名曰：若將心所欲言，結撰成詞，詒之我君，則頭緒甚煩，難於下筆，且又無路進言。

姜亮夫曰：煩言，紛繁之言，言其欲語之多也。結者，《離騷》"解佩纕以結言兮"，言固結其言也。煩言不可結而詒，謂紛煩之言，不能固結之遺贈之也。煩言蓋謂其放逐離亂後之言，亦即上侘傺失志之言也。此謂放廢之後，言不入耳，故下句承以"願陳志而無路"。志與上同，即識之本字。固紛煩之言，不可結詒，故雖願陳述其所知聞於君，至此亦無路可尋矣。

蔣天樞曰：結而詒，結締其言以遺王。《離騷》所謂"閨中既已邃遠"，故此又言"願陳志而無路"也。

湯炳正曰：結，結言，春秋戰國時習用語，指相約以取信之言。

按：結言，當爲寫信上書之意。戰國時楚國，書寫材料有帛書、簡册，將字寫在帛書上，折疊寄送，當即爲結。馬王堆帛書即折疊存放。或以簡册上書，一册亦以絲繩或麻繩編聯或捆扎，亦可稱爲結。煩言，多言。此指欲給楚王上書陳志，亦無路可達。《思美人》曰："媒絶路阻兮，言不可結而詒。"與此意同。王逸説近是，朱熹以爲結言必致物，恐非是。

退静默而莫余知兮，進號呼又莫吾聞。

王逸曰：言己放棄，所在幽遠，衆無知己之情也。

洪興祖曰：號，大呼也。

朱熹曰：號，大呼也。

汪瑗曰：静默，謂安居而無言也。號，大呼也。號呼，謂鳴其冤情於君也。静默自守，即爲退；號呼自鳴，即爲進。二字要看得活。舊注謂退爲放棄於幽遠也，非是。

林兆珂曰：退而不言，既莫我知；進而大呼，又莫我聞。言己放棄幽遠，衆無知己之情也。

黄文煥曰：煩言不可結詒，號呼又莫余聞。所謂言與行其可跡者，復空自悵然矣。

李陳玉曰：閉口患瘂，開口患聾。

賀貽孫曰：沉冤已極，此《惜誦》之所以作也。

王夫之曰：故兩端交戰於心，退而静默，進而號呼，皆有所不可。

林雲銘曰：不言固無伸，即言之亦無益。進退皆不是路。忠而遇罰，安能以何辜免乎？

賀寬曰：我意不能盡，人言口益多。當此際也，欲辯無由，欲默不可。雖大聲疾呼，卒無有聞者。

徐煥龍曰：退思静默則孰辨其冤，進欲號呼，又向誰而訴。

張詩曰：言進退維谷，語默兩難。

蔣驥曰：按呼號莫聞，則所謂致愍者。蓋非徒前此之失職，且斥之不復在朝矣。

吳世尚曰：默莫余知，號莫余聞。進退維谷，重益困頓，徒增憂悶而已。

屈復曰：故進退惟有憂愁而已。

夏大霖曰：故願陳余心志，無路可通，退而靜默不言，却便受冤抑而無知者。進而號呼，自明君門萬里，却莫余聞。

丁元正曰：益使余彷徨憂悶無已也。

陳本禮曰：連用四又字，正見進退維谷之意。

胡文英曰：承上文莫白、莫察而言。我將退而靜默以俟白俟察。久之將有知我之情者乎？而未有也。我將進而號呼以求白求察，急之將有聞我之情者乎？而又未有也。

顏錫名曰：徒覺進退失據。

姜亮夫曰：此二句對言。王逸以退爲放棄，有所指實，於義鑿，而於文癡矣。

蔣天樞曰：退，謂退處。進，謂進而有所建白。號呼，思以言語號召人。

按：此言被讒間疏之後，兩難處境。如退，則讒言就將成爲既定事實，自己的冤屈坐實落定，冤屈將無申訴之日。而進，雖號呼，君臣上下皆不聞。進退不得，哭訴無由。《離騷》有"悔相道之不察兮，延佇乎吾將返"與此意近。林雲銘、吳世尚、胡文英說近是。

申侘傺之煩惑兮，中悶瞀之忳忳。

王逸曰：申，重也。言衆人無知己之情，思念君惑亂，故重侘傺，悵然失意也。悶，煩也。瞀，亂也。忳忳，憂貌也。言己憂心煩悶，忳忳然無所舒也。

洪興祖曰：盹，悶也。

朱熹曰：申，重也。 悶，煩也。 瞀，亂也。 忳忳，憂貌。

汪瑗曰：申，重也。 煩惑，煩悶而惑亂也。 中，中心也。 悶瞀，猶煩惑也。 忳忳，忳而又忳，憂之甚也。 二句一意，亦須活看。此承上三章而總結之，言退而不言此情，顧君上之不知；進而欲陳此志，乃壅蔽之無路。 進退維谷，語默兩難，此所以益使己之中心而煩悶無已也。 此段以上直至篇首，皆反覆詳言己事君之至忠，深爲黨人所讒蔽，以致己得罪於君，欲達此情於君而不能也。 其惜誦之意，已略盡矣。 後段至末，設爲占夢問答之詞，不過申言此志之不忍變，而亦將避禍以遠去而已矣。 中間詞旨，雖若重復，而熟讀詳玩，其鋪叙甚有條理，脉絡首尾相應，非漫作者。 覽者幸無略焉。

黃文煥曰：謗不可釋，志不可陳，鬱邑佗傺之餘，又加佗傺，是有申而無已也。 煩言之懷，變爲煩惑，愈惑則愈悶，悶則愈瞀，忳忳焉而已。 蓋自解之後，又自憐極矣。 又曰“忽忘”、曰“迷不知”、曰“亦非余”、曰“又衆唈”、曰“又蔽”、曰“又莫察”、曰“固不可”、曰“又莫余聞”，一句一轉，疊號不休。 結局所云重著以自明，此爲最重矣。“忽忘”，忽字最有致，氣之所激。 忽然不自覺也。 忠臣俠客，熱血驟噴，不暇他顧，往往如斯。 迷不知門，自供尤妙，將自己一腔忠愛寫得絶癡。 不愚者必不肯忠，忠者必愚。 人各有能有不能，于寵之門，實無所知。 但曰“不欲于”，猶是矯談矣。 既曰寵不知門，又曰“願陳志而無路”。 門者，我所從入；路者，我所從出。 門路兩斷，出入交窮。 先曰“迷”，後曰“瞀”，因迷致瞀，瞀而益迷，始終長困，説得可嘆。

李陳玉曰：煩惑、悶瞀，連自家作不得主了。

王遠曰：自言中心藴結，佗傺非一，煩惑愈深，故曰申。 至此，小作一結，下另起一峰。

錢澄之曰：從上用四“又”字，見己之悶瞀，固非一端。

王夫之曰：忳，屯結於心也。惟煩惑鬱邑而已。此述諫而不聽，又思再諫時之情。

林雲銘曰：煩惑，疑亂之意。瞀，思亂也。忳忳，憂也。又曰：已上敘此番遇罰來歷，所謂“誦而致愍”者，乃通篇題目之正面也。

徐煥龍曰：語默不可，進退靡從，日有申重，惟此佗傺不寧之煩惑，隱中憂疾，遂至悶懷瞀亂之忳忳，余能無發憤抒情，指蒼天而誦諸神耶？自竭忠誠至此，語氣略一束。

賀寬曰：佗傺之餘，又加佗傺，因煩致惑，因惑致悶，惟有忳忳焉而已。黃子曰：“不愚者必不肯忠，忠者必愚。”昔人所云龍逢、比干，都非俊物。

張詩曰：益使余彷徨憂悶無已耳。

許清奇曰：既疏之後，復忘賤貧而進諫。所以逢尤罹謗，沉抑莫白，是《惜誦》第二層。

屈復曰：右四節，言既疏之後，尚欲盡忠，因念忠而遇罰，衆之所咍。此情沈抑，自陳無路，進退維谷，惟有憂悶而已。以上四節爲一段。呼天明己之忠而得禍，遂至進退維谷也。

江中時曰：以上敘此□□□之詞，所謂發憤抒情也。筆筆快甚。

夏大霖曰：故重失志而煩惑，中心悶亂之幽憂，非蒼天爲正，使百神聽直，此冤何伸哉。

邱仰文曰：以上言孤忠無與，衆怒所歸，所以沉冤莫達。

陳遠新曰：惟重自鬱悒而已。

奚祿詒曰：悶瞀，悵亂貌。忳忳，誠懇貌。

劉夢鵬曰：言默則靡君不識，言又願誠無路。長此幽憂不解也。

陳本禮曰：已上皆承思字貫下。歷思忠之招禍，不可保如此。適如五帝之言使我至今中心如醉，益悶瞀而難已也，以起下文入夢之因。文分上下兩截，上截寫五帝折中語，下截寫屬神占問詞，遙遙對列。

胡文英曰：安得不侘傺而又侘傺，煩惑而又煩惑！中心皆悶而瞀亂，忳忳然不下哉！

顏錫名曰：煩惑悶瞀，中心忳忳，然而憂無已也，非余所志。

王闓運曰：忳忳，亂也。

馬其昶曰：以上因惜誦而遇罰。

姜亮夫曰：悶瞀，悶，《說文》心部：「懣也。」「懣，煩也。」則悶瞀即悶懣一聲之變。《古文苑·旱雲賦》：「湯風至而含熱兮，群生悶懣而愁憒。」「悶懣愁憒」，即「悶瞀忳忳」之意也。悶瞀，雙聲聯綿詞，聲轉爲憫然。見《廣韻》「中心煩亂曰悶瞀」，則小雨預亂曰霢霂，小蟲曰蟣蝨，叢草曰覼覶，其言相近，故義亦相類。

蔣天樞曰：申，舒也。侘傺，欲前進而有所阻礙。悶，懣也。瞀，心神煩亂。《離騷》：「忳鬱邑余侘傺兮，吾獨窮困乎此時也！」「此時」二字特觸目。此處四句，極言當日悲憒心境。與上引《離騷》文句同一情調。足見屈子追懷時悲憒之深。

按：此言心情憂心煩悶，無處可泄。自開頭至此，當爲一節。汪瑗以此承上三章而總結之，王遠、徐煥龍亦以至此作一結，甚是。汪瑗說退而不言此情，顧君上之不知；進而欲陳此志，乃壅蔽之無路。進退維谷，語默兩難，此所以益使己之中心而煩悶無已也。切合詩意。陳本禮以爲上皆爲五帝折中語，以與下屬神占問詞，遙遙相對。亦屬有見之說，可參。

昔余夢登天兮，魂中道而無杭。

王逸曰：杭，度也。《詩》曰："一葦杭之。"

洪興祖曰：杭與航同。 許慎曰："方兩小船竝與共濟爲航。"

朱熹曰：杭，方兩舟而並濟也，通作航。

周用曰：下五章，設爲占夢者言之驗，且勸己之他適，無蹈於禍。

汪瑗曰：昔，夜也。《禮記》："孔子曰：吾疇昔夢奠兩楹之間。"
《大招》曰："以娛昔只。"皆謂昔爲夜也。 夢，人寐而遊魂所爲者也。 登天，上天也。 中道，半路也。 航，舟也，所以濟渡道路之不通者也。

陳第曰：夢登天而無航，猶欲事君而無助也。

陳仁錫曰：無限低徊。

黃文煥曰：既極自憐，又復自誣，一一歸之於夢。 吾之迷也、瞀也。 人之莫白、莫察、莫聞、莫知也。 數已前定矣，吾夢久矣。 中道無杭，此夢之示我以無路也、無門也。

錢澄之曰：航，用兩舟相輔而濟。

王夫之曰：此託占夢之言。 見屢諫於同昏之廷，必無助己者也。

林雲銘曰：杭，猶言階也。 未仕時夢此。

賀寬曰：前章文勢促急，水窮山盡也。 至此，不得不開一步。
若曰：吾之至於此極也，非適然也。 疇昔之夜，有夢已告我矣。 中道無杭，豈其有濟乎?

張詩曰：言余疇昔之夜，夢登于天，至於中道，無舟楫可濟而止。

蔣驥曰：申言己之始終遇困，皆由於竭忠也。

吳世尚曰：言余昔夢登天，至於中道，無杭以濟。

許清奇曰：杭，渡也。

江中時曰：杭同航，所以濟也。

夏大霖曰：此以天亦終不能使百神廳直而直之，乃以數之前定服蓑菲之伎也。

劉夢鵬曰：杭，猶梯也。

陳本禮曰：昔，疇昔。"天"字頂章首蒼天來。

胡文英曰：杭，浮梁旁扶手木也，吳楚諺謂之扶杭。 以喻將得君行道，而獨立無助，遂焉中止也。

牟庭曰：登天無杭，夢發篿仕初也。

顏錫名曰：杭，所藉以濟者。《詩》曰："一葦杭之。"此之言杭，猶云階也。 下文"欲釋階而登天"，是以屈子自以爲階釋杭也。

王闓運曰：昔，謂懷王時也。 登天，與王圖議國政。

聞一多曰：無杭疑當爲瀞沆，聲之誤也。《文選·西京賦》"滄池瀞沆"，注曰："瀞沆猶洸瀁，亦寬大也。"此重在洸瀁一義，言傍徨不定也。 瀞沆或倒爲沆瀞，馬融《廣成頌》"瀟瀷沆瀞"。 亦作沆茫，揚雄《羽獵賦》"鴻濛沆茫"。 不分明貌，與洸瀁不定之義亦近。

姜亮夫曰：無杭，王、朱説皆不可通。 杭蓋沆字之譌，而無字，古多作亡，則無杭乃亡沆之誤。《淮南·俶真訓》"茫茫沆沆"，高誘注："盛貌。"茫沆爲疊韻聯綿字，其義多由一聲之衍，故亦得省言曰沆。《説文》"沆，莽沆大水"，是也。 凡大則無當於事理，故聲義之變則爲方皇、仿徨、彷徉，《招魂》"彷徉無所倚"，"魂中道而茫沆"即此"彷徉無所倚"也。 故下承之以屬神占之。 舊注皆誤！

蔣天樞曰：登天，如《離騷》所言"溘埃風余上征"後所託言者。杭，渡船。《方言》卷九郭注："揚州人呼渡津舫爲瀤，荆州人呼杭。"

按：此尋路之思。《離騷》亦有"路曼曼其修遠兮，吾將上下而求

索”，此爲“上天求索”之一證。 雖欲上天申訴，而魂無航不達。 訴
見君無門之苦。 周用之説，以爲下五章乃設爲占夢者言之辭，且勸己
之他適，甚爲有見。 黃文焕説亦可參。

吾使厲神占之兮，曰有志極而無旁。

王逸曰：厲神，蓋殤鬼也。《左傳》曰：“晉侯夢大厲搏膺而踊
也。”旁，輔也。 言厲神爲屈原占之曰：人夢登天無以渡，猶欲事君
而無其路也。 但有勞極心志，終無輔佐。

郭璞：厲神，主知災厲五刑殘殺之氣也。（《山海經·西山經》
“是司天之厲及五殘”注）

洪興祖曰：《禮記》：“王立七祀有泰厲，諸侯有公厲，大夫有族
厲。”注云：厲主殺罰。

朱熹曰：厲神，蓋殤鬼也。《左傳》“晉侯夢大厲”，《祭法》有泰
厲、公厲、族厲，主殺伐之神也。 旁，輔也。 言夢登天而無航者，其
占爲但有心志勞極而無輔助也。

汪瑗曰：厲神，謂巫祝能占卜者也。 蓋厲神，殤魂也。 殤鬼精
氣未滅，能服生人，以發泄其靈，巫祝多服之，以神其術，故可稱巫
祝爲厲神，猶《離騷》稱靈氛也。 蓋氛者，天地間之游氣；而厲氣
者，天地間之殤魂也。曰靈、曰神者，亦欲美其名耳。 占，卜其吉
凶也。 夢魂二字，互文也。 此三句乃屈子自述己嘗於疇昔之夜，其
魂夢登於天，至中道險阻，遂無舟航可以濟渡而返。 未知其兆爲何
如，乃命巫祝爲我占之，以卜其吉凶焉。 上曰者，乃厲神既占畢，得
其兆而告屈子之詞。 下二句，兆詞也。 下曰者，乃厲神復因其兆而
勸屈子之詞。 下十五句皆勸詞也。 朱子及舊注，只以“有志極而無
旁”一句爲厲神占夢之言，餘皆爲屈子自叙，甚謬矣。《楚辭》中韻厲

下而辭旨屬上，韻屬上而辭旨屬下者往往而是，讀者熟誦而詳味之，自見也。 無旁，猶言無邊際也。 有志極而無旁，言其立志太高，廣大浩蕩，茫無涯岸也。 此爲夢登於天之兆。

張京元曰：厲神，蓋殤鬼也。 楚俗所祀。

黃文煥曰：有志極而無旁，此占之料我不知旁門、不知旁路也。極言直往也。 旁，偏旁也。 有正行，有旁行，則隨步不礙。 徑直遂志，則坎陷在前，或無所避矣。 又曰：忽然説夢，追思昔日。 文心從實得幻，文勢從順得逆。 登天却説用舟，“杭”字下得奇。 地盡則水，水盡則天，天水相連者也。 尋河源步，星槎登天，其有途乎？中道無杭，接人無旁，旁字下得奇。 專倚中道，故易窮。 誠知求之四旁，而東西南北俱可覓登矣。

李陳玉曰：自古旁邊無人，誰能站得穩。

王萌曰：厲神，主殺伐之神也。 勞極心志，終無輔佐。

王遠曰：忽然追遡昔夢，低徊俯仰，意若委之於數，聊以自寬，其實無限傷心。 大凡孤臣孽子，當窮山盡之時，皆有此種神理可以想見。

周拱辰曰：昔虞舜夢乘船至日月之旁，遂登庸夢登天而無杭，終於困矣。

陸時雍曰：厲神，古有泰厲、公厲、族厲之厲，謂死而無後者。

賀貽孫曰：無端説夢，無端占夢，惝恍變幻，筆神不測。

錢澄之曰：言獨舟難進，故曰無旁。 又，旁，側也。 君子、小人進退，總係在“旁”一語，故曰：泄柳、申詳，無人乎穆公之側，則不能安其身。

王夫之曰：厲神，大神之巫。 志極，謂志所至也。 旁，輔也。

林雲銘曰：極有志於事君，惜在旁無輔，不能行其志耳。

徐焕龍曰：厲神，厲疫之神。 蓋夢中占夢。 有志之極，旁無輔助。

佚名曰：夢及厲神，便益不詳，必實有是夢，當非設言。（《屈辭洗髓》引）

賀寬曰：占之詞，又協於夢也。 心志勞極，而無輔助，終無濟矣。

張詩曰：未知其兆何如，乃使厲神占之，占者告余曰汝立志太高，茫無崖岸，故危而無援，獨而無伴，曰與眾離異也。 又曰：厲神，巫祝能占卜者。 厲神本殤鬼，精氣未滅能假生人發洩其靈，而巫祝能服之以神其術。 故可謂巫祝爲厲神。

蔣驥曰：厲神，殤鬼，蓋死而附神於占夢者。 極，至。 自"有志"至"不可恃"三句，皆占夢之辭。 蓋以志有所至而無旁輔，示登天無航之象。

吳世尚曰：此占亦是夢中使之占也。 其時夢遇厲神，因使占之。 厲神告我曰：夢登天而無杭，此爲有志，至於至極，而無輔助。

許清奇曰：無旁，無輔助也。

江中時曰：此下見罰之後，自惜其誦，以致愍。 筆筆曲甚。

夏大霖曰：中四句占斷之言。 往者余曾夢登天，夢魂到半路，爲水所阻，無杭接濟，因使厲神占之。 占曰：登天者是有大志，到極處中道無杭，主無旁人相濟，不得如志。

陳遠新曰：無旁，無人輔行其志。 追敘從前之夢占，應驗以見今日之致愍有數也。

奚禄詒曰：神言有勞極之志，而無旁輔也。

劉夢鵬曰：不得其死，魂無所歸者，其神曰厲。 是時原在放已久，知無死所，故獨使厲神占也。 曰者，原託爲厲神之詞。 極，天也。 神，言。 原志欲登天而無輔，故夢中道無杭也。

戴震曰：無主之鬼曰厲。 極，猶窮也。

陳本禮曰：悶瞀之極，結想成蘿。 登天者，志在竭忠事主，故有疇昔登天之夢。 特卜之於厲神者，蓋天與五帝前已誦言之矣。 然忠何辜以遇罰，究未得明其故，故卜及厲神，冀其直言而無隱也。 志極無旁者，憐其志極高而旁無輔也。

胡文英曰：厲神，今楚中有郡厲壇、州厲壇。 載在祀典。 使厲神占之，如風俗問吉凶于土神之類也。 極，至也。 有志極，故夢登天。 無旁，無旁輔之象也。

牟庭曰：厲謂我曰：子真忠臣，恨無徒也。

顏錫名曰：厲神，占夢者之稱。 志極，言志之高也。 解夢之象。

王闓運曰：厲，亡國之神，喻今危亂也。 極，至。 旁，依。

武延緒曰：旁古通傍。《集韻》："傍，左右也。 賈子《保輔》篇：四聖傍之。" 又《正韻》："倚也。"《莊子·齊物論》"旁日月"，《音義》："旁，薄葬反。" 司馬云："依也。" 按：依猶倚也。 合此兩義，文義乃顯。 傍古讀旁，《詩》"四牡彭彭，王事傍傍"是其證。

聞一多曰：志極猶極也。《說苑·政理》篇："夫吞舟之魚，不遊枝流，二字本作淵，從《列子》改。 鴻鵠高飛，不就汙池。 何則？ 其志極遠也。"《列子·楊朱》篇作"其極遠也"。 極謂終極，猶今言目的，下文"同極而異路兮"，《淮南子·說山》篇"所極一也"是其義也。 旁讀爲方，道也。"有志極而無方"，猶言雖有目的而無道可至也。 王注"猶欲事君而無其路也"，得之。

姜亮夫曰：厲神，此當總王、洪兩説而釋之，于義爲周，文云"使厲神占之"則不論其殤鬼，爲泰族之厲，與占事皆無涉。 厲字恐有誤。就文義論之，夢登天，中道而無由杭行，則中道而止，或且中道而返矣。則厲神者在天人之間，或在人世能占之人。屈子之占者有二，一爲靈氛，巫咸之流，一爲鄭詹尹，則厲神豈靈神之聲誤歟？靈之本義爲巫，則靈神猶言巫神，靈保之類矣，姑發于此，乃待問。志極，王逸以勞極心志解之，不詞甚矣。朱言心志勞極，語意雖較明，而義仍不允。志極言中正，即《離騷》"耿吾既得此中正"之意。志者，心之衷也，故有中義；極本訓屋棟，屋棟在屋之正中至高處，故極得引申爲中爲正。《書・洪範》"建用皇極"注"大中也"，《漢書・兒寬傳》"惟天子建中和之極"注"極，正也"是。無旁，王逸訓"輔佐"，義雖可通，而與上下文皆不甚調遂。志極無旁，當即上文"專惟君而無他兮""疾君親而無他兮"等句之義。則旁作旁人、他人解爲得；有、無兩字，蓋相反爲對文也。

蔣天樞曰：厲，烈也。《禮記・祭法》有所謂"泰厲"，古蓋以有功烈而死事之神爲"厲神"。志極，心志所向之鵠的。已有理想鵠的，而無人輔助以成之。

湯炳正曰：厲神，古代傳説中主殺罰之神。參《左傳》成公十年、《禮記・祭法》鄭玄注等。

潘嘯龍曰：厲神，大神，占夢以言吉凶之神。

按：厲神，主厲疫之神。厲疫即瘟疫，以發高燒爲症，屬於烈性傳染病。瘟病能致人死，厲神也即主發人瘟之神，亦即瘟神。《周禮・夏官・方相氏》："帥百隸而時難，以索室驅疫。"方相氏的職責即驅逐瘟疫惡鬼。曹植《説疫氣》曰："建安二十二年，癘氣流行，家家有僵屍之痛，室室有號泣之哀，或闔門而殪，或覆族而喪。或以爲疫者，鬼神所作。"葛洪《肘後備急方》亦曰："其年歲中有癘氣，兼挾鬼毒相注，名爲溫病。""癘氣"導致的是溫病。王充《論衡・命義》："饑饉之歲，餓者滿道，溫氣疫癘，千戶滅門。"王充所云之"溫氣"即癘氣導致的溫病。溫病即瘟病，主要以發燒爲症狀，也即今所云之急性流行性傳染病。朱熹以屬神主殺伐，不確。這裏以魂上天，魂與屬神相通，故言。曰"有志極而無旁"，意即志極遠大，而無輔助也。志之實現，單人不行矣，須有同道之人共同推動，原以不群，故無輔佐。下"危獨以離異"亦即此意。

終危獨以離異兮，曰君可思而不可恃。

王逸曰：言己行忠直，身終危殆，與衆人異行之故也。恃，怙也。言君誠可思念，爲竭忠謀，顧不可怙恃，能實任己與不也。

朱熹曰：終危獨以離異，果如始者占夢者之言也。君可思者，臣子之義也。不可恃者，其明暗賢否，所遇有不同也。

汪瑗曰：危，無與爲援也。獨，無與爲伴也。離異，謂離心異路也。此爲魂中道而無航之兆，此二句乃屬神告屈子，即其所夢而占之，其兆當爲志極廣大，而無成有害也。又曰：屈子壹心而不豫，疾親君而無他者，蓋以相臣莫若君，而將以待明君其知之耳。而卒爲黨衆所仇讎以招禍者，是傷於所恃也。夫自古忠臣義士欲成其志也，未有不恃乎君者。不恃乎君而恃其衆，則私交之黨結，而人君之勢孤矣。屈子不忍爲也。屈子之恃，未爲太遇，而不幸遭昏暗之君，得罪過之不意也。

陳第曰：終危獨者，謂果若屬神之言也。思君在己，恃君實難。

張京元曰：從古君恩，豈可恃哉？

黃文煥曰：如是而危獨離異，必至之勢也。其終也，衆口鑠金必開之隙也。其初也，徘徊初終之際。一言以蔽之，曰：君可思而不可恃而已。同衆則非恃，專君背衆則恃；從容則非恃，疾親無他則恃。

李陳玉曰：千古至言。

周拱辰曰：父可恃也，掩鬻疑而市虎變梨；夫可恃也，啖棗棄而蒸梨逐，而況君乎？故曰君可思而不可恃，千古君臣之局如此。

陸時雍曰：人心多變，況於君臣。可思者，臣子之心也；不可恃者，君父之意也。

王遠曰：獨必致危，異必見離。

錢澄之曰：原自知其過，在以君爲可恃也。惟恃君故徑行己志，以來衆口之謗。

王夫之曰：危獨，身孤而危也。離異，與儌媚者異也。可思者，君臣情之不容己；不可恃者，君不明也。

林雲銘曰：若後來當危險，獨與君別之時。可思者，臣之義；不可恃者，君之心。未仕時占此，且斷而且戒之也。

徐煥龍曰：昔所夢占如此，終以無旁之故，勢危於獨，與君離異，夫亦曰君，但可懷思以自盡其忠，不可因其一時之信任我而遂恃之。

賀寬曰：獨必致危異，必見離，自然之勢也。我則思君不可恃矣。

張詩曰：此告以所占之象，下“曰”字，乃設爲屬神勸原之詞。言思君固臣子之義，但君之賢否明暗不同，故可思而不可恃。

蔣驥曰：而斷其終之無成，又戒以人臣之義。雖當一心念君，然不可專恃君恩而忘衆患也。再言“曰”者，叮嚀告戒之詞。

吳世尚曰：終危獨而離異之象也。屬神又告我曰：天者，君也。夢登天是將得君而君可思矣。然登天無杭，則將得君而終不能得君，有始無終，君可思而不可恃矣。

許清奇曰：未仕時占此。

屈復曰：此句亦占詞，故有“曰”字。

江中時曰：君者，屬神稱昏子之詞。言後來當危獨離異之時，宜三思而後行，不可自恃其志矣。

夏大霖曰：此夢兆登天則危，無杭則獨，主終當危，獨與衆人離異。又加戒詞，曰所事之君，雖盡爾忠，可以壹心無貳以思之，終不可恃君之能信任以保終也。

陳遠新曰：可思，斷其宜忠。不可恃，不可必其我忠。

奚祿詒曰：曰，神又申之曰。神言在此止。

劉夢鵬曰：危獨，無偶也。離異，不合也。神言就是夢而推之，行事必多不悅，於俗危獨離異也。又言，再就是夢而推之，汝有登天之志，心不忘君，惜無中道之杭，恩不可恃也。屬神之言止此。下二句，原因屬神之言，恍然於當年被放之。

陳本禮曰：此原疑而復問也。“曰”以下屬神再答之詞。初以爲可恃，即逢上官大夫爭寵。

胡文英曰：危獨離異，獨言離異而取危獨也。可思不可恃，斷詞也。屬神祠解占者之言止此。

牟庭曰：未幾，我失意懷王，屬又謂我曰：昔夢驗矣！忠臣之辜也，君難恃而衆口哆，是以疏也。子必戒之，此恃其初也。

顏錫名曰：釋占之義。

王闓運曰：客死於秦，是可思也。終亦不悟，不可恃也。

聞一多曰：危亦獨也。《莊子·繕性》篇“危然虎其所”郭注曰：“危然獨正之貌。”成《疏》曰：“危猶獨也。”《釋文》引司馬本作“僋”，云“獨立貌”。案危訓獨者，蓋孤之轉。《九懷》章目有“危俊”，猶孤特也。俊峻通。文曰：“步余馬兮飛柱，覽可與兮匹儔。卒莫有兮纖

介，永余思兮怵怵。”可證。“曰”字下仍屬神之語。 此一人之語再用
“曰”字更端别起例，説詳《離騷》。

蔣天樞曰：離異之異與下句恃韻。 離異，謂所循道路各異，因以
分離。 下“曰”字，蓋託爲占夢者之詞。 君可思，承上文“專惟君而
無他，疾親君而無他”意言。 可思，就君爲主持國事者言。 不可
恃，就君不可信賴言。

湯炳正曰：危獨，即孤獨。《莊子·繕性》：“危然處其所。”成玄
英《疏》：“危，猶獨也。”

按： 此又言獨忠君而事不成也。 因一旦君心有變，又無輔佐，必
然離群而與衆人異路也。 君不恃乃責懷王之語。 此前原壹心忠君，
以爲可恃，而今孤立無援，始知君可思而不可恃也。 王逸説近是，汪
瑗説有助拓展詩意，徐焕龍説甚是。

故衆口其鑠金兮，初若是而逢殆。

王逸曰：鑠，銷也。 言衆口所論，萬人所言，金性堅剛，尚爲銷
鑠，以喻讒言多，使君亂惑也。 殆，危也。 言己志行忠信正直，性
若金石，故爲讒人所危殆。

洪興祖曰：鑠，鄒陽曰：“衆口鑠金，積毁銷骨。”顔師古曰：“美
金見毁，衆共疑之，數被燒煉，以至銷鑠。”

朱熹曰：衆口鑠金，美金見毁，衆共疑之，數被燒煉，以至銷鑠
也。 殆，危也。 言初以君爲可恃，故被衆毁而遭危殆也。

汪瑗曰：衆口，謂黨人讒謗之多也。 鑠，銷也。 金，天下之至
堅剛者也。 雖有天下至堅至剛之物，而盛火煉之，未有不銷鑠者也。
雖有天下至高至潔之行，而衆口讒之，未有不危殆者也。 衆口鑠金，
以人物參錯而成文，則兩意俱見。 又曰：殆，危也。 又曰：此三句

乃厲神總承上所夢及兆詞，而勸屈子不可立志太高，而傷於所恃以取禍也。 大抵君可思而不可恃，在亂世昏君則然，若逢太平之盛，聖明之君，則固可思而亦可恃也。 厲神可謂知其一不知其二矣。 嗚呼！爲人君者，幸無使忠臣失其所恃哉。

林兆珂曰：言爲衆共疑，交口攻之，雖金性堅剛，亦爲鑠銷也。

李陳玉曰：不必深讎，一見即傾。

王遠曰：衆口毀之，自然之理。 初以君爲可恃，故終至於殆也。可思不可恃，千古格言，豈惟事君交友亦如是矣。

錢澄之曰：由今思之，初之逢殆，終之離異，皆以是也。

林雲銘曰：上官大夫爭寵，讒之而見疏。 初次已驗，逢過一危矣。

徐焕龍曰：惟其難恃，故衆口交讒則堅金可鑠，我初亦恃因恃君之故，因來衆鑠之口，若是而逢殆耳。

賀寬曰：思君而反見鑠於衆口，初以君爲可恃，誠不知以忠而適足名危也，而實則數使然也。

張詩曰：汝今遭衆人之讒言，如火之鑠金，無有不消。 非以君之如是不可恃，故逢此危殆耶。

蔣驥曰：初，謂失職之始。

吳世尚曰：蓋余之昔夢如此，故至於今果被衆口所讒毀，而遭放逐之危殆也。 舊注誤，今正之。

許清奇曰：初次被上官之讒，已逢危矣。

屈復曰：衆口鑠金者，衆口讒毀即堅金亦可銷鑠。

江中時曰：果如占夢。

夏大霖曰：故今我雖如金鐵之堅剛，當不得讒人衆口，氣焰可以鑠金，致余若是遭其危殆，然以夢占觀之，在初之數，我當若是，豈讒人所能爲哉?

邱仰文曰:二節證以夢,見前定有數。

陳遠新曰:鑠金,喻讒人之多,雖剛直難免。

劉夢鵬曰:故如有美金在此,衆口交毀,頻加試練,必至銷鑠,己之致放,亦猶是也。

丁元正曰:言初以君爲可恃,故被衆毀而遭危殆也。皆託占者之詞,若正告以屢諫無益而自取禍矣。

陳本禮曰:被讒見疏,是初次已逢一殆。

胡文英曰:故,承上占者之言,而悟其故也。若是,謂離異。逢殆,謂危獨也。

顏錫名曰:衆口鑠金,蓋古諺語,言讒口既衆,雖金且銷鑠也。

王闓運曰:初以恃君,故瀕於危死。今又若是也。

吳汝綸曰:謂懷王時疏詘也。(《諸家評點古文辭類纂》引)

馬其昶曰:吳汝綸曰:《史記》:《離騷》作於懷王時。而《離騷序》謂《九章》頃襄時遷江南所作。

聞一多曰:《晏子春秋·諫上》篇"衆口鑠金"。

姜亮夫曰:鑠,《説文》:"鑠,銷金也。"《周語》:"衆口鑠金。"《考工記》:"鑠金以爲刃。"皆訓銷金。《招魂》"流金鑠石些"王逸注:"鑠,銷也。言東方有扶桑之木,十日并在其上,以次更行。其熱酷烈,金石堅剛,皆爲銷釋也。"石與金類也,故亦可用鑠。王逸銷者以就石言之也。字亦作爍。寅按:此四句亦占者之詞,言占詞有言:"汝有中正之節,以君親爲專固之念,而無旁人,終以此而危難孤獨,固以與衆人離異。"占詞又曰:"凡爲君者,誠可思念,然未可即以爲怙恃。此即《離騷》"勉遠逝",與"何所獨無芳草""爾何懷乎故宇"之義。故衆小人之口,其所論議,蓋可以銷鑠精金;況其在人! 故僅如此,

而遂遭逢危殆矣。”初，猶故也，僅也。 王以此四句爲屈子自語，故
扞格不可通。

蔣天樞曰：衆口鑠金，喻功毀於衆小之口。 初若是，謂其初王信
任原，故能有如彼措施。 逢殆，謂王突然變計，己亦身逢危殆。

湯炳正曰：故，因此。 以上兩“曰”，前爲問卜之辭；後爲卜得
之答案。 與《離騷》同例。“故”字以下，則爲屈原聽完占辭後的思
索。 初，指懷王時。

潘嘯龍曰：言詩人初始時的逢殃正與此次一樣。 屈原初次逢殃，
指懷王十六年爲上官大夫進讒，而被懷王疏黜事。

按：初以爲忠君可恃，然逢衆口讒毀，即便金也可毀，而況無旁
助之賢臣乎？ 故逢殆亦是自然矣。 王逸以爲志行忠信正直易遭讒
毀，亦是其一意。 蔣驥以爲初失職，意在其中。 丁元正以爲託占者
之辭，可參。

懲於羹者而吹齏兮，何不變此志也？

王逸曰：言人有歠羹而中熱，心中懲念，見齏則恐而吹之，易改
移也。 獨己執守忠直，終不可移也。 何不改忠直之節，隨從吹齏之
志也。

洪興祖曰：懲，戒也。 鄭康成云：“凡醯醬所和，細切爲齏。”一
曰擣薑蒜辛物爲之。 故曰齏白受辛也。

朱熹曰：齏，凡醯醬所和，細切爲齏。 或曰：擣薑蒜辛物爲之者
也。 蓋羹熱而齏冷，有人歠羹而太熱，其心懲齏。 後見冷齏，猶恐
其熱而吹之，以喻常情既以忠直得罪，即痛自懲創，過爲阿曲。

汪瑗曰：懲，警戒之意。 羹，古人糝米而和菜肉以爲之者也。
吹，以口噓之，使令冷也。 齏，細切虀菜而爲之者也。 凡醯醬所

和，及搗薑蒜辛酸之物皆是。 蓋羹，熱物也；齏，冷物也。 言人有
歠羹，而誤中其熱，其心遂常懲艾，雖見冷齏，亦恐其爲熱所炙，而
吹之使冷。 以喻人經患難者，多有所警戒，而不復輕動也。 所謂傷
弓之鳥高飛，驚餌之魚遠逝是也。 屈子被衆讒而遭危殆，而此極至無
旁之志，猶不忍變，豈非不知懲於羹者而吹齏之說乎？ 此蓋屬神以爲
屈子不變此志之喻，舊說失之，故解意多牽強也。

林兆珂曰：懲，創也。 羹熱而齏冷，有人歠羹而中熱，則必懲
創。 後見冷齏，亦吹之，易改移也。 我何獨不改此忠直之志乎？

鍾惺曰：造語似諧，妙多奇致。

張京元曰：羹熱齏冷，人有啜羹而傷熱者，見齏亦吹之。

陳仁錫曰：恣意翻空。

黃文煥曰：自諉之後，又復自詰。 曰夢之告我者甚明，而我竟不
知變也。 情貌不變，從前以此望君之見察，冷熱宜懲；從今宜以此存
我之知悔也。

李陳玉曰：全變忠爲邪，方可以同世好。

周拱辰曰：“懲羹”四句，乃原自調笑語，言傷彈之鳥，見星而
懼；含鉤之魚，見月而驚。 遭讒之人，寧不見弓影而避乎？ 傷熱而
吹齏，戒心於前之熱也，庶幾變前志以狥之，或可療歟！ 媚竈于媚
奧，因鬼便於見帝，欲登天而釋階，必無幸矣。

賀貽孫曰：以忠見罪者，終身不敢爲忠，猶啜熱羹者，見冷齏且
吹之。 快喻，解頤。

陸時雍曰：懲羹吹齏，則見月而喘，畏有餘地也。

王夫之曰：懲羹吹齏，言己以諫而逢尤，當緘默以自全。

林雲銘曰：前既逢殆一次，此番雖有志之極，亦當懲創而自改，
何以忘吹齏之戒乎？

高秋月曰：懲羹吹虀，言夢之告我甚明，而我竟不知變也。

徐焕龍曰：歠熱羹而懲者，後見冷虀亦吹。 我何逢殆不懲，不變從前此志。

賀寬曰：此申前"情與貌其不變"之言也。 言既告我矣，冷熱自知，自今宜有所懲而尚不能改也。

張詩曰：言人懲于羹之熱，則于虀之涼者猶吹之。 汝何不變其初志乎？

蔣驥曰：凡醯醢所和，細切爲虀。 羹熱而虀冷。 人有爲熱羹所灼者，其心懲忿，見冷虀而猶吹之。 畏禍而變志之喻也。

王邦采曰：初既逢殆，宜有戒心，乃終不屑借援於人，直欲孤忠感上。

吳世尚曰：言人有歠熱羹而受傷，後見冷虀而吹之者，常情過於畏慎，大抵如此。

許清奇曰：羹熱虀冷，懲於中羹之熱；見冷虀而亦吹。 今何逢殆而不懲。

江中時曰：言常情因前爭而知戒我，初已逢殆，何以不改此志乎。

夏大霖曰：此言因己不變志，所以湊成定數也。

陳遠新曰：虀，冷菜。 冷菜而吹是懲於熱羹而變志。 志極之志，前以竭忠達衆，便該懲而變爲傔媚。

奚禄詒曰：原答屬神曰：凡人創於熱羹，則吹哺急疾，我何故不改此忠直以從懲虀之志乎？

劉夢鵬曰：羹常熱，虀常冷。 懲羹之熱，雖虀亦吹。 凡人有鑒于前，思變於後而已。 獨不變，蓋思君之忱，久而愈篤，雖知無旁而志極如故，不改其態度也。

丁元正曰：此亦託爲占者之詞，若詰以屢諫無助而不思改變以自全也。

戴震曰：《爾雅》：肉謂之羹。

陳本禮曰：前車之懲，則當即改，何以頓忘吹韲之戒乎？

胡文英曰：韲，音齏。懲熱羹而吹韲，時俗之諺也。何不變此志，憤極而反言之，猶古詩"何不策高足，先據要路津，無爲守窮餓，轗軻長苦辛"之意也。

顏錫名曰：凡醯醬所和，細切爲韲，食品之寒者也。若自勸。

王闓運曰：先經被禍，又自蹈之，誠自咎也。

姜亮夫曰：懲羹吹韲，乃古成語，屈子以俗語入文，以喻人之常情也。韲，見《説文》韭部，字作虀，又作齏，"墜也，從韭，次弟皆聲"，今作韲，一則韲之濫脱也。《周禮·醯人》："王舉則共醢，六十甕，以五齊，七醢，七菹，三臡實之。"注："齊當爲齏，……凡醯醬所和，細切爲齏，全物若䐑爲菹。"按齏爲醬屬，醬屬非煎煮物，故以與羹對舉，羹熱而韲凉，飲羹中熱，則雖韲亦吹之也。

蔣天樞曰：韲者，菜膬之屬。

湯炳正曰：懲，受創而畏懼。韲，細切之辣菜，乃冷食。變此志，謂亦當如"吹韲"者，改變忠貞之志，以免再遭不測。

按：懲羹吹韲，義當如汪瑗所説："羹，熱物也；韲，冷物也。言人有歠羹，而誤中其熱，其心遂常懲艾，雖見冷韲，亦恐其爲熱所炙，而吹之使冷。"然其喻意當以王邦采説最是。壹心忠君，不意結黨，而已逢殆，宜改弦易轍，轉而爲結黨，然原乃終不屑借援於人，直欲孤忠感上，固不改其志也。王逸、林兆珂、張詩諸説意亦是，然喻意尚欠一層，不知原固不改初志也。

欲釋階而登天兮，猶有曩之態也。

王逸曰：釋，置也。登，上也。人欲上天而釋其階，知其無由登也。以言我欲事君，而釋忠信，亦知終無以自通也。曩，鄉也。言欲使己變節而從俗，猶曩者欲釋階登天之態也，言己所不能履行也。

郭璞曰：《國語》曰："曩而言戲也。"（《爾雅·釋言》"曩，屬也"注）

洪興祖曰：《釋名》云："階，梯也。"《孟子》所謂"完廩捐階"是也。《易》曰："天險不可升。"《語》曰："猶天之不可階而升。"欲釋階而登天，甚言其不可也。謂懲羹吹齏之態。

朱熹曰：階，梯也。而我今尚欲釋階而登天，則是不自懲忿，而猶有前日忠直之意也。

汪瑗曰：釋，去也。階，梯也。猶《孟子》所謂捐階。曩態，猶嚴子陵所謂狂奴故態也。存之於中則為志，形之於外則為態。猶有曩態，即不變此志也。二句參錯倒文耳。言不知懲羹吹齏之戒，不變此志，而猶存曩態，如此而欲得君行道，豈不猶欲登天而釋去其階梯乎？釋階登天，必無之理也。不變此志，猶有曩態，而欲得君行道，必無之事也。欲釋階而登天，本謂欲登天而釋階也。《楚辭》中多此句法。此四句是屬神言屈子既遭禍患，猶不如懲而改之，必不能得君也。蓋即昔夢登天，及有志極而無旁之兆詞，以勸之也。又曰：《埤雅》及《柳集》所引，皆作"懲於羹者而吹齏"，是也。王逸及洪本皆同。朱子乃辯其是非，而作"懲熱羹而吹齏"，夫言羹自知其為熱物，言齏自知其為冷物，作熱羹不惟欠文雅，亦又當作熱羹而吹冷齏也，不然，何獨上言熱而下不言冷耶？然懲羹吹齏，釋階登天，亦是當時諺語，屈子引之而加文耳。書傳中如此類甚多，如《論語》中"吾豈匏瓜也哉"皆是。學者不可不知也。

林兆珂曰：蓋釋階無以登天，猶事君亦必不可釋忠直，故我猶有曩日故態，不欲如懲羹者易改移也。

陳第曰：釋階登天，譬舍諂諛而欲上進，此原之故態。

黃文煥曰：釋階登天，曩態俱存。一生憒憒，墜落夢境。云：如之何哉？

李陳玉曰：和眾人是登天之階。

陸時雍曰：釋階登天，則絕迹而行計，有餘喪矣。

王萌曰：言有懲於羹之熱者，後見冷虀，猶恐其熱而吹之。四句，自詰自怪，備寫愚苦。釋階以況無援，登天以況得君。

賀貽孫曰：釋階登天，以喻捷徑，尤有趣。既變而欲釋階矣，而猶有曩之態，則弱強猶昔也。語憒而譎，遂令讀者忽破笑爲涕，又忽破涕爲笑。

錢澄之曰：求寵有門，登天有階。非痛懲前迷、悉變囊態，不能得之。指忠直爲作態，酷似小人口吻。

王夫之曰：釋階登天，無左右近習之援，而欲君之信己也。曩，謂初諫懷王時。若如曩强諫，頃襄必怒，不異昔也。

林雲銘曰：無伴援而進言，還是前番招怒癡模樣。

徐煥龍曰：職由意氣高强，不屑借援於人，直欲孤忠感上，正如釋階登天，然所以猶有曩時之態，仍然背眾而不群也。應轉夢登天無杭。

賀寬曰：釋階登天，叛然夢夢，亦思眾人視我何如。

張詩曰：不變其志而欲得君，是猶去其階梯以望登天也。汝何猶守曩日之故態乎？

蔣驥曰：釋階登天，謂不求援而自誦於君也。

吳世尚曰：而余尚欲釋階登天，則是不變此志，而猶有曩時之故態也。

江中時曰：釋階登天，喻無伴援而求進也。

邱仰文曰：此必見絀後，又有因事進言得罪之處。

奚禄詒曰：然我想舍梯而上天，必不得之數，豈有舍忠直而可以事君之道哉？所以不變而猶守昔日之節也。

陳本禮曰：即以登天之說折之。譏其猶然恃君之故態也。屬神之言止此。

胡文英曰：釋階登天，事君不以道也。曩之態，不群也。

胡濬源曰：上二句即《離騷》悔相道之旨，下二句即巫咸不用夫行媒之旨。

顏錫名曰：曩態，即夢中之態。若自嘲。

王闓運曰：不與執政謀，是釋階也。朝議僉同，一人獨異，形衆之短，必合力以敗之，人情之至也。古今之所同也，無一得全者也。

聞一多曰：釋，捨也。階，梯也。曩之態，謂曩者登天，溯沆中道之態。

姜亮夫曰：而作以字解。登，上也。釋階二句，與上二句相對爲義：上二句言懲羹熱者見虀而且吹之，己則不懲於衆人之讎仇，而變此忠直之志；乃欲上登於天，而置其階梯之便；是則不自懲忿，而猶有前日忠直之態也。此四句蓋原自嘆之詞，正與上屬神占詞作對，推衍之詞也。釋階登天，謂不求旁人之援，而猶自誦於君。則釋階之階，豈即子蘭、上官之屬也與？

蔣天樞曰：曩之態，謂往昔意圖，態，意也。

湯炳正曰：曩，往昔，此指懷王之時。

按：釋，釋放，放棄。《書·武成》："釋箕子囚，封比干墓。"

階,爲登天之路,登天之佐,這裏喻指佐助之人。 釋階而登天,指欲不用佐助而求言於君。 有曩之態,此前即忠君而不群之狀。 王逸説以釋階喻放棄不群以從俗,亦可通。 洪興祖以爲"釋階登天"乃不可之事,以喻變此初志亦爲不可之事,於意亦通。 汪瑗以爲是當時諺語,可參。

衆駴遽以離心兮,又何以爲此伴也?

王逸曰:伴,侶也。 言己見衆人易移,意中驚駴,遂離己心,獨行忠直,身無伴侶,特立於世也。

洪興祖曰:言衆人見己所爲如此,皆驚駴遑遽,離心而異志也。

朱熹曰:伴,侶也。 言衆人見己所爲,皆驚駴遑遽以離心,則無與己爲侶者矣。

汪瑗曰:衆,指黨人也。 駴遽,驚惶貌。 伴,侶也。

林兆珂曰:伴,侶也。 言衆人見我所爲,皆驚駴遑遽,以離心無與我爲侶也。

陳第曰:衆人駴我所爲,則心離矣,故不可以爲侶。

黄文煥曰:水既無杭,陸復無階,兩無望矣。 天尚可近乎? 何以爲伴? 何以爲援? 所謂危獨離異之終,必至是也。

李陳玉曰:胡越豈可同堂。

王遠曰:衆指平日同事,不指讒人,《離騷》所謂"昔日之芳草"也。 驚懼,恐禍相及也。

錢澄之曰:始而仇,中而哈,繼而駴,駴其終不肯變也。

王夫之曰:駴遽,聞言駴異。 不從容繹悦遽加惡怒也。 此,我也。 伴,助也。

林雲銘曰:平日爲伴侶者,見之亦驚駴遑遽,恐禍相及,靠他不得。

高秋月曰：駭遽，駭己之所爲也。

徐煥龍曰：衆人見我猶曩之態，無不驚駭皇遽。離心於我，相與引避而竊計，曰又何以爲此人之侶伴。

賀寬曰：而敢望侶之同事乎？

張詩曰：言汝志態如此，宜衆人驚駭遑遽，與汝離心，孰肯與之爲伴侶乎？

蔣驥曰：故衆益駭而莫爲之援，以致斯愍也。

王邦采曰：何以爲伴，言衆人不肯與爲伴侶。

吳世尚曰：然衆人見我所爲如此，駭遽離心，則固不與我爲伴侶矣。

許清奇曰：衆見己所爲，皆驚皇離心。

江中時曰：言衆見己所爲，皆驚駭遑遽以離心，則無與己爲侶矣。

夏大霖曰：言我不變志而取殆，衆人皆驚駭惶遽以與我離心，何肯更爲我伴。

奚祿詒曰：衆人驚駭我之忠直，與我離心，豈肯爲伴。

劉夢鵬曰：駭，驚駭。遽，遑遽。離心，志趣不合，各一心也。

丁元正曰：伴，侶。謂衆心嫉妒，誰肯爲汝伴也。

胡文英曰：我雖欲從神占，而不與衆離。而曩態偶萌，衆亦必駭然遽去，而不與我同心矣。又何以得有伴哉？

顏錫名曰：言己志不變，即非仇讎，亦且驚駭惶遽，恐禍相及。故事君雖同以君爲主極，而人所趨之路，與己不同，又何能與我爲伴援乎？

俞樾曰：注曰“伴，侶也。身無伴侶，特立於世也”。伴、援，

本疊韻字。《詩·皇矣》篇："無然畔援。"鄭《箋》云："畔援，猶跋扈
也。"《玉篇》引作"無然伴奐"。《卷阿》篇"伴奐爾遊矣"，《訪落》
篇"繼猶判渙"。 伴奐、判渙，並即伴換，亦即畔援也。 形況之詞，
初無定字，亦無達詁。 屈子疾時人之跋扈，故以伴援譏之，一則曰
"又何以爲此伴也"，再則曰"又何以爲此援也"。 文異而義實同。
亦猶風人之詞，分爲三章、四章，而無異義也。 解者不達古義，望文
生訓，殊非其旨也。

王闓運曰：伴，侶也，謂依傍君之意向也。《悲回風》曰"伴張弛
之信期"，言謀國者皆駭邊離心，唯伴君意旨。

聞一多曰：援，助也。 所依倚以爲援助者亦謂之援。 伴援，疊
韻連語，故義亦相近。 衆人見己所行如此，皆驚駭惶邊，心懷離貳，
良以彼與我雖同欲事君，而性有忠佞之別，故不得不異道而殊趨也。
若是者乃欲其與我爲伴侶，資我以援臂，寧可得乎？

姜亮夫曰：駭邊，驚駭遑邊也。 即指上不懲於熱羹而吹虀，乃欲
釋階以登天之戇態，足以使衆兆駭邊也。 因其駭邊，故遂離心。 離
心，言心與己遠離不相合也。 此與下句同極異路平列。 同極異路，
亦指衆人與己立異爲言。 以文則審之，則此衆字疑衍。 又何以爲？
義如不可爲也，此反詰語氣，所以增文勢者。 伴，王、朱皆以爲伴
侶，不詞之甚。 寅按：此伴字與下句之援字，蓋疊韻聯綿字，分作兩
韻字用，此古詩用韻之一法耳。《詩·小雅·隰桑》一章"隰桑有阿，
其葉有難"；二章"隰桑有阿，其葉有沃"；三章"隰桑有阿，其葉有
幽"；阿難、阿沃、阿幽，皆即阿儺、阿沃也。 而分在兩句，與此例
正同。 至聯語兩字中之加字，有兩不相涉者：如"婉兮孌兮"之即婉
孌，"以引以翼"之即引翼，"有馮有翼"之即馮翼，"則燕則譽"之即
燕譽，更僕難數。 蓋疊韻聯綿字，詠言吟歌，重在其聲之漫長；則一

語分在兩句，韻味相屬如貫珠，此固謠諺中常有之例也。 自此祕失傳，於是解古詩諺者，多扦格不通之義矣。 故此句之"伴"，當與下句之"援"同釋。 案伴援即《詩·大雅·皇矣》之畔援也。 鄭讀援爲胡喚反，則畔援又即《大雅·卷阿》之伴奐、《周頌·訪落》之判渙矣。"將予就之，繼猶判渙"，毛《傳》"判、分也； 渙、散也"。《大雅·卷阿》"伴奐爾游矣，優游爾休矣"，《傳》"廣大有文章也"。《皇矣》"無然畔援"，鄭《箋》"跋扈也"。 此伴援本有三義，而鄭《箋》爲得。 言此跋扈之衆人，又將何以爲得？ 即無可奈何之意。 同極極字，至也，尤今言目的。"此言同極，非爲同一目的； 猶言同有一個目的也。 己與小人，同有一事君之至極； 然小人以徼寵之故，佞壬事君，與己之以忠直事君者，其事君雖同，而取徑則大殊也。"其取徑既異，則與此等跋扈乖張之小人，又將何以爲得？ 余蓋亦無可奈何也！ 自王逸以來，不解伴援之爲義，釋此四句，遂至全不可通。

蔣天樞曰：此下四句皆就王言。 駭遽，猶言"惶遽"。 惶，恐也。 遽，畏懼也。 離心，承上文"離異"言。 駭遽以離心，謂王驚駭恐懼於讒人誣陷屈原之罪狀，因而不復信任屈原。 伴，追隨不舍。

按：此言欲群而不得之意。 不群，則無旁助，言不可結，志無所陳。 有群則煩言可結，君心可達。 然衆因吾所行而感驚駭，以致離心，無以爲伴也。 不是不群，實則無法與之群也。 王逸説是。

同極而異路兮，又何以爲此援也？

王逸曰：路，道也。 言衆人同欲極志事君，顧忠佞之行，異道殊趨也。 援，引也。 言忠佞之志不相援引而同也。

洪興祖曰：援，接援救助也。

朱熹曰：極，至也。 與衆人同事一君，而其志不同，則如同欲至於一處，而各行一路，誰可與相援引而俱進者耶？

汪瑗曰：極，至也。 援，引也。 言眾人見屈子所存之志，所爲之態，過於廣大高遠，則莫不驚駭惶遽以離心，又孰肯有與之爲同伴侶，而不遠去者乎？ 與眾人同事一君，而所志所爲若此，其與眾人同至一處，而顧乃別行一路，不與之偕，則中道雖有險阻之患，又孰有爲之援引而並濟者乎？ 此言屈子之行不合於世俗，故不容於眾也。下二句即是申喻上句之意。 此蓋屬厲神即魂中道而無航，及終危獨以離異之兆詞，而勸之也。 上章是言其難得乎君，此章是言其難容於眾。

張京元曰：言懲吹齏，何不見幾變節，若堅執曩昔忠信之態以處亂世，是欲釋階而登天，奚怪眾人駭其離心異路，莫與爲援也。

黃文煥曰：此志，即志極之志也；同極，志之同極也。 人臣以得君爲主，所謂同極也。 能媚不能媚，則異路之説也。 又曰：不變此志，應前陳志。 同極，應志極。 異路，應無路。 曰門、曰路、曰階，三者我無一焉，又何以行世。 疊拈最慘，何不、何以，三何字，自罵得痛絕。

李陳玉曰：仇敵豈可望救。

陸時雍曰：登天何難，釋階何愚。 則孤忠特達，何若是之疎也。屈原深於怨，故多自悔自艾之詞，而無呶呶於人之意，所以感動人心者至矣。 極，路所至之處也。

王遠曰：極、路，所至之處也。 二節，又故作自悔自艾之語。

錢澄之曰：君子、小人，各有志嚮，各欲造其所極，故有冰炭之異。

王夫之曰：極，至也。 同極，同有所欲至。 而其路相背馳。 小人亦託於謀國，而邪正異趣也。 又曰：自“有志極”以下至此，皆占夢之言。

林雲銘曰：平日同事一君，而所行不同，見之不肯援引，更靠他不得。 又曰：已上根"蔽而莫白"句，以明人情之疎，君所以不察之故。

高秋月曰：同極，志之同極人臣以得君爲主，所謂同極也。 無伴無援，所謂危獨離異，終必至是也。

徐焕龍曰：君爲臣極，誰不惟君是趨，而彼獨異於衆人之路，又何以爲此人之救援。 此以舉朝無德怨者言。

賀寬曰：衆人有門可干，有路可陳，我惟危獨離異，無杭可濟，無階可登，而尚冀其手援我乎。

張詩曰：如同至一處，而獨異其路，則當中道險阻，又孰有爲之援引者乎？

蔣驥曰：同極，猶言同至一處，謂同事一君也。 原之始，本恃王之信任，而背衆竭忠，故被讒而見疎。 然終不肯變志以從衆，而自誦於君。

王邦采曰：何以爲援，言己不屑借援於人。

吳世尚曰：夫同事一君而其志不同，則如同欲至於一處，而各行一路，誰可與相援引而俱進者也。

許清奇曰：同事一君而其志不同，如同欲至一處，而各行一路，誰可援引而俱進。

屈復曰：右五節，言得罪見疎已有夢兆在先，明知得禍，此心難已。 故到底不變，非是驚衆違俗徼倖萬一也。

江中時曰：同事一君而所行不同，誰相爲援引耶。 以上忽述一夢，自惜其不合於衆，而不見察於君。 筆筆曲甚。

夏大霖曰：雖同事立極之君，所趨之路不同，又何肯更爲我援，無旁如此，君何可恃忠，何由白耶？

邱仰文曰：同至一處，爲同事一君喻。

陳遠新曰：此即"逢殆而不變"以明"終危獨以離異"之驗也。夫人有所儆於前，便當謹於後，既以忠遇罰，若是，而又守此志而不變。寧不知衆爲事主之階梯乎？皆衆以期君之知，是故態未改矣。且人一經駭異，即以變志，而我如此，彼安肯以我爲伴？況我又同彼事君而異彼儇媚，彼安肯爲我之援乎？此三閭刻己恕人，故爲此志不改，以致人心不同之言。其實人心好讒，雖貶志以從，未必爲我伴援也。人謂屈子王佐之才，生於霸世，故不能行其志。吾謂好諛惡直，千古皆然。屈子雖生於堯舜之世，不爲箕山，必爲羽山也。

奚祿詒曰：同以事君爲標極，而忠佞異道，又豈肯爲我援引乎？

劉夢鵬曰：言己與衆同事君而志趣不合，猶之與人同登天而取道各殊，不可望以爲輔，無怪志極無旁也。

丁元正曰：異道而趨，誰與爲援也。

陳本禮曰：以下皆原語。此原聞屬神變志之言而自爲揣度之詞。言衆既與我離心異路矣，又何以能爲我之伴援耶？此時我雖變志無益，又何況不能變耶？兩此字指己言。

胡文英曰：所至則同耳，所由則異，如同一事君，而其道各異。又何以得相援哉。此所以終於"有志極而無旁"也。

牟庭曰：此誦頃襄之朝遷逐而行也。

王闓運曰：讒人亦以謀反懷王爲名，然與己異路，故不能爲己援也。

馬其昶曰：姚永樸曰：《太玄》注："極，出也。"其昶案：以上占夢，戒其直言見忌。

蔣天樞曰：同極而異路，同言救國，而所采方略迥異。《離騷》言"保厥美以驕傲"即所謂"同極異路"。援，牽引不捨。

湯炳正曰：極，此指北極星，喻稱君王。 同極，謂同事一君。

按：同極，蔣驥以爲猶言同至一處，謂同事一君也，是。 同處一朝，而路不同，彼結黨好讒，吾忠信不群，如何以爲援也。 朱熹説是，牟庭説非。

晉申生之孝子兮，父信讒而不好。

王逸曰：好，愛也。 申生，晉獻公太子也，體性慈孝。 獻公娶後妻驪姬，生子奚齊，立爲太子。 因誤申生使祭其母於曲沃，歸胙於獻公。 驪姬於酒肉置鴆其中，因言曰：“胙從外來，不可信！”乃以酒賜小臣，以肉食犬，皆斃。 姬乃泣曰：“賊由太子。”於是申生遂自殺。 故曰：父信讒而不愛也。

洪興祖曰：《禮記》曰：晉獻公將殺其世子申生，公子重耳謂之曰：子盍言子之志於公乎？ 世子曰：不可。 君安驪姬，是我傷公之心也。 然則盍行乎？ 曰：不可。 君謂我欲弑君也。 天下豈有無父之國哉？ 吾何行如之？ 使人辭于狐突曰：申生有罪，不念伯氏之言也，以至於死，申生不敢愛其死。 雖然，吾君老矣，子少，國家多難。 伯氏不出而圖吾君，伯氏苟出而圖吾君，申生受賜而死。 再拜稽首，乃卒。 是以爲恭世子也。

汪瑗曰：申生，晉獻公之世子也。 獻公信驪姬之讒，欲殺之，或勸其奔之他國，申生恐傷父心，遂自經而死，事見《左傳》魯僖公四年，及《檀弓》上篇。 不好，不愛也。 父子天性，而不可解於心者也，然且信讒而殺之，況君臣之際乎？

林兆珂曰：申生之孝，不見知于君父，原蓋以自比。

陳第曰：獻公信讒而不好孝子，以喻懷王。

黃文煥曰：自詰之後，又引古以自喻。 不得志於君父之際，古固有然,豈獨今日? 而吾知之乃以今也。 始之忽之,何其疏也! 今之信之,何其晚也!

周拱辰曰:申生祭其母,夫人致胙,驪姬置毒焉,以譖之。 或勸自白,申生曰:"吾君老矣,且又不樂。"遂自縊。 可謂孝矣。 而不欲使人名其爲孝,以傷耄父之心,孝之至也。

陸時雍曰:申生,晉獻公之太子也,其母夫人死,驪姬有寵於公而將害太子,謂太子曰:"余夢夫人必祭之。"太子祭,獻胙於公。 驪姬置毒焉,試之犬,犬斃。 與小臣,小臣亦斃。 姬泣曰:"賊由太子。"太子再拜,遂自經也。 世號爲恭世子。

林雲銘曰:行讒可離骨肉。

徐焕龍曰:忽引人此兩案者,意以申生之死,其父聽信讒姬,素不之好,而我則君嘗好我。

張詩曰:言晉之申生,孝子也。 獻公信驪姬之讒,終不愛之。

吳世尚曰:讒言既入,雖申生之孝子,不能見信於其父。

屈復曰:申生,事見《左傳》《禮記》。

江中時曰:申生,晉獻公世子。 以驪姬讒而自殺,事見《左傳》。

夏大霖曰:此自援古作律例以判所訟也。 晉獻公以驪姬之讒殺太子申生,見《檀弓》。 此獻公之禍,以父子例君臣,見信讒見放是君之過。

陳遠新曰:夫親莫親於父子,尚讒言入而逢殆,況君臣乎? 屈之於懷,可謂義之篤矣。

劉夢鵬曰:申生,原自比。 言申生之孝行,反爲讒間,無伴無援,父因不喜而殺之。

丁元正曰:言申生孝子也。 獻公信驪姬之讒,終失其愛,以至於死。

陳本禮曰：謂不得其好名死也。

胡文英曰：或子孝而父信讒，或君明而臣過剛。屈子、懷王均有誤焉，故兩引之，蓋懷王之失，在于信讒。

蔣天樞曰：申生事，見《左傳》閔公二年、僖公四年，及《國語·晉語》二。而，同“乃”。不好，猶言不愛。

湯炳正曰：申生，晉獻公太子。晉獻公寵幸後妻驪姬，生子奚齊。驪姬欲立奚齊爲太子，因此設計讒害申生。申生既不愿辯白於獻公，恐傷父之心；又不愿逃奔他國，恐揚父之惡，遂自殺身亡。事見《左傳》僖公四年，《國語·晉語》二。

潘嘯龍曰：申生爲晉獻公太子，遭獻公寵妃驪姬之讒，被迫自殺。有人勸太子説明被讒真相，申生爲了讓父親安於驪姬之寵，寧肯蒙冤而死，被贊爲孝子。

按：申生乃晉獻公太子，被驪姬之讒，冤而自殺。以此歷史事實爲證，忠敵不過讒，即便如父子之親都是如此，君臣之間則更是如此也。夏大霖説得本意，徐煥龍説非是。

行婞直而不豫兮，鯀功用而不就。

王逸曰：婞，很也。豫，厭也。鯀，堯臣也。言鯀行婞很勁直，恣心自用，不知厭足，故殛之羽山。治水之功以不成也。屈原履行忠直，終不回曲，猶鯀婞很，終獲罪罰。

蘇軾曰：《楚詞》鯀倖直亡身，則鯀蓋剛而犯上者耳。

洪興祖曰：申生之孝，未免陷父於不義。鯀績用不成，殛於羽山。屈原舉以自比者，申生之用心善矣，而不見知於君父，其事有相似者。鯀以婞直亡身，知剛而不知義，亦屈子之所戒也。

汪瑗曰：婞直，謂剛狠徑情也。不豫，謂不從容而用壯、用罔也，與他所言不豫不同。鯀，禹之父，堯之臣也。堯欲治水，九載績用弗成，於是殛之于羽山，事見《尚書》二典。用，猶由也。不就，不成也。言以鯀之才，遭聖堯之君，委任之久，苟其行之婞直不豫，尚且不能成其功，況其餘乎？瑗按：《尚書》言"鯀方命圮族"，其婞直不豫可知。但屈子之專壹不豫，非鯀之不豫也。屈子之忠貞正直，非鯀之婞直也。疑似之間，不啻千里。其道之不同有如此，非析理之精者，不能辨之。《離騷》女須亦以"鯀婞直以忘身"詈之，蓋屈子之忠直，當時必多以鯀目之，故屈子屢設言以明之耳。然厲神之言，皆優柔勸喻之辭，非女須罵詈之比。至于以父子信讒之事曉之，其懇切惻怛之情，藹然見於言表，而視女須下賤之流相去遠矣。然謂之愛屈子則可，謂之知屈子則未也。嗚呼！女須無足道也，然占之靈氛，靈氛不知；占之厲神，厲神不知；卜之詹尹，詹尹不知；雖以漁父之隱者，而亦當時一世之高士，亦不知之也。況其下者乎？環楚國而屈子一人也，其不見容於眾也，不亦宜乎？東方朔作《七諫》以哀之，有曰："伯牙之絕絃兮，無鍾子期而聽之。和氏抱璞而泣血兮，安得良工而剖之。"可謂知言者矣。

陳第曰：豫，猶豫也。鯀專狠直，而不就水功，原以自喻。

張京元曰：言子不見信於父，臣不見信於君。楚辭每引鯀爲言，想鯀雖自用罔功，亦是剛直不阿時之人耳。

李陳玉曰：可知鯀非無功，只爲婞直不就。

周拱辰曰：鯀治水九載，績用弗成。案堯有九年之水，而不損盛德，鯀有功焉，特用之未就耳。亦豈有讒之者耶？其後，禹禪而郊鯀以配天，亦以功固上帝之所愍也。

陸時雍曰：鯀事見《天問》。

錢澄之曰：以申生與鯀並言，蓋人以婞直罪鯀，自申生觀之，則亡身不必盡婞直也。屈子每於鯀多有不平，明鯀殛非以湮水得罪，畢竟以直婞得罪也。

王夫之曰：且有申生、伯鯀之禍，己非不知，而不能自已也。

林雲銘曰：自用不能成功。

徐煥龍曰：鯀之無功，其行婞直，不和悦於人，而我亦未嘗婞直，無伴無援至此，豈有他哉？不過因忠致怨耳。須於言外味之，上下文方浹。

賀寬曰：孝子勞臣，當困極之時，不能無怨。《谷風》之什、《北門》之章，意亦猶是耳。

張詩曰：所行婞直不能從容暇豫，如鯀雖遭堯之君，不能成其功用也。厲神勸原之言如此。

吳世尚曰：鯀功不成，而遭放殛，原之生平實類之，故《離騷》《天問》屢為悲惜。悲鯀以自悲也。又曰：人君不用，雖伯鯀之任事，而不能成功於九載。天下事大抵若此，可奈何哉。

屈復曰：鯀，事見《騷經》《天問》篇。言孝子離讒，婞直無功，自古如此。

夏大霖曰：又不敢自謂無罪，乃引鯀為例，以婞直為己之禍，為君而曲自引罪。

陳遠新曰：婞，好也，不作恨解。功，治水之功。就，成也。以申生之死於孝，形鯀之死於直。

奚祿詒曰：鯀之所以不成功也。

劉夢鵬曰：鯀，比當時小才自恃者。伯鯀之剛婞，反得衆推，有伴有援，堯幾不疑而用之。然申生雖讒死，終以孝共特聞。伯鯀雖推用，仍以不就見殺，則又何必無旁是憂也。

丁元正曰：所行婞直而不從容暇豫，如鯀遭堯之世，不能成就其功，終於見殛。　何爲自守忠直以賈禍乎？

陳本禮曰：不能贖放殛之罪。　此又甚言其變志之無益。　以申生之純孝，而乃自經於新城之廟。　以伯鯀之功，而乃被殛於羽山之淵。豈古來父子君臣間，皆因不能變其志而然耶？

胡文英曰：屈子之失，在于婞直而不豫爲之防，苟豫知其讒，則以欲奪草稿之事先白之，讒惡得入乎？

王闓運曰：鯀功配天，而以違衆，悻悻不度人心之故，功用不就，雖帝堯不能勝衆也。

聞一多曰：用，因也。　治水之功，因以不成也。

姜亮夫曰：不豫，即不逸豫之意，引申爲不寬和。　屈子於崇鯀無惡稱，但惜其婞直，故王逸以厭釋豫，實未融通。　朱以果決不猶豫釋不豫，蓋亦不能無所蔽。

蔣天樞曰：所託占夢者言止此。

湯炳正曰：婞直，桀驁剛直。　不豫，言其處事果斷。　申生與鯀皆盡其臣、子本份和忠於職守者，然一則爲讒言所殺，一則因剛而遭禍，故屈原舉以自況。

按：婞直，剛直。　鯀剛直，然因直而無佐助，故雖用，功仍不就。　徐煥龍以爲鯀之無功，其行婞直，不和悅於人，而我亦未嘗婞直，無伴無援至此，豈有他哉？　不過因忠致怨耳。　甚得本意。　錢澄之以鯀不因治水無功得罪，而因剛直得罪，甚爲有見。《離騷》“鯀婞直以亡身”與此意同。

　　吾聞作忠以造怨兮，忽謂之過言。

王逸曰：始吾聞爲君建立忠策，必爲群佞所怨，忽過之耳，以爲不然，今而後信。

朱熹曰：忽者，易而略之之意。

周用曰：下四章，感爲臣之難，因言讒謗交加，而至無所容其身。

汪瑗曰：此下至末，蓋屈子閒屬神之言，若有所感，而將悔者，然卒又明其己志之決，不肯改也。作忠造怨，蓋古語也，其意即前半篇所陳者是也。忽者，易而略之之意。過言，謂所言之遇甚也。

林兆珂曰：言我始聞效忠於君者，必爲讒佞者所怨，每忽易之以爲過言。

陳第曰：忠而獲怨，是作忠即造怨也。

黃文煥曰：君造怒者也，我造怨者也。以造怨之臣事造怒之君，尚可合乎？以我之忠，形人不忠，造怨於人者也。天亡人國，必令其主不樂忠言。天之所廢，我乃强欲扶而興之，是造怨於天者也。又曰：“作忠”與“所非忠而言”相應，忠可以矢天，偏不可對人。多一番忠肝，徒添一番怨府。作字、造字，寫盡層層。

王夫之曰：忽，輕也。承上占夢而言。彼所云作忠造怨，吾忽其言爲不足聽，乃復諫不止。

林雲銘曰：自盡其心，反招君之忿恨。輕忽其言，以爲太過。

徐煥龍曰：人亦有云，作忠適以造怨，向也忽略其言，謂之過當，未經磨折耳。

賀寬曰：玩其詞若自艾，若自咎，乃其心則九死而無悔也。作忠造怨，寫得沉摯，以我之忠，形人不忠。忠自我作怨，自人造矣。積怨生讒，因讒齋怒，君既含怒，即以忠爲怨，怨又自我造矣，尚望同心乎？

張詩曰：至此屈子之心，若有所感。因言吾前聞作忠造怨之言，意以既忠矣，焉有造怨事？　嘗忽視之，謂其言太過。

吳世尚曰：過言者，過情之言，不足信者也。　故吾向聞作忠造怨之言，忽而易之，以爲此乃過情之言，不足深信。

屈復曰：吾嘗聞作忠造怨，忽而不察，以爲過言者。

夏大霖曰：此又明婞直引罪之實無辜也。　言作忠以盡人臣之分，乃人君所心期。　人恒言以爲造怨，吾聞此謂之太過。　豈知果逢君怒，徒以婞直得罪，身受其痛，乃知人有此通病而信其果然乎。

陳遠新曰：言作忠造怨，不止一世爲然。

劉夢鵬曰：作，爲也。　造，猶招也。　忽者，偶起經心之詞。　過言，謂作忠造怨之言，出於過激，非平情之論也。

丁元正曰：屬神之言如此，原君追憶其言而有感，曰吾向者聞彼言，作忠造怨，嘗忽之以其言爲過。

奚祿詒曰：吾初聞行忠，反得小人造怨，猶以爲言之太過而不信。

胡文英曰：謂之過言，信道篤而涉世未久也。

顔錫名曰：言古有作忠造怨之言，向嘗忽之，以爲其言太過。

聞一多曰：《管子·形勢》篇：“人事之起，迎親造怨。”《莊子·徐無鬼》篇：“未始離於岑而足以造於字疑衍。怨也。”《吕氏春秋·誣徒》篇：“此師徒相與造怨也。”忽，輕忽之也。　輕忽聞之，以爲不實。

蔣天樞曰：造，致也。　所爲者忠而招致人之恨也。　忽，蓋謂忽然過耳之言，不深信之，因謂其言爲過甚。

按：林兆珂以言我始聞效忠於君者，必爲讒佞者所怨，每忽視之而以爲過言，甚是。　王逸、夏大霖説亦近是。　黄文煥以爲君造怒者也，我造怨者也，意亦差。

九折臂而成醫兮，吾至今而知其信然。

王逸曰：言人九折臂，更歷方藥，則成良醫，乃自知其病。吾被放棄，乃信知讒佞爲忠直之害也。

洪興祖曰：《左氏》云："三折肱知爲良醫。"《孔叢子》云：宰我問曰："梁丘據遇虺毒，三旬而後瘳。大夫衆賓復獻攻療之方，何也？"夫子曰："三折肱爲良醫。梁丘子遇虺毒而獲療，諸有與之同疾者，必問所以已之之方焉。衆人爲此，故各言其方，欲售之以已人之疾也。"

朱熹曰：人九折臂，更歷方藥，乃成良醫，故吾於今乃知作忠造怨之語爲誠然也。《左傳》曰"三折肱爲良醫"，亦此意也。

汪瑗曰：臂，肱也。九折臂，謂遭斷折九次也。良，善也。言人九折臂，更歷方藥，乃成善醫，以喻人必屢遭挫衄，更歷世故，乃成美德也。此亦古語。《左傳》曰"三折肱知爲良醫"，即此意。曰九、曰三，各人所傳之不同耳。信然，謂始信作忠造怨之言不爲過也。屈子自言己聞作忠造怨之言，往日乃忽略之不介於意，蓋以其言過甚，不足取信。及至今日，而已竭忠誠以事君，顧乃遭顛越，來仇讎，遇罰見咍，逢尤離謗，紛然而不可釋，始知往日所聞之言爲誠。然而非過使不更歷世故之久，亦不能知也。瑗按：屈子之言固爲有所激而云者，然人君之於忠臣，既不爲之施恩，而反爲之造怨，苟非桀紂之昏，不爲也。是屈子向以爲遇言者，乃事理之常，而今信以爲然者，乃事理之變也。

林兆珂曰：夫人九折臂，更歷方藥，乃成良醫，我今被放逐，乃知作忠造怨之語爲誠然也。

陳第曰：吾始忽略其言，今閱歷多，乃知之矣，猶《左傳》"三折肱爲良醫"也。

張京元曰：言忠必貽怨，九折成醫。 昔疑其過，今始信其然也。

周拱辰曰：信折臂之成醫矣，何不自醫乎？ 鵠頸雖長，截之則悲，亦天性然爾。

陸時雍曰：九折臂而成醫，將忠不可爲耶？ 奈何卒從彭咸之所居也。

金蟠曰：鄒陽云：臣始不信，今知之。 此屈子徘徊之致也。

王萌曰：臂之見折，可醫也。 忠之見摧，不可醫也。 醫則容默而已矣，何順而已矣。 既謂之過，復信其然，怪歎不情之言也。 可亭曰：鄒陽語本此。 極，徘徊之致。

賀貽孫曰：屈子至此，又欲學佞矣，無聊中每作諧語，趣甚苦甚。

王夫之曰：讒言益張，君怒益甚，至於遷竄，乃知彼言之果信。然前之不然，非不知也，愛君無已，不忍其遽若此也。 不幸而九折臂，雖成醫何補哉。

林雲銘曰：疊經以忠遇罰，方知招群佞之嫉妒，必至行讒。 行人所不能行，難辭自用，宜其造怨。

徐煥龍曰：人於九折臂後，更歷方藥，遂成良醫。 吾至今如九折臂而醫道通，乃知此言爲信然也。

賀寬曰：始忽已疏，今信亦晚，鄒陽所云"臣始不信"，乃今知之。

張詩曰：迨更歷世故，乃知天下之情變無窮。 如九折臂始成名醫，吾之更歷既久，始知前所聞之言信然也。

蔣驥曰：謂人九折臂，久歷方藥，則知所以療人也。 今，指誦以致愍之後言。

吴世尚曰：及今驗之，乃知吾向者，皆未經折臂之醫也。古人不我欺，余思過半矣。

許清奇曰：言衆之無輔，君之難恃。昔之夢兆已早定，特必屢更挫折之後而始信耳。

屈復曰：自信忠誠可以感悟，今日親身離殃，乃知爲誠然也。右六節，言作忠造怨，自古皆然也。

夏大霖曰：九折臂出《靈樞》《素問》，三折腹、九折臂，乃成良醫。言身受其病，乃能知病。借喻也。

邱仰文曰：以上四節，通是自怨自艾之詞，所謂德慧術知恒存乎疢疾。

陳遠新曰：但不幾經挫折，則世故不明。故初忽而久乃信耳。

奚禄詒曰：及見醫人，九折其臂更歷方藥，乃成良醫。今始信忠直，必受折錯爲然矣。

劉夢鵬曰：承上文言怨貞多道讒妒然，正惟如此，而用心彌苦，矢志彌篤，益以成其忠，如醫者九折臂而益良。孤臣孽子，操危慮深，所以達也。

丁元正曰：乃復諫不止，讒言益張，君怒益甚，見疏不已。至於放遷，蓋不啻臂之九折矣。今乃知其言之不謬矣。此亦託爲占者之言，而舉申生與鉉之事以戒之也。

陳本禮曰：玩懲羹吹韲及折臂成醫等語，其爲前番既疏猶諫，失左徒之位，此番又諫無疑。

胡文英曰：至今乃信己嘗折臂之苦，遂知得疾之故，治疾之道也。

牟庭曰：不懲往事，益以無旁也，忠而造怨，信有征也。

顏錫名曰：九折臂而成醫，言迭遭折傷，常事醫藥，遂能知醫，喻己履以忠直見罰，乃知忠能造怨。　言今遭挫折，乃知其言之信。

王闓運曰：忠則必怨，似非人情，非再被罪，猶不信也。

聞一多曰：而猶乃也。　然，信也。　今乃知斯言之不謬也。

姜亮夫曰："至今"今字，蓋指致愍之時，此必放廢不得反國之後也。　九折臂，"折臂成醫"。　成語。　此古傳説之一，王逸、洪興祖兩家言之悉矣。《左氏》三折，而《九章》九折者，文士衍詞，古三與九皆爲極數，汪中言之至悉，"三""九"皆混言之詞，非實指之數也。

蔣天樞曰：九折臂而成醫，蓋相傳諺語。《左傳》定公十三年，《孔叢子·嘉言》篇，均載"三折肱爲醫"之語。

按：俗語云久病成良醫，此九折臂而成醫，亦當是古之俗語也。九折臂而成醫，吾始不信，而今信之也。　鯀因剛直，雖治水有功而被殺，申生盡孝而自盡，忠直者結局皆受冤也。　這些歷史事實不得不讓人信也。　王逸、朱熹説皆是。　陳本禮以爲失位猶諫，失之。

矰弋機而在上兮，罻羅張而在下。

王逸曰：矰繳，射矢也。　弋，亦射也。《論語》曰："弋不射宿。"罻羅，捕鳥網也。　言上有罥繳弋射之機，下有張施罻羅之網，飛鳥走獸，動而遇害。　喻君法繁多，百姓動觸刑罰也。

洪興祖曰：《淮南》云："矰繳機而在上，罝罘張而在下，雖欲翱翔，其勢焉得。"注云："矰，弋，射鳥短矢也。　機，發也。"罻，《記》曰："鳩化爲鷹，然後設罻羅。"

朱熹曰：矰，繳射鳥短矢也。　弋，繳射也。　機，張機以待發也。罻羅，掩鳥網也。

汪瑗曰：矰，射鳥短矢也。　弋，以生絲係矢繳而射之也。　機，謂張其機牙，以待發也。　此"機"字虛看，與下"張而"之"張"字相對。 罻、羅，皆掩捕鳥獸之網也。 張，展而布之於杙也。 言上下則四旁可知。

林兆珂曰：上則矰弋，下則張羅。

黃文煥曰：在上在下，機械布滿，無隙可逃。 説得千古小人，廣害君子之密。

周拱辰曰：網羅高張，去將焉所。

陸時雍曰：機網之密，舉動絓之。《詩》云："萋兮斐兮，成是貝錦。 彼讒人者，亦已太甚。"此伯奇所以流離，萇弘所以血碧也。

王夫之曰：矰，以絲繫矢。 罻，捕鳥網。

林雲銘曰：張射鳥之矢以待發。

高秋月曰：上有矰弋之機，下有罻羅之張。 言讒邪設險以害君子也。

徐煥龍曰：惟其怨我者多，所以矰弋之矢則機而在上，罻羅之網，則張而在下。

賀寬曰：至此方直言小人見害，機械四布，無隙可逃。

張詩曰：言今射獵之矰弋，則機而在上，捕禽獸之罻羅，則張而在下。

蔣驥曰：此序抒情之由，而歸於潔身以避患也。

吳世尚曰：矰弋，短矢，以生絲係之而射鳥也。

夏大霖曰：言讒人上下朋黨關通，羅織設法陷害，以當娛君之事。

陳遠新曰：辟設於上，所以弋飛；辟張於下，所以羅走。

奚祿詒曰：矰弋二句，喻朝廷苛政。

劉夢鵬曰：罻羅，掩鳥網，設持以相向之意。 張，施弓弦也。

戴震曰：結繳於矢謂之矰。 罻，小罔也。《爾雅》：鳥罟謂之羅。

胡文英曰：機在上，張在下，喻小人用事，法至嚴密，君子不得不畏也。

聞一多曰：機，發也，動詞，與張對文。《淮南子·俶真》篇："今 矰繳機而在上，罝罦張而在下。"注曰："機，發也。"《漢書·息夫躬傳》："應隼橫厲，鷙徘徊兮，矰若浮猋，動則機兮。"本書《七諫·謬諫》《哀時命》並云"機蓬矢以射革"，機字義並同此。

姜亮夫曰：弋，檪也，先秦多用爲雉射字，《哀時命》"上牽聯於 矰雉"雉即弋之本字，《說文》隹部："雉，繳射飛鳥也。"《詩·鄭風》"女曰雞鳴"，孔《疏》："以繩系矢而射鳥謂之繳射。"是弋乃動字，謂以繳矢射飛鳥。 然《墨子·備城門》云："一寸一涿弋，弋長二寸，見即間之誤。一寸，相去七寸。"涿即《說文》椓字，擊也。《兔罝》傳"丁丁，椓杙聲也"。《六韜·軍用》："委環鐵弋，長三尺以上三百枚。 椓杙鎚，重五斤，柄長二尺以上，百二枚。"《說文》亦云："弋，檪也。"則弋乃檪械之屬，其字又作杙，而非雉射，雉射字當作雉也。 弋則借聲也。 惟古書極少用雉，而皆用弋字，桂氏《義證》引之詳矣。 機，朱熹以爲張機以待發，是也。《鬼谷子·飛箝》："料氣勢爲之樞機以迎之隨之。"《注》："機所以主弩之放發。"則此機字乃以名詞作動字用耳。 此句與下"罻羅張而在下"同例。

蔣天樞曰：以絲繫矢以射曰"弋射"。 以生絲爲繳，結於矰矢之上以射高空飛鳥，其名曰矰。 機，發射之機括。

按：矰弋、罻羅，皆爲捕鳥工具，喻讒人朋黨勾結，造朝堂上陰網密佈，遍設機關，想盡一切辦法取悅於君，忠直賢臣則無法生存。夏大霖說近是。 王逸以爲君法繁多，恐未確。 黃文煥以爲在上在下，機械布滿，無隙可逃。 說得千古小人，廣害君子之密。 未結合下文"設張辟以娛君"而釋，意亦偏頗。

設張辟以娛君兮，願側身而無所。

王逸曰：辟，法也。娛，樂也。言君法繁多，讒人復更設張峻法，以娛樂君，己欲側身竄首，無所藏匿也。

洪興祖曰：辟，《説文》云：「法也，節制其罪也。」

朱熹曰：辟，開也，與闢同。或云謂弩臂也。言讒賊之人陰設機械，張布開闢，傷害君之所惡，以悦君意，使人憂懼。雖欲側身以避之，而猶恐無其處也。

汪瑗曰：設，設施也。張、辟，皆開也。設張辟指上二句也。娛，樂也。側身，斜避也。屈子言上有矰弋之機，下有罻羅之張，使飛鳥走獸動無所逃，以喻讒賊之人陰設機械，巧張密布，中傷良善，以樂君心，使己危殆不安，欲側身以避之，而無其所也。夫屈子之作忠造怨於君，而衆兆不爲之解脱，已爲甚矣，而復逢君之意，以中傷之，使之於側身無所，不亦譖人太甚矣乎？《詩》曰：「人之云亡，邦國殄瘁。」而人君每以殺害忠良爲樂者，是誠何心哉？嗚呼！文王囚，比干剖，其來久矣，然非大無道之君，不忍爲也，而況樂之哉？惟人君以是爲樂，此讒賊之徒，始得以騁其姦也。使懷襄悟此，則又安得相繼客死於外，而楚郢忽焉而亡哉？

馮覲曰：上則矰弋，下則張羅。欲僵徊則重患，欲高飛則誣君。然則何適而可哉！

陳第曰：辟，法也。小人設機械之法以樂君，則君子無容身之處矣。

張京元曰：言衰世矰羅既多，而讒人又張設峻法以娛昏主，使賢人無側身之地也。

黃文焕曰：從前自解自憐，自諉自詰，又復自喻。一一回心内

焰，未嘗深罪小人。至此而特揭小人之隱，曰：贈弋罻羅設張辟以娱
君，使忠臣受禍。而彼乃以爲娱君之舉，娱之一言，姦臣快絕，忠臣
慘絕矣。又曰：曰設、曰張、又曰辟，預開禍阱以待愚忠之自墜。
君子自賈罪，而小人乃若不與焉。殺之爲有名，陷之爲無跡，説盡千
古小人暗害君子之巧。

李陳玉曰：方娱君時，已請君入甕矣。

王萌曰：操弓布網，皆謂之張辟。機，辟也。《莊子》："中於機
辟。"言讒賊之人，陰設機辟，傷害君之所惡，以悦君意也。檢菴
曰：説透千古小人陷害君子用機之密，用意之巧。

陸時雍曰：張辟娱君，害忠良以快君心。君臣相娱，賢者受僇，
其言抑何慘耶？

賀貽孫曰：張辟以娱君，則娱君者皆機辟也。此語令人惕然。

錢澄之曰：君心本不樂忠直，而此輩巧設法以害之，所以娱君
也。張辟之機，即在所以娱君處布置。

王夫之曰：辟，法也。娱，誘也。側身，乘間而進拯君之危也。
小人設機張網，陷君於危亡。或張彊秦之威以脅之，或進偷安之計而
餌之。己欲側身以入，匡救其危而無從矣。

林雲銘曰：辟，法也。設而張之，以待其自陷，使君治之有名，
以爲樂也。

高秋月曰：小人設此刑辟以娱樂君意，使君子欲側身竄首而無所
藏也。

徐焕龍曰：既設且張復辟，多方以娱悦君心，願側身避之，復有
何所可避乎？陷害忠良，愚主方爲快意，故小人以此娱之。

賀寬曰：使君子自陷於禍阱，而彼若無與焉。且以是爲娱君之
術，何其密也。向也無門無路無杭無階，今併側身之地而不可得矣。

張詩曰：蓋讒人陰設機械，巧張密開，中傷善類，以娛樂其君，使人危殆不安，欲側身避之而無所也。

蔣驥曰：言讒人陰設機械，張布開闢，以娛誘其君。使賢人欲避過而無處也。

王邦采曰：設張辟者，既設且張復辟也。

吳世尚曰：設者，陰爲佈置。張辟者，陽爲開張。如後世之李林甫、秦檜之所爲是也。娛君，猶言愚弄其君也。

許清奇曰：設法以傷君之所惡，以悅君意。

江中時曰：言讒人陷人於罪，雖欲避之而無處所也。

夏大霖曰：使人側身以避之而無地也。此極言作忠造怨讒害之不堪。

邱仰文曰：辟，法也。侈張其法，聽其自陷，求悅於君上之意。

陳遠新曰：張，立也。讒之害忠，必先立法娛君，使人隱遁，皆難不貶忠從佞，必不能免。

奚祿詒曰：佞臣又張大其刑辟以悅君心，令我欲側身而無所藏也。武后開告密之法而周興、來俊臣以羅織娛之。必婁師德之唾面自乾方能容身也。

劉夢鵬曰：張，施弓弦也。辟、臂通，弩柄曰臂。娛，取悅之謂。言黨人機險，中傷善類，以從君，欲使己憂懼，遠竄側身無所也。

丁元正曰：此極言讒邪之害正，而忠直之不容也。

陳本禮曰：此因屬神有逢殆之語，故復言今日世情更有不能免於殆者。矰弋喻朝廷苛政，罻羅喻臣下竣法張辟者，於五刑外又設密網羅織，如誹謗者族之類以爲娛君之術，使人避禍而無所也。

胡文英曰：君所欲釋者，則張其網使之去，而云法所宜宥。君所欲罪者，則辟其網使難去，而云法所不宜宥。舞文弄法，以從君所好。我既爲君所怒，又爲小人所憎，雖欲側身而入，君豈能開一面之網乎?

王念孫曰：此以“張辟”連讀，非以“設張”連讀。張，讀弧張之張。《周官·冥氏》：“掌設弧張。”鄭注曰：“弧張，罿罦之屬，所以扃絹禽獸。”辟，讀機辟之辟。《墨子·非儒》篇曰：“大寇亂，盜賊將作，若機辟將發也。”《莊子·逍遥遊》篇曰：“中於機辟，死於罔罟。”司馬彪曰：“辟，罔也。”辟，疑與繴同。《爾雅》：“繴謂之罿。”罿，罬也。罬謂之罦。罦，覆車也。郭璞曰：“今之翻車也，有兩轅，中施罥以捕鳥。”《山木》篇曰：“然且不免於罔羅機辟之患。”《鹽鐵論·刑德》篇曰：“罻羅張而縣其谷，辟陷設而當其蹊。”《楚辭·哀時命》曰：“外迫脅於機臂兮，上牽聯於繒隿。”機臂，與機辟同。王注以機臂爲弩身，失之。此承上文繒弋、罻羅而言，則辟非法也。

顏錫名曰：辟，即設機之謂。張辟者，設此已張之機辟，以待激發。言讒人設張機辟，陷我於罰，以説君心。使我欲進不能，欲退不得，欲改行違道而又不忍。生於斯世，其奈之何。

王闓運曰：設機張羅爲邪辟以誤君也。舊以娛爲樂，曲狀情態，所謂殺人以媚人。

吳汝綸曰：“娛君”之“君”，屈原自謂也。

馬其昶曰：以逸樂導君，皆陷阱也。君蹈危機，則己亦側身無所。所謂覆巢之下，無完卵也。

聞一多曰：張承上繒弋言，辟承上罻羅言。仄，匿也，伏也。

姜亮夫曰：設張辟句，以張辟連讀極是，然謂張係弧張之張，仍隔一層。朱熹云：“辟，毗亦反。又音臂，辟開也，與闢同。”或云："謂弩背也。"按朱或説弩臂至爲可信，然其言短絀而不明，考《漢書·申屠嘉傳》注："今之弩，以手張者曰擘張，以足張者曰蹶張。"此文上言"矰弋機而在上，尉羅張而在下"，下即承以"設張辟以娛君兮"，則其確指小人謂爲游獵之事，使君王娛樂，而忘其政教無疑。則此張辟即擘張之誤倒，而擘字又省作辟爾。朱熹以爲弩臂，意猶未盡。此秦漢弓弩使用之專名，近世考古發現之弩機，固有以手以足發射者。後世此物即廢，其語亦漸黯而不彰，而《九章》之文誤倒，遂至言之不能申其義。則此文之誤，自王叔師時已然矣。娛，讀如《尚書·太甲》"若虞機張"之虞。僞《孔傳》："虞，度也。度機，機有度以準望。"《禮記·緇衣》引《太甲·鄭》注以虞爲《周禮》虞衡之虞，蓋"主田獵之地者"，蓋官名，爲義雖可通，而文理未全允，故不從。《正義》"機有法度以準望所射之物"，準望則以解經之虞也。按此虞訓度，乃慮之借字。《詩·抑》"用戒不虞"；《左》成八年"其孰以我爲虞"；《孟子》"有不虞之譽"；皆作度義解。《方言》十二"虞，望也"，即僞孔之所謂準望矣。古虞多借作娛。《易·中孚》"虞吉"；《孟子》"驩虞如也"；《莊子·讓王》"許由虞于潁濱"；《漢書·王褒傳》"虞説耳目"；皆是。此例極多，兹不贅。故遂以娛爲之耳。設張辟之虞君，言衆人設爲弧張罟罔，以忖度準望其君，即後世所謂壅蔽君主耳目之義也。王以辟爲法，娛爲樂；朱以辟爲開；皆非也。按此四句蓋從上造怨來，言小人既怨，則上有矰繳弋射之機，下有張尉羅捕獲之網，則飛鳥走獸，動而遇害；即在君上，彼衆小人，亦設爲弧張罟罔，以忖度準望，以壅蔽之；則雖欲側身竄首，以免於禍患亦無所藏匿也。故下文承以干傺以下一段，欲拯皇輿之敗績而不可，高飛遠走亦不可之情緒。文雖突兀，情實愴楚。

蔣天樞曰："設張"連讀，即上文所言矰矢尉羅之屬均已設張備用。 辟，同闢，言彼方開其網羅以娛樂君，使入其中。 側身，蹈危恐懼，不敢正行貌。 四句言秦人謀楚與楚處境之危，已處此境地，又烏能已於言而中止己行。

湯炳正曰：張，《説文·弓部》：“施弓弦也。”辟，通繴，捕鳥的覆車。《爾雅·釋器》。 側，隱伏。《淮南子·原道》：“處窮僻之鄉，側谿谷之間，隱於榛薄之中。”高《注》：“側，伏也。”二句謂群小張設機關加害於己而取悦於君，己欲隱伏却無藏匿之所。

潘嘯龍曰：上四句大抵交待了屈原此次得禍的背景：群小設下欺騙的圈套，以讓懷王涉險；詩人極力拯救而没有效果。 此背景正與子蘭等權臣慫恿懷王赴武關之會，屈原強諫而遭放流事相符。

按：張辟娱君，朱熹釋爲讒賊之人陰設機械，張布開闢，傷害君之所惡，以悦君意，使人憂懼。 如此，忠臣無棲於朝堂，無爲於朝政也。 高秋月、張詩説近是。

欲僵佪以干傺兮，恐重患而離尤。

王逸曰：僵佪，猶低佪也。 干，求也。 傺，住也。 言己意欲低佪留待於君，求其善意，恐終不用，恨然立住。 尤，過也。 言己欲求君之善意，恐重得患禍，逢罪過也。

洪興祖曰：僵佪，不進貌。 干傺，謂求仕而不去也。 重，增益也。 離，遭也。

朱熹曰：僵佪，不進貌。 干傺，謂求往也。 重，增益也。 離，遭也。

汪瑗曰：僵佪，徘徊不去貌。 干傺，謂少求徬徨於君側也。 重，增益也。 離，遭也。 言己欲徘徊不去，少求徬徨於君側，以竭吾區區忠誠之心，則恐重得禍患，逢罪遇也。

林兆珂曰：欲儃佪則重患。

陳第曰：欲不進，則恐重得禍患。

張京元曰：言欲低佪干主，又恐更遭尤患也。 傺，住立也。

李陳玉曰：留則死，遲則禍大。

陸時雍曰：進退之難，無一而可。

王夫之曰：儃佪，不行貌。 言姦佞充斥，無能匡救。

林雲銘曰：不進而求住，住既住不得。

徐煥龍曰：承上側身無所而言。 言我欲儃佪楚地，干求一住身之處，恐重其患而離於尤。

賀寬曰：欲不進而懼受患之重疊，且以爲偃蹇不奉令也。

張詩曰：言欲儃佪以少求彷徨于君側，則恐增益其患而遭尤日甚。

蔣驥曰：儃佪，遲留貌。 傺，《方言》：“逗也。”謂住也。

王邦采曰：欲儃佪楚地，既禍端之疊加。

吳世尚曰：是時子蘭、上官等短屈原於頃襄王，頃襄王怒而遷之。 故屈原言讒賊之人，機深網密，陰陷陽誘，上以愚弄其君，君既悅而信之矣。 我雖欲側身自避，而無其所矣。 何也？ 不從放逐之命，而低佪輾轉，住此國中乎。 則衆兆所讎，必更將加罪而不可解。

許清奇曰：干，求也。 傺，住也。 不進而求住。

夏大霖曰：言欲往不可。

邱仰文曰：傺，謂遲回求往。

陳遠新曰：側身於退不得。

奚祿詒曰：離，即罹。 言己欲低回以待君心之悟，意雖求進而仍住者，恐重患而罹尤也。

劉夢鵬曰：言欲儃佪於此，求稍駐足，則恐禍殃有再。

丁元正曰：干傺，求入於楚國也。

胡文英曰：干傺，求止于内而不遣出也。重患，人再患之也。

顔錫名曰：干傺，當解如《離騷》“干進務人”之意。

王闓運曰：傺，際也，不去以求際會。仍恐忠之造怨，故不敢也。

馬其昶曰：曾國藩曰：傺當作際，謂際遇、際會。《莊子》云：“仁義之士貴際。”

武延緒曰：“干傺”與“儃佪”對文，猶下句“高飛”與“遠集”對文也。若作“求往”解，則二字不平列矣。且“儃佪”既訓不進，又何由進而求往乎？於義尤不可通。又按《九辯》之三章，然“欿傺而沉藏”，一本“欿”作“坎”。“坎”與“欿”通也。坎之形類玕，《集韻》：“玕，音干，求也。”干訓求，玕亦訓求，則玕與干通，明矣。本文作干者，蓋坎爲玕，後人又改玕爲干也。坎傺與儃佪對文。或曰傺讀進。傺、進，一聲之轉。《抽思》“悲夷猶而冀進兮”，與此意同。又《離騷》“既干進以務入兮”，亦其證。又按：傺或際之譌字。

聞一多曰：干當爲坎，字之誤也。《九辯》“然欿傺而沈藏”，欿一作坎。此本作坎傺，坎譌爲玕，《集韻》音干，求也。又改爲干也。武延緒説。字一作陷滯。《懷沙》“陷滯而不濟”，《思美人》“陷滯而不發”。又作欿切。《哀時命》“塊獨處此曲隅兮，然欿切而永歎”。皆遲滯不行之謂也。踵，蹈也。踵患與離尤對文。《九歎·離世》“屢離憂而逢患”，踵患亦猶逢患。

姜亮夫曰：儃佪即低回、嬋媛、嬋緩一聲之轉。詳余《詩騷聯綿字考》，參《離騷》篇邅字下。干傺，古成語，即干進之誤，求進而仕也。按“干傺”一詞，叔師、朱熹同訓求住，洪申王義，謂求仕不去，義皆可通，然至鉤擗不易通曉，偝作住解，尤爲未允。《説文》不録偝字，朱豐芑以爲交際本字，而借爲偝，引《張遷碑》"膮正之偝"爲證。 王闓運亦同此義，則干偝爲求其際會，按此詞至鑿，不僅屈子無此鑿法，先秦賦家亦無此習，即漢初如賈誼、東方、淮南之徒，亦無之。 多讀古籍者，自能心會。 在楚辭家中，惟王褒、王逸可能有此鑿風，《九章》遣詞，多同《離騷》《天問》。 此詞在全部屈子作品中，無絲毫氣氛可尋，疑有誤字。 按《離騷》有"既干進而務入兮，又何芳之能祇"注："干，求也。 言子椒苟欲自進，求入於君身，得爵禄而已。"余疑干偝即干進之聲誤，進祭雙聲，調類亦同，祭韻與真韻，古亦合部，其聲可通至明。 書者因上文有從人之僮個，遂亦誤從人之干偝矣。 此自語音得證之者，又如叔師説或朱豐芑諸人説，則既已恨然立住，又何用下句之"重患離尤"！ 惟其有低回以干進之心，故恐得罪，則干求進取，正其所以恐離尤之前提，苟已恨然住立而止，則此前提不能得"恐離尤"之果也。 且此文與上文僮個音文義相貫，僮個者，前却不定也。 集此諸因緣，故"干偝"一詞當襲用《離騷》"干進"無疑，故辨之如此。 下文又云："欲高飛而遠集兮，君罔謂汝何之？ 欲橫奔而失路兮，堅志而不忍。"會此與"僮個""干偝"義相交而相成矛盾心理，本患離尤之端也。《離騷》言干進則芳不能祇，此則憂懼益深，干進且將得禍，《九章》作於《離騷》之後，其情其詞，亦較《騷》爲切直憂深。 尤，過也。

蔣天樞曰：言欲盤桓於此，犯難而留，懼將有更大禍患，更多怨尤，小人嫉己深也。

按：汪瑗以爲僮個，徘徊不去貌；干偝，謂少求徬徨於君側也。如徘徊不去，期以求君，則恐遭更加嚴重的憂患也。 當遠集而他適也。 徐煥龍説是。 顔錫名以《離騷》"干進務入"之意作旁解，意亦近是。

　　欲高飛而遠集兮，君罔謂汝何之。

王逸曰：罔，無也。言己欲遠集它國，君又誣罔我，言汝遠去何之乎？

洪興祖曰：言欲高飛遠集，去君而不仕，得無謂我遠去，欲何所適也？

朱熹曰：集，鳥飛而下止也。謂遠遁也如此，則又恐君得無謂：女欲去我而何往乎？

汪瑗曰：高飛遠集，謂人之高舉遠遁，猶鳥之高飛於此，而遠集於彼也。罔，無也。汝，屈原設爲君之指己也。之，往也。言己欲去君而不仕，則又恐君得無謂汝欲遠去我，果將何所往乎？欲留則有禍，欲去又不能，此所謂進退維谷者也。使忠臣至此，其情亦可悲矣，其世道亦可知矣。上章言造怨於讒賊，此章言造怨於人君。

徐師曾曰：罔，猶言得無。

林兆珂曰：罔，誣也。欲高遠則誣君。

陳第曰：欲遠去，君得無謂"汝舍我何往乎"？

李陳玉曰：去則禍輕而死速。

陸時雍曰：當是時，使原優游沅湘，可以澤畔老矣。

錢澄之曰：言君又欲以遠去爲之罪。

王夫之曰：欲依楚國以居，則爲小人之所側目。欲出奔他國，非無所往也。

林雲銘曰：棄職避禍，君誣詰我欲往何國求仕乎？去又去不得。

徐煥龍曰：欲高飛遠集於他邦，君能無怒而謂汝將何往乎？必錮我而不令去。

賀寬曰：欲高翔而慮，致身之無所，且以爲棄君而背本也。

張詩曰：欲高飛遠集，避于無人之地，則君得毋曰汝今去，我又何之乎？

蔣驥曰：遠集，謂遠適他國也。君罔謂汝何之，謂君得毋責其欲去而何往也。

王邦采曰：欲遠適異鄉，能無怒而相詰。

吳世尚曰：欲高飛遠集，去之他國乎？則君又得無曰“汝將何之”，而極之於其所往以錮我。

許清奇曰：言往而不得，去又不得。

夏大霖曰：遠集，謂遠去。謂汝何之，放置有編管不容去也。言欲去不得。

邱仰文曰：看此則必懷王既絀時作無疑。

陳遠新曰：側身以去不得。

奚祿詒曰：欲遠去以仕他國，恐君又誣罔謂汝何之也。

劉夢鵬曰：罔者，昏而不察之意。欲高飛遠集，君又不察，謂我何往也。

陳本禮曰：罔，誣也。欲加其罪，何況無辭？況有隙可乘乎？汝何之三字，問得冷而促。承上側身無所而言，欲僵佪楚地，既恐禍之疊加，欲遠適異鄉，能無怒而相詰？

胡文英曰：高飛遠集，絕人逃世也。《後漢書》：“寧能高飛遠走，不在人間耶？”罔謂何之，不繫其念昔者所進，今日不知其亡之類也。

牟庭曰：舉步挂羅，不敢俯仰也。去而遠集，君亦不知其亡也。我又不忍遠而自伏於南土，心與山川悠長也。

胡濬源曰：三欲字，計窮無路。

顏錫名曰：謂何之，言誣其欲舍楚而他適也。

王闓運曰：謂，得無謂。既以不忠被謗，乃又遠去。則讒人得以追捕，身死被誣，君益不諒。宋玉、賈生諷其去非策也。

馬其昶曰：君罔謂汝何之，言見棄於君，固不問其所之，特已不忍耳。

姜亮夫曰：上言君爲群小弧罟所蔽，側身無所；乃自奮而欲低個以求際會而得仕，又恐增益其禍患，而遭受罪尤；既不忍坐棍，則求進不得，惟有高飛遠止，去君不仕；又恐君得無謂我遠去欲何所適乎？

蔣天樞曰：高飛而遠集，意謂欲遠適邊徼。意謂遠適邊裔，如不待王命，王且誣己有何企圖。

按：此言欲高飛遠集，離開朝堂、離開郢都，又恐君疑我投奔他國，而問吾欲何之。汪瑗謂言已欲去君而不仕，則又恐君得無謂汝欲遠去我，果將何所往乎？欲留則有禍，欲去又不能，此所謂進退維谷者也。甚是。林雲銘、蔣驥、奚禄詒、顏錫名皆以遠離楚國，而求他國之用，符合戰國之時代特征，是乃正解。朱熹説亦通。

欲橫奔而失路兮，堅志而不忍。

王逸曰：言己意欲變節易操，橫行失道而從佞偽，心堅於石，不忍爲也。

朱熹曰：橫奔失路，妄行違道之譬也。言欲妄行違道，則吾志已堅而不忍爲。

林兆珂曰：欲變節易操違道以干進，則吾志已堅，又不忍爲也。

陳第曰：橫奔失路，言違道妄作也。

黃文煥曰：向所謂無門無路，無杭無階，直行不得者，至此但求一側身之處，亦並無所矣。於是三號曰：欲不進而懼受患之重疊，欲高翔而懼上下之同禍。 欲棄直用橫，必且舍正路，就邪路。 路失矣，又吾之堅志所不忍也。 又曰：三欲字呼訴，哽咽堅志，應不變此志。 前自咎不變，此又自誓不肯變。

李陳玉曰：日暮途窮、倒行逆施所不爲。

周拱辰曰：言欲進前則履危，欲乞身則君怒，欲喪節則不忍，讀三“欲”字，直是進退維谷。

陸時雍曰：而多設艱難，以自愁苦者，則心有所繫，每摧迫而不自安也。

金蟠曰：處世之難，笑啼不敢，諧至此，涕泗交集矣。

王夫之曰：特忠臣有死無貳，故不忍往。 進退兩難，苑結曲念，無可解也。

林雲銘曰：改行違道，心上又過不去，所以謂之“側身無所”。

高秋月曰：橫奔失路，舍正入邪也。

徐焕龍曰：欲橫奔邪徑，失吾正路。 蓋已久堅吾志，不忍爲之。

賀寬曰：若欲棄直而從邪徑，如干寵門云者，吾又自誓情與貌其不變矣。

張詩曰：欲橫奔失路，如衆人之違道從俗，無如吾之初志，又堅固不忍自變。

蔣驥曰：橫奔失路，從衆變志之喻。

王邦采曰：去住兩難，惟有變節易操，奈心堅於石，忍而不能。

吳世尚曰：至欲變心從俗，與小人爲伍乎，則吾之樸忠自矢，其堅如石，固至死而不忍變也。

許清奇曰：改行違道，心又不忍，所以側身無所。

江中時曰：言去住兩難，違道又不忍。

夏大霖曰：橫奔失路，逾奸回邪道，如上官輩。 言改節不忍。

邱仰文曰：違道妄行之喻。

陳遠新曰：横奔，變志從俗。

奚祿詒曰：欲横奔邪僻而改正路，蓋堅貞之志所不忍。

劉夢鵬曰：横奔，急欲求進之意。 失路，則迷不由道。 故堅志不忍，蓋急欲進而又止以禮也。

丁元正曰：横奔失路，背欲忘行而違正路。

胡文英曰：横奔失路，由徑而失道也。 堅志不忍，則寧窮約以終身，而不能半途自廢矣。

胡濬源曰：横奔，他適也。

王闓運曰：横奔，交於佞臣。 失志不堅，亦又不忍爲也。

馬其昶曰：遠集、横奔，皆謂去適他國。

聞一多曰：横，狂也。《抽思》“願摇起而横奔兮”。 軼，越也。《曲禮》上：“從於先生，不越路而與人言。”

蔣天樞曰：横奔而失路，不循道路而行。 意謂遠適他國，則又己所不爲與不忍行之事。

按：横奔失路，王逸謂欲變節易操，横行失道而從佞僞；徐煥龍謂欲横奔邪徑，失吾正路。 皆爲正解。 此云欲改忠直之節而從佞臣，失志之行，吾不忍爲也。 吴世尚説，甚是。

背膺牉以交痛兮，心鬱結而紆軫。

王逸曰：膺，胸也。 牉，分也。 紆，曲也。 軫，隱也。 言己不忍變心易行，則憂思鬱結，胸背分裂，心中交引而隱痛也。

洪興祖曰：傳曰：“夫妻牉合也。”《字林》云：“牉，半也。”紆，縈也。 軫，痛也。

朱熹曰：膺，胸也。 牉，半分也。《禮》傳曰“夫妻牉合也”。

通上章，三者皆不可爲，則背胸一體而中分之，其交爲痛楚有不可言者矣。

汪瑗曰：背，在後者也。膺，胸也，在前者也。胖，中半而分也。二者本相待以成體，可相合而不可相離者也，苟胖而分之，則背膺之交痛，當何如哉？鬱，如草之屯而不舒也。結，如繩之束而不解也。紆，如絲之縈而不理也。軫，如車之動而不定也。四者狀憤懣之極也。上二句言己欲妄行違道，而變節以從俗，則吾此志久已堅確，不忍易初而屈志也。承上二章而言。下二句，朱子通上三章而言，是也。瑗按：此上四章，蓋因屬神之言而答之者也。但屬神勸己變志，而答以志已堅而不忍變；勸以勿行異路，而答以不欲橫奔而失路。其餘所謂危獨離異以下數語，若深以爲然者。屈子其亦以屬神頗爲愛己者，故直以衷情而悉訴之也歟？

林兆珂曰：言不忍變心改行，憂思鬱結，如背胸中裂，而隱痛有不可言也。

陳第曰：通前三者皆不得爲，猶判背膺而交痛矣。

張京元曰：言己欲高飛則何往，欲改路則不忘，胸背分合，交痛而鬱結也。

黃文焕曰：三變而無一策，但有胸背交痛。言不可結，心則結矣。又曰：此又自誓不肯變。胖交鬱結，善狀痛況結在心，故痛專在膺。五臟系皆在背，心與背尤居中相對，痛在膺，故互分互牽全在背。

李陳玉曰：面從背違，委屈交通又不能。

周拱辰曰：夫涉世人與己而已矣，舍己而人爲半人，舍人而己爲半己。半恃人而人，則無半之可恃，半恃己而己則無半之可全，猶之胸背裂而兩傷，能無交痛乎？《左傳》曰：爾我身也，君臣一身，一身而中剖之，彼此皆受其傷矣。 交剖之痛身受之，而中隔之，痛心受之，故曰心鬱結而紆軫也。

陸時雍曰：膺背中分，痛不可言也。

王萌曰：通上章，三者皆不可爲，則胸背分裂而交痛，憂思鬱結而隱軫也。 適菴曰：三欲字，自説自解，呼訴哽咽，所謂側身無所也。 檢菴曰：三者皆可以側身，豈屈子之所欲哉？ 故作或然之想，以堅其必不爲之志，情愈迫，痛愈深矣。

賀貽孫曰：“欲僵佪以干傺兮”八句，設四路而終不可自處，則惟有死而已。

錢澄之曰：膺在前，背在後，一體之中，前後胖裂不通，況上下之間乎？

王夫之曰：背，在身後；膺，在身前。 交痛，進退兩難也。 紆，曲也；軫，念也。

林雲銘曰：胖，中分也。 一體中分，兩邊俱痛，爲去住兩難之喻。 憂難自解。 又曰：已上根“煩言不可結而詒”句，以明讒人之毒，君所以必罰之故。

徐焕龍曰：三者俱不可，所以後背前膺，分爲兩半以交痛。 此心鬱結而紆縈於軫痛之中，我將奈之何哉，惟有益修吾己，飽乎仁義之芳香而已。

賀寬曰：三變而無一策，譬之胸背一體而强分之，其心又何如哉。 惟有交痛紆結而已。

張詩曰：軫，動也。 其跋前躓後，往而輒窮如此。 如背與膺，本屬一體，今則中半而分之，故二者交痛，而此心鬱結不舒，紆軫不釋也。

王邦采曰：一體中分，背膺交痛，憂思莫解，何以爲情。

吴世尚曰：住既不可，去又不敢。變又不忍，以此背胸分裂，交爲痛楚，有不可言者矣。末二句，收上文之側身而起下文之遠身也。

許清奇曰：背胸中分則俱痛，爲去住兩難之喻。紆，縈也；軫，痛也。言失位之後，動人禍機，左右皆難耳。

屈復曰：右七節，實發進退維谷，其痛有難言者。

江中時曰：如背膺一體而中分之，其痛不可言，難自解矣。以上所引古事，自信取忌於衆，側身無所。

夏大霖曰：背膺，謂胸背。胸背分痛，喻進退俱難也。言痛傷憂鬱而紆轉不定也。

陳遠新曰：背，身後。膺，身前。軫，方也，絞也。以繩曲縛於軫而絞之，言最難解。而此忠不忍，是以舉足入其繒尉，而身痛心鬱無由解也。

奚禄詒曰：以致胸背判裂而交痛，中心抑結而曲軫隱恤也。

劉夢鵬曰：膺，前膺，所以向者也。背者，膺之反背。膺，猶云背向。胖合，猶云離合。側身無所欲，向而不得遠集，何之？欲背而不敢。干僭離尤，不欲背而禍將及。失路不忍妄思，向而志不許，摠摠離合，交傷莫決，故鬱結紆憂不自解也。

丁元正曰：交痛，背膺本屬一體，今則中半而分之，故二者交痛也。蓋欲去不可，欲往不可，欲改行易轍又不可，惟有隱痛而已。紆軫，言進退兩難，菀結曲念，無可解也。

戴震曰：菀，猶縕也，鬱也，語之轉。《方言》："軫，戾也。"

胡文英曰：背膺一體，胖則不能不痛，猶君臣亦一體也，而今則不相合如是，安得不痛哉？紆軫，迴旋窒塞也。

曾國藩曰：今稱憂慮過甚，有背痛者，有膺痛者。胖則兩體若分割而仍交痛也。（《諸家評點古文辭類纂》引）

胡濬源曰：背膺牉，或背或向也。

王闓運曰：背去膺當牉分合會也。背則牉，膺則合，分合皆得罪，故思紓軫。

聞一多曰：軫，轉也。敷牉古之成語。《周禮·小宰》："四曰聽稱責以傅別。"注曰："傅別，謂爲大手書於一札，中字別之。"《士師》"凡以財獄訟者，正之以傅別約劑"，注曰："傅別，中別手書也。"二職故書並爲傅辨。鄭興注《小宰》，鄭衆注《士師》，並讀爲符別。《說文》："符……漢制以竹，長六寸，分而相合。"《漢書·文帝紀》注："與郡守爲符者，謂各分其半，右留京師，左以與之。《釋名·釋書契》：笧，各本作莂，從《廣韻》改。別也。大書中央，中破別之也。"符別即符笧。敷牉與傅辨、傅別、符別，俱聲相轉，惟此爲動詞，彼爲名詞耳。"背膺敷牉以交痛"者，猶言背胸分裂，如符笧之中破，因而心中交引而隱痛也。

姜亮夫曰：牉，王注"分也"。洪、朱申王義，引《禮記》"夫妻牉合"之說，非也。按牉上宜從一本有敷字，敷牉即剖判一聲之轉。敷本亦有分義：《禹貢》"禹敷土"，馬融注"敷，分也"。可爲證。古言胸背皆曰剖，《宋策》"剖偭之背"，注"劈也"；《莊子·胠篋》"比干剖"，《釋文》"謂割心也"，皆其證。敷、剖雙聲，敷在虞而剖在麌，則又一韻平仄之異矣。牉即判分別文。此句言背胸交痛，有如剖判而中分之，此喻己與小人不可合，與楚君亦無可爲；君臣本一體，有如胸之與背，今乃不能相合，故其可痛，有如背胸之遭中剖者然。舊說句義雖不甚遠，而釋字則皆非達詁矣。鬱結猶蘊結，亦即《詩·小雅》之苑結。《都人士》"我不見兮，我心苑結"，《釋文》："苑皆作菀，於粉切，徐音鬱。"鄭《箋》："苑，猶屈也。結，積也。"即憂思之義，亦即《詩·檜風·素冠》之"蘊結"。蘊與鬱通，《大雅·雲漢》之蘊隆，《韓詩》作鬱隆可爲證。凡此皆聯綿字之以訓詁字書之者也。 其在《說文》，則作“絹結”，不解也。 絹結又即《哀郢》之“心絓結而不解兮”之絓結，絓讀作如畫，與絹音同矣。 聲又轉爲冤結，《悲回風》“心冤結而内傷”，洪引一本冤作苑，是也。 倒言之則曰結絹。《九思》“心結絹兮折摧”是也。字又作“結憒”，《漢書·息夫躬傳》“心結憒兮傷肝”；字變作頡滑，《莊子·徐無鬼》“頡滑有實”，向秀注：“頡滑錯亂也。” 餘詳余《詩騷聯綿字考》。 上言留既不得，去則爲君所不諒，乃欲妄行違道，則余志堅定，而不忍爲；故中心鬱結，縈繞而痛，有如胸背之遭剖判而中分之，其交痛蓋難言也。 此四句蓋總結上文，非語義與上有所複也。

蔣天樞曰：胖，與“判”同，分也。 言己思慮之痛苦有如胸背分裂而又相合，牽掣而交相痛楚。 紆軫，縈牽戾轉之痛。

湯炳正曰：紆軫，絞痛。 以上第二段，回到現實，敘述自己在頃襄王時仍故態復萌，如在懷王時一般忠君愛國，故仍然落得進退失據，痛苦不堪。

按：胖，中分也。 詩人此時之痛苦在於“欲高飛”與不忍故土之矛盾。《離騷》云“日勉逝而無狐疑兮，孰求美而釋女？ 何所獨無芳草兮，爾何懷乎故宇”，與此意近。 林雲銘謂一體中分，兩邊俱痛，爲去住兩難之喻，是也。 王逸、朱熹說亦是。 周拱辰說迂曲。 此篇與《離騷》之作相距不遠。

檮木蘭以矯蕙兮，鑿申椒以爲糧。 檮，一作擣。

王逸曰：矯，猶揉也。 申，重也。 言己雖被放逐而棄居於山澤，猶重鑿蘭蕙，和糅衆芳以爲糧。 食飲有節，修善不倦也。 檮，一作擣。 矯，一作撟。

洪興祖曰：檮，斷木也。 撟，舉手也。《左傳》曰：“粢食不鑿。”鑿，精細米。《說文》曰：“糲米一斛舂九斗曰鑿。”

朱熹曰：擣，舂也。 矯，猶揉也。 糳，精細米也。

周用曰：下二章，言己之貞信不渝，故爲此明誓。 不以自放而自棄，猶有慕君之意焉。

汪瑗曰：木蘭、蕙、申椒、江離、菊五者，草木之芳香者也。 參錯而言之耳。 擣，舂也。 矯，猶揉也。 糳，精細米也。

林兆珂曰：言我雖被放逐而避居山澤，猶重糳蘭蕙，和糅衆芳以爲糧。

王夫之曰：矯，揉也。 糳，舂也。

林雲銘曰：糳，精之也。

高秋月曰：擣蘭矯蕙，言其服善無已也。

徐焕龍曰：擣蘭糳椒，是現前所餉。

張詩曰：言于是舂擣木蘭，矯揉蕙艸，以申椒爲精細之糧。

王邦采曰：糳，精之也。

吳世尚曰：言我側身無所，交痛難言。 然而反覆思維，君既放逐我矣，此命終不可違也。 夫適百里者，宿舂糧，況千里遠謫，冀一反無期者乎。

夏大霖曰：言雖饑時先儲，芳香可恃，必不忍失路求食也。

陳遠新曰：擣，刈也。《騷》扈江離、紉秋菊，服善行也；飲木蘭、餐秋菊與此二句，飽仁義也。

戴震曰：伐米使之精粲曰糳。

胡文英曰：明楊溥在獄十年讀書，古人雖患難顛沛，不離學問。 屈子擣木蘭以下，正患難中學問也。

顏錫名曰：蘭蕙之屬，喻己所守之善。 擣矯糳播之，明其志之堅也。 言我雖不能媚人，卻能以芳潔自媚，仔細思之，不如抱芳私處，奉身而退之。

聞一多曰：擣一作檮，舂也。 矯讀爲撟，擧也。 檮蘭撟蕙。

姜亮夫曰：申椒，即露申大椒也。

蔣天樞曰：《説文》："檮，斷木也。" 木蘭，爲落葉喬木。 檮木蘭，猶言"斷木蘭"矣。 蕙柔弱，從風而靡，檮木蘭以矯蕙，喻以木蘭矯蕙使之正。《説文》矢部："矯，揉箭箝也。" 矯，揉曲使正之工具，故叔師以"揉"訓矯。 申椒，申地所産之椒。 以申地之椒爲糧，喻取異地之才也。

湯炳正曰：申、椒，此指兩種芳香植物的籽實。

按：擣，舂也。 矯，揉也。 以蘭、蕙、申椒等芳香之物以爲糧。 與下文播江離、滋菊同。 皆以芳香爲飾，不改志向也。 顔錫名謂蘭蕙之屬，喻己所守之善，是也。《離騷》云"扈江離與辟芷兮，紉秋蘭以爲珮"，"朝搴阰之木蘭兮，夕攬洲之宿莽"，亦同義。 吳世尚謂以宿糧以待來日復用，於意不合。

播江離與滋菊兮，願春日以爲糗芳。

王逸曰：播，種也。《詩》曰："播厥百穀。" 滋，蒔也。 糗，糒也。 言己乃種江離，蒔香菊，采之爲糧，以供春日之食也。

洪興祖曰：糗，乾飯屑也。《孟子》曰："飯糗茹草。" 江離與菊以爲糗糒，取其芳香也。

朱熹曰：播，種也。 糗，糒也，乾飯屑也。 春日新蔬未可食，即且以此爲糧，而又不忘其芳香，言不變其素守也。

汪瑗曰：播，種也。 滋，灌漑也，一曰蒔也。 五者亦參錯言之耳。 非必此方可擣，而彼方可矯，此方可擊，而彼方可播且滋也。 糧、糗，皆乾糒飯屑也，今北方猶謂之乾糧。 亦參錯而言之耳。 芳，言氣味之馨香也，總承上諸物而言也。 此章承上章，言己作忠造

怨，而至于無所容。　如此，則世無知己者，亦將豫備此芳香之糇糧，
而願於來春之日，終於高飛速遠去而已耳，又安能久鬱鬱於此，而中
彼殘賊之禍哉？　瑗按：此與下《涉江》作於一時，蓋在秋冬之間也。
故願春日以爲糇芳，欲待來春從容而去，猶孔子遲遲吾行之意也。　至
於《涉江》，復叙秋冬之風景，若將即日而引去者，其因禍患之迫切，
而危殆不安之甚，故有不待來春者矣。　此章所言香草，固爲比喻，而
所謂春日遠遁之志，蓋實録也，不可概以託詞視之。

　　林兆珂曰：又種離蒔菊以供春日之食，不變其素志也。

　　陳第曰：言雖放逐，猶取芳潔，不變節也。

　　黄文焕曰：彼既布械，我當藏芳。　橋之、矯之、鑿之、播之，糧
糇自備，有内飽而不必外揚，庶不攖張機乎？

　　李陳玉曰：到底是精白。

　　周拱辰曰：蘭、蕙、椒、菊，前以爲衣，今以爲糧，以此衣以此
食也。

　　陸時雍曰：春日糇芳，備以需時。

　　王遠曰：采擷芳香，不變素守，是屈子一生本領。　曰“願春日以
爲糇芳”，似有待時之意。　其不忘君之一瘝也至矣。

　　錢澄之曰：道窮如此，締思之，畢竟守道不變，需其時，庶幾爲
異日承乏之用。

　　王夫之曰：播，揚散之也。　糇，乾飯，不及新熟而食，積畜之
也。　不能安於國中，又不忍奔他國，攠機息牙，以自閔默，芳無人
采，摧折之餘，懷以自居而已。　此諫而不聽，無從再諫之時，其抑菀
有如此者。

　　林雲銘曰：當春日青黄不接，亦必以芳爲糇，不食他物。　單承上
文“横奔失路”“堅志不忍”二句，以明不易素守之意。

徐焕龍曰：播離滋菊，是豫備春蔬。一以見貧苦無食，食惟草木之滋。一以比善積厥躬，饒有衆芳之蓄。

賀寬曰：四句即《騷經》"不吾知其亦已兮，苟余情其信芳"之注也。

張詩曰：播種江離，滋灌秋菊，願于春日，備此芳香之糧糧，高飛遠去耳。

吳世尚曰：我於是糧糗之屬，一一夙而具之。庶來春之東遷，不致嘆阻饑於中路也。

許清奇曰：春日新蔬未可食，即以此爲芳糗而自養。

屈復曰：以蘭蕙申椒爲糧，目前如此，又願春日種離蒔菊，以爲永久之糧芳。言不變其素守也。本是願春日播江離與滋菊兮，以爲糧芳，此參錯法也。右八節，實發不變此志，猶有曩之態也。

江中時曰：食必芳香，皆言不易其素志也。

陳遠新曰：春日，缺糧之時。此是屈子一生本領，修身以此致君，亦以此安，常如是，逢殆亦如是。太史公所謂"其志潔，故稱物芳"者，此也。又曰：言我豈以忠蔽於讒，遇罰逢殆而改吾素志哉？曰以芳自淑而又備以爲不繼之需。

奚禄詒曰：言己聊備衆芳之草，爲春日養老之糧糧。

劉夢鵬曰：承上文言，摠摠胖合。背向交傷，於是備諸芳以爲糧，爲遠遊計，與《離騷》"瓊枝爲羞"數句同意。

陳本禮曰：於無可奈何中設出遠身一法以暫避其鋒，是殆懲羹吹韲，姑從屬神之説也。

胡文英曰：春日，載陽之日，喻陰黨既消，君有時而悟，則所學仍可用也。

牟庭曰：香草喻才名也。不見採於一時，願遺芳於千春也。

　　顏錫名曰：糗，乾糒，遠行者之所資也。願春日以爲糗芳，言將
竢來春，遠身而去也。

　　王闓運曰：止謗莫若自修，故人終莫能害。

　　武延緒曰：春，疑春之譌。日，涉下文以字而衍也。以，古作
㠯，形近而衍。本書以香草取譬，不一而足。《離騷》篇云：“既替余
以蕙纕兮，又申之以攬茝。亦余心之所善兮，雖九死其猶未悔。”可
見，屈子之芳行佩之終身，並不以時計也。況春爲四時之一。豈獨
春日以芳糗自守，他時獨不然乎？觀上文擣字、繫字，皆與春爲一
類，則本文之當作春明矣。既作春，則日字非衍而何？下云“以爲
糗芳”，謂以爲糗之芳也。即調和五味之品，猶今椒末芥華也。

　　聞一多曰：《説文》：“糗，熬米麥也。”《釋名·釋飲食》：“糗，齲
也，飯而磨散之，使齲碎也。”《字鏡》：“熟而粉碎謂之糗。”《尚書·
柴誓》疏：“糗，擣熬穀也，謂熬米麥使熟又擣之以爲粉。”是糗即今
之炒米粉、炒麵粉。此以糗芳並言，疑芳即粉聲之轉。《周禮·籩
人》“糗餌粉餈”，糗芳即糗粉也。《九歌·東皇太一》“盍將把兮瓊
芳”，亦即瓊粉，猶《離騷》云“瓊麋”矣。

　　姜亮夫曰：上言群小害己，不得復用；君亦爲所壅蔽，而不能己
知；橫奔失路，又不能爲；遂使中心鬱結，有如胸背之遭剖判，交相
引痛，至此蓋路絕途窮，不可爲矣！然余猶擣春木蘭，矯糅蕙草，精
繫大椒，合此衆芳，以爲糧食，其修潔蓋仍不懈。更播種江離，蒔藝
芳菊，以供春日之糧，亦《離騷》“進不入以離尤兮，退將修吾初服”
之義。亦惟己之昭質，未容其有所虧損也。參《離騷》前段自
知之。

　　蔣天樞曰：滋，分秧插種。四句喻託去漢北與江南事。《離騷》：
“恐鵜鴃之先鳴兮，使夫百草爲之不芳。”此所言即先鵜鴃之未鳴，使

夫百草抽其芬芳也。

按：糗，即乾糧。 此并非以蘭、蕙、椒、菊等作春日之食，朱熹謂春日新蔬未可食，即且以此爲糗，而又不忘其芳香，言不變其素守也。 此解較爲通達。 張詩以爲以蘭蕙菊等作乾糧以備遠去，恐非是。 王夫之以爲采而懷之，可參。

恐情質之不信兮，故重著以自明。

王逸曰：情，志也。 質，性也。 言我修善不懈，恐君不深照己之情，故復重深陳飲食清潔，以自著明也。

朱熹曰：質，猶交質之質。

汪瑗曰：質如字。 朱子謂"猶交質之質"，音致，非是。 屈子多以情質對言，如懷情抱質，情與質信可保，不一而足。 蓋單言情者，乃情冤之意，而此對言者，又當有内外體用之分。 王逸曰"情，志也。 質，性也"似矣。《莊子》曰："性者，生之質也。"孔子之後，宋儒以前，而以質爲性也久矣。 不信，承上欲隱之志而言，恐不足取信於後也。 重，申也。 著，作也，謂作此篇之文也。 言己備蓄糗糧而遠隱之志，恐後或變易，而情質之不足以取信，故重著此文，以極陳利害，道忠誠，以自明己志，而決於隱去無疑也。 或曰，重，再也。 蓋前此嘗有所作，以道去志，恐情質或遷於寵利，或怵於禍患，而不足以取信，故再著此文以自明也。 但屈子所作，不止於今之所傳者，而特無所考耳。 亦通。

林兆珂曰：言己欲攄忠直之情，以質信於君，而君不我信，故復以衆芳自明也。

黃文煥曰：始之惜誦以致愍者，茲且重著以自明，君未必明，我自明而已。 又曰：重著者語多重疊也。 曰"侘傺"，曰"申侘傺"，曰"干傺"；曰"背衆"，曰"衆人"，曰"衆兆"，曰"不群離群"；
曰"專惟君"，曰"待君"，曰"親君"，無一而非重著也。屢言情，
屢言志，屢言路，又無一非重著也。又曰：情質，結前抒情。重著，
結前惜誦自明。與五帝、六神、山川、咎繇相應，訴到重疊痛快。
或不待神鬼代明乎？神鬼無可靠，仍靠自身，孤慘之甚。

李陳玉曰：此惜誦所以名也。

周拱辰曰：明者，明君之芳也。

王萌曰：質，猶文質之質。

錢澄之曰：重著自明，此《惜誦》之所由作也。重者，語不厭重
復也。

王夫之曰：信，與伸同。於時已見竄遷，小人且加之以罪，情不
可以不白，故重述昔者所諫之正。不忍不諫之情，與欲再諫而無從。

林雲銘曰：恐中情本質，不足見信於人。重著，言作《離騷》之
後，再著是篇也。應篇首"發憤抒情"句。

高秋月曰：重著，因惜頌致慼，君不察其情，故重著以自明也。

徐煥龍曰：質物所以取信，如交質子是也。恐情實之質於君者，
終不見信，故重言著之以自明。

賀寬曰：情質云者，即指蒼天爲正之説也。重著以自明，我自明
而已。

張詩曰：但恐吾之性情、吾之氣質不能取信于天下，故重著此詞
以自明。

蔣驥曰：重著，承誦辭言。恐君終不信我之忠，故前誦言雖不見
察，而復著此篇，以自抒其情也。

王邦采曰：質，實也。

吳世尚曰：然我本以無罪被逐，明君既不察，當世誰復諒之。小

人工爲讒妬，壅君誤國，後人又誰復議之。 故我始者本不欲言，而今則不得不言，而重著此諸章以自明也。

許清奇曰：重著，言作《離騷》之後再著是篇也。 應篇首"發憤抒情"句。

夏大霖曰：所以誦者，原不爲禄位，特恐情質不白，誦明之後，亦無他求。

陳遠新曰：明其言之忠以發抒情憤。 此其情質亦可即前所著以信之矣，而恐人之不然也，是以不惜重著此章以明之。

奚禄詒曰：言己備衆善，恐君不信此情質，故重著此飲食之潔以自明。

劉夢鵬曰：情質，猶云情實。 重，反復也。 重著自明，所謂發憤舒情者也。

丁元正曰：情質不信，謂中情本質恐不見信於人也。 言時已見竄遷而小人且加之以罪，故重述昔者所諫之正。

陳本禮曰：情質，遠身情質。 重著，重著其網羅之酷虐也。

胡文英曰：情質不信，即上所謂非忠而言之也。 重著，謂《離騷》九天爲正，此復云蒼天爲正，以自明其心跡之無他，冀幸君之一悟也。

牟庭曰：若竟如此，懷沙而沉流，恐情質不見信於來哲，故重著此以告後人也。

顔錫名曰：重著者，着力著之辭，猶云累筆累墨以著之也。 爲得計，特恐我之情質，人或不信，故重著是篇以明之。

王闓運曰：既不得禍，又當殉國於事，勢可以無誦。 而著此詞者，恐後人不信反以爲獨憨疾時，故自明也。

馬其昶曰：此又惜誦以告後人也。

聞一多曰：情質猶情實也。

姜亮夫曰："恐情質"質字，王注"性也"，非也。 朱熹以爲交質，義較佳，而仍未允。 質，至也。 情質，猶今言情之所衷矣。 言余情之所衷如是，而終不見信也。 重，深大也，讀輕重之重。 重著，即指篇首指著蒼天爲正之誦詞言，著使之當其實也。 詳余《文字樸識·釋中》一文下。 重著猶言鄭重申説，使之當其實也。

蔣天樞曰：信，讀爲"伸"。 重著，言《離騷》外復作此《九章》之歌。

湯炳正曰：情質，單言稱情，復言稱情質。《大戴禮·衞將軍文子》"子貢以其質告"，《論語·雍也》"質勝文則野"，質皆訓實。 重著，重覆申述。 二句謂恐己所訴真情不爲人信，故重覆申述之。

潘嘯龍曰：此句説明了撰寫《惜誦》的動機在剖明心跡。 所謂"重著"，可作兩種理解：一是當年屈原被疏後，曾著《橘頌》自明；此次被放，又作《惜誦》表明心跡。 二是詩人在諫阻懷王入赴武關之會時，已表明過"作忠而言"之心，現更作《惜誦》以自明。

按：此句解釋多歧義。 王逸以食潔來重明己節清正，并常修不殆。 林兆珂謂己忠誠正直，可質信於君，而君不我信，故復以衆芳自明也。 汪瑗以情質之不足以取信，故重著此文，以自別白也。 錢澄之則以重著自明爲《惜誦》之所由作也。 核之上下文，則以汪、錢二説爲是，當是交代此篇所作之由。 吾情與質於行已明，然若不以文記之，則恐他人不信也。 此之作惜誦，即以文明之也。

矯茲媚以私處兮，願曾思而遠身。

王逸曰：矯，舉也。 茲，此也。 曾，重也。 言己舉此衆善，可以事君，則願私居遠處，唯重思而察之也。

洪興祖曰：撟，本從手，舉手也。

　　朱熹曰：撟，舉也。　媚，愛也，謂所愛之道，所守之節也。　私處，猶曰自娛也。　曾，重也。　曾思，所以慮微；遠身，所以避害。

　　汪瑗曰：撟，舉也。　茲，此也。　媚，愛也，謂所愛之道，所守之節也。　與前偃蹇之媚不同。　私處，謂隱居以自娛也。　曾思遠身，猶言深思高舉，所以熟思審處，而欲奉身遠遁，以避害也。　此二句言隱居樂道，而斂德避難，不可榮以禄也。　至此則得以優游卒歲，而讒賊雖欲害之，將見名可得聞，而身不可得見矣。　揚子雲所謂“鴻飛冥冥，弋人何慕焉”是也。　則彼讒賊雖有矰弋罻羅之機械，又將安所施乎？　故《涉江》曰“迷不知吾所如”，曰“余將董道而不豫”，其籌之久矣。　孰謂屈子無明哲保身之道耶？　孰謂屈子肯自沉流而死耶？　後世不解此意，故解此二章與《涉江》之篇多牽强支離也。　二帝三王之書，孔子之所删者也。　孟子乃曰：“盡信《書》不如無《書》，吾於《武城》取二三策而已矣。”故學者觀書，貴有真知獨見，不可不求諸心，而徒傍人籬壁，拾人涕吐也。　吾之於《楚辭》也，不敢求異也。　屈子投汨羅之事，相傳千載，而予獨斷斷然不信者，亦惟執屈子之書，求屈子之意，以折中而已矣。　其出於他説者，蓋不敢盡信也。　嗚呼！　太史公之作《列傳》，而屈子之事已不得其詳而甚略，徒以《涉江》《懷沙》二賦雜之以成傳耳。　蓋屈子僻在楚隅，當時又無知者，況其死未久而楚遂亡，楚亡未幾而秦項紛紛矣。　其事又孰傳而孰道之耶？　其所謂投汨羅而死者，又安知非因徒《楚辭》中所言赴淵之説而不察其爲反辭，而遂附會之耶？　杜少陵《思李白詩》有騎鯨之語，而後世遂謂李太白於采石江捉月投水而死，又有騎鯨上天之説，至今采石有冢有祠。　嗚呼！　太白果死於江耶？　不死於江耶？　注《楚辭》者，俱謂屈原投汨羅而死，以女須爲姊，且謂汨縣皆有原廟及女須廟，安知非太白類耶？　雖有古迹，吾不之信矣。　瑗最好古者，非不信也，吾信屈子之所自言者而已矣。

　　林兆珂曰：言己以忠直愛惜其身，故獨居以自娛，重思遠身以避害也。

　　陳第曰：媚，愛也，謂愛君也。言欲矯愛而隱處，庶高舉遠身，而可以避害乎？

　　黃文煥曰：移背衆媚者爲撟茲媚，移思君者爲曾思，移後身者爲遠身。幹蠱之難，卒歸高尚，易之義也。衆媚則背，茲媚則撟者，以之狥君之惡，則媚不可不背。以之愛己之鼎，則媚不可不舉也。私處，謂自私其身也。

　　李陳玉曰：聊以自慰，亦聊以深思。曾思，層思也。

　　周拱辰曰：媚者，自媚吾之芳也。曾思，再三籌度貌。別君遠舉，不能不割，而又不忍一割，身遠乎哉？心依然君側矣。

　　陸時雍曰：曾思遠身，哲士之所能，忠臣之所不暇爲者也。

　　王遠曰：首二句正應篇首“發憤抒情”，作結，復以己所自處者告之蒼天群神也。前言側身無所，此云曾思遠身，詞若絕望，言外有王。庶幾改之予日望之之意。

　　賀貽孫曰：欲舉生平所愛之名節以自處，且再思而遠身，非欲死而何？通篇或反言之，或復言之，纏綿到底，不能竟讀。

　　錢澄之曰：吾之芳潔，本以媚茲一人，既不見信，惟舉茲自媚而已，以私處者，《詩》所謂媚幽獨也。曾與層同，猶云三思也。蓋三思之，惟有遠身以避禍耳。

　　王夫之曰：戢芳忍愁，終不忍去故國之心。如上文所云以自著，蓋至屈抑其忠愛媚主之忱，伏處遠身，違有他念，奈之何讒人之猶不相釋也。

　　林雲銘曰：媚，所愛之芳也。私處，賤貧獨善。應上去住、橫奔三意。 增思則無出位之謀，遠身則免讒人之妬，庶幾側身有所乎？
又曰：已上提出自己本領，方結得住。

高秋月曰：曾身，所以避害。

徐煥龍曰：媚，愛也。 蘭蕙諸品，皆可愛之芳，又可持以愛媚乎
人者也。 高舉物以如誇曰撟。 曾與增通。 言我撟舉茲媚，不獲公諸
人而私處於此，豈敢忘君哉？ 願增益其思君之念，而遠君者特吾之
身，則庶幾乎不愧爲人臣耳。 總結專惟君、莫我忠、君可思諸句，所
欲自明，正是此願。

賀寬曰：既背衆離群，我自愛吾之鼎，向思君，而今曾思不得不
自思矣。 向後身，而今遠身不得不惜身矣。 君既不見察，衆人以爲
仇，天地鬼神，庶幾鑒諸而終漠漠也。 不得不反求諸身矣。

張詩曰：曾，亦高舉也。 則惟舉此平日所愛之道以隱居自娛，願
高舉深思，奉身遠引而已矣。

蔣驥曰：遠身，隱居以避禍也。

王邦采曰：撟，舉手也。 媚，所愛之芳蘭蕙諸品也。 思之不
審，再思之也。 反覆思維，惟疏遠其身可以遠害耳。

吳世尚曰：夫我於忠誠之道，自信有素，吾愛吾鼎，不以得喜，
不以失悲，以此私處，以此遠放沒身焉而已。

許清奇曰：媚，謂所愛之芳也。 曾，重也。 重思所以慮患，遠
身所以避害。 末段惟以不失素守。 曾思遠害，自期仍是好修本領。

屈復曰：右九節，恐情質不信，曾思遠害，有不能者，故重著此
篇，以自表明。 應起二句，倒叙法。 以上五節爲二段，言己之得
禍，有夢在先，明知如此，雖進退維谷，而此志不變也。

江中時曰：茲媚，即指上木蘭等。 曾思，則無出位之謀，遠身則
免讒人之媚。 以上提出自己本領，以結上文。

夏大霖曰：但舉芳香私淑自願遠身，不敢再言國事也。憤極之詞。

邱仰文曰：以上五節，進退無路，惟有謹身免禍而已。

陳遠新曰：茲媚，以芳媚君，是媚茲，非僞媚。私處，處忠而曰私，蓋讒是天下公物也。遠身，疏己也。信讒齎怒，是不曾思之故，故於此進言君相臣之道，若自願曾思保身，非屈子之志矣。又曰：夫明君相臣，證之言行情貌，亦須從容以察之，以余舉此忠誠以媚君，至於離群背衆，固有乍視之而宜遠者，惟先重思而後疏之、絀之，則情質或有自明之日。是以願於君之明也。君不思，故不明，不明，故信讒而遠忠。故終極之思是求明道也。

奚祿詒曰：楚之君昏臣謟，機設羅張。屈子自歎有招禍之道，然僵偭遠集橫奔而不忍者，匪躬之故也。昔朱游折檻之後，引迹於鄂田。袁閎黨錮未起，潛身於土室。彼義當遠去，而原非其儔也。國家之事，但當論是非，不當論利害。原於義利之界可謂明矣。又曰：舉茲媚以私居，願君重思以察其遠身之情也。茲媚，即媚茲也。

劉夢鵬曰：私之爲言獨也。曾思，曾舉之思。"願曾思而遠身"，即下章所云"願輕舉而遠遊"者也。蓋僵偭、冀進、胖合、交傷激而託於遠身以自解，下章遂終言之。

丁元正曰：媚，所愛之芳也。曾思遠身，曾思慮害遠身避患。

陳本禮曰：茲媚，即上衆芳。遠身避矰弋之加，罻羅之辟也。死非屈子所懼，桎梏而死，非正命也，故遠之。

方績曰：身字，當與上"信"字韻。《易·系辭》："往者，屈也。來者，信也。"《詩·邶風》："吁嗟洵兮，不我信兮。"是古信、伸通用。此信字作伸，於義更亮。

胡文英曰：媚，如"媚於天子"之媚，愛君之忱也。私處，不敢班班顯言，俟君之察也。 曾思遠身，深思其故，而不與群小並列，即《漁父》所謂"深思高舉"也。

牟庭曰：苟可以不遽懷沙，則且私處以遠身也。

顏錫名曰：茲媚，木蘭之屬。 所以悦己者也。

馬其昶曰：方績曰："身當與上信字韻。"其昶案：以上留既有患去，又不忍，惟有清潔自保。 媚茲，幽獨而已，此惜誦後無聊之思也。

聞一多曰：愿曾思而遠身兮，矯兹媚以私處。 ［世溷濁而莫余知兮，吾方高馳而不顧］。 前二句今本作"矯兹媚以私處兮，願曾思而遠身"，當互易；《涉江》篇"世溷濁而莫余知兮，吾方高馳而不顧"二句原在本篇末，當移置於此：處、顧爲韻。 説詳《校補》。"曾思而遠身"，義不可通。 疑思當爲逝，聲之誤也。《淮南子·覽冥》篇："遝至其曾逝萬仞之上。"注曰："曾猶高也，逝猶飛也。"本書《九思·悼亂》："玄鶴兮高飛，曾逝兮青冥。"曾或作增。《史記·賈生傳·弔屈原文》："搖增逝而去之。"《漢書·梅福傳》："夫戴鵲遭害，則仁鳥增逝。"《文選·張茂先鷦鷯賦》："又矯翼而增逝。"《吕氏春秋·權勳》篇："爲人臣忠貞，罪也；忠而不用，遠身可也。"本書《哀時命》："時獸飫而不用兮，且隱伏而遠身。"處猶隱也。 古稱處士即隱士。《淮南子·主術》篇："是故處人以譽尊而游者以辯顯。"注曰："處人隱居，原衍也字。以名譽見尊也。"矯，慧琳《一切經音義》八七，引作撟。《廣雅·釋詁》一："撟，擇也。"又"撟，取也。"《方言》二："撟捎，選也，凡取物之上謂之撟捎。"媚讀爲美。《離騷》"折瓊枝以爲羞兮，精瓊靡以爲粻。 爲余駕飛龍兮，雜瑶象以爲車。何離心之可同兮，吾將遠逝以自疏"一段，與此上八句大意略同。 ［亂曰：駕青虬兮驂白螭，被明月兮珮寶璐。］□□□ ［兮］□□□，

[吾與重華遊兮瑤之圃。] 被猶帶也。 明月，珠名。 珮本一作佩。
《字鏡》六載《玉篇》引同。 寶璐，美玉。 □□□[兮]□□□，
[登崑崙兮食玉英，與天地兮同壽，與日月兮同光。]①同壽同光，一
作比壽齊光。《文選》陸士衡《弔魏武帝文》注引作比壽齊光。《莊
子·在宥》篇："故余將去汝，入無窮之門，以遊無極之野，吾與日月
參光，吾與天地爲常，當我緡乎、遠我昏乎，人其盡死，而我獨存
乎!"《淮南子·俶真》篇："能遊冥冥者，與日月同光。"

于省吾曰：各説均讀媚如字，訓爲愛，實屬費解。 媚與眉古通
用。 金文眉壽之眉均作"𥄯"，典籍中則譌作"亹"。《詩·文王》"亹
亹文王"，毛《傳》："亹亹，勉也。"《嵩高》："亹亹申伯。" 鄭
《箋》："亹亹，勉也。"《離騷》"勉升降以上下兮"，王注訓勉爲强。
《説文》："勉，彊也。" 彊、强古通用。 古籍中的勉字有訓爲勉勵者，
有訓爲勉强者，二義本相因，王注訓矯爲舉，非是。 矯謂矯正。 詳
《釋矯》。 上言"恐情質之不信兮，故重著以自明"。 可是，雖然如此
自明，猶恐未能爲人所諒解，故下接以矯正這樣自明的作法而勉强以
獨處，"願曾（重）思而遠身"。 私處和遠身正承勉强之義爲言。

姜亮夫曰：媚，《廣雅》："好也。" 兹媚，即上文諸美德，猶《離
騷》言内美好修修娉等義。 此媚或即美之聲誤耶？ 私處，猶自處
也。 此蓋見放而後，求仕不得，乃思退而自好之義。 是此篇之作，
當在《離騷》之前矣。 曾思，諸家義不可通。 按此篇文意與《離騷》
相似，彼云吾將遠逝以自疏，與此篇遠身義近，則曾思其猶遠逝與?

---

① 以上除"亂曰"二字及缺文二句，並本《涉江》篇，前四句本作"被明月
　兮佩寶璐，世溷濁而莫余知兮，吾方高馳而不顧，駕青虬兮驂白螭。"説
　見《涉江篇·校補》。

按《九思·悼亂》曰"玄鶴兮高飛，曾逝兮青冥"；《淮南·覽冥訓》"曾逝萬仞之上"，高誘注："曾猶高也，逝猶飛也。"賈誼《弔屈原文》"搖增逝而去之"，曾逝，蓋賦家習語之用爲"遠逝"者也。則此言曾思遠身，即《九思》高飛曾逝之義矣。思與逝，蓋聲近而誤也。此四句蓋繼上四句爲言，以總攝全篇大旨，余惟懼衷情之不見信，故鄭重申說，使之當其情實，以自明其志。其志既明，余願舉此内美之德，以退而私處，自善其身，願高逝而遠其身。蓋即《離騷》回車復路之義也與？

蔣天樞曰：媚，愛也。見《詩·下武》"媚茲一人"鄭《箋》。言"媚茲一人"之情既無可奉，不得已而私行其志，遠適南土，故言"私處"。《説文》"居處"字本作"処"，"處"爲"処"之或體。故凡安心止居者每用"處"。曾思而遠身，即《離騷》"吾將遠逝以自疏"意。《惜誦》篇末特著此語，明漢北、江南之行，純出本人意願也。

湯炳正曰：二句謂反覆思慮，決意遠離時俗，堅守美好的節操而自甘獨處。以上第三段，類亂辭。既申明志向，亦表明"吾將遠逝以自疏"的決定。

按：此準備遠離朝堂，另擇地而棲也，願幽獨而處也。王逸說願重思遠去，與意亦通，錢澄之説近是。此有遠遊之意，而無從彭咸之死，亦可見此篇乃受疏之後，尚待復用之時。屈子之心尚未絶望也。亦可證此篇作於《離騷》之前也。

涉 江

洪興祖曰：此章言己佩服殊異，抗志高遠，國無人知之者，徘徊江之上，歎小人在位，而君子遇害也。

朱熹曰：此篇多以余、吾並稱，詳其文意，余平而吾倨也。

祝堯曰：賦而比也。

汪瑗曰：此篇言己行義之高潔，哀濁世而莫我知也。欲將渡湘沅，入林之密，入山之深，寧甘愁苦以終窮，而終不能變心以從俗，故以《涉江》名之。蓋謂將涉江而遠去耳。末又援引古人以自慰，其詞和，其氣平，其文簡而潔，無一語及壅君讒人之怨恨。其作於遭讒人之始，未放之先歟？與《惜誦》相表裏，皆一時之作。《惜誦》敘己事君之忠，已略盡矣，特末二章言其欲隱之志，故此但決其隱之之志耳。舊說謂原既被放，渡江之初之所作，恐非是。篇內曰"且余將濟乎江湘"，曰"余將董道而不豫"，曰"忽乎吾將行"，皆是自欲遁去之意。此時其志雖決，然欲去而尚未去，故重著此以自明也，故屢曰將也。將者，未然之詞，但不能考其為何年之作，然謂之曰"年既老而不衰"，其在頃襄王之時歟？觀此則屈子亦未嘗縭戀於朝，忿懟不容也。其所以惓惓不忘乎懷襄者，蓋傷其信讒放己，使小人之日得，睹國家之將亡，故不能無責數君相，自明己志之詞，此又天理人倫之至，而忠臣義士之不容自己焉者也，非過也。班固譏其露才揚己，强非其人，愁神苦思，乏大雅之明哲，競乎危國群小之間。 亦妄焉而已矣。

張京元曰：原見放於江南，故《涉江》作此。

黃文煥曰：不衰不顧、比壽齊光，入手處説得豪氣沖霄。 哀南夷之莫知，乘鄂渚而反顧，不能不顧矣；哀吾生之無樂，重昏終窮，不能不衰矣。 結局處説得喪氣入地。 愁苦終窮，重昏終身，兩終字蕭颯之況，無可復鼓。 又兩曰固將，依然氣不肯遽降，作此不甘不認之口角，文情最深。

李陳玉曰：此是屈子一篇行程記。 端直懷信是其俯仰自得處。篇中雖説無樂不豫，其寔自發舒其樂與豫也。

陸時雍曰：《涉江》，山水生愁，雲物增慨，此便是後來詩賦之祖。

王夫之曰：涉江，自漢北而遷於湘沅，絕大江而南也。 此述被遷在道之事。 山川幽峭，灘磧險遠，觸目興懷。 首言己志行之貞潔，謀國之遠大，而不見知；次引義命以自安，而終之以君之不明，姦邪誤國，此雖欲强自寬抑而有所不能。 所怨者，非一己之困窮也。

林雲銘曰：屈子初放，涉江氣尚未沮，故開口自負，説得二十分壯。 先哀南夷不知用賢，取道時，徘徊顧望，猶以端直無傷自慰，似不知後面之窮苦者。 迨涉歷許多荒涼地面，忽轉而自哀，方知見疏於君之後，不知改行從俗，宜至於此。 再思古人忠賢者，往往未必見用。 又以守道不恤窮達爲是，亦無用改悔也，還是“幼好奇服”“老而不衰”口吻。 末以陰陽易位，欲去而遠逝作結，正是不能去、不忍去念頭，爲此無聊之語耳。 按：原之放江南，雖曰“東遷”，却是由東而至南，如郢都爲荆州，而鄂渚爲武昌，則在郢之東矣，《哀郢》所謂“遵江夏”即此也。 湘江在長沙，乃過岳州洞庭而東行，《哀郢》

所謂"上洞庭而下江"即此也。從此上沅，發枉陼，宿辰陽，入溆浦，皆在辰州，則至南耳。故《哀郢》又有"淼南渡"句。仲春而放，其曰"欽秋冬之緒風"，以餘寒尚未盡，緒者，餘也。山高蔽日，故又有雪。總是一事，不可以字句爲疑。

徐煥龍曰：因詞有濟江湘上沅而名篇。

蔣驥曰：《涉江》《哀郢》，皆頃襄時放於江南所作。然《哀郢》發郢而至陵陽，皆自西徂東。《涉江》從鄂渚入溆浦，乃自東北往西南，當在既放陵陽之後，舊解合之誤矣。其命意浩然一往，與《哀郢》之嗚咽徘徊，欲行又止，亦絕不相侔。蓋彼迫於嚴譴而有去國之悲，此激於憤懷而有絕人之志，所由來者異也。抑《惜往日》云："願陳情以白行兮，得罪過之不意。"或者九年不復之後，復以陳辭攖怒，而再謫辰陽，故其詞彌激歟。篇中曰"將濟"，曰"將行"，又曰"將愁苦而終窮""將重昏而終身"，蓋未行時所作也。

吳世尚曰：此篇兼用比賦，又多以余吾並稱。朱子謂"詳其文意，余平而吾倨者"，真得其字句之神也。然此下皆去國之音矣。而此首三節，則述其生平志行之高潔，以見其所以不容於世而涉江之由。"乘鄂渚"三節，則詳其涉江之所經歷；"入溆浦"三節，則言所至之地真非生人之所可居。末二節，則援古例今，以自覺慰之詞也。

許清奇曰：此頃襄放原於江南之野，原初渡江而作。原之放江南，雖曰東遷，却是由東而南，荊州爲郢都，鄂渚爲武昌，則在郢之東矣，即江夏也。湘江在長沙，乃過岳州洞庭而東行，從此上沅，發枉渚，宿辰陽，入溆浦，皆在辰州，則至南耳。

屈復曰：涉湘江而南也，湘江在長沙，過岳州洞庭而東行，又上沅水，發枉渚，宿辰陽，入溆浦，皆在辰州，則至江南之野，天地齊壽，日月齊光。初放時，志氣不衰，及經歷荒涼，一無改悔，而歎陰陽易位，忽乎將行，蓋既至放地所作也。

江中時曰：涉江，却於起手，先作如許躊躇滿志之筆，然後接敘涉江矣，寫得如許荒涼，於前對看，愈覺難堪。此文章加倍反襯法，步步後付之固然，又覺前半之滿志，便是後半荒涼之根。

夏大霖曰：涉長江之放所所作也。

邱仰文曰：此初放江南所作，蓋頃襄時事也。

陳遠新曰：此自敘遷南始末，而前後辭旨與《騷》相發，亦重著以自明也。

奚禄詒曰：此篇賦而比也。

劉夢鵬曰：舊列第一章之上，名其章曰《涉江》，今更定焉。

陳本禮曰：三閭無辜被放南夷，可謂冤之極矣。在他人，開首必先發出許多牢騷鬱邑不平語，此偏寫得奇奇怪怪，令人莫測其立言之妙，蓋由其才之高，識之大，志行之潔，故出筆者無烟火氣。

胡文英曰：《涉江》篇，由今湖北至湖南途中所作，若後人述征紀行之作也。按，屈子由今之武昌府啓行，將濟臨湘縣江，故曰“將濟江湘”。不忘郢都，登武昌高處，以望荊州府，則爲反顧矣，故曰“乘鄂渚而反顧”。由武昌之通山縣、崇陽縣、通城縣至岳州府之臨湘縣渡江，至方臺山，舍車就舟，故曰“邸車方林”。由方林乘舟泝沅江而上，故曰“乘舲上沅”。經過常德府城南枉山陼，故曰“朝發枉陼”。由枉陼窮沅水而上，即爲辰州府城西南，故曰“夕宿辰陽”。由城西南入溆浦縣溪河，故曰“入溆浦”“余儃佪”。然玩末句“忽乎吾將行”，則溆浦仍屬過徑也。舊説錯亂，今爲參以現在郡縣之名，庶觀者瞭然焉。

牟庭曰：涉江者，自南土涉湘江而西也。蓋歸故鄉也。

鄭知同曰：此章自紀南遷以來所歷行程，以至見在身居荒野之苦。 適是第二篇位置。 大凡孤臣孽子，觸物傷懷，雖值韶光淑景，猶且看花濺淚，聞鳥驚心。 何況時屆窮冬，遠投昏墊，中間荒郊晏歲一節，真含無限悲涼。 允推後世敘述邊愁之祖。 然卻不直入。 乃從放情高舉，與古聖同遊，登神山以齊造化。 飄忽而起，然後折落到正文。 本意特欲見己之儀容修偉，志行卓越，宜遇聖王，居尊崇以華國，名與天地同終極。 以反逼不容濁世，遭遇闇君。 竄居荒裔，淹晦終身，益足悲耳。 而構思造語，如此矯變異常。 蓋首章規橅《騷》經，按部就班，低徊層折說來。 此章特以奇偉之筆接之，始見變化。 然篇中不及思君憂國，祇發攄羈愁落寞一邊，而略以行舟淹回水次，隱隱見不忍去國之意。 特留登山臨水，步步回思一段情緒，作下篇地位。 此行文淺深層遞之分際也。 且下篇心係故都，始著人"去終古之所居，今逍遙而來東""哀州土之平樂，悲江介之遺風"等語，以國中之可樂與邊鄙之可悲，兩面對勘，是以實境形實境。 此篇乃先設一靈山縹緲，歡娛忘老之處，用作反襯。 是以虛境形實境。此文家虛實相參、差避雷同之軌則也。《涉江》文詞之妙無以復加。若論理境，即又見屈子真造就。 曰"獨處山中"，是必當時禁錮之令，不得擅入城市，交通人事，結納官長。 曰"忽吾將行"，下章又疊言"狂顧南行""凭凭南行"，是必轉徙窮鄉，浮游靡定，隨處難容，遽不得所棲止。 其困窮如此其極，而猶曰"余心端直""僻遠何傷"，有"君子居之，何陋之有"之慨。 可知，屈子之所皇皇難已者，在不得於君耳。 至於身世之間，則委心任運素位而行，幾無入而不自得，其見道之真為何如哉！

游國恩曰：《涉江》是頃襄王二十一年以後，屈原溯江而上，入於湖湘時作。 從篇中的地名和時令看來，它是緊接着《哀郢》而來的。例如《哀郢》說："背夏浦而西思。"《涉江》於將濟江湘時則說："乘

鄂渚而反顧。"夏浦即今漢口,鄂渚即今武昌。《哀郢》沿江而下,《涉
江》溯江而上,都必須經過夏浦、鄂渚。 又如《哀郢》以仲春東遷,
《涉江》則欸秋冬的緒風,這也是緊相銜接的。 但屈原入湖之後,更
上沅水,至辰陽,入溆浦,已是山窮水盡,不能再走了。 試看他寫
道:"入溆浦余儃佪兮,迷不知吾所如。 深林杳以冥冥兮,乃猿狖之
所居。 山峻高以蔽日兮,下幽晦以多雨;霰雪紛其無垠兮,雲霏霏而
承宇。"這或者就是屈原再放的最終目的地罷,所以他接着又說:"哀
吾生之無樂兮,幽獨處乎山中! 吾不能變心而從俗兮,固將愁苦而終
窮。"他處在這種環境,還是這樣地頑強到底。 這就越顯得詩人的偉
大——本來詩人就想要"與天地比壽,與日月齊光"的!

姜亮夫曰:此章言自陵陽渡江而入洞庭,過枉渚辰陽入溆浦而止
焉。 蓋紀其行也。 發軔爲濟江,故題曰涉江也。 此蓋放于江南時所
作,作于《哀郢》自故都東竄而後。 蓋復自陵陽溯江而西,往來於江
南之時也。 文義皆極明白,路徑尤爲明晰。 惟錯簡譌字,較《九
章》各篇爲最多。 蓋不易轄理者矣。 按"涉江"一詞,吳楚之間,多
傳伍員故事,何嘗類此。《九章》有《涉江》篇,則原所自作,乃詩
篇,而非歌詞也。 他書無可徵。《古詩十九首》有"涉江采芙蓉"一
首,乃涉江後不得歸故鄉,憂傷終老之意,雖漢人之言,其亦有所繼
承者歟?

蔣天樞曰:《涉江》敘己由漢北南行,涉江、溯沅,以至楚黔中郡
事。 并微露南行之有所爲而爲。

湯炳正曰:《涉江》在舊本中編次第二,但按内容而言,在《九
章》中當屬第六篇,主要敘述作者由漢水涉長江,又轉而西行,過洞
庭口,溯沅水而到達溆浦的經歷。 因多記輾轉江漢水系的流放生活,
所以以楚國古代即流傳的樂曲《涉江》爲題。

趙逵夫曰：《涉江》是屈原被放於江南之野以後的第一篇作品。
頃襄王元年（前二九八）二月秦軍攻楚之時，詩人被流放江南之野，
由水路至廬水上游的陵陽。 當年秋冬之際又由水路返回鄂渚（今武
昌），然後陸行至洞庭湖邊，再越洞庭，入沅水，沿莊蹻南行路線，直
至溆浦，在那裏寫了《涉江》。 溆浦已接近楚國南疆，不能再向南
了。 他大概在溆浦暫住了一段時間，所以篇中寫了那裏的自然環境。
由其中"霰雪紛其無垠"一句看，當時顯然是入冬的天氣。 本篇應作
於頃襄王元年冬。《懷沙》一詩所反映詩人晚年沿沅水南下的路線與此
次路線一致，也均同當年莊蹻南下的路線一致。 詩人在這兩次南行之
後都有詩表現其思想與政治情懷，則兩次南行是想瞭解一下莊蹻入黔
滇以後的情形。 只是由於莊蹻在親秦舊貴族的打擊逼迫之下起事後
脫離朝廷而去，被看作反叛，故屈原詩中並未明確表達了作詩的本
義。（《楚辭》）

潘嘯龍曰：《涉江》乃楚地歌曲之名。 屈原借來作爲此篇詩題，
是因爲此詩內容也與"涉江"有關；但所涉之江，從詩中所述可知，
當爲湘江和沅江，而非大江。 前人大多以爲，此詩當作于屈原被楚襄
王遷逐江南之初，顯然與詩中所述"年既老而不衰"的年齡不符。 我
以爲此詩作于楚襄王十四年（前二八五）以後，屈原已進入五十六歲
爲始的"老年"之期。 屈原初放在頃襄王四年，至此已在湘水汨羅一
帶度過了十年以上的放逐生涯。 由於受到朝中貴族黨人的進一步迫
害，不得不離開汨羅，涉湘溯沅而上，來到了溆浦一帶。 此詩所述，
即是對這一次行程以及在溆浦生活景象的紀實。

周建忠曰：此篇爲頃襄王時期屈原被流放江南的作品，記敘了詩
人流放江南的行程：濟江湘、乘鄂渚、上沅江，發枉渚，宿辰陽，最
後進入溆浦。 開頭兩句"余幼好此奇服兮，年既老而不衰"，飽含了

詩人的憤懣、苦悶、冷峻、執著，是對他前半生的總結，也是他對被
放江作出的反應。所以"涉江"之"涉"，不僅僅是被放逐的行程、
路綫、地點的旅途記錄，更著重於詩人一生所涉的人生道路與追求。
故此篇是一篇綫索明瞭、水陸並行的遊記，也是一篇悲憤悽愴、見景
生情的苦難歷程記，更是詩人一生上下求索、寧折不彎的行記。

　　按：本篇爲頃襄王三年之後，屈原再次流放江南沅湘之間所作，
乃敘流放行程所歷，是一篇可靠的屈原行蹤資料。屈原從鄂渚（今湖
北鄂州）出發，向西行至洞庭，再向西南方向上沅水，沿沅水乘船溯
水而上，在沅水的一個小灣枉渚上岸，再至辰陽（今湖南辰溪縣），上
溯入溆浦，進入山林。此地爲今湘西苗族生活境界。這次出行的起
點，當是鄂渚，今湖北鄂州（蔣驥以爲起點在陵陽，今安徽池州），是
從東向西行。《哀郢》曰"發郢都而去閭"，然後"將運舟而下浮兮，
上洞庭而下江。去終古之所居兮，今逍遙而來東"，可見《哀郢》是
詩人離開郢都向東行，過了洞庭湖而繼續順水向東。這裏是由東向西
行，也過洞庭而溯沅水。故此篇創作的時間順序當在《哀郢》之後。

　　余幼好此奇服兮，年既老而不衰。

　　王逸曰：奇，異也。或曰：奇服，好服也。衰，懈也。言己少
好奇偉之服，履忠直之行，至老不懈。

　　張銑曰：衰，退也。原言少好奇服異行，雖年老而此心不退。

　　朱熹曰：奇服，奇偉之服，以喻高潔之行，冠、劍、被服，皆是
也。衰，懈也。

　　周用曰：下六章，言己之益修，而人竟莫之知，而至於見放狀，
亦不以此故而少變其生平也。

　　汪瑗曰：幼，少年也。好，愛也。奇服，偉麗美好之服飾也。

老，耄年也，對幼而言。 不衰，猶言不懈怠也。 觀此二句，屈子可謂聞道之早，而守道之篤矣。

徐師曾曰：高潔之喻。

林兆珂曰：奇服，喻特節也。

黃文煥曰：服奇志淫，君子所戒。 法服是服，君子所尚。 紉好奇服，非立異也。 世無服先王之法服者，吾獨服之，則法服即爲奇服矣。 志節不移，幼老如一，遭讒而心不肯懲，此原之所自負不衰也。

賀貽孫曰：已具《騷經》前數行大意矣。

錢澄之曰：服奇志淫。 原所服先王之法服也，非時俗之所尚，故轉以爲奇服，原亦自居於奇矣。

王夫之曰：奇，珍異也。 奇服，喻其志行之美，即所謂修能也。 言既老，則作於頃襄之世益明矣。

林雲銘曰：以服喻行。

徐煥龍曰：異乎人之服，寓言簡世也。 此好不衰。

賀寬曰：奇服云云，即《騷經》"高余冠""長余佩"之意也。 服先王之法服，世以爲服奇，則亦奇服之矣。 老而不衰，即《惜誦》"情與貌其不變"也。

張詩曰：言余少好此美麗之奇服，至老不衰。

蔣驥曰：奇服，與世殊異之服，喻志行之不群也。 七十曰老。

王邦采曰：世無服先王之法服者。 法服即爲奇服。

吳世尚曰：幼好奇服，所志不群也。 老而不衰，所守彌固也。

許清奇曰：以服喻行。

夏大霖曰：此以被體之冠服，喻身心之佩服，奇不凡也。 黃維章曰"世無服先王之法服者"，則法服即奇服矣。 既老不衰，便是不易初志。

邱仰文曰：喻高潔之行。

陳遠新曰：服，喻行人不行善，故善者爲奇。喻己之行無一不善，不以年老世濁而斁。

劉夢鵬曰：奇服，喻志行也。

于光華曰：奇服，喻異行也。

戴震曰：幼好此奇服，以比好脩不懈。是以前既不容於世而不顧，至此重遭讒謗，濟江而南往斥逐之所。蓋頃襄復遷之江南時也。

胡文英曰：以奇服喻懿行。服，被服，猶云佩也，包下冠劍、雜佩諸物而言。以宋玉之不敢直諫，猶曰瑰意琦行，世俗不知，則不但世俗怪屈子之奇，屈子亦自覺其異于俗矣。不衰，指所好而言。

顏錫名曰：奇服，喻奇行。世無正道，則以正道爲奇行矣。

王闓運曰：頃襄二十二年，秦拔巫。原年六十七，始作此詞，以一幼一老見意。原生於楚宣王二十七年，歲在戊寅。懷王元年，年十六。張儀來相時，年三十二。早已見疏，距用事時已十餘年，是見疏在弱冠後，故曰幼也。頃襄初年，年五十餘，放沅九年，故自歎既老也。

聞一多曰：《國語·晉語》"是故賜我奇服"。

姜亮夫曰：奇服，奇偉之服也，即下文長鋏陸離、切雲崔嵬之服也。

蔣天樞曰：《涉江》篇開始敘己南行。己南行事爲世俗所不能喻解，而其事又未便公言，故開篇即以近於神話之意境出之。服，行之飾於身者，其行不諧於俗，故曰奇服。《禮記·檀弓上》："人生十年曰幼，學。"幼爲十歲至十九歲間稱呼。幼好此奇服，言己志行根於天性。《檀弓》又曰："七十曰老，而傳。"老爲七十至七十九歲間稱呼。文曰既老，明屈子此時已年逾七十。不衰，壯志猶昔。此出於真

"深思高舉"後重漾起對理想之憧憬，故首標作者當時特異形象。

湯炳正曰：奇服，指楚國、楚民族有異於他國、他民族的奇異之服，即下文所謂冠切雲、帶長鋏，體現了屈原强烈的民族精神。

潘嘯龍曰：奇服，即下文所述高冠、長劍之服。據劉向《説苑·善説》記"昔者荆爲長劍危冠，令尹子西出焉"。可知這種打扮乃是春秋時期楚人的愛好。屈原在戰國中期仍愛此"奇服"，表達了他對古賢的嚮往與敬慕。

按：奇服，指服飾與衆不同，頭上戴切云之冠，身被明月之珠，腰佩美玉，帶長鋏之劍。此奇服乃特定人士之服裝。如今日軍人有軍服，警察有警服，宗教人士也著特定之服裝。原著此奇服也有特定之身份，原之身份即巫師。新出土秦《日書》中有"凡庚寅生者爲巫"之句，屈原亦庚寅生，故其爲巫。《九歌》《招魂》皆爲其任巫師之職時所作。前文已云，原生於平野，雖其爲貴族之後，然自小能識字讀書，接受良好教育，并年紀輕輕即能擔任左徒之職，皆與其巫師身份有關。巫師乃當時宗教人士，具有神職色彩，著特定服裝。且當時著裝有禮制上的規定，以原之博聞學識，當不會做出違禮之事。故原之著裝應視爲歷史真實之紀録，則原之描寫，可爲考察當時巫師著裝之依據也。年既老而不衰，即寫原雖年老，然可還復巫師之身份，故曰"不衰"。

帶長鋏之陸離兮，冠切雲之崔嵬。

王逸曰：長鋏，劍名也。其所握長劍，楚人名曰長鋏也。崔嵬，高貌也。言己内修忠信之志，外帶長利之劍，戴崔嵬之冠，其高切青雲也。

郭璞曰：崔嵬，高峻貌。（《文選·上林賦》"巃嵸崔巍"注、《漢

書》注引郭説、《史記正義》引郭璞説）

吕向曰：陸離，劍低昂貌。切雲，冠名。

洪興祖曰：鋏，《莊子》曰："韓、魏爲鋏。"注云："鋏，把也。"《史記》曰："彈劍而歌曰：長鋏歸來乎！"《文選》注云："鋏，刀身劍鋒也，有長鋏、短鋏。"

朱熹曰：鋏，劍把；或曰刀身劍鋒也。切雲，當時高冠之名。

汪瑗曰：帶，謂懸之於腰也。鋏，劍也。或曰劍把，或曰刀身、劍鋒。大抵鋏亦劍之别名也。《史記》："馮諼彈劍而歌曰：'長鋏歸來乎。'"蓋古有長鋏、短鋏，意者長鋏乃君子烈士之所佩，而短鋏乃刺客之流之所用者乎？陸離，光輝貌。冠如字，舊讀作去聲，非是。切雲，王逸曰："其高切青雲也。"是矣。蓋甚言其冠之高，可以上切雲耳。五臣曰："切雲，冠名。"朱子亦曰："當時高冠之名。"非是。後世有名切雲冠者，自是傚屈子之言而取義耳。崔嵬，高貌。此二句對偶極精巧，以冠對帶，實對虛也；以切雲對長鋏，假對真也。此非大義，亦屈子用心筆刀，變化之妙處，雖不拘拘求於文字之間，要亦非漫言也。

林兆珂曰：長鋏，劍名。切雲，當時高冠名也。帶長劍，冠切雲，所謂奇服也。言握利器而秉高行也。

黃文煥曰：鋏以昭武，冠以稱服。

陸時雍曰：鋏，劍把。切雲，言其高耳。朱晦翁以爲冠名，恐未必。

王夫之曰：長鋏，劍也。陸離，劍光。切，猶齊也。冠高若與雲齊也。喻其志行之高遠光潔。

林雲銘曰：切雲，冠名。所以爲奇服。

張詩曰：奇服如何，腰帶長鋏之劍，則參錯而陸離。首冠，切雲之冠，則高峻而崔嵬。

吳世尚曰：鋏，劍把，或曰劍鋒。

夏大霖曰：鋏，劍把。喻利用剖斷裁制也。

陳遠新曰：長鋏，方而長也。切雲，高而直也。

奚祿詒曰：喻握利器而秉高行也。

胡文英曰：《戰國策》："長鋏歸來乎！"《周禮·考工記》："身長五其莖長，重九鋝，謂之上制，上士服之。"蓋豪士亦多以長劍爲美飾也。切雲，繡雲于冠也。

胡濬源曰：去國即路，逐處傷心。

聞一多曰：切雲，冠名。謂之切雲者，切，摩也。《哀時命》："冠崔嵬而切雲。"注曰："冠則崔嵬，上摩於雲。"是其義。《説苑·善説》篇"昔者荆爲長劍危冠，令尹子西出焉"。

姜亮夫曰：崔嵬，《詩·周南·卷耳》"陟彼崔嵬，我馬虺隤"，毛《傳》："土山之戴石者。"又《谷風》"維山崔嵬"，《傳》："山巔也。"蓋土山戴石，乃其本義，引申爲山巔，山巔則有高義，故引申爲高峻，即本篇王注之所本也。"長劍"二句，即《離騷》之"高余冠之岌岌兮，長余佩之陸離"，王注："岌岌，高皃。"與此崔嵬義同矣。又本篇語句多襲用《離騷》而略變之，其義亦即《離騷》後半之意，宜與《離騷》互參爲得。

蔣天樞曰：繫於鞶帶者曰帶。以長鋏名長劍，與《齊策》名稱同。陸離，參差貌。冠劍皆所以施於身，故以所服喻所行。

按：此奇服。長鋏，長劍，劍鋒長者爲長鋏。陸離，劍的色彩斑駁光亮。切雲，切與砌古字通，《文選·西京賦》："設切厓隒。"李善注："切與砌古字通。"砌，即綴連，唐皮日休《臨頓爲吳中偏勝之地》："高風翔砌鳥，暴雨失池魚。"切，這裏指綴連雲紋於冠上也。

胡文英以爲繡雲于冠，即冠上繡有雲紋也，甚是。 崔嵬，高貌。 繡有雲紋之冠其實也高矣。

被明月兮珮寶璐。

王逸曰：在背曰被。 寶璐，美玉也。 言背被明月之珠，要佩美玉，德寶兼備，行度清白也。

李周翰曰：被，猶服也。 明月，珠名。 璐，玉名。

洪興祖曰：《淮南》曰：“明月之珠，不能無纇。”注云：“夜光之珠有似月光，故曰明月。”璐，路。《說文》云：“玉名。”

朱熹曰：在背曰被。 明月，珠名。 以其夜光，有似明月，故以爲名。 璐，美玉名。

汪瑗曰：被、佩，皆泛言佩服之意。 王逸曰：“在背曰被，在腰曰佩。”男子不應服其珠於背也。 蓋屈子奇服之好，非特寓言，而冠劍珠玉，實當時之所喜好佩服者也。 此蓋賦體，而有比意，非全比也。 明月，珠名，以其夜能光輝，有似明月，故以爲名。《淮南》曰“明月之珠，不能無纇”是也。 然亦稱夜光之珠，其義一也，蓋美珠也。 寶，猶貴也。 璐，美玉名。 實璐，謂玉之至貴者也。 或曰，冠者，男子之服；劍者，男子之所有事；而玉者，君子無故不去身者也。 屈子佩之宜也。 而又佩明珠者，未之前聞也。 瑗曰：古之君子無所不佩，隨人之所喜好，而有所比德者，皆可佩也。 故孔子劍玉之外，又佩象環五寸。 可見古人於玉之比德，劍之衞身，必不可去之，外而他所佩者，由夫人也。 自古道衰微，日趨苟簡，遂指珠玉爲婦人女子之飾，鄙長劍爲武夫之事，訕高冠爲怪異之流，而聖賢垂世立教，養德養身之意，抑荒矣。

林兆珂曰：言其衆美具備，而世莫知也。

黄文焕曰：明月、寶璐，致文飾焉。

王遠曰：世莫余知吾乃不顧，方將從聖帝遊寶所。所謂既老不衰也。

錢澄之曰：首句單行，足上文冠裳劍佩之義。

王夫之曰：明月，寶珠。被，綴也。璐，美玉。

林雲銘曰：奇服之餙。

徐焕龍曰：明月，夜光珠。

張詩曰：被明月之寶珠，佩寶貴之璐玉。

蔣驥曰：明月，夜光珠也。

吳世尚曰：明月，珠之光照一室者。

夏大霖曰：明月，珠名，喻光輝也。寶璐，玉名，喻潤澤也。

陳遠新曰：被，肩服。明月，光而圓也，喻被奇。

于光華曰：明月，珠也，奇服之飾。

丁元正曰：明月，寶珠。夜光之珠，有似明月也。

王闓運曰：璐，毓露冕旒之類，垂如露者。此云佩，則佩組珠。

姜亮夫曰：明月，李斯文有"垂明月之珠"，東方朔《神異經》亦云："西北荒中有二金闕……上有明月珠，徑三丈，光照千里。"司馬相如《子虛賦》"曳明月之珠旗"，《集解》引《漢書音義》曰："以明月珠綴飾旗。"又《上林賦》："明月珠子，玓瓅江靡。"《文選·西都賦》："隋侯明月，錯落其間。"李善注："許慎《淮南子注》曰：'夜光之珠，有似明月，故曰明月也。'"高誘以隋侯爲明月，許慎以明月爲夜光。班固云"隋侯明月"，又云："懸黎垂棘，夜光在焉。"然則班以夜光非隋珠明月矣。郭璞《遊仙詩》李善注引鄒陽《上書》曰"明月之珠，夜光之璧"，則明月夜光，又別爲二。大抵漢人侈言無實之說，皆出于《楚辭》而任意附會者矣。《九歎》亦有"垂明月之玄珠”，王注：“黑光曰玄也”。 説又稍異。 寶璐，《説文·玉部》：
“璐，玉也，從玉，路聲。”大徐：“洛故切。”又《文選·雪賦》“逴似
連璐”，李善注引許君《淮南子注》：“璐，美玉也。”古籍用璐字，惟
此一見。 古人亦無言佩璐者。 近世出土玉器繁多，亦未見璐。 疑本
南楚荆璞之類，本出土，故不見北土典籍也。

蔣天樞曰：衣之披於背者曰被，今所謂披風。 明月，珠也，被上
綴明月之珠故云被明月。 寶璐，美玉。 喻有光輝，能燭照前後。

按：明月，夜光珠，晶瑩泛亮光。 寶璐，美玉也，喻品行端正。
皆奇服之飾也。 明月、寶璐亦皆喻品行之純潔、端正也。

世溷濁而莫余知兮，吾方高馳而不顧。

王逸曰：溷，亂也。 濁，貪也。 言時世貪亂，遭君蔽闇，無有知
我之賢，然猶高行抗志，終不回曲也。

李周翰曰：言我冠帶佩服，莫不盛美，加之忠信貞潔，而遭世溷
濁，無相知者。

吕延濟曰：顧世上如此，故高馳不顧。

汪瑗曰：以屈子好古之心，獨行之志，烏能見容於溷濁之世哉？
吾於是深有所感矣。 溷，不潔也。 濁，不清也。 莫余知，不知己所
好奇服之美也。 高馳，猶言高蹈也。 不顧，不慮也。 言己方勇往直
前，徑行高步，從吾所好，而不暇顧慮世俗之知不知也，豈因溷濁之
世不能知我，而遂變其所守哉？ 其年既老，而不衰之志可見矣。

林兆珂曰：高馳，謂危行也。

陳第曰：不顧，所謂家國非之而不顧。

張京元曰：言己奇服帶劍，危冠寶佩，高行抗志濁世，莫知終不
顧也。

黄文焕曰：文武交備，世莫余知。彼之溷濁，日以下沉；吾之清潔，日以上升。真可以高馳而不顧？知否矣。又曰：既老不衰，方高不顧，語用互映，義用雙揭。

李陳玉曰：畫出古人風。

錢澄之曰：世不知己，己亦不受世知。

王夫之曰：世雖莫知，而所懷者遠大。

林雲銘曰：服本明潔，自然與溷濁不合，惟各行其志而已。

賀寬曰：溷濁者日以下，清潔者日以升，世既莫我知，我安用顧彼哉。

張詩曰：奈世方溷濁，莫能知我，故服此奇服，高馳不顧。

吳世尚曰：高馳不顧，不肯少貶以求合也。

江中時曰：被服明潔，自與溷濁不合，高馳則脫乎溷濁矣。

陳遠新曰：不顧，不以世貶。

劉夢鵬曰：高馳不顧，抗志勵行，不顧時好也。

丁元正曰：言己之志行高遠光潔，自與溷濁不合，獨行其志而已。

陳本禮曰：志則高矣美矣，其受病亦正坐此。

胡文英曰：我豈以世俗不知而易其操，亦各行其是而已。

牟庭曰：湘間不樂也。

顏錫名曰：自敘其素行之高，自待之厚，自信之深。人不吾知，本無足計。

蔣天樞曰：溷濁，謂貪污營私之風。高馳，即《惜誦》所謂"登天"，《離騷》所謂"溘埃風余上征"者是。言己仍將從事往日未能成就之事業。

按：此對回郢都盼復用已不抱希望之詞。《惜誦》中，詩人心尚未死，期盼有朝一日能重返郢都，這裏則高馳不顧，已經對回歸朝堂徹底死心了。 這是一個轉折。 雖然對回歸朝堂死心，但人尚未進入絕望的境地。 彼時尚有巫師之身份，既可在民間爲人治病，或爲民間祭祀，生存是没有問題的。 從頃襄王三年流放江南始，至最後投汨羅而死，時間長度最少超過十年，這十多年的時間，屈原當是依據巫師之身份而生活在沅湘之間。 期間，屈原創作了《九歌》等作品。 王逸、張詩説近是。 劉夢鵬説非。

駕青虬兮驂白螭，吾與重華遊兮瑶之圃。

王逸曰：虬、螭，神獸，宜於駕乘。 以喻賢人清白，宜可信任也。 重華，舜名。 瑶，玉也。 圃，園也。 言己想侍虞舜遊玉園，猶言遇聖帝升清朝也。

吕延濟曰：願驂駕虬螭而遠去也。 虬、螭，皆龍類。

洪興祖曰：虬，有角曰龍，無角曰虬。 螭，《説文》云：如龍而黄。 北方謂之地螻。 一説無角曰螭。《山海經》云：槐江之山，上多琅玕金玉，實惟帝之平圃。

朱熹曰：乘靈物，從聖帝，遊寶所，皆見其志行之高遠。

汪瑗曰：虬、螭，皆龍屬。 重華，舜號。 瑶，玉名。 或曰，瑶圃謂懸圃也。

林兆珂曰：青虬、白螭，皆神獸也。 乘神獸，從聖帝，遊瑶圃，皆見其志行之高遠也。

陳第曰：虬、螭，神獸。 重華，舜也。 言己想得到虞舜而與之遊。

黄文焕曰：駕虬驂螭，高馳之具也。 瑶圃崑崙，高馳之區也。 不顧世人，但偕重華。 彼莫知而我，自有相知也。 世莫知而遊瑶圃、登崑崙，起下哀莫知而濟沅湘。

李陳玉曰：與古人遊。

錢澄之曰：古之號知人之哲者，有重華，吾其與重華游乎！ 自寫其高視闊步，傲岸一世之狀。

王夫之曰：欲以濟世匡君，上參虞舜。

林雲銘曰：高馳時，自有聖人相知。

賀寬曰：駕虯驂螭，高馳之具，瑤圃崑崙，高馳之區。 世人不顧，但偕重華，即就重華而陳辭之説也。

張詩曰：駕青虯驂白螭，去溷濁之世，而與虞舜遊於瑤玉之圃。瑤圃，即懸圃。

王邦采曰：飾奇珍，乘神物，從聖帝，遊靈居，皆見其志行之高遠。

許清奇曰：虯螭乃高馳所藉，瑤圃即至高之處，惟有與舜相知。

江中時曰：駕虯驂螭，與重華遊兮瑤圃，皆見其志之行高遠，所謂高馳也。

夏大霖曰：青色配德爲仁，白色配德爲義。 言立品貴重光輝潤澤，不求知，不徇俗，履仁行義以希聖人也。 放所在，九嶷之麓舜陵所在，故獨稱與重華遊瑤圃，神仙所居，同遊於此，亦 "之死靡他" 之辭。

邱仰文曰：喻聖帝升清朝。

陳遠新曰：佐聖主成聖治。

奚禄詒曰：思唐虞以挽濁世也。

丁元正曰：駕虯驂螭，高馳之具也。 崑崙瑤圃，高馳之地也。不顧世人，但偕重華人莫知，而我自有相知也。

劉夢鵬曰：游瑤圃，登崑崙，即所謂高馳也。

陳本禮曰：與重華遊，則胸中只有唐虞，何論夏商以後。

胡文英曰：《莊子》："受命于天，惟舜獨也正。"屈子于《離騷》中，始則曰"就重華則陳詞"，末則曰"奏《九歌》而舞《韶》"，此則曰"與重華遊兮瑤之圃"。則屈子之生平，所得力而可見；諸行事者，亦可想見矣。

王闓運曰：重華，謂懷王也。頃襄背約，放原江南。自甘遠徙，故與游瑤圃。言不願事新王也。

姜亮夫曰：此喻言以虬螭爲興駕也。

蔣天樞曰：承上文"高馳"意，所託者不可顯言，故仍以神話意境出之。駕，服之轅下。驂，置之轅外。虬，龍字有角者。螭，龍屬。瑤之圃，在崑崙上，已見《天問》注，喻燦爛美好境域。

湯炳正曰：瑤之圃，即瑤圃，神話傳說中天帝所居園囿。《山海經·西山經》："槐江之山，上多琅玕金玉，實惟帝之平圃。"據郭璞注："平圃"即在崑崙山上。

按：此亦登天之行。屈原表示離開郢都遠行時往往以"登天"方式表示。《離騷》曰："駟玉虬以乘鷖兮，溘埃風余上征。朝發軔於蒼梧兮，夕余至乎懸圃。"又云："爲余駕飛龍兮，雜瑤象以爲車。何離心之可用兮，吾將遠逝以自疏。遭吾道夫崑崙兮，路修遠以周流。"這裏駕青虬、驂白螭，與重華遊於瑤圃，亦表示心中思慮已定，遠行自疏。重華爲舜，舜葬九嶷山，九嶷山在湘水上游，與屈子此行溯沅水而上路徑相合，故曰與舜遊。王逸以遇聖帝升清朝，不確。林兆珂、王邦采說近是。王闓運說亦有理。

登崑崙兮食玉英，與天地兮同壽，與日月兮同光。

王逸曰：猶言坐明堂，受爵位。言己年與天地相敝，名與日月同耀。

郭璞曰：玉英，謂玉華也。（《山海經·西山經》“黃帝乃取峯山之玉榮”注）

劉良曰：瑤圃、玉英，皆美言之。言願得及聖君，游於平代，升清朝而食其禄也。

張銑曰：言若得值於此時，而我年德冀如是也。

洪興祖曰：《爾雅》：“西北之美者，有崑崙墟之璆琳琅玕焉。”《援神契》曰：“玉英，玉有英華之色。”《莊子》曰：“吾與日月參光，吾與天地爲常。”

朱熹曰：登崑崙，言所至之高；食玉英，言所養之潔。

汪瑗曰：昆侖，山名，見《離騷》。玉英，謂玉之英華也。又曰：壽比天地，光齊日月，是又推言“居移氣，養移體”之效驗也。此章言己所好服飾之奇異於世俗，而世俗溷濁無知己者，亦不因之而少有所變也。方將乘靈物，從聖帝，遊寶所，益期所居所養之高潔也。夫屈子求知於古之聖人，而不求世俗之知者，非絕俗也。彼世俗但知服艾以盈腰，蘇糞壤以充幃，而此奇服則不知也。不知而求知之，是徇俗也。而强使知之，是邀名也。雖然，屈子所好之奇服，乃古聖人之常服也，自溷濁之世而觀之，以爲奇耳，是豈驚世駭俗詭異之奇哉？又曰：與天地比壽，與日月齊光，非謂生而不死也。其綿綿之壽與天地相比，炯炯之光與日月爭齊者，亦惟吾道而已矣。彼世俗之庸庸碌碌，混混然與蟪蠛同起伏，與草木同朽腐，又豈能知清修之士，體道之人，芳名妡節，真可與天地並悠久，日月並照臨哉？此可與智者道，而不可與俗人語也。《淮南》曰：“推此志也，雖與日月爭光可也。”李白曰：“屈平辭賦懸日月，楚王臺榭空山丘。”可謂知言矣。“駕清虬”以下至“日月齊光”，皆承上二句一氣講下，所謂高馳而不顧是也。 登崑崙食玉英，與遊瑤圃並看，皆承"吾與重華"句來。 此章大旨在寶璐截。 上言奇服之好，自少至老而不變；下言不求知於世俗，而求知於聖人也。 朱子分章皆非是。

楊慎曰：瑤圃、玉英，皆美言之，願得聖君而食禄也。

黃文煥曰：所馳既殊，所食亦異，天地日月，隨所比並。 原之自期得名兼得年矣，夫誰知比壽之始願，卒以求死博齊光哉。 又曰：齊光，起下蔽日重昏。 所矢願彌高，所遭逢彌單，善于相形。

李陳玉曰：吾有千古不死者，在非時人所能死。

周拱辰曰：玉英，玉苗也，出鐘山，仙人采爲服食。 嚴忌《哀時命》"至崑崙之懸圃，采鍾山之玉英"是也。

陸時雍曰：崐崘，至高。 玉英，至潔。 天地比壽，日月齊光，所謂卓然高遠，不與俗同者也。

王萌曰：所登之高，所食之潔。 名壽兼得，全作自負之語，真乃古之狂也。

賀貽孫曰：屈子何嘗死，惟上官大夫、令尹子蘭二人獨死耳。

王夫之曰：混一區宇，厝國祚於長久。

林雲銘曰：所馳愈高，所得愈大，可以不朽。 世本不足顧也。又曰：已上自敘素行之端直。

高秋月曰：駕虬驂螭，遊瑤圃，登崑崙，正所謂高馳也。

徐煥龍曰：爲履至高，所養至潔。 更不止瑤圃之遊也。

賀寬曰：沉湘一時，流放千古，非真與天地比壽，日月齊光者乎。 子長所以云"雖與日月爭光可也"，原蓋自命也。

張詩曰：玉英，玉液也。 登崑崙之高山，食美玉之華英，而綿綿之壽，與天地比永。 炯炯之光，與日月齊輝焉。 豈與夫世之庸庸者，共生滅于覆載間也。

蔣驥曰：玉英，玉苗也，仙家採爲服食。 首序己志行高潔。

王邦采曰：可以不朽。 以上自敘。

屈復曰：比壽、齊光，能不朽也。 右一段，言己之志行芳潔高遠，世莫余知。 若從聖帝登崑崙，則能不朽。 正與下獨處山中相反也。

邱仰文曰：英，讀央。 說見《騷經》。 喻坐明堂，受爵位。

陳遠新曰：登崑崙，喻登明堂。 食玉英，喻享天禄。

劉夢鵬曰：玉英，蓋瓊漿之類。 食玉英，吸粹精也。 天地比壽，言不朽。 日月齊光，言有耀。

于光華曰：以上高馳不顧之所在也。

丁元正曰：天地比壽，日月齊光，言得其壽與名，所謂卓然高遠，不與俗同者也。 此言己之志行高遠，欲以濟世匡君，追跡虞舜，以博壽名，不屑與流俗爲伍也。

陳本禮曰：英，喻所處之高，所養之正。 此直欲希踪到聖人地位，可以參天地，贊化育矣。 原胸襟抱負之大，彼楚人近在國中，尚不能知，何況遠夷，又烏足以知之耶? 痛年老投荒，不知何日得返首坵。 故於臨行時不惜盡情吐訴一番，爲下文“哀南夷”句作勢。

胡文英曰：食玉英，則益增其貞潔。 吾之道，豈不可以比壽天地，齊光日月乎?

王闓運曰：崑崙，懷王所客之地也。 忠於先君，與同生死。 心光明如日月也。

馬其昶曰：陳澧曰：以上言人不知而不慍，與古聖人爲徒，高矣、美矣，足以不朽也。

姜亮夫曰：《爾雅》：“西北之美者，有崑崙虛之璆琳琅玕焉。”《援神契》曰：“玉英，玉有英華之色。”諸家釋此三句，義多相得。

然文義與下“哀南夷”不類，亦不能與冠劍並舉聯言。 前後皆實有所切指之象，而此獨以神奇縹渺出之，疑有錯簡，不能明矣。 與天地二句，當從一本作“比壽、同光”，言年與天地相比，而德與日月同耀。

蔣天樞曰：“與天地兮比壽”二句，託喻楚國帝業成就後遠景。

按：玉英，玉之精華。 崑崙之玉，乃世上之寶玉也。 喻己品行高潔寶貴。 比壽、齊光，言不朽也。 屈原自恃品行高潔，能與聖人重華媲美，故能不朽也。 丁元正、胡文英説近是。

哀南夷之莫吾知兮，且余濟乎江湘。

王逸曰：屈原怨毒楚俗，嫉害忠貞，乃曰：哀哉！ 南夷之人，無知我賢也。 旦，明也。 濟，渡也。 言己放棄，以明旦之時始去，遂渡江湘之水。 言明旦者，紀時明，刺君不明也。

呂向曰：南夷，謂楚也。 莫吾知，謂莫知我也。 言渡水而去之。

洪興祖曰：《國語》云：“楚爲荆蠻。”

朱熹曰：南夷，謂楚國也。

王應麟曰：屈原，楚人，而曰“哀南夷之莫吾知”，是以楚俗爲夷也。 陰邪之類，讒害君子，變於夷矣。

汪瑗曰：上“世溷濁而莫余知”，泛舉一世而言，此“哀南夷之莫吾知”，專指楚國而言。 直至“重昏而終身”爲一段，皆一氣講下，不過反覆言己好此奇服，而楚人既莫我知，亦惟隱去而已矣，決不能變心以從俗也。 旦，早朝也。 猶言明日遂行耳，甚言欲去之速也。 江、湘，二水名。 曰“湘沅”，曰“鄂渚”，曰“辰陽”等語，皆豫道其所經之路。 曰“車馬”，曰“舲船”，皆豫道其所乘之具。 意謂吾將由此道，乘此具，從此而遠去矣。

林兆珂曰：夷，謂楚國也。屈原怨毒楚俗，嫉害忠貞，乃曰：可
哀哉！南夷之人，無知我者也。旦而渡江，被放逐，將遠去也。

黃文煥曰：自負之後，忽然乞憐曰：哀南夷之莫吾知。夫斥之爲
南夷而猶望其吾知，何意之卑也？與遊之，望華何往乎？瑤圃崑崙
之後，亟曰：將濟沅湘，又何地之近也？可遊之瑤圃崑崙何在乎？
如彼志願，乃遭如此景況，慘耶！否耶！

李陳玉曰：不斥言中國、黨人，借言渡江以南邊歷夷人，是立言
忠厚處。

賀貽孫曰：屈子生平以忠厚自處，不應稱楚國爲南夷。李密《陳
情表》有少事僞朝語，遂爲千古所譏，況可以宗臣指斥宗國耶？怨望
醜詆，小丈夫悻悻者所不爲，而謂屈子爲之乎？蓋屈子自郢涉江及於
沅、湘、三楚，以湘江爲南楚，以其夷蠻雜居，故曰南夷。下文所謂
宿辰陽、入溆浦、深林杳冥、猿狖同居，山高蔽日，幽晦多雨，霰雪
無垠，雲氣霏霏，皆極言南夷非人境可居。朝廷既逐我矣，豈南夷有
知我者，不我知而旦猶濟此，哀孰甚焉！

王萌曰：南夷，不斥言楚，借言邊鄙夷人也。立言之體如此。

錢澄之曰：南夷，不指郢，指江湘以南，皆夷地也。世溷濁而莫
知矣，南夷非人所居，豈有知之者乎？然與其處人世而不見知，固不
如處絕人之境也。又曰：原之所以比壽齊光，惟在汨羅一死。

王夫之曰：南夷，武陵西南蠻夷，今辰、沅苗種也。既被遷江
南，將絕江水，泝湘而西，與苗夷雜處，誰復有知我者乎？

林雲銘曰：欲濟江湘而東行，故名楚爲南夷。點《涉江》。

佚名曰：自哀南夷以後，皆直賦被放之行途，與所放之處，但帶
有寓言。（《屈辭洗髓》引）

徐煥龍曰：南夷謂楚，哀其習於夷俗，無一人能知己，非以莫吾

知自哀。 當時放原，驅諸湘沅之南，故且將濟湘。

賀寬曰：前已毅然不顧，高馳上升；此卻句句低徊，與前相左。

張詩曰：然則今之南夷，既莫吾知，余將乘旦以濟江湘之水矣。

蔣驥曰：南夷，斥楚人。 濟江湘者，原自陵陽至辰溆，必濟大江而歷洞庭也。 按湘水爲洞庭正流，故《水經》以洞庭爲湘水。 濟洞庭，即濟湘也。

王邦采曰：二語入題。 楚習於夷俗，故謂之南夷。

許清奇曰：首段敘己之志行高潔，可與聖賢爲知契，與天地並不朽，而獨莫知於南夷，故有此涉江之行耳。

屈復曰：一句結上，一句起下。

江中時曰：以上自敘素行之高潔，此解方接落涉江。

夏大霖曰：江，即本題所涉之大江。 由江入洞庭，湘水又洞庭上流之一。

邱仰文曰：欲濟江而東，故名楚爲南夷。 湘江在長沙，過洞庭東行。《哀郢》云“上洞庭而下江”。

陳遠新曰：且以乘時遇主而昭，因哀今日之被放也。

奚祿詒曰：原初放，涉江而去，哀己年老，故思齊乎天地日月，以竢君之一悟。

劉夢鵬曰：南夷，如《孟子》東夷、西夷之稱，謂郢也。 南人變態，萎美實甚，誰與玩芳？ 予將濟江湘矣。 江，統下沿辰溆諸水而言。

于光華曰：上是專言莫知，此專言楚也。 且濟，言去之速。按：湘江在湖南長沙府城西。

丁元正曰：此原述己自退居漢北而遷竄江南，遂有江湘之行。

戴震曰：湘水自洞庭入江，故洞庭之下，得兼江湘之目矣。 王伯厚云："屈原楚人，而《涉江》曰'哀南夷之莫吾知'，是以《楚》俗爲夷也。陰邪之類，讒害君子，變於夷矣。"

陳本禮曰：南夷，指辰陽苗夷。此臨行夜中忖度語也。已伏下具有行，將往告之意矣。一旦字見被罪出於意外，頃刻便行，不能稍容竚足矣。

胡文英曰：自楚南以迄粤東西，皆在郢都之南。重華卒于粤西，故承上而言南夷豈能知我。然今將濟江湘而就之，寧不哀哉？觀下文"哀吾生之無樂兮，幽獨處於山中"可見。舊注謂屈子斥楚爲南夷，誤于未識地形故也。

張雲璈曰：屈子豈肯以楚爲夷，蓋指其所放之地而言。近於今湖南之苗疆，故曰夷。且深寧曾以《離騷》之稱哲王謂楚君之闇而猶曰哲，蓋屈子以堯舜之耿介，禹湯之衹敬望其君，不敢謂之不明也。太史公曰"王之不明"，豈足福哉？此非屈子之意，審是則更無以夷稱其本國之理。深寧之言自相矛盾矣。

顏錫名曰：江湘，言涉江而入湘也。按枉渚、辰陽、漵浦，地皆近沅，即文內亦明白上沅，是原所遷之地，并不近湘，云湘江者，沅湘同入洞庭，自下兼受，可通稱也。

王闓運曰：南夷，南人，謂靳尚也。《思美人》曰"觀南人之變態"。恨之，故夷之。濟江至湘，放江南也。

吳汝綸曰：南夷，謂貶所也。濟江湘，登鄂渚，還楚國也。以秋冬緒風止而不進，於是又乘船上沅又不進，則又南至僻遠也。此皆虛設之詞，非實事說者。以南夷爲楚國，大謬。

聞一多曰：《墨子·兼愛中》篇："以利荆楚干越與南夷之民。"南夷蓋指大江南今湖南省地。濟江湘，當是濟江湘而北行。

姜亮夫曰：南夷，王逸以爲屈原怨毒楚俗，故稱楚爲南夷。洪

《補》更引《國語》"楚爲荆蠻"之言以成之。 是屈子指斥宗國，豈即班孟堅所謂忿懟忘身者耶？ 然《涉江》全篇，並無怨毒楚國之意；屈賦全文，亦無蔑視宗邦之情。 王、洪之説，顯爲不當！ 朱熹但言南夷爲楚國，亦未允。 南夷之夷，即不爲惡謚，而"南"字則有據中原以臨南服之意。 此當出於第三者之口，不得爲屈子自道。 南夷，宋末王伯厚《困學紀聞》特以《春秋》大義爲之解説，其言曰"'哀南夷之莫吾知'，是以楚俗爲夷也，陰邪之類，讒害君子，變于夷矣"云云，殊爲比附，全謝山注《紀聞》云："屈子豈肯以楚爲夷，曰南夷者，指放逐之地言之也。 蓋近于苗疆矣，故曰夷。"云云，其義至爲精微，然證驗未備，人莫得而徵之。 考之張守節《史記正義》據吳起之言："昔三苗氏，左洞庭，右彭蠡，今江州、鄂州、岳州，三苗之地也。"《通典》則以"潭州、岳州、衡州，皆古三苗之地"云云，其説雖略異，而大要則屈子南放，游于辰溆，即古三苗所在之地。 楚之先自得國後，累世南侵，三苗則漸西南遠徙，終且至于三危，三危者，今康藏滇西之地，其不能遠徙者，自洞庭、彭蠡漸西南移，辰溆、湘江之間，屈子所放流者，正苗民之居也。 其地已改土，故曰"南土"，而其民則仍舊居異族，故曰南夷，無能助己以興國，故曰"哀"、曰"莫吾知"，如是，則與《涉江》全文義理相合，而與屈子忠愛之忱，亦調遂矣。 又《戰國策·秦策三》"齊有東國之地，方千里，楚包九夷，又方千里。"是楚境，固得有諸夷矣。 又《史記·吳起列傳》："楚悼王素聞起吳起賢，至則相楚……于是南平百越。"《後漢書·西南夷列傳》："及吳起相悼王，南併蠻越，遂有洞庭、蒼梧。"所謂諸夷，蓋即此等拓土開疆之地。 起之楚，在悼王之末，而洞庭、蒼梧已入土歸流，以迄懷王，蓋五十餘年，而其俗未變，原以南放入辰溆，自在蒼梧諸地也。 又按春秋以來，南北之畔甚劇。《左傳》成九年："南冠而縶者誰也。"林注:"南冠,楚冠也。"襄十八年:"晉人聞有楚師,師曠曰:'……南風不竟,多死聲。 楚必無功'。"又成七年:"蠻夷屬于楚者,吳盡取之。"襄十三年:"赫赫楚國,撫有蠻夷,奄征南海。"又《國策·秦策·魏策》言:"楚之九夷。"詳《史記·李斯傳》九夷《索隱》。 按下言濟江湘,乘鄂渚,步馬山皐,邸車方林,上沅而回水,發枉渚,宿辰陽,入漵浦,終至於幽處山中,則涉江而往者,乃辰沅之西,蓋楚之西極,隱指三苗之所雜居也。 則此句乃將西入辰漵,逃避幽篁之始,知其本不可居而居,故曰哀。 則南夷蓋即指辰漵以西之異族而言,必不爲楚國明矣。 此莫吾知,蓋亦指南夷荒遠,無知我之人,非謂朝堂之無知己者也。"且余將濟乎江湘",當與上句易讀,言余于旦日,將濟江湘發軔之時也。 此濟江湘乃虛擬之詞。 不然,則下言乘鄂渚、步山皐皆在湘水之東,此已渡湘水,豈不顛倒已甚乎? 蓋此乃遠流南夷之始,故余思及南夷無人相知而興悲也。 諸家沿《章句》之誤,故多説不安其處矣!

蔣天樞曰:南夷,謂漢北人。 楚之漢北,西周舊南國地也。 昭王時的《宗周鐘銘》、夷王時的《成鼎銘》,均有"南夷"之稱,屈原使用南夷一詞,實沿用中原語詞,隱其地,故託言南夷。 其人懾於秦不敢有所作爲,故曰"莫吾知"。 濟江湘,渡江以至湘也。

湯炳正曰:南夷,指屈原南下的目的地,少數民族聚居處。 濟江由漢水南入於江,濟湘則泝江而西過洞庭入江之口。 因古稱洞庭爲湘,故云。 此謂"南夷"與己風俗殊異,思想隔膜,令人哀痛;但迫於情勢,明晨即將濟江湘而入其境。

趙逵夫曰:言明旦將出盧水,入江而西,并渡湘水到資沅一帶。

潘嘯龍曰:南夷,南方未開化之地,即屈原放逐的湘水汨羅一帶。 江湘,即湘水。 古代湘水經過洞庭直注大江,爲江水支流,故稱"江湘"。 此與漢水、沅水稱江漢、江沅同例。

按：南夷，謂沅湘之間。 賀貽孫謂以湘江爲南楚，以其夷蠻雜居，故曰南夷。 南夷之人，皆爲蠻族，不吾知也。 我將入南夷之地，更加困苦也。 王夫之説甚是。 王逸以楚爲南夷，以朝堂之人爲南夷之人，可備一説。

乘鄂渚而反顧兮，欸秋冬之緒風。

王逸曰：乘，登也。 鄂渚，地名。 欸，歎也。 緒，餘也。 言登鄂渚高岸，還望楚國，嚮秋冬北風，愁而長歎，心中憂思也。

李周翰云：乘，登也。 鄂渚，地名。 反顧楚都也。 欸，歎也。緒，餘也。 秋冬之風，搖落萬物，比之讒佞，是以歎焉。

洪興祖曰：楚子熊渠，封中子紅於鄂。 鄂州，武昌縣地是也。隋以鄂渚爲名。 欸，《方言》云："欸，然也。"南楚凡言然者，曰欸。

朱熹曰：鄂渚，地名，今鄂州也。 欸，歎也。《方言》云："南楚謂然爲欸。"《史》《漢》"亞父曰唉"及唐人"欸乃"，皆此字也。

汪瑗曰：乘，猶登也。 鄂，地名，今鄂州是也。 小洲曰渚。 以鄂渚爲名者，後世也。 洪氏曰："自隋始。"反顧，回視也。 欸音哀，歎也。 朱子引《史》《漢》"亞父曰唉"，與欸同。 又謂唐人用欸乃，皆此字。 柳子厚詩曰"欸乃一聲山水綠"是也。 洪氏又引《方言》云："南楚凡言然者，曰欸。"朱子亦引以爲證，則然者非嘆也，義又不同，非是。 瑗按：揚雄《法言》曰："始皇方獵六國，而蘮牙欸。"晉李軌注："曰欸者，歎聲。"吳秘注曰："怒聲。"司馬光曰："欸，烏開反。"是漢人已用欸字矣。 唐人所用欸乃之欸，音襖，乃音藹，蓋歌聲，非嘆聲。《方言》所云蓋然詞，非歎詞。 今當以《法言》爲證。 蓋謂始皇方獵六國，而王蘮又且爲之磨牙吮吻，嘆其不足以肆其噬嚙之酷，而助其暴虐也。 朱子所引《史》《漢》亦通。 蓋字之偏旁，口與欠亦多通用，如嘆歎是也，則唉欵亦可相通明矣。 或曰，還當作惆欵之欵字，欵者，叩也，有感觸之義。 未知其審。 緒，餘也。

張京元曰：言登鄂渚高岸，還望楚國，嚮風長歎也。

黃文煥曰：既曰將濟，路宜從舟。 忽然反顧，迎風生喟。 又曰：緒風何嘆乎？ 嘆所逢者生長萬物之風少，肅殺之風多也，故合秋冬言之也。 又曰：將濟之下，忽說反顧，文勢善留。

周拱辰曰：舊以“欵”爲歎聲，似也。 然非以緒風爲可傷嘆也。 按：欵即風聲。《莊子》：“大塊噫氣，其名爲風。”秋冬之風多愁慘，聽之似噫嘆之聲也。

王萌曰：反顧，慨歎馬遲車留，徘徊於將濟之時，眷戀故國也。

毛晉曰：欵，《韻會》云：《方言》：“南楚凡曰然曰欵。”

錢澄之曰：鄂渚反顧，是將濟之時。

王夫之曰：鄂渚，今江夏。 欵，歎。 緒風，相續之風。

徐煥龍曰：乘鄂州之渚，反顧湖北楚都。 欵孺子不足與謀，即此欵字。 秋冬緒餘之風尤蕭索，故欵之以比楚事之淒涼。

賀寬曰：前不顧，而今又返顧矣。

張詩曰：鄂，地名。 言於是行至鄂州，登其洲渚以反顧楚國，而欵然歎秋冬之緒風。

蔣驥曰：鄂渚，今武昌府。 濟江而西，道經武昌，其自陵陽可知。 謂初春而秋冬餘寒未盡，即《招魂》所謂“獻歲發春”也。

王邦采曰：鄂，鄂州。 反顧不忘湖北楚都也。 欵，歎聲。 緒風，緒餘之風，聲颺颺而不絕也。

吳世尚曰：楚郢都在今荊州，去郢而鄂，自西而東順而下也，故云反顧。

屈復曰：遷在仲春，而猶有秋冬之餘風，記時也。　當秋冬緒風，涉江而去。　鄂渚反顧，未濟時，不忍便濟。

夏大霖曰：秋冬之風發相續如緒不絶，故曰緒風。

邱仰文曰：鄂渚，武昌縣地。《哀郢》所云“遵江夏”是也。　隋有鄂渚之名，下文沅水、枉渚、溆浦，皆在辰州。

劉夢鵬曰：鄂渚，渚名，在今岳州北。

于光華曰：鄂渚，地名，今湖北武昌府。

丁元正曰：追憶至鄂渚，登黄鵠之磯，以反顧西北之舊都，時維秋冬，朔風悽慘，不覺臨風浩歎。

戴震曰：言於鄂渚登岸，循江岸行，以至洞庭也。　欸，發聲。

陳本禮曰：君門萬里，不堪回首。　征途適届秋冬之交。

朱琦曰：欸，《説文》：“欸，訾也。”《玉篇》：“欸，呰也。”呰者，訶也。　段氏謂訾當作呰，是也。《廣韻》十六怪“欸，怒聲”，正合呰義；十六哈又曰“歎也”，殆即本此。

顔錫名曰：東遷在仲春，餘寒未盡，風猶秋冬之餘，故云。

王闓運曰：乘鄂渚，自江南重被召至郢。　冬涸，故不由沅澧，而更泝江。　反顧，復被讒放也。

聞一多曰：《國策·齊策》“乘夏水而下漢，四日而至五渚”。《史記·蘇秦傳》同。《秦策》“大破荆，襲郢，取洞庭五都江南”。《史記·蘇秦傳·集解》引作五渚。《韓非子·初見秦》篇作五湖。　疑五渚即鄂渚，五、鄂聲相近也。　既濟湘而北，遂登鄂渚，以回望湘南。　欸讀爲哀。《後漢書·班彪傳》“哀牢”注曰：“西南夷號，實發聲之詞。”唐人元結、柳宗元等詩俱作欸乃。　字一作誒。《漢書·韋賢傳》“勤誒厥生”即勤哀厥生。“哀秋冬之緒風”，猶《哀郢》云“悲江介之遺風”也。

游國恩曰：鄂渚，即今湖北武昌，在陵陽西南，大概屈原自陵陽出發後，既至鄂渚，便又回憶陵陽，所以説“反顧”，“反顧”當然是指昔日所到的陵陽。

姜亮夫曰：鄂渚，即今武昌也。戴曰：“在今湖北武昌府江夏縣西江中黄鶴磯上三百步。”反顧者，反顧陵陽也。蓋屈子被放，自郢而東，作《哀郢》；沿江而至於陵陽，此篇則自陵西行，逆流而上，至於鄂渚；有如上登然，故曰乘鄂渚。此反顧，則既登鄂渚而反顧來路也。秋冬緒風，語甚不詞。以下文霰雪之句定之，此宜爲秋末冬初，則秋字不誤。冬，疑夂字之誤，亦如紋之誤終然。夂即今終字；終，極也，末也。緒風“緒”字，古無是稱，疑爲隧之聲借。《詩·桑柔》“大風有隧”，《河伯》“衝風起兮”，王逸注：“衝風，隧風也。”秋末風大，有如隧道然也，詳後《抽思》“悲秋風之動容”注。窮秋風悽陰霾，故可嘆也。

蔣天樞曰：乘，與升義同。升鄂渚，登鄂渚山上。鄂渚，今武昌縣西江中。或曰古鄂渚在今武漢迤東之鄂城。西周中期，楚熊渠拓地至鄂，封其中子爲鄂王。反顧，謂己將南行，回首以望陳。《史記·項羽本紀》：“亞父曰：‘唉，豎子不足與謀。’”《索隱》曰：“唉，歎恨發聲之辭。”“唉！秋冬之緒風”者，歎此秋冬緒餘之風，猶有極大殺傷力，“緒風”託喻秦人，言己深有隱憂也。

趙逵夫曰：此言泝江上行至鄂渚，而東向回顧來時之路。顧觀光《七國地理考》引“乘鄂渚而反顧”之句云：《涉江》所曆之路，自東而西，故下文云：“步余馬兮山皋，邸余車兮方林。”謂自武昌陸行，過咸寧、蒲圻而至嶽州。至此則復從舟入湘，以達於沅。故下文云：“乘舲船余上沅兮，齊吴榜以擊汰。”顧氏關於屈原所歷路綫的推斷，完全合於詩意。（《屈原與他的時代》）

潘嘯龍曰：鄂渚，地名，在洞庭湖中。唐人沈亞之《湘中怨解》、杜甫《過南岳入洞庭湖》詩均提到過它。前人以爲此詩所稱“鄂渚”在武昌西之江中。恐系因同名而誤會。

湯炳正曰：鄂渚，地名。在今湖北武昌。二句謂登上鄂渚回顧郢都，禁不住哀歎秋冬之寒風尚在。其中隱含對讒人得勢的感慨。

按：鄂渚，地名，今湖北鄂州市，在武漢市東南。緒風，殘風。秋冬之際，尚殘餘有秋風秋氣，不太冷。而即將秋去冬來，寒風將至也。登鄂渚而反顧楚國，惟有故國之秋風尚有殘餘，值得依戀，而這僅有秋之和風，亦將不再來，己之前途亦愈發艱難也，能不歎息乎？王逸説，意亦不差，屈復、丁元正説是。

步余馬兮山皋，邸余車兮方林。

王逸曰：邸，舍也。方林，地名。言我馬强壯，行於山皋，無所驅馳；我車堅牢，舍於方林，無所載任也。以言己才德方壯，誠可任用，棄在山野，亦無所施也。

吕延濟曰：低，舍也。方林，地名。言馬壯車堅，棄在山野，喻才行方美，不被任用也。

洪興祖曰：邸，低無舍義。《風賦》云：“邸蕚葉而振氣。”注云：“邸，觸也。”

朱熹曰：邸，至也。方林，地名。

汪瑗曰：步，行也。邸，王逸曰“舍也”是矣。朱子曰“至也”亦是。蓋邸、抵，可通用。洪氏曰：“邸無舍義。”引《風賦》曰：“邸華葉而振氣。”注曰：“邸，觸也。”未之思矣。夫邸、抵、觝，古多通用。而古人名所居之處爲邸舍久矣，孰謂邸無舍義也。一又作低，朱子謂如《招魂》“軒輬既低”之低，非是。二句蓋謂行於此而止於彼，如《離騷》"步余馬於蘭皋，馳椒丘焉止息"之意也。 方林，猶言廣林也，舊解爲地名，非是。 以上山皋照之，可見也。 或曰，《爾雅》曰"野外曰林"。 亦通。 上曰步，下曰邸；上曰馬，下曰車；上曰山，下曰林，參差互文耳。 蓋謂乘此車馬，驅馳於山林之道間也。《楚辭》此類甚多，讀者須以意會。 此承上章既渡江湘而言。王逸曰："言己登鄂渚高岸，還望楚國，嚮秋冬北風，愁而長歎，心中憂思也。"瑗按：南夷莫吾知，而屈子長往之志決矣。 又復回顧而太息，若不忍去者，何也？ 既不忍去矣，又馳車馬而不少息者，何也？蓋不忍去者，屈子之本心，忠厚之至也。 而決去者，不得已之至情，保身之哲也。 二者固並行而不背也。 上章言江湘，由水路而進。 此章言車馬，由陸路而進。 上二句還屬上章意。 或曰"乘鄂渚而反顧"二句，謂己徘徊江上，有感於道路風景之殊，歎其不見知於世俗耳，無不忍去國之意。 不忍去者，固屈子之本心，而此篇方道其隱遁之決，而通篇絶無一句留戀之意。 古人作文，篇各有旨，奚必拘拘於此？ 前人謂注杜詩者，篇篇句句字字解爲忠君愛國之意，則杜詩掃地矣。《楚辭》亦然。 瑗按：或人之説亦甚有理，故附録之。

林兆珂曰：馬行山皋，車舍方林，時將由陸而舟行也。

黃文焕曰：步馬邸車，又徘徊而未即濟焉。 山皋方林之間，添一番牽掣矣。

錢澄之曰：步馬、邸車，猶未即濟也。

王夫之曰：步，解駕使散行也。 邸，閣而懸之，不用也。 方林，方丘樹林。 原既不用，退居漢北，至是遷竄江南，故乘車而東南。行至於江夏，山川相繆，車不可行，將舍車登舟而南。 今北往襄德者，自漢口陸行，舟車各從所便也。 既至鄂渚，登黃鵠之磯而西北望。 時方秋冬，風自西北來。 臨風回眺，故國杳在天西矣。

林雲銘曰：未濟時，先徘徊一番。

高秋月曰：舍車馬而從艅船也。

徐煥龍曰：邸，旅宿之舍。 方林，地名。 楚南跋涉最甚。 濟湘又復山行，夜宿方林邸舍，亦即借地名以比隨寓皆方。

賀寬曰：始言將濟，而忽易余車余馬矣。

張詩曰：方林，廣林也。 乃步馬于山皋，舍車于方林焉。 蓋秋冬之風，淒冽之氣也。 以比楚國政事日壞，風俗日衰，故顧之而歎，不忍驟去也。

蔣驥曰：邸，與抵同。《史記·河渠書》“西邸瓠口爲渠”是也。此又舍舟登陸也。 今自武昌陸行，過咸寧蒲圻至岳州，凡五百里。

王邦采曰：言水陸跋涉之苦。

江中時曰：未濟時，先徘徊反顧。

夏大霖曰：步馬、邸車，所謂反顧之意。

陳遠新曰：放馬舍車是將濟時事。 言始而自鄂渚乘車至方林。

奚祿詒曰：步，緩行也。 邸，寓也。 方林，楚地名。

劉夢鵬曰：邸，止車也。

丁元正曰：方林，方丘樹林。 而山川相繆，至此而車馬不可行矣。

陳本禮曰：一幅秋山行旅圖。

胡文英曰：方林，即今岳州府方臺山也。

張雲璈曰：邸，低。《廣雅·釋詁》四：“宿、次、低、弛，舍也。”

胡濬源曰：此濟湘後所經歷歷。

俞樾曰：邸，舍也。 邸，當讀爲楮。《爾雅·釋言》：“楮，柱也。”凡車止而弗駕，必有木以楮柱其輪，使之勿動，古謂之軔。《離騷》"朝發軔於蒼梧兮"，《注》曰"軔，楮輪木也"。 邸余車，即楮余車。 氐聲與耆聲相近，故邸得通作楮。《説文》土部："坻或作渚"，即其例矣。

王闓運曰：邸，抵，不行也。 方林，方城之野，野外謂之林。 爲人所尼謀不得用，又被讒間，重遷沅也。

聞一多曰：邸一作低，案讀爲抵。《説苑·臣術》篇："道狹，下抵車而待之。"即楮車也。《説文》坻，重文作渚。 又"軔，楮輪木也"，字一作脂，又作指。《詩經·何人斯》："爾之亟行，遑脂爾車。"《韓詩外傳》："指車百乘，觴於糶丘之上。"以上楮車説本俞樾。

饒宗頤曰：王逸《章句》："方林，地名。"《文選注》呂延濟亦曰："方林，地名。"而不言所在。 今從其上文"旦予濟乎江湘"及下文"乘舲船余上沅"言之，方林之地，自在湘南。 考《山海經·海內南經》："蒼梧之山，帝舜葬於陽，帝丹朱葬於陰，氾林方三百里，在狌狌東，狌狌在舜葬西。"是氾林在湘南。 氾林即方林也。 又曰：方有溥義，故城之大者謂之方城，而其山曰方城山。 林之廣布者謂之方林。 氾、范、方音同通假，故方林亦稱范林，亦稱氾林，方林本爲通名，即凡林木氾濫布衍者可有是稱。 故崑崙、蒼梧、狄山、三桑間皆有之，其初非專有之地名也。《涉江》"方林"從其對文"山皋"言之，但指廣林而已，未必爲地名；若乎求其所在，則以《海內南經》之"氾林"當之最合。

姜亮夫曰：步，緩行也。 馬兮兮字，作於字用。 然以屈賦例之，非韻句，句中不用兮字；則此疑作"於"；兮、於，雙聲而又疊韻，音小異耳。 皋，《楚辭》皋字全爲澤字之譌。《楚辭》皋字凡十餘見，字皆作皋，依俗寫也，本當作皋。 統觀諸字之義，曰"山皋""江皋""九皋""皋蘭""蘭皋"，皆爲澤字之形誤。 前《漢·地理志》：

"河南郡，成皋縣；河內郡，平皋縣。"《後漢·郡國志》："河南有成睪縣，河內有平睪縣。"在前《漢書》用皋字，《後漢書》用睪字，皋澤古音義通，《毛詩傳》訓九皋爲澤，《水經注》："潁水東南逕澤城北，即古城皋亭。"又《史記·天官書》"黃潠"即"黃澤"是也。《左傳》"皋門"作"澤門"亦猶是，但宋之澤門，即《孟子》所云垤澤之門，杜氏所云東城南門。　見《宮室圖》。《詩》"鶴鳴于九皋"，《招魂》"皋蘭被徑"，《上林賦》"亭皋千里"，《洛神賦》"爾迺稅駕乎蘭皋"，傳注皆訓皋爲澤，自漢以來皆然，則澤之誤皋，蓋始于《詩》以來矣，而《漢》人承襲用之。《荀子·正論》曰："曼而饋，代皋而食，雍而徹乎五祀。"皋原誤作睪。　楊注："皋蓋香草也，或曰讀爲藁，即所謂蘭茝本也，或曰：當爲澤，澤蘭也。《既夕禮》'茵著用茶實綏澤焉'。"俗書澤字作水旁睪，盧文弨曰："睪本作皋。"《史記·天官書》其色大國，黃潠，即黃澤，郝懿行曰："睪即皋字，下云：側載睪芷，蓋皆香草。"洪頤煊曰："《淮南子·主術訓》'馨鼓而食，奏雍而徹'與此上下文義同，馨皋古字通用。"劉台拱曰："代睪當爲伐馨。"《主術》所注引《詩》"鼓鐘伐馨"，王念孫曰："《淮南》本亦作伐馨而食，與奏雍而徹對文。《淮南》即本之《荀子》。"牟廷相《雪泥書屋雜志》云："'以《淮南》證之，和《荀子》所說，始饋則奏曼歌，方食則伐皋鼓，將徹則歌雍詩'，蓋古天子之禮，每食如是也。　楊注皆非，今據《淮南》改正，無可疑也。　下句五祀字當連上句，楊倞斷句亦非。《淮南》言：'馨鼓而食，奏雍而徹，已飯而祭竈行。'言竈則戶、門、中霤可見矣。　何爲非此五祀，五祀卑而天子尊故也。　飯而後祭之，言此者，所以見天子至貴也，若郊禘、大祀、天、帝、祖、宗又尊于天子，安有已飯而後祭者哉，楊倞荒謬無意思，未可以讀書也。"云云。按皋澤二字，誤者至多，不可勝數，不僅此也，即皋字書法，在東漢時已至紛亂,《後漢書·馬援傳》曰:"交趾女子側貳反,璽書拜援伏波將軍。"章懷太子注引《東觀漢記》曰:"援上書:'臣所假伏波將軍印,書伏字犬外嚮,城臯令印臯字爲白下羊;丞印皿下羊;尉印白下人,人下羊,即一縣長吏,印文不同,恐天下不正者多。 符印所以爲信也,所宜齊同。'薦曉古文字者,事下大司空正郡國印章。"考臯與澤古形可相亂,古從"皿"之字,或省作"口",若"白"而幸以下則與本又絶相似,故其形可繹爲罪,即顔之推《書證》篇所謂臯分澤畔,而《水經·潁水注》亦言臯澤字相近,皆此之由也。 盧文弨云:"《後漢·馬融傳》臯牢山,章懷注:臯牢,猶牢籠也。 引此,作臯牢。"郝懿行曰:"案干禄《字書》:'睪,俗臯字。'蓋臯俗作睪,譌轉爲罪,又復加頭爲睪,以别於罪,此正如漢成臯印又作白下人,人下羊,又作白下羊,展轉增益,即此類也。 臯韜爲覆冒之意,故臯牢亦爲牢籠,皆雙聲疊韻字也。"考"睪"字由來已久。 曹大家言:"睪子佐禹。"《顔氏家訓》:"臯分澤片。"蓋此俗字起于六朝以前,《荀子·王霸》:"睪牢天下而制之。"王念孫曰:"此字《困學紀聞》已辯之矣,然其音與義,皆決無相通相借之理。 以義言:則凡從臯之字,皆與澤無關,而多高、太、昊、界之義。 又與皋爲一字之分化,《荀子》言臯界廣廣等,即以後世偏旁例之,皋、嶂、槔、鷎與澤、嶧、擇、鸅音義,皆無絲毫相涉之跡,羊益切,又尼輒切,伺視也,其字從自,從夆,夆亦音聶,其音義亦與臯大異。 臯本臯氣,臯白之進也,從本。 土臯切。 從白。"朱駿聲未能深知臯澤之不可爲一字,而反增注云"當訓澤邊地,從白,白者日未出時,初生微光也。 曠野得日光最早,故從白,從本聲"云云,蓋不思之甚矣。 按朱説實啓之自王觀國《説林》,其言云:"臯之爲義,澤也。 因其有澤之義,故變睪爲臯,以澤字從睪故也。"云云,因果顛倒,亦已甚矣。 邸,與抵通,止也。 其專字則當爲楷。 氐聲與耆聲相近，故字得相通，故坻亦或作渚。 方林，以下文經歷之路綫審之，則當於岳州之間求之。

蔣天樞曰：皋，山下水澤旁高地。 方林，地名，不詳今爲何地，當去洞庭湖不遠。 疑原渡江沿東岸取陸路南行，及入湘達洞庭湖畔後，放馬邸車，始乘舸上沅。

趙逵夫曰：據上文引顧觀光《七國地理考》所述屈原此行路綫，應在武昌、岳州之間。 胡文英《屈騷指掌》卷三云：“方林，即今岳州府方臺山也。”就大體方位來看，所言近是。（《屈原與他的時代》）

潘嘯龍曰：方林，地名，其地不詳，當在洞庭湖一帶。 詩人涉湘、乘鄂渚後，即舍船車行；後又舍車船行溯沅水而上。

按：方林，汪瑗、張詩謂廣林也，是，非地名。 二句，汪瑗謂行於此而止於彼，如《離騷》“步余馬於蘭皋，馳椒丘焉止息”之意也，甚是。 此句乃實録陸路之行，非必有喻意也。 王逸謂喻己才德方壯，誠可任用，棄在山野，亦無所施也。 乃牽强之解。 姜説皋爲澤，甚辨，其説有取。

乘舸船余上沅兮，齊吳榜以擊汰。

王逸曰：舸船，船有艎䑲者。 吳榜，船櫂也。 汰，水波也。 言己始去乘艎舸之船，西上沅、湘之水，士卒齊舉大櫂而擊水波，自傷去朝堂之上，而入湖澤之中也。 或曰：齊悲歌，言愁思也。

郭璞曰：榜，即櫂。 唱櫂歌也。（《史記·司馬相如傳·子虛賦》“榜人歌”《集解》引郭璞曰）

劉良曰：舸，船名也。 吳榜，船棹也。 汰，波也。

洪興祖曰：上，謂遡流而上也。《字書》：“䑲，船也。”吳，疑借用。 榜，進船也。

朱熹曰：舲船，船有窗牖者，或曰小船也。　上，謂泝流而上也。齊，同時並舉也。　吳，謂吳國。　榜，櫂也。　蓋效吳人所爲之櫂，如云越舲蜀艇也。　汰，水波也。

汪瑗曰：乘，載也。　舲船，有牕牖者，或曰小船也。　上，謂溯流而逆上也。　沅，水名。　齊，整也，謂整理其櫂也。朱子曰："齊時並舉也。"瑗按：《哀郢》曰："楫齊揚以容與。"則解作齊時並舉爲切，而此只云齊榜，當解作整理之義爲順，不必拘一也。　吳，國名。榜，棹也。朱子曰："蓋效吳人所爲之棹，如云越舲蜀艇也。"洪氏曰："疑與艆同。　艆，船也。　見《字書》。"或曰，吳恐當作吾，屈子每以余吾對言，聲相同而誤也。　瑗按：《九歌》稱吳戈秦弓，此作吳爲是。　汰，水波回紋也。　蓋舉櫂擊水而生波紋，而櫂又復撓之，故曰擊汰。

陳第曰：舲，船之有牖者。　吳榜，吳之刺船人也。　汰，疲也。

黃文煥曰：徘徊之後，爰再決濟。舍彼車馬，從彼舲船。上沅難順，遡洄多阻。

王夫之曰：舲，小舟。　榜，櫂也。　言吳榜者未詳。　擊汰，楫入水，擊波上濺也。　又曰：絶江而南，至洞庭，乃西泝沅水而上。　洞庭九派，湘水爲其正支，涉洞庭則涉湘矣。　故前云濟湘，此云上沅，不相悖。

林雲銘曰：齊，衆用力也。　吳榜，效吳國所爲之船櫂也。　逆流非一櫂能上，故齊舉。　汰，水侈貌。

徐煥龍曰：小船曰舲，逆流而上。　船櫂效吳地榜樣，故曰吳榜。

賀寬曰：方步山皋邸方林，而忽乘舲船齊吳榜矣。

張詩曰：舲船，小船也。　汰，水波回文也。　言于是乘此舲船，泝流而上以渡沅水。　整齊吳榜以擊水，而波紋生焉。

蔣驥曰：舲，舟有窗者。上，溯流而上也。沅水東入洞庭，而原西向，故溯而上之。齊，並舉也。榜，櫂也。吳人善爲櫂，故以爲名。

王邦采曰：吳榜，吳人所爲之櫂。

吳世尚曰：自鄂而沅，則又折而西南，行逆而泝矣，故云上沅矣。吳榜，效吳人所爲之舟櫂也。

屈復曰：沅水擊汰，容與凝滯，方濟時猶不忍竟濟。

夏大霖曰：齊，齊用力也。齊力效吳人之鼓櫂也。汰，水波也。

奚禄詒曰：汰，濤也。

于光華曰：沅水在辰州府城西南。

戴震曰：自洞庭而舟行溯沅也。小楫謂之榜。汰，浪淘沙土也。

胡文英曰：上沅，逆流上沅江也。吳榜，吳船所用之楫，取其輕利，今長沙諸小舟，其楫俱似吳地小舟所用也。汰，沙水相流之處，故下云：淹回水而凝滯也。

王闓運曰：吳榜，吳人工榜船者。舲船吳榜，蓋以禮遣，得乘官舫也。沅，去郢較近於湘。蓋以量移爲名，而實遠之。

武延緒曰：汰，當爲汏。《説文》：“汏，淅灡也。”徐鉉曰：“水激過也。”汏，滑也。又《廣韻》：“汏，濤汏也。”《莊子·天下》篇：“冷汰於物以爲道理。”注：“冷汰，猶沙汰也。”郭忠恕《佩觿》：“汏於汰別。”汏音太，沙汏也。汰音大，濤也。

聞一多曰：《淮南子·主術篇》：“湯武聖主也，而不能與越人乘舲舟而浮於江湖。”《俶真》篇“越舲蜀艇”。許注曰：“舲，小船也。”原本《玉篇·舟部》引。郭忠恕《佩觿集》：“汏，濤也。”汏汰同。

《哀郢》"楫齊揚以容與兮"，與此"齊吳榜以擊汰，船容與而不進"，義同。

姜亮夫曰：《説文》無舲字，柃則木名，與船無涉，恐亦非。然古從令之字，或又從霝，則柃當爲櫺之别書，而偶與柃木字合者耳。櫺者，楯間孔也，孔原作子，從朱駿聲説更正。江淹《雜體詩》"曲櫺激鮮颷"，注："窗間孔也。"字又作欞，又借霝爲之，《廣雅·釋詁》："霝，空也。"是疑此本作霝，即櫺之借。因通用而誤作令，以其舟船而增偏旁舟也。又，車之有窗櫺者亦曰軨，故舟之有窗櫺者亦可曰舲矣。此文字孳乳之一例也。原本《玉篇·舟部》引此正作艦。按舲船有二釋，而以有腮牖者一義合于語義。朱熹《集注》。"舲即麗委""離""麗爾""玲瓏""陸離"一語之變，不得言小船。下文云"齊吳榜以擊汰"，吳榜不得施於小舟，且擊汰亦非小舟所能任。"齊吳榜"句，王注"士卒齊舉大櫂而擊水波"，則訓吳爲大矣。洪《補》曰："《字書》：艆，船也。吳疑借用。"朱以吳爲吳國，"蓋效吳人所爲之櫂，如云越舲蜀艇也。是三説者，皆以齊爲動字，當即《哀郢》"楫齊揚"之義。近世朱駿聲讀吳爲《詩·緑衣》"不吳不敖"之吳，《傳》："譁也。"則以齊爲疏狀字，説亦可通。是則"吳榜"與"擊汰"爲對文矣。

蔣天樞曰：《玉篇》："舲，小船有屋也。"上沇，溯沇水上行。齊，並舉。擊汰，逆水用力貌。

按：此言棄陸路轉而登船，上溯沇水。乃記録水程之事。王逸以爲自傷去朝堂之上，而入湖澤之中也。從詩意上説，亦可參考。黄文焕、張詩説是。

船容與而不進兮，淹回水而疑滯。

王逸曰：疑，惑也。滯，留也。言士衆雖同力引櫂，船猶不進，隨水回流，使已疑惑，有還意也。

張銑曰：容與，徐動貌。 淹，留也。 回水，回流也。 疑滯者，戀楚國也。

洪興祖曰：江淹賦云：“舟凝滯於水濱。”杜子美詩云：“舊客舟凝滯。”皆用此語。 其作疑者，傳寫之誤耳。

朱熹曰：船不進而凝滯，留落之意，亦戀故都也。

汪瑗曰：容與，不進貌。 淹，凝滯貌。 回洄通，古文省耳。 逆流而上曰泝洄。 言齊榜擊汰，可謂用力矣，然船猶容與不進者，蓋以淹留於回水而逆上之，故凝滯也。 三句皆承上上沅二字言之，以見逆流之難耳。 舊俱解作眷戀故鄉之意，恐未必然。

陳第曰：疑滯，若有戀也。

黃文煥曰：心急行遲，容與凝滯之況，又添一番牽掣矣。

王萌曰：船不進而凝滯，亦戀故都也。 此徘徊於方濟之時也。

錢澄之曰：紀其既濟鄂渚，舍車登舟之事。 又曰：回水，猶今所謂回流，船旋而不進也。

王夫之曰：容與、不進，沅水灘高，舟不易上也。 回水，磯上逆流。 凝滯，不行也。

林雲銘曰：方濟時，又徘徊一番。

徐煥龍曰：似乎亦戀故鄉，逆流擊榜，故水回舟滯，亦以比己之所遇，如回水中淹留之舟。

賀寬曰：從水而陸，從陸而水，既歎秋風，復淹回水。

張詩曰：則見船容與不進，淹留回水之中而凝滯之甚。

蔣驥曰：回水，水之湍急回流也。 自“方林”以下，當復從舟入湘以達於沅，不言湘者，已見上文也。

吳世尚曰：回水，江流曲折漩洑處也。 舟至此，每難直上，故雖衆櫂齊舉，而甞多淹滯也。

江中時曰：方濟時，又徘徊留戀。

夏大霖曰：回水，見《天問》，疑亦是地名。 容與不進，淹留凝滯，從容盤桓之意，皆反顧也。

奚祿詒曰：容與，從容之貌。 回水，洑流也。

丁元正曰：容與，不進貌。 沅水灘高，水急舟不易上也。 回水，磯上逆流。 凝滯，不行也。

戴震曰：疑，止也。 疑、凝，語之轉。

陳本禮曰：此又一幅清江泛棹圖也。 一葉孤帆，沙汀夜泊，淹回難進，能不令遷客魂銷於江上耶！

梁章鉅曰：疑，與凝同。 本書（指《文選》——編者按）《別賦》“舟凝滯於水濱”用此。 洪氏以爲傳寫之誤，非也。 然王逸注曰“疑，惑也。 滯，留也”，又曰“使已疑惑，有還意也”，則似作遲疑解。

顏錫名曰：沅水北入洞庭，逆流而上，故容與而不進。 二水相合之處，其水迴旋，故淹流而凝滯也。

聞一多曰：《說文》：“滯，凝也。”

姜亮夫曰：容與，猶猶豫，不進之貌，詳《離騷》篇。 淹回，猶言僆佪，淹僆一韻之變。 僆佪詳前。 疑滯，兩義近之訓詁字複合詞，止留之也。 按洪說疑字誤，未允。 叔師釋疑爲惑，可證江、杜自本《漁父》耳，惟疑滯即凝滯，同音異字，則無疑。《九章》用省文也，叔師以疑滯爲屈子疑惑有還意，失之鑿。 淹回疑滯，相連成句，二詞必相成。 此《楚辭》句例，則疑滯乃指水之疑滯，不指人言，疑滯，猶止留之也。 亦即淹回深一層意思也。 至《文選·別賦》李善注引此作凝滯者，唐人習《漁父》者多，偶未細檢耳。 慧琳《一切經音義》十八引《考聲》云："沉也，止也。"賈注："《國語》云：'滯，久也。'《說文》'凝也'，形聲字也。"可以互參。 以上四句言自方林，又登舟而西發向沅也。 上沅者，尚未至沅而將以沅爲所指之處也。 下枉渚辰陽，即上沅之所經也。 則此蓋謂自方林登舟，將經由洞庭以上沅也。 省言洞庭，非不經洞庭也。 洞庭水大，故需士卒齊吳榜以擊水；洞庭水闊，故船容與不進。 僵個，疑滯也。 若實指上沅即行於沅水，則枉渚辰陽，於程已逆；而齊榜回水，亦言過其量，非其實矣。

蔣天樞曰：容與，舟行緩慢。 回水，旋渦，灘急故流旋。 疑，古凝字。 凝滯，舟如定止不前。

按：此言水程之不易。 因從沅水下游上溯，水自上往下流，上溯非常不易，故船容與不進。 此皆客觀寫實之詞，寫出水程之艱難也。 王逸以爲回水難溯寫原有還意，乃附會之意。 林雲銘以爲方濟時又徘徊，皆未通原涉江本旨。 原這次涉江，最終目的地是哪裏？ 自古以來，少人涉及。 此次涉江，原是欲找重華陳辭而共遊，而重華之墓在九嶷山，故此次目的地是九嶷山。《離騷》中也說到在"回朕車"之後，將"濟沅湘以南征兮，就重華以陳詞"。 可見，屈原濟沅湘目的就是質正於重華。 重華之墓在九嶷山，重華之靈也在九嶷山。 尋找九嶷山，本欲上溯湘水，然上溯沅水也是一路。 故半途棄船登岸，折入漵浦。 雖路途艱辛，也不會半途而廢。 怎會在一開始就猶豫欲返、徘徊不進呢？ 汪瑗以榜擊汰用力前行，乃是正解。

朝發枉陼兮，夕宿辰陽。

王逸曰：枉陼，地名。 辰陽，亦地名也。 言己乃從枉陼，宿辰陽，自傷去國日已遠也。 或曰：枉，曲也。 陼，沚也。 辰，時也。
陽，明也。 去枉曲之俗，而趨時明之鄉也。

洪興祖曰：《前漢》武陵郡有辰陽。 注云："三山谷，辰水所出，
南入沅七百五十里。"《水經》云："沅水東逕辰陽縣東南，合辰水。
舊治在辰水之陽，故取名焉。《楚詞》所謂'夕宿辰陽'也。 沅水又
東歷小灣，謂之枉渚。"

朱熹曰：枉陼、辰陽，皆地名。《水經》云："沅水東逕辰陽縣東
南，合辰水。 沅水又東歷小灣，謂之枉陼。"

汪瑗曰：枉陼、辰陽，皆地名。《前漢》武陵郡有辰陽。 又曰：按
《水經》：則此二句又順流而下矣。"朝發枉渚，夕宿辰陽"，可見順
流舟行之速也。 大抵"旦余將濟乎江湘"，至此十余句，皆實紀道路
之曲折，非泛語也。 旦濟江湘，謂橫渡江湘之水而西上也。 車馬之
乘，又由陸路而東走矣。 故下以上沅字別之。 乘船上沅，又西泝沅
江之水矣。 而朝發枉渚，夕宿辰陽，又順流而東下矣。 地勢之紆
曲，水陸而並進，情景之蕭索，數十字之間具見之矣。 下文但言入淑
浦，居山林，而不復舉其地名者，屈子此時其志殆將隱於武陵乎？ 故
至今人談山水之幽者，尚稱武陵源焉。 又按：《後漢書·郡國志》，南
郡秭歸本國屬武陵。 注云："縣北百里有屈原故宅。"則屈原，武人
也。《涉江》之作，其孔子"歸與歸與"之嘆乎？ 此上數十字，若泛泛
而讀之，不惟只見其語之顛倒重復爲可厭，而亦爲無謂之詞，諷誦之
間，吾見其嚼蠟矣。

張鳳翼曰：言己從枉陼宿辰陽，自傷去國日遠也。 既而曰"何
傷"，自解之詞也。

陳深曰：此敘南遊經歷荒遠慘愴之景。

黃文煥曰：奮然朝夕，發此宿彼。

周拱辰曰：《水經注》，舊治在辰水之陽，故曰辰陽。枉陼，陼東有枉人山，故名。

王遠曰：朝發夕宿，壯其一往之概，不復徘徊矣。

王夫之曰：枉陼，在武陵西。辰水出辰溪，至普市，入沅水，北曰陽。原自江夏往辰陽。

林雲銘曰：至此知徘徊無益，奮然前往矣。

高秋月曰：從枉渚發辰陽，自傷去國日遠也。

徐煥龍曰：皆地名，亦帶比見放之枉。

張詩曰：乃復順流而下，朝發枉渚，夕宿辰陽。

蔣驥曰：枉陼，地名，今屬常德府。辰陽、溆浦，亦地名，今並屬辰州府。《水經》云：沅水東逕辰陽縣，合辰水，又東歷小灣，謂之枉陼。

吳世尚曰：故上沅者，朝發枉渚，夕宿辰陽，相去不遠也。

屈復曰：乃朝發枉渚，夕宿辰陽。

夏大霖曰：言於心正直無愧，雖遭放置於僻遠之地，無傷於名也。

邱仰文曰：《水經》云：沅水東逕辰陽縣，合辰水。舊治在辰水之陽，故名辰陽。沅水又東歷小灣，曰枉陼。

陳遠新曰：先擬上辰，今已到矣。言乘船中途，朝行夕泊。

奚祿詒曰：陼，同渚。

劉夢鵬曰：枉、辰，皆水名。

于光華曰：紀其去之遠也。按：枉陼，在常德府城南。辰陽，在辰州府辰溪縣。

丁元正曰：原自江夏往辰陽，絶江而南至洞庭，乃西溯沅水而上。洞庭九派，湘水爲其正支，涉洞庭則涉湘矣。故前曰濟湘，此曰上沅也。 此敘涉湘上沅，極僻遠之域，而心猶懷故都也。

陳本禮曰：此已入苗境。

胡文英曰：枉山，在常德府城南，又府城東門外有屈子廟，廟前有招屈亭。 劉禹錫詩“昔日居鄰招屈亭”是也。 辰陽，即今辰州府之南。

朱琦曰：《漢志》：“辰陽縣屬武陵郡。”《方輿紀要》云：“今辰溪縣北有辰陽城，漢縣治此。”酈注下又云：沅水又東歷小灣，謂之枉陼。 渚東里許，便得枉人山。 山西帶條溪一百餘里，長川逕引，遠注於沅。 此上文云“乘舲船余上沅兮”，故二者皆近沅之地也。

王闓運曰：《水經注》：臨沅縣治武陵郡下，本楚之黔中，即南對沅南縣。 沅水東歷小灣，謂之枉渚。 渚東里許，便得枉人山。 又曰沅水東逕辰陽縣，舊治在辰水之陽，故即名焉。《楚辭》所謂“夕宿辰陽”者也。 辰水又右會沅水，名之爲辰谿口。

姜亮夫曰：枉陼，《秦策》：“秦破荆襲郢取洞庭五渚江南。”則環洞庭皆有名陼者矣。 枉陼今屬湖南常德武陵縣，在南辰溪之南。

蔣天樞曰：辰陽縣，其地約在今沅陵、辰谿二縣間。 楊守敬謂楚之黔中郡治即在沅陵縣境。 夕宿辰陽，意謂己達黔中郡治也。

湯炳正曰：枉陼，地名。 在今湖南常德。《水經·沅水注》：“沅水又東歷小灣，謂之枉渚。”辰陽，地名。 在今湖南辰溪。《水經·沅水注》：“沅水東逕辰陽縣南，東合辰水。”

按：枉渚、辰陽皆沅水沿岸地名，乃述此次行程。 枉陼，陼東有枉人山，故名。 胡文英謂爲枉山，在常德府城南，又府城東門外有屈子廟，廟前有招屈亭。 則屈原實到達此地也。 汪瑗說《後漢書·郡國志》，南郡秭歸本國屬武陵。 注云，縣北百里有屈原故宅，則屈原，武人也。《涉江》之作，其孔子“歸與歸與”之嘆乎？ 屈子此時其志殆將隱於武陵乎？ 此對屈原此次涉江之目的作了思考，可參。 王逸以爲去國都日遠，附和者多，恐非。

苟余心其端直兮，雖僻遠之何傷。

王逸曰：苟，誠也。 僻，左也。 言我惟行正直之心，雖在遠僻之域，猶有善稱，無害疾也。 故《論語》曰："子欲居九夷也。"

李周翰曰：原自解之辭。 苟，且也。

汪瑗曰：端，正也。 直，不曲也。 皆指心言。《易》曰："敬以直內。"僻，幽也。 二句結上起下之詞，其意蓋謂吾道之苟是，而吾身雖晦，亦無妨也。

林兆珂曰：但我心懷正直，雖在遠僻之地，亦何傷哉。

陳第曰：自傷去國日遠，又爲自解之辭。

黃文煥曰：雖無端直易到之途，尚有端直可矢之心。 向之所謂"高馳不顧"者，又安在哉？ 聊曰僻遠何傷而已。

賀貽孫曰：然第哀其不知我耳，豈傷其僻遠乎！ 賈太傅傷長沙卑濕，三閭大夫不傷南夷僻遠，亦各有其意也。

林雲銘曰：既濟後，又計度自慰一番。

徐煥龍曰：辰陽以南，愈僻遠矣。 一以自解，一以自堅。

張詩曰：道路之僻遠如此，然苟我心之端而不邪，直而不曲，又何傷乎？

屈復曰：既濟之後，自信端直，放非其罪，僻遠何傷。

江中時曰：既濟後，又計度自慰一番。

夏大霖曰：首三節言自信可千古者以自壯。 此三節言無人不自得者，以自寬經人煙之地，未實歷惡境，故其言壯，然亦行文之反襯法，逼起後文之境地不堪，以見其君之實甚也。

陳遠新曰：中途揣度之語。 信心不畏僻遠。

胡文英曰：苟問心無愧，雖遠遭遷謫，于昭質不虧，又何傷哉？亦自解其憂之辭。

牟庭曰：歸途寂寞也。

馬其昶曰：以上途中所歷。

姜亮夫曰：苟，王注“誠也”。 寅按苟即敬本字，故王以誠訓之。 然此處以誠爲訓，不見語氣之抑揚。 苟者，今俗言果若、果如之急言也。 果若、果如，略有詰問之意，於詞氣較允。 其，如此其也。 此推其極而言之意。 凡古書其字，在狀字副詞上者，皆當作此解。 此四句言自洞庭入沅水也。 隨沅水而西，自枉陼以至于辰陽，去故國日已遠矣。 而存心端直，故曰雖僻遠之何傷也！

蔣天樞曰：僻遠，邊遠蠻荒地區。 黔中郡反秦後，屈原始得至其地，既經一度淪陷于秦，其地又遠與楚隔絕，今得親履其地，驚喜之情，因以流露，故云“雖僻遠之何傷”也。

按：此自解之詞。 雖地處僻遠，然心懷正直，正義在我，又何傷乎？《離騷》曰：“高余冠之岌岌兮，長余佩之陸離。 芳與澤其雜糅兮，惟昭質其猶未虧。”屈原戴高冠，長余佩，即是爲昭質不虧。《涉江》也著高冠，長余佩，也不傷僻遠而保端直之質。 可對讀。 此堅持正道，雖經歷艱難險阻，也絕不放棄。

入溆浦余儃佪兮，迷不知吾之所如。

王逸曰：溆浦，水名。 迷，惑也。 如，之也。 言己思念楚國，雖循江水涯，意猶迷惑，不知所之也。

呂延濟曰：溆，亦浦類也。 儃，轉。 佪，旋也。 如，往也。 至此迷惑，思君之深也。

朱熹曰：溆浦，亦地名。

周用曰：下三章，言固窮。

汪瑗曰：此承上章末二句而言。 五臣曰：“溆亦浦類。”蓋溆浦皆水中可居者，洲渚之別名耳，舊解爲地名，非是。 僔佪，徘徊自得之意。 迷不知吾所如，五臣解作遭轉迴旋，紆曲深奧之意，亦通。如，往也。 迷不知吾所如，言己隱入溆浦之深，徘徊自樂，而世俗之人蓋有迷不知吾之所往者矣。 夫且不知其所往矣，則彼讒人又烏得而害之哉？ 下文林之密，山之深，亦皆承此句而發揮之耳。

林兆珂曰：溆，水名。 言己思念楚國，迷惑不知所之也。

黃文煥曰：緣是而舟行愈深，入彼溆浦。 天上之路既隔，人間之路並迷。 所云何傷者，不能無傷矣。 迷不知所如矣。 又曰：沉滯之下説何傷，何傷之下又説迷不如。 文勢善換。 反顧，翻前不顧。 浦迷山蔽，翻前高馳。

王夫之曰：江北之人，習居曠敞之野。 初至於此，風景幽慘，不能無感。 被讒失志之遷客，其何堪此乎！

林雲銘曰：此時雖知所遷僻遠，尚未知當在何地也。

徐焕龍曰：雖則何傷，及入溆浦之界，僔佪難進，迷不知所如今於何地。 蓋思君念切，途路如迷。

賀寬曰：江湘、鄂渚、枉陼、辰陽、溆浦、沅水，依然楚之山水也。 此豈瑤圃、崑崙之徑乎？ 余馬、余車、舲船、吳榜，此豈向之青虬白螭乎？ 又曰：甫云無傷僻遠，旋苦不知所如。

張詩曰：言船入溆浦，僔佪不進，迷然不知吾之所往。

蔣驥曰：《水經》云：“溆水出大溆山，西流入沅。”自江而湘而沅而枉而辰而溆，皆自東至西之路也。

江中時曰：初入溆浦，不知所向，孰意如下文許多惡境。

夏大霖曰：此實歷惡境一見，而出所擬之意外，所僵徊者，眼前如此，識前途不堪再進也。

陳遠新曰：溆浦，沅之上小水。所如，起岸之時。

丁元正曰：僵徊，旋轉遲回也。

戴震曰：舟行由沅入溆，至遷所也。

陳深曰：此敍南遊經歷荒遠慘愴之景。（《諸家評點古文辭類纂》引）

陳本禮曰：《辰州志》：「溆浦在辰州。」萬山中雲雨之氣皆山嵐，煙瘴所結，非人所居。此時原已至溆浦，尚未定安置之處，故云不知所如。

胡文英曰：溆浦，在今辰州府，今有屈子昭靈祠。

牟庭曰：溆浦，即三峽江行之所泊也。峽之西有屈原宅也。

聞一多曰：《哀郢》有夏浦，謂夏水之浦。則溆浦亦謂溆水之浦，此捨舟登陸也。

姜亮夫曰：入溆浦之入，諸家有引作出者，非也。此涉江而至溆浦，故得言入，而必不可言出也。溆浦，《水經》「溆水出大溆山，西流入沅」。戴震曰：「在今辰州府辰溪縣南。」迷不知吾所如，此謂心神恍忽之意，非謂迷途也。

蔣天樞曰：上文已言屈原至辰陽，其地既爲黔中郡治，則屈原在彼應有相當時日之停留，爲更深入湘西蠻區作種種準備。所敍各種艱困境遇，悉以寫實出之，叔師以爲有喻託，非也。溆浦，敍水之濱，地當在今湖南溆浦縣境。僵徊，盤桓不進貌。

按：溆浦，地名，今湖南溆浦縣。或因溆水而得名。此已入深山，地當爲雪峰山邊際，然距舜之葬地九嶷尚遠，而山高林密，人跡罕至，不知路往何方也。故曰迷不知吾所如。

深林杳以冥冥兮，猨狖之所居。

王逸曰：山林草木茂盛。 非賢士之道徑。

劉良曰：冥冥，暗貌。 猨狖，輕捷之獸。 喻國之昏亂，邪巧生焉，非賢智所能處也。

洪興祖曰：狖，似猨。

汪瑗曰：杳、冥冥，皆深晦之意。 猿狖，獸名，見《九歌》。 二句言入林之深，與猿狖同居也。 蓋大舜與木石居，與鹿豕游之意，舊注解爲非賢智所處，謬矣。 屈子方且欲使世人不知其所如也，又奚厭乎深眇哉？ 至於下文哀其無樂，而幽獨愁苦而終窮者，是又甚言其山中之寂寞，而非人之所堪，而己則甘之，不能變心以從俗也。 所謂"人不堪憂，回也不改其樂"之意，讀者須會作者之意可也。

黃文煥曰：向緣方林而乘船，今又入林矣。 向緣山皋而就水，今又入山矣。 林冥山峻，冥則迷峻，則迷林之中，但有猨狖。 不惟無重華之至聖，亦並無南夷之人類，稍資足音矣。

王遠曰：此四節是《涉江》行程。 記此言，其所入之僻遠也。

錢澄之曰：自"深林杳"以下，舟窮又復入山，初以爲第僻遠耳，不知非復人境，乃猿狖之所居也。

高秋月曰："深林"以下，又言舍船而入山也。

賀寬曰：山窮水盡，林僻天寒，天上之路既絕，人間之路并迷。 重華杳然，南夷亦遠，惟有猨狖哀吟。

張詩曰：但見所至之地，深林杳冥，乃猿狖所居。

屈復曰：及由溆浦入林入山，前與重華遊者，今與猨狖居矣。

邱仰文曰：狖，黑猿也。

陳遠新曰：所居，已到遷所。 及至水窮而陸，始知如非人境也。

劉夢鵬曰：深林杳冥，言地僻多山也。

王闓運曰：初未至沅，以爲不妨僻遠。 然既見五谿毒瘴，乃又感傷也。

姜亮夫曰：猨狖，猨，《廣韻》：“雨元切。”《玉篇》：“似獼猴而大，能嘯。”《埤雅》：“猨，獼猴屬，長臂、善嘯，便攀緣，故其字從援省。”《論衡》曰：“猨伏于鼠。 今人取鼠以繫猨頸，猨不復動。”按今三峽中多猨，《九歌》所詠，蓋取諸現景。 狖，洪《補》：“狖，似猨。”余救切。《哀時命》云：“置猨狖于櫺檻兮。”《玉篇》：“黑猿也。”《廣韻》：“獸，似猿。”字亦作狖。《集韻》又收㹨字。 蓋深林杳冥，群莽叢生，乃猨狖野獸之所居，非人之所宜往也。

蔣天樞曰：杳，幽遠。 猨，古“猿”字。 狖，長尾猴。 猿狖所居，謂人煙稀少。

按：此言到溆浦之後，進入山林之境況。 此處荒涼，非人所能居也。 賀寬説是。

山峻高以蔽日兮，下幽晦以多雨。

王逸曰：言險阻危傾也。 言暑溼泥濘也。

張銑曰：日以喻君，山以喻臣。 言臣巧佞蔽於君德。 幽暗多雨，喻臣下望施恩惠以自樹也。

洪興祖曰：此言陰氣盛而多雨也。

汪瑗曰：峻，亦高也。 蔽日，甚言其山之高也。 下，山之下也。

林兆珂曰：林深而猿狖與隣，山高而雨霰交下。

陳第曰：此道當日之景。

王夫之曰：沅西之地，與黔粵相接。 山高林深，四時多雨。

賀寬曰：雨霰交集，成其爲冥冥幽晦之區而已。

張詩曰：其山則峻高以蔽日，其下則幽晦以多雨。

吳世尚曰：山既峻高，下多幽晦。

屈復曰：前與天地比壽，日月齊光者，今幽晦雨雪，不知有天地日月矣。

陳遠新曰：蔽日，有臣蔽君明之象。指所居之荒涼而哀居者之苦。

按：此乃秋冬之際沅水之地自然地理與氣候，山高蔽日，四時多雨，乃苦寒之地，適作流放之所也。自己淪落至此，實君昏而時不遇也。張銑謂日以喻君，山以喻臣，非是。

霰雪紛其無垠兮，雲霏霏而承宇。

王逸曰：涉冰凍之盛寒。室屋沉没，與天連也。或曰：日以喻君，山以喻臣，霰雪以興殘賊，雲以象佞人。"山峻高以蔽日"者，謂臣蔽君明也。"下幽晦以多雨"者，群下專擅施恩惠也。"霰雪紛其無垠"者，殘賊之政害仁賢也。"雲霏霏而承宇"者，佞人並進滿朝廷也。

劉良曰：霰雪無垠，喻讒夫害政，雲承於宇，喻佞人滿朝。垠，畔也。霏霏，雪貌。

洪興祖曰：《詩》云："如彼雨雪，先集維霰。"霰，霙也。一曰雨雪雜。垠，畔岸也。霏，《詩》："雨雪霏霏。"

朱熹曰：霰，雨凍如珠，將為雪者也。宇，屋簷也。

汪瑗曰：霰，雨凍如珠，將為雪而先落者也。《詩》云："如彼雨雪，先集維霰。"紛，盛貌。垠，畔岸也。無垠，言霰雪之漫漫無涯也。霏霏，云盛貌。宇，屋檐也。蓋山高則宇高，故云氣反在下而承之也。

陳第曰：或曰：日喻君，山喻臣，雨、霰雪、雲，喻佞人。

黃文煥曰：山之中雲雨霰雪，幽晦蔽日，不惟無天上齊光之異彩，并無人間之霽色，少供寄眄矣。又曰：幽晦霏霏翻前齊光，自家黯淡幽慘之懷，倒從山林雲雪上，寫出加倍淒涼，使人目讀而心不敢思。

李陳玉曰：涉水登山，歷盡險阻，都是端直影子。

王萌曰：此言其所至之地之苦景，亦以喻讒人蔽君之象也。始願意遊瑤圃、登崑崙，而今乃入山益深，入林益密，所恃余心端直，奇服自如耳。

王夫之曰：雲嵐垂地，簷宇若出其上。

林雲銘曰：入浦之後，又入林。入林之後，又入山。歷盡許多惡境，方知所如也。又曰：已上敘見放之涉歷。前高馳者，今愈馳愈卑矣。前不顧者，今不得不屢顧矣。前與重華遊者，今與猨狖侶矣。前與天地同壽、日月同光者，今入山林雨雪中，并不知有天地日月矣。字字與前互映。

徐煥龍曰：積雪山林一片白，川原高下竝無垠。雲承屋宇，雲在下也。高山居民，每有雲入其室。

賀寬曰：如《九歌》中《山鬼》更一倍淒涼。

張詩曰：霰，雪粒也。且霰雪紛然，一望無涯，而菲菲之雲承乎簷宇。山中淒涼之況如此。

蔣驥曰：垠，涯也。按《辰州志》，溆浦在萬山中，雲雨之氣，皆山嵐煙瘴所爲也。是時黔粵未通中國，辰州於楚最爲西南，苗猺之境，非人所居。原之往此，豈聖人浮海居夷之意，錢氏所謂處人世而不見知，不如身處絕人之地者歟？

吳世尚曰：偶有日出，蜀犬吠之，爲是故也，霰雨凍如珠，將爲雪者也。

屈復曰：仲春山深，猶有積雪也。　此見放之地也。　右二段，敘見放之時，搖落如此。　所經之地，鄙遠如此。　乃至江南見放之地，荒涼如此。　正與首段相反。

江中時曰：以上敘見放時之所歷。

夏大霖曰：此節至放所，其不堪如此。

陳遠新曰：喻世多溷濁。

奚禄詒曰：以上六句比體，謂小人高位，罔上誣民也。

劉夢鵬曰：承宇者，雲氣迷離接簷宇也。　皆極言深林杳冥之境。

于光華曰：以上正言不知所如之狀，實敘其地也。

丁元正曰：此言沅地之愁慘也。　江北之人，習居曠野，初至於此，風景幽慘，不能無憾，況被讒佞儕之遷客，其何堪此乎。

戴震曰：《大戴禮》：「陰之專氣爲霰。」《説文》謂之稷雪。　宇，屋近檐也。

胡文英曰：此皆僵個溆浦中所見之境也。

胡濬源曰：至所遷境，幽僻如畫。

王闓運曰：前歔緒風，今見霰雪，記其時也。　今辰酉，山中猶多大凌。

聞一多曰：承猶覆也。《哀時命》：「雲依霏而承宇。」《文選·天台山賦》「彤雲斐亹以翼櫺」，注曰：「翼猶承也。」案翼亦覆也。《詩經·生民》：「鳥覆翼之。」覆翼同義複詞。

姜亮夫曰：此四句承上深林杳冥爲説，言山高林深，使日光蔽而不見，遂致山下陰暗而多雨。　當此冬深之際，則或霰或雪，紛然而作，了無畔岸。　雲則霏霏然低而承之於屋簷之間，陰暗卑濕，哀於獨處。　此既至溆浦，遂止留於此，不更西進矣。

蔣天樞曰：將有大雪必先雨霰。 垠，邊際。 霏霏，雲盛貌。 承宇，低壓簷際。 前言屈原在辰陽，當有若干時日停留，其後又轉而東南行，乃進入溆浦，登鄂渚時尚在秋季，至溆浦則已屆嚴冬矣。

按：雖剛入冬，然山高溫低，霰雪紛飛，雲霧迷漫，一片淒慘之景。 此景之下，被放之情，實乃景中含情，情中有景，以景語概情語也。 由此景可概想其情。 王逸以爲霰雪以興殘賊，雲以象佞人，附會者也。 林雲銘以此與前日月齊光對應，頗有啓發，可參。

哀吾生之無樂兮，幽獨處乎山中。

王逸曰：遭遇讒佞，失官爵也。 遠離親戚而斥逐也。

汪瑗曰：雲、日，言山上之峻高。 雨、雪，言山下之幽晦。 林木猿狖，又言山中之深隩也。 其無樂可知矣，其幽獨可知矣，其愁苦可知矣。

林兆珂曰：獨處山中，信可哀也。

黃文煥曰：志在崑崙、志在瑤圃，人世之山中，所不願處者也。又曰：哀南夷、哀吾生，遙若對峙。 是其散中取整處。

李陳玉曰：其實反語。 彼胸中何嘗不樂。

周拱辰曰：甄烈《湘中記》：“屈潭之左有玉笥山，屈原棲放於此，而作《九歌》焉。”幽獨處乎山中，謂此山也。

林雲銘曰：前哀南夷，至此不能不自哀矣。

賀寬曰：前“奇服”一節，何等高馳闊步；“南夷”一節，何等險阻悲涼。 進退維谷，不覺翻然退步矣。 向哀南夷，今且自哀。

張詩曰：自哀吾生有憂無樂，而幽獨以處此者。

王邦采曰：前哀南夷，至此不能不自哀矣。

陳遠新曰：哀吾生，不暇哀南夷矣。

丁元正曰：無樂，遭讒佞而被放也。

胡文英曰：此承上深林以下諸境，而歎此生之無聊也。

蔣天樞曰：無樂，謂無可樂之事。 幽獨，"幽"就上所述具體環境言；"獨"就己孤獨無助言。 原入溆浦後，處群山之中，爲生平所未曾經歷之困境。

按：獨處幽山之中，何來樂也，只有哀也。 此有感而發，由眼前聯想未來的生活，處在如此山中，不會有快樂也。 李陳玉以爲反語，非是。

吾不能變心而從俗兮，固將愁苦而終窮。

王逸曰：終不易志，隨枉曲也。 愁思無聊，身困窮也。

汪瑗曰：屈子寧甘於終窮，而終不能變心以從俗者，其志又可知矣。 豈以寂寞而悲怨乎哉? 讀者以意逆志可也。 嗚呼! 其與矰弋機而在上，罻羅張而在下，願側身而無所者，又優游而可樂矣。 此屈子所以決於隱而不疑也，此所以且欲濟乎江湘也，此所以世人迷不知所如也。 而彼讒人者，方且鼓如簧之口，而呶呶不已，何哉? 其亦不量屈子之心矣。 瑗按：上言秋冬緒風，此言雲雨霰雪，此蓋實紀其時也，而王逸俱解爲取譬之説，大謬矣。

黃文煥曰：舍山皋方林，而騁意於擊汰，以寬吾心，以廣吾遊。 庶樂土可求乎? 迨至水盡林深，仍歸山峻，途窮可慟，數厄難逃，無一樂矣。 不能不獨處山中矣，將終於此矣。

李陳玉曰：此亦反語。 知愁苦而不變心，則必不愁苦也。

賀貽孫曰：不變心，不從俗，是屈子一生得力處，故反覆言之。

錢澄之曰：志在瑶圃、崑崙，而忽幽獨自處於此。 將終於此矣，能無哀乎? 然其心終不肯變也，故自甘於終窮。

林雲銘曰：不特暫處山中。

張詩曰：亦以吾之不能變心從俗，愁苦終窮亦所宜矣。

吳世尚曰：竭忠被逐，至死不變，豈有歸日哉。

夏大霖曰：此自哀終窮，知無歸日，自矢固窮也。

陳遠新曰：苟非變吾忠賢之道，而從溷濁，則古今一轍，皆將不免也。 終窮終身，與前“至老不衰”相應。

劉夢鵬曰：自嘆己不從俗，以致窮困也。

于光華曰：又因所居之景而自歎也。

丁元正曰：言己幽獨窮愁，不能變心從俗。

陳本禮曰：此獨坐空山自怨自艾之辭。 蓋亦自悔其立志太高、絶人太甚，暗中遭人妬忌，以致今日有南夷之放也。 此時即悔亦無益，何況不能悔乎？ 故曰：固將愁苦而終窮。

胡文英曰：承上言此皆吾不能變心從俗之故，然君子固窮，則亦安于此而已。

顏錫名曰：敍遷所之惡以自哀。

王闓運曰：念生此時雖在國秉政，或退老閒居，終亦何樂？ 故又自慰。

馬其昶曰：以上貶所。

姜亮夫曰：而終“而”字，作以字解。 此四句承上杳冥幽晦之地而言。 言如此僻遠，乃幽然獨處於山林之中，哀吾生之無可樂也。 然吾固不能變易吾之心志，以追從世俗。 故只能遠竄荒裔，愁苦終窮而已也。

蔣天樞曰：固，謂己持守堅定。 己既不能回心易志，隨俗偷生，則今日處境爲求仁得仁。 因而愈益持守堅定，在愁苦中奮鬥，即陷於困境，亦在所不悔。 故下又言變服從俗事。

按：言雖處困苦之山中，也不改初志，不變心從俗，表現出節士的氣節。《離騷》云："忳鬱邑余侘傺兮，吾獨窮困乎此時也。寧溘死以流亡兮，余不忍爲此態也。"此處即《離騷》所云寧溘死而流亡者也。張詩、丁元正説是，李陳玉説非。

接輿髡首兮，桑扈臝行。

王逸曰：接輿，楚狂接輿也。髡，剔也。首，頭也，自刑身體，避世不仕也。桑扈，隱士也。去衣裸裎，效夷狄也。言屈原自傷不容於世，引此隱者以自慰也。

劉良曰：言解裳臝裎，以傚夷狄。此二人者，皆因亂世，故以自喻。

洪興祖曰：《論語》曰："楚狂接輿，歌而過孔子。"揚子曰："狂接輿之被其髮也。"《莊子》曰："嗟來桑户乎。"髡，去髮也。臝，赤體也。

朱熹曰：接輿，楚狂也，被髮佯狂，後乃自髡。桑扈，即《莊子》所謂子桑户。臝行，謂赤體而行也。或疑《論語》所謂子桑伯子亦是此人，蓋夫子稱其簡。《家語》又云："伯子不衣冠而處，夫子譏其欲同人道於牛馬。"即此裸行之證也。

周用曰：下二章，言受命，申余心之端直，雖僻遠無傷之意。

汪瑗曰：接輿，楚狂也。見《論語》，歌鳳衰以譏孔子者也。髡，去髮也。髡首，謂剔去其頭之發也。《法言》曰："狂接輿之被其髮也。"蓋初被發佯狂，後乃自髡，避世不仕也，故或稱被發，或稱髡首。桑扈，即《莊子》所謂"嗟來桑户乎"是也。户、扈通用，或從省也。裸行，謂赤體而行也。朱子疑《論語》所謂子桑伯子，亦是此人。蓋夫子稱其簡。《家語》又云，伯子不衣冠而處，夫子譏其欲同人道於牛馬，即此裸行之證也。

徐師曾曰：接輿被髮佯狂，後乃自髡。 子桑户赤體而行，不衣冠也。

張京元曰：接輿，楚狂也。 自刑身體，避世佯狂。 桑扈，隱士也，去衣裸裎以效夷狄。

周拱辰曰：《水經注》：“接輿，隱于方城。”

王萌曰：接輿，被髮佯狂，後乃自髡。 桑扈，疑即子桑伯子。《家語》謂其“不衣冠而處”，是即裸行之證也。

錢澄之曰：此章引古人以自解，髡首裸行，因南夷無禮法衣冠，而與之同群，譬諸古之狂簡，處中國亦爲此也。

林雲銘曰：髡首，被髮也。 裸行，貧無衣也。

徐焕龍曰：接輿，佯狂自髡。 桑扈，即莊周所謂子桑户，嘗赤體而行。 二子皆自放廢者。

蔣驥曰：贏行，《家語》所謂不衣冠而處也。

王邦采曰：贏行，赤體而行。

吳世尚曰：接輿、桑扈，忠賢之在下而終窮者也。

夏大霖曰：此引二人皆賢皆貧賤不能具衣冠，見摒於時而終窮意。

奚禄詒曰：接輿、桑扈，俱隱士。 桑扈，不衣冠而處。《莊子·大宗師》篇：“子桑户、孟子反、子琴張，三人相與爲友。”

劉夢鵬曰：接輿佯狂自髡，桑扈不衣冠而處，二子蓋愁苦終窮，深自放廢者也。

于光華曰：桑扈，隱士。

陳本禮曰：二子，一被髮佯狂，一不衣冠而處，此所謂“賢不必以”也。

胡文英曰：接輿、桑扈，蓋皆賢人，知世不能用己，而托于狂放，以自隱者也。

胡濬源曰：自是亦披髮行吟矣。

朱琦曰：行，古讀杭。與中、窮韻。

姜皋曰：梁氏玉繩《古今人表考》引《高士傳》暨《列仙傳》云：陸通，字接輿，佯狂不仕，時人謂之楚狂。楚王遣使往聘，夫妻去隱峨眉山，壽數百歲，俗傳爲仙，而馮氏景《解春集》又謂接其姓，輿其名，引齊有接子作證也。髡首，事終無所考。桑扈，《說苑·修文》篇："子桑子不衣冠而處，欲同人道於牛馬。"即所謂贏行也。按此注云"隱士"，而《通志·氏族略三》以爲魯大夫，恐非。

俞樾曰：洪氏補注謂即《莊子》書之子桑户是也。余又疑即《漢書·古今人表》之采桑羽，説詳《莊子人名考》。

顏錫名曰：行，古通假作形。太行山，《列子》作太形山是也。

王闓運曰：言將從此二子之行也。

武延緒曰：贏行，謂赤體而行也。疑此即王逸舊注。正文作"行"者，後人據注而改，其實本作體也。體與下以醢爲韻，後人不知。行，古讀杭，改爲行，以與上中、窮爲韻也。即以文義而論，"髡首"與"贏體"亦屬對文。若以行對首，則不稱矣。又按："桑扈"四字移"兮"字上；"接輿"四字移下，則韻亦合矣。

姜亮夫：接輿，《莊子·逍遙遊》："肩吾問于連叔曰，吾聞言於接輿。"《人間世》："孔子適楚，楚狂接輿游其門，曰：鳳兮鳳兮。"《戰國策》："范睢對秦王曰：箕子、接輿，漆身以爲厲，被髮以爲狂。"孔安國《論語注》："接輿，楚人。"陸德明《釋文》："輿又作與，同音餘，楚人也。"髡，按從髟，元聲；省爲髡。兀即元省，如"軏"又作"軏"也。則今讀魂者，古蓋讀元也。王注訓剔也，剔即鬎之借，去髮本古罪人之罰。 接輿，楚之狂人，故以去髮與世異而爲狂，亦如他書之傳漆身被髮矣。 桑扈，《莊子·大宗師》："子桑户、孟子反、子琴張三人，相與爲友，曰：孰能相與於無相與？ 相爲於無相爲？ 孰能登天遊霧，撓挑無極？ 相忘以生，無所終窮。"云云，蓋亦古狂怪之士。此桑扈即彼子桑户矣。 扈與户通，見《離騷》；音變則爲桑雽，見《莊子·山木》；亦即《漢書·古今人表》之采桑羽。 臝即裸之别構，字當作臝，從衣；今誤從果；以裸從果聲，因誤及此也。 臝已從羸聲，不得易衣爲果。

蔣天樞曰：屈子於此獨舉接輿髡首、桑扈裸裎事者，喻己亦將披髮易服以諧於俗也。《淮南·齊俗訓》："三苗髽首，高注："以枲束髮也。" 羌人括領，"括，結竽簪。" 中國冠笄，越人劗 "斷也。" 髮，其於服一也。"《莊子·逍遥遊》："宋人資陸氏《音義》："貸也。" 章甫 "殷冠也。" 而適諸越，越人斷髮文身，無所用之。"以故古人入國而問俗也。

湯炳正曰：接輿，春秋時楚國隱士，佯狂避世。 事參《論語·微子》《莊子·人間世》《戰國策·秦策》等。 桑扈，傳説中的古代隱士。 事參《莊子·大宗師》。 二句謂己不能變心從俗，本來就應如接輿、桑扈等人。 但 "髡首" "臝行"，又與其深入蠻荒有關。 事見《史記·趙世家》等。

按：接輿、桑扈，俱爲節士也。 二子皆有異行，原以之自喻己爲節士也。 徐焕龍謂二子自放廢，甚是。 原以此亦喻己之自放廢也。王逸以爲接輿、桑扈爲隱士，以喻原亦將隱，似是而非者也。 隱士既隱，無自殺以謝世者。 惟節士不惜死，爲義捐軀者，原懷石投汨羅，類節士者也。 王逸説非。

忠不必用兮，賢不必以。

王逸曰：以，亦用也。

洪興祖曰：《語》曰："不使大臣怨乎不以。"《左氏》曰："師能左右之曰以。"

朱熹曰：以，亦用也。

王夫之曰：不以，亦不用也。

張詩曰：言觀于接輿、桑扈，則忠賢豈必皆用乎！

夏大霖曰：忠不必用，指伍子、比干。賢不必以，指接輿、桑扈。

劉夢鵬曰：忠不必用，賢不必以，言遇合難期也。

丁元正曰：忠賢不用，且遭刑戮，自古而然。

陳本禮曰：忠不必用兮，下指伍子、比干。

顏錫名曰：引古賢忠之不得其所者以自寬。忠謂伍子、比干，賢謂接輿、桑扈。二句亦關通上下之辭。

蔣天樞曰：《墨子·經上》："必，不已也。""不已"，謂任用不怠。古稱賢，多能之義，故"賢"訓"勞"也。又，古借"臤"爲賢，臤，堅也。故賢又有堅彊不屈誼。以，使也。

按：以，即用。此句承上啓下，忠謂伍子、比干，賢謂接輿、桑扈。夏大霖、顏錫名說甚是。

伍子逢殃兮，比干菹醢。

王逸曰：伍子，伍子胥也，爲吳王夫差臣，諫令伐越，夫差不聽，遂賜劍而自殺。後越竟滅吳，故言逢殃。比干，紂之諸父也。紂惑妲己，作糟丘酒池，長夜之飲，斷斮朝涉，刳剔孕婦。比干正諫，紂怒曰："吾聞聖人心有七孔。"於是乃殺比干，剖其心而觀之，故言菹醢也。

洪興祖曰：子胥，伍員也。《史記》：“越王句踐率其眾以朝吳，吳王喜。惟子胥懼曰：‘是棄吳也。’諫不聽，賜子胥屬鏤之劍以死。將死，曰：‘抉吾眼，置吳東門之上，以觀越之滅吳也。’”《莊子》曰：“伍員流于江。”鄒陽曰：“子胥鴟夷。”

朱熹曰：伍子，吳相伍員子胥也，諫夫差令伐越，不聽，被殺，盛以鴟夷而浮之江，事見《左傳》《史記》。比干，紂之諸父也，諫紂，紂怒，乃殺之而剖其心。

汪瑗曰：伍子，吳相伍員子胥也，諫夫差令伐越，不聽，賜劍自死，盛以鴟夷而浮之江，故曰逢殃。逢殃，遭禍也。見《左傳》《史記》及《莊子》《鄒陽書》。諸傳多有之。比干，紂之諸父，一曰紂之庶兄，聖人也。紂惑妲己，作糟丘酒池，長夜之飲，斫朝涉，刳孕婦。比干正諫，紂怒曰：“吾聞聖人之心有七竅。”於是乃殺比干，剖其心而觀之，故曰菹醢。菹，淹菜。醢，肉醬也。忠不必用，言伍子、比干也。賢不必以，言接輿、桑扈也。以忠賢二句，橫入四子之中，《楚辭》多有此體。

陳第曰：觀於伍子、比干，則前世可知。

周拱辰曰：比干剖心，此曰菹醢，豈剖之而復醢之與？

錢澄之曰：忠不用，賢不以，伍子、比干刑戮接踵，又何有於流放乎？

林雲銘曰：忠不必用。又曰：此二句當在“忠不必用”之上。

徐焕龍曰：更不止於放廢。

賀寬曰：既已自哀，并哀古人。

蔣驥曰：伍子，吳相伍員也。逢殃，諫夫差而被殺也。

王邦采曰：伍子，伍子胥，諫夫差不聽，賜死。

吴世尚曰：伍員、比干，忠賢之在上而被戮者也。

屈復曰：四人總説二句，下用"忠不必用"一句承之。人所知也，此却將四人分寫兩頭，中間二句分應之，"忠不必用"應下兩人，"賢不必以"應上兩人。

夏大霖曰：伍子，即子胥，以諫吳王夫差，被殺，盛以鴟夷而浮之江。比干，諫而死。胸中哀憤，不覺其言之錯綜也。蓋忠不用，賢不以，是自身上事引得二賢爲比。便急説本意而又補引二忠耳。非有意安排，故以錯綜見奇也。

劉夢鵬曰：逢殃、菹醢，則又不但不用、不以而已。

陳本禮曰：末引四子，正見天道不可必、人事不可量。迴想從前許多抱負，將欲致君堯舜、與日月爭光者，今皆付之於愁苦終窮而已矣，豈非一夢！

王闓運曰：比此二子，已又稍愈。

聞一多曰：《管子·形勢》篇："後稷逢殃。"《九歎·怨思》："王子比干之逢醢。"

姜亮夫曰：伍子，即伍子胥，伍員也。爲吳王夫差臣，《史記·越世家》：句踐率其衆以朝吳，吳王喜。惟子胥懼曰：是棄吳也。諫不聽，賜子胥屬鏤之劍以死。此六句因幽處而思及古之賢人。意謂古之賢者，亦嘗遭時不遇，或爲佯狂，或遭禍殃，前世已然，余又何怨也！

蔣天樞曰：史載紂醢梅伯，或亦有醢比干之説，故云"比干菹醢"歟？古固有殺身救國如伍員、比干者，《離騷》亦言"雖體解吾猶未變"也。

湯炳正曰：伍子，伍子胥，春秋時楚國人，後逃至吳國，忠心輔吳，屢建奇功，後遭讒被殺。事參《國語·吳語》《史記·伍子胥列傳》等。 比干,殷紂王諸父,因忠心進諫被殺,事參《論語》《史記·宋世家》等。

按:伍子,伍子胥也,原爲楚人,後入吳,諫吳伐越,不聽被殺,後吳竟爲越所滅。 比干,紂之諸父,止紂荒淫而被剖心。 逢殃、菹醢,汪瑗説甚詳。 此例舉歷史上忠君反造咎之事實也。 以自寬解。夏大霖説亦是。

與前世而皆然兮,吾又何怨乎今之人!

王逸曰:謂行忠直而遇患害,如比干、子胥者多也。 自古有迷亂之君,若紂、夫差,不用忠信,滅國亡身,當何爲復怨今之君乎?

張銑曰:言觀接輿、桑扈、伍子胥、比干,則我亦何怨。 此自抑之辭也。

汪瑗曰:前世皆然,指上四子。 今之人,指南夷也,壅君、讒黨,在其中矣。 蓋謂處暗世,遇亂君,賢者屈伏,忠者見害,自前古而已盡然矣,而我今之遭讒被怨,又何獨怨乎? 蓋援引往昔以自寬慰,深明己之無怨也。

馮覲曰:忠良誅戮前世固然,屈子之見達矣,奈何復從彭咸而居乎! 蓋不欲夫差、殷紂望其君耳。

黄文焕曰:既已自哀,并哀古人。 既哀古人,又何怨今人? 南夷應爾,不必斥之以爲夷矣。 溷濁皆是,不必斥之以爲濁矣。

李陳玉曰:自古皆如此,何勞人用心。

王夫之曰:與,數也。 歷數前世之賢而不用者。

徐焕龍曰:今我獨然吾可怨,於前世而皆然,則知忠賢屈抑,直天道人事之常,又何怨乎今人。

賀寬曰:既哀古人,亦何怨於今人也。

張詩曰：觀于伍子比干，自前世盡然，又何怨今之人乎！

蔣驥曰：與，猶合也。

夏大霖曰：前世，總上節意。

劉夢鵬曰：忠謗信疑，古人有然，我亦何怨？

于光華曰：二句即“我思古人俾無尤兮”之義。

胡文英曰：古既有之，今亦宜然，無聊之極，借以自解。

王闓運曰：與，於也。不死固宜無怨，非矯飾之詞。

姜亮夫曰：與，與醫聲同，詞也。怨乎乎字，作於字解。謂有所怨於今之人也。

湯炳正曰：與，通舉，全，整個。《七諫》“與世皆然兮”，王逸注：“與，舉也。”二句總括伍子、比干事，謂前世賢臣皆有忠而見害者，我又何必怨恨於今之人。正語反說，激憤之至。

按：此乃鬱憤之辭。忠而被殺，賢人在野，遇昏君者自古如此。昏君當政，此乃暗世也。若遇堯舜湯文王之世，則不然也。而此次上沅水尋舜陵，意喻尋聖君當政之地也。今只棲山林，與猿狄爲伴，楚之境無聖君已固然矣。楚無聖君，則昏君當政也。遇昏君則又何怨乎？時不濟矣。

余將董道而不豫兮，固將重昏而終身！

王逸曰：董，正也。豫，猶豫也。言己雖見先賢執忠被害，猶正身直行，不猶豫而狐疑也。昏，亂也。言己不逢明君，思慮交錯，心將重亂，以終年命。

郭璞曰：董，御正。（《爾雅·釋詁》“董，督正也”注）

呂向曰：董，正也。豫，猶豫也。昏，亂也，言我但將守正道而不猶豫，終思其君，使心錯亂，以終其年也。

朱熹曰：董，正也。 重昏，重復暗昧，終不復見光明也。

汪瑗曰：董，督也。 道，謂前途之道路也。 不豫，不猶豫而狐疑也，決之之辭。 重昏，言山中杳冥幽晦也。 重昏終身，即上愁苦終窮之意。 二句言因歷觀自古前賢，皆不能得行其道，而多被患害，故己深有所感，催督上道，而決於隱去無疑，甘處深山，杳冥幽晦，以終身也。 董道不豫，謂自湘而鄂，自鄂而沅，自沅而辰陽，決於隱去也。 應上"且余將濟乎江湘"以下十餘句，有《易》"見幾而作，介於石不終日"之意。 舊注董道爲正身直行，非是。"重昏終身"，應上"入溆浦"以下十餘句，"大舜飯糗茹草，若將終身焉"之意。 大抵此篇極明白整齊，有脉絡條理。 篇首"奇服"至"寶璐"一段，是頭腦，言己之所好尚如此；"世溷濁莫余知"，與"哀南夷莫余知"，提起對看，皆承奇服説來。"世溷濁"是泛舉一世而言，至"日月齊光"爲一段，故其詞爲輕舉遠遊之意。"哀南夷"，是專指楚國而言，至"重昏終身"爲一段，故其詞爲隱遁山林之意。 上段是託言而遣興。下段是紀其實而有所指，非復比興寄託之言，與上段稍不同，讀者不可不察。 然下段又有三小段意，"且余將濟乎江湘"至"僻遠何傷"是一段，敘去之道路。"入溆浦"至"愁苦終窮"是一段，敘隱居之處所，及山林之幽晦，亦承"僻遠何傷"而來也。"接輿髡首"至"重昏終身"是一段，以自寬其憂，決其志，總承上二段而來也。

陳第曰：我將守正道，而不猶豫，但當重復暗昧，以終其身而已。

張京元曰：言不逢明主與亂終身也。

黃文焕曰：向之自負，奇服異佩，至是無所用於世。 祇一昏昧重疊之況而已。 願奢則曰"齊光"，意失則曰"重昏"，無光之可矜矣。意得而歲月增榮，則曰"天地比壽"；意失而餘生何益，則曰"重昏終

身", 無壽之可喜矣。 甚哉, 原之深於悲也! 又曰: 愁苦而終窮, 固
將重昏而終身。 又一復用取整, 重昏二字, 自道切至, 非敢怨激而求
死也。 但覺日痴一日, 以没世而已。 思慕一念, 魂神離魄, 豈能知
其所以然?

李陳玉曰: 有道者能自豫, 是爲善討便宜。

賀貽孫曰: 則守此董正之道於僻遠南夷之地, 雖終身不見日月,
亦無所恨, 又何變心從俗可言哉!

錢澄之曰: 董者, 欲率天下共軌於道也。 爲哀爲愁, 皆以此自取
不豫, 不豫由於獨醒。 重昏終身, 不令有一時之醒, 則永無不豫矣。

王夫之曰: 將, 謂志若此也。 董, 正也。 不豫, 無所遲疑也。
重昏, 幽閉於南夷荒遠之中也。 人不足怨, 而守正無疑, 安於幽廢,
明己非以黜辱故而生懟。 所怨者, 君昏國危, 如下"亂曰"所云。

林雲銘曰: 昏, 煩悶也。 雖知必不能容於俗, 但守道不可疑, 寧
終身煩悶, 不敢恤也。 又曰: 已上敍明知見放, 皆因己端直所致, 奈
不能棄道以自全。

高秋月曰: 重昏者, 昏昧而不見也。

徐焕龍曰: 董正於道, 心不猶豫。 既蔽於懷王之世, 又錮於頃襄
之朝, 是重昏也, 以此終身而已。

賀寬曰: 將正其道而不疑乎, 抑暗昧以終身乎。 語似相商, 究
之, 惟正其道, 所以暗昧終身也。 雖悔而終不變, 則迷而又迷矣。
所以爲重昏也。

張詩曰: 董, 督也, 不懈弛意。 重昏, 即杳冥幽晦意。 吾將董
我前途之道, 無所猶豫, 重昏以終身, 所不悔也。

蔣驥曰: 重昏, 以深入無人之境言。 董道不豫, 即所謂高馳不顧
也。 重昏終身, 則於天地日月, 似不能比壽齊光矣。 然所負者如

彼，則所遇者如此。 其事固相因，而其意不相悖也。

吳世尚曰：正道不豫，所以直己，重昏終身，所以順命。

許清奇曰：三段以古人自慰，見忠賢皆不必用，惟終守正道，雖窮不變而已。

屈復曰：右三段，幼好奇服，窮不變心。 前世皆然，終身守正。暢發雖鄙遠何傷之意。

江中時曰：以上言己見放，皆因端直所致，終不能棄道以自全。

夏大霖曰：重昏，猶言昏昏，無開明之時也。 以上五節應篇首六節，反順相照。 蓋“入溆浦”三節至“愁苦終窮”照“乘鄂渚”至“偏遠何傷”，相對看。“接輿”等與“重華”應，“重昏終身”與“日月齊光”應。 一篇之起結已畢，下“亂曰”三節乃另爲申結也。

陳遠新曰：董道不豫，正所以高馳，與天地同壽，日月齊光之本也。

奚祿詒曰：我雖見放，猶持正道而不猶豫。 重昏者，心神俱昏亂以終此身。

劉夢鵬曰：豫，疑也。 亦惟守正道而不疑，雖長此昏昏没世，不能自明，亦安之若素可已。

于光華曰：董道，守道也。

丁元正曰：不豫，不疑也。

陳本禮曰：謂既蔽於懷王之世，又錮於頃襄之朝。 如置身在溆浦山中，聽哀猨夜叫也。

胡文英曰：董道不豫，正己之道而不疑也。 重昏，即幽處山中之意。

牟庭曰：山居落魄也。

王闓運曰：豫，度也。 督君於正道，而不豫度君之邪心。 重昏者，昔迷而不知，又不知而被謗。

馬其昶曰：以上引義命自安。

聞一多曰：《詩經·褰裳》"狂童之狂也且"，《傳》曰："狂行童昏
所化也。"《周禮·司刺》"三赦曰惷愚"，鄭注曰："生而癡騃童昏
者。"《國語·鄭語》"童頑窮固"，韋注曰："童昏固陋也。"一作僮
昏。《晉語》"僮昏不可使謀"，注曰："僮昏，無知也。"又作僮惛。
《廣雅·釋詁》："僮惛，癡也。"《淮南子·氾論》篇："古者民原譔人。
醰工龐，商樸女重。"重即童昏，字正作重。《大戴禮記·主言》篇作
"民敦工璞，商愨女憧"。 憧與童通。

姜亮夫曰：董，正也，當也。 不豫"豫"字，讀爲逾；不豫，猶
不變也；與董字應。

蔣天樞曰：董，董理。 謂己當計慮所遵循之法則，而不豫爲己身
禍福計。 固，猶言堅持下去，不與下連續。 重昏，重重艱難險阻，
言己將堅持下去，即遇種種艱困，不爲之屈。

湯炳正曰：重昏，當即重閔。 昏、閔同音，古多通。 閔，憂患。
"重閔"與《惜誦》之"重患"義近，謂憂患衆多。 二句與前"吾不能
變心而從俗兮，固將愁苦而終窮"句型、旨意相同，謂己正道直行，
固將憂患終身。 以上第二段，記敘流亡辰、溆之經歷及思緒，并申明
堅守節操。

按：董道，正道。 重昏，懷王信讒而疏賢臣，美政理想之實現遙
遙無期，一昏也；襄王亦聽信子蘭之言，欲回郢都幾無希望，再昏
也；欲入溆浦而覓重華，以陳辭重華而得中正之道，以譴吾心之憂，
然山高林密，重華之陵迷不所知，吾之正道無人能知，無人能解，重
昏也。 雖不遇時，亦堅持正道，寧願終身幽閉於南夷荒遠之中也。
賀貽孫説是。 徐煥龍、陳本禮説錮於頃襄之朝，甚爲有見，當爲重昏

正解。

　　亂曰：鸞鳥鳳皇，日以遠兮。

王逸曰：鸞、鳳，俊鳥也。有聖君則來，無德則去，以興賢臣難進易退也。

周用曰："亂辭"言君子小人之易位，則己之所以見放者也。

汪瑗曰：鸞與鳳凰三者，皆神俊之鳥，治世則見，亂世則隱。日以遠，謂當時世亂而遠去也。

黃文煥曰：鸞鳳日遠，世界竟無祥禽。

王夫之曰：言君側之無賢人。

徐煥龍曰：仁賢去國。

張詩曰：言神俊之鳥，則日以遠矣。

蔣驥曰：日以遠，謂始遷陵陽，而今入溆浦，去君愈遠也。

王邦采曰：比仁賢遠去。

屈復曰：鸞鳳日遠，重華已去，身見放也。

奚祿詒曰：古樂府有艷、有趨、有亂。

劉夢鵬曰：鸞鳳比君子。

丁元正曰：鸞鳳喻賢人。日遠，傷君側之無人也。

姜亮夫曰：鸞鳳，俊鳥也。此以喻賢俊之士。

蔣天樞曰：亂辭出以歌者語意，故詞特激昂。後世說者以屈子本人語儗之，譏其"倔强疏鹵"，而不知歌者之詞無所避忌也。歌者就原遠行立言：往在漢北，去陳猶近；今處蠻荒，形隔勢阻。原既遠行，彼燕雀腥臊之徒，營窩巢朝堂上，益肆無忌憚矣。

按：鸞鳥，神鳥之一種，以善鳴聞名。《說文》："鸞，赤神靈之精也。赤色，五采，雞形，鳴中五音。"雄曰鸞，雌曰和。鳳凰，古代

傳説中的神鳥。《説文》:"鳳,神鳥也。"《詩·大雅·卷阿》:"鳳凰
於飛,翽翽其羽。"《毛傳》:"鳳凰,靈鳥,仁瑞也。 雄曰鳳,雌曰
凰。"鳳凰善聽,《尚書·皋陶謨》:"簫韶九成,鳳凰來儀。"簫韶爲
舜所制之樂,演奏時因樂音好聽,鳳凰於是成雙結對下來傾聽。 鸞鳥
善鳴,鳳皇善聽,互爲知音者。 此喻道德高尚之君子。 君子日遠,
斥楚國賢人不用之惡劣境況。

        燕雀烏鵲,巢堂壇兮。

王逸曰:燕雀、烏鵲,多口妄鳴,以喻讒佞。 言楚王愚闇,不親
仁賢,而近讒佞也。

洪興祖曰:壇,《淮南子》曰:"腐鼠在壇。"注云:"楚人謂中庭
爲壇。"《七諫》曰:"雞鶩滿堂壇兮。"注云:"高殿敞陽爲堂,平場廣
坦爲壇。"

朱熹曰:比也,言仁賢遠去,而讒佞見親也。

汪瑗曰:燕,玄鳥也。 雀,鸒鸃之類。 烏,鴉也。 鵲,乾鵲。
四者皆凡庸之鳥。 巢,鳥窠也。 王逸曰:"高殿敞揚爲堂,平場廣坦
爲壇。"又"中庭爲壇"。 瑗按:《尚書·金縢》注曰:"築土曰壇。"
《禮記·祭法》注曰:"起土曰壇。"是壇乃起土而築之者也。 此所謂
壇者,蓋指臺觀之類歟?

林兆珂曰:燕雀、烏鵲,多口妄鳴,乃巢於堂壇,仁賢遠去而讒
佞見親也。

黃文煥曰:野鳥滿堂,主人誰爲吉兆? 此幽處者所同世人共
慮也。

王夫之曰:疾小人之乘權誤國。

林雲銘曰:貴賤易位矣。

徐焕龍曰：群小盈朝。

賀寬曰：大意言賢仁遠去，讒佞見親，亦猶《騷經》“糞壤充帷”“申椒不芳”之意，而又加甚焉。

張詩曰：凡庸之鳥，則巢堂壇矣。

王邦采曰：而讒佞見親矣。

屈復曰：燕雀巢堂，仁賢遠去，讒佞見親也。

陳遠新曰：近小人。

奚祿詒曰：雀，小鳥而淫，亦名家賓。烏，反哺之鳥。鵲，鴶鵲也。

劉夢鵬曰：燕雀，比小人。

丁元正曰：巢堂壇，讒諛得志，乘權誤國也。

胡文英曰：壇，祧廟藏主之所。

姜亮夫曰：此言鸞鳳俊鳥，以日而益遠；而燕雀烏鵲，佻口妄鳴之鳥，則結巢於堂壇之上。此喻賢人失志，遠去不得在位；而譖佞小人，則高據朝堂。

按：燕雀、烏鵲，多口好鳴，皆噪聲而無樂音之美也。然盤踞朝堂，乘權誤國也。燕雀、烏鵲，與上文鸞鳥、鳳凰對比，言仁賢遠去，而讒佞見親也。王逸、朱熹說是。黃文煥說，迂曲。

露申辛夷，死林薄兮。

王逸曰：露，暴也。申，重也。叢木曰林。草木交錯曰薄。言重積辛夷，露而暴之，使死於林薄之中，猶言取賢明君子，棄之山野，使之顛墜也。

朱熹曰：比也。露申未詳。叢木曰林。草木交錯曰薄。

汪瑗曰：辛夷，香草也。死，謂枯槁也。叢木曰林。草木交錯曰薄。 又曰：王解露申，亦爲牽强，詳本文正意，則露申似亦是香草之名。《離騷》及《惜誦》凡三言申椒，所謂申者，或指露申歟？ 他無所據，未考其審，姑缺之。 此二句只言香草死林薄，則資菉葹以盈室，服艾以盈腰，蘇糞壤以充幃可知矣。

黃文焕曰：植芳爲山居之雅懷，而既死，勢不得蘇。 又曰：露申者，已槁之芳，即重疊申之以雨露而不復芽也。

周拱辰曰：按《花木考》，露申，即瑞香花，一名錦薰籠、一名錦被堆。 辛夷，葉似柿而長，正二月花開如木筆，又曰辛夷花，即侯桃也。

王遠曰：露申二字，解終牽强。

錢澄之曰：辛夷，芳樹。 露申者，無所障蔽，花早，樹高，承露直上，故曰露申。 死林薄者，惡木之蔭蔽之也。

王夫之曰：露申，未詳。 或即申椒也。 草木叢生曰薄。 賢人爲姦佞所蔽，嘉謀不用。

林雲銘曰：辛夷暴而積之，枯爛於草間。

徐焕龍曰：露申、辛夷，兩種芳草。 叢木交錯曰薄，蔽其雨露故死。

賀寬曰：死林薄是無芳也。 不得薄，雖有芳而受制於穢也。

張詩曰：芳香之艸木，則死于林薄矣。

蔣驥曰：露申，未詳。 或曰：即瑞香花，亦名露申。

王邦采曰：薄，迫近之意。 言汙賤并進而芳潔不容也。

吳世尚曰：露，雨露也。 申，重也。 露申辛夷，言天所篤生之仁賢也。 死林薄者，言棄置山野，使之死亡也。

屈復曰：辛夷，暴而重積之，枯於林間，身獨處山中也。

夏大霖曰：言迎露上申出，衆之辛夷，竟老死於山林荒草之間，棄於不用。

陳遠新曰：仁賢自近。

奚禄詒曰：申辛夷者，重植辛夷於露中也。　木曰林。　莽曰薄。

劉夢鵬曰：露，著。　申，達也。

戴震曰：薄，藂薄也。（《屈原賦注》）又曰：露申，即申椒，狀若繁露，故名。　未聞其審。（《通釋》）

陳本禮曰：露申，葉也。

胡文英曰：露申，花，今名夜來香。　林薄，林木叢雜之處。

顏錫名曰：露申，蓋申椒之別名。

武延緒曰：露即露字，一作蕗。　東方朔《七諫》“葛蕗雜乎叢蒸兮”，《急就》篇：“甘草，一名蕗。”《唐韻》：“蕗，香草也。”據此，露即葛蕗也。　申，即申苧之申也。《淮南子》：“申苧杜茝，美人之所服也。”注：申苧、杜茝，皆芳草也。　辛，少辛，藥名。《本草》：“少辛，即細辛也。”夷，即留夷也，香草名。《離騷》“畦留夷與揭車”是也。　此為四物，如上文燕雀烏鵲之類。　或以辛夷連用，遂以為花名，則露申二字解不去矣。　此與《九歌》“辛夷楣兮藥房”之辛夷異。

聞一多曰：薄字讀為敷。《詩·蓼蕭·箋》引《虞書》“外薄四海”。《釋文》本作敷，是其比。　敷，布也，播也。《說文·說玉德》曰：“其聲舒揚，專以遠聞。”尃敷同。　聲香言敷，猶聲音言尃矣。

姜亮夫曰：戴以露申為木名，較諸家為條暢，然說亦勉強，鄭文焯以為即申椒，詳《離騷》申椒下，蓋皆芳草也。

蔣天樞曰：露申，霜露重。　辛夷，一曰辛雉，一名木筆。　辛夷死林薄，喻屈原遠處邊徼原始森林區域，其困境又復何如乎。　林薄，林木茂密者。《廣雅·釋言下》：“薄，附也。”

按：露申，當以戴震說為是，即申椒。辛夷，樹名。辛夷樹屬

木蘭科，落叶喬木，高數丈，木有香气，即玉蘭。 露申、辛夷，雖亦
喬木，然置之叢林之中，被樹蔭遮蔽，仍不得存活。 此以香木喻臣，
林喻君，香木被樹林遮蔽，喻賢臣不得君之陽光。 左思《詠史》"鬱
鬱澗底松"是也。

腥臊並御，芳不得薄兮。

王逸曰：腥臊，臭惡也。 御，用也。 薄，附也。 言不識味者，
並甘臭惡。 不知人者，信任讒佞。 故忠信之士，不得附近而放
逐也。

洪興祖曰：臊，《周禮》曰："豕盲視而交睫，腥。 犬赤股而躁，
臊。"《左傳》曰："薄而觀之。"薄，迫也，逼近之意。 下文"忽翱翔
之焉薄""瞭杳杳而薄天"，並同。

朱熹曰：腥臊，臭惡也。 御，用也。 薄，附也。 言污賤並進，
而芳潔不容也。

汪瑗曰：腥臊，膻臭之惡味也。 御，用也。 並御，謂兼收並蓄
而不舍之意。 芳，香味也。 指椒蘭薑桂之屬。 薄，附也。《左傳》
曰："薄而觀之。"薄，迫也，逼近之意，與上林薄之薄，音同而
義異。

林兆珂曰：不識味者，並甘臭惡而用之，使芳潔不容。

黃文煥曰：餐芳爲山中之清福，而雜進氣不得襲。 又曰：不得薄
者，芳氣爲腥臊之氣所勝，受壓受鬱，不能噴薄也。 不得薄，又繇於
並御。 一君子不足以勝衆小人也。

王夫之曰：御，進也。 薄，與泊同，近也。

林雲銘曰：薄，迫近也。 香臭易位矣。

徐煥龍曰：近前爲薄。

張詩曰：腥臊之物並進，而臭之芳者，不得近矣。

屈復曰：污賤並進，芳潔不容也。

江中時曰：言汙賤並進，而芳潔不容矣。

夏大霖曰：腥臊臭惡之物並用，芳草難匹也。

奚禄詒曰：豬腥犬臊，芳草不得附薄也。

劉夢鵬曰：芳以比君子，臭以比小人。

丁元正曰：腥臊，臭意也。《周禮》曰"豕盲視而交睫，腥"，"犬赤股而躁，臊"。

戴震曰：薄近之薄，取諸聲。

胡文英曰：薰蕕不同器而藏，賢姦不共國而仕，其勢然也。

姜亮夫曰：叢木曰林。草木交錯曰薄。腥臊，臭惡也。腥本肉內小息肉，其形似星者。此訓臭，則借爲胜，若鮏。《説文》："胜，犬膏臭也。"又"鮏，魚臭也。"字又作"鯹"，《周語》"其政腥臊"，注："臭惡也。"經傳皆以腥爲之。《説文》："臊，豕膏臭也。"杜子春曰："犬膏臭。"此言霜申辛夷之芳，乃死于叢木之薄；而腥臊之物，並在御用；至使椒辛芳物，不得相迫近御用之也。

蔣天樞曰：芳不得薄，喻芳香反不得親近王，言屈原遠行也。

按：腥臊，臭惡也。臭味當道，芳香不得聞也。此芳以比君子，臭以比小人。劉夢鵬說是。黃文煥謂君子不足以勝衆小人，意亦近是。

陰陽易位，時不當兮。

王逸曰：陰，臣也。陽，君也。言楚王惑蔽，權臣將代君，與之易位。自傷不遇明時，而當暗世。

洪興祖曰：陰陽易位，言君弱而臣强也。

朱熹曰：比而賦也。　陰謂小人，陽謂君子。

汪瑗曰：陰陽易位時不當，如春夏行秋冬之令，秋冬行春夏之令，皆是時不當位而變易也。　瑗疑此二句又似自從《易‧小象》來。大抵此上十句，或以動物，或以植物，或以人事，或以天時，喻君子小人之失常。　下言己所以懷信佗傺，而忽乎吾將行以遠隱者，爲此故也。

陳第曰："亂"喻賢臣遠而佞人用，忠邪倒置，所謂陰陽易位也。

黃文煥曰：此幽處者所向山中倍悲也。　將罪鳥耶？將罪芳耶？咎在陰陽而已，時實爲之，將若之何。

王夫之曰：君子道消，小人道長。　國祚將傾，時過中矣。

林雲銘曰：《易經》謂陽爲君子，陰爲小人，而以內外分泰否。今既易位，是不復值泰交之時也。　總承上文。

徐煥龍曰：內陰外陽，如內小人而外君子。　生不逢辰，時之不當。

賀寬曰：陰陽既已易位矣，守信不變，徒增悒怏，雖君謂我何之，而不能老此山中矣。

張詩曰：陰陽之位，變易而不當其時矣。

蔣驥曰：陰陽易位，喻小人在朝，君子在野也。

王邦采曰：陰謂小人，陽謂君子。

屈復曰：君子小人升沉倒置，前世皆然也。

夏大霖曰：易內君子而外小人，時之泰也。　今內小人而外君子，是爲易位，而時謂否矣。　故謂不當。

奚祿詒曰：陰陽易位，以臣僭君，以邪害正。

劉夢鵬曰：易位言倒置也。　不當，猶云不遇。

丁元正曰：《易》以陰陽內外分否泰，今既易位，是不值泰交之時也。

陳本禮曰：陰陽易位，後宮女子執政。

胡文英曰：當，值也。時不當，自怨生也。小人象陰，宜常處于歉；君子象陽，宜常處于盈。今使小人盈，而君子歉，則陰陽易而失位矣。豈時之所值如此乎？

顏錫名曰：言國事顛倒，吾生不當其時，徒然懷抱信直而進退兩不得，不如死之爲安。

聞一多曰：當猶遇也。《思美人》"因飛鳥而致辭兮，羌迅高而難當"，當亦訓遇。

姜亮夫曰：陰陽，周秦以來，古籍中聯用之雙聲對舉詞，對于事物之屬性，爲正反，爲相對，爲相比，或作用相成之一種代詞。爲構成周秦諸子哲學體系中之一種支柱。文學作品中沿用亦至多，而無諸子各家之嚴肅。《楚辭》凡六見，分爲五義：一、指宇宙萬物生成本德之兩極。二、指寒暑。三、指清濁變化而主于生死之氣言。四、陰指臣，陽指君言，或陽指君子，陰指小人。五、陽爲仁，陰爲義。易家多以陰陽配尊、卑、男、女、與一切對舉之象，如剛柔、外內、顯隱、日月、電霰、左右、動靜、雄雌、春秋、火水、開闔諸端，故君爲陽象，臣爲陰象，君子爲陽，小人爲陰。是陰陽，猶明暗也，以喻君子小人。時不當者，謂己不得其時也。

按：陰陽易位，陳第以爲喻賢臣遠而佞人用，忠邪倒置，所謂陰陽易位也，甚是。蔣驥謂小人在朝，君子在野也，亦是。王逸以爲權臣代君之位，恐非是。洪興祖以爲君弱臣强，亦非是。

懷信侘傺，忽乎吾將行兮！

王逸曰：言己懷忠信，不合於眾，故悵然住立，忽忘居止，將遂遠行之他方也。

朱熹曰：將行，謂將遠去也。

汪瑗曰：懷信，舊說謂己懷忠信之道，不合于衆，故悵然而遠行也。 或曰，《惜誦》云“恐情質之不信兮，故重著以自明”，故此云懷信，謂不忘前日之言也。 前篇已有隱之之意，至此則隱之之意決矣。瑗按：此篇在《惜誦》之後，而此篇又不過發明前篇末二章之旨。 前篇其詞危，此篇其詞平。 前篇其志悲，此篇其志肆。 大抵《涉江》之作，欲隱而去，故從容沖雅，怨而不怒，哀而不傷，有甘貧苦安淡薄，若將終身焉之意，可謂善於處窮，能於避讒而從容乎退以義者矣。 世俗不深考究，遂謂屈平一遭放逐，不勝鬱鬱無聊之意，自投水死。 何其議人之疏，而觀書之略也。 前篇雖多怨詞，大抵皆關於君國者，而自歎之詞，又多和平雅淡，讀者不可不知也。 朱子曰：“此篇多以余吾並稱，詳其文意，余平而吾倨也。”瑗按：余吾他篇亦屢屢言之，細味此篇之旨，朱子之說未必盡然。 曰“世溷濁而莫余知”，曰“且余將濟乎江湘”，亦未見其平也。 曰“吾與重華遊兮瑤之圃”“吾與天地兮比壽”，亦未見其倨。 洪氏曰：“此篇言己佩服殊異，抗志高遠，國無人知之者，徘徊江之上，嘆小人在位，而君子遇害也。”得之矣。

林兆珂曰：猶不知人者，信任讒佞，使忠直之士，不得附近而放逐也。

黃文煥曰：忽乎吾將行，去此山而將他之也。 道不可以終窮，則居不可以終膠也。 反其易位而後可以齊光。 屈子其有調燮之思也夫。 又曰：前面洗發痛快，意已無餘，語亦難加。 却將鸞鳳衆鳥、腥臊芬芳，疊分取譬，以申結局，文勢善拓。 而終之陰陽易位，位易則天地竟將毀，日月竟無光矣。 又安所得比，安所得齊焉？ 應前壽光語，令人骨驚。 又曰：懷信者，堅抱自信，終不能從俗也。

李陳玉曰：小人得時，君子行所以安時。

錢澄之曰：原不能變心從俗，其能自信者，一死而已。 懷而不發，以致佗傺煩惑。 忽乎將行，言欲行吾所信也。

王夫之曰：此所以懷忠信者被竄，而吾不能已於遠遷，而國事日非也。

林雲銘曰：惟有抱忠信而惆悵，去而遠逝，此邦不可與處也。

高秋月曰：自傷不遇明時也。 行，遠行也。

徐煥龍曰：懷忠信之情，受佗傺之慘。 不能遠遊，即將沉水，非謂欲往他邦。

張詩曰：懷忠信之心，而徬徨無歸，則將高馳而遠行矣。

蔣驥曰：總言己之去君日遠，由君側之多小人也。 忽乎將行，應前將濟之意。

王邦采曰：將行，將遠去也。

屈復曰：遭時如此，懷忠失志，惟當遠去也。 第四段，總結上文，一一照映。

吳世尚曰：將行者，原猶未至湘水也。

許清奇曰："亂"言忠賢倒置，時命不當，只應遠逝此邦，不可與處也。

夏大霖曰：遭此時也，懷忠信而佗傺，雖戀故鄉，不欲遠去，卻忽乎動念，令吾不欲怨而將行也。

邱仰文曰：首三節以被服明盛，喻品行端方；中三節，敘涉江苦楚，字字與前反照輝映；末三節，則言賢奸倒置，從古有之，終不易其所守也。"亂詞"古峭，只是"陰陽易位"一句意。《九章》中，音調鏗鏘，最奇麗文字，想初放時，意氣猶盛，放言無忌如此。

劉夢鵬曰：將行，謂將濟江湘。

丁元正曰：懷信，懷抱忠信也。 言讒諛得志，忠賢被棄，而國是日非，吾不能已，於遠遁也。

戴震曰：忽乎將行，傷不見容，而忽被放也。

陳本禮曰：遙應篇首“旦予濟乎江湘”句。 此“亂曰”非結通章之文。 蓋慮南夷莫我知，且不知我去位之故，故設爲此詞以告之耳。按南夷去郢都遠，燕雀巢堂，陰陽易位，彼邊氓烏得以知之。 此正屈子所急欲自白者，故不憚疊疊敘述。“忽乎”二字，今連自己亦不知所以被放之故意在。《昭明》取此入選，獨删去“亂曰”一段，使屈子之文有首無尾，是不知此乃專爲“哀南夷莫吾知”句而設也。

胡文英曰：懷忠抱質，而反至于去住兩難，則亦惟有奮然不顧，忽然而行，庶乎忘此愁苦矣。

牟庭曰：自是東行，乃遊於漢北之澤也。

顏錫名曰：將行，將就死。

馬其昶曰：生不當時，陰陽易位，此所謂將行者，言將去人間世而視死若歸也。 以上慨世。

聞一多曰：《白虎通·性情》篇：“信者誠也，專一不移也。”忽，忘也。 將猶當也。 心懷誠信，悵然住立，遂忘己之當有遠行也。

姜亮夫曰：言己懷忠信，不合於衆，故悵然住立，忽忘居止，將遂遠行之他方也。

蔣天樞曰：末二句結束《涉江》全篇，於以見屈子邁往之之情。楚人謂行動時有所障礙曰“佗傺”。 上文言“入溆浦余僙個兮”，此又言“懷信佗傺”，或屈原此時實際行動中有不少具體滯礙，故有是言。 而行程中之困境，益堅己志，故言“忽乎吾將行兮”也。 忽，急疾。 將繼續行進，不以任何艱難易志。

　　湯炳正曰：信，誠信。 忽，忘記。 二句謂己心懷誠信，不忘效忠於國，故時時悵然住立，竟忘了尚在流放途中。 以上第三段，總結前兩段，重申志向，抨擊“陰陽易位”的黑暗現實。

　　按：信，即前文著奇服高行而不顧也。 懷信，即不改著奇服高行之素志也。 雖然這樣，將會幽蔽於山中，惆悵失意，聊此終生，也不後悔而勇往直前。 原於此，尚未有必死之心，雖經頃襄放逐江南，然屬初放，對新王、對楚國未來尚有期待。 故雖有怨言，未有臨絶之音。 汪瑗以爲將行即將隱，於原節士身份不合。 徐煥龍以爲懷忠信之情，受佗傺之慘，不能遠遊，即將沉水，非謂欲往他邦，亦非是。

哀 郢

洪興祖曰：此章言己雖被放，心在楚國，徘徊而不忍去，蔽於讒諂，思見君而不得。故太史公讀《哀郢》而悲其志也。

朱熹曰：楚文王自丹陽徙江陵，謂之郢。後九世，平王城之。又後十世，爲秦所拔，而楚徙東郢。（《楚辭辯證》）

祝堯曰：賦也，有風義。原懷故都，徘徊不忍去，有黍離之餘悲焉。但《黍離》章末曰“悠悠蒼天，此何人哉”，雖怨而發之和平，蓋猶有先王之澤。此章之末，則曰“信非吾罪而棄逐兮，何日夜而忘之”，雖言非我，深乃尤人，其出於憤激，固已與和平之音異矣。

吳訥曰：楚文王自丹陽徙江陵，謂之郢。後九世，平王城之。又后十世爲秦所拔，而楚徙陳，謂之東郢。賦也，有風義。

汪瑗曰：《史記·楚世家》，周成王時，封楚熊繹於丹陽，及楚文王自丹陽徙都江陵，謂之郢。後九世，平王城之。楚頃襄王之子爲考烈王，考烈王二十二年徙都壽春，命曰東郢。屈平當考烈王徙壽春之時，死已久矣。此郢乃指江陵之郢，頃襄王時事也。又按《秦世家》，秦昭王時，比年攻伐列國，赦罪人而遷之。二十七、八年間，連三攻楚，拔黔中，取鄢鄧，赦楚罪人，遷之南陽。二十九年，當頃襄王之二十一年，又攻楚而拔之，遂取郢。更東至竟陵，以爲南郡。燒墓夷陵，襄王兵散敗走，遂不復戰。東北退保於陳城，而江陵之郢，不復爲楚所有矣。秦又赦楚罪人而遷之東方，屈原亦在罪人赦遷之中。悲故都之云亡，傷主上之敗辱，而感己去終古之所居，遭讒妬之永廢，此《哀郢》之所由作也。其曰方仲春而東遷，曰今逍遥而來東，其遷於東方無疑。但過夏浦，上洞庭，渡大江，不知其實爲東方之何郡邑也。舊注謂屈原被楚王遷己于江南所作，非也。朱子又謂原被放時，適會兇荒，人民離散，而原亦在行中。夫所謂“何百姓之震愆，民離散而相失”者，乃指國亡君敗，百姓被秦遷徙，即《史記》之所謂“襄王兵散，遂不復戰而東走”是也。朱子謂離散爲兇荒，絕無所據，失其旨矣。

徐師曾曰：郢，楚都也。朱熹曰：“平被放時，適會兇荒，人民離散，而平亦在行中，閔其流離，因以自傷而作此辭。”

林兆珂曰：朱熹云此章形容邪佞之態最爲精切，則知佞人之所以殆，又信此語與孔聖之言實相發明也。

張京元曰：原既去國，還顧郢都，念其將亡而哀之也。

陳深曰：此章陳詞以望君之察，而君若不聞，是以憂心不遂，作頌自解。

黃文煥曰：通篇分爲三段，開章至來東，言出門之愁。靈魂至含感，言回思之愁。承歡至逾邁，痛恨黨人，被其生離之愁。末乃以求得歸死爲結局。眸開不得見故鄉，目瞑尚冀返故土。其或以地下之眼，魂氣出沒，重望長楸，顧龍門，再見君，免作曼目流觀之嘆乎？篇中顧望瞭曼諸語，是其字法布置照應處。

李陳玉曰：此章千思萬想，總只冀君一悟，身之一反也。篇末“憎慍愉之修美”，解者多不明慍愉，胸中嫉妒，外面不覺也。蓋我以修美自負，彼亦以修美自負，第彼所謂美者，非我所謂美耳。我所謂美者，忼慨也，直心直行，無回護也。彼所謂美者，慍愉也，含怒蓄機，不可測也。 故君子憎之，雖則憎之，彼踥蹀日進，我超遠踰邁，彼日近我日疏，吾且美變爲惡，彼則真若修美也。 踥蹀，蛇行鬼步，委蛇側媚之狀也。

蔣之翹曰：《哀郢》篇於《九章》中最爲悽惋，讀之實一字一淚也。 太史公雅好之，梁昭明乃舍此而選《涉江》何耶？

賀貽孫曰：《哀郢》作於《涉江》之後，蓋既涉江，猶不忘郢，忠厚極矣。

王夫之曰：哀故都之棄捐，宗社之丘墟，人民之離散，頃襄之不能效死以拒秦，而亡可待也。 原之被讒，蓋以不欲遷都而見憎益甚。然且不自哀，而爲楚之社稷人民哀，怨悱而不傷，忠臣之極致也。 曰“東遷”，曰“楫齊揚”，曰“下浮”，曰“來東”，曰“江介”，曰“陵陽”，曰“夏爲丘”，曰“兩東門可蕪”，曰“九年不復”，其非遷原於沅溆，而爲楚之遷陳也明甚。 王逸不恤紀事之實，謂遷爲原之被放，於《哀郢》之義奚取焉？ 逸注之錯雜鹵莽，大率如此。

林雲銘曰：屈子被放九年，料不能復歸郢都，故有是作。 不曰“思郢”而曰“哀郢”者，以頃襄初立，子蘭爲令尹、上官大夫等獻媚固寵，妬賢害國，較之懷王之世尤甚。 當初放時，已見百姓之震愆離散，不知此九年中更作何狀，恐天不純命，實有可哀者。 若己之思返不得返，猶在第二義也。 其追敘起行日，沿路懷憂，及既到後，登堆遠望，而以讒人嫉妬之害與非罪棄逐之冤，找説於後。 總爲“州土之平樂”，“江介之遺風”，世傳基業將轉爲夏之丘、門之蕪，刻刻放心不下耳。 妙在開手方説“百姓”二句，即接以己之東遷，歷敘舟行苦況。 中段方説“州土”“江介”二句，即插入陵陽不至，南渡別無所如。 若哀郢，若自哀，殊不可辨。 蓋無此番斡旋，必涉於訕謗呪詛，有失怨悱不亂之義。 舊注不解此意，謬誤甚多，竟成一篇思郢文字不是哀郢也。 凡認不得題目者，斷不許浪讀古人書，豈但一《騷》已哉!

佚名曰：哀郢者，哀郢民之散亡，哀郢都之將覆，哀還郢之無期。 非一端之哀而已也。 自天不純命至江夏流亡是哀，民自出國門至侘傺含感皆哀。 國哀，已而禍之所始，則以小人用事，君聽不聰，外承歡至末，所以極言其情態，當分作三段味之。(《屈辭洗髓》引)

高秋月曰：此章賦也。

徐煥龍曰：原被放時，適會凶荒，郢民流散。 己亦發郢，因作此篇。

江中時曰：寫去國情形，步步如畫。 寫哀郢心事，隱隱可想。 其用筆尤極奇變，不可方物。 西仲先生看此篇獨細，屈子千載知己。

蔣驥曰：舊說頃襄遷原於江南而不著其地。 今按發郢之後，便至陵陽。 考前、後《漢志》及《水經注》，其在今寧池之間明甚。 以地處楚東極邊，而奉命安置於此，故以九年不復爲傷也。 然其末年，遂歷廬江鄂渚，涉湘沅，過夢澤，而至辰陽。 已復出龍陽，適長沙，沉汨羅，傍徨躑躅，幾徧大江以南。 迺知原雖羈跡陵陽，實亦聽其自便，所謂江與夏之不可涉者，特逐之江外，不得越江而北耳。 或曰，原之徧歷江南，由讒人播弄其身，竄逐非一所也，故雖九年不復，而拳拳思返，猶未有慨然引決之意。 迨至屢黜屢遷，情窮理極，而始畢命汨羅。 姑兩存其說以誌疑焉。

吳世尚曰：人臣之哀，莫大於去國。 九年不復，則尤所不忍言，故原始出國門而軫懷，則哀見君而不得，中登大墳而遠望，則哀州土之平樂。 上不得爲上爲德，下不得爲下爲民。 一反何時，首丘何日，題曰"哀郢"。 蓋亦若豫知有秦人拔郢之事矣。

許清奇曰：此章以見放九年，料不得復歸郢都，故有是作。 然不日"思郢"而日"哀郢"者，以己之久放不復，讒人之固寵誤國，勢必將州土、江介轉爲夏之邱，門之蕪，則思及故都，不勝悲哀耳。

屈復曰：九年不復，追敘初放時日，及既到之後，無限悲痛，而結以無罪棄逐，皆爲夏邱門蕪耳，故不曰"思郢"而曰"哀郢"也。

夏大霖曰：郢，楚都，地名。自哀其終於放所，而國勢邱墟之可哀也。

邱仰文曰：此被放既久，頃襄國是日非，屈子哀思故都而作也。

陳遠新曰：此與《涉江》皆自敘南遷之情事，古本二篇相違，詞旨自明，時本移置兩處中間，插入地篇則反晦矣。《涉江》邸車方林是自江夏起程，乘舲船上沅是已過洞庭到沅前事。篇首天人相符，臣民一體，足補《離騷》之旨，亦重著之義也。

奚禄詒曰：此篇賦而比也。

劉夢鵬曰：太史公讀《離騷》《天問》《招魂》《哀郢》，悲其志。《懷沙》又其絕命之詞乎。此篇作於江南之野者，洵不誣。惜乎，編次凌亂，僅以《九章》之一當《哀郢》，又入《懷沙》而出《遠遊》，遂不無沿訛耳。舊列第三章，今次第一。

丁元正曰：此章言己雖被放，心思楚國，故太史公讀《哀郢》而悲其志也。

陳本禮曰：屈子被放九年，料不能復歸郢都，故有是作。不曰"思郢"，而曰"哀郢"者，頃襄初立，子蘭爲令尹，上官大夫等獻媚固寵，妒賢害國，較之懷王之世尤甚。當初放時，已見百姓震愆離散，不知此九年中更作何狀，恐天不純命，實有可哀者。若夫己之思返不得返，猶在第二義也。

胡文英曰：《哀郢》篇，懷王將入秦，遷屈子于岳州時所作也。

牟庭曰：《哀郢》者，漢北之作也。當時去郢而哀，今日思郢而哀也。

顏錫名曰：此篇敘己之被放不復，實由讒人嫉妒使然，因念初放之時，百姓已自離散，今則久羈放所，生反無期，國事日非，存亡難必，是可哀矣。篇內敘己之可哀者多，敘國之可哀者少，而題謂之《哀郢》。蓋以見己之去留，實繫國之存亡，如是讀之，則自哀正哀郢也。篇內尚望生還，無一定沉淵之意，故第篇宜在此云。

鄭知同曰：此章與上《涉江》同敘去國遠竄，諸所涉閱之境，而有不同。上章祇敘南遷，此章遠從初放時敘起。蓋上章以己身之居非其地作主，獨及近事。此章以處處回思君國作主，見去國時已然。故上篇敘地，句句道著自己。而此篇敘地，句句陪著郢都。從東遷西浮說到南渡，從去故都，出國門說到江與夏之不可涉。皆借以指點盼望故鄉。無限低徊，不嫌煩瑣，而終以"何須臾而忘反"醒之。亂詞又全以思歸意總束。此所以異於前篇也。入後疊出"哀故都之日遠""羨超遠而踰邁""憂與愁相接""慘鬱鬱其不通"等語，以見去國益久，眷戀益深，輾轉愁思，頃刻無間。寫出窮蹙無聊之狀，視上文又追進一層。若其行文，《九章》雖各分柱意，而亦多添設波瀾。獨此篇一意到底，不旁及他事。結構最為明著。其沉痛處，尤在"曾不知夏之為丘"二語。已逆料故宮禾黍，城郭荊榛，所以為《哀郢》也。卻不忍正言，特以反語出之。而"曾不知"三字，又有寧使不及吾身親見之意。悲痛已極而言語則妙天下也。第屈子作此等篇，猶非死時。說者據此章"九年不復"語，以為放逐九年而死。余謂《九章》非一時所成。自此以上，并不及舍生一言。此章尚處處思歸，下章猶望君感悟，至《懷沙》《思美人》始道出死事。又作《惜往日》《悲回風》而後沉淵。其間不知更閱幾時，恐屈子之死，是後猶有歷年也。

馬其昶曰：吳汝綸曰："向疑此篇爲頃襄王徙陳時作。"徙陳在襄
王二十一年，屈原遷逐蓋在襄王初年，不能至徙陳時尚在也。然篇内
百姓離散相失，及兩東門之可蕪，皆非一身放逐之感，且必皆實事，
非空言，殆懷王失國之恨歟。

游國恩曰：《哀郢》一篇所記的時地甚詳。例如一開始就說："民
離散而相失兮，方仲春而東遷。"又說："去故鄉而就遠兮，遵江夏以
流亡。出國門而軫懷兮，甲之量（朝）吾以行。"這同《思美人》的
時間和地點全同。但下文又說："惟郢路之遼遠兮，江與夏之不可
涉。忽若不信兮，至今九年而不復！"由此可知《哀郢》至少是在
《思美人》後九年所作的。再就篇中敘及郢都破滅的話看來，"曾不知
夏之爲丘兮，孰兩東門之可蕪。"證明《哀郢》必作於頃襄王二十一年（前二
七八）。據《史記·楚世家》，這年秦將白起破郢都，楚頃襄王兵
散，退保於陳城。《哀郢》不但有久放之感，而且有破國之憂，故文詞
特別悽愴。篇中"哀見君而不再得""哀故都之日遠""哀州土之平
樂"等句都表現了這種感情；而"亂"辭以"鳥飛返故鄉，狐死必首
丘"比自己不忘故國，尤其沉痛。

姜亮夫曰：此篇蓋放逐江南止於陵陽九年後，追思初放時情事而
作也。自懷王入秦不反，頃襄王立，子蘭爲令尹，上官大夫等當國，
妬賢害能，蔑先王優容之意，屈子遂見放流。然屈子于頃襄本不必有
君臣之義；于楚國則仍有宗邦故國之情。故《哀郢》寄情，惟止于國
家民族；無《離騷》"皇輿敗績"之懼。夫頃襄之世，楚益衰弱，則江
南九年，天不純命，夏丘門蕪，宜不堪問。州土平樂，江介遺風，眇
不可追。故追思初放流亡情事，震愆離散，宛然在目。宗邦之危如
此，而己有濟世之才，匡時之情，乃九年不反，料己不復能歸，則哀
郢自哀，殊不可辨矣。《哀郢》，王而農以爲"《哀郢》之作，當在頃

襄二十一年，白起入郢”，恐不足信。白起既入郢，則從鄂渚向江湘，發枉陼，宿辰陽，至溆浦到長沙而死于汨羅，此時之洞庭五渚江南，早已淪陷，原何以能南行無阻，且頃襄二十三年，曾將兵十五萬反擊秦兵，拔十五邑、何以原不往前綫，而反自沉？與其一生行藏，皆不相合。且文中所舉在哀京城之荒亂，百姓之震恐，並無國亡家敗之情，則郢都之哀，疑別有因。余疑莊蹻暴楚，正在此時，則仲春東遷，實指莊蹻之事言也。莊蹻暴楚事，余別有考。

饒宗頤曰：屈原《哀郢》，王船山以爲指頃襄王東遷，誤信之者至多。王說之謬，前人已辨之。近人游國恩亦有專文駁正。惟游泥於“不知夏之爲邱，孰兩東門之可蕪”二語。謂《哀郢》爲屈子再放九年，於道路間，聞秦人入郢所作。因之，定屈原卒年在頃襄王二十二年，年六十七歲，《哀郢》之作，在二十一年，當白起燒夷陵，襄王走陳之時。是恐未然。《哀郢》有云：“哀州土之平樂。”則其時遭亂可知。曰“楫齊揚以容與”，豈離亂逃荒之情邪？曰“出國門而軫懷”，曰“發郢都而去閭”，曰“哀見君而不再得”，則其時乃初去郢也。或疑下文“至今九年不復”，爲原遷於外之期，不知“不復”者言不復職耳。曰“哀故都之日遠”，則以楚曾徙都，後復還郢，故亦稱曰“故都”。屈子言故鄉，但曰“日遠”，蓋以初違其地，漸去漸遠。若耳聞秦襲郢，則何以無淪亡之語？且其沈痛，見於文詞者，必不止如此。至“夏之爲丘”二語，乃假設以寓諷諫之意，謂楚之將亡，故曰“曾不知”，謂彼狡童者，猶不知國之垂危也。曰：“孰可蕪”，謂泱泱之國，烏可任其廢墜也。蓋郢亦曾亡於吳矣，今復喪權失地，垂於危殆，故屈子不忍而言之，是即伍子胥“吳其墟矣”之意。夫哀郢者哀其國之垂亡，非已亡而哀之也。解者不察，徒見其有“夏爲邱、東門可蕪”之語，遂指爲秦兵入郢事，不其誣乎！

蔣天樞曰：《哀郢》追敘郢都淪亡，已隨楚王東遷事。 事在頃襄
王二十一年。《楚世家》："二十一年，秦將白起遂拔我郢，燒先王墓夷
陵。 楚襄王兵散，遂不復戰，東北保於陳城。"末段所言，乃遷陳後
情事。 文中既隱約言及遷陳，顧不明著其地，以寫出當時之環境情勢
猶未便明言，故隱其迹而特以"哀郢"括之。

湯炳正曰：《哀郢》在舊本中編次第三，按内容亦當如此。 這篇
作品寫於屈原被流放至陵陽的第九年，其中亦包括對自己於頃襄王二
年被流放時啓行的追憶。 因本篇主題是寫對故都的思念和痛惜，故以
"哀郢"爲題。

趙逵夫曰：《戰國策》曰："秦與荆戰，大破之，取洞庭五渚者
也。"則頃襄王元年秦對楚進行突襲，雖在二月，不是水行速度最快
之時，但最多也只是五、六日，蜀地之甲兵可以直取郢都，漢中之甲
兵可以佔據洞庭五湖。 因爲當時舊王未歸，新王甫立，朝廷又鬥爭激
烈，軍事防衛甚差，故秦兵此次進攻勢如破竹。 剛剛繼位的頃襄王同
朝臣、貴族驚慌向東逃跑，廣大老百姓自然都紛紛東遷。 扶老攜幼，
哭聲震天，水上、陸上，流民如葉如蟻。 其景況肯定十分悲慘。 詩
人在此種情況下被放，其哀慟憂傷，豈僅因爲一身之事？ 所以，他雖
然同逃亡人民一起乘船東行，但一步九回頭，不忍遽然離去。 到了洞
庭湖口，便進入洞庭湖，在湖上飄泊了一段時間。 大約本打算就停留
在湖邊某地，但考慮到秦國在蜀地之甲兵沿江而下，洞庭、五渚皆將
不保，故又出湖東下，至彭蠡澤，則又入廬江而西南行，到了距湘水
並不遠的陵陽。 這裏既非五渚水路可以到達，避開了秦軍的殺掠，而
要進入沅、湘、洞庭一帶也最近。 這就是屈原先到了陵陽的原因。
歸納以上所考，《哀郢》"東遷"乃是寫頃襄王元年秦攻楚，秦軍迅速
向南、向東逼進，楚君臣百姓倉皇東逃之事。 在秦軍發起進攻，楚北

部防守連連失利的情況下，令尹子蘭等親秦的舊貴族將責任推到屈原身上，將他放逐江南之野，其地應包括楚黔中、洞庭一帶和彭蠡澤以西之地。 屈原離開郢都，到了洞庭湖中，原打算到沅湘一帶去，後因秦軍進軍迅速，恐沅湘一帶也將爲秦所有，故又出湖，沿江東下，到彭蠡澤，又沿廬水西南行，到陵陽，其地在今江西省西部廬陵西北，靠近湖南湘水流域。 大約在當年秋天，又由原路返回洞庭湖，沿沅水到溆浦。《哀郢》一詩作於九年以後，當作於頃襄王九年，地點不是在陵陽，而是在沅湘一帶。（《屈原與他的時代》） 又曰：《哀郢》是屈原被放於江南之野九年之後回憶頃襄王元年（前二九八）被放時情景而作。 頃襄王元年，秦攻楚，大敗楚軍，斬首五萬，占取丹淅一帶十五城。秦軍沿漢水而下，郢都震動。 郢都人民向東逃難，與詩中所寫"方仲春而東遷"正相合。 詩中寫到江、夏、夏首、洞庭、陵陽等水名地名，可使我們考知詩人的行動路線。 又說"至今九年而不復"，則此詩當作於頃襄王九年（前二九〇）。《哀郢》用倒敘法，先從九年前秦軍進攻楚國之時自己被放逐、隨百姓一起東行的情況寫起，到後面才寫作詩當時的心情。（《楚辭》）

潘嘯龍曰：哀郢，哀念郢都（在今湖北江陵）。 此詩作于屈原遷逐江南九年以後，時當頃襄王十三、四年。 詩之前半部分，回憶了當年離郢時的愴楚景象，和遠遷沅湘途中的痛切心境。 后半部分激烈抨擊了朝政的昏亂和君王的倒行逆施，表達了不能回返郢都的無限哀慨。 自明人汪瑗《楚辭集解》提出《哀郢》作于楚襄王二十一年（前二七八），其主旨爲哀悼郢都被秦將白起攻陷之後，郭沫若、游國恩等學者均從此說，并將屈原之沉江，說成是因"白起破郢"而"殉國難"。 這些說法與《哀郢》内容明顯不符，也與漢人記述屈原死因的材料違背，不足爲據。

　　周建忠曰：此篇爲屈原長期滯留流放之地、歸郢無望之作。　據東方朔《七諫》"平生於國兮，長於原野"可知，屈原出生於郢都（今湖北江陵），故《哀郢》一則曰"去故鄉""去閭""去終古之所居"，一則曰"出國門""發郢都"。　詩人的思念亦分爲兩組，即"故都""郢路"與"故鄉""首丘"，而詩中的"龍門""夏之爲丘""兩東門"等，都是指郢都的城門宮殿。　由此可知《哀郢》是一首思國念鄉之作，是思鄉，又是戀闕；是怨君，又是憂國。　家、國、君，使"郢"成了詩人的聚焦點。　此詩否定副詞"不"先後出現十次，反映屈原明知其不可，卻又欲罷不能。　而積累長久的憤切之情，亦宜以反詰句出之，全篇以問始，亦以問終；問中有答，問而堅志。　此詩的思鄉名句，如"羌靈魂之欲歸兮，何須臾而忘反"，"鳥飛反故鄉兮，狐死必首丘"，亦極感人。

　　按：《哀郢》作時意見紛陳，未有定論。　朱熹以爲"適會兌荒"，此說不爲學界所取。　汪瑗提出"白起拔郢說"，以爲白起拔郢之後，楚遷徙陳時之作，時爲頃襄王二十一年。　襄王二十一年，白起破郢，進軍方向爲郢都東南方，而江南諸地已被秦占，原不得再由洞庭上沅也。　胡文英、牟庭、馬其昶以爲懷王三十年放屈原於漢北時所作也。　懷王三十年，未見郢都震動、百姓震惷之大事，與《哀郢》前文所寫場景不合。　汪梧鳳以爲頃襄元年所作，秦攻楚，取析十五城而去，引郢都之人驚懼惶恐。　秦雖攻楚，然離郢都尚遠，百姓未必驚懼也。　近人姜亮夫提出"莊蹻暴郢"一說，余亦有考訂，時懷王二十七、二十八年間，五國伐楚，楚軍正與秦、齊等軍隊對陣，楚軍戰敗，楚將唐眛戰死。　根據時之兵法，將軍與士兵戰敗者，將會受到沒籍、掘墓等處罰。　莊蹻乃楚之將軍，受楚王命在郢都抄沒軍人家屬，掘軍人家屬之墓事，造成郢都極大的震動，百姓流亡。　據時禮制之規定，死葬方位一般在都城西方或西北方，故楚軍將士家族之墓應在郢都之西北方，莊蹻暴郢引起震動亦在此方位，故百姓逃難方位爲東行或東南行。 彼時除郢都混亂之外，楚國其他地方尚爲“州土平樂”，并未受影響。 屈原已從懷王十八年使齊後，不用已九年。 莊蹻後領楚軍循江西上，轉烏江進入西南夷之地，後入滇爲王。 動蕩平息，原亦回郢都，復起用，而有懷王三十年諫武關之事。《哀郢》當作於莊蹻暴郢之時也，其時約在懷王二十八年仲春。 鄭知同謂此章尚處處思歸，下章猶望君感悟，至《懷沙》《思美人》始道出死事。 甚是。

皇天之不純命兮，何百姓之震愆？

王逸曰：德美大稱皇天，以興君也。 震，動也。 愆，過也。 言皇天不純一其施，則萬物夭傷；人君不純一其政，則百姓震動以觸罪也。

朱熹曰：純，不雜而有常也。 震，動也。 愆，過也。

周用曰：下四章，追敘去國之始，徘徊眷戀，臣子不忍之情。

汪瑗曰：純命，謂天命不雜而有常也。 今楚之失國，則雜亂而無常矣。 瑗按：《詩》《書》敘喪亂之故，多歸之天命。 太史公曰“人窮則反本，故勞苦倦極，未嘗不呼天也”是矣。 震愆，驚惶失錯也。

張鳳翼曰：稱百姓，稱民，皆哀呼自呼於帝之詞。

黃文煥曰：三后之純粹，古帝之得保其純也。 有純而不可爲，原之不得保其純也。 人難仗純脩，繇于天不錫以純命耳。 起語甚深。

李陳玉曰：“不純”二字，該多少否剝兇殘在内。

陸時雍曰：稱百姓、稱民者，皆哀籲於天而自呼之詞。

王萌曰：天下福善禍淫，故曰不純命。

王夫之曰：純，常也，言天命之無常，不佑楚也。 震，動而不寧也。 慼，失其生理也。

林雲銘曰：純，一也。 即天命靡常之意，不言君無善政而歸之天，以不便言君也。 又曰：伏下“不知夏之爲丘”二句。 動則得罪。

高秋月曰：天不純粹其命，何百姓之震動而觸罪乎。

徐焕龍曰：皇天純佑下民，兇荒其命乃雜。 震慼，震恐過甚。

賀寬曰：此屈子追溯被放之初，自序其去故鄉之苦也。 放逐雖出君命，而實關天命，命之不純，無如天何矣。

張詩曰：言皇天之命，雜亂不純，百姓何辜倉皇無措。

蔣驥曰：此以下，皆追叙初放之時。 不純命，謂天福善禍淫，而今使善者蒙禍，是其命不常也。 震慼，震懼於慼罪也。 百姓與民，皆呼天自指之辭。 原以忠獲罪於君，而歸其咎於天。 又若泛言百姓者，遜辭也。

王邦采曰：震，動也。 慼謂慼陽。 聖王在上，無慼陽伏陰之患，何至百姓震動。

吳世尚曰：懷王棄忠直，信讒佞，内惑於鄭袖，外欺於張儀。 此懷王之不能敬天安民，罪之大者也。 屈原不敢斥言，無所歸咎而曰此皇天之不純其命也，何百姓之好震動而多過也。

許清奇曰：動則得罪。 天以好生爲德，福善爲心，今何不純一其命。

屈復曰：不純命，即“天命靡常”之意。 爲下文“夏邱”二句本根。

江中時曰：震慼，動則得咎也。 民固震慼而離散，則天不純命可知。

夏大霖曰：純命，專佑意。 震慼，以震怒得罪慼百姓。

邱仰文曰：從百姓説起，得體傷心之事，還記得時日。

陳遠新曰：此追敘由郢遷江夏之時日情事也。

奚祿詒曰：稱天，不敢斥言君也。謂天不純一其命令，使百姓震動而受禍。

劉夢鵬曰：純之爲言篤也。震，怒之也。愆，罪之也。

陳本禮曰：震愆，動輒得罪也，不便言君，故歸之於天。

胡文英曰：《詩·大雅》："蕩蕩上帝，下民之辟。疾威上帝，其命多辟。"此即史公所稱"勞苦倦極，未嘗不呼天也"。

顏錫名曰：將言己之東遷，先言百姓之離散，是一篇大主腦。言己初遷之時，百姓已自如此，今又多歷年所，國事尚可問乎。天不純命，言天命不純壹於我楚也。震，驚懼。愆，災禍也。愆義與《左傳》"王愆於厥身"之"愆"相近。

王闓運曰：純，大也。大命，國命。

馬其昶曰：言震撼愆差。

聞一多曰：純，專也，一也。天不純命，猶言天命不常。震，驚也。愆讀爲騫。《說文》愆重文作騫。《詩經·假樂》"不愆不忘"，《春秋繁露·郊語》篇作騫。《列子·黃帝》篇"而已無愆"，《釋文》"愆本又作騫"。《文選》劉越石《扶風歌》"惟惜李騫期"，注"騫古通愆"，並其比。騫亦驚也，《文選》顏延年《侍遊曲阿後湖詩》"人靈騫都野，鱗翰聳淵丘"，注曰："騫、聳，皆驚懼之意也。"字一作搴，《方言》六："搴，擾也。人不靜，秦晉曰搴。"驚擾義近。一說震，動也。《左傳》哀十六年"失所爲愆"。案愆之言衍也。《易·需九二象傳》虞《注》"衍，流也"。《小爾雅·廣言》"衍，散也"。流散與失所義近。震愆猶言蕩動失所。然與前說義亦相通。《尚書·盤庚》"曷震動萬民以遷"。

于省吾曰：王注及朱、王〔按，王夫之〕之說均非的詁。純，金

文本作屯。《叔弓鎛》稱:"余用登屯厚乃命。"屯厚即純厚。 純厚二
字疊義,純也訓厚。《國語‧晉語》"厚之至也,故曰屯",韋《注》:
"屯,厚也。"純厚乃古人成語,《史記‧太史公自序》稱"伏羲至純
厚"。"皇天之不純命兮"與《九辯》之"賴皇天之厚德兮"反正爲
義,德言厚與命言純,互文同訓。 這是説,皇天不施厚命於下民,故
下句以"何百姓之震愆"爲言。《七諫‧怨世》:"皇天既不純命兮,余
生終無所依。"純命也謂厚命。 舊訓不純爲不純一或無常,殊乖
本義。

姜亮夫曰:百姓,即金文中之百生,蓋皆國中之受姓稱名者,即
國之宗親貴戚也。 詳余《尚書新證‧九族百姓萬邦黎民解》。 此詩蓋作於頃
襄初年,秦發兵出武關攻楚,大敗楚軍,取析十五城而去之時。 懷王
見辱於秦,兵敗地喪,民散相失,故曰皇天不純命。 蓋屈子再放江南
之時,行將東去,而聞秦兵大人郢都,國人惶懼,宗親震悼,屈子亦
遂從此時東遷,故曰相失於家國宗黨而哀也。 屈子以宗姓之胄,則震
愆之百姓,亦躬爲其中之一。 然震愆未必出亡,而已獨有遷謫之事,
故承之曰:吾民將與家人離散訣別,而獨自東遷也。 愆,疚也。 震
愆,謂心有所震動而歉疚也。

蔣天樞曰:皇天之不純命,即《周頌》"惟天之命,於穆不已"之
反面。 百姓,百官,意謂宗室大臣。 先秦文中凡"百姓"與民並稱
者,百姓皆指百官。 金文同。 參《尚書‧堯典孔傳》,及孫星衍《尚書今古文
注疏》。 震愆,言百官至是始震動於己身應有之罪責。 雖不言王,意
已涉及。《惜往日》所謂"微霜降而不戒"者是也。

湯炳正曰:皇天,對天的敬稱。 皇,大。 純,終始如一。《國
語‧晉語》:"德不純。"韋昭《注》:"純,一也。"

潘嘯龍曰:不純命,言天命反復無常。 百姓,百官。《國語‧楚

語》：“民之徹官百。王公之子弟之質能言能聽徹其官者，而物賜之姓，以監其官，是爲百姓。”韋昭注《周語》“百姓兆民”曰：“百姓，百官也，言有世功受氏姓也。”

按：純，均也。《周禮·春官·司几筵》：“設莞筵紛純。”鄭注：“鄭司農云：‘純讀爲均服之均。’”純命，即均命。皇天無私阿，每個人的命都是均等的。皇天不是説人的命都是均等的嗎？怎麼讓老百姓感到如此驚恐。此對老天爺對待每個人的命運不同，發出的疑問。

民離散而相失兮，方仲春而東遷。

王逸曰：仲春，二月也。刑德合會，嫁娶之時。言懷王不明，信用讒言，而放逐己。正仲春陰陽會時，徙我東行，遂與室家相失也。

朱熹曰：仲春，二月，陰陽之中，冲和之氣，人民和樂之時也。屈原被放，時適會凶荒，人民離散。而原亦在行中，閔其流離，因以自傷，無所歸咎，而歎皇天之不純其命，不能福善禍淫，相協民居，使之當此和樂之時，而遭離散之苦也。

汪瑗曰：離散而相失，猶《孟子》所謂“父子不相見，兄弟妻子離散也”，即承上句而申言之耳。仲春，二月也。此特紀其時爾。朱子從王逸之説而推衍之，謂二月，陰陽之中，冲和之氣，人民和樂之時也。其説精矣，恐當時屈子本無此意，不然下文曰“甲之朝吾以行”，又將何以解之耶？昔秦昭王遣將白起攻楚，遂拔郢，赦罪人而遷之於東。屈原久遭罪廢，亦在行中，閔其流離，因以自傷，無所歸咎，而歎恨皇天之不純其命，不能祐我國家，相協民居，而使國亡君敗，民遭此凶荒流離之苦也。此下十一節，皆承東遷而言。

林兆珂曰：仲春二月，屈原被放，時適遭凶荒，人民離散，而原亦在行中。 閔其流離，因以自傷，無所歸咎，故歎皇天之不純其命，民有何過，使之震動不寧，當此和樂之時，而遭離散之苦也。

陳第曰：仲春時和，民可相樂，乃離散相失，可悲也已。

黃文煥曰：此原之自悼。 而曰百姓震愆、民離散者，對天言之也。 震愆、離散，指被放也。 君有不明，天無不均。 受禄於君，君實不以我爲臣，不得同百官之數矣；受命於天，天獨不以我爲民，并不得備百姓之列乎？ 方仲春者，萬物當春，莫不向榮。 而己獨春，非我春也。 仰天可怨，逢春益可憐，尚忍言遷哉！ 不忍言而竟不得不言，一一數之，則春其候也，申其日也。

陸時雍曰：仲春東遷，感其候也。

王萌曰：仲春萬物向榮之時，人民離散，己亦東遷，是以可哀也。 君無善政而歎天不純命，詩人忠厚之旨也。

王夫之曰：東遷，頃襄畏秦，棄故都而遷於陳。 百姓或遷或否，兄弟婚姻，離散相失。 仲春，紀時。 且言方東作時。 舊説謂東遷爲原遷逐者，謬。 原遷沅湘，乃西遷，何云東遷？ 且原以秋冬迫逐，南行涉江，明言之非仲春。

林雲銘曰：室家莫顧，景象不堪如此。 天實爲之，安得不哀？ 追思放逐之命，恰當此時。

高秋月曰：萬物當春，莫不向榮而已。 吾流散而東遷也。

徐煥龍曰：仲春正桑田之時，東遷爲救死之計。

賀寬曰：原之自悼而曰百姓震愆、民之離失者，或當秦魏襲楚之時，或當諸侯共擊，殺楚將唐昧之時，兵荒相繼，人民離散，原適同行，亦未可知。 且因生賜姓，被斥爲民，原亦百姓耳，亦民耳。 當和樂之時而遭遷謫，真愁思看春不當春矣。

張詩曰：方仲春之時，皆東遷焉。

蔣驥曰：離散相失，謂與親族相訣別也。東遷者，原遷江南而至陵陽，其地正在郢之東也。

王邦采曰：方仲春桑田之時，爲東遷救死之計。

吳世尚曰：於是乃承言離散相失，仲春東遷，使人若不知有去郢之事者，真哀之至者也。

許清奇曰：而使無辜遇罪，室家相離，若己之東遷，誠可悲也。

屈復曰：仲春二月被放時人民離散，三閭亦在行中。閔其流離，因以自傷。仲春東遷，追記其時也。

江中時曰：東遷謂頃襄遷己於江南之野也。民離散本以證皇天之不純命，即以引出自己東遷。屈子見放，亦一民耳。廖尹卿曰"天命去民心，離此何時也"而已。復東遷，更無挽回之人矣，豈不大可哀乎？如此引出東遷，真乃自決交遊。

夏大霖曰：民，指郢之人民，身爲民，依身見放，則民無依，離散相失矣。乃仲春南遷，致民無依，罹此震愆，知天之不命楚也。

邱仰文曰：湘江在郢都之東，故曰東遷。仲春佳期，偏值流離。

陳遠新曰：方仲春，正行德之時。東遷，郢在西，江夏在東，故曰東遷。遷以仲春，即己之失所，見民之離散。

奚祿詒曰：家室離散，骨肉相失，方仲春耕稼婚姻之時而東遷。

劉夢鵬曰：離散相失，民流離失所之意。東遷，遷陳也。頃襄二十一年，秦與荊人戰，大破荊，襲郢取洞庭五湖江南，荊王亡走東北，保於陳城。

汪梧鳳曰：東遷，屈原東遷。疑即當頃襄元年，秦發兵，出武關，攻楚，大敗楚軍，取析十五城而去。時懷王辱於秦，兵敗地喪。民散相失，故有"皇天不純命"之語。

陳本禮曰：東遷，秦兵西來，故民急東遷。

胡文英曰：百姓、民，皆原自指。 呼皇天而告，則義然也。 震
怒，上怒而下得罪也。 何，訴辭也。 離散相失，即以東遷言，猶《離
騷》之言離別，而此益甚耳。 東遷，由今之草市長湖下漢江，至武
昌，皆向東行也。 或曰：屈子何以不由荊江，出荊河口，過洞庭，至
岳州府，豈不甚便？ 而爲此遠道也。 曰：荊江險而難行，故人多由
漢江也。 或曰：屈子何以不由虎渡口，至長沙，下岳州，不更便而穩
乎？ 曰：虎渡口，須四月水長，方可行舟，仲春無水不得行也。

牟庭曰：當時之去郢也，當懷王入秦，楚國洶懼，民離散而東
走。 原以其時被逐而騁也。

胡濬源曰：通章總是不忍舍故鄉。

王闓運曰：頃襄二十年，秦白起拔西陵，二十一年，白起拔郢，
燒夷陵。 楚兵散，遂不復戰，東北保於陳城。 所謂離散，東遷也。
蓋兵陸走陳，民皆泛江東下，故相失矣。

馬其昶曰：秦在楚之西，楚屢被秦兵，則當時之轉徙避難者必東
遷江夏。 疑此是懷王三十年陷秦時事，故有天命靡常之感。

姜亮夫曰：民指在野勞作之民也，民者蓋百姓以下之齊民。 屈子
以見放逐，已爲傖人，亦自躋於齊民之列，則民離散亦有原個人成分
在內。 東遷，原遷江南而至陵陽也；其地在郢都之東，故曰東遷。
諸家説此皆未允。

蔣天樞曰：首四句就國亡家破，追究罪責而言。 民，指一般民
衆，即郢都人民也。 離散而相失，爭相逃亡，妻離子散之慘狀。 仲
春，著秦人進軍時期亦人民耕作時期。 東遷，函播遷、遷都兩重
意義。

湯炳正曰：民，與上句“百姓”相對。 東遷，指沿長江而下，向
東遷徙。 以上四句追憶楚頃襄二年（前二九七），親眼目睹人民流離

失所，逃難首都時的情景。　據《史記·楚世家》載，頃襄王元年，秦兵出武關攻楚，打敗楚軍，取析十五城而去。　當時楚懷王被扣留於秦，頃襄初立，經此敗績，局勢緊張，故第二年春，民衆多離散，屈原亦廁身其中，開始流亡生涯。

潘嘯龍曰：東遷，向東方遷逐。　屈原放逐江南的安置之地在湘江汨羅一帶，位於郢都東南，故可稱"東遷"。　以上四句交代屈原當年放逐離郢的背景：楚襄王三年懷王客死於秦而歸葬，君王猝死可見天命不佑，故曰"皇天不純命"；這噩耗一下震驚了楚之朝野，故曰"百姓震愆"。　詩人於懷王歸葬後可能回郢，他本來放流在漢北。并憤怒指斥擔任令尹子蘭誤國之罪。　因再次被讒而放逐江南，時間在襄王四年二月，故曰"方仲春而東遷"。　屈原遠遷，從此與君王相失、與家人離散，故曰"民離散而相失"。

按：懷王二十八年春，莊蹻暴郢，郢都之戰敗軍人家屬沒籍流放，離散相失，向東逃亡。　原亦夾雜在人群中向東逃亡。　陳本禮曰秦兵西來，非是。

去故鄉而就遠兮，遵江夏以流亡。

王逸曰：遵，循也。　江夏，水名也。　言己東行，循江夏之水而遂流亡，無還鄉之期也。

洪興祖曰：前漢有江夏郡。　應劭曰："沔水自江別至南郡華容爲夏水，過郡入江，故曰江夏。"《水經》云："夏水出江津，原作流，據《水經注》改。於江陵縣東南。"注云："江津豫章口，東會中夏口，是夏水之首。原作苔，據《水經注》改。江之氾也。　所謂'過夏首而西浮，顧龍門而不見'也。"又云："又東至江夏雲杜縣，入于沔。"注云："應劭曰：江別入沔，爲夏水。原原作源，據《水經注》改。夫'夏'之爲名，始於分江，冬竭夏流，故納厥稱。既有‘中夏’之目，亦苞‘大夏’之名矣。當其決入之所土，謂之賭口焉。鄭玄注《尚書》‘滄浪之水’言：‘今謂之夏水。’劉澄之著《永初山川記》云：‘夏水，古文以爲滄浪，漁父所歌也。’因此言之，水應由沔。今按：夏水，是江流沔，非沔入夏。假使沔注夏，其勢西南，非《尚書》‘又東’文。余亦以爲非也。自賭口下沔水，兼通夏首，而會於江，謂之夏沔。故《春秋傳》：‘吳伐楚，沈尹戌奔命於夏沔也。’杜預曰：‘漢水曲入江，即夏口矣。’”

朱熹曰：遵，循也。江，大江也。夏，水名。或以爲自江而別以通於漢，還復入江，冬竭夏流，故謂之夏。而其入江處，今名夏口，即《詩》所謂“江有汜”也。

汪瑗曰：故鄉，指郢都也。就遠，謂東遷也。江、夏，二水名。此句總言之，下八節又以江與夏分言之。第十一節曰“江與夏之不可涉”，又總言以結之也。流亡，謂爲罪人而遷徙也。

林兆珂曰：言己循江夏以去國。

陳第曰：言己亦循江夏之水而去故鄉。

錢澄之曰：原初發郢，由夏口出江而轉溯湖、湘也。由郢入漢以至夏口，皆東行，故曰東遷。過夏首則西浮矣，既過夏口，溯鄂渚以益西，直上洞庭，轉與郢直。其曰東，自郢至江也。曰背夏浦而西思，自江至湖，望郢而思也。

王夫之曰：舊郢一曰丹陽，今枝江也。楚自熊通遷於江陵，亦謂之郢。至是東遷，泛江而下，迳江夏、陵陽，由江入淮，以達於陳。江夏者，江漢合流也。漢水方夏，水漲於石首，東溢，合於江，故漢有夏名。其經流至漢陽，乃與江合，而漢口亦名夏口。則漢謂之夏，相沿久矣。流亡者，迫於彊鄰，棄其故都。

林雲銘曰：流亡，應上"離散"句，是起行之地。

徐煥龍曰：自江通漢，還入於江，冬竭夏流，其入江處今名夏口。其地稍熟，流民就之。

張詩曰：言去郢都之故鄉，東遷就遠，循江夏二水以流亡。

蔣驥曰：夏，水名。出江入漢，其水冬竭夏流，故謂之夏。

吳世尚曰：去郢而東，或由江，或由夏，或由江而夏，而復入於江，言流亡者，衆也。此二句尚承上文，指百姓而言，以下原乃自言也。

夏大霖曰：考江比之漢陽、德安、江南之武昌三府，皆古江夏地，荊江之中，與沔口相對，名夏口。此言遵江夏，自江北渡江南也。

奚祿詒曰：自郢至江夏，乃東遷也。

劉夢鵬曰：故鄉，郢也。遠，謂江南，指遷所而言。自荊州江陵東南首受江水，經監利縣沔陽州界入漢，冬竭夏流，故謂之夏。原之初放，自夏入江而南也。

戴震曰：夏水，首受江入沔，合沔以會於江。其所經之地，皆在楚紀郢以東，漢高帝置江夏郡，今湖北之漢陽，武昌，黃州，及安陸，德安東南境是。（《通釋》）

陳本禮曰：痛己亦隨流民之亡於道路。

胡文英曰：此是豫言其所至。江夏，即今之武昌府地。遵江夏以流亡，王命其如此行也。

顏錫名曰："遵江夏"句，是總說、虛說。"過夏首"句，方是實歷。

聞一多曰：疑江夏本一水，如江漢、江湘之類。下文"江與夏之不可涉。"或衍與字。

　　姜亮夫曰：夏，水名，《漢書》注："華容有夏水，首受江，行五百
里而入沔。"《水經》云："夏水出江，流於江陵縣東南。"王逸注以爲
江指大江，夏爲夏水。"分隔兩水"，云"循兩水"是也。"遵江夏以流
亡"則指江陵東南夏汛，過石首監利至沔陽入漢之夏水言，以出江又
入江，而別名夏水，故得曰"江夏"，朱熹釋爲"大江夏水"，似不如王注體會
詞氣及上下文義之深切。　江夏，亦得單言"夏"。　流亡，屈子被放後習
語，《離騷》"寧溘死而流亡兮，余不忍爲此態也"是。　蓋謂放逐爲流
亡也。

　　蔣天樞曰：叔師以《哀郢》爲屈原自叙己身放逐離郢事，不特與
篇首四句不合，即篇中言及國事處亦無一可合。　唯下文"哀見君而不
再得"句可相比附耳。　四句承上文文意，前二句就國事立言，後二句
就己身立言。　就遠，尚無遷徙目標時心情。　言國家與人民俱沿江夏
二水向東流亡。　痛心於國事無備，有衆而不能戰，以微詞見意。

　　湯炳正曰：江夏，長江、夏水。夏水爲長江分流，又東會沔水即
今漢水。入江，故古多"江夏"合稱。《水經·夏水》云："夏水出江，流
於江陵縣東南。……又東至江夏雲杜縣入於沔。"此謂與楚都民衆一
起經夏水進入長江，開始流亡。

　　潘嘯龍曰：江夏，即夏水。　從郢都乘船沿楊水東南經路白、中、
昏官三湖，即入夏水；循夏水而上可入大江。

　　按：故鄉，指郢都。　屈原出生地，爲其故鄉。　東方朔《七諫》
曰："平生於國兮，長於原野。"國，即國都，也就是郢都。　江、夏爲
二水名。　江爲大江，夏爲夏水。　夏水自江通漢，還入於江，冬竭夏
流，其入江處今名夏口。　此乃總說，顏錫名說是。　夏水冬竭夏流，
彼時仲春，雨季尚未來，江、夏或未漲水，夏水之渡甚便，易於逃
亡，故選此路也。　胡文英以"江夏"爲地名，此地爲放所，非。

出國門而軫懷兮，甲之鼂吾以行。

王逸曰：軫，痛也。懷，思也。甲，日也。朝，旦也。屈原放
出郢門，心痛而思，始去正以甲日之旦而行。紀時日清明者，刺君不
聰明也。

洪興祖曰：鼂、晁並讀爲朝暮之朝。馮衍賦云："甲子之朝兮，
汨吾西征。"注云："君子舉事尚早，故以朝言也。"

朱熹曰：軫，痛也。甲，日也。朝，旦也。原自言其以甲日朝
旦而行也。

汪瑗曰：軫，痛也。甲，日也。朝，旦也。言以甲日朝旦而啓
行也。瑗按：上章紀其時，此章紀其日。《史記》載拔郢之歲，不紀
時日，觀此可以推矣。豈獨少陵爲詩史哉？人但知少陵之詩可以考
唐之亂，而不知屈子之《騷》尤可以徵楚國之敗也。

林兆珂曰：出郢門而痛思，於甲日朝旦而啓行也。

陳第曰：此紀其行之時。

張京元曰：原以仲春甲日出國，遵江夏而往沅湘也。

李陳玉曰：孤臣去國，值人民凶荒離散，自難爲情。

周拱辰曰：仲春、甲鼂，紀其時也。出門發郢，追其事也。

陸時雍曰：甲之鼂以行，猶憶其時也。

王萌曰：此言其始行也。夏，水名。以甲日朝旦出門，循夏水
而東行也。句却倒裝。

王夫之曰：傾國而行，如逋逃然。甲之朝，啓行之日。

林雲銘曰：是起行之日。

高秋月曰：軫懷，痛念也。甲之鼂，追述其日也。

徐煥龍曰：吾亦此時出國門，目擊此景而痛懷，爰誌其日，甲朝

以行。

賀寬曰：春爲遷之候，甲爲遷之日。

張詩曰：方出國門之時，此心誰不軫動懷思？而仲春甲日之朝，則吾亦于以行也。

蔣驥曰：甲，日辰也。

吳世尚曰：國門，郢東門也。甲之朝，仲春甲日之朝旦也。去郢大事，故不忘其時日。

許清奇曰：以上敘己被放之時與起行之地、起行之日。

屈復曰：自言其以甲日朝旦而行，追記其日也。

江中時曰：甲之朝，甲日之朝，屈子知行之日也。

邱仰文曰：朝，同朝暮之朝。故鄉、國門，説得鄭重如此，可見屈子心地忠厚。

陳遠新曰：仲春甲朝，二月上甲也。先遵江夏，後發郢都。先擬言之，後質言之也。

奚祿詒曰：有從新以造事之意，故取諸甲。

劉夢鵬曰：軫，憂也。甲之朝，追憶被放之年也。原放在頃襄十二年甲戌，至遷陳之年，方九匝歲，故云然。原感社稷之墟，而因念放流之久也。

丁元正曰：此原無所歸咎而歎皇天不純，不能相協，民居當春和時，使我人民遭離散流亡之苦，因言我亦被讒放逐，恰際其時以遠行也。

汪梧鳳曰：軫，戾也。

胡文英曰：朝，同朝。軫懷，傷懷也。

胡濬源曰：初就道之哀。

王闓運曰：甲朝，商周相代之日，喻亡國也。

闻一多曰：鼂，钞本《渚宫旧事》作"朝"。甲朝谓甲子之朝。冯衍《显志赋》"甲子之朝兮，汩吾西征"。

姜亮夫曰：国门，即下文之龙门，楚之东门也。屈原放出郢门，心痛而思，始去正以甲日之旦而行也。

蒋天枢曰：轸，牵掣之痛，言中怀犹如车轮辗过之痛。甲之鼂，甲日之朝，文言"方仲春"，盖在二月上旬某甲日，为铭刻于心之时间。《离骚》外仅《哀郢》记月记日，记亡国之戚也。

汤炳正曰：甲之鼂，指十干的甲日早晨。

按：甲之鼂，甲日之朝，为离开郢都之日。国门，郢都城之东门。离开郢都逃亡，于心不舍，不知此去何时得归，故心中忧痛不已。王逸以记离开之日清讽楚君不明，附会之说也。张诗说是。王闿运谓甲朝，商周相代之日，喻亡国也。可参。

發郢都而去閭兮，怊荒忽之焉極？

王逸曰：言己始发郢，去我闾里，愁思荒忽，安有穷极之时。

洪兴祖曰：前汉南郡江陵县，故楚郢都。"楚文王自丹阳徙此。后九世，平王城之。后十世，秦拔我郢，徙东郢。"闾，里门也。荒忽，不分明之貌。

朱熹曰：郢都，在汉南郡江陵县。闾，里门也。

汪瑗曰：郢都，即指汉南郡江陵县也。闾，里门也。怊，怅然貌。慌惚，不定貌。焉极，犹言无穷也。

徐师曾曰：怊，怅恨也。

林兆珂曰：闾，里闾。

李陈玉曰：去路茫茫。

钱澄之曰：原迁江南，在顷襄王初年。其后江陵之郢已为秦攻拔，徙都陳矣。 今日發郢都，尚從故郢發也。 閭，即昭、屈、景三族所居，所謂三閭也。

王夫之曰：極，至也，言何所底止也。

林雲銘曰：怊，悵恨也。

高秋月曰：怊荒忽，言愁思荒忽，無有窮極也。

徐焕龍曰：纔發郢都，一離閭閈，怊然慌忽之憂心，便已莫知其屆極。

張詩曰：言吾發郢都，去閭門，悵乎荒忽，無有窮極。

蔣驥曰：此下紀東遷之實。 郢，楚都，在今荊州府江陵縣。怊，悲也。

吳世尚曰：郢都，今荊州江陵也。 閭，里門也。 原以懷王十六年被放，十八年復召用之，至此則原必又放而不用矣。

夏大霖曰：閭，三閭也。 言鼓棹者奉令放逐。

邱仰文曰：怊，悵也，恨也。

奚祿詒曰：言已去故國閭門。 愁慘恍惚，無有窮極。

劉夢鵬曰：怊，悵望也。 荒忽，曠杳難攝之意。

丁元正曰：荒忽其焉極者，杳不知其所之之意。

戴震曰：閭，《説文》云：“里門也。”（《屈原賦注》）郢，《説文》云：“故楚都，在南郡江陵北十里。”杜元凱注《左氏春秋》云“今南郡江陵縣北紀南城”是。 江陵，今屬湖北荊州府，故江陵城，即府治縣附郭也。《水經注・江水》篇云：“《楚》船官地也。 春秋之渚宮矣。”渚宮在今城内西隅，城北十里，便得紀山，故以紀南名城，又有紀郢之稱也。 江水逕江陵故城南，又東逕郢城南。 又東得豫章口。此郢城，《漢志》云：“楚別邑，故郢。”《水經注》云：“子囊遺言所築城也。”（《通釋》）

胡文英曰：今之荆州，即古之郢都也。閭，三閭大夫之所居也。怊，罔悵貌。《老子》："怊乎若嬰兒之失其母也。"

顏錫名曰：歷敘發郢都至遷所情事。其所以不與《涉江》相犯者，《涉江》是直敘途程，此則步步回顧郢都也。

聞一多曰：閭，里也。極，止也。上云遵江夏、出國門，下云過夏首、顧龍門，是此時郢都在夏水下游，不在江陵也。

姜亮夫曰：郢，楚都也，在漢南郡江陵縣，《補》曰："前漢南郡江陵縣故楚郢都，楚文王自丹陽徙此，後九世平王城之，後十世秦拔我郢徙東郢。"朱熹《集注》："郢都，在漢南郡江陵縣。"洪《補》引《漢志》："郢都，在今江陵縣十五里紀南城。"杜預《春秋釋例》："楚國都于郢，南郡江陵縣北紀南城。"《括地志》："紀南故城在江陵縣北十五里。"《方輿紀要》："紀南城即故郢城，後平王更城郢，以此爲紀城。即春秋之渚宮。"《左傳》：楚成王使鬥宜生爲商公，"沿漢泝江，將入郢，王在渚宮下見之"。《輿地紀勝》引《元和志》："楚別宮在今江陵縣城內西北隅。"或稱郢都，或稱南郢，《地理志》：江陵故楚郢都。孔仲達曰："世謂之南郢也。此對北郢而言之也。"亦曰：紀郢，以其在紀南城也。初無城郭，《左》文公十四年：楚莊王立，鬥克、公子燮因城郢爲亂，事未得訖。襄公十四年："楚子囊還自伐吳，卒，將死，遺言謂子庚必城郢。"昭公廿三年："楚囊瓦爲令尹，城郢。"事在楚平王十一年。屈子哀郢即指此，故其文曰"遵江夏以流亡"。此言江夏者，即夏水牽聯言之也，江水夏汛經石首監利至沔陽入沔，故出郢都，即爲江夏也。下文云："遇夏首而西浮，顧龍門而不見。"夏首，即夏水分江之口。西浮者，自西東向而浮，故下文即言不見龍門，楚東門也。下文又言："上洞庭而下江，過夏浦而西思。"夏浦者，夏水入沔之小口。次序井然。下文又言："惟郢路之遼遠，江與夏不可涉。"此蓋冀望之詞。郢路，江夏相次爲言，與去時路途全合，則此郢都，必爲南郢"紀郢"無疑。 惟楚人自文王由丹陽遷郢後，凡四遷，每遷新都，必以郢名。《史記》所謂："周成王封熊繹于荊蠻，爲楚子，居丹陽，楚文王自丹陽徙郢，楚頃襄王自郢徙陳，按今河南宛丘西南。 楚考烈王自陳徙壽春，命曰郢。""命曰郢"三字，言每徙一地，皆以郢名也。 王觀國《學林》解曰"蓋楚嘗居郢而霸，則先世之威名，已著于郢矣"云云，按古氏族社會時代，凡聚居一地成員，必爲同氏族或部族之人，則其遷居新地，仍以故地名之者，便于管理安排，楚人至死保其故習。 則《學林》"威名"之言，亦僅得其一偏。 惟《史記》所言，以命郢爲遷徙更名之故，考之載籍，則以郢命者，尚不止于遷徙，平王所城之郢，則在今江陵東北，其名爲郢城。《荊州記》云"昭王十年，吳通漳水灌紀南，入赤湖，進灌郢城，遂破"云云，此郢城與紀南，蓋二城可知。 又定四年"吳人入郢，昭王奔隨。 明年吳師歸，楚復入郢。 又明年，吳人復伐楚，取番。 楚恐，去郢，北徙，都鄀。"《左傳》云："令尹子西遷郢于鄀。"蓋改都爲郢，故曰遷郢于鄀也。 世謂之北郢，亦曰鄀郢。 沈括《夢溪筆談》亦云"今郢州本謂之北郢，非古之楚都"云云是也。 世或以都郢混于鄢郢，亦非。 子惠王又徙鄢，命曰鄢郢。《水經注》所謂"滄浪之水，纏絡鄢郢，地連紀郢，成楚都矣"者也。 按此即今宜城東南三十三里，中有故墟之鄢郢也，《春秋》有鄢水。《左傳》桓十三年"楚屈瑕伐羅……及鄢，亂次以濟"是也，其後曰夷水，又曰蠻水，白起壅灌，拔鄢爲縣，漢惠改曰宜城。 王應麟《地理通釋》引曾鞏說。 即宋玉問所謂郢中爲陽春白雪引商刻羽之郢中也，詳《夢溪筆談》五。 明季承天古蹟尚有"白雪樓""陽春亭"云。 頃襄王時，秦兵拔郢，又徙都陳。《秦始皇本紀》："始皇二十三年，秦兵遊至郢陳。"則陳亦曰郢矣。 在今河南陳州，考烈王又去陳徙都壽春，亦命曰郢。 又別有郢州者，即古之安陸州，春秋

戰國時爲楚之郊郢。《地理志》所謂楚別邑，未嘗爲楚都，在今鍾祥
縣，又今武昌劉宋時亦曰郢州，孝武分荆、湘、江三州之八郡爲郢
州，鎮夏口。　古今考郢者，説至紛繁，魏晉以前説，略見于《漢·地
理志》與《水經注》及楊守敬《疏》；宋以後説，如王觀國《學林》、
沈括《夢溪筆談》、吳曾《能改齋漫録》、王應麟《通鑑地理通釋》、
方以智《通雅》諸書，其紛繁之起自《荆州記》《括地志》《通典》諸書
已然。"荒忽"上當據一本補怊字，愁思也。　荒忽，詳見《九歌》。
此作恍惚解，心神不定也。

　　蔣天樞曰：八句純就郢都立言，亦即以"哀郢"名篇義。　發郢、
去閭并言之，國亡家破，恨深也。

　　湯炳正曰：閭，古指人口聚居處，猶今之鄉里。古代貴族與平民
分別集中而居，因此這裏的"閭"當指楚國貴族聚居之所，亦即"三
閭"。　此謂失意恍惚，不知何往。

　　按：怊，失意貌。　極，至也。　言從郢都出發，恍恍惚惚不知要
到哪去。　因爲莊蹻暴郢，事出突然，郢都一片混亂，詩人不知所往。
如爲出自王命之疏放，當有明確之放逐地點，或漢北、或江南之沅湘
之間。　此次出郢，并無明確地點，亦反證詩人遭遇郢都之意外事件。
此事件非莊蹻暴郢莫屬。　王夫之、丁元正説是。　王逸、徐煥龍以爲
一離開郢都，愁緒安有窮極之時，可參。　姜亮夫詳細考訂楚之郢都，
今有清華簡《楚居》，楚之遷都頻繁，亦不皆以郢都稱之。

　　楫齊揚以容與兮，哀見君而不再得。

　　王逸曰：楫，船櫂也。言己去乘船，士卒齊舉楫櫂，低佪容與，
咸有還意。　自傷卒去，而不得再事於君也。

　　朱熹曰：齊揚，同舉也。　容與，徘佪也。　言鼓棹者亦不欲去，

知己之戀戀於君也。

汪瑗曰：楫，船櫂也。齊揚，眾舟同舉也。容與，徘徊貌，不忍遽離故鄉也。上章言行猶未行也，此則發舟而長逝矣。瑗按："何百里之震愆"，"民離散而相失"，"楫齊揚以容與"，則可以知東遷者，非只屈原一人也。而篇內之所謂"去故鄉而就遠"，"發郢都而去閭"，"望長楸而歎息"，"哀州土之平樂"，其所敘流離等語，非獨述一己之懷也，蓋將以眾人之憂而為憂也。至於"哀見君而不再得"，"曾不知夏之為丘"，"孰兩東門之可蕪"，"至今九年而不復"，則其愁思之所在，微意之所存，眾人有不得而知者矣。

陳第曰：言其乘船，士卒齊舉楫櫂，低徊容與，咸不忍遽行。意蓋傷我遠去，不得再事於君也。

李陳玉曰：七字傷心，有不容再見者。

周拱辰曰：所謂對此茫茫，百端交集。一鼓棹，一思君也。

陸時雍曰：容與，猶從容。楫從容順流而下，豈知人心多紏結而不解乎？

王萌曰：自己踟躕，却說鼓楫容與，亦僕悲馬懷之意。

賀貽孫曰：見且不得，況召用乎？

王夫之曰：楫齊揚者，君臣民庶萬艇皆發也。民不能盡遷，其留於郢者，永與楚王訣別，不得再見，一時宗廟人民瓦解之哀，於斯極矣。

林雲銘曰：君之壅蔽益深，此後料無再見之日，所以可哀。

徐煥龍曰：及乎登舟，見彼操舟之人，亦既齊揚其楫矣。而乃容與徘徊，若將有待，亦哀吾自茲以往，雖欲見君不可再得，冀有留而不遺之機於萬一也。三閭之枉，舟子咸知，君獨不察。千古酸心。

張詩曰：曅乻，同齊。而舟楫齊舉，飛揚容與，此時哀見君之不再得也。

吴世尚曰：放逐之時，隨衆遠去，故自哀其欲見君而不能再得也。 此篇作於頃襄王之世，而追思懷王之事，故其題名曰“哀郢”。而此上三節，則先述其去國離家之時日也。

屈復曰：言仲春東遷，甲朝起行，覩此人民離散，因歎天命靡常，知郢都之必亡，今日一去，君難再見。

夏大霖曰：齊揚，舟人同舉楫也。 雖作齊揚急遣之狀，實能察吾戀國之心，徘徊容與不急進也。 此烘云托月筆法。 出閭門不再見受，第一悲慘。

邱仰文曰：戀君之憂，說來惻惻動人。

陳遠新曰：曰軫懷、曰招、曰哀，情以漸遠而幼也。

奚禄詒曰：即僕夫齊舉，船楫亦容與緩行，不忍離去。 我心哀慟，再不得見君也。

劉夢鵬曰：容與，舟緩進貌。 承上文言己自甲朝去國之後，心不忘反。 方將理楫容與，而故國已非，見君無日，能無哀乎?

丁元正曰：言鼓棹者，亦君知己之戀戀於君不遽去也。

陳本禮曰：循夏水東行。

胡文英曰：齊揚，則宜去之速矣，而更容與焉，則以哀見君之不再得，而未忍去也。 此應是諫入秦之後被逐，屈子亦知懷王之必死于虎狼之秦，而無相見之期矣。

胡濬源曰：違君而哀。

王闓運曰：兵散遂不戰，故不得再見。

馬其昶曰：此史公所謂“楚人既咎子蘭以勸懷王入秦而不反也”。 以上楚民避亂東遷，原亦以其時竄逐去郢。

姜亮夫曰：楫，船櫂也。 齊揚，猶同舉也。 楫齊揚，猶齊揚楫也。 容與，見《九歌》。 此謂欲去而不及去也。 音蓋與猶豫爲一族。

蔣天樞曰：楫齊揚者，得命始發也。 楫齊揚而又言容與，極言舟人不忍離去意。 君，尊之之稱也。 凡相敬重者稱之曰君，故《說文》訓"君，尊也"。 此君字，意指郢都，將與永別，故尊稱之曰君。 楚文王熊貲元年始都郢（春秋初周莊王八年，魯莊公五年），郢爲楚數百年來故都，今將棄之而去，其痛心爲何如！ 故言"哀見君而不再得"也。

潘嘯龍曰：君指楚襄王。

按：容與，徘徊不進貌。 此次離郢，不知何時還歸，再見君面也。 王逸說是。 胡文英、馬其昶以爲此次離郢與懷王赴會武關有關，知懷王赴武關，受詐將入秦不反，故哀見君不再得。 懷王三十年，屈原諫武關之會，懷王不聽，遂行。 此次進諫不成後，屈原被放逐。 學術界一般認爲這次流放的地點在漢北，即下篇《抽思》所言事也。 漢北在郢都的北方，本篇所言是去東方，方向上胡、馬二氏說不同。 此次向東，對郢都懷有深切的思念，期盼早日回歸，早日再次見君，說明屈原心中并未死心，仍寄心懷王，關心國事，關注國家命運的安危，對國家、楚王以及自己的未來尚存希望。 故仍以莊蹻暴郢後離郢爲背景更加合理。 此後不久，果然又回郢都。

望長楸而太息兮，涕淫淫其若霰。

王逸曰：長楸，大梓。 淫，流貌也。 言己顧望楚都，見其大道長樹，悲而太息，涕下淫淫，如雨霰也。

郭璞曰：淫淫，"皆群行貌也"。（《史記·司馬相如傳·子虛賦》"纚乎淫淫"《集解》引郭璞、《漢書》注引郭璞）。

朱熹曰：楸，梓也。 長楸，所謂故國之喬木，使人顧望徘徊，不
忍去也。 淫淫，流貌。

桑悦曰：語最淡，情最深。

汪瑗曰：楸，梓也。 長楸，所謂故國之喬木，而古人多於墳墓上
種之，故後世亦指墳墓爲松楸。 望而太息，謂瞻望弗及，令人痛傷
也。 淫淫，不止貌。 霰，雨雪雜下也。 字見《詩》與《爾雅》。 淫
淫若霰，涕泣之甚也。 始而望焉，既而太息焉，既而涕泣焉，其情之
愈哀愈甚者，蓋古人去國，則哭于墓而後行，哀墓之無主也。 柳子厚
曰：“每遇寒食，皂隸庸丐皆得上父母丘墓。 馬醫夏畦之鬼，無不受
子孫之養者。”今此東遷，終無反國之期，而丘壟之永無主矣，能不
哀哉?

陳第曰：長楸，喬木。

李陳玉曰：辭墓而行。

周拱辰曰：長楸，《釋木》云：大而散楸，小而散榎。 楸梧蚤脱，
故楸以秋。 又《詩義疏》，有角爲角楸，生子爲子楸，黃色無子爲柳
楸。 楚地尤多此木。 周公三笞伯禽，商子使觀北山之陰，見梓而悟
子道，又曰“維桑與梓，必恭敬止”。 梓者，父所植以伐琴瑟，故見
之而恭敬生焉，見長楸而太息，油然君父之思也。

陸時雍曰：望長楸而太息，蓋存故也，故人不見，故物猶足
縈思。

王夫之曰：長楸，長林也。

林雲銘曰：別國門故物而哀。

徐煥龍曰：長楸，梓也。 舟人尚哀我，涕涙已難禁，忽然望見長
楸，故國徒存喬木，孤臣桑梓遠離，能無涕淫若霰。

張詩曰：楸，木名，樹于墓上。 望長楸，別墳墓也。 言望故國

之長楸，而慨焉太息，涕零如霰。

蔣驥曰：長楸，所謂故國之喬木，令人顧望而不忍去者。

夏大霖曰：淫淫，涕流相繼貌。 霰，雪珠。

陳遠新曰：楸，梓也，江夏宅木。 言睹故物而傷情。

奚祿詒曰：長楸，千章之楸，似梓樹。

劉夢鵬曰：故國喬木，望而流涕，傷國破也。 淫淫，涕多貌。若霰，涕落貌。

胡文英曰：《老子》：“遇喬木而必俯，子知之乎？”長楸，桑梓所在，則涕有所難禁矣。

王闓運曰：長楸，墓樹。 秦燒先王墓，故望之而涕。

聞一多曰：王以長楸爲表道樹。 是也。《古樂府·離離歌》：“晨行梓道中，梓葉相切磨。”是古以楸梓表道之證。

姜亮夫曰：太息，《齊策》“閔王大息”，注：“長出氣也。”《説文》息訓喘，故以長出氣爲太息，則太乃形容字，義作長字解。 凡對舉字，有積極消極兩義者，多相通。 故大可以訓長，亦猶長之可以訓大也。 長出氣，即吞嘆之義；故又造爲專字以攝之，即今嘆字是也。 經傳多假歎爲之，歎乃吟歎字，義有深淺，字別爲二，此中土文字衍益之一例也。望長楸而太息，猶言故國喬木，使人顧望徘徊不忍去也。 淫淫，按《説文》訓浸淫隨理，引申爲流也。 ○霰，《説文》“稷雪也”，亦曰米雪，曰粒雪。《詩·頍弁》：“如彼雨雪，先集維霰。”《傳》：“霰，暴雪也。”暴，急也，狀其多之意。 涕若霰，言涕若霰雪之墜。

蔣天樞曰：楸，一名檟，梓屬喬木。 高三丈許，故云長楸。 郢已不見，僅能遙望長楸，故涕淚若霰而下。 霰，春雪前雪珠。

按：楸，《説文》：“梓也。”植於墓上，爲楚之墓樹。 汪瑗曰：“長楸，所謂故國之喬木，而古人多於墳墓上種之，故後世亦指墳墓爲

松楸。"張詩也説:"楸,木名,樹于墓上。 望長楸,别墳墓也。"這
次莊蹻暴郢,就是因爲楚王掘墓所激發的事變。 這裏的望長楸,與楚
王掘墓事合。 祖先之墓被掘,郢都動蕩不堪,己又被迫流亡,多種悲
傷鬱結心頭,故涕淫淫若霰矣。 王逸、朱熹皆以楸爲道旁長樹,未究
及言辭背後深意矣。

過夏首而西浮兮,顧龍門而不見。

王逸曰:夏首,夏水口也。 船獨流爲浮也。 龍門,楚東門也。
言己從西浮而東行,過夏水之口,望楚東門,蔽而不見,自傷日以
遠也。

洪興祖曰:《荀子》曰:"夏首之南有人焉。"《水經》云:"龍門,
即郢城之東門。"又伍端休《江陵記》云:"南關三門,其一名龍門,
一名修門。"修門,見《招魂》。

朱熹曰:夏首,夏水口也。 浮,不進之而自流也。 龍門,楚都
南關三門,一名龍門,一名脩門。 回望而不見都門,則其悲愈甚矣。

汪瑗曰:横渡水曰過。 夏首,夏水口也。 西浮,謂西向而流
也。 回首曰顧。 龍門,王逸及《水經》皆謂郢城之東門,是也。 前
所出國門而軫懷,即出此門也。《江陵記》以爲楚南門,朱子從之,非
是。 上云"遵江夏以流亡",蓋自郢都而東行也。 此云"過夏首而西
浮",是又横過夏口,而向西浮,故回首顧望而不見都門,則其悲愈甚
矣。 瑗按:此上三章,初言去故鄉,次言去閭里,次言去墳墓,其叙
事以漸而愈切。 初言軫懷,次言恍惚,次言涕泣,其叙情以漸而愈
甚。 讀者須知此意,而庶乎不見其爲重復之可厭也。

陳第曰:龍門,楚東門。 望而不見,自傷日以遠也。

黄文焕曰:遵江夏、出國門、發郢都、望長楸、過夏首、顧龍門,

其經歷徘徊之地也。　爲望爲顧，從舟行之後更作回首之思，此眷戀中所尤難堪者也。　始之哀見君而不再得，繼曰顧龍門而不見，愈隔愈悲矣。　地且不見，毋論君矣。　爲時日、爲地名，瑣屑繁稱。　心中目中歷歷，然遣之不得，忘之不能。　數一聲，哭一聲矣。　又曰：出門發郢，詳數去鄉次第。　望樹望門，又詳數戀鄉次第。

李陳玉曰：國門已遠矣。

周拱辰曰：《水經注》："江津豫章口東有中夏口，是水之首，江之氾也。"是謂夏首。　又杜預曰："漢水曲入江，即爲夏口。"王叔師以爲爲楚關名，果而，則當出國門之日，關門之不見久矣。　何待過夏首始不見乎？　按龍門，山名，《水經注》："沅水又東逕辰陽縣南，東合辰水。　水出縣三山谷，東南流獨母水。　水源南出龍門山是也。"又劉向《九嘆》"背龍門而入河"，亦指山也。

陸時雍曰：顧龍門而不見，則景沉物改，無一之可即矣。　夏首，夏水口也。　浮，榜不進而自流之意。　龍門，楚都南關二門，一名龍門，一名脩門。　蓋善思者無所撫寄，則不勝湮沒之悲，有物悅臨，又無限弔憑之感。　憂來無方，人莫之知，其騷人之謂與？

王萌曰：將別而流連喬木，已行而回首國門，悲從中來，不可斷絕。　去國者，不堪多讀。

賀貽孫曰：龍門且不得見，無論見君矣。

王夫之曰：夏首，夏口。　西浮，西望漢水浮天際也。　龍門，郢城東門。

林雲銘曰：西浮，舟行之曲處，路有西向者。

徐煥龍曰：夏首，即夏口。　龍門，楚南關門一。　過夏首惟見夏水西浮，還顧龍門無影矣。

賀寬曰：出國門，遵江夏，發郢都，望長楸，過夏首，顧龍門，遷後所經之地也。

張詩曰：夏首，夏水之口。 龍門，郢都東門，即前所出之門也。 迨橫過夏水之首，向西而浮。 回顧國門，而杳乎不見矣。

蔣驥曰：夏首，夏水發源於江之處。 西浮，舟行之曲處，路有西向者。 龍門，郢城東門。《水經》云：“夏水出江，流於江陵縣東南。”是則夏首去郢絕近，然郢城已不可見，故其心傷懷而不已也。

吳世尚曰：西浮，自西而浮也。

許清奇曰：西浮，舟行屈曲，容有西向處。

屈復曰：太息回望，郢亦不得再見也。

江中時曰：舟初行時，左右望之，既過夏口，又回顧之。 寫去國情形逼真。

夏大霖曰：過夏首則濟大江，西浮則泝江而上矣。 龍門，楚都南關二門之一也。 轉眼并不見桑梓，又更加悲慘。 此細筆描寫法。

邱仰文曰：仲春，紀時也。 甲鼉，紀日也。 長楸，紀物也。 龍門，紀地也。 不是寫景是寫情。

陳遠新曰：西浮，由江夏而南，水路先曲向西。 龍門，由郢至江夏之門。 不見，況得見郢乎。

奚祿詒曰：夏首，夏水之汭也。 哀去國之漸遠也。

劉夢鵬曰：夏首，即江水別流爲夏之處。 原既遠遷還郢，必須由江入夏。 今郢爲秦拔，原過夏首不敢由夏歸郢，故逆江西浮，回顧而不見楚也。

丁元正曰：前言居不得見，此言龍門之不得見，意更悲矣。

戴震曰：西浮者，既過夏首而東，復溯洄以望楚都。

陳本禮曰：西浮，舟路曲有西向者。

胡文英曰：此亦豫言以志其悲。 夏首，即江夏之首，由荆州至武昌，則爲向東北行，由武昌而至洞庭，則爲向西南行。 龍門，舊注楚東門也。 余按龍門，恐即龍山耳。 讀者須辨東遷西浮四字。

胡濬源曰：離郢之哀。

吳汝綸曰：東行過夏首，又西浮以望龍門也。 故其下云回舟下浮。

馬其昶曰：錢澄之曰：“由郢入漢，以至夏口，皆東行。 由夏口出江而轉湖湘則西浮矣。”其昶按：流亡之民東遷江夏而止，而原獨以竄逐，復過夏首而西浮，故下文曰“眇不知余所蹠”。

聞一多曰：《荀子·解蔽》篇：“夏首之南有人焉。”

于省吾曰：上文稱“民離散而相失兮，方仲春而東遷”，係指秦兵攻入郢都，人民向東遷徙言之。 王注訓西浮爲從西浮而東行，然則，如解上文的東遷爲從東而西遷，怎麼能説得通呢？ 林雲銘以爲舟向東行而曲處“路有西向者”，完全出諸臆斷。 蔣驥襲用林説，不知其非。 浮字在此應讀作背，浮、背雙聲。 錢大昕謂“古音負如背”。 見《十駕齋養新録》“古無輕脣音”條。《秦策》“東負海”，高《注》訓負爲背；《荀子·彊國》“負西海而固常山”，楊《注》訓負爲背。 是高《注》與楊《注》均以負與背爲音訓。 負與浮今音並屬奉紐三等，古均讀爲幫紐。 負讀爲背，與浮讀爲背，在音讀規律上是相同的。《書·盤庚》“保后胥戚，鮮以不浮于天時”，俞樾《群經平議》讀浮爲佛，錢大昕謂“古讀佛如弼”，弼與背也係雙聲。 訓違。 按違與背同義，但不如讀浮爲背更爲直截了當。“過夏首而西浮兮”，應讀爲“過夏首而西背兮”，背于西而東行謂之“西背”。 下文言“背夏浦而西思兮，哀故都之日遠”。 西思謂西思郢都，與西背之爲西背郢都，詞例完全相仿。

姜亮夫曰：夏首，夏水口也，庾仲雍曰：“夏口，一名沔口。”杜元凱曰："漢水曲入江，即夏口也。"案夏首在江陵，處洞庭之西，蓋夏水沔水合流之處，逕魯水東南，注入江，爲夏浦。《春秋傳》謂之夏汭，或曰夏口，或曰沔口。　夏水始於江陵，盡於鄂渚，故方東出郢都，即過夏首，而傷龍門之不見也。　西浮者，謂自西而浮，非浮向西也。　蓋夏首在夏水出江處，夏水出江而北流於漢，故過夏首，亦可沿夏水入漢。　此不北行入漢，而順江東下，故曰自西浮。　故下文言顧楚之東門也。　浮字本有順流起始過逾之義。《書·禹貢》"浮于濟漯"，《傳》："順流曰浮。"凡今從孚字，多有起始之義，《説文》訓浮爲汎，汎即經過之義；《表記》"恥名之浮于行也"，則西浮猶西過矣。　王訓"船獨流"，未允。

蔣天樞曰：夏首，夏水自長江支出處。　北流注入漢水，其入漢處古稱夏口，今曰漢口。　舟沿江行，故曰過夏首。　西浮，舟至夏口後因水勢回旋，舟若掉轉西泛，故云西浮。　其時回望長楸之龍門，已全不可見。　叔師曰"龍門，楚東門也"。　自是，郢都形象完全與己隔絕。

湯炳正曰：夏首，指夏水自長江分流處。　西浮，向西漂浮。　沿江夏向東流亡，而此云"西浮"，乃欲顧望郢都而暫回其舟，亦即上文所謂"容與"不進之意。

趙逵夫曰：屈原之時長江同洞庭湖之間的通道，乃是由東向西南延伸的，故由長江入湖，是"西浮"。（《屈原與他的時代》）

潘嘯龍曰：夏首，夏水之首，即夏水從長江流出之口。　西浮，詩人由夏首入江，本應順江東下。　但因依戀郢都，想靠近些再看一眼龍門，故反而西浮。　後面的"運舟"下浮，才是往東去。

按：夏首，夏水口也。　西浮，林雲銘以爲舟行之曲處，路有西向者，恐不必如此曲解。　西浮，此人立船而岸走之景。　此運動之相對者，立足點不同而方向不同也。　人立岸則見船走，人立船則見岸走。

此句有"顧"字，已明詩人站在船頭回望矣，則爲人立船則見岸走
也。船向東去，人站船頭，顧望郢都東門，則郢都東門即西浮也，直
至不見。李白《黃鶴樓送孟浩然之廣陵》"孤帆遠影碧空盡，唯見長
江天際流"，則人立岸則船走之景也。與此正相反。

心嬋媛而傷懷兮，眇不知其所蹠。

王逸曰：嬋媛，猶牽引也。眇，猶遠也。蹠，踐也。言己顧視
龍門不見，則心中牽引而痛，遠視眇然，足不知當所踐蹠也。

朱熹曰：眇，猶遠也。蹠，踐也。

周用曰：下二章，反覆言流亡，未知所止，不能爲心之甚。

汪瑗曰：嬋媛，顧戀留連之意。眇，猶遠也。蹠，踐也。

黃文煥曰：軫懷之極，繼以傷懷，懷傷而魂虛浮，浮焉如無可實
踐之地矣。

李陳玉曰：竟似婦人舉止。

王夫之曰：蹠，所往也。

林雲銘曰：遠視開半睫曰眇。

高秋月曰：眇然不知足之所踐也。

徐煥龍曰：雖不見龍門，此心彌戀。戀嬋媛傷懷，眇目遠望，不
復能知足之所蹠，已于何地。以上自郢而至洞庭之途況。

賀寬曰：向也，高馳而不顧，今且望而又顧矣。先哀見君而不
得，繼且并龍門而亦不見，猶《詩》所云"不見復關，泣涕漣漣"也。

張詩曰：嬋媛，牽引貌。言此心牽戀傷懷，眇然不知所踐之
何地。

吳世尚曰：蹠，足跟，人所止也。

屈復曰：回望長楸、龍門，嬋媛傷懷。

夏大霖曰：嬋媛，眷戀意。　言心戀郢都而傷感，回首不見前途放所，遙遠正不知所踐者何地。

陳遠新曰：因所過而念所蹠，所薄之遠，而繫心於民。

奚禄詒曰：嬋媛，牽纏貌。　眇，杳也。

劉夢鵬曰：蹠，止也。

戴震曰：蹠，蹋也。

胡文英曰：蹠，蹈也。　惝恍失意之後，行不知所之也。

牟庭曰：一步一回顧，行行悲哽也。

聞一多曰：嬋媛詳《離騷》。《淮南子·原道》篇："自有蹠無。"《注》曰："蹠，適也。"《說林》篇："蹠越者或以舟，或以車。"亦謂適越。"眇不知其所蹠"，與《涉江》"迷不知吾所如"語意句法俱同。

姜亮夫曰：嬋媛，按《九歌》"女嬋媛兮爲余太息"，則嬋媛可狀太息矣。　詳余《詩騷聯綿字考》。　眇，眇當爲眇遠，而不爲目眇。

蔣天樞曰：八句言離郢後中心縈結與何去何止之哀感。《廣雅·釋訓》："嬋媛，牽引也。"蓋本叔師。　言心既牽引於已亡之故都，又憂慮逃亡何地與敵蹤之何至也。　蹠，亦逃也。《方言》："踏、蹠、跳，跳也。　陳鄭之間曰蹠，楚曰蹠。"《漢書·高帝紀》："漢王跳。"如淳曰："音'逃'，謂走也。"是楚語之蹠亦訓逃。

按：眇，遠。　蹠，去、往、到。　因本次東遷，緣起於郢都暴亂，屬於逃難，并沒有明確的目的地。　故曰不知所蹠。　不欲離郢，被迫離郢，離郢卻不知逃向何方，心中愁緒不斷，傷懷不已也。　王逸、夏大霖説是。

順風波以從流兮，焉洋洋而爲客。

王逸曰：洋洋，無所歸貌也。　言已憂不知所踐，則聽船順風，遂洋洋遠客，而無所歸也。

李賀曰：洋洋爲客，語便覺辟然。

洪興祖曰：洋洋，水盛貌。焉，讀如"且焉止息"之"焉"。

朱熹曰：洋洋，無所歸貌。

汪瑗曰：水東流爲順流。從，順流而從也。此云順風波而流從，則又從西而轉之於東矣。焉音煙，洪氏如字讀，非是。洋洋，無所歸貌。此承上章而言，已顧視龍門，不可得見，則心戀懷傷，眇然不知其所踐矣。且今順此風波，縱其漂流而洋洋乎，果將安所而爲客邪？蓋故設爲無所歸止之詞，以見去故鄉而就遠也。下章忽翱翔之焉薄，意倣此。或曰，戰國之時，其徙都遷民固其常事，然罪人倉卒被驅，逐吏而行，實未有的知其果遷於何所者，非特設言耳。蓋不使之知者，恐其豫防生變，而敵國邀擊之也。其説亦通。

黃文煥曰：雖有容與之楫，回望藉遲，無如順流之波相催以速。在朝爲臣，在野爲民，被放以出，飄蕩爲客而已。

李陳玉曰：漂泊爲客亦不是壯遊之客。

王萌曰：此言其在路也。此去不知其所踐之地，順風飄蕩，將終爲羈客而已。

錢澄之曰：順風波而流從，言溯流而上也。風生波起，流從波而舟從流，惟流之從，故曰流從。去國離家，長此爲客，任其洋洋，無有程期也。

王夫之曰：洋洋，去而不返。

林雲銘曰：焉，如且焉之意。

徐煥龍曰：此則渡湖矣。湖非順風不可渡。言流水洋洋，正不知流於何所，客於何地。今我順風波而從之，亦焉處洋洋而爲客耶。

即賦即比。

賀寬曰：雙闕依稀，空瞻雲樹，雖舟子低徊，知余繾綣，無如風波相促，四顧杳然，回首故鄉，居然一客矣。

張詩曰：則順此風波，縱其漂流，而洋洋乎，將安所爲客乎？

吳世尚曰：舟船，客子之所居，去家而舟，終於爲客矣。

江中時曰：此解回顧不見，又前瞻也。步步寫得情景逼真。

夏大霖曰：焉，意外之辭。洋洋，浩蕩無歸貌。順隨着江上風波，從他流泛於何處，自不知何爲，焉得到洋洋大江中作孤客耶。

邱仰文曰：總上四節，傷心是一“焉”字。李賀曰：“爲客”一語，便覺黯然。

劉夢鵬曰：流從，猶云從流，指西浮而言。

陳本禮曰：李賀曰：“洋洋爲客”一語，倍覺黯然。

胡文英曰：去故都，則爲客子矣。

胡濬源曰：舟行之哀。

聞一多曰：焉猶乃也。

姜亮夫曰：焉，猶今言於是、於此也。此四句言余心牽引傷懷，前途渺然，將不知所止；於是任船之隨順風浪，聽其流之所之。於是遂洋洋遠客，無所歸止也。

蔣天樞曰：江流東下，故云順風波以從流。《詩·閟宮·傳》：“洋洋，衆多也。”本文既言“爲客”，則“洋洋”亦謂人衆，此洋洋人衆將安所託寄乎？

按：洋洋，水大貌。此言順水東行。客，從此離家漂泊也。言水東向流急，而遠離故鄉愈遠，此去離家漂泊，不知何時得歸也。王逸說是。

淩陽侯之氾濫兮，忽翱翔之焉薄。

王逸曰：淩，乘也。 陽侯，大波之神。 薄，止也。 言己遂復乘大波而遊，忽然無所止薄也。

郭璞曰：陽侯，波。（《文選》郭璞《江賦》"陽侯砐硪以岸起，洪瀾浣演以雲迴"）

洪興祖曰：《戰國策》云："塞漏舟而輕陽侯之波，則舟覆矣。"《淮南》云："武王伐紂，渡於孟津，陽侯之波，逆流而擊。"《注》云："陽侯，陵陽國侯也。 其國近水，溺死於水，其神龍爲大波，有所傷害，因謂之陽侯之波也。"應劭曰："陽侯，古之諸侯。 有罪自投江，其神爲大波。"

朱熹曰：淩，乘也。 陽侯，陽國之侯，溺死於水，其神能爲大波。 氾濫，波貌。 薄，止也。

汪瑗曰：淩，憑淩也。 其舟楫之簸蕩乎水，若憑淩之耳。 舊注曰"乘也"。 陽侯，水神也。《戰國策》云："塞漏舟而輕陽侯之波，則舟覆矣。"《淮南》云："陽侯之波，逆流而擊。"《注》云："陽侯，陵陽國侯也。 其國近水，溺死於水，其神能爲大波，因謂之陽侯之波也。"氾濫，大水貌。 薄，止也。 翱翔焉薄，言人之漂泊而行，不知所歸，猶鳥之翱翔而飛，不知所止也。

黃文煥曰：四方靡騁，將焉往而爲之乎？ 陽侯有神。 汎濫彌甚。 吾欲蹠，實無所蹠。 茲又欲高翔，無所薄也。 高翔者，不欲從陽侯也。 陽侯溺死於水，故不欲與偕也。

李陳玉曰：水行又思林飛。

周拱辰曰：氾濫，長波踔洶也。 凡波濤之疾猛者，號陽侯之波。昔武王伐紂，登舟，陽侯波起。 武王操黃鉞而麾之。 澹臺子羽，齎千金之璧，中流，陽侯波起。 子羽叱之，斬蛟而碎其璧。 蓋陽侯乃伏羲六佐之一，主江海者。

陸時雍曰：伏羲六佐：金提主化俗，烏明主建福，視默主災惡，紀通爲中職，仲起主海陸，陽侯主江海，故云陽侯之波。朱晦翁謂：陽國之侯。意《坊記》所稱殺繆侯而竊其夫人者歟？而非也。陵陽，楚地下和氏封爲陵陽侯即此。

王萌曰：陽侯，主江海，能爲大波。

錢澄之曰：以逐客之孤舟，凌陽侯之暴漲，中流浩渺，天際茫茫，飛鳥翱翔，爰止何所？

王夫之曰：陽侯，波神，謂波也。薄，與泊通。

林雲銘曰：一上一下曰翱。直刺不動曰翔。

徐煥龍曰：陽國之侯，溺死，其神能作風波。湖心廣闊處，正陽侯氾濫之區。波浪天高，舟乘其上，忽如飛鳥翱翔，茫不知其焉薄。

賀寬曰：淫淫雙泪，洋洋一身，將與陽侯隨波上下。

張詩曰：陽侯，陵陽國侯，没於水，爲水神。言于是凌亂陽侯氾濫之波，翱翔焉無所終薄。

蔣驥曰：陽侯，伏羲臣。《淮南·注》：「陵陽國侯也。國近江，溺死。其神能爲大波。」

屈復曰：波浪連天，憂思方深。

夏大霖曰：氾濫，波之大也。

邱仰文曰：陽侯，陽國之侯，有罪自投江死，其神能爲大波。《戰國策》云：「塞漏舟而輕陽侯之波，則舟覆。」

奚禄詒曰：陽侯，波臣名。薄，近也，附也。

劉夢鵬曰：凌，乘也，冒也。陽侯，江海大波之神。

丁元正曰：薄，與迫通。

陳本禮曰：順風而行，若鳥之飛。

顔錫名曰：氾濫，大水貌。 過夏首而西浮，凌陽侯之大波，乃由江入洞庭之路焉於也。

姜亮夫曰：陽侯，《戰國策》云："塞漏舟而輕陽侯之波，則舟覆矣。"《淮南》云："武王伐紂，渡於孟津，陽侯之波，逆流而擊。"《注》云："陽侯，陽國侯也。 其國近水，溺死於水，其神作爲大波，有所傷害，因謂之陽侯之波也。"應劭曰："陽侯，古之諸侯，有罪，自投江，其神爲大波。"依《淮南》説，則在夏殷之時，而《淮南》注又以陵陽爲國名，顯係據《哀郢》誤凌爲陵，附會爲之也。 古傳説大抵有此種沾附之遺習，無庸深究矣。 凌之誤陵，當始于揚雄。 又陶潛《群輔録》曰："伏羲六佐，陽侯爲江海。"宋均曰："主江海事，陽侯主水，故後世謂陽侯爲水神。"是則更在夏殷之前矣。 又《坊記》"陽侯猶殺繆侯而竊其夫人"《注》曰："或同姓也，其國未聞。"繆音穆。《淮南·氾論訓》"陽侯殺蓼侯而竊其夫人"，高誘注："陽侯，陽陵國侯。 蓼侯，偃姓國侯也，今在廬江。"《隋書·禮儀志》："楊侯竊女色而傷人。"則陽或作楊矣。 氾濫，水横決貌。 翺翔，見《九歌》。焉，何所也。 此四句言出夏以後，東行大江之中，故曰陽侯氾濫。

蔣天樞曰：陽侯神話，殆已甚古。《淮南·覽冥訓》："武王伐紂，渡孟津，陽侯之波，逆流而擊。""凌陽侯"二句，蓋託喻敵來勢突然而猛，其意圖尚未可預料。 氾濫，洶涌衝擊貌。 忽，迅疾。 翺翔，飛舉貌。 敵將追我至何地爲止乎？《悲回風》亦以波濤喻秦人動態。

湯炳正曰：陽侯，大波。 古傳凌陽國之侯溺死，其神爲大波。事參《淮南子·覽冥》及《注》。 此句與"怊荒忽其焉極"、"眇不知其所蹠"意同。

趙逵夫曰：《漢書·地理志上》："廬江郡……廬江出陵陽東南，北入江。"由這段文字可以看出以下三點：首先，漢代廬江郡在長江以

北，而《地理志》言廬江"北入江"，則廬江是在大江之南。 故此處
"廬江出陵陽"乃是敍"廬江郡"所由得名的廬江爲哪一條河，並不
能因爲廬江郡大部分在江北而説陵陽在江北。 其次，這條廬江在江
南，其水直接流入長江。 第三，陵陽在廬江上游發源出之西北。 據
以上三點，我以爲《漢書·地理志》所言與"廬江郡"有關之廬江，
即今江西省西部之廬江及廬、贛合流部分，陵陽當在今江西省西部，
宜春市以南，東南去廬陵不遠。(《屈原與他的時代》)

按：陽侯，水神名，能氾濫以爲大波。 氾濫，波之大也。 薄，不
厚的，稀的。 此言乘船踏浪，波忽高忽低，陽侯氾濫爲大波，翱翔在
浪之高處，爲薄則跌至谷底，亦有以浪喻心情之意。 王逸以"薄"爲
止，以爲不知所之，亦通。

心絓結而不解兮，思蹇産而不釋。

王逸曰：絓，懸。 蹇産，詰屈也。 言己乘船踏波，愁而恐懼，則
心肝縣結，思念詰屈，而不可解釋也。

洪興祖曰：絓，礙也。 山曲曰巀嶭，義與此同。

朱熹曰：絓，懸也。 蹇産，詰屈也。

汪瑗曰：絓，懸。 蹇産，詰曲貌。 洪氏曰："山曲曰巀嶭。"蹇
産，古省文耳。 絓結，言憂心如繩之絓結而約束不可解。 蹇産，言
憂思如山之蹇産而局促不能開豁也。 此承上章而申言之耳。 凌陽侯
之氾濫，即順風波而流從也。 忽翱翔之焉薄，即眇不如其所蹠，焉洋
洋而爲客也。 心絓結而不解二句，即心嬋媛而傷懷也。

林兆珂曰：中心懸結與思念詰曲，而不可解釋也。

黃文煥曰：此心能解乎？ 此思能釋乎？

李陳玉曰：船行又似騎馬。

錢澄之曰：風波可畏，萬慮俱消，而此心猶不解不釋也。

王夫之曰：絓結，束縛貌。 蹇產，詰屈也。 又曰：此上言在途飄泊，追思故都者之情。

徐煥龍曰：當此之時，身寄險濤，命懸呼吸矣。 然愛君之心，尚如絲之絓結，不可解散。 憂國之思，猶若孕之蹇產，不釋母胎，轉折俱存無字句處。

賀寬曰：中心絓結，渺然如何。

張詩曰：絓結，束縛貌。

吳世尚曰：絓結，懸係也。 此上三節，則追思其去都已遠，終日鬱鬱於舟中，不能爲情之甚也。

屈復曰：氾濫焉薄，心思不釋。

夏大霖曰：蹇產，結曲也。 言在途風波，一身孤客之哀。

邱仰文曰：蹇產，山曲也。

奚禄詒曰：蹇產，屯難之意。

劉夢鵬曰：絓結，心緒糾也。

丁元正曰：此在途漂泊追思故鄉之情也。

汪梧鳳曰：絓，音卦，與挂同。

胡文英曰：絓結，不解也。 蹇產，難下也。

王念孫曰：絓，亦結也。《廣韻》：“絓，絲結也。”《史記·律書》曰：“秦二世結怨匈奴，絓禍於越。”是絓與結同義。 絓結，雙聲也。 蹇產，疊韻也。 凡雙聲疊韻之字，皆上下同義。

聞一多曰：絓結，原本《玉篇·系部》引作結絓，結絓猶結縎也。 結絓雙聲連語，絓，亦結也。

姜亮夫曰：絓結，猶他處言“苑結”“鬱結”，皆一聲之轉也。 詳余《詩騷聯綿字考》宛結條下。 蹇產不釋句，又見《哀郢》，彼注詰

屈；詰屈、蹇産，蓋一聲之轉；字又作蹇産，音變爲蹇展，又或作蹇
漄，纔嶒、踦嶒，別詳《離騷》。

蔣天樞曰：己心如亂絲，懸挂而不可解，思慮又屈抑而鬱曲，痛
苦而不能自拔。　釋，舍也。

湯炳正曰：絓結，牽結纏繞。　此喻心思煩亂難解。

按：絓，絆住，纏住。《説文》：“絓，繭澤絓頭也。”段玉裁注：
“謂繅時繭絲成結，有所絓礙。”這裏是形象化的表達，心緒像打了結
的繭絲，無法舒展與解開。　王逸説是。

將運舟而下浮兮，上洞庭而下江。

王逸曰：運，回也。　舟，船也。　言己憂愁，身不能安處也。

周用曰：下二章，言遂欲遠去，而此心益不忍忘乎故國也。

汪瑗曰：運，回轉也。　地勢以東爲下。　下浮，謂順流而下浮
也，即上順風波而流從之意。　前言過夏首而西浮也，今又將運舟而東
浮矣。　方將運舟而東浮也，則又將上洞庭逆流而沂矣。　方且逆流而
沂也，則又將順流而下江矣。　二句之間，其道里之縈紆，遷客之顛
沛，俱見之矣。　然謂之曰下江，則此時蓋已過夏水而入大江矣。

林兆珂曰：運舟上下江湖，遠離祖先宅舍。

黄文焕曰：嗚呼！　竟運舟下矣！　身與國同宗，從高陽受姓以
來，世麗於楚，而今且爲逐臣。

李陳玉曰：忽上又忽欲下，總是心事亂耳。

錢澄之曰：運舟，猶言旋舟也。　將者，意中事也。　舟上則洞
庭，而下則江。　運而不浮，意不欲上，上則漸入南夷，而去故都日
遠矣。

王夫之曰：上則有洞庭，下則有江，滔滔東逝，去而不返。

徐焕龍曰：又將轉舟下浮者，既上洞庭之涯，又下湖南之江也。

張詩曰：言前此既過夏首而西浮，方將運轉其舟，向東而下浮，乃又逆流而上洞庭之湖，復順流而下江焉。

蔣驥曰：下浮，順江而東下也。 洞庭，入江之口，在今岳州巴陵縣。 上洞庭而下江，上下，謂左右。《禮》：東向西向之席，俱以南方爲上。 今自荊達岳，東向而行，洞庭在其南，故以洞庭爲上而江爲下也。

屈復曰：將運舟而上洞庭。

夏大霖曰：沅湘二水，皆入洞庭湖而出大江，運舟下浮，從下逆流而上也。 言已渡舟入洞庭也。

陳遠新曰：郢在西，江夏在東。 再下則江在東而洞庭在南。 此由江夏下行，將轉南處。 此敘將入洞庭時之情事也。

劉夢鵬曰：運，轉也。 下浮，自西浮下也。 洞庭，山名，在沅湘諸水之間。 原先逆江而上，今運舟下浮，洞庭在其西北，長江迆乎東南，故西浮。 不見運舟而下，方泝沅湘之渚，復泛長江之流也。

戴震曰：前云過夏首西浮，故此轉而下浮。 洞庭當夏首之下，江之南。 浮江過夏首已下，南上洞庭，東乃順江而下也。

姚鼐曰：運舟下浮者，乘流下也。 上洞庭下江者，言其處地之上下，非屈子是時已南入洞庭也。

胡文英曰：將者，亦豫期之辭。 下浮，即順漢江而下也。 先下漢江，而後逆流上洞庭。 倒言之者，以諧聲也。

牟庭曰：南泊沅湘，水天冥冥也。 忽則西歸，下湘水而上洞庭也。

顔錫名曰：下浮，從下流逆水而上也。 既上洞庭而復下江，則沅江也。 下，猶入也。

王闓運曰：將者，言奔散，不成乎遷也。　自郢出江，值洞庭盛漲，故曰上也。

馬其昶曰：由漢入江，故曰下浮。　自夏口望洞庭，則在江之上流。

聞一多曰：上言西浮，至此又回舟東行。　然舟回實因江回，江回路轉，而舟亦隨之也。

姜亮夫曰：運，運之使行也。"上洞庭而下江"者，蓋屈子舟行至洞庭入江之處，在今岳陽臨湘一帶。洞庭在其右，大江在其左；古以右爲上，故曰上洞庭；左爲下，故曰下江也。　洞庭，藪澤名，爲巴陵大藪。　在今湖南巴陵縣西南，連長沙、岳州、常德、澧州、荆州等，其地東北屬巴陵，西北跨華容、石首、安鄉，西連武陵、龍陽、沅江，南帶益陽，環湘陰界八九邑，橫亙八九百里。"上洞庭而下江"句，其行程爲：一、"遵江夏以流亡"，二、過夏首，三、上洞庭，四、下江，最後爲背夏浦，則從郢自夏水之江，東南行，過今石首、監利，過夢中，入洞庭，更沿君山折入大江而東行也。于行程亦可合。　惟今日洞庭之君山以北，與大江懸隔已遠，在戰國之末，雲夢澤水浸淫，與江湖相錯雜，甚至相連。　郢都陷落，自不能順夏水道沔陽以入漢，則折而南行，正足以見當日逃難形色，故以今日洞庭解屈賦之洞庭，本無可疑也。

蔣天樞曰：八句敘越過洞庭後，去敵漸遠，遷都楚東國之規畫初見端倪，並可見當時對遷都意見實紛紛莫決。　將運舟而下浮，謂將過洞庭之頃，其時竟有人主張越洞庭溯流上行，或主順江東下，故云"上洞庭而下江"。　而，語詞。

湯炳正曰：上洞庭而下江，此指行經洞庭入江處，如溯湖而上，則入湘江，故云"上洞庭"；如順江而下，則東至吳越，故云"下

江"。 當時似有南去與東下兩種選擇，故到底是上溯洞庭，還是順江
而下，頗費考慮。

按：此言路途所經。 戰國時洞庭與大江連在一起，東行必先過洞
庭，再下行入江，非今日洞庭在江之南也。 故上洞庭而下江，非轉南
入洞庭然再上入大江也。 牟庭以爲下湘水而上洞庭，顏錫名謂上洞庭
後復下沅江，皆非是。 蔣驥説可參。

去終古之所居兮，今逍遥而來東。

王逸曰：遠離先祖之宅舍也。 遂行遊戲，涉江湖也。

汪瑗曰：終古之居，謂先人自古居於此土，而子孫百世不遷者
也。 今則失之，漂摇而來東矣。 瑗按：此上三章，初言不知其所
蹠；次言翱翔之焉薄，設爲無所歸止之詞；終言逍遥而來東，卒指其
所向之方以實之也。《詩經》多有此體。 又按逍遥本優遊行樂之意，
今又當解作漂摇流落之意，故讀古書者，不可以詞害意也。 或曰，首
二句言道里之縈紆，第三句言故鄉之日遠，末句言遷謫之流離。

林兆珂曰：終古所居，謂先人宅舍也。

陳第曰：言離先祖涉江湖也。

黃文煥曰：此一去也，實去終古之所居，悲慘至極，豈堪一刻逍
遥哉！ 今竟若此，不能不逍遥而來東矣。 絓結、蹇産之恨，祇以供
逍遥之況矣。

李陳玉曰：故居加"終古"字，使人懷土之情彌深。

金蟠曰：許多去國之情，言之有不忍思，思之有不忍去。

王遠曰：按此已至放所而自歎也。 回舟浮游，上則洞庭，下則大
江，不得還郢也。 遠離祖居，於焉逍遥，以此思哀，哀可知已。

錢澄之曰：終古之所居，指郢也。 由夏口以上皆西行，而自郢視

之，皆來自東也。 逍遙來東，自傷於國事無與而逍遙於此也。

王夫之曰：終古，自先王以來也。 逍遙，無知自得之貌。

林雲銘曰：終古，自楚受封之初算起。 去郢都所居，將利南行矣。 伏下「狐死首丘」句。 又曰：已上追敘被放，自起行將至南行，水路所經，步步可哀。

高秋月曰：終古所居，先祖之居也。 來東，所東遷也。

徐煥龍曰：郢都世居，故曰終古，反言寄慨，遂曰逍遙。

賀寬曰：身保來見故都，回終古之所居也。 今爲逐客，運舟江湖，是豈誠逍遙有耶，罪已避矣，遊何及矣，亦姑以是爲逍遙云爾。

張詩曰：道路之縈紆如此，蓋已去吾先人終古之所居，而逍遙來東矣。

吳世尚曰：終古所居，言自祖宗立國於此，已數百年矣。 今乃去而之東，豈不哀哉。

許清奇曰：以上追敘被放，自起行至放所，道途所歷，步步可哀。

屈復曰：「來東」上用「逍遙」二字，甚難解，猶俗言漫無一事，好端端而來此也。 自楚受封之初，終古所居，一旦長別，安得不哀。右一段，追敘去郢之時日，水路之經歷，以之放所也。

江中時曰：終古，自楚先世言之，去其所居，將到遷所矣。 以上追敘被放時水路所經，步步生哀，尚未至所放之處。

夏大霖曰：終古所居，言封國世守之居，指郢也。 逍遙，言飄遠也。 東，沅湘間也，就江言，則沅湘爲江南；對郢言，則沅湘在郢東，故言來東。 此節敘入洞庭至放所一路。

邱仰文曰：以上八節，述去國係戀之情，去終古是駭異語，「逍遙」字冷峭。

陳遠新曰：終古，江夏也。 所居，楚後遷郢，江夏是先人之居。

劉夢鵬曰：終古所居，謂郢都。 逍遙，浮游不定之象。 來東，對西浮言，江水東流，故謂下江爲來東。

丁元正曰：終古，謂身與國同宗。 自先王以來所居也。

胡文英曰：歸州有屈原宅，在荆州之西，荆州又在江夏之西，故曰今逍遙而來東。

牟庭曰：忽則東遊，下江而行也，去故鄉而來漢北，楚之東境也。 此九年之水程也。

胡濬源曰：中路之哀。

顏錫名曰：遷所在楚東南，故或曰東，或曰南也。

王闓運曰：終古所居，謂郢郡也。 郢雖非先君之居，而於夷陵巫夔相近，今去郢益東，則終古之居絶。

馬其昶曰：以上敘竄逐，又自江夏而西，浮沅湘。 來東者，來自東也。

姜亮夫曰：終古，《九歌》“長無絶兮終古”，言永世不絶也；此終古義亦爲永世。 屈子爲楚宗臣，自楚開國定居郢都以來，即世居於此，今將遠去，是去其永世之所居也，故曰終古之所居。 逍遙見《九歌》，逍遙即游之義，字又作消遙、消搖，詳余《詩騷聯綿字考》。 王以遊戲釋逍遙，字義雖是，而文義扞格多塞矣。

蔣天樞曰：終古，猶言久遠，楚自文王都郢至是已四百餘年，故云終古之所居。 逍遥，字本作消搖。《詩·清人》“河上乎逍遥”，言其無事可爲，徒觀望而已。《説文》人部：“今，是時也。”《哀郢》作於郢亡十年後，追叙當日遷陳事，故云“今消搖而來東”。“今”，當時也。 來，就其已至而言。 來東，即暗言遷陳，陳，楚東國地也。《楚世家》：“楚襄王兵散不復戰，東北保於陳城。”即言遷陳事。 又

《漢書·地理志》"江陵郡"下班固自注："故楚郢都。　楚文王自丹陽
徙此。　後九世，平王城之。　後十世，秦拔我郢，徙東。"文云"我
郢"，當據楚人舊籍立言。　班所述"徙東"，即屈子所謂"來東"也。
一九四二年長沙出土楚"繒書"，亦明載楚有東國、西國名稱。

　　湯炳正曰：去終古之所居，即指前所謂"發郢都去閭"。　東，指
楚國東部瀘江、陵陽一帶。

　　按：此句言此次遠行之方位爲東行。　終古所居，即郢也。　江中
時説是，胡文英以終古所居爲秭歸，秭歸本在郢西，而此次東行，則
離鄉又遠矣，可備一説。

　　羌靈魂之欲歸兮，何須臾而忘反。

　　王逸曰：精神夢遊，還故居也。　倚住顧望，常欲去也。

　　洪興祖曰：羌，發聲也。

　　汪瑗曰：靈魂，猶今言魂靈，謂人之精神夢想也。　王逸曰："精
神夢遊，還故居也。"是矣。　須臾，頃刻也。　返，猶還也，謂還故都
也。　二句言夢寐之思故都，無頃刻而忘之，其眷戀之情可知矣。

　　林兆珂曰：雖東涉，而精神夢寐何須臾而忘故居哉？

　　陳第曰：精神夢魂，常欲反國。

　　黄文焕曰：身不可歸，魂尚可歸也。　此非國法所能禁也。　居則
已去乎終古，魂則未忘乎須臾。　愈難返，愈縈思也。

　　王遠曰：自此以下，皆回思故都之某水某丘也。

　　王夫之曰：靈魂，猶言夢魂歸故都。

　　徐煥龍曰：我身雖則東來，靈魂時欲西歸。　何有須臾不思反郢。

　　賀寬曰：此既放之後，回思故土也。　身不得歸而魂歸，夫孰有禁
之者。

張詩曰：言吾雖逍遙來東，而靈魂之欲歸，何須臾忘反乎？

吳世尚曰：靈魂欲歸，遊子魂夢不離故鄉也。

屈復曰：言靈魂欲歸，須臾不忘。

夏大霖曰：言身則來東，魂靈則無片刻不思歸。

陳遠新曰：夢則欲反，寤則西思。

丁元正曰：靈魂，猶夢魂也。 歸，歸故都也。

顏錫名曰：言在遷所而思郢也。

王闓運曰：靈魂，自謂也。 王欲去之，己則思之。

馬其昶曰：此及《抽思》篇之靈魂，皆謂懷王也。 言懷王思歸，己亦何嘗須臾忘反乎！ 此即史公所謂“繫心懷王，不忘欲反，冀幸君之一悟，俗之一改也”。

聞一多曰：靈魂思歸，何嘗須臾而忘其歸返故鄉之念哉！

姜亮夫曰：羌，一本作唴。 寅按：此當爲“嗟”字之形譌。 六朝人書“嗟”作唴，因譌唴也。 今已東來，則西歸無時，然靈魂之欲西歸，何嘗逍遙而忘於懷，因此興嘆也。 果“羌”爲語辭，不爲嗟字，則下句“何”字，意象無所依屬；若“羌”作“乃”字解，“何”字意象仍不具足；作“嗟”字，則文爲有致矣。“靈魂”二字，王逸以精神釋靈，夢遊釋魂，文情至佳。 須臾，今作俄頃者，漢以後之説也。 按《儀禮》“寡君有不腆之酒，請君子與寡君須臾焉”，則須臾猶言逍遙矣。《禮記》“道也者，不可須臾離也”，須臾離，謂消遙而離去之意。 漢詞賦家多通小學，故賦中用須臾多作消遙解，《北征賦》“聊須臾以婆娑”句與《離騷》“聊逍遙以相羊”同一句法，同一用意；“須臾”與“消遙”蓋一聲之轉也。 故亦得變爲須搖，《漢書·禮樂志》“神奄留，臨須搖”，《注》引晉均曰“須搖，須臾也”是。 聲又變爲相羊，爲姁媮，爲煦嫗，詳余《詩騷聯綿字考》。

蔣天樞曰：羌，悲咤語詞。 靈魂，猶言"神魂"。 此一句即函括《招魂》全篇意旨。 原來遷陳本意，以有所須待，不意頃襄苟安"忘反"。

按：雖離郢都，但詩人時刻不忘返回。 此即史公所謂"繫心懷王，不忘欲反"也。 此次離郢東下，因莊蹻暴郢事，暴郢亦爲執行軍法。 屈原主張法治，對暴郢一事并不持反對態度。 也知暴郢之後，事態平息，尚可返回。 故須臾不忘欲反。 不久，屈原即回郢都，後有諫武關之會。 馬其昶謂靈魂爲懷王，非是。

背夏浦而西思兮，哀故都之日遠。

王逸曰：背水嚮家，念親屬也。 遠離郢都，何遼遼也。

朱熹曰：時未過夏浦也，故背之而回首西鄉，以思郢也。

汪瑗曰：浦，水中之沙州也。 背夏浦，謂已過夏浦，而在己背後也。 西思，謂漸近所遷之東方，而郢都又在於西矣，故曰背夏浦而西思。 思者，默念深想之意，非回首顧望之謂也。 此時蓋已過夏水，出洞庭，入大江久矣，故都之日遠矣，故哀思之深而夢寐之不忘也。 朱子曰："時未過夏浦，故背之而回首西向，以思郢也。"非是。 或曰，上二句言夢寐之頻，下二句言思歸之甚。 惟其思之甚，故夢之頻也。

陳第曰：背水嚮郢，何遼遼乎？

李陳玉曰：不是懷土，總是懷君。

賀貽孫曰：故都尚且日遠，吾君能不日遠而日疏乎？

王遠曰：背，違也。 非未過夏浦也。

錢澄之曰：此是已遇夏浦也。 以故都地勢論之，夏浦在東，故背夏浦乃西向而思，思郢也。 迹漸遠郢，而魂仍戀郢也。

王夫之曰：夏浦，漢渚也。 此上皆追憶郢都之辭。

林雲銘曰：背，違也。 夏浦，即夏口之浦。 故都在東遷之西，故曰西思。 言神欲往而身爲所繫，歸路絶矣。

高秋月曰：故都，郢也。

徐煥龍曰：向當將過夏首之時，即已背夏浦西思，哀此故都日遠一日，況今其遠如此，魂能須臾忘反耶。

張詩曰：今則夏水之浦，反在吾背。 而吾則漸東，郢都漸西。是以思之而哀其日遠耳。

蔣驥曰：浦，水涯也。 夏水東逕沔陽入漢，兼流至武昌而會於江，謂之夏口。 背夏浦，則過夏口而東，去郢愈遠矣。 西思，指郢都言。

吳世尚曰：背夏浦者，已過夏浦而東也。 上文初發郢都，故哀見君而不再得，此則將至鄂矣，故哀故都之日遠也。

屈復曰：夏浦西思，故都日遠。

夏大霖曰：此夏浦，江南之武昌。 西，指郢都。 因而背江南之夏浦，以西思郢都，而不勝日遠一日之哀焉。

陳遠新曰：夏浦，夏口之東。 哀故都之日遠，比江夏更遠。

奚禄詒曰：己來東，則夏口在背之西，故都更西矣。

劉夢鵬曰：夏浦，即夏首。 由江小口別通爲夏，故變首言浦。前之西浮舟過夏首，今之運舟復背而下。 西思，思郢也。 舟既來東，則郢在其西矣。

丁元正曰：西思，郢在漢西也。

戴震曰：背夏浦西思者，未至夏浦，回首鄉西，猶前之過夏首而西浮。 裴回故都，不忍徑去也。

胡文英曰：夏浦，江夏之浦也。 以既出漢江而言之也。

牟庭曰：今日之思郢也。 背，違離也。 夏浦者，郢之水在此西也。

胡濬源曰：漸遠之哀，已明言不忘返。

顏錫名曰：夏浦，近乎郢都。 言昔去國之初，甫違夏浦，已覺故都日遠。

馬其昶曰：《史記》：“秦伏兵武關，楚王至則閉武關，遂與西至咸陽。”此曰西思，思咸陽也。 前曰東遷、曰來東、思夏浦也，此則背夏浦而西思矣。 哀故都之日遠，竄逐之臣，雖欲悟君以反懷王，不可得也。

姜亮夫曰：夏浦，浦水涯也。 夏水東徑沔陽而入漢，合流而至武昌，會於江，謂之夏口。 背夏浦，蓋過夏口而益東矣。 西思者，回首向西而思念鄉國，言人已投東，而心則西思，即《詩·東山》“我心西悲”之義。 故都，指郢言。 故都猶言故鄉、故國耳，不作舊都解。日遠，自郢發而東，今已遇夏口，故曰日以遠也。

蔣天樞曰：行至夏浦時始決策，其時或有短暫停留，故特言“背夏浦”回望。《離騷》云“又何（誰）懷乎故都”，此則言“哀故都之日遠”，彼此時間不同故心情亦異。 故都，對新遷之陳而言。 日遠，屈子“背夏浦西思”時及此後之長期情懷。

湯炳正曰：夏浦，夏水之濱。 此時東向而行，故言“背夏浦”。

潘嘯龍曰：夏浦，前人以夏浦爲夏口，不確。 據《水經注》，在夏首至武昌一帶有許多水口均稱“夏浦”。 從此詩前數句記船行所對洞庭方向，可知此“夏浦”當爲湘水入注大江處東北岸的“二夏浦”。

按：夏浦，夏水之浦，在今武漢市。 背夏浦，即過了夏浦，汪瑗說是。 朱熹說未過夏浦，背之西向，亦通。 句謂過了夏浦，郢都在更遠的西方了。 王夫之以爲追敘離郢之詞，恐非是。 下文曰“至今

"九年而不復"，不是回憶九年前如何東行矣。因時間較長，回憶不可能如此真切。此即實寫，非過往回憶之作。

登大墳以遠望兮，聊以舒吾憂心。

王逸曰：想見宮闕與廊廟也。水中高者爲墳，《詩》曰："遵彼汝墳。"且展我情，渫憂思也。

郭璞曰：墳，謂隄。（《爾雅·釋丘》"墳，大防"注）

朱熹曰：水中高者爲墳。《詩》"汝墳"是也。望，望郢都也。

周用曰：下四章，言升高反顧，寓目興感，無以解憂，所向瞀惑，不知所適，而國之將亡，吾亦無如之何，是以憂心相仍，不忍遠去，歷久而此心不能舍也。

汪瑗曰：水中高者爲墳，《詩》曰"遵彼汝墳"是也。大墳，則可以望遠矣。遠望，遙瞻郢都也。上章言思之，此則言望之矣。

賀貽孫曰：遠望尚可舒憂，則大墳亦屈子之望夫山也。"舒憂"二字，即遠望可以當歸意，然較悲矣。

王遠曰：遠望可以當歸，故曰舒憂。

王夫之曰：墳，隄岸也。登者，泊舟而登也。

林雲銘曰："舒"字跟上"不解""不釋"二句而來，謂曠觀可以散懷，且舒途次之憂心耳。而不知正所以爲哀與悲也，意見下文。

高秋月曰：大墳，高處也。

徐煥龍曰：須臾難忘，憂心曷任。登墳遠望，聊以舒之。

張詩曰：言于是登大墳以遠望，欲以舒吾憂心。

王邦采曰：遠望欲舒憂，悲哀又交集。

吳世尚曰：大墳，堤防之高大者也。望，望郢都也。

屈復曰：遠望舒憂。

夏大霖曰：墳，平土中之高埠。 大墳，又高埠之最高者。 平土不見故都，登大墳則庶見以舒憂焉。

陳遠新曰：大墳，洞庭水口山。 言登望舒憂，哀悲頓起。

奚祿詒曰：大墳，江中之大山。《詩》"遵彼汝墳"墳字，亦作大防解。

丁元正曰：登，泊舟而登也。 望，望郢都也。

陳本禮曰：大墳，在陵陽境。

胡文英曰：大墳，土隴之高者。

牟庭曰：登高而西望郢都之風景而悲也。

王闓運曰：楚既去郢，政令不及江南，放臣暫出。 因自沅至江，將返故都省視焉。 既至沙市，念未奉君命，不可乘亂而失臣禮，仍不敢返，恭之至也。

聞一多曰：水邊地高起者曰墳。

姜亮夫曰：王逸"水中高者為墳，《詩》曰：'遵彼汝墳'"云云，說自有據。 然《哀郢》乃自東去郢陵陽，與《涉江》之自陵陽西上者實相反；《涉江》有"乘鄂渚而反顧兮"句，與此登大墳以遠望者，意象極似；則此大墳，當亦指鄂渚而言。 惟鄂渚之反顧，乃顧望陵陽；此之遠望，則望楚也。 蓋鄂渚當漢水入江處，與上過夏水之口，則曰"過夏水而西浮"；過洞庭，則曰"背夏浦而西思"；皆紀程最要之語。 此後紀程，惟陵陽將至一語矣。 每當紀程之處，則必回首故京，此亦詩人心存魏闕之意也。 則王逸以泛指水中高處，失之粗略矣！

蔣天樞曰：八句言屈子在夏浦回望時心情，及當時逃亡者意見之紛歧。 上文雖明言"哀故都之日遠"，但不能忘懷，聊寄思於遠望，遠望不可見，姑紓吾憂思而已。

按：墳，水邊高的堤岸。 登高能望遠，望遠想見郢都，故登高遠望之目的乃盼望故鄉也。 遠望一下以解無憂，雖望不見，也略慰吾心。 此外，登高視野必開闊，心情也會隨之開朗，能解憂也。 王逸説非，因路途已遠，宮闕廊廟不可得見。 周用説是。

哀州土之平樂兮，悲江介之遺風。

王逸曰：閔惜鄉邑之饒富也。 遠涉大川，民俗異也。

洪興祖曰：薛君《韓詩章句》曰："介，界也。"曹子建詩云："江介多悲風。"注云："介，間也。"

朱熹曰：平樂，地寬博而人富饒也。 介，間也。 遺風，謂故家遺俗之善也。

汪瑗曰：州土，謂郢都之風土也。 江，謂大江也。 蓋此時夏水雖盡，而大江猶未過也。 介，間也，與界同，一正作界。 遺風，猶言緒風也。 此章言己登大墳以回望故都，本欲聊以舒吾之憂心，然故都平樂之風土，日邈以遠，而漂泊於此大江之介，感風景之殊，使吾之心益哀而悲焉。 朱子解遺風爲故家遺俗之善也，非是。

陳第曰：平樂，地平而人樂。 介，間也。 遺風，故家遺俗。 念平樂而感遺風，益哀悲矣！

李陳玉曰：山川遣懷，轉轉增悲。

王遠曰：故都不可見，而州土平樂、江介遺風如在目前，那得不哀之悲之也。

錢澄之曰：哀州土之平樂，隱隱有不能長保之憂，非徒哀己也。

按：由夏浦上荆河口，去郢益近，故增其哀也。

王夫之曰：自江漢而下，岸平土沃，可以怡情，而云哀者，所謂信美非吾土也。 江介，夾江南北也。 遺風，吳之故俗，與楚殊者。

林雲銘曰：以朝寧可以養民，而竟使之離散，故望之而哀。 以古道可以教民，而竟使之震怨，故望之而悲。

高秋月曰：州土，鄉邑也。 江介，江間也。

徐煥龍曰：遠望欲舒憂，悲哀又交集。 哀此故都州土，地廣衍而平，人富饒而樂。 悲夫，江以西之介，故家舊俗，猶有遺風，今我既遠離此地，而時事又復如斯，州土能保此平樂乎，江介能承此遺風乎？

張詩曰：奈故都平樂之舟土日遠，而漂泊于大江之介，故感風景之殊，而使我心悲耳。 蓋此時夏水已行盡，而大江猶未過焉。

蔣驥曰：介，側畔也。 州土平樂、江介遺風，皆先世所養育教誨以貽後人者，故對之而愀然增悲焉。

王邦采曰：介，界也。 一曰間也。 又交集哀此故州之土廣衍，富饒平樂何如？ 悲夫，大江以西故家舊俗遺風猶在，而今一變而爲離散流亡之象矣。

吳世尚曰：此上三節，則言其西去郢而東至鄂，中道登高四望，則故都信爲樂土，不能忘也。

許清奇曰：登高遠望，欲以舒憂，乃覩平樂，而念遺風，反生悲哀者，以胸有所隱痛，如下文所云也。

屈復曰：而州土遺風，愈增悲哀。

夏大霖曰：舟土，指郢。 平樂，自謂平安可樂而忘危患也，故可哀。 江介，指來路地方遺風猶有故家遺俗之風，亦將不保，故可悲。

邱仰文曰："樂土""遺風"二語，是大臣憂國心事，與起句"百姓離散"相應；"遺風"者，故家遺俗之善也。 樂者不樂，則遺風改觀，與國同休戚者，自獨自傷心矣。

陳遠新曰：州土平樂，可以養民，而今離散。 江介遺風，可以教民，而今震惹。 故都日遠，養教無人，吾其如此江州何。

奚禄詒曰：平樂，昔日也。

劉夢鵬曰：州，指郢都而言。 遺，餘也。 哀州土之平樂，痛郢失也。 悲江介之遺風，傷己流也。

丁元正曰：州土，郢都故土也。 江介，大江之介。 言風景頓殊，使我悲哀也。

陳本禮曰：州土，指陵陽言。 平樂，先王之善政猶存，故家之遺風如故。 哀悲者，謂祖宗舊封，其子孫將不能守也。

胡文英曰：州土，荊州之土也。 楚地山瘠者多，惟荊州府四周如砥，水道交通，宜百卉禽魚，最爲樂土。 余嘗略涉楚南北之境，益知屈子之言，信而有徵也。 江介，孫叔敖墓所在也。 孫叔敖曰：“死當葬我於江陸。”遺風，流風餘韵也。

王念孫曰：上文云“欸秋冬之緒風”，王注：“欸，歎也。”下文云“悲秋風之動容兮”，又云“悲回風之搖蕙兮”，則此云“悲江介之遺風”，亦謂風雨之風，非風俗之風也。《文選·聖主得賢臣頌》：“追奔電，逐遺風。”李善曰：“遺風，風之疾者。”揚雄《甘泉賦》：“輕先疾雷而馭遺風。”曹植《雜詩》“江介多悲風”，義本於此。

胡濬源曰：回首之哀。

顏錫名曰：當時睹州土之平樂，江介之遺風。

王闓運曰：州，洲也。

馬其昶曰：哀州土平樂，蓋諷其忘仇耳，故冀幸俗之一改。

聞一多曰：哀，愛也，戀也。《詩經·關雎序》“哀窈窕”，愛窈窕也。《吕氏春秋·報更》篇：“人主胡可以不務哀士！”《注》：“哀，愛也。”《淮南子·説林》篇：“各哀其所生。”《注》：“哀，愛也。”《管子·形勢》篇“見哀之佼”釋作見愛之交。《樂記》“肆直而慈愛者”，

《注》:"愛或爲哀。"悲猶愁也。 下二句言戀洲土,愁江風,欲留而不行也。

姜亮夫曰:州土平樂,古凡稱州者,皆指環水之地而言,郢在江漢夏澧之間如州然,故曰州土;則王逸指郢言者是也。 江介,介讀《詩·生民》"攸介攸止"之介,《箋》:"介,左右也。"《史記·十二諸侯年表》"楚介江淮",《索隱》:"夾也。"義亦左右之意。 王逸以江介爲"遠涉大川,民俗異也",則指江南言,大誤。 此尚未至陵陽,尚在楚邊圍之地,何得言民俗異? 且悲字與上句哀字對文,皆自遠望中來;則上句正言西顧郢都,此句不得忽東注江南,至爲明白。 此江介蓋亦指郢之江左右言。 "江介之遺風",意謂楚自封丹陽,遷郢以後,世居江夏之間,桓譚所謂"楚之郢都,車擊轂,民摩肩,市路排突,號爲朝衣新而暮衣弊"。《北堂書鈔》百二十九引。 而今則楚之政俗,已多駁變,先人舊習隳廢,故步不存,故曰悲遺風也。 朱子以指故家遺俗之美,雖較王説爲當,而尤未達一間也。 介又作界,見《九歎》"立江界而長吟兮"。

蔣天樞曰:州土,指遥望中所見近地。 平樂,意謂敵蹤尚遠,未失熙攘景象。"州土平樂"而望者哀之,對他們未來遭遇尚無法判斷時心情。 江介,提江漢間廣大盆地。 遺風,謂自來剛彊不屈之民氣。"遺風"上而冠以"悲",悲其無人領導,終使國家至此! 更進而叙及遷都未定前之種種紛歧。

按:介,界。 江介,即大江兩岸。 此句州土平樂,對理解全篇創作背景十分重要。 州土平樂,説明此時没有戰亂,而是一片和平安樂的生活景象,這種和平景象與郢都的混亂相比,十分鮮明。 這説明夏浦以東地區還是穩定的局面,没有戰亂之苦,所以郢都動亂局面,不是白起破郢。 州土如此平樂,江邊兩岸,仍然保留著過去的遺風,可郢都如此混亂，怎不讓人哀且悲乎？ 朱熹說是，錢澄之說非。

當陵陽之焉至兮，淼南渡之焉如？

王逸曰：意欲騰馳，道安極也。 淼，淲，彌望無際極也。

洪興祖曰：前漢丹陽郡有陵陽，仙人陵陽子明所居也。《大人賦》云："反大壹而從陵陽。"

朱熹曰：陵陽，未詳。 淼，淲漾無涯也。 於是始南渡大江矣。

汪瑗曰：陵陽，洪氏解前陽侯，引《淮南》注曰："陽侯，陵陽國侯也。"則此陵陽即"陽侯"也明矣。"陽侯"兼稱其爵，"陵陽"專稱其國耳。 洪氏解此，又引仙人陵陽子爲説，是亦過求之弊也。 當陵陽之當，如兩雄力相當之當，謂陵陽之波起，而舟以當之也。 其義與前陵字相近。 焉至，猶何所歸也。 淼渺同，淲漾無涯貌。 渡，濟也。 於是始南過大江，而迫近所遷之地矣。 焉如，猶言何所往也。此二句互文而重言之耳。 蓋言己乘此陵陽之波，淼然南渡大江矣。果將何所歸而何所往耶？ 實反言以深見遷客之流離，故都之日遠也。上言"方仲春而東遷"，"今逍遙而來東"，則當時所遷之地乃在東方。 而此云南渡者，蓋南渡大江所由之路而所遷之方，又將從南而轉歸於東也。 或曰，當時所遷之地，恐在東南之方，而非正東也。未之其審。 大抵此上所言經由之道，自郢至東皆係水路，其大勢雖不過沿江夏二水之間，然或東或西或南，或上或下，其水勢之曲折縈迴，叙述最詳，非嘗遠遊經歷者不知此意。 嚴滄浪曰："《九歌》不如《九章》，《九章·哀郢》尤妙。"蓋指此也。 如以詞而已矣，未見其勝諸篇也。 瑗嘗謂此文似一篇遊山之記，蓋有得乎《禹貢》紀事之法，但脫胎換骨，極爲妙手，非後世規規模擬者比也。 其所叙憂愁之情者，特欲雜之以成章耳。 不知者，鮮不以爲重復可厭也，但今瑗所注者，特按文畫圖，以意推測而言之，未知其果是否也。 嘗欲裹糧，直至郢都，遵江、夏以遨遊，而遍歷其地，親訪遺迹，則此文之妙，當有出於想像之外者矣。 惜乎此時未暇，且姑依文以釋之，尚當竢親歷而更訂焉。

徐師曾曰：始渡大江。

林兆珂曰：陵陽，騰馳貌。 淼，混漾無涯也。 於是始南渡大江矣。

周拱辰曰：前紀時，此紀地。 曰來東，曰西思，曰南渡，則洞庭在郢之東。 陵陽又在洞庭江夏之南矣。 又曰：陵陽，楚地，即卜和所封處。

王萌曰：陵陽，未詳。 洪氏引仙人子明所居。 陸時雍引卜和封陵陽侯，皆未當。

錢澄之曰：陽侯，陵陽國侯也。 此陵陽，即前陽侯之波。 焉至，言不知從何而至也。

王夫之曰：陵陽，今宣城。 南渡，舟東南行也。 焉如，不知所棲泊也。

林雲銘曰：陸時雍曰："陵陽，楚地。 卜和封爲陵陽侯，即此。" 焉至，言不能至其境也。 南行更何所往乎？ 言卜和以冤被刖而卒能白，己以冤被逐而卒不能白，是以流亡終矣。

徐煥龍曰：陵陽，謂江陵之陽，正郢都之處。 焉至，謂時事不知胡底。 淼，水疾流四散貌。 言當陵陽時事，不知胡底之際，故都失守，必淼然南渡，則將焉所如，以存其宗社。 不忍明言，故詞語極其含吐。

張詩曰：陵陽，即陽侯。 言縱吾之船以當陵陽之波，而將焉至乎？ 及淼然南渡大江，而亦終焉如乎？ 蓋此時則已渡江矣。

蔣驥曰：陵陽，在今寧國池州之界。《漢書》：丹陽郡陵陽縣是也，以陵陽山而名。　至陵陽，則東至遷所矣。　南渡者，陵陽在大江之南也。

王邦采曰：陵陽謂江陵之陽，正郢都之處。　焉至，謂時事不知胡底。　言當此陵陽時事，不知胡底之時。

吳世尚曰：陵陽，地名也。　焉至者，言不能至其處也。　按：楚封卞和爲陵陽侯，其地在漢丹陽郡，今屬江南池州府，爲石埭縣也。不能至陵陽，故南渡大江，淼不知其所適也。

屈復曰：陵陽，楚地，卞和封陵陽侯。　焉至，何能及也。　言卞和之冤得白，己之冤莫白也。　忽憶凌陽之冤得白，而我今淼淼南渡，焉能及彼君王。

夏大霖曰：淼，淲漾無涯貌。　言此行當至陵陽之境，放我南渡。

邱仰文曰：前漢丹陽郡有陵陽仙人焉，至言無所騰馳焉，如言無所棲集。

陳遠新曰：已到洞庭光景。　此追敘入洞庭以後之情事也。

奚祿詒曰：陵陽山在宣州，乃江之南也。

劉夢鵬曰：《路史》：陵陽國近江，今宣之涇縣有陵陽山。　原言將欲下江則陵陽焉至，欲上洞庭則南渡焉，如喪家之犬無所歸也。

戴震曰：上云“陵陽侯之氾濫”，此言“當陵陽”，省文也。

姚鼐曰：懷王時放屈子於江南，在今江西饒信，地處郢之東，蓋作《哀郢》時也。　頃襄再遷之，乃在辰湘之間，處郢之南，作《涉江》時也。《招魂》曰“路貫廬江兮，左長薄”。　廬江，古即彭蠡之水，故山曰廬山。　漢初廬江郡猶在江南，後乃移郡江北。《地志》云：“廬江出陵陽東南，北入江。”蓋彭蠡東，源出今饒州東界者，古陵陽界及此。　故屈子曰“當陵陽之焉至”，言不意其忽至此也。　其後陵陽南界，乃益狹，乃僅有今南陵銅陵縣耳。“運舟下浮”者，乘流下也。“上洞庭下江”者，言其處地之上下，非。屈子是時已南入洞庭也。

陳本禮曰：此追述未至時。陵陽，在池州青陽縣。渡江而南，淼然無際者，廬江也。古陵陽境距大江百里，而遙南渡者，謂出江至陵陽也。

胡文英曰：陵陽，巴陵之陽也，前云上洞庭，是也。焉至，何時而至也。《岳陽風土記》：屈原故宅，在巴陵縣城南，江夏縣東。舊有南嘴渡，蓋由通山往巴陵之舊徑也。淼，水大貌。焉如，何所往也，蓋因水之渺茫而言也。

牟庭曰：南渡者，郢在漢水之南涯也。亂離之後，南涯不可知也。

顏錫名曰：早慮轉瞬或非其舊，亦既哀而悲之，況南渡而入溆浦，直至楚地盡頭，更無可如之地。陵陽，以意逆之，其地當在溆浦之南，蒼梧之野。即原遷謫之所。故曰焉至。焉至云者，言何人會至此地也。與“南渡焉如”同一用意，合下二句，言當此僻遠之地，再無由得知郢事也。

王闓運曰：陵陽，今池州地也。乘舟下江，不知所往，聞君在陳，乃於陵陽過東壩，入中江也。

吳汝綸曰：《史記》遷屈原乃襄王事，懷王但疏之耳。故猶爲楚使齊，諫釋張儀，諫入秦，未嘗被放也。姚謂懷王放之郢東，襄王放之郢南，殆不足據。

馬其昶曰：《淮南》：“陽侯之波。”注云：“陽侯，陵陽國侯也。”

聞一多曰：當，值也，抵也。既抵陵陽，其又將至何處！南渡淼茫，彌望無際，其將何往！《漢書·地理志》丹陽郡有陵陽縣，在今安徽青陽縣南六十里，其地當大江之南，廬江之北。 南渡蓋謂渡廬江。《招魂》所謂"路貫廬江左長薄"也。

姜亮夫曰：王夫之以爲今宣城。《漢書》丹陽郡陵陽縣是也。 以陵陽山而名，在今安徽東南青陽縣南六十里，去大江南約百里，而在廬之北。 陵陽山在今縣南。 焉，猶於是也。 焉至，猶將於是而至也。 此蓋屈子放逐之所矣。 故於未至將至而發爲嘆息也。 諸家説皆未允。 淼，滉瀁無際極也。 南渡者，至於南岸而濟江登陸也。 之焉如者，將於是而往南也。

蔣天樞曰：當，謂當議論紛紛之時，竟有人主張東走陵陽，陵陽，即《漢志》"丹陽郡"之"陵陽"，在今安徽石埭縣境。 泛舟至陵陽登陸，又將安至乎？ 當時亦有人主張南越洞庭，白茫茫洞庭，南渡又將何處立足？ 文叙及此，意謂紛紛逃跑論者，只顧偷生逃死，無人措意將來，爲國家興復計也。

湯炳正曰：陵陽，地名。 在今安徽青陽南。

按：陵陽，地名，今安徽池州市青陽縣境内有陵陽鎮。《漢書·地理志》有丹陽郡陵陽縣。 陵陽因山得名，陵陽山即今安徽九華山。 今人林家驪以爲《遠遊》中有南巢地名，可證屈原確曾到過陵陽。 今池州青陽縣一帶仍有儺戲在民間流行，與《九歌》祭祀十分相近，當爲古楚流傳而來。 洪興祖説是。 王逸以陵陽爲騰弛之狀，恐非是。 周拱辰以爲陵陽，楚地，即卞和所封處，其地，吳世尚亦以爲在今池州。 不過，屈原在此時間并不長。

曾不知夏之爲丘兮，孰兩東門之可蕪。

王逸曰：夏，大殿也。 丘，墟也。《詩》云："於我乎，夏屋渠

渠。"懷王信用讒佞,國將危亡,曾不知其所居宮殿當爲墟也。 孰,
誰也。 蕪,逋也。 言郢城兩東門,非先王所作邪? 何可使逋廢而
無路?

　　郭璞曰:曾,發語詞。 見《詩》。(《爾雅·釋言》"懵,曾也"
注) 又曰:今江東人語亦云訾,聲如斯。(《方言》"曾,訾,何也。
湘潭之原,荆之南鄙,謂何爲曾,或謂之訾"注)

　　洪興祖曰:夏,大屋。《楊子》曰:"震風凌雨,然後知夏屋之爲帡
幪也。"《説文》曰:"蕪,薉也。"

　　朱熹曰:夏,大屋也。 丘,荒墟也。 孰,誰也。 兩東門,郢都
東關有二門也。 蕪,穢也。 言楚王曾不知都邑宮殿之夏屋當爲丘
墟,又不知兩東門亦先王所設以守國者,豈可使之至於蕪廢耶! 襄王
二十一年,秦遂拔郢,而楚徙陳,不知在此後幾年也。

　　汪瑗曰:夏,大屋也。 丘,荒墟也。 夏之爲丘,指宮殿而言。
孰,誰也。 兩東門,郢都東關有二門也。 蕪,穢也。 東門之蕪,指
城郭而言。 瑗按:秦將拔郢之時,而城郭宮殿其燬者多矣。《史記》
獨載燒墓夷陵者,舉其重者而言也。 吾故曰《離騷》足以徵楚國之敗
者,此類是也。 或曰,屈子備言宮殿城郭,而不言燒墓何也? 曰
"望長楸而太息",蓋已先言之矣,此《騷》之可以爲史也。 然夏屋
已丘墟矣,而襄王曾不知之城門已蕪穢矣,而曾不知先王所設以守國
者不可廢也。 非真不知也,安於敗亡,甘受困辱,而無恢復之志,若
付之不知也,則襄王之不足以有爲可知矣。 屈子之責襄王者深矣。
又按:此上三節,初言故都之日遠,次言州土之平樂,次言城郭宮殿
之丘蕪,其叙事以漸而切,而情亦因之矣。

　　焦竑曰:六朝如夢鳥空啼,何如夏丘二語。 尤覺慘絕。

　　徐師曾曰:孰,孰知也。

陳第曰：夏，江夏也。信用讒佞，國將丘墟，郢城兩東門，可使荒廢而無路耶？

黃文煥曰：前從初出國門，歷數地名。此復從久離國土，復敘鄉邑。州土也，夏丘也，兩東門也，郢路也，江夏也，皆所難忘者也。夏屬水口爲丘者，慮滄桑之變易也。東門，即郢門。可蕪者，悵荆棘之將生也。

李陳玉曰：神武未掛冠前，詗知銅駝將在荆棘中。

周拱辰曰：夏之爲邱，舊以夏爲大屋，非也。即夏浦之夏，謂古今遞閱，陵谷變遷。此一江夏不知幾變爲邱陵，又何知兩東門之鞠爲茂草乎？

王萌曰：夏屋丘墟，都門荒蕪，言其將來必然也。曾不知、孰可，大聲疾呼，喚醒楚王，意迫語急，所以爲"哀郢"也。

賀貽孫曰：忽作危語，痛極。蓋屈子知郢將亡，預作麥秀之憂。憂及夏屋，又憂及東門，其憂深矣。"抉吾目懸東門"，忠而憤；"孰兩東門之可蕪"，忠而婉。語雖同，而意則別矣。

錢澄之曰：此章哀郢之餘，又哀來路所歷之夏口也。當吾陵陽侯氾濫之時，淼淼南渡，不知所之，而夏口水漲，曾不知其廬舍飄没，皆爲邱墟否？首章"民離散而相失"，必是此歲，楚大水而歲荒也。江、夏二城，爲郢兩東門，所以防吳者。若使夏之爲丘，則兩東門皆蕪矣。其在放逐時，不忘國計如此。

王夫之曰：國既東遷，江漢之間，人民失次。舊時井疆，夷爲丘墟。故都城闕，草萊荒蕪。則州土平樂，又何足以舒憂乎？此敘始至下江而不安之情。

林雲銘曰：蕪，穢草也。言己於百姓震恐離散之時被放，南渡去都益遠，國事日非。其在江介者，即有滄海桑田之變，亦不能知；其在州土者，即有荆棘銅駝之患，問誰致之。 此《哀郢》正旨也。

高秋月曰：夏屬水口爲丘者，慮國將亡而爲丘墟也。 懷王二十一年，秦遂拔郢，而楚徙陳。

徐煥龍曰：陵陽焉至，南渡焉如。 我則慮及於此，而舉朝之人，曾不知渠渠夏屋，將爲丘墟，孰是郢都之兩東門，可聽其荒蕪者乎。銅駝荆棘中之意。

賀寬曰：夏本水口而今爲丘矣。 郢都兩門，而今爲悲矣。 滄桑變易，荆棘將生，孰使之至此耶。

張詩曰：又言滄桑變易，在瞬息間。 即今夏水已遠，苟其變爲丘陵，吾曾不知也。 而又安知郢之兩東門，不已蕪穢乎？ 然孰謂其可以蕪穢者乎！ 夏之爲丘，原借上夏水襯起兩東門耳，故易之以俟知者。

蔣驥曰：夏，即夏水也，在江之北。 邱，邱陵也。 孰，何也。言己擯逐陵陽，不得越江而北，雖夏水化爲邱陵，且不能知，何有於郢之城闕，或者蕩爲蕪穢乎！ 甚言己居陵陽，年深地僻，與郢隔絕也。

王邦采曰：夏，即夏口。 丘，荒墟也。 兩東門，郢之東關二門也。 蕪，荒蕪也。 言我今南渡大江，行將安往？ 其在故國者，曾不知夏口流亡變爲丘墟。 而我眷懷故國，此郢都之兩東門孰是可聽其荒蕪而無路乎。 前言龍門爲楚南關，此又言東門者，蓋以身在楚之東南境也。

吳世尚曰：曾不知，猶云初不意也。 夏，大屋也。 丘，墟也。兩東門，郢都東關之二門也。 蕪，穢也。 棄賢不用，則宮殿化爲丘墟，郊關鞠爲茂草。 此真屈原所不忍言。 曰曾曰孰可與"悠悠蒼天，此何人哉"同，一失聲痛哭矣。

許清奇曰：夏，江夏也。 邱，荒墟也。 兩東門，郢之東關二門也。 信用讒佞，棄逐賢臣，國將丘墟，城將蕪廢，而王曾不知也。此《哀郢》正旨。

屈復曰："哀州土"二句下，即當接"曾不知"二句，却以"當陵陽"二句一間，氣方深遠，意方深厚。 右二段，九年中未嘗須臾忘返，即未嘗須臾不哀。 夏屋東門，將爲姑蘇麋鹿之續，誠可哀矣！

江中時曰：夏，大屋也。 言己於百姓震愆離散之時被放南陵，云都益遠，國事日非，恐宮殿之當爲丘墟，曾不知東關二門，先王所設以守國，奈何使之至於蕪穢也。 頃襄二十一年，秦拔郢而楚徙陳，屈子之言驗矣。 二解《哀郢》正旨。

夏大霖曰：夏，指江夏。 兩東門，郢都東二門，通齊之門，絕齊不往來，則猶蕪也。 按《史記》，楚絕齊，明年楚襲秦，敗於藍田，韓魏襲楚至鄧，後齊韓魏又同伐楚，皆楚東面，則夏之邱乃指四國之來伐東門。 不可蕪，指齊不可絕也。 又言：我身焉往已矣，然而四國來伐，夏之爲邱，曾不知乎皆絕齊所致也。 孰謂齊之可絕、兩東門之可蕪耶。

邱仰文曰：懷王卒秦，當頃襄之三年，是年聽讒，復放屈原。 此云九年不復，蓋頃襄十一年也。 二十一年，秦將白起拔郢，燒楚先王墓夷陵，楚徙陳。《楚世家》有明文，屈子之言，十年遂驗，朱子以此爲懷王說話。 注兩東門可蕪，謂懷王二十一年拔郢，蓋誤也。

陳遠新曰：夏且爲墟，兩門安保不荒。 洞庭渺茫無際，豈知夏不爲丘，兩東門不爲蕪乎。

奚禄詒曰：夏，大屋也，指郢之宮殿。 郢有兩東門。 歎國將亡而夏屋丘墟、都門榛蕪也。"哀郢"者，哀郢之將亡也。 此二句，纔露本旨。 此《黍離》之傷也。"曾不知"與"孰"字亦是煉虛字之法。

劉夢鵬曰：夏，夏川，楚東境。郢亡之時，原在放已久，故曰不知夏之為丘。孰兩東門之可蕪，則怪而嘆之之辭。

丁元正曰：但云兩東門者，即上龍門，對西望而言。蓋原遷，人民皆從此門而去。流亡既久，人跡亦絕，而東門已鞠為茂草也。此言去郢日遠，追念故都之風景，真有不堪回首之意。此其可哀矣。

汪梧鳳曰：夏屋為墟，兩東門蕪塞，蓋有見於頃襄所為而云。《史記》：頃襄元年，秦攻楚，取析十五城。十九年，楚割上庸漢北地予秦。二十年，秦攻西陵。二十一年，秦遂拔郢，燒先王墓夷陵，楚東北保於陳城。屈原哀郢，所慮及者遠矣。

陳本禮曰：焦竑曰："六朝如夢鳥空啼"，不如此二語慘絕。此在陵陽追念昔日郢都荒亂，曾慮及陵陽邊氓，不知作何等顛沛也。及登大墳，森森南望，乃不料其遺風如故，烽火無驚，曾若不知有郢都之荒亂者。今事歷九年，又豈知郢都陵谷之變遷，夏水化而為邱，東門全然榛莽耶？蓋楚恃方城漢水之險，不料為秦兵填塞夏首，使漢水不得通流，險失所據，以致兩東門車馬喧闐之地，人煙湊集之所，一旦皆蕩而為榛莽矣，此銅駝荊棘之悲，故數百年後，魂猶行吟此二語於江上也。

胡文英曰：并不知夏口之地，將為丘墟，況郢之兩東門乎。屈子出自東門，故指其所經而歎之。

牟庭曰：我不信夏屋之巋然者，而今為邱也。不信兩東門之闤闠者，而茂草蓄也。

胡濬源曰：由東遷西，浮至南渡之哀。

顏錫名曰：去郢益遠，國事不聞。今日曾不知夏浦之已為丘墟乎，孰知我所出之兩東門可曾成為蕪穢乎。

王闓運曰：兩東門，鄢也，竟陵也。白起克鄢，遂東取竟陵以為南郡，地在郢東，楚於是不能自立。

馬其昶曰：此因南渡，遂言夏水可爲丘陵，彼州土平樂者，曾不知陵谷之有遷變。孰知郢門之可蕪邪，言其昏而忘亂也。

聞一多曰：夏疑即漢江夏地，此時楚都所在。曾猶從也。從不知國邑之變爲廢墟也。孰，猶孰謂也。《七諫·謬諫》："孰江河之可涸！"

姜亮夫曰：夏之爲丘二語，細繹此兩語，蓋已至陵陽，不更前進，居停日久，而有故鄉之思；兩句後承以"心不怡之長久"以至於"九年不復"云云，義尤明白；則此二句，直爲故國之思，不可作泛言，明矣！蔣驥云云較舊説爲允當。按夏水自江出，北流于漢，江、夏、漢三水形成一三角洲，於是此三角洲地帶，多有"夏"名，此三角洲地帶，蓋即楚家世生息之地。楚本夏後，來自西北；及來止於此，遂以舊名命新邦，因存夏稱。則夏之爲丘，意謂故國滄桑之變也。故緊重之曰東門可蕪。果如王説，則廟堂之變，言何切激？失屈子本旨矣。孰兩東門之可蕪句，疑有譌誤，實不成語。孰下當有一動字，王逸注此句曰"何可使逋廢"云云，加一使字以足之，則疑"兩"字有誤。楚東門不只於兩，伍端休《江陵記》云："南關三門，其一名龍門"，云云，則東門不止於二矣。按兩即"网"之繁文，"网"者古衡量本字，即象兩端有物之象；《説文》訓"再"，他書訓"耦"者，皆引申之義；則兩蓋亦有考量計較之義矣。東門即上龍門也，變言東門者，文避複也。可蕪可字，當讀爲何；言夏水之是否爲丘，尚不可知，又孰能計度郢都東門之何有蕪穢？言滄海可變桑田，則國都又何嘗不爲小人亂賊而至於蕪穢耶！蕪讀衆芳蕪穢之蕪，並非"彼黍離離"之義。王逸以爲"逋廢無路"云云，與文氣不合。

蔣天樞曰：曾，猶今語之"怎麽"。《方言》卷十："曾，訾，何

也。 湘潭之源，荆之南鄙，謂曾爲何，或謂之峉，若中夏言何爲
也。"夏，大廈。 大廈，象徵楚國形象。 知，預見到。 大廈將變成
丘墟，是何等驚心怵目景象！ 孰，猶言"孰謂"，《國語‧晉語》載歌
辭："孰是人斯而有斯臭也！""孰"即作"孰謂"解。 上"斯"字，語
詞也。 蕪，塞也。 孰謂楚兩東門將從此蕪塞乎？ 言將有收復故都之
日也。

湯炳正曰：曾，尚。 夏，即"廈"，大廈。 此指楚國宫殿。 二
句謂尚不知大廈可以變爲廢墟，以及誰又可以使郢城變得荒蕪。"不
知"貫穿上下兩句，以設想之辭譴責頃襄王和秦的政治短見，并表示
對楚國前途的憂慮。 以上第一段，全以追憶之筆寫出九年前被流放出
郢都向東遷徙的所見所聞，徘徊留戀之意和哀傷擔憂之情宛然。

潘嘯龍曰：此二句抒寫遷逐途中見到江介平樂景象，而生發的憂
憤之思：竟然不知道大廈可以廢爲丘墟，郢都的兩東門又怎麽可以使
之荒穢？ 這是對朝政荒蕪的奮激之語，包含了詩人對國運逆料的深切
擔憂，並非郢都已被攻破。

按：此言莊蹻暴郢後，郢都遭毁壞的情況，大屋變爲丘墟，東門
也被毁而荒蕪。 房倒屋塌的背後，人民妻離子散更加痛苦。 此句既
有對暴亂者之斥責，也有對造成暴亂之懷王之怨憤也。 夏大霖説是。

心不怡之長久兮，憂與愁其相接。

王逸曰：怡，樂貌也。 接，續也。 言己念楚國將墟，心常含戚，
憂愁相續，無有解也。

朱熹曰：怡，樂也。 憂憂相接，首尾如一，繼續無已也。

汪瑗曰：怡，樂也。 憂憂相接，言憂心如連環，不斷絶也。 此
句即申言心不怡之長久，然其所以憂而不樂之意。

李陳玉曰：在國爲憂，在身爲愁。

陸時雍曰：考原初被放在懷王十六年。 至十八年，復召用之。三十年，秦約懷王與會，原諫止之，不從，遂死於秦。 頃襄王立，復放之，不知的在何年也。

錢澄之曰：憂非一端，此憂甫息，彼憂復乘，相接不斷，此不怡之長久也。

王夫之曰：憂者，憂所遷之不寧。 愁者，愁故都之不復。

林雲銘曰：既憂自己，又憂國與民，無有斷時。

徐煥龍曰：既憂身之放廢，又憂邦之覆亡，憂憂相接。

賀寬曰：心之不怡，不必言矣，既已自憂，又深憂國，所謂憂憂相接也。

張詩曰：言吾惟恐國之蕪穢，所以心久不怡，而憂與憂相續不絶。

屈復曰：長久者，暗寫九年。

江中時曰：憂憂相接，言憂自己又憂國與民也。

夏大霖曰：長久，謂經九年。 憂憂相接，謂九年如一日，無間斷也。

陳遠新曰：不憂國便憂民。

劉夢鵬曰：相接，憂思無已也。

胡文英曰：目視宗國坵墟，而己又無可致力，是以形佇神迷，而不怡之長久也。 憂來無方，不可斷絶矣。

顏錫名曰：以其時考之，則可矣之歎。 去謂去，曰憂憂相接。

馬其昶曰：吳汝綸曰：「懷王不返，已復放，故曰憂與憂相接。」

聞一多曰：《國語·晉語》“主色不怡”。 太史公《報任少卿書》“聽朝不怡”。 一作杯治。《淮南子·道應》篇“心今作止，從王念孫改。

柸治，悖若有喪也"。 注"楚人謂恨不得奈爲柸治也"。 又作不息。
《論衡·道虛》篇"心不息"。 俞樾謂柸治、不息，並即不怡。 此心
長懷不樂，一憂甫去，一憂又來。

姜亮夫曰：不怡之長久，即長久不怡，倒句也。 不怡即上文孰能
計度郢都之蕪穢而不怡也。

蔣天樞曰：楚頃襄二十一年白起攻陷楚郢都，頃襄亡走陳。 時屈
原年六十二歲。《離騷》約作於原六十九歲時，未幾即南行，次年爲頃
襄二十九年辛卯，郢亡恰已九年，豈《哀郢》即作於南行之初，適滿
九年，故云然邪？ 此八句屈子敍述己在遷陳後情懷。 首言己所遭遇
種種，不但復國願望渺茫，而接連又發生許多挫折，只能以"心不怡
之長久兮，憂與愁其相接"括述之。 二句抒情之文，亦寫實文也。

按：怡，樂也。 李陳玉謂在國爲憂，在身爲愁，甚是。 心中不
快樂已經很久了，憂與愁一個接著一個。 王逸説僅及擔憂國家安危，
未及個人心中愁苦。 林雲銘、徐煥龍説是。 夏大霖謂長久爲放逐以
來九年，恐非是。

惟郢路之遼遠兮，江與夏之不可涉。

王逸曰：楚道逶迤，山谷隘也。 分隔兩水，無以渡也。

汪瑗曰：蓋悲遷流於東，而郢路遼遠，故都云亡，江與夏之不可
復涉矣。 江與夏之不可涉，謂從此再不得復涉江夏，而歸郢都耳。
瑗按：此篇乃是東遷既至於其所，而追思途中之情，所經之道而作
者，故敍道路之曲折，詳細始終，具備如此焉。 此上十一節，皆述去
國之悲，及所經之道也。 此下四節，蓋悲己之久放遭讒之嫉妒也。
亂辭則兼此二意。

徐師曾曰：《詩》之風，宛然猶存。

林兆珂曰：時奈楚道遼遠，分隔江、夏二水，無以渡也。

陳第曰：路遙水隔，憂思不斷。

黃文煥曰：始思郢都，茲并思郢路。始過夏而思龍門無繇見，茲則并思夏無繇涉。心之嬋媛傷懷者，茲則不怡之長久矣。

李陳玉曰：去者日以遠。

陸時雍曰：故都日遠，去路日長，故曰"惟郢路之遼遠兮，江與夏之不可涉"。蓋心欲去而不能，身欲行而無力也。

蔣之翹曰：此段賦中有興，興中有賦。其旨微，其情切，真風雅合作也。

錢澄之曰：江與夏之不可涉，言永別此路，不復至郢也。

王遠曰：此言哀思日以深，故國日以遠，悽然有國破山河在之感。《詩》云："百爾所思，不如我所之。"與此是一副神理。

林雲銘曰：惟，思也。兩水分隔，以羈置不能涉，不識郢都近日景象何如。

徐煥龍曰：急欲還歸故都，竭忠圖國，奈思惟郢路，遼遠若茲，又江夏重川不可徒涉。江謂沅湘，夏謂夏首。

賀寬曰：前從初出國門，歷數所經之地，此則久居遷地，復敘故鄉、州土、夏丘、兩東門、郢路、江夏，歷歷在目，其忍忘之乎。

張詩曰：又思郢路遼遠，而江夏已渡，不可復涉此水而歸矣。

屈復曰：心久不怡，憂愁相接者，郢路遼遠，江與夏難涉也。

江中時曰：不可涉，以羈留遷所，不能涉江與夏而北也。

夏大霖曰：江夏不可涉，不可復涉，以歸郢也。

邱仰文曰：以上四節，述憂國而不得歸之情。

陳遠新曰：憂已結於江夏，與郢同遠之日。

劉夢鵬曰：東門既蕪，郢路方迢，江夏滔滔，不可再涉也。

陳本禮曰：《詩》云："百爾所思，不如我所之。"與此一副神理。

胡文英曰：不可涉，不得涉也。 得涉江夏，則郢亦不遠矣。

牟庭曰：市朝世易，地有興衰，我不見別後，但記曩時也。 江夏阻吾路，郢都不可到而窺也。

胡濬源曰：既遠之哀。

顏錫名曰：不可涉，言不得歸也。

王闓運曰：逐臣不可幸灾自還，故雖登大墳，郢路仍遠，江漢皆不可涉也。

吳汝綸曰：述其諫入秦之言也。 九年不復，則未報此國仇耳。舊謂放且九歲，非也。 然自劉向《九嘆》已爲此説矣。

姜亮夫曰：後兩句從前句生出，言心中永續不樂。 然郢都遼遠，江夏之不可涉，思歸而不可也。

蔣天樞曰：郢在陳西南，自陳望郢，實甚遼遠，不但有形之阻隔江與漢均不可徒涉而渡，實則言無重兵難於收復故都也。

湯炳正曰：二句謂欲歸郢都，然無舟航以渡江夏之水。 意與《惜誦》"魂中道而無杭"略同。

潘嘯龍曰：疑楚襄王遷逐屈原，曾責令他不可涉江夏而回郢。

按：此言復回郢都將會很難矣。 原時在陵陽，距郢都相距遙遠，形勢迫惡，故有此説。 張詩謂思郢路遼遠，而江夏已渡，不可復涉此水而歸矣，甚是。

忽若去不信兮，至今九年而不復。

王逸曰：始從細微，遂見疑也。 放且九歲，君不覺也。

洪興祖曰：《卜居》言："屈原既放，三年不得復見。"此云"至今九年而不復"。 按《楚世家》《屈原傳》《六國世表》劉向《新序》云：

秦欲吞滅諸侯，屈原爲楚東使於齊，以結強黨。秦國患之，使張儀之楚，貨貴臣上官大夫、靳尚之屬，及令尹子蘭、司馬子椒；内賂夫人鄭袖，共譖屈原。屈原遂放於外，乃作《離騷》。當懷王之十六年，張儀相楚，十八年楚囚張儀，復釋去之。是時屈平既疏，不復在位，懷王悔不用屈原之策，於是復用屈原。屈原諫懷王曰："何不殺張儀？"懷王使人追之，不及。三十年，秦昭王欲與懷王會，屈平曰："不如無行。"懷王卒行。當頃襄王之三年，懷王卒於秦。頃襄聽讒，復放屈原。以此考之，屈平在懷王之世，被絀復用。至頃襄即位，遂放於江南耳。其云既放三年，謂被放之初。又云九年而不復，蓋作此時，放已九年也。

朱熹曰：《補注》考原初放在懷王十六年，至十八年復召用之。三十年，秦約懷王與會，原諫止之，不從。懷王遂死於秦。頃襄王立，復放屈原。此云"九年不復"，不知的在何時也。

汪瑗曰：忽若去，猶言忽若遺也。不信，不信任也。不復，不召還也。按秦拔郢，在頃襄王二十一年。今曰九年不復，則見廢當在頃襄王十三年矣。但無所考其因何事而廢耳。朱子解夏之爲丘，東門之蕪，曰"不知在拔郢後幾年也"，又曰"此云九年不復，不知的在何時也"。夫夏之丘、門之蕪，即爲秦將白起拔郢燒陵之事無疑矣。又曰"不知在此後幾年"，惟其不以此篇爲拔郢之時所作，故不知所廢之年，是皆未之深思也。

林兆珂曰：忽，猶細微也。

陳第曰：不信而去，久而不復。

黄文煥曰：須臾難忘，九年不復，互應。去郢日方仲春，望郢日九年。是作蓋在既遷九年之後，追遡九年前之仲春也。有此一語，益見前段之慘。當時出門之甲子，入舟之回望，從九年後記憶如昨日，此情何堪！爲丘可蕪，更深一層。身逐而君不得見，九年前之光景悲猶可言也；國危而地不易見，九年後之朝政恐益不堪言也。"曾不知"字、"孰可"字，哀呼以醒群寐。平樂生哀，遺風生悲，觸緒多端。

李陳玉曰：不説"君不信"，説"去不信"，妙。

周拱辰曰：細繹章義，曰"何百姓之震愆、民離散而相失"，曰"孰兩東門之可蕪"，曰"哀見君而不再得"，曰"至今九年而不復"，似實有所指，非空言也。以義考之，蓋在頃襄復放之後無疑。百姓震愆，兩東門之蕪，是時秦楚日尋於兵，人民仳離，城闉荒圮，往往而是，不必拘其必拔郢徙陳之年也。去不信，即《易·繫》"來者信也"之信，言去而不來也。九年不復，所爲"哀見君而不再得"乎，懷王去秦不返，自悲亦以悲君也。

王遠曰：言我忽然去國，已是異事，不信至今九年猶不復也。從九年後追憶此九年之中，以悲淚過日，亦不覺如此其久也。

錢澄之曰：按《史記》懷王怒而疏原，未嘗言放。懷王入秦，原猶諫止，其未放明矣。遷原於江南者，襄王之再信讒人爲之也。九年不復，後乃沈於汩羅以死。去，去郢也。忽若者，情述之詞，思郢已極，忽若暫與郢違，以爲真去而不信也。

王夫之曰：當始遷時，且謂秦難稍平，仍復歸郢。至此作賦之時，九年不復，終不可復矣。賦作於九年之後，則前云仲春、甲之朝者，皆追憶始遷而言之。

林雲銘曰：其始忽以不見信而棄逐，非以吾有實罪。

高秋月曰：去不信者，因疑而見去也。九年不復，追溯前之仲春也。

徐煥龍曰：忽若，忽然也。往者屈，來者信。信之爲言來也，忽若之間，去郢不來，至今已九年不復矣。 是篇之作，亦久放無聊，追述前事，故有九年之云。 身在放所，不曰來不反，反曰去不信。抑若身在郢都而言之，情味入妙。

賀寬曰：當吾被放之初，以我之思君，不信君恩之薄也。 以謂疏我亦適然耳。 不意郢都既不可見，并郢路亦不可期，思過夏而兩東門無從見，并江與夏亦無由涉，乃至九年之久，而猶未復也，能不悲哉。

張詩曰：言忽焉遺棄不信我者，至今九年猶不復召。

蔣驥曰：忽若，猶忽然也。 忽若去不信者，言身忽已去國，而心依戀郢都，殊不自信也。 復，反也。 洪注：“原初被放，在懷王十六年。 至十八年，復召用之，有使齊之行。 三十年，有會武關之諫。 而懷王不從，卒死於秦。 頃襄王立，復放屈原。”然則懷王於原，屢黜屢用。 其遷於江南，九年不復，固當在頃襄之世也。

王邦采曰：不信者，不信其去國如是之長久也。

吳世尚曰：懷王三十年，與秦會，原諫不從，而竟厄於秦。 頃襄王立，信用子蘭，復放屈原。 此云九年，則正頃襄之世也。

許清奇曰：始以不信而見棄，則忽忽至今已九年矣。

江中時曰：去不信，以不見信而棄逐也。 以上起途中遠至，寫出《哀郢》正旨，在遷所日久，無日不以憂國憂民為心也。

夏大霖曰：忽若，猶言突然，無因也。 平素信任，忽以為不可信而去之也。 原初被放在懷王十六年，至十八年復召用之。三十年，秦約懷王與會，原諫之，不從。 懷王遂厄於秦。 頃襄王立，復放屈原。 此云九年不復，不知的在何時也。 本文一路追敘，自是頃襄放江南時，經九年也。

邱仰文曰：謂因讒生疑而去，無實罪也。

陳遠新曰：況今九年不復，將來必無解憂之日也。

奚祿詒曰：言始忽然而去位，由君心之疑我，乃至九年不復用之。

劉夢鵬曰：忽若，猶言忽爾。去不信，言去國而不見信用也。原放之年至東遷之日，九年有餘，言九年，舉大數也。

丁元正曰：原初被放在懷王十六年，至十八年復召用之。三十年，秦約懷王會，原諫止之不從，遂死於秦。頃襄王立，復放之，不知在何年也。一曰始遷之時至作賦之時已九年也。

戴震曰：方晞原云："《卜居》之既三年，當爲懷王時。此篇上言'淼南度之焉如'，則至今九年，蓋頃襄遷之江南，及是九年也。"

胡文英曰：吾始之被逐，忽然若有所失，猶不自信，以爲天道，無往不復。今至九年不復，則知將來之無可望矣。

牟庭曰：始去忽忽似夢，非真即夢耶。何九年而未歸也。

胡濬源曰：遠而既久，哀益深矣。不通，謂故國絕無音信。

顏錫名曰：年歲都忘，忽若之頃，去日不信，已是九年而尚未復國。

鄭知同曰：信，與《詩》"有客信信"、《左傳》"再宿爲信"義同。言忽若去國不一二日，正如旦暮間事。乃已至九年之久。

王闓運曰：信，再宿也。再遷沅至郢，亡九年也。逆計之，然則頃襄十二年，原再放。

馬其昶曰：懷王失國後，三年卒於秦。此文之作，又後六年。忽若去不信者，言不信其去國忽已九年也。仇恥未復，故含感益深。

聞一多曰：忽猶怳忽也。身雖去國，猶疑未去；離迷怳忽，若在夢中。復，返也。

姜亮夫曰：忽，恍惚也。"若"下當據一本增"去"字。去者，去國也，與下句"九年不復"復字皆對文。"不信"信字，讀如《左》莊三年"凡師一宿爲舍，再宿爲信"之信。又按《詩·九罭》"公歸不復，於汝信宿"句義與此二句略同。則此處"信"下疑有"宿"字。"忽若去不信宿兮"者，言思惟郢路遥遠欲返不得，思之至於恍惚，似去國之未久，有如信宿者然；實則至於今兹譏文之時，則思之已九年之久，而仍不得歸去也。

蔣天樞曰：忽，飄忽疾速意。去，逝去之歲月，恚恨空耗光陰一事無成。不復，未能復國。逝去九年而不能復國，作者恨極之情，亦悲憤鬱結之詞也。

湯炳正曰：若，似。信，古稱住宿兩晚爲"信"。《左傳》莊公三年："一宿爲舍，再宿爲信，過信爲次。"二句謂時間倏忽，好像在外還不到兩夜，其實却已是九年未歸了。

按：不信，不再信任。此不信任之期當自懷王十八年算起。考《史記·楚世家》《屈原列傳》，懷王十六年，聽讒而疏屈原，十八年使齊，歸來并諫殺張儀，洪興祖《楚辭補注》謂原初放在懷王十六年，至十八年復召用之，甚是。然即便使齊之後，或任三閭大夫之職，仍有機會參與朝政，但不復左徒之位，不能左右楚國政局與命運，理想亦不能實現也。自懷王十八年至二十八年仲春，前後剛好九年，原未回左徒之位，再行美政矣。至今九年而不復當言此。洪興祖謂九年爲頃襄王放之後九年，即頃襄王九年，王闓運亦同此説，據此説則定此篇寫於此年，回憶九年前離郢之作。然原初離郢不作，何待九年後回憶而作？且離郢行程歷歷在目，恐非回憶所能寫。汪瑗以爲頃襄王十三年，乃以頃襄王二十一年白起拔郢之年向前回溯九年，則原離郢當在此年。然據《史記·屈原列傳》，原最後一次離郢在頃襄王初年，至頃襄十三年，屈原早不在郢都也，且此年郢都也未見有大事發生，於史無徵也。

慘鬱鬱而不開兮，蹇侘傺而含慼。

王逸曰：中心憂滿，慮悶塞也。 悵然住立，內結毒也。

汪瑗曰：慘，感傷貌。 不通，言憤懣之氣填塞於胸也。 侘傺，猶仿惶也，失志貌。 慼，促也。 含慼，言心中之局促也。 此章言己廢斥之久，而憂思之深也。

林兆珂曰：中心悶塞不開，悵然住立而含慼也。

黃文煥曰：憂憂相接，非但一傷矣。 鬱鬱侘傺，比向之蹇産絓結，又有倍焉者矣。

錢澄之曰：至今九年不復，則信去矣，鬱鬱侘傺，寧有已乎？

王夫之曰：前皆敘遷者之情，此以下原自道其憂國憂讒之意。 頃襄遷原於江南，其遷都於陳，原不與同遷。 尋繹此篇前後之旨，蓋原雖不用，然猶可與聞國政。 東遷之役，原所不欲，讒人必以沮國大計爲原罪而譖之，故重見竄逐。 其傷心悲歎者，於此爲切。 而深憾昏主佞臣，安於新邑，嬉遊自得，曾不知國之弱喪，不可復持。 則雖放逐，憂難自已也。

林雲銘曰：此心無以告人，惟住於此，而抱憂而已。 又曰：已上敘被放九年中，無日不以憂國憂民爲心。

徐煥龍曰：是九年間，慘靡所告，時鬱鬱而不通，蹇無可之，惟侘傺而含慼，夫何使我至於此哉！ 此皆讒口之蔽明耳。

賀寬曰：鬱鬱侘傺，又有甚於向之絓結矣。 總欲思歸，惟勞魂夢耳。

張詩曰：是以慘鬱不通，蹇然徬徨而含慼也。 慼，局促不寧也。

蔣驥曰：鬱鬱不通，謂有懷而不能自達也。

吴世尚曰：此上三節，既傷懷襄之不能復興，又傷己身之不能復用。 中心閉結，悵然住立而無以自適也。

許清奇曰：此心無可告訴，惟住立而含憂耳。 以上敘被放九年，無日不以己不得歸、國將丘墟爲憂。

屈復曰：至今九年不復，鬱鬱含感，去國之日，忽若不信其如此之久，而今竟如此之久也。

夏大霖曰：不通，不得通情於王也。

奚祿詒曰：令我心抑抑不開，塞然佗傺而含感也。

丁元正曰：此言己哀郢之情也。

戴震曰：《説文》：“憯，愁，不安也。”

胡文英曰：居則慘然，鬱鬱而不得通其誠；行則塞然，佗傺而含其感。

牟庭曰：雖復強顏歡笑，其實瘦骨不堪持也。 哀我願忠而見離也。

馬其昶曰：以上國破君亡之恨。

聞一多曰：慘，憂也。 塞、謇同，乃也。

姜亮夫曰：慘，即憯俗字。《説文》：“愁，不安也。”鬱鬱不通，謂心所有懷，閉塞而無由達也。 此亦緊承上文“郢路遼遠，江夏不可涉”言也。 塞，難也，塞也。 佗，失志悵然住立之貌。 詳上。 含感含字，一本作舍，各本作含，字之誤也。 王注含感爲“内結毒”，内即釋含義可證。

蔣天樞曰：《説文》門部：“開，張也。”段《注》：“張者，施弓弦也。 門之開如弓之張。”按：此開字，意謂如弓之張，有所待而後發，事未發舉，不能公之於衆，《悲回風》云“心鞿羈而不開”者是也。 塞，紛攘。 佗傺，行動有所阻礙。 含感，《補注》本作含戚，此從黃本、夫容館本。叔師《注》"悵然住立，内結毒也"，似王注本元作蠚。含，藏而不敢吐，《説文》："含，嗛也。""嗛，口有所銜也。"《詩·小明·傳》："蠚，促也。"言此鬱積胸懷之願望，閉而不能開，口又銜藏不得露，行見此願望日以迫促，其實現又何時乎！

湯炳正曰：鬱鬱，悲痛填胸。塞，乃。楚方言中的語氣辭。

按：此言憂憤鬱結於胸，無法化解，只能含慼悵然，不能自持也。王逸説是。夏大霖謂不通，不得通情於王也，亦有義，可參。

外承歡之汋約兮，諶荏弱而難持。

王逸曰：汋約，好貌。諶，誠也。言佞人承君歡顏，好其諂言，令之汋約，然小人誠難扶持之也。

洪興祖曰：諶，音忱，信也。荏，音稔。《語》曰："色厲而内荏。"

朱熹曰：汋約，好貌。諶，誠也。荏，亦弱也。言小人外爲諛説，以奉君之歡適，情態美好，誠使人心意軟弱而不能自持。

周用曰：下三章，言我之遠遷，實因小人之壅蔽，無所不至。是以至於此也。

汪瑗曰：外，外貌也，以見中心之不然。承，奉也。承歡，承奉君之歡心也。汋約，諂媚態，與他所用汋約字不同。諶，誠也。荏，亦弱也。《論語》曰："色厲而内荏。"《詩》曰："荏染柔木。"瑗按：弱箁同。《招魂》曰："蒻阿拂壁。"蓋荏蒻皆柔軟之木。此雖無係大義，觀此亦可見古人之用字皆有來歷，而學者不可不知也。難持，不能自主也。二句言佞人之害深，而君心之易溺也。

陳第曰：汋約，婉好貌。諶，誠也。荏，亦弱也。言小人委曲媚君，誠能使君心志柔弱而不能自持。

黄文焕曰：此接含感而言也。中既含感而寡歡，則外即承歡而終感矣。舉天下之大，無可解憂矣。汋約，即《遠遊》之所謂神要眇以汋約也。感多歡少，神氣不旺也。荏弱難持者，憂愁日以重，氣血日以衰，不自支持也。

李陳玉曰：味"承歡"句，原尚有母在。

陸時雍曰：汋約，綽約。又曰：小人饒有媚骨，故多汋約可喜。其承歡也，常在意旨色笑之間、寢處便安之際，多飾情態傾動君心，誠令人心意軟弱，而難自主也。

金蟠曰：骯髒之骨寫妖冶如醉，承歡二語，已攝其魄。

錢澄之曰：九年不復，不得不追恨黨人也。承歡只是順君之欲。汋約，所謂謹身以媚上也。荏弱難持，雖有暴主，亦為所動，不自知墮其術中也。

王夫之曰：承歡，上下相承以相娛也。汋，與綽同。汋約，縱斂自如貌。

林雲銘曰：小人外飾媚骨，以博君寵，心實不可測也。

高秋月曰：承歡，指小人也。言小人誠難持也。

徐煥龍曰：湛湛，水清無滓貌。被離，如《詩》"成貝錦"之云。惟彼讒人，外之承順乎君，務的其觀心者，態如美女之汋約，信乎荏苒柔弱，堪愛堪憐。令人不覺心迷意亂，難復自持。

賀寬曰：承歡二句，朱子以爲寫小人之情狀而實非也。大約承上含蹙而言，有所不足於中，雖飾爲歡客於外，而神情要眇，不自支持，大抵如此也。

張詩曰：汋約，諂媚態。荏，艸之柔者。言小人外承君之觀心，諂媚汋約，誠使人心意軟弱不能自持。

蔣驥曰：承上鬱鬱不通而言。既以自哀，不得不深恨黨人也。

汋約，側媚之態。

王邦采曰：小人汋約之態，苒弱之質，雖持之猶顛倒而難持。

吳世尚曰：汋約，美好貌。《莊子》曰："綽約若處子。"苒，柔弱也。

許清奇曰：言小人外爲媚悅，誠使君心柔軟而不能自持。

夏大霖曰：汋約，柔媚貌。苒弱，極也。難持，不自持也。言黨人逢迎獻媚，能令王心軟弱不復自主。

邱仰文曰：謂使人心意軟弱。

陳遠新曰：承歡，强對人笑。難持，根"含慼"言。

奚禄詒曰：汋約，寬緩貌。言小人承君之歡，外貌寬緩以諂媚之，其心則柔懦而難於扶持。

劉夢鵬曰：汋約，柔弱軟媚之狀。諶，猶信也。

丁元正曰：苒弱難持，言小人自具媚骨，汋約可喜，其承歡也，多飾情態，傾動君心，令人心意軟弱而難持也。

戴震曰：前言己之被讒不復，此言小人之巧於媚，誠令人難持。

陳本禮曰：小人外飾媚態以承君歡，内若苒弱難持，使人視以爲柔軟而不知笑中有刀，活畫出小人情狀。

胡文英曰：故外雖承君之歡而汋約，内之誠信則固已苒弱而莫能自持矣。蓋懷王時，屈子不過疏而不得入與王圖議秘密耳，或内任或外任，俱未可知。而外之禮貌，猶未甚衰，故得使齊，及諫釋張儀。若在頃襄之世，已去位爲民，則亦犯數而斯辱之義矣。怨之又何爲乎？觀賈誼以一介儒生，出爲長沙太傅，猶以爲憾。是屈子之出外，非無官守之比，而外承歡之汋約，王之遣其出也。亦必有辭以處之矣。汋約，巽順貌。苒弱，柔立貌。

顔錫名曰：汋約，猶綽約，態之媚也。承上言吾之所以鬱鬱不通，而慮夏之爲丘、東門之蕪者，誠以郢都之內，無非讒妬之人，外惟承君之歡，內實荏弱而難持國政。

王闓運曰：言初與頃襄謀反懷王，外與之歡好，許其調和也。

馬其昶曰：子蘭，懷王稚子，故曰荏弱。此豈能持國柄者乎？

武延緒曰：外疑當爲㶸。㶸古作𣲏，與"外"形相似，故譌。

聞一多曰：武延緒疑外爲㶸誤，近是。《漢書·揚雄傳》（上）"閨中容競綽約兮"，注曰："綽約，善容止也。"即此汋約承歡之義。

姜亮夫曰：外，《楚辭》凡七見，屈宋四用，漢人賦三用。其義皆相同。茲分析如次：一、物之外也；二、身心之外也。其用爲身心之外一義，爲南楚所獨有，當爲南楚方俗之用，其本義當指事物之在外者，以外間之。承歡二句中之"外"字，即指心理活動之外表現象，以其可象，故曰外也。"外"字與上下句"諶"字、"誠"字相對立言。考春秋戰國以來諸書如《易》《禮》三《禮》，及二《戴記》。《管》《荀》《吕覽》亦數十見，皆無如屈宋賦以外與身心聯繫者，則此術語，恐是楚人之所習用，故《莊子·大宗師》亦言："參日而後能外天下。"言修身養性三日，而後能以天下爲外，謂遺棄天下也，義得與屈宋相成，其他則無一言可附會者，則"外"爲南楚描繪與身心相關連之術語，蓋無可疑。惟"外"字本義，《説文》以爲遠也，甚是。"承歡"二句，王、朱皆別引小人爲説。按《哀郢》全篇，止言去郢不復之悲，決不旁及朝廷是非忠佞得失，文義語氣，皆可審知。即夏之爲丘，與東門可蕪，亦只從思念情愫中立言，不從意識上之善惡著筆。則此二句，解爲小人邪佞，羌無所據，其去文心遠矣。按此二句，乃相反互詰以見其意者也。上句外承歡者，猶言强爲歡笑；下句諶荏弱者，言心誠荏弱委頓；亦從作者情感處立説。蓋既放逐，惟有强爲解慰也。荏弱，即柔弱一聲之轉。詳余《詩騷聯綿字考》。荏弱難

持，正是上句汋約美好之反面。 二語猶言余外雖承歡，有似卓約；內
實委頓，不能自持云爾。

蔣天樞曰：四句言遷陳後政局最大變化，頃襄轉而和秦，亦即小
人倒原之開始。 外，外交之外。 汋約，字亦作淖約。《莊子·逍遙
遊》：“藐姑射之山有神人居焉，肌膚若冰雪，淖約若處子。”《音義》
引李注：“淖約，柔弱貌。”意謂外承歡秦人，淖約以事之。 此所言，
即《楚世家》頃襄二十七年“復與秦平，而太子爲質於秦”事也。
持，守也。 荏弱難持，言既與秦人和，必不觸怒之，始可得其歡心，
免於侵伐。 如是，勢將委婉屈從，國且愈弱而難於持守。

湯炳正曰：承歡，此指求取秦國的歡心。《史記·楚世家》：頃襄
王六年患秦將伐楚，“乃謀復與秦平”。 又頃襄七年，“楚迎婦於秦，
秦楚復平”。 二事皆屈原流放後頃襄王對外承秦之歡的史實，故屈原
譴責之。 汋約，此指討好求和貌。 難持，難以自保。

按：此當爲斥黨人之言。 黨人在外表現出諂媚態，而治國實不能
依靠。 遺憾的是，楚王并不知此，反而被其表象所蒙蔽，加以任用
也。 王逸說甚是，朱熹說未能達意。 賀寬以爲不爲責小人，而寫原
自心苦悶，恐非是。

忠湛湛而願進兮，妬被離而鄣之。

王逸曰：湛湛，重厚貌也。 言己體性重厚，而欲願進。 讒人妬
害，加被離析，鄣而蔽之。

洪興祖曰：《詩》曰：“湛湛露斯。”注云：“湛湛，茂盛貌。”相如
賦云：“紛湛湛其差錯。”注云：“湛湛，積厚之貌。”被，讀曰披。《反
離騷》曰：“亡春風之被離。”鄣，壅也。《記》曰：“鯀鄣洪水。”

朱熹曰：湛湛，重厚貌。 被離，衆盛貌。 鄣，壅也。 是以懷忠

而願進者，皆爲所嫉妬而壅蔽不得進也。 此章形容邪佞之態最爲精切，讀者宜深味之，則知佞人之所以殆，又信此語與孔聖之言實相發明也。

汪瑗曰：湛湛，澄清貌。 忠貞之澄清，與讒諛之溷濁而相反也。願進，欲告之於君也。 妬者，忌人之有也。 披離，亂雜貌，故花之將敗，草之將衰，皆謂之披離，謂紛披而離散也。 舊解爲衆盛貌，蓋以亂雜解之，則衆盛在其中矣。 鄣，壅也。 此二句言己欲進思盡忠，而讒人妬忌，披離以鄣壅之也。 此章承上，言黨人之佞，足以傾人君之心，而阻忠臣之進，以見己久廢不復之由也。

陳第曰：湛湛，厚貌，不讀淡。 願忠者爲所蔽而不得進矣。

黃文煥曰：願進者雖在斥逐之年，未嘗少忘懷忠立朝之願也。 即前所云靈魂欲歸，未嘗須臾忘返也。 湛湛願進者，忠藏於心，無復可訴于人，無繇得獻于君。 湛湛然自爲深沉而已，自願之秖自知之也。被離者，受黨人之妬，被其離間也。 又曰：湛湛願進，與蹀躞日進相形。 蹀躞乃日進之巧術，尺尺寸寸必爭必營；湛湛則抱忠持重，空稱願進，而拙於求進矣。

陸時雍曰：湛湛，深沉貌。

王萌曰：言小人外爲諛說，以奉君之懽適。 情態美好，誠使人心意軟弱而不能自持，是以懷忠而願進者，皆爲嫉妬而壅蔽不得進也。

錢澄之曰：湛湛，深沉不露。 被離，猶百草之隨風東西，所謂隨聲附和也。 湛湛之忠，本於君心不順，加以妬者之被離，百計壅之，君焉得不疏，身焉得不放乎？

王夫之曰：湛湛，厚貌。 被離，侈張貌。

林雲銘曰：湛湛，深貌。 若有深心爲國爲民，而欲進言於君者，必犯所忌，疏其身而蔽其才。

高秋月曰：湛湛，重厚深潛之意。

徐焕龍曰：所以湛湛清忠，願進君側。彼之妬之。直如美錦之被離而郜之矣。如謂中情荏弱，凡事難有持執，及君難持之以作棟樑之任，則下接被離郜忠，語意竝覺其懈。

賀寬曰：忠誠藏於心，無由得獻，在我願進，妬者多方以蔽之。

張詩曰：披離，如枝葉之紛披離散，喻小人之衆而亂也。是以忠言湛湛，願進忠益者，反嫉妬之，紛披離散以障壅之也。

蔣驥曰：言小人飾爲媚態，以承君歡，誠使人心意愞弱，不能自持。是以懷忠願進者，皆爲所壅蔽而不得通也。

王邦采曰：湛湛，深貌。被離，衆盛貌。郜，蔽也。似乎極無能至可憐也。詎知內懷嫉妬，見深心爲國進言於君者，遂衆共蔽之乎。

許清奇曰：有懷忠願進者，悉爲所嫉妬而不得進矣。

夏大霖曰：蔓草橫邪，障蔽無隙之狀。言黨人逢迎獻媚，能令王心軟弱，不復自主。有忠益獻替之臣，則群邪嫉妬，左右交蔽，使不得通也。

邱仰文曰：朱子最喜歡此節，與佞人殆語相發。"難持"云殆也。金蟠云："骩髊之骨，寫妖冶如醉。"亦可謂善言小人之情狀矣。

陳遠新曰：離，竦其身。障，蔽其才。言己含感而忠不通，如此而讒人之害忠也。

奚祿詒曰：被，即仳。湛湛，澄靜貌。我即忠心澄湛，被乃仳離而郜塞，使不得進也。

劉夢鵬曰：湛湛，深摯意。

丁元正曰：湛湛，厚重貌，深心爲國爲民者。

戴震曰：以是嫉賢蔽忠，使不得進。

陳本禮曰：此追溯從前在郢都時，被小人嫉妒之害與非罪棄逐之冤也。

胡文英曰：承上而言，我之所以難自恃者，以忠雖願進，不敵妒者之鄭也。 湛湛，盛大流行之貌。《招魂》："湛湛江水兮上有楓。"被離，紛披貌。

顏錫名曰：其真能持國政者，則又群焉障之，使不得進。

王闓運曰：不欲斥王，託恨於妒者也。

馬其昶曰：《史》稱屈平既嫉子蘭，故被讒而遷。

姜亮夫曰："忠湛湛"二句，亦屈子自道之詞。 全篇惟此二句，稍涉理知之批評。 此乃感情激越，傾吐一快，行將收束，悠然自思，似稍覺醒，悲從理智中發；痛定之思，覺前此之不得復反者，妒者之披離有以鄭之。 此一長嘆，無可奈何，更有何言可説者與！ 遂以收結全篇，其聲雖爲戛然而止，而其情則嗚咽不能語矣！

蔣天樞曰：願進，願進見王，爲之擘析形勢。 妒，言小人妒害原，進讒言以汙之。 被離，如張網羅以蔽王。 此敘遭讒去職後不獲再見頃襄情事。

湯炳正曰：以上四句前兩句言對外失措，後兩句言對內失人。

按：秉性忠厚品質純正者願進，而讒人妒害，壅蔽而不得進也。王逸、朱熹皆得本意，陳本禮補説，是。

堯舜之抗行兮，瞭杳杳而薄天。

王逸曰：聖跡顯著，高無顛也。 茂德煥炳，配乾坤也。

洪興祖曰：瞭，目明也。 杳杳，遠貌。

汪瑗曰：《離騷》言茂行，此言抗行。 茂言其盛，抗，言其高也。瞭，目明也。 杳杳，廣遠高大貌，猶《論語》之所謂巍巍蕩蕩也。 薄天，所謂唯天爲大，唯堯則之也。

陳第曰：堯舜之德配天矣，小人猶有不與子之謗，況其下乎？

黃文煥曰：抗行薄天，又與被障相形。臣子所慮生平之踐履尚卑，未足取信于上下，故讒易施鄣。至抗而薄天，品高極矣，未易鄣矣，猶且被以惡名，又何人不可讒哉？

李陳玉曰：以堯舜之行，天下共見，猶舉頭見天，而猶可被以不慈之名，何況其他？

王萌曰：《莊子》："堯以不慈，舜不孝。"戰國流俗有此語。以見讒人之口，無所不至也。

王夫之曰：瞭，明也。杳杳，高遠也。薄天，言德之高峻極於天也。

林雲銘曰：視之高逼於天。

徐煥龍曰：被離之鄣若何，彼堯舜傳賢，真獨斷獨行之抗行。其遠瞭夫賢不肖，杳杳薄天矣。

張詩曰：言堯舜之高行，瞭然明白，杳杳乎與天不遠。

王邦采曰：堯舜傳賢而不傳子，其公天下之高誼可以上薄青天。

吳世尚曰：上言小人之工爲媚悅，此言小人之巧爲訕毀也。原本引衆人之謗堯舜者以況己，故不敢比而同之，而曰彼。所謂推而上之之詞也。

許清奇曰：視之高逼於天。

屈復曰：堯舜之行，高逼於天，尚有不慈之名，而況其下者乎。

江中時曰：薄天，言其高比於天也。

夏大霖曰：堯舜以天下與賢，此千古之高行，瞭之如天，不可及者。

陳遠新曰：薄天，視之高逼於天。

劉夢鵬曰：抗，高也。 瞭，明見也。 薄，迫近意。 薄天，謂高行峻極也。

戴震曰：其肆讒謗，雖抗行如堯舜，猶加之以不慈也。

胡文英曰：堯舜知其子之不肖，而能割愛；懷王知子蘭之不肖，而不能割愛。

顏錫名曰：薄，至也。 以彼讒口而論，雖盛德際天之堯舜，尚不難抵其隙而訾之，何況於我？

武延緒曰：一本作瞭冥冥。 注：“瞭，音了。” 杳亦通作冥。 據此，則作“冥冥”者是也。 若作“杳杳”，則不詞矣。

聞一多曰：抗同亢，高也。 薄、迫同。

蔣天樞曰：八句言己遭陷誣後，頃襄日益迷惑，致屈原復國願望日以渺遠，因而離王遠行。 言堯舜高行皎然明朗，遠迫蒼天，而世言堯不慈其子丹朱。

按：抗，即亢。 堯不傳位於其子丹朱，舜不傳位於其子商均，皆出於天下乃天下人之天下之觀念。 而時之楚國，黨人橫行，上官大夫、靳尚、鄭袖之流皆營營追逐私利。 與黨人之輩相比，堯、舜屬亢行。 屈原亦以堯、舜行爲自比，有對黨人之斥責之意在。 夏大霖謂堯舜以天下與賢，此千古之高行，瞭之如天，不可及者，其是。 王逸說未及題旨。

衆讒人之嫉妒兮，被以不慈之僞名。

王逸曰：惑亂之主，嫉其榮也。 言堯有不慈之過，以其不傳丹朱也。 舜有卑父之謗，以其不立瞽瞍也。

洪興祖曰：堯、舜與賢而不與子，故有不慈之名。《莊子》曰：堯不慈，舜不孝。 言此者，以明堯、舜大聖，猶不免讒謗，況餘人乎？

朱熹曰：堯、舜與賢而不與子，故有不慈之名。《莊子》云"堯不慈，舜不孝"，蓋戰國時流俗有此語也。

汪瑗曰：嫉者，惡人之有也。被，猶加也。不慈，不愛其子也。堯、舜皆以天下與賢，而不與子，故有不慈之名。《莊子》曰"堯不慈，舜不孝"，蓋戰國時流俗有此語也。偽名，非實有是事而妄受虛名也。此承上章"妒披離而障之"之句而言，以責讒人也。堯舜之德行，杳杳薄天，可以瞭然無疑，而讒人猶紛紛嫉妒，以毀謗之，而偽加之以不慈之名，何其不知量也？嗚呼！堯舜之行，不以讒人嫉妒而有損，則屈子之忠，又豈因讒人嫉妒而有所泯哉？吾見讒人之用心日勞日拙，而聖賢之心事愈拭愈明。浮雲之點綴，又何傷於日月之明乎？上官大夫之徒，亦可以自省矣。

林兆珂曰：堯、舜與賢而不與子，故有不慈之名。言堯、舜猶不免於妒毀也。

黃文煥曰：即有願進之在今，無如鄗蔽之自昔。堯、舜猶且可詆，孤臣安得與爭！

李陳玉曰：以堯舜之行，天下共見，若舉頭之望青天，讒人猶可以不慈之名被之，何況其他？

王夫之曰：讒人毀正，堯舜傳賢，且可被以不慈之名，況其他乎？

林雲銘曰：謬以不愛朱、均，傳之天下為不慈，所謂欲加之罪，何患無詞。雖堯舜亦不能免。

高秋月曰：堯、舜猶且可詆，況孤臣乎？

徐煥龍曰：倘憑讒妒之口，何難謂為不慈，而被之以此偽名，謗堯舜亦尚有辭，誣忠臣何患無辭，必明君然後能察，而今則又有所不能矣。

賀寬曰：聖如堯舜，尚可被以惡名，而況我孤臣忠君之念，蘊藉無以自明。

張詩曰：而衆讒人之嫉妒者，反謂其不傳子傳賢，而被以不慈之僞名焉。

蔣驥曰：不慈，因堯舜不以天下與子而言。

王邦采曰：倘憑讒妒之口，何難加以不慈之名，所謂欲加之罪，不患無辭也。

吳世尚曰：堯舜之聖，無可議矣。然與賢而不與子，故小人毀以不慈而欺其君也。

許清奇曰：以不傳天下於朱、均，不慈。

夏大霖曰：嫉妬工讒，以不與子，指以不慈，況他人乎。

邱仰文曰：堯舜可云不慈，謂欲加之罪，何愁無辭也。子蘭讒言，必有近似之理，故云。特史無明文。

陳遠新曰：雖聖人尚難免，其毀謗加以時。

奚祿詒曰：言君本有堯、舜之高行，其聰明又杳杳而齊天，無奈衆讒忌我君臣之合，使逐我而反加君以不慈之僞名。

劉夢鵬曰：讒人害正，何患無辭。堯舜高行，且有以爲不慈者，夫亦何不可倒置哉？

丁元正曰：讒人毀正，堯舜得賢，且被以不慈之名，所謂欲加之罪，不患無辭也。

陳本禮曰：極言其巧言如簧。雖以堯舜之高明薄天，猶謂其不傳子而傳賢，被以不慈僞名，況其下者乎。

胡文英曰：衆讒人欲黨子蘭而愚懷王，則亦如是而已。

顏錫名曰：不慈，謂不以天下與子而與賢也。

聞一多曰：被，加也。《莊子·盜跖》篇："堯不慈，舜不孝。"

蔣天樞曰：《莊子·盜跖》《呂氏春秋·當務》均有堯不慈、舜不孝之說。僞名，虛構以誣人。

按：《史記·五帝本紀》：“堯知子丹朱之不肖，不足授天下，於是乃權授舜。”“舜子商均亦不肖，舜乃豫薦禹於天。”堯舜授天下與賢皆不與其子，小人以爲不慈也。

憎慍愉之修美兮，好夫人之忼慨。

王逸曰：憎，惡。惡孫叔敖與子文也。愛重囊瓦與莊蹻也。（《九辯》注）

洪興祖曰：慍，心所慍積也。愉，思求曉知謂之愉。忼慨，憤意。君子之慍愉，若可鄙者；小人之忼溉，若可喜者，惟明者能察之。

朱熹曰：慍，心所緼積也。思求曉知謂之愉。忼慨，激昂之意。

汪瑗曰：此承上章“諶荏弱而難持”之句而言，以責人君也。憎，惡也。慍，含怒意。愉，怨恨也。惡而至於怒，怒而至於恨，言疾之之甚也。“憎慍愉之脩美”，猶《離騷》“覽相觀於四極”之文法，既言“覽”，又言“相”，又言“觀”，以三字相連爲意，古人多有此文法。洪氏解“慍”爲心所蘊積也。思求曉知謂之愉。愉固訓思也。然以慍爲蘊，非是。《論語》曰：“人不知而不慍。”此用其字也。又曰：“屢憎於人。”愉字雖無所考，以上二字推之，當從予解爲是。吾故曰，解吾人之書，當以意會，不可盡以《說文》爲拘也。脩美，猶言長才也。好，愛也。夫人，指讒人也。忼慨，激烈軒昂之意。本大丈夫之事，非不美也，但讒佞之人，外貌故爲此忼慨之態，而其中實懷承歡汋約之心，而人君遂不深察而好之耳。必如屈子之離愍不遷，知死不讓，而後足以謂之忼慨也。故曰“好夫人之忼慨”，以見不知好君子大丈夫之忼慨也。嗚呼！君子之脩美，外若迂闊，而其實可大用也，而人君則疾之；小人之忼慨，外若可喜，而其實可深惡也，而人君則愛之；此所謂變白以爲黑，倒上以爲下者也。夫白黑上下，兒童之所能辨也；君子小人，庸主之所能知也。然而每每變亂而倒置者，固讒人鄣壅蔽隱之害，而亦由人君之心意軟弱，不能自持，樂其承歡汋約之態，故雖明明知其爲君子，而蹇蹇然不能用；明明知其爲小人，而戀戀然不忍舍也。是豈真不知君子小人之分哉？知人則哲，惟帝其難，是固然也。然知之而不能決之者，往古如此者抑又多矣。後世人君之用臣也，可不知慎所愛憎哉？

陳仁錫曰：文章沉奥，有忠質文之遺。蓋三代法物也。

陳第曰：蘊藉爲愠，思慮爲惀。憎修美，惡君子也。好忼慨，重讒佞也。

黄文焕曰：我之修美，愠惀偏有憎之者。小人之慷慨驕滿，偏有好之者。又曰：忼慨尤與愠惀相形。宵小安有忼慨之神氣？然當其得君得時，侈口而談天下事，無一非忼慨之情狀也。君子氣無所吐，祗有藴積難明，遜其忼慨矣。愠惀忼慨四字，説得君子真可憎，小人真可好。

陸時雍曰：惀，有所思而欲明之意。又曰：愠惀，心有所念，而不敢自明之意。忼慨，激昂抗厲也。

王萌曰：忼慨，壯士不得志於時而感傷也。忼慨者，君子之事，愠惀而既憎矣。曾是忼慨而能好乎？反詰之詞也。忼慨二字，小人斷乎無分。

王遠曰：以上三章，敘讒人之害。

賀貽孫曰：此言朝廷愛憎失當耳。愠惀，憂鬱貌。愠惀中之修美，宜好也而憎之；夫人之慷慨，宜憎也而好之。 蓋小人有小人之意氣，較君子更熱，似乎慷慨可好，然所好者，夫人之慷慨耳，豈吾所謂慷慨哉！

錢澄之曰：慍愉與慷慨相反，慍愉者，憂形於色，心若絲棼；慷慨者，謂已治已安，無可憂慮。 故慍愉可憎，而慷慨可好。

王夫之曰：憎、好，君憎之、好之也。 慍愉，誠積而不能言也。夫人猶言此人，指讒己者。 慷慨，巧言無忌也。

林雲銘曰：脩，長也。 是忠湛本領，智深勇沉，有近於短，暗君必憎之。 無事則一片汋約茬弱，任事則假意氣，假擔當，自飾所長，暗君必好之。

高秋月曰：我之慍愉修美，偏有憎之者；小人之忼慨驕盈，偏有愛之者。

徐煥龍曰：忠臣憂國，責難於君，每咨嗟歎息，多所慍愉，務求全以修美其國政者，君以爲不近情而憎之，小人輕諾寡算，如允張儀之絶齊，信秦王之好會，君反嘉其忼慨而好之。

賀寬曰：安能如彼讒人得君得時，哆口而談天下事矣。

張詩曰：忼慨，謂裝飾于外者。 言君憎惡、慍怒、愉怨此好修美德之人，而反好此讒人之外貌忼慨者。

蔣驥曰：憎、好，皆指君心。 慍愉，煩憒貌。 又《六書故》云："忠悃貌。"忼慨，激昂之意。

許清奇曰：君子慮事精詳，有近遲鈍，暗君必憎之。 小人遇事假擔當，有近激昂，暗君必好之。

夏大霖曰：慍，鬱積也。 愉，忠悃也。 忼慨，剛毅憤激，能舍己爲人之貌。《季布傳》："婢妾賤人忼慨而自殺，非能勇也。"故以形小人之飾貌，中無實有。 言君憎積誠忠悃之臣，而好僞飾忼慨之輩。

邱仰文曰：如允張儀之絶齊，信秦王之好會皆是。

陳遠新曰：君好憎失當，使小人日進，君子日遠，則天命不純，民心離散，亡無日矣。憂豈徒爲一身哉。

奚禄詒曰：慍，悶也。愉，思也。言彼讒人者，見修美之賢，爲國懷憂慍之思者，則憎惡之，於衆人之忼慨結納者，則心好之。

劉夢鵬曰：慍愉，志悃貌。忼慨，假意氣任事者也。

丁元正曰：忼慨，飾詐翹名，囂然，悍然，若有激昂之概也。

陳本禮曰：慍愉，忠悃貌。

胡文英曰：慍愉，渾淪也。屈子豈不慮秦伏兵之詐，然未敢明言，但曰：“秦虎狼之國，不可信。”是渾淪其辭也。衆讒人豈有不憎之者哉？《爾雅》注言蕴渾，即渾淪也。忼，同慷。夫人，謂子蘭也。子蘭曰：“奈何絶秦歡。”是少年忼慨，敢力保其父以無事也。而衆讒人又附而和之，是好非所宜好也。

顏錫名曰：慍愉，修美，屈子所謂從容之士也。貌爲忼慨，内實荏弱，孔子所謂色厲内荏，小人中之穿窬也。

武延緒曰：一本忼作慷，是也。《九辯》第八正作慷。尋《説文》“忼，慨也。”忼慨，壯士不得志也。《正韻》：“慷同忼。”忼慨激昂之意，皆與本文意旨不合。慷慨即康愷之假字。嵇康《琴賦》：“慷慨以忘歸。”王石渠曰：“慷慨本作康愷。”後人據五臣本改之也。《爾雅》：“愷，康樂也。”《説文》：“愷，康也。”宋玉《神女賦》：“心凱康以樂歡。”凱與愷同。五臣本作“慷慨”，訓爲歎聲。非是。據此，則本文慷慨正與王彼説合，蓋亦假借字，似不必改。前謂一本作慷，是者，正爲便於假借。康愷正與上慍愉相反。

聞一多曰：《淮南子·時則》篇“純温以淪”。温淪即慍愉，和順貌也。然疑此借爲婉孌。忼慨，激切貌，慍愉之反也。夫人猶凡人，衆人也。下文衆即夫人。

蔣天樞曰：《説文》：“愠，怒段改“怨”。也。”“愉，欲知之貌。”與本文無當，疑愠愉借爲緼綸。緼，富饒也。綸，經綸也。言憎恨有韜略經綸之才。夫人，彼人。

湯炳正曰：愠愉，溫良謙恭貌。此用作名詞，指溫良謙恭者，與下句“夫人”對舉。《淮南子·覽冥》：“純溫以淪。”溫淪或即愠愉。

按：愠，惱怒。愉，怨恨也。此言黑白顛倒。修美應慷慨應和，讒妒則該憎恨愠愉。而今世界，對君子修美之行則憎恨愠愉，對小人讒妒之行則慷慨應和。王逸、洪興祖、朱熹説均未得意，汪瑗、黃文煥説近是。

衆踥蹀而日進兮，美超遠而逾邁。

王逸曰：無極之徒，在帷幄也。接輿避世，辭金玉也。（《九辯》注）

洪興祖曰：踥蹀，行貌。

朱熹曰：踥蹀，行貌。亦謂讒佞之人日進於前，使人美而好之愈甚而無已也。

汪瑗曰：衆，指忼慨之徒。踥蹀，衆進貌。日進，進而不已也。美，指君子之流。超遠，謂超然遠去也。踰邁，猶言遁逸也。惟人君好夫人之忼慨，此所以黨衆之小人紛然而日進也。惟人君憎愠愉之脩美，此所以脩美之君子超然而踰邁也。固有見幾而作，不待遷黜而放逐者矣。嗚呼！小人之進，君子之退也。君子小人之一進一退，係於君心一念，好惡之微，而國家之治亂存亡隨之矣。可不知所謹哉？下二句承上二句而言。朱子以美超遠而踰邁，亦貼小人講，非是。

陳第曰：故小人日進，君子日遠。

黃文煥曰：彼之慷慨日以進，我之脩美日以疎。取遠邁而較踥蹀不敵也，如之何哉？此則顯咎黨人，而又隱咎君心矣。

李陳玉曰：曲士日以進，直士日以遠。

陸時雍曰：君子忠君愛國，其嘉謀密計，不敢輕以告人。小人飾詐，翹名托爲忼慨，常有囂然欲、動悍然難下之意。君心不明，深厚持重者，見謂無味而吐棄。儇便矯捷者，以爲得意而相親。所以佞日進，而忠日遠也。

錢澄之曰：踥蹀者，牽引而進，其衆益盛；超遠者，超然自遠，日遠日疏。美即脩美，原自謂也。

王夫之曰：踥蹀，相踵而進。超越，疎遠也。此申上鬱鬱含戚之意。

林雲銘曰：以君之好惡相背，故小人競進而位日高，其國事不言可知矣。又曰：已上痛敘讒人嫉妬之害，妨賢誤國，使君不能察，致己有生離之慘。

高秋月曰：是以衆日以進，而我日以疎也。

徐煥龍曰：所以群邪接踵踥蹀而日進，君有一言，則從而美其所見之超遠，君有一事，則從而美其所行之逾邁，惟聞諛言，再無逆耳，而君於是乎謂人莫己若矣。須屬小人諛君言，不可作君美小人解。

賀寬曰：我實可憎，彼實自好好之者，日益進憎者，日益遠矣，雖修美亦安用哉。

張詩曰：踥蹀，衆進之貌。不知衆讒人踥蹀競進，則君子之美者，自超然遠去而遁逸矣。

蔣驥曰：美，即指修美之君子。邁，往也。言君子深憂遠慮，而君故憎之。小人喜爲浮説，而君故好之。是以小人日進而日親，君子愈疏而愈遠也。此又因讒人之見用而進咎君心也。

王邦采曰：所以群邪接踵蹀躞而日進，美而好之，超軼等倫，而國事愈不可問矣。

吳世尚曰：以上三節則又推原君之所以不能復郢，己之不能復用者，總由於小人之善爲邪佞，肆爲讒毀，能使人君墮其術中而不自覺，以故終其身，甘於遠君子近小人。而讒佞得志，讒諛滿朝，且美其有能有爲，而任用不貳，不亦大可哀乎。

許清奇曰：小人日進，君子日遠。以上痛敍讒人側媚之態，嫉妒之害。

屈復曰：右三段，言讒人之毒，即堯舜不免，而況己乎？君子日遠日疏，小人日近日親，永無還期矣。全爲下文還鄉首邱地，意在言外。

江中時曰：廖尹卿曰："以上三解爲一篇，然都郢之所以終於無救，而可哀者以此。"

夏大霖曰：蹀躞，接踵競進貌。美，指良士。踰邁，遠去之詞。言自使衆奸接踵，良士遠去，此《哀郢》之正旨，從君心好惡之偏説。

邱仰文曰：日進者加寵用，則修美者益疏遠矣。又曰：以上四節，追憶見逐之由。

奚祿詒曰：美者，賢也。故衆人接迹而日進，美人超卓而遠邁也。

劉夢鵬曰：蹀躞，雜沓貌。邁，逝也。言人君惡忠悃喜忼慨，則傾險雜進，貞臣遠舉也。

丁元正曰：超遠，超越疏遠也。此言讒人嫉妒之害，以致國是日非，人民離散，不能不望郢而生哀也。　語云：廉吏常跡，聲實難高。搏擊爲能，招響必速。　所謂悃愊之可憎，忼慨之可好。　説盡千古宦途情狀矣。

胡文英曰：踥蹀，踐足而進也。　美，修美也。　讒人争進，則修美自超遠而愈速其行邁矣。

胡濬源曰：美字，正自謂。　超遠踰邁，則又至頃襄怒遷時矣。

顏錫名曰：美，原自謂也。　踰，越也。　邁，往也。　踰邁，言越江湖而往遷之所。　奈君偏信其讒，於內外美修者則憎之，其大言無實者則好之，讒諂接踵日進，彼美自應遠絀在外，而國事且不可問矣。

王闓運曰：此皆采宋玉之詞，以著己被放之由。　讒者言懷王反，不利頃襄。　子蘭不知王傳國高世明遠之見，決無不慈之事。　又譖原歎秦主和不若言戰之忼慨，故使頃襄疏遠修美之臣，嫌於自矜，故直用弟子之詞。　叔師於此無注，云此皆解於《九辨》之中，是亦知此作在《九辨》之後，然不言所以，是其疏也。

馬其昶曰：以上深抉忠佞賢姦、進退消長之故，爲萬世戒。　史公所謂“懷王兵挫地削、客死於秦，爲天下笑”，此不知人之禍也。

姜亮夫曰：此八句，蓋《九辯》中錯簡亂入本文者。　何以言之？王逸於此八句皆無注，僅於末句云：“此皆解於《九辯》之中。”王逸舊本《九辯》本在《離騷》之後，則此八句必原於一本無疑。《九辯》作者乃宋玉，則此八句可能爲宋襲屈言。　又《哀郢》全篇無實狀事態之文，更無正面指斥小人之處；此八句不僅義象與上文每句皆殊，而文義與上下亦每句不能切合，去之則兩美，合之則兩傷。　則此八句必爲《九辯》中文亂入此者。

蔣天樞曰：踥蹀，往來貌。　美，謂懷悃愊之修美者。　超遠，謂屈原在此形勢下不得不超然高舉，別有所圖，爲之邁往無前也。

湯炳正曰：以上第二段，由對初放的回憶回到現實，着重對頃襄時的内政、外交提出批評。

按：衆，小人。此言小人日進，則君子必日遠。朱熹以爲讒佞之人日進於前，則反襯人美而好之愈甚而無已，正如汪瑗所説“貼小人講”，迁曲。陳第、蔣驥説是。王邦采以爲國事愈不可問，可參。

亂曰：曼余目以流觀兮，冀壹反之何時？

王逸曰：曼，猶曼曼，遠貌。言己放遠，日以曼曼，周流觀視，意想一還，知當何時也。

洪興祖曰：《説文》：“曼，引也。”

朱熹曰：曼，遠意。

周用曰：亂辭所及，其攀慕垂絶之音，抑亦有無窮之悲焉。

汪瑗曰：曼目，謂引目遠視也。流觀，謂周流遍觀也。冀，期望之意。一反何時，謂意欲期望一還郢都，不知其果於何時而得歸也，蓋甚言其無反國之期耳。

馮覿曰：屈子之詞，前極憤懣，至“亂”而每以非其罪，而自安其仁人之用心歟。

黄文焕曰：望長楸、顧龍門，一曼目流觀也。登大墳、森南渡，又一曼目流觀也，此傷今之目也。瞭杳杳其薄天，堯舜之行，與天比隆，杳然上古皆可以瞭而見之，此又一曼目流觀也，弔古之目也。流觀遞遍，一反無時。

周拱辰曰：冀壹反之何時，深悲賜環之望絶，嗣是負重石，侣彭咸，亦其情之無可如何矣。

賀貽孫曰：“曼余目”三字，癡心在目。鳥飛故鄉，狐死首丘，日夜不忘，猶冀一返之何時，讀至此，節愈促，情愈哀矣。蓋懷王十六年，以上官大夫之讒而放屈子，至十八年復召用之，三十年，懷王信張儀之詐，屈子諫之不從，懷王客死於秦，頃襄王立，復以令尹子蘭之讒而放之，屈子此時猶冀頃襄悔悟如懷王十八年故事耳。 觀上文"至今九年而不復"，則《哀郢》之作於頃襄王時無疑。

王夫之曰：曼，延也。 壹，決也，決計反都於郢也。

林雲銘曰：曼，引也。 生歸之望絕。

徐煥龍曰：欲遠其目以觀小人之究竟，其流殆將胡底，奈身放遠方，冀壹反故都，正不知於何時耳。 曰壹反者，甚難其反之詞。

張詩曰：言曼引余目周流遍觀，冀一反郢都將何時乎？

夏大霖曰：首節謂以首枕郢而死，不忘其所自生也。 身返無時，則不如鳥獸之遂心矣。 曼目流觀，有群邪滿目之哀，故知壹返之無時。

陳遠新曰：因九年不復而反復自責也。

劉夢鵬曰：流觀，反復觀也。

戴震曰：曼，延長也。

胡文英曰：曼，環繞也。《招魂》"蛾眉曼睩"，又"長髮曼鬋"。流觀，周視也。《左傳》："視流而行速。"

顏錫名曰：曼，遠引也。 言思還郢都。

王闓運曰：不得還，故遠觀而歎。

聞一多曰：曼讀為眄。《說文》："瞒，平目也。"《繫傳》曰："目瞼低也。"《字林》："瞒，目旰平貌。"案遠望者合旰審諦之貌也。《招魂》："遺視矊些。"瞒矊聲義俱近。

姜亮夫曰：曼，《說文》："引也。"流觀，即周流而觀之義。 壹反之何時，言壹反而無時，意謂生歸之無望也。

蔣天樞曰：亂辭以懷念故都之情結束全文。 曼，遠貌，遠視不可

見，故凝睇以流觀。 壹反，反歸之情如流水，沛然莫能禦。 何日始
可實現反歸故國之願望?

按: 此言期望返郢之期也。 王逸說意亦近是。 原拳拳之心不忘
返郢，可見郢都尚有讓其惦記之人之事，非心死臨絶之音。 林雲銘說
"生歸之望絶"，非。 王逸、汪瑗說是。

鳥飛反故鄉兮，狐死必首丘。

王逸曰: 思故巢也。 念舊居也。

洪興祖曰:《淮南》云: "鳥飛反鄉，狐死首丘，各哀其所生。"
《記》曰: "樂，樂其所自生，禮不忘其本。 古人有言曰: 狐死正丘
首，仁也。"《廣志》曰: "狐死首丘，豹死首山。"

朱熹曰: 鳥飛反故鄉，思舊巢也。 首丘，謂以首枕丘而死，不忘
其所自生也。《禮》曰: "大鳥獸喪其群匹，越月踰時，則必反巡過其
故鄉。" 又曰: "樂，樂其所自生，禮不忘其本。 古人有言曰: 狐死正
丘首，仁也。"

林兆珂曰: 言我放逐九年，日以曼遠，周流觀視，不知返於何
時，相彼狐鳥，尚不忘舊。

黃文煥曰: 生不得反歸，死猶冀反葬。 向所嘆"皇天之不純
命"，不得列於民之數，不得列於百姓之數者，尚得列於鳥之數、狐之
數乎? 甚哉，原之不忍死也!

陸時雍曰: 首丘，以首充丘而死。

王夫之曰: 鄉，與嚮通。 人情懷其故土國君，效死而勿去，此己
所湛湛願進之忠也。

林雲銘曰: 生不如鳥，死不如狐。

高秋月曰: 傷其不得同於鳥獸也。

徐煥龍曰：鳥飛逾時，尚反故鄉，狐死必正其首於丘，不忘所自生也。

張詩曰：但鳥戀舊巢，飛則必反乎故鄉。狐戀舊窟，死則必以首枕其丘。

蔣驥曰：首邱，謂以首枕邱而死，不忘所自生也。申明不能忘郢之意。

陳遠新曰：言今自知不能壹反如鳥狐矣。

奚祿詒曰：已想到不正首丘之時，不忍再讀。

劉夢鵬曰：《記》曰：“鳥獸喪其群匹，越月踰時，則必返巡過其故鄉。”丘，狐所藏之地。生而樂于此，及死猶必正首向之，不忘本也。

胡文英曰：首丘，所生之丘。

顏錫名曰：故鄉，故巢也。首丘，以首枕丘也。

聞一多曰：《淮南子·説林》篇云：“鳥飛反鄉，兔走歸窟，狐死首丘，寒將（螿）翔水，各哀其所生。”《繆稱》篇：“夫子見禾之三變也，滔滔然曰：‘狐鄉丘而死，我其首禾乎！’”注曰：“禾穗垂而向根，君子不忘本也。”《檀弓》上“君子曰：樂，樂其所自生；禮，不忘其本。古之人有言曰：‘狐死正丘首’，仁也。”

姜亮夫曰：首丘者，謂以首枕丘而死，不忘其所自生也。

湯炳正曰：根據近年地下考古發掘的材料，知楚民族在周朝時被封於丹陽，因此漢北乃楚先人陵墓所在，爲楚民族故鄉。屈原當時流放在外，返郢已不可能，故此處所謂“首丘”“反鄉”，當指漢北而言。且由於秦國的侵略，漢北當時成了楚與秦對峙的前綫地區，正是屈原關心的地方，因此可以說，這兩句已透露出屈原將由陵陽轉徙漢北的消息。

按:《禮記·檀弓上》:君子曰:"樂,樂其所自生。禮,不忘其本。古之人有言曰:狐死正丘首,仁也。"《淮南子·説林訓》:"鳥飛反鄉,兔走歸窟,狐死首丘,寒將翔水,各哀其所生。"此句乃古之成語。首丘,死時首之方向指向出生之丘,非以首枕丘也。胡文英説是。

信非吾罪而棄逐兮,何日夜而忘之?

王逸曰:我以忠信而獲過也。晝夜念君,不遠離也。

朱熹曰:忘,謂忘其故都也。

汪瑗曰:信非吾罪而棄逐,蓋言己之遭放,誠非實有罪過,特以讒人之妬,君之不明耳。忘,謂忘其故鄉也。何日夜而忘之,即上何須臾而忘反之意。瑗按:此時郢都已破,宮城之毀,陵墓之焚,君上之敗走,百姓之離散,而故國爲荒凉草莽之丘墟矣。屈子猶拳拳欲歸故都者,亦謂得知鳥獸之死于舊巢舊窟足矣。可謂仁之至,義之盡矣。自謂重仁襲義,謹厚以爲豐者,非虛語也。然懷王客死於秦鄙,襄王旅斃於陳城,竟不以故都爲念,曾不知夏之爲丘,孰兩東門之可蕪也。是誠何心哉?夫郢自楚文王遷都以來至懷襄,幾四百年,而祖宗舊物一旦爲暴秦所奪,曾不知一思及之,方且卑卑然與之會盟講和,人子爲質,其不足與有爲,而無恥也甚矣。獨屈子抱區區之忠,雖無日夜須臾而忘之,亦將奈之何哉?屈子曰信非吾罪而棄逐者,非急急于自表暴乎己也,蓋深責襄王之棄賢而亡國也。使襄王聞屈子之言而深悔之,復召還屈子,與之共謀國政,訓練所收十萬之東兵,猶足以馳騁乎天下矣。況區區之郢都,又豈有不可復者哉?嗚呼!《哀郢》之作,而以讒人之嫉妬,用賢之倒置終之,豈無意乎?襄王迷而不悟,懦而無爲,使屈子之志竟莫能伸,而千古之恨至今誦之，令人太息不已。 故太史公讀《哀郢》而悲其志焉。

徐師曾曰：宋祝堯曰：“賦也，兼有風義。”平懷故都，徘徊不忍去，有黍離之餘悲，然《黍離》章末曰：“悠悠蒼天，此何人哉！”雖怨而發之和平，猶有先王之澤焉。 此篇之末，乃云“信非吾罪而棄逐兮”，則未免出於憤激，亦異乎和平之音矣。 愚按：懷王不知夏屋之爲丘墟，都門之可蕪穢，故信讒遠直如此。 其後二十一年，秦遂拔郢，而楚徙陳。 平之言於是乎驗矣。

林兆珂曰：況我以非罪而被逐，何敢日夜而忘故都也。

黃文煥曰：日夜戀土之懷，慘痛至此極也。

周拱辰曰：非不知罪也，謂苟吾無罪也，而何以棄逐，正我罪伊何之意也。 以罪歸己，乃所以戀君乎！

陸時雍曰：不忘，即自主也。

錢澄之曰：總結不能忘郢之意。

王夫之曰：雖諫而見放，然願君西歸之心，不能旦夕忘也。

林雲銘曰：蓋惟非罪，有可以放歸之理，故不能忘。 又曰：已上敘死期將至，冀得歸骨作結。

高秋月曰：自章首至“來東”，言出門之愁；自“靈魂”至“含慼”，言回思之愁；自“承歡”至“逾邁”，痛恨黨人被其生離之愁。末乃以求得歸死爲結也。

徐煥龍曰：吾苟有罪，委他鄉溝壑，亦所甘心。 信非吾罪，乃鳥狐之不若乎，何日何夜，能忘歸郢。

賀寬曰：觀於“亂”，而知原之此篇作於懷王未客秦之前矣。《離騷》末章願依彭咸而居，何其激切。 此章日夜思歸，何其哀婉，吊古傷今，寄之曼目，生不能歸，死期還葬，此與魂魄猶思故鄉者，倍傷心矣。 彼屈子者，豈始願沉湘耶？

張詩曰：信非吾罪而棄逐于此，何日何夜能忘反乎。

吳世尚曰：忘，謂忘其故都，正指郢也。

許清奇曰：以上敘無罪見放，冀得歸骨作結。

屈復曰：右四段，言信非吾罪而棄逐，乃今逍遙而來東之注腳。一返無時，狐鳥不如，然無罪放逐，有可還之理，故日夜不忘也。其詞似和，其心愈哀矣。

江中時曰：言一返無期，生不如鳥，死不如狐，非罪而棄逐，何日夜忘故都乎。一結悽惋欲絶，亦似絶命之詞。

夏大霖曰：自信無罪，實望君察，故日夜不忘郢都之返。讀此，真赤心中流出碧血，碧血處還是赤心。

邱仰文曰：末以思歸終之。讀《哀郢》而不墮淚者，其人必不仁。首丘，謂以首枕丘而死，不亡其所自生也。《禮》曰：“大鳥獸喪其群匹，越月踰時，則必反巡過其故鄉。”又曰：“樂，樂其所自生，禮，不忘其本。古人有言曰：狐死正丘首，仁也。”又曰：《涉江》全是矜憤語，至此英氣消磨盡矣。蕭森歷落，古直悲涼，蓋九年中挫折增益如此也。又曰：王貽六好批西仲之繆於“九年不復”句云，考諫釋張儀在懷王十八年，至三十年復諫會武關，其間相去十三年，安知非此十三年中遭疏放，何必坐定頃襄，此謬説也。原在懷王之世，《史》止言疏，並未言放，放之江南，在頃襄三年。由子蘭嗾上官短之，史有明文。篇中明言江夏，下江自係頃襄並無疑。不可不辨。

陳遠新曰：尚非吾罪而棄逐，君不宜如此忌己也。若直説己無罪被放而不忘君，非忠厚之旨矣。

奚祿詒曰：一治一亂者，天也。其播賢而虐民者，非天也。君心狃於治道，致家耄遜荒，兆民索朽，豈其天乎？故彼婦出走，知魯之將衰；紀綱底滅，見夏之必覆。此五子與孔子之歌所以作也。屈原去郢，有濡尾之象矣。 而九年之内，企望賜還，猶以堯舜之道尊其君，而歸遠於己。 是憂讒畏譏之懼，既不失於平常，而推亡固存之念，又不忘於久遠。 奈何楚之君臣，終止則亂，其道窮也。

劉夢鵬曰：右第一章。 九年不復，壹反何期，宗社丘墟，風景變色，嘅西浮之不見，將運舟其焉如，望遠舒心，淒其在目，此《九章》之首也。 下八章皆承此章之意而申言之。

丁元正曰：言鳥獸尚戀故鄉，我實無罪，乃心西歸，何忍須臾而忘反也。 按懷王十六年，秦拔郢而楚徙陳，《哀郢》之作，乃在頃襄之十年，則知原日前之所以忍死而不遽從彭咸之所居者，實欲望其復用，立法度以自強，報秦仇以雪恥，則平樂之故土可復。 乃遲至九年，歷時不爲，不久始絕其望，而夏之竟爲丘，兩東門竟蕪矣。

陳本禮曰：結出“哀”字正意。

胡文英曰：若果爲吾之罪而棄逐，則亦甘之矣。 不然，豈能日夜而忘返乎？

牟庭曰：今日思郢而哀，益使我念當時去郢而哀也。

胡濬源曰：《史》遷所以悲其志也。“亂辭”全是不忘欲反。

顏錫名曰：屈子之思還，非僅爲首丘計也。 蓋亦如在漢北時，念念不忘南行之意耳。

王闓運曰：至此危亡，乃知放臣之無罪矣。 然君臣皆不反，己亦終於不反。 日夜不忘郢也。

姜亮夫曰：信，誠也。 信非二句，作一氣讀，言誠非余之罪而見逐棄，余又何能日夜忘之乎！

蔣天樞曰：小人毀原，爲種種陷誣之詞，故云信非吾罪。 棄逐，括免己職、黜己身而言。 何日夜而能忘之，之，是也，“是”謂復國情懷。

　　按：此《哀郢》之“哀”所在。 言己之被棄，本非吾罪，楚君一日明之，吾即可返郢都也。 既有回郢之機，何曾日夜忘之耶？ 此戀戀不忘回郢，亦證明此篇之創作背景乃莊蹻暴郢也。 莊蹻暴郢乃楚之內亂，屈原無錯，而被迫流亡。 然一旦內亂平息，原即有機會重獲召用，故戀戀不忘返也。 若白起破郢，郢被秦占，何能再回郢乎？ 雖望亦無用矣。 此讀此篇當深思者。

抽　思

洪興祖曰：此章言己所以多憂者，以君信讒而自聖，眩於名實，昧於施報，己雖忠直，無所赴愬，故反復其詞以泄憂思也。

朱熹曰：以篇內"少歌"首句二字爲名。

祝堯曰：賦而比也。所謂"少歌""倡""亂"，皆是樂歌音節之名。其"倡曰"一節，意味尤長，不惟兼比賦之義，抑且有風人之旨焉。

吳訥曰：賦而比也。所謂"少歌""倡""亂"，皆是樂歌音節之名。

汪瑗曰：《哀郢》曰："方仲春而東遷。"《懷沙》曰："滔滔孟夏。"《抽思》曰："悲秋風之動容。"可以考其所作之時矣。洪氏曰："屈原以仲春去國，以孟夏徂南土。"則《抽思》其作於是年之秋歟？作於是年之秋，則序當在《懷沙》之後矣。是頃襄王時所作。王逸以爲指懷王，非是也。或曰，《抽思》作於《哀郢》之後，在頃襄王之時。是矣。然《抽思》尚多愁嘆苦神之語，猶望覽民尤以自鎮，結微情以陳辭。而《懷沙》乃多舒憂娛哀之言，冤屈而自抑，抑心而自强而已耳。其氣漸平，其怨稍殺，意者《抽思》作於東遷之秋，《懷沙》作於次年之夏者也。今按其說亦通，未知其審，不敢輒自移易，姑從舊序，因綴其說於題下，以竢後之君子有所考據而訂證云。其篇內大旨，則因秋夜有感，述己思君念民，流離遷謫，夢歸故鄉之情之所作也。其間“何極而不至”“遠聞而難虧”“善不由外來”“名不可虛作”數語，又深有得乎吾儒性理之學，切實之功，而非宋、景、鄒、枚之徒之所能窺其萬一者也。戰國之時，孟子之外一人而已，豈特楚之巨擘而已哉？

張京元曰：徂夏而秋，抽其悲思也。

黃文煥曰：題是抽思，前半專說陳詞，結微情以陳，歷情以陳，分作兩樣。多怒、造怒，情不敢盡陳，故曰結微也。既怒之後，又冀進焉，情愈鬱而愈多矣。始避怒而不敢盡陳，茲求解怒而不得不罄陳矣，故曰歷陳也。初吾所陳，追遡結陳歷陳之舉無益，而又諄諄於可完難虧，善名施實之說，致其三陳焉。乃始之佯聾不聞，繼且聞之傲而不聽，君志益驕，臣忠益阻，無復可陳矣，空有自抽思而已。故美人抽思以下，只歸自嘆，不復及君。前後分作兩截。自申不得，斯言誰告與陳詞相反相映。

李陳玉曰：抽思者，思緒萬端，抽之而愈長也。其意多在告君，而托之乎男女情欵。陶隱居云：“蓀，香草。似石菖蒲而葉無脊，生溪澗。中古男女相悦以此相稱謂。”篇中曰“數惟蓀之多怒”、曰“蓀詳聾而不聞”、曰“願蓀美之可完”，皆呼君也。少歌，樂章音節之名，荀子《佹詩》亦有小歌。倡，亦少歌之意，即所謂發歌句者也。屈原生于夔峽，仕於鄢郢，故有自南而集漢北之句。北姑，山名。

賀貽孫曰：摘篇中“少歌”首句二字命題，雋甚。

陸時雍曰：此篇凡三致意於良媒矣。

錢澄之曰：原之放在頃襄王之時，而反復哀怨，皆懷王見疏時事。事已往矣，一一抽繹思之，故曰抽思。若襄王，本未見用，無可思也。

王夫之曰：抽，繹也。思，情也。原於頃襄之世，遷於江南，道路憂悲，不能自釋。追思不得於君見妒於讒之始，自懷王背己而從邪佞，乃自退居漢北以來，雖遭惡怒，未嘗一日忘君，而讒忌益張，嗣君益惑，至於見遷南行。反己無疚，而世無可語，故作此篇以自述其情，冀以抒其憤懣焉。曰漢北，曰南行，殊時殊地，舊注都所未通，讀者當分別觀之。

林雲銘曰：屈子置身漢北，無所考據。劉向《新序》止云懷王“放之於外”，並未有漢北字樣。即《史記》亦但云“疏”“絀”“不復在位”，其作《離騷》，雖有“放”“流”等語，亦未有漢北字樣。今讀是篇，明明道出漢北不能南歸一大段，則當年懷王之遷原於遠，疑在此地，比前尤加疏耳，但未嘗羈其身如頃襄之放於江南也。故在江南時不陳詞，在漢北時陳詞；《哀郢》篇言“棄逐”，是篇不言“棄逐”，蓋可知矣。奈懷王爲人，好尊大，喜奉承，受群臣之媚有素，其所以多怒者，恐己之美好修姱爲人所勝，不能專其爲善，擅其爲名，故前此上官窺見其微，以原自伐行讒，純用激法耳。篇中先提出己之憂思，全是爲國爲民起見，因屈於君之多怒，難以面陳，遂趁筆帶出“民尤”兩字，則民生不堪之狀，約略可見。此番竭情上書，出於萬不得已，而君褎如充耳，仍是前番不信。故習左右之人，皆以不媚取怒，相戒不爲一言。非不知未疏之前，言猶在耳。其所以瀆陳不已者，欲君成其所爲善，得其所爲名，上比五帝三王，即己不幸而爲彭咸，亦不敢惜也。若漢北不得歸，狂顧南行，惓惓之意，猶在未著，此先君後己之衷，千古如見耳。一篇中層次井然，苦被舊注埋沒，總因以《九章》皆作於江南之埶一語，遂把篇首“憂思”認作放己而懷愁；“陳詞”，認作冤己而請察，不知將下文“望三五以爲像”，及“蓀美可完”“遠聞難虧”等語，置之何地？　且以懷王黃昏爲期之言，移在頃襄身上，張冠李戴，安有是理？　甚至“有鳥南來，集於漢北”二句，無可附會，乃以爲原生於夔峽，仕於鄢郢之喻，毋論原非夔峽之人，以鄢郢爲漢北，義尤未安。　但玩下文痛“郢路之遼遠”，以“望北山”“宿北姑”爲悲，“南指”而魂逝，“南行”而心娛，若江南之埶所作，則此等字面，皆用不着。　是漢北之集，或言鳥乎？或自言乎？　按漢北與上庸接壤，漢水出嶓冢山，在漢中府寧羌縣，上庸即石泉縣，懷王十七年，爲秦所取，而漢北猶屬楚。　嗣秦會楚黃棘，復與楚上庸。　至頃襄九年，楚爲秦敗，割上庸、漢北與秦，故《思美人》篇亦云“指嶓冢之西隈”，以身在漢北，舉現前漢水所自出，喻置身之高耳，若別舉高山，便無來歷，以此推之，則原之遷此何疑？　若舊注謂原生於夔峽，不過因杜詩《最能行》篇，謂“山有屈原宅”句，不知少陵當日雖在夔州，而屈原宅却在荊州府之歸州，以歸州當春秋時，亦夔子國故地，因舉全夔而總言之，非謂夔州府有屈原宅也。　郢都即荊州，生於郢而仕於郢，何謂之南來乎？　余不信諸家之注，惟以屈氏自注爲確。

徐煥龍曰：即“少歌”首句有此二字以名篇。　他本“美人抽思”句，作抽怨，謂抽拔其怨，亦似有理。　今合以篇名，原本當是抽思。

蔣驥曰：此篇蓋原懷王時斥居漢北所作也。　史載原至江濱，在頃襄之世。　而懷王之放流，其地不詳。　今觀此篇曰來集漢北，又其逝郢曰“南指月與列星”，則漢北爲所遷地無疑。　黃昏爲期之語，與《騷經》相應，明指左徒時言，其非頃襄時作，又可知矣。　原於懷王，受知有素，其來漢北，或亦謫宦於斯，非頃襄棄逐江南比。　故前欲陳辭以遺美人，終以無媒而憂誰告。　蓋君恩未遠，猶有拳拳自媚之意，而於所陳耿著之詞，不憚疊疊述之，則猶幸其念舊而一悟也。　視

《涉江》《哀郢》《惜往日》《悲回風》諸篇，立言大有逕庭矣。《集注》
多誤解，林西仲辨之頗當，別見餘論。（《山帶閣注楚辭》）又曰：按
《抽思》首序立朝見疏之由，次紀自南來北之蹟，其爲初遷可知。
（《楚辭餘論》）

王邦采曰：即"少歌"首句二字名篇。

吳世尚曰：此章蓋爲陳詞不聽，故反己而自省，曰：我之抽思已
至矣，其如君之不聽何？ 故"少歌"四句乃一篇之筋節。 而"抽思"
二字，又"少歌"之眼目，而遂以是而名其篇也。 此亦全用賦體
者也。

許清奇曰：劉向《新序》只言懷王放原於外，不言所放何處。 今
篇中明出漢北，字面又言魂欲南歸、狂顧南行，與《思美人》篇"觀
南人之變態""獨煢煢而南行"皆指郢都，則此二篇爲放在漢北所作無
疑矣。

屈復曰：思欲陳詞，覽民尤而止。 望三五，儀彭咸，蓋爲國爲
民，非爲一己見疏，此所以與美人之抽思也。

江中時曰：以憂字起，以憂字結。 總因逢君之怒，陳詞置若罔
聞，徒抱此致君三五之思，此其所以憂也。 後作三歌，意俱相承。
"少歌"言抽思而君不聽。"倡"言身處異域，惟魂當歸郢，蓋思君之
至也。"亂"言身不得歸，聊南行以娛心，而究不得南歸。 此憂所以
無告也。 嗚呼！ 吾讀"倡"詞而廢書而嘆焉。 夫人臣思君之篤，至
於夢魂九逝，此真可以感天動地，推斯志也，雖汨羅既沉之後，猶當
惓惓懷王於異地，不知孟堅何所見以爲怨恨懷王、忿恚自沉乎？ 篇中
"望三五以爲像""指彭咸以爲儀"，蓋言君臣各盡其道耳，非必效彭
咸之諫而死也。 林氏謂君誠上比三五，即己不幸而爲彭咸，亦所不
惜，且謂漢北不得歸，狂顧南行，惓惓之意，猶在未著，不知己不

歸，則君不寤，君不寤，何以上比三五；惓惓之意，正爲君耳。　大抵屈子傷己之放，都從愛君憂國起見，彼專認作放己而懷愁，便蹈孟堅怨恨之説，第謂愛君憂國，己身不惜，亦迂論也。

夏大霖曰：抽者，引其緒而申長之謂，因《思美人》篇之緒更思也。　玩首節，知爲夜分之繼作，蓋書已先作《思美人》篇也。《思美人》篇止明己之見絕由己之不屈志，而《思美人》之大有爲己則忠比彭咸也。　其辭意直接前篇，引申説來，熟玩自明。

邱仰文曰：抽，援也。　思，意也。　抽援君臣離合之故，蓋亦懷王時在遷所而作也。

陳遠新曰：因《惜往日》君信讒遠己，不察忠佞，而欲畢辭以悟君，而追述己之陳辭於君之不見聽也。《惜往日》言君信讒言；此言君不信忠言，是反相承。《惜往日》君含怒以待臣，此數惟荃多怒，爲余造怒，是正相承。　篇中二陳詞，一所陳耿著，與《惜往日》陳情白行、畢辭赴淵一一關照。

奚祿詒曰：此篇賦而比也。　少歌不足，又倡言之；倡而無和，又總理以賦之，終爲亂辭云爾。

劉夢鵬曰：東來之舟，既背夏首，則原不涉夏而入漢，卓遠無媒，月星南指，原真冀反者哉。　舊名其章曰《抽思》，列第四章，今次第二章。

戴震曰：方晞原曰：“屈子始放，莫詳其地，以是篇考之，蓋在漢北。　故以鳥自南來集爲比。”又曰：“‘望南山而流涕’，其欲反郢也。　曰‘南指月與列星’，曰‘狂顧南行’，篇次列《涉江》《哀郢》之後者，《九章》不作於一時，雜得諸篇，合之有九耳。”

牟庭曰：《抽思》亦漢北作也。　夜思往事，夢歸故國，寤而作賦也。

　　顏錫名曰：此篇繼《思美人》而作，《思美人》云"言不可結而
詒"，故欲南行面陳。此篇言本欲遙赴橫奔，覽民而自止，乃《抽
思》結撰。竭情陳詞，此二篇相爲呼應處，無如上書不報，惘惘自
回，繫心懷王，斯須不能忘郢。宿於北姑，道作是篇。篇中亦自分
兩大節。"少歌"以上，敘陳詞事；"倡曰"以下，敘回漢北事，終以斯
言誰告，蓋正欲以斯言告之於君也。

　　鄭知同曰：此章乃南遷之後，行蹤靡定，旅次無聊，中夜思君之
作。首以"憂思永嘆""遭夜方長"數句作領，遂言方此之時，細數
君之怒己，固已深矣。而己終無去國之理，不能不暗溯往事，結情陳
詞，舉以遺君，或容上達。乃以一"昔"字提起，歷歷回想從前諫君
之進退曲折，與君之所以罪己，小人之所以害己，不覺心緒百端，而
不能自已，所謂《抽思》也。後仍歸到夜境作結。"少歌"既言"與君
抽怨"兼并日夜；而"倡"詞述夜思更苦。雖在孟夏之短夜，猶若年
歲之方長。不特醒時爲然，即偶爾得臥，魂夢亦不忘返楚國。郢路
如此遼遠，至於一夕九逝！通篇大旨如此。"亂"詞以"夜宿北姑"
"道思作頌"點明其時其地，顯是中途夜思而作。觀其於上篇末句逗
出一"夜"字，即緊承此字，發揮出一篇文字。其脈絡之清晰入細至
此。大凡屈子前後思君之語不一致，而此篇就夜思摹繪。説到魂夢
一節，尤爲痛楚迫切。較前篇之在在思歸，倍覺深至。蓋上篇是無
地不思，此篇見無時不思，又所以立異也。且其前後措詞用意處，尤
當細詳。《惜誦》專欲以感頃襄；《哀郢》無時忘反故國。雖於《涉
江》一再言愁苦終窮、重昏終身。明知無遇赦再起之日，而終不肯自
絕於君。故此篇仍欲"遺夫美人"，結以"斯言誰告"？《史》所謂
"冀君一悟"，的是。屈子九年中所居心，其狀夜思，前言"遭夜方
長""秋風動容"，是作此《抽思》時在杪秋之永夜；後乃言"望孟夏

之短夜”，則夏夜之思，爲屬從前。　此引來並說，卻藏過近境一層。見得前此夏時短夜，處處猶若度歲，今值此長夜曼曼，更當如何更歷？　此加一倍寫法。　末言“願徑逝而不得，魂識路之營營”，又以見己身了無反國之日。　惟借魂夢飄揚，倘得一見故土，而魂尚營惑不能徑達。　興言至此，沉痛極矣。　正文尤在昔君成言數節，細疏前事，裝入回想意中。　上言“遺夫美人”，遺新君也。　所以遺新君者，不外求其明察舊君之冤。　昔君者，舊君也。　緬述舊君時事，與《惜誦》意同，而曲曲寫來，愈加詳備。　言懷王初任己時，本與己成約，至老不衰。　如行路然，日暮途窮而後止。　既而中道回惑、反覆，以有他志，遂以疏己。　加之內無輔弼，自矜其能，盈滿已甚。　且與己言不信，朝令夕改，使己無所適從。　蓋爲欲加己罪，己本無罪可名，特借此過失，然後可以造作憤怒。　己於初時，屢欲乘間自行申雪，卻震懾而有所不敢，亦終不能隱忍。　殆遲之又久，旁皇希冀，戰慄悚動，然後得以進言。　及既歷情陳詞，以爲或可解免，而君殊付之佯聾不聞。此已無可奈何。　無如己終不能改節，固仍切直不媚。　於是不惟君甚厭之，衆共患之，勢不至屏己於外不止。　所以流亡至今不復者，豈不以初吾所陳耿著之故？　然我初時獨何樂進此逆耳之言，如毒茶之瞑眩苦口哉。　終始欲保全君國，以補袞職也，非獨自信爲然。　凡我所爲，迫欲致君以帝王之規模，輔以彭咸之法度，極於無所不至者，固已久揚於外，遠聞而不虧矣。　從古“善不由外來”“名不可虛作”，迄今實至名歸，如施之有報，如耕之有獲。　豈非己之忠誠，人所共鑒？何獨吾君究竟不悟，至於斯極乎？　凡此縷縷情事，皆《離騷》及上章所未細及。　趁此思君時，恰好一一指陳插入，所謂“結微情”也。足見自初得用時，己之竭忠盡慮，自不待言。　即後見疏，以至被絀，身處危疑之際，而所以乘間開陳於君者，仍不知進幾許謀略，費幾許調停。 在當時欲徑直而不敢，欲緘默而不忍，百計周旋之態，怳然猶在目前。 此一段苦心，不能不想而最不堪設想，於情事是補寫前文所未備；於行文則不如此敘述隱微，非抽思之極致也。 若祇將舊所囫圇敷陳君之昏暗，臣之諂譖，己之冤誣，一切陳言，以填實抽思，既嫌復贅，更有何意味哉?

吳汝綸曰：思當爲怨，抽怨，即復仇也。

游國恩曰：《抽思》是排遣愁悶的意思，因篇中"少歌"有"與美人抽思"的話，故取以名篇。 篇末"亂"辭云："道思作頌，聊以自救兮。"這就是"抽思"二字的注腳。《抽思》是屈原初放於漢北時所作，那時在楚懷王二十四年（紀元前三〇五）。 篇中"倡"辭云："有鳥自南兮，來集漢北。 好姱佳麗兮，牉獨處此異域。 既惸獨而不群兮，又無良媒在其側。 道卓遠而日忘兮，願自申而不得。"又云："惟郢路之遼遠兮，魂一夕而九逝。"漢北在漢水以北，今樊城鄧州一帶，其後頃襄王十九年，割其地予秦。 是楚國的邊境，故曰異域。 郢在今湖北江陵縣，與漢北相去數百里，故曰郢路遼遠。《抽思》全篇充滿了憂傷愁苦的詞句。 由於他懷念郢都，至於"望南山而流涕，臨流水而太息"，他晚上睡不着，覺得短夜如年；"望孟夏之短夜兮，何晦明之若歲！"一睡着了，就一夜做了多少次夢，夢魂也知道向南走。"曾不知路之曲直兮，南指月與列星。"有時是苦悶極了，就"狂顧南行，聊以娛心"。 我們可以想像這時屈原的情緒了。

姜亮夫曰：此篇以篇中"少歌"首句二字爲名，蓋原懷王時斥居漢北之作也，古今説其篇義者，蔣驥最得真義。

饒宗頤曰：《左傳》昭九年："蒲姑、商、奄，吾東土也。"服虔曰："蒲姑、商、奄，濱東海者也，蒲姑，齊也。"又二十年《傳》："晏子曰：昔爽鳩氏始居其地，季萴因之，有逢、伯陵因之，蒲姑氏因之，而後太公因之。”《史記·齊世家》：“胡公徙都薄姑。”蒲姑即薄姑，古爲奄君之名。見《周本紀》。後人取以名其所居之地。後爲齊都。北、薄聲同，知北姑與薄姑、蒲姑本一名而異文。續《漢·郡國志》：“樂安博昌縣北有薄姑城。”《左傳》杜注同。《史記正義》引《括地志》：“薄姑城在青州博昌縣東北六十里。”薄姑地，蓋在今山東博興縣東北也。知北姑爲薄姑，而《抽思》言宿於北姑，則《抽思》當作於使齊時。考屈原兩爲齊使，古史書載之頗詳。《史記·屈原傳》云：“屈平既疏，不復在位，使於齊，顧反，諫懷王曰：‘何不殺張儀，懷王悔，追張儀，不及。’”此原第一次使齊也。《新序·節士》篇：“復用屈原，屈原使齊。後秦嫁女於楚，與懷王爲藍田之會，屈原以爲秦不可信，群臣皆以爲可會，懷王遂會，果見囚拘，客死於秦。”此原第二次使齊也。如《新序》言懷王之會秦武關，正值屈原第二次出使在齊，時雖力主不當會秦，卒以遠隔朝列，不能死諫而獲效。《抽思》之作，其意在傷懷王入秦之無識。所謂“有鳥自南，來集漢北，好娉佳麗，獨處異域，既惸獨而不群，又無良媒在其側”。即指懷王與細人入秦，渡漢而北，孤處異域，無謇直善謀之臣在其側也。故《抽思》作期，當在懷王入秦之後，以“宿北姑”語證之，原時正在齊也。觀《抽思》文曰：“實沛徂兮”，曰“路遠處幽，又無行媒”，曰“道思作頌”，則其時原或被召，自齊將返郢也。自“北姑”地望不明，言楚辭者於《抽思》寫作時地，遂無定説，今得考正，知彼主《抽思》爲原放居漢北或江南時所作。説並誣妄，且藉見《九章》非盡南遷之作品也。

　　蔣天樞曰：《抽思》敘寫屈原至漢北後情事，文一開始即敘寫到漢北後情懷和想象，顧不明言漢北者，漢北早已淪陷於秦，不能公言也。抽，引也。思，念也。北顧則念陳，南望則思郢，故名篇曰

《抽思》，而以繼《哀郢》之後。《離騷》言："將往觀乎四荒，將遠逝以自疏。"《抽思》則其言之初步實現。《哀郢》以"美超遠而逾邁"作結，即爲《抽思》隱伏預言。 篇中不言何自而來，其所至之地，亦僅隱著漢北，微露北姑，而不爲明確之辭，皆有所隱諱而然也。

湯炳正曰：《抽思》在舊本中編次和按內容而言，均爲《九章》中的第四篇。 這篇作品是屈原在陵陽居住九年後，溯長江西行，又轉而溯漢水北上、到達漢北的作品。 其前半部分仍然是對懷王時期忠心事君反遭讒害的回憶，後半部分則主要表達在現實中孤苦無告和不忘君國的心緒。

趙逵夫曰：楚懷王二十四年（前三〇五），秦國因爲內部局勢不穩，繼位不久的昭王之母宣太后也是楚人，故求與楚和好，來楚娶婦，因而一貫堅持聯齊抗秦的屈原被放於漢北。 林雲銘言被放漢北是"比前尤加疏耳"。 屈原被放於漢北，任掌夢之職，爲負責國君與大臣在雲夢澤狩獵事宜的小官。 當時所說"漢北"之地，在郢都以東，漢水的北面，即雲夢澤一帶。《抽思》當作於被放漢北後不久，爲屈原創作的最早的騷體作品，故形式上受音樂結構的影響較大。 應作於楚懷王二十四年秋。"抽思"的"抽"是理出頭緒加以陳述之意。"抽思"是說把自己的憂思、思緒抒寫出來。 本篇開頭說："心鬱鬱之憂思兮，獨永歎而增傷。"所謂"思"即指此。 又少歌部分云："與美人抽怨兮，並日夜而無正。""抽思""抽怨"意並相近。（《楚辭》）

潘嘯龍曰：抽思，抽繹內心的情思。 屈原此詩緊承《惜誦》之後，作於放流漢北期間，約當頃襄王元年。 懷王三十年，屈原爲諫阻武關之會，觸怒懷王而遭放流。 從《惜誦》結尾的"搗木蘭"爲糧，"願春日以爲糗芳"看，屈原放流漢北思念郢都情狀，而開篇則有"秋風動容"之悲，故當作於頃襄王元年秋。

周建忠曰：此篇爲屈原流放漢北而作。　詩中云，"有鳥自南兮，來集漢北。""抽"指抒寫，"思"指思緒，"抽思"就是把蘊藏在内心深處的無限思緒抒寫出來。　此詩先後出現了"少歌""倡""亂辭"等樂歌結構上的形式，并以"少歌"爲界，前半追述往昔，後半叙述滯留漢北之孤獨情懷。

按：此篇當於懷王時被放漢北所作，篇中"有鳥自南兮，來集漢北"，又思郢曰"南指月與列星"，可證。　屈原放漢北的時間，當以懷王三十年諫武關之會爲準。　據《史記·屈原列傳》，懷王三十年，秦昭王約楚懷王會於武關，懷王欲行，屈平曰："秦，虎狼之國，不可信，不如無行。"懷王稚子子蘭勸王行，曰"奈何絶秦歡"，懷王卒行。　秦果伏兵武關，挾懷王入咸陽。　此次屈原進諫，在本篇中有多處可印證，如"兹歷情以陳辭兮，蓀詳聾而不聞""初吾所陳之耿著兮，豈至今其庸亡""憍吾以其美好兮，敖朕辭而不聽"等。　屈原如此反復言陳辭不聽，最終導致"庸亡"他鄉，只有諫武關之會與之相合。《抽思》又曰"與余言而不信兮，蓋爲余造怒"，造怒之事應指這次進諫不聽事，懷王遂放屈原於漢北。　漢北爲楚故都郢、鄀所在，原在此有約三年時間。　林雲銘、蔣驥、許清奇等皆以爲作於漢北，然皆語焉不詳，不無遺憾矣。

　　心鬱鬱之憂思兮，獨永歎乎增傷。

王逸曰：哀憤結縎，慮煩冤也。　哀悲太息，損肺肝也。

周用曰：下二章，原言見放，憂思君之怒己者，而不能釋。

汪瑗曰：鬱鬱，鬱而又鬱，憂思之甚也。　永歎增傷，申言憂之甚也。

黄文焕曰：獨嘆增傷者，嗟可訴之無人也。　有人堪訴，則氣鬱獲舒，藉彼相慰，少減哀傷焉。　慰藉無人，意鬱彌甚，傷斯增矣。

王萌曰：無人可訴，故獨詠歎。

王夫之曰：懷憂不釋。

林雲銘曰：憂國憂民，思所以救之，故曰憂思。 以力不能救，又加憂也。 身斥於外，故曰獨。

張詩曰：言此心鬱鬱憂思，詠歎增傷。

吳世尚曰：既憂君之不明，國之不治。

夏大霖曰：此扣題起思以憂積又增傷。

胡濬源曰：此開口便是題旨。《九辨》從此脱胎。

丁元正曰：獨嘆增傷者，無人可訴，愈增傷悲也。

姜亮夫曰：鬱鬱，猶鬱邑，詳《離騷》“忳鬱邑余侘傺兮”下。 故此句與“心鬱邑余侘傺兮”句法相同。 獨身斥於外，故曰獨永歎乎增傷。

蔣天樞曰：四句初到漢北後情懷。 鬱鬱，愁思積聚而滯塞。獨，孤獨。 身處異地，尤增益其哀感。

按：言心中憂思鬱積，獨自長歎，愈增傷悲也。 因身處漢北，無人爲媒，心中所思無人可達也。 王逸、汪瑗説皆是。

　思蹇産之不釋兮，曼遭夜之方長。

王逸曰：心中詰屈，如連環也。 憂不能眠，時難曉也。

李賀曰：“曼遭夜之方長”，正不知何時旦也。

汪瑗曰：蹇産不釋，申言思之甚也。 曼，亦長也。 謂之曰遭夜方長，則孟秋之夜也。 此上四句，海虞吳訥以爲比體，大謬矣。

陳第曰：蹇産，詰屈貌。

黃文焕曰：遭夜方長者，緣夏入秋，則其初長之候也。

李陳玉曰：蹇產不釋，猶言驢負何日已也。惟夜長，故思多。

王萌曰：蹇產不釋，中心詰曲，如連環也。

錢澄之曰：秋夜漸長，與後"望孟夏之短夜"相應。

王夫之曰：長夜追思，憶往昔納忠見逐之情，如下文所云，所謂抽繹舊事而思也。

林雲銘曰：既加憂，而想愈不解。愁人苦夜長，以其不得寐故。

徐煥龍曰：愁人最苦，長夜方長，苦正無期。

張詩曰：蹇產不釋，而遭此長夜。

吳世尚曰：又憂己身之不見容，輾轉不寐，而秋夜又方長而未已，所以愈增傷嘆也。

許清奇曰：語云愁人苦夜長。

屈復曰：憂思不釋，遭夜方長。

江中時曰：蓋環生之意也。

夏大霖曰：不釋而長夜無眠，此思之愈引愈長。詩也如此長夜何。

陳遠新曰：敘己憂傷獨切，由於民難不已，世道昏暗。

奚祿詒曰：蹇產，屯難也。曼，悠遠也。《甯戚歌》："長夜曼曼何時旦。"心鬱鬱，思蹇產，永歎增傷疊用，杜少陵"白頭吟望苦低垂"之句本此。

丁元正曰：夜長者，時至秋而夜長也。

陳本禮曰：秋夜不寐，更苦漏長。

胡文英曰：蹇產，欲釋不釋之貌。曼，延也。心本若有所曼延，引之難已，而又遭夜之方長，則憂與夜俱，永而不可已矣。

牟庭曰：長夜不眠，悲風四起，追念前時也。

顏錫名曰：從回漢北時之心事時令敘起。

王闓運曰：自郢還沅，追念傾覆之由，無可奈何，故憂之，深言之哀也。

聞一多曰：《悲回風》“終長夜之曼曼”，注：“曼曼，長貌。”《文選·長門賦》“夜曼曼其若歲兮”，字一作漫。魏文帝《寡婦賦》“涉秋夜兮漫漫”，《甯戚商歌》“長夜漫漫何時旦”。曼猶漫漫也。之猶其也，言遭夜漫漫其方長也。

姜亮夫曰：蹇産不釋，詰屈即釋蹇産，蓋古今語殊，實亦一聲之轉也：別詳余《詩騷聯綿字考》。曼遭夜，猶言遭曼夜，倒句。

蔣天樞曰：不釋，不能去懷。曼，感覺上之漫長。方長，疑指仲秋時。下文又言“望孟夏之短夜”，證以《九辯》，蓋原之南來在秋，其得以深入漢北，則在次年之孟夏歟？

湯炳正曰：蹇産，委屈憂抑。

按：時屈原身在漢北，對國家與個人命運深深憂慮，故憂思不得其解，又值秋夜，天明之時漫長也。言憂思鬱積，夜不能寐之狀。諸家説皆可取。

悲秋風之動容兮，何回極之浮浮。

王逸曰：風爲政令，動，搖也。言風起而草木之類搖動，君令下而百姓之化行也。回，邪也。極，中也。浮浮，行貌。言懷王爲回邪之政，不合道中，則其化流行，群下皆效也。

洪興祖：《九辯》曰：“悲哉！秋之爲氣也，蕭瑟兮草木搖落而變衰。”意與此同。極，至也。《詩》曰：“江漢浮浮。”浮浮，水流貌。此言回邪盛行，猶秋風之搖落萬物也。

朱熹曰：秋風動容，謂秋風起而草木變色也。回極浮浮，未詳所謂。或疑回極指天極回旋之樞軸，浮浮言其運轉之速而不可當，亦未知其是否也。　大氐此下諸篇，用字立語多不可解，甚者今皆闕之，不敢强爲之説也。

汪瑗曰：秋風動容，謂寒氣中人，使人顔容蕭索而變易也。　動容，猶言變色改容耳。　舊説俱謂秋風起而草木變色，非是。　回如"悲回風"之回，言風之旋轉不舍也。　極，盛也。　浮浮，猶飄飄也，言秋風之浮浮然回旋飄轉，極盛而不止，故其氣之慘悽凛冽，足以傷懷而損容也。　王逸訓極爲中，言楚王爲回邪之政，不合道中，則其化浮浮流行，群下皆效。　洪氏訓極爲至，言"回邪盛行，猶秋風之摇落萬物也"。　訓極爲至，似矣，而意又依王説。　朱子疑回極指天極回旋之樞軸，浮浮言其運轉之速而不可常，皆非是也。　此句即應上秋風字而言之，亦文順而意穩矣，又何必析而斷之，以他求説邪？

徐師曾曰：草木變色。

林兆珂曰：回，昭回。　極，天極也。　言天極昭回，宜居其所，何今浮浮而不定？　喻君喜怒之不常也。

陳第曰：回極，斗極也，以其旋轉，故謂之回。　浮浮，高貌。　秋氣清，故斗極高。

張京元曰：回極，回邪也。　浮浮，行貌。　言懷王爲回邪之政，其化流行也。

黄文焕曰：秋有秋之容焉，風一至而容動矣，天爲變色，林爲换姿矣。　回極之浮浮者，天有南極北極，入地出地之定數，今受秋風所動，俱若回旋而浮起也。　又曰：《九辯》悲秋，可謂痛寫淒况矣，不如此，動容二語荒忽無盡也，動字、浮浮字，直令人坐卧行立，俱不得安。

周拱辰曰：有秋氣，有秋聲，有秋容。　秋容者，橢橪萎黄、摇落變衰是也。　回極浮浮，草木脱而天益高，仰望斗極，與霄漢同混漾也。

陸時雍曰：秋風一生，草木變色。 時天道反常，萬物皆搖落而不着矣。

王萌曰：動容，草木變色也。 回極，謂天極，回旋之樞輔，浮浮言其運轉之速而不可常也。

錢澄之曰：杜子美詩云“風連西極動”，以言秋風之狂，天之樞極，亦爲吹動。 回極，猶此義也。

王夫之曰：動容，秋風慘烈，變卉木之容也。 回極，風之往來回旋而至也。 浮浮，不定也。

林雲銘曰：四極，四方之極處。 浮浮，動之容，言其無處不動也。 怒爲逆德，以風引出怒來，即“終風且暴”之旨。 舊本“四極”作“回極”，誤。

高秋月曰：動容，如天爲變色，林爲換姿是也。 回極之浮浮者，言回旋而浮起也。

徐焕龍曰：秋風肅物，物皆改觀，不但人之容貌。 極謂北辰，季冬之月，星回於天，易夏而秋，回極之始。 浮浮，光高上浮也。 秋風物容俱動，回極居所浮浮，以比君如北辰，不宜爲陰小所動。

賀寬曰：此《九辯》悲秋之濫觴也。 秋本可悲，尤難獨處，況當長夜，益助凄清。 秋風動容，寫得情至。 宋玉數百言形容，此四字，不盡歐子《秋聲》，只寫得聲亦從容，字脫去唐人所云“風緊雲輕欲變秋”，仿佛近之。 浮浮二字，正所云動也，君之怒則亦君之秋矣，安能使余不憂乎?

張詩曰：秋風之變動我容貌者，又何迴旋極盛浮浮不定乎?

蔣驥曰：秋風動容，言寒風襲人，而體慄色變也。 回極，天極回旋之樞軸。 浮浮，動貌。 言秋風之狂，使天之樞極，亦爲浮動也。

杜詩"風連四極動"即其意。

王邦采曰：秋風肅物，物皆改觀。浮浮，動之容。四極浮浮，則無處不動。

吳世尚曰：秋風動容者，涼風勁而草木變也。回極浮浮者，斗柄西而天光如水也。

許清奇曰：斗極旋轉，謂之回極。

屈復曰：四極浮浮，四方飄搖也。爲"怒"字作引。秋風動容，四極飄搖。

夏大霖曰：興而賦也。四極，四方邊極。浮浮，謂風動貌。言無處不動也。

邱仰文曰："回"字，林西仲本作"四"字，了當。

奚祿詒曰：極，北斗也。以其旋轉，故曰回。回極浮浮，懷王之流寓也。

劉夢鵬曰：秋風動容，感時而悲日暮也。浮浮，蕩搖靡定之意。

汪梧鳳曰：回極，或云風穴也。

陳本禮曰：秋風動容，薄寒中人。回極，斗柄西指。浮浮，不靖之象。以星光之閃爍，興君爲臣下所播弄也。

胡文英曰：秋風動容，草木搖落而變衰，人亦爲之僽悷也。回極，回旋之極。北極最高，天之樞紐，日夜回旋之不已。然常時恒不知其運轉，惟秋至河漢分明，因河漢之轉，遂見回極。浮浮然，轉也。何者，歎天運之速，而不鑒我之忠誠也。

王闓運曰：容，幨也。此詞作於孟夏，追念昔放時歎緒風而邸方林，正經此道也。回極，同薄極，至也。回風，喻君令無常也，所至浮浮然不甯。

武延緒曰：回極疑當爲四極。《離騷》"覽相觀於四極兮"，又疑

"回"乃"西"字之譌。《離騷》"朝發軔於天津兮，夕余至乎西極"。秋色從西來，則作西極，義尤長也。 又《七諫》"徵九神於回極兮"，疑亦有義再考。

聞一多曰：動容猶沖涌，風氣動貌也。 極，天極。 天極回旋，故曰回極。 此蓋泛指天宇，不專謂天體回旋之樞軸。《九歎·遠遊》"徵九神於回極"，猶言召九神於天上也。

姜亮夫曰：動容，王注："言風起而草木之類搖動。"朱子即此義而更刻畫之，曰："秋風起而草本變色也。"此增字釋經，最爲非是。秋風動容，與回極浮浮兩句一義。 自來說者，皆不知此。 說動容固已未允，說回極遂亦無從自圓矣。 按"容"讀爲"搈"，《說文》"動搈也"；《廣雅·釋詁》"搈，動也"，古或借容爲之，《廣雅·釋訓》"容，舉動也"；《孟子》"動容周旋，皆中禮"，即借容爲之。 動搈猶今言動搖。 然中國字義，根於語根；語根同族者，以詞性別爲諸字；動搖云者，指其云謂之義，其在稱名，則曰"童容"；其在形頌，則曰"沖融"；諸此詞性，又展轉相依，道通爲一；吾人訓釋，宜爲融貫，專執一偏，扞格遂多。 即如秋風動容之句，雖爲云謂之詞，而義實疏狀；故僅以動搖解之，雖已勝於舊注；而探賾文心，則猶未也。 動容又有籠蓋深廣之義。 按動容與童容音一族，《小爾雅·廣服》"襜褕謂之童容"；《方言》作襹裕，蓋後起專字也。《詩·谷風》箋："帷裳童容也。"則在車亦曰童容矣。 後起字則幢幣。 蓋皆作攏照全篇之義，衣之攏照者曰童容，車帷所以攏蓋車者亦曰童容矣。 然疊韻聯綿宇，多爲一音之緩言；動容之義，得曰搈；故童容亦得單言容矣。《周禮》：巾車"皆有容蓋"，鄭司農注"謂幨車，山東謂之裳帷，或曰幢容"是也。 動搈之音既猶童容，則動容亦謂其動搖之彌漫如爲所攏蓋者與？ 又《說文》訓沖爲涌繇，字又作沖，俗譌爲冲，此形行况字也。 其語之長言，則曰沖融，《海賦》"沖融沈濚"，注："深廣之貌。"深廣云云者，蓋即攏蓋全篇之義云爾。 則動容又即沖融矣。依此深廣攏蓋之義而推，與動容同族之語，蓋至多，揚攉道之，則今《廣韻》東、冬、鐘三韻中字，太半皆含此二義，或即此二義而引申之義。別詳余《詩騷聯綿字考》。比合諸義以觀，則秋風動容，猶言秋風沖融云耳。試更即此以求之，則自形容秋風，轉爲秋風之專名，即《九歌·河伯》之所謂"衝風起兮"之衝風矣。王注"衝風爲隧風"；《詩·桑柔》"大風有隧"，《傳》："道也。"道者，謂風來如有道然，亦即深廣之義矣。則悲秋風之動容者，即《涉江》之"欸秋終之緒風"矣。原作欸秋冬之緒風，依余説正。詳上。回極，諸家義皆不可通，由不知秋風兩句義之相貫也。按"回極"一詞，王以貼近懷王從人事立言，其用意極是而訓釋則非，故牽誤不成義。洪以回極以秋風通言，而浮遊也。回，旋也。極讀爲"天極焉加"之極。此上言悲秋風之幢嵱，猶言大風有隧之義。何回旋于四極而流動也。回旋四極者，亦秋風浮浮，亦幢嵱之象，兩句合解，乃能會其真義。蓋心中憂思，思而不釋，長夜方長，蓋近秋風幢嵱而動，回旋于天極，浮浮然無定所，下承以君王（蓀）之多怒，猶秋風之幢嵱，與回旋不定也。諸家説秋風二句不能暢達，遂使此段文字鉤嚲不知所會矣。浮浮，不定貌。言余悲痛秋風之沖融深廣，何其往來回旋，至乎其極，如此其浮浮無定也。惟《九歎》亦有"徵九神於回極"之言，王逸注以爲"謂北辰之星，於天之中"云云，當爲別一義。北辰天極，不必與風有關也。

蔣天樞曰：八句用寓託之詞以追述往事。悲夫秋風，猶言悲彼秋風，秋風，以喻秦也。動容，猶動搈。《説文》："搈，動搈也。"段《注》："動搈，漢時語。""漢時語"前必有所承襲，則動容先秦以來方言也。"動搈"爲古成語，搖動意。參王念孫《廣雅疏證》卷六上。浮浮，飄動貌。回極之浮浮，喻楚政治中樞所激起之動盪。

湯炳正曰：動容，即動搈。《廣雅·釋詁》："搈，動也。"動搈，動盪。回極，極泛指北極星域，此言運轉隨時。浮浮，流動貌。二句寫長夜不眠所感之氣象變化。

按：此句之解，歷來意見紛歧。王逸以"風"爲政令，言風起而草木之類搖動，君令下而百姓之化行。其爲《詩經》解經之教化模式，固無足取。回極，有四解：一是風邪，王逸、洪興祖皆解"回"爲"邪"，非。二是天極，斗極，朱熹、林兆珂、陳第、錢澄之等皆以爲是北極星與北斗星。三是旋轉之風，汪瑗曰"回如悲回風之回，言風之旋轉不舍也"。四是回乃四字之誤，回極即四極，清注家林雲銘、王邦采、邱仰文等主此説。從上文"曼遭夜之方長"看，此有夜不能寐之狀，夜不寐，則仰望天空，秋夜清爽，北極星與北斗星，其視正明，斗柄回旋，時光飛逝，人不知何時歸郢，故有此憂。依此，當以斗極爲正解。浮浮，斗極之星行貌。

數惟蓀之多怒兮，傷余心之懮懮。

王逸曰：數，紀也。蓀，香草也，以喻君。懮，痛貌也。言惟思君行，紀數其過，又多忿怒，無罪受罰，故我心懮懮而傷痛也。

洪興祖曰：數，計也。惟，思也。言計思其君多妄怒，無罪而受罰。懮，《説文》云："愁也。"

朱熹曰：數，計也。惟，思也。蓀，説見《騷經》，蓋寓意於君也。懮，愁也。言計而思之，君多妄怒，刑罰不中，使余心憂也。

汪瑗曰：數音朔，頻也。舊作上聲讀。蓀，香草也，以喻君也，後倣此。多怒，怒而無節也。懮懮，痛傷貌。此章言己之所以憂思者，因感秋夜之長，秋風之厲，己鬱鬱於懷矣；而復憶楚王之爲人，數數然多怒而無節，有如秋風之浮浮然，回旋而不舍，益使己心之懮懮然而痛傷也。屈子愛君之心，可謂無往而不在矣。瑗按：悲秋之説，實防於此。而後世詞客皆謂宋玉悲秋，而不知屈子已先之久矣。

徐師曾曰：蓀，指君。

林兆珂曰：言計而思之，君多妄怒，令我心慢慢。

陳第曰：蓀，香草，以喻君。多怒，則民病矣。慢慢，痛貌。

黃文煥曰：君之怒，則亦天之秋也，使四時而皆秋，凋殘所至，無餘物矣。屈指數之，蓀之爲怒，抑何多也！其淒然皆秋哉！慢慢之心，可終堪乎。又曰：多怒，起下造怒。

李陳玉曰：滿肚皮忠憤，托之情欵。

周拱辰曰：蓀、蘭蓀，堯韭菖蒲也。《呂氏春秋》：“冬至後五旬七日，菖蒲生。”蓋百草之先生者，又名昌九，又名蘭蓀。

陸時雍曰：然則惟蓀多怒，芳草寧有自固之情乎？此心之所以愁也。慢慢，愁貌。

王萌曰：數，讀入聲亦佳。惟亦不必訓思。言惟君之數怒也。

王遠曰：君之有怒，亦猶天之有秋也。惟多怒則刑罰不中，使我心憂耳。

賀貽孫曰：形容庸主心情無恒極像，一饗可愛，怒豈可多乎？

錢澄之曰：《史記》稱“王怒而疏原”，又載其擊秦失利，皆以怒而敗，固知王之多怒也。

王夫之曰：蓀多怒，謂懷王輕於喜怒，無定情以謀國。

林雲銘曰：已上提出己之憂，君之怒，爲下文作引。

徐煥龍曰：數，追計也。蓀，指懷王。慢慢，憂無已貌。言追計前王所爲，多怒而刑罰不中，則傷余心者，憂無已矣。蓀草遇秋風，形容慘淡，枝葉震蕩，有如多怒之容，亦承上以爲比。

張詩曰：蓀，指君也。乃計思君之爲人多怒無節，亦如秋風之迴旋不定，故使我心慢慢傷痛也。

蔣驥曰：數，頻。蓀，指懷王。

王邦采曰：引出君之多怒來。

吳世尚曰：惟蓀多怒者，刑行於秋。 君多妄怒，則刑罰不中也。 余心慢慢者，刑罰不中，則民無所措手足，是以憂也。

許清奇曰：數，屢也。 蓀以喻君。 多怒則民受其害。

夏大霖曰：蓀，指所思之人。 不斥稱君也。 慢慢，愁緒綿結意。 愚按：言多怒者，謂一怒便不解，難進言也。

邱仰文曰：愁也，以愁容無處不動，爲多怒作引。 言舛錯只從怒起，此節是一頭。

陳遠新曰：因以天氣肅殺，況君之多怒，爲可傷也。

奚祿詒曰：言懷王之怒己也。

劉夢鵬曰：數，屢也。 蓀，寓言苟芳之人，猶《離騷》所謂荃也。

丁元正曰：此追思懷王聽讒齎怒而疏己之時也。 秋風生而草木零落，蓀多怒而芳草寧。 有自周之情乎，此心之所以愁也。

戴震曰：慢慢，煩惑也。

陳本禮曰：占之天意，則如彼。 觀之人事，則如此。 多怒，則予心更傷矣。

方績曰：慢，音憂，《説文》：“愁也。”

胡文英曰：慢慢，憂思旋轉之貌。 承上而言秋風動容，不虞人之悲感，猶蓀之多怒，不虞臣之愁思也。 回極浮浮，不能下鑒我之忠誠，猶我之傷心慢慢，不能上感君之衷曲也。

牟庭曰：數惟者，頻思也。 思懷王怒我，我愁唏也。

顏錫名曰：數，數遭之也。 以蓀致多怒引起下文。

王闓運曰：蓀，謂頃襄也。

聞一多曰：數，屢也。 惟，思也。

姜亮夫曰：多怒，即"反信讒而齋怒"之義。 傷余心之懁懁，懁，《說文》："愁也。"引申爲痛貌，實亦憂之後起字。 言傷余之心至於之訓至於。 痛楚也。

蔣天樞曰：數，促也。 謂頃襄性迫促無常。 凡匆遽行事，迫使無常，内易爲小人所惑，外易爲敵人所撼。

按：蓀，喻君，此指懷王。 考之史實，懷王十六年上官大夫讒言，屈原被疏，不復任左徒之位。 十八年，原復使齊；三十年諫入武關，被放漢北。 如此多次，故曰"數惟蓀之多怒"。 頃襄時原已放沅湘，無緣多怒也。 王闓運以爲頃襄，非是。

願搖起而橫奔兮，覽民尤以自鎮。

王逸曰：言己見君妄怒，無辜而受罰，則欲搖動而奔走。 尤，過也。 鎮，止也。 言己覽觀衆民，多無過惡而被刑罰，非獨己身。 自鎮，止而自慰己也。

朱熹曰：尤，過也。 鎮，止也。 覽民之尤，而察其有罪之實，庶以自止其憂，則又愈見其怒之不當，而可憂益甚。

周用曰：下四章，見己切欲見君，懼人之尤己者而中止，故欲舉隱微之情，陳詞於君，亦惟欲因前日之相信，而釋其所以怒者，然又畏縮而不果，且諒君之不能見聽，而見尤於人耳。

汪瑗曰：此下至"少歌"，皆承上章"惟蓀多怒"而言。 願，欲也。 搖赴，不憚遠勞也。 橫奔，不暇從容也。 或曰，搖赴，直言之；橫奔，橫言之，亦通。 大抵急於救民親君故也。 覽，猶省察也。 罪自外至曰尤。 楚王多怒，性暴無常，則民之獲罪，有非其所自取者矣。 鎮，謂安撫之也。

林兆珂曰：便欲搖起而奔走，第覽民之尤君，恐一去而國不可支，故自鎮止。

陳第曰：尤，病也。鎮，止也。本欲遠去，及覽民尤，則思以慰安之，故因而自止。

黃文煥曰：於斯而發一願曰：逢茲多怒之蒸，紛逢尤而離謗，何所不有？吾不敢避也。願遙赴橫奔以就之，從中覽觀斯民之受罪，勉爲樂受，以自鎮吾情焉。自鎮者，矯情鎮物之說也。民尤者，多怒之世，何民無尤。民而遭尤，可憐也。臣而遭尤，尚可受也。又曰：橫奔覽鎮，字法奇峭。

周拱辰曰：遙赴、橫奔，不屑左右爲先容。欲徑直自進，而謠諑善淫，尤我亦已甚矣。所以卒中止而不敢前也。

陸時雍曰：民尤，謂民之得過者。民之得過，常以忠而致疑，以愛而取怒。願遙赴而橫奔，遄自進於君也。覽民尤之故，則畏而終自止矣。

王遠曰：遙赴、橫奔，言其急也。急欲諫君，有不俟駕而行之意。鎮，安靜也。察民之罪，求其至當，以安靜之也。

錢澄之曰：民尤，衆怨也。遙赴、橫奔，猶被髮纓冠，激切甚也。

王夫之曰：搖起橫奔，任情離合，貪忮而妄行也。民尤，通國皆知其過也。因秋風之回旋無定，興懷王之輕喜易怒。搖，惑人言。橫奔失路，如聽張儀而罵齊，割地獻秦，請囚張儀之類，人皆知其爲過。

林雲銘曰：欲從所居而遠赴郢，不候命而擅行。見民之罹罰者多，恐又加罪而自止。

高秋月曰：遙赴橫奔，遠赴而奔走也。觀覽衆罪以自求鎮定，此指命造憲令之事也。

徐焕龍曰：憤懣時事，欲從放所遙起，不由里道，直向君闕橫奔。覽察小人之尤，實其罪狀，分別賢奸之案，自鎮其身。

賀寬曰：因蓀之多怒而引罪不遷，所謂遙赴橫奔也；爲君受過，静以自安，所謂自鎮也。

張詩曰：言君多怒無節，故民皆獲罪。非其自取，吾不憚煩勞，不暇從容，願遙赴橫奔，覽觀其尤過之所在而鎮撫之。

蔣驥曰：遙赴橫奔，不俟命而趨君所也，尤，罪也。君方多怒，故民動而見尤。言己身繫漢北，而心不忘君，欲違命至郢以陳其志。又見民之罹罪者多，而知危自止。

王邦采曰：橫奔，不候君命也。民尤，民之所尤者。言欲覽而察之，實其罪狀以鎮定其憂思。

吳世尚曰：遙赴橫奔者，欲救民之無辜也。覽尤自鎮者，欲君得民之情以自止其妄怒也。

許清奇曰：欲遠赴郢而進諫，不候命而行。寧民之罹罪者多，恐又加罪而自止。

江中時曰：言欲奔赴郢都，見民之罹罪者多，則望恐加罪而自止。

夏大霖曰：言吾願從放所，不待君命，竟橫奔而叩閽申辯，見衆民尤，我不可妄動，因而自止。

陳遠新曰：橫奔，謂欲去國遠民。民尤，謂民之尤者，如彭咸之輩。言我欲置難民於度外，而覽民尤而自止。

奚祿詒曰：言憂傷之極，欲奔走而遠去，復觀民且罹刑，非獨於我，又以此自鎮止而少慰。

劉夢鵬曰：遙赴，自遠歸國也。橫奔，急蹶趨赴之意。尤，過之也。民尤，即所謂蓀多怒者。將欲遷赴，又因多怒而自止，不敢前也。

丁元正曰：言願遥赴橫奔，徑自追於君，覽民尤之故，則畏而終自止矣。

戴震曰：覽民尤以自鎮，言觀於人之遇，則己不可效尤，而橫奔失路矣。

陳本禮曰：橫奔，欲不俟命回郢。自鎮，知危自止。

胡文英曰：橫奔，顚倒急行也。民尤，謂無命擅行，非人臣之體，且將如常民之麗于尤罰而獲罪也，故借鑒此，而且自鎮定焉。

王念孫曰：摇起，疾起也。疾起與橫奔，文正相對。《方言》曰："摇，疾也。"《廣雅》同。燕之外鄙、朝鮮洌水之間曰摇。《淮南·原道》篇曰："疾而不摇。"《漢書·郊祀志》曰："遥興輕舉。"遥與摇通。彼言遥興，猶此言摇起矣。 説見《漢書》。

顏錫名曰：承上篇言前者，我本欲遥赴狂奔，面陳一切。奈蓀惡聞黨論，人之罹罪者多，面折廷静必然無濟，因而安鎮其心，不爲橫奔之舉。

馬其昶曰：摇起橫奔，謂使齊之役。尤，同疣，病也。鎮，安也。民之病秦久矣，故願結齊拒秦以自鎮，安原之計畫如是，所謂成言者此也。

聞一多曰：擎，采也，取也。就，怨也。鎮，義未詳。

姜亮夫曰：王念孫説至允。橫奔猶大奔也，橫字從黄，而黄字從光，皆有大意；與摇起爲對文。摇起橫奔，蔣驥以爲不俟而趨君所也。此篇蓋懷王時放原於漢北之所作也。既放而仍思歸，君是故君，臣是故臣，尚有遄歸之意云也。摇起橫奔，即寫其思君之情。大約作於與《離騷》前後之時，詳題解。

蔣天樞曰：摇，疾也。橫奔，不循徑路，陳在東，故言橫奔。

尤，與郵通。 民郵，境上傳舍也。 自鎮，自安。

湯炳正曰：搖起，突然而起。《方言》曰：“搖，疾也。”

按：奔，一般皆爲直行，此言橫奔，則不走尋常路。 原時在漢北，由漢北赴郢，南北方向則爲直奔。 漢北深入中原，其西爲秦地，其東距齊未遠。 以原之才，何國不容。 此處橫奔，喻離開楚國到別國高就。 然看到楚國百姓仍處苦難之中，於心不忍，而自停止，仍要堅持上書國君，冀幸君之一悟，俗之一改也。 陳第以爲去國遠就，覽百姓之苦難而自止，甚是。 王逸謂原見民無過得被刑罰，非獨己也，故自鎮自慰也。 此與搖起橫奔意不一致。 朱熹解“民”意有及“君”，然未盡其意。 汪瑗以自鎮爲安撫獲罪之民衆，於上下文皆言個人愁苦不一致。 林雲銘以爲“從所居而遠赴郢，不候命而擅行。見民之罹罰者多，恐又加罪而自止”，則非屈子人格與作爲也。 其他諸説多不可信。

結微情以陳詞兮，矯以遺夫美人。

王逸曰：結續妙思，作辭賦也。 舉與懷王，使覽照也。

朱熹曰：矯，舉也。 故結情於詞，以告君也。 美人，已見《騷經》，亦寄意於君也。

汪瑗曰：結微情以陳辭，謂摶結此微情，以爲辭而陳之也。 情者辭之蘊，辭者情之著。 下倣此。 矯，舉也。 美人，亦指君也。 后倣此。 此章占己欲急於救民者，蓋見民之遭怒，多非其罪，而己欲往一安撫之，以慰民心，遂將此情以告之於君，使知有所改而息其怒也。然言卒有不可結而詒者，故感秋風之起，而思君憂國之情有不能忘者焉。“覽民尤”一句，欲救民也。“結微情”二句，欲匡君也。 然匡君者，又所以爲救民之本也。

林兆珂曰：而結情陳詞，舉以告君也。

陳第曰：然不忘陳情于君耳。

張京元曰：美人，指懷王。

黃文煥曰：結微情以陳詞者，自鎮之後又欲自解也。民遠君者也，遭尤而不得陳。臣近君者也，遭尤尚得陳也。此覽鎮之旨也。

李陳玉曰：願進鄭俠之圖，聊爲《狡童》之歌。

周拱辰曰：不借媒於他人，私自薦寵之詞也。

陸時雍曰：結微情以遺之，庶幾君心之一悟乎？

王遠曰：結情而陳詞於君，欲其不妄怒也。

錢澄之曰：微情陳詞，詞之婉也。言我初欲不避忌諱，以直諫從事，見怨之者衆，恐君不聽，是暴君過而挑衆怒也。結微情以陳詞，但人告我后，不欲顯示於衆。蓋非余之本情，矯而爲之也。所謂自鎮，蓋矯情以鎮物也。

王夫之曰：己願王察衆論，以慎於舉動，故不容己於正諫。

林雲銘曰：結構精微之意，列之書中，舉而進之君，蓋上書也。

高秋月曰：情不敢盡言，故曰結微情也。

徐煥龍曰：而勢不可得，故結情陳詞以遺君，敘其所以作是篇之意也。美人，指懷王。懷王已陷秦邦，群小仍盤君側，原故數往事而加憂，願橫奔以悟主，苦於無路，因有是篇之作耳。

佚名曰：自起至"遺夫美人"，總敘作詞之因也。自"昔君"至"不寘有獲"，備述懷王之所以怒己，皆由信讒。己之所以致疏，特因愛主，而"少歌"則約言之以結前詞也。"倡曰"一段，則極言被放之苦，思歸之甚，欲襄憐察其冤而反之。"亂曰"一段，則又承"倡曰"之意，唱歎以結之也。一篇之中，旨分兩截，故有"少歌"與"倡"與"亂"以爲之節，《九章》中又另一體。（《屈辭精義》引）

賀寬曰：然臣則有尤，豈無忠言可以靖獻於君。

張詩曰：故結此微情爲詞而陳之，將舉以遺夫美人以息其怒。

蔣驥曰：美人，謂君。但結情於辭，舉以告君，則此篇之所爲作也。

王邦采曰：而勢不可得，不得不結情陳詞以遺君耳。

吳世尚曰：結情陳詞以遺美人者，不得躬爲聽察，則救民無由，惟託詞賦以諷諫而已。

許清奇曰：舉詞而進之君，蓋上書也。首段言己因見放，憂思不釋，只爲楚王多怒病民，既不得身赴郢都而進諫，惟有上書陳詞以寄微情耳。

屈復曰：我本欲從所居遙奔君所，陳此固結之微情。覽民之離尤，遂自止也。倒敘法。右一段，思君不寐，秋風增感，又思遙奔陳情，不可而止也。

江中時曰：故結情於詞以陳之於君，蓋上書也。以上言己之憂思以君多怒，不可犯而上書以陳其情。

夏大霖曰：所以結微情陳此言，思舉以遺美人也。

邱仰文曰：見君多怒，欲遙赴橫奔而遠去，又見民之罹罰者，多不忍即去而自止。故矯而列之書中，以進於君，欲去，一抽自止，一抽陳詞，一抽矯舉也。結構精嚴之意。以下四節，一句一抽。如小窗喟喟，又如四壁蟲聲。

陳遠新曰：微情，忠誠。

奚禄詒曰：乃以微情作詞，舉以陳遺於君，使君覺察也。美人，君也，懷王也。

劉夢鵬曰：遺者，以言相致之，謂不敢遽前，於是結情陳詞以遺夫美人。美人，寓言同志之賢，即下章所頌者也。

丁元正曰：結微情以遺美人，庶幾君心之一悟也。

陳本禮曰：陳詞，欲上書自明。

胡文英曰：矯，如矯詔之矯，己不得往，故思矯以達之也。

牟庭曰：思我不肯改節，而又陳辭也。

顏錫名曰：而舉向來不可結而詒之微情，結爲陳詞，舉以遺之，庶幾其一悟焉。

王闓運曰：美人，懷王也。 矯者，原矯頃襄之命爲反王之謀，以此獲罪，不自明不敢奔他國。

聞一多曰：微，隱也。 矯，舉也。

蔣天樞曰：結束己情用以陳詞，舉以遺遠方之王，乃己急切所欲作者。 美人，謂王也。

湯炳正曰：矯，即撟，舉也。 美人，指懷王。

按：既不能橫奔遠去，則只能結情陳詞以遺美人，冀幸君之一悟，俗之一改也。 美人喻君，此指懷王。 微情，當指原自身憂國思君之情。 汪瑗以爲乃屈原在漢北所察之民遭罪之情，非是。 徐煥龍以爲此篇作於懷王陷於秦邦之時，乃有見之説。

昔君與我成言兮，曰黃昏以爲期。

王逸曰：始君與己謀政務也。 且待日没閒静時也。

洪興祖曰：《淮南》曰：“薄于虞淵，是謂黃昏。”黃昏，喻晚節也。《戰國策》云：“行百里者，半於九十。”此言末路之難。

汪瑗曰：昔，謂往日也。 成言，謂君昔日委任之時，相約共謀國政，而有一定之言也。 如春秋平成之成，謂戰國君臣多有盟誓之事。觀此語，屈子屢述其意，或當時亦有約言而後倍之者也。 曰者，敘君始約成言之詞，黃昏以爲期是也。 黃昏者，日没之時，喻晚節也。

《淮南子》曰:"日薄於虞淵,是謂黃昏。"黃昏者,一日之終,喻人一身之終也。 言楚王昔日與己相約之成言,曾以終身爲期,而毋許變易也。

林兆珂曰:言君始與我誠言,曰黃昏爲期,將信任之有終。

黃文煥曰:在今日,則我向君以陳詞。 念昔日,則君與我有成言。 多怒者,昔亦未嘗有怒。

王夫之曰:懷王初與己同心謀國,既爲姦佞所惑,背己而從異説。

徐焕龍曰:昔,向也。 自此至"少歌"皆述懷王時事,欲襄王察之。

賀寬曰:況君初未嘗拒我,而卒至中變,以予言爲不足信。

王邦采曰:"黃昏"二語,誤入《離騷》。

吳世尚曰:此又追思昔日信用之時,以及中道聽讒被惑之故也。 成言,相約之言也。 黃昏爲期,猶言此事始終一以委卿也。

屈復曰:成言,已成之約言。

夏大霖曰:此言君實未嘗斥吾言之不是。

劉夢鵬曰:此所謂君,指美人而言,古人相謂有此通稱也。 言美人與己前曾向若輩約有成言,而若輩負之也。

戴震曰:日加戌曰黃昏,此以女子之嫁者爲比。 有成言,有昏期,至中路而見棄,豈其有罪也?

顏錫名曰:昔者,黃昏之期。

王闓運曰:君,頃襄也。 黃昏密謀。

姜亮夫曰:此即舉以遺之美人之詞也。 此追敘往日在朝輔君,被讒至於見放之事也。 誠當作成。 成言,猶善言盛言也。 黃昏爲期,即君與余之成言也。 意謂期之至於衰耄,即固結終身之意;故下言未

至黃昏，而中道改路也。 諸家説皆未允。 黃昏謂日落時，蓋古之成
語。 此即原《傳》所謂"入則圖議國事，以出號令；出則接應賓客，
應對諸侯。 王甚任之"之義也。

蔣天樞曰：八句言王初疏遠己身時所經歷。 昔，事隔較久之詞，
謂遷陳之初。 誠，一作成，成言，約定之言。 黃昏以爲期，乘夜進
軍渡漢，以收復故都。 即《招魂》末段所敘寫之聲容也。

湯炳正曰：成言，定言，約定之言。 黃昏以爲期，古代婚俗以黃
昏爲迎娶之時。 此喻指當初與懷王君臣相約，共治楚國。

按：此言昔日與君約爲婚姻，共行美政。 黃昏者，親迎之期，此
喻與君君臣相得之時。 王夫之説是。 洪興祖以黃昏爲晚節，附會之
説也。 王闓運以爲君指頃襄，亦非。 此句又見《離騷》。

羌中道而回畔兮，反既有此他志。

王逸曰：信用讒人，更狐疑也。 謂己不忠，遂外疏也。

朱熹曰：言君與己始親而後疏也。

汪瑗曰：中道回畔，此又以行路而喻成言之不終也。《戰國策》
曰："行百里者，半於九十。"言末路之難也。 反，復也。 他志，謂
生別意，而背昔日之成言也。 又曰：此章言君與己始親而終疏，已合
而復離，有言而不信，蓋亦多怒無常之所使然也。 前解黃昏，是從
王、洪之説，甚爲明白。 朱子以婚禮釋之，頗覺迂闊，非是。

林兆珂曰：乃中道回畔，而有他志。

黃文焕曰：而卒以他志相離焉，追溯之下，愈難堪矣。 豈真余之
有可怒耶？ 非然也。

李陳玉曰：爲人所惑。

陸時雍曰：君既有此他志，則與余有相勝之思，相陵之意焉。

王夫之曰：回畔，反背也。背己而從異説，反自謂得策。

林雲銘曰：回，轉。畔，田中路也。反以爲罪而疏之，是前番之言，已把捉不定矣。

高秋月曰：信讒也。

徐焕龍曰：回畔，即《騷》篇改路之云。

張詩曰：回畔，背去也。此比君臣契合，始合終離也。言君始與我約，則曰黃昏以爲期，何至於中道忽然改路而去。

蔣驥曰：此追序立朝時，蒙讒被放之事也。

王邦采曰：回畔，即改路也。

吳世尚曰：回畔他志，上官譖之，王怒而疏之是也。

屈復曰：畔，田中路。回畔，喻君與己始親而後疏。

江中時曰：此解追言前此之信任而忽被疏。

夏大霖曰：以故不用吾言而緩我，乃後來中道變爲回曲畔道之爲，而又他向也。我何能不思美人之本明哉？

陳遠新曰：於是結情畢辭於君，而君不如昔，而有他志於我也。

奚禄詒曰：黃昏則已晚矣，又半塗改路，反有他志，言惑於小人。

劉夢鵬曰：回，邪也。畔，去也。既，既而轉念也。大意與《離騷》“蘭芷變而不芳，蕙茞化而爲茅”略同。嘆蓀芳之不終也。

胡文英曰：回畔，不至也。他志，斥原而與秦約好也。蓋懷王本與原密謀圖秦，今不圖秦，已可怪矣，乃更欲與秦約好，不亦異哉。舊説不言黃昏爲期者何事，但曰疏之。夫忠臣之于國，必有所不得已者，而後惓惓憒憒，三致意焉。若徒執一身之進退得失，以爲之憂喜，乃鄙夫患得患失之態耳，豈屈子之志哉？

牟庭曰：思君負我以前期也。

聞一多曰：既猶乃也。《檀弓下》"或敢有他志"。

姜亮夫曰：羌，乃也。 中道，猶言半道，即指未至黄昏，尚在途中也。 此詩作於懷王二十五六年間，初放漢北，屈子蓋年方四十。回畔，王逸訓"更狐疑"，則以回爲回邪也。 按《離騷》亦有此語，回畔作改路，以彼例此，則回當作改字義；畔者，田間道也；實與《離騷》義同。 中道改路，即不能踐其黄昏之期，而放逐己身，是改其軌跡矣！ 故下句承之曰"反既有此他志"也。 反他志即《離騷》"後悔遁而有他"之義。 詳《離騷》。

蔣天樞曰：羌，驚咤語詞。 畔，違背。 中道而回畔，謂約定成言尚未發動之際，頃襄改變原計畫。 既，謂已成之事實。 此他志，謂頃襄以絕大兵力，僅收復"江旁十五邑以爲郡"事，事在頃襄二十三年。 此事《離騷》亦言之，今復具體述之者，已至漢北，益知其事之可成而頃襄之畏秦爲失策也。

按：此言懷王與原共行美政，不幸中道而廢。 就外交政策而言，懷王十一年時，楚與齊交好而結盟，共同對抗秦國，懷王十六年張儀使楚，離間齊楚，楚遂與齊絕交。 十八年，屈原使齊，又結齊楚之盟。 二十四年，楚又倍齊以合秦。 二十八年，秦與齊、韓、魏共攻楚，秦與齊皆與楚絕。 二十九年，楚使太子爲質於齊，齊楚亦再次結盟。 楚與秦、齊之三國關係，屈原力主齊楚聯盟以抗秦，然楚懷王卻在秦、齊之間左右搖擺，自以爲左右逢源，而實吃了大虧。 此段經歷，屈原刻骨銘心，在詩篇中多次痛心言及。 此處亦對懷王絕齊迎秦予以斥責。 回畔，指半途改道也。 反有他志，言絕齊親秦之舉。

憍吾以其美好兮，覽余以其修姱。

王逸曰：握持寶玩以侮余也。 陳列好色，以示我也。

洪興祖曰：此言懷王自矜伐也。　憍，矜也。《莊子》曰：“虛憍而恃氣。”姱，好也。

朱熹曰：憍，矜也。《莊子》曰：“虛憍而盛氣。”覽，示也。　姱，好也。

汪瑗曰：憍，驕同，矜也。《莊子》曰：“虛憍而盛氣。”《荀子》曰：“憍泄者，人之殃也。”覽，猶示也。　脩姱，亦美好也。　美好脩姱，喻才能也。

林兆珂曰：以佞幸爲美好脩姱，驕而示之。

黃文煥曰：余之所藉以事君者，曰“惛愉之脩美”，曰“紛有此姱節”。　又曰：人主至于自聖則舉朝無可入之忠言矣，以其美好，以其修姱，拈出病根。

李陳玉曰：初蒙稱許，過當。

陸時雍曰：故憍吾以其美好，覽余以其修姱，蓋嫉余之衆芳而爲是舉也。

錢澄之曰：吾、余，皆原自謂。上官之讒原也，王使平爲令，每一令出，原自伐其功曰：非我莫能爲。是謂吾自驕其美好，而示其脩姱，王之所由怒也。

王夫之曰：而驕我之不如。

林雲銘曰：自以爲行之善而矜我，自以爲德之精而示我，與我竟有相勝相陵之意，其他志既有如此。

高秋月曰：自聖也。

徐焕龍曰：憍，虛憍也，與驕微別。　驕以態言，憍以志言。　美好，謂富貴威福。　修姱，謂才能。　因他志而惑於小人，故向也未嘗挾貴。　自此則以其美好憍吾，不但已也。　且賣弄修姱，使余覽視，不但已也。

賀寬曰：以君自以爲美好，自有其修姱，將憍予言而莫之逮也，尚能信我之陳詞乎？

張詩曰：言君自恃其才能，以驕矜誇覽于我。

蔣驥曰：覽，示也。

王邦采曰：憍，虛憍而恃氣。 美好，指儀容。 脩姱，謂才德。覽，示也。 言君自負容德。

吳世尚曰：憍，如《莊子》曰“虛憍盛氣”之“憍”，故爲矜高之意也。

許清奇曰：自矜其行之善，示我以德之美。

屈復曰：言君與己先親後疏者，虛憍之氣，自多其能。

夏大霖曰：此直抉懷王病根之言，與《列傳》紀上官行讒之言確。 好激怒讒人，罔極險哉。

奚祿詒曰：美好，指服器寶玩。 覽，視也。 修姱，美人也。 言君驕我以寶玩，示我以美人，則不能去讒遠色，賤貨貴德矣。 白珩之風既衰，秦女之廛遂作，自平王始矣。

劉夢鵬曰：言葰自謂美好而誇示於己。

丁元正曰：言懷王初與己同心謀國，既而又他志，若反與余有相勝之思，相陵之意，故憍吾以其美好，覽吾以其修姱。 蓋嫉余之衆芳而爲是舉也。

胡文英曰：憍，高傲也。 憍美好，覽修姱，王怒于非我莫能之譖，若曰我亦能之如此也。 昔漢文言“久不見賈生，自以爲遇之，今不及也”，則安知絳、灌非即用上官之策乎？ 夫文帝，三代以下聖主，猶復不忘情于所長，況懷王乎？ 史公合而傳之，蓋有以也。

顏錫名曰：其己事也，無如君之性情，好自矜伐。

王闓運曰：頃襄貪位，不欲王反，託言秦不可和，當力戰，以復儲,名既美,志又憍也。《離騷》曰"保厥美以驕傲"。 内不欲王反,外又與己謀反王。 示其忠孝,故覽余以脩姱也。

聞一多曰:驕,矜也。

姜亮夫曰:此猶言以其所以爲美好者驕吾也;倒句也,下句例同。

蔣天樞曰:憍,同驕,《説文》無憍字,疑憍爲"僑矜"本字,而驕則借字也。 此覽字疑當訓示,亦猶觀有貫之讀音而訓示也。《史記·孟荀列傳》:"爲開第康莊之衢,覽天下諸侯賓客。"彼覽字疑當訓示。 其脩姱,意蓋謂頃襄自以所行者已得實利,而復國之舉爲冒險也。

湯炳正曰:覽,展示。 此謂"美人"懷王。驕傲地向我展示炫耀美麗。

按:賈誼《新書》曰:"楚懷王心矜,好高人,無道而欲有伯王之號,鑄金以象諸侯人君,令大國之王編而先馬,梁王御,宋王驂乘,周、召、畢、陳、滕、薛、衞、中山之君皆象使隨而趨。"此懷王好驕之紀録。 此言責懷王好自矜伐也。 劉夢鵬謂言蓀自謂美好而誇示於己,甚是。 王逸、洪興祖説,意亦近是。

與余言而不信兮,蓋爲余而造怒。

王逸曰:外若親己,内懷詐也。 責非其職,語橫暴也。

朱熹曰:言君自多其能,言又非實。 本無可怒,但以惡我之故,爲我作怒也。

汪瑗曰:此章言楚王自恃其才能,驕矜誇示於己,故畔成言而怒逐己也。 瑗按:當是時,懷王已客死於外,而己又失郢都,正當臥薪嘗膽,延攬英雄,相與共治以圖報儲之舉,顧乃聽信姦佞。 怒逐忠

良，方且箕踞自恣，回畔成言，是誠何心也。夫國家可以一人有，而
不可以一人理；可與君子共，而不可使小人參也久矣。又況介於秦齊
強暴之間，侵伐多事之際，父讎未報之日，社稷燬敗之餘，其可恬然
而安，警然而肆乎？匹夫有怨，尚欲報之，以萬乘而坐受困辱，宜爲
射者之所不取也，況屈子又安能恝然於懷乎？嗚呼！拔郢燒陵之
慘，東走陳城之辱，頃襄王之所自取，無足責也。然而國亡君敗，正
忠臣志士戮力王室之秋，而以屈子之精誠才能，曾不得效犬馬於其
間，而爲大廈將顛之一木，可慨也夫。

林兆珂曰：則向之誠言爲不信，君蓋爲余忠直而造怒也。

黃文煥曰：乃君別逞君之美好脩姱，漫不吾喜且求勝焉。蓋爲余
而造怒矣，我本無罪，君亦本無怒，忽然憑虛搆造也。造之一言，慘
甚矣。讒人間之，怒乃以生，是首造者也。《惜往日》曰含怒，此曰
造怒。怒而造也，無刻不開端矣，無可使有也；怒而含也，無言不獲
罪矣，有益可使多也。何原之拙於避怒，而深于造怒也。又曰：造
怒承不信，最爲扼腕。君自不信於臣，臣未嘗敢一言以獲戾於君，復
有何可怒哉？多怒者正於無可怒中造出不測之怒耳，寫出衰朝庸主，
性情難定。

李陳玉曰：既則造怒，亦過當。本無可怒，造出來便驚天動地。

周拱辰曰：曰“初既成言”，曰“黃昏爲期”，已隱許我以私婚
矣。苟可偕老，不避多露之嫌，竟無如遵路摻袪，無覿之終棄也。
俄而信哲，俄而造怒，畢嫁無望矣。而至不能邀一夕之懽，亦奈此自
有美子者何哉？亦是棄婦閨怨，亦是逐臣離緒。

陸時雍曰：滿堂兮美人，言笑宴兮愔愔，心目余兮崝峋。乃知君
本無怒，爲余造也。敵余惟恐其不勝，去余惟恐其不力，奈黃昏之
期，而一至此乎？

王遠曰：此承上有此他志也。君既自矜其能，言又不實，本無可怒，以惡我之故，觸處生怒，故曰造怒。寫盈滿之君，中讒之臣，千載如見。

錢澄之曰：不信，疏之也。一不見信，則所言無不可怒者，故見余先作怒以待之也。

王夫之曰：余雖與言而不信，顧且怒我之不順從。此述始諫懷王而不聽之情事。

林雲銘曰：當日以余所言與之，皆不以爲然。以向有怒余之意，一見而怒便生也。

高秋月曰：造作怒端也。

徐煥龍曰：凡與余言，皆不信實，不但已矣。多怒之端，蓋皆爲余而造，余之見疏，日甚一日矣。

賀寬曰：因不信而生怒，臣無可怒，君亦本無怒，特造怒耳。怒而造也無可使，有賀可使多，而我將安避乎？

張詩曰：故畔成言而怒轉盛也。蓋原之陳詞，本欲以息其怒，乃反因之而造怒也，豈不悖哉？

蔣驥曰：不信，不以誠相告也。造，作也。始見君之怒而未測，及觀其於己，矜能以相炫，飾僞以相欺，與昔之成言，意甚相背，乃知其銜怒在己也。《史記》：“懷王使屈平造爲憲令，上官大夫心害其能，因讒之曰：‘平以爲非我莫能爲也。’王怒而疏屈平。”蓋懷王爲人，矜名好勝，而讒人之言，有以深中其忌，故其於原，口不言而忿日深。其所矜示者，亦因疑原之自伐，而與之相競耳。宋真宗夜召楊億入禁中，以文藁示之曰：此皆朕所爲，非臣下代作也。億惶恐再拜而出。知必有譖之者，事與此同。而懷之昏憒，殆有甚焉。原所以不免於流放也。

王邦采曰：言又非實，本無可怒，但以惡我之故而作怒也。

許清奇曰：即《離騷》"信讒而齎怒"。

江中時曰：此解追言前此遇罰之故。

夏大霖曰：言君之病，只爲自多其能，自炫其美，故與我言都不誠信，實非余有可怒，特以憎我而故造其怒也。

邱仰文曰：二節追思君臣之交，下二節言進言之苦。

陳遠新曰：以君之他志言之，向不自是而信余言。今以其能與我爭勝，雖與余言而不信。蓋始怒於余矣。

奚祿詒曰：故與我之成言不信，蓋爲我之忠告而作怒也。

劉夢鵬曰：信，實也。矜己誇人而所言不信。《離騷》所謂無實容長者也。造怒，猶《離騷》所云齎怒。

丁元正曰：造，造作。君本無怒，但以惡我之故，而爲我作怒也。此追思始諫懷王而不聽，反見疏遠之情事也。

胡文英曰：因怒屈子，並輟謀秦之策，故曰爲余造怒也。

牟庭曰：思君驕謾而善怒，顧我則詆也。

顏錫名曰：讒人輒得中之，故約期不信，見余輒怒。

馬其昶曰：以上追思立朝之時謀國大計，忽逢君怒而不見用。

武延緒曰：蓋一作盍，是也。言不信則亦已矣。曷又爲余造怒也。盍、曷同。

姜亮夫曰：蓋，當從一本作盍，何也。《廣雅·釋詁三》文。此四句言君王已悔遁有他，乃以其所以爲美好者，以相矜炫；以其所以爲修姱者，以相欺枉；與昔日與余之成言，失信相遠；此君之自爲，爲何乃爲余而造作忿怒乎！即《離騷》靈修敷化、信讒齎怒之義，亦即原《傳》上官大夫讒言"平伐其功，王怒而疏屈平"之義。蓋懷王疏己而信任上官、子蘭之疇矣。其美好，其修姱，諸家皆以指懷王自矜，其實未允。　此指懷王信上官、子蘭，以之爲美好修姱，正與己之見放爲對照也。　臣子無斥君自矜伐之義。

蔣天樞曰：蓋，一作盍。　盍，何也。　造，生也。　本是頃襄無信，王反怒已而致其橫暴，此所言當有事實，惜已莫能詳矣。

湯炳正曰：造，成。《禮記・王制》“造士”鄭玄《注》：“造，成也。”此句言爲何因我而成怒，即《史記》所謂“王怒而疏屈平”。

按：此句乃本篇之創作背景。　原諫勿入武關，懷王不信，反而造怒，又逐己也。　汪瑗以爲白起拔郢之後，頃襄王不思進取，反而造怒也，非是。　林兆珂、黃文焕説可參。

願承閒而自察兮，心震悼而不敢。

王逸曰：思待清宴，自解説也。　志恐動悸，心中怛也。

洪興祖曰：閒，音閑。《莊子》曰：“今日宴閒。”察，明也。

朱熹曰：閒，閒暇也。《莊子》曰：“今日宴閒。”察，明也。

汪瑗曰：閒，閒暇也。《莊子》曰“今日宴閒”是也。　察，明也。震悼，猶言戰慄也。　不敢，不敢進而自明也。　或曰，前結微情以陳辭，將以言而致之君也。　此云承閒自察，則欲面諫之矣。　其情愈切，而其事愈難，其心愈悲矣。

林兆珂曰：言我本無可怒，願默默承君，閒暇而自察，恐終不察而不敢。

陳第曰：自察，自明也。

黃文焕曰：於斯而又再發一願，曰：吾豈敢逆料吾君，謂造怒之必不解哉。　意者偶逢君之未閒也，此前期之所縣不果，而今詞之尚冀可陳也。　得承清宴，君或自察之，不待強聒也。

陸時雍曰：察，白也。

賀貽孫曰：悲不敢悲，深於悲矣。

錢澄之曰：此追念王始見疏之時，欲自辨別其罪，恐益觸王怒，故震悼而不敢。

王夫之曰：自察，自表著也。震悼，君方怒己，懼益見疎也。

林雲銘曰：此番不敢，願君自察其非。

高秋月曰：欲自明而不敢也。

徐煥龍曰：察，明也。正當遭怒之時，無從辯白心跡，願乘其閒暇，或者心平氣和，余可以自察，正恐復逢其怒，因而震悼不敢。

賀寬曰：君雖造怒而不忍逆料，君之不解也。特伺君之晏閒，尚敢陳我之微情，君庶幾其見察耶？而畏君之怒，未及言而先已震悼，於心不敢也。

張詩曰：言願承閒自明，而君怒方盛。故此心震悼不敢。

王邦采曰：閒，隙也，舊音閑，非。

吳世尚曰：不敢者，君既爲讒言所中，而予聖自雄以督過之矣。薄言往愬，則逢彼之怒也。

許清奇曰：察，明也，承君之閒暇而自明也。

夏大霖曰：此言本願承閒陳詞，說出王之病根，使王自察，則必不終於回畔而有他志。然慮王憍好造怒，心畏而不敢言。

陳遠新曰：此時要君自察而心震。

奚祿詒曰：願君承閒而親察之，我心震懼而不敢。

劉夢鵬曰：蓀言既多，不信造怒，且復相尋，於是欲承閒自察，而謠諑方張，口衆我寡，又震悼而不敢。

丁元正曰：震悼，恐懼也。

戴震曰：悼，《說文》云：“懼也，陳楚謂懼曰悼。”

胡文英曰：承閒自察待君之閒，而親察我所行，寧有此自矜之言哉？　然君方盛怒，又戰栗傷悼而不敢辯也。

顔錫名曰：余屢欲承君閒暇，求君自察，以冀身進道行，然終不敢。

聞一多曰：自察，自明，自白也。

姜亮夫曰：自察，猶自明也。　震，驚。　悼，痛。

蔣天樞曰：八句言被黜後急欲剖白事。　承，奉也。　言欲待君暇隙，獲進見王以自明。　察，明也。　震悼，驚懼，恐再罹禍。《離騷》“咈余身而危死兮”，斯時事歟？

湯炳正曰：震悼，畏懼。《説文》心部：“悼，懼也。　陳楚之間謂懼曰悼。”

按：自察，自白也。　言希望找個機會自我表白一下，但是心有畏懼而又不敢。　徐煥龍曰甚是。　王逸説近是。　錢澄之謂此爲追念王始見疏之時，欲自辯別其罪，恐非是。

悲夷猶而冀進兮，心怛傷之憺憺。

王逸曰：意懷猶豫，幸擢拔也。　肝膽剖破，血凝滯也。

洪興祖曰：怛，悲慘也。　憺，安静也。

朱熹曰：怛，悲慘也。　憺憺，安静。　意謂欲承君之閒暇以自明而不敢，然又不能自己，故夷猶欲進，而心復悲慘，遂静默而不敢言也。　觀此，則知屈原事君惓惓之意，蓋極深厚，豈樂以婞直犯上而取名者哉？

汪瑗曰：夷猶，遲回之意，所謂足將進而趦趄是也。　怛傷，惻怛而傷感也。　憺憺，怛傷貌，洪氏解爲安静，非是。《九辯》曰：“心煩憺兮忘食事。”是憺不獨解爲恬憺之憺。　讀古人書，要當以意會，隨其章旨而解之，不可執一，定之訓詁《説文》也。　下二句即申言上二

句之意，大都謂己欲乘閒冀進，而自明其情，然心復悼傷，而不敢進
者，恐君之多怒，不惟其言之不聽，而反重得罪故也。 朱子之解，又
多一轉折，非是。 至曰："觀此則知屈原事君惓惓之意，蓋極深厚，
豈樂以婞直犯上而取名者哉。"則其說深得屈子之心，而足以表章千
載沉鬱之旨。 顏之推病其顯暴君過，班孟堅譏其數責懷王，其妄誣之
非，可以不攻而自破矣。 或謂承閒爲乘其間隙之時，閒去聲讀，其意
亦相通也。 瑗按：此上四章言今日之所欲陳，下四章追述昔日之所已
陳者也。

林兆珂曰：惂惂，怛傷貌。 默悲心猶豫而欲進，恐重君之怒而不
敢進。

陳第曰：惂惂，悲傷貌。

黃文煥曰：於是既已震悼，復不敢悼，既已冀進，而無可傷。 復
中疑而怛傷，兩端交戰，數刻遞轉，備極可憐之狀矣。 惂惂，安靜之
意也。 震則動，震悼之懷，心動而傷也；惂惂之懷，心靜而傷也。
有不敢與冀進之念雜乎其中，故稍減動傷而又祇藏靜傷也。

李陳玉曰：欲訴則不能，欲悲則不敢。 惟有內自傷，外如常，人
生到此，誠難爲懷。

陸時雍曰：惂惂，猶漠漠，心之百計，一無所之，故常漠漠。

王遠曰：惂，動也。 又蘇林曰："陳留人謂恐爲惂。"言願承君之
閒以自明，則心動且悸，徘徊欲進，則心傷且恐，終不敢言也。 檢菴
曰："寫盡憂讒畏譏人神理，如此事君，屈子豈悻悻自好者耶？"

錢澄之曰：夷猶不決，尚有冀進之意。 此其委曲，良足悲矣！
心雖怛傷，而靜默處之，傷之至也。

王夫之曰：惂惂，猶言蕩蕩，動而不寧貌。

林雲銘曰：惂惂，動也。 又傷不能至郢，面陳其事。

高秋月曰：心懷猶豫，冀進而自明也。　憺憺，心靜而傷也。

徐煥龍曰：遂如犬子之夷伏於地，冀望主人前進而身得近之。　心雖怛傷，只憺憺安靜，默無一語，豈不悲哉。

賀寬曰：又不能自已，因悼生悲，銜悲冀進，欲前還卻，悲慟傷心，中疑復止，兩端交戰，往復低佪，其終忍默默乎。　言欲君承閒暇以自察其非，而心既不敢，將自進於君，而心復悲慘靜默而不敢言也。

張詩曰：所可悲者，即欲遲回焉以冀復進，而此心終怛傷憺憺耳。　此夷猶，遲回意。　憺憺，即欲自明而不敢意。

蔣驥曰：冀進，欲進其言也。　憺憺，動貌。　蘇孝友曰："陳留人謂恐爲憺。"（《山帶閣注楚辭》）又曰：憺有動靜二義，怛傷憺憺，宜從動解。　既懼且悲，故其心振動不已也。　舊訓靜默不言，則與下歷情陳詞隔矣。（《楚辭餘論》）

吳世尚曰：然又不能自已，故夷猶欲進，而心復悲慘，遂靜默而不敢言也。

許清奇曰：冀進，望再進用也。　憺憺，悲傷貌，傷其不能復進用也。

夏大霖曰：悲我空懷此願，夷猶不敢進，而冀進積心，莫可舒洩，惟有怛傷頻動所思而已。　憺憺，傷心之頻動意。

陳遠新曰：要進與君言而心怛，是遺以微情而心亦傷矣。

奚祿詒曰：故悲傷遲緩，而冀達之。　我心又惻怛而割憺。

劉夢鵬曰：惟曰夷猶，冀進憺憺自傷而已。

丁元正曰：欲進說而心復悲慘，遂靜默而不敢言也。

戴震曰：怛，《方言》云："痛也。"

汪梧鳳曰：動也。　蘇林云："陳留謂恐爲憺。"

陳本禮曰：憺，恐懼貌。　寫盡憂讒畏譏神理。

胡文英曰：憺憺，心虩虩而不定也，蓋始以逢君之怒，驚怛傷病，故未進而已呈此態也。

牟庭曰：思我求見以自明，不得見而歸也。

馬其昶曰：自察者，願王之自反；冀進者，冀王之進德也。

聞一多曰：澹澹，悼動貌。

姜亮夫曰：夷猶，即《詩·小弁》"君子無易由言"之"易由"，《九歌》"君不行兮夷猶"，王注與此同作猶豫，猶豫即夷猶之倒言耳。詳《九歌》，及余《詩騷聯綿字考》）。冀，望幸也。進，進其諫君之言也。憺憺，《九辯》"心煩憺兮忘食"，洪《補》曰："憺，憂也。"《漢書·李廣傳》："威棱憺乎鄰國。"李奇注："動也。"蘇林注："陳留人謂恐爲憺。"此言願及君之閒暇以自明，始則心懼而不敢言，然又不能自已，故猶豫欲進，繼則中情悲慘，動蕩不已也。

蔣天樞曰：怛傷，驚懼而悲痛。《説文》："憺，安也。"此"憺憺"當訓恐懼貌。《漢書·李廣傳》"威棱憺乎鄰國"，《注》引蘇林說："陳留人語恐言憺之。"

湯炳正曰：憺憺，恐懼貌。《漢書·李廣傳》："威棱憺乎鄰國。"師古注引蘇林："陳留人語恐言憺之。"此謂内心傷悲恐懼，承上"震悼不敢"而來。

按：夷猶，即猶夷，猶疑，猶豫之意。言希望進諫而又猶豫不決，唯有日日自傷而已。朱熹謂夷猶欲進，而心復悲慘，遂靜默而不敢言也，意亦近是。夏大霖解爲悲我空懷此願，夷猶不敢進，而冀進積心，莫可舒洩，惟有怛傷頻動所思而已，可參。

兹歷情以陳辭兮，蓀詳聾而不聞。

王逸曰：發此憤思，列謀謨也。君耳不聽，若風過也。

洪興祖曰：詳，詐也，與佯同。

朱熹曰：歷，猶列也。　詳，詐也。

汪瑗曰：兹，此也。　佯，詐也。　佯聾不聞，謂己所歷之情，所陳之辭，雖實聞之，而詐爲聾態，若未嘗聞之也。　忠言逆耳，不欲聞之故耳。　齊宣王聞孟子四境不治之言，特佯顧左右而言他，即此意也。

徐師曾曰：佯同。

林兆珂曰：與其默也，寧進。　歷情陳辭，殊非得已，而君何佯爲不聞也。

黃文煥曰：迨至陳辭佯聾，所謂不敢悼者。　不能不悼矣，冀進者無繇進矣。　昔日之與我期而不信者，又如其故矣，佯爲不聞矣。

李陳玉曰：明知無過，亦無奈黨人何。

周拱辰曰：《藥性書》：“蓀能輔性治氣，益人聰慧。”蓋衆藥中之君長，此曰“惟蓀之多怒”，又曰“蓀佯聾不聞”，比君於藥，性爲君長也。　言蓀既能治氣，則怒非所應，既能益聰，則聾非所宜爾。　佯聾不聞，若知之，若弗知之。　舉一切莊語、巽語、隱語，悉付之痛癢不知之內，寫出千古庸君拒諫情狀，亦啞然自笑。

錢澄之曰：始之不敢言而夷猶者，知言之將動君怒而犯衆患也。然終不能自已，復列情以陳詞，而果非君所樂聞。

林雲銘曰：此情可謂至切，俱歷歷列之書中矣。　止是黽之不理，以狂言不足聞，亦不足怒也。

高秋月曰：歷陳，歷數而陳之也。

徐焕龍曰：夷猶憺憺，終不我顧，不得已歷敘其情以陳詞，則蓀輒佯聾而不聞，固由我與君關切之人，不能爲采媚之語，其言切直，非所樂聞耳。　然而君雖置若罔聞，衆則生心愈甚。

賀寬曰：迨至不敢震悼，不敢悲傷，履險而陳情，君終付之漠漠矣，君豈真不聞耶。

張詩曰：言吾歷敘真情以陳此辭，而君佯聾不聞者。

吳世尚曰：詳聾不聞，置之度外，不復閱省也。

許清奇曰：歷歷列情於書中。

奚祿詒曰：我此時歷數其情以進詞，君佯爲聾而不聽。

劉夢鵬曰：茲，此。歷，盡也。言當此媒絕路阻之時，歷情陳說付之罔聞，此亦陳情急切，不善娥媚。

胡文英曰：我今以耿著者歷歷陳之，君固未嘗忘也。但中于小人先入之言，故含怒而佯若不聞焉。

顏錫名曰：今者歷情陳詞，冀其可以一悟，而又佯聾不聞。

聞一多曰：《説苑・貴德》篇“願陛下察誹謗，聽切言”。《漢書・成帝紀》鴻嘉二年詔：“冀聞切言嘉謀，匡朕之不逮。”

姜亮夫曰：茲歷當從一本作歷茲。歷，至也。茲，此也。歷茲情猶言就此情，此情即前之微情，亦即“昔君以我成言兮”以下至“心怛傷之憺憺”之情也。

蔣天樞曰：茲，此也，猶言這次，謂此次之進見。去陳前曾一度見王。歷，經歷；列舉所經歷以明己情。蓀，君也。不入耳之言，故佯爲不聞。

潘嘯龍曰：從此二句可知，屈原在被放流前夕，曾向懷王陳說過自己的冤屈，但懷王不聽。此“陳辭”蓋即離郢前所作《惜誦》。

按：此次陳辭即諫武關之所陳詞，即“秦虎狼之國，不可信，不如無行”。而懷王不聽。張詩、胡文英説是。汪瑗説意亦近是。

固切人之不媚兮，衆果以我爲患。

王逸曰：琢瑳群佞，見憎惡也。諂諛比己於劍戟也。

朱熹曰：切人不媚，言懇切之人不能軟媚，君或未怒，而衆已病之，蓋惡其傷己也。

汪瑗曰：切人不媚，言忠誠懇切之人，不能爲阿諛謟媚之事，原自謂也。 衆，指黨人也。 此章追述往日進諫之忠、上不見納于君，而下復見嫉于衆也。 屈子讒謗之囮，遷怒之媒，其懇切不媚之所基乎，嗚呼！ 直道之不行於世也久矣。 有志者讀此，能不爲之掩卷而太息也哉？

徐師曾曰：切人，懇切之人。

林兆珂曰：切人不媚，言懇切之人不能軟媚以諧人，衆果以我爲患而讒之君也。

陳第曰：切直之人，不能邪媚，讒佞之輩，以爲傷己。

黃文煥曰：不聞者，君也。 不能媚者，我也，固也。 以爲患者，衆也，果也。 將歸咎於君耶？ 歸咎於我耶？ 歸咎於衆耶？ 其必有屬矣。 切人，情詞迫切也。 又曰：願遙赴，願承閒，互對：結微情以陳詞，茲歷情以陳詞，互對。 不信，不聞，互對。 爲余造怒，以我爲患，又一互對。 章法整栗。

李陳玉曰：朝廷之上，得幾個切人。

陸時雍曰：切人不嫌，與世何害，而衆以爲悲者？ 則以一人正襟而四坐不得狂語故也。

王萌曰：君既自多其能，臣即其稱其美。 切人直言，不惟君厭之，衆先患之也。

錢澄之曰：蓋切人不媚，固其性也。 衆以爲患，果不出吾所料也。

王夫之曰：切人，切直之言，不利於小人也。 此述初諫不聽，從容再諫。 君既不聽，因觸怒，而讒言所自興也。

林雲銘曰：急切之人，不能稱君之美好脩姱以獻媚也。同朝之衆，知君怒如秋風之動四極，果以我之取怒爲慮。其不信者，誰敢使之信？不聞者，誰敢使之聞乎？又曰：已上自敘所陳不當君心，皆由於君有餘怒未忘，人以代白爲戒。

高秋月曰：衆以爲患，衆讒惡己也。

徐煥龍曰：蓋衆皆獻媚，我獨直言，萬一吾詞屢陳，焉知君不忽悟，果以我爲患，不屏諸遠地，則此患不除，所以至於放逐也。

賀寬曰：因懇切之言不能軟媚，總君未怒而衆已病之，衆怨所叢，不獨君能遭怒矣。

張詩曰：蓋忠誠懇切之人，必不肯爲阿諛諂媚之事，衆黨人果以爲患而讒之故也。

蔣驥曰：切人不媚，懇切之人不能遜辭也。言欲及君之暇以自明，而始則心懼而不敢言，繼則欲言而心益懼。及其言也，君方置若罔聞，而衆已慮其傷己。此其所以斥之於漢北也。

吳世尚曰：切人不媚者，忠誠懇切之人，其言質直，逆於君心不能如佞人之軟媚以取君悦也。衆以爲患者，君既不省録其言，則衆益媒糵其短也。

許清奇曰：切直之人，不能獻媚，君或未恕而衆已病之，恐傷己也。此段言己初見信於君，後因君志之驕，信讒造怒，故此番陳詞，君既置之不聞，衆復患其傷己，則不但無益，而且見忌也。

江中時曰：同列之衆皆以我之取怒爲患也。“固切人之不媚”一句，總結上三解。以上言陳詞，置若罔聞，總由君好自姱而餘怒未忘也。

夏大霖曰：切直之人，不能諂媚其君，直斥奸匪，衆人忌之而務去所患也。

邱仰文曰：患，改音痕，謂無人代白。　又曰：抽之爲言繹也，如蠒抽絲一條一縷，不抽不盡。　以上四節抽從前，下三節抽現在。　兩"陳詞"，即下"初吾陳"。

陳遠新曰：切，直也。　此因己陳詞直切，而君不入，衆以爲患。

奚祿詒曰：固我之闕切於國人，不肯諂媚於上，而衆小人果以我爲患害也。

劉夢鵬曰：切人，切急之人，原自謂。　衆遂果以我爲病也。

丁元正曰：懇切之人不能軟媚，君或未怒，而衆人已病之。　蓋惡其傷己也。

戴震曰：切，切直。

陳本禮曰：切直之言，人皆不喜。

胡文英曰：切直者，不肯媚君，况肯媚小人乎？　于是群小惡其切直，恐其指斥己之行媚，皆以爲大患，而思所以去之矣。

牟庭曰：思所陳辭又不諧也，思我迫切無嫵媚也，思人皆患苦我如蒺藜也。

顔錫名曰：嗚呼，非我爲人切直已甚而不能媚人之過，與人之以我爲患而争欲遠我也亦宜。

王闓運曰：切，謂以此形彼也。　媚，愛也。　己忠王則形人之不愛王。　衆知其謀，又不聽，乃謀去之也。

姜亮夫曰：切，本刌也，割也，引申爲切劘，又《廣雅·釋詁二》："切，直方義也。"重言之，則《論語》"切切偲偲"，鄭注："勸競貌。"《後漢·竇憲傳》注："切切，猶勤勤也。"于是今恒言之懇切、切實、愨切、劘切等，皆秦漢以來所用，字義之中，故此字所含義蘊極富，不易分析，大體凡切割，皆求其方正、正直、愨實。　故以切之性論，爲割爲刌，而以作用言，則方正，正直，懿實，皆其義矣。

故此“切人”義爲切直方正之人，故曰不媚也。 王逸以“琢磋群佞，見憎惡也”釋之，以琢言切尚可，而以爲“琢人”，則與文義乖戾殊甚。 故朱熹以爲“懇切之人”，于文理詞氣皆得其實，故下承之以“衆果以我爲患”也。“衆果”句與上句成一義，實即《離騷》所謂“衆女嫉余之蛾眉兮，謠諑謂余以善淫”之義。 言“衆人”故曰“衆以爲患”，就女言，故曰嫉余蛾眉也。

蔣天樞曰：切人，語言刻直之人。 媚，以言悦人。 衆，謂群小，群小果以原得再見王爲患。

按：切，切直。 陳第、戴震釋義合於文意。 言正直之人，不事諂媚，黨人以爲大患也。 王逸以切爲兵器所爲，故釋爲“諂諛比己於劍戟”也。 義亦可取。 朱熹以懇切釋切，雖未及直義，意亦在其中。 劉夢鵬謂切人乃切急之人，原自謂，非是。

初吾所陳之耿著兮，豈至今其庸亡。

王逸曰：論説政治，道明白也。 文辭尚在，可求索也。

朱熹曰：耿，明貌。 庸，何用也。《左傳》曰：“晉其庸可冀乎！”言昔吾所陳之言，明白如此，豈不至今猶可覆視，而何用乃亡之耶？

周用曰：又追言昔吾陳詞之明著，今猶可知，我惟欲盡忠以成君爾，乃不見聽而力行，終我聞於古者，猶自若也，況今日能聽我乎。

宋瑛曰：語至腸斷，猶從容永懷如此，厚之至也。

汪瑗曰：初，謂往日成言之時也。 耿著，言己所陳之辭，乃光明正大，昭彰宣朗之道，而非卑污隱僻愚君之説也。 豈不至今其庸亡，謂其辭雖至今尚在而未滅也。 又曰：朱子之解又多以轉折，不如前解平直。 讀《離騷》者，以意逆志可也。 以辭害意，不可也。 又按：屈子所陳之辭，今不可得而聞其詳，然下二章之所言，其王道之大，聖學之純，亦可以得其概矣。　雖至於貶謫遷逐，九年不復，歷年離愍，阽於死亡而不變，又可以驗其所陳於君者，乃己平日躬行心得之實，非徒責難於君而已也。　其視戰國遊說之徒，初以三皇五帝之道誑其君，而卒以縱橫捭闔、慘礉刑名之術售其能者，不亦霄壤也哉？　朱子謂屈子千載一人，信夫。

徐師曾曰：言昔吾所陳之言，明白如此，豈不至今猶可覆視，而何用乃亡之耶。

林兆珂曰：言昔吾所陳於君者，明白如此，豈不至今猶可覆視，而君庸忘之耶。

陳第曰：初吾所陳，豈不至今尚在，其庸有亡乎？

黃文煥曰：承前兩陳詞，又再曰“初吾所陳”，追遡堪憐。　又曰：既絕望於君之佯聾矣，而又望未敢絕也。　追遡初陳之詞，君即佯聾，豈真能不聞耶？　所陳耿著，自至今無能亡之。

李陳玉曰：早聽臣言，不至於此。

周拱辰曰：上言搈佯聾不聞，此追述歷情之陳也。　庸亡，何庸亡也？

陸時雍曰：庸亡，何庸亡也？　修行則名章，任賢則國昌。

王萌曰：言昔吾所陳之言，雖甚明白，然招怒者此言。　豈不至今，而猶用以亡耶。

王夫之曰：言己所陳之利害著明，事後驗之，一皆合符。

林雲銘曰：未疏之前，吾所言甚明白，斷無遽忘之理。

高秋月曰：言初之所陳耿著明白，其辭至今尚在，可求索也。

徐煥龍曰：因我歷情陳詞，犯衆患而罰滋甚，獨不思初吾所陳之詞，耿明昭著於耳目，豈不至今猶可覆視，其用亡諸乎？

賀寬曰：言吾歷情所陳之辭，甚爲明著，君豈真不聞乎，至今猶可覆視，而何用亡之。

張詩曰：亡，同忘。言前此吾之所陳，無非光明正大，昭彰宣著之道，吾君豈不至今皆用忘之乎？

蔣驥曰："庸"字之義，與"寧"相近。亡、忘，同。言初之所陳，豈不至今猶耿著，而寧遂忘之耶。

王邦采曰：言初之所陳耿然昭著，豈不至今猶可覆視，其用亡諸乎？

吳世尚曰：初吾所陳，即《惜往日》篇所云"奉先功以照下，明法度之嫌疑"者也。

許清奇曰：初吾所陳道理明著，豈不至今尚在，其庸有亡乎？

夏大霖曰：耿著，明白切實也。言始初吾所陳皆明白切實，已經信任，則今亦如初，豈至今便忘前日而反可怒乎？

陳遠新曰：耿著，光明也。且所陳光明而不見取於人。

奚祿詒曰：初所陳説政治，耿然明白，豈不至今猶在，其庸可忘乎？

劉夢鵬曰：耿著，大白也。我陳耿著，豈薆竟忘之耶？

丁元正曰：耿著，光明正大也。言己所陳志利害明白顯著，豈不至今猶可覆視，而何用忘之耶？

姚鼐曰：言所陳成敗得失，無不耿著。其言猶在，而至今不已驗乎？

胡文英曰：所陳耿著，君固分明見之也，豈其庸忘。君未應皆忘，可覆案也。

顏錫名曰：耿著，猶云明白大道。言我今日卻有不可解者，我初事君嘗以三后之純粹，堯舜之耿介諸説進之於君，君甚信之。今所陳詞，猶是湯禹祇敬，周王論道諸文，乃忽然裦如充耳，前後判若兩人，豈其健忘至此。

王闓運曰：耿，炯也。 衆諛以主和忘讎，故自明所陳炯著可案考也。

聞一多曰：庸，猶遽也。 訓見《經傳釋詞補》。

姜亮夫曰：初者更端追敘之詞，"初吾所陳"，當讀爲"吾所初陳"。 耿著，義近複合詞，光明也。《尚書·立政》："以覲文王之耿光。"耿光連文，則耿有光義，故叔師訓爲明。 著即箸字，箸明爲古籍恒語，故箸亦有明義。 是則耿著字，乃義近複合詞，猶今言光明也。 然二字皆古籍通用之義，耿字從火，杜林以爲耿光。 箸之爲箸明，依章炳麟説，者、著、褚三字，皆可通。 見《小學答問》。 又漢人"箸明"之"箸"字，多從艸。 艸、竹兩形相近而誤，然秦碑尚不誤，如泰山碑"大義箸明"，《詛楚文》"詛箸石章"皆是。"庸亡"句，諸家義皆不勝切，此蓋反詰上句爲義。 庸者，用之聲借字，"用亡"猶言"用是而亡"也。 蓋謂時之推移，忠言遂以此推移而見忘也。 意謂我往時之所陳説，蓋甚耿光著明，豈至於今日，遂因時之推移遷流而亡乎？ 亡通作忘。

蔣天樞曰：十二句綜括此次見王所陳言之主要意旨。 初，指始見信任時。 耿，光明。 言當日所陳之言，意旨光明而明白。 庸，用也。 豈至今其所應起之作用已無？

湯炳正曰：初，當初。 所陳，指當初勸阻懷王入武關會秦王之語："秦虎狼之國，不可信，不如毋行。"《史記·屈原賈生列傳》。 庸，即用。 用亡，指懷王死於秦。 二句謂當初若采納我所陳述的極明白的道理，又怎會有後來的死亡。

按：庸，此處用作副詞，豈、難道、怎麼會之義。 此言如當初聽吾之陳辭諫言，哪會有今天的流亡？ 此指懷王赴會武關被挾持入秦之事。 諸家未結合背景作解，諸多解釋皆以爲諫言猶在，豈有亡之取驗之意，非是。

何毒藥之謇謇兮，願蓀美之可完。 毒藥，一作獨樂。

王逸曰：忠信不美，如毒藥也。 想君德化，可興復也。

洪興祖曰：《書》曰："若藥不瞑眩，厥疾不瘳。"《傳》曰："美疢不如惡石。"

朱熹曰：然吾非獨樂爲此謇謇，而不樂爲順從也，但以願君之德美猶可復全，是以不得已而爲此耳。 所謂尚幸君之一寤者如此，其志切矣。

汪瑗曰：謇謇，忠直貌。 願蓀美之可完，言欲君德之全備也。又曰：此上二句追言昔日直道之害，而因表己盡忠之心也。

徐師曾曰：言我非違衆而樂爲此謇謇也，但以願君之美猶可復全，故不得已而爲此耳。

林兆珂曰：且吾非樂爲此謇謇，而不順從也，但願君之德美猶可復全。

陳第曰：非樂謇謇之言，欲以成君之美耳。

張京元曰：言懷王視忠言如毒藥。

黃文煥曰：辭未嘗亡，則君固未嘗不聞也。 於是而三發願曰：吾何故獨樂謇謇，甘受不媚之患哉。 所望蓀美之尚可完，佯爲不聞之，未始非聞耳。 少留片字之獻替，猶存一刻之明良，何敢以不聞而遂已也。

李陳玉曰：欲玉爾于成也。

周拱辰曰：何獨，應獨也。

陸時雍曰：然忍痛可以彈疽，屈心可以爲治。

王萌曰：吾非獨樂爲此蹇蹇，而不樂爲順從也。　願君之美德，猶可復全耳。　終不敢絕望於君，所謂尚幸君之一寤也。

王夫之曰：毒藥，攻毒之藥，喻直諫也。　豈非扶危定傾有用之言乎？　言雖苦口，亦願君之祈天永命，保完社稷而已。

林雲銘曰：非好勞也，欲全君德耳。

高秋月曰：蹇蹇，忠信也。

徐焕龍曰：吾何獨樂爲此謇謇忠言，不過願君德之美，可以成就耳。

賀寬曰：又一轉曰：吾豈樂收蹇直之名，以受君之多怒哉，仍以君之德美，猶可復全，幸冀君之一悟也。

張詩曰：則吾亦何獨樂此蹇蹇之忠信而陳詞不已，夫亦願君德之完備無缺耳。

吳世尚曰：完者，以聖明始，以聖明終，完全而無缺也。

許清奇曰：非樂謇謇，亦欲完全君德耳。

江中時曰：言今又陳詞者，非獨樂爲蹇蹇，但願吾之美德，猶可復全者。

夏大霖曰：且犯難諫諍，人臣所難，何獨樂爲此犯難之事乎。　蓋君有美好，正願君之美好完全耳。

陳遠新曰：不知苦口之謇謇可以完，君德而自明之也。

奚祿詒曰：我何故獨樂謇謇諫君，蓋願君美德之完粹也。

劉夢鵬曰：我何樂爲是蹇蹇忠告哉，亦望衆無委美，無爲靈修之化而已。

丁元正曰：蓀，指懷王。　完，保全也。　我之所以不憚蹇蹇者，亦願君之美德猶可復全耳。

陳本禮曰：反願君之美德完粹也。

胡文英曰：豈願爲此謇謇以取怨哉，誠以良藥苦口利於病，庶爲君釋回增美耳。

牟庭曰：思所陳辭，可追惟也。

王闓運曰：藥，以治病而視之如毒，以喻忠謀可完固王位，乃疑其欲廢己。

聞一多曰：余何以獨好爲此謇謇忠直之言哉？冀君美德可以光大耳。

姜亮夫曰：“何毒藥”句，當從一本作“何獨樂斯之謇謇”，此即《離騷》“余固知謇謇之爲患兮，忍而不能舍也，指九天以爲正兮，夫唯靈修之故也”意同。樂斯謇謇，即忍而不舍之意；謇謇即諓諓之借言。余何獨以諓諓小人之言爲可樂乎！蓋忍而不舍者，惟願吾君之美，可以光充耳。即所謂尚幸君之一寤也。“可完”“完”字，當從一本作光。

蔣天樞曰：毒，苦也。《周禮·天官·醫師》：“聚毒藥以共醫事。”鄭《注》：“毒藥，藥之辛苦者。”謇謇，直言貌。喻己忠直之言如毒藥之苦口，以箴王疾。完，謂無虧缺。意謂頃襄自我失國，亦自我興復，故云“藜美可完”。

潘嘯龍曰：可完，即可保全自身。屈原諫阻懷王入武關赴會，正是爲了保全君王。

按：此句文字有兩種版本，從上下文看“毒藥”當爲“獨樂”更恰當。言吾何至獨樂於蹇蹇忠告哉，只不過是希望國君之美德更加完粹也。朱熹説是。王逸、張京元、王夫之、王闓運等以“毒藥”作解，均牽強不通。

望三五以爲像兮，指彭咸以爲儀。

王逸曰：三王五伯，可修法也。先賢清白，我式之也。

朱熹曰：三五，謂三皇五帝、或曰三王五伯也。像，謂肖古人之形而則其象也。儀，謂以彼人爲法而效其儀，如《儀禮》所説"國君行禮，而視祝爲節"之類是也。

汪瑗曰：三五，三皇五帝也。彭咸，殷賢大夫也。望，仰而慕之也。指，期而的之也。像、儀，皆法也。

林兆珂曰：三五，三皇五帝也。像，法也。望三五，以爲君之象法。因指彭咸忠諫，以爲己之儀刑。

黃文煥曰：事是君，不能爲三五。則殉是職，必當爲彭咸。

李陳玉曰：原以三皇五帝望其君，想頭極大。萬不幸，始以彭咸自處，結局甚細。

周拱辰曰：三五爲明良之君，彭咸爲死諫之臣，此只主聖臣直之思耳。若以爲錯舉不倫，豈知原者乎？

王萌曰：望君以三皇五帝爲法，自以彭咸爲則。

錢澄之曰：言吾願孫美之完，欲取法於三五也。若余之自矢，則有彭咸之道則也。

王夫之曰：三五，舊説以爲三王五伯。儀，法也。言己所陳者，稽王伯之成軌，盡彭咸之忠節，使其得用。

林雲銘曰：以三王五帝之至德，爲君之範。以彭咸之死諫，爲己之式。

徐煥龍曰：吾望之以致君者，三皇五帝之像，吾指之以自矢者，彭咸盡瘁之儀。

賀寬曰：君當以前聖爲法，臣亦當以先賢爲則。

張詩曰：言君能望三皇五帝以爲法像，指彭咸之所諫以爲儀式，則完美矣。

蔣驥曰：像，形模也。 儀，法也。 責於君者，以三皇五帝爲模。矢於己者，以彭咸死諫爲法。

王邦采曰：三五，三王五帝也。 以三五爲君之範，以彭咸爲己之式，所謂極也。

吳世尚曰：言爲君者，望三王五伯以爲像。 爲臣者，指彭咸以爲儀。

許清奇曰：以三王五帝爲君之範，以彭咸死諫爲己之式。

屈復曰：儀，式。 以三五之至德，望君彭咸之死諫。

江中時曰：蓋言君盡君道，臣盡臣道。

夏大霖曰：像，儀像，奉爲法式，意極準則也。

陳遠新曰：蓀美何以完，必以三五爲治。 人之像以彭咸爲修己之儀。

奚禄詒曰：我之所望於君，以三王五帝爲像，則至君不用我，我乃指彭咸以爲儀型。

丁元正曰：儀，則也。 苟能稽三五之成，孰以彭咸所諫之忠言以爲儀則。

牟庭曰：此述所陳辭也。 彭咸以自勵，三五以爲君規也。

方績曰：儀，《穆天子傳》：“左白俄。”郭璞注：“古羲字。”宋洪适《隸釋》曰：“《周禮》注云：儀、義二字，古皆音俄。”楊慎曰：“月中嫦娥，其説始於《淮南子》及張衡《靈憲》，其實以常儀占月而誤也。 古者，羲和占日，常儀占月，皆官名。 見《吕氏春秋》。”後訛爲常俄，以儀、俄音同耳。

顏錫名曰：夫我所以不黨於衆而獨爲其難者，不過以三王五帝之道望君，而以彭咸自待。

馬其昶曰：君臣交相勉也。

姜亮夫曰：戰代言三五，多指三王五伯，王注是也。儀，則也，即《離騷》"願依彭咸之遺則"。

蔣天樞曰：望，遠視，以行程之終極爲鵠的。三五，三謂夏、殷、周三代創業之王；五謂五帝。《世本》《大戴禮》《史記》均以黃帝、顓頊、帝嚳、堯、舜爲五帝。望三五以爲像，謂王。指彭咸以爲儀，謂己。彭咸，巫彭、巫咸，釋見《離騷》。

湯炳正曰：儀，標準。上句是當時對懷王的希望，下句是當時對自己的要求。

按：三五，一説三皇五帝，一説三王五伯。從上下文看，此句承"願蓀美之可完"，意勉懷王當效法三五、彭咸，非言原自己之效法。故三五作三王五伯解更合理。三王即禹、湯、文王；五伯即春秋五霸。彭咸，殷時大巫，主占卜，以彭咸爲儀，意指像彭咸占卜一樣以講誠信。王逸以原自效仿三王五伯及彭咸，林兆珂、王萌等後世注解者多解爲"望君以三皇五帝爲法，自以彭咸爲則"，皆可參。

夫何極而不至兮，故遠聞而難虧。

王逸曰：盡心修善，獲官爵也。功名布流，長不滅也。

洪興祖曰：此言以聖賢爲法，盡心行之，何遠而不至也。

朱熹曰：極，至也。至，到也。視彼像儀，而必欲求到其極，則遠聞而難虧矣。

汪瑗曰：極，義理旨趣之妙處也。何極不至，造詣之深也。遠聞難虧，聲譽之隆也。此下二章，啓人君之法古，并示其功而歆其效也。亦承上章"願蓀美之可完"而言，言必如此，而後君德可完也。必先何極而不至，然後遠聞而難虧也。屈子此言，可爲以片長寸善自足者誠，干譽釣采自欺者警矣。 學者宜深味之。 或謂三五句勉之君者，彭咸句勉之己者。 亦通。

林兆珂曰：君誠察此何皇極之不可至，而遠聞不成而難虧也。

陳第曰：法王霸，效賢人，何極力之不至？ 何修名之不立？

黃文煥曰：吾之所欲獻於君者，吾之所遠聞於古者也。 古人立極，後人務至爲。 肯望爲像，何患不至。 竭我之難虧，以助君之可完，吾寧冒怒行之矣。 袞職有闕，仲山甫補之，則虧復可完之説矣。又曰：曰可完，又曰難虧，一意分作對竪。

李陳玉曰：君能盡道，名方遠著。

王萌曰：皆欲各至其極，則聲聞遠播而無虧矣。

錢澄之曰：誓死致君，何極不至！ 望君造其極，而有千秋之遠聞。 惟此遠聞，不可虧耳。

王夫之曰：則何所極而不至，聲聞達於四鄰。

林雲銘曰：無一善不造其極。 名播無缺。

高秋月曰：盡心則可至於古人，故功名遠聞而不緘也。 下四語，正申此意。

徐煥龍曰：意亦曰何儀像之極之所存，人有力趨而不至者乎。 故凡遠聞諸古者，所聞雖似迂闊，其道甚有難虧，不敢不責難於君耳。何極不至，猶《孟子》所云人皆爲堯舜也。 遠聞難虧，猶規矩方圓之至，不以堯之所以治民云云也。

賀寬曰：古人立極，未有求至而不至者。 袞職有闕，仲山甫補之，補虧而得復君德，不憂其不完矣。 後四語，乃難虧之旨也。

張詩曰：蓋有其實者必有其名。 苟其造詣之能無極而不至，則聲譽自遠聞而不虧也。

蔣驥曰：君能希聖，臣能竭忠，以相砥於其極。

王邦采曰：何極不至，言何不可造其極，如此則聲聞遠播，而德行難虧矣。

吳世尚曰：君盡君道，臣盡臣道，夫亦何所極而不至乎，吾知其名聲昭於當時，垂於後世矣。

許清奇曰：欲求至其極，故名遠播而無缺。

屈復曰：極，盡。虧，缺也。右二段，追思昔陳詞造怒之故，望君三五，自儀彭咸，惓惓無已之心也。

江中時曰：爲善造乎其極，則名自遠聞而無缺矣。

夏大霖曰：言三王、五帝、彭咸，皆爲君爲臣之極則，能奉法式而無不至。故聲聞遠垂後世而無虧損也。

陳遠新曰：各造其極，而聲名洋溢，無有欠缺。

奚祿詒曰：夫三五立極於前，吾君何故不至。故我遠聞彭咸之忠，此志難虧也。此四句分説分承，舊注不妥。

劉夢鵬曰：像、儀，並法則意。虧，缺也。此承上“願蓀美可完”之意而言也。

戴震曰：所擬至曰極。

胡文英曰：何極不至，極其功則自至其道也。遠聞難虧，若三皇五帝，有聖君之名，彭咸，有忠臣之名，雖欲貶損之而不能也。

顏錫名曰：君道臣道，各極其至，庶幾聲名昭乎遠邇而不虧焉。

王闓運曰：指此路以爲極，何有不至。不反懷王，則遠人聞之，虧損楚之德威也。

聞一多曰：聞謂聲譽；虧，歇也。名愈大者愈難滅也。

姜亮夫曰：極，極則也。遠聞，謂聲聞之遠也。難虧，謂不易損折也。此言願君王之美，可以光充；則冀望之中，蓋以三王五伯爲君王之楷模。而其矢於己者，則以彭咸之儀則爲法度。是則君能希聖，臣能希賢，以相砥於其極則，則無乎不到矣。 既極則之無乎不到，故聲聞遠被而不易損折矣。

蔣天樞曰：極，高速鵠的。 意謂楚果聲威遠播，秦何由一舉而破楚乎！

湯炳正曰：故，即固，確實。 此謂只要取法於“三五”“彭咸”，則什麼目的也能達到，聲譽肯定會遠聞而不虧損。

按：極，頂點、終極。 何極不至，言沒有什麼目的不能達到。遠聞難虧，洪興祖注“言以聖賢爲法，盡心行之，何遠而不至也”，當是正解。 諸家皆解作名聲遠播而無缺，皆承王逸說而來，可參。

善不由外來兮，名不可以虛作。

王逸曰：才德仁義，從己出也。 愚欲強智，不能及也。

洪興祖曰：此言有實而後名從之。

周用曰：本章謂君之所以不能至其極。 蓋謂善由外來，名可虛作，無施而有報，不實而有獲耳。

汪瑗曰：承上章末二句而言。 善者，吾性之所固有，而人心之所同具者也，非外鑠我者也。 孔子曰：“君子去仁，惡乎成名？”此名不可以虛作也。 下二句又以報施之禮，耕穫之道申喻之也。

黃文煥曰：善不外來，名不虛作，又一可完難虧之説也。

李陳玉曰：恭儉豈可以聲音笑貌爲。 堯舜豈可以虛譽取。

林雲銘曰：美好修娉，要本於己所有。 僑余覽余，不足爲人所稱。

賀寬曰：美冀外來，名希虛作。

張詩曰：承上言。 善者，性之有，不由外來。 名者，實之賓，不可虛作。

蔣驥曰：然後善至而名隨之。

王邦采曰：承上而申明之。 不由外來，德行所以難虧；不可虛作，聲聞所以遠播。

吳世尚曰：善不由外來者，其理性分所固有其事，職分所當爲也。 名不可虛作者，君子則闇然而日章，小人則的然而日亡也。

夏大霖曰：善必由中，名須實副。

陳遠新曰：使善由於中，名作於實，故稱完耳。

奚祿詒曰：繼善成性，原於天命，非外鑠也。 名者實之賓，宜以善養人，不可違道以干譽也。

劉夢鵬曰：不由外來、不由虛作，豈憍而覽之，所可襲乎。

顏錫名曰：但遠聞之來，固非可以求之於虛，而不求諸實者。

姜亮夫曰：善惡名實之不以虛僞而得，此戒楚君與？ 抑自儆與？蓋不必細爲分析矣。 文至此，醋透澄澈，故親切厚重。 屈子欲進而教之之意，蓋極惻切。 此初放之時，情意未蔑，故明白劌切乃如此也。

蔣天樞曰：善，承上“何極不至”而言，謂德名昭著，事當由己建樹。 名，即上所謂“遠聞”。 作，起也。 聲威起於國力，非虛名所致。

按：善不外來，當內修得之；名須有實，不可虛作。“名不可以虛作”，其意亦有所指，事當爲《新書》所言“懷王心矜，好高人，無道而欲有伯王之號”。 此事發生在懷王二十六年垂沙之戰前，導致此後兩年的莊蹻暴郢。 事距此次諫武關之會也不到兩年時間。 此處再言，亦證原之陳辭耿著非虛言也。

孰無施而有報兮，孰不實而有穫。

王逸曰：誰不自施德而蒙福，空穗滿田，無所得也。 以言上不惠施，則下不竭其力。 君不履信誠，則臣下僞惑也。

朱熹曰：此四語者，明白親切，不煩解説，雖前聖格言，不過如此，不可但以詞賦讀之也。

汪瑗曰：或曰，先施而後有報，是報非由外來，乃由内出者也，喻善不由外來也。 苗而不秀，秀而不實，皆無所穫也。 是有實而後有穫，非空穗之能有所得也，喻名不可虛作也。 瑗按：分帖亦通，總承亦可。 但朱子疑實字當作殖字，瑗謂不若實字有味。

林兆珂曰：不然，無施而期有報；不實而期有穫，豈可得哉？ 此吾所以謇謇懇切而不能已也。

陳第曰：上不施惠則下不効勞。 君不履信則臣多行僞。

黃文煥曰：無施斷無報，無實斷無穫。 又一可完難虧之説也。 是爲臣所宜致力而不敢諉咎于君也。 又曰：善、名、施、實，四語重疊敲唤，欲使佯聾者必聞。

李陳玉曰：以此規君，安免于造怒乎。

周拱辰曰：主惜籩豆，則德施寡矣。 田多蟊賊，則禾無實矣。 吝澤而希食報，穀敗而覬歲登，不可幾之事也。

陸時雍曰：農非好勞，冀有穫也；君臣嬉嬉，不亡有幾。

王萌曰：此見美好修姱，須有其實。 此我所以願成君德，樂斯蹇蹇也。

錢澄之曰：承上遠聞難虧，而以之望君，亦以自勵也。

王夫之曰：國家保其鞏固，皆如施之必報，實之可穫。 耿然昭著而不誣，而君所僑我以美好者，皆非希望之福。 襲無實之名，無利而徒害。 余言雖毒，抑豈過哉？

林雲銘曰：報者，報其施。 是“不由外來”之説。 穫者，穫其實。 是“不可虛作”之説。 又曰：已上敘欲完君之美，所以不憚勞而必陳詞之意。

徐焕龍曰：凡事無可僥倖，三五至今未之有易，遠聞所以難虧。

賀寬曰：無施望報，無植求穫，所爲虧也，反之即完。 朱子云
“前聖格言，不過如此”。 當拈此爲座右銘。

張詩曰：故有施方有報。 既實方有穫，未有無施有報、不實有穫
者，則亦未有無其善而有其名者矣。

蔣驥曰：譬則施之有報，實之有穫，不可强求而倖致。 故欲完君
美者，不得不爲此蹇蹇也。 此又舉上歷情陳辭之實，而反覆著明之，
猶幸君之徐繹而有悟也。 吁！ 其志可悲矣。

王邦采曰：報者報其施，是不可虛作也；穫者穫其實，是不由外
來也。

吳世尚曰：孰無施而有報者，禮尚往來也。 孰不殖而有獲者，農
必春耕而後秋斂也。

許清奇曰：報者，報其施，是不由外來。

屈復曰：右三段總結上文，見思之無益也。

江中時曰：以上三解，即所陳之詞，而揭其大旨如此，意極深
厚，詞亦如此。

夏大霖曰：上下人我之際，無施者必無報，僞爲者必無收也。 今
古人情一定之理，此已説盡。 後文“少歌曰”“倡曰”“亂曰”，乃思
之不已，抽引而疊出，纏綿悱惻之至情也。

邱仰文曰：懷王好諛自聖，不務實政長策，非質子，即結婚。 故
屈子以名實報施之理言之。 朱子云“明白親切”，前聖格言，不過如
此，不可以詞賦目之。 蓋粹語也。 屈子本領，在戰國中，固迥出
一格。

陳遠新曰：吾所陳之耿著，固以此也，而庸忘之，將不施求報，

不實求獲，夫孰能之。

奚祿詒曰：試觀從古帝王，孰有不施行仁義，能天與人歸而獲報者哉？《書》所謂德惟治，否德亂，是也。孰有不修德立誠，能知至知終而有得者哉？《禮》所謂陳義以種之，本仁以聚之，播樂以安之，是也。王注不妥。

劉夢鵬曰：施而後報，人之情也。實而後穫，物之理也。兩舉爲方，原之爲數化者，最至矣。

胡文英曰：小人之虛惑誤欺其君者，以爲舍躬行實踐之外更有便捷之方，可以隱縱私欲，顯得美名耳。然無施之報，不實之獲，寧有是理哉？

顏錫名曰：不實，禾稼不實也。

王闓運曰：頃襄僞欲反王，實則貪位。今果敗亡，恨其外善虛名，理無穫報。傷之至也。

馬其昶曰：賈誼《新書》云：“楚懷王心矜，好高人，無道而欲有霸王之號。”今觀原所諫語，乃切中其病。聽張儀詐獻商欺地六百里，此正所謂不實而欲有穫也。

姜亮夫曰：此四句由上何極不至，遠聞難虧，來言善乃自修而得，非來之自外，名則實至而歸，不可虛作，孰人能無所施與而有報答！此有如孰能不事種植，而有收穫者乎？此蓋申儆之義。

蔣天樞曰：耕稼之有收穫，皆由勤力得來。有施乃有報也。

按：施而後報，人之情也。實而後穫，物之理也。孰有無施而有報，不實而有獲者也。馬其昶以爲此又指斥懷王貪商於之地而上當之事，甚是。《史記·楚世家》載張儀詐楚事：“王爲儀閉關而絕齊，今使使者從儀西取故秦所分楚商於之地方六百里，如是則齊弱矣。是北弱齊，西德於秦，私商於以爲富，此一計而三利俱至也。”懷王大

悦。 張儀至秦，稱病不出三月，地不可得。 待楚絕齊交後，張儀對
赴秦受地之楚將軍曰“從某至某，廣袤六里”。 楚將軍曰：“臣之所以
見命者六百里，不聞六里。”即以歸報懷王。 懷王自以爲是，貪心不
足，而有不明事理，原之教誨，不亦切人之諫乎。

少歌曰：

王逸曰：小唫謳謠，以樂志也。

洪興祖曰：少，矢照切。《荀子》曰：“其小歌也。”注云：“此下
一章，即其反辭，總論前意，反覆説之也。”此章有“少歌”，有
“倡”，有“亂”。“少歌”之不足，則又發其意而爲“倡”。 獨“倡”
而無與和也，則總理一賦之終，以爲“亂辭”云爾。

朱熹曰：少歌，樂章音節之名。《荀子·佹詩》亦有小歌，即此
類也。

汪瑗曰：少如字，謂小歌耳，故只四句，猶後世所謂短歌行也。
一正作小字。《荀子·佹詩》亦有小歌，即此類也。 舊作去聲讀，亦
小字之義。

陳第曰：少歌，小吟歌謠。

王夫之曰：少歌、倡，皆楚人歌曲之節。

高秋月曰：少歌，微吟也。

徐焕龍曰：樂節名，猶曰小歌，言詞之鮮少而該。

張詩曰：少，小也，猶云短歌，下即歌詞。

蔣驥曰：少歌，樂章音節之名。《荀子·佹詩》亦有小歌，蓋總前
意而申明之也。

吳世尚曰：少歌，樂章音節之名。《荀子》有少歌，注爲總論前
意，反復説之。 王逸訓少歌爲“小唫謳謠”，愚玩其音節，正如今曲

家之有慢聲，優人之有低唱也。

夏大霖曰：少，少間也。 前歌既畢，少間有思而又歌也。

邱仰文曰：少曰節，言君意難回。

陳遠新曰：少歌，樂節名，猶始作也。

奚禄詒曰：少歌、倡曰，是婉轉抽之詞，亦樂府中之調耳。

丁元正曰：少，小也，猶云短歌樂章音節之名。

戴震曰：少，猶小也。 荀卿書賦篇《佹詩》之後，亦綴以小歌。

陳本禮曰：少歌，樂之閒歌。

胡文英曰：少歌曰，少頃復歌也。

牟庭曰：少歌者，小辭也。 短歌微吟，寫所思也。

顏錫名曰：少歌，蓋文辭絶而復續之謂。 於篇末之亂相似。 舊以爲樂章音節之名，義亦未安。

王闓運曰：上言己切不可更顯其意，故少少歌之以申怨。

聞一多曰：少歌，小聲歌之。

姜亮夫曰：小字是也，《荀子》“其小歌也”，小歌猶言短歌云爾。諸異文皆非。

蔣天樞曰：小歌總論前意，反復説之。

湯炳正曰：少歌，即“小歌”，有小結前文的意思。

按：少歌，諸家皆解樂章音節之名。 少，少頃，不多時，時間短之歌，即短歌。 其詞短，下總二句。 其節奏緩急則無從考證也。 漢樂府中多“短歌行”，疑出此。

與美人抽怨兮，并日夜而無正。

王逸曰：爲君陳道，拔恨意也。 君性不端，晝夜謬也。

洪興祖曰：并，並也。 馮衍賦云：“并日夜而憂思。”

朱熹曰：抽，拔也。　思，意也。　并日夜，言旦莫如一也。　無
正，無與平其是非也。

汪瑗曰：抽思，猶言盡心也。　言己昔日爲君圖謀政治，兼并日
夜，勞心焦思而不休息，君反不能平正其是非，顧乃自多其能而爲余
造怒，倨我之言而不采聽也。　此與下章倡言，猶《俀詩》之所謂反
詞，總論前意，反覆説之也。　瑗按：并日夜而無正，猶言并日夜而無
止之意。　朱子謂：“無正，無與平其是非也。”《哀時命》有曰：“懷瑶
象而握瓊兮，願陳列而無正。”則無正又似當解爲無由之意。　朱子亦
解爲言人能知己之賢，而平其是非也。　瑗嘗謂解古人之書，當隨文會
意，不當以詞害意。　且古人用字，實有一二與今不同，學者不可不
知。　前解未有證據，姑從朱子，并附鄙見，以竢後之君子云。　又按
《詩》“雨無正”，《韓詩》作“雨無極”，是正字古或有極字之義，此
作“并日夜而無極止”之意方明白，更詳之。

陳第曰：正，猶証也，謂日夜爲君抽思，無有証其是者。

黄文焕曰：既已不敢諉咎於君，務以竭忠自勖矣。　徘徊思之又不
能不諉咎於君也。　我竭日夜之力，而終無繇得是非之平，空有抽思而
已。　又曰：日夜無正，應前遭夜方長、黄昏爲期。

李陳玉曰：心擾擾不歸一。

周拱辰曰：日夜無正，非晝夜不分，何時而旦之説也。　日不成
旦，夜不成寢，即下文晦明若歲意，言抽思荒亂。　無正，日無正夜
也。《大戴》曰：“有正春者，無亂秋。”即此正字。

陸時雍曰：并，合也。　日夜不分，何時而旦，將孰從而正之。

王萌曰：抽思者，心緒萬端，抽而出之以陳於君也。“并日夜”，
猶言無晝無夜。　無正，無與平其是非也。

錢澄之曰：自思其過，又代君思己之過，故曰“與美人之抽思”，

所以"并日夜"而不斷絕也。 忽此忽彼，何所取正？

王夫之曰：追思君與我致怨之故，日夜以思之而不得其理。

林雲銘曰：以所思之理，抽而出之，陳詞以與君。 合晝夜之衆論，無有正其是非者，應上"衆果以我爲患"句。

徐焕龍曰：欲與君抽拔思慮，使之明於理義，不蔽於邪，乃并日夜之力，一無正於君。

賀寬曰：前説陳辭正意此，復追咎君之不聽也。 吾之所陳，非冒昧而出也。 念彼美人，幾經籌度，竭日夜之力，而終無與平其是非。

張詩曰：抽，抽而出之，焦勞之意。 言吾昔與君勞心焦思，日夜不息以謀之，而君不能平正其是非。

蔣驥曰：抽，拔也。 抽思，猶言剖露其心思，即指上文所陳之耿著言。 并日夜，言旦暮如一也。 無正，無與平其是非也。

王邦采曰：美人，指君。 以所思之理抽而出之，陳於君側。 乃窮日夜之力而不能匡正其君。

吳世尚曰：與美人之抽思者，君事即己事也。 并日夜者，所謂其有不合者，仰而思之，夜以繼日也。 無正，猶言無不正也，與《詩》"不顯""不時"同。

許清奇曰：以所思之理，抽出而陳於君。 并日夜爲君抽思，無有證其是者。

江中時曰：抽思，就所思抽繹出之，即謂陳詞也。 無正，不中期是非也。

陳遠新曰：以所思之理，抽揚以陳詞於君。 正，定也。 言爲人聽則定。

奚禄詒曰：爲君陳道，以抽引我之思慕美人，并日夜而不行正道。

刘梦鹏曰：抽思，翻覆思也。 正，定也。 言己與美人，見蓀美不完，日夜抽思，彷皇莫定。

丁元正曰：美人，指懷王也。 并日夜，晝夜如一也。 正，正其是非也。

戴震曰：正者，平其言之是非。

陳本禮曰：《説文》：“正，守一不止。”無正者，無止也。 少歌，小歌也，點出抽思，以結首章鬱鬱憂思之意。 見心中時繹其思，而不能釋也。

胡文英曰：與美抽思，代君設想也。 并日夜而無正，所謂忘其日而朝臣莫知也。

顏錫名曰：乃今抽我秘思，陳詞以與日夜竢命。 并日夜，言非一日夜也。

王闓運曰：美人，懷王也。 抽，動也，繹也。 因懷王之故而動己冤鬱。 正，證也，頃襄不證己志也。

馬其昶曰：《周禮》注：“正猶定也。”

聞一多曰：無正，無與平其是非者。《惜誦》：“指蒼天以爲正。”

姜亮夫曰：《九章》命篇，多取之文中，此篇題曰《抽思》，當即取此二字爲名也。 則朱本爲允當。 抽，繹理之也。 思，意也。 并日夜，旦暮爲之也。 無正，無從論正，即下“敖朕辭而不聽”之意。 君與己言，無爲之正其是非者。

蔣天樞曰：抽，引也。 怨，憎恨。 王已怒己，言之徒增其恨，故云“抽怨”。 正，是也。 即言之盡日夜亦無以定其言之孰是。

湯炳正曰：美人，指懷王。 抽怨，拔除怨尤。 句謂懷王聞讒而怒屈原，故原欲通過解釋爲其除怨。

按：正，矯正是非也。 言整日替國君思慮其失誤之處，但并未能矯正國君之是非。　汪瑗以爲原任左徒時正國事之是非，與上下文意不合。　徐焕龍謂欲與君抽拔思慮，使之明於理義，不蔽於邪，乃并日夜之力，一無正於君，意近是。　陳第謂日夜爲君抽思，無有証其是者，亦可參。

憍吾以其美好兮，敖朕辭而不聽。

王逸曰：示我爵位及財賄也。　慢我之言，而不采聽也。

洪興祖曰：敖，倨也，與傲同。

朱熹曰：敖，倨視也。

黄文焕曰：憍吾以其美好者，復前美好，傲而不聽，應前佯聾不聞。聞而傲，比佯聾又深一番矣。　又曰：憍吾以其美好者，無繇少變而不憍也。佯聾而不聞者，茲且傲焉而不聽，不止於佯聾也。

李陳玉曰：既稱吾好，又不聽吾言。

錢澄之曰：憍吾美好，此造怒之根也。　初爲讒人之言，後則君信爲實然矣。　蓋爲先入之言所中，故歷情以陳詞皆敖而不聽，即佯聾而不聞也。

王夫之曰：敖與傲通。　己之所言，皆由中出，實而可稽者。　顧以邪佞之言爲美好相驕傲，此所以思之而不得其故也。

林雲銘曰：自以爲是，故忽之，應上“佯聾不聞”句。　又曰：已上總申前意。

徐焕龍曰：特緣美好自憍，敖朕詞爲不屑聽耳。　懷王一生病根，全在於憍，故重言提出，言若未了，歌遂止者。　見喪師促國，身陷秦邦，只一矜己自伐，不聽忠言。　欲襄王鑒之，無陷前轍。　故有餘不盡，令其細想。

賀寬曰：君既自聖，終於拒諫耳，憍吾語復言之，直敖而不聽耳，又甚於佯聾矣。

張詩曰：顧乃自多其能，傲視吾所陳之辭而不聽也。

王邦采曰：朕，自謂也。職由虛憍氣盛，敖而不屑聽耳。

吳世尚曰：屈原憂傷不釋，故歷情陳詞。懷王佯聾不聞，故又反己自省，低聲而內問曰：我以君事爲事，君心爲心，其所以反覆而思維之者，并日夜之力，而無有不當者矣。而無如君之自以爲是，置之不聽，不容我於國中，而且棄余於漢北何耶？此真怨而不怒之音。

許清奇曰：此段申前歷情陳詞，佯聾不聞意。

屈復曰：憍，矜。右四段，出題。

夏大霖曰：此思窮之後又思之，君之病根只在憍美好一着也。意謂若無此病根，尚可與再思量從頭取正無，如此病根不去，枉廢吾思，身遭放逐，日夜再無匡正之人，驕他自好，敖朕之言而不聽，奈之何哉？此乃令人思窮意絕者也。

陳遠新曰：敖而不聽，正與《惜往日》"信讒諛溷濁，盛氣志過之"相反。

奚祿詒曰：反憍我以美好之貨色，不聽吾言。

劉夢鵬曰：而蓀之憍美敖詞如故，無可如何也。

胡文英曰：敖而不聽，謂工明知其言之是，而偏不聽也。楚人謂彊不聽曰敖。

顏錫名曰：置若罔聞，並不正其是否，其故何與。蓋猶是向日自矜其美好之故態，故傲視我所陳詞而不聽耳。

吳汝綸曰：以上勸頃襄王復仇而不見聽，以下哀懷王之不返也。

馬其昶曰：以上追思昔日陳諫之辭。

聞一多曰：敖，本一作謷。《說文》："謷，不省人言也。"《莊子‧天地》篇："雖以天下譽之，得其所謂，謷然不顧。"

姜亮夫曰：此總論前意，反覆說之，練爲小歌，曰：余與君上之抽繹理論，吾人之思意，且暮言之，而莫可爲之正其是非者；蓋君上以其所以爲美好者，驕視於余，故侮慢余之所言，而不能聽順也。

蔣天樞曰：敖，一作警，《說文》："警，不省人言也。"即《詩·板》"我即爾謀，聽我囂囂"意，《毛傳》："囂囂，猶謷謷也。"

湯炳正曰：史稱懷王驕慢自是，此其一端。以上第一段，回憶已在懷王時忠心事君，反被輕視驕侮。此章有"少歌"、有"倡"、有"亂"，三者互相聯繫。但從意義上講，"少歌"明顯是對前段文字的小結，故仍將其歸屬第一段。

按：此言懷王傲驕於我，忠言之辭棄之不聽。王逸解"慢我之言，而不采聽也"，甚是。賀寬謂"君既自聖，終於拒諫耳，憍吾語復言之直敖而不聽耳，又甚於伴聾矣"，甚得深意。吳汝綸以勸頃襄王復仇而不見聽，恐非是。

倡曰：

王逸曰：起倡發聲，造新曲也。

洪興祖曰：倡與唱同。

朱熹曰：倡亦歌之音節，所謂發歌句者也。

周用曰："倡曰"三章，以鳥之願自申而不得，必己之願徑逝而不得。

汪瑗曰：倡亦如字，大也。不言歌者，承上少歌而省文耳。倡歌，猶後世之所謂長歌行也。此章十句，皆是歌詞。洪氏讀爲倡和之唱，朱子從之，解曰："亦歌之音節，所謂發歌句者也。"容更詳之。

陳第曰：起唱發聲也。

黄文焕曰：少歌曰、倡曰，分作兩對，一從美人莊言，一從有鳥取喻，布陣甚整。

高秋月曰：倡者，發聲高吟也。

徐煥龍曰：亦樂節名，更端再歌之意。

賀寬曰：既曰少歌，又曰倡，所謂言之不足，又長言之。

張詩曰：倡，大也。猶云長歌，下皆歌詞。

王邦采曰：倡讀若唱，亦樂之音節。更端再歌之意。

吳世尚曰：起倡發聲，亦歌之音節。上文抽思無正，嫌於是已。憍美敖詞，嫌於怨君，故徵音低度以致其情，此則在外號呼，望關涕泣，故乃高倡而發聲也。

夏大霖曰：倡，暢也。引所思而暢發之也。

邱仰文曰：倡同唱，亦歌之音節。

陳遠新曰：倡，樂節名，猶從之也。

陳本禮曰：倡者，更端再歌之詞，以暢發其未盡之意也。

胡文英曰：倡，如一倡三歎之倡，謂字少而音多也。

牟庭曰：倡者，放厥辭也。

顏錫名曰：倡者，前文已竭，倡起後文之辭。

王闓運曰：倡者，情不容已，更託他端而顯說之。

馬其昶曰：“倡曰”者，更端言之。

聞一多曰：倡，大聲歌之。

蔣天樞曰：樂歌以發歌句爲倡，文更發端，故另以“倡曰”起之。

湯炳正曰：倡，即唱，本義爲發詞首唱。此下由回憶轉敘身在漢北的現實，故曰“倡”。

按：倡者，樂節名。汪瑗謂倡歌，猶後世之所謂長歌行也。張詩解倡，大也。 猶云長歌，下皆歌詞，甚是。 倡，長歌；少歌，則爲短歌。 長短相錯，亦歌之美者。 賀寬、胡文英説均可參。

有鳥自南兮，來集漢北。

王逸曰：屈原自喻生楚國也。 雖易水土，而志不革也。

郭璞曰：《書》曰：“嶓冢導漾，東流爲漢。”（《海內東經》“漢水出鮒魚之山”注）

洪興祖曰：孔子曰：“鳥則擇木，木豈能擇鳥？”子思曰：“君子猶鳥也，疑之則舉矣。 色斯舉矣，翔而後集。”故古人以自喻。《禹貢》：“嶓冢導漾，東流爲漢。”《周禮》：“荆州，其川江漢。”漢，楚水也。《水經》及《山海經》注云：“漢水出隴西氐道縣嶓冢山，初名漾水，東流至武都沮縣，始爲漢水。 東南至葭萌，與羌水合，至江夏安陸縣，名沔水，故有漢沔之名。 又東至竟陵，合滄浪之水，又東過三澨水，觸大別山，南入於江也。”

朱熹曰：鳥，蓋自喻。 屈原生於夔峽，而仕於鄢郢，是自南而集於漢北也。

汪瑗曰：鳥，屈原托以自喻也。 南，指郢都也。 漢北，指當時所遷之地也。 屈原所遷之地，其在鄢郢之南，江漢之北乎？ 故下文曰：“南指月與列星。”又謂郢都爲南，狂顧南行，又謂漢北爲南，讀者要以意會可也。 朱子謂屈原生於夔峽而仕於鄢郢，是自南而集於漢北也。 非是。 此章是述集南而遷於漢北之地，下文所謂異域者，即指漢北也。 鄢郢乃楚王之都邑，宗廟之所在，而己又來仕於其國，豈可謂之異域邪？ 其非是也審矣。

徐師曾曰：鳥，平自喻也。

陳第曰：鳥，自喻。

黄文焕曰：君德日以悖，臣力日以微。觸類目悲。不足以稱立朝之臣也。祇同彼南來之鳥耳。

李陳玉曰：孤生如鳥。

王遠曰：來集漢北，言其始仕也。

王夫之曰：此追述懷王不用時事，時楚尚都郢，在漢南，原不用而去國，退居漢北。

林雲銘曰：遷之於外，止不使預朝政，不便自言，故以鳥爲喻，亦止曰集。

高秋月曰：鳥，原自比也。來集漢北，孤踪而處異域也。

徐煥龍曰：原生於夔峽，仕於鄢郢，自南集北也。

賀寬曰：此則取義於比也。

蔣驥曰：此敘謫居漢北以後，不忍忘君之意也。鳥，蓋自喻。漢北，今郧、襄之地。原自郢都而遷於此，猶鳥自南而集北也。

吳世尚曰：有鳥自南者，楚都於郢在南也。來集漢北者，是時屈平既疏，不復在位，而流居於漢水之北也。

屈復曰：漢北，漢水之北。

江中時曰：遷於漢北，不便自言，故以鳥爲喻。

夏人霖曰：鳥，自比。郢都在漢南。

陳遠新曰：郢都在荆州，爲漢南。江夏在武昌，爲漢北。《思美人》故云"遵江夏"。自南來北是遠，《惜往日》故曰"遠遷臣"。

劉夢鵬曰：南，江南，沅、湘之間，上章所謂南渡也。漢北，漢水之北，上庸諸郡皆是。頃襄十九年，割漢北上庸與秦，及秦拔郢，江南、漢北盡屬秦有。原因南渡無之，來集漢北，又復卓遠自傷，臨流太息也。

胡文英曰：自南，自郢都也。漢北，江南之地也。漢水自西來，東注于漢口大江，又極東即爲今江西地，極南即爲今湖南地，極北即爲今江南地。 斜帶西北爲河南地，斜帶東北爲江西地。 然江西不可爲漢北，以其與漢水對也。 惟河南江南可稱漢北，然河南至楚無水道，且與楚至近，不得曰遄遠，亦并非異域，則漢北爲江南，可無疑矣。 又其言曰：泝江潭，由江南至楚，逆流而上也。 林西仲疑爲漢北上庸，此正順流，無用泝。 且不得云望北山也。

牟庭曰：以鳥爲比，言遠棲也。

顏錫名曰：南，謂郢都。 漢北，懷王放原之地。

王闓運曰：有鳥，喻頃襄也。 南，郢也。 集漢北，渡漢北走陳也。

馬其昶曰：姚鼐曰：“懷王入秦，渡漢而北，故託言有鳥，而悲傷其南望郢而不得反也。 故曰雖放流，眷顧楚國，繫心懷王，不忘欲反。”

于省吾曰：按王注但言“易水土”“居他邑”，未説屈原被遷漢北。 朱熹謂“生于夔峽”爲南，“仕于鄢郢”爲北，也不言其被遷。 自王夫之始謂“原不用去國，退居漢北”，是指被遷言之。 清姚鼐《古文辭類纂》注“倡曰”以下至“魂一夕而九逝”一段説：“懷王入秦，渡漢而北，故託言有鳥而悲傷其南望郢而不得反也。 故曰雖流放，睠顧楚國，繫心懷王，不忘欲返。”又注“曾不知”以下至“余之從容”一段説：“言懷王以信直而爲秦欺矣，又無行理爲通一言，王尚不知余之心，所謂以此見懷王之終不悟也。 懷王昔者所任用，蓋皆小人爲利者耳，一旦主遭憂辱，則棄而忘之，冀如瑕生之於晉惠，子展、子鮮之推挽衛獻者，安可得哉？ 屈子所以痛心於理弱也，與《離騷》之理弱，託意異矣。”自姚氏爲此注，與屈原退居漢北之説相對立，吳汝綸、馬其昶皆從姚注，而近年來學者們則多從王夫之的説法。　屈原被放曾否退居漢北，是研究屈原和屈賦者一個極其重要的問題。　我認爲姚氏之注最爲合理。　今將《抽思》後幅"倡曰"一段和"亂曰"一段的前四句錄之於下："有鳥自南兮，來集漢北。　好姱佳麗兮，牉獨處此異域，既惸獨而不群兮，又無良媒在其側。　道逴遠而日忘兮，願自申而不得，望南山而流涕兮，臨流水而太息。　望孟夏之短夜兮，何晦明之若歲。　惟郢路之遼遠兮，魂一夕而九逝。　曾不知路之曲直兮，南指月與列星。　願徑逝而不得兮，魂識路之煢煢。　何靈魂之信直兮，人之心不與吾心同。　理弱而媒不通兮，尚不知余之從容。《懷沙》"孰知余之從容"，王注訓"從容"爲"舉動"。　亂曰：'長瀨湍流，泝江潭兮。　狂顧南行，聊以娛心兮……'"按"望南山而流涕兮"，今本南山作北山，姚氏據《考異》改之，甚是。　吳汝綸注"望孟夏之短夜兮"二句說："遭夜方長，秋風動容，屈子作此篇之時令也。　孟夏短夜，則代設懷王夢歸之幻境也。"又注"人之心不與吾心同"句說："人，秦也。　吾，余，懷王也。"按吳注"人之心"句，即"非我族類，其心必異"之義，較姚說爲優。　上面所錄"倡曰"一段原文，係屈原遙想懷王被留于秦，描述其孤單淒涼，舉目無親的生活，以及其南望故國，神魂飛越，內心傷感的活動過程。　當然，按照其他各家解釋，也會同樣把這種情況認爲是屈原退居漢北，"睠懷楚國，繫心懷王"的自述。　那麼，現在有必要在姚說的基礎上，把原文進一步加以分析，說明它爲什麼是就懷王爲言而不是屈原的自述。　一、好姱佳麗兮，牉獨處此異域。"好姱佳麗"，就美人爲言，以喻懷王。　如係屈原自喻，下不當以"異域"爲說。　域本應作或，古文字中多以或爲國。或即古域字，也即古國字。　國家必有疆域，故後來別制"域"字以資區分。　先秦典籍從無稱本國中的各地方爲異域者。　甲骨文和金文也稱部落或國爲方，《詩·常武》的"徐國"也稱"徐方"。《論語·學而》稱“有朋自遠方來”，遠方猶言遠國，非指一國内之各地方言之。此文之異域即異或，也即異國。 如果屈原曾退居漢北，則對于楚國郢都北部的漢北，既不應稱之爲“異域”，更不應稱之爲“異國”。“來居異國”這句話，以懷王之被留于秦當之，則語義適調，若合符節。二、如依舊説，以爲“好婾佳麗”係屈原自喻，則下句的“既惸獨而不群兮，又無良媒在其側（左右）”，這一“其”字便無法講得通。 因爲其字在此必須訓爲他，係代名詞，指“好婾佳麗”言之。 如以“好婾佳麗”喻懷王，則“無良媒在他左右”這句話，便覺得十分妥貼。三、道卓遠而日忘兮，欲自申而不得。 卓，《考異》引一本作逴。《説文》訓逴爲遠，逴、遠疊義。 這是説，懷王自郢都入秦，其所經過的遠道，日久不復記憶。 願自申而不得，申非申述之申，申、伸古同用，《廣雅·釋詁》：“伸，展也”。 這是説，懷王留秦，已經失去了自由。“曾不知路之曲直兮，南指月與列星。 願徑逝而不得兮，魂識路之营营”。 前兩句説懷王拘於異國，不知山川地理，因而道路的曲直也不清楚，只有南指明月與列星辨其方向而已。 下接以願歸不得，連神魂也愁於不能認識路途，語義相涵。 假如認爲這是屈原退居漢北，漢北襄、鄧或郾、襄去郢都並不算遠，何至於有忘却道路和迷失道路之憂呢？ 而且，本文自“亂曰”以下，才是屈原，“沂江潭”以“南行”。 如依舊解，前後混爲一談，認爲屈原自漢北遷往漢南，可是，文中對於道路，並没有由不認識達到認識的一段叙説過程，這豈不是上下文義自相矛盾嗎？ 四、有關《楚辭》中的地理，其遨遊四海係泛指遠方言之；《天問》中的地名，係就古事言之；《招魂》“與王趨夢”之夢，説者以爲在江南。《楚辭》中其它地名，很難找到與襄、鄧或郾、襄接近和有關者。 假令屈原真的退居過漢，如近人所説的“爲時歷四五年”，那么，其行蹤所至，賦咏興懷，居然未提到漢北一帶的山川地望，以及與之有關的自然界的一些名物，這是難以令人理解的。與此相反，在他的作品中，有關大江附近一帶，尤其是江南，其地理名物，層出疊見，至今猶歷歷可考。　然則兩相對比，事態的真象，是可以一目了然的。　以上所列四條，前三條係就本文"倡曰"及"亂曰"以下的詞句，作了具體分析，以闡明其本義和實況。　第四條係就曾否見於《楚辭》中的山川地理、名物加以概述，以漢北與大江附近或江南兩相對比。　這就不難看出，認爲屈原當時曾退居漢北，漢水發源於陝西西部，經過秦國之南境和楚國之西北部而入江。　漢北的地域很廣泛，本文的漢北係指秦國言之。舊說意測爲襄鄧或郢襄，誤甚。　是難以找到任何跡象的，而前文所引姚鼐的說法，却進一步得到證實。　此外，我還有另一種推論。　近年來所發現的鄂君啓金節，是楚懷王爲他的至親貴族便於販賣貨物，過關免稅，享有特權所製發的。　金節分爲舟、車兩種，舟節通行於江、漢漢指漢水的南部。和江南；車節通行於鄂、秦、豫、皖等有關楚國的領域。　舟節南行，其所運載貨物的種類，未作任何的規定。但是，對於北上的車節，則規定爲"毋載金革黽（箟）箭"，因爲"金革箟箭"屬於軍用物資，恐其北上資敵，說詳拙著《鄂君啓節考釋》。由此以推，楚懷王對於他的至親貴族，還要怕他有通敵的行爲而加以明文限制。　那末，對於不信任而又曾經出使"上國"的屈原，竟把他流放在接近異國的漢北，這顯然是不合乎實際情況的。　總之，基於以上各項論證，則"倡曰"以下"有鳥自南兮，來居漢北"一段文字，係屈原設想懷王留秦之詞，而非屈原自述被遷的經過，于事于情于理，昭然若揭。

　　姜亮夫曰：漢北，詳洪《補》，今郢襄之地也。　原自郢都而遷於北，猶鳥之自南而集於北也。

　　饒宗頤曰：此言懷王入秦，渡漢而北。"自南"，言自楚也。"漢

北”，非必指楚屬宛、鄧，凡漢水以北，皆可有是稱。 秦在楚北故云
然也。 詞章家立言多渾括，況假託之辭，自不明指。

蔣天樞曰：“倡曰”下從“有鳥自南兮”，到“臨流水而太息”，都
是樂人代言體歌辭。“有鳥自南，來集漢北”，即以第三者語意出現，
言“自南”者，循漢水東曲折北行以達漢北。 在高空飛翔，迴還審
視，而後集止之詞。

湯炳正曰：漢北，漢水以北，約當今湖北襄樊及河南淅川一帶。
這是屈原居陵陽九年後，又向西北遷徙的地區。

趙逵夫曰：楚人所謂“漢北”是指漢水下游一段的地區，即今鍾
祥、京山、天門一帶。 這裏本是楚山林之地，其東面爲漢北雲夢澤。
歷來楚王田獵均在此。（《屈原與他的時代》）

按：鳥爲原自喻，此自述流放漢北。 漢北，漢水之北，楚故都
鄢、郢等在此，亦是宗廟所在地。 王闓運以爲鳥喻頃襄，來集漢北，
乃言渡漢北走陳也。 非是。 姚鼐謂爲懷王入秦，渡漢而北，故託言
有鳥，而悲傷其南望郢而不得反也。 亦非是。 原放漢北，時間約爲
三年，於頃襄王三年再遷江南。

好姱佳麗兮，牉獨處此異域。

王逸曰：容貌説美，有俊德也。 背離鄉黨，居他邑也。

汪瑗曰：好姱佳麗，亦託言鳥之美也。 牉，離散貌。

李陳玉曰：到底不知因色誤，馬前猶自賣胭脂。

王遠曰：處此異域，言今被放時也。

王夫之曰：牉，別也。 異域，言不在國中。

林雲銘曰：因好修而被疏至此。

徐焕龍曰：遠放蠻荒，非人居處。

張詩曰：此鳥甚好姱佳麗也，乃離散中分，獨處異域。

蔣驥曰：異域，指漢北言。

吳世尚曰：好姱佳麗、胖處異域者，言其正道直行，而隔絶在外也。

許清奇曰：因好修而被放。

屈復曰：遷之於此，非所生之地，故曰異域。

陳遠新曰：先即《思美人》首章“媒絶路阻”致辭。

胡文英曰：胖，分也。好姱佳麗，則宜有匹矣。乃獨孤棲異域，何哉？則以其性本不群，又無良媒以引進之耳。

胡濬源曰：好姱佳麗，亦自比美女。

顔錫名曰：好姱佳麗，原自謂也。

王闓運曰：好姱佳麗，謂江湘賢才可用者也。處異域者，遷郢之後皆隔絶不通。

姜亮夫曰：胖獨，猶《離騷》之紛獨，判獨爲判換而獨特也。異域，猶異國，古域國蓋一字；國者古以爲方域之稱，不必定作政治區分解，則異域猶異方異鄉矣。

饒宗頤曰：好姱佳麗，美人也；美人，即君王也。秦非楚土，故云異域。

蔣天樞曰：好姱，皆美也。佳，善也。麗，光華。胖與判通，分也，人爲之分離曰“胖”。用第三者立言，故稱屈原好姱佳麗，而竟胖然獨處此異域，漢北而稱爲“異域”者，原所至之漢北，已爲秦人所據，故謂爲“異域”也。

按：好姱佳麗，喻己内修美而外賢能。處此異域，言此被放漢北。王逸、吳世尚説是。

既惸獨而不群兮，又無良媒在其側。

王逸曰：行與衆異，身孤特也。 左右嫉妒，莫衒鬻也。

洪興祖曰：惸，渠榮切，無弟兄也。

汪瑗曰：惸，亦獨也。 不群，不同於衆也。 無良媒在側，謂無知己同志者在君之側。《孟子》曰：“昔者，魯繆公無人乎子思之側，則不能安子思；泄柳、申詳，無人乎繆公之側，則不能安其身。”是也。

陳第曰：良媒，喻左右之臣。

黄文焕曰：孤踪而處異域，雖有佳麗，莫覓良媒。

李陳玉曰：孤生易爲憾，失路少所宜。

賀貽孫曰：君側無人，千古同嘆。 屈子往往於此反覆言之。 既云曼遭夜之方長，則此篇爲初秋所作。

林雲銘曰：異域無朋，故都又無代言使歸之人。

徐焕龍曰：既自甘惸獨，不入小人之群，又苦無良媒，介在君臣之側。

賀寬曰：有言不見聽，違吾初心，以夔峽之人，仕於鄢郢，孤踪異處，絶無同心。

張詩曰：既惸獨，不與凡鳥爲群，又無良媒在君之側。

蔣驥曰：惸獨不群，言禀性孤獨也。 良媒，指左右之賢臣。 其側，君側也。

吳世尚曰：惸獨不群，則孤立無助。 無媒在側，則召用無由。

胡文英曰：惸獨不群，即鷙鳥不群之意。 媒，引進之鳥，潘岳《射雉賦》有雉媒之類也。

牟庭曰：漢北荒僻而少人，無良媒也。

姜亮夫曰：惸獨，指禀性言。 不群，指無交往言。

饒宗頤曰：此指懷王最顯。《周禮·媒氏注》："媒之言謀也。"
《廣雅》四："媒，謀也。"《楚辭》言"媒"蓋即"謀"也。 舊注作左
右之臣或良友解，并謬。 此二語傷懷王入秦之孤窘，無善謀之臣在其
側也。

蔣天樞曰：惸獨，孤獨無助。"惸獨"二句，漸漸從小鳥形象過渡
到屈原本身，是用樂人同情屈原口吻來敘述。 惸獨，就屈原本身身世
言；不群，指隨從屈原者少。 其側，謂屈原身旁可作良媒者甚少。
此良媒，謂行媒。

湯炳正曰：良媒，喻指君主身邊舉賢推能者。

按：漢北遠離郢都，又無良媒以通消息，欲回郢都無望矣。 吳世
尚說是。

　道卓遠而日忘兮，願自申而不得。　卓，一作逴。

汪瑗曰：道卓遠日忘，謂己遠遷於此，而君不念之也。 願自申不
得，謂己欲進而歷情陳辭，不可得也。 皆無良媒在君側故也。

黃文煥曰：遠道不可以復返，陳辭不可以再申。

李陳玉曰：久別忘姓名。 逐婦不上堂，逐臣不返國。

王夫之曰：逴，亦遠也。 日忘，言君不復念己也。

林雲銘曰：故都之人以相隔，漸不記憶。 難以自達。

高秋月曰：道卓遠而日忘家鄉之路，已久而望也。

徐煥龍曰：道遠日久，君漸忘此放臣。 欲申其冤，無路通而
不得。

賀寬曰：道遠難忘，忠言難再。

張詩曰：而道路逴遠，故吾君日忘一日，使之不得自申。

蔣驥曰：日忘，言君不復憶己也。

吴世尚曰：道遠日忘，則君不記憶，自申不得，則赴訴無門。

江中時曰：言故都路遠，且以日隔而忘之。欲自得而不得也。

陳遠新曰：無由申言之因。

戴震曰：日忘，言君日忘之。

胡文英曰：吳楚諺謂"處於孤遠，聲援不及，日踔遠"。《史記》："遼東踔遠。"今俗作鴻遠，非。道既遠則君日忘之，又不得自申。

牟庭曰：去郢日遠，忘道所由也。

聞一多曰：日忘，謂君日忘己也。

姜亮夫曰："卓遠"卓字，一本作逴；《説文》："逴，遠也。"又：趠，遠也。兩字實一字之異文；又，卓，高也。此卓遠連文，則作逴是也；卓則借字。惟古卓訓高，亦得引申爲遠。凡對舉字消極與積極兩面各字，皆多互訓；高、遠、大、長、久、古、舊等，皆得互訓。

饒宗頤曰：此言與懷王相去道遠，且日忘矣。欲自申其謀，亦不可得矣。《思美人》所謂"申旦以舒中情兮，志沈菀而莫達"是也。自"有鳥"以下，至"道卓遠而日忘"七句，皆指懷王。"願自申而不得"句，始折入自己。自來多以八句盡爲屈原自謂，究非。讀者審其文義可知矣。

蔣天樞曰：卓，一作逴，塞也。逴遠，有艱遠、險遠誼，謂己當前行程，艱險而阻遠。日忘，謂王日益忘己。自申而不得，言己在漢北之處境與所受之局限。

湯炳正曰：道，指回歸郢都之道。

按：日忘，言日遠則君漸忘之也。汪瑗、徐煥龍説是。高秋月謂道卓遠而日忘家鄉之路，非是。

望北山而流涕兮，臨流水而太息。

王逸曰：瞻仰高景，愁悲泣也。　顧念故舊，思親戚也。

汪瑗曰：望，眺望也。　北山，即指漢北之山，一作南山，非是。言己處此異域，而不得還都，故登山臨水之際，舉目有風景之殊，不覺深爲流涕太息也。　瑗按：少歌言己盡心於君國，而君不納其謀。此歌言己遠遷於異域，而君不召其還也。

張京元曰：原所放沅湘在楚都南，故望北山。

黃文煥曰：望山水而悲咽，從前熱腸，此際灰冷矣。

周拱辰曰：此段全作鳥語，羽毛自整，鳰媒冷寂，有“繞樹三匝，無枝可棲”之感。

王夫之曰：北山，襄鄧西北楚塞之山。

林雲銘曰：悲其久滯。

徐焕龍曰：白日之苦。

賀寬曰：望山水而興悲，真所云“繞樹三匝，無枝可依”，徒負此南來耳。

張詩曰：不禁望北山而流涕，臨流水而太息也。　此原託鳥以自喻也。

吳世尚曰：望南山而流涕者，楚在南，望君門而不得見也。　臨流水而太息者，傷其不能如漢水之猶能下達於都也。

屈復曰：北山，漢北之山，望之流涕，悲久居於此也。　身在漢北，心思南鄭。既無良媒，日遠日忘，又不能自白。　故望山臨水，每思之而流涕太息也。　右五段，以鳥自喻。身處漢北，心懷鄭南也。

夏大霖曰：獨處異域，惸獨不群，左右皆讒，更無良媒在君側，爲之説合，道遠日疏，君且忘我，又自申訴不得而望北山，以南來，傷背吾君。　日觀漢水南去，不能隨返，惟有太息，傷何如矣。

邱仰文曰:《禹貢》:"嶓冢導漾，東流爲漢。"漾水出今陝西漢中府寧羌州北，東至漢中府南鄭縣，南爲漢水。懷王十七年，秦取楚上庸，漢北接壤上庸，猶屬楚。黄棘之會，秦復還楚上庸。頃襄九年，楚爲秦敗，乃割上庸、漢北與秦，然則"集漢北"，當在寧羌南鄭之間。蓋楚懷王時事也。

陳本禮曰:北山，北姑之山。流水，漢江之水。

胡文英曰:惟有望山臨水，俯仰自失而已。

牟庭曰:南望山川，不寐而思也。

顏錫名曰:北山，回漢北時所見之山。

王闓運曰:言己益羈孤也。北山，思念父母。懷王不反，故流涕也。流水不還，喻去郢也。

吳汝綸曰:言懷王在秦，望楚山也。

姜亮夫曰:北山即郢北十里之紀山也。戴震云:"郢，《説文》云故楚都，在南郡江陵北十里，杜元凱注《左氏春秋》云:'今南郡江陵縣北紀南城是也。'江陵今屬湖北荆州府，故江陵城即府治縣附郭也。《水經注·江水》篇云:'楚船官地也，春秋之渚宫矣。'渚宫在今城内西北隅;城北十里，便得紀山，故以紀南名城，又有紀郢之稱也。"是北山當即紀山也。此言望北山，與下臨流水爲對文;望者，遠而望之，想像而望之也。流水，當即指漢水上流之涯浚也。

饒宗頤曰:蓋泛指漢北之山，不必指定何山。《思美人》:"指嶓冢之西隈兮，與纁黄以爲期。"嶓冢在今陝西沔縣西，戰國時秦南境也，懷王入秦，故屈子舉以爲言。《抽思》之"北山"，大約亦指嶓冢一帶之山，漢水以北，近秦之山也。蓋有懷于懷王，故云然。

蔣天樞曰:北山，一作南山，非是。陳在東北，有山川限阻，故

云“望北山而流涕”。　遠望則山川阻隔，爲之流涕，身臨流水，則歎
日月逝往，故國不復，爲之痛恨。

　　按：北山，汪瑗以爲漢北之山，陳本禮以爲北姑之山。　這裏當泛
指漢北之楚山，不專指。　張京元解爲原所放沅湘在楚都南，故望北
山，非是。　吳汝綸言懷王在秦，望楚山也，可參。　此言回郢無路，
自申無門，只對山流涕，面水太息也。

　　望孟夏之短夜兮，何晦明之若歲。

　　王逸曰：四月之末，陰盡極也。　憂不能寐，常倚立也。

　　洪興祖曰：上云“曼遭夜之方長”，此云“望孟夏之短夜”者，秋
夜方長，而夏夜最短，憂不能寐，冀夜短而易曉也。

　　朱熹曰：秋夜方長，憂不能寐。　故望孟夏之短夜，而冀其易曉
也。　晦明若歲，夜未短也。

　　汪瑗曰：此下三章，言夢歸郢都之情。《哀郢》曰：“羌靈魂之欲
歸兮，何須臾而忘反。”是也。　按《抽思》略有一二句與《哀郢》辭
旨相同，而鬱鬱之懷與《哀郢》並盛，其作於東遷之秋無疑也。　晦明
若歲，言秋夜之長，自晦至明，如歲之永，未易曉也。“晦明”二字須
以意會，不可平看。

　　張京元曰：秋而憶夏。

　　李陳玉曰：長夜易老，長日如年。

　　周拱辰曰：若歲，即度日如年意。

　　王萌曰：秋夜方長，回計短夜易曉，便覺此夜之晦明，若一
歲也。

　　賀貽孫曰：蓋愁人知夜長。　自初秋即苦晦明若歲，望孟夏之短
夜，而不可得矣。　苦甚，苦甚。“望冬”語妙，與《九辯》中“收夏”

語，皆悲秋佳語也。

蔣之華曰：古詩"愁多知夜長"，本此。

王夫之曰：心神惝惚，依於宗國，其情景有如此者。

林雲銘曰：此間時日難度。

徐煥龍曰：末夜之難。

賀寬曰：此因"道遠日忘"之句而爲此賦也。當茲秋夜之長，回思夏夜之短，則此夜之晦明，幾同一歲矣。

張詩曰：言回望孟夏之時，夜何其短，至今秋夜，自晦及明，若歲之長久。

蔣驥曰：章首言秋風，而此云孟夏者，追序之詞。望，猶視也。

王邦采曰：晦明若歲，夜之永也。

吳世尚曰：愁人怯夜長，故欲望孟夏之短夜也，然而日豈無愁乎。晦明若歲，蓋亦無聊之極思耳，而正所以起下文之郢路遼遠，一夕九逝之魂也。

許清奇曰：苦秋夜之長，故望夏夜之短，而時久難待。

江中時曰：蓋憂不能寐，則短亦覺其長也。前言秋風，此言孟夏，蓋此乃追敘其前。

夏大霖曰：言夜望不見天明，長如年也。

丁元正曰：晦明若歲，若恨其夜之長也。

胡文英曰：短夜若歲，有心辭之，則雖短若長也。

牟庭曰：秋夜如年，不如短夜之時也。

顏錫名曰：言秋夜方長，夢魂顛倒，求旦不得，恨不如孟夏之短夜也。

王闓運曰：仲春郢潰，孟夏原至沙市，即還沅，迫秦兵，改走湘也。

　　吳汝綸曰：遭夜方長，秋風動容，屈子作此篇之時令也。　孟夏短夜，則代設懷王夢歸之幻境也。

　　姜亮夫曰：篇首言秋風，蓋追敘之詞；此言孟夏，則當前景也。此書用夏正也，此蓋放逐漢北次年之作矣。　晦明若歲，此晦明宜作晦夜明日解，言度日度月有如年歲也。　此本午夜思惟之情；然當前之情，雖爲午夜，而方過未來，皆爲白日；夜固盼其能速明，而明時亦未必即不思；故曰孟夏雖短夜，而其晦若歲，則白日之長明，亦度日如年矣！

　　饒宗頤曰：上文言“曼遭夜之方長，悲秋風之動容”。　與此異時。

　　蔣天樞曰：八句敘睠懷故都之深情。　望，憾也。　特言“孟夏”，著初到漢北時間，孟夏夜短，猶恨其長，足見初到漢北時情懷。　何，然何。

　　按：晦明若歲，自夜至明，一夜似年。　孟夏，爲屈子作此篇之時令也。　王闓運謂“仲春郢潰，孟夏原至沙市，即還沅，追秦兵，改走湘也”，非是。　吳汝綸以孟夏短夜爲代設懷王夢歸之幻境，亦非是。

　　惟郢路之遼遠兮，魂一夕而九逝。

　　王逸曰：隔以江湖，幽僻側也。　精魂夜歸，幾滿十也。

　　朱熹曰：一夕九逝，思之切也。

　　汪瑗曰：遼，亦遠也。　一夕，一夜也。　九逝，謂夢魂歸郢都九次也。　夫夜既長，路又遠，思歸又切，一夕九逝，魂勞其矣，此所以望夏夜之短也。　又曰：此時郢都已爲秦所拔矣，夷陵已爲秦所燒矣，頃襄王已東走於陳城矣，而屈子猶惓惓不忘郢者，豈特不忘故鄉之情而已哉？　蓋將欲襄王之恢復舊物，報秦仇讎而後已，此屈子思郢之微意也。 是時襄王收東地兵，得十餘萬，復西取秦所拔江旁十五邑以爲郡。 距秦使，由此而退小人，進君子，委任屈原。 苦身戮力，如勾踐之於范蠡，則燒墓之辱不足報，而郢可復矣。 奈何未幾復與秦平，而入太子爲質，甘於僻守一隅，坐受困辱，是何心哉！ 是何心哉！吾見屈子之夢魂徒勞，而思歸之心孤矣。 悲夫！

陳第曰：精魂還歸，一夕凡九。

黃文煥曰：道卓遠而日忘，縣家而出仕之路也。 家鄉之路以久而忘也，懷土非君子之心也。 郢路之遙遠，縣國而被放之路也。 思君之路，即放而不忘也。 忘君非人臣之義也。 一夕九逝，夢而醒，醒而復夢也。

周拱辰曰：曼遭夜之方長，故冀夏夜之短以自息也。 長夜而思短夜，夜益以長矣。 以一夕而九逝故也。

王萌曰：郢路遼遠，自江南而言也。

賀貽孫曰：不知路之曲直，悲矣。

林雲銘曰：寐便到鄉。 形不如神之往來自便，所以能一夕九逝。

高秋月曰：一夕九逝，頻夢歸也。

徐煥龍曰：郢路若斯遼遠，一夕魂常九逝。

賀寬曰：惟秋夜長，所以魂一夕而九逝也。

張詩曰：故郢路雖極遼遠，而吾之魂，則一夕而九往也。 蓋原之思君，夢寐之間，輾轉不忘，亦可悲矣！

吳世尚曰：路遠而九逝，惟長夜能之，而亦可見其夢寐之不忘君父矣。

江中時曰：一夕九逝，思之切也。

夏大霖曰：郢，楚都。 逝，往也。 言漢北至楚都之路，遼遠而魂因思動，一夜九往，極言思慕之誠切也。

陳遠新曰：雖由夜長，亦由念切。

劉夢鵬曰：來東之舟，集於漢北。卓遠無媒，夢魂俱逝。原之哀郢，至矣。

姚鼐曰：此承上文言我初陳言，明知施報之不爽，而君乃不聽，安得無禍乎。懷王入秦，渡漢而北，故託言有鳥而悲傷其南望郢而不得反也。故曰：“雖流放，睠顧楚國，繫心懷王，不忘欲反。”

陳本禮曰：言一閉眼便到郢都。

胡文英曰：短夜若歲，有心辭之，則雖短若長也。遼遠九逝，有心近之，則雖離必合也。

胡濬源曰：後人閨怨幽愁，總不能出此數語範圍。

顏錫名曰：魂一夕而九至郢。

姜亮夫曰：惟與雖古多通用；“惟郢路”兩句，言郢路去此雖甚遼遠，然思郢之心，則并不以遠而阻，故一夕之間，精魂之去者九次也。

饒宗頤曰：此句“哀故都之日遠”是也，劉向《九嘆·逢紛》：“思南郢之舊俗兮，腸一夕而九運。”注：“言思念郢都邑里故俗，腸中愁悴，一夕九轉，欲還歸也。”

蔣天樞曰：遼遠，意謂歸返無期。身不能歸，心神則一夕數往。九，數之極。

按：此言郢路遼遠，身不得至，魂得回也。故夜夢魂一夕九逝也。原繫心國事，拳拳之心昭然天下也。汪瑗以爲此時郢已被拔，頃襄東保陳城，原思郢，特不忘故土之情，非是。

曾不知路之曲直兮，南指月與列星。

王逸曰：忽往忽來，行蹠疾也。參差轉運，相遞代也。

朱熹曰：言初不識路，後以月星而知向背。

汪瑗曰：路，郢路也。謂郢路遼遠，而夢中茫昧，曾不知其曲直之可行，但南指星月，隨其方角而往耳。

王世貞曰：沈約「夢中不識路，何以慰相思」，反此意，又佳。

黃文煥曰：指月列星，魂之自爲指也，夢中之月星也。既得所指，可以知曲直而徑逝矣。

陸時雍曰：指月列星，其不遑假寐也久矣。九年不復，何須臾之忘反乎？

錢澄之曰：郢在湖北，而指月與列星，向南背北，而知郢之所在矣。

林雲銘曰：所以謂之遼遠。

高秋月曰：月、星，夜所見也。

徐煥龍曰：能九逝者，路之曲直，魂曾不知，但從南方，指月星爲向背耳。

張詩曰：言夢寐之間，不知路之曲直。惟南指月與星，冒冒以行。

蔣驥曰：郢在漢北之南，故其路曰南指。

吳世尚曰：此承上文而寫一夕九逝魂夢之境也。身處漢北，魂夢南歸，心欲直達於君，而不得其門而入。故忽往忽來，遂至於一夕九逝，而路之曲直，有所不知。惟指月而指星，庶少辨夫南北耳。此真一片迷離惝悅之夢境也。

屈復曰：魂不識路，而月星而知。

江中時曰：魂不知路之曲直，惟指月與星。

夏大霖曰：言魂之來往，亦不知有路之爲曲爲直，但指南都星月。

奚禄詒曰：從漢北南回郢都，心迷不知路之曲直，惟南指月與列星而行。

劉夢鵬曰：不知曲直，謂遼遠也。 自漢北指郢，則郢在其南。

牟庭曰：倦極垂眸，夢南歸也。 不識郢路，指月輝也。

陳本禮曰：言郢都分明在望，只在月星之下耳。

胡文英曰：不知曲直，夢中之境，恍惚不明也。 南指月與列星，吾君在其下而思一見也。

顏錫名曰：指月與星，以魂言。

王闓運曰：己不敢至郢，惟魂往耳。 遷陳未定，故不知路也。己獨在南，望星月念楚君臣也。

姜亮夫曰：南指，以南方爲指也，蓋謂以月與列星爲定南行之指針，使不失往來之道也。 郢在漢水之南，故曰南指。 徑逝未得，亦上句不知路之曲直之義。

饒宗頤曰：文中兩言“路”，蓋指郢路。 月與列星，王注：“參差轉運相遞代也。”蓋言歲時之遷遞。 南指云者，乃作者自抒其南望郢都歷數時日遷遞之憂思也。 指有數義，心切望郢，故曰“魂一夕而九逝，願徑逝而不得”。

蔣天樞曰：曾，意同怎，猶言何爲。

湯炳正曰：南指句，謂只是依靠月亮、星星指著向南的方向。

按：此言魂不識路，僅知往南，依靠月亮與星星來判別方向。 朱熹、汪瑗、夏大霖說是。

願徑逝而未得兮，魂識路之營營。

王逸曰：意欲直還，君不納也。 精靈主行，往來數也。 或曰：識路，知道路也。 營，一作熒。

洪興祖曰：《詩》注云：“煢煢，往來貌。”煢煢，憂也，音瓊。

朱熹曰：然欲去而又未得者，以魂雖識路，而煢煢獨往，無與俱也。

汪瑗曰：下二句即申上二句之意。徑逝，直歸也。言不知路之曲直，所以欲徑逝而不得也。識路，猶俗言認路也。言魂煢煢然南指星月，而認路覓歸也。瑗按：此四句極盡夢歸之情狀，必嘗實有此情此夢者，而後知其妙。彼漫然而視之，孰能味乎其言哉？柳子厚《夢歸賦》世稱其妙，而不知其昉於此也。若柳子厚者，可謂屈原之佳子弟矣。

陳第曰：煢煢，辛苦貌。

黃文煥曰：願之而終不得也，藉夢中之月星以導夢中之路程。月星既皆是幻，山河亦并非其真，空有識路之煢煢而已。識亦何用哉？

李陳玉曰：夢魂夜夜在君旁。

周拱辰曰：曾不知路之曲直，而又曰“魂識路”，以月與列星之可認也，然則何以願徑逝而不得，夢中之路，路易迷；夢中之步，步難前也。煢煢，搖曳紛逐貌。分明，寫出夢中之路，夢中之步。

陸時雍曰：煢魂識路，形莫與俱。

王遠曰：此言魂之逝也。自南來北而曰南指者，人在赤道北，觀月星者必南向也。凡夜行者以月星而知向背。魂夢煢煢，終夜覓路，全是幻境。一夕九逝，終未嘗至。故曰“願徑逝而不得”也。檢菴曰：“夢中不識路，何以慰相思。”不如此語之妙。

錢澄之曰：此夢中之月星，亦夢中之南指也，識路而又曰煢煢者，蓋仿佛識之而已。故煢煢無定見也。

高秋月曰：煢煢，往來數也。

徐煥龍曰：徑逝，直達君所也。煢煢，頻往來貌。不能直達君所，故魂藉月星而識路，不憚營營。

賀寬曰：既曰不知路之曲直，又曰識路之營營；既云一夕九逝而胡不知也，又曰不得徑逝而胡識路也。忽逝忽不逝，忽識忽不知，夢中顛倒，因緣往往如是，非屈子不能寫也。

張詩曰：欲徑往而又有所不得也。然吾之魂自能識之，故營營然終覓路以歸焉。

蔣驥曰：營營，頻往來貌。

吳世尚曰：營營，往來不絶之貌。

許清奇曰：形難徑逝，不如魂之往來輕便，所以一夕九逝。

江中時曰：營營，回旋貌。言魂不知路之曲直，惟指月與星。兹則南北以歸郢，若身則欲徑逝而不得，不如魂曾識路得歸也。既言不知路，又言識路，確思魂逝，其妙可想。

夏大霖曰：遊魂虛趁覺來，願身之徑赴郢都，却不可得，魂偏若識路者，徑到郢都，竟夕營營，不安寧也。

陳遠新曰：明魂夢之刻不忘君，而歎人不知矣。

奚祿詒曰：此四句，賦而比也，比之中，有微文隱義焉。月自東而西行，不可言南；列星亦不止於南。蓋天文南宮太微者，天帝之庭也。月、五星順入，軌道，司其所守列宿；其逆入，若不軌道，以所犯命之，皆群下從謀也。《正義》云：“順入，從西入也。循軌道，不邪逆也。入者，入太微之庭也。所守列宿，應在官屬也。逆入，從東入也。不軌道，不由康衢而入也。其所犯帝座，是群下附從而謀上也。”故原獨南指月與列星，以寄慨於楚之君臣云爾。上句曲直喻順道、逆道。下句願徑逝者喻己本順道反不得入也。故魂雖識正路而獨怔營戰懼焉。下章人心不同，不同此軌道者也。余之從容循循於軌道者也。王注解爲參差轉運，亦何矇瞶歟？屈原博洽，以楚驪寓楚事；因南旋指南宮，彰彰明矣。 又曰：欲循徑直之道以歸，而恐君不納，故魂雖識直路，而營營不安也。

劉夢鵬曰：營營，回旋貌。 不知曲直，徑逝不得，而既指月星，故營營之路，魂猶識之也。

丁元正曰：營魂識路，形莫與俱，徑逝而不得也。

陳本禮曰：一夕九逝，實未嘗至，故曰"願徑逝而不得"也。 沈約曰："夢中不識路，何以慰相思？"此怪魂之頻於往來也。

胡文英曰：識路營營，或計其初來之道，或求其可歸之徑，故營營擾擾而不得自休也。

牟庭曰：魂去雖不到郢路，自知也。 既寤而歎，謂魂癡也。

胡濬源曰：寫入夢魂茫昧神境。

顏錫名曰：營營，往來無定之貌。 及至醒時，轉恨身不得往而魂得往。 願逝不得，以身言。

鄭知同曰：營營，恐是營惑義。 言魂雖識迷惑，承上"不知曲直"來，所以不得徑逝也。

王闓運曰：不得至郢也。 不知陳路，惟識郢路也。

聞一多曰：徑，直也。《後漢書·張衡傳·思玄賦》"庸織絡於四裔兮"，注曰："織絡猶經緯往來也。"《詩經·青蠅》"營營青蠅"，《傳》曰："營營，往來貌。"

姜亮夫曰："識路"句，王逸注有兩義：一曰"精靈主行，往來數也"；一曰"知道路也"。 寅按諸家多從知道路一義；然甚可疑。 上文已言魂歸九逝，則其識路，固已久定；此處不必更言識路。 朱熹亦見及此，故釋此句爲"魂雖識路，而營營獨往，無與俱也"爲解，實亦未安。 至第一義精靈主行云云，以主行釋識路，則謂識爲志，說較可通，當從之。 此四句承上言，魂雖一夕九逝，然未知路之直曲，故以月與列星爲南行之指向。　余雖願徑直以往而不可得。　故魂乃營營獨行，往來不息也。

蔣天樞曰：逝，往也。　不得，不能。　下文亂辭始言“不得”之故。　營營，心神往來於其間也。

按：徑逝，指人的形體欲直接遠去，直達郢都。　但形體受罰，無法行動，惟有靈魂出入自由，可以頻往來也。　以形體之不得返，以抒流放漢北之苦也。　形體與靈魂分離，形體古謂之魄，魂魄分散，乃屈子詩中之常語，盡寫其哀，讀者不得不識也。　王逸説，意亦近是。

何靈魂之信直兮，人之心不與吾心同。

王逸曰：質性忠正，不枉曲也。　我志清白，衆泥濁也。

朱熹曰：言靈魂忠信而質直，不知人心之異於我。

周用曰：言己既不得自陳於君，則亦自守以待君之自悟耳。

黄文焕曰：如斯而猶以爲識路，靈魂亦過於朴直矣，過于自信其直矣。　吾之魂不能與魄同，人之心不能與吾同，一也。

李陳玉曰：魂猶癡，直戀戀故鄉，不識黨人難與。

蔣之翹曰：此“魂一夕而九逝”“魂識路之營營”“何靈魂之信直”三句，愈死。　宋玉《招魂》果招於生，非招於死也。　如招於死，則何以並不道及沉江事耶?

王萌曰：信，忠信。　直，質直也。

錢澄之曰：“願徑逝而不得”，是祇知直不知曲。　蓋魂亦信直也。“人之心不與吾心同”，此言直之不可信也。

林雲銘曰：輕信人心之直道尚存，而不知如吾心之存直道者，絶無其人。

高秋月曰：信直，忠信而質直也。

徐焕龍曰：何我之靈魂，既信且直，而人心不與吾同。

賀寬曰：藉夢中之星月，導夢中之路程，魂之信直，我之從容，都歸夢境矣。而又何分我心人心乎，何屈子之夢夢也。

張詩曰：言吾之靈魂，何忠信質直如是乎？無如人之心，異於吾之心也。

蔣驥曰：信直，信情而直行也。

王邦采曰：忠信而質直。

吳世尚曰：承上而言，一夕九逝，是冀幸君之一悟，故不憚往來之煩速，何靈魂之信直也，而豈知人之心不與吾心同乎？

許清奇曰：言靈魂何忠信而樸直，但迫切自申，不知人之心與吾不同而不可告。

夏大霖曰：言我之靈魂何爲一夕九逝，視郢路之直捷若此。蓋由我之心日思君而然也，而君乃以道卓遠而日忘，是人之心也不與吾心同也。

陳遠新曰：夢之心不與醒時同，人己亦如夢醒不同。

奚祿詒曰：不同者，人不信直，我信直也。

劉夢鵬曰：信直，誠也。人之心不與吾心同，爲靈修數化者言也。

戴震曰：信，猶洵也。直者，直前而不變之謂。

胡文英曰：既寤而又自咎曰：何我之靈魂誠信，而徑行直遂，以爲必可合乎？恐黨人之心不與吾同。

牟庭曰：何離之不可同而如是苦思也。

顏錫名曰：乃身是信直之身，魂亦信直之魂，雖復得往，終無同心。

王闓運曰：不得徑逝而猶識之，是信直也。同，一心也。昏明相反，誠可笑歟。

吳汝綸曰：人，秦也。　吾，懷王也。

姜亮夫曰：信直當作婞直。　婞直，屈賦常語。

蔣天樞曰：四句結束前文，申明己之志行。　信，謂篤志不移。直，謂守正不屈。　總之，言己念念不忘興復事。

按：此亦承上魂魄分離言。　魂乃人之精，遊走冥間，不識世俗人間阿諛奉承庸俗之事也，故信直。　心乃人之官，人之思維器具也，直面現世，當思形魄生存之道也。　魂乃信直，心則未必也。　人之心與吾心則更不相同。　魂雖一夕九逝，無益也。　朱熹説是，周用以爲自守以待君之自悟，非是。　吳汝綸以爲託懷王入秦之語，謂"人，秦也。　吾，懷王也"，則魂爲懷王思楚之魂，上下文意亦可取，可參。

理弱而媒不通兮，尚不知余之從容。

王逸曰：知友劣弱，又鄙樸也。　未照我志之所欲也。

洪興祖曰：言尚不知己志，況能召我也？

朱熹曰：故雖得歸，亦無與左右而道達之者，彼又安能知我之閒暇而不變所守乎？

汪瑗曰：或曰：此四句乃通有鳥自南而申結之，自此以上皆倡歌也。　瑗按：或人之説甚爲有理，故附之。

林兆珂曰：從容，閒暇貌。

黃文焕曰：嗟呼！　無良媒在其側，吾知之久矣。　豈不欲徑逝？理弱而媒不通，則覿面相，阻有險于山川，遠於遙程者。　此所繇從容而不能徑逝也。　是尚不知又何云哉。　又曰：曰"不知路之曲直"，又曰"魂識路之營營"，自難自解。　曰"一夕而九逝"，又曰"徑逝"，自解復自難。　九逝矣，却曰"不知路"，逝而未嘗逝也。　徑逝不得矣，却曰"魂識路"，不逝而又時時逝也。 敷語之中，寫出顚倒錯亂無所不有。 尚不知余之從容，看破當時與後代人，大家瞎眼，原自以爲從容。 而當年曰"婞直"，後代曰"忠而過"，誰實知原哉？

李陳玉曰：只謂逐臣憤激，豈知從容尚是和平神聽。

周拱辰曰：理直爲壯，曲爲弱，此曰理弱，理直也而弱乎？ 與前求虙妃、留二姚異。 以人心之不與吾心同也。 黨人盈廷，而我之孤忠自效者止一人，衆者強，則寡者弱矣。

陸時雍曰：從容，安意，自如之意。

王萌曰：無媒而欲自通，所謂理弱也。 人不從容，倉皇失守，從容者，志士仁人之路也。

賀貽孫曰：孤臣何嘗不委蛇也，語婉而痛矣。

錢澄之曰：魂之急欲逝也，即使得歸，依舊"理弱而媒不通"，歸何爲乎？ 余惟從容聽之而已。 魂乃迫切如此耶？ 反怪靈魂誕罔之甚。

王夫之曰：從容，委曲相就也。 已身在外，而心飛騖於君側。小人日在左右，而情不相繫。 忠佞之不同若此，乃心離者貌合，心依者身違。 君且暱彼而疎我，亦無如之何也。

林雲銘曰：行不合俗，故理弱於人。 其間又無斡旋者，且不知吾心有自得處，安望其他？ 魂雖信直往來，亦何益哉？ 又曰：已上自傷身在漢北，無人代白還郢之苦。

高秋月曰：豈不欲徑逝，理弱而媒不通也。 人以原爲婞直，尚不知其從容也。

徐煥龍曰：不以我爲信直，反以我爲理弱，莫肯爲媒以與我通，庸知余之爲余，非但不理弱，不止懷信直，誠有患難不能回其節，生死不足動其心，其從容於此者，蓋尚不知余之從容耳。

　　張詩曰：從容，謂處之自然，不變所守也。則余雖欲歸而理弱媒阻，無爲道達吾意者，亦安知余所守之從容不變乎？

　　蔣驥曰：從容，安舒貌。又曰：（倡曰一段）既歷序謫居之後，魂夢常依郢都，而又若呼而怪之曰：何靈魂之信情直行，而迫欲歸郢也？當此人我異心。良媒中絶，正使得歸，當復何用？余從容聽之久矣，魂尚未之知耶。蓋嬉笑之言，甚於痛哭矣。

　　王邦采曰：從容，不變所守也。

　　吳世尚曰：夫君臣之遇合，猶之男女之婚姻也。後行幣而交親者有理，先通言而知名者有媒。余無黨無容是理弱而媒不通矣。此余之所以待罪漢北也。而乃一夕九逝，急欲見信於君，是靈魂尚不知余之從容矣。夫靈魂，余之靈魂也，而不能知余，余尚何望乎？人之心能與吾心同乎，余惟有終於放廢而已矣。屈原以忠見疑，求通不得，不敢怨君，而怨靈魂之信直，此真寫怨之極筆也。莊子自己作文而曰“昔者，莊周夢爲蝴蝶”，是將自己算作古人，已奇極矣，然尚是託爲影答罔兩語也。屈原自己作賦而曰“何靈魂之信直，不知余之從容”，是將自己意作他人，而即在自己口中，豈不奇之又奇哉！

　　許清奇曰：且人以余爲理弱而媒不爲通，余既覽民尤而自鎮，則身已從容不往，而魂尚不知爲此九逝之勞，是不知人并不知余，何言其太信直乎。此段言身在漢北，魂逝郢都，申前“願遙赴而橫奔”兩句意。

　　屈復曰：右六段，一夕九逝，南指月星，思之如此，而人心不同，終無媒而不能歸也。漢北與上庸接壤，漢水出嶓冢山，在漢中府寧羌縣。上庸即今石泉縣。按《史記》止言三閭疏絀，不復在位。其作《離騷》，有放流而無漢北字。今讀此篇，始知懷王初遷三閭於漢北也。

江中時曰：四句俱就魂言。 言魂忠信直，只管逕往而不知人之心之不與吾同也。 媒既不爲通矣，何曾歸郢，而魂尚不知其身之處之漢北也。 從容□□□□□□□以爲自得之意，皆可得解。 魂者、人心之不與吾心同，言其刻刻不忘君可返。 嗚呼，屈子愛君之心，於斯見矣。 又曰：靈魂信直，奇；魂不知人心之不同，奇；魂理弱而媒不通，奇；魂不知余之從容漢北，更奇；咎魂之信直而告以心之不同、媒之不通、尚不知余之從容漢北，奇絶。

夏大霖曰：君疏放我，不以吾理爲直，則理弱矣。 吾既不敢自通，而無人肯爲我媒，爲我通於君側，媒又不通焉，則吾之從容守正，願日夜以正君者，有誰知哉？

邱仰文曰：信直謂信，人心皆直。 又曰：“少歌”之不足，則又盡發其意而爲“倡”，“倡”期于和，四節言朝無知己，謂無和也。“亂”則總理一賦之始終。

陳遠新曰：外面之從容尚不知，況能知靈魂之信直乎？

奚禄詒曰：惟不同，故不知也。 人不同心，則我之理弱，而人不爲我通。 解見前節，前節賦而比，此節賦正意也。

劉夢鵬曰：從容者，容與冀進，不爲悻悻之意。

丁元正曰：此追思懷王不用，退居漢北之時，未嘗須臾忘反之情事也。

戴震曰：通，謂導致己之辭。

姚鼐曰：言懷王以信直而爲秦欺矣，又無行理爲通一言，王尚不知予之心，所謂以此見懷王之終不悟也。 懷王昔者所任用，蓋皆小人爲利者耳，一旦主遭憂辱，則棄而忘之，冀如瑕生之於晉惠，子展、子鮮之推挽衛獻者，安可得哉？ 屈子痛心於理弱也，與《離騷》之理弱託意異矣。

陳本禮曰：殺身成仁易，從容中道難，自明不變其所守也。　已上補出被放漢北，明“抽思”之故，以變“少歌”之節，爲“倡曰”之辭。

胡文英曰：雖至彼而理弱媒阻，彼尚不知我之從容，而非以干祿方且嫉妬之不暇，寧肯爲我通其媒乎？

牟庭曰：惜我在國從容謀議，猶不省，況憔悴至於斯也。

顔錫名曰：媒理不通，孰爲知余哉。　從容，王尚書伯申解作行爲，愚謂仍當從安舒之訓。　蓋賢者處事，必先通盤籌劃，次第敷施以爲可大可久之計。　彼庸陋者，始則競姱捷徑，終且至於窘步，以致所事決裂，莫可如何，皆不從容之害也。　從容二字，屈子本領在此，其爲讒所中，爲衆所咍亦坐此。

王闓運曰：猶望君知忠之至也。

吳汝綸曰：尚，會也。

馬其昶曰：以上遙思懷王在秦之況。

聞一多曰：尚不知，猶曾不知也。《説文》“尚，曾也”。　上文“曾不知路之曲直”，《哀郢》“曾不知夏之爲丘兮”，《懷沙》“孰知余之從容”。

姜亮夫曰：從容，舉動也。　詳余《詩騷聯綿字考》。　舊説安舒閒暇者皆非。　此四句謂魂之營營，亦徒然無益。　靈魂何爲如此之婞直邪？　當此人我異心，良媒中絶，正使得歸，當復何用。　余之舉錯自處，魂尚未知之邪？

饒宗頤曰：此亦原自傷楚王之納諫也。

蔣天樞曰：理，使也。　理弱，蓋謂所使人位卑，難獲見王。　媒，蓋謂王身邊可以作己媒介者，其人又疏遠而難於自達。　尚，當讀爲常。　從容，舉動也。　見《廣雅·釋訓》。　言王常不能知己之舉措與行動。

湯炳正曰：理，"使"的同音借字，指使者。屈原常以婚姻喻君臣關係，因又多以"理""媒"等喻能向帝王推薦人才者。以上第二段，抒寫流亡漢北的現實，表明自己孤立的心緒和欲返郢都的渴望。

按：此言身在漢北，媒理不通，何時能返爲國操持而改目前之從容之態乎？"尚不知余之從容"，乃反語，暗諷賢人不用也。朱熹謂彼又安能知我之閒暇而不變所守乎？非是也。不變所守，恰爲放漢北之由。不變所守，豈有能回之機？釋"從容"爲"不變所守"者，皆承朱子説也。此未解其爲反語也。蔣驥謂"蓋嬉笑之言，甚於痛哭矣"，甚是。吳世尚亦味得其中技法，堪爲知音也。

亂曰：

王逸曰：亂，理也。所以發理詞指，總撮其要也。屈原舒肆憤懣，極意陳詞，或去或留，文采紛華，然後結括一言，以明所趣之意也。

洪興祖曰：《國語》云："其輯之亂。"輯，成也。凡作篇章既成，撮其大要以爲亂辭也。《離騷》有亂有重，亂者，總理一賦之終；重者，情志未申，更作賦也。

朱熹曰：亂者，樂節之名。《史記》曰："《關雎》之亂，以爲風始。"《禮》曰："既奏以文，又亂以武。"

錢杲之曰：治亂曰亂，賦末有亂，所以總治一篇之義。

吳仁傑曰：詩者，歌也，所以節舞者。曲終乃更變章亂節，故謂之亂。按《樂記》言，《大武》之舞，復亂以飭歸。《正義》曰："亂，治也。復，謂武曲終，舞者復其行位而整治。蓋舞者，其初紛綸赴節，不依行位。比曲終，則復整治焉。故謂之亂。"今舞者尚如此。

詩樂所以節舞者也，故其詩辭之終，《商頌》輯之亂是已；樂曲之終，《關雎》之亂是已。《離騷》有亂辭，實本之詩樂。

周用曰：“亂曰”以下，於前“少歌”一意，皆總上文意。

汪瑗曰：亂者，總理之意；曰者，更端之詞。下四句即亂辭是也。《論語》曰：“關雎之亂。”注曰：“亂者，樂之卒章也。”《樂記》曰：“復亂以武，治亂以相。”注曰：“亂者，卒章之節。”屈子之所謂亂者，蓋昉于此。然既以爲亂者，乃一篇歸宿指要之所在，則此四言者，實《離騷》之樞紐也，孰謂屈子未嘗不去乎？

閔齊華曰：亂，理也。總理一篇之辭意，而結言之也。

方以智曰：賦篇之末用亂，用歌，或用訊，或用辭，或用歎。字曰文，行文曰言，成篇曰章，然古可通也。又曰：屈原用亂曰，賈生用辭曰，《史記》作訊曰，劉向用歎曰，此猶章句論解之家，在漢曰故、曰林、曰微、曰箋、曰注、曰疏、曰解、曰通然。

李陳玉曰：凡曲終曰亂。蓋八音競奏，以收衆聲之局，猶之涉水者截流而渡，將到岸也。故亦曰亂。《楚詞》有亂，故知其原入樂譜，非僅詞而已。

蔣驥曰：舊解“亂”爲總理一賦之終，今按《離騷》二十五篇，亂詞六見，惟《懷沙》總申前意，小具一篇結構，可以總理言。《騷經》《招魂》，則引歸本旨，《涉江》《哀郢》，則長言詠歎；《抽思》則分段敘事，未可一概論也。余意“亂”者，蓋樂之將終，衆音畢會，而詩歌之節，亦與相赴，繁音促節，交錯紛亂，故有是名耳。孔子曰洋洋盈耳，大旨可見。

夏大霖曰：亂者，卒章也。

陳遠新曰：亂，樂之卒章，猶以成也。

桂馥曰：《騷》賦篇末皆有亂詞，亂者，猶《關雎》之亂。《樂記》，武亂皆坐，周召之治也。 鄭注：亂，謂失行列也。《記》又云：
行其綴兆，要其節奏，行列得正焉，進退得齊焉。 馥謂亂則行列不必
正，進退不必齊，案騷賦之末，煩音促節，其句調韻脚，與前文各
異，亦失行列進退之意。

胡文英曰：取所未盡之意，不擇次序而并言之，故謂之亂。

游國恩曰：亂爲樂節之名，亦有整治之意，故王逸注《楚辭》，韋
昭注《國語》，并以總撮一篇之要爲解。 劉勰所謂歸餘於總亂，亂以
理篇者也。 蔣氏乃摭《楚辭》諸篇亂辭之不同者，以爲不可一概而
論，此蔽於實之患也。 胡文英説望文生義，尤謬。 至亂爲繁音促
節、交錯紛亂之義，此則就詩之樂而言耳，未必盡合於辭之卒章也。
《楚辭》之若《離騷》者，其不歌而誦當與賦相近，非復如詩之可歌
也。 故其亂辭亦徒有樂章之名，究其義當以王、韋之説爲是也。

按：亂，樂節之名。 屈辭用亂，乃引樂入賦者也。 李陳玉、蔣
驥、游國恩説是。

長瀨湍流，泝江潭兮。

王逸曰：湍亦瀨也。 逆流而上曰泝。 潭，淵也。 楚人名淵曰
潭。 言己思得君命，緣湍瀨之流，上泝江淵而歸郢也。

洪興祖曰：瀨，湍也。《説文》曰：“水流沙上也。”《説文》：“逆
流而上曰泝洄。”泝，向也。 水欲下，違之而上也。 潭水出武陵。
一説楚人名深曰潭。

朱熹曰：瀨，水淺處。 湍，急流也。 逆流而上曰泝。 潭，深
淵也。

汪瑗曰：瀨，水淺處，即所謂灘也。《文選》注曰“水流沙上曰
瀨”是也。 湍，波流縈迴之處。《孟子》曰“性，猶湍水”是也。 王

逸曰："湍亦瀨也。"得其意矣。　蓋湍與瀨字並看，俗語又謂高灘之下
必有深湍，蓋灘高水峻，衝激而爲湍耳。　曰湍流者，倒文也。　逆流
而上曰泝。　江、潭，二水名，舊解潭爲水深之淵，非是。　即今之潭
洲也。

王夫之曰：此作賦時事，其遷竄江南所歷之境也。　潭水出辰州，
入沅。

林雲銘曰：漢水南入於江，故逆流而上遊之。

張詩曰：言歷此長瀨之湍流，泝洄以上江潭之水。

蔣驥曰：此序作賦時從漢北而南行之事也。　瀨，水淺處。　湍，
急流也。　長瀨湍流，指由漢達江之水而言。　泝，向也。

屈復曰：《爾雅·釋水》："逆流而上曰泝洄，順流而下曰泝游。"
潭，深，又與潯同。　言泝游江潭，南行自娛者，遠望當歸也。

江中時曰：瀨，淺水。　湍，急流也。　游於上流曰泝。　蓋漢水南
入於江，自長瀨而至深潭，皆順流而南。　在江之上流，故曰"泝江
潭"也。

夏大霖曰：自郢至漢北，皆泝也。

奚祿詒曰：有石曰瀨，無石曰湍。

劉夢鵬曰：瀨，湍，水淺而疾也。　潭，水深貌。　自漢北而南，由
漢達於江，泝回而上也。

戴震曰：淺曰瀨，深曰潭。

胡文英曰：水流沙上有聲曰瀨。　今江南溧陽縣，有伍子胥投金
瀨，即此類也。　吳地至楚，皆逆流沿江而上也。　舊疑江南爲今之湖
南，殊未知湖南至郢，皆順流也。

牟庭曰：再述歸夢言之津津也。　泝江而西。

顏錫名曰：言泝漢江而北，心不忘郢。

王闓運曰：自枝江至沅夏，水盛長多潭也。

聞一多曰：湍，疾也。 逆流而上曰泝。《淮南子‧原道》篇“故雖游於江潯海裔”。 許注曰：“潯，水涯也。”《文選‧江賦》注《應詔樂遊苑詩》注引《漁父》：“屈原既放，游於江潭。”《七諫‧初放》：“便娟之脩竹兮，寄生乎江潭。”《漢書‧揚雄傳》上“因江潭而洰記兮”，注引蘇林曰：“潭，水邊也。”亦以潭爲潯。

姜亮夫曰：瀨，凡四用，而分兩義。 一爲湍流，一爲履石涉水。一、湍流：《九懷‧尊嘉》“文魚兮上瀨”。 王逸注：“涌湍也。”此蓋瀨字引申之義。《淮南‧本經訓》“抑試怒瀨”，注：“急流也。”《漢書‧司馬相如傳》“泌泌下瀨”，注：“急流也。”又《吳都賦》“直衝濤而上瀨”，注：“水大波。”二、石瀨即水中有石可涉者也。《九歌‧湘君》：“石瀨兮淺淺，飛龍兮翩翩。”王逸注：“瀨，湍也。 淺淺，急流貌。”洪《補》曰：“瀨，落蓋切。”《說文》曰：“水流沙上也。”《文選》注云“石瀨，水激石間則怒成湍”云云。 按石瀨與飛龍對文，當作名詞解，且下言淺淺急流，則顯然以淺淺狀石瀨矣。 按《漢書‧司馬相如傳》：“北揭石瀨。”注：“石而淺水曰瀨。”則石瀨爲一名詞，是其徵矣。《九歎‧遠逝》亦云“下石瀨而登洲”，石瀨亦作名詞用也。 又《漢書‧武帝紀》：“用爲下瀨將軍。”注：“吳越謂之瀨，中國謂之磧。”瀨，淺水也。 乃南楚方俗之語，與中原之所謂磧者相當。即《說文》所謂：“水流沙上者矣。”今江西、湖南之間，謂水流沙石，或湍流皆曰瀨，蓋猶存古語也。 然水流之處，非沙即石，其能知其爲沙石者，一者，水淺易見。 一則涉者得石而履之，以渡而知之，其義蓋起于此。《論語》所謂“深則厲，淺則揭”者矣，瀨蓋即濿字，北土言濿，《說文》作砅。南楚則小別而爲瀨。《說文》訓水流沙上也。

饒宗頤曰：王逸注非也，此原在齊南望郢都，非自江南北望郢

也。　潭，未必指潭水，就其所言之景象觀之，則作賦者，蓋冀還歸
于楚。

蔣天樞曰：亂辭言己思念故都情懷及所遭遇困阻。　水流沙石上曰
瀨。　湍，水流悍急。　楚人名水深處曰潭。　泝江潭，喻心之向郢。

湯炳正曰：此句記流亡歷程由南而北，即前文“有鳥自南兮，來
集漢北”之意。　因漢水等流向由北而南，故稱“溯”。

按：此言欲沿漢水而下入大江。　此處言回郢之路爲水路，水路則
必沿漢水而下，漢水旁無支流，直入大江，其匯入大江之處在夏浦
（今漢口），郢之東也。　再由夏浦西向上溯才能歸郢。　劉夢鵬説“自
漢北而南，由漢達於江，泝回而上也”，甚是。　故“長瀨湍流”即爲
言順漢水而下，自北而南；“泝江潭”則爲逆流而上，自東向西。　王
逸説不誤。　王夫之以爲作賦時爲原遷竄江南，不明其詩之背景也。
顏錫名言泝漢江而北，則誤而又誤也。

狂顧南行，聊以娛心兮。

王逸曰：狂猶遽也。　娛，樂也。　君不肯還，己則復遽走南行，
幽藏山谷，以娛己之本志也。

朱熹曰：狂顧，憂懼而驚視也。　自江入湖，自湖入湘，皆泝流而
南行也。

汪瑗曰：狂顧，猶狼狽之意。　朱子曰：“憂懼而驚視也。”是矣。
南行，謂南遷也。　此章言已經湍瀨，泝江潭，冒涉險阻，狼狽南遷而
不辭者，聊以娛己之心志耳。　夫遷謫之苦，人以爲憂，而屈子以爲樂
者，蓋以爲吾道之果是，吾心之所安也，何流離顛沛之足患乎？　然則
屈子之鬱鬱而憂思者，其意蓋有所在矣，豈爲一己之困窮也哉？

陳第曰：狂顧，急遽而驚視也。　南行幽藏於山谷，亦以娛己之

心耳。

黃文煥曰：昔自南而集漢北，茲乃繇北而復南行。 胸中萬感，四視意搖；痛悼則不忍言，驚駭則不能言。 此所繇但有狂顧也。 既曰狂顧，又曰娛心，愁惕已極。 若不勉强自娛，無復生存之望矣。 臨流水而太息者，又遡湍流而自娛。 自娛之慘，更慘於太息矣。

李陳玉曰：雖有廊廟之憂，尚不乏山水之樂。

陸時雍曰：狂顧，左右疾視也。

王遠曰：此姑作自慰之詞，不得比歸，王作南行。 既曰狂顧，又曰有心無聊之極，慘於痛哭矣。

賀貽孫曰：借江行娛心，此語悲甚。 諺所謂黃連樹下彈琴也。

錢澄之曰：聊以娛心，謂當極愁苦時，幸有此山水之樂。

王夫之曰：臨流眄石，佯狂四顧以自娛；欲以忘憂，而憂固有不能忘者。

林雲銘曰：無聊借以自遣，故謂之狂顧。

徐煥龍曰：自江而湖，自湖而湘，皆泝流南行。 顧盼狂肆，聊以自娛，足見從容矣。

賀寬曰：前云集漢北，此曰南行。 甫云狂顧，又曰娛心。

張詩曰：而猖狂驚顧、望南而行者，亦冀一反故鄉，聊以娛己之心而已。

蔣驥曰：漢水南通江夏，涉漢泝江，則達郢矣。 然君不反己，則今之南行，豈真能至郢哉？ 特姑以快其南歸之思耳。

吳世尚曰：狂顧南行，仍承上文“靈魂”“夢境”而言也。 聊以娛心者，南行則有見通於君之機也。

許清奇曰：狂顧，急遽驚視也。 南行與《思美人》篇同，非果南赴郢都也，特向南而步，顧望寄意耳。

　　江中時曰：舊謂逆流而上，則是北行，非南行矣。

　　夏大霖曰：狂顧南行，謂沂流來漢北，路見順流南行歸郢之人，不勝艷羨，顧聆之而心爲之娛。 言狂顧，心不自知、不自主之謂，顧彼而娛，娛非我有，故曰聊。 蓋傷極之反詞也。

　　陳遠新曰：即江夏方石，合己願行，可以娛憂。

　　奚禄詒曰：因還郢，故狂喜而行；冀君賜還，故聊以娛心。

　　劉夢鵬曰：南行，赴郢也，時郢都已失，猶狂顧南行者，即首章“鳥返故鄉，狐死首丘”之意。 原心在郢，故謂南行爲娛心。

　　丁元正曰：言我南行，面高山而臨流水，亦似可以娛樂。

　　陳本禮曰：不得還郢，聊爲自解之辭。

　　胡文英曰：試若得以南行者，然蓋鬱極無聊，而僞爲此以相解也。 狂，如杜少陵“漫卷詩書喜欲狂”之狂。

　　牟庭曰：又涉江而南也。

　　顏錫名曰：猶時時廢狂回顧，欲南行以快其心。

　　王闓運曰：至沅，被迫沂湖，由南岸觜南至湘也。

　　聞一多曰：本當北去，而思作南行之態，以自慰痴情。 然猶慮後有追及之者，故其行也，瞿瞿反顧。 杜甫《哀江頭》：“欲往城南望城北。”情態略同。

　　姜亮夫曰：南行，自漢北至郢，向南而行也。 此四句蓋屈子臨流，見逝者而歎，用以興起本篇之亂詞者也。 曰：視彼長流之淺瀬，與急流之湍水，皆向江之深處流注，各得其歸趣；余以放逐異鄉，處乎漢北，見此東逝之水，因起故國之思，遂爾狂然左右顧視，向南而行。 雖然，豈真能至郢與？ 姑以快其南歸之思耳！

　　饒宗頤曰：此句言臨流盼石，佯狂四顧，聊以自誤，“南行”乃姑作快意之談。

蔣天樞曰：狂顧，心亂行遽，時時回顧，恐爲敵覺也。 聊，且。
雖不能至，且以樂心。

湯炳正曰：狂顧，一個勁地失神回望。 形容憂心煩亂至極。 二
句連上句謂本往漢北進發，却因思郢至極，不免失神回顧，終於轉身
南行，聊慰渴思。

按：狂顧，急遽而驚視也。 南行，言向南方郢都而行。 黄文煥
謂昔自南而集漢北，兹乃繇北而復南行，是也。 朱熹以爲南行綫路自
江入湖，自湖入湘，則爲放沅湘之途也，非自漢水入郢之途也。 蔣驥
曰：“漢水南通江夏，涉漢泝江，則達郢矣。 然君不反己，則今之南
行，豈真能至郢哉？ 特姑以快其南歸之思耳。”甚得其意。

軫石崴嵬，蹇吾願兮。

王逸曰：軫，方也。 故曰軫之方也，以象地。 崴嵬，崔巍，高貌
也。 言己雖放棄，執履忠信、志如方石，終不可轉。 行度益高，我
常願之也。

洪興祖曰：軫石，謂石之方者，如車軫耳。 崴嵬，不平也。 一
曰山形崴。

汪瑗曰：軫，轉動也。 崴嵬，巨石貌。《詩》曰：“我心匪石，不
可轉也。”則石之可轉動也久矣。

陳第曰：軫，方也。 故曰軫之方也，以象地。 崴嵬，高貌。 言
雖放棄，執履忠信，志如軫石之不可轉，高山之不可卑，是己之願。

黄文煥曰：遡流之後，繼以登山，陟彼崔嵬。 高視一世，吾願其
在斯乎？ 軫石者，欲駕車登山也。

李陳玉曰：嘉其磊落似我。

周拱辰曰：《周禮注》：“軫之方也，以象地也。”言己雖放棄，執

忠履信，志如方石，終不可轉。《詩》："我心非石，不可轉也。"亦指
方石言乎？

陸時雍曰：軫，方也。 崴嵬，志願似之。

王萌曰：軫，方也。 言志如方石，終不可轉。 高嵬之行，我常
願之。

錢澄之曰："軫石"句，似皆舟行時所見。

王夫之曰：軫，視也。 蹇，語助辭。

林雲銘曰：匪石不轉，乃吾之志。

徐煥龍曰：路見大石如軫，崴嵬以高，己之願力，亦如此安定而
難降。

張詩曰：言吾之不肯阿諛謟媚者，蓋以崴嵬之巨石可轉而吾心不
可轉。 故即遭艱阻之禍，亦所願也。

蔣驥曰：軫之爲言方也。《周禮注》軫之方以象地。 軫石，方崖
也。 崴嵬，高貌。《九懷》"覩軫邱兮崎傾"意與此同。

王邦采曰：石之方者曰軫。 崴嵬，高貌。 石可轉，而崴嵬之軫
石不可轉，以喻己之立志也。

吳世尚曰：蹇，難也。 此亦承上而言，石纍山高，南行不易，是
固難遂吾願者也。

許清奇曰：非石不轉，孤高自矢，乃原之本志。

屈復曰：軫，方石。 其願如方石，不可轉也。

邱仰文曰：上二句以立志言，願者，心之所之也。 軫石喻堅碻，
崴嵬喻高峻。

奚祿詒曰：軫，車後橫木。 石，山石。 蹇，嗇也。

劉夢鵬曰：軫，大貌。 崴嵬，險意。 願鬱紆不得伸，故曰蹇。
蓋侘傺失志之人而又歷此險難諸境，愈增困頓也。

戴震曰：軫，戾也。 戾石者，戾裂之石。

陳本禮曰：軫石，江心磯石。 崴嵬，猶嵯峨。

胡文英曰：軫石崼願，亦予欲望魯龜山蔽之之意也。

牟庭曰：灘石險惡，魂所欣也。

顏錫名曰：軫，大貌。《史記·律書》：“軫者，言萬物益大而軫軫然也。”言乃勢有所不能，有如大石崴嵬，梗塞來路而阻吾之願也。

王闓運曰：軫石，磊石也。

武延緒曰：軫讀爲砎，《玉篇》《集韻》并音真，石不平貌。《太玄經》：“拔石砎砎，力没以盡。”《正韻》：“砎以石致川之廉也。”

聞一多曰：《玉篇》：“砎，石不平貌。”《漢書·司馬相如傳》“盤石裖崖”，孟康注曰：“裖，砎致也。”師古注曰：“謂重密而累積也。”砎砳同。 以上説本武延緒。 崴嵬猶崣崒，魂磊也。《文選·吳都賦》注“崴崼不平也”，《爾雅·釋木》“抱遒木魁瘣”，注曰：“謂樹木叢生，根枝節目，盤結魂磊。”《釋文》：“瘣，郭盧罪反。”塞猶阻難也。

姜亮夫曰：軫石，王逸以爲方石，洪申之、朱以爲未詳。《通釋》以爲軫視，臨流盼石。 戴震以爲戾裂之石，朱豐芑以爲鎮石，皆不允，寅按軫借爲畛，《説文》：“井田間陌也。”《大招》“田邑千畛”，注“田上道”是也。《淮南·要略》“以翔虛無之畛”，注“道畛也”；《詠懷詩》“連畛阡陌”皆是。 此篇所言，以身在漢北，而思歸郢都爲主旨；以不得歸，又不能直言，故多以道路阻塞爲言。 此軫石亦謂道上之石，故曰塞産吾願，不得遂行也。 崴嵬，王訓高貌，誤。 崴嵬，此疊韻聯綿字義存於聲者也，即《莊子》崔嵬之山之“崣嵒”聲變。《海賦》“碨磊山壨”，注：“碨磊，不平貌。”《江賦》“元礩魂礫而碨砎”，注：“魂礫，不平貌。”此崴嵬當訓不平，故下言塞吾願也。 塞，艱難也。　言道閒不平，因致吾欲歸之願，亦艱蹇難通也。

饒宗頤曰：蹇，猶言乖也。

蔣天樞曰：崴嵬，高而不平。　軫石崴嵬，喻秦斥候所在。　蹇，
難也。《周易·蹇》彖辭：“蹇，難也。　險在前也。”

按：軫石，方石。　崴嵬，高大險峻的樣子。　軫石崴嵬，既喻歸
途障礙重重，艱難險阻，又喻己之志節方如磐石，不可轉也。　王逸
説是。

超回志度，行隱進兮。

王逸曰：超，越也。　言己動履正直，超越回邪，志其法度。　隱
行忠信，日以進也。

洪興祖曰：《説文》：“隱，安也。”

汪瑗曰：回，猶過也。　超回，謂超而過之，猶言超越也。　度，度
量也。　隱進，猶言潛滋暗長耳。　君子之爲善，未嘗皎皎使人知也。
此章言己不能變心以從俗，而爲人之所嫉也深矣。　己非不欲從俗耳，
使吾之心能如石之可轉，不遭讒妬之禍，亦吾之願也。　然奈志度之超
越，德行之進脩，而不能易初而屈志何哉？　蓋反言以見己志之終不可
變，雖遭遷謫，亦其心之所樂也。　瑗按：屈子法古聖賢，造詣精粗，
且知善不由外來，名不可虚作，方且守確然不拔之志，拓廓然無涯之
量，使吾之德行隱然而進，直欲並三五而邁彭咸之不暇也，又奚暇計
較區區之出處，而遷謫之細故，伺足以芥蒂於其心胸哉？　遭憂患而不
忘進脩，屢黜逐而不變心志，可謂壁立千仞者矣。　非有學有守者，烏
可勉强於悠久也哉？　又按：此章詞旨甚明白。《説文》曰：“軫，動
也。”舊解爲方也，非是。　朱子又謂“超回隱進，亦不可曉”，豈未之
深思邪？

徐師曾曰：超回、隱進，皆不可曉。

林兆珂曰：隱進，謂隱行忠信，日以進也。

陳第曰：超越回邪，志在法度，行隱隱以進。

黃文煥曰：超回志度者，繇下升高，志度之超越也。娛在水而願兼在山，志度之回環也。行隱進者，隱隱而自進於此也。親身在舟、隱意在山，故曰隱進也。

李陳玉曰：入山惟恐不深。

陸時雍曰：超回，超越邪曲也。行隱進者，獨寢獨行，不皎皎以示人也。

王萌曰：超，邁。回，遠。志高而度越，欲所行之隱，然自進於道也。

王遠曰：似因所見而知之也。喜此由之高嵬似我，於是超越邪回之徑，思度此嶺，其行隱隱而進，且山惟恐不深也。

錢澄之曰：超回，言山高迥而迴曲也。徑不可度，惟以志度，人行其上，忽行忽隱，而後得進，極狀山之紆曲。

王夫之曰：超，遠也。回，回思也。隱，傷也。遠憶昔日所秉之志度，欲行而傷於進，是以心終不可得而娛也。

林雲銘曰：超越回轉，心之所之，不失其度。泝流而行，進而不覺，有類於吾學。此皆足以娛心者。

高秋月曰：超，越也。由上升高，志度之超越也。隱進者，隱隱而進於此也。

徐煥龍曰：超世俗之回邪，志先民之法度，以致此行，隱痛前進。

張詩曰：夫志度超越，德行進修，則悍獨而遠遷，固其宜矣。

蔣驥曰：超，越也。回，反也。隱進，進而不覺也。言山水之奇，足以適願。 故舉前憂思之志度，超越而回反之，而其行程進而不覺也。

王邦采曰：超世俗之回邪，志先民之法度，而德日加修矣。

吳世尚曰：然而超然回往，必欲求通於君，此則吾之志度也，所以南行，安而進之，雖九逝而不憚也。

許清奇曰：超越回邪，志在法度，隱隱而進，正象石之高處。

屈復曰：超回，前出也。 隱進，不覺前行而前行也。 超回隱進者，欲止而不能止也。

夏大霖曰：超回，超越奸回之輩。 志度，志守先王之道。 隱進，猶言闇修。 此節即《思美人》“不易初屈志”意。

邱仰文曰：下二句以制行言。 超回，絶回邪也。 志度，守法則也。 隱進，其行順正，安而能遷也。《説文》訓隱爲安。

奚禄詒曰：回，紆也。 度，儀容也。 隱，傷痛也。 言車輪遇山石之危，蹇齒難行，不遂吾南行之願，令我心志超越，儀度紆回，中心隱痛，行行而漸進也。

劉夢鵬曰：回，邪也。 志謂志之度。 法度已雖困極而所守不變，超越回邪，心存法度，行誼不虧，隱隱自進而已。

丁元正曰：乃一回思曩昔之志度，欲行而傷於進。

戴震曰：超，出也。 回，回曲。 度，謂所擬行也。 隱，據也。隱進，言據之以進。

陳本禮曰：蹇吾願者，江險難行也，於是捨舟從陸。 超回者，繞道入山，又苦山路迂僻，不識徑道。 以意度之，隱進，則更路迷而不得進也。 總以見其欲歸不得之意。

方績曰：古進與薦同用。《列子‧湯問》篇：“偃師謁見王。 王薦之曰：若與偕來者何人？”注：“薦，猶進也。”

胡文英曰：超回志度，脫略旋轉其志度，勿復爲此拘拘也。　隱進，微服密行也。

牟庭曰：其行倏忽，不乘舟而渡，不移步而進者，靈魂也。

顏錫名曰：不得已而超回志度，隱忍北進。

王闓運曰：隱，依也，依軫石，西出湖沂湘也。

馬其昶曰：網，與度對文。　志，識也。　言其程途徑直不回還，故進而不自覺也。

武延緒曰：超當爲趒。《廣韻》：“遲或爲趒。”趒一作趫，趫遂誤超也。　回通迴。《九諫》：“蹇遭迴而不能行。”志爲亡字之譌，亡古無字，亡譌爲忘，忘遂譌爲志也。　或作忘字，亦通。《説文》：“隱，蔽也。”言蔽其前進之路也。　指上砥石而言，或曰進乃遁之譌字。

聞一多曰：“超”讀爲“招摇”之“招”。《史記·孔子世家》“招摇市過之”，《集解》曰：“招摇，翱翔也。”超回謂招摇回翔於天上也。“超回”與“昭回”同。“志度”疑當爲“跱𨅜”。《文選·長笛賦》：“乍跱𨅜以狼戾。”朱駿聲謂即跱𡸣，是也。“超回”與“跱𨅜”義近，猶下文“低佪夷猶”，亦二詞義近也。超低一聲之轉，超回蓋即低佪之轉。　隱，微也。　所進甚微，言其行遲也。

姜亮夫曰：超回，謂或超或回，意謂或越出其當行之道，或回曲其當行之道，亦形行路之難也。　即乘上句蹇字來。　志度，他家亦多就王義申説之，似隔文義一間。　按《儀禮·既夕》：“志矢一乘，軒輖中亦短衞。”注：“志，猶擬也。”志度連文，猶言意度、擬度矣。　此句言“路之難行，其爲儃回旋還，皆以己意而擬度之，隱占其可否而後進”。　隱喻君之左右，無行媒，如世路之多阻，己之欲歸，其得失直曲，需自爲體認。　細讀上下文，自能體認，此情此景，極人世悲慘之尤。　就“志度超回”二語以體認文心，則直與《惜誦》“欲遭回以干僑兮，恐重患而離尤，欲高飛遠集，橫奔失路”一大段情思完全相同，則“超回”即“僮回”，“志度”即“干僑”，重患離尤以下情懷也。 以其遭回，故行乃隱微而難進也。“志度”就心理遭回爲言，“隱進”就進退行止爲言，總之，以惟恐重患離尤也，在貽以“志度爲踤躩聲轉。 遭回志度，猶言遭回踟躕也”。 此亦訓詁上之一發現，然以行文意象而論，則志度爲尤有緻。

隱，猶隱隱，小心審慎之貌。 隱進，謂其進之不易也；亦指歸途言。 因其超回，必需志度，故其行亦隱隱而難進也。 諸家說此四句，皆不可通，不知余義有勝諸家否？

蔣天樞曰：回，繞道。 忘度，忘去常行矩度。 隱，掩蔽。 改變原先意圖，繞道以越過輆石崴嵬之障阻，隱蔽以前進。

按：超，超越，越過之意。 回，回頭。 志，記也。 度，即渡，渡水之意。 超回志度，意即原計劃是渡水而下，現在超出這個計劃，改爲棄舟登岸。 屈原回郢心情迫切，順漢水再上溯大江，時間久遠矣。 不如棄舟登岸，可迅疾到達也。 行隱進，意即因陸行，山高林密，行之道中，隱而不見矣。 下文宿北姑之山，亦陸行之結果也。朱子謂“超回隱進，亦不可曉”，未究棄舟陸行之意也。 王逸以爲志度爲法度，後世承其說者，皆未得其意。 惟錢澄之以爲陸行：“超回，言山高迴而迴曲也。 徑不可度，惟以志度，人行其上，忽行忽隱，而後得進，極狀山之紆曲。”然亦未明其棄舟之意，不免遺憾也。王邦采以爲進德修業：“超世俗之回邪，志先民之法度，而德日加修矣。”尤迂腐可笑。

低佪夷猶，宿北姑兮。

王逸曰：夷猶，猶豫也。 北姑，地名。 言己所以低佪猶豫。 宿北姑者，冀君覺悟而還己也。

朱熹曰：北姑，蓋地名。

汪瑗曰：低個夷猶，留滯之意。北姑，漢北中之地名，屈子當時必遷居於此處也。

黃文煥曰：夷猶、北姑者，有隱進登山之懷，而未嘗往，爰宿北姑也。

李陳玉曰：行行且止。

錢澄之曰：低徊不去，宿北姑以望山也。

王夫之曰：北姑，地名，未詳其處。追思前事，故遲回旅宿。

林雲銘曰：留戀不忍去，然總不能出北方。

徐煥龍曰：猶望君之反己，故夷猶宿北姑之地。

張詩曰：此吾所以低迴夷猶，宿于北姑。

蔣驥曰：北姑，蓋地之近漢北者。

吳世尚曰：北姑，蓋漢北地名也。一夕九逝，魂南行而身仍北住，故曰低回夷猶，宿北姑也。

屈復曰：低徊，欲行又止。宿北姑者，不能再隱進也。

邱仰文曰：宿北姑者，冀君還己，不見召還，則急欲南往，不勝煩亂也。

陳遠新曰：北姑，身在北姑山。

奚祿詒曰：北姑，地名，近滄浪水。

劉夢鵬曰：北姑，地名，疑即上文所謂"北山"，言南行而宿於此也。

丁元正曰：不覺憂從中來，故遲回旅宿。

陳本禮曰：至此，欲進不得，姑就北姑而宿。應上所謂"望北山而流涕"也。

　　胡文英曰：北姑，即上所望之“北山”，即今之北固山也。《越絶書》：“奏太湖，度北顧。”即北姑山，蓋字異而地同也。低徊而宿於此，則仍欲進而不敢進。

　　牟庭曰：身宿北姑之舍。

　　王闓運曰：北姑，蓋蘆林潭或林子口也。

　　馬其昶曰：低徊，緩行。

　　聞一多曰：北姑即北渚。姑渚聲近，《韓非子·初見秦》篇“五湖”，《秦策》作五都。《史記·蘇秦傳》集解引《戰國策》作五渚。《風俗通·山澤篇》：“湖者都也。言流瀆四面所猥都也。”又《史記·吳太伯世家》索隱引宋忠說曰：“姑之言諸也。”並其比。《九歌·湘君》：“鼂騁騖兮江皋，夕弭節兮北渚。”

　　饒宗頤曰：北姑即薄姑，齊都，原時出使其地。

　　姜亮夫曰：低徊猶儃佪也，詳《九歌》及余《詩騷聯綿字考》。北姑，蔣驥會上下文義以爲地之近漢北者，是也。

　　蔣天樞曰：低徊，有所疑而不進貌。北姑，地名，不詳所在，疑在今河南淅川，或湖北鄖縣境内。

　　湯炳正曰：此句與“超回志度”相對。北姑，即北蛄。蛄，無草之山。

　　趙逵夫曰：北姑實即《山海經》所謂“北姑射之山”。《東山經·東次二經》云：“姑射之山，無草木，多水。……又南行三百里，曰北姑射之山，無草木，多石。……又南三百里，曰南姑射之山，無草木，多水。”這些“姑射之山”，《山海經》記載其由南向北依次排列，根據該書言方位皆以“東”“南”“西”“北”表示的體例看，其含義應包括東北、東南、西北、西南等情況在内。《東次二經》關於列姑射之山的記載，反映著漢水以東地理狀況的一些傳說。這部分還記載了澧水和溠水，這兩水在戰國時在長江以南，而錢穆認爲這些水本都在長江以北，是楚人開發南方後，才以北方水名名之。《山海經》還説到"列姑射在海河洲中"（《海內北經》）。《列子·黃帝》篇也説："列姑射在海河洲中。"這"海河洲中"同帛書《相馬經·大光破章故訓傳》"河州無樹"云云如出一手。《詩·魏風·陟岵》毛傳："山無草木曰岵。"前引《山海經》中關於諸姑射之山即"列姑射"。的記述，皆曰"無草木"，所以，在"海河洲中"的列姑射之山，其"姑"應爲"岵"字之借。這也就同帛書上的"河洲無樹"相符合。《山海經》同帛書上所説"河洲""海河洲"，也即《國語·楚語》中"又有藪曰雲連徒洲"的"雲連徒洲"，都是稱漢北、雲夢西部原隰草澤，那裏的湖泊澤藪之中常常有大大小小的洲渚。漢水流域很早以前有這樣的地貌，這在其他文獻中也可以看到。《水經注》卷二十八："漢水又東爲艮子潭，潭中有石磧洲，長六十丈，廣十八丈。"這"石磧洲"，即水澤林藪中之石山。同時，這種地貌特徵就在寫到"北姑"其地的《抽思》一詩中也有反映。《抽思》亂辭云："軫石崴嵬，蹇吾願兮。……低徊夷猶，宿北姑兮。""軫石"即重疊積纍的石頭，爲山石犖确無草木之狀。屈原以"軫石崔嵬"形容"北姑"，正證明北姑非一般地名，而是山名，而且也同《山海經》所説"北姑射之山"的狀況相合。以上通過參照《山海經》《國語·楚語》《水經注》有關記述、《詩·毛傳》的訓解及屈原《抽思》中的描述，可以肯定《抽思》中所説"北姑"即"北姑射之山"，其地在漢北。關於其具體地望，根據漢北地形，當在今京山縣一帶大洪山區。屈原説"宿北姑"，應是宿於北姑山下。（《屈原與他的時代》）

按：此陸行而宿北姑之山，徘徊猶豫，不知所從。北姑，當爲屈原流放漢北嘗宿之地名。然原爲流放之身，歸郢非有允歸之令不行，原自順流而下，驟然回郢，當觸犯楚律也。　故不得已超回志度，棄舟登岸，止北姑之地，以待消息也。

　　煩冤瞀容，實沛徂兮。

王逸：瞀，亂也。　實，是也。　徂，去也。　言己憂愁、思念、煩冤，容貌憒亂，誠欲隨水沛然而流去也。

朱熹曰：瞀容，瞀亂之意，見於容貌也。　實沛徂，誠欲沛然如水之流去也。

汪瑗曰：煩，惱悶也。　冤，屈枉也。　瞀容，朱子曰：“瞀亂之意，見於容貌也。”瑗按：瞀容雖由於煩冤，蓋亦秋風蕭颯之使然歟？沛，水疾流貌；徂，去也；喻時光之迅，容貌之衰，誠有如水之沛然而逝，不可返者矣。　舊説但言誠欲沛然如水之流去，詞不别白，不知所指者何也。　此章因己留滯於江南，而嘆衰老之將至，不得申其志也。　上章言德行之潛脩，此章言功業之不建。

黄文焕曰：實沛徂者，崔嵬原爲虛願，煩瞀之中，作此妄想，實則沛然而從舟行也。

李陳玉曰：冤情都付流水。

王萌曰：方低迴而止宿，復沛然而長往，心煩意亂，不能自定也。

錢澄之曰：而不能得上，仍抱悶舟中，聽其沛然徂行耳。

王夫之曰：煩冤，心鬱而躁也。　心煩容瞀，念今此所行，顛沛無聊也。

林雲銘曰：負冤不修飾，而容瞀亂，實欲沛然往南。

高秋月曰：言己之憂思煩冤，容貌潰亂，但作此登山之想耳。　實則沛然而從水以徂也。

徐焕龍曰：煩冤之至，瞀亂其容，實顛沛而徂往。

賀寬曰：甫曰泝流，又云軫石，煩冤之極，以致迷瞀。

張詩曰：而心思煩冤，形容瞀亂，如水之沛然徂逝而不反也。

蔣驥曰：方欲快意南行，而地有所限，僅宿北姑而止，其心之煩亂，實欲沛然如水之南流也。

王邦采曰：沛徂，沛然長往也。

吳世尚曰：然而煩冤瞀容，則實欲沛然一往也。惟娛心故隱進，惟隱進故沛徂也。

許清奇曰：負冤而容瞀亂，以其心沛然南往，忘修飾也。

江中時曰：身負煩冤而容瞀亂，誠欲沛然隨水而南也。

夏大霖曰：沛徂，急往也。此節簡述就遷置之事。

陳遠新曰：心實徂郢。

奚祿詒曰：沛，顛沛而往也。

劉夢鵬曰：煩冤，中鬱結也。瞀容，貌憒亂也。沛，發動舟也。

丁元正曰：心煩容瞀，今此所行實爲顛沛無聊，又何娛心之有。

戴震曰：瞀，《説文》云：“低目謹視也。”沛徂，沛然而往也。

陳本禮曰：正欲快意南行，不料爲水陸所阻，使我不得沛然如漢水之南流也。

胡文英曰：欲進不得進，故至于煩冤瞀容，然心則實欲沛然得往爲快也。

牟庭曰：而靈魂離我，實若沛然而行也。

顏錫名曰：身宿北姑之地，心實沛然徂南。

王闓運曰：沛然，橫溢貌。

馬其昶曰：沛徂，速行。瞀容，猶蒙茸。揚雄《賦》：“飛蒙茸而走。”陸《注》云：“亂走貌。”

武延緒曰：瞀當讀爲蕽，煩冤、蕽容，皆疊韻字。　左思《魏都賦》有“覿蕽容”，疑即“蒙茸”之異文。

聞一多曰：瞀讀如蒙，煩冤、瞀容並疊韻連語，皆惑亂貌也。　瞀容一作蕽容，《文選·魏都賦》“有覿蕽容”，注“蕽，愧也”，非是。以上瞀容説本武延緒。　悖，乖也、誤也、亂也。　徂，行也。

姜亮夫曰：瞀容，王、朱説皆不可通。　容，當爲悶字之誤，容、悶古形近，瞀悶雙聲聯綿字，即《惜誦》中“悶瞀之忳忳”之“悶瞀”倒言。　瞀悶，心亂也。　煩冤，謂心中冤結，與“瞀悶”義相成。　沛徂，王、朱各説亦不可通。　按沛讀如“顛沛流離”之沛，實“迍”之借字。《説文》：“前頓也。”徂，讀《詩·駉》“思馬斯徂”之徂，行也。　沛徂，謂顛沛之行，即上軫石四句之所陳也。　言余所以煩冤瞀悶者，實以此顛沛困苦之行也。　此以行喻其遭遇也。

蔣天樞曰：煩冤，擾動而屈抑。　瞀容，心亂容晦。　心情煩亂而屈抑，故容貌晦闇。　沛徂，言心若沛然流水，思返故都。

湯炳正曰：煩冤，愁悶。　瞀容，迷亂。　沛，顛仆。　徂，即沮，沮喪。　二句謂愁悶迷亂，實在顛仆潦倒。

按：沛，疾速貌。　沛徂，疾速行進。　言陸上行進亦容貌瞀亂，愁苦滿懷。　此爲乘舟南行之止，返回陸行，不知所歸之狀。　寫盡流放欲歸而不得之苦楚。　王逸意隨水流去，正如汪瑗所説“詞不別白，不知所指”，然汪瑗言功業之不建，亦非是。

愁歎苦神，靈遙思兮。

王逸曰：愁歎苦神者，思舊鄉而神勞也。　靈遙思者，神遠憂也。

朱熹曰：靈，靈魂也。

汪瑗曰：苦神，猶言傷神也。　上云煩冤瞀容，言煩冤之足以損容。 此言愁嘆之足以損神也。 靈,靈魂也。 遙思,思郢都也。

黄文煥曰:愁嘆苦神、靈遙思者,靈魂欲以遙思釋其苦也。

李陳玉曰:憂人所不肯憂。

王萌曰:愁歎至於勞神,靈魂遠思欲釋其苦。

錢澄之曰:初幸山水之奇,足以怡情,今徒增其愁嘆以苦神而已,益動靈魂之遙思也。

王夫之曰:靈,魂也,即上"一夕九逝"之意。

林雲銘曰:往南不得,惟有自愁自歎。 其苦神之靈,遠繫所思而已。

徐焕龍曰:愁歎以自苦其神,靈魂尚遙思君國。

賀寬曰:忽南忽北,忽喜忽愁,忽山忽水,忽徂忽宿,總屬遙思,無非愁嘆。 歌哭無端,借此抒情耳。

張詩曰:言雖如此,而吾終愁歎苦神,靈魂遙思故鄉,不能忘也。

王邦采曰:遙思,思君也。

吳世尚曰:此以下轉而自思之詞也。 言我愁歎苦神,靈魂雖致遙思於九逝。

江中時曰:遙思,謂終不得歸郢,□□造思而已。

夏大霖曰:靈,言己之靈魂。

陳遠新曰:雖思不通。

劉夢鵬曰:此即前"倡"辭之意,而反復之者也。

陳本禮曰:旅夜無眠,又將入夢。 靈字即指夢中之魂,言與上文兩"魂"字相應。

胡文英曰:靈遙思,言因愁苦神,日夜不忘,故靈魂夢寐之中,亦遙爲思念也。 然路遠處幽,又無行媒,思之何益哉? 不過稱道其

所思，以頌其始末，聊以自爲寬解而已。 則此心之憂，莫能自遂其
願，究將誰告哉？ 此永歎增傷之所以難免也。

牟庭曰：然徒勞蔽吾神也。

顔錫名曰：勞我靈魂一夕九逝，情亦苦矣。

姜亮夫曰：此結束上文爲言也。 言愁歎以至苦其精神靈魂，惟有
遥思。

蔣天樞曰：八句總結上文，回歸本旨。 靈，心神。 遥思，兼郢
與陳言之。

按：苦神，傷神。 言憂愁傷神，只能魂去而人不可也。 王逸説
未及本旨。 林雲銘説“往南不得，惟有自愁自歎。 其苦神之靈，遠
繫所思而已”。 甚是。

路遠處幽，又無行媒兮。

王逸曰：路遠處幽者，道遠處僻也。 無行媒者，無紹介也。

汪瑗曰：路遠處幽，所謂“惟郢路之遥遠，哀見君而不再得”
也。 又無行媒，即上又無良媒在其側之意。 良媒，喻其常存好賢之
心，行媒喻其不憚舉賢之勞也。 此章言己思歸不得歸也。 王逸曰
“道遠處僻，而無紹介也”是矣。

黃文焕曰：思遥而路愈遠，思不足以敵路矣。 路遠而處又幽，魂
不足以識路矣。 如是而又無行媒，尚可恃哉？

王萌曰：乃道逾遠而所處幽僻，又無紹介，終不得歸矣。

錢澄之曰：而路遠處幽，又無爲之媒者，雖思，亦奚以爲？

王夫之曰：雖神馳君側，終無能自達。

林雲銘曰：如此則歸路已絶，必至於憂死。

徐焕龍曰：路遠難於自通，處幽君不及察，又無往來作合之人。

張詩曰：奈路途處幽，又無行媒在其側何。

吳世尚曰：然而路遠處幽，又無良媒在其側，則知其必不能有相通之日也。

屈復曰：又無行媒者，返無期也。

夏大霖曰：此節述抽思之愁緒。

陳遠新曰：雖思不通。

丁元正曰：無行媒，無能代達於君前也。 言處幽遠之地而神馳君側，卒無有爲我代白其情者。

陳本禮曰：三言“媒”字，不無注意於作合之人。

牟庭曰：我之不得歸亦明矣也。

王闓運曰：至此，猶恨無媒者，自度其才猶可安楚，且君召之，則不必死也。

聞一多曰：幽，僻也。《九懷·株昭》“修潔處幽兮”。

姜亮夫曰：蓋路既遼遠，而又處於幽僻，且無行媒爲之通情愫也。

饒宗頤曰：此言“路遠處幽”，足見其時身居異國。

蔣天樞曰：處幽，意謂身處敵佔區，己又爲幽隱之行。 行媒，謂能回陳傳達己意之使者。 由此可見屈原離陳後可能一度有媒使返陳。

按：漢北距郢路途遙遠，且無媒理，歸之無望也。 汪瑗、王萌説是。

道思作頌，聊自救兮。

王逸曰：道思者，中道作頌，以舒怫鬱之念，救傷懷之心也。

朱熹曰：道思者，且行且思也。 救，解也。

汪瑗曰：道，達也。 思，憂思也。 頌，即指此篇之文也。 救，解也。

黄文焕曰：嗚呼！世無復救原者矣。長歌當哭，用藉舒懷，苟自救而已。又曰：聊自救與尚不知相應，語意最爲愴咽。無知我者，孰能救我哉？“道思”應前“抽思”，前曰“與美人之抽思”，思專爲美人，而抽非以自爲也。至於美人不我顧，然後自道其思，祇歸自救。生平志願豈料至此？

李陳玉曰：自救，妙若不以文辭發洩死矣。

王萌曰：故解也，道中且行，自馬而作此頌。長歌當哭，人自解耳。

賀貽孫曰：憂能傷人，聊以作頌之樂緩死耳。南華老人一生皆樂，故欲以文字窮年；三閭大夫一生皆憂，故欲以文字自救。古人歷境不同，却老遣悶各有妙法，亦各具至性，而三閭語更難堪矣。

王夫之曰：道，言也。救，申理也。無能達情志於君，聊自表白始志。

林雲銘曰：舟中且行且思，作此一篇。救不得人，止好自救，免死於憂。

高秋月曰：道思作頌，長歌當哭。聊以自救其傷悲之懷而已。自救，自知告之何人乎。

徐焕龍曰：道達幽思，作爲此頌，聊以自救其憂心之無奈。

張詩曰：言今達吾之思以作此頌，聊自解説。

蔣驥曰：道思，述其心也。

王邦采曰：道思，道達其幽思。

吳世尚曰：“道思”對上文“狂顧”而言，狂顧者，不顧君之信否而必求見白於君，是所願也。故南行曰娱心。道思者，以道而思，則知君之必不我信，無如何矣。故作頌曰自救。

許清奇曰：作頌以舒憤鬱，便是自救傷懷之心。

屈復曰：聊以自遣耳，思不可釋也。

江中時曰：言於途中作爲此歌，聊以自解也。

夏大霖曰：道，通導，即導引之謂，猶言抽也。思鬱結而不發，即悶瞀欲死，抽思作頌而宣其鬱結，稍寬一時之死，故云自救。

陳遠新曰：以合道之思作此《九章》之誦。

劉夢鵬曰：道，南行道也。原因敖辭不信，委美不完，痛苟芳之難持，傷靈修之數化，煢煢南行，而思獨立不流之賢。爲之作頌，如下章云云也。

丁元正曰：我是以且行且思，聊作頌以自白己志。

姚鼐曰：懷王之事，不可追矣。聊作頌爲戒以救襄王，尚可及也，故曰冀幸君之一悟。此篇悲傷懷王之拘困於秦，其辭致爲凄切。既自抒忠愛，亦所以厲頃襄報仇之心，而是時君臣方耽逸樂，惡聞國恥。此令尹子蘭所謂聞之大怒也。

陳本禮曰：頌，《抽思》也。

胡濬源曰：救字猶遣也，而味深。

顏錫名曰：然竟何益，聊於途次，作爲此篇，以自抒其憂心而已。

聞一多曰：道讀爲抽。《尚書·君奭》“我道惟寧王德延”，《釋文》引馬本道作迪。《益稷》“各迪有功”，“迪朕德”。《史記·夏本紀》迪並作道。《説文》：“導，引也”，“𢹂，引也。”重文作抽。疑此舊本作抽，篇名《抽思》，即據此文。頌猶詩也。《吕氏春秋·勸學》篇：“是救病而飲之以堇也。”注曰：“救，治也。”《説文》“球”重文作“璆”，是救瘳聲近，然則自救猶自瘳耳。

姜亮夫曰：道思者，且行且思也，即全篇意象如是。作頌，指作本篇而言。自救，猶言自解也。

饒宗頤曰：此言無能達情志于君，聊自表白始志。

蔣天樞曰：頌，與誦義通，即《惜誦》之誦。　救，助也。　自救，藉“誦”以達己情。

湯炳正曰：頌，即誦，吟咏。

按：道，言也。　言思而作此篇，聊以自寬也。　朱熹以道思者，且行且思也，可參。　姚鼐以爲作頌以救襄王，附會之辭也。

憂心不遂，斯言誰告兮。

王逸曰：憂心不遂，不達也。　誰告者，無所告愬也。

汪瑗曰：不遂，不遂其歸郢見君之心也。　斯言誰告，人之心不與吾心同也。　此章言己欲道達憂思之心，故作爲此文，聊以自解，使不至於瞀容苦神之甚。　所以然者，蓋以此心之不遂，而世無知己之可與晤言者耳。　亂辭五章，一章言遷謫之遠，二章言志行之堅，三章言留滯之久，四章言不歸之由，五章言作頌之故，然意亦皆相承也。　瑗按：前半篇其憂思之情已略道盡，“少歌”以下皆總申言前篇之意。“少歌”之不足，故“倡”歌之，“倡”歌之不足，故“亂”歌之。　有正文，有“少歌”，有“倡”言，有“亂”辭，此又文體之奇特者也。《離騷》與《遠游》，《楚辭》中文之最長者也，不過設爲靈氛之占，以重曰更端而已耳，讀者不可不知。　洪氏曰：“此篇有少歌，有倡，有亂。‘少歌’之不足，則又發其意而爲‘倡’。　獨‘倡’而無與和也，則總理一賦之終，以爲‘亂’辭云耳。”又曰：“此篇言己所以多憂者，以君信諛而自聖，眩於名實，昧於報施，己雖忠直，無所赴愬，故反覆其辭，以泄憂思也。”

黃文焕曰：死，爲君死也。　留一日之生，未忍就絕，亦爲君留也。　自救自知，告之何人？

王萌曰：至於所受氏國家大事，將誰告乎！

王夫之曰：及兩代見擯，悒於群小之情。以申理煩冤，乃憂國之心不得遂，亦誰能知我，而爲可告者乎？

林雲銘曰：遂，達也。其實我之心所憂者大，不能達之於君，這個話無處告人。收篇首"憂思""陳詞"等語。又曰：已上敘無聊之極，借南行以自遣，而一片憂國憂民之心，終不能釋。

徐焕龍曰：至於憂心，料不能遂，斯言又將誰告乎。

賀寬曰：屈子所以云自救也，而究竟何能救也？故又曰"憂心不遂，斯言誰告"也。

張詩曰：而憂心不遂，斯言亦誰告乎？蓋雖告而不吾聽也。

蔣驥曰：告，謂告君也。（自"愁歎苦神"至此）靈魂無日不思郢都，而媒絕路阻如此。則其結情陳辭，亦姑以自解耳。所謂"矯以遺夫美人"者，誰遺之而誰告之哉？蓋終首章之意。

吳世尚曰：憂心，即篇之所云云是也。誰告者，國無人莫我知也。《九章》如此篇，是作於懷王之時。

許清奇曰：末段申憂思鬱鬱、永歎增傷意。

屈復曰：斯言誰告者，思無已時也。右七段，此篇之作，聊以自救，世無可語者也。

江中時曰：所憂者大，不能達之於君，亦無人可告矣。曰愁嘆，曰憂心，則終不能娛心矣。"憂"字結。

夏大霖曰：然終不遂，無告能長救乎？此《九章》之作終畢命於《懷沙》也。又曰：此篇末結三段，乃"出筆擒題法"，極力作"抽思"正面文字，"少歌"者，思斷而復起，總約君心之病痛在憍美好之一念，其機其微，故重抽思爲冀君之目去病根也。"倡曰"者，大聲疾呼之謂，自鳴忠耿，寤寐不能忘君也。"亂曰"者，要終究竟之謂，言慕君如此，守志如此，究竟煩冤如此，無媒如此，抽思百結如此，冀君悟而終不悟，聊以自救，豈其救耶？　寫得思路斷此續此，愈引愈申，至於思窮而後已。　首末兩段，不言思而明點抽思遙思，“倡曰”一段，不點思考字而託之靈魂，以寫極思，此可以悟相題作文之法。

邱仰文曰：懷王時，遷原漢北，並無明文。　劉向《新序》止“懷王放之於外”一語，未著何地。《史》云“疏絀不復在位”，並無放逐之文。　其云屈原放逐，乃賦《離騷》者，乃統頃襄言之也。　林西仲據漢北之文云即其地，不爲無理，第云是遷非放，故得上書，適成臆說，遷與放何別。　如遷所可上書，不云陳志無路矣。　篇中上書云云，乃細憶在朝緯繡，此之謂抽思。　大約前半皆追敘已往，放所愁苦，詳“倡”“亂”二詞中，觀者詳之。

陳遠新曰：遂，達也。《惜誦》“沉抑不達”，《思美人》“陷滯不發”，《惜往日》“遭讒人而疾之”，“使芳草爲藪幽”。　斯言誰告，指蒼天以爲正。

丁元正曰：言此作賦時事，敘遷竄江南，所歷之境，見憂國之心，無可告訴，以自寫其哀怨之情也。

陳本禮曰：“少歌”之詞，略言之也。“倡曰”之詞，放言之也。“亂曰”之詞，聊以言之也。　此在《九章》中爲另一體，追三疊之意皆形容“抽”字義也。

牟庭曰：自道所思，常欲告何人也。

馬其昶曰：以上洪《注》所謂總理一賦之終，以爲亂辭云爾。

聞一多曰：遂，達也，申也。

姜亮夫曰：憂心不遂，言憂心不得遂適也。　斯言，即憂心之言，亦即作頌之言。　誰告者，無可告愬也。

蔣天樞曰：遂，終成其事。　己所殷憂慮思者，誰能終其志？　此所爲深悲而又無可告愬者。

　　按：言放漢北所歷，歸郢無望，憂心不已，又無人可告，自寫其哀怨之情。王逸說是。汪瑗以爲“不遂”，爲不遂其歸郢見君之心也。亦可參。

國家社科基金重大項目"東亞楚辭文獻的發掘、整理與研究"（編號：13&ZD112）
江蘇高校哲學社會科學重點研究基地重大項目"《楚辭·九章》注釋的彙集整理"（編號：2012JDXM021）

東亞楚辭整理與研究叢書　主編／周建忠

九章集注

下册

許富宏　撰

南京大學出版社

懷　沙

洪興祖曰：此章言己雖放逐，不以窮困易其行。小人蔽賢，群起而攻之。舉世之人，無知我者。思古人而不得見，伏節死義而已。太史公曰："乃作《懷沙》之賦，遂自投汨羅以死。"原所以死，見於此賦，故太史公獨載之。

朱熹曰：言懷抱沙石以自沈也。

祝堯曰：賦而比也。

汪瑗曰：世傳屈原自投汨羅而死，汨羅在今長沙府。此云懷沙者，蓋原遷至長沙，因土地之沮洳，草木之幽蔽，有感於懷，而作此篇，故題之曰《懷沙》。懷者，感也。沙，指長沙。題《懷沙》云者，猶《哀郢》之類也。屈原之死，自秦之前無所考，而賈誼作《弔屈原賦》曰："側聞先生兮，自沉汨羅。"東方朔作《沉江》之篇曰："懷沙礫以自沉。"太史公亦曰："屈原作《懷沙》之賦，抱石自投汨羅以死。"蓋東方朔誤解懷沙為懷抱沙礫以自沉，而太史公又承其譌而莫之正也。洪氏曰："《哀郢》云'方仲春而東遷'，此云'滔滔孟夏'者，屈原以仲春去國，以孟夏徂南土也。"又曰："原所以死，見於此賦，故太史公獨載之。"瑗詳《哀郢》有曰："至今九年而不復。"又曰："冀一反之何時。"夫自南遷之時，已放逐九年之久，而臨行猶方且望其還也。豈有迄孟夏至南土，而遽抱石以自沉者乎？況《思美人》曰："獨歷年而離愍。"蓋《思美人》作於《哀郢》《懷沙》之後，則屈原至南土，又嘗多歷年所矣。是孟夏實未嘗死也。又曰："寧隱閔而壽考。"則有隱忍不死，優游卒歲之心，豈肯爲抱石自沉之事邪？《悲回風》曰："浮江淮而入海兮，從子胥而自適。望大河之洲渚兮，悲申徒之抗迹。驟諫君而不聽兮，任重石之何益。"屈子於此思之審而籌之熟矣，則不肯負石以自沉也決矣。其諸所言欲赴淵而沉流者，蓋皆設言其欲死，而深見其不必死耳。此篇所言不愛其死者，亦以己之謫居長沙。長沙卑濕，自以爲壽不得長，乃作此篇，以自廣其意，聊樹其心，如賈誼之所爲也。觀賈誼之《傳》，則長沙之卑濕也久矣，水土不習而能損人之壽也審矣。載觀此篇，篇首四句，則因長沙卑濕，恐惕壽命而作也無疑矣。至篇中所述，多自得之辭。篇終之亂，有確然之見，真得於朝聞夕死之實。其視賈誼《服賦》徒拾列禦寇、莊周之常言，而爲惕悼無聊之故而籍之以自詫者，不亦大有逕庭也哉？然太史公讀《服賦》，謂其同生死，輕去就，至爽然自失。而於《離騷》諸篇，獨垂涕，想見其爲人而已，顧不能研窮其辭之旨趣，剖析其事之有無，亦疏矣。不知想見其爲人，則將謂屈子果爲何如人也？《莊子》曰："將欲究其實，而不既其文者，欺也。"誠然乎哉！《九章》中，此篇文字更簡潔可誦。

馮覲曰：屈子《懷沙》，特《九章》之一爾，史遷作《史》獨採此篇，蓋以煩音促節至此而愈深耳。其曰"知死不可讓兮，願勿愛兮"，何其志之次而詞之悲也。（《楚辭述注》批點）

張京元曰：原以仲春去國，今且孟夏矣。悢焉戀國，爰賦《懷沙》。

黃文煥曰：是篇爲畢命之辭。易于用慘，却語語用奧，此手筆高處，愈奧愈慘。入手"眴兮杳杳，孔靜幽默"八字，寫得眼前三光萬象，盡歸消滅。以奧爲慘，深渺至此，千百句不能敵也。"易初本迪""章畫志墨""内厚質正"諸語，皆有意于用奧，然後歸咎黨人。疊用不知余所臧、不知異采、莫知所有、孰知從容，重疊叫冤，乃終歸之古固不並，豈知何故。忽然吞聲，無可歸咎，文勢文情，抑揚剥換，妙有姿態。何故之後，指出限以大故，民生禀命，事事皆天也，非人也，益見黨人之不足咎，呼應尤爲緊密。臨結曰不可讓，願勿愛，於決死中寫出低徊不忍死，心口商量，自問自答，千載如聞。文致更工于縹緲。

李陳玉曰：舊謂懷沙石以自死，非也。看前《涉江》《哀郢》，當是寓懷於長沙，謂當抱石沉淵，結局於此耳。

周拱辰曰：懷沙也，非抱沙也。言抱石沉沙云爾。是章語肆而直，有獸死不暇擇音之意，君子以是悲其志之決也。腸斷矣，無復猿聲向人矣。

賀貽孫曰：人皆謂騷始於屈，賦始於宋，而不知屈子騷中已開賦之先。《九章》及《漁父》《卜居》《遠遊》，皆以賦體行之。《懷沙》一篇，從來皆雜入《九章》中。獨太史公作《屈子傳》，獨列《漁父》《懷沙》二篇，自是別眼。屈子他文，多婉惻，獨《懷沙》稍露憤激不平之氣。蓋向猶冀君之一悟，俗之一返。至此，《懷沙》自沈，無可復望矣。

陸時雍曰：《懷沙》，情窮語迫，太史公獨載此篇，以卒原志也。

王夫之曰：《懷沙》者，自述其沉湘而陳尸於沙磧之懷，所謂不畏死而勿讓也。原不忍與世同汙，而立視宗國之亡，決意於死，故明其志以告君子。司馬遷云："乃作《懷沙》之賦，遂自投汨羅。"蓋絶命永訣之言也，故其詞迫而不舒，其思幽而不著，繁音促節，特異於他篇云。

　　林雲銘曰：此靈均絕筆之文，最爲鬱勃，亦最爲哀慘。其大意總自言守正竭忠，而世道顛倒，人不能知，以致招讒被放，把一生經濟學術無處施展，亦無處告語，惟有古聖人堪稱相知，又不相待，則容身於世，尚有何益？計惟有殺身成仁一著，留法則於將來，儻於千百年後，覓得不謀面之知己，便是方以類聚，亦無異於一堂之相親也。末段亂詞，歸之天命，見得當死不怖死，即聖賢所以立命處。篇中曰"常度"、曰"初本迪"、曰"前圖"、曰"内厚質正"、曰"文質疏内"、曰"材朴委積"、曰"仁義謹厚"、曰"懷質抱情"，皆是自己本領；曰"羌不知"、曰"衆不知"、曰"莫知"、曰"孰知"、曰"莫吾知"，皆是自己冤抑，其章法句法，承接照應，無不井然。要知此番之死，實因被放九年不復，讒諛用事，楚國日就危亡。以平日從彭咸之意，爲尸諫之史魚，冀君一悟，以保其國，非怨君，亦非孤憤也。舊注過于穿鑿，遂夢如亂絲。即開首四句，明白敘往汨羅起行之時，原以五月五日沉水，則四月起行，遭當其候。乃洪興祖認作被放之始，自仲春行至孟夏，纔到江南，不但篇末"進路北次"句茫無來歷，即初放由郢至遷所亦用不着兩月程途。按《涉江》篇言至遷所，有"霰雪無垠"句，孟夏豈有雪乎？《招魂》篇亂詞云"獻歲發春兮，汨吾南征"，末又云"目極千里兮，傷春心"，世無中途招魂之理，然則當春之到遷所久矣。或又因亂詞有"沅湘分流"句，遂解"徂南土"作泝沅湘，不知汨羅在長沙府湘陰縣，名曰屈津。沅出蜀郡至長沙，湘出零陵亦至長沙，賈誼投書湘流托之以弔者，爲其能順流而下也。謂汨羅爲沅湘之分流則可，若謂泝沅湘而上達汨羅則悖矣。且原欲自沉日久，《惜往日》篇既云"臨沅湘之玄淵，遂自忍而沉流"，《漁父》篇又云"寧赴湘流，葬於江魚之腹中"矣，若見沅湘，何待泝乎？總之讀古人書，毋論本文、注疏，一字不容放過，則無不可讀之書矣。

徐煥龍曰：將懷抱沙石以沉江而作。

蔣驥曰：《史記》於漁父問答後，即繼之曰“乃作《懷沙》之賦”。今考《漁父》滄浪，在今常德府龍陽縣，則知此篇當作於龍陽啓行時也。《懷沙》之名，與《哀郢》《涉江》同義。沙本地名，《遁甲經》：“沙土之祇，雲陽氏之墟。”《路史》紀雲陽氏、神農氏，皆宇於沙，即今長沙之地，汨羅所在也。曰“懷沙”者，蓋寓懷其地，欲往而就死焉耳。原嘗自陵陽涉江湘，入辰溆，有終焉之志，然卒返而自沉，將悲憤所激，抑亦勢不獲已。若《拾遺記》及《外傳》所云迫逐赴水者歟？然則奚不死於辰溆？曰原將下著其志，而上悟其君，死爾無聞，非其所也。長沙爲楚東南之會，去郢未遠，固與荒徼絶異，且熊繹始封，實在於此。原既放逐，不敢北越大江，而歸死先王故居，則亦首邱之意，所以惓惓有懷也。篇中首紀徂南之事，而要歸誓之以死。蓋原自是不復他往，而懷石沉淵之意，於斯而決，故《史》於原之死特載之。若以懷沙爲懷石，失其旨矣。且辭氣視《涉江》《哀郢》，雖爲近死之音，然紓而未鬱，直而未激，猶當在《悲回風》《惜往日》之前，豈可遽以爲絶筆歟？又曰：此原遇漁父之後，決計沉湘，而自沅越湖而南之所作也。

王邦采曰：將懷抱沙石以自沉而作。

吳世尚曰：《史記》則此篇乃原絶命之詞，尤在《惜往日》《悲回風》之後也。夫二篇之音節悲矣，而此則更哀而促焉。然絶無怨怒之氣，而惟以自言其本不足以致人之知，而世亦遂無有知之者，故曰“內厚質正”、曰“玄文處幽”、曰“懷瑾握瑜”、曰“文質疏内”、曰“材樸委積”、曰“謹厚爲豐”、曰“懷質抱情”，通篇反覆，止是此意。屈原幾於知德矣，豈僅詞賦之雄哉？

屈復曰：言懷抱沙石以自沈也。 此三閭之絕筆，應在《九章》之末，文義最明，不待高明而後知也。

江中時曰：屈子值世俗顚倒，無以自容，卻付之固然無足怪者。 蓋即莫我知不尤人之意。 而事關君國，未能平其心也。 末言懲違改忿，抑心而自强，其非慷慨赴死可知。 離慇不遷，須志之有像，其爲從容就義可知，至其行文，繁音促節，真腸斷氣絕候矣。

夏大霖曰：名篇之義，實不可得。 考其所自沉淵，爲汨羅江，今湖南長沙府湘陰縣之屈潭是也。 然長沙，秦漢郡名，豈楚時已名其地乎？ 或曰懷沙曩以自沉，豈然乎？

邱仰文曰：此將赴汨羅所作。

奚祿詒曰：此篇賦也。 抱石自沉，故曰懷沙。 太史公特錄於《傳》中，哀絕筆也。

劉夢鵬曰：原九年不復，年老矣，國危矣，遇窮望絕矣。 懷臣僕之憂，匪抉眼之忿，原得死所哉！ 嗚呼，比干猶得哭於象魏，原獨號泣於江湘，其兄殺人，其弟竟不得一垂涕而道，原又安得不死乎？ 爰設爲問答，以發其端，而作《懷沙》之賦。 舊誤分爲二，以前爲《漁父》辭，後爲《懷沙》賦，今依《史》更正。

丁元正曰：此原自述沉江之意。 又曰：篇中曰"常度"、曰"本迪"、曰"前圖"、曰"内厚質正"、曰"文質疏内"、曰"才樸委積"、曰"重仁襲義"、曰"謹厚"，皆自揭出一生本領。 蓋傷世莫余知，所謂聊以自救也。 情窮語迫，於斯爲至，或譏其爲露才揚己，豈不冤哉。

陳本禮曰：太史公《列傳》：《漁父》之後，即繼以《懷沙》曰"於是自沉汨羅"，則此篇當是絕筆之文。 又按《外傳》，稱原晚益憤懣，披榛茹草，混同鳥獸，不交世霧，揉柏食，和桂膏，歌《遠遊》

之章,托遊仙以自適,王逼逐之於五月五日,遂赴清泠之水,其神遊於天河,精靈時降湘浦,是楚人祀爲水仙。

胡文英曰:《懷沙》篇,作于頃襄王怒而遷之之後。安于一死,故絕無冀望追憶之情。但其言曰"浩浩沅湘,分流汨兮",則其猶未至于湘陰之地,而作于長沙,故名曰懷沙。然則何以有北次之言?蓋原之爲計審矣,王若不爲已甚,則死亦無益,王若急之,則汨羅之計,持之熟矣。而豫期死于此者,志稱汨羅山水明净,異于常處,屈子久已擇爲致命遂志之所。史公所稱,雖死不肯自疎,不容葬此身于污淖之中,所以自全其志者,豈旦夕之故哉?

牟庭曰:懷沙者,負石也。原在懷王時,雖憂傷憔悴,未嘗一日絕意於人世也。至頃襄放之而後,所謂從彭咸之思,浩然而不可回。自後十年餘,凡作賦九章,總編爲《懷沙》賦焉,以見始造思於《離騷》者,卒實決計於頃襄也。又曰:始遷之日也,爲《懷沙》賦之第一,故從大名,稱"懷沙"爾。史遷以文多不勝載,載第一章爾。傳者失次,乃謂此章專名懷沙,非也,原留落人間,自此又十年餘也。

顏錫名曰:此篇敘將投汨羅,由遷所北行之事。相傳屈子投江,以五月五日,日雖不必即然,然其時要在五月。此篇則作於孟夏之月,故猶留得《惜往日》一篇,太史公云原"作《懷沙》之賦,於是懷石,遂自投汨羅以死"。此蓋作其死時一節言之,非謂作是篇後,不得再有所作也。後人咸謂是篇是屈子絕筆,正恐不然。

鄭知同曰:此章乃專責小人愚暗之詞。前兩章節締思君國,此篇自不能不次及群小,此一定之理勢也。然通讀屈子所以措詞於君與施之臣僚者,絕異。凡説到君一邊,未嘗不怨君不明,而無時不望君感悟。雖九年不復,明知媒絕路阻,猶欲灟情上達。明知道遠日忘,猶思覺悟賜環。此見屈子愛君終始無己之心,不僅立言之體當然。

《孟子》所云怨慕非慕，不足以成屈子之怨也。 至於庸俗之徒，錮蔽
已深，非德所能化，無庸望其復有悔過之萌。 即亦終無諒己之日，直
斥其鄙固而已。 第跡其詞氣之間，初無疾聲厲色，祗平心靜氣説去。
於此見屈子學養之深厚。 且其所以訾小人者，初怒其顛倒黑白，如矇
瞽之不辨采章，而終原其無識，見得非俊疑傑，庸態固然。 己之文質
內藏，本不易曉，無惑其如邑犬之群吠所怪。 既生不逢明聖之朝，何
處可求知己？ 區區下流，怨之何益。 惟有懲忿自抑，舒寫憂悲，付
之命數而已。《涉江》章末已露其意。《騷》經“忍尤攘垢”一節，亦是
如此。 至此乃暢言之。 於此益見屈子性情之寬恕。 朱子謂：“楚詞
不甚怨君，實則於小人亦怨而終恕之也。”論者以屈子不容濁世，悁
忿沉身，目爲狷狹之士，何不細讀《九章》而淺測古賢如是哉？ 亂詞
既歸到“民生稟命，各有所措”以見己之不偶於世，是命所由來。 遂
從後推想己之成仁輕死，亦命所宜終。 蓋此時已期在必死。 故并將
安心致命遞出作結，以開末二篇宗旨，即以“懷沙”名篇。《史記》所
以獨載此篇者，意重屈子之死。《九章》至此，乃露出舍生而“知死不
讓”，“明告君子”之言。 又作史者所不能不傳述也。 若其行文不遽
從群丑直入，先揭己之“常度未替”，堅守本初，不能降心以從俗，以
見庸衆人之不知己者以是故，其不容己者亦以是故。 先著此層，乃文
家避直蓄勢處也。 在下章亦敷陳不能改節從俗。 乍讀之，於此語面
是一，細尋卻屬意不同：彼是欲明己志無改，所以終棄於君，爲一篇
正文；此是欲明己志無改，所以終不合衆，乃一篇緣起。 故讀楚詞當
先識得各章主腦。 然後於其詞之相似處，辨認虛實、賓主。 見得復
處卻不是復，方能悉其指歸，領其妙用也。 又章末欲拍到自家用情恕
理遣，開首便竭以冤屈而自抑，先透一筆，使首尾呼吸相應。 此亦作
文起伏照應著眼處也。

　　馬其昶曰：《史記》曰：“上官大夫短屈原於頃襄王，王怒而遷之，乃作《懷沙》之賦。”

　　聞一多曰：蔣驥《楚辭餘論下》引李陳玉曰：“懷沙，寓懷長沙也。”案李說非也。懷沙猶囊沙，囊沙赴水以自沉。

　　游國恩曰：《懷沙》和《惜往日》兩篇，都是屈原在自沉之前不遠所作的，時間大約在頃襄王二十二年（前二七七）夏曆四月中。“懷沙”是懷念長沙，不是懷抱沙石投江的意思。後人因其文有決死之意，而《史記·屈原傳》錄此篇又緊接之曰“於是懷石，遂自投汨羅以死”，往往由聯想而生誤會，恐非詩人本意。屈原爲什麼懷念長沙呢？這要從《涉江》說起。根據《涉江》所記，屈原已經上泝沅水，到了辰陽，進入溆浦萬山深處，“勞苦倦極”，很想休息一下，誰料不久秦兵壓境，攻占了楚國的巫郡及江南，置黔中郡。黔中即辰溆一帶之地。屈原不甘心死於敵手，乃復下沅水，涉洞庭，稍折而南，至長沙汨羅江自沉而死。所以題其篇曰《懷沙》，與《涉江》《哀郢》同爲紀實之詞。試看《懷沙》的“亂”辭云：“浩浩沅湘，分流汩兮。”這就是他由沅入湘的明證。而篇末更明白表示：“知死不可讓，願勿愛兮。明君子，吾將以爲類兮。”這當然已有必死的決心。這篇一開始就說：“滔滔孟夏兮，草木莽莽。傷懷永哀兮，汨徂南土。”可見《懷沙》是那年四月間所作，傳說他以夏曆五月五日投水自殺，不是全無根據的。《懷沙》一篇大致說他堅持正義，不改初衷。由於“黨人之鄙固”，顛倒黑白，不能瞭解他，所以自己的理想與願望不能實現。他雖然也說到“冤屈”，說到“曾傷”“永歎”，然而不比《抽思》《哀郢》《悲回風》等篇所表現的那麼悲痛；相反卻要“懲違改忿，抑心自強”，這是由於他已經“定心廣志”，已經覺悟到“萬民之生各有所錯”的結果，所以感情倒反寧靜下去，不像以前那麼激動。

姜亮夫曰：蔣說大致可信；而以沙爲長沙，尤爲特見；定此篇寫
作時期在《涉江》《哀郢》之後，《悲回風》《惜往日》之前，亦允當不
可易。　此章言己雖放逐，不以窮困易其行；小人蔽賢，群起而攻之；
舉世之人，無知我者，思古人而不得見，伏節死義而已！

蔣天樞曰：《懷沙》敘北歸道阻，初萌死志時情事。　篇中詞意悲
憤而鎮定，猶可窺見作者突聞事變後之情懷。《九章》於《涉江》之
後，追敘《哀郢》《抽思》，其下本應敘已南來以後事，而其事限於處
境阨困，不容顯言，故隱寓其事於以下四篇及《九歌》中，而特著北
歸被阻一事。　此爲原“遠逝自疏”後之最大變化，其事既遏絕楚在江
南之政治生命，亦決定屈原今後之政治生命。　文中首著孟夏，雖死志
已萌而未肯即死，其後殆多方尋求，無復北返之望，終乃出於自
沈也。

湯炳正曰：《懷沙》在舊本中編次第五。　按其內容，當爲《九
章》中的第八篇。　作品寫於楚頃襄王廿一、廿二年，楚屢敗於秦，丟
失郢都及巫、黔中郡之後。　參《史記·楚世家》。　當時屈原不得不離開黔
中，由溆浦折而向東北湘水流域進發。　從詩的內容看，已“知死不可
讓”，似死意已決。“懷沙”即抱石之意，以此爲題，或係後人依據其
抱石自沉的傳說所加。

趙逵夫曰：我以爲“懷沙”字面意思是“懷想垂沙之事”，實際上
是懷想莊蹻的結局。《荀子·議兵》云：“兵殆於垂沙，唐蔑死，莊蹻
起，楚分而爲三四。”莊蹻之被迫起事，直接同垂沙之戰相關。　詩人
於垂暮之年重沿沅水而行，存有瞭解莊蹻由黔中向南的行動的用意，
思想比較複雜，因而回想當年，感慨萬千。　故詩中反復說到朝中奸邪
顛倒黑白的事。　如：“玄文處幽兮，矇瞍謂之不章。　離婁微睇兮，瞽
以爲無明。　變白以爲黑兮，倒上以爲下。　鳳皇在笯兮，雞鶩翔舞。”

在被放十多年之後仍講這些話，應是因事觸發的結果，不會是憑空産生的感慨。　但南方的沅湘一帶並無與屈原政治上的挫折相關的地方，我以爲這是莊蹻行軍駐紮過的地方引起他對垂沙之戰有關情況的回想而産生的。"邑犬之群吠兮，吠所怪也。　非俊疑傑兮，固庸態也。"這不是指庸人如何對待自己而言，而是指垂沙之戰中奸佞平庸之輩對莊蹻的態度而言；也不是詩人以俊傑自喻。《荀子·議兵》中將莊蹻同商鞅、樂毅、田單相提並論，説他是"善用兵者"，則正所謂俊傑之士。（《屈原與他的時代》）又曰：《懷沙》作於頃襄王十六年（前二八三），爲屈原的絶筆。　關於篇題之意，朱熹大約是受東方朔《七諫·沉江》"懷沙礫而自沉兮"一句的影響，解"懷沙"爲"懷抱沙石以自沉也"。　但石可抱而沙無法抱，此説顯然不能成立。　明代李陳玉《楚辭箋注》云："當是寓懷於長沙。"其後汪瑗、蔣驥皆就此加以論説。然而楚人開發長江以南較遲，那裏既無先王遺跡，也非屈氏世居之地，詩人無由懷念長沙。　今之學者或從彼，或從此，迄無定説。　實際上"懷沙"是一種比較隱晦的説法，是指詩人惦記垂沙之戰後向南的莊蹻軍隊。　楚懷王二十九年（前三〇一）初楚齊垂沙之戰中楚大敗，引發了"莊蹻暴郢"事件。　爲了平息事件，朝廷由漢北召回屈原。　莊蹻軍隊退出郢都後駐於黔中，逐步向南，後以楚朝廷名義攻入夜郎，進入滇，以實踐屈原先經營南方的主張。　屈原兩次南行，都是沿著莊蹻入滇的路線，表現了他對這一支軍隊活動的關心。　從本篇的亂辭看，作者當時"汩徂南土"的結果是直至沅、湘上游。　是沿沅水南行，與頃襄王元年秋冬之際南行路線一樣，由沅入激，再東行跨資水至湘水上遊，然後沿湘水北行，故曰"進路北次"。　農曆四月或五月初到汨羅，聞得頃襄王同秦昭王會於有楚先王之廟及公卿祠堂的楚別都鄢，知楚國國運將不久長，遂選取五月五日投汨羅江而死。　此篇

應作於頃襄王十六年（前二八三）農曆五月初。（《楚辭》）

潘嘯龍曰：懷沙，懷沙礫自沉之意。或解爲懷念長沙，并以爲長沙乃楚之先王熊繹的始封地，恐不確。長沙之名起於秦漢，亦非熊繹始封之地。此詩作于屈原沉江之年孟夏，約當楚襄王十六七年。楚襄王十四年後，屈原曾被迫從汨羅一帶，前往更僻遠的溆浦。在那裏度過了一年多時間，歷盡荒林雪雨之苦。《涉江》詩中對此曾有大略的記述，并在結尾透露了決心離開溆浦的消息。"忽乎吾將行兮。"此詩大抵作于《涉江》之後，詩人已離開溆浦，正經由湖湘前往汨羅途中。當時詩人已作出殉身沉江的決定，但心中卻依戀著可愛的祖國。他不能涉江返歸郢都，便只能"汨徂南土"，詩中的"浩浩沅湘，分流汨兮"，正指明了這次遠行，走的是從沅水到湘水的路綫。

周建忠曰：此篇爲屈原自沉汨羅前的最後一篇作品，後人謂之"絶命詩"。"懷"即歸、依，"沙"指水中。胡念貽說。清代林雲銘云："此靈均絶之文，最爲鬱勃，亦最哀慘。"《楚辭燈》。其中"定心廣志，余何畏懼兮""知死不可讓，願勿愛兮"尤爲動人。

按：此篇篇題"懷沙"之義，有兩説。其一爲懷念長沙。汪瑗以爲沙爲長沙，懷沙爲懷念長沙。然長沙作爲地名，乃秦統一全國設郡縣之後才有之，故蔣驥補説曰："《懷沙》之名，與《哀郢》《涉江》同義。沙本地名，《遁甲經》：'沙土之祇，雲陽氏之墟。'《路史》紀雲陽氏、神農氏，皆宇於沙，即今長沙之地，汨羅所在也。"然郢爲楚都，且爲原故鄉，離郢故可哀；江爲要道，遠行之路，以舟可涉。此"哀郢""涉江"之得命名也。長沙有何可得而"懷"者？且長沙在屈原時不曰沙，而曰青陽。《史記·秦始皇本紀》云："（二十六年）荆王獻青陽以西。"《集解》："《漢書·鄒陽傳》曰：越水長沙，還舟青陽。張晏曰：青陽，地名。蘇林曰：青陽，長沙縣是也。"酈道元

《水經·湘水注》亦云："秦滅楚，立長沙郡，即青陽之地也。"蔣驥以爲汨羅屬長沙，懷沙即赴汨羅以死也。 汨羅，戰國時是否屬長沙，於書無證，不足信。 其二爲懷沙石自沉。 朱熹首倡，徐焕龍等讚同之。 懷沙石自沉，乃漢代人普遍看法。 司馬遷《屈原列傳》就有屈原於是懷石自沉而死的記述。 比司馬遷稍早的東方朔也認爲屈原是懷沙礫自沉的。《七諫·沉江》云："懷沙礫而自沉兮，不忍見君之蔽壅。"可見在西漢武帝時，人們已經認爲屈原自沉是懷石或懷沙礫的。 這一點還可以從後來的學者文人的注釋中找到旁征。 東漢蔡邕《吊屈原》文説"顧抱石其何補"，晉郭璞《江賦》亦云"悲靈均之任石"。 蔡邕寫有擬《九章》命名的《九惟》，郭璞撰有《楚辭注》，他們都對屈賦有一定研究，其把任石解釋爲抱石應當是有根據的。 故懷沙以懷石自沉説較爲合理。

另據《史記》，此篇當爲屈原臨淵投水之前而作，當爲其絶命之辭。

滔滔孟夏兮，草木莽莽。

王逸曰：滔滔，盛陽貌也。《史記》作陶陶。 孟夏，四月也。 言孟夏四月，純陽用事，煦成萬物。 草木之類，莫不莽莽盛茂。 自傷不蒙君惠而獨放棄，曾不若草木也。

洪興祖曰：《説文》："滔，水漫漫大貌。"又：滔，聚也，音陶。前云"方仲春而東遷"，此云"滔滔孟夏"者，屈原以仲春去國，以孟夏祖南土也。

朱熹曰：滔滔，水大貌。 莽莽，茂盛貌。

周用曰：下二章，言見放無聊自傷之情。

汪瑗曰：滔滔，猶漫漫也，水大貌。 孟夏，紀時也。 洪氏謂《哀

郢》以仲春去國，此以孟夏至南土，是也。 但郢都至南土，雖過夏
首，上洞庭，淼然而南渡，其道理之遠，恐亦不必兩月之期。 豈既至
南土，月餘之所作邪？ 然又曰汩徂南土，曰進路北次，似又在途中之
所作者，未知其審。 惟天曰草，惟喬曰木。 莽莽，謂茂盛而蔽
翳也。

林兆珂曰：言孟夏，純陽用事，煦成萬物。 草木亦莽莽盛茂。

黃文煥曰：滔滔、莽莽，當孟夏之時，萬物無不暢盛也。

王萌曰：陶陶，盛陽貌。

王夫之曰：滔滔，猶言悠悠。 孟夏，日長也。 莽莽，叢生貌。

賀寬曰：此屈子絕命之詞也。 孟夏百嘉暢遂之時，以愁人當之。

徐煥龍曰：滔滔，謂孟夏時之水。 此敘其始放之時。

張詩曰：言觀此滔滔之水，適當孟夏草木茂盛之時。

王邦采曰：寫孟夏之景。

吳世尚曰：追思始放，忽忽九年，歲月如流，茲又孟夏，當此草
木茂盛之時。

屈復曰：言當孟夏草木陰森時。 沉在五月初，而曰孟夏者，初行
時也。

夏大霖曰：莽莽，草木茂盛貌。

陳遠新曰：孟夏，將沉江之時。

劉夢鵬曰：陶陶，暑氣也。 莽莽，草盛貌。

戴震曰：陶陶，長養之氣充盛也。

陳本禮曰：孟夏時猶清和，草木莽莽，此猶淵明所謂“盛夏草木
長，繞屋樹扶疎”之意。

胡文英曰：滔滔，長也。 指孟夏言。 今吳楚俱有“日長滔滔”
之諺。

顏錫名曰：滔滔，日之長也。 紀時。

王闓運曰：自郢還至湘，不過旬日，故仍記孟夏也。 荒亂無人，唯見草木耳。

聞一多曰：滔滔，盛貌。

姜亮夫曰：滔滔，當從《史記》作陶陶，《說文》訓滔爲水漫漫大貌，即使引其偏義爲大爲長，皆不足當於孟夏之形容；陶陶者，陶之重言形況字；陶有憂喜兩義：《檀弓》“喜則斯陶”，《廣雅·釋言》：“陶，喜也。”《韓詩》“憂心且陶”，《廣雅·釋言》又曰“陶，憂也”；陶蓋猶鬱陶云耳。 上引《檀弓》注陶鬱陶也。 爲喜爲憂，皆隨文義而定，然其含意，實有煦成蘊集之象，即戴震所謂長養之氣充盛也。 孟夏盛陽，蓋即此種義象之所含融，故以陶陶狀之耳。 此寫景與寫情相融爲一，即《文心雕龍·物色》篇之所謂“滔滔孟夏，鬱陶之心凝也”。此二句蓋寫當前景也。

蔣天樞曰：八句敘原北歸途中突聞道斷時警惕情景。 文中不但指明時間，顯示環境；近則生發下文，逮復映帶亂辭中“浩浩沅湘，分流汨兮”。 陶陶，謂初夏盛陽蒸熱之氣。

湯炳正曰：滔滔，“悠悠”之同音借字，漫長。《史記·屈原賈生列傳》引作“陶陶”，亦“悠悠”之同音借字。 孟夏，夏曆四月，已是“長夏”的開始。

趙逵夫曰：“滔滔”即《詩·唐風·蟋蟀》“日月其慆”，《豳風·東山》“我徂東山，慆慆不歸”之“慆慆”，讀如“悠悠”。 此處指夏日之長。 故王逸注：“滔滔，盛陽貌也。”屈原化用《東山》之典，用了“滔滔”一詞，又由“我徂東山”化出“汨徂南土”一句，表示自己被放江南之野很久，至今不能歸去。“草木莽莽”爲當時所見，含有後來杜甫詩“感時花濺淚，恨別鳥驚心”之意。

按：屈子沉江爲夏曆五月五日，正孟夏時節。故此篇作於原將沉汨羅之時。莽莽，草木茂盛貌。王逸謂棄之荒野不如草木，亦附會之意。賀寬以爲乃絶命之辭，可參。

傷懷永哀兮，汨徂南土。

王逸曰：懷，思也。永，長也。汨，行貌。徂，往也。言己見草木盛長，己獨汨然放流，往居江南之土，僻遠之處，故心傷而長悲思也。

朱熹曰：汨，行貌。徂南土，泝沅湘也。

汪瑗曰：傷，哀之過而害於和者也。懷，謂胸次也，猶今人所謂襟懷、懷抱之懷。永哀，哀之久也，此所以爲傷。孔子謂《關雎》哀而不傷，然則《離騷》其哀而傷乎？其孔子之所不取乎？曰非也。屈子以同姓之君臣，覩國家之將亡，遭讒而遠謫，其念君憂國之義，不得不傷也，非文王之思后妃處常者之可比也。班固以《關雎》哀周道而不傷譏之，真無異妾婦兒童之見矣。汨，疾流貌。徂，往也。徂南土，朱子曰："泝江湘也。"然則此篇作於途中也。王逸曰："言己獨汨然放流，往居江南之土，僻遠之處，故心傷而長悲思也。"似又言既至南土而作也。讀者詳之。余義見題解下。瑗按："傷懷永哀，汨徂南土"二句，乃《懷沙》二字之義之所由起也。南土，指長沙也。或曰，徂當作沮，謂汨没沮洳於南土也，《抽思》沛徂之徂同此義，亦通。

林兆珂曰：而我獨不蒙君惠，汨然放流往居江南，曾草木之不若，故心傷而長悲思也。

陳第曰：汨，行貌。徂，往也。春陽暢茂之時，往居江南之土，故心傷而長悲思也。

李陳玉曰：有終於南土之悲。

周拱辰曰：汩徂南土，所謂懷沙也。

王萌曰：徂南土，泝沅如也。

林雲銘曰：汨羅在郢之南，故曰南土。 言久放傷哀，欲沉于此。乘此水大之時，由遷所而往也。 又曰：點出沉水之時、地。

張詩曰：而傷懷永哀，疾流以往南土焉。

蔣驥曰：汩，音聿，行貌。 南土，指所懷之沙言。 今長沙府湘陰縣，汨羅江在焉，其地在湖之南也。

王邦采曰：汩，汩没。 言放廢也。

吳世尚曰：獨唧哀南徂，其可以爲情也。

許清奇曰：南土，江南之土。

屈復曰：懷，心。 汩，汨羅。 徂南土，泝沅湘而向汨水也。 南征汨羅，傷心永哀，再無還日。

江中時曰：洪興祖謂原以孟夏至遷所，與《涉江》《哀郢》所云不合。 林注以徂南土爲往汨羅，觀篇末進路北次，則汨羅在所遷之北，不應用徂南字。 愚按：南土當指遷所，所傷哀者，在徂南土，故追言之，非謂孟夏至遷所也。

夏大霖曰：汩，疾貌。 南土，指放所，以時起興。 言我在此，傷懷久哀，只爲見放於南土耳。

邱仰文曰：汨羅在郢都南，曰南土。 汩，喻行之疾。

陳遠新曰：傷懷，自傷不如草木。 汩、徂，追言遷南之事也。言今時景如此，暢茂而已，獨懷哀者，以己生於郢而忽遷於南也。

奚祿詒曰：傷草木茂而已獨悴也。 汩，流行貌。

劉夢鵬曰：汩，水流不反貌。 南土，江南也。

陳本禮曰：聲淚俱盡。 悼其被放南土，無廬可託，勢不能再覥顏以偷生也。 南土，指往長沙汨羅。 言己之死所也。

牟庭曰：被遷逐也，仲春出東門，孟夏至南土也。

顔錫名曰：汨徂，溯初至時爲言。 南土，遷所也。 紀地。

王闓運曰：沅不可居，故汨徂南土。 汨，亂也。

聞一多曰：南土謂長沙。

姜亮夫曰：汨，《索隱》引《方言》曰"疾行也"。 言己見草木盛長，而己獨汨然放流，往居南土僻遠之處，故心傷而長悲思也。

蔣天樞曰：汨，《補注》音"越筆切"，《廣韻》《集韻》並"古忽切，音骨，治也"。《書·洪範》"汨陳其五行"，即音"骨"訓"治"。《方言》六："汨、遷，疾行也。 南楚之外曰汨。"此"汨"義即《方言》所訓釋也。《爾雅·釋詁》："徂、在，存也。"此"徂"字兼有巡視、存問兩重意義。 南土，謂楚南國地。 言己長久以來，懷此殷憂深哀之情，巡行南土，而不覺已逝去若干歲月也。

湯炳正曰："汨徂南土"即流亡南楚，指前此之事，故言"永哀"。

趙逵夫曰：汨，此處爲"聿"之借字，同於《詩·唐風·蟋蟀》"歲聿其莫"的"聿"。《詩·豳風·七月》"曰爲改歲"，《漢書·食貨志》引作"聿爲改歲"。"汨"從"曰"得聲，音同。(《屈原與他的時代》)

按：此言一直逗留南土，不得歸郢，故傷懷也。 南土，即屈原流放之地沅湘之間，在郢之南，故曰南土。 汨羅在其地之北，故下文云進路北次。 王逸以爲初放往居南土，非是。

眴兮杳杳，孔靜幽默。

王逸曰：眴，視貌也。 杳杳，深冥貌也。《史記》作窈窈。 孔，甚也。《詩》曰："亦孔之將。"默，無聲也。 言江南山高澤深，視之冥冥，野甚清净，默無人聲。

洪興祖曰：眴，與瞬同。《説文》云：“開闔目數摇也。”

朱熹曰：眴，目數摇動之貌。 杳杳，深冥之貌。 孔，甚也。默，無聲也。

汪瑗曰：眴，頻視貌。 洪氏曰“與瞬同”。 杳杳，深冥貌，無所見也。 孔，甚也。 孔静幽默，言寂然無所聞也。 承上滔滔、草木莽莽而言也。

黄文焕曰：杳杳，幽默者，人傷徂之懷，萬景無不荒寂也。 眴兮杳杳者，目數視而不得所可見之處也。 失意失神之中，見日月而皆若無光，顧河山而盡成冥途也。 孔静幽默者，因眴而及聽也。 杳杳則幽，幽則默矣。 無象可覿之謂幽，無聲可聞之謂默，聲象交廢之謂孔静。 目既不見，耳亦不聞，如此景況，如此心情，竟入於鬼界矣。豈復知有人世喧動之樂哉？ 又曰：眴兮杳杳，畫出愁人眉目，千載如見。 孔静幽默，承汨徂尤慘，既曰徂南，道塗之中，何限聞見。 乃以愁況入其中，如聲如聲，但有現前，皆成幽默，寫慘至此。

李陳玉曰：終日直視無言，是幽憂人逼真情景。

周拱辰曰：眴兮杳杳，則若有一南土在目睫之際矣。 眴，目摇驚睨之貌。《莊子》：“肫子見其死母，少焉眴若，棄之而走。”言驚惶不忍留目，棄之而去也。 孔静幽默，直是神魂難際處，冤屈自抑之況。

陸時雍曰：杳杳，深冥意。

王萌曰：眴，目數一動之貌。 此杳深冥之貌，幽然無見無聞也。言南上山高澤深之宫。

賀貽孫曰：自是愁人實境。 蓋煩冤之極，心醉氣結，翻有似於静默耳。

王夫之曰：杳，静。 幽默，結愁於心，神志衰沮也。

林雲銘曰：舉目荒寂，國事民生可知。

徐焕龍曰：瞬目曰眴。此言其被放之處，寂寞深山無與語。

賀寬曰：都成荒寂，眴兮杳杳者，視之而不見也。孔静幽默者，聽之而不聞也。

張詩曰：言南土水深木茂，視之杳杳，甚是清净，而幽暗無聲。

蔣驥曰：杳杳則無所見，静默則無所聞。蓋岑僻之境，昏瞀之情，皆見於此矣。

王邦采曰：杳杳，深冥之意。

吳世尚曰：眴兮杳杳，去國愈久，不能見所常見於國中者也。孔静幽默，無有親戚謦欬於其側者也。

屈復曰：静，寂。幽，深。默，無聲又黑也。二句正言汨水之氣色陰森，儼然鬼景。

夏大霖曰：眴，眮同，摇目顧眄之貌。杳杳，深冥無所見之貌。

邱仰文曰：眴，目動也，又通眩。《史記·項羽本紀》："眴籍曰：可行矣。"此"目動"義。班固《西都賦》："目眴轉而意迷。"此"眩"義。此兩兼之。言舉目荒寂之狀，默無聲也。

奚禄詒曰：言江南山高澤深，視之杳冥，野甚清静，墨無人聲。

劉夢鵬曰：眴，瞥視貌。竊窕，山深邃意。《丹鉛録》所謂溪山竊窕而幽深者也。湘沅之間，其地多山，故其景如此。

丁元正曰：眴杳杳者，猶云視而不見也。幽則無形可見，默則無聲可聞，所謂杳杳也。

戴震曰：眴，揚雄所謂目冥眴而無見也。窈窈，言山谷之深。

陳本禮曰：眴，瞑眩也。此臨淵而嘆，其水之深與水之色，黝然而幽也。蓋水至深則色必黑，無風則波平而孔静矣。"眴兮"二字，妙絶。眼視汨水深黑處，即投死之所，有不忍視不能再視之意，故目爲之眩，而神爲之昏也。

胡文英曰：視之則杳杳然，毫無所見，甚静而幽寂。此承“草木莽莽”來。

顏錫名曰：言遷所荒寂，絶無人聲。又恰是草木茂盛景況。

王闓運曰：言無人訴懷也。

武延緒曰：孔，古通空。《老子》：“孔德之容，惟道是從。”注謂：“空虛能容也。”

聞一多曰：首句原作“眴兮杳杳”，此眴下一字，疑當作眃。眴、眃，古字通。《文選·思玄賦》舊注引《蒼頡》篇“眃眃，目視不明貌”。與杳杳義合。此本作“眴眃杳杳兮”，眃缺損作云，草書云、兮形近，因誤作兮。句中眃誤兮，後人乃删句末兮字也。《爾雅·釋詁》“孔，間也”。案孔爲間隙之間，名詞。亦爲閒暇之閒。形容詞。孔之言猶空也，空，有名詞、形容詞二義，故孔義亦然。此孔字訓閒暇，與静幽默三字義俱近。

姜亮夫曰：杳杳，《史記》作窈窕者，聲近義通字；然以義按之，當作杳杳，《爾雅》“窈窈，深也”；後人多見窈窕連文，遂易爲窈窕矣。窈窕古皆作好字解，無當於深遠之義也。窈與杳古同音通用，如杳冥之作窈冥矣。王逸注：“杳杳，深冥貌。”與《説文》深遠義亦同。默，古多以爲静默字，字又作嘿、嚜，《史記》因誤爲墨耳；“眴兮”二句，言江南山高澤深，視之杳杳無所見，野甚清静，聽之静默無所聞；蓋僻遠之境，昏瞀之情，皆見於此也。

蔣天樞曰：眴，叔師注“視貌”，視何以曰“眴”？《莊子·德充符》“眴若”，《釋文》引司馬彪注：“眴，驚貌。”是“眴”爲表現人在警惕不安時眼睛轉動情貌。杳杳，狀四周草木深冥。

湯炳正曰：眴，與“洵”通，遠。《詩·擊鼓》“于嗟洵兮”毛傳：

"洵，遠。"此句與下文亂曰"修路幽蔽，道遠忽兮"，同一意境。

按：眴，眼睛轉動。言一眼望去，山高澤深，視之杳然，毫無所見，甚靜而幽寂。王逸説是。陳本禮以爲臨淵而嘆，水深則色黑，有不忍視、不能再視之意，故目爲之眩，而神爲之昏也，意亦可取。

鬱結紆軫兮，離慜而長鞠。

王逸曰：紆，屈也。軫，痛也。慜，痛也。鞠，窮也。言己愁思，心中鬱結，紆屈而痛，身遭疾病，長窮困，若恐不能自全也。

洪興祖曰：離，遭也。

朱熹曰：紆，屈也。軫，痛也。離，遭也。慜，痛也。鞠，窮也。

汪瑗曰：離，遭也。慜，憂也。長，永也。鞠，窮也。言憂愁窮苦之久也。王逸曰"言己愁思困苦，恐不能自全也"是也。蓋憂長沙之卑濕，承上"傷懷永哀，汩徂南土"而言也。

林兆珂曰：心中愁思結屈，痛身多病而長窮。

黃文煥曰：永哀之思，益增長鞠矣。不能不永，不能不長矣。從不能不永，不能不長中，又再回想焉。苟情志之未灰，念紆結之宜解。

李陳玉曰：窮無已時。

陸時雍曰：紆，詰曲也。

王萌曰：柯亭曰：讀上二句，令人忽憶老杜"兩邊山木合，終日子規啼"語。

王夫之曰：紆軫，愁之長也。目不欲視，口不欲言。有死之心，無生之氣。自沉之志，於斯決矣。

林雲銘曰：雖有憂國憂民之心，以長處困窮，不能爲力。

高秋月曰：己多病長窮，恐遂顛沛。

徐煥龍曰：鬱結紆軫，以離此憂愍而長於鞠窮，其無生趣矣。

賀寬曰：耳目俱無用，惟有中心鬱結，憂與憂共相接矣，此之謂"永哀長鞠"也。

張詩曰：而吾心鬱結不解，紆軫不釋，獨遭此憂，愍而長窮。

吳世尚曰：心悶絓而腸屈，痛以其遭離愍兇而長窮困也。

屈復曰：今覩汨水陰森，自痛長窮。

夏大霖曰：鞠，如鞠躬之鞠，不得伸也。

陳遠新曰：舉目茫渺，荒僻難堪，且使心不能暢，身亦不通。

奚祿詒曰：故令己心中冤結曲軫，身離別而疾病，長久而困窮也。

丁元正曰：蓋失意失神之餘，見日月皆若無光，顧山河而盡成冥途也。有死之心，無生之氣，自沉之志於斯決矣。

陳本禮曰："冤結"句，追思昔日之鬱。"離愍"句，正鳴今日之苦也。

胡文英曰：紆軫，猶抑塞也。愍，憂也。言所以鬱結紆軫者，以罹此憂愍，而長此困窮也。此承"傷懷永哀"來。

牟庭曰：鬱結紆軫，山川修阻也。

王闓運曰：無可奈何及無所願也。

聞一多曰：軫亦紆也，"紆軫"與"鬱結"對文。

姜亮夫曰："鬱結"句，紆軫，兩形容詞之複合詞，曲而隱也，引申爲隱痛也。《九章·惜誦》："背膺牉以交痛兮，心鬱結而紆軫。"王逸《注》："紆，曲也；軫，隱也。"洪《補》曰："紆，縈也；軫，痛也。"按此兩訓詁字之合成詞，紆，《説文》"詘也"；即今之屈字。軫者，紾之借字。《哀郢》："出國而軫懷兮。"王《注》："軫，痛也。"

與此處洪補所釋同。《方言》三："紾，戾也。"又《懷沙》"鬱結紆軫
兮，離慜而長鞠"句法與《惜誦》同。　王訓紆曲而痛，則軫固訓痛
矣。《後漢書・馮衍傳・顯志賦》："馳中夏而升降兮，路紆軫而多
艱。"謂路隱曲而多艱也。　字又作軨，乃漢隸以後字變，凡㐱多變作
尒也。　見《哀時命》"悵惝罔以永思兮，心紆軨而增傷"。王逸注：
"言己含憂彷徉，意中悵然，惝罔長思，心屈纏痛，苦重傷也。"洪
《補》云："軨，當作軫。"慜與愍同，痛也。

蔣天樞曰：紆，盤曲。　軫，戾掣之痛。　慜，《史記》作愍，讀爲
閔。《詩・閔予小子》及《柏舟》詩"覯閔既多"，閔皆謂禍難，豈此
"離慜"亦謂遭遇禍難歟？《周書・謚法》："禍亂方作曰愍。"鞠，窮
也。　言己今又遇此阨難，豈終於窮困而無以脫乎？　曰長鞠，深
痛之。

湯炳正曰：鬱結，愁思積聚。　紆軫，揪心的隱痛。　以上第一
段，寫長期流亡南土的憂傷。

按：紆，屈也。　軫，痛也。　鞠，不得伸也。　言痛苦鬱結在心，
揮之不去，而又申訴無門。　王逸以爲常窮困，意亦近是。　奚禄詒謂
心中冤結曲軫，導致疾病，恐附會之說。

撫情効志兮，冤屈以自抑。

王逸曰：撫，循也。　効，猶覈也。　抑，按也。　言己多病長窮，
恐遂顛沛，撫己情意，考覈心志，無有過失，則屈志自抑而不懼也。

朱熹曰：撫，循也。　效，猶覈也。　抑，按也。　言撫情覈志，無
有過失，則屈志自抑而不懼也。

汪瑗曰：撫，安也。　效，放也，如《易》"效天下之動也"之效。
冤屈，言枉而不伸也。　抑，猶排遣也。　言己安其性情，放其心志，

自排遣其冤屈，而不使至於過傷也。　此又自慰之意，總承上四句，并首章而言也。　瑗按：首章至此，凡十句，初四句述江南風土之惡，次四句述望鄉不見之愁，又次二句則善乎自寬者也。　孰謂其有負石自沉之事乎？

黃文煥曰：撫我之情，致我之志。　冤屈雖悲，強制可遣。　一念之起，勉自抑之。　哀亦不可永也，鞠亦不可長也。　初愁不起，則後憂不接，此抑之之方也。

李陳玉曰：撫情強自尋歡，效志強學古人。　連自家也說不是。

陸時雍曰：抑，按止之也。　冤屈不自抑，則有暴怒之情，誹訕之言矣。

王萌曰：自抑，強制其心不欲愁也。　若不自抑，必廢常法而變心從俗矣。　此與下節，皆作自信之語。

錢澄之曰：撫情，自爲安慰也；效志，勞其心志，不容憂憤乘隙而起也。　冤屈，無可伸之理，自抑乃不覺其苦。

王夫之曰：變易初志，而撫念情志。

林雲銘曰：若我冤無可伸，循情覈志，尚可以無媿自遣。　又曰：六句言“傷懷永哀”之實。

徐煥龍曰：但循撫己情，考效己志，不愧不怍，所以雖冤屈而自抑制，未激昂而即就死。　下文正撫情效志之實也。

佚名曰：自起至“冤屈自抑”，敘被放之苦。“刓方”至“揆正”，述生平之節。“玄文”至“一概相量”，慨俗眼之顛倒。“黨人鄙固”至“邈不可慕”，極言世無知己，己亦難知，生不逢時之故。“懲違”至“限大故”，是強爲善而進退無門，雖生無益矣。“亂曰”以下，則直賦其《懷沙》之志。（《屈辭洗髓》引）

賀寬曰：雖勉自抑之而終難抑也。

　　張詩曰：于是撫其性情，效其心志，苟無有過失，即受此冤屈，而聊自按抑，不變其心也。

　　蔣驥曰：言循省其情，孜驗其志，雖遭冤屈而自抑過，蓋不敢怨人而增修其德也。

　　吳世尚曰：按而下曰抑。然而撫情效志實蒙冤負屈，不得已而自按抑也。

　　許清奇曰：循繹情志，實爲貞白，但以冤屈而自抑，從容就死，不爲憂憤也。首段敘己所以沉水之意。"冤屈自抑"句，領起通篇。

　　屈復曰："孔静幽默"四字，贊汨羅，切絶妙絶，非親覜者不知也。余固未嘗至，土著爲余言如此。右一段，記時記地，明自沈之冤抑也。

　　江中時曰：言循情繹志，信非吾罪，惟自按抑其怨屈之情也。以上言南土傷懷永哀之實。

　　夏大霖曰：撫情効志，自省撿情志之直言，不應冤屈，不能自申也。此節乃言居放所情況，無所見，無所爲，鬱結屈曲，輾轉不得，伸冤屈自按也。

　　邱仰文曰：言自考心志，無有過失。

　　陳遠新曰：循此情懷，考繹心志，似爲屈抑矣。

　　奚禄詒曰：言己顛沛，恐不自全，乃撫繹情志，無有過失，雖自按而不懼。

　　劉夢鵬曰：俛詘自抑，降心以自寬也。

　　胡文英曰：撫我之初情，驗我之本志，固將大有所爲也。而今乃得此冤屈而自抑，何哉?

　　牟庭曰：撫情効志者，明志素也。冤屈者，憤不遇也。自抑者，排愁苦也。

顏錫名曰：言自己問心，處此境地，實爲冤屈也。

聞一多曰：撫，案也、定也。《文選·神女賦序》“撫心定氣”，即此撫情之義。 下文冤屈自抑，承此言之。《文選·長笛賦》“致誠効志”，効亦致也。 此謂撫情以効志。《七諫·謬諫》曰：“願承間而効志兮，恐犯忌而干諱。 卒撫情以寂寞兮，然怊悵而自悲。”足與此文相發。

姜亮夫曰：“撫情”二句，言撫循其情，而覈量其志，將所遭遇之冤屈，强自抑按也。

蔣天樞曰：八句言己雖遭遇變故，往昔志操及所抱願望，並未因而改變。 撫情，體認己當前情操。 効，本作效，《說文》攴部：“效，象也。 從攴，交聲。”無効字。 効志者，使志形諸事業，象法天下。 俛，同俯，俯屈，謂爲環境所制約，暫伏屈以自藏。 自抑，自按制其行。

湯炳正曰：撫，猶循省，回顧；情，情實、情狀。 効，猶考核。《廣雅·釋言》：“效，考也。”效即効。 二句領起，謂回顧前情，考核己志，皆無過錯，故只有强抑冤屈。

按：効，證驗。 撫情効志，證驗素來之情與志，無有過失者。 冤屈自抑，己之情志高潔而不得使用，只得受冤屈被自己壓抑而不得施展。 王逸、朱熹皆以爲屈志自抑而不懼，意亦可取。 汪瑗以爲此句乃自慰之詞，謂己安其性情，放其心志，自排遣其冤屈，亦可參。

刓方以爲圜兮，常度未替。

王逸曰：刓，削。 度，法也。 替，廢也。 言人刓削方木，欲以爲圜，其常法度尚未廢也。 以言讒人譖逐放己，欲使改行，亦終守正而不易也。

洪興祖曰：圜，削也。

朱熹曰：刓，圜削也。 度，法也。 替，廢也。 言欲變心從俗，而常法未廢，不能遽變也。

周用曰：喻己之貞信有常，不遭其君。

汪瑗曰：刓，削也。 常度，謂工師授受之常法，規矩繩墨之類也。 永替，長廢也。 永，諸本作末，非是。 此以削方以爲圜而棄工師授受之常法，以喻變節以從俗，而棄君子守身之常法也。

徐師曾曰：替，廢也。 言不能遽爲圜也。

林兆珂曰：言人刓削方木，欲以爲圜，而其常法度必不能遽變。

陳第曰：即欲變方爲圜，而常度終不能廢。

黃文煥曰：此言我節不可變，黨人不吾知也。 寧方毋圜，浮世難問此立身之嘗度也。 刓而爲之，我所不肯替也。

李陳玉曰：執法自在。

陸時雍曰：刓方爲圜，而常度未替，所謂性有純而不可爲也。

王夫之曰：言欲屈抑徇物，毀方爲圜。

林雲銘曰：俗雖改方爲圜，而方之舊法未廢。 此以匠斷爲比者也。

高秋月曰：此人明己節不可變，黨人不吾知也。 刓方爲圜，則常度廢矣。 而常度不可廢也。

徐煥龍曰：欲刓方爲圜，去廉隅而作磨稜之態，則端方之常度固存，未能替廢。

賀寬曰：言吾所以永哀長鞠之故。 由於黨人不吾知耳，吾節終未變也。 刓方至所刓，言其不變本方也。 而削之使圜，失其常度矣。 我不敢廢也。

張詩曰：言雖欲變心從俗以削方爲圜，而常度終未能廢也。

蔣驥曰：刓，圜削也。　言欲變節從時，而常法具在，不敢廢也。

吳世尚曰：刓，削也，疑失字之誤。　言使我變心從俗，是刓方以爲圓也，則前人之常法，固未廢也。

許清奇曰：俗雖改方爲圓，而古法未廢。

屈復曰：刓，圓削器。　方圓之常度未廢。

江中時曰：言世雖毀方爲圓，而常法未廢。

夏大霖曰：度，言一定之尺寸。　言物有常度，必不可刓方以爲圓。

陳遠新曰：然雖少抑而又不抑者，存辟之工。　然知方之不能概用，而刓削爲圓，而於規矩常法終未廢也。

奚祿詒曰：將欲刓方爲圓以從時，而常曰法度，終不肯替也。

劉夢鵬曰：刓方爲圓，謂俗尚圓通。　常度未替，謂己守法度。

陳本禮曰：此因一生梗概大節，恐死去不明，剩一息尚存，盡情歷序一番。　似自撰行狀，留與千百世後人讀其文，而悲之也。《史記》獨裁此賦，迫亦將有感於斯文。

胡文英曰：我之不能從俗，猶方之不能爲圓也。　乃小人百計而播遷磨折于我，是欲剗方枘以入圓鑿也。　然我之常度，終不能廢，則小人亦徒勞矣。

顏錫名曰：言己雖自抑其冤屈，而初生本然之道，必不可易，猶之方圓之有常度，必不可廢。

王闓運曰：言己非不能自抑，由常度尚存，衆仍疾之。

馬其昶曰：刓方爲圓，乃老氏和光同塵之旨，然常度猶未替也。

聞一多曰：常度，猶故態也。

姜亮夫曰："圜兮"兮字作乎字解，疑問句也。　度，法也；即守正不屈之情也。　此兩句言余守正不屈之情，雖遭冤屈，而仍不替，豈可刓方以爲圜乎？ 故下承以易初也。

蔣天樞曰：刓方以爲圜，蓋謂以圜易方正，與世苟合。 常度，己素所持行之準則。 常度未替，己持守之情愈益熾烈。

湯炳正曰：此前句指小人世俗所爲，後句明己情志。

按：君子之爲方，小人爲之圜。 胡文英解曰："我之不能從俗，猶方之不能爲圜也。 乃小人百計而播遷磨折于我，是欲剗方柄以人圜鑿也。 然我之常度，終不能廢，則小人亦徒勞矣。"甚得其意。 王逸説亦是。 奚禄詒以爲常度爲國之法度，亦可參。

易初本迪兮，君子所鄙。

王逸曰：本，常也，迪，道也。 鄙，恥也。 言人遭世遇變，易初行，遠離常道，賢人君子之所恥，不忍爲也。

朱熹曰：易初，謂變易初心也。 本迪，未詳。

汪瑗曰：易，變也。 初，初心也。 本，常也。 迪，道也。 鄙，賤惡也。 變易其行，己之初心本然之常道。 此刓方爲圜，常度永替者，乃爲君子之所賤惡者也。

林兆珂曰：我欲變易初心，遠離常行之法度，亦君子所恥，不忍爲也。

陳第曰：本，原也。 迪，行也。 易初本迪，謂變其初之原行。

黃文煥曰：從破俗見言之，則曰易初本廸，君子所鄙。 易者，變其初心也。 廸，訓廸也。 本廸者，棄我初心，反本領於俗之廸我也，謂師彼之爲圜也。

李陳玉曰：守初自在。

王萌曰：易初本廸，謂變易初心，而本此以進也。

錢澄之曰：本迪，本然當行之道也。

王夫之曰：初本迪者，始所立志，本所率由也。若改易繩墨，則爲君子所鄙，心不能安也。

林雲銘曰：改變始初本來之道，似匠人之常度替矣。立身之君子，必薄之而不爲。

高秋月曰：變易初所行之道，君子所鄙不忍爲也。

徐煥龍曰：職以初服之有本衷，有迪蹈，而一旦變易之，實君子之所鄙夷，吾不屑爲此也。

賀寬曰：易其初之方而師彼之圜，非君子所鄙乎。

張詩曰：徒變易其行，己之初心，本然之常道耳，得不爲君子所鄙乎？

蔣驥曰：易初本迪，謂變易其初時本然之道也。

王邦采曰：迪，蹈也。

吳世尚曰：無論易其初心，失其常道，君子所鄙，圜不可爲也。

許清奇曰：改變本初所行之道，見鄙君子。

屈復曰：初，始。本，根柢也。《書·大禹謨》：“惠迪吉。”注言“順道則吉也”。鄙，厭薄。變易根柢之道，君子厭薄。

江中時曰：苟變易本來初服之道，君子所鄙也。

夏大霖曰：迪，善也。君子有本迪必不可改初心。

陳遠新曰：鄙，鄙其替度。常度何以不可替，以度乃初本之道，廢而易之，深媿於君子也。

奚祿詒曰：迪，蹈也，又循道也。言遭遇世變，改易初服，離遠常道，君子之所耻也。

劉夢鵬曰：初之所由，乃常度所在。若一旦易之，則爲君子所鄙矣。

戴震曰：迪，猶導也、達也。語之轉。初之本迪，猶工有規畫繩墨矣。

陳本禮曰：本廸，本於先人啓廸之道。

胡文英曰：言我豈不知易其初先本然之道，則無所播遷，然此實君子所鄙，我豈爲之哉？

顏錫名曰：夫不變易本廸之君子。

王闓運曰：初本之道，即常度也。

馬其昶曰：《爾雅》：“廸，道也。”《史記》作本由。 廸、由通借。《正義》云：“本，常也。”言人違常道。

武延緒曰：本疑或爲求，形近之譌。《集韻》：“廸，進也。”《詩·大雅》：“維此哲人，弗求弗廸。”注：“廸，進也。”疑此借用。 言易初心以求進也。 廸，《史記》作由。 由乃廸之聲母。

聞一多曰：《思美人》“欲變節以從俗兮，媿易初而屈志”。《國策·趙策二》：“今王易初不循俗，胡服不顧世。”本，疑當爲變。 詳《校補》。 此易初變道對舉，猶《思美人》變留初對舉也。

姜亮夫曰：易初本廸，廸當從《史記》作由，蓋勒誤也。 此句當作“易由初本兮”，易由，即《詩·小雅·小弁》之“君子無易由言，耳屬於垣”之“易由”；又《大雅·抑》“無易由言，無曰苟矣，莫捫朕舌，言不可逝矣”；易由，猶今言夷猶、夷由，謂行事不決也。 亦可單曰由，《小雅·賓之初筵》“匪言勿語，匪由勿語，由醉之言，俾出童羖”；匪由勿語，謂不作易由之言也；由醉之言，猶言易由之醉言也。 自來説者皆不通其義。 詳余《詩騷聯綿字考》。 易由初本，謂於其本初夷猶不決也。 夷猶初本，則是可改透，則方固可以刓爲圜矣，故爲君子之所鄙！ 余初説作“易初不由”，蓋古不字之形本近而譌；“不由”乃戰國以來習用語，見於孟、荀、莊、韓者至多，不由，猶言不以爲道也，於文句似較上説爲暢。 然有兩弊可商：一則改易經字，爲校勘者所當至慎，一則下句言所鄙，果爲變易不由，則其事既成，無可救藥，不僅爲君子所鄙，當爲君子所棄矣！兩語義意輕重之間，不甚調合，果如上説，則夷猶只是懷疑尚未成行，故可言鄙，即無定見定志之義耳。故寧取句語稍澀也。初説存參。

蔣天樞曰：後四句，殆當日事態有新發展，而屈原不肯接受，故爲隱語以申之。《説文·辵部》：“迪，道也。從辵由聲。”本迪，己本來所循行之道路。易初本迪，謂改變己南來初衷，殆即《思美人》所言“欲變節以從俗兮，愧易初而屈志”之事，疑當日南人意，設不能北歸，則請原留長南土，故有“易初本迪兮，君子所鄙”語也。

湯炳正曰：易本迪，猶言改變本來的道路。二句自謂如因遭讒被放而改變道路，乃君子所恥而不爲。

按：迪，《説文》：“道也。”引申爲道理，應該遵循的行爲準則。易初本迪，謂變易其初時本然之道也。蔣驥説是。鄙，恥也。言變易初時之心，當爲君子所恥。

章畫志墨兮，前圖未改。

王逸曰：章，明也。志，念也。圖，法也。改，易也。言工明於所畫，念其繩墨，修前人之法，不易其道，則曲木直而惡木好也。以言人遵先聖之法度，修其仁義，不易其行，則德譽興而榮名立也。

朱熹曰：章，明也。志，念也。墨，謂繩墨。言譬之工人章明所畫之繩墨，而念之不忘者，亦以前人之法度未改故也。

汪瑗曰：章，明也。畫，言所指示之法也。志，念也。或曰，誌通，謂不忘也。其説亦可相通。墨，謂規矩繩墨之屬，獨言墨者，省文耳。前圖，謂古人授受之法度，即上畫墨是也。未改，守常不變也。此言工人明於所畫，念其繩墨，脩前人之法，不易其道，以喻不易初而屈志之君子也。

徐師曾曰：章明所畫之繩墨，而念之不忘也。

陳第曰：章，明也。志，念也。欲明其經畫，念其繩墨，所謂前圖也。

黃文煥曰：有畫有墨，古法具存。此守先之前圖也。章而志之，我所不待改也。圖如圖繪之圖。畫，刻畫之痕也。畫久而渝，爲一章明之，足矣。未容改易也。墨者，繩墨之際，分毫無可增也。

李陳玉曰：在是規矩日新，不能舍所學以從。

陸時雍曰：章，明。畫，界限也。猶是非畫然之畫。志墨，志意繩墨也。

王萌曰：章，明。畫，如卦畫之畫，有法度森列，不可淆亂之意。墨，繩墨也。圖，法也。

錢澄之曰：畫、墨，即繩墨也。章、志者，言此繩墨常在心眼之間，不能昧也。前圖之不容改，斯本迪之不可易也。

王夫之曰：畫者，匠者。墨，所畫也。志，記也。所畫之墨，守之以爲直，章明易見，記之以無失尺度也。

林雲銘曰：章，修明也。畫，所繪之痕。志，用意。墨，施繪之具。前人有圖樣在，無可更改。此以繪畫爲比者也。

高秋月曰：章畫，章明其刻畫之痕也。志墨者，志其繩墨也。言章畫而志墨，前人之法度不可改也。

徐煥龍曰：行已如木之有繩，既已明章其畫，則所志在墨，而從前章畫之圖，未之可改。

賀寬曰：古法具存，如繪如刻，繩墨具在，未易改也。章而明之志矣。

張詩曰：則惟有章明其規畫，矢志于繩墨，以不改前人之法度而已。

蔣驥曰：畫，規畫也。　志，念也。　畫與墨，皆其所受於前人。以爲常度本迪者，章而志之，正不敢刓與易之實行也。

王邦采曰：總言舊法不可變亂也。

吳世尚曰：且所章之畫，所志之墨，前圖未改，明明方在，又豈可刓乎？

許清奇曰：章畫志墨，即循繩墨意也。　前圖，前人之圖度也。

屈復曰：章，典章。　畫，卦畫。　志，記，與誌同，積記其事也。墨，書墨。　典章如畫，志記如墨，甚分明也。　圖，計。　況章志分明，我之前圖，豈能更改？

江中時曰：畫，所繪之痕也。　志，用意也。　章明所畫而志其墨跡，以前人有圖像在，無可更改也。

夏大霖曰：如匠氏之畫墨章明志記，分寸不改也。

邱仰文曰：言譬之工人，章明所畫之繩墨，亦以前人法度不可改。

陳遠新曰：章，顯之也。　畫，圖痕。　志，用心也。　墨，圖痕之墨。　前圖，喻古人法式。　譬之繪事，有前圖在墨畫之間，不妨用心表而出之，而盡改之，則不可耳。

奚祿詒曰：譬如工匠，明於所畫，志念繩墨，修前法而不易，其道則曲木直，而惡木好。　君子遵賢聖之法，修行仁義，則德業興而榮名立矣。

劉夢鵬曰：畫，畫然，較一職守也。　言己不肯改以從俗，而專一本由者也。

胡文英曰：畫、墨，皆匠人所用。　章明而志記之，豈肯改之，以從此儞規矩背繩墨之徒哉？

牟庭曰：撫情效志也，俗雖陵替，我自立也。

顏錫名曰：又如匠氏所章之畫，所志之墨，具有前人一定法度，無可改變。

王闓運曰：上言方圓，故以木喻。刓木者必畫墨。志，識也。

聞一多曰：志，《史記》作職。職、識通，謂明著也。規畫彰明，繩墨昭著。《管子·宙合》篇：「明墨章畫，今作畫，從王念孫改。道德有常，則後世人人循今作修，從王改。理而不迷。」明墨章畫，猶此言章畫志墨；道德有常，猶此言前圖未改也。

于省吾：王注釋「章畫」為工明於所畫，釋「志墨」為念其繩墨，加上工字和繩字，以補足之，這是望文生義，違背了訓詁通則。可是，後世一直沿用其說，習非成是。其實，「章畫志墨兮，前圖未改」，係屈子回憶往事，確有所指。《國語·周語》「將以講事成章」，韋解「章，章程也」；《史記·屈原列傳》索隱解此句的「畫」字說「畫，計畫也」；《周禮·保章氏》「以志星辰日月之變動」，鄭注：「志，古文識，識，記也。」《說文》：「墨，書墨也，從土從黑，黑亦聲。」段注：「蓋筆墨自古有之，不始於蒙恬也。箸於竹帛謂之書，竹木以桼，帛必以墨，用帛亦必不起於秦漢也。」《管子·霸形》：「令百官有司削方墨筆。」《韓詩外傳》七，敘周舍對趙簡子曰：「願為諤諤之臣，墨筆操牘從君之過而日有記也。」因此可見，筆墨之用，不始於秦漢。近世所發現的仰韶文化的彩陶，有的繪畫筆道諧調精美，不用筆墨是做不到的。近年來長沙和信陽的戰國墓葬，均有實物毛筆的發現。余舊藏有晚周臨淄出土的「環形墨」。遭一切都足以說明秦漢以前已經有了筆墨的應用。依據上述，則「章畫志墨」是說章程計畫曾記之於筆墨，這與《列傳》所說的「懷王使屈原造為憲令，屈平屬草稿……」的敘述適相符恰。所謂「憲令」者，就是章程計畫。由於章程計畫必須與王圖謀而後草創之，故述説往事以"章畫志墨，前圖未改"爲言。 意思是説，從前與王所圖謀的規章計畫、經國大法，都是正確的，至今思之，還是堅持"前圖"，未能改變。 又上句言"刓方以爲圜兮，常度未替，易初不_{原作本，依劉永濟《屈賦通箋》改。} 廻（由）兮，君子所鄙，前後一義相貫。《九章》中多有追述往事，不改初行的詞句。 例如，《惜誦》："言與行其可跡兮，情與貌其不變。"《思美人》："欲變節以從俗兮，媿易初而屈志。"又："知前轍之不遂兮，未改此度。"又："廣遂前畫_{從前的計畫。}兮，未改此度也。"《惜往日》："惜往日之曾信兮，受命詔以昭詩，奉先功以照下兮，明法度之嫌疑。"以上所列，都是堅持他一貫的主張，始終不渝，可與"章畫志墨兮，前圖未改"二句互相徵證。 或謂《九章》的《思美人》和《惜往日》非屈子所作，但是，都係先秦舊文，作者必深知屈子之身世，故爲此言。 此外，《管子·宙合》的"深而迹，言明墨章書"，王念孫《讀書雜志》改"書"爲"畫"，這是對的。 但仍依《楚辭》王注爲解，未免拘泥。 總之，"章畫志墨兮，前圖未改"這兩句話，十分顯然，是屈原自己追述往事，替懷王造爲憲令，屬草棄以記之於筆墨。關於屈原事迹，今日所流傳的戰國典籍，一無所見。 至西漢時代，有關屈原史料也必寥寥無幾，故《史記·屈原列傳》多發議論，其中偶有所述，自當本于故書雅記。 但是，以"章畫志墨"的"志"字《列傳》作"職"驗之，則無以判定太史公係讀職爲識訓作"記"，而且他也未引用此語與"憲令""屬稿"相印證。 可見太史公並没有注意到這一點。《列傳》之"造爲憲令"和"屬草稿"的叙述，既然別有所本，而《懷沙》之"章畫志墨"又與之不謀而合，是太史公所叙，再一次由屈賦本身得到證實，豈非快事。 因此可見，自廖平作《楚辭新解》謂《史記·屈原列傳》爲不可據，斷定屈原並無其人，後來有的學者，還依聲附和。 這是對于屈原事迹，未加深考，以致爲此荒謬之談。

姜亮夫曰：“章畫志墨”兩語：章畫，副動複合詞，言章其規畫也。 畫即畫規之器，象形字也，規則形聲字，方言之別，而各造異文也。“章畫志墨兮”兩句，王、朱兩説皆不當。“章畫志墨”雖爲對文，而義實相連。 章，《説文》本訓“樂竟爲一章”，樂章之章，明樂之有節度也。《大雅》“不愆不忘，率由舊章”，《孟子》説爲“遵先王之法章”。《春秋傳》“請隧弗許，曰：王章也”。 王章猶賈誼所謂帝制。《禮記·中庸》：“憲章文武。”謂約法制度也。 有制度者，必中規矩準繩，詳章炳麟《小學答問》。 畫者，《説文·聿部》，“界也、象田四界，聿所以畫之。”大徐胡麥切。 又曰：又規矱之所同，矱字即畫之形聲字。 章畫二句，言修明規畫、識別繩墨皆前人法度之未可更改者也。

蔣天樞曰：志，《史記》作“職”，與“識”通。 識墨，標識與繩墨。 圖，謀畫。 明畫己之標識繩墨，則前謀畫者未容更改。

湯炳正曰：墨，文字。 前圖，以前所立的法度。《管子·君臣》：“主畫之，相守之；相畫之，官守之。”則“章畫”指明其規劃。《管子·宙合》：“明墨章書，道德有常。”“墨”指文字，則“志墨”謂著之文字。 此皆指屈子執政時的憲令而言。 二句亦即《思美人》所謂“廣遂前畫兮，未改此度也”。

按：墨，繩墨。 畫墨，皆準繩，準則。 前圖，前人之畫圖，喻前人之規則。 言方之爲方，圓之爲圓，自古無削方爲圓者。 前人之規矩，今亦不改。 朱熹説是。 此句乃屈原表明己之是非觀之句。 原執著於西周之文明，以仁義禮樂爲飾，而戰國以降，縱橫家以逐利爲業，捭闔於各國之間，仁義禮樂之常法已然崩塌，是非觀念顛倒，此時代趨勢，原不能理解，亦不能融入，而堅持以仁義道德爲是，以非

善非義爲非，直至投水自沉。 王逸以爲原修其仁義，不易其行，則德
譽興而榮名立也，解亦可通。

内厚質正兮，大人所盛。 朱熹《集注》本作䁆。

王逸曰：言人質性敦厚，心志正直，行無過失，則大人君子所盛
美也。

朱熹曰：所䁆，所盛美也。

汪瑗曰：内厚，言其心志之忠厚也。 質正，言其形體之端正也。
所盛，所盛美也。

徐師曾曰：盛，同大。 人之所盛美也。

陳第曰：内重厚，質端正，大人所甚美。

張京元曰：言世雖刓方爲圓，而常法終未可廢，如欲變易初心，
背違常道，乃君子所鄙，是以盡守繩墨不改前圖，敦厚正直，希大人
之盛美也。

黃文煥曰：從遵古昔言之，則曰内厚質正，大人所䁆。 其内厚，
故可容我之章明也。 無盡之蕴，不妨闡發也。 其質正，故但志古之
繩墨，謹而循之，原無枉曲，待我之剗施繩墨也。 避見鄙於君子，等
所䁆於大人。 如是而古今天人之際，可以表我之獨立，聽人之共知
矣。 質正則何往非正，章畫則何往非章，既正既章，又何患心目之不
明哉！ 又曰：未替、未改，所鄙、所䁆，語語對列。

李陳玉曰：不是時人輕佻。

錢澄之曰：内厚則不爲儇巧所動；質正則不爲邪曲所惑。 君子所
鄙在彼，大人所䁆在此，亦足以自信矣。

王夫之曰：忠以厚君，直以正事。 無巧言之慷慨，敦誠樸之昭
質，唯大人爲能顯其功。

林雲銘曰：在內之質，厚而且正，似前圖可以施工。居上位之大人，必明而用之。晠，明也。

高秋月曰：內厚質正，言質性敦厚，心正直行無過失，此大人之所以盛美也。此言己之守正以君子大人爲歸也。

徐焕龍曰：惟不遷於外物，內自厚其質直正大之情，斯大人所稱盛節，吾何爲不然乎。八句反正作對，如今時對股體。

賀寬曰：厚則無容削，正則無容邪，大人之所稱也。

張詩曰：內既心志忠厚，外既形質端正，將不爲當世大人所稱美乎！

蔣驥曰：晠，盛同。言守其畫墨，而內自厚，其質直正大之情，此大人所晠美也。

王邦采曰：厚，厚重。質，質直。正，正大也。此人如此，宜爲大人所盛稱。

吳世尚曰：但內厚質正者，德之盛也。固大人之所盛美，而才不爲世用，則人熟知之。

許清奇曰：內厚重而質端正，乃大人所盛美。此守規矩循繩墨者。

屈復曰：晠，明。然忠厚正直，藏之於內，必大人乃能明見。

江中時曰：內厚質正，言內質厚而且正，猶白之可以受采。此大人之所盛美也。二解凡設二喻，妙用一反一正。

夏大霖曰：內厚質正，言天性純厚，得正者，此自指。大人，指君晠盛美之也。晠，明也。不待外著觀人。

邱仰文曰：盛，美也。

陳遠新曰：內，存心。質，秉性。正，內質即初本厚，正即未易。大人，對黨人鄙固看。余之內厚質正如此，惟大人能即於未用之，先明之。

劉夢鵬曰：内直，中守正直也。　質重，外存敦愨也。　大人猶言君子。

丁元正曰：内厚，内存忠厚。　質正，質本正直也。

陳本禮曰：胹，美也。

方績曰：胹，《説文》：“明也。”

胡文英曰：内既厚而質復正直，此大人之所以爲盛德也，豈可改哉？

顏錫名曰：實内厚質正之君子，乃凡爲君子者所盛美。

武延緒曰：“内厚”二句與上“易初本迪兮”二句爲對文。　承“章畫志墨”二句言。　“章畫”二句與上“刓方”二句亦爲對文。　疑“胹”字當作美。　注“所胹，所盛美也”，蓋亦王逸舊注疑當作“所美”，所盛美也。　後人因見《史記》“美”誤作“盛”，遂據而改之也。　但其誤已久，蓋在宋以前矣。　不知“正”今楚人尚有讀若章者，屈子本文蓋與下四句爲韻也。　今以一“胹”之誤，致上下界畫不清而義愈晦矣。　愚意“内厚”二句當屬上四句爲一節。

聞一多曰：秉性敦厚，志行正直。《文選・東京賦》“盛夏後之致美”。　薛注：“盛，嘉也。”

姜亮夫曰：内，屈宋賦凡九見，漢人諸賦凡三見，其義之要者可别爲二，兹分述如下：一、言人之與生同來之質性，天生者也。　如《離騷》“紛吾既有此内美兮”，指人生而有之質性言。《九章・懷沙》“内厚質正兮”，王逸注：“《史記》作内直質重兮”，言人質性敦厚，心志正直，行無過失。　按厚當從《史記》作直，屈子言内美，言直不言厚也。　然此句當作“内質直正”，“内質與直正”皆聯文，他本有誤。“直正”作“厚重”者，故遂以内質爲平列字，而作“内厚質重者矣"。"内質直正"即《離騷》之内美也，内美即質性正直之義。屈宋以直正爲美德，全書皆可考見，此無容辯説者也。 故此内字，指人本質之性言，質言之曰質性，混言之，則曰内也。 二、内即心一詞之别語，如《離騷》："羌内恕己以量人兮，各興心而嫉妒。"按"内恕己"猶言"心想己"，與下心字同義而異詞也，言質性者指本體言，言心者，係就其活動之現象立説，指心理活動之現象、狀態而言。 其餘諸義尚有借爲訥爲肭又爲内容諸義。 是内字屈宋所用者五義，其三四兩義訥肭。爲借義，其餘三義，先秦舊説似少用之者。 試就經籍所載考之，經文中諸子亦然。無用内爲"質性""心"者。《禮記·禮器》"無節于内"句疏，以心釋之，乃漢以後説，不得據以爲證。 則"質性""心"二義，直是屈宋特用之字，而其用皆集中于《九章》《遠游》兩篇。 恐未非屈宋通用之詞，亦即不必爲楚南人習用之語。 是内之義，直屈師弟授受之專用術語矣。 大人，猶他書言君子也。 盛，借爲成，善也，《檀弓》"竹不成用"，注："成，善也。"

蔣天樞曰：八句設喻以明己情，暗寓國事急遽變化，來得突兀。設喻中之"巧倕不斲""玄文處幽"，是屈原在當日處境中所能吐露的沈痛語言。 如能體認原此種情緒，便可理解下文"變白而爲黑"以下詩句之沉重意義。 内，中也。 厚，就有負載之量言。《易·象傳》："君子以厚德載物。"内蘊無疆之德，而持身正直，乃聖賢所美。

湯炳正曰：内厚質正，性格敦厚，品質端正。

按：大人，王逸以爲君子，林雲銘以爲居上位之人。 此句與上文"易初本迪兮，君子所鄙"爲對文，"大人"與"君子"相對，固解爲君子更恰當。 王逸説是。

巧倕不斲兮，孰察其撥正。

王逸曰：倕，堯巧工也。斲，斫也。察，知也。撥，治也。言倕不以斤斲，則曲木不治，誰知其工巧者乎？以言君子不居爵位，眾亦莫知其賢能也。

洪興祖曰：倕，音垂。《書》曰："垂汝共工。"《莊子》曰："工倕旋而蓋規矩。"《淮南》曰："周鼎著倕，使銜其指。"《說文》云："斲，斫也"，"劖，殺也"。《說文》："撥，治也"，"揆，度也"。

朱熹曰：倕，《書》作垂，性巧，舜命以為共工。斲，斫也。揆，度也。即上章所謂畫也。

汪瑗曰：倕，舜臣名，有巧思，善作百工之物，故曰巧倕，舜命以作共工者也。見今《舜典》，倕正作垂。《莊子》曰"攦工倕之指"，又曰"工倕旋而蓋規矩"，《淮南子》曰"周鼎著倕，使御其指"是也。斲，斫也。巧倕不斲，以喻聖人之不作也。孰，誰也。察，審也。揆，度也。言巧匠不斲，則世雖有章畫之良工，無有審而度之，以知其守法之正也，以喻聖人不作，則世雖內厚質正之君子，無有審而度之，以知其守道之正也。揆舊作撥。或曰，如《詩》"本實先撥"之撥，言廢常法者，正言守前圖者，當總結上，亦通。瑗按：刓方為圓，天下之賤工也。章畫志墨，天下之良工也。巧倕不斲，孰從而察之乎？鮮有不以賤工為能，以良工為拘矣。易初本迪，天下之小人也。內厚質正，天下之君子也。聖人不作，孰從而察之乎？鮮有不以小人為通，以君子為迂矣。惟其不知察之也，是故以玄文為不章，以微睇為不明，亂白黑而倒上下，囚鳳凰而舞雞鶩，同糅玉石而一概相量也。噫！此黨人鄙固之甚矣。世無大人君子矣。慨重華而慕湯禹之心，屈子其容己乎？瑗按：篇首至此，即洪氏所謂"己雖放逐，不以窮困易其行也"是矣。

林兆珂曰：倕，舜時共工也。斵，削也。言人必篤秉正直，絶無邪曲，則爲君子所盛美。若倕不以斤斵曲木，揆之使正，亦誰知其工巧乎？

陳第曰：然不施用，何由知之乎？揆，度也。

黃文煥曰：然而事猶有難言者，衆人見顯，不能見隱，手斵之正顯，心揆之正隱。君不我用，技無所施，善揆之心，至正之質，誰人察之。

李陳玉曰：不是時人小巧。

陸時雍曰：倕，舜時工正。

王萌曰：倕，《書》作垂，堯巧工也。言倕必斵而後知其巧，以比己不用，無人知其才德也。

錢澄之曰：世以善斵者爲巧，不知巧倕之不貴斵也，惟取揆之正也。而今刓方爲圓，不重繩墨，孰察其揆正乎？

王夫之曰：猶倕必試之以斵，而後知其巧。

林雲銘曰：承上匠斵來。

高秋月曰：然君不我用，孰能知之，如巧倕不操斤斧以斵，孰察其善揆之心也乎？

徐煥龍曰：拙匠頻斵，巧倕不斵，蓋其揆於木理者，正不費斧斤之用，不煩削屢之勞耳。然而人孰察之，以比己之所鄙在彼，所諴在此，確有定揆，而無所遷就改易于其間也。承上方圓畫墨總言之，又起下文，莫能知之意。

賀寬曰：然而事有難言者，衆人見顯，不能見隱，吾心之揆正，非巧匠所能知也。

張詩曰：然使有巧徑而不使之斵，則雖有章畫志墨之工，孰有能察之而知其揆度之正者？以喻有聖賢而不在位，則雖有內厚質正之德，孰有能察之而知其守道之正者？

　　蔣驥曰：倕，舜共工名，性巧。然賢而不試，則譬有巧匠而不使之斲，亦安知其度物之正哉？此本上撫情效志而言，以起人莫能知之意。

　　王邦采曰：而君不見用，如巧匠未施其斧斤，孰能察其所行之必揆於正而無所遷就改易乎？

　　吳世尚曰：如倕之巧，而不居斲削之任。世亦孰能察其揆度之工巧者乎？揆正，即所謂旋而蓋規矩也。

　　許清奇曰：但倕不作斲匠，誰能察之者。

　　屈復曰：不斲，其巧未用也。如工垂不斲，其巧未用，孰察其揆正乎？

　　江中時曰：倕，舜時爲共工，有巧思者也。二句承上刓方爲圜來，自爲一解。

　　夏大霖曰：倕，黃帝時巧工名，比君用人，如大匠用木，不斲不用也，更無能用之者，故云孰察其揆正。此言己之忠藎性生，常爲君所盛取，乃君不如匠之用木而不用焉，又孰能察其可用而用之乎？

　　邱仰文曰：喻賢人不用，無由自見。

　　陳遠新曰：巧倕不斲，喻厚正未爲世用。孰察，喻人不知其巧。不然良才不爲工師所斲，孰知其勝大任。

　　奚祿詒曰：倕，舜臣。《書》云：“疇若予工。僉曰：‘垂哉。’”使倕不以斤斲，孰察其工巧，能揆度以正其曲木乎，君子不秉政事，人亦莫知其賢也。

　　劉夢鵬曰：不斲，謂謹守繩墨。言不斲者，揆合正法，而人不察也。

　　丁元正曰：倕必試之以斲，而後見其巧。不斲，則雖有章畫志墨，所揆之正，莫能察也。 以喻賢人不在位則雖有内厚質正之德，孰有能知其守道之正乎？

戴震曰：揆正，謂揆度之正，可爲法守也。

陳本禮曰：言倕必斲而後知其巧，喻己不見用，無人知其才德也。

胡文英曰：倕雖巧，然未嘗得斲，孰知其所度之正乎？ 猶屈子不能得政，孰知其治國之善乎？

胡濬源曰：才不用，無以自見，千古實情。

顏錫名曰：然必見用，乃能施其經濟。 工倕雖巧，不使之斲，孰能察揆度之正。

俞樾曰：古以倕多巧，謂之巧倕。 余嘗疑是“功倕”之誤。 功借作工，即《莊子》所謂“工倕”也。 後見諸書言巧倕者多，亦不敢固執前説矣。

王闓運曰：己志決死，恐人不察，以爲怨懟，故專明懷才不用之恨，不及國亡身死之詞。 蓋追咎懷王，既已不忍，致怨頃襄，又復無益，況於讒佞，不足復言，惟自恨畸行宜逢嫉蔽耳。

孫詒讓曰：撥，謂曲枉，與“正”對文。《管子·宙合》篇云：“夫繩扶撥以爲正。”《淮南子·本經訓》亦云：“扶撥以爲正。”高注云：“撥，枉也。”《修務訓》云：“琴或撥剌枉撓。”注云：“撥剌，不正也。”《荀子·正論》篇云“不能以撥弓曲矢中”，《戰國策·西周策》云“弓撥矢鉤”，皆其證也。 王釋爲“治”，失之。《史記》作“揆”，亦誤。

馬其昶曰：以上自述平生守正大節。

聞一多曰：撥猶撥剌，枉曲也。《淮南子·修務訓》云“琴或撥剌枉撓”，注云：“撥剌，不正也。”或單曰撥。《管子·宙合》篇云“夫繩扶撥以爲正”，《淮南子·本經訓》“扶撥以爲正”，撥正對舉，與此正同。　又，《荀子·正論》篇云“不能以撥弓曲矢中”，《戰國策·西周策》云“弓撥矢鉤”，義並同。《莊子·大宗師》篇“曲僂發背”，則以發爲之。　以上撥字説本孫詒讓。

姜亮夫曰：“巧倕”二句，言巧倕雖巧，使其不運斧斤而斫斷，則又有孰人能察其爲曲爲正與？　以喻君子不居爵位，又孰人能察別人世之孰爲曲與孰爲直與？

蔣天樞曰：倕，古巧工，《莊子》《淮南子》俱載之。　撥，治也。《詩·長發》：“玄王桓撥，受小國是達，受大國是達。”言玄王契。有偉大撥亂反治之能。　使倕而不得施其巧，又誰能察其撥亂反正之才能乎？

湯炳正曰：倕，傳説中堯時的能工巧匠。　斲，砍，指製作器物。察，瞭解。　撥，歪曲。　正，端正。《管子·宙合》“夫繩扶撥以爲正”，即“撥”“正”對舉。　此二句以倕不施工於木，怎知木之邪正。喻世無聖賢，誰能知事之曲直。　其承上句“大人所盛”而言，與以下四句意思不一。

按：此言倕若不斲，誰知木之正。　王逸説：“倕不以斤斲，則曲木不治，誰知其工巧者乎？　以言君子不居爵位，衆亦莫知其賢能也。”意已説盡。

玄文處幽兮，矇瞍謂之不章。

王逸曰：玄，墨也。　幽，冥也。　矇，盲者也。《詩》云：“矇瞍奏工。”章，明也。　言持玄墨之文，居於幽冥之處，則矇瞍之徒以爲不明也。　言持賢知之士，居於山谷，則衆愚以爲不賢也。

洪興祖曰：有眸子而無見曰矇，無眸子曰瞍。

朱熹曰：玄，墨也。　幽，冥也。　有眸子而無見曰矇，無眸子曰瞍。

周用曰：下二章，言由於小人之變亂賢否。

汪瑗曰：玄文，謂太素白賁自然之文也，如玄酒味方淡之玄。　處幽，猶用晦也。　有眸子而無見曰矇，無眸子曰瞍。　皆瞽者也。《詩》曰"矇瞍奏工"是也。

黃文煥曰：此藏於無可見，雖有未矇未瞽之目，未之能見也。

李陳玉曰：眾人能見有形，不能見無形。

陸時雍曰：無眸曰瞍，有眸不明曰矇。　世不能用君子，不知自咎，而反誚君子之無能，則可笑莫甚於此。

王萌曰：以玄墨文置於暗地，昧者不見，眾人能見有形，不能見無形也。

賀貽孫曰：罵盡盲人有目無視。

錢澄之曰：此言舉世皆無目者也。　以瞍察玄文，以瞽笑離婁，無怪其然矣。

林雲銘曰：持黑文置暗地，昧者不見。

徐煥龍曰：以玄色之文，處幽暗之地，矇瞍必謂之不章明而無可辨別。

賀寬曰：玄文而又處幽，何常不可見，矇瞍則以爲不章矣。

張詩曰：言無紅紫艷麗之色，又處于幽暗之所。　即有目者，且不能識其美，況以矇瞍視之，則謂其無文章之可觀也，不亦宜乎？

蔣驥曰：玄，黑也。　黑文之處暗，本似無文，而以矇瞍視之，則益不知其章矣。

王邦采曰：無明者，必不見。

吳世尚曰：言今以玄黑之文，置於幽暗之中。

　　許清奇曰：以墨文置暗地，矇瞍不見。

　　屈復曰：墨文更處暗地，有目者猶不能明見，況矇瞍？ 若玄幽之難見，視微之精妙，又何怪矇瞽之不知乎？

　　夏大霖曰：玄文，墨文也。 處幽，置暗處也。 矇瞍，目不明者。

　　陳遠新曰：玄文處黑，墨文置暗室。 句謂墨文置之暗室，昧者不見其章。

　　奚祿詒曰：使持玄文於幽暗之處，則矇以爲不著。 謂賢者居山谷，則不肖者以爲拙也。

　　劉夢鵬曰：玄通作炫，采色也。 采色投於暗地，又遇矇人，則反以爲不章。

　　丁元正曰：喻言賢智之士居於山谷，則眾愚以爲不賢也。

　　戴震曰：鄭仲師注《周官》云：“有目朕而無見，謂之矇；無目朕，謂之瞽。”

　　胡文英曰：玄文本不易見，乃遭幽暗之處，又遇矇瞍之人，則遂謂之不章。 猶屈子之學，本不易窺，又遭遠斥，則讒人短之，易矣。

　　顏錫名曰：置玄文於幽隱之地，矇瞍自然謂之不章。

　　馬其昶曰：章謂文采。

　　聞一多曰：玄文與離婁並舉，當亦人名。 疑文爲冥之假，或字本作旻。<small>省作文。</small> 玄冥北方神，其色黑。 處於北方幽暗之中，故矇者以爲不彰明也。

　　姜亮夫曰：文，文章，山節藻梲之屬。

　　蔣天樞曰：置黑色文彩於闇處，矇瞍必謂之無文章。

　　按：有眸子而無見曰矇，無眸子曰瞍。 王逸言持賢知之士，居於山谷，則眾愚以爲不賢也，甚是。 胡文英解曰“玄文本不易見，乃遭幽暗之處，又遇矇瞍之人，則遂謂之不章。 猶屈子之學，本不易窺，又遭遠斥，則讒人短之，易矣"，意更深一層。

離婁微睇兮，瞽以爲無明。

王逸曰：離婁，古明目者也。《孟子》曰："離婁之明。"睇，眄之也。瞽，盲者也。《詩》云："有瞽有瞽。"言離婁明目，無所不見，微有所眄，盲人輕之，以爲無明也。言賢者遭困厄，俗人侮之，以爲癡也。

洪興祖曰：《淮南》曰："離朱之明。"即離婁也，黃帝時人，明目，能見百步之外，秋豪之末。睇，《説文》曰："目小視也。南楚謂眄曰睇。"《説文》："瞽，目但有眹也。"

朱熹曰：離婁，古明目者也。睇，眄之也。瞽，盲者也。

汪瑗曰：離婁，古之明目者，黃帝時人，能見百步之外，秋豪之末。《孟子》曰："離婁之明。"《淮南》曰："離朱之明。"離朱，即離婁也。微睇，小視也。瞽，盲者也。夫玄文自然之妙，已非紅紫艷麗之色，又不炫耀於顯地，而自處乎幽晦之所，則益闇然矣，使世之有目者視之，且不能察其美，又況以矇瞍視之，則謂其無文章之可觀也，不亦宜乎？若離婁之微睇，是以規矩方圓之間，略一眄之，遂得其正，不待如世之昏者，睜睜然正明目視之，而後得也。使世之有目者立其側，且將譏其爲近覷也，又況以瞽者視之，則其謂之無明也，不亦宜乎？是玄文非真不章也，乃天下之至文也。微睇非真無明也，乃未嘗盡用其明也。彼君子之美，在其中，不自暴於外，而時或不得已少出其緒餘，未盡展其底蘊者，世俗遂從而譏之，其與矇瞽何以異哉？淳于髡諷孟子曰："魯繆公之時，公儀子爲政，子柳、子思爲臣，魯之削也滋甚。若是乎賢者之無益於國也。"且曰："是故無賢者，有則髡必識之。"嗚呼，髡之無目久矣，又烏足以識孟子之賢乎？

夫髡號戰國之智士也，且不知孟子之賢，則彼黨人之鄙固，又烏足以知屈子哉？

陳第曰：以離婁之明，微有所睇，盲人輕之，以爲無明。此正足前意。

張京元曰：言工倕不斲，玄文處幽，離婁微睇，賢人不用，皆非瞽俗所知。

黃文煥曰：爲玄文，爲離婁，何嘗不可見。而文或處幽，婁或微睇，以有可見者，又凝于未遽見，加以矇瞽之目，又安得見哉？

李陳玉曰：衆人能見粗，不能見精。

王遠曰：離婁，瞖目審視而盲者以爲無明，世人能見粗，不能見精也。

林雲銘曰：明目者，微有所視即見，而無目者反輕侮之。承上繪畫來。

高秋月曰：持玄文而處幽暗，惟離婁見文，矇瞍安得見乎？下一句正謂此意也。

徐煥龍曰：倘遇離婁，微加睇盼，則并離婁詆之，以爲無明而漫睇，舉世盡皆矇瞽，誰能瞭及幽隱者乎？觀離婁微睇語，當時猶有一二人知原，如宋玉者即是，必并爲楚人所排擠矣。

賀寬曰：即明目如離婁，略施盼睞，不肯細觀，亦遽難見也，而況瞽者乎？宜其爲無明矣。

張詩曰：若離婁之微睇，其于規矩方圓已無不得其正。然使有目者立其側，且謂其視之疏略也，況以瞽者視之，則謂其無明也，不亦宜乎！

蔣驥曰：離婁，古之明目者。微睇，謂略加睇盼，已無不見也。瞽，無目者。離婁之略觀，本似未審。而以瞽者視之，則益不知其明矣。

王邦采曰：及遇明如離婁，微加睇盼，而無明者反輕侮之。

吳世尚曰：暗室之中，能辨五色，百步之外，能察秋毫之末。惟離婁能微睇而別白之。矇瞍瞽者，必以爲不章而無明也。今舉國皆矇耳、瞽耳。離婁不可遇而望其察玄文於幽暗，豈不難乎？

許清奇曰：離婁微視即見，而瞽者反輕侮之。前十句，言非巧工不辨法度之正；此四句，言非明目不辨暗中之色。

屈復曰：瞽，即矇。

江中時曰：微睇，微視而即見也。

夏大霖曰：離婁，目最明者。瞽，目無見者。言用人貴乎明，照己不明，猶有明者代察也。如黑文置暗，本難看出，加之矇瞍之目不明，其不見暗室之玄文無怪也。然有離婁之明者，能睇至微必能看出，乃有瞽者，自無見真詆。離婁亦如其無見，豈非故置是非於不辯乎？

奚禄詒曰：離婁眄目而微視，則瞽以爲無明。謂智者遇困憊，則愚人以爲癡也。

陳遠新曰：瞽，盛於矇瞍之人。雖有明者微睇其文采，而人不信也。

劉夢鵬曰：微睇，謂無微不見，而瞽者反以爲無明。喻世無己知，相詆毀也。

陳本禮曰：離婁以視爲明，微睇而無不見。瞽以不見爲明，而能以意揣之，無所用其明。以喻眾人能見有形而不能見無形也。此承巧倕不斲，以喻人不能察其所揆之正也。

胡文英曰：離婁之明，本無微之不矚，而瞽不自見，反以爲無明。此必當時亦有識屈子之人如蘭蕙其人者，而黨人并陷之也。

顔錫名曰：離婁之所微睇，瞽者自然謂之無明。

王闓運曰：言既不知己材，又不知己智也。

聞一多曰：《孟子》："離婁之明，睇眄之也。"無明，目無光也。

姜亮夫曰：瞽，《説文》："目但有䀮也。"此四句亦沿上巧倕句來，言玄黑之文，本圖於昭明之處；而使之幽處，則矇盲之人，亦將謂其不彰顯。以離婁之明，百步之外，能見秋豪之末；而使之收目小視，則雖瞽者亦將以爲不明矣。此言君子處下位，則小人且輕蔑之也。

蔣天樞曰：離婁微睇其目以正曲直，瞽者反謂其無所見，長才蔽於昏庸，故己窮而又窮，以至今日。

湯炳正曰：離婁，傳説中黄帝時視力超常的人。微睇，略睜其目斜視。

按：離婁，古之明目者，黄帝時人，能見百步之外，秋豪之末。微睇，謂無微不見也。瞽，無目者。離婁無所不見，而瞽者以己之不見而以爲世界上没有人能看得見。

變白而爲黑兮，倒上以爲下。

王逸曰：世以濁爲清也，俗人以愚爲賢也。

汪瑗曰：白黑，喻善惡之混淆也。上下，喻爵位之錯亂也。

黄文焕曰：且非獨此也，人情愈險，世道愈厄，則即明見之，而且故意顛倒，以白爲黑，以上爲下矣。又曰：巧倕以下，逐段遞進。上下白黑，判然易知者，乃至變倒，比孰察、不章、無明，縣于不辨、處幽、微睇之未易知，深一層。

林雲銘曰：最易知者，亦至變倒，猶不止於不察、以爲不章無明己也。總承繪畫、匠斲，再深一層説。

徐焕龍曰：玄文不察，猶可言也。 甚至以白爲黑而變亂其是非，以上爲下而顛倒其位置。

佚名曰：從方圓畫墨到巧倕、離婁，從玄文到黑白，字句相生，暗中段落，令人無縫可覓。

賀寬曰：不獨此矣，且有以白爲黑，以上爲下者矣。 是非明見之，而故爲是倒見乎。

張詩曰：言白黑變易，上下倒置。

蔣驥曰：或倒而置之。

吳世尚曰：承上而言，此所以變白爲黑，而是非大謬，倒上爲下。

許清奇曰：承“玄文處幽”“刓方爲圜”一段意，而又甚之。

陳遠新曰：夫玄文不章，猶之可也。 而今更有甚者，本白也，而反以爲黑焉。 甚之，上下倒置。

奚禄詒曰：變白爲黑色，世以濁爲清也。 倒上爲下者，人以履加冠也。

陳本禮曰：此甚形其簧言瞽説，能變白爲黑，倒上爲下，不僅不察不見而已也。

胡文英曰：此承上文“玄文”四句而言，任小人之意，顛倒其是非也。

蔣天樞曰：八句總承上文，繼續説明國事變化；前四句標出内容異常豐富的四個方面，後四句中前二句指出這一變化的結果，後二句則作者最痛心所在。 當“媒絶路阻”意外事件發生後，原所苦心擘畫之事業遠景，又將付諸東流，因而對過去遭遇更其感到憤慨。 變白而爲黑，謂以汙辱加於潔白。 倒上以爲下，謂量才不辨能。

按：此言黑白顛倒。 這是對楚國社會是非觀的描述，也是痛斥。

鳳皇在笯兮，雞鶩翔舞。

王逸曰：笯，籠落也。 言聖人困厄，小人得志也。

郭璞曰：鶩，鴨也。（《爾雅·釋鳥》“舒鳧鶩”注、《文選·上林賦》“煩鶩庸渠”注）

洪興祖曰：笯，音暮，《說文》曰：“籠也。 南楚謂之笯。”

朱熹曰：笯，籠落也。

汪瑗曰：笯，籠也。 鳳凰雞鶩，喻賢愚之反常也。

陳第曰：笯，籠落也。 忠佞不別，亦猶是也。

黃文煥曰：鳳爲雞侮，玉與石同，何態不備，何事不有乎？

周拱辰曰：籠鶩笯鳳，鳳惜羽而不來。

林雲銘曰：以貴爲賤，以賤爲貴，且不止於變倒而已。

徐煥龍曰：鳳凰則稱諸粗賤之籠，雞鶩則恣其翔舞於前。

賀寬曰：雞鶩而侮鳳凰。

吳世尚曰：而用舍盡乖，君子竄身而囚辱，群小得志而飛鳴，其亦無怪其然矣。

許清奇曰：至是則忠佞易位矣。 此段言己不隨流俗，不耀才華，不遇知己而見賤，其冤屈者一也。

夏大霖曰：此節直言是非倒置，用人乖方。

奚祿詒曰：“鳳凰在籠”者，聖人困厄也。“雞鶩翔舞”者，僉壬得志也。

劉夢鵬曰：言賢否倒置，君子轗軻，讒人得志也。

丁元正曰：喻聖人困阨，小人得志也。

戴震曰：《方言》：“籠，南楚、江、沔之間謂之篝，或謂之笯。”

陳本禮曰：鳳凰、雞鶩喻君子被困、小人得志，皆由其黑白不分，致令冠履倒置也。

胡文英曰：鳳凰能致天下文明，今幽囚困苦之，豈能有所自見。雞鶩能争一餐之食，今使之得意翔舞，豈足表見于當世。

姜亮夫曰：此四句又承"玄文"四句爲説，言君子不得在位，則且見侮於小人；小人之爲，蓋能變白爲黑，倒上爲下；則清濁不分，賢智愚昏錯亂矣。故君子小人易位，右如鳳鳥之棲遲於籠絡之中，雞鶩則翔舞於天階之上也。

蔣天樞曰：楚江漢謂"籠"曰"笯"。世既溷濁昏愚，己亦含垢忍辱，遠竄南土，遂令鳳皇處於籠中，雞鶩翔舞殿上。

按：笯，《説文》："鳥籠也。"鶩，家鴨。鳳凰被困鳥籠，而雞鴨却可以得意翔舞。喻君子被困、小人得志。

同糅玉石兮，一概而相量。

王逸曰：賢愚雜厠，忠佞不異。

洪興祖曰：糅，雜也。概，平斗斛木。

朱熹曰：概，平斗斛木也。

汪瑗曰：糅，雜也。概，平斗斛之器也。同糅玉石，喻貴賤之無別也。此章並上章，皆承孰察其揆正而言也。

林兆珂曰：皆以喻世俗倒置賢愚，不辯忠佞，莫有能察己之善行也。

黄文焕曰：鳳代雞人，則鳳傷矣。玉共石糅，則玉傷矣。此白黑上下之混淆，未有寅傷，又深一層。

陸時雍曰：玉石而糅，則無貴賤之可言矣；君子小人而混，則無賢愚之可顯矣。

周拱辰曰：獎石夷玉，玉自愛而不進。又況鳳而埒之雞、玉而題之石乎！

錢澄之曰：量，與《騷經》"内恕""而量人"同義。

林雲銘曰：連貴賤名色亦不存，又不止於易位而已。又别舉二事爲比，遞深一層説。

徐焕龍曰：雜玉於石而同糅之，量之以一概，種種不平，直至此矣。概，平量口木。

賀寬曰：美玉而與石同價，是非倒置，何所不有。

張詩曰：槩，準也。雜糅玉石，一概量之。

蔣驥曰：或雜而揉之，賢者所爲冤屈也。

王邦采曰：顛倒錯雜，今古同慨。

吳世尚曰：言以玉石雜置，不辨玉石者，自然一概而相量也。

夏大霖曰：槩，所以平量之物。言玉爲寶，不易得也。與瓦石同量，有是理乎。

奚禄詒曰：言賢愚雜厠，忠佞不分。

劉夢鵬曰：糅，雜而不分之意。美玉以比有德，惡石以喻小人。一概相量，不别美惡也。

陳本禮曰：恨懷王爲群小所惑也。

胡文英曰：玉之與石，猶屈子之于庸人也。今視屈子如庸人而一概棄之，是尚能知輕重者乎?

牟庭曰：冤屈極也，才不爲世用，玉不如石也。

顔錫名曰：又其甚者，且是非倒置，玉石不分。

王闓運曰：佞人必變亂是非，乃後逞志，既得權位，乃反誣蔑忠賢也。

按：概，量米粟時刮平斗斛的器具。以美玉與粗石同價，喻賢愚雜厠，是非倒置，忠佞不分。黄文焕以爲玉共石糅，則玉傷矣，解又深一層。

夫惟黨人鄙固兮，羌不知余之所臧。

王逸曰：楚俗狹陋，莫照我之善意也。

汪瑗曰：黨人，謂懷阿比之心，而相助匿非者也，指上官之徒。鄙，庸惡陋劣之意。固，堅僻專恣之意。余，屈子自謂也。所臧，謂己之所蘊蓄者，下文所言是也。臧一作藏，古通用，或曰，臧，善也，謂不知己之善也。亦通。瑗按："黨人"二句，結上起下之語，自"玄文處幽"至下"莫知予之所有"，皆謂黨人之鄙固，不知余之所臧也。或分"黨人之鄙固"一句結上文，"不知余之所臧"一句起下文，容更詳之。

黃文煥曰：此誰之罪哉？黨人耳。夫惟黨人之鄙也，陋而無識；夫惟黨人之固也，堅而不返。合斯二者，而欲示以余之所善，既不能知，亦不肯知矣。

周拱辰曰：渙群之所以昌，立黨之所以亡也。

陸時雍曰：小人蚩蚩，視君子以為固然。迨見效則甚駭矣。

賀貽孫曰：鄙、固，二者缺一不成黨人。《史記》作鄙妬，亦佳愈鄙愈妬，猶婦人愈醜愈妬也。

錢澄之曰：言黑白、上下之倒置，世豈盡然哉！惟黨人之鄙固則然耳。鄙，不能知也；固，不肯知也。

王夫之曰：今黨人識既鄙固，又懷嫉忌。國事不審，安危不察，既莫我用，反誣我以所謀不臧而屈抑之。忠直之不達，固已。

林雲銘曰：鄙則不大，固則不通，總屬無識之病。又曰：已上追言己獨守正，而世俗顛倒日甚，所以見放。

高秋月曰：鄙陋而無識，固堅而不返也。臧，善也。

徐煥龍曰：皆由貪位慕禄之黨人，其鄙已甚，牢固難破，出妬賢

之技，蔽人主之明。 凡余所有之善，悉爲之鄣而君遂不知。 於是乎
筴鳳而糅玉矣。

賀寬曰：誰之故與，皆黨人耳。 巧匠不能斷，離婁不能明，而何
有於無識善妒之黨人乎？ 宜其莫余知也已。

張詩曰：臧，美也。 惟此黨人庸鄙固陋，不知吾之所以美，故
致此。

蔣驥曰：賢者之不試，本似無才，而以鄙固者視之，則益不知其
善矣。

王邦采曰：臧，善也。

吳世尚曰：彼黨人之鄙固，正與此類也。 然則余之所藏，其孰能
知之。

許清奇曰：莫知我之善。

屈復曰：至黑白上下，鳳鷄聖凡，玉石貴賤，皆最易知者，且不
能知。 余之所藏，豈黨人鄙固者所知乎？ 右二段，言己之守道不
變，忠正在內，人不能知。 玄文微睇，在外者，亦不能知。 黑白以
下，最易知者，且不能知，則余之深藏，宜黨人之不知也。“黨人”二
句收上起下。

夏大霖曰：惟愛黨人之貪鄙固陋，而不知余之好處何以異此。

陳遠新曰：鄙，無大人之量。 固，無大人之識。 固夫惟鄙固之
黨人，故如此，何怪其不知余所藏哉？ 夫以黨人當國大權，每至不濟
而窮其鄙甚矣。

奚禄詒曰：鄙固之人，莫知我之善意也。

劉夢鵬曰：鄙，才劣。 妒，中忌。 言黨人，鄙劣妒忌，不知己之
所善也。

陳本禮曰：獨提黨人者，不敢直言怨君，故借黨人之鄙固，以痛

君之不能見量於已，此微詞也。

胡文英曰：在黨人爲鄙，夫固位之計者，豈不知我之所善乎？ 特以固位之心勝，故一概量之，使不見己之所短耳。

牟庭曰：黨人任國事而無才，以敗我懷才而無所示也。

王念孫曰：臧，讀爲藏。 謂美枉在其中而人不知也。 下文云"材朴委積兮，莫知余之所有"，意與此同也。

顏錫名曰：彼鄙固之黨人，其視余固如是矣。

聞一多曰：固，陋也；不知所藏，謂美在其中而人不知也。

姜亮夫曰：羌，乃也。 此又承上"變白"四句言；如此則是使賢愚雜厠不分，而以一槩爲量，此惟黨人之鄙固，乃不知余之所善者，何在也！

蔣天樞曰：鄙固，《史記》作"鄙妒"。 謂彼輩爲"黨人"者，結黨營私，黨羽滿朝堂。 既鄙且妒，於已救國長策蒙昧莫辨，横以訴誣相加，故下文更言"非俊疑傑"。 此與《離騷》所言"偷樂"之"黨人"，皆斥當日執政者。 臧，古藏字。 余之所藏，已内心所蘊蓄治國藍圖，下文所言任重載盛，材朴委積，皆括其中。 以上叙述作者回憶中國事變化，並非泛泛敘及，它使楚重新陷入黑暗境地，終於走向滅亡，讀者不可以其語言淺易而忽之。

湯炳正曰：臧，善，此指品德美政。

按：鄙，鄙陋。 固，固執。 鄙固喻黨人目光狹隘，粗鄙不堪。 林雲銘曰："鄙則不大，固則不通，總屬無識之病。"甚是。 臧，藏也。 喻原之品質才能深藏。 王逸解爲善，亦通，然未盡其意。

任重載盛兮，陷滯而不濟。

王逸曰：陷，没也。 濟，成也。 言己才力盛壯，可任重載，而身放棄，陷没沉滯，不得成其本志。

洪興祖曰：盛，多也。 言所任者重，所載者多也。

朱熹曰：盛，多也。 陷，没也。 滯，留也。 濟，度也。 此言重車陷濘而不得度也。

周用曰：下三章，言爲小人使之窮困，是以見棄而不用。

汪瑗曰：以牛馬負物曰任，以舟車乘物曰載。 盛，多也。 言所任者重，所載者多也。 陷，没之深也。 滯，溺之久也。 濟，渡水也。 此以車馬任重載盛，陷滯於泥濘而不得渡爲喻也。 又曰：按屈子實有引重致遠，積中不敗之才，顧乃棄之而不用，使之濡其尾，曳其輪，而竟不得濟也。 悲夫！

林兆珂曰：言重車陷濘而不得度也，喻己才堪任重，被放而不得施也。

陳第曰：有所陷滯，則重任不濟。

黃文煥曰：此承上黨人之不我知，而又悵然於古人之不可遇也。 我之任載大事，自負能濟者，今無共濟之人，陷而無以濟矣。

李陳玉曰：許説不許做。

周拱辰曰：任重陷滯，鮮有濟者。

王萌曰：重車陷于泥濘，言時之當國者，債事也。

錢澄之曰：任重、載盛二句，與《小雅》“不輸爾載，終逾絶險”同義，指黨人、用事者言。

王夫之曰：黨人以匪材而居大任，以致陷覆。

林雲銘曰：我放之後，無其才而當大任者，多致誤事。

高秋月曰：此承上黨人之不我知，而又悵然於古人之不可遇也。 我之任載大事，自負能濟者，今陷滯而無以濟矣。

徐焕龍曰：向之託我以國政者，任極重，載極盛。 既已陷滯其車而不獲終濟。

賀寬曰：此承上"孰察其揆正"一語，而詳言其所以不余知之故也。 言我雖能任大事，而共濟無人，陷而不能濟矣。

張詩曰：言所任重，所載多，則或陷或滯，不能濟水。

蔣驥曰：此詳舉不知所藏之實。 言己材力可勝重任，而陷没沉滯，不能有濟也。

吳世尚曰：言以鄙固者而任人家國，則必不勝其任矣。

許清奇曰：有大受之器而被陷滯。

屈復曰：重，大。 車任載重多，陷滯泥濘而不得濟。 言車重則陷滯。

江中時曰：才可任重而陷滯，則無濟於事。

夏大霖曰：此承不知余所藏意，以托比。 言車有可用之才能，任重而載多，然必由軌道而後濟，使陷於泥濘之滯，豈濟乎？

陳遠新曰：任重，以車喻。 載盛，以舟喻。 陷，指車陷。 滯，指舟滯。 不濟，才不勝。

奚禄詒曰：言己才力堪任重載，乃陷滯而不濟。

劉夢鵬曰：言小人器小，任重必誤人，國至於陷敗滯閼，而終於無濟。

丁元正曰：陷滯，陷没沉滯也。

胡文英曰：黨人之固位，所任者重，所載者多，宜其濟而後可免竊位之名也，今乃陷滯而不濟，何哉？

顏錫名曰：言惟彼黨人，原非任重載盛之器。

王闓運曰：群小得位，觀者爲之憂慮，不暇恨之，誠閔之也。

蔣天樞曰：十二句言己雖遭失敗，推尋各方重大因由，實無可悔者。 任，負載也。 任重，謂己所任國事，關係重大。 載，謂載之以行者。　盛，豐滿。　陷，坑阱。　滯，阻礙。　陷滯不濟，意謂秦人遏絶道路，不能北返事，未便明言，故飾詞以言之。

　　湯炳正曰：二句以車行重載爲喻，謂己責任重大，致有陷滯之事。　意即《惜往日》所謂“雖過失猶弗治”。

　　按：才堪任重，然陷於滯無法施展。　林兆珂解言重車陷灣而不得度也，喻己才堪任重，被放而不得施也，甚是。

　　懷瑾握瑜兮，窮不知所示。

　　王逸曰：在衣爲懷，在手爲握。　瑾、瑜，美玉也。　示，語也。言己懷持美玉之德，遭世闇惑，不別善惡，抱寶窮困，而無所語也。

　　洪興祖曰：《傳》云：“鍾山之玉，瑾瑜爲良。”

　　朱熹曰：在衣爲懷，在手爲握。　瑾、瑜，美玉也。　不知所示，人皆不識，無可示者也。

　　汪瑗曰：在衣爲懷，在手爲握。　瑾、瑜，美玉也。《傳》曰：“鍾山之玉，瑾瑜爲良。”窮，謂己之困窮也。　不知所示，謂不自誇示於人也。　此以美玉之良，喻己之德，雖不爲世所用，至於困窮，亦必不肯枉道以從人，衒玉而求售也。　屈子可謂得孔子韞匵而藏，待價而沽之道矣。　揚雄乃譏其玉如瑩，爰變丹青。班固譏其露才揚己，竟乎危群小之間，其誣原也甚矣。　雖然，屈子非故懷其實而迷其邦者，蓋見楚王同糅玉石，一概而相量，不知珍重之，所以卷而懷之也。　嗚呼！　瑾瑜則不知貴矣，彼黨人之衒玉而賈石，而逞其狙詐之術者，楚王乃十襲而藏之，雖欲楚之不亡，不可得矣。　按：上二句喻己之有才而不用於世也，下二句喻己之有德而無求於世也，然意亦申講。

　　陳第曰：時值困阸，則寶玉徒懷。

　　黃文煥曰：我之懷握多寶，自矜可示者，今無堪示之人，窮於無可示矣。 以我之前，且不能自知我之後，而又何咎於黨人之不吾知乎？

李陳玉曰：許看不許喫。

周拱辰曰：造父駕輕車走康莊，一日而千里，匪騏驥之良，其勢便也。 鹽車縛而走太行，造父爲之拭涕矣。 窮不知所示，窮之爲害也，筍華之玉，延喜之璧，天下爭艷焉。 操卞和之璞以示人，有不刖者鮮矣。

陸時雍曰：惟懷而不試，遂爲衆兆之所咍也。

王萌曰：不知所示，言己之才德，無人識，將誰示也。

錢澄之曰：懷瑾握瑜，自命也。 言任事者，皆不堪勝任，而有懷抱者，反處其窮，世無知者，將持以示誰乎？

王夫之曰：然且愎諫自用，使有嘉謀嘉猷者，無可告語，而反遭疑謗。

林雲銘曰：我有其才而處窮，國中有大事，又不知示我而共議。

徐煥龍曰：今之退修吾初服者，懷其瑾，握其瑜，窮於賞識，無人而莫之可示。 豈惟窮於所示，且群起而加之謗詈矣。

賀寬曰：我雖抱璞自珍而無堪示之人，窮於無可示矣。

張詩曰：懷握瑾瑜之美玉，雖至窮固，不知示于人，自言不肯枉道求合也。

吳世尚曰：而懷才抱德者，又窮而不知所示也可若何？

屈復曰：玉美則無可示。

江中時曰：德比於玉而困窮，難以示於人。

夏大霖曰：瑾瑜有可貴之德，可球圖之並陳，然必登廟堂而寶示，使懷握於窮簷之下，何示乎？ 然則余之所藏以不用而不知，固非余之無可知也。

邱仰文曰：示，表見也。

陳遠新曰：不濟爲窮，指黨人。示，與也。雖才不濟，不肯與賢者同任，不濟是鄙，不示是同。斯時即有懷寶者在下而不知引之共濟，其固又何如？然則變成今日溷濁之世，皆此黨人爲之也。

奚禄詒曰：德美如懷寶玉，乃窮困而不宣。

劉夢鵬曰：示，猶見也。君子懷仁抱義，乃遭妒害，窮困不得一見其長，是爲可痛也。

丁元正曰：窮不知所示，言懷瑾握瑜坐困而無所試以示人也。

戴震曰：窮不知所示，言窮於無可示者。

陳本禮曰：此追悼爲左徒時遇讒被疏，既未得克展其才，而放廢之後，沉淪異地，復未得竟其用也。

胡文英曰：我雖懷瑾握瑜，又處于窮困，不知示之于誰。

王闓運曰：閔其將顚，則欲助之，反望其知己也。

姜亮夫曰：所示，所以示人也。在下位爲窮，故曰不知所以示人。此四句言己堪以負荷重盛，然而陷汝沉滯，放逐於下位，而不得所濟度，則才智又何所用乎？故雖懷握瑾瑜之美玉，而窮困在下，不知所以示人者，將何所在也！

蔣天樞曰：所懷不可宣言，託爲瑾瑜以寄意。窮，困阨。四句以設喻說明當前處境之阨塞。

湯炳正曰：示，告訴。言己雖有美德，而窘困之際，竟無所訴，皆由讒人閒之所致，引起下文。

按：瑾、瑜，皆美玉也，喻才德茂盛。不知所示，即無法施展。此爲臨絶之音，嘆一生所歷，皆懷才不遇也。陳本禮以爲追悼爲左徒時遇讒被疏，未免狹隘，恐非是。

邑犬之群吠兮，吠所怪也。

王逸曰：言邑里之犬群而吠者，怪非常之人而噪之也。以言俗人群聚毀賢智者，亦以其行度異，故群而謗也。

汪瑗曰：邑犬，邑中之犬也。群，衆也。吠，犬聲也。怪，異也。

黃文煥曰：聲吠所怪，不足責也，其偶然也。

李陳玉曰：怪不得。

周拱辰曰：語曰："富貴易爲容，貧賤難爲價。"自昔如此斯，又況東郭之有狗嘽嘽也哉！

王夫之曰：則群吠之犬，唯所噬害矣。

林雲銘曰：如吠日、吠雪之類。

高秋月曰：蓋黨人之不我知理之固然，無足責者，如犬之吠，所怪人之疑俊傑也。

徐煥龍曰：然此何足異，邑犬群吠，吠其所不經見而怪之也。

賀寬曰：以我爲怪而群吠之。

張詩曰：言邑中之犬，群然而吠者，吠此怪異不經見之物也。

王邦采曰：吠所怪，如吠日、吠雪之類。

吳世尚曰：一犬吠形，百犬吠聲，所謂群吠也。怪所不常見者，跖犬吠堯，蜀犬吠日，粵犬吠雪，皆吠所怪也。

屈復曰：怪，怒也，異也。群犬則吠所怪。

江中時曰：少所見則多所怪，如蜀犬吠日，越犬吠雪。大率如斯矣，非毀也。

夏大霖曰：言凡有非常必然驚人如邑中之犬，群爲驚吠，乃吠其所未徑見，遂群以怪。

胡文英曰：邑中之犬，一有所怪而吠，則群起而吠之。

顔錫名曰：我則懷抱寶貴，處幽居蔽，群吠之下，將示之誰？

聞一多曰：《淮南子·泰族》篇：“邑犬群吠。”

蔣天樞曰：中四句似有具體背景，疑小人對原所推薦人才亦誣構之。“邑犬群吠”相傳古諺語，漢王符《潛夫論·賢難》：“諺曰：‘一犬吠形，百犬吠聲。’”知此諺相傳已久。

按：邑犬，邑中之犬也。一犬見異而吠，群犬遂呼而應之，不知其吠之所怪也。喻黨人結黨營私，互爲呼應，不管事實真相如何，一人責我，則群起而攻我也。徐焕龍解曰“邑犬群吠，吠其所不經見而怪之也”，甚是。王逸説近是。

非俊疑傑兮，固庸態也。　非俊，一本作誹駿。

王逸曰：千人才爲俊，一國高爲傑也。庸，廝賤之人也。言衆人所謗，非傑異之士，斯庸夫惡態之人也。何者？德高者不合於衆，行異者不合於俗，故爲犬之所吠，衆人之所訕也。

洪興祖曰：《淮南》云：“知過萬人謂之英，千人謂之俊，百人謂之豪，十人謂之傑。”

朱熹曰：非，毀也。知過千人謂之俊，十人謂之傑。庸，廝賤之人也。

汪瑗曰：非，毀也。疑，不信君子之道爲可用也。《尹文子》曰：“千人才曰俊，萬人曰傑。”《淮南子》曰：“智過萬人謂之英，千人謂之俊，百人謂之豪，十人謂之傑。”王逸曰：“千人才爲俊，一國高爲傑。”朱子從《淮南》之説。瑗按：俊解無异，惟傑不一，是蓋各人所傳之不同，未知其審，大抵皆才智過人之稱也。庸態，謂世俗之常態也。又曰：此章以邑犬群吠所怪，喻庸態非疑俊杰也。瑗按：柳子厚《答韋中立書》曰：“屈子《賦》曰，邑犬群吠，吠所怪也。僕往

聞庸蜀之南，恒雨少日，日出，則犬吠，予以爲過言。 前六七年，僕
來南。 二年冬，幸大雪逾嶺被南越中，數州之犬皆蒼黃吠噬狂走者，
累日至無雪乃已。 然後始信前所聞者。"柳子蜀日越雪之説，亦足以
證屈子吠怪之意，故併附之。

林兆珂曰：廝賤、誹疑、俊傑，亦訕其所怪也。

黃文焕曰：態成其庸，不足道也，其嘗然也。

李陳玉曰：惱不得。

王萌曰：此言德高行異者，不合于俗，自然之理，不足爲怪。

賀貽孫曰：是屈子極輕薄語，犬以人爲怪，庸人以俊傑爲怪，此
犬與庸人之常態耳。 若不足恨，乃所以深恨之也。 最可恨莫如庸人
誤國賣君，何一不從庸態釀成，不獨妬賢害能而已。 庸人，即所謂鄙
固小人也。

王夫之曰：固庸人之恒態，不足深怪，所恃者明主能察之而已。

徐焕龍曰：天下俊傑所爲，亦世俗所不經見，非之疑之，猶之犬
吠，庸人之態固然耳。

佚名曰：此指黨人言。 詞愈刻而愈快，意愈慢而愈平，然即犬吠
數語，以想見生平。 出言吐氣，亦必見恨於小人矣。（《屈辭洗髓》
引）

賀寬曰：彼自處於庸，雖遇俊傑，非且疑之不足責矣。

張詩曰：維俊與傑，亦人所不經見者，其非之疑之，固庸人之常
態也。

吳世尚曰：庸人之態，不啻犬聲，亦不足校也。

屈復曰：俊、傑，皆才過人者。 非、疑，皆謗毁。

夏大霖曰：故惟豪傑識豪傑，而自非俊傑則見俊傑，必然疑之，
不免於吠怪，同類庸態如此。 又曰：此言不能知余所藏，是庸流常

態。　比而賦也。

陳遠新曰：以邑犬見怪而吠，況誹俊疑傑之爲庸態。

劉夢鵬曰：誹謗、毀疑、猜忌，邪正，自不兩立，庸態之常，不足異也。

胡文英曰：猶黨人之非俊疑傑，固庸人之態耳。　犬猶然，而庸態欲其不然得乎？　不足責乃深責之。

王闓運曰：又爲之解，雨自咎连俗也。

聞一多曰：非，《史記》作誹。《輔行記·宏決》八之二引《廣雅》"庸，愚也"。

蔣天樞曰：據叔師釋俊、傑，俊、傑乃國士，非世泛泛言俊傑也。　俊傑而誹之毀之，足知黨人既誣陷屈原，并誣陷原同類，故訾之爲庸俗常態。　此假樂人語意説明己所以遭致今日處境之因。　彼輩非但主張和秦，且處處爲秦人利用，因而深知楚國内部情事也。

按：非、疑，皆謗毀。　駿，通俊。　此責小人謗毀俊傑，庸人之常態。　王逸説是。

文質疏内兮，衆不知余之異采。

王逸曰：采，文采也。　言己能文能質，内以疏達，衆人不知我有異藝之文采也。

洪興祖曰：疏，疏通也。　訥，木訥也。

朱熹曰：文質，其文不艷也。　疏，迂闊也。　内，木訥也。　異采，殊異之文采也。

汪瑗曰：文，即上所言玄文也。　質，不艷也。　疏，通理也。内，謂藏之於内而不炫耀也。　此所以爲殊異之文采，而非世之紅紫艷麗之色之所比，而庸衆豈足以知之哉？　其謂之不章也宜矣。　王逸謂能文能質，內以疏達，是以文質二字並看也。 亦通。

陳第曰：有文有質，其內疏通，衆不知也。

黃文煥曰：返而自思，吾亦有吾之咎焉。 吾以文示人，而又韜之以質，文密而質疏，文露而質內，質中之文，豈易知其異采哉？

李陳玉曰：君子盛德，容貌若愚。

陸時雍曰：疏，闊略也。

王遠曰：文質疏內，盛德若愚也。

錢澄之曰：文質，文隱於質，故不知異采也。

王夫之曰：疏內，內通而外不炫也。

林雲銘曰：疏，通也。 文質通於內，始發爲異采，但文爲質掩，衆必不知。

高秋月曰：人言己之文質兼備以疏通，而人不知其有異采。

徐煥龍曰：余所自具之文，不務致飾。 惟以其質，中通理而疏，外簡然而內。 此天然異彩，實衆所不知。 文質疏內，以學問之蘊藉言。

賀寬曰：蓋我有文而又韜之以質，質中之文，豈易知其異采哉？

張詩曰：言此文質而不艷，疏通于內，其殊異之光采深藏不耀，衆人孰從而知之哉？

蔣驥曰：文質，文之不艷者。 疏內，疏通於內也。

王邦采曰：文質疏通於內，外必發爲異采，而衆人不知者。

吳世尚曰：文質疏通而在內，則光華不外耀，故不知其異采也。

屈復曰：文質得中，疏通於內也。 人之俊傑，則爲廝賤所毀謗，世俗如此，故疏內之異彩。

江中時曰：文質疏內，謂文自內發，所謂質有其文也。

夏大霖曰：文質彬彬之意，內藏而不露也。

陳遠新曰：文質，質有其文，不止質正。 疏內，內通於外，不止內厚。 異采，采根於內質，所以見異。

奚禄詒曰：言己能文能質，內心踈達，衆不知有異藝之文彩也。

劉夢鵬曰：文，道德之華。 質，忠信之實。 疏，豁達。 內，木訥。 有此四者，由中發外，彬彬可觀，故曰異采。

戴震曰：文質疏內，言文不過乎質，望之似疏，又且內藏也。

胡文英曰：文質疏朗而內含，衆知我之異采乎？

顏錫名曰：疏內，當是錯雜之意。 文質疏內，猶言文質彬彬。 既無所示，則我之異采，我之所有，衆自不知。

鄭知同曰：疏，《説文》本作“疏”。 門户青疏，窗也。 通作“疏”。《後漢·梁冀傳》：“窗牖皆綺疏青瑣。”古詩“交疏結綺窗”，是《明堂位》“疏屏”，則於屏上刻爲疏窗而畫飾之。 亦謂凡畫飾有章采曰疏。《管子》云：“大夫疏器。”《景福殿賦》“羅疏柱之汩越”是其義。 文質疏內者，謂己之章采在內宜庸，衆未從得知。 舊注俱失解。

王闓運曰：疏，粗。

聞一多曰：疏，疑讀爲廈，《漢書·趙充國傳》“疏捕山間虜”，即搜捕。 是其比。 廈，隱也，匿也。

姜亮夫曰：內，訥之借。 文質疏內，言文疏質內；文謂其外表，疏者謂其無繁縟之飾也；與訥正爲對文。 質，謂其本質本禮；內者，謂其木訥不善言也。

蔣天樞曰：文，謂經綸事業所表現之文采。 質，實也。 文質，謂所以成文之實質。 疏，布陳。 異采，非常之文采。《史記集解》引徐廣曰“異，一作奥”。 作奥則謂深藏於內之采，與上句“疏內”意相足。

湯炳正曰：文，指人言行美好。質，指人品性良善。疏，通。謂人之美好，不僅見之於外，而且通之於内，即《思美人》所謂“滿内而外揚”之意。

按：疏，通也。疏内，即内疏，内通也。文質疏内即文質相通，也就是文質彬彬之意。不知異采，内藏而不露。此言自己文質相副，内藏而有采，然無人識也。王逸説是。徐煥龍解文質疏内，以學問之蘊藉言，亦爲有見之解。鄭知同以畫飾有章采爲疏，可參。

材朴委積兮，莫知余之所有。　朴，一本作樸。

王逸曰：修直爲材，壯大爲樸也。言材木委積，非魯班則不能別其好醜。國民衆多，非明君則不知我之有能也。

洪興祖曰：《説文》云：“朴，木皮也”，“樸，木素也”。

朱熹曰：材，木中用者也。朴，未斲之質也。委積，言其多有，唯所用之，而世莫之知也。

汪瑗曰：材，木中用者也。朴，未斲之質也。委積，言其多有，唯所用之，而世莫之知也。不言衆者，承上文也。夫内厚質正者，惟大人之所盛美，而庸衆又烏足以知之哉？王逸曰：“條直爲材，壯大爲朴。”《説文》又曰：“朴，木皮也。”是以材朴二字並看也，亦通。瑗按：自“任重載盛”至此，皆承“不知余之所藏”而言也。又按：“玄文處幽”至此，即洪氏所謂小人蔽賢群起而攻之，舉世之人無知我者是矣。

陳第曰：不猶材樸之委地乎？

黄文焕曰：吾以材示人而又行之以朴。貌積朴則近愚，心積朴則近拙。朴中之材，豈易知其有材哉？

李陳玉曰：良賈深藏若虚。

王遠曰：材朴委積，實若虛也。

錢澄之曰：材樸，材隱於樸，故不知所有也。　疏内者，其拙已甚，所以爲質。　委積者，無以表異，所以爲朴。

王夫之曰：朴，木質也。　委積，所藏者厚也。

林雲銘曰：材朴竝存，而所有愈廣，但材爲朴掩，衆又不知。

高秋月曰：委積，多也。　言己材朴委積，人不知我所有也。

徐煥龍曰：譬如良材，未雕未琢，樸而委積於地，則遂莫知任棟樑而堪巨室者，竝余知所有矣。　材朴委積，以才能之勝任言。

賀寬曰：我有材而又示之以樸，樸中之材，豈易知其有材哉？

張詩曰：如深山之中，名材樸而未斲者，委積甚多而莫知其所有也。

蔣驥曰：材朴，材之不炫者。　委積，積而不用也。

王邦采曰：以藏於内而未發於外，如良材未經雕琢而徒委積於地，誰則知其有可任棟樑之用者乎。

吳世尚曰：材朴委積而不用，則長大者爲衆掄，故不知其所有也。　材木中用者也，樸未斲之質也。　委積棄置於一處也。

許清奇曰：詞章爲文，義理爲質，疏通於内，而人莫知。　適用爲材，待用爲樸，委積於身而人亦莫知。

屈復曰：多有之材朴，衆莫余知。

江中時曰：材，材木也。　朴，未斲之質也。　委積，言其多有也。

夏大霖曰：材樸，未斲之材，可隨所用而就斲待用者。　委積，多也。　此自明所藏。言余之文質交至而疏通，此内之蘊積也。　發之則爲異采，内藏未發，衆豈知之？　材成一器，所用則少；材樸未斲，可隨用而俱宜；且堆積甚多，用之不窮，誰知余所有如此乎。

陳遠新曰：委，有余。　積，堆聚。

奚禄詒曰：有此美材，而人不知其蓄聚也。

劉夢鵬曰：材，材具也。委積，備具多也。文質疏内，以德言；材朴委積，以才言。

戴震曰：材樸委積，言待用之材，委積富有。

陳本禮曰：委積，儲蓄充足也。兩"不知"皆跟上文"知"字來。文質材樸，正是其所臧處。

胡文英曰：材樸委積，言其材質朴實，而委積于内者甚多，但不露于外，故人莫知其所有耳。《莊子》亦言"充實而不可以已"。可見古人學問，非若後人之搜索枯腸而僅得之者也。

顏錫名曰：凡材物已治曰材，未鑿曰樸。

馬其昶曰：以上傷不見用於當世。

聞一多曰：未成器之材曰朴。

姜亮夫曰：材朴，當爲材樸，字之借也；材樸猶今言樸材矣。樸材謂木素未雕篩之材也。委積爲先秦通語，本以指牢、米、薪、芻之設在道，以供賓客者。《周禮·天官·宰夫》："掌其牢禮，委積，膳獻，飲食賓賜之餐，牽與其陳數。"《地官·大司徒》："大賓客令野修道委積。"又遺人"掌邦之委積，以待施惠"。《禮記·昏義》："以審守委積蓋藏。"《荀子·儒效》："得委積足以揜其口，則揚揚如也。"皆此義。《宰夫》注："委積謂牢米薪芻給賓客道用也。"別言之，則小曰委，大曰積。《地官·遺人》云："十里有廬，廬有飲食，三十里有宿，宿有路室，路室有委，五十里有市，市有候館，候館有積，則給賓客以道里爲等差也。"有等差則有足不足，故《荀子》以委積足以揜其口以否而定揚之與否也。《管子·幼官》亦言之，此制至漢猶存，《漢書·主父偃傳》："夫匈奴無城郭之居，委積之守。"王先謙曰："胡注：'委積者，倉廩之藏也。'此委積之本義，北土諸子言之最悉。"《楚辭》用此凡三見。 皆謂材財，而不言米薪，此引申義也。
《九章》以材樸言委積，而喻爲人材，《九懷·匡機》亦以金寶爲委
積，以喻志堅謀明，《九懷·尊嘉》以蘭爲委積，以喻屈子之自沉。
所以爲委積者，則自傷之根莖，與米薪之質蓋遠。 漢語詞義使用之發
展，有不可計及者矣。 亦可單言曰委或曰積。《公羊傳》莊二十八
年："君子之爲國也，必有三年之委。"《春秋繁露·王道》："君子之
爲國也，必有三年之積。"則委積二語義得通稱也。 所有，即上"材
樸委積"四句。 言余外表疏而不縟，内質木訥不言；然有殊於尋常之
文采，則衆人之所不知也。 余有樸素之材，委積至盛，此余之所有而
衆人之所不能知也。

蔣天樞曰：材，樹之幹。 樸，大木未經斧斤截斷者。 委積，堆
積。 有，就其藏於内言。 言己有經緯一世之文，而衆不知；有營建
大屋之具，而人莫之能用也。

湯炳正曰：材樸，未加工的木材，喻德義。

按：材，木之有用者。 樸，木之未斷者。 材樸喻才能品德。 委
積，堆積。 喻己之才華德行堆積有餘，然無人看見，也得不到使用。
朱熹説是。

重仁襲義兮，謹厚以爲豐。

王逸曰：重，累也。 襲，及也。 謹，善也。 豐，大也。 言衆人
雖不知己，猶復重累仁德，及興禮義，修行謹善，以自廣大也。

洪興祖曰：《淮南》云："聖人重仁襲恩。"注云："襲，亦重累。"

朱熹曰：襲，亦重也。 豐，猶富足也。

周用曰：下三章，又爲明君之不遇，惟固守以成其無貳之志。

汪瑗曰：重襲，皆積累之意。《易》曰："立人之道，仁與義。"是

也。　謹厚，不放肆輕狂也。　豐，猶富足也。　王逸曰：“廣大也。”謹厚以爲豐，即上所謂内厚正直，文質疏内，材朴委積，是也。

林兆珂曰：言世莫我知，猶復重襲仁義，修其慎厚之德，使益重足也。

黄文焕曰：重仁襲義，豈不豐于道德，堪誇富有。而一味謹厚，以是爲豐。

李陳玉曰：“重襲”二字奇，不是一端之仁，一節之義。聖賢學問。

錢澄之曰：重與襲，皆是韜藏之義。故内豐於仁義，而外惟見其謹厚，所謂文質而材朴也。

王夫之曰：謹，慎於事也。厚，深於謀也。豐，大功所自立也。

林雲銘曰：重、襲，皆累積也。豐，盛大也。仁義非謹厚，恐涉於假，而不能盛大。

高秋月曰：謹厚爲豐，豐於道德而一於謹厚也。

徐焕龍曰：余仁日累而重，義時徙而襲，謹慎厚重以爲豐富。重仁襲義，以德性之涵養言。

賀寬曰：雖豐於仁義，不遇聖哲，孰能知之。

張詩曰：言吾積仁累義，謹而不肆，厚而不薄，以自豐足于内。

王邦采曰：豐，盛大也。

吳世尚曰：重仁襲義，謹厚爲豐，所謂德言盛，禮言恭，從容之至也。

許清奇曰：累積仁義，以謹厚有常而致盛大。

屈復曰：謹，慎。厚，不薄又重也。豐，富。

江中時曰：重、襲，皆累積也。

夏大霖曰：重仁襲義，以仁義爲總包羅收挼以上之所藏也。又加

以謹厚爲涵養，使所藏之豐厚也。 此以全副本領統於仁義之中，而加
以謹厚操持之。

奚祿詒曰：襲，復也。 言衆人雖不同己，己仍重勵仁義，修行仁
厚，以豐盛其德。

劉夢鵬曰：重、襲，皆加累層積意。 謹厚爲豐，篤實而充裕也。

胡文英曰：豐，如“豐其蔀”之豐。 言仁義以蘊藏之深，故不可
見也。

顏錫名曰：且我之異采，我之所有，固由積仁累義，又加謹厚以
得之。

聞一多曰：《淮南子·俶真》篇：“積惠重厚，累愛襲恩。”《氾
論》篇：“此聖人之所以重襲恩。”注曰：“襲，亦重累”。

姜亮夫曰：豐，隆也。

蔣天樞曰：八句言往昔所屬望者均未獲實現，徒追思古皇。 重
仁，累積恩德於民。 重衣於身曰“襲”。 襲義，以義重重約束己身。
謹厚，謹慎厚重。 豐，大也。 希望國力盛大，興復可期。

湯炳正曰：重，同緟，本指衣物絲絮層疊，此借指重積仁德。
襲，本指衣物重疊，此借指廣修禮義。

按：重、襲，皆累積也。 謹，嚴守。 厚，重也。 豐，富饒。 言
修行仁義，以不斷累積仁義之德爲富有。 林兆珂言世莫我知，猶復重
襲仁義，修其慎厚之德，使益重足也，其是。 錢澄之曰以爲內豐於仁
義，而外惟見其謹厚，所謂文質而材朴也，可參。

重華不可遌兮，孰知余之從容。 遌，一作遻。

王逸曰：遌，逢。 從容，舉動也。 言聖辟重華，不可逢遇，誰得
知我舉動，欲行忠信也。

洪興祖曰：遻、遌，當作遻。 音忤。 與迕同。《列子》："遻物而不慴。"是也。《釋文》："遌，五各切。 心不欲見而見曰遌，於意頗迕。"

朱熹曰：遌，逢也。 從容，舉動自得之意。

汪瑗曰：遌，逢也。 從容，舉動自得之意，言不變其所守，而汲汲以求進也。

陳第曰：從容，謂優悠於道義也。

黃文煥曰：深藏若虛，明道若昧。 重華往矣，又孰知之？ 又曰：此段語語深奧，煉句煉字最爲不苟。 從孰察揆正至此，皆痛寫不相知之恨。 曰"羌不知"，曰"衆不知"，曰"莫知余之所有"，曰"莫知余之從容"，長號疊訴，哀音纏綿。

李陳玉曰：皇路當清夷，舍和吐明廷。

陸時雍曰：遌，遇也。

錢澄之曰：不遇重華知人之帝，其孰知之？ 而余不求人知也。不求知，故從容。

王夫之曰：遌，與晤同，遇也。 黨人之謀國，忽而狂怒，忽而畏愞。 秉仁義而慮深遠者，從容自定。 賢不肖之辨，亦易別矣。 乃君非大舜，安從辨之？

林雲銘曰：但仁義爲謹厚掩，惟舜知此中自然之妙，然不可遇矣，悲哉！ 又曰：已上言見放之後，復招誹謗，通國無一知其能，故不復見召，然自度本領，寅非世俗所能知，又難專咎黨人也。

高秋月曰：遌，晤也。 重華不可逢，孰知余之從容者乎。

徐煥龍曰：意外而逢曰遌。 必濬哲如舜，斯有以耿吾，乃重華不可遌，孰知余之所養，有若是之從容者乎？

賀寬曰：曰"羌不知"、曰"衆不知"、曰"莫知余之所有"、曰

"莫知余之從容"，皆深恨人之不知我也，而又深咎我之不易知。

張詩曰：知吾者其惟聖人乎，乃舜不可逢，孰知余所守之從容不變乎？

蔣驥曰：從容，道足於己，而安舒自得之貌。

王邦采曰：從容，深造自得之意。

許清奇曰：從容，優遊饜飫也。此段言己實有材有德，以不逢重華而沒於庸衆，其冤屈者二也。

屈復曰：而仁義謹厚，重華不逢，世之廝庸又孰知余之舉動乎？右三段，細發莫余知之故，言世俗如此之惡，自諒所藏，寅非黨人所知，重言而深痛之也。

江中時曰：以上言世無一知其能，然自度本領，實非世俗所知，亦難專咎黨人也。

夏大霖曰：自負作虞廷人物，孰能知余之從容哉。重華不逢，可惜也。

陳遠新曰：言又以文之異采，材之有餘，非衆所知以見己之從容，非遇重華不知也。

奚祿詒曰：重華不可遇矣，誰知我舉動之舂容也。

劉夢鵬曰：重華比聖明。晤，逢也。

丁元正曰：此承上言，然人之不我知反復致痛不相知之恨，而悵然於古之不可遇也。

陳本禮曰：即以"知"字貫下。此又申言人所不知之故。"重仁襲義，謹厚爲豐"八字，乃屈子一生大學問、大抱負，豈當時人所能識？緬維在昔，惟重華乃原寤寐所仰止者，惜又不能一遇，此外孰有知余之從容而中道者耶？

胡文英曰：重華明目達聰，好問而好察邇言，其從容而不求近功小利者，皆得登庸，今既不逢，孰能知之哉?

顏錫名曰：求知我者，固希不遇重華，其將焉冀。

王闓運曰：此三不知者，無怨於人，亦無怪於己，了然身世，乃能言此，不獨知生死，且知存亡也。

姜亮夫曰：遭字當作遻，音忤。《說文》："相遇驚也。"字亦作遻、作逜、作趌，古午、屰、干、牙皆爲同族一形之變，故其字其義多相關涉；其初形皆自干戈之干而衍，而其朔義，蓋皆由交午一義變出；午音古與五同；五本交互字，義亦與午近，於是從午、從屰、從干、從五、從吾之字多相通，或且爲一族之衍矣。《史記》之作牾，今多誤作牾，從牛，非。 與此作遭者實同。 遭，即遻之隸變俗字也，詳余《文字樸識·釋干五》下。

蔣天樞曰：重華之稱見《舜典》。《史記·五帝本紀》："虞舜者，名曰重華。"屈子文多言及舜，《離騷》託言"就重華而陳辭"，此則謂重華究難意外相遇，遭，相遇而驚也。 實寄望於能知己之行動者。

按：遭，遇也。 重華即舜，葬於九嶷山。 上文嘗云原涉江往辰陽、溆浦，即去尋重華之墓，然至溆浦之後，迷不知所如，未能如願。 這裏再言重華不遇，呼應《涉江》也。 重華既不可遇，孰又能知余之修德追厚之行乎? 吾將從容而死，不復求知之者也。 此絕命辭之吐露心聲也。 王逸說是。

古固有不並兮，豈知其何故?

王逸曰：並，俱。 言往古之世，忠佞之臣，不可俱並事君，必相尅害，故曰"豈知其何故"。

洪興祖曰：此言聖賢有不並時而生者，故重華不可遻，湯禹不可慕也。

朱熹曰：古有不並，言聖賢不並時而生也。

汪瑗曰：不並，謂或有君而無臣，或有臣而無君也。 又曰：故，由也。 言此事自古皆然，竟不知其由也。 怪而歎之之詞。

孫鑛曰：思之不得，轉而爲怨；怨之不得，轉而自解。 最是懊恨處。

黃文煥曰：既恨重華之不可遇，而又低徊自解，曰：聖賢之生，多不並世，自古已然，非獨吾生，其故不可問也。

李陳玉曰：有君無臣，有臣無君，謂之不並。

王遠曰：謂或有君無臣，或有臣無君也。

錢澄之曰：聖賢既不並世，若禹之於益，皋陶、湯之於伊尹，未嘗不並，去古久遠，此風已邈，不可慕矣。

王夫之曰：君昏臣妬，自不可與古人並美，而云不知其故者，望之之切，而歸咎無從也。

林雲銘曰：承上重華言，古聖賢多不並世而生，其理大不可解。

徐煥龍曰：因思賢之生，不遇明主，莫與之並，古故有之，豈知其故？ 此句承上貫下之詞。

賀寬曰：聖賢若並時而生，則相知爲易，而奈何其不並也。

張詩曰：言古聖人不與我並時而生，亦豈知其所由乎？

蔣驥曰：古有不並，歎賢臣聖主，不並世而生也。

吳世尚曰：聖賢不同時而生，君臣不同心而合。 此亦天之無可如何以也。 而豈有知其故者乎？

許清奇曰：自古賢奸多不並立，理不可解。

屈復曰：自古至今，聖君賢臣，生不並時，不知何故。

夏大霖曰：並，一時匡濟聖賢，並生之謂。 此承重華不可遭來。 言天地不虛生，聖賢使之無用理也。 乃稽之前古，固有孤生而不並，竟不得用者，豈知天意之何。

陳遠新曰：不並，讒必害忠，不能並立。豈知其故，是天不生聖主使然。言夫君子小人之不並立而相妨害，古固有之，其故何哉。

奚祿詒曰：言自古賢奸不可並立，豈知何故？

劉夢鵬曰：不並，言己不得並世而生。

丁元正曰：言今之國勢日蹙，不與古若也，固也，然亦知其故乎。

陳本禮曰：豈知其故，豈知我今日臨淵之故。

胡文英曰：承上“重華不可遭”而言，若得重華並世，豈至如此？然古人亦有兩美不並者，究何故哉？

牟庭曰：此自抑也。彼庸庸者，安可責以知識也。我實不易知，知我實不易也。惟重華能知我，古與今豈能並世也。

顏錫名曰：抑又思之，聖君賢臣，並生一世，自古爲難，其故頗不可解。

聞一多曰：聖主賢臣，有不竝世而生者，其故豈可得而知乎？《淮南子·覽冥》篇：“太公竝世，故武王之功立。”《法言·五百》篇：“堯、舜、禹君臣也而並。”吳注：“堯、舜、禹三聖相並。”

姜亮夫曰：不並，謂賢者不與聖人并也，即承上句“重華不可遭”與探下“湯禹不可慕”言也。

蔣天樞曰：並，並世而生。若《離騷》所言湯、禹之遇皋陶、伊尹。

按：此言自古以來，聖君與賢臣往往不並時而生，豈知何故？此句乃怨辭，抱怨不生於舜之時代，而生戰國楚之濁世不遇明主也。洪興祖、朱熹說是。王逸以爲忠臣與佞臣不該並時而生，與上文想遇重華，下文思念湯、武不合。陳本禮以爲豈知我今日臨淵之故，亦通。

湯禹久遠兮，邈而不可慕。

王逸曰：慕，思也。言殷湯、夏禹，聖德之君，明於知人，然去久遠，不可思慕而得事之也。

汪瑗曰：邈，遼遠也。又曰：此并上章，皆承上庸衆不知己而言。夫庸衆既不知己，而知己者惟古之聖人也。今又不可相遇而慰其思慕之心，其何以爲情乎？此上二章，即洪氏所謂思古人而不得見者也。

陳第曰：忠佞不並立，其來已久，惟湯、禹能辯之。

黃文煥曰：不遇重華，當以次而求之禹湯，均屬久遠，無一可慕也。

李陳玉曰：非慕湯禹，慕伊皋也。

周拱辰曰：湯禹忽焉没矣，而世患亦不足以喪吾存。

林雲銘曰：重華之後，湯禹亦不可得見。

徐焕龍曰：湯禹久遠，又不可慕思，聖帝明王無一作，余生誰與竝哉。

賀寬曰：匪正重華不可遇，即湯禹亦邈難追矣。

張詩曰：是以不獨舜不可逢，即湯禹至今，亦已久遠，邈然不可慕思矣。

蔣驥曰：（自重華以下）任載，言其力之厚。瑾瑜，言其質之美。文質，言其學之蘊。材朴，言其藝之優。仁義謹厚，言其德之備。從容，言其養之純。此惟重華、湯禹，乃能知之，豈所語於黨人之鄙固哉！

吳世尚曰：上言重華不可遇，則望君之知我也。此言湯禹不可慕，則明己之思君也。

許清奇曰：惟明君能用賢去奸，今重華之後，湯禹亦不可得見。

屈復曰：是以湯禹既遠，慕亦無益。

江中時曰：湯禹亦久遠而不可得見。悠悠斯世，誰知我者哉。

夏大霖曰：故如余也，不但重華不可遭，即湯禹既遠，亦邈焉不可思慕。

陳遠新曰：亦以湯禹間生，無聖主使然耳。

奚祿詒曰：蓋湯禹之聖君不作，知人其難，令我慕之而不遇也。

劉夢鵬曰：湯禹，即所謂不並者，既不得並，思慕亦無益也。

丁元正曰：云重華尚矣，即湯禹亦邈不可慕矣。

戴震曰：邈，遠貌。

陳本禮曰：聖帝往矣，明王又不作，吾其已夫之嘆。

胡文英曰：不獨重華之但以德見，即禹湯之以功見者，亦不可想見矣。

牟庭曰：禹僅及見之，而湯則又遠矣。況我生今日也。

顏錫名曰：我不遇重華，且並不遇湯禹，在天一若有其故者，然則志願之違，不必怨天。衆莫我知，不必尤人。

王闓運曰：言時命各有遭逢，遇、不遇，一也。

姜亮夫曰：湯禹，大禹也。說見《離騷》。此四句承上言，余今茲之不能與重華相逢，其實古昔又何莫不然；聖君賢臣，古固有不並時而生者也！吾人又豈能知其何故與？也字作耶字解。是故大禹之相去，蓋已久遠，邈然蓋不可思慕矣！

蔣天樞曰：此特舉湯禹者，湯伐暴救民，禹平水土安世。此久遠上世之事，可思而不可見也。

湯炳正曰：慕，思念仰慕。以上第二段，寫己有瑾瑜之德、俊傑之才，卻不爲君王、世俗所理解。

按：言像湯禹一樣的聖帝歷史久遠了，不可思慕而得事之也。此承上文不遇賢君而言，王逸説是。

懲連改忿兮，抑心而自強。 連，一本作違。

王逸曰：懲，止也。忿，恨也。抑，按也。言己知禹湯不可得，則止己留連之心，改其忿恨，按慰己心，以自勉強也。

朱熹曰：違，過也。

汪瑗曰：背理曰違。不平曰忿。自強，自勉也。

林兆珂曰：言懲過改忿，強於爲善。

黄文焕曰：俯仰古今，莫不與我違者，真可忿矣。懲人之違我，以爲我之不自違。改我之忿人，以爲古來之不必忿，則但有抑北愁心，扶我強氣而已。

李陳玉曰：不與人争勝。

王遠曰：言與世相違，不能無忿。懲之改之，抑其不平之心，強於爲善安心。

錢澄之曰：曰違，曰忿，是屈子見疏與被讒受病之根。將懲而改之，非強抑其心不能。

王夫之曰：連，連衡，事秦張儀之邪説也。忿，若懷王駡齊而絶之。割地獻秦、求殺張儀，皆一朝之忿，不思而逞。若能抑其小忿，自彊不屈於秦，則何湯禹之不可學乎？

林雲銘曰：古人多不竝生，何怪于今？宜懲戒相連之悲，變易平日之恨，強抑此心而自遣矣。應篇首“自抑”句。

高秋月曰：懲人之違我，改我之忿人，則但有抑此愁心以自勉強也。

徐焕龍曰：生莫余竝，是以修其在我。違則懲之，不貳我過，忿則改之，不憑吾怒。 抑制此心，勉强爲善。

賀寬曰：俯仰古人，莫不與我相違者，真爲可忿。 我將懲人之違我，以爲我之不自違，改我之忿人，以爲古來之不必忿，但抑此怨心，强於爲善。

張詩曰：言吾懲創違理之事，改易忿懣之氣，過抑其心，勉于爲善。

蔣驥曰：懲違，不敢悖理也。 改忿，不敢疾人也。 强，强於爲善也。

王邦采曰：忿，怒也。 懲、改，即抑制此心也。

吴世尚曰：重華不可遇，湯禹不可慕，此固君之過而情之不能不忿者也。 而屈原懲違改忿，降抑其心，惟自强於爲善。

許清奇曰：違，違世也。 忿，忿時也。 自强，立節也。

屈復曰：懲，創。 忿，恨怒。 惟有懲改往日之過忿，自抑其心，强於爲善。

江中時曰：言雖罹憂，則不改其節。

夏大霖曰：言古固有不並如此，然則志願之違不必怨天莫知我藏，不必尤人懲改。 此違忿不平之心而遏抑之圖，自强不變耳。

陳遠新曰：懲違改忿，懲改相違之忿。 言於是懲改按心，自强修姱。

奚禄詒曰：違，去之也。 言聖君不得我，猶止此違去之念，改其忿恨，安慰己心，以自勉强。

劉夢鵬曰：懲違，謂以違替法度者爲戒。 改忿，不敢忿懟也。 原實未嘗忿，其曰改忿者，亦自省厥中，有則改之也云爾。 抑，猶降也。 强，勉持也。

丁元正曰：違，即所謂悔遁而有他不依成言也。 忿，即所謂齎怒造怒之類。 抑心，即承懲改言，蓋懲違則必從諫，改忿則不疏原也。
自强，自强其國也。 言庶幾懲違改忿，抑其心志，遠奸親賢以圖自
强，猶可以爲善。 國安在，今之不古君也。

戴震曰：違，猶拂也；鄭康成箋《毛詩》云：“裴，回也。”

胡文英曰：懲其違俗，改其忿時，抑下其心，而自爲勉强以
俟時。

王念孫曰：連，當從《史記·屈原傳》作違，字之誤也。 違，恨
也。《漢書·敘傳》違作悼，《廣雅》：“悼，恨也。”《無逸》曰：“民否則厥心違
怨。”《邶風·谷風》篇：“中心有違。”《韓詩》曰：“違，很也。”很，
亦恨也。《廣雅》：“很，恨也。”

顏錫名曰：懲改此不平之心而强抑之。

鄭知同曰：違，蓄怨也。《書·無逸》：“厥心違怨。”《玉篇》韻作
“悼”，恨也。 故與忿對文。

馬其昶曰：不怨天、不尤人，至死而不移，是之謂自彊。

聞一多曰：《廣雅·釋詁》四：“悼，恨也。”《文選·幽通賦》：
“違世業之可懷。”曹大家注曰：“違，恨也。”《漢書·敘傳》作悼。
王念孫說。

姜亮夫曰：懲連，言止其傷恨也，動賓結構用詞，連當作違。 王
念孫《讀書雜志》卷三之五以爲當從《史記》作違。 違，恨也。 言止
其恨，改其忿也。 恨與忿義相近，若云留連之心，則非其類也。 大
足徐永孝以爲懲連，與改忿相對爲文。 王逸以留連釋連，與憂忿不
偶，《史記》改連爲違，拂違之意，亦與憂忿不近，訓恨，又與忿同，
重複無意，疑連借爲違、漣、連三字變之。 按徐說不必改字，亦可備
一說。 然以文義審之，《史記》作違，亦可通，而不必訓恨，違即拂
違之義，此出戴震。 懲違即上文“重華不可遻”“古有不並”“湯禹不可

慕"等相違異之事，故懲艾之，而改其忿恨，抑按其心志而自勉。 自強，以自強勉也。

蔣天樞曰：八句敘己對頃襄之期望，並於此著明北歸道阻事。懲，有所創而思改。 連，連衡以事秦。 此二句意謂頃襄應從先後兩度和秦以來所受秦人欺騙中取得教訓，並改正遇事憤怒不冷靜的弱點，抑己淫佚苟安之心以圖自強。

湯炳正曰：懲，受損傷而知戒備。 連，《史記·屈原賈生列傳》引作"違"，或即"憚"之借字，《廣雅·釋詁》："憚，恨也。""懲憚"與"改忿"相對成文，皆指強抑忿恨。下句即承此而來。

按：連，當作違。 懷王悔而有他，中道回畔，即違也。 懲，苦於。 懲違，苦於懷王違背當初的做法。 過去對懷王的做法有怨憤，而今改忿，不再怨恨也。 抑心，控制內心的情緒，亦改忿之意。 自強，自我勉勵也。 此處爲臨絶之音，將不再記恨人世間的情仇往事，下文所謂"舒憂娛哀"即此。 王逸說近是，然未盡其意。 林雲銘謂變易平日之恨，強抑此心而自遣，得其深意也。 王夫之釋連爲連衡之策，乃秦張儀之邪說，願懷王自彊，恐非是。

離愍而不遷兮，願志之有像。

王逸曰：愍，病也。 遷，徙也。 像，法也。 言己自勉修善，身雖遭病，心終不徙，願志行流於後世，爲人法也。

朱熹曰：像，法也。 強於爲善，而不以憂患改其節，欲其志之可爲法也。

汪瑗曰：像，法也。 此章總結通篇而言，謂己改去憤懣之心，勉於爲善，不以憂患而變其節，欲使其志之可爲法於天下，可傳於後世也。 屈子之制心立志，可謂浩乎其無涯，確乎其不可拔者矣。 或曰，懲違改忿，如《易》"懲忿窒欲"，《左傳》"昭德塞違"之意。 君子脩身之功，莫切於此；克己之功，莫難於此。 孔孟之後，知此者鮮，而屈子能以之自勵，其殆庶幾乎？ 抑心，如《書》"克自抑畏"之意，謂謙謹畏慎，不敢縱肆怠荒，矜誇而無忌憚也。 自強，有自強不息之意。 離慜不遷，有獨立不懼，立不易方之意。 願志有像，有反身修德，致命遂志之意。 屈子之所以欲就重華、慕湯禹者，豈徒漫爲大言以自夸者哉？ 其聖學之功，蓋亦嘗講之熟，見之真，履之素者矣。 此篇中立不倚之操，用心爲己之功，重仁襲義之學，學者可不朝夕諷誦，熟讀而詳味之，而漫然以辭人之賦視之，是擷其華而不食其實也，又何益哉？ 或曰，此一節與前第二節下四句相照應。

黃文煥曰：始之自抑，不欲其離慜也，恐以長鞠而神弱也，欲其遷也。 兹之自抑，又不妨其離慜也，砥以不遷而愈強也，不厭長也。 願志之有像者，志爲心之所之，無形者也。 志而有像，則堅矣，凝矣，永無可搖矣。 其俟之自強功成之日歟？ 望三五以爲像者，君也；比伯夷以置像者，我也。 又曰：前所痛恨人不知我，此所自嘆我亦不能知，應前最慘。"抑心"與"自抑"相應，"願志有像"與"效志"相應，"改忿"與"前圖未改"相應，"離慜"與"離慜長鞠"相應。 抑心又説自強，則抑而不抑矣；離慜又説不遷，則離不妨離矣，相應中又各翻案。

李陳玉曰：但與吾志争守。

周拱辰曰：願志之有像，言懷抱中自有素所想象之人，申徒、彭咸是也。

陸時雍曰：有像，言可爲法則。

王遠曰：離慜而不遷，但願此志可爲法於後世也。

毛晉曰：《韓子》曰："象者，南方大獸。"中國人不識，但見圖寫者。 故又借義訓爲形似也。 別作像，非。

錢澄之曰：至於離愍而不遷，蓋終不能懲改矣。 自惟事業無成，存此志於萬世，可也。 志之有像，《易·蠱》上爻所云：“志可則也。”

王夫之曰：懷王不聽己言，地割身囚，覆敗已有成像。 使頃襄能以爲鑒，遭愍而思遷，則事猶可爲，乃己所深願而冀其然者。 今顧不然，其亡可立而待矣。

林雲銘曰：然我所以離憂不解者，願以死忠之志，爲後世像法。 使後人恨不及見我，猶我恨不及見重華也。 應篇首“離愍長鞠”句。

高秋月曰：雖遭病而心不從，願志行之無虧，而可爲法也。

徐煥龍曰：雖遭憂愍，初服不遷，無復願望於人間。 願此志獲成而有像，爲世表儀而已矣。

賀寬曰：不以憂患之來，自遷其素志，以爲法於天下後世，其可也。

張詩曰：雖遭憂愍，不變其節者，欲使此志可法於天下，可傳於後世也。

蔣驥曰：不遷，不改其爲善之節也。 像猶“三五爲像”之像。 有像，欲法彭咸之死也。

王邦采曰：有像，爲世表儀也。

吳世尚曰：雖遭罹愍兇，而不改其志節，但願其可以信今，可以傳後而已。 此淮南王所以比之《小雅》“怨誹而不亂”，而太史公爲原作《傳》，亦惟詳載此賦也。

許清奇曰：志之有像，以死忠之志，爲後世法像也。

屈復曰：愍，憂。 右四段：湯禹久遠，前不見古人也。 願志有像，後不見來者也。 痛古傷今，皆屬無益，惟一死而已。 言外有我不見古人而慕古人，後人不見我而慕我，猶我之慕古人也。

江中時曰：誓以死忠之志，爲後世之法矣。

夏大霖曰：故余罹憂慼而不變所守者，願此志自伸，終爲可法之像，垂後人也。

邱仰文曰：像，猶儀像之像，言可法也。

陳遠新曰：志之有像，做個模樣使此志留於後世。言雖離慼憂而不變吾此志，庶幾此可爲法於後世焉，固所願也。

奚禄詒曰：修能之志，遭病不遷，願志行流於後世，爲人法則也。

劉夢鵬曰：離滑不遷，言雖遭困阨而不變操履。

丁元正曰：志之有像，願君志之法則於古人也。我所以遭離愍而始終不移者，誠願君志之，則法於古人耳。

陳本禮曰：願死後傳世。

胡文英曰：言我之雖罹憂慼，而勉强自持。不遷其操者，實願成吾此志，而使蓀美以三五爲像耳，而孰知至于此極哉！

牟庭曰：惟此道無古今，我願像之以志矣。南土者，重華之葬地也。

顏錫名曰：但願不變昔之所志，而有以像之，斯可矣。

王閭運曰：己既知其忤時，何又不能諧俗以其自强不撓，雖改忿抑心，但不尤人耳。不能遷其象法古人之志。

馬其昶曰：像，謂以古人爲法也。

聞一多曰：遷，改也。雖遭憂患，而不改其節。像，法也。

姜亮夫曰：此四句言因其懲艾於古之遘離之情，遂改易其忿恨，乃抑按其心而自强勉。遭遇病疾，而未有所改易，蓋願此志之有所法像也。

蔣天樞曰：此兩句屈原謂己。 懲，難也。 離懲講己當前遭遇。不遷，矢志不移。 有像，己仍指彭咸以爲儀。

湯炳正曰：懲，憂傷。 志，志向。 言己雖遭憂患而志向不變。

按：離，即罹，遭到。 懲，《説文》："痛也。"言遭到如此痛苦而不變初志，願意效法彭咸投水而去也。 王逸以爲願志行流於後世，爲人法也，未免狹隘。

進路北次兮，日昧昧其將暮。

王逸曰：路，道也。 次，舍也。 昧，冥也。 言己思念楚國，願得君命，進道北行，以次舍止，冀遂還歸。 日又將暮，不可去也。

朱熹曰：言將北歸郢都，而日暮不得前也。

周用曰：本章言欲返國而時不可及，安心就死而已。 自訣之辭也。

汪瑗曰：次，舍也。 昧昧，昏暗貌。

黃文焕曰：古今不可問，自强不可遷，君國不可返，則但有矢死靡他而已。 進路者，進沅湘之路也，此投死之區也。 江沅均爲南行，北次者，乖其所之，一託宿焉，不欲死之意也。 日既將暮，則投死可以無急也。

李陳玉曰：死期將至。

王萌曰：此思北歸郢都，自知無時而托言日暮也。

王夫之曰：北，背也。 次，所止宿也。

林雲銘曰：北行向汨羅而止，日將夕矣。

徐焕龍曰：欲進路而次於北，則君昧昧如將暮之日。

賀寬曰：進路者，沅湘之路，矢死之路也。

張詩曰：言于是進路北舍，則見日色已昧昧然將暮。

蔣驥曰：北次，謂向郢都。

王邦采曰：將欲北歸郢都，而日暮途窮。

吳世尚曰：進路北次，時原放在江南也。 昧昧將暮，以比國家之欲危亡也。

許清奇曰：前南土，指放在江南。 此北次，方至汨羅。

屈復曰：言北次汨水，日色已暮。

江中時曰：進路北次，北行向汨羅也。

夏大霖曰：言此生已知虛負，又何爲鬱鬱居此耶？ 吾且進路向北前去，日暮途窮即止境也。

邱仰文曰：次，止也。 言向汨羅而止也。

奚禄詒曰：余思故國而還，進舍於北路，日已夕矣。

劉夢鵬曰：沅湘在大江南，郢都在大江北。 北次，欲歸郢也。昧昧將暮，傷哀晚不得歸也。

丁元正曰：進，趨也。 欲趨於君側而離兹土也。 日暮欲進而不得也。 是以急欲離次以求進，奈遷延既久而日已暮矣。

戴震曰：方晞原云："據《涉江》篇由沅入溆，乃至遷所，則沉羅淵當北行，故有進路北次之語。"

陳本禮曰：北次，向汨羅之路。

胡文英曰：汨羅水，在湘陰縣北七十里，由湘陰至汨羅，則爲北次。 而日闇闇而無光，悽慘之象，爲時將至矣。

牟庭曰：北次者，驛路也。 自此更進不停宿也。

顏錫名曰：所志維何，行矣，北次矣，日云暮矣。

王闓運曰：已至沅，復出江，故北次也。 日暮，喻國亡也。

姜亮夫曰：北次，謂北指向郢都也；原放於江南，故曰北也。 昧昧，猶言冥冥，日暮昏冥也。

蔣天樞曰：進路，謂循湘北返途中。 次，宿止。 昧昧，日色冥暗，言己在北反途中日色將暮之際，突聞秦人隔絕道路音息也。

湯炳正曰：北次，指由溆浦一帶折向東北，橫跨資水朝湘江進發。

按：進路北次，向汨羅進發。 原遷江南，主要在沅湘流域，沅水、湘水、汨羅皆注入洞庭湖，而位置上，汨羅在沅湘之北。 故曰北次。 江中時說是。 朱熹言將北歸郢都，非是。 日暮，諸家多以爲喻國將亡矣，恐非是。 此爲記錄投水之前某日，非必有寓意也。

舒憂娛哀兮，限之以大故。

王逸曰：娛，樂。 限，度也。 大故，死亡也。 言己自知不遇，聊作詞賦，以舒展憂思，樂己悲愁，自度以死亡而已，終無他志也。

洪興祖曰：《孟子》云：“今也不幸至於大故。”

朱熹曰：於是將欲舒憂以娛哀，而念人生幾何，死期將至，其限有不可得而越也。

張鳳翼曰：大故，死亡也。 言己自知不遇，聊作詞賦以舒展憂思，持此以歿，而終無他志也。

汪瑗曰：此二句似紀行之語。 又嘗疑此篇乃屈子遷居南土之時，或於孟夏有所他適，而途中之所作者。 舊說以屈子南遷，郢都在北，屈子思念楚國，冀得北歸郢都，而日又將暮，不得前進也。 於是將欲舒憂以娛哀，而念人生幾何，死期將至，其限有不可得而越也。 蓋謂大故爲死亡，引《孟子》“不幸至於大故”以證之，故以日暮爲喻遲暮年老之意。 嘗謂上二句乃紀行之語，非譬喻也。 下二句乃寫情之語，以喚轉上章，非謂死亡也。 大故，如《論語》“故舊無大故則不棄”之大故，豈必死亡而後謂之大故哉？ 其意蓋謂己之所以游衍自

適，以舒憂娛哀者，非樂於閒曠而無志於當世也。 因己之罪大惡逆，
有觸君上之怒，放置於此，限制而不得事君以行道故耳。 夫既得罪於
君矣，世既無知己矣，古人又不可得而並矣，故聊自舒憂娛哀，優游
卒歲，而勉強爲善，以堅己志，使可爲法於天下後世而已。 此則屈子
立言之意也。 若以北次爲郢都，而屈子思望北歸，則《哀郢》之作乃
因秦將白起拔郢燒墓，頃襄王已東走於陳，而郢都已爲丘墟矣。 故
曰：“曾不知夏之爲丘，孰兩東門之可蕪。”然則此時頃襄王已在陳而
不在郢矣，則所謂進路北次，非指郢都也明矣。 或曰，然則所謂“汨
徂南土”者，何也？ 曰“汨徂南土”者，蓋泛指己之遷於南土，而所
謂進路北次者，是指當時所適之道路亦南土之北耳，不出乎江湘之間
也。 故亂曰：“浩浩沅湘，分流汨兮。 脩路幽蔽，道遠忽兮。”此亦
泛賦南土之寂寞，而見己之限於大故，不得仕於朝耳，非比興之體
也。 凡此類，固有比興體，亦有紀實者，豈可概視爲寓言邪？ 顧朱
子亦不能考證而深詳之。

徐師曾曰：大故，死期。

陳第曰：於是欲舒憂娛哀，大故又將限之。 謂死亡將至也。

黃文煥曰：又一不欲死之意也。 少遲數刻之死期，何妨舒憂，何
妨娛哀，然有限我以大故者矣。 若或催之矣，豈知其故者？ 茲知之
矣，遇重華、禹、湯，則爲喜起之臣。 不遇重華、禹、湯，則當爲死
忠之臣。 故在是矣。 又曰：前日豈知其故，此曰限以大故，曰知死
不可讓，茫然之後，說出了然，生平疑根，將死大悟。 墮地定命，應
至于此。 慘甚痛甚！

李陳玉曰：非不尋樂，大限已臨。

周拱辰曰：知死不可讓，吾將以爲類，即此意。 以憂爲舒，以哀
爲樂，豈老將至而毫及之乎？ 以一死爲快，亦原肺腑內不可向楚人傾

吐之質言與。 又曰：人生死於樂，亦死於哀。 然而哀樂無常矣。 有
以樂爲哀者，樂不極則不哀，孟嘗聞琴之淚、漢高歌風之涕是也。 有
以哀爲樂者，哀不極則不樂，夷齊之擲薇、鮑焦之立槁、申徒彭咸之
抱石是也。 不以一國換吾一死，不以千秋名換吾一刻。 譚友夏云：
《伯兮》之詩，願言思伯，甘心首疾，彼皆願在愁苦疾痛中求爲一快
耳。 若并禁其愁苦，疾痛而不使之哀，哀而不使之死，死而不使之
速，此其人真乃大苦矣。 其曰"限之以大故"，人生至大故而事畢
矣。 原固以三閭魚腹之招魂，爲楚國南面王之樂也已。

王萌曰：乃作絕筆之語，曰死期將至，限有定在，勉強舒憂以娛
哀，其憂哀乃更其矣。

王夫之曰：日既夕矣，猶舍其次舍，冥行不止；國有大憂，舒緩
而不恤；先君之哀，娛樂而不憤。 死亡之不可逃，天限之矣。 原所
以不忍見而願沉湘也。

林雲銘曰：平日之憂，止於此日而舒。 平日之哀，止於此日而
娛。 蓋命止於此，若有限之，以爲死忠之大事，不復寬至明日也。
慘甚！ 又曰：已上言前不見古人，後當以示來者，汨羅自沉，必不
可已。

徐煥龍曰：料必無路可通，欲自舒其憂，以哀爲娛，則生也有
涯，死期將至，限以大故，偷生亦復幾時。

賀寬曰：黃、農、虞、夏，忽焉没兮，我安適歸矣。 遇重華、
湯、武，則爲良臣，不遇則當爲忠臣。 今既不遇，日暮途窮矣。 雖
欲舒憂以娛哀，而可越死忠大故之期乎。 此原之死，以爲法於天下後
世也。

張詩曰：然吾之所以舒其憂憤，娛其哀思，而游衍自適者，豈無
志當世哉？ 亦以觸君之怒，罪已極大，故有所限制，不復能事君行

道耳。

蔣驥曰：限，期也。　大故，死亡也。　時尚未至南土，故言從此北行向郢以行其道，固所樂也。　然舉世溷濁，如日之將暮，終無望矣。　將欲舒憂娛哀，亦惟期之死後，冀其一瞑而無所知而已。　此所以有懷於沙而就死也，言此以深著徂南之意。

王邦采曰：雖欲舒憂娛哀，而死期將至。

吳世尚曰：舒憂娛哀，所謂破涕爲笑，長歌當哭，不得已之至也。　限之以大故，如云天實爲之，謂之何哉也。　蓋原以五月五日自沉汨羅，作此賦時，殆不過數日間事耳。

許清奇曰：大故，死也。　命止于此，則平日之哀，至此而舒；平日之憂，至此而娛矣。　此段言賢奸本不並立，惟以立節自强，可法後世，自抑其憂忿以應前自抑之意。

屈復曰：限，界。　舒往日之憂，娛往日之哀者，今夕不可少待之大故也。　陰森之氣，直湧紙上，慘不可讀。　右五段，汨羅自沉之時景，總收上文也。

江中時曰：於是平日或憂或哀，或舒憂或娛哀，俱於此日而止。若有限之以死忠之大事，不復寬至明日也。　以上言前不見古人，後當以示來者，汨羅自沉，必不可已。

夏大霖曰：欲釋憂而爲舒，舍哀而爲娛，惟有死爲大故。　以此限憂哀，哀有不解乎。　自沅湘至汨羅江，路進北也。

邱仰文曰：言從此不復，憂哀如有定數。

陳遠新曰：大故，死也。　詞賦之舒娛不盡，以死限之則盡矣。言我思今日歸郢行志，既國衰年老，徒恃作此詞賦以舒娛憂哀，終不免時道時起，惟大故限之可乎。

奚祿詒曰：仍自舒展其憂，娛悦其哀，不以爲苦，限定以死而已。"進路北次"二句，喻楚之將亡。陶潛詞"問征夫以前路，恨晨光之熹微"本此。

劉夢鵬曰：含之爲言包也。虞之爲言虞也。言己含憂不激，虞哀不懟，從容俟命，而死生之故，天若限之，不能復待也。原以憂讒死，既曰懲違改忿，又曰限之大故。若天所命而無所怨，原可謂知命者哉。

丁元正曰：然則欲遂我之願，以舒我憂以娛我哀，竊恐大故將有限也。吁，此原之沉湘以自潔之意，於斯決矣。

陳本禮曰：以懷石爲舒憂，以投淵爲娛哀，命盡於此，天實限之，夫何怨哉。悽音慘慘，至今猶聞紙上。已上又似一篇自祭文，"亂曰"以下，則自題墓志銘也。

胡文英曰：本將自寫以舒憂娛哀，而限之以大故，則亦宜致命遂志，而無如之何矣。

牟庭曰：舒憂娛哀作辭賦也，窮愁著書以俟卒也。

顏錫名曰：大故之期至矣，從此憂舒而哀娛矣。

王闓運曰：北無所往，南復何之，唯有死耳。一死則積憂舒，百哀娛，故以此大故限己長戚之情也。

馬其昶曰：限之以大故，猶言要之以一死。以死爲舒憂娛哀，所謂"求仁得仁"者也。以上上觀千載，有繼往聖之志。

聞一多曰：《哀郢》"登大墳以遠望兮，聊以舒吾憂心"，《思美人》"遵江夏以娛憂"，《七諫·自悲》"凌恒山其若陋兮，聊愉娛以忘憂"，皆以遊眺郊野爲樂。《莊子·知北遊》篇"山林與，皋壤與，使我欣欣然而樂與"，《外物》篇"山林丘山之善於人也，……"與此態度一致。本篇"舒憂娛哀"，當承上文"進路北次"言，謂北行江郊以自娛也。《周禮·膳夫》注："大故，寇戎之事。"《大祝》注："大故，兵寇也。"疑此大故義同。 言將北進，阻於兵寇而不果也。 王以大故爲死亡，於義難通。

姜亮夫曰：舒憂娛哀，仍從洪本作舒憂娛哀。 此蓋承上文"願志之有像"來，因其尚有此一願，故思北返郢都；因其北返郢都，故不覺其憂之一舒，哀之一娛也。 限，度也，期也。 大故，《孟子》"不幸至於大故"，謂死亡也。 此四句言余固願己志之有所法像，存此一像之望，故余乃北向，指郢而進其道；然日已冥昧，其將暮矣，終當無望也！ 余方欲以此而舒其憂忿，娛其哀思，忽思及死亡大故，蓋皆有所限制，不能彊爲之矣！ 此乃冀望設想之辭，非必真北向也。 正文思激蕩之處。

蔣天樞曰：舒憂，排遣憂思。《史記》作"含憂"，疑含舍爲舍之誤。 舍，釋也。 娛，《史記》作"虞"，《廣雅·釋言》："虞，驚也。"言既悲哀又驚懼也。《説文》𨸏部："限，阻也。"故，謂禍難。 大故，非常之灾難。《周禮·天官·宫正》："國有故，則令宿。"鄭《注》："鄭司農云：'故，謂禍災。 令宿，宿衛王宫。'……玄謂：'故，凡非常也。'"《國語·鄭語》："桓公……問於史伯曰：'王室多故……。'"韋昭《注》："故，猶難也。"由此證知此"大故"之非普通函義。《懷沙》《思美人》《悲回風》均言及路阻事，而其事史不載，孜《九章》各篇語意，均思達諸頃襄，而頃襄已於三十六年秋卒，屈原不及知，次年爲考烈王元年，《六國年表》楚表載"秦取我州，黄歇爲相"，《楚世家》則載考烈王元年"納州於秦以平"。 楚之州，春秋故州國地。 其地（今湖北監利縣一帶地區）控制洞庭湖江岸，蓋秦人取之以斷絕楚江南道路，《懷沙》所言"限之以大故"，豈即是年事歟？

湯炳正曰：大故，指兵戎之事。《周禮·膳夫》注："大故，寇戎之事。"又《大祝》注："大故，兵寇也。"此指當時秦兵侵入黔中之事。

因敵兵入侵，己雖欲努力排解憂愁悲哀而不可得，故曰“限”。以上第三段，言己雖在流亡顛沛中，却絕不改變理想、忘懷國難。

趙逵夫曰：大故，秦漢以前比較普通的是指重大事故，多指對國家、社會有重大影響的禍患。如“凡國之大事，致民；大故，致餘子。”《周禮·地官·小司徒》。鄭玄《注》：“大故，謂災寇也。”或指嚴重的過失、罪惡。如“故舊無大故，則不棄也”。《論語·微子》。孔安國曰：“大故，謂惡逆之事。”由第一個意思可以引申爲指父母喪，但不用於指自身的死亡。所以，我以爲《懷沙》中的“限之以大故”的大故，意爲大的事故，指叛逆之事。（《屈原與他的時代》）

按：大故，即投水自沉。顏錫名謂大故之期至矣，從此憂舒而哀娛矣，甚是。王逸以聊作詞賦，以舒展憂思，恐非是。投水即爲解脫，非必借助於賦詩作詞也。此句亦爲絕命辭之一證。

亂曰：浩浩沅湘，分流汨兮。 汨，一本作汨。

王逸曰：浩浩，廣大貌也。汨，流也。言浩浩廣大乎，沅湘之水，分汨而流，將歸乎海，傷己放棄，獨無所歸也。

洪興祖曰：汨，音骨者，水聲也；音鶻者，涌波也。《莊子》曰：“與汨俱出。”郭象云：“泂伏而涌出者，汨也。”

朱熹曰：浩浩，廣大也。汨，流貌。

汪瑗曰：浩浩，廣大貌。沅湘，二水名。分流，亂流也。或曰，枝流也。言所進之路，北次之處，乃沅湘所分之枝流也。亦通。言沅湘之水，浩浩乎其廣大，亂流之涌，汨汨然其疾逝也。此即其所見者而賦之也。

錢澄之曰：懷沙，是懷長沙也。浩浩清流，久存於懷，路脩且阻，今忽焉而至，是其死所矣，汨，水名，近長沙，所謂汨羅江也。

王夫之曰：汨，音鶻，波流貌。

林雲銘曰：汨羅爲二水分流。

徐煥龍曰：汨然長逝而不反者，此沅湘之分流也。

賀寬曰：此承上"進路北次"而言也。 今已臨彼沅湘矣，何其浩瀚而流疾也。

張詩曰：言吾之進路北次也。 但見浩浩乎沅湘之廣大，其分流汨然疾逝。

蔣驥曰：此總前意而申言之。 時方自沅入湘，故兼沅湘而言。汨，疾流貌。 言沅湘之水，分流入湖，其行迅疾也。

屈復曰：汨，汨羅。 汨水乃沅湘之分流也。 言浩浩沅湘，分爲汨水。

江中時曰：沅湘分流至長沙，與汨羅合。

夏大霖曰：屈子放所，沅湘之間，二江之窮源，蒼梧境也。 沅在蒼梧西，湘在蒼梧東，故云分流。 便知放所爲幽蔽境界矣。

邱仰文曰："汨"字從日，有三音：一音覓，爲汨羅江；一音骨，爲水聲；一音鶻，爲涌波分流者。 汨羅，二水之分流也。 汨字則言其波濤之洶湧。 汨羅源出豫章，流經湘陰，分而爲二，南流曰汨水，一經古羅城曰羅水。 至屈潭復合，故有汨羅之名。

奚祿詒曰：汨，回波而涌也。

劉夢鵬曰：沅水出蜀郡，湘水出零陵，皆入洞庭者。 分流，二水分流處也。 沅湘二水首分流，末合流入洞庭。 原泝江湘而上，至二水分流始合之處，獨由湘至汨羅也。 汨，水流疾貌。

戴震曰：汨汨，疾貌。

陳本禮曰：汨羅在長沙府湘陰縣。 沅出蜀郡，至長沙。 湘出零陵，亦至長沙。

顏錫名曰：極言此境僻遠不堪之意。

王闓運曰：汩然，無聲也。沅湘今俱入湖，《水經》以爲皆入江，其分流之迹在湖也。

聞一多曰：溢，涌也。《文選·江賦》：“溢流雷煦（吼）而電激。”《漢書·溝洫志》注曰：“溢，涌也。”字一作潰，《公羊傳》昭五年“潰泉者何？直泉也。直泉者何？涌泉也。”汩亦涌也。《莊子·達生》篇：“與汩皆（偕）出。”郭注曰：“回伏而湧出者，汩也。”《列子·黃帝》篇《釋文》曰：“汩，涌波也。”《七發》：“所揚汩者，所溫汾者。”此言沅湘之水，浩浩廣大，溢涌減汩而流也。

姜亮夫曰：分流，當從一本作紛流，紛正所以形汩，亦承上浩浩爲義。汩，涌波也。則紛流蓋即《江賦》之“溢流雷煦而電激”之義，紛與溢，一聲之借。此言廣大浩渺之沅湘，紛涌而流，波濤汩然。此當前景也。

蔣天樞曰：八句言己歸陳之情如沅湘之奔流，而道路阻隔，己之抱負又誰能識之。浩浩，水勢盛大。汩，波流洄旋涌起貌。喻歸思若沅湘之騰涌奔流。

湯炳正曰：沅湘，指沅水、湘水。分流，分頭並進之意。汩，水流疾貌。當時屈子正從沅水流域向湘水流域進發，故言及沅湘分流。

按：汩，流也。此言由沅湘之間赴汨羅，乃即目所見而賦之。王逸以爲沅湘分流，傷己放棄，獨無所歸，意亦在其中。屈復以爲汨水乃沅湘之分流，非是。

修路幽蔽，道遠忽兮。

王逸曰：修，長也。言雖在湖澤之中，幽深蔽闇，道路甚遠，且久長也。

朱熹曰：修，長也。

汪瑗曰：修，長也。 路，即進路北次之路也。 幽，僻也。 蔽，翳也。 道，亦路也。 遠，即謂脩路。 忽，即謂幽蔽也。 此即其所經者而賦之也。

陳第曰：而已之路，則幽蔽超忽也。

黃文煥曰：瞪視沅湘之分流，睠念來投之脩路。 向幽蔽而尚隔者，今明現前矣。 向遙遠而遲行者，今忽焉已至矣。 江水逼人以死地矣，江聲告人以死期矣。 所云質正之盛心，文質之異彩，撫情之深思已矣，俱無所用於世矣。

王夫之曰：忽，荒忽，不能達也。 竄於沅湘，去君日遠，讒間蔽之，欲自白而無從。

林雲銘曰：所遷又在汨羅之南，長途幽深蔽闇，今進路北次，忽然到此。

徐煥龍曰：人世生之路短，死之路長。 修遠幽蔽，既冥且遙。 今我之道之遠，在忽然之頃矣。

賀寬曰：回念來時之路，幽昧阻長，而忽焉已至矣。

張詩曰：且所歷之路甚長，幽僻蔽翳，遼遠荒忽。

蔣驥曰：幽蔽、遠忽，即杳杳靜默之意。

吳世尚曰：《史記》此下有“曾唫恒悲兮，永嘆慨兮，世既莫吾知兮，人心不可謂兮”四句。

許清奇曰：汨羅爲沅湘分流，今歷長途幽蔽，忽然到此。

屈復曰：道路悠遠，今忽至此。

江中時曰：自遷所至汨羅，長途幽深蔽闇，總在楚之遠道也。

夏大霖曰：極言此境僻遠不堪之意。 夾寫人行路中也。

邱仰文曰：遷所尚在汨羅南面，進路而北，忽然到此，亦驚訝意。

陳遠新曰：幽，不明。 蔽，不知。 忽，没也。

奚禄詒曰：忽，荒也。

劉夢鵬曰：幽拂，境暗也。 遠忽，道長也。

戴震曰：茀，韋昭注《國語》云“草穢塞路爲茀”是也。

胡文英曰：道，行也。 長路而有善蔽其君者存，則吾行雖遠，而亦忽焉至此矣。

牟庭曰：遠遷之恨也。

聞一多曰：幽蔽，謂林木掩翳。

姜亮夫曰：其道路之修長，至於幽深而蔽闇，其去郢之道，蓋已遠忽矣！ 遠忽，猶言遠極也。

蔣天樞曰：脩，遠也。 蔽，塞也。 脩路幽蔽，謂途遠而障塞。《史記》蔽作拂，義同。 道既遠而又飄忽，喻即使繞道遠行，亦未易達也。

湯炳正曰：忽，荒遠貌。

按：修，長。 此言由流放之地赴汨羅路途遙遠，幽深蔽闇。 或許有人會問，原謀投江久矣，然沅亦水，湘亦水，洞庭亦水，何以非至汨羅才投之？ 此不知汨羅水之走向也。 汨羅之水，自東向西流注於洞庭，且其離洞庭入江處未遠。 原念念不忘返回郢都，只此一水，在方位上可將尸體帶回郢都，此所謂魂歸故土也。 然汨羅注入洞庭，而洞庭水入大江也，若投水，尸體不隨洞庭之水向東流乎，而何向西耶？ 此又決定於投水之時也。 原投水擇期爲農曆五月初五，彼時洞庭湖流域已然進入梅雨期，湖水普漲，水量大，水可西流至於郢都也。 郢都即今湖北荆州，大江自荆州至岳陽爲荆江，是典型的蜿蜒性河道，有九曲回腸之稱。 河道北岸爲江漢平原，南岸爲洞庭湖平原，地勢都是十分低窪。每年五六月間，梅雨期，大江漲水，水位完全可以到達荊州。這就是屈原選擇在汨羅江、五月初五投水的原因。

懷情抱質，獨無匹兮。

王逸曰：匹，雙也。言己懷敦篤之質，抱忠信之情，不與衆同，故孤煢獨行，無有雙匹也。

朱熹曰：匹，當作正，字之誤也。以韻叶之，及以《哀時命》考之，則可見矣。無正，與"并日夜無正"之"正"之意同。

王萌曰：無正，言我之情質無有正其是非者。

錢澄之曰：正者，《莊子》所謂"將孰使正之"也，正，是平其是非。

王夫之曰：匹，合也。抱忠誠以孤立於黨人之世。

林雲銘曰：言我之忠心，無有正其是非者。

徐焕龍曰：懷芳澤之質，抱忠信之情，惸獨而無匹合。

賀寬曰：抱兹文質，撫吾素情，孑然獨立。

張詩曰：而吾懷此敦篤之質，抱此忠信之情，孑然無偶，終莫吾知者。

王邦采曰：無正，與"并日夜無正"意同。

吴世尚曰：朱子曰"匹"當作"正"，今從之。無正，言無與正其是非也。

屈復曰：獨抱情懷，誰正是非。

江中時曰："匹"字當是"正"字。無正，言不辨其情質也。

夏大霖曰：我情質忠貞，懷抱天性，獨無並生而正我之是非者。

奚祿詒曰：言己懷敦厚之質，抱忠義之情，不與衆同，故無匹也。

劉夢鵬曰：懷情抱質，即所謂"文質疏内，材朴委積"者也。正，猶"九天爲正"之正。

胡文英曰：懷其本質，抱其摯情，又無匹偶之人，以至于此。

牟庭曰：莫知之嘆也。

顔錫名曰：言懷抱忠貞之情質，獨無匹耦。

聞一多曰：《淮南子·繆稱》篇"懷情抱質"，情質猶誠實。

姜亮夫曰：懷質句，當從《史記》作"懷情抱質"，懷情，屈子常語，懷朕情而不發是也。抱質，猶抱朴也。無正，無所取正也。

蔣天樞曰：質，實也。抱實，謂懷抱可以實現之方略。獨，孤獨，言無助。無匹，即"無朋"，疑此匹字即讀如朋。

湯炳正曰：匹，當爲"正"字形似而誤，與下文"程"字叶韻。正猶證，即《惜誦》"指蒼天以爲正"之"正"，"無正"謂無人作證。

按：懷芳澤之質，抱忠信之情，而世未有人知。張詩説是。王逸説意亦不差。

伯樂既没，驥焉程兮。　没，一本作殁。

王逸曰：伯樂，善相馬也。程，量也。言騏驥不遇伯樂，則無所程量其才力也。以言賢臣不遇明君，則無所施其智能也。

洪興祖曰：《戰國策》云："昔騏驥駕鹽車，上吳坂，遷延負轅而不能進，遭伯樂，仰而鳴之，知伯樂之知己也。"《淮南子》曰："造父不能爲伯樂。"注云："伯樂，善相馬，事秦繆公。"又王逸云："孫陽，伯樂姓名。"而張晏云："王良，字伯樂。非也。王良善馭，事趙簡子。"

朱熹曰：伯樂，善相馬者也。程，謂校量才力也。

汪瑗曰：伯樂，孫陽也，善相馬，事秦繆公。殁，死也。驥，良

馬也。焉,安也。程,量也。一曰式也,物之準也。言伯樂既死,
則世雖有良馬,無有能知之者,將安所程量其才力邪? 以言賢臣不遇
明君,則無所施其智能也。此章因行役之勞,述已放逐於寬閑寂寞之
濱,抱道自守,而世無知己者。然上四句亦申篇首滔滔、莽莽、杳杳
數句之意,下四句總申後數章之意也。

陳第曰:然不遇明君,安所用之? 猶驥之服鹽車耳。

黃文煥曰:懷抱獨知,世無復相馬者矣,付驥骨於清流足矣。將
日自沉之非正命耶。

王夫之曰:程,衡量也。君又無特達之知,終不可以有爲而救時
艱矣。

林雲銘曰:世無知己,留此身無益。

徐焕龍曰:猶之世無伯樂,驥馬焉程其品德乎。

賀寬曰:世無相馬者,雖驥亦無益也。

張詩曰:蓋以伯樂既没,即有良馬,焉能程量其材力耶。

蔣驥曰:伯樂,善相馬者,喻重華、湯、禹也。

王邦采曰:程者,物之準也。

屈復曰:世既無如伯樂能相馬之人,徒生何益。

江中時曰:世無知己,留此身何益乎。

夏大霖曰:猶之伯樂既死,良驥無從望較量矣。空留此憂哀無已
之身,又何俟哉!

奚禄詒曰:伯樂,秦穆時人,公使求馬於沙丘,得良馬。

劉夢鵬曰:程,品也。謂品列差別其材也。

胡文英曰:程,品題其聲價也。

顏錫名曰:猶冀不遇伯樂,無從程其才德。

王闓運曰:恐人不知己,故望伯樂也。

馬其昶曰：戚學標曰："《史記》：便程即平秩。"

聞一多曰：《漢書·東方朔傳》"程其器能"，注曰："程，謂量計之也。"《文選·西京賦》"程角觗之妙戲"，薛注曰："程，謂課其技能也。"《遠遊》："高陽邈以遠兮，余將焉所程。"

姜亮夫曰：伯樂，古之善相馬者。四句言余懷情抱質，而獨無所爲正，有如伯樂既殁，則雖有騏驥之才，又將安所校量其才力者哉？

蔣天樞曰：伯樂，古善相馬者，識騏驥於鹽車軛下。世既無伯樂，誰程量騏驥之能乎？

按：汪瑗謂伯樂既死，則世雖有良馬，無有能知之者，將安所程量其才力邪？以言賢臣不遇明君，則無所施其智能也，甚是。林雲銘解曰世無知己，留此身無益，亦臨絶之言也。

萬民之生，各有所錯兮。　萬民之生，一本作人生有命。

王逸曰：錯，安也。言萬民禀受天命，生而各有所錯安其志，或安於忠信，或安於詐僞，其性不同也。

朱熹曰：錯，置也。言民之生，莫不禀命於天，而隨其氣之短長、厚薄，以爲壽夭、窮達之分，固各有置之之所而不可易矣。吉者不能使之凶，凶者不能使之吉也。

汪瑗曰：錯，置也。此章言人之生受命於天之初，其富貴貧賤壽夭窮達，已有一定之分，而非人之智巧所能移者。

林兆珂曰：言民生禀命於天，其壽夭窮達之分，各置之所而不可易。

陳第曰：錯，置也。禀命若置，誰能移之？

黄文煥曰：自計此生有才無遇，七尺堂堂，安頓何所，尋嘗糞壤，豈堪委體。天實錯吾軀於波流，禀命久矣。今日之事，非我之憤憤也，天也。 吾之心志必如是而始安焉。 以忠貞爲要歸，定也，非憤亂也。 又曰：各有所錯，各字尤慘。 錯小人於朝堂之上，錯君子於波流之中，亂世應爾，天之布置久矣。

李陳玉曰：天自有一定安排。

王遠曰：此決志沉淵之詞。 言人之命，皆天所錯置。 我命合自沉，天早已安排定矣。

錢澄之曰：各有所錯，事事有定，即死亦各有其地也。 原之情志，其生無所取正，其死也，人或有譏其心之惑亂而志之狷狹，如後世班固所云"忿懟沉江"者，而原自信其心定志廣，固無畏懼於人言也。

林雲銘曰：人稟命於天而生，皆已安排死地。

徐煥龍曰：民生稟命於天，天各有錯置之。 天壽窮通，惟天所錯，人莫能爭。

賀寬曰：有才無命，命已置我於清流中矣。

張詩曰：言人生稟命于天，貧富貴賤生死壽夭，各有錯置。

吳世尚曰：子夏曰："死生有命，富貴在天。"孟子曰："莫非命也，順受其正。"與此意同。

許清奇曰：命之生死，安排已定。

屈復曰：但民生稟命於天，壽夭窮通錯置，各有運數。

江中時曰：言人之生莫不稟命於天，其壽夭窮達，各位置已定而不可易矣。

夏大霖曰：言民之生，莫不稟命於天，而隨其氣之短長厚薄，以爲壽夭窮達之分，固各有置地之所而不可易。

奚祿詒曰：言人生受命於天，其五常之性，各有注措，即仁於父子，義於君臣之謂也。

劉夢鵬曰：言生死有命，而心各有安，不可强也。

顔錫名曰：言人之生死，天各有一定之錯置。

聞一多曰：《晉語》七："將稟命焉。"《楚語》上："是無所稟命也。"稟，受也。

蔣天樞曰：各有所錯，猶言人各有其自處之方。

湯炳正曰：生，同"性"。二句謂衆人之性，皆已各定。

按：此臨終之言也。王遠説此決志沉淵之詞，甚是。子夏曰："死生有命，富貴在天。"孟子曰："莫非命也，順受其正。"與此意同。

定心廣志，余何畏懼兮。

王逸曰：言己既安於忠信，廣我志意，當復何懼乎？威不能動，法不能恐也。

朱熹曰：是以君子之處患難，必定其心，而不使爲外物所動摇；必廣其志，而不使爲細故所狹隘。則無所畏懼，而能安於所遇矣。

汪瑗曰：余嘗有見於此，故定心廣慮，無所畏懼，雖離愍困窮，亦不遷其所守也。

陳第曰：定心則不亂，廣志則不隘，此樂天安命之道也，何愧歉之有？

黄文焕曰：從君國爲起，見廣也，非狷狹也，此吾所以決計而無畏懼也。無畏懼者，無所怵于人之譏我也。定心廣志與抑心效志相應。就死説廣志，理最奇透，達觀千古，恰在此辰。

李陳玉曰：死亦不惡。

王遠曰：定心廣志者，見得道理如此，不如是，則不安也。何畏懼者，非言畏死，畏其不合於聖賢之道耳。

王夫之曰：生死唯天所置，則死不足懼。

林雲銘曰：廣，寬也。定分，何故懼。

高秋月曰：安定其心，開廣其志，死而恬然，無所畏懼也。

徐煥龍曰：但心不搖動於死生則定，志不芥蒂於往事則廣。夫何畏懼於死與，命終時最難得此定力。

賀寬曰：我心不變，所謂定也；我志有像，所謂廣也。今日之死，完吾心志，夫何畏懼哉。

張詩曰：惟定心廣志，無所畏懼可也。

蔣驥曰：定心則不爲患難所搖，廣志則不以窮蹙自阻。

許清奇曰：樂天安命。

屈復曰：是以君子之處患難，定心廣志，則余復何所畏懼乎。

夏大霖曰：是以君子處患難，必定其心，而不使爲外物所動搖，必廣其志而不使爲細故所狹隘，則無所畏懼，而能安所遇矣。

陳遠新曰：定心，拿定苟生之心。廣志，推廣成仁之志。

奚祿詒曰：我惟尊德性以存心，不爲私意所亂。道問學以廣志，不爲物欲所蔽。即正心誠意致知之謂也。内省不疚，夫何憂何懼哉？王注以人性爲惡，不是。

劉夢鵬曰：定心，不爲奪也；廣志，不爲隘也。安其所安，視死如歸，又何懼乎？

丁元正曰：定心，以忠信爲安也。廣志，從憂國憂民起見也，何畏懼者？

陳本禮曰：心定則仰不愧天，志廣則俯不怍人。畏懼，頂篇首"眴兮窈窕，孔静幽墨"言，謂水之深黑而可畏懼也。

胡文英曰：人受命于天，諒有一定之數，則余之心，雖將死不亂，余之志將取義成仁，又何畏懼哉？

牟庭曰：遠遷非足憚也。

顏錫名曰：我之應死於水命也，當安定其心，寬廣其志以就之，何憚之有。

王闓運曰：聖人惡自殺，故明己非畏懼而死也。人事無可轉移，不忍爲秦虜耳。既作《九章》以明非慇死、畏死，又《懷沙》任石以明非狂死、誤死，知其當錯命於水。

蔣天樞曰：定心廣志，意謂雖巨變當前，浩然無畏。

湯炳正曰：定心，堅定其心。廣志，開闊其志。

按：定心，定下死之決心。廣志，以投水方式來表達吾之誓死不濁之志向。胡文英謂雖將死不亂，余之志將取義成仁，又何畏懼哉？頗得其意。王逸、朱熹均未就其爲絕筆之辭言，未達其深意，終隔一層。

曾傷爰哀，永歎喟兮。

王逸曰：爰，於也。喟，息也。言己所以重傷，於是太息自恨，懷道不得施用也。

郭璞曰：喟，即嘅，息也。嘅、欷、呬，皆氣息貌。（《爾雅·釋詁》“嘅欷呬息也”注）音蒯。（《方言》“噴，憐也。沅澧之原，凡言相憐哀謂之噴”注）

汪瑗曰：然而猶增傷永嘆者，蓋因斯世斯人，常度永替，喜圓刓方，玄文微睇，反讒不明，白黑上下，顛倒變常，同糅玉石，舞雞囚鳳，不知其果何如其爲心也？是以爲是傷時之嘆耳。

黃文煥曰：既無畏懼而又不能不嘆傷者，君國之恨，地下逝魂所不能忘。縱骨化形消而此傷猶增，此嘆猶永也，生前之傷嘆莫之省，死後之傷嘆益莫之聞，九泉迴隔，又安能呼溷濁之人，而寄聲相謂俾改故轍慰此逝魂乎?

王夫之曰: 而傷懷哀歎不容已者。

林雲銘曰: 曾以傷哀托之歎唱, 以爲詞賦, 冀幸君之一悟, 俗之一改。

蔣驥曰: 爰, 牽引也。

賀寬曰: 而有不能不歎者, 君國之恨所不能忘, 雖形神永離而傷哀之歎。

奚禄詒曰: "曾傷" 二句, 疊用字法, 有八層, 總以寫其抑鬱之極致。 杜甫詩 "萬里悲秋常作客, 百年多病獨登臺" 二句, 分看各有四層, 合看又有四層, 正從原詞脱胎, 杜詩往往皆然也。 首句亦是迭用法。

劉夢鵬曰: 爰, 恚也, 楚人謂恚曰爰。 此即 "曾唫恒悲" 四句之意, 而反復嘆之者也。

丁元正曰: 我計既決, 不以死爲怖也。 而哀嘆不已者。

戴震曰: 曾, 累也。 唫, 呻也。《方言》: "凡哀泣而不止曰吙。"

胡文英曰: 曾, 重也。 雖重傷于哀, 亦不過付之長歎而已。

王念孫曰: 爰哀, 謂哀而不止也。 爰哀與曾傷相對爲文。《方言》曰: "凡哀泣而不止曰吙。" 又曰: "爰、暖, 哀也。" 爰、暖、吙古同聲而通用。《齊策》 "狐吙",《漢書·古今人表》作狐爰, 是其證也。

王引之曰: 王訓爰爲於, 曾傷於哀, 則爲不詞矣。

顏錫名曰: 言我固不畏死, 但猶有可重爲哀傷而長歎者。

聞一多曰: 爰哀,《史記》作 "恒悲"。 恒即吙之誤。《方言》一: "吙, 痛也。 凡哀泣而不止曰吙。" "吙哀" 與 "曾傷" 對文。 作爰, 借字。《齊策六·狐吙》《漢書·古今人表》作爰。 是其比。

姜亮夫曰："曾傷於哀"以下四句,于文理與上下文不順,王念孫《讀書雜誌》卷三云:"按此四句,似當在《史記》'道忽遠兮'之下,今循其文義讀之。'世既莫吾知兮,人心不可謂兮,懷情抱質兮,獨無匹兮',皆言'世莫能知'也。'定心廣志兮,余何畏懼兮,知死不可讓兮,願勿愛兮',皆言己不畏死也。其敘次秩然不紊。蓋子長所見屈原賦如此,較叔師本爲長。"按王氏體會文理,至爲凱切,當從之。喟,息也;《章句》言己所以心中重傷,於是歎息自恨懷道不得施用也。

蔣天樞曰:歎喟,憂傷太息聲。

湯炳正曰:曾,一本作增,"增傷"言悲傷層疊。爰,乃"咺"之同音借字,《方言》一:"咺,痛也。凡哀泣而不止曰咺。"《史記·屈原賈生列傳》作"恒",乃"咺"之誤字。

按:爰,於此。言哀傷累積於此,只能永遠感歎了。王逸以爲道不得用而嘆,亦通,可參。

世溷濁莫吾知,人心不可謂兮。

王逸曰:謂,猶説也。言己遭遇亂世,衆人不知我賢,亦不可户告人説。

王夫之曰:舉國安危樂亡,不可與言也。

李陳玉曰:誰可告語。

林雲銘曰:無奈舉世昏亂,無一知我,而人心與世推移,我雖有詞賦,無可告語。

徐焕龍曰:我之所以增其傷哀,喟然未歎者,特以舉世溷濁,無一知吾,人心盡邪,不可與語,非懼死而有所眷戀其間也。

賀寬曰:與之俱永九泉云邈,安得呼彼溷濁之世人與同心於地下耶？

張詩曰：然吾之傷哀永歎，不能自已者，亦以世莫吾知，而人心不同，不可告語故也。

蔣驥曰：謂，告語也。

王邦采曰：不可謂，不可與語也。

許清奇曰：所嘆傷者，只爲君不悟，俗不改。

屈復曰：哀傷永歎，人心溷濁，無可謂者。

江中時曰：不可謂，言不可告語也。

夏大霖曰：畢命時，還插此段補出身分明，非若匹夫徒死以生，則徒苦無爲也。

邱仰文曰：朱子曰：應從《史記》移"懷質抱情"上，"道遠忽兮"下。

陳遠新曰：先説人心不可謂，至此己心亦不可謂，語有兩層。

奚禄詒曰：言己重傷恒哀詠歎者，蓋世人溷濁不知我心，且人心紛亂，不可户説。

丁元正曰：言己遭亂世，人莫我知，無可告語也。

胡文英曰：人之心不與吾心同，故不可謂。

牟庭曰：莫知可怨也。

顏錫名曰：蓋我之死，實冀君之一悟，乃溷濁之輩，我生尚不能知，我死又何能移易其心而強語之。是我此時雖可不哀，而死後轉覺重可哀也。夫然而《惜往日》之篇，乃不得不作矣。

王闓運曰：命雖有錯，仍爲世傷，在己可舒娛于古，今可歎唱也。

姜亮夫曰：謂，猶説也；言己遭遇世亂，衆人不知我賢，世人之心，己顚亂溷濁，蓋有不可説者矣。

蔣天樞曰：溷，濁也。言己雖無所畏懼，而念及今日之結果仍不免空死無補，不能不爲之永歎增哀。世既溷濁不能知己，己之情懷又非可告語於人者，此原有撼天抑地之恨，而其文因隱而難解歟？

按：此死之由也。世溷濁莫我知，人亦無可告説，留念塵世，亦何用矣。徐煥龍解以舉世溷濁，無一知吾，人心盡邪，不可與語，非懼死而有所眷戀其間也，甚是。

知死不可讓，願勿愛兮。

王逸曰：讓，辭也。言人知命將終，可以建忠伏節死義，願勿辭讓而自愛惜之也。

洪興祖曰：屈子以爲知死之不可讓，則舍生而取義可也。所惡有甚於死者，豈復愛七尺之軀哉？

汪瑗曰：若夫人之有生必有死，此必不可辭者，自古皆然，吾曷嘗獨愛其死乎？不愛其死，吾誠足以爲法，而世之君子又何疑余於其間哉？觀此，則屈子之本心可見矣。

馮覲曰：此章煩音服節，至此愈深。如曰“知死不可讓”，何其志愈決而詞愈悲也。

黃文煥曰：思至此，則一死亦非了局矣。又自勸自決曰：世豈有可偕死之人，同心地下哉？此非可讓之事，願勿自愛其死而已。繚陳死因。又曰：不可讓、願勿愛，意更峭愴。自催自決，免挨他日。

李陳玉曰：便全身相奉。

周拱辰曰：知死不可讓，千古痛心語，亦千古快心語。知死爲美德，而持以餉人，是猶犗美而讓之友，妻美而讓之兄也。若夫弟子讓死，迫戎夷於雪夜；羊哀讓死，驅伯桃於樹中。千古市道，滔滔皆是。魚腹之目，其不瞑至今矣。

錢澄之曰：以命，則死不可逃；以義，則死不可讓。《論語》所云“當仁不讓於師”也。　願勿愛者，既以自勉，又以勉後之君子也。後之君子，有不獲於君者，勿萌貳心，惟以吾爲類可耳。　是故屈原之死，非爲憤激，所以作萬世死忠之榜樣也。

王夫之曰：安心不懼，歸於一死。

林雲銘曰：讓，辭避也。　言人誰不愛死，到辭避不能時，亦由不得我愛，此理當知。

徐焕龍曰：人生凡事皆可辭讓，獨死不可讓，命數當終，孰容汝讓。　殺身成仁，讓益不可，讓仍無用，達得其理，識得此義。　願人於不可讓之時，慎勿愛惜其死。

賀寬曰：既無同心，則知大義不可讓，何敢自愛其死也。

張詩曰：夫有生必有死，此必不可辭者，吾知之已久，寧獨愛其死乎？

蔣驥曰：讓，遜避也。

吳世尚曰：讓者，推而不欲受也。　愛者，戀而不能捨也。　承上余何畏懼而言。　余之心定志廣，不但無所畏懼也，知生之必死，如夜之必旦，原不可讓以予人者也。　義所當死，則舍生取義，何爲愛此七尺之軀哉？

屈復曰：死不可讓，捨生取義，知所惡有甚於死者，願勿愛此七尺之軀。

江中時曰：知死，知死所也。　讓，辭避也。　知死之得所，不可辭避。

陳遠新曰：願勿愛，願志之有像，語殊旨一。

奚祿詒曰：惟知死忠爲正道。　不可辭而自愛其身也。

劉夢鵬曰：欲有甚於生，惡有甚於死。　殺身成仁，不敢讓也。

丁元正曰：死不可讓，伏節死義不可辭讓而自愛惜也。

胡文英曰：古有明知其死不可讓，而願勿愛其軀者，如彭咸之忠。

胡濬源曰：此畢命辭也。

馬其昶曰：戚學標曰："《説文》：悉，从心，旡聲，古文概旡讀欽。今通用愛字。"《禮記》注："愛或爲哀，哀讀衣，愛如之。"

蔣天樞曰：四句以悲壯情懷結束亂辭。昔者歷萬死猶惜己生，今則一死以明志。願勿愛，痛心之詞也。

按：此畢命之辭也。言知死不可避免，就不再珍惜了。林雲銘説是。

明告君子，吾將以爲類兮。

王逸曰：告，語也。類，法也。《詩》云："永錫爾類。"言己將執忠死節，故以此明白告諸君子，宜以我爲法度也。

朱熹曰：類，法也。以此言爲法也。

周用曰：本章與《左傳》所引《詩》"永錫爾類"意同。

汪瑗曰：而篇首之嘆，豈真爲南土之幽蔽，而如賈誼之傷悼其不得以永壽爲情哉？嗚呼！死生之際，出處之分，屈子見之真，而守之固矣。其君子小人反常失序，使國敗君亡，而己獨不得以效犬馬之智，以匡救扶持於萬一，又烏能恝然無慨於其中哉？是增傷永嘆者，仁之至義之盡，知君臣之分無所逃於天地之間者也。其舒憂娛哀者，乃保身之智，樂天之誠，而知人之禀命蓋有一定而不可移者也。其憂樂之情，固有並行而不相背者矣。而後世讀《離騷》者，遂謂其句句爲無聊之詞，而謂屈子終身爲愁神苦思之人，憔悴枯槁之客，不亦誤乎？嗚呼！屈子之後，似其人者，惟陶靖節乎？其餘他輩，憂則出於無聊，樂則出於勉強，不足以語此也。　朱子曰：“言民之生莫不稟命於天，而隨其氣之短長厚薄，以爲夭壽窮通之分，固各有置之之所，而不可易矣。　吉者不能使之凶，凶者不能使之吉也。　是以君子之處患難，必定其心而不使爲外物所搖動，必廣其志而不使爲細故所狹隘，則無所畏懼，而能安於所遇矣。”洪氏曰：“屈子以爲知死之不可讓，則舍生而取義可也。　所惡有甚於死者，豈復愛七尺之軀哉？”瑗按：朱子、洪氏之説，深得屈子立言之意。　但不愛其死者，屈子之所能也；懷沙礫以自沉者，屈子之所不爲也。　遭放而遂自死，自死而復沉淵，是豈舍生而取義哉？　是豈定心而廣慮者哉？　是豈知乎天命者哉？　或曰，然則屈子之爲此言者何謂也？　曰：屈子之悲愁久矣，其爲讒人壅君故也。　其遷於南土也，而悲愁亦復甚焉。　南土之卑濕損壽也久矣，屈子恐人之疑己悲愁不在於君國，而在於己身也，故發爲此論，以明己之心以曉人。　且使壅君讒人倘一聞之，而有察於己之忠誠戀戀不忘之心，萬一召而還之，憐而收之，使得以竭智盡忠於君國，而不至於速亡疾敗，未可知也。　此屈子拳拳之本心也。　嗚呼！安得起屈子於九泉之下，而與之論《離騷》哉？

黄文焕曰：明告後之君子，倘後世之中有同忠如我者，吾將引之以爲儔類，庶地下不孤也。　嗚呼！原之痛悼當世極矣！從彭咸之遺則，以此心質之前世也。　明告爲類，以此心待之後世也。　前望千載，後望千載，顧影孑立，足跂眸穿，悠悠當代，竟何人哉！

李陳玉曰：但求把臂君子。

王遠曰：此故作自己丁寧之語，所以垂訓後人也。　言人誰無死，死而成仁取義，慎無愛此七尺之軀也，後人有能不愛死者，吾將把臂同遊地下矣。

王夫之曰：而猶明告君子，表著己志者蓋欲使有心者超然於禍福之外。 抗忠直以匡危亂，勿懲己之放逐，而欲勿與爲類也。

林雲銘曰：以此理明告天下後世，有君子知此者，即是我之同類，所謂"願志之有像"者，此也。 又曰：已上總申前意，而自述其不怖死之衷，此投水絶命之辭也。

徐煥龍曰：類，式也。 明告天下後世之君子，吾將以勿愛死爲爲人臣子之式樣矣。

賀寬曰：使千百世之下有與我同心，我將引之爲朋類矣。 而又何慮夫無匹也哉。

張詩曰：不愛其死，吾誠可以爲法矣。 故明告君子，以吾爲法，各安義命，無或畏懼而變心從俗也。

蔣驥曰：君子，指彭咸。（亂曰以下）言乘疾流之水，行幽遠之路，蓋以明王不興，無所取正，故至此。 夫禍福有命，固非所懼，而舉世莫知，誠爲可傷。 所以發憤自强，而忍死以與彭咸爲類也。

王邦采曰：舍生取義，引爲同類。 屈子之屬望於人者厚矣。

吳世尚曰：古之人有視死如歸者，其知之者審矣。 明告君子，吾將以爲同心之倡，而樂從之矣。 遂自沉汨羅以死。

許清奇曰：君子以爲類，所謂志之有像者此也。 以上總申前意，以爲絶命之辭。

屈復曰：明告君子，吾將以此言爲法也。 右六段，獨立汨上，自述之死靡他之素志，以告後人也。

江中時曰：明告天下後世，有君子知此志者，吾將引爲同類也。以上自明其所以必死之故，蓋舍生以取義也。

夏大霖曰：作《懷沙》篇，明告君子，余之願志有像，正以生死有定，命當以取義爲類，故吾將以君子爲法，從其類也。 屈子沉淵，世傳端陽日，此文作於孟夏。

邱仰文曰：鷃熊之祀可斬，屈子之神不滅。天閽難叫，其被髮東門，哭秦師之人乎？吾欲於汨羅潮頭，蔼蒼叢中，呼其魂而問之。又曰：朱子既許原志行，足增三綱五典之重，而又謂過乎中庸，未學於北方。又曰以孔子觀過之法論之，屈原之忠，忠於過者也；屈原之過，過於忠者也。豈不以原無可去之義，亦無必死之義與？然而終不忍為罪其死之一言。此與孔子不責管仲不死，而究未聞過召忽之死同。嗚乎，君臣之義，可以觀矣。

陳遠新曰：此志之有像，斯君子為類矣。

奚祿詒曰：懷王卒而屈原死，誠得其死矣。楊維禎謂不狗於虎狼之秦，而沉於江魚之腹，何其不審情度勢而刻以儗人乎？方懷王與秦昭約會之時，已踈原而無位，豈肯使原慷從乎？如皆執羈鞹而從，孰守社稷執也？原之心寧忍逆王之不返而曰我以身殉哉？懷王方出而頃襄遷原愈遠，原尚望懷王之歸心之悟也。司馬遷謂其睠顧懷王，存君與國反覆無已，誠知原之心矣。如維禎讀史，將微子啟衰経含璧不如豫讓之吞炭也，謝枋得麻衣賣卜不如貫高之絕骯也。夫豈尚論之識哉？又曰：明告君子，吾將以死為人臣之法則，一以為勸，一以為誡云爾。

劉夢鵬曰：君子，古之殺身成仁者。若彭咸之類，將以為類。竊附古人與彼為徒也。屈子以彼其材遊諸侯，何國不容，而自令若是？讀此語可以思屈子矣。以非大雅明哲譏之者，無乃不諒已甚乎！

丁元正曰：將以為類者，言己執忠死節後之有心者，宜以我為法，勿或畏懼而變心從俗也。

陳本禮曰：末以“死”字反結“知”字。知死不可讓則生亦無益，何必欲求人之知也。將前後數知字一筆掃卻，而歸於死之一途，固可以免邑犬之群吠矣。

胡文英曰：我之明告于天下後世之君子者，實將以此爲類，而非徒以死懟君也。

牟庭曰：黨人不足論也。

顏錫名曰：此言不獨乖訓後人，亦深望當世之人，能繼其志，而直言切諫，以致君之一悟，俗之一改也。

鄭知同曰：類，善也。見《爾雅》。屈子已決志沉淵，言人皆以不得其死爲兇，吾獨以爲善終也。

王闓運曰：類，善也。既審於義，將立後世貞臣之善法，願其皆無愛死以自潔而蹈道，又非比干、申徒之比。

馬其昶曰：以上下觀千載，有待來哲之思。

姜亮夫曰：言己將以勿愛於死，爲己身之法，願以此言明告於君子也。

蔣天樞曰：君子，古人君之稱，明以告君子，猶明言告頃襄以己之死也。類，象也，法也。吾將爲以義持身，愛其族類者之精神形像也。

湯炳正曰：此謂明告賢人君子，自己將以死節之士爲榜樣。以上第四段，重申己志，表明決意死節。

按：君子，指節士。屈原詩作中提及的節士有比干、伯夷、介子推、申徒狄等，節士持節不污，德行不虧。其結局皆爲死亡。此言明告節士諸君子，吾將與你們一樣，持節而死，大義不虧。王逸言原將執忠死節，故以此明白告諸君子，宜以我爲法度也，非是。

思美人

洪興祖曰：此章言己思念其君，不能自達，然反觀初志，不可變易，益自脩飭，死而後已也。

祝堯曰：比而賦也。其謂寄言於雲而雲不將，將致辭於鳥而鳥難值，令荔薜爲理而憚緣木，因芙蓉爲媒而憚濡足。原之思何時可釋邪？《詩》曰："心之憂矣，其誰知之？其誰知之，蓋亦勿思。"當是時也，有能思原之思者乎？

吳訥曰：比而賦也。

汪瑗曰：思，念也。美人，謂美好之婦人，蓋託詞而寄意於君也。《詩》曰："云誰之思，西方美人。"蓋亦賢者託言，以思西州之盛王也。王逸解此思美人爲屈子思念懷王。瑗按：篇內曰"遵江夏以娛憂"，曰"獨煢煢而南行"，與《哀郢》《抽思》《懷沙》諸篇內一二語旨意相類。《哀郢》乃作於楚襄王二十一年，況《哀郢》曰"至今九年而不復"，又曰"冀一反之何時"，蓋年猶可紀，而尚望其還也。此則云"獨歷年而離愍"，曰"寧隱閔而壽考"，曰"命則處幽，吾將罷兮"，蓋歷年永久，非復可紀，安於優游卒歲，而無復望還之心矣。是此篇作於《哀郢》之後無疑也。雖不可考其所作之年，要之在襄王之時，而非懷王之時則可必也。其文嚴整潔净，雅淡沖和，文之精粹者也。豈年垂老，其氣漸平，而所養益純也歟？又按：取篇首三字名篇，然作之之意實在於此，故既以之發端。而遂因取之以名篇耳。

徐師曾曰：託言思君也。

張京元曰：美人，指懷王也。

黃文煥曰：陷滯不發、沉菀莫達、揚厥憑而不竣、滿内外揚，是通篇立意大呼應處。前轍不遂，未改此度；廣遂前畫，未改此度，又一立意大呼應處。皆以後段承前段，翻案出奇。善揚則不患于不發、莫達矣，世自抑我之遇，我自揚我之芳。有畫之廣遂，則不患轍之不遂矣，世自抑我之轍，我自伸我之畫，故曰情質可保，居蔽聞章。"居蔽"即所謂"陷滯""沉菀"，轍之不遂也。"可保""聞章"，即所謂揚憑遠揚，畫之廣遂也。文心一綫到底，最爲清徹。

李陳玉曰：此篇雖是思君，然較諸篇用意又别，諸篇尚有憤懣處，此篇全是自信自娱，不用向人怨尤彭咸同歸千足萬足。篇中"羌憑心猶未化"，楚人謂滿肚憤懣爲憑。全篇都説個"憑心"全"化"道理耳。

周拱辰曰：此章思美人，而卒章曰思彭咸之故，何言之悖也？思美人而美人不我思，其爲思也，胖矣。然則思彭咸，正以思美人乎？曰古有生不用而以尸諫者，託湘魚之骨以致其思君之極。思所爲摯於思美人焉爾。

賀貽孫曰：雖云思君，然皆自寫情愫。蓋至此，愈無望君之一悟矣。

錢澄之曰：全篇只是欲化自己憑心，故絶無憤世之詞。究竟不能化，惟判得一死。

王夫之曰：此以篇首之語名篇。而述其所爲國謀之深遠，前後一志，要以固本自彊，報秦讐而免於敗亡。忠謀章著，而頃襄不察，誓以必死，非婞婞抱憤。乃以己之用舍，繫國之存亡，不忍見宗邦之淪没，故必死而無疑焉。 其曰指冢之西隈，微詞也，抑要言也。 劉向、王逸之流，惟不知此故，但以不用見逐爲怨，使其然，則原亦患失之小丈夫而已，惡足與日月争光哉。

林雲銘曰：此屈子思懷王所作。 疏放之後，媒絶路阻，言不能達。 然欲變節從俗，寧老死於外，亦不可爲。 非不知前番取敗，在於前度未改，及有便路，又不即行。 以其所愧在彼，而所懷在此也。 南行娱憂，仍持一副孤芳本領，雖不合於今人，而脩名不以處幽而掩，所得不既多乎？ 若欲求媒，將致失身，媒可無求，而身不可或失。 娱憂之後，又覺安命罷去，辜負此行，不如乘時死諫，可盡思君一點血誠。 此乃獨懷之異路，非人所能由，亦非勢之所能阻耳。 是一篇《離騷》節文，與江南之野所作無涉。 舊注雖無大訛，但惜其不能分出段落，令讀者費盡探索，使我恨恨。

佚名曰：此篇專爲襄王而作。（《屈辭洗髓》引）

蔣驥曰：此篇大旨承《抽思》立説。 然《抽思》始欲陳詞美人，終曰斯言誰告。 此篇始言舒情莫達，終欲以死諫君。 夫乍困者氣雄而漸沮，久淹者心鬱而逾激，勢固然也。 兩篇皆作於懷王時，與《騷經》皆以彭咸自命、然湘淵之沉，乃在頃襄十數年後。 蓋爲彭咸，非徒以其死，以其諫耳，誓死以諫君，諫而用，則可以無死，不用而尚可諫，猶弗死也，至於萬不可諫，而後以死爲諫，此造思不忘之旨，豈易爲俗人道哉？

吳世尚曰：忠臣去國，君門萬里，求通一言，終不可得。 夤緣干進，又所恥爲，反覆思維，死而後已。 始曰思美人，終曰思彭咸。 思彭咸，正思美人之盡頭極處也。

屈復曰：美人者，懷王也。 指嶓冢之西隈，觀南人之變態。 嶓冢在郢北，郢在漢南，此亦遷漢北時作也。

　　江中時曰：此篇分兩大段看，前半思美人而不肯變節，結言與繡黃以爲期，蓋媒絶路阻，欲少待也。　後半南行，自喜情質可保，結言願及白日之未暮，蓋處幽將疲，思早圖也。　始終總是潔身以奉君耳。玩後半詞意和婉，且言廣遂前畫，疑作於漢北南歸時。　洪興祖謂懷王放原，後復召用，當非臆説。

　　夏大霖曰：思君也。《詩》云"誰之思，西方美人"。　謂思文王。意同媒，亦借此君側通言之人也。

　　邱仰文曰：王逸云思懷王。　按《哀郢》篇云"遵江夏以流亡"，此亦云"遵江夏以娛憂"，《涉江》篇云"哀南夷之不吾知"，此亦云"觀南人之變態"。　自係《涉江》後作，是時懷王已死於秦，未見其不爲襄王也。　故是篇定當附《涉江》之後。

　　陳遠新曰：此篇與《惜誦》緊相承接，亦因《離騷》之語以著《離騷》之義，兩篇皆言情質芳修，一於首尾見，一於中間見，是行文變化之妙。

　　奚禄詒曰：此篇賦而比也。

　　劉夢鵬曰：舊名其章曰"思美人"，列第六章，今次第四章。

　　丁元正曰：此篇舊解語意多復且覺無謂，惟王船山先生之通釋，洵爲得解，或疑覆轍、嶓冢等語切，指時事未免太露，不知原至此時明目張膽以白其愛君憂國之誠，所謂人之將死，其言也善，亦復何嫌乎？　林西仲以此爲當懷王時作，尤爲未審。

　　胡文英曰：《思美人》篇，作于今之江南。

　　牟庭曰：思美人者，自漢而北南行，重遊沅湘道中作也。　託爲詒言與頃襄永訣也。　美人謂頃襄也。

　　顏錫名曰：此篇敘不得於君，絀身漢北，既無人爲申冤，抑又不能屈志媚人，以苟合於濁世，滿腹躊躇，惟有自往郢都，拼死進諫，以明己志，庶心之沉菀一開，此則陳詞以前，爲期不信以後之情事也。　文自分兩大節，"繡黄爲期"以上，是所以欲南行之由；"開春發歲"以下，是欲南行正面。　終以"煢煢"句，點醒一篇作意，篇首"言不可結而詒""志沉菀莫達"等句，皆特與《惜誦》相犯，其爲繼前篇而作無疑。

鄭知同曰：此章明與君久絶，無由寄言，顧己終不能改節從俗以圖復用也。　屈子南遷，勢不容返，而《九章》自《抽思》以前，猶欲結情上達，冀君或悟而還己。　至《懷沙》末言"進路北次"，如日將暮，始露出反國無期。　此章"媒絶路阻""言不可貽"，乃發爲絶望之詞。　蓋不特身不可反，並言亦不可通。　所以作此兩篇時，始定死志也。"豐隆不將""飛鳥難當"，皆以喻在高位者不能爲己導言。　繼言或者吾君如高辛之靈盛，庶可因玄鳥之信以致詞。　蓋反言以見君之不明，終無進言之路。　而詞不迫切似此，以下便以不能變節從俗接去，非兩橛也。　若曰欲求君再聽己言，除是改易故常，希旨承顏而後可。既不能"易初屈志"，尚何言之能合？　宜其不能相通也。　因遂言所以顛覆至今不起者，豈非一意孤行，於君若臣異路之故？　今復何望乎！此皆一篇正意也。　第文意至此，判決已甚矣，而屈子私心仍未敢自絶也。　乃推出虛步，托言欲反郢都，更駕騏驥，遷延勿迫，假日須時。斯時指顧西境而望舊君之所在，固已期之至殁世而不復悟矣。嗣君當或不然，假令今君施德行惠，於民更始，如青春白日，萬象重新，則我將蕩滌憂思，庶可遵江夏之路以還國乎？　觀《哀郢》章，先言"遵江夏以流亡"，末言"江與夏之不可涉"，則欲反故都，必仍經江夏之路。　就此節落句，知是寄意得歸非泛言游也。　可見，屈子求反故都，至此絶望之中，仍不無餘望之存。　到底不設一憤舍不顧之想。然此乃不可必之事。　當此之時，究竟芳心獨賞，因歎生非其時，恨不及往古賢聖，持此臭味以相投。 所以苪莽之佩，雖自繽紛繚轉，而卒萎絕離異，以言己亦將枯寂而已。 此節仍射到君不可合意上，卻又不説殺，祇就古人可與同心一面相形爲言。 論文心絕妙，論待君之心，則終厚之極矣。 既生發此兩意作繳折，然後拍轉昭質無虧本意。 言吾且僊徊以“觀南人之變態”。 狡黠之輩，詭詐百出，自不待言，即向之潔修自好者，亦不禁漸染從俗，《騷經》所謂衆芳皆變也。 以若輩與己相較，己雖不得於君，竊自快“芳澤雜糅”，歷久彌固。 因之積中發外，身居幽隱，而令聞益章。 又何悔之有乎！ 此自慰亦自負之言也。 試思此節若只申明保有初心，豈不與上重復？ 所以添入“南人變態”一層作陪，並説到聲施遠播，如此便多姿度。 又讀《抽思》篇“遠聞難虧”數語，與此有何不同，而意指迥別！ 彼取證於人皆知己之忠，以見獨君不悟；此則抱道不行，聊且圖名自解。 凡屈子文語疊見處，各有命意，讀之皆用此法，不然只覺糾纏無味也。 文至此可以收束矣，而未已也。 再推進一層，思己以耿介之故，獲罪至此。 無論雲師、飛鳥，輕肆無常之輩，不能爲己緩頰。 就令薜荔、芙蓉之善類，或上爲夤緣於君，或下爲媒合於臣，而己終兩無可適，只覺形骸偃蹇，一味不合時宜。 是仍回顧章首，不可寄言作結，使文理回環一貫，而堅卓不移之志，亦一齊歸宿。 然深入此層，始將不能反國之故，説得更無商量矣。 看他波瀾層折，開闔動蕩，節節相生，真令人尋味不盡。《九章》惟此極委曲之致。 若其與上篇皆遞到死義作收，見得至此不可不死，猶非正面文字。 下兩章乃專述沉身事也。

　　游國恩曰：《思美人》《哀郢》和《悲回風》三篇，都是屈原在頃襄王時再放江南所作的。《思美人》云：“開春發歲兮，白日出之悠悠。吾將蕩志而愉樂兮，遵江夏以娛憂。”又云：“獨煢煢而南行兮，思彭咸之故也。”這可以證明《思美人》一篇正作於這次放逐的途中。 江南在郢都之南，故説"南行"。 但屈原再放不能確定在哪一年，可能在頃襄王七、八年左右（前二九二—前二九一），也可能在此以後，所以《思美人》究竟作於哪一年也不能確定。 篇中所反映的心情並不像《抽思》那麼沉重。 他不但想蕩志愉樂，而且想極力排遣。 例如説："吾且儃佪以娱憂兮，觀南人之變態。 竊快在心中兮，揚厥憑而不竢。"或因他飽經憂患，已自分"命則處幽"之故，所以倒反處之泰然，安之若素，不像初放時感情的波動。

姜亮夫曰：此以篇首一句爲題，言己思念其君，不能自達，然反觀初志，不可變易，蓋自修飾而已。 大旨承《抽思》立説。《抽思》始欲陳詞美人，終曰"斯言誰告"，此篇始言"舒情莫達"，終則益自修飾；兩篇皆作于懷王時，與《離騷》大旨相近。 三篇參看，意義自顯。 然此篇脱誤至多，不易轄理。

蔣天樞曰：此篇承上"明告君子"意敘北歸道阻，思欲還報頃襄而不可得，因追述往昔所懷，並己煢煢南行之故。 美人，與《離騷》《抽思》篇"美人"同義。 題篇曰《思美人》，並以"思美人兮"起句，深念之也。

湯炳正曰：《思美人》在舊本中編次第六，但就内容而言，當在《九章》中屬第五。 這篇作品是屈原居漢北後又沿漢南下，赴辰陽、溆浦等地途中所作。 其前半部分主要表明居漢北時對楚國政治的想法，後半部分則敘寫繼續流浪，不與黑暗現實同流合污的心志。 取篇首三字爲題。

趙逵夫曰：本篇由篇題及篇中内容看，爲思念懷王之作，而非頃襄王時放於江南時的作品。 再由"獨歷年而離愍兮，羌馮心猶未化"二句看，是經受打擊排擠若年後之作，而非懷王十六年（前三一三）被疏時作品，且懷王十六年只是被疏，不會有"媒絶路阻"及"因歸鳥而致辭"之類的話。 故清人林雲銘根據其同鄉先賢黃文煥《楚辭聽直》之説，認爲本篇同《惜誦》《抽思》一樣作於被放漢北之時。 蔣驥《山帶閣注楚辭》也説："此亦懷王時斥居漢北之辭，蓋繼《抽思》而作者也。 美人，即《抽思》所欲陳詞之美人，謂君也。"關於"指嶓冢之西隈兮"一句，蔣驥云："嶓冢，山名，漢水發源之處。 ……原居漢北，舉漢水所出以立言也。"據以上這些看，則作於漢北時。詩中言："開春發歲兮，白日出之悠悠。"則應作於懷王二十五年（前三〇四）春。《抽思》作於到漢北不久，因而急於辯白，急切地希望返回郢都；此篇因經時稍久，情緒稍爲穩定，主要是思念懷王，很想通過有關人員傳遞信息給懷王，但無緣達到。（《楚辭》）

潘嘯龍曰：美人，喻楚王。 從《抽思》"又無良媒在其側"、此詩"媒絶路阻"等句判斷，此"美人"與《離騷》一樣，也指女性。《思美人》的寫作時間，上與《抽思》相承，下與《離騷》相接，故在抒情用語、比興方式上較多共通之處。 且詩中有"開春發歲""遵江夏以娛憂""獨煢煢而南行""思彭咸"等語；與《哀郢》回憶離郢東遷"方仲春"時令，"遵江夏以流亡"路綫，以及《漁父》所表達的"寧赴湘流"，《離騷》所述"從彭咸之所居"均可互爲印證。 故我以爲《思美人》當作於楚襄王四年（前二九五）遷往江南途中，所思"美人"當爲襄王而非楚懷王。

周建忠曰：此篇作于楚懷王晚期。

按：美人爲誰，由此篇創作時間推定。 如作於懷王時則美人爲懷王；如作於襄王時則爲襄王。 而作時之推定又由本篇内容而定。 篇中云"遵江夏而娛憂"，此點明原活動地域在江夏之間，而非襄王放逐之沅湘之間。 篇中又云"開春發歲兮"，此明時間在春季。 與此同時同地之篇者，還有《哀郢》。《哀郢》曰"去故鄉而就遠兮，遵江夏以流亡"，"過夏首而西浮"，地域即江夏間。《哀郢》又曰"方仲春而東遷"，時令亦爲春季。從方位上看，夏水、夏首均在郢都之東，故《哀郢》曰"今逍遙而來東"。本篇云"指嶓冢之西隈兮，與纁黄以爲期"，相約在西方，也暗示詩人彼時也在東。從情感上看，兩篇皆有娛憂之情。《哀郢》曰："聊以舒吾憂心。"本篇曰："吾將蕩志而愉樂兮，遵江夏而娛憂。"故本篇應作於《哀郢》之後。《哀郢》作於垂沙之戰莊蹻暴郢之後的懷王二十八年春，此篇亦約作於此時。彼時楚國雖外有垂沙之敗，内有莊蹻之亂，但懷王尚在郢都，國本尚在，故能思美人，盼有機會再行美政也。故美人當爲懷王。屈復以篇中"觀南人之變態"語，謂此篇亦遷漢北時作也，非是。南人，非必指南方之人。戰國時北方受禮樂文明教化，民智開啓比南方早，理性思維也較南方楚人爲發達。屈原多次使齊，對北方的中原文明甚是熟悉，思維更加理性，此南人指未受北方文明開化之楚人也。夏大霖引《詩》云"誰之思，西方美人"，謂思美人爲思文王，亦可參考。蔣驥以爲思彭咸，非徒以其死，以其諫耳，甚爲有見。

思美人兮，擥涕而竚眙。

王逸曰：言己憂思，念懷王也。竚立悲哀，涕交横也。

洪興祖曰：擥，猶拔也。竚，久立也。眙，直視也。《文選》注云："佇眙，立視也。今市聚人，謂之立眙。"

朱熹曰：美人，説見上篇，寄意於君也。擥，猶收也。竚，久立也。眙，直視也。

周用曰：下七章，言思君不能爲情，遂託言欲因浮雲飛鳥致意而不得，所以寄其希冀僥倖之情，又言初心終不爲改，惟淹留以待之耳。

汪瑗曰：攬，扠而揮之也。 自鼻出曰涕，哀泣則有之。 佇，久立也。 眙，直視也。 攬涕佇眙，即《詩》"瞻望弗及，佇立以泣"之意。

林兆珂曰：言己思君竚立，收涕而視。

陳第曰：美人指君。 眙，直視也。

張京元曰：竚，立也。 眙，望也。

黃文煥曰：思之之甚，無可立待而久立焉，無可望見而直盼焉。思而成迷，不自知美人之不在前也，既迷而忽醒。

周拱辰曰：擥涕竚眙，擥，猶掬也，掬涕而凝望。

王萌曰：擥，猶收也。 竚眙，久立而直視也。

王夫之曰：擥涕，揮涕也。

林雲銘曰：思之切，故含悲而立望之。

高秋月曰：竚眙，立而望也。

徐煥龍曰：因思故涕，涕久故擥，收淚復思，竚立呆盼。

賀寬曰："云誰之思，四方美人。 彼美人兮，西方之人兮"，詩人之怨也，屈子亦猶是意而未免宣露也。 思美人而不得見，收涕以伺之，竚立以待之，直盼以望之，不自知美人之不我前也。

張詩曰：言思美人而不見，則覽睇竚視。

蔣驥曰：此亦懷王時斥居漢北之辭。 蓋繼《抽思》而作者也。美人，即《抽思》所欲陳詞之美人，謂君也。 謇謇煩怨，皆見抽思。

吳世尚曰：《抽思》篇 "來集漢北" "永嘆增傷" "結微情以陳詞"，猶在懷王世也。 此篇 "煢煢南行" "媒絕路阻" "言不可結而詒"，則在頃襄王世矣。 擥涕竚眙，思之甚也。

屈復曰：言擥涕直視。

江中時曰：美人，謂懷王也。

夏大霖曰：擎涕，手揑去涕也。 眙，凝盼也。 思感於前而悲涕，思冀於後而凝望，思之切也。

邱仰文曰：眙，《說文》曰："直視也。"《史記·滑稽傳》："以眙不禁。"揚子《方言》謂之"逗"，注："逗即今住字。"謂住視也。

奚禄詒曰：擎，拭也。 眙，舉目也。 言思懷王拭涕立望。

劉夢鵬曰：所謂美人，蓋即前章（編者按：指《橘頌》）所頌者。前章既寓言於橘，願置爲像矣，於此又欲向美人而結言者，既傷蓀美之不完，將明己志之難屈，淑離不淫，隱有同契，原其不見外於君子乎？

汪梧鳳曰：眙，郭璞注：《方言》云："眙，謂往視也。"

陳本禮曰：擎，拭。 眙，注目而望。

胡文英曰：美人，謂懷王。 擎涕，雪涕也。

胡濬源曰：《楚辭》多是以美人指君，以女自比，蓋美人不定是女，如聖人、賢人、善人、大人之稱可以比君，亦可以自比，故末章又自謂佳人。 佳人，即美人。 後世以美人、佳人稱女，習用故，然古人並不專屬也。 不然美男子、美丈夫及佳士等稱，豈男子丈夫士不得謂人乎？ 從來注皆以美人爲女者，因其說美人處多及媒理故也，不知媒理，亦不專男求女，如鄭忽辭齊婚、懿氏卜妻敬仲之類，女求男，正皆有媒，若男求女，如鄭子晳强委禽不得已，何難自致。 大概君求臣易，臣求君難，男求女直，女求男不能徑達。 屈子以美人比君，而以女自比，情更深而文更雋，解者當知之。

顏錫名曰：總冒通篇。 美人曰懷王。

王闓運曰：將死重思懷王客死之悲，因及己謀國忠誠之本末。

聞一多曰：《說文》："擎，撮持也。"《釋名·釋姿容》："攬，斂也。 斂置手中也。"擎攬同。《文選·北征賦注》《三良詩注》引並作攬。 孼涕猶收涕也。《說文》:"眝,長眙也。 一曰張目也。"別義與盱同。 又:"眙,直視也。"《方言》七:"眙,逗也;西秦謂之眙。"注曰:"謂住視也。"案眙今語轉爲瞪。《文選·魯靈光殿賦》注:"愕視曰眙。"即今謂瞪矣。

姜亮夫曰:美人,王逸章句指懷王,是也。 此詩蓋懷王時斥居漢北作也。 蔣驥謂繼《抽思》而作,此美人即《抽思》所欲陳詞之美人。 蔣説是也。 當與《抽思》合解。

蔣天樞曰:八句直敘"媒絶路阻"時驚愕情懷。《說文》手部:"擥,撮持也。"又目部:"眙,直視也。"孼涕,涕淚盈把。 驚心於意外變化,淚湧出而佇立直視。

湯炳正曰:美人,指頃襄王。 竚,久久站立。 二句寫思念君王時的情狀。

按:孼涕,夏大霖曰:"手捏去涕也。"甚爲形象。 竚,久立。眙,注視。 賀寬謂思美人而不得見,收涕以伺之,竚立以待之,直盼以望之,不自知美人之不我前也,甚得題意。 美人指君,王逸以爲念懷王也,亦是。

媒絶路阻兮,言不可結而詒。

王逸曰:良友隔絶,道壞崩也。 秘密之語,難傳誦也。

汪瑗曰:媒,所以約婚姻者也。 絶,斷絶也。 媒絶,以喻己之寡合也。 路,所以通往來者也。 阻,險阻也。 路阻,以喻己之遭讒也。 結言,猶今人所謂摶詞續文之意。 朱子疑古者以言寄意,必以物結而致之,如結繩之謂也。 恐非是。 詒、遺同。 此章言己思望楚王,極爲急切,悲哀之情,不能自己,然而貞潔寡合,遭讒嫉妬,竟無由而得以通其情也。 上二句述己思君之情,下二句述己被讒之害。

林兆珂曰：奈無媒而路脩阻，秘密之語難傳誦也。

陳第曰：詒，遺也。

黃文煥曰：媒絕路阻久矣，言且無從寄，況欲立而待之，望而見之乎。

李陳玉曰：有阻絕之者，此非口舌能事。

王夫之曰：結，聚也。聚所欲言而陳之也。

林雲銘曰：無人代白，被疏處外，所欲言者，不可結其心而遺之。

高秋月曰：不可結詒，言無從寄也。

徐煥龍曰：職以莫肯爲媒而媒絕，無路可通而路阻，婚媾之言，無從結而詒也。

賀寬曰：既而自思我無良媒，言不可詒也，而可得見乎。

張詩曰：奈媒絕路阻，不可結言以詒之。

吳世尚曰：言不可詒，故欲寄言於浮雲，致辭於歸鳥。

屈復曰：媒絕路阻，言不可詒。

夏大霖曰：致思必有言，通言必以媒，媒絕必徒思，路無可通，言曷致乎。

陳遠新曰：媒絕，無人通言。此與《惜誦》詞句出入，言我非不思君而含愁，立望無如，作合無人，陳志無路，言不得通於君耳。

奚祿詒曰：媒，指友人也。結，締也。詒，贈也。媒理隔絕，道路險阻，秘密之言，不可締於人而傳送也。

陳本禮曰：此因漢北有放回之命而先言媒絕路阻者，懼到郢無薦達之人，故先欲結言以詒美人也。

胡文英曰：承上而言，己思君之甚而不得見，言又非可結聚而遠贈，即欲贈言，而媒絕路阻亦無可通。媒絕，指下不將難當。路阻，指下陷滯沈菀。

牟庭曰：思君而不見，中情不可言也。

姜亮夫曰：媒絶路阻，即《抽思》之"又無良媒在其側""道卓遠而日忘兮，願自申而不得"及"路遠幽處又無行媒兮"兩段之所言。言不可結而詒，即《抽思》之"結微情以陳詞兮，矯以遺夫美人"；結即結微情之結，詒與遺通用。《抽思》言結言以遺君，此則言己不可結而詒矣，即《抽思》篇末"憂心不遂，斯言誰告"二語也。

蔣天樞曰：媒，使也。 絶，中斷。 路阻，故往來之使亦斷，即思約己意以達王已不可得也。

湯炳正曰：媒絶，喻指君王身邊已無薦人之臣。 二句謂與君王已不可能以結約之言相贈。

潘嘯龍曰：媒絶，以男女婚娶喻君臣，求娶美女而没有媒人，喻求遇於楚襄王而没有薦引之臣。

按：詒，贈也。 言媒絶路阻，不可結言以詒之。 王逸以爲秘密之語，與原光明正大之人格不符，恐非是。 胡文英解爲己思君之甚而不得見，言又非可結聚而遠贈，即欲贈言，而媒絶路阻亦無可通，甚是。

搴搴之煩冤兮，陷滯而不發。

王逸曰：忠謀盤紆，氣盈胸也。 含辭鬱結，不得揚也。

洪興祖曰：《易》曰："王臣搴搴。"

朱熹曰：承上路阻而言，陷滯不發，亦以陷濘爲喻也。

汪瑗曰：此承上章"路阻"而言，以見言不可結而詒之由也。 搴搴，擁塞不通貌。 煩、繁同。 冤，枉也。 煩冤，謂所枉者衆多也，猶言甚屈耳。 陷，没之深也。 滯，溺之久也。 不發，謂不能振起而前進也。 陷滯不發，言路阻也。

林兆珂曰：言路既阻而語難傳，忠謀盤紆於胸中，如車陷濘而不得發也。

黃文煥曰：冤悲日煩，幽憂日深，陷滯其中，無片刻可以發宣矣。

王萌曰：陷滯亦以泥濘爲喻。

錢澄之曰：陷滯不發，言煩冤詰曲無以自解，亦無從發泄也。

王夫之曰：發，亦達也。

林雲銘曰：盡力而蒙多冤。 陷於罪，滯於罰，而冤不能明。

高秋月曰：陷滯不發，言煩冤之情鬱而不得揚也。

徐煥龍曰：媒絕路阻，故塞而又塞之煩冤，陷滯於此，不能發洩。

賀寬曰：煩冤在中，幽深難達。

張詩曰：言蹇蹇然中心之煩冤，陷溺凝滯，不能發洩。

蔣驥曰：發，起也。 陷滯不起，蓋居漢北已久，下文歷年離慜是也。

吳世尚曰：蹇蹇，蹇而又蹇也。《易》曰：“王臣蹇蹇，匪躬之故。”陷滯不發，莫能前也。

許清奇曰：以陷滯爲喻。

江中時曰：陷滯謂陷滯於罪而冤不能自明也。

夏大霖曰：此言不可詒之苦。 蹇蹇，重難也。

陳遠新曰：忠謀鬱於心不得暢。 又曰：雖有蹇蹇中情，豈能發乎？

奚祿詒曰：盤紆之重冤，既陷溺於瘴鄉，而不得發揚。

劉夢鵬曰：蹇蹇，困頓貌。 陌，害。 滯，塞也。

陳本禮曰：既陷於罪，又滯於罰，故冤不能明。

胡文英曰：蹇蹇，勤勞也。煩冤，煩亂冤苦也。陷滯不發，若車之陷于泥淖，莫能自拔也。

顏錫名曰：言一腔冤抑，無由達之於君。

聞一多曰：蹇蹇猶蹇產，詰屈也。發，開也；散也。

姜亮夫曰：蹇謇即謇謇之借，詳《離騷》“余固知謇謇之爲患兮”句下。王逸《章句》以爲忠謀，實誤。此言遭讒佞之害，而致煩冤也。此謂斥居漢北，如遭陷滯，即下文之“歷年離愍”是也。不發，《懷沙》云“陷滯而不濟”，濟字與發字義當相近。濟，王注“成也”，則發亦有成義。發有起、開、致諸義，皆與成近。

蔣天樞曰：《廣雅·釋訓》：“蹇蹇，難也。”困於目前遭遇而不得行，故中情煩擾，冤抑而不能伸。陷滯，言己行動如車陷入坎阱而停滯。不發，不能出。

湯炳正曰：蹇蹇，同“謇謇”，忠誠正直貌。煩冤，愁悶。發，通撥，拔。

按：蹇，困苦，不順利。蹇蹇，困頓之貌也。冤，當指被陷害而蒙冤。陷滯不發，江中時謂陷滯於罪而冤不能自明，甚是。錢澄之言煩冤詰曲無以自解，亦無從發泄也，意亦通。

申旦以舒中情兮，志沉菀而莫達。

王逸曰：誠欲日日陳己心也。思念沈積，不得通也。

洪興祖曰：《九辯》云“申旦而不寐”，五臣云：“申，至也。”菀，音鬱，積也。

朱熹曰：中，重也。今日已暮，明日復旦也。菀，積。

汪瑗曰：申，重也。如《易》“重巽以申命”之申。旦，天將曉也。 申旦，猶言累日也。 又曰：情，被誣之情，屈子每以情冤並言之也。 菀、鬱同，積也。 字見《禮記》。 沉菀不達，猶陷滯不發也。 然則上章所以詒言者，蓋欲訴己之冤情耳。 此章言己冤不能發，情不能達，以見終不得結言以詒美人也。

徐師曾曰：明日復旦也。

林兆珂曰：雖日欲申陳己志，竟沈積而不得通。

陳第曰：欲日日陳情，不得通也。

黃文煥曰：今朝明旦，日日皆然。 欲舒以發之，而陷者更益之沉也，煩者更益之菀也。 依然不發而已，無可達矣。

李陳玉曰：越說越不明。

陸時雍曰：申旦，達旦也。 是非不明，夢夢長夜，是以有申旦之思。 媒絕路阻，菀抑莫通，是以有浮雲之想。

王萌曰：申旦，達旦也。 煩冤不發，如在深夜，欲待旦以舒之，仍郁積而不達也。

錢澄之曰：若欲舒其中情，雖申旦言之，亦沉菀而不能達。 申旦，猶言旦旦也。

王夫之曰：申旦，重復而明也。 此總敘其懷忠而不得達之情。

林雲銘曰：逐日自明其情。 菀，積也。 以“媒絕路阻”故。

高秋月曰：申旦者，言欲日日陳己之心而終不得通也。

徐煥龍曰：雖旦復旦以自寬自解，舒此中情，而志猶沉埋菀積，莫之有達，極言其不發之苦也。

賀寬曰：雖日以繼日，庶幾少舒此中情，而沉菀之苦，依然不發而已。

張詩曰：申旦，猶旦旦也。 申旦以舒之，終沉菀不達也。

蔣驥曰：舒中情，所謂道思也。 菀，結也。

吳世尚曰：沉菀莫達，達無由通也。

屈復曰：煩冤陷滯，中情莫達。思美人之懷如此。

江中時曰：言曰望舒情而志之沉積者，究莫達也。

夏大霖曰：言冤不明，情莫告也。

陳遠新曰：旦，逐日。就使日日舒之，豈遂達乎？

奚祿詒曰：旦旦之中情，又沉菀於黨人，而不能上達。

劉夢鵬曰：申達其情，旦明其志。

丁元正曰：此恐敘其懷忠而不得達之情也。

戴震曰：申者，引而至之謂。

胡文英曰：申旦，明其旦誓之信，以發舒其中情也。沈菀，沈淪菀結也。莫達，己既不能發而自致于君，謂人之達，而又不將難當也。

顏錫名曰：言欲明明以舒中情而不能也。菀，本草木茂盛之貌，此借作鬱積之意。

馬其昶曰：申旦，猶申明。

聞一多曰：《後漢書·鄧隲傳》注："申，明白也。"旦亦明也。《惜往日》"孰申旦而別之"。並此云"中旦以舒中情"，皆有剖白之義。《九辯》"獨申旦而不寐兮，哀蟋蟀之宵征"。蓋猶《詩》言"耿耿不寐""明發不寐"，亦明白一義之引申。

姜亮夫曰："中情"中字疑衍。中情雖爲屈賦習語，而與下句爲一扇，與上"蹇蹇"二句爲對，則無中字爲暢遂。沈菀即沈鬱，積而不舒也。此二句言每旦思有以舒其情，而實則思念之懷，終始鬱結而不得達也。

蔣天樞曰：申旦，自夜以達旦。言己中夜焦思，夜盡以達於旦，猶不能思得良策。沈，深也。《詩·都人士》："我心菀結。"莫達，謂多方思慮終無出坎阱之方。

湯炳正曰：達，通。　此謂願日夜抒發內心的想法，但它們都鬱積於心而不能上通於君。

按：申旦，重旦也，謂一日又一日。　菀，鬱積。　徐煥龍謂雖旦復旦以自寬自解，舒此中情，而志猶沉埋菀積，莫之有達，極言其不發之苦也，甚是。　王逸以爲思念沈積不得通也，其意亦指思君而不得通，意亦近是。

願寄言於浮雲兮，遇豐隆而不將。

王逸曰：思託要謀於雲神也。　雲師徑遊，不我聽也。

朱熹曰：亦承上章"陷滯"而言，欲因雲致辭，則雲師不聽。

汪瑗曰：此承首章"媒絕"而言，亦以見"言不可結而詒"之由也。　本以媒絕喻寡合，而又以雲鳥喻媒絕也。　朱子曰承上章而言，恐非是。　願，欲也。　寄，附託也。　浮雲，不定之雲。　豐隆，雲神名。　將，奉承也。

徐師曾曰：將，聽也。

陳第曰：豐隆，雲師，不爲我傳。

黃文煥曰：其以不可詒者託之浮雲，而雲不爲致。

李陳玉曰：雲無心，故可言；宵性怒，故不將。

周拱辰曰：欲望人爲我將之也。

王夫之曰：將，致也。

林雲銘曰：將，送也。　遇而不能得其用。

徐煥龍曰：雲畏豐隆，不與將言。　比楚國浮泛之人，畏令尹子蘭之震怒，必無代言諸王者。

張詩曰：言願寄言浮雲，則雲神不與我將去。

蔣驥曰：豐隆，雲師。 將，送。

吳世尚曰：思而不得見，言又不可詒，欲舒情而達志，舍浮雲歸鳥更無可通之路矣。

許清奇曰：雲師不爲我送。

江中時曰：言雲師不爲用。

夏大霖曰：此極言媒絶路阻，言不可詒也。

陳遠新曰：寄言浮雲，意即雲鳥不必路通。 言惟是雲鳥，非路能阻，或可因以致辭。

奚禄詒曰：豐隆，雷師也。 不將者，雷驅雲去也。

劉夢鵬曰：將，陳也。 豐隆既不我將。

陳本禮曰：不爲將命也。

胡文英曰：豐隆去之疾，故雖遇而不及將。

王闓運曰：豐隆雲師，喻頃襄也。 浮雲，喻執政議論不定也。《詩》曰：“有女如雲。”言君臣莫肯納忠懷王也。

聞一多曰：《荀子·賦篇·雲賦》：“行遠疾速，而不可託訊者也。”魏文帝《永思賦》：“願託乘於浮雲，嗟逝速之難當。”將猶賫也。

姜亮夫曰：將，助也。

蔣天樞曰：八句敘寫在驚愕情況下，雖多方尋求，無復成行之希望，終乃思及當前處境。 考《荀子·賦篇·雲賦》：“行遠疾速而不可託訊者歟。”楊倞注：“訊，書問也。”豈古有雲可傳書之傳説，抑荀卿文本之屈賦此語而云然耶？ 云“遇”豐隆，不知何指。

湯炳正曰：寄，託。 豐隆：神話傳説中的雲神。 將，遵從命令。

按：豐隆，擬雷聲之詞，故爲雷神也。《離騷》：“吾令豐隆乘雲兮，求宓妃之所在。”雷神駕雲，有取媒不當之意。 不將者，雷神驅雲去也。 奚禄詒以爲豐隆爲雷神，甚是。 此言寄言浮雲，而中途遇雷神，其驅雲不爲我送也。 喻郢都有人作梗，無媒上達。 雷神有喻小人，如上官大夫、靳尚、令尹子蘭之輩也。 王逸以爲豐隆爲雲神，後人多承其説，然已托浮雲，即對雲之信任，何來雲師作梗耶？ 雷神非雲神，當別爲二神。 此句於與上文"媒絶路阻"一起讀，其意主要還是説進言無媒，或進言受阻，暗示有他人阻礙之意。 解豐隆爲雷神，則更恰當。

　　因歸鳥而致辭兮，羌宿高而難當。 宿，一本作迅。

　　王逸曰：思附鴻雁，達中情也。 飛集山林，道徑異也。

　　洪興祖曰：當，值也。

　　朱熹曰：欲因鳥致辭，則鳥飛速而又高，難可當值也。

　　汪瑗曰：歸鳥，疾飛之鳥，蓋鳥歸巢則飛尤疾也。 致辭，猶寄言也。 迅，言飛之速也。 高，言飛之遠也。 當，值也。 言欲因浮雲而寄言於美人，則雲師雖相遇，而乃徑逝，莫我承也。 欲因歸鳥而致辭於美人，則歸鳥飛速，而又高不易相值也。 夫相遇者既莫我承，而歸鳥迅高又不易值，則此言何時可結而詒邪？ 嘗謂浮雲之游，歸鳥之便，爲附詒言亦甚易事，而雲鳥竟不之許者，亦嫉妒之心使然也。 嗚呼！ 美人既不可得而見矣，然媒又絶焉，路又阻焉，言又不可結而詒焉，其能恝然於心乎？ 此所以攬涕佇眙，而哀思瞻望之不容已也。 或曰，上章申言媒絶路阻，此章申言言不可結而詒也。 容更詳之。

　　瑗按：此上三章，即洪氏所謂思念其君，不能自達，是也。

　　陳第曰：歸鳥飛高，又不可值。

　　黄文焕曰：託之歸鳥，而鳥不我就，奈之何哉？ 又曰：言不可詒，既已甘絶聞問矣。 又説寄之浮雲，致之歸鳥，刻刻欲詒。

李陳玉曰：歸鳥知退，故可致辭；迅高好進，故難當。

周拱辰曰：一滴之涕，君恩之思寓焉，乃欲寄之於浮雲，遇轟雷見阻而不爲我將；寄之於歸鳥，歸鳥竟自高舉而不爲我致。獨有攬蕙拭涕，倚徒無聊已耳。

王萌曰：承上陷滯而言，不能自達而託之浮雲、歸鳥。雲師不將，鳥不我值，言終不可詒矣。

王遠曰：此二章，承上“媒絕路阻”來。

錢澄之曰：以雲、鳥之無心，欲寄一占而尚不見顧，則此志將向誰語哉？

王夫之曰：宿高，鳥宿高枝。難當，不相就也。人無可託，欲因飛雲歸鳥，以寄思君之衷而不可得，甚言其窮也。

林雲銘曰：迅，疾飛也。又竟過而不及用，所以“言不可結而詒”。又曰：已上敘思君，所以“攣涕竚眙”之故。

徐焕龍曰：歸鳥迅飛高舉，難於相值。比貴仕之輩，有事湘南，歸報朝廷者，皆急行而不顧。

賀寬曰：總托之飛雲，托之歸鳥，而終不爲我詒矣，將若之何。

張詩曰：因鳥致辭，則迅疾高飛。難以相值，而吾之結言，何自詒之。

蔣驥曰：雲、鳥，以喻行媒。（自“媒絕”以下）“媒絕”二句，本《抽思》卒章而言。“蹇蹇”以下，申媒絕路阻之意也。若已因蹇蹇而致此煩冤，不意一陷而不復起，雖有“道思作頌”之篇，而路遠處幽，莫能自達。欲寄託以告君，而又無行媒，是以攣涕而竚眙也。言辭，皆指《抽思》篇言。

王邦采曰：寄言、致辭，欲陳君側也。

吳世尚曰：然寄言而云師不聽，致辭而歸鳥難值，則吾又將如之何哉？ 心絶氣盡之言。

　　許清奇曰：首段言己不得於君，媒絶路阻，所以思而涕望。

　　屈復曰：承“媒絶路阻”而言也。 右一段，直敍思君之切如此。

　　江中時曰：歸鳥又速去而難值也。 以上思君而不能自達，總以媒
絶路阻之故也。

　　夏大霖曰：雲鳥本不可爲媒，欲寄言辭於雲鳥，已是望天意了。
雲鳥無託天意可知矣。 故下節接玄鳥以致歎。

　　邱仰文曰：以上三節，言思君無路可通。

　　陳遠新曰：然未必其即爲我送，即爲我值也。 言辭不達，吾其如
美人何？

　　奚禄詒曰：歸鳥，鴻雁也。 難當者，高飛不值也。

　　劉夢鵬曰：當，猶遇也。 而歸鳥迅高不得一遇，所以長此沉菀，
舒情無期也。

　　丁元正曰：難當者，不相就也。

　　陳本禮曰：歸鴻冥冥，飛而難值，承上“媒絶路阻”來。

　　胡文英曰：歸鳥倏然高飛，各自爲計，故難相值。

　　牟庭曰：雲不肯將高，鳥難當詒，言之艱難也。

　　胡濬源曰：寫思情神妙。

　　王闓運曰：歸鳥，使通秦楚者也。 己不在國都，故使者來去。
迅疾，託地高也。

　　馬其昶曰：以上懷忠莫達。

　　聞一多曰：迅有躍義。《説文》：“躍，迅也。”又有飛義。《説
文》：“卂，疾飛也。”卂爲迅之初文。 合上二義，則迅即直飛刺上之
謂也。 高讀爲矯，矯有矯捷與飛舉諸義，與迅近。 故古書多二字連
詞。《文選·赭白馬賦》：“軍駢趫迅而已。”趫迅猶矯迅也。《爾雅·

釋獸》："獸曰釁，人曰撟。"郭注曰："自奮釁。"監本作"奮迅動
作"，則讀釁蠢爲迅撟。此曰"迅矯而難當"，謂鳥高飛刺上而難遇
也。曹植《九愁賦》："願接翼於歸鴻，嗟高飛而莫攀。"陳琳《止欲
賦》："欲語言于玄鳥，玄鳥逝以差池。"語意並與此近。

姜亮夫曰：羌，乃也。宿，當作迅，迅即卂之衍文，卂則飛字之
半見，言其飛高而速也。迅高，言急而高也。此四句亦承上章陷滯
而言，欲因雲致辭，則雷師不爲相助，因鳥而致辭，則鳥飛迅急而高
遠，難可當值也。

湯炳正曰：歸鳥，此指歸返郢都之鳥。羌，猶"乃"，楚方言中
的語氣辭。宿高，又快又高。當，值，相遇。

潘嘯龍曰：歸鳥，春來鳥兒北歸。郢都在北，故可依靠歸鳥"致
辭"于君王。此可證詩人已在放流江南途中。前人有以爲此詩作于
放流漢北時期，則郢都在南，春鳥北歸，方向正好相反。

按：宿高，鳥宿高枝，喻攀附權貴。難當，不相就也。此言進
言之難。前托浮雲，遇豐隆阻礙不成；再托歸鳥，鳥只知攀附權貴，
又不成。真媒絕路阻也。王闓運謂歸鳥使通秦楚者也，附會之
説也。

高辛之靈盛兮，遭玄鳥而致詒。

王逸曰：帝嚳之德，茂神靈也。嚳妃吞燕卵以生契也。言殷契
合神靈之祥知而生，契於是性有賢仁，爲堯三公。屈原亦得天地正氣
而生，自傷不遭聖主，而遇亂世也。

郭璞曰：玄鳥，燕子。《詩》云："燕燕于飛。"一名玄鳥，齊人呼
鳦。(《爾雅·釋鳥》"燕燕，鳦"注)

洪興祖曰：《史記》："帝嚳高辛者，黄帝之曾孫，生而神靈，自言

其名。"張晏曰:"高辛,所興之地名也。"

朱熹曰:玄鳥致詒,事見《天問》。 此因上章歸鳥難當而上感高
辛之事。

汪瑗曰:高辛,帝嚳也。 舊指高辛之德而言。 靈盛,猶言福隆
也。 玄鳥,燕也。 玄鳥致詒,言嚳妃簡狄,吞燕卵以生契,而有圣
德,以事堯也。《天問》亦言之,而其事則本諸《商頌》。 此因上章歸
鳥難當,而遂有感於高辛玄鳥之事,以見己遭世亂,不得如契遇明時
事聖君也。

林兆珂曰:因思帝嚳德茂神靈,乃能遭玄鳥之瑞,而我無其德,
故不能因鳥以致辭也。

陳第曰:高辛,帝嚳也。 嚳妃吞燕卵而生契,爲堯三公。

張京元曰:雲師飛逝,歸鳥高翔,安得高辛之燕爲己一傳信哉?

黃文煥曰:此歷言變計之無所出也。 玄鳥生商,精神足以感格。
又曰:因承歸鳥,翻出玄鳥之相遭。 迅高亦有可值者,但占人福厚偏
得逢,今人命薄偏得迕耳。

陸時雍曰:玄鳥致詒,因上言歸鳥難當而感及之也。

王萌曰:因上章"歸鳥難當"而上感高辛之事。

錢澄之曰:因歸鳥之難當,而思古玄鳥之致詞,雖迅高未嘗不相
值也。 豈己之不合時宜,並雲、鳥亦見棄耶!

王夫之曰:玄鳥詒高辛以傳帝命,神者通之,而當今之人曾莫能
感,媒絕路阻,終不能達矣。

林雲銘曰:靈,福也。 帝嚳當福盛之時,遺以卵而生契。 古人
亦有意外所遇之物,可爲媒者。

高秋月曰:靈盛,神靈茂盛也。 高辛有玄鳥之相,遭此古人之福
厚而今不可得也。

徐焕龍曰：承上歸鳥生詞。 言惟高辛之靈盛，能遭玄鳥而致詒，我必不能，則必不能陳情君側矣。

賀寬曰：歸鳥不爲我致辭，古人亦有以玄鳥致詒者矣，但我不如高辛之靈且盛耳。

張詩曰：言高辛之德，靈盛如此。 其妃簡狄，遭玄鳥遺卵之祥，生契以事堯，而我曾不得遇明時，事聖君也。

王邦采曰：此因上章“歸鳥難當”而上感高辛之事。 言惟高辛之靈盛能遭玄鳥而致詒，而我必不能也。

吳世尚曰：玄鳥致詒，即所云“天命玄鳥，降而生商”者也。 此二句承“歸鳥”而言，以結上文之意也。

許清奇曰：玄鳥致詒，因上歸鳥意來。 既致詒以卵，亦可用以爲媒矣。

屈復曰：高辛有玄鳥，意外之奇遇，我且無此。 承上歸鳥難當來言。

江中時曰：承上言求媒必須從俗。

夏大霖曰：此借玄鳥致歎，見國無靈祥。 申上文雲鳥無託之意，己必不忍屈志從俗也。

邱仰文曰：因歸鳥類及之。

陳遠新曰：玄鳥詒卵於簡狄，而生契。 是不因而當天定之媒也。又曰：彼飛鳥迅高，亦由福薄無緣耳。 古高辛發祥之盛，不嘗遭玄鳥之詒乎。 夫玄鳥致詒，乃不再見之事。

奚祿詒曰：言玄鳥之祥，得天地之靈氣。 我亦得天地之靈氣而獨遭亂世，不逢聖君。 按帝系，黃帝，姓姬，有天下，曰有熊氏。 楚熊繹，因有熊氏爲姓。 正妃嫘祖生二子，一曰玄囂，二曰昌意。昌意之妻昌僕生顓頊。 高陽氏顓頊崩，玄囂之孫帝嚳高辛氏立。 帝嚳於顓頊，則族子也。 帝嚳生摯，生堯。 顓頊之裔孫，女曰女脩，吞玄鳥卵而生大業，即契也。 是屈原於帝嚳，亦屬淵源之裔，故引玄鳥事，非泛語也。

劉夢鵬曰：玄鳥，事見《商頌》。 結言無路，憂思彌切。 或者得如高辛靈晟，玄鳥詒女，則沉菀得達，中情可舒，無復媒絕路阻之憂矣。

胡文英曰：承上歸鳥而言。 高辛當威靈赫盛，故其妃亦得蒙玄鳥之詒。 楚國當德業衰頹，故其臣求一歸鳥而不得也。

牟庭曰：賴高辛之靈，玄鳥為我詒美人也。

顏錫名曰：援古以言世固有意外之遭逢。

王闓運曰：高辛，頃襄。 玄鳥，其妃姜也。 詒，紿欺也，讒佞女謁盛也。

馬其昶曰：致詒者，《詩》所云"天命玄鳥，降而生商也"。 此即《孟子》"彊為善，後世子孫必有繼者"之旨。 懷王已矣，猶不能竚眙於頃襄也。

姜亮夫曰：晟，即成之別體，盛即成之借，威則形譌字也。《素問·脈要精微論》"上盛則氣高，下盛則氣服"，注："盛，滿。"

蔣天樞曰：高辛，帝嚳。 靈盛，有神異之盛德。 此忽言及帝嚳，《天問》又言及"簡狄在臺嚳何宜，玄鳥致貽女何嘉"，豈屈原此時忽思及"和秦"或可有新發展歟？

湯炳正曰：高辛，即"帝嚳"，傳說中有神性的古代聖君。 靈盛，神性充沛。 此言高辛神性充沛，因此遇到燕子，并派它向神女簡狄贈送聘禮，以通婚姻之好。 言下慨歎命運乖礙，連"致辭"之鳥猶不可得。

按：高辛，帝嚳之號。《天問》："簡狄在臺，嚳何宜？ 玄鳥致

貽，女何喜？”王逸注曰：“簡狄，帝嚳之妃也。 玄鳥，燕也。 貽，
遺也。 言簡狄侍帝嚳於臺上，有飛燕墮遺其卵，喜而吞之，因生契
也。”劉向《列女傳》：“契母簡狄者，有娀氏之長女也。 當堯之時，
與其姊妹浴於玄邱之水。 有玄鳥銜卵過而墜之，五色甚好。 簡狄得
而含之，誤而吞之，遂生契焉。”帝嚳因有玄鳥爲媒，能娶簡狄爲妃，
實現兩美必合也。 此自傷無媒可通也。 王逸謂屈原亦覺得己得天地
正氣而生，而自傷不遭聖主遇亂世也，未明無媒之意，非是。

欲變節以從俗兮，媿易初而屈志。

王逸曰：念改忠直，隨讒佞也。 慙恥本行，中回傾也。

朱熹曰：下愧不能易初而屈志也。

汪瑗曰：又承言己雖生不逢時，然亦不肯因世亂君昏，而遂其變
所守，以趨時好也。 慨古傷今之情，悲俗勵身之志，具見之矣。

林兆珂曰：若欲變節而從俗，則又以易初屈志爲媿，不忍爲也。

陳第曰：屈原自傷不遭聖主，而遇亂世，豈肯變節而易初乎？

黃文煥曰：不能追古，則當從俗，而又重自愧也，使易志而可
爲，猶且志屈堪羞，況變易之不可爲乎？ 又曰：變節從俗，起下“何
變易之可爲”“觀南人之變態”。

李陳玉曰：簡狄既受玄鳥之詒，許高辛矣，焉可變易其志哉。 臣
之許國，亦復如是。

王萌曰：仍從媒字遞下，言求意外之遇合，除非變節從俗，而易
初屈志之事，我所愧也。

賀貽孫曰：屈子一生得力，全在“不變”二字。

錢澄之曰：若變節從俗，則將易初屈志，終愧而不爲也。

王夫之曰：將欲介紹小人冀致於君，而貞邪異致，道不可屈。

林雲銘曰：但欲得媒，必須從俗，又以變易其舊，不能伸其志爲可恥。

徐焕龍曰：然欲我變生平之節，從流俗之爲，則自愧易吾初服而屈吾素志。

賀寬曰：不及古人而改，而從容又重自愧也。

張詩曰：然即欲變節以從俗，又自媿易其初心，則志氣屈抑，故不肯耳。

蔣驥曰：承上言所處雖窮，然節不可變，而設言寧守道以俟時也。

吳世尚曰：言不能屈志從俗，則以起下文之端也。

許清奇曰：今非其時，則求媒不得，勢必當變節從俗，然實余之所媿也。

屈復曰：言我雖無此奇遇，終不能變易其初心。

江中時曰：又以變節而媿易其初志也。

陳遠新曰：今媒絶而欲路之不阻，非變易志節不可。然揆之於初，抱媿良多。

奚禄詒曰：欲變節以從俗，媿改易本初之德，屈抑正直之志也。

劉夢鵬曰："變節"以下至"曛黃"爲期，則皆所詒之言，自言與"中道回畔"者異也。

顏錫名曰：似不妨爲意外之想，然必變節從俗乃可，我則至死不能爲也。

王闓運曰：言己不獲於嗣君，故忠謀不申。

馬其昶曰：變節從俗則不能靈盛以感天。屈志，謂屈意以事秦也。

蔣天樞曰：變節，改變己之操守。從俗，從南人之請，留江南爲蠻夷君長。 如此，既改變南來初衷，且折辱己之志行。

按：媿，《說文》：“慙也。”慙愧之意。 言若欲變節而從俗，則又以改變初志爲愧，不忍爲也。《懷沙》曰“易初本迪”，此曰“易初屈志”，可見，屈原內心是十分矛盾的。 他曾經在是否變節從俗上動搖過，但最終還是堅持節士之操守，未能變節。 這種內心波動與鬥爭恰是屈原作品打動人的地方，是其人格的真實的反映。 馬其昶解屈志謂屈意以事秦也，亦有易初之意，可參。

獨歷年而離愍兮，羌馮心猶未化。

王逸曰：修德累歲，身疲病也。 憤懣守節，不易性也。

朱熹曰：馮，憤懣也。

汪瑗曰：此下三章，皆承上章末二句而言。 歷年離愍，謂遭放憂傷之久也。 馮，充積盈滿之意。 未化，不變。 馮心未化，言己之道義節氣，充積盈滿於心，雖遭放逐之久，而猶不能變其所守也。

林兆珂曰：言累歲脩德，而遭憂憤懣。 而心猶如故，寧懷智佯愚以終年命耳，終不肯變心而屈志也。

黃文煥曰：離愍馮心，吾願也。 馮心未化者，前年之悶，尚不得消，遞年之悶，又已積也。

錢澄之曰：惟歷年離愍，故馮心未化。 馮者，滿腹悲憤也，憂憂相接，積久不化，故馮心也。

王夫之曰：故自懷迄襄，歷年遭愍，而此心馮依正直。

林雲銘曰：被疏懷憂已久，只任吾心而行不變。

高秋月曰：離愍，吹病也。 馮心，憤懣也。

徐煥龍曰：所以煢煢一身，歷有年所，遭此愍憂，悶滿心胸，節猶未化。

賀寬曰：寧離憂患，至歷年而不得見。

張詩曰：言吾歷年離愍，此心非不憤懣不平，猶未敢變易所守也。

蔣驥曰：馮心，初時盛滿之願也。

吳世尚曰：馮心未化，憤懣之情，耿耿於中，不能忘也。

屈復曰：歷年離愍，遷之漢北也。

江中時曰：馮心未化，謂任吾心而不變也。

夏大霖曰：歷年離愍，既疏且放也。馮心未化，言忠誠本於心性，不能因罹愍而易也。

陳遠新曰：雖曰離愍多年，安在此心不改。

奚祿詒曰：離，別也。愍，病也。化，變也。言歷年離別，疾病滿心，憤懣猶不易性也。

劉夢鵬曰：馮，持也。

丁元正曰：憑，依也。言將依正直之心，終不變也。

胡文英曰：言傷其無媒，不若變節從俗乎？而心既內媿，謂因歷年罹愍，而忍于一憩乎？而當年滿意行道之心，猶未能化。

牟庭曰：詒美人之辭曰：我終不改行也。我寧苦辛也，懷此異路，以盡吾年也。

顏錫名曰：馮心，即憤時嫉俗之心。言離於憂愍，雖歷有年，而憤嫉之心終未化也。

馬其昶曰：懷王十七年，怒伐秦。秦大破楚師於丹陽，斬首八萬，虜屈匄，取漢中地。懷王乃悉發國中兵以深入擊秦。魏聞之，襲楚。楚大困。明年，秦割漢中地與楚和。王曰："不願得地，願得儀而甘心焉。"故曰馮心未化。

聞一多曰：馮猶憤也。《離騷》"喟憑心而歷茲"，注曰："喟然舒

憤懣之心。"本篇下文"揚厥馮而不竢",注曰:"思舒憤懣。"《哀時
命》"願舒志而抽馮兮",注曰:"思舒志意,援引憤懣。"並此文注曰
"憤懣守節",皆以憤懣釋馮字。 正讀馮爲憤,《天問》"康回馮怒",
即憤怒也。 化猶改也。

姜亮夫曰:馮,讀爲《天問》"康回憑怒"之憑,憤懣也。 未化,
猶言未化去也。

蔣天樞曰:八句追思己所建樹雖被破壞,但對國家未來之規畫則
迄未變更。 獨,謂孤身。 愍,痛也。 言己煢煢南行,在憂患中雖已
多歷年歲,而憤懣之情終難消釋。

湯炳正曰:離,即"罹",遭受。 愍,憂傷。

潘嘯龍曰:歷年,經歷多年。 詩人以懷王三十年被放漢北,今又
遠遷沅湘,已經有四年多時間。

按:馮,持也。 化,變也。 言雖歷久遭憂,然持心不變。 王逸
以爲憤懣守節,不易性也,意亦近是。 馬其昶以爲懷王愚昧之心不
變,恐非是。

寧隱閔而壽考兮,何變易之可爲!

王逸曰:懷智佯愚,終年命也。 心不改更,死忠正也。

朱熹曰:隱閔壽考,優游卒歲也,然終不能變易其初心也。

汪瑗曰:隱閔,猶隱忍也。 壽考,善終也。 朱子曰:"隱閔壽
考,優游卒歲也。"王逸曰:"懷智佯愚,終年命也。"二説得之矣。
觀此,則屈子誠得箕子明夷用晦之道,實嘗以壽考而善終也。 世稱其
投水自死,是亦未之深考耳。 若曰"羌憑心猶未化","何變易之可
爲",則《易》所謂"箕子之貞明不可息也","内難而能正其志",屈
子以之。 此章言己雖放逐之久,隱忍不死,而此心之所得者,則終不

能變化也。嗚呼！潮陽一行，遂欲改心事主，視此不亦愧乎？　瑗按："羌憑心猶未化"，"何變易之可爲"，特一正一反而言之耳，其意一也。《楚辭》中此類甚多，讀者須以意會之可也。

陳第曰：寧罹憂終身，終不改變。

黃文煥曰：隱愍壽考，吾寧也。

李陳玉曰：憂能傷人，不如隱閔壽考。

陸時雍曰：隱閔壽考，憂愁以終身也。

王萌曰："寧隱閔而壽考"者，言不能塞，默然以苟生也。

王遠曰：此節緊承上"變節"二句，"壽考"二字，只當"終身"二字。言寧抱痛憂以畢此生，變節易初之事，何可爲也。

錢澄之曰：而又隱閔無所發舒，自是傷生之道，寧有壽考者乎？然而變易初志以希壽考，又何可爲也。

王夫之曰：雖有委曲全生之道，非所忍爲也。

林雲銘曰：寧抱痛憂而老死於此，亦不可冒媿而變易，況但歷年乎？

高秋月曰：隱閔壽考，藏悲閔以終身也。

徐煥龍曰：吾豈但歷年猶未化哉？人生隱痛憂閔之遭，速死爲幸，倘偏令壽考，此境誰堪？我寧如是，他無變易可爲。世俗寵利情愍，君臣義薄，處原之局，非攀援貴幸以復官，即懟怨其君而他適矣。故曰"從俗"，曰"變易"，自起至此，備言思君無路可通，己節終於不變也。

賀寬曰：以迨畢生且，然而何可變易爲非。

張詩曰：寧隱忍憂閔以終我年歲，變易所守，何可爲乎？

蔣驥曰：壽考，猶沒世也。言己不幸無高辛之遇，然欲貶道求合，義不忍爲，是以久困而初心不變，而又將誓之以沒世也。

王邦采曰：壽考，言終老也。自起至此，備言思君無路可通，己節終於不變也。

吳世尚曰：隱閔壽考，隱忍於兇禍之中，以待終也。

許清奇曰：寧罹憂終身，不甘變易。

江中時曰：隱，痛。閔，憂也。壽考，猶言終身也。

夏大霖曰："寧隱壽考"二句，言志有定守，寧以放棄終命變易之態，做不得也。

陳遠新曰：乃吾則寧終身隱閔而不變也。無媒自適，斷斷不可，吾安得靈晟，其如高辛哉。

奚祿詒曰：隱，痛也。閔，憂也。寧隱痛憂傷，以俟壽命，何可變易爲也。

劉夢鵬曰：寧，願詞也。壽考，猶云終身。

丁元正曰：此承上"沉菀莫達"而言，浮雲飛鳥既不可託，欲憑小人以爲媒，而我又不可委曲從俗，所以獨憂愁以終身也。

陳本禮曰：緊承上變節言。

胡文英曰：蓋變節則不能行道，枉己則不能正人，然枉道徇人，君子所恥，亦寧窮約終身，而終莫能變易而已。壽考，長年如此也。

王闓運曰：居沅九年，故歷年壽考也。長嫉時憤俗，其馮心亦自笑也。

吳汝綸曰：壽考，猶言至死也。

馬其昶曰：懷王十八年，儀至，囚之，賂鄭袖，免，因以連橫說王。是時，原使於齊，反，諫曰：何不殺儀？王悔之，不及。隱閔壽考，謂飲恨終身。變易，謂復與秦和。

聞一多曰：隱閔猶憤懣也。《哀時命》"然隱憫而不違兮"，憫本一作閔。即憤懣而不達也。"何變易之可爲"，猶言何能變易之。《九歌·

《大司命》"孰離合之可爲"，猶言孰能離合之，語例相仿。

姜亮夫曰：隱閔猶言幽默，謂不言也。 此四句歷年遭憂，憤懣幽默，謂不言也。

蔣天樞曰：隱，謂寧在患難中隱伏竄藏其身以終壽考之年，決不能接受他人擁戴，變節以從俗。

湯炳正曰：隱閔，即"隱憂"，忍受憂傷。 壽考，猶言終此一生。

按：壽考，猶言至死也。 隱閔壽考，陸時雍曰憂愁以終身也，甚是。 此言終生不變所守。 朱熹說是。 馬其昶以爲責懷王復與秦和之事，附會之説也。

知前轍之不遂兮，未改此度。

王逸曰：比干、子胥，蒙禍患也。 執心不回，志彌固也。

朱熹曰：知直道之不可行，而不能改其度。

汪瑗曰：前轍，猶俗前程、前途云耳。 遂，成也。 度，君子立身行己之法度也。 後倣此。 屈子已知前轍之不遂其志矣，而猶未改度者，蓋道之用不用在人，而所以脩不脩在己，君子亦盡其在己者而已矣，豈肯因人而遽變其所守哉？ 故荀子曰："君子道其常，小人計其功。"

林兆珂曰：前轍，即初志也。

陳第曰：前轍，直道也。

黄文焕曰：不發者不復望其發，不達者不復冀其達也。 于是而了然于不可爲，鑒厂前轍，不改吾度。

王夫之曰：前轍，謂懷王聽讒佞而國破身死於秦也。

林雲銘曰：未疏之先，明知必行不去，未嘗變易。

徐焕龍曰：前轍，謂懷王之轍，呼襄王而欲使知之意。 若曰王亦知前轍，之所以不遂，特因矜己自用，信讒遠忠，此度未改。

賀寬曰：不知直道難行，而不能改度。

蔣驥曰：“知前轍之不遂兮，未改此度”，十一字一氣讀下。 蓋以未改此度，明前轍所以不遂也，故後狐疑之語，遙相應曰：今欲廣遂前畫，則我尚未改此度也。 前固以此不遂矣，豈獨能遂於今乎？ 呼應極靈。（《楚辭餘論》）

王邦采曰：前轍，謂懷王之轍，呼襄王而欲使知之意。 若曰王亦知前轍，之所以不遂，特因矜己自用，信讒遠忠，此度未改。 乃至見欺於張儀，喪師失地。

吳世尚曰：前轍不遂，以理知之也。 未改此度，以平日言。

江中時曰：明知必行，不去未嘗變易。

夏大霖曰：言明知所志所行者必不遂，我却不改常度。

陳遠新曰：前轍未遂，未仕已知路阻。 度，節見於外爲度。 言我未入仕時，已知此度不遂，於前轍而不改。

奚禄詒曰：言知前日諫君之轍不遂，至今不改此法。

劉夢鵬曰：言明知前途多阻，而常度不改。

胡文英曰：明知前日所行不可終遂，而此度不改。

顏錫名曰：言己所行之路，雖遭顛覆，終不以異衆而或不行。

馬其昶曰：懷王二十年，齊湣王惡楚之與秦合，乃遺楚書，於是懷王竟不合秦。 是知前轍之不遂也。 二十四年，又倍齊而合秦，秦來迎婦。 至是三次與秦合，故曰“未改此度”。

姜亮夫曰：“知前轍”句，此疑有錯簡。 前轍當指未來之轍言，若指已過之前言，則不得用知字，更不得言未改此度。 則此“前轍”，猶習言之先路矣。

蒋天枢曰：前辙，《离骚》所言“朝吾将济於白水兮，登阆风而绁马”之愿望。不遂，未能终成其事。此度，即《悲回风》“心调度而弗去”之调度。

汤炳正曰：前辙，前车的印迹。此喻怀王时自己的政治举措和行事准则。此度，指任左徒时的变法革新。

按：前辙有四说：一曰前人之辙，如比干、子胥者。二曰直道，以直道不可行，亦不改行曲道。三曰前途，以前程不明，亦不改初衷。四曰怀王听谗佞而国破身死於秦，呼襄王而欲使知之意。此句上下文言己不改节从俗，故以怀王事为前辙，意不合。直道与前辙没有字面上的联系，四说之中，当以前途更妥帖。此句言明知前途不能遂意，也不改志节。刘梦鹏说是。王逸以前人之辙不遂以明己志之弥固，意亦合，可参。

车既覆而马颠兮，蹇独怀此异路。

王逸曰：君国倾倒，任小人也。车以喻君，马以喻臣。言车覆者，国君危也，马颠仆者，所任非人。遭逢艰难，思忠臣也。

朱熹曰：虽至於车倾马仆，而犹独怀其所由之道，不肯同於众人也。

汪瑗曰：车覆马颠，喻遭放逐而困穷也。异路，喻古道也。言众人之所不由，而己独由之。所以有颠覆之祸也。又曰：《惜诵》曰：“同极而异路兮，又何以为此援也。”异路无援，而颠覆之患其能免乎？虽然，屈子之好被奇服、行异路，是岂索隐行怪者哉？在俗人则以为奇异，在君子则以为寻常也。瑗按：前辙或解作往古之迹，言古之忠臣义士，鲜有成其志者。亦通。

陈第曰：此其道与众人异，故曰异路。独怀此异路，岂以颠覆而改乎?

　　黃文焕曰:任彼顛覆,終不肯與衆人同路也。 又曰:異路,應前路絶。

　　李陳玉曰:不是錯到底,總不曾行此路。

　　周拱辰曰:"車覆馬顛"一段,舊訓太直。 細味語氣,委宛纏綿,即九折臂而成醫,乃知信然之説也,若曰覆轍可鑒矣。

　　陸時雍曰:直道易蹶,所以車覆馬顛。

　　王萌曰:異路,人所不由之路也。 仍足上章意。

　　王夫之曰:車覆馬顛,所行不遂,亦明矣。 改轍異路,人不知悔,己所不昧也。

　　林雲銘曰:既疏之後,終不忘別行一路。 謂之異者,以人人不由而獨由也。 伏下"南行思彭咸"句。

　　高秋月曰:異路,不肯與衆人同路也。

　　徐焕龍曰:乃至見欺於張儀,喪師失地,車既覆而馬用顛,尚猶聽信小人,安此回邪之異路,前事所由不救耳。

　　賀寬曰:以至車傾馬仆,終不由衆人之路。

　　張詩曰:言既知前日所行之轍迹不能成就,而猶未改此度者,蓋車雖覆,馬雖顛,所歷誠險阻,而獨懷此衆人不由而己獨由之異路,故不畏顛覆之禍也。

　　蔣驥曰:異路,與俗殊異之路。

　　吳世尚曰:車覆馬顛,以事言之也。 獨懷異路,以今日言。

　　屈復曰:車覆馬顛,喻見疏遠遷也。 異路,人所不由,己獨由者。

　　江中時曰:雖至於車覆馬顛,猶欲變易,謂之異路者,以人不由而己獨由也。

夏大霖曰：見疏見放，如行路者，車覆馬顛了，路行不得，我偏行也。

邱仲文曰：頃襄時，追憶懷王放絀，故曰前轍。

陳遠新曰：車覆馬顛，己仕路阻。異路，不與衆同之道。己入仕時，又以異路，至於車覆馬顛而獨懷，何哉？

奚祿詒曰：但見國中車覆馬顛，故我亦蹇産，然獨懷異道，不與衆同也。車覆喻君之危，馬顛喻臣之惡。

劉夢鵬曰：車覆馬顛，不遂之極也。蹇，不遂意。路之所由，與衆不同，故曰異。蹇而懷此異路，所謂未改度者也。

胡文英曰：明受小人顛覆之患，而路不可易，所以自堅其志也。《惜誦》篇“同極異路”，人與我異也，此言我與人異，其理則一也。蹇，行不前也。

王闓運曰：前轍，任懷王時所行也。覆顛，見讒被疏也。

馬其昶曰：懷王二十六年，齊、韓、魏來伐楚。楚使太子質於秦。二十七年，太子亡歸。二十八年，秦與諸侯共攻楚，取重丘，殺唐昧。二十九年，秦取襄城，殺景缺。故曰車覆馬顛。和戰皆不可，惟有自彊以俟時。改轍異路，獨原有此懷耳。

聞一多曰：顛，仆也。蹇，乃也。

姜亮夫曰：異路，與俗殊異之路也。此四句言己知未來之前路之不得遂成，“而不能改其度，雖至於車傾馬仆，而猶獨懷其所由之道，不肯同於衆人也”。

蔣天樞曰：車覆，就所扶持皇輿之抽象意義言：馬顛，言己身顛蹶。異路，謂懷抱救國之情，自請南行。謂己往日事業雖未成就，而對未來國事之揆度則迄未改變，良以國土淪亡，己雖備歷艱困，獨堅持此救國之道，下文即言所懷之“異路”。

湯炳正曰：懷，思念。 異路，與衆不同的政治路綫。

按：異路，指守節做一個節士之路。 節士守節，最終結果都是窮困至死，故爲異路。 言即便車覆馬顛，也獨自堅持守節之路。 王逸解車以喻君，馬以喻臣，與原系心國事不類。 朱熹解爲雖至於車傾馬仆，而猶獨懷其所由之道，不肯同於衆人也，雖未指出異路之所指，意亦近是。 馬其昶以爲車覆馬顛喻楚之不斷戰敗，亦附會之説也。

勒騏驥而更駕兮，造父爲我操之。

王逸曰：舉用才德，任俊賢也。 御民以道。 須明君也。

洪興祖曰：《史記》："秦之先造父，以善御幸於周繆王，得驥、温驪、驊騮、騄耳之駟，西巡狩。"

朱熹曰：造父，善御，周穆王時人。 操之，執轡也。 以馬既顛，故更架駿馬。

汪瑗曰：勒，控御之意。 驥驥，駿馬也。 更，重復整頓之意。 駕，謂車也。 勒馬更駕，言不以顛覆之故而遂止也。 造父，周穆王時善御者也。 操之，執轡也。

黃文煥曰：即有騏驥，造父爲我佐助。

李陳玉曰：假以良材。

周拱辰曰：欲懷別路以進，於是勒驥更駕，加之善御而無奈前脩未可棄君，亦未可忘也。

陸時雍曰：勒驥驥以更駕，亦無他途之可出也。

錢澄之曰：此申言己之不能改前轍也。 若欲改轍，將必更駕驥驥，操以造父。

林雲銘曰：從俗改轍，似可自遂，而無車覆馬顛之患矣。

徐煥龍曰：今王嗣立，即當任用豪傑，勒騏驥而更駕，令善調御如造父者，爲我操其轡。

賀寬曰：即有騏驥之馬，造父爲之先後，可以長驅矣。

張詩曰：更，改也。 言于是控勒騏驥之俊馬，更爲之駕，令造父爲我操轡。

吳世尚曰：承上而言，前轍不遂，車覆而馬顛矣。 爲今之計，則願更駕良馬，擇善御，按轡徐行，從容以俟，庶幾失之東隅，收之桑榆，而未爲晚乎。

許清奇曰：馬既顛，故更駕駿馬，使善御者操其轡。

江中時曰：承上車覆馬顛，則更駕騏驥，使造父爲御。 蓋猶□□興也。

夏大霖曰：此言前轍未遂，非懷異路之過，無可改易，乃遷延不用之過，致我顛覆也。 造父善御，周穆王之御者。

邱仰文曰：更駕，喻改節易轍。 造父，喻善謀劃之人。

陳遠新曰：造父，喻駕馭英賢之明主。 操以造父，自不顛覆。謂苟有善馭英賢之主，不以前轍顛覆而更駕之。

奚祿詒曰：造父，蜚廉之五世孫。 勒，馬銜也。 駕，駕車也。言己知諫君之轍不遂，乃勒馬而遠去。 造父，穆天子之御也。

劉夢鵬曰：騏驥，自喻。 造父，爲美人喻。 言顛覆之餘，異路更駕，猶望造父爲之執御也。

戴震曰：勒，《説文》云："馬頭絡銜也。"

胡文英曰：馬良御工，亦見其術之不謬，而道之可行矣，故更駕而操之。 然前之所以顛覆者，或因行之太速。

顏錫名曰：猶車馬既蔽，不妨更駕。

王闓運曰：此述頃襄初年薦引賢才，謀反懷王之事。

聞一多曰：操，猶馭也。

　　姜亮夫曰：勒，部勒之也。《史記·秦本紀》："秦之先……造父，以善禦幸於周繆王，得驥、溫驪、驊駵、騄耳之駟，西巡狩，樂而忘歸。"《穆天子傳》曰："天子命駕八駿之乘，右服華騮，而左騄耳，右驂赤驥而左白義，天子主車，造父爲御。"《呂覽》："不得造父之道，而徒得其威，無益于御。"大略起于戰國末期。 故《荀子》之《王霸》《儒效》《議兵》、《韓非子》之《説林》《喻老》等，言之至多。 戰國以前較少見，而多見漢人書，《淮南》言之爲悉。 曰："聖主之治也，猶造父之御。"又曰："王良，造父之御也。 上車攝轡，按足調均，勞佚若一。"又曰："戎翟之馬，皆可以馳驅，或近或遠，唯造父能盡其力。"《呂覽》《穆傳》皆二晉人書。 屈子、劉安，皆南楚之族，則此詞大約爲三晉南楚之傳也。《水經·河水》注："武王伐紂，天下既定……散牛桃林，其中多野馬，造父于此得驊駵、騄耳、盜驪之乘，以獻周穆王，使之馭以見西王母。"此《史記·趙世家》文，則造父在周穆王時，餘皆漢人屢屢言也。

　　蔣天樞曰：六句設想"異路"之輪廓；狀若正面説明，實以隱語括之。"勒騏驥"二句，願王改變己免職後之錯誤措施。 勒騏驥，承上車覆馬顛言，欲王之改轍易御也。 更駕易御，改轍易路，始可行遠。

　　湯炳正曰：勒，本指馬絡頭，此用作動詞，猶約束、控制。 更，再、又。

　　按：此言異路之狀。 騏驥，駿馬。 造父，善駕馭馬者。 此言更駕之後走自己的路，心情得以解脱，行亦暢快也。 汪瑗言不以顛覆之故而遂止也，則不明更駕之意。 徐焕龍、王闓運以爲頃襄新立，當選賢任能，則國可富强矣，此亦附會之辭。

遷逡次而勿驅兮，聊假日以須旹。

王逸曰：使臣以禮，得中和也。期月考功，知德化也。

洪興祖曰：遷逡，猶逡巡，行不進貌。再宿爲信，過信爲次。《說文》曰：“次，不前也。”假日，今俗猶言借日度時。故王仲宣《登樓賦》云：“登茲樓以四望兮，聊假日以消憂。”今之讀者改“假”爲“暇”，失其意矣。須，待也。旹，古時字。

朱熹曰：遷，猶進也。逡次，猶逡巡也。使善御者操其轡逡巡而不速往，但期至於荒陬絶遠之地，以窮日之力而自休焉。蓋知世路之不可由，而欲遠去以俟命也。

汪瑗曰：遷，謂遷徙更進之意。逡，謂逡巡從容之意。次，謂路次也。勿驅，謂不束縛之馳驟之，此所以爲善御也。車既覆矣，馬既顛矣，猶勒而更之，復遷徙逡巡於異路之次而善進焉，其不易初而屈志可見矣。假日，借日也。須時，待時也，即前優游卒歲之意。

黄文焕曰：更此顛覆，可以長驅，而吾終逡次而不肯驅。

李陳玉曰：寬以程限。

周拱辰曰：逡巡中止，容與須時，即遲暮冀有遇焉。

陸時雍曰：假日須時，庶其一遇。

王萌曰：次，次且也。“遷逡次”三字重復，得妙法，出《周頌》儀式，則文王之典句，《騷》前後如此句法，往往有之。操轡勿驅，遲遲吾行也。西日爲期，優游足歲也。輾轉有待，殊無絶望之意。

王遠曰：此承車覆馬顛言，即有良馬善御，我終遲回不進，假日須時，婉言也。

錢澄之曰：懲從前之迫切，因逡次而勿驅，疑求治之太急，聊假日以須時。

王夫之曰：遷，改也。逡次，逡巡順路而緩行也。時懷王聽張儀之邪說，爲秦所誘執，如縱轡馳驅以致傾覆。原願頃襄懲前敗而改轍，己將授以固本保邦、待時而動之策，如操轡徐行，審端正術，則可以自彊，而待彊秦之敝。秦者，楚不共戴天之讎，而不兩立之國也，深謀定慮以西搗其穴。

林雲銘曰：次，止也。却不即行。以非其路，故有待。

高秋月曰：更此顛覆，可以長驅，而吾終逡巡不行，寧需時日，不競世途也。

徐煥龍曰：遷步之法，當逡巡漸次，勿用急驅，聊假有餘之日，以須可騁之時，庶不蹈前車而繼世可競。原見楚之國勢，必不能遽駕於齊秦，懷王貪利欲速，以致車覆馬顚，故有逡次勿驅、假日須時之語。此段因思君子不變節，不覺心縈往事，比詞而切陳之。言懷王之所以失，襄王當鑒而反厥所爲。與前後段落本不相蒙，而乃未改此度，似承變節等句來。下西隈繡黃，又似承假日須時去。詞陳迷人，遂至人莫能解。

賀寬曰：吾終逡巡不進，假日須時，寄跡荒區，日暮途窮而無怨也。

張詩曰：遷延逡巡，次于途路，勿驅策馳驟之。假日須時，優游而進。

蔣驥曰：明知前志之不得行，本緣不改此度之故。然雖車傾馬仆，而所由之度，終不能忘。故更駕駿馬，擇良御。弭節徐行，以俟時至而得遂其志也。

王邦采曰：而且遷延逡巡漸次以進，勿事急趨，聊假有餘之日，以須可騁之時，庶不蹈前車而繼世可競耳。原見楚之國勢，必不能遽駕於齊、秦，懷王貪利欲速以致車覆馬顚，故不覺心縈往事而切陳之言。 懷王之所以失，襄王當鑑而反厥所爲也。

許清奇曰：遷，遷延也。

屈復曰：假，借。 須，待也。 乃更駕駿馬善馭者，執轡從容而往借日待時。

夏大霖曰：遷，進也。 逶次，猶逶巡也。

邱仰文曰：喻俟命不改。

陳遠新曰：使臣以禮，所以能盡其才。 範我馳驅，不計時日，擬以登高造極，期以百年必世。

奚禄詒曰：次，跋舍也。 然心懷故國，且遷延却步，草止於野，勿急驅而進，聊於休假之日，以待還時也。

劉夢鵬曰：逶次，緩進意。 假日須時，望造父之操也。

戴震曰：遷逶次，言但遷移，而逶巡次且不前也。

陳本禮曰：遷，延。 逶，循。 次，趑趄也。 此因媒絕路阻，言又難結而詒，故欲另選美驥，更延良御，以求追踪靈晟，冀與美人必合。 且囑其緩轡勿迫者，恐覿面失之。 皆爲思字描寫。

胡文英曰：今且勿驅而安行之。 前之所以不遂者，或以不得其時，今且須其時日，或可行也。

顏錫名曰：但恐未至其時，且遷延逶巡次而待之。 此即《湘夫人》所云“時不可兮驟得，逍遙兮容與”者也。

王闓運曰：遷逶，猶遷延也。

聞一多曰：遷讀爲蹇。 一說猶遷延也。 逶次猶趑趄也。《説文》：“趑，行趑趄也。”“趑趄，行不進也。”趑趄、趑趄一聲之轉，倒言之則曰趑趄。《廣雅·釋詁》三：“竢，止也。”《穀梁傳》莊三年：“次，止也。”又《左傳》哀三年“外内以俊。”注曰：“俊。 次也。”是次逶聲近義通之驗。

姜亮夫曰：逶次，複合詞，猶言緩節順次假日須時而勿爭驅也。

洪說遷逡爲一詞，朱以逡次爲一詞。 細繹叔師説"使臣以禮得中和"
云，則以"使"解"遷"，以"以禮"解"逡次"，以"得中和"解"勿
驅"，義較允當。 則朱以遷訓進，義不允。 而以"逡次"連文則是
也。《吳語》："彼近其國，有遷。"韋注："遷，轉退也。"又《爾雅·
釋言》："逡，退也。 注：逡巡，却去也。"《後漢書·隗囂傳》注：
"逡巡，不進。"與次訓不前同義，朱熹《集注》："乃謂遷猶進也，逡
次猶逡巡也，既曰進，又曰逡巡，于理不通。"按逡次猶循次，即今俗
語所謂順次之音略變也，順次、依次、挨次，皆今恒言。"遷逡次而勿
驅"者，謂且前且却，依次而勿爭驅也。 按徐文靖《管城碩記》十七
云："按《後漢志》曰：'攝提遷次，青龍移辰，謂之義。'孔氏《詩
疏》曰：'在天爲次，在地爲辰。'賈公彦《周禮疏》曰：'次，十三次
也。'《左傳》鄭裨竈曰：'歲不及此次也已。'皆是類也。 此承上造父
操駕，遷移逡次而勿驅，蓋假日以須時，非止'逡巡'之謂也。"説雖
近巧會，而體其文理詞氣，則極精切，故附著之。 勿驅，戒其行之急
也。 須昝，即須臾一聲之轉，須臾亦即逍遥也；《離騷》"聊逍遥以相
羊"，洪引一本作須臾；又《守志》"陟玉巒兮逍遥"，王注"須臾也"
是。 四句承上車覆馬顚及異路來，言車馬雖已顚仆而異路，仍懷思未
已，於是乃部勒駬驥之良馬，而更易其駕乘；使良御造父爲余御之，
遷延巡行，戒路勿驅，聊假借日時，以爲逍遥。

蔣天樞曰：假，借；假借我以時日。 須時，待其可以長驅前進
之時。

按：逡次，猶逡巡。 更駕之後，心有他求，不再執著，故能從
容。 張詩謂遷延逡巡，次于途路，勿驅策馳驟之。 假日須時，優游
而進。 其是。 顏錫名曰此即《湘夫人》所云"時不可兮驟得，逍遥
兮容與"者也。

指嶓冢之西隈兮，與纁黃以爲期。 纁，一本作曛。

王逸曰：澤流山野，被流沙也。 嶓冢，山名也。《尚書》曰：“嶓冢導漾。”待閒静時，與賢謀也。 纁黃，蓋黃昏時也。

郭璞曰：嶓冢，今在武都氐道縣南，嶓，音波。（《山海經·西山經》“嶓冢之山”注）隈，崖之外者。 隩、隈，别崖表裏之異名。（《爾雅·釋丘》“崖内爲隩，外爲隈”注）

洪興祖曰：嶓，音波。《禹貢》：“導嶓冢至於荆山。”注云：“嶓冢，在梁州。”指嶓冢之西隈，言日薄於西山也。 纁，淺絳也。 其爲色，黃而兼赤。 曛，日入餘光。

朱熹曰：嶓冢，山名，漢水所出也，見《禹貢》。 纁，淺絳也，日將入時，色纁且黃也。

汪瑗曰：嶓冢，山名，見《禹貢》。 隈，山隩也。 西隈，日所入處也。 洪氏曰“指嶓冢之西隈，言日薄於西山”是也。 纁，淺絳也。日將入時則色纁且黃，蓋黃昏之時，喻人之年老也。“指嶓冢之西隈”，“與纁黃以爲期”，蓋自誓此心，終身而小改耳。 自“欲變節以從俗”至此，即洪氏所謂反觀初志，不可變易，益自脩飾，死而後已是也。 曾子曰：“士不可以不弘毅。”屈原庶幾乎此矣。 朱子釋爲知世路之不可由，而欲遠去以俟命也。 失之矣。

徐師曾曰：纁，淺絳色。 黃，日入色也。

陳第曰：纁黃，日入之色。 勒驥更駕，遷延俟時，時之未遇，日入爲期，則終身可知矣。

張京元曰：曛，黃昏時也。

黃文焕曰：寧需時日不競世途也。 坐待日落，不以纁黃而急也。

李陳玉曰：自然致遠。

周拱辰曰：西隈、纁黃，天其或者啓諸，蓋己之遲暮不足惜，而

恐美人之遲暮，所爲思美人也。《山海經》："傅山之西有林焉，曰嶓
冢，穀水出焉，東流注於洛。" 纁，絳色。 日色黃則夜矣，故曰黃
昏。《周禮》："一染謂之縓，再染謂之䞓，三染謂之纁。"

　　陸時雍曰：纁黃爲期，死而後已耳。 又曰：嶓冢，在隴西氐道
縣。《漢中記》曰："嶓冢以東，水皆東流；嶓冢以西，水皆西流。" 漢
水出武都氐道縣。 漾山爲漾水，《禹貢》"導漾東流爲漢" 是也。 嶓
冢北即終南華熊諸峰，南即蜀東諸峰。 或謂蜀東諸峰皆嶓冢，謂其岡
嶺綿亘耳。

　　王萌曰：纁，淺絳色。 日將入時，色纁且黃也。

　　王遠曰：西日爲期，言死而後已，決詞也。 三章皆承變節從
俗來。

　　錢澄之曰：優哉游哉，直俟日薄西山，坐待其盡，可乎？

　　王夫之曰：嶓冢，在秦西，秦始封之地。 纁黃，日斜色赤黃。
至於嶓冢，雖未可卒圖，而黃昏不爲遲暮，此與岳鵬舉痛飲黃龍之志
同。 而君懦臣姦，忠臣被禍，其不能雪恥以圖存一也。

　　林雲銘曰：日將四入，色纁且黃。 知世路之不可由，期置身最高
之地，窮日之力而休焉。 又曰：已上敘思君欲伸其志，又不能變節求
媒，而行不當由之路。

　　徐煥龍曰：嶓冢西隈，日入處。 纁黃，日入色。 懷王已暮之
日，故以此比。 指之爲期者，誓不負於懷也。

　　張詩曰：指嶓冢山之西隈，雖至纁黃，猶期必至焉，此即所謂異
路者也。

　　蔣驥曰：嶓冢，山名，漢水發源之處，在今漢中府寧羌州，楚極
西地。 原居漢北，舉漢水所出以立言也。 嶓冢，僻遠之境。 纁黃，
日入之時。 喻言沒身由此異路也。

王邦采曰：懷王已暮之日，故以此比。指之與爲期者，誓不負於懷也。

吳世尚曰："嶓冢"二句，正所以申明"逡次"二句之意也。此非原欲改轍也，乃願望之極思也。

許清奇曰：日將西入，色繻且黃也。斯至於荒遠之地，窮日之力而休焉。次段言不能變節求媒，自當出乎世路，遠逝以俟時耳。

屈復曰：爲期，猶言至死方休也。指嶓冢之西隈，以日夕爲期，終不聞車覆馬顛而改轍也。右二段，思君而不能變節從俗，雖顛覆而不能改轍也。

江中時曰：以上言不能變節，求媒且復少待。

夏大霖曰：嶓冢，山名，漢水所出。繻黃，猶昏黃，日暮之色。言本來馬馴車穩，御者又良，豈有自取覆顛之道，奈君不依我行，逡巡不進，曠日虛度，明指西山，時不可失，而君託辭黃昏爲期，亦猶未晚，乃致此也。比而賦也。

邱仰文曰：喻至老不改。繻，淺絳色，日入餘光。

陳遠新曰：庶幾山榛隰苓，克慰吾思耳，而今何如哉？

奚祿詒曰：《地志》云："嶓冢山，在隴西郡，跨氐道三泉二縣。"水曲曰隈。繻黃，西日也。

劉夢鵬曰：原自漢北南征，故指近山爲言。薄暮西山，衰老已迫，而此心未忘，故結言而與美人相期，蓋因時俗流從，不忍易初屈志，而屬望美人之共濟也。

戴震曰：鄭康成注《儀禮》云："凡染絳，一人謂之縓，再入謂之䞓，三入謂之纁，朱則四入與。"

陳本禮曰：嶓冢，由嶓冢發軔。與曛黃以爲期，即黃昏以爲期之意。已上皆束裝未發，而設言其如此也。

胡文英曰：嶓冢、西隈，秦地。 纁黃爲期，即黃昏爲期之意。蓋屈子本與懷王密謀圖秦，故與齊同盟，王甚任之也。 今復言之，思行其初志也。

顏錫名曰：指嶓冢即指山爲誓，猶所云有如日，有如白水也。 纁黃，日入之色，喻人之將死也。 方在漢北，故就目前所見之山誓之，言雖有待，而此志則至死而不變也。

王闓運曰：深計不可驟成，故須之時日。 不驅迫之後，因受怠誕之咎也。 嶓冢，蜀山。 蓋欲迎王由蜀乘夏水下漢，曛黃，喻暗密也。

孫詒讓曰：燻黃，即昏黃也。 纁、昏古音相近，得相通借，猶"閻"之通作"勳"也。《離騷》云："曰黃昏以爲期兮，羌中道而改路。"又前《抽思》云："昔君與我誠言兮，曰黃昏以爲期。"《九歎·遠逝》云："舉霓旌之墆翳兮，建黃壝之總旌。"注云："黃纁，亦黃也。 天氣玄黃，故曰黃燻也。"校云："纁，一作昏。"注云："黃昏時天氣玄黃，故曰黃昏。"亦纁、昏字通之證。

馬其昶曰：以上言己所欲致辭效忠之事。

武延緒曰：纁一本作曛，曛纁同音，疑假字也。 纁應讀爲曛，曛黃，猶黃昏也。

聞一多曰：《後漢書·趙壹傳》："談至熏夕，極歡而去。"熏夕即昏夜，熏纁通。

姜亮夫曰：嶓冢，《山海經·西山經》："華山之首，曰錢來之山……又西三百二十里，曰嶓冢之山，漢水出焉。"郭注："今在武都氐道縣南。"郝懿行《箋疏》云："案山在今甘肅秦州西南六十里。"按《禹貢》"岷嶓既藝"，《漢書·地理志》嶓冢山在隴西郡西縣，西漢所出，則今甘肅西和縣東北之山也。《禹貢》又言"嶓冢導漾，東流爲漢"則爲東漢水所出，蓋嶓冢由甘肅西和縣蜿蜒而東，至陝西鳳縣北，折而南，至略陽縣東，尚名嶓冢，爲東漢水所出，更折而東，遂爲江流間諸山脈也，至湖北漳縣西南，爲南條諸山，荆山，亦其支也，分別詳《水經·漾水注》。 一本繡作曛。《説文》無曛字，先秦以前書，亦未見此字，則作曛者，後人因曛黄皆紀日，故改從日也。 字當作繡，繡黄，即昏黄也。 孫詒讓舉繡昏字通之例是也，惟引《九歎》注玄黄之説，宜有以正之。 玄黄有四義。 其言天地色者，不指黄昏言，《九歎》注義，乃漢儒瞽説，此常正者一。 時人有以玄黄與此燻黄聲相轉，遂牽合爲一義者，亦誤，聲同不必即義同也，且玄黄一詞，惟北土諸家用之，見于《易》《詩》《書》者至多，亦都無黄昏義，南土從無用之者，《楚辭》惟《九思》一見，王逸以爲中央天帝名，亦與黄昏無關，《九歎》注"天氣玄黄，故曰黄繡"，此叔師引以説旗旄黄繡赤黄之義，而非説黄昏之義也。 至繡一作昏，注云：黄昏時天氣玄黄，故曰黄昏，此非叔師舊文，出後人增補，失古義遠矣。 孫氏引以證字之通，而不能別白其義之不可通，此當辨析者也。 燻黄聲通爲昏黄，然黄繡義則大異，不能以爲與黄昏一語。

蔣天樞曰：指，指示方向。 嶓冢，山名。《尚書·禹貢》："嶓冢導漾，東流爲漢。" 曛黄，日落前光輝景象。 意謂王與造父約行進至嶓冢日落處而後止。

湯炳正曰：嶓冢，山名。 在今甘肅天水、禮縣之間，古代傳説爲漢水發源地。 嶓冢山在秦國腹地，此乃身處漢北，因沂漢水而遥指嶓冢，並以黄昏爲期，蓋有終必報秦之意。 以上第一段，表現了希望爲頃襄王所信任而與之共成楚國大業。 特別是"知前轍之不遂"句以下，更以勒馬駕車爲喻，説明願以自己的一貫主張和原則與頃襄王合作，並非變節從俗，委屈求全。

潘嘯龍曰：嶓冢，山名，在甘肅天水、禮縣之間，是秦最初的封地。 西隈，西山角。 此句與《離騷》"望崦嵫而勿迫"意同。 言暫且慢些行進，姑且等待時機；并與太陽約定，在嶓冢西山角沉落之前，讓詩人有時間繼續尋求爲王效力的機會。 正與下文"令薜荔以爲理""願及白日之未暮"相接。

按：嶓冢，山名，漢水發源之處，在今漢中府寧羌州，楚極西地。 亦在郢之西，這裏指代郢。 因原此時在東，以嶓冢代西方。 原於此時尚對回郢抱有希望，還盼有朝一日回郢與懷王再共事，故約黃昏之期。 不久，即懷王三十年，屈原就回到了郢都，并有武關之諫。 胡文英以爲嶓冢、西隈，秦地。 蓋屈子本與懷王密謀圖秦，故與齊同盟，王甚任之也。 今復言之，思行其初志也。 非是。

開春發歲兮，白日出之悠悠。

王逸曰：承陽施惠，養百姓也。 君政温仁，體光明也。

劉辰翁曰：李杜歌行，往往得此意。

周用曰：自本章至終篇，大意略同，如《詩》反覆疊詠之體，所以深長之意。

汪瑗曰：開春發歲，謂春初歲首也。 白日，晴日也。 悠悠，長貌。 入春則日漸長，故曰"白日出之悠悠"。

林兆珂曰：悠悠，舒長貌。

陳第曰：開春發歲，物皆欣欣。

黃文煥曰：事不可爲，既以日將落，而坐聽無復揮戈之懷，并且日初出而安坐。 不厪在寅之計，開春而白，春日同於秋日矣。 又曰：承"假日""纁黃"，又翻出"白日出之悠悠"。 纁黃以爲期，懼日落而期過也。 白日悠悠，則日即初出而幽憂在懷，當春如秋，寫慘能創。

周拱辰曰：白日出之開春，所以悠悠也。 若秋冬之際，則促矣。

錢澄之曰："白日出之悠悠"，猶"春日遲遲"也。

王夫之曰：初春韶日，喻頃襄初立，且有更新之望。

林雲銘曰：假日以須者，得其時矣。

徐焕龍曰：新春白晝正長，襄王始升之日，故以此比。 日開、日發、日出，甚有望於襄也。 能輔襄有爲，即所以報懷，幸其履位新而開春發歲。 春秋富而出日悠悠。

賀寬曰：此又因繢黃而翻出白日也。 當春日而日悠悠，固已虛棄此白日也。

張詩曰：言當春初歲首，白日悠長。

蔣驥曰：此承假日須時而暢言之。 白日悠悠，猶言春日遲遲也。

王邦采曰：悠悠，猶遲遲也。 新春白晝正長，襄王始升之日，故以此比。 日開、日發、日出，甚有望於襄也。 能輔襄有爲，即所以報懷。

吳世尚曰：今何時乎，歲行新矣。 春日遲遲，萬物皆有以自樂。

夏大霖曰：言待來春新歲，旭日方長。

邱仰文曰：所謂假日須時，李杜歌行本此。

奚祿詒曰：曛黃、開春、白日，皆帶比。

劉夢鵬曰：開春，據其時而言。 歲之始曰發。

胡文英曰：日將者，意欲如是也。

牟庭曰：憶我少壯如歲之春，如日之朝也。

顏錫名曰：言將以來歲南行，而一娛其憂也。

馬其昶曰：懷王三十年，秦復伐楚，取八城。 昭王誘懷王入秦。 國人召太子於齊，立之。

聞一多曰：《大招》：“青春受謝，白日昭只。”《招魂》：“獻歲發
春兮，汩吾南征。”

姜亮夫曰：開春發歲，古獻歲祝語；發歲，謂一歲初發之時也。

蔣天樞曰：叔師不解屈子突然著此之意旨，故所釋膚闊。此四句
乃在同一篇中另一發端，用以追述往事。在全部屈文中爲特例。因
此特例之追述，作者興託之微旨，亦因而得以索解，此本段之重要意
義也。“開春發歲”以下，屈子在極度懷念美人之情緒中，既追述車覆
馬顛及所懷未遂事，因更追叙在郢都未亡前己之閑散生活及留意人才
事。考《楚世家》，頃襄即位後與秦絶。六年，爲秦所脅，復與秦
平。十八年，聞繳雁者言，於是復絶秦。屈原爲三閭大夫之時不可
考，疑在六年以前，頃襄初即位後，或者在六年至十八年之間。此
“開春發歲”以下所追述，即初爲三閭大夫時事也。出，升也。悠
悠，遠意。敘時亦寄託感念。

按：此言春日來臨，萬物皆有以自樂。王逸以春陽爲喻承陽施
惠，養百姓也，乃漢儒迂腐之論，不可取。王夫之、徐煥龍、王邦采
皆以爲春日喻襄王初立，有更新之望，亦臆想之辭。自此皆下文“竊
快在中心”之詞。原已擇未來之路，得上下求索之道也。故心情輕
鬆，聊以愉樂也。

吾將蕩志而愉樂兮，遵江夏以娱憂。

王逸曰：滌我憂愁，弘佚豫也。循兩水涯，以娱志也。

汪瑗曰：蕩志，謂開豁其心志也。愉，悦也。遵，循也。江
夏，二水名。《哀郢》曰“江與夏之不可涉”是也。娱憂，猶言消愁
也。此章言乘此清明之候，取樂以忘憂也。瑗按：此章似發端之
辭，與上章雖若絶不相蒙，而其實承“聊假日以須時”而來也。大抵

此篇文字作兩平看，前七章是一意，後六章是一意，篇末一章則總結通篇之意也。前一半言其所得者不可變易，後一半言其所得者足以自樂也。又按：此章首二句，則此篇之文乃因春日游衍之際，觸景興懷，有所感於中而作者。海虞吳訥乃謂此篇皆比而賦體，此章又兼興義，以章首二句爲興。大誤矣。屈原之大節，雖見於《史記》，而中心之委曲，行事之始終，興趣之幽眇，人品之佚宕，其詳則不可得聞矣。尚賴《楚辭》諸篇考見其一二，而可概視之以爲託言邪？嗚呼！此可與智者語，難與拘儒道也。

林兆珂曰：春日舒長，聊且蕩條憂愁。遵江夏之水涯，以自娛志，蓋自寬之辭也。所謂假日須時者如此。

陳第曰：乘春作樂，庶消憂乎？

黃文煥曰：蕩志愉樂，祇以玩日棄時，隨池遣懷耳。

李陳玉曰：憂不如娛可以保壽，但同一愉樂，却目與黨人異。

周拱辰曰：娛憂，即消愁意。

陸時雍曰：將欲蕩志娛憂，適覽物興思，而更傷其懷抱。

錢澄之曰：蕩志，愉樂，皆以“化馮心”而希壽考也。不求反郢，而但思往來江夏之間，亦足以娛憂矣。

王夫之曰：原雖不見任，而猶未罹重譴，故將集思廣謀。

林雲銘曰：南行兩水之間，又得所懷之異路矣。

徐煥龍曰：故將縱蕩此致主澤民之志，既愉且樂，遵乎江夏以娛快。其宿昔之憂心，獨言江夏者，身在放所，遵江夏則去郢未遠，漸得近君，即現在之境以比得近乎君也。又，漢水出於嶓冢，會於江夏，一源也，一委也。父源而子委。前曰“指嶓冢”，故後曰“遵江夏”。

賀寬曰：有言不詶，此度不改，坐消永日，將若之何。惟有隨地譴懷，庶幾不負此春光耳。

張詩曰：吾將蕩志愉樂，遵江夏二水以娛吾憂焉。

蔣驥曰：江夏，在漢北之南，去郢爲近。遵以娛憂，須時之意也。

吳世尚曰：吾獨何爲而不樂也哉，循彼江夏，亦聊以忘憂而已。

許清奇曰：循兩水涯以娛志。

江中時曰：江，大江。夏，水名，或以爲自江而別以通於漢，還復入江，冬竭夏流，故謂之夏。其入江處，今名夏口。娛憂，自娛以舒其憂也。

夏大霖曰：吾將不復思君憂國，縱吾心志取快樂，遵遊漢水以至江夏，天空地濶，盡可自娛以忘夙憂也。

邱仰文曰：身在放所，即現在之境以爲娛也。又曰：王貽六謂二節就楚國時勢言，車覆，指懷王；更駕，指頃襄。須時者，事不可急也。嶓冢西日，喻眷戀故主；春江娛憂，喻得新主興治。漢水出嶓冢，會江夏，有殳源子委之義。此鑿淺爲深之説，引喻亦嫌失義，喜其不離乎頃襄者近是。可以證專言思懷王之誤，録之。

陳遠新曰：此時無有美人之思。

奚禄詒曰：言待春明日良，蕩滌憂愁，心志懼樂，則循江夏二水而歸國，可以娛憂矣。此所謂須時也。

劉夢鵬曰：遵江夏以娛憂，即上章“泝江潭”也。下江而集漢北，自江入漢也。南行而遵江夏，自漢入江也。娛憂，猶云寬解憂思之意。

丁元正曰：時尚在漢北，故曰遵江夏。

陳本禮曰：娛憂則隨地遣懷耳。

胡文英曰：然僅曰遵江夏以娛憂，則其勢斷不得歸國，可知也。

顏錫名曰：江夏，二水名，南行之所歷也。 夏水首受江，尾入漢。《左傳》：“沿漢溯江，將入郢。”亦由夏水而達江也。

王闓運曰：白日，喻君也。 出，謂懷王得反也。 豫期王反將彊國息民，己得展志，故志壯詞夸，不覺言之愉也。

姜亮夫曰：遵以娛憂，須臾之義也。 此四句承上“聊假日以須臾”句來，謂當開春發歲之時，正白日悠悠然美好，吾將放吾胸志，以求愉樂，乃遵循江夏之水，以娛其憂也。 江夏娛憂，猶《詩》言“河上乎逍遙”也。

蔣天樞曰：蕩，滌蕩。 蕩志，謂排除日常所慮思。 愉，悦也。又《説文》心部：“愉，薄也。”且少暢己懷。 又《詩·山有樞》“他人是愉”，《鄭箋》：“渝，讀曰偷。”此愉字讀偷亦通。

湯炳正曰：屈原此時又從漢北折而南行，故沿漢水、夏水至長江，掠過郢都東面，而去辰陽、溆浦等地。 娛憂，排除憂愁。

按：蕩志，汪瑗謂開豁其心志也，甚是。 此言更駕之後，在江夏之間，聊以愉樂。 屈原彼時之境況，以王夫之説“雖不見任，而猶未罹重譴”爲合理。 丁元正以爲原時尚在漢北，故曰“遵江夏”，可備一説。

擥大薄之芳茝兮，搴長洲之宿莽。

王逸曰：欲援芳茝，以爲佩也。 采取香草，用飾己也。 楚人名冬生草曰宿莽。

洪興祖曰：薄，叢薄也。

汪瑗曰：大薄，大叢也。

林兆珂曰：薄，林薄也。 木曰林，草曰薄。 言欲擥芳茝，搴宿莽，以自潔飾。

李陳玉曰：依舊采芳棄穢，不改宿志。

王夫之曰：搴芳搴美，以有爲於國。

徐煥龍曰：大薄，叢林也。 言我從江夏間，搴芳茝於大薄，搴宿莽於長洲。

賀寬曰：余情其信芳矣，當衆芳之所在，安能不集芳以寄吾情乎？

張詩曰：言吾攬採大薄之芳茝，搴取長洲之宿莽以爲佩餙。

吳世尚曰：江夏之間，方茝初生，宿莽如故。 吾愛之慕之，采之取之。

屈復曰：芳茝、宿莽，皆芳草也。

夏大霖曰：薄，疑同泊，大水泊也。 與長洲作通稱，勿作地名。

邱仰文曰：搴，采也。

陳遠新曰：言當歲日方長之時，廣志尋芳，恣所攬搴。

奚禄詒曰：草曰薄，木曰林。

劉夢鵬曰：搴、搴，皆自採群芳之意。

丁元正曰：搴芳搴美，喻言集思廣謀，以有爲於國。

陳本禮曰：此未與美人期會，先爲自獻之計。

胡文英曰：大薄、長洲，皆地名，在今江南。《招魂》篇：“路貫廬江兮，左長薄。”大薄芳茝、長洲宿莽，可見隨地隨時皆學也。

牟庭曰：委質先王，志行高也。

聞一多曰：大薄，大林也。

姜亮夫曰：搴字又作攬，撮持也。 大薄，叢薄之中也。 搴長洲句，《離騷》作“攬中洲之宿莽”，此作搴者，上句已用攬，因此以易之也。 餘詳《騷》注。

蔣天樞曰：此八句爲屈子以芳草興託人才，辭旨最爲顯明處。 由此例彼，屈文中不易解釋處，藉此可以旁通取證。 與《離騷》"扈江離與辟芷"以下意互相闡發。 擥，以五指撮持之。 大薄，陰翳之林薄。 芳茝，即白芷，一名茝，一名藥，生川谷下濕地。 搴，拔取之。長洲，江漢沼澤地區。

湯炳正曰：洲，水中陸地。 宿莽，楚方言，指越冬不死之草。

按：芳茝、宿莽，皆芳草也。 此句王逸、林雲銘解爲欲擥芳茝，搴宿莽，以自潔飾，甚是。 原於更駕改道之後，常自以芳草自飾，并以爲期爲初服。《離騷》云："回朕車以復路兮，及行迷之未遠。 步余馬於蘭皋兮，馳椒丘且焉止息。 進不入以離尤兮，退將復修吾初服。 製芰荷以爲衣兮，集芙蓉以爲裳。""回朕車以復路"，即"勒騏驥而更駕"之意；"擥大薄之芳茝兮，搴長洲之宿莽"，亦即"製芰荷以爲衣兮，集芙蓉以爲裳"。 屈原人生中這一段思想在《離騷》《思美人》中皆有反應。

惜吾不及古人兮，吾誰與玩此芳草。

王逸曰：生後殷湯、周文王也。 誰與竭節，盡忠厚也。

洪興祖曰：玩，《説文》："弄也。"

朱熹曰：不及，謂生不及其同時也。

汪瑗曰：不及古人，謂不得與古之君子並生其時也。 玩，弄也。芳草，指上二物，喻道德之美也。 此章言己採取芳草以爲佩飾，而因嘆俗人既不知此，古人又不可及，則將誰可與玩賞此芳草者乎？ 蓋深憾濁世知己者之希也。 夫屈子已知前轍之不遂矣，車既覆而馬既顛矣，而猶眷眷思及古人焉，可謂愈挫而愈銳者矣。 瑗按：此亦承上章而言，夫遵江夏以娛憂者，亦欲採取芳草以爲玩飾耳。 是豈無益之遊，而費此青春白日，以恣淫樂也哉？

林兆珂曰：又以生不逢時，無有共玩好此芳草也。

陳第曰：芳草，喻道也。 古人不相及矣，即寧苴塞莽何爲乎？

黃文煥曰：遣懷之餘，忽忽生感。 採芳長嘆，古人往矣，憂亦不足以自娛矣，採之不如玩之可久也。 無人同玩，不如採之之享用也。又曰：誰與玩芳，語更悲涼。 變節則我志不肯，娛憂則古人不存。孑然顧影，何繇長生。

李陳玉曰：恨不與古人同時，與之別芳。

周拱辰曰：惜吾不及古之人所爲，恨古人不見我也。 芳草無與，玩而付之鶗鴃，安得起古人而問之。

王萌曰：古人不待今人，今人不及古人。 芳草之玩，古今人各安能有幾，又安能同時而玩耶？ 百世而下，同有此慨。

王遠曰：方欲娛憂，忽又傷懷。 騷人多感觸，日皆爲憂端也。

錢澄之曰：芳草即指芳苴與宿莽也。 言即一切放懷，而惜芳之意終不能已。 此古人之皆然，今則不辨芳穢，誰能以此爲芳草，而與玩之乎？

王夫之曰：乃頃襄不可與言，無夏少康、燕昭王之志，則懷芳自玩，誰與聽之。

林雲銘曰：生不及同時，今人必無玩者。

高秋月曰：思娛憂而不及古人，欲玩芳草而無伴也。

徐煥龍曰：芳草盈囊，真堪玩賞，惜吾生也晚，不及古之聖帝明王，誰與共玩。

賀寬曰：但古人往矣，誰與同心，所謂不獨恨我不及見古人，亦恨古人不及見我。 然亦不因無人同玩，而遂聽其蕪穢也。

張詩曰：而今人既不吾知，古人又不可及，則吾將誰與玩此芳草乎？

吴世尚曰：吾生不及其時，而相與同心玩賞也。則亦吾自愛吾鼎焉耳矣。

屈復曰：既不及與古人同時搴搴芳草，誰與玩此。言開春娛憂，忽思古人，既不可見，今人又不堪觀。

夏大霖曰：言向江皋閒散之地，自檢孤芳，似亦無可痛惜，所可惜者，已不及古人，大道之行，無人賞此芳耳。

陳遠新曰：乃古人不及作孤芳，無以玩。

奚祿詒曰：古人，帝王之立賢者。言我不逢古王，誰能與之用賢乎？四句喻歸故都而舉賢也。

劉夢鵬曰：此又因詒美人，而自傷不及與古爲徒也。

陳本禮曰：古人指高辛。此悼己之靈晟之不及古人，雖有孤芳，祇堪自賞，恨無美人之與玩也。

牟庭曰：君王不知其芳，我自修也。

王闓運曰：思古人用賢不循資序，今則任親貴。

姜亮夫曰：芳草，當據《遠遊》作遺芳。此四句言采擇芳草，欲以自飾；然惜吾已不及見古人，與之同時；當今之世，又將有誰人與吾共賞玩此遺芳者與？

蔣天樞曰：古之人，殆指《離騷》所言之“三后”，楚先王功業昭著者。玩，愛賞。痛己未得逮事古之賢王，無可與玩賞此芬香之芳草也。

湯炳正曰：古人，此指古代受君主信任的聖賢。以上四句與《遠遊》“誰可與玩斯遺芳兮，晨向風而舒情。高陽邈以遠兮，余將焉所程”命意正同。

按：不及古人，不與古之賢人並生。與玩芳草，喻共行美政。言與古聖君不並生，而今之世，無共行美政之君主。王逸以爲古人指殷湯、周文王，陳本禮以爲古人指高辛，皆合於文意，但太過具體。
王夫之以爲古人指夏少康、燕昭王，而無與頃襄共行美政，意亦在其
中，可參。

　　解萹薄與雜菜兮，備以爲交佩。

　　王逸曰：萹，萹畜也。　雜菜，雜香之菜。　交，合也。　言己解折
萹畜，雜以香菜，合而佩之，言修飾彌盛也。

　　郭璞曰：萹薄，似小藜，赤莖節，好生道旁，可食，又殺蟲。
（《爾雅·釋草》“竹萹蓄”注）

　　洪興祖曰：萹，音匾。《爾雅》曰：“竹萹蓄。”注云：“似小藜，赤
莖節，好生道旁。”《本草》云：“亦呼爲萹竹。”萹薄，謂萹蓄之成叢
者，按萹蓄、雜菜，皆非芳艸。　此言解去萹菜，而備芳茝、宿莽，以
爲交佩也。

　　朱熹曰：萹，萹蓄也，似小梨，赤莖節，好生道旁。　薄，叢也。
交佩，左右佩也。　萹蓄、雜菜，皆非芳草，故言解去二物，而以上文
之茝、莽備爲交佩也。

　　汪瑗曰：解，折而取之也。　萹，萹蓄也。　萹薄，謂萹蓄之成叢
者。　備，具也，謂以萹薄雜菜兼收而並用也。　交佩，左右佩也。

　　徐師曾曰：萹薄，以萹蓄爲叢也。

　　林兆珂曰：萹，萹蓄也，似小梨，赤莖節，細如釵股，好生道旁。

　　張京元曰：萹，編畜也。　雜菜，雜香之菜。

　　李陳玉曰：去雜留芳。

　　周拱辰曰：舊訓“解”爲解散，因認萹與菜爲賤草耳。　夫既解去
矣，又何以備之而交佩乎？　且既非芳草，昔何以佩之，必待今日始解
去乎？　按《考工記》“夫筊解中”也，取接續積中之義。《草木考》：

"藊，小梨，味酸而澀，勝苦李，可以救飢。"菜有多種，謂之雜菜。
有圃中之菜，有石上之菜，有水中之菜，有仙人服食之菜。一種清苦
香澀之味，何至不能與揭車江離等。備者，蘭茝宿莽而外，此皆羅備
之不遺，猶勿以小善不爲意也。

王萌曰：言除去不芳之藊蓄、雜菜，備臣芥以爲佩。佩則美矣。

錢澄之曰：南人以藊薄、雜菜爲芳物，通身佩之。解，猶采也。
備，製也。

王夫之曰：藊，蓄也。雜菜，葀菲之類，惡菜也。

林雲銘曰：除去不芳之物。以茝芥爲左右佩。

徐煥龍曰：藊薄，路旁草果，形如小梨。雜菜，菜之無足名者。
二者皆比庸碌小人。然亦何必古人脫或今人醜藊薄之與雜菜，不堪爲
佩，而一旦解之，獨非吾持贈芳草之時乎？我佩此，令彼亦佩此，交
相爲佩。夫豈不善，故備之以爲交佩耳。望襄王解去庸才，已得以
其芳香進也。須如是講，不然，藊薄雜菜，決非原之所佩，則何從有
解，解者將屬何人？

張詩曰：言藊薄雜菜，南人兼收並用，以爲左右之交佩。

蔣驥曰：解，拔取之意。藊，藊蓄，似山梨，赤莖有節。交，
合也。

王邦采曰：雜菜，菜之無足名者。承上言何必古人脫或今人醜藊
薄之與雜菜，不堪爲佩。而一旦解之，獨非吾持贈芳草之時乎？我
佩此，令彼亦佩此，交相爲佩。夫豈不善，故備之以爲交佩耳。

吳世尚曰：解，分散也。言此時藊蓄雜菜，雖與茝莽群，然並
生。而吾則解散藊蓄雜菜，而獨擥茝搴莽，佩於左右，殊覺其紛然美
飾，而無若世人之共輕之棄之何也？

夏大霖曰：藊蓄雜菜，非芳草，故解去之，言芳佩之純也。

邱仰文曰：萹蓄即扁竹，見《爾雅·釋草》。佩，改音備，備上所言之芳茝宿莽也。

陳遠新曰：萹、雜菜，不芳之草。

奚祿詒曰：薄，即蓴。解，折也。萹，《玉篇》云：“萟草，即葝葀也。”《爾雅》云：“竹萹蓄。”或以爲《衞風》“菉竹猗猗”，非也。蓴，陶隱居云：“大蘘荷也。赤者爲蘘荷，白者爲覆葅。”一物而有二色，荆襄間甚多。春初生葉似甘蕉，根似薑，能治蠱毒。《周禮》“萉氏”以嘉草除毒是也。《搜神記》：“蔣士先得疾下血，言中蠱，家人以蘘荷置席下，士先大笑曰：蠱我者，張小也。收小小走，自此毒解。”潘岳《閒居賦》云“蘘荷依陰，時藿回陽”即此。乃菜中之美味，神仙亦服，非薄荷也。雜菜，即傳所謂蘋蘩薀藻之菜。《禮》云：“天子視學舍菜。”疏曰：“學者薦芬芳之菜，蘋藻之類也。”

劉夢鵬曰：解，去之也。萹，萹蓄。薄，萹叢生者。萹蓄、雜菜，皆不芳者，故解去之，而備取諸芳以左右佩也。

丁元正曰：解，折取之也。

陳本禮曰：佩此又佩彼，故曰交佩。

胡文英曰：解，人所束縛而貨者。吾解而取之，易爲之至，不比茝莽也。萹，即今之萹豆。《爾雅》：“萹，苻止。”又荇，接余，其葉苻。蓋苻，草付也。接余，如人以掌付物，欲人來接余之物也。荇與萹，其葉皆圓如掌，荇葉在水流動，其付似欲人接，故曰接余。萹葉付物難動，故其付止予此也。薄，薄荷也。《本草》以菝蘭爲薄荷，誤也。菝蕑草，莖如馬齒莧而欠赤，葉如柳而嫩，開小白花，可以治癬，楚亦産之。此以萹薄雜菜，喻縱橫雜説也，雜説雖非正道，然設有如張儀之流者，亦當關其口而奪之氣，如孟子折淳于髡，諸葛武侯辨群儒，故當備爲交佩，但非常佩耳。

顏錫名曰：解去萹薄、雜菜，而佩茝荺。 林草不交錯之地曰薄。

王闓運曰：萹，萹蓄，水竹也。 薄，蒲也。 菜，當爲采。 雜采，采雜草無名者。

聞一多曰：解猶折也，截也。《莊子·徐無鬼》篇：“鶴脛有所節，解之則悲。”《爾雅·釋草》“萹苻止濼貫衆”注曰：“葉員，銳莖，毛黑，布地，冬不死。”萹薄蓋即萹苻。 備，具也。《墨子·辭過》篇：“古之民未知爲衣服時，衣皮帶茭。”王念孫曰：“《説文》：‘茭，竹索也。’其草索則謂之茭。《尚賢》篇傳説衣褐帶索，謂草索也。”孫詒讓曰：“帶茭疑即喪服之絞帶，傳云絞帶者，繩帶也。”案喪服多存原始遺俗，絞帶即《墨子》所謂帶茭無疑。《釋名·釋喪制》：“絞帶，絞麻總爲帶也。”交佩亦即茭帶、絞帶。 交佩者，下文所謂“南夷之變態”，野蠻民族因當與樸古同風也。

姜亮夫曰：解，《方言》十二“脱也”；《莊子·徐無鬼》“鶴脛有所節，解之也悲”，注：“解，去也。”萹薄，《爾雅·釋草》“竹萹蓄”，注云：“似小藜，赤莖節，好生道旁，可食，又殺蟲。”《本草》云：“亦呼爲萹竹。”朱駿聲曰：“按生於水傍者曰薄，《詩·淇澳》之緑竹是也。”薄者，《廣雅·釋草》“草叢生爲薄”；《淮南·原道訓》“隱於榛薄之中”，注：“深草曰薄。”故洪《補》以蓆蓄之成叢者釋之。 交佩，猶言雜佩，古交、夾、挾皆一根之變，故義得相通也。 詳余《文字樸識》。 朱子以爲左右佩，得之。 此二句言解去蓆薄與雜菜，而備芳茝宿荺以爲雜佩也。

蔣天樞曰：解。 以手擘析。 萹，萹蓄，一曰“萹竹”，或曰即一名“菉”之“王芻”，《爾雅·釋草》：“菉，王芻。”郭璞注：“菉，菉蓐也，今呼鴟脚莎。”萹薄，萹之叢密生長者。 故須解之。 雜菜，不詳所指，殆可食之草類。

湯炳正曰：備，通“服”，佩戴。

按：萹，萹蓄，莖葉似竹，一年生草本植物，多生郊野道旁，初夏於節間開淡紅色或白色小花，入秋結子，嫩葉可入藥。郭璞曰“似小藜，赤莖節，好生道旁，可食，又殺蟲”，故汪瑗、周拱辰等視爲芳草。錢澄之亦曰“南人以萹薄、雜菜爲芳物，通身佩之”。萹蓄又有微毒，不適合作牛羊飼草，故洪興祖、朱熹等認爲其非芳草。雜菜，徐煥龍曰“菜之無足名者”，甚是。萹蓄與雜菜並名，則其亦爲地位低下之草，既非香草亦非惡草。蔣驥謂萹菜皆不芳而可食，以喻中材可用之人，甚是。此句中用萹蓄與雜菜，有退而求其次之意。屈原求香草不得，寧願退而求平凡之萹蓄與雜菜，但亦絕不佩飾惡草。意思就是，如果無法重回左徒之位與賢君共行美政，寧願退而求其次，或從事三閭大夫之職，了此余生，但絕不與黨人壅君同流合污。故文後曰思彭咸之故也。

佩繽紛以繚轉兮，遂萎絕而離異。

王逸曰：德行純美，能絕異也。終以放斥，而見疑也。

洪興祖曰：繚，音了，繞也。

朱熹曰：繚，繞也。繽紛、繚轉，言佩之美，然適佩之，而遽已萎鮑而離異矣。

汪瑗曰：繽紛，盛貌。繚轉，繞而又繞也。遂，易詞也。萎絕離異。謂枯槁斷爛，不耐久也，如《悲回風》“槁而節離”之意。萹蓄雜菜，皆非芳香久固之物，此言南夷俗人之所喜佩者也。下文所謂“觀南人之變態”者，指此也。

黃文煥曰：除彼凡草，佩此芳馨，未幾而萎離，可惜也。顧萎離而憂復中來，始之憂爲我也，茲之憂爲芳也。

李陳玉曰：芳多則離異亦多。

周拱辰曰：奈盛餙而知者希乎？ 過時不採，作道旁之萎矣。 然而遇之屯，不以易吾中心之慊，何也？

王萌曰：遂遭委絕而離異矣。

錢澄之曰：繽紛、繚轉，周身是此物也，萎絕而離異，言其化爲臭腐而見棄也。

王夫之曰：繽紛，雜而盛也。 繚轉，縈回於左右也。 惡草充佩，則芳萎而不用，衆佞盈廷，則哲人懷芳不試，而與上離。 此所以不及古人，而無與玩芳也。

林雲銘曰：仍未改此度，明知不容於衆，必至零落而棄別。

高秋月曰：佩此芳馨，未幾萎絕而離異，可惜也。

徐焕龍曰：豈知芳草之佩，正繽紛可觀，繚轉可愛，隨復萎絕吾芳，離異吾佩。 言襄王之即行放逐也。 是皆南人妬我而爲此。

賀寬曰：採而佩之，雖經萎絕，而豈蒚菜所得同乎？

張詩曰：繚轉，繚繞而轉之也。 而此佩雖繽紛繚轉，遂枯槁而萎絕，斷爛而離異者，蓋篇薄雜菜，非芳香久固之物，故旋見其變也。

蔣驥曰：繚轉，固結之意。“篇薄”四語，承“誰與玩此芳草”言，即下所云南人變態也。 蒚菜皆不芳而可食，以喻中材可用之人。然向之佩之者，或忽焉委而去之，蓋時俗之流從如是，況能玩此芳草哉？

許清奇曰：言己解去俗物，備茝莽爲交佩，然適佩之，而已萎絕離異矣。

屈復曰：篇蓄、雜菜，皆非芳草。 繽紛繚轉，佩美貌。 解猶知也。 言彼但知蒚薄雜菜自以爲佩之美，不知適佩之而遽已萎絕離異矣。

江中時曰：繽紛、繚轉，佩之旋動貌。

夏大霖曰：繽紛、繚轉遍體，皆芳也。遂，謂遂以芳故身膚憔悴而君心離絶也。

奚祿詒曰：繽紛，雜眾美貌。繚轉，環匝於身也。萎絶，謂君逐己而香佩委棄，身與君離也。上節比人之賢，此節比己之賢，是兩層。

劉夢鵬曰：繽紛繚轉，芳佩垂委縈拂之狀。遂，遽也。萎絶離異，凋傷失偶也。

丁元正曰：萎絶離異者，篇薄、雜菜，非芳香久固之物，故徒見其變也。

戴震曰：言篇薄雜菜，世人解折而佩之。是以佩之美者遂黄落，爲世所棄，所謂惜不及與古人玩此芳草也。

陳本禮曰：見不可變節從俗之故。“篇薄”四語，承“誰與玩此芳草”，言篇、菜皆不芳之品，而世人偏愛之，且交相佩之以爲美。不知適佩之而遽已萎絶離異矣。

胡文英曰：篇薄之佩，本非所屑，而又久而不用，遂至繽紛繚轉，萎絶而與我相離異焉。然萎絶離異，絶無傷惜之意，則亦見此物之無足重矣。

牟庭曰：余飾方壯而使我離憂也。

顔錫名曰：前既不見古人，今又與俗離異，何怪萎絶。

王闓運曰：言所任用無芳香堅韌之質，隨俗轉移，遂使苴莽，亦乖離絶異也。

馬其昶曰：令尹子蘭使上官大夫短原於頃襄，頃襄怒而遷之。

聞一多曰：《離騷》：“雖萎絶其亦何傷兮。”離異猶解散也。

姜亮夫曰：繽紛乃衆小而亂之形容詞，引申爲盛，無委長之義，不得以繚繞婉轉爲説，此疑有誤。按《離騷》《九歌》皆有“佩繽紛其繁飾兮”之語，又皆在芳草爲佩之下言之，與此句上文所言同，則此亦疑作繁飾；繁飾與繚轉，皆形近而誤也。遂，猶忽也。萎絶，謂芳芷宿莽之忽萎絶也。離異者，畔離而異路也。此四句亦承上芳芷宿莽二句來，言解去葍菜，及上文之芷莽，備爲交佩；其佩之美繽紛然盛，而其飾也繁，宜若可久，乃遽然遂萎絶而畔離矣。

蔣天樞曰：交佩，并取之，合并佩於己身。繽紛，衆多貌。繚，纏也。繚轉，繽紛之佩飾繚繞周匝於己身，極言所佩衆多。遂，終也。萎，凋落。絶，謂摧折。離異，謂與衆芳隔離。屈子於此特著此句者，意者郢亡之難，其人或死亡，或淪陷異地，故言“遂萎絶而離異”歟?《離騷》“雖萎絶其亦何傷兮”，意亦指此。

湯炳正曰：離異，分離、散亂。此四句與前“寧大薄之芳茝”數句相對，亦即下文所謂“南人之變態”。其意與《離騷》“民好惡其不同兮，惟此黨人其獨異。户服艾以盈腰兮，謂幽蘭其不可佩”正同。

按：繽紛，盛貌。繚轉，環匝於身也。葍蓄雜菜，皆非芳香久固之物，很快就會枯萎而斷爛不可續佩也。此屈原之退而次之之理想，即欲終老三閭之職，亦破滅也。汪瑗以爲葍蓄雜菜乃南夷俗人之所喜佩者，有責郢中之人之意，亦通。馬其昶以爲其暗喻令尹子蘭使上官大夫短原於頃襄，頃襄怒而遷之之事，乃附會之説也。

吾且儃佪以娛憂兮，觀南人之變態。

王逸曰：聊且遊戲，樂所志也。覽察楚俗，化改易也。

郭璞曰：變態，姿貌也。（《文選·子虛賦》“殫覩衆物之變態”注、《漢書》注引同）

朱熹曰：於是且復優游忘憂，以觀世變。

汪瑗曰：吾且擅倒以娛憂者，指上二章也。

黃文煥曰：于是而再自娛焉，以我之不肯變易者，觀人之態變。

李陳玉曰：但住莫復去。

王萌曰：僮徊、娛憂，終不改此度也。 南人變態，所謂委厥美以
從俗也。

錢澄之曰：僮徊、娛憂以觀之，言其不久即須敗露，所謂變
態也。

林雲銘曰：不忍即歸，冷眼以觀郢都之人變節惡狀，如《離騷》
所云蘭之委美從俗，椒之專佞慢慆是也。

徐煥龍曰：惟彼南人，既讒正於懷朝，又逐賢於今日，變態百
出，未知究竟何如，我且不死不行，僮徊於此，以憂爲娛，觀彼南人
之變態。

賀寬曰：悠焉遊焉，假以解憂。

張詩曰：則吾且僮徊娛憂，以觀南人之變態而已。

蔣驥曰：南人，指郢中之人。

王邦采曰：吾芳雖異無佩，是皆南人妒我而爲此。 惟彼南人既讒
正於懷朝，又逐賢於今日，變態百出，未知究竟何如。 我且僮徊於
此，以憂爲娛，靜以觀之耳。

吳世尚曰：然而吾且徘徊自覺，以觀世變。

屈復曰：於是且復優游忘憂，以觀南人變態之惡狀，如蘭之委
美、椒之專佞是也。

陳遠新曰：變態，從俗變節之態。 惟僮徊江夏，觀南人之變態而
已，安能無古人之思也哉？

奚祿詒曰：僮徊，徘徊也。 言己之德美也。 吾且徘徊忘憂，察
小人能改變否。

劉夢鵬曰：是時郢都雖失，楚之舊人，蓋猶有在郢者，故目之曰南人。變態，即《離騷》"蘭芷變而不芳，荃蕙化而爲茅"之意。原見其委美流從，故且僴徊觀之也。

丁元正曰：吾且從容以觀其變態而已。

陳本禮曰：僴個娛憂，不欲遽進而自爲忖度之詞。觀南人變態，嫌其變節從俗，亦如蒳菜之不耐久也。

胡文英曰：江南，在楚之東北，故謂楚爲南人。觀其變態，謂觀其變幻作何究竟也。蓋變通窮久，徐觀其後，必當有用我之日，故下云"竊快在其中心也"。

牟庭曰：今王繼國而遷我，我猶僴個歷年，欲竢時也。

顏錫名曰：南人，黨人也。方在漢北，故以南人目之。然吾自欲娛憂，何妨冷眼以觀南人之變態乎。

王闓運曰：南人，謂靳尚也。

馬其昶曰：君臣上下竊以得位爲樂，並無欲反懷王之志。忘讎忍恥，故曰變態。

聞一多曰：《荀子·君道》篇："竝遇變態而不窮。"《文選·子虛賦》："殫視衆物之變態。"《上林賦》："覽將帥之變態。"《西京賦》："盡變態乎其中。"薛注曰："變，奇也。"《射雉賦》："眄箱籠以揭驕，睨驕媒之變態。"南夷之變態，謂南夷之陋俗，即上文佩蒳薄雜菜之類也。南夷詳《涉江》。

姜亮夫曰：南人，王逸《章句》指楚人；蔣驥直指郢都，恐非。楚與郢都，皆屈子宗邦，豈得斥爲南人？按楚本夏後，沿漢水而南，居息於江、夏、洞庭、沅湘之間，而君臨其地，民固三苗之後，自春秋以來，在朝執政之士，已不盡爲楚之宗親；上官、靳尚、鄭袖之倫，所交遍以責屈子者，或均爲土著之彥；屈子以宗親而不見容，此時放居漢北，國難私僻，皆由異姓，則以南人指斥群流，謂以其郢都以南之云爾，於理似較可解。 則忖度其心，而爲竊快者，謂快己之被逐；揚厥怒者，謂修舊怨而不稍俟也。 説雖近創，而義可四通。 細讀屈子全書，自能會此。 變態，謂非正常之態也，即下竊快二句是也。

蔣天樞曰：此十句追述屈原在陳時，聞南人反秦事欣喜之情。 秦於頃襄二十一年拔郢以爲南郡之後，旋於此年以其在蜀兵力攻取楚長江上游之巫郡及江南之黔中郡。 頃襄王二十三年，黔中郡反秦歸楚。《秦本紀》昭王三十一年“楚人反我江南”，《正義》曰：“黔中郡反歸楚。”《六國年表》楚表：“秦所拔我江旁反秦。”此當日具體事實也。 娱，樂也。 僶俔娱憂，即上文所言“聊假日以須時”情事。《離騷》“聊須臾以相羊”，與此意可互證。 南人，楚南國人。《説文》心部：“態，意也。 意，志也。”變態，謂南人反秦事，隱其語，故僅言變態。

湯炳正曰：南人，當指在朝之“黨人”。 因漢北在郢都北面，故云。

潘嘯龍曰：南人，當爲南夷，指放逐所到的土著聚居之地。 變態，與郢中不同的風俗。 在途中觀覽南夷的奇異風俗中略微感到歡快。

按：南人，黨人。 此言觀望局勢，且看郢中之人如何作爲。 此句也暗示屈原此時尚對楚國政局抱有希望，這一點也證明此篇之作不晚於懷王時。 朱熹解曰“於是且復優游忘憂，以觀世變”，甚是。 王閩運指南人爲靳尚，太過具體，然意亦不差。

竊快中心兮，揚厥憑而不竢。

王逸曰：私懷僥倖，而欣喜也。思憤舒瀉，無所待也。

朱熹曰：又樂其所得於中者，以舒憤瀉而無待於外。

汪瑗曰：竊快在其中心，言己獨得之樂，而南人不知也。揚厥憑而不竢，言己發揚其中心之所得者，而無待於外也。

陳第曰：發舒憤瀉，已無所待于時矣。

黃文煥曰：吾芳雖萎，吾快終屬之，終不肯以不芳之物，爲我之快也。所快在中心，非外物之所能移，幾陷滯不發沉菀不達。總籍此以揚吾憤悶，而不竢乎他，如之何其可變也。又曰：揚厥憑而不竢，應前"羌憑心而未化"。

李陳玉曰：中有至樂，磊塊銷磨。

陸時雍曰：憑，滿也。芳芬滿內，外揚不能復竢，欲掩之而不得也。此亦抑菀中語，而後世遂以爲露材揚己。嘗觀古昔聖賢，當窮困之時，不嫌自命，所以警世之聾聵者，而必欲使之貶損韜晦。自同愚賤，抑又非其情矣。

王萌曰：快非爲憑也，而憑自揚有待於外而快，快於膚耳，快在□□。

錢澄之曰：觀南人之變態，而因自顧在中者，竊以自快，則馮心亦足以化，不俟更有以發揚之也。

林雲銘曰：但舉平日所依之度，而無待於外。

高秋月曰：所快者，吾芳也。所快在中心，非外物之所能移，幾陷滯而沉菀者，總籍此以揚吾之憤悶，而不竢乎他也。

徐煥龍曰：任彼變態窘吾，竊快在吾中心者，揚發其所充滿而不竢外求。

賀寬曰：世變日殊，中心自快。

張詩曰：若吾中心獨得之快，南人豈知之乎？

蔣驥曰：揚，舒發也。厥憑，芳澤之盛滿也。我是以徐觀其變態，竊自快芳艸之盛美，而無俟乎人之玩也。

王邦采曰：憑，滿也。言任彼變態竊快於心者，揚發其所充滿而不竢外求。

吳世尚曰：則竊快我之所得於中者，可以抒昔日之憤懣，而不必竢外人之助也。

屈復曰：竢，待也。竊自樂其所得於中者，以舒憤懣，不暇更待。惟自己芳華莫掩，此中心之快也。然所謂快者，正痛極之反詞。忽而痛哭古人，忽而痛恨今人，忽而中心自快，正是寫"思"字奇妙處。

夏大霖曰：然則内恨於心，憑心之運用，不待外來。

邱仰文曰：憑，憤懣也。

陳遠新曰：此指陳古人南人之不同，以明萎絶離異之故也。夫古人之玩芳也，私心自快，不俟外揚。

奚祿詒曰：滿，懣也。竢，時遂。聊快此心，發揚憤懣，無所待也。

劉夢鵬曰：揚，表而出之之謂。中所依據曰憑。言中有所得，無竢於揚。

丁元正曰：揚厥憑而不竢者，言己中心獨得之快，充滿於中，自然發揚而無待於外也。

陳本禮曰：此爲葩茇快也。馨香滿蘊於中，不竢他求而自然發揚於外矣。

胡文英曰：竊快者，念天地之無往不復，又欣吾道之有成也。揚厥憑而不竢，重仁襲義，謹厚爲豐，無待于外也。

顏錫名曰：且吾之所謂娛憂者，即玩此芳草之謂。玩芳則中心自快，玩芳則雖有憤懣，可以揚而散之，無竢夫他求也。

王闓運曰：所謀既沮，原遂見放。南人快心發揚，已憤懣之詞，不俟功成，盡毀敗其所爲也。

馬其昶曰：《淮南》注："揚，和也。"揚厥憑者，和其憤懣之心。不竢，言其忘讎之速也。以上遷謫之由。

聞一多曰：揚謂發揚，揚馮猶發憤。竢疑當爲唉，即欸，歎也。《離騷》："喟憑心而歷玆。"發洩憤懣者，動以欸喟，此則因快在心中，故不假喟歎而憤心已發揚播散也。

姜亮夫曰：在中，當從一本作"在其中"，若脫"其"字，則當爲在第一人稱之中心矣，不僅於文法不協，且大繆於文義，增"其"字是也！其即指上句之南人言，言己放逐，則使彼南人私快於其中也。揚厥憑，憑，怒也；揚厥憑，謂發施其憤怒之情。而不竢，王注以無所待釋之，謂無所顧忌之意。君子立朝，小人不得行其亂，即其既遭斥逐，則快私於心，而作惡亦無所顧忌矣。

蔣天樞曰：不欲宣之於口，故云"竊快中心"。揚，發舉。言南人憑藉本身憤怒，奮起發動反秦，而無所等待也。

湯炳正曰：此謂以己所持芳草與"南人"佩"蕭薄""雜菜"相較，則竊自欣慰，憤懣全消。此正與上文"蕩志愉樂""儃佪""娛憂"承接。

按：憑，憤懣也。此句朱子謂樂其所得於中者，以舒憤懣而無待於外，甚是。張詩謂吾中有獨得之快，南人豈知之，未盡其意。王闓運以爲原遂見放，南人快心發揚，亦爲可參之解。

芳與澤其雜糅兮，羌芳華自中出。

王逸曰：正直温仁，德茂盛也。 生含天姿，不外受也。

洪興祖曰：出，自中而外也。

朱熹曰：則其芬芳自從中出，初不借美於外物也。

汪瑗曰：芳澤雜糅，謂佩飾之盛也，指上章芳草而言。 芳華，言
其氣之香，色之麗也。 芳華自中出，有諸中者，則形諸外也。《易》
曰：“美在其中，而暢於四肢，發於事業，美之至也。”此芳華自中出
之意也。 觀此二言，則屈子之所得者，深而進於道矣，豈後世詞人墨
客，無所得而漫爲是言者比哉？ 嗚呼！ 屈子則攬芳茝宿莽以爲佩
矣，南人則解萹薄雜菜以爲佩矣。 其意趣不同如此，雖欲强之以從
己，不亦難乎？ 故南人萎絶而離異者，無所得故也。 屈子羌芳華自
中出者，有所得故也。 南人本無所得如此，雖又使之不萎絶而離異
也，其可得乎？ 朱子曰：“且復優游忘憂以觀世變，又樂其所得於中
者，以舒憤懣而無待於外，則其芬芳自從中出，初不借於外物也。”此
上分章，是依朱子本。 瑗按：“攬大薄之芳茝”四句，屈子言己之所
佩。“解萹薄與雜菜”四句，言南人之所佩。“吾且僤徊以娱憂”二句，
申上八句而結言之也。“竊快在其中心”四句，雖承上言，當分爲別章
以屬下文也。《楚辭》中每有意斷而韻不斷，韻斷而意不斷者，讀者幸
詳焉。 或曰，此章首四句，亦屈子之自言，言己解去萹蓄雜菜，而備
芳茝宿莽以爲交佩，而佩之繽紛繚轉，其芬菲之盛如此，顧乃爲世所
棄，遂至萎絶離棄也。 亦通。

陳第曰：乃其芳華之質，本自性生，非外鑠也。

黄文焕曰：我之快在於中心，芳之揚亦自中出。 緣中之意兩兩相
合也。 澤，言潤也，芳非澤則易枯，芳中敗矣。 嘗潤則嘗芳，故曰
與澤雜糅。 潤之中而芳出焉，萎絶則不復澤矣。 緣既萎之後想未萎

之時，初採之味，初採之色，鼻受兼以目受，言之津津有味也。甚哉！屈子之深于談芳也。

李陳玉曰：足乎己者，無待于外。

周拱辰曰：芳華自中出，芳固未始沬也。

王萌曰：中出，即《抽思》"善不由外來"二句意。

錢澄之曰：所謂在其中心者，蓋吾之芳澤雜糅，雖蔓然而蔽之，嫉妬而折之，而芳華仍自中出，至今猶不渝也。

王夫之曰：澤，汗也。身既見逐，處於事外，觀黨人之所爲，見其幸君子去國，快遂其欲，憑怒興發，若將不及。

林雲銘曰：澤，指佩言。

高秋月曰：澤，潤澤也。非潤澤則枯朽矣。芳澤雜糅，芳華自中而發外，芬氣遠播，善修而譽著也。

徐焕龍曰：吾芳澤雜採於身，吾芳華皆自中出。

賀寬曰：我之快在中心，芳之揚亦自中出。

張詩曰：然有諸內者形諸外，于是發揚吾道義之充滿于中，而無竢于外者，則見吾之佩飾，芳香潤澤雜然而盛，其芳華宜自中而出外也。

吳世尚曰：何也？吾所備以爲交佩者，芬芳之氣，光華之色，實由充積而後發見也。

許清奇曰：樂其所得於中，積滿而揚，無竢于外，芳澤雜糅，芬芳自中出，正所謂快在其中心也。

屈復曰：芳澤雜糅，則其芬芳自從中出，初不借美於外物。

江中時曰：言南人變態無常，若我雖佩之，萎絶離異，竊自快有美在中，得所憑依，無俟於外也。芳澤俱就在內者言，故云芳華自中出也。

夏大霖曰：有芳可挹，自然有澤可觀，芳澤雜揉，根心生色如香盛於此，而必烝聞於遠。

奚禄詒曰：芳澤，芳華。己之天姿德性交美，受於降衷，非自外來也。

劉夢鵬曰：澤，潤意。雜揉，合貌。而芳澤難掩，誠於中者自形於外也。

丁元正曰：芳華自中出者，言己之芳香潤澤著乎外者本乎內也。

胡文英曰：芳澤雜揉，本不期其出也，而既憑，則芳華百出，誠則形也。

顔錫名曰：澤，芳之色澤也。

聞一多曰：芳謂芳草，澤謂膏澤。芬芳出於芳草，光華出於膏澤。一曰聲光氣味皆謂之華，芳華即芳氣也，芳華自中出，謂芳氣自膏澤中出。

姜亮夫曰：芳與澤句，見《離騷》。

蔣天樞曰：芳，內在芬香。澤，色澤。芳澤雜揉，喻南土民氣與其行動所表現之節槩。與《離騷》“芳與澤其雜糅”“芳菲菲其彌章”意同。羌，驚詫語詞。芳華自中出，言其非由外界所引導。

按：澤，潤澤也。芳需水潤澤，不然枯萎。水有芳則水爲芬芳之水。芳與澤雜糅，則芬芳之華自然出也。此喻賢人亦須有可用之環境。賢人若遇聖君，則其才華自然得以出也。黃文煥解澤爲潤，言芳非澤則易枯，芳中敗矣。嘗潤則嘗芳，故曰與澤雜糅。潤之中而芳出焉，萎絕則不復澤矣，甚是。

紛郁郁其遠承兮，滿內而外揚。 承，一作烝。

王逸曰：法度文辭，行四海也。修善於身，名譽起也。

洪興祖曰:《說文》:"郁,有章也。""承,奉也。"

朱熹曰:郁郁,盛也。 烝,芳氣之遠聞也。

汪瑗曰:此亦承上章而言。 郁郁,香盛貌。 遠烝,謂香氣薰烝襲人之遠聞也,承上章芳與澤雜糅而言。 滿內外揚,積於中者深,故發於外者盛也,承上章"芳華自中出"而言。

徐師曾曰:烝,芳氣遠聞。

黃文煥曰:芳之所出,氣隨風而益遠,郁郁然旁烝四徧,滿內而及外矣。 自中者,指芳而言也,花心之內,芳氣所兆始也。 滿內者,指地而言也。 近芳之區,芳氣所先滿也。 曰"揚厥憑",曰"外揚",我借芳以揚我,芳得風而自外揚也,芳揚則我之意亦與俱揚矣。

李陳玉曰:滿內外揚,故君子有自信之道;居蔽聞章,故小人亦有成就之功。

周拱辰曰:蒸,舊訓進,非。 言芳馨瀰滿遠布也。

陸時雍曰:烝,進也。

王萌曰:此承上芳華自中出,言其香氣遠烝,滿於內而揚於外。

錢澄之曰:滿內外揚,所謂"有諸內必形諸外"也。

王夫之曰:唯然而善惡炳著,公論不泯,貞邪相形。 己之忠貞內滿,訏謨外揚者。

徐煥龍曰:紛然郁郁之華,其芳烝及乎遠,良由飽滿於內而其外發揚,內外如一。

賀寬曰:由中之合無竢於外也。

張詩曰:承上言芳華之盛。 郁郁遠烝,滿於內者,自揚於外。

蔣驥曰:郁郁,盛貌。 滿內,承"厥憑"言。

吳世尚曰:郁郁遠烝,言其發見之不可遏也。 滿內外揚,言其充積之極其盛也。

許清奇曰：芳氣遠聞，滿內揚外，正所謂揚厥憑也。

屈復曰：遂郁郁遠聞，皆由誠實可保。

夏大霖曰：此滿內外揚之理可知。

陳遠新曰：滿內，自足自滿。外揚，不能不俟。

奚祿詒曰：言芳華紛然郁郁，可以遠薰，蓋德滿於內而名自揚也。

劉夢鵬曰：滿內外揚，即所謂芳華自中出也。

戴震曰：烝，升也。

胡文英曰：烝，四塞也。遠烝，則較出又加盛矣，而要非騖于遠，乃憑之足而自然外揚，遠之近矣。

顏錫名曰：芳澤滿於內，芳華自然由中以達於外而及乎遠。

王闓運曰：言己雖不能無過而不得爲罪也。所引用或亦有不職而賢者，實多如芳糅於澤，芳仍出也。內有馮心，外揚怨誹而文詞郁郁，非謗訐也。

聞一多曰：《後漢書·馮衍傳》注："郁郁，香氣也。"

姜亮夫曰：紛，疑當作芬字解，古芬、紛亦相亂，《老子》"挫其銳，解其紛"，河上公本作芬，是其證。蓋此處上下皆就芳草自喻立說，故曰郁郁，曰遠承也。郁郁，香氣盛也，《洛神賦》"踐椒塗之郁烈"，注"香氣之盛也"。遠承者，即承襲之義；屈子以宗親之胄，故曰遠承也。遠承猶今言遠紹，亦即《離騷》之所謂"紛吾既有此內美"之義也；而高陽苗裔，正所謂遠承矣。滿內而外揚，即申上"芳華自中"與"芬郁遠承"之義也。

蔣天樞曰：郁郁，文采著見貌。遠承，謂南人心仍向楚。

按：紛，即芬，香氣。《老子》四章："解其紛。"《釋文》："紛，河上云芬。"古通用。承，傳播久遠之意。黃文煥謂芳之所出，氣隨風

而益遠，郁郁然旁烝四徧，滿內而及外矣，甚是。 王逸以喻法度文
辭，行四海也；修善於身，名譽起也，意亦在其中。 然王逸以爲屈原
執著於名，則有狹隘屈原品質之意。

情與質信可保兮，羌居蔽而聞章。

王逸曰：言行相副，無表裏也。 雖在山澤，名宣布也。

朱熹曰：此承上章芳華自中出，遂言其郁郁遠烝，皆由情質誠實
可保，故所居雖蔽，而其名聞則章也。

汪瑗曰：情，發於外者。 質，存諸中者。 信，誠也。 可保，猶
言可必也。 惟其所得者深，故其所守者固也。 瑗按：情亦可訓爲
實，今對質而言，又自有内外之分也。 王逸曰“言行相副，無表裏
也”是矣。 情與質信可保，則與南人之變態异矣。 居，處也。 蔽，
障蔽也，如《易》所謂“豐其屋，蔀其家，闚其戶。 闃其無人，三歲
不覿”之意。 言讒人之蔽隱，人君之郚壅，而放己於藪幽也。
聞，聲聞也。 章，著也。 居蔽聞章，可謂遏之而愈光，抑之而愈揚
者矣。 是豈遂萎絶而離异者可比邪？ 王逸曰：“雖在山澤，名宣布
也。”是矣。 下二句又申上二句而推言之也。 又曰：朱子之説亦是，
但以誠實釋信字，與情質二字並看，非是。 屈子之郁郁遠烝，其芬芳
可謂極其盛矣，而楚之君臣，舉不能有所薰陶漸染，而變化者何哉？
豈非穢德蔽固之深乎？

黄文焕曰：居蔽聞章者，任蔽之一室之内，蔽之幽谷之中，未有
不聞者也。 情質可保者，既有其質亦若有其情焉。 欲人之賞之也，
珍之也，薰必不爲猶，所謂可保也。 縱在萎離，仍可敬也。 又曰：
出中滿内，善於評芳，文情妙處在萎絶香盡之後，追説香氣可憐可
愛，長存心鼻。

李陳玉曰：滿內外揚，故君子有自信之道；居蔽聞章，故小人亦有成就之恩。

周拱辰曰：居蔽聞章，只闇然日章意。如閉門伐鼓聲在外之說。《九歌》云："搴薜荔於水中，採芙蓉於木末。"薜荔在木而搴之水，芙蓉在水而采之木，兩違其宜矣。

王萌曰：自信情質可保，不至變易，所居雖蔽，名聞則章也。

賀貽孫曰：然則小人不獨不能見君子，亦并不能蔽君子也。夫必我能見物，然後能蔽人，使不見彼矇瞍之小人，既不能見君子矣，又安能蔽君子哉？愈文愈幽，故君子之不章，非小人之罪，愈蔽愈章。故君子之章，乃小人之功，君子亦何憾於小人哉？

錢澄之曰：但恐情與質不能始終自保耳。信可保也，猶芳之處於幽谷之中，叢棘之內，雖極隱蔽，而其馨聞自不可掩，則亦何必揚厥馮乎？

王夫之曰：四鄰聞之，萬民傳之，固不可揜也。

林雲銘曰：止揚厥馮。名不因境而掩，所以謂之不竢。至此，則陷滯已發矣，沉菀已達矣。中心之快，莫過於此。又曰：已上敘志之伸，不論窮達，但得保其前度，所得已多。

高秋月曰：情質可保者，如薰之必不可藏也。居蔽而聞章者，在幽林而芳聞矣，雖在萎蘼而有可蔽。

徐煥龍曰：情之與質，毫無虛假而信乎可保，雖居障蔽之地，而聲聞日以章明，漁父能識其賢，舟子亦哀其放，原之聞章可見矣。

賀寬曰：我信芳而集芳，人以為萎，我獨以為澤。既澤於中，內自滿矣。由內達外，由外達遠，芳其質也，信芳其情也。以情保質，夫孰能蔽之。蔽之而益章矣。

張詩曰：故吾之性情，吾之氣質，保守堅固，雖居于障蔽之所，而聲聞日章。 所謂遏之而愈光，抑之而愈揚者，豈如南人之萎絕離異，變態無常哉？

蔣驥曰：保，恃也。 聞，名譽也。 居蔽聞章，則終不遇時，亦奚憾乎？《經》所謂“不吾知其亦已兮，苟余情其信芳”，即此意也。

吳世尚曰：交佩如此，君子之道，何獨不然，所以情質可保，則自然居蔽而名章也。

許清奇曰：情質可保，正芳華自中之實；居蔽聞章，正滿內揚外之實。 三段言出世路而玩芳草，閑觀南人之變態。 彌揚在己之德譽，亦可自快。

屈復曰：右三段，言己思君之心，終始不變，身雖遷謫，名聞益章也。

江中時曰：承上芳華自中出言。 其鬱鬱遠汔，滿內達外，皆由情質可保，故居雖蔽而名聞則章也。 以上言開春南行而情質可保，不以前此之居蔽爲憾，蓋懷王召回時也。

夏大霖曰：情質保而不變，則居雖幽蔽，聲聞自章。 吾又何可易初而屬志哉？

邱仰文曰：以上四節，言內美可貴，全與《涉江》篇“被明月珮寶璐”一樣豪興。

陳遠新曰：外揚情質，雖可善世保身而欲如古人，則難矣。 吾非古人不能知己，豈同於南人之情質哉？ 人君所當曾思也已。 又曰：既不芳華自中出，又要能居蔽而彌章，若如時解謂原自明如此，宜班氏以爲露才揚己矣。 凡讀古人書，須看古人身分。 靈均固從容辭令者也，豈露才揚己如原鮮之誣乎？

奚祿詒曰：內情外質相副，誠可自保。 雖居山澤，聞問亦章，寧以放而失乎。

劉夢鵬曰：情與質信可保，自信不失。《離騷》所謂"芬至今其未沬"者也。蔽，猶障也。蔽而聞章，惟滿內然也。

丁元正曰：情與質信可保者，言己之性情，己之氣質，保守堅固，確乎不可拔也。居蔽而聞章者，言己雖居障蔽之地，而聲聞日章，所謂過之而愈光，抑之而愈揚，不似黨人之萎絕離異、變態無常矣。

陳本禮曰：情與質指所玩之芳言。信可保者，不致萎絕而離異矣。滿內則聞不擇地，外揚則炁不限遠。此固自信其美矣。竊恐不能邀美人之盼賞，依然抱媒絕路阻之憾也。

胡文英曰：然君子立心，弟欲保其情質而已，孰知闇然日章若此哉？

顏錫名曰：我之可保者如此，豈因處幽而令聞不章乎？

王闓運曰：既被誣譖，不能自明，仍自信情質章昭，恨無人保之。

馬其昶曰：此承上蘙芷、搴荂而言。國之賢才，猶有可用，內治誠修，則國恥可振。

聞一多曰：揚雄《逐貧賦》："人皆重蔽，予獨露居。"聞，聲聞也。

姜亮夫曰：羌，則也。居蔽聞章，謂居雖有所蔽，而聲聞則章顯也。

蔣天樞曰：質，實也。保，任也。居蔽，謂南人與楚有重重阻隔。聞章，滿內揚外，其文采章聞於外。言南人其情實可保任，雖山川悠遠，加以重重阻隔，而中心向楚，聲聞章著有如此。啓下文己欲南行意。

湯炳正曰：情、質，指內在的修養、志向等。信，確實。

按：情與質誠實可保，故所居雖蔽，則芳香亦彰矣。 丁元正謂情與質信可保者，言己之性情，己之氣質，保守堅固，確乎不可拔也。居蔽而聞章者，言己雖居障蔽之地，而聲聞日章，所謂遏之而愈光，抑之而愈揚，不似黨人之萎絕離異、變態無常矣。 甚是。 王逸、朱熹均以其名聞則章，乃狹隘之解。

令薜荔而爲理兮，憚舉趾而緣木。

王逸曰：意欲升高，事貴戚也。 憚，難也。 誠難抗足，屈踡跼也。

汪瑗曰：薜荔，生於木者。

林兆珂曰：趾，足也。 憚，畏難也。 内美既足，恥因介紹，以爲先容而托以有憚也。

陳第曰：仰託薜荔，則憚緣木。

周拱辰曰：今令薜荔於木因芙蓉於水，亦甚便矣。

陸時雍曰：緣木，自煩。

王萌曰：薜荔爲理，喻丹高以事貴戚。

錢澄之曰：理亦媒也。 初猶致歎於路阻、媒絕，與理弱而媒拙也。 既獲在中之樂，馮心俱化，雖有賢人君子，如薜荔芙蓉者，亦不須其爲理爲媒矣。

林雲銘曰：以爲理，即《離騷》“蹇脩以爲理”之説。 蓋媒之言也，畏登高。

高秋月曰：將援薜荔爲理而憚緣木。

徐焕龍曰：惟自足於己，恥有求於人，雖切美人之思，不作倩媒之事。

賀寬曰：矢芳自賞，無假先容，即有徑可通，而緣木濡首之勞，憚而不爲矣。

張詩曰：言欲令薜荔爲理，則憚舉趾緣木。

蔣驥曰：薜荔四句，申前"媿易初而屈志"之意。薜荔、芙蓉，喻舊交在位者。

王邦采曰：惟自足於己，恥有求於人。

許清奇曰：即"蹇修爲理"之意。

夏大霖曰：此言所以居蔽之由。不屈志，不求上下之交也。

陳遠新曰：言苟不憚攀緣沾濡之污，則薜荔芙蓉皆可托之爲媒，而吾不説不能者。

奚禄詒曰：薜荔，緑木石，故比上扳。

劉夢鵬曰：薜荔，緑生木石。

胡文英曰：舉趾緣木，喻夤緣。

顔錫名曰：言媒固絶矣，即令有理有媒，我亦憚於求之。

姜亮夫曰：理亦媒也，詳《離騷》。憚，以爲忌也。

蔣天樞曰：八句言以形象之寓言，喻託欲與南人通音問之情懷。薜荔，一名木蓮，緑木蔓生。理，使也。

湯炳正曰：薜荔，一種藤狀植物。緣木，因薜荔多附木而生，故求之者必緣木。

按：薜荔，香草，藤本，纏木而生。舉趾緣木，即循木而求薜荔，須曲徑可達，因其纏繞而生也。言託薜荔，則須己自肯曲身，故舉趾踟躕，憚而不敢矣。陳第謂仰託薜荔，則憚緣木，未解其中求而必曲而不願曲之意。王邦采解惟自足於己，恥有求於人，未盡其意也。王逸以爲誠難抗足，屈踯躅，雖未詳説，然大意亦不差。

因芙蓉而爲媒兮，憚蹇裳而濡足。

王逸曰：意欲下求，從風俗也。　又恐汙泥，被垢濁也。

洪興祖曰：《莊子》曰："蹇裳躍步。"蹇，起虔切，蓋讀若褰，謂摳衣也。

朱熹曰：內美既足，恥因介紹以爲先容，而託以有憚也。

汪瑗曰：芙蓉，生於水者。　屈子思美人之情，可謂急矣。　媒絕路阻，言不可結而詒矣。　此令薜荔以爲理，因芙蓉以爲媒，特一舉手一投足之勞，則言可結而詒矣，媒不絕而路不阻矣，美人可得而見矣，顧以爲憚而不爲者。　朱子曰："內美既足，恥因介紹以爲先容，而託以有憚也。"是此憚者，非不能也，不爲也。　觀此，則前諸篇屢屢以理弱媒拙自恨者，豈誠然哉？　特反言以責讒人之嫉己，人君之不察耳。　此所謂憚者，乃其不肯變節以從俗，易初而屈志之本心也，故曰情與質信可保兮。　則上章所言者，豈欺我哉？　瑗按：王逸曰："意欲升高，事貴戚也。　誠難抗足，屈跼蹐也。　意欲下求，從風俗也。　又恐污泥，被垢濁也。"是蓋以緣木爲升高，濡足爲下求，亦自一說，不可不知。　或曰，趾當作指。

陳第曰：俯藉芙蓉，則憚濡足，終不賴左右先容之意。

張京元曰：恐泥汙被垢也。

黃文煥曰：矢芳自珍，幾不知有人世矣。　媒絕路阻，置不問矣。忽一念及，又憬然曰：尚有可通之路乎？　或尚有可用之媒乎？　將縣荔薜之媒，則當登山路，將藉芙蓉之媒，則當求水路。　吾又憚緣木也，又憚濡足也，媒即不乏，而吾自憚於山水之路。　且緣木不堪登山，褰裳不可度水也。　又曰：擎大薄、搴良洲，説得採芳健甚。　憚緣木、憚濡足，説得逢世懶甚。

李陳玉曰：一切聽直自至，無勞介紹。

周拱辰曰：而一則曰“憚緣木”，一則曰“憚濡足”，何也？以緣木必須登高，而登高懼墜；濡足必須入下，而入下懼溺故也。

陸時雍曰：濡足，自汙。褰裳、擧趾，其情有難於自出者，寧偃蹇而不忍爲也。彼求人者，獨無自愛之情乎？

王萌曰：芙蓉爲媒，喻下求以從流俗。

王夫之曰：蹇，當作褰。

林雲銘曰：畏入下。

高秋月曰：將籍芙蓉爲媒而憚濡足。

徐焕龍曰：薜荔芙蓉，尚猶憚令憚因，況腥羶穢濁之實乎？緣木，比上援貴顯。濡足，比下因婦寺。

賀寬曰：薜荔可帷，芙蓉可裳，亦置之而已。所以然者，緣木則必登高，憚其顛而不説也。褰裳則必入下，憚其陷而不能也。

張詩曰：因芙蓉爲媒，則憚蹇裳濡足。夫以薜荔爲理，芙蓉爲媒，特一擧手一投足之勞耳。將媒不絶，路不阻，結言可詒，而美人得見矣。顧以爲憚而不爲者，蓋内美既足，恥因介紹以爲先容，故思君雖切，不肯變節屈志如此。

吴世尚曰：楚詞每以香草比君子，此之薜荔芙蓉，則不過以喻權貴近幸之得志者耳。若必以爲君子，則此時與原同志者亦少矣。即因君子以求進，尚恥而不爲，此古人之所以不愧衾影也。

許清奇曰：内美既足，恥因介紹以爲先容。

屈復曰：非媒不應我之求，耻因介紹以爲先容，而託以有憚也。

江中時曰：薜荔緣木而生，求必擧趾緣木。芙蓉生水中，求必蹇裳濡足。蓋内美既足，恥因介紹，以爲先容，而托以有憚也。

奚禄詒曰：芙蓉出汙泥，故比下從。言欲高扳貴戚，惟恐蹉蹋，下從風俗，唯恐垢汙。

劉夢鵬曰：芙蓉，產於水裔。憚之云者，因媒絕路阻而托於有所畏也。

丁元正曰：薜荔、芙蓉，喻言求行媒也。言君莫己知，將求行媒於薜荔、芙蓉。

陳本禮曰：薜荔喻貴戚，芙蓉喻權倖。自信內美既足，終恥枉道以干人也。

胡文英曰：褰裳、濡足，喻失足。

牟庭曰：余情信芳，然無良媒也。

馬其昶曰：理、媒，喻臣也。緣木、濡足，言己身之不保，何能薦賢？

姜亮夫曰：濡，沾濕污之也。褰讀若攐，摳衣也。《莊子》"攐裳躩步"，《御覽》九九九引此正作攐。此亦承上言"居雖蔽而聞章"。然余思令薜荔之芳，以爲之媒，則忌於舉趾有緣木之艱；欲因芙蓉以爲媒，則忌於褰裳有污足之恥；此亦前面"媿易初而屈志"之義。

蔣天樞曰：因，依也。褰，借爲攘。《說文》手部："攘，摳衣也。"又衣部："褰，絝也。"《鄭風》有《褰裳》，亦借爲"攘"。《莊子》作"攐裳"。蓋戰國間借褰爲攘。言初欲遣使通問，而其人難覓，再言難者，展轉因託，懼其泄也。

湯炳正曰：因，憑借。褰裳，即搴裳，用手撩起下服。

按：芙蓉，此指荷花，水芙蓉也。荷花生於水，長於污垢之中，故有褰裳濡足之喻。言託芙蓉，則須己自肯濡足先入垢中，故褰裳濡足，憚而不願矣。高秋月謂將籍芙蓉爲媒而憚濡足，未及芙蓉生於泥垢中，未達其真意也。王逸以爲又恐汙淈，被垢濁也，雖未詳說，然大意亦不差。

登高吾不説兮，入下吾不能。

王逸曰：事上得位，我不好也。 隨俗榮顯，非所樂也。

朱熹曰：道既不行，居上處下，無適而可。

汪瑗曰：此承上章而言。 登高不悦，入下不能，言不能與世浮沉也。

林兆珂曰：道既不行，爲上處下無適而可。

陳第曰：登高入下，正“緣木”“濡足”之意。

黃文煥曰：緣木則登高懼顛，既非所悦；褰裳則入下懼陷，又非所能。 曰“不悦”，又曰“不能”，自招確甚，惟小人乃能下達，彼亦各有其才與識焉。

李陳玉曰：面無貴相，身無媚骨。

王萌曰：“登高”根“緣木”句，“入下”根“濡足”句。

賀貽孫曰：設兩端以自嘗，而上下進退無一可者，可謂心煩意亂，不知所從矣。

錢澄之曰：以原之褊急，不悦登高；以原之亢直，不能入下，原亦自知之矣。

王夫之曰：説，與悦同。

林雲銘曰：緣木則行險，心所不喜；濡足欲免污，力所不及。 欲居之不蔽，少不得要求媒，難辭行險受污之患，安得不憚？

高秋月曰：登高入下，吾俱不能不服不習也。

徐焕龍曰：憚緣木者，登高則附勢而吾不悦；憚褰裳者，入下更無恥而吾不能。

張詩曰：承上言登高緣木，吾不説也；入下濡足，吾不能也。

蔣驥曰：登高，承“緣木”言。 入下，承“濡足”言。

王邦采曰：固曰此等面目，我不屑爲。

吴世尚曰：登高不悦，申薜荔缘木二句也。 入下不能，申芙蓉濡足二句也。 言明知權貴可攀，而登高則吾不悦也。 明知進幸可附，而入下則吾所不能也。

屈復曰：登高緣木，入下濡足。

江中時曰：登高，謂“緣木”也。 入下，謂“濡足”也。

夏大霖曰：此言求上下之交，固我本來所不服習之事。

邱仰文曰：登高，喻行險，承“緣木”；下，喻下流，承“濡足”。

陳遠新曰：不樂從風俗。

劉夢鵬曰：登高不説，憚緣木也；入下不能，憚濡足也。

丁元正曰：而登高緣木，入下濡足。

胡文英曰：承上而言，夤緣不肯爲，失足不能爲也。

王闓運曰：薜荔，附緣上生，喻王左右也。 芙蓉，下澤美芳，在野之賢也。 憚者，己憚之、難之也。 緣木濡足，皆於己有危，故不説、不能。

蔣天樞曰：登高，謂“緣木”；入下，謂“濡足”。 藉以爲説。

湯炳正曰：登高，即指上文“舉趾緣木”。 入下，即指上文“蹇裳濡足”。 以上四句以“薜荔”“芙蓉”喻君主身邊的權臣，謂己雖有忠君報國之志，却不願阿諛權貴以求通於君。

按：此承上句而來，登高承“緣木”，入下繼“濡足”，緣木須曲，濡足入污，皆吾所不能也。 此句言徘徊進退無着之狀。 徐焕龍謂憚緣木者，登高則附勢而吾不悦，憚蹇裳者，入下更無恥而吾不能，意亦近是。

固朕形之不服兮，然容與而狐疑。

王逸曰：我性婞直，不屈撓也。 徘徊進退，觀衆意也。

朱熹曰：形偃蹇而不服，心耿介而使然也。

汪瑗曰：朕形不服，言己身之倔强也。 朱子曰：“形偃蹇而不服，心耿介而使然也。”得之矣。 然又自以爲疑者，猶孔子曰“吾道非邪”之意，蓋反言以見吾道之爲是耳。 屈子豈真遂有所疑於其心哉？ 王逸曰：“事上得位，我不好也。 隨俗榮顯，非所樂也。”其說似又以登高申緣木，入下申濡足也。 亦通。

林兆珂曰：然我性忠直，必不曲撓，故徘徊進退猶疑而未決也。

黄文焕曰：使慣登慣入，形足以辦之，心尚可無疑也。 乃素乏輕便之手足，形固不經服習矣，安得不驚疑乎？

李陳玉曰：雖然骨相如此，性亦自是。 善疑不肯苟同。

周拱辰曰：求通而奴顏薦引，猶銜嫁而密囑行媒。 古耻呈身之寒士而乃有干進之正人，亦屈原之所耻也。

王萌曰：形偃蹇而不能服，從流俗之態，心耿介而使然。 故決出於此而無所疑也。

錢澄之曰：豈惟性之使然，負形如此，亦不能習此媚上諧俗之態。 則惟有去此世，而容與以自適耳，而又從而狐疑焉，躊躇於中，以爲是則然矣，而不敢信其果然也。

王夫之曰：君不我知，臣不我容，志雖白於天下，而知我者，木杪之薜荔，水際之芙蓉爾，俱不可因之以自白，假四鄰之稱説，則疑於外比；聽國人之顯理，則嫌於沽譽。 固我之形勢所不可爲，且益以增闇君之疑而衹辱矣。

林雲銘曰：不服，猶俗言不慣。 然既到此娱憂一番，又豈可竟無所爲而去？ 故持兩端而不決。

高秋月曰：不習爲逢世之事也，容與狐疑，徘徊進退而不決也。

徐煥龍曰：無論我生平志節，不屑爲此，即據朕形，從未具此面目，嫻此態度，固不服習，能無憚乎？ 然吾任吾情，身雖容與，而吾撫吾願，心介狐疑，疑美人之果終絕我耶，抑尚或反余耶？

賀寬曰：以便捷之人爲之，庶幾其可，而吾形已偃塞，心安不狐疑乎？

張詩曰：吾情倔强，不肯與世浮沉，其然乎哉？ 抑尚容與而狐疑也。

蔣驥曰：服，習也。 内美既充，誠足自快，若欲因人求合，則必不肯爲。 蓋疎傲之形，固未嘗習慣也。"容與狐疑"以下，承上而轉計之。

王邦采曰：然吾任吾情，身雖蓉容與而吾撫吾願。 心介狐疑，正恐媒絕路阻，變節從俗之徒然耳。

吳世尚曰：何也？ 人各有其所得於天之分，不可强也，吾朕形之不服矣。 敢舉趾而褰裳哉。 此所以雖知其然，而卒疑而不行之者也。 觀此則原之自處審矣。

許清奇曰：不服，猶言不慣，惟其然故容與狐疑，所謂憚也。

屈復曰：此固我身素所不習。 然此不習者，是耶？ 非耶？ 狐疑之甚。

江中時曰：不服，猶言不慣也。

夏大霖曰：然從容思之，不能無疑。 蓋芳佩繽紛無遂萎絕離異之道也。

邱仰文曰：服，慣也。 持兩端曰疑，登高入下皆疑。 言志一定也是趣語。

陳遠新曰：此不獨形之不服，而變節從俗，終媿而不苟，爲耳媒之絕，絕於志之不屈，如此假令不獨懷異路。

奚禄詒曰：我身正直不肯屈服，終進退兩難也。

劉夢鵬曰：形，容也。繽紛繚轉，原有婍容，而世俗不服，遭離異也。狐疑者，進退維谷，若難自決之辭。

丁元正曰：不服，不服習也。吾形所不能服習其詭陋，不能不疑於媒絕路阻矣。

戴震曰：不服，不單屈以求人。

陳本禮曰：疏敖之性又不慣營緣。欲進不能，退又不可，所以持兩端而不決也。

胡文英曰：固者，決辭。承上不說、不能而言也。然者，疑辭，未可因此止也，以起下“廣遂前畫”意。

牟庭曰：此殆我禄相薄，不稱裳衣也，未可知也。

顏錫名曰：何者，我身固不服求人，故雖有時念及，而榮與之頃，仍復狐疑。然者，一念以爲然；狐疑者，一念以爲不然也。

鄭知同曰：服，事也。然者，決定之詞。言固由於己身不能俯仰事人，己自決其容與狐疑，更不必徘徊觀望也。全書然字多是此義。

王闓運曰：形，見於外者。服，事也。雖迹可明而非烈士之事，故遲回不自辨也。

馬其昶曰：明知賢才有益於國，徒以己之不諧於世不能薦達，不能不自疑耳。服，謂諧習。

聞一多曰：服字疑誤，未詳所當作。然猶乃也。容與即猶豫也。

姜亮夫曰：此四句承上四句來，登高承緣木言，入下承濡足言。言登高固吾之所不說，而入下又吾之所不能，此本吾形質使然，所不能習者也，終且容與而徘徊不決者矣。

蔣天樞曰：固，固然。 朕，猶今語“喒（咱）”，朕形，謂己體貌。 不服，言己不熟悉其事。 此謂如其自身前往，又不熟習其地情事。 由此而因循猶豫，疑莫能決。

湯炳正曰：朕形，或當爲朕性。 形與性因音近而誤。 王逸注：“我性婞直，不曲撓也。”似所據本作朕性。 不服，不曲撓。 然，於是。 二句謂“登高”“入下”皆與己本性不合，因而長此處於徘徊觀望之中。 以上第二段，寫由漢北向辰、溆，路過郢都之側時的種種感想，其中流露出希望被君主啓用、即不願放棄一貫操守的矛盾心理。

按：不服，戴震謂單屈以求人，是。 此句，高秋月謂不習爲逢世之事也，容與狐疑，徘徊進退而不決也，甚是。 張詩以爲吾情倔强，不肯與世浮沉，其然乎哉？ 抑尚容與而狐疑也。 可參。

廣遂前畫兮，未改此度也。

王逸曰：恢廓仁義，弘聖道也。 心終不變，内自守也。

洪興祖曰：畫，音獲，計策也。

朱熹曰：畫，與《懷沙》“章畫”之“畫”同。

張鳳翼曰：前畫，猶初計也。

汪瑗曰：廣，擴而充之也。 遂，必欲成之也。 畫，謀也。 前畫，言初心之所謀也。 孔子曰：“君子謀道不謀食。”凡人之欲有所爲者，皆謂之謀也。 與《懷沙》“章畫”之“畫”同。 前畫存諸心，而欲有所爲。 此度，措諸躬而己有所行者也。 或曰，前畫，猶上前轍也。

林兆珂曰：廣，大也。 前畫，即“章畫”之“畫”也。 度，法度也。 言雖疑而未決，然思欲大遂前人法度，此心終不可變易。

陳第曰：得遂前畫，度則不改。

黃文煥曰：於是前轍所不遂者，前畫仍自矢廣遂。轍憑世者也，故不可遂也。畫憑我者也，故無不可遂也。度之未改，則即前畫之自遂也。廣者，無往而不得吾志也，世途自狹，車不可行；心界自寬，芳無不可揚。

李陳玉曰：歷盡酸咸，還是本色。

王萌曰：我與世人異轍，故知其不遂；我與古人同畫，故可以廣遂。

錢澄之曰：前畫，猶前轍也。廣遂，多方以遂之也。欲化馮心，而此度仍未能改，是吾之命爲之也。

王夫之曰：前畫，謂當懷王時。所以謀國者廣，遂謂於頃襄時，仍用前謀，而更因變，以盡所謀也。

林雲銘曰：爲大成就前此所謀乎？馮心未化，必行不去。

高秋月曰：前畫，法古人之素志也。度之未改，即前畫之自遂也。

徐煥龍曰：前畫，謂初事懷王之謀畫，未遂於懷者，將廣而遂之於襄。奈懷王未改此度，襄亦未改此度，知前畫必不遂矣。

賀寬曰：然而前轍雖未遂，前畫終不忍改也。

張詩曰：言欲擴充成就吾前日之謀劃，以不改此度。

蔣驥曰："廣遂"四句，狐疑之實也。

王邦采曰：前畫，謂初事懷王之謀畫，未遂於懷，將廣而遂之於襄。

吳世尚曰：前畫，先定之規模，即下篇所云"明法度而國富强"者也。言天固未欲復興楚國也，如果復興楚國，而大遂夙昔之經營，生平之志願，則必屬貞臣，奉先功，去讒諛，明法度，然後可也。何也？　此度固不可改也。

屈復曰：畫，計謀。　思欲廣遂向者三五之謀畫耶？　前度未改，必不行也。

江中時曰：畫，謀畫也。　言既得歸，則必廣遂前謀，不改此志。

夏大霖曰：言吾仍思廣遂前畫而大有爲，則未改初志而離異不得遂矣。

邱仰文曰：謂懷王時未遂之謀劃。　今欲廣遂之，奈此度未改，又不可遂。

陳遠新曰：路亦何至終阻，乃於此度不遂不改，廣遂亦未。

奚禄詒曰：廣，弘也。　遂，繼也。　言已恢弘仁義，以繼前王之道，終身不改。

丁元正曰：而廣遂前畫之情，始終不改。

陳本禮曰：此承上而轉計之詞。

胡文英曰：前畫，即前轍、前圖也。　廣遂，多方以求遂也。　若此者，固不能改吾度耳。

牟庭曰：我未改此行，諒難收録前畫，不可遂也。

顏錫名曰：遂，界限之義。　蓋我之志度，本與衆異，有如大遂界畫於前，無可更改。

馬其昶曰：前畫，即上所云固本求賢之策。　忠謀不用，無能改於其德。

姜亮夫曰：廣，猶光也。　遂即術本字，道也。　廣遂，猶廣塗大道矣。　前畫之畫，讀爲《蜀都賦》"畫方軌之廣塗"之畫；謂面前所分布者，乃大道也。　此度此字，即指上登高不悦、入下不能之度也。

蔣天樞曰：六句歸本原來詞旨，結束全文。　前畫，久蓄胸中之謀略。　此度，心嚮往之"調度"，此"度"爲己不可更改之方向盤。

　　湯炳正曰：廣遂，全面實施。"此度"即指"前畫"。 此總結之
辭，謂過去在實行"前畫"中，始終遵循着根本的法度。

　　按：廣，擴大。 遂，前進，引申爲完成。《墨子·修身》："功成
名遂，名譽不可以虛假，反之身者也。"言還要堅持擴大並完成前畫，
前度不改。 汪瑗以爲前畫爲初心之謀畫，是。 王逸以爲恢仁義弘聖
道爲前畫，意亦通但迂腐。 王夫之、王邦采以爲前畫爲具體政事之謀
劃，即初事懷王之謀畫，未遂於懷，將廣而遂之於襄，可參。

命則處幽，吾將罷兮，願及白日之未暮。

　　王逸曰：受禄當窮，身勞苦也。 思得進用，先年老也。

　　汪瑗曰：命，如"道之將行也與，命也；道之將廢也與，命也"之
命。 處幽，謂遭放逐，而不顯用於時也。 罷如字，休也。 吾將罷
兮，猶吾已矣夫之意，言道之不行也。 舊注讀作疲，謂身勞苦也，非
是。 白日未暮，猶言此身尚未死耳，欲及時修德立行也，喚上"廣遂
前畫"二句。

　　林兆珂曰：命當被於處幽，亦不敢言疲，乃欲乘其年之未老，而
圖自決也。

　　陳第曰：其如命何，吾將老矣，儻及日之未暮而君寤乎？

　　黃文煥曰：命則處于幽，蹈杳冥之苦界；心則可以齊光，及白日
之未暮也。 又曰："前畫"應前"前轍"，及"白日之未暮"，應前
"白日出之悠悠""假日以須時"。

　　李陳玉曰：吾罷，豈須人罷，世棄君平，君平亦棄世。

　　王萌曰：將罷者，聽之命。 未暮者，在其願之死而靡他也。

　　賀貽孫曰：蓋屈子從來畏老不畏死，今欲及未老而罷，未老而死
耳。 如此，心事豈恒情可量。

钱澄之曰：命則處幽，何所憤懑哉？ 萬事一死始罷，待死何時，及日之未暮，明白一死，庶不虛此死也。

王夫之曰：罷，止也。 白日未暮，國尚未亡也。

林雲銘曰：爲安命居蔽而徑撇下乎？ 又願趁此時光，未至縹黃，尚可有爲，所以狐疑。

高秋月曰：命雖處幽而罷困，願及日之未暮而思反於古人也。

徐焕龍曰：然此心惓惓，命則處幽，將罷欲絕，而顧瞻白日，雖不若開春發歲，東方始出之時，幸猶未暮，願及此時，爲之整頓，國事尚可挽回。

賀寬曰：度不改而命則幽，守吾度而不與命爭，亦不爲負此悠悠之白日矣。

張詩曰：奈命處幽獨，而時又將極，吾已矣夫。 然猶願及此白日未暮，得一見美人以慰吾思，其如不可得矣。

蔣驥曰：處幽，即居蔽意。

王邦采曰：命則處幽，將罷欲絕，豈吾之處願哉？ 百日未暮，正可整頓挽回，而今終不可得。

吳世尚曰：幽，窮。 罷，廢也。 白日未暮，以喻楚國之將亡而猶未亡時也。 然而道之不行亦命也。 若命當窮而吾將廢，則願天尚速有禍於余身，使坐見國家之亡，而同爲臣樸也。

許清奇曰：及日未暮，好修立節，不以處幽而疲。

屈復曰：思欲安命而罷耶，心未能化也。 白日未暮時尚可爲，故決以死諫矣。

江中時曰：況自幽蔽以來，吾力將疲，願趁此時光而早圖之。 蓋不能待至縹黃矣。

夏大霖曰：謂吾命當幽蔽，便竟罷乎，奈此心猶思美人，願踐縹黃之期，及白日未暮之早也。

邱仰文曰：喻年力尚可有爲。

陳遠新曰：惟命運顯通身將仕進，斯早成就，不然寧以曛黃爲期，不中道而改也。

奚祿詒曰：罷，疲也。實命不猶，而放處幽谷，獨受疲勞，尚思君悟，及年未暮，乃竟不可得。

劉夢鵬曰：罷，衰老意。願及白日之未暮，與曛黃爲期也。

陳本禮曰：歸咎於命，自嘆不能有所爲也。願及，緊承將罷，翻進一層。白日之未暮，自顧時尚可爲，欲以死諫也。

胡文英曰：命既宜於處幽，雖廣遂而無益，亦將無如之何而止矣。然願及白日悠悠而未暮。

牟庭曰：而我年紀未甚老，終不能半途罷也。

顏錫名曰：我既立志南行，不獨不須媒，且並不以命自解。白日未暮，欲罷不能。

姜亮夫曰：處幽，即上居蔽之義；言論余之命運，則當居蔽處幽也。吾將罷兮與上下文義皆不甚相屬，疑有脫誤。願及白日之未暮，謂及時有爲，未至於曛黃之候也。

蔣天樞曰：處幽，就當前處境困頓而言，即《山鬼》"余處幽篁兮終不見天"之生活處境也。白日之未暮，言時會猶有可爲，己願及此煌煌光芒未墜之先，挽救使之復興。

湯炳正曰：處幽，身處幽暗，此指被流放。

按：罷，離散。《集韻》："離，散也。"《墨子·非攻》中："及若此，吳有離罷之心。"此句言命既處幽，吾將離散而無返回之可能，故趁白日之未暮，好修立節，以回初服也。許清奇謂及日未暮，好修立節，不以處幽而疲，甚得其意。吾將罷兮，汪瑗謂言吾道之不行也，可參。

獨煢煢而南行兮，思彭咸之故也。

汪瑗曰：煢煢，獨行貌。南行，謂遭放逐於江南也。楚國爲南方，而沅湘之間，又楚國之南也，故曰南行。彭咸，古之賢人，當殷之末世，遭亂而西逝流沙者也。言己之所以煢煢南行，獨甘爲此，隱忍而不死者，非貪生也，蓋思古人遭亂亦嘗遁逸遠去以全身，而己亦欲竊比於我彭也。然則屈子寧隱忍而壽考，遵江夏以娛憂，雖歷年離愍，車覆馬顚，而竟不能屈服其志，哀傷其心，變易其節者，亦有所真見則未易惑，有所真得則未易移矣。是豈胸中無物而漫爲此言以誑人者哉？嗚呼！屈子之於道，可謂有矣。

陳第曰：恐終不寤，我則從彭咸而已。

張京元曰：薜荔不可求，芙蓉不可采，高不能登天，下不能入淵。進退狐疑，舍彭咸其何從哉。

黄文煥曰：思彭咸者，惜不及古之人而又終期及之也。

李陳玉曰：且自求娛處，有個結局處。

王萌曰：彭咸遺則，舍此無可依也。

錢澄之曰：煢煢南行而從彭咸，所以處死之道也。

王夫之曰：故，故迹也。謂憤世沉江，彭咸之故事。己忠不白，國事益非，命己處於幽暗莫伸，則唯及敗亡未至之日，一死而已。所以煢煢南行，將沉於湘也。

林雲銘曰：煢煢，不止貌。媒絕路阻，難得到此，而竟到矣。尚欲死諫，此思美人實着。又曰：已上敘無求媒伎倆，輾轉思惟，舍死諫一着，別無他途可行。

徐焕龍曰：如其終不可得，仍是獨行煢煢於南土，則惟有一死以報朝廷，思彭咸之故事而已也。 自"思美人"至"迅高難當"，言慕君之至，無路可通。 自"高辛靈晟"至"變易可爲"，言君雖隔絕，臣節不移。 自"前轍不遂"至"假日須時"，言懷王覆轍，襄宜改圖。 自"嶓冢西隈"至"備爲交佩"，言不負前王，厚望新主。 自"薜荔爲理"至"容與狐疑"，言不屑援人，終未絶望。"廣遂前畫"以下，則總前詞而結言之也。

賀寬曰：念彼前修，亦安能與我玩此芳草乎？ 我則思之，故不憚南行之踽踽也。

張詩曰：焭，同煢。 煢煢然遷徙南行，非以思彭咸之故也乎？

蔣驥曰：南行，指遵江夏言。 思彭咸，欲以死諫君也。 朕形不服，則保美須時，無可疑矣。 然不能無疑者，蓋欲大就其前轍，則今之未改此度，依然如故，道必不合也。 欲遂居蔽以安命，則日未纁黃，尚冀有爲，情又安能已乎？ 蓋變節固有所不爲，而須時又不能復待，則惟效彭咸之死諫，猶幸君之一悟而已。 然則今之遵江夏以南行者，豈真爲娛憂計哉？ 蓋思彭咸之故，而欲至郢以諫君也。

王邦采曰：煢煢南土，惟有一死，以報如彭咸之故轍而已。

吳世尚曰：於是煢煢南行，思從彭咸以爲侶，蓋不得於君而以死自效，於吾心固已甘之，否則楚國亡矣。 白日暮矣，吾心更有大不忍言者矣。

許清奇曰：末段言求媒既不能，而處幽又不甘罷倦，惟有死諫一着，庶幾立節無虧，而亦可明其《思美人》之志耳。

屈復曰：願字，直貫三句，以思結。 右四段，既不能求媒，又不能不思，兩端狐疑，終決之以死諫也。

江中時曰：煢煢，不止貌。 思彭咸，總以死諫爲法，庶不負此番南歸也。 以上揭出南歸主意，此正思美人之不能自己者。

夏大霖曰：所以煢煢獨自南行不屈志者，乃志彭咸之不忘諫君，雖死所不自恤，思彭咸之故也。又曰：此結《思美人》而推極之至於彭咸也。思彭咸正是思美人之極則。

邱仰文曰：獨，無依也。屈子慣言彭咸，有言其諫者，有言其死者。此主諫言，正是節不變意。又曰：以上三節，言改節之事，不惟不肯，實亦不能，尚思以死報國，所謂尚冀君之一悟者，於此見之。明言“遵江夏以娛憂”，自是江南之塗所爲。思美人者，思頃襄戀新主，即念故主也。篇中“前畫前轍”，皆指懷王時事。蓋撫今而思昔也。林西仲泥王逸注思懷王語，坐定漢北，牽南人南行爲證，云南對北，言豈不聞。《涉江》篇亦云“哀南夷乎”，又云：《哀郢》云“東遷”，如在江南思君，當云“西思”，吾惡知美人之不爲西方也。屈子再放在頃襄三年，懷王已死於秦，舍新主不念，而但思故主，乃成怨望，豈屈子所爲？又按：篇中“滿内揚外”“芳華從中出”等語，正與《涉江》篇奇服、切雲、明月、寶璐相符的，是一樣口吻。蓋至遷所，歷年未久，英氣尚露也。不玩通旨，定云於江南之塗無涉，誠不知其何説也。

陳遠新曰：然吾之不變節從俗，以求媒之合，不改此度以求路之通，獨煢煢南行於變態中者，何哉？亦以素依彭咸之遺則，今亦以彭咸爲思故耳。

奚禄詒曰：南行，往湖南也。故榜筏南去，思與彭咸同節矣。

劉夢鵬曰：煢煢，獨行無偶之狀。彭咸，即所云惜不及古之人者。蓋既以堅志遺於美人，因言己將與古爲徒也。右第四章承上章，置以爲像，而又尚友殷古人也。

戴震曰：方晞原曰：“上云觀南人之變態，此云煢煢而南行，宜爲在漢北所言。”

胡文英曰：庶幾莞莞南行，寧踐彭咸之故轍而已。莞莞，隱進之貌。

牟庭曰：乃知彭咸之赴流有故矣，正坐不能遂，又不能退也。此皆詒言託玄鳥爲我致也。

顏錫名曰：莞莞以行，必將胸中一段沉菀之情，盡傾吐於吾美人之前。然後懟揚心快，即因諫而死，若彭咸之故事，亦足以蕩志愉樂矣。

王闓運曰：明己被放不死之故，以懷王尚在，將留其身以遂前計。都夔巫從彭咸，非不知己命窮也。

馬其昶曰：以上誓死之志。

姜亮夫曰：南行，此二句在篇末，王逸無注。上文言"登高不說，人下不能""命則處幽""願及白日之未暮""獨莞莞南行"云云，則亦涉江初時所爲也。惟此篇文義，似不甚條理，即以游踪論之，篇首既言造父操駕，"指嶓冢之西隈"，至"開春發歲"後，忽又"遵江夏以娛憂"，篇末又言"登高不說""命則處幽"。似爲情緒紛亂時語，與《涉江》之悲而有節，《懷沙》之沉痛而不亂，情致皆殊。則其爲初涉江時，將入南土，心懷憂恐，又悲索漠，故曰"命則處幽，吾將罷兮"。故思及西土發祥之嶓冢，亦念及平日遊處之江夏，則其凌亂，正其可傷之處也。此南土，必指辰、漵、蒼梧以南之地言無疑。至思"彭咸遺則"者，其永作隱匿之義乎？思彭咸之故，猶言思彭咸之遺則。屈子宗臣而兼巫史之職，故屢思巫咸之儀也。此言朕形小服，則保美須時，無叮疑矣；然不能無疑者，蓋廣遂大道，布列於前，則今之未改此度，依然如故，道必不合也。余命當居蔽處幽，……願及日之未昏，以自修飾；尚冀有爲，又安能已乎！然則今之遵江夏向南者，豈真娛憂計哉？蓋思彭咸之遺則，而欲反郢以諫君也。

蔣天樞曰：己之所以嬛嬛南來，即思能爲救國之巫彭、巫咸也。

湯炳正曰：以上第三段，實爲亂辭，有總結全詩的作用。

按：彭咸，王逸注謂殷賢大夫，諫其君不聽，投水而死。後世效之，皆以原效彭咸即爲效其投水而死，非是。彭咸雖爲殷時人，然其身份爲巫。《吕氏春秋·勿躬》篇："巫彭作醫，巫咸作筮。此二十官者，聖人之所以治天下也。"此"二十官"當爲職業。《世本·作篇》："巫咸作筮，巫彭作醫。"《山海經·海内西經》："開明東有巫彭、巫抵、巫陽、巫履、巫凡、巫相，夾窫窳之屍，皆操不死之藥以距之。"此巫彭、巫咸爲巫，亦爲神醫。上古之世，巫、醫不分。故彭咸也應爲巫，也爲醫。此在甲骨文中也得到證明。《甲》2407片："癸卯卜，彭貞：旬亡禍？"《甲》2770片："癸未卜，彭貞：旬亡禍？"此"彭貞"之"彭"即爲貞人。據董作賓先生統計，第三期廪辛、康丁時的貞人"彭"出現的次數多達五十六次。（董作賓：《甲骨文斷代研究例》）屈原以彭咸爲效法之榜樣，即是説將回到其未從政之前的身份，即巫。今湖北雲夢睡虎地秦墓出土有竹簡《日書》，其中有"凡庚寅生者爲巫"，並曰"男好衣佩而貴"之語。屈原於庚寅日出生，並在《離騷》中説"退將復修吾初服"，其"初服"當即巫之服，也就是回到自己巫的原初職業上來。屈原爲巫，也可從其作品《九歌》《招魂》等巫術意味濃郁上得到印證。故此處"思彭咸之故"，並非思彭咸赴水而死，而是回歸到巫的老本行。王夫之謂"所以嬛嬛南行，將沉於湘也"，非是。

惜往日

洪興祖曰：此章言己初見信任，楚國幾於治矣。而懷王不知君子小人之情狀，以忠爲邪，以僞爲信，卒見放逐，無以自明也。

祝堯曰：此章賦多而比少。

汪瑗曰：《史記·屈原傳》："原爲楚懷王左徒，博聞彊志，明於治亂，嫻於辭令。入則與王圖議國事，以出號令；出則接遇賓客，應對諸侯。王甚任之。上官大夫與之同列，爭寵而心害其能。懷王使屈原造爲憲令，屬草藁未定。上官大夫見而欲奪之。原不與，因讒之曰，王使屈平爲令，衆莫不知，每一令出，平伐其功，曰，非我莫能爲也。王怒而疏屈平。"洪氏《補注》、朱子《集注》皆援此以證篇内之所言，是也。洪氏又考原初被放在懷王十六年，然則此篇其作於此時歟？朱子以爲臨絕之音，非也。瑗按：《史記·楚世家》，懷王十六年，秦欲伐齊，齊與楚從親，惠王患之，乃令張儀佯去秦事楚，説懷王曰："楚誠能閉關絕齊，願獻故秦所分商於地六百里。"懷王大悦，乃相張儀，日與置酒，宣言復得吾商於之地。群臣皆賀，而陳軫獨弔。懷王弗聽，遂絕齊交，後果見欺於張儀。屈原其或亦諫此事，有觸王怒，而王遷之歟？取篇首三字以名篇。

張京元曰：追惜往日會見信用，不意遭讒被放，篇中故實，皆典淺不必注。

　　黃文煥曰：明、晦、虛、實四字，通篇分合翻洗。曰"昭時炤下"、曰"明法度"，理國之貴明也。曰"惜雍君之不昭"、曰"願陳情以白行"、曰"情冤見之日明"，訴罪之冀明也。曰"蔽晦君"，而君受晦之誤；曰"身幽隱"、曰"芳草爲藪幽"、曰"鄣雍蔽隱"，而臣受晦之苦矣。參驗考實，則貞臣不至蒙罪，省察按實，則讒人不得售奸。曰"虛惑誤"，又以欺讒術多端，姑以虛爲先嘗之方，尚未敢謂君之遽聽也。曰"聽讒人之虛辭"，主德易搖，不待讒人之畢其術，再用惑，再用誤，再用欺，而已傾耳受之矣，可嘆可悼，歷代同軌。章法通體瑩透。

　　李陳玉曰：此篇乃屈子將死深悲之言，留遺言以俟異時楚王之察耳。

　　賀貽孫曰：思往昔者，從放逐之後，思寵任之時也。史稱屈原入則與王圖議國事，以出號令，出則接遇賓客，應對諸侯，懷王甚任之，故此篇多追述之詞，亦猶逐婦而回思合歡之初也。

　　陸時雍曰：此篇專於諷君，不勝憂危之感。

　　錢澄之曰：惜往日者，思往日王之見任而使造爲憲令也。始曰"明法度之嫌疑"，終曰"背法度而心治"，原一生學術在此矣。楚能卒用之，必且大治，而爲上官所讒，中廢其事，爲可惜也。原之惜，非惜己身之不見用，惜己功之不成也。

　　王夫之曰：亦以篇首語名篇。追述初終，感懷王始之信任，而惜功之不遂，讒人張於兩世，國勢將傾，故決意沉淵，而餘怨不已，誠忠臣之極致也。

　　林雲銘曰：以明法度起頭，以背法度結尾，中間以"無度"兩字作前後針綫。此屈子將赴淵，合懷王、頃襄兩朝，而痛敘被放之非辜，讒諛之得志，全在法度上決人材之進退、國勢之安危。蓋貞臣用則法度明，貞臣疏則法度廢；及既廢之後，愈無以參互考驗而得貞讒之實，而君之蔽晦日深，雖有貞臣，必不能用，是君爲贗君，國非其國也。故篇首惜懷王初寵遇而終遠遷，以垂成之功，墮於一旦；次轉入頃襄，無罪見放，尤出無名，總爲聽讒不察所致。中段以古來人君能察，則貞臣可用，不能察則貞臣不得用。及貞臣所以喪其身，讒諛所以固其寵，皆最易察者而不能察，找説於後，而以治國無法度必至於亡結之，與《哀郢》《懷沙》諸篇，另是一樣機軸也。《史記》把楚滅於秦敘入本傳，自是特識。

佚名曰：此篇詞質而易曉，然須分清段落。"惜往日"至"賦氣"，言懷王；"何貞臣"至"何由"，言襄王；"聞百里"至"縞素"，援古以自慨；"或忠信"至"使讒諛"，概論古今暗主。自"前世"至"如列宿"，復言懷王；"乘騏驥"一段，慨懷兼慨襄。然後結言其所以作是篇之意。（《屈辭洗髓》引）

蔣驥曰：《惜往日》其靈均絕筆歟？夫欲生悟其君不得，卒以死悟之，此世所謂孤注也。默默而死，不如其已，故大聲疾呼，直指讒臣蔽君之罪，深著背法敗亡之禍。危辭以撼之，庶幾無弗悟也，苟可以悟其主者，死輕於鴻毛，故略子推之死而詳文君之悟，不勝死後餘望焉。《九章》惟此篇詞最淺易，非徒垂死之言，不暇雕飾，亦欲庸君入目而易曉也。嗚呼！又孰知佯聾不聞也哉！

吳世尚曰：通篇音節悲矣。始惜受命之臣，不得成其功；中惜贗君之情，不著於當時，而使君一竊；末惜贗君之禍，不傳於後世，而無所鑒戒，其言可謂深切著明矣。《詩》曰"作此好歌，以極反側"。《禮》曰："小人之使爲國家，菑害並至。雖有善者，亦如之何。"讀此篇，於此言益信。

屈復曰：此將沉汨羅時所作也。合懷襄兩朝，敘遷放無辜，讒諛得志，貞臣枉死，歷引古事，言易察而不能察，結歸廢法度，應到首段。知國之必亡，故忍死以記讒諛之害也。

江中時曰：惜往日非爲自己失位惜也，實爲今日法度廢壞，無以爲國，故追敘前日之明法度，國富强，見得以刑政修明之國，一旦敗壞至此，其所以惜者大矣。

夏大霖曰：王甚任之之往日也。

邱仰文曰：此將赴淵時作，合懷襄二王事，撮敘顛末而並病其聽讒誤國也。詳其文意，當在《悲回風》之後，《懷沙》之前。蓋《悲回風》尚有上極至高下極至深等語，此專留示後人。

陳遠新曰：首敘君之信讒遠己，遂言讒諛之蔽賢，廢法欲畢辭以悟君也。與《思美人》皆根《惜誦》"重著"句來。《思美人》著自己之真情，此著小人之僞情。《思美人》"恐情質之不信"，此願"曾思而遠身"。一時之言也，後人因沉流赴淵，遂以《思美人》爲懷王時作，此爲頃襄時作，玩文意，乃言赴淵便不得畢辭，非欲赴淵也。若以辭害意，《離騷》亦有"寧溘死"句，亦頃襄時作乎?《離騷》因"荃不察中情，故信讒齋怒"，故此并欲察讒人之虛辭，不至含怒待臣也。《九章》與《離騷》相發，文同者意異，意同者文異，不可不知。

奚祿詒曰：此篇賦也。

劉夢鵬曰：舊名其章曰《惜往日》，列第七章，今仍之。

丁元正曰：從來無競之地，可以遠忌；無恩之身，可以遠謗。夫世路風波反覆，莫測人心，其可恃乎。其云密事之載心，雖過失猶弗治，可知原之信心略跡，即以資讒佞之口矣。一蹶莫起，以至於死亡，豈不痛哉！

陳本禮曰：通篇"惜"字三見，"讒"字六見，"貞臣"字三見，"廢"字四見。蓋慟哭陳情之辭，將平昔一片忠肝義膽，生既不能見白於君，故於臨淵致命時不得不有此一番慟哭也。　哀音血淚，一字一泣。

胡文英曰：《惜往日》篇，垂死之音，作于今之湖南者。

牟庭曰：重至沅湘作也。　惜往日者，臨欲懷沙，念往日遇合，而深自惜也。

顏錫名曰：此篇乃將欲沉淵，猶恐死而無益，作茲絕筆，冀君一悟之文。　通篇以法度二字爲主腦。　開首言明法度則國富法立，中言無度則忠佞不分，末言皆背法度則禍殃可必。　蓋己往日所作之憲令，原本先世之典章，身雖就死，法度俱存。　君苟念而法之，國勢不難復振，其惓惓君國之心，百世而下，猶可想見，讀之但覺字字是淚，字字是血，直以遺表一通，爲上人者，皆當復。　篇中曰“遂自忍而沉流”，曰“不畢辭而赴淵”，皆作十成死語。　非如他篇猶作商量勸勉之辭，的是絕命之作，以爲《九章》之殿，信不誣焉。

鄭知同曰：此章正言被讒而死，冀君因己之死，或能省悟察覺也。　屈子以一死全忠，即以一死感君。　不能格君於生前，猶冀勸君於身後。　此仁之至，忠之盡也。　先從往事敘入者，欲君悔悟，必先察讒，察讒必先辨誣，辨誣必先思己前功。　故從敘功發端，繼以白冤。　冤何以白？　王使屈平爲令，衆莫不知；上官大夫之讒也，原之獲罪以此故。“秘密載心”“純厖不泄”數語，正爲此而發。　以下遂侃侃直訴：君不合聽讒，怒而愈怒，既放且遷，令己至死。　其詞之糾紛，與《惜誦》《抽思》篇同。　然前此尚迂回曲折出之，至此語語憤激，略無含蓄。　又自《騷》以來，或君臣並舉；或責臣之詞較多。　此則專意靈修。　蓋屈子怨君，獨此斬斬，已無回護，所以爲臨絕之言，一味痛君不明，雖群小亦不暇詆之也。　根觸已甚，雖名稱亦不容諱。　故前此慕君爲荃，爲美人，爲靈修，爲哲王。　至此直目爲壅君矣。

然非鄰於訕謗也。　朱子謂末二篇尤憤懑而極悲哀，發爲倔强疏鹵之談，是真知屈子者！　又評《九章》詞多直致無潤色。　愚謂《九章》意義，視《騷》與《九歌》《天問》爲披豁，詞又多迫急，自不能不呈露。　至此章泄憤至極，益形徑直爾。　自"百里爲虜"以下，始入死後望君意。　言伊呂諸賢之遇合，亦幸逢王伯之君耳。　己所事君非其人，固宜及此。　惟求死後君或能如吳王之於子胥，晉侯之於介子，追悔隱傷，庶不負此一死已。"忠信死直"以下，皆就古人推證，并不與上重復。　故云諒古人之君，皆由不能聰聽，所以使忠良抵死，讒諛日得。　蓋自前世嫉賢，以好爲惡，以惡爲好，屏去西施之美，而已以嫫母之醜代之，其來已久矣。　此欲君終取鑒於前代也。　然後轉到自己。　己自今陳情白行以死。　既死即冤情自必發見，逐日章明。　觀此句，是逆料君於己死後無不昭雪之理。　仍慮君無悔禍之萌，又重誨之。　言己則死矣，倘君仍自聖背法度而師心以爲治，譬之乘無轡銜之馬，氾無維楫之樹，安所底止？　勢不至覆没不已。　進此一層，是明告君以己死後，其禍方長。　故接云"恐禍殃之有再"，特危言以深警之。　終云"惜壅君之不識"。　大聲疾呼而痛懲之。"禍殃有再"者，不特如懷王受欺於張儀，喪地留秦也。"不畢詞"者，後事不可言也。明明道著亡國，然己至死不忍盡言，只惜君不識之。　此言真耐頃襄尋味。　言則峻厲，意則深長。　屈子啓牖暗君之心，至此而極。　語言之妙亦至此而極矣！　合上文讀之，一言己之殞身絶名不足惜，所惜者，壅君之不昭；再言己無所舒情抽信，雖安於死亡，而尚不聊賴，則是必欲回君之聽，己之忠情乃釋，非徒以一死全夫臣節便足了事也。　豈非屈子生前不能救君之惑，終蘄以慘絶之狀，激發君之天良哉！　史魚尸諫，尚遜此毅烈矣。　議者以屈子忿懟厥君，不容濁世，固矕然於屈子之所以沉身；或又謂以死白讒。　此法特可用之英主。　故漢有武帝，張湯自殺，三長史皆案誅。 原死而上官、靳尚之屬不聞得罪，是說抑猶疏也。 如屈子之明哲，詎不諒頃襄憒憒終不可移，無如惓惓不已之私，不能不欣幸於萬一。 意謂己死而君仍漠然無動於中也者，則己之所徇者，忠也，無悔也。 己死而君能一旦惻然警惕，因之進賢退不肖，則保全君國所關綦鉅，豈第捐軀以成清白哉？ 此屈子之情見於詞，靜玩之無不畢見者也。 奈何以頃襄之終於木石，舉後事而疑屈子耶？《騷》經入首便揭出："余固知謇謇之爲患兮，忍而不能舍也。"已道盡一生心事。 令屈子以智自處，即從前之往復規諫，明知無益，適足召訕者，亦早可卷懷矣。 不深諒古人之用心，而沉潛反覆於其所以爲言，詎易尚論古人哉！

馬其昶曰：惜往日者，惜其所立之憲令法度也。

聞一多曰：本篇全係法家思想。《韓非子·姦劫弑臣》篇："上不能說人主使之明法術、度數之理。"《有度》篇："故審得失有法度之制者加以群臣之上，則主不可欺以詐僞；審得失有權衡之稱者以聽遠事，則主不可欺以天下之輕重。"《亡徵》篇："主多能而不以法度從事者，可亡也。"《安危》篇安術有七，"三曰死生隨法度"。《外儲說左上》篇韓昭侯謂申子曰："法度甚易行也。"《問田》篇："今先生立法術，設度數。"《史記》本傳："懷王使屈原造爲憲令。"憲令即法令。《韓非子·定法》篇："法者，憲令著於官府，刑罰必於民心。"《問辯》篇："堅白無厚之詞章，而憲令之法息。"《六反》篇："審於法禁……必於賞罰……國富則兵強，而霸王之業成矣。"

游國恩曰：《惜往日》是屈原的絶筆，是他的最後一首述志詩，它在前面既說："臨沅湘之玄淵兮，遂自忍而沉流。 卒没身而絶名兮，惜壅君之不昭！"篇末又説："不畢辭而赴淵兮，惜壅君之不識！"可見這篇是他的絶命辭。 他首先追述爲左徒時的一段事情説："惜往日

之曾信兮，受命詔以昭時；奉先功以照下兮，明法度之嫌疑。 國富强
而法立兮，屬貞臣而日娭。 秘密事之載心兮，雖遇失猶弗治。 心純
厖而不泄兮，遭讒人而嫉之。 ……弗參驗以考實兮，遠遷臣而弗
思。"楚懷王本來信任屈原，後因上官大夫進讒，由疏而放。 所以上
官奪稿一事，不僅是屈原個人事業成敗的關鍵，實在關乎楚國的命
運。 他在臨死時鄭重地把它提出來，這是極有義的。 以下便着重指
出讒邪蔽明之罪，以及"背法度而心治"的必然歸於失敗。 詩人在那
個時代沒有別的好辦法克服困難，只有把無限的悲痛帶到汨羅的淵，
讓"死"的影響來激發楚國人民的義憤罷了。

姜亮夫曰：以篇首三字為題。 言己初見信任，楚幾於治。 而懷
王不知君子小人之情，以忠為邪，以譖為信，貞臣無辜，遂以見逐。
然楚君昏暗，任私無法，而秦方朝夕以謀東略，則國亡無日，義恐再
辱，遂欲赴淵；又懼無益君國，徒死無用，遂剴切以陳，思以牖啟昏
暗；然法度已隳，罔可救藥，故畢辭赴淵以成其忠愛之忱矣！ 蔣驥於
此篇，從屈子情志關合處言之，為最得。 林雲銘于此篇文章結構，言
之為最允。

蔣天樞曰：惜，痛也。 往日，遷陳之初。 此篇於己決意沈淵之
際，深痛往日見信不終，己志未克遂成。 篇中多述史事，託往迹而悲
己身之遭遇也。

湯炳正曰：《惜往日》在舊本中編次第七，按其內容，當為《九
章》的第九篇，是屈原絕筆之作，大約作於湘水流域。 本來當時楚國
首都郢都、巫郡、黔中郡等先後失守，形勢已十分危急。 前此屈原雖
已在《懷沙》中考慮到死的問題，但却未定下死志，而是回到祖國腹
地，欲觀察國內動態，希望能有施展才能的機會。 但是這一最後希望
終至破滅，因為當他行至汨羅時，深知國事已不可為，即寫下這篇作

品後投水自盡了。 本篇以首三字爲題。

趙逵夫曰：《惜往日》《悲回風》二首是屈原死後楚國作家如宋玉、唐勒、景瑳之徒悼念屈原所作。《惜往日》一首敘屈原生前遭遇，看來對屈原情況十分瞭解，也很同情，表現出對於楚王的怨恨情緒，作者有可能受過屈原學養風範的親炙。(《屈原與他的時代》)又曰：《惜往日》和《悲回風》在漢代被誤以爲屈原之作，同屈原的《惜誦》等七篇較短的騷體詩合編一起，統稱"九章"。 南宋初年李壁已懷疑這兩篇非屈原所作，他曾有《漫記》一篇，是注王安石《聞望之解舟》一詩，又路過秭歸謁屈子祠之所作，認爲伍子胥"籍館鞭王屍，於吳爲貙虎，於楚乃梟鴟"，屈原爲楚之國姓，視伍子胥爲國賊，不可能詠歎他。 又就《惜往日》中"遂自忍而沉流"一句之說："遂，已然之詞。 原安得先沉流而後放？ 此是明後人哀原而吊之之作無疑也。"他作有五言古詩一首，談了以上理由，並説："追吊屬後來，文類玉與差。"宋魏了翁《鶴山渠陽經外雜鈔》卷二録李壁之詩，也贊同李壁的觀點。 明許學夷《詩源辨體》説："《惜往日》云：'不畢辭而赴淵兮，惜雍君之不識。'《悲回風》云：'驟諫君而不聽兮，任重石之何益？'是豈屈子之口語耶？ 蓋必唐勒、景差之徒爲原而作，一時失其名遂附人屈原耳。"近人曾國藩在戊午年（一八五八）日記中寫道："《九章·惜往日》似僞作，當著論辨之。"後在其《經史百家雜鈔》中"寧溘死而流亡兮，恐禍殃之有再"二句下云："此不似屈子之詞，疑後人僞託也。"吳汝綸《古文辭類纂評點》也從詞氣方面對《惜往日》《悲回風》二篇提出疑問。 陳鍾凡《楚辭各篇作者考》，陸侃如《楚辭引論》，陸侃如、馮沅君《中國詩史》，劉永濟《屈賦通箋》及《箋屈餘義·〈惜往日〉〈悲回風〉非屈作之證》、聞一多《論九章》、林庚《説橘頌》附《説九章》、譚戒甫《屈賦新編》、胡念貽《屈原作品的真偽問題及寫作年代》等都對《惜往日》《悲回風》的作者提出懷疑，理由充分。"申旦"一詞，《思美人》云："申旦以舒中情兮，志沉菀而莫達。"朱熹注："申，重也。今日已暮，明日復旦也。"宋玉《九辯》"獨申旦而不寐兮"用法與此同。然而《惜往日》云"孰申旦而別之"，是以"申旦"作"明白"解，顯然誤解屈宋原意，則《惜往日》非宋玉所作。唐勒《論義禦》《遠遊》《惜誓》都表現出明顯的道家和神仙家思想，而《惜往日》表現出法家思想，可見也非唐勒所作；從以上各點來看，《惜往日》應如李壁、魏了翁、許學夷之推斷，爲景瑳所作。司馬遷《屈原列傳》中言景瑳同宋玉、唐勒一樣"好辭而以賦見稱"，"皆祖屈原之從容辭令，終莫敢直諫"。宋玉《風賦》《大言賦》《小言賦》中提及景瑳與宋玉一起侍於頃襄王之側，應主要生活於頃襄王、考烈王時代。（《楚辭》）

潘嘯龍曰：這首詩當作于《懷沙》之後，也就是屈原沉汨羅前的最後一首詩作。前人稱此詩爲詩人絕筆，如蔣驥、郭沫若等。大抵不錯。

周建忠曰：此篇亦爲屈原晚期之作。

按：惜往日者，亦臨絕之音。此篇作期，邱仰文說近是，其云："此將赴淵時作，合懷襄二王事，撮敘顛末而並病其聽讒誤國也。詳其文意，當在《悲回風》之後，《懷沙》之前。蓋《悲回風》尚有上極至高下極至深等語，此專留示後人。"詩中曰"不畢辭而赴淵兮，惜壅君之不識"，正是投淵前之語。篇中又曰"臨沅湘之玄淵兮，遂自忍而沉流"，可見，彼時詩人尚在沅湘之間，並未到達汨羅。汨羅既不注入沅水，又不注入湘水，且沅湘注入洞庭湖之南，而汨羅注入洞庭湖之東，彼時屈原尚未到達汨羅也。但已起意投水，只是未定投水之處與時機。《懷沙》中已曰原於五月初五投汨羅，其時間、地點均爲精

心選擇。 本篇只見投水起意，未見其選擇投水之時機與地點，故較
《懷沙》爲早。 顏錫名以爲此篇爲絶筆，冀君之一悟，恐非是。

惜往日之曾信兮，受命詔以昭詩。 詩，一本作時。

王逸曰：先時見任，身親近也。 君告屈原，明典文也。

洪興祖曰：《史記》云：“原博聞强志，明於治亂，嫺於辭令。 入
則與王圖議國事，以出號令；出則接遇賓客，應對諸侯。 王甚任
之。”《國語》曰：“莊王使士亹傅太子箴，問於申叔時，叔時曰：‘教
之詩，而爲之導廣顯德，以耀明其志。’”

朱熹曰：時，一作詩，非是。 時，謂時之政治也。 言往日嘗見
信於君，而受命以昭明時之政治也。

周用曰：首二章，敘往日之得君也。

汪瑗曰：惜，歎也。 往日，指向任用之時也。 曾，嘗也。 命，
君命。 詔，君命臣之詞，即詔誥之詔，今亦言誥命，命詔倒文耳。
昭，明也。 詩，指楚先王之法度也。 王逸曰：“君命屈原，明典文
也。”得之矣。 詩文古之通稱也。 下二句不過申言“昭詩”二字耳。

徐師曾曰：曾信，嘗見信於君也。 昭時，明昭時政。

陳第曰：昭時，昭明時之政治。

李陳玉曰：昔時文字，見知主上。

周拱辰曰：昔也信，今也疑，而往日之信爲可惜也。 受君王之
命，制昭令以昭告當時也。

陸時雍曰：昭時，昭明四時之政治。

金蟠曰：君子念其君之恩，瀕死不忘，如此豈非因哀怨而愈見者
也。 孔子所謂可以怨者也。

王萌曰：所惜者往日，所恨者今日也。 曾信，曾見信於君也。

時，時之政治。

錢澄之曰：此追憶懷王使造憲令之事。以昭時，猶言以昭示當時也。

王夫之曰：惜，憶也。曾信，嘗爲君所信也。昭詩，一作昭時。舊說謂教王以詩，以耀明其志。按原未嘗爲王傅，自當作時。時，是也。即下所云明法度也。

林雲銘曰：爲懷王左徒，王甚任之。王令昭明一代之政治。

高秋月曰：昭時，受命爲典文以明時政也。

徐煥龍曰：人時經國之本，故首昭時。

賀寬曰：此即《騷經》“初既與余成言兮，後悔遁而有他”之意，而詳言其故也。恨在今日，則惜在往日矣。使今日仍如往日，在君則治可定，功可成；在原則名可就，身可全。而卒至此，一身何足道，國事遂不可爲，讒人之惡，寺人孟子尚不能忘，而況原也。

張詩曰：言可惜往日，吾君曾信任之。受君之命，詔以昭明時之政令。

蔣驥曰：昭時，昭著於時政也。

王邦采曰：言往日爲左徒時，嘗見信於君。受命以昭明時之政治。

吳世尚曰：惜者，惜其有始而無終也。往日，謂懷王時也。昭詩，昭明其時之政治也。言吾今者放棄江南，身廢不用，國事亦不可爲矣。撫今思昔，大可惜者。

許清奇曰：爲左徒日，王甚任之。

江中時曰：“往”爲懷王左徒，王甚任之。入與王圖議國事，以出號令，是受命詔以昭時也。

夏大霖曰：追惜往日曾見信任而受君之命，以光昭一時之政治，余所奉詔以設施者。

邱仰文曰：謂懷王初見信任。

陳遠新曰：受命，王使爲令。

奚禄詒曰：言昔日者，我曾受詔命以明時政。

劉夢鵬曰：往日爲懷王左徒之日也。往日曾信，本《傳》所謂"王甚任之"者也。

陳本禮曰：往日，指爲左徒時。受命，奉命造憲令。未昭者，爲之申明；已昭者，益從而廣之也。

胡文英曰：往日、曾信，指懷王信任時言。昭時，顯著其時。所宜行者，則列爲規條，如造爲憲令是也。

牟庭曰：昔年逢時，君明臣良也。

顏錫名曰：命、詔，懷王之命詔也。言今日之事，不必高談堯舜，遠慕三王，直舉往日明法度之效，庶己身死之後，儻君覽此，猶當省想而急守也。

王闓運曰：屈原既決《懷沙》，深思禍本由楚俗。讒諛專成，娼疾始於懷王，極於頃襄。己當任用時亦未能挽其波靡之俗，雖無秦兵，國亦必亡，故惜往日孤忠之無補也。曾，重也，重信猶重任也。詩，謂《離騷》也。以己所受命詔，悉著之於詩，以表其信慈之志。《悲回風》曰"竊賦詩之所明"。

吳汝綸曰：昭詩，詩承也。

馬其昶曰：昭時，猶言曉世。

聞一多曰：曾信猶崇信也。命詔猶詔令也。《莊子·徐無鬼》篇"招世之士興朝"，招世即昭時。昭，曉也，謂曉論時世也。

姜亮夫曰：《史記·原本傳》："原博聞彊志，明於治亂，嫻於辭令。入則與王圖議國事，以出號令；出則接遇賓客，應對諸侯。

王甚任之。"即本篇曾信之謂也。 昭詩，當從朱本作昭時，朱熹云"昭明時之政治也"，蓋即指爲左徒之職言。 詳卷首《原傳疏證》。按"昭詩"一詞，古今聚訟至多，朱熹以"詩"爲"時"之誤，説最動人而直截，然不了當。 王逸以"明典文"詁詩，不能詁時也。 洪引《國語》，在古籍中求根據，較朱説爲慎，而不能四會融通。 古受命者不受詞，詞必由受命者自爲之，疑詩乃詞字誤，"受命詔以昭詞"者，言昔日曾受命詔爲之彰明其詞，即《屈原傳》所謂"嫻於辭令，入則與王圖議國事，以出號令，出則接遇賓客，應對諸侯"。 詞即"嫻於辭令"之詞，亦即"出號令""接賓客""對諸侯"及下文草爲憲令諸端。 蓋原以宗親爲文學侍從之臣，故以詞字總之。 受命受詔，皆在上列諸務之中，本篇下文亦云："奉先功以照下兮，明法度之嫌疑，國富强而法立兮……"昭下必有詞，法立必有詞，諸語與《史記·原傳》相應。 則"昭詩"之"詩"字，爲詞字之誤無疑。 詞字與上下文用韻亦合。 此言追惜往時，曾見信於懷王，受命詔以整飾時政。

蔣天樞曰：八句言初見信任時己之政績。 曾信，曾爲頃襄親信任用。 昭詩，朱熹據別本改作"昭時"，黃本、夫容館本均作"昭詩"。《説文》言部："詩，志也。"《廣雅·釋言》："詩，意也。"言己曾受王命，爲詔以諮諭國家意向，蓋遷陳之初，用以安定國人也。

湯炳正曰：往日，指爲懷王信任重用之時。

潘嘯龍曰：曾信，曾被楚懷王信用。 昭時，使時世光明。 此指屈原參與改革朝政之事。

按：往日，昔日懷王信任時也。 林雲銘、王邦采等以爲任左徒時，更爲具體。 詩，王逸注云"君告屈原，明典文也"，則王逸所見本作詩。 詩，《説文》："志也。"昭詩，明志也。 此志當指懷王有稱霸之志。 前引賈誼《新書》中有云"楚懷王心矜，好高人，無道而欲有伯王之號”，可見懷王之志是在諸侯中稱霸。《史記·楚世家》亦云懷王十一年，“蘇秦約從山東六國共攻秦，楚懷王爲縱長”。 爲了實現這個志向，懷王命屈原爲左徒，在國內進行改革，施行法治。 下文云“明法度之嫌疑”“國富强而法立”等皆可與此印證。 朱熹以“詩”作“時”，謂昭明時之政治，可參。

奉先功以照下兮，明法度之嫌疑。

王逸曰：承宣祖業，以示民也。 草創憲度，定衆難也。

洪興祖曰：《史記》云：“懷王使屈原造爲憲令，屬草藁未定。 上官大夫見而欲奪之，屈平不與，因讒之曰：‘王使屈平爲令，衆莫不知，每一令出，平伐其功，曰：非我莫能爲也。’王怒而疏屈平。”

朱熹曰：先功，謂先君之功烈也。 嫌疑，謂事有同異而可疑者也。

汪瑗曰：先功，謂楚先王之功烈。 法度之所在，功烈之所在也。 照，猶示也。 法，刑法。 度，制度，即《史記》之所謂憲令也。 嫌疑，謂法度之有同異而可疑者。 嫌疑之際，苟不昭明之，則法無一定之規，而民莫知適從矣。 此章屈子追歎往日嘗見信任於王，而受王詔命，昭明一代之憲章，以植國紀；宣承先王之功烈，以示下民；明白法度之嫌疑，以爲畫一；使下有所遵守，知所趨避，而不敢惑世以誣民也。 瑗按：《史記》謂懷王使原造爲憲令，觀此，則亦不過因先王之法度而昭明之耳。 屈子推功於先王，固得立言之體，而其才能之美，亦自不容揜也。《史記》但知懷王使原造令，而不知其爲先王之令也。 世稱《杜集》爲詩史，而不知《楚辭》已先之矣。

陳第曰：先功，祖業也。 嫌疑，同異可否之間。

黃文煥曰：曰“昭時”、曰“照下”、曰“明法度”，主德臣忠，只此向明之一途。

李陳玉曰：繼以嗣先王之功，執法臨下。

王萌曰：明法度之嫌疑，疑即指造爲憲令之事也。

錢澄之曰："奉先功"，猶言援祖制也。"明嫌疑"者，是非可否，所辨在幾微之間，《序》稱與王"決定嫌疑"是也。

王夫之曰：先功，先王之功令也。

林雲銘曰：奉先君之餘烈，以照臨臣下。事有同異可疑者，皆以法度分晰而定之。二句乃昭時之作用。

高秋月曰：先功，祖制也。照下，示民也。嫌疑，宜更定者也。

徐煥龍曰：奉先功，故富强，明法度，故法立。

賀寬曰：國之治亂，臣之賢奸，只在明暗二途。曰"昭時"、曰"照下"、曰"明法度"，所謂明也。曰"蔽晦"、曰"虛惑誤"、曰"欺"、曰"雍君"，所謂暗也。君而信臣之明，則先功不墜，法度以定，國以富强。此往日之事也。

張詩曰：且令奉先王之功烈，使之彰示于下。而法度之有嫌疑可議者，無不明之。

蔣驥曰：先功，猶言祖制。嫌疑，事有同異而可疑者。

王邦采曰：奉先君之餘烈以照臨臣下，事有同異可疑者，皆以法度分晰而定之。

吳世尚曰：先功，祖宗之制度也。往日曾見信於先君，而受命任事，尊奉祖制，照臨下土，昭明法度，別白嫌疑，蓋猶赫赫如昨日事也。此追敘其始見用時也。

許清奇曰：承先君余烈，以照臨臣下。

屈復曰：先功，謂先君之功烈、法度、治國之典章，明則國興，背則國亡。

　　江中時曰：明法度之嫌疑，如造爲憲令是也。

　　夏大霖曰：惟奉先君之功烈，垂之成靈者，以照臨在下之臣民。其法度有不合於今，有嫌當避，有疑當核，則從而斟酌以修明之，余之受詔命者如此。

　　邱仰文曰：謂事有異同而可疑。

　　奚祿詒曰：奉祖業以臨下民，草創憲典決定嫌疑。

　　劉夢鵬曰：奉，承也。　先功，猶云前烈照明之也。　下，謂臣與民。

　　陳本禮曰：照下，照臨下土。　法度即五刑，糾萬民之法，八辟麗邦法之度。　嫌疑，則罪疑惟輕、功疑惟重之類。

　　胡文英曰：先功，祖宗之法度。　照下，則民之隱微必達。　法令章程之有私弊可疑者，則明其故而更定之。

　　胡濬源曰：此篇足考屈子疏放賦《騷》之前後。

　　顏錫名曰：先功，先時成烈，猶言國之令典也。　照下，明示乎臣下也。　法度即先功，明法度之嫌疑。　言昔之法度於今有所嫌疑。

　　聞一多曰：照讀爲昭，示也。《韓非子・顯學》篇：“明吾法度，必吾賞罰者亦國之脂澤粉黛也。”《五蠹》篇：“明其法禁，必其賞罰。”《八説》篇：“息文學而明法度。”

　　姜亮夫曰：先功，王逸《章句》以爲祖業，是也。　原以宗臣爲近内官，在王左右，非凡臣可比；蓋猶有推行本族遺教之責。　則輔佐今王，實所以光被先德，以化其民，故明提先功，不稱今上也。　照下，照臨下土，猶《堯典》言光被四表也。　明法度，即草憲令。　嫌疑，謂法之是非然否之疑也。　此句言余乃奉承先業，以光照下民；脩明憲令，定其是非然否之疑。

　　蔣天樞曰：奉，承也。　先功，先人功業，安定國人，首先宣明先王功業以撫戢人情，安定形勢。 明，闡明，辨說其是非所在，以爲人民衡量之標準。 法度，政府規制刑法之屬。 嫌疑，謂法之不便於民者，《禮記·坊記》"使民無嫌"，鄭玄注："嫌，嫌疑也。"《説文》："嫌，不平於心也。"

按：先功，祖先的功業。 王逸解爲承宣祖業，以示民也，甚是。明法度之嫌疑，顏錫名解言"昔之法度於今有所嫌疑"而決之。 江中時曰"如造爲憲令"，是也。

國富强而法立兮，屬貞臣而日娛。

王逸曰：楚以熾盛，無盜姦也。 委政忠良，而遊息也。

洪興祖曰：屬，音燭，付也。 娛，音嬉，戲也。

朱熹曰：屬，付也。 貞臣，正固之臣，原自謂也。 日娛，所謂逸於得人也。

汪瑗曰：貨財足曰富。 甲兵盛曰强。 法立，謂法度彰明，民不敢犯也。 獨言法者，省文耳。 富强法立，則教養兼盡，而外侮日消矣。 屬，付也。 貞臣，廉潔正直之臣，原自謂也。 日嬉，謂人君終日無事而游息，所謂逸於得人也。

李陳玉曰：明法任人之效，然妒端在此。

王萌曰：貞臣，原自謂也。 日娛，謂君得憂游也。

賀貽孫曰：首六句，自還其才大。

毛晉曰：娛、嬉通，遊也。 或作喜。 按前漢《房中樂》："神來宴娛。"相如《賦》："吾欲往乎南娛。"皆此音。

王夫之曰：娛，樂也。

林雲銘曰：法立則刑罰中而姦盜息。 此句乃昭時之效驗。 委任最專，君只觀成而自娛。 所謂"逸於得人"也。

高秋月曰：日娭者，國法定而君安也。

徐煥龍曰：國政屬付貞臣，故君無事而日娭，所謂逸於得人也。

張詩曰：言此時國富強，法度立，國家之事，付之正直之臣，吾君終日無事，優游以嬉。

蔣驥曰：祖制則遵奉無違，國法則幾微必當。此原立國之本，所由與心治者異也。

王邦采曰：屬付得人，故大君日逸。

吳世尚曰：日娭，國家閒暇也。言當是時，國家富強，法立令行，付托得人。

許清奇曰：娭，同嬉。日嬉，所謂逸於得人也。二句，昭時之效。

夏大霖曰：屬，委付也。貞臣，君許己為貞，正固守之臣而委付之專也。日嬉以政治，有富強之成效，君逸於得人而安閒也。

陳遠新曰：屬，信任。追序昔日信任之時，修明法度，國泰君安，無疑相信，及信讒之後遂不復察以致放斥之始末也。

奚禄詒曰：於是國以富強，法制悉立，尚屬正臣。

劉夢鵬曰：屬，委也。娭，悦也，樂也。任賢，逸而幾務理，故悦樂也。

丁元正曰：日娭者，所謂逸於得人也。

陳本禮曰：日娭者，君無猜下之嫌，朝無貝錦之萋，故得日娭以樂也。

胡文英曰：昭時則農事勉而國富強。別嫌疑則不私于近倖而法立。日娭，臣任其勞，則君處于逸。謂王甚任之日也。

顏錫名曰：貞臣，純一不貳之臣，屈原自謂也。娭，娛也。日娭，所謂逸於任賢也。

王闓運曰：屈氏世族掌國法度，原又造憲命也。貞臣，原所薦也。既定法，又舉賢，則可以熙樂。

聞一多曰：屬，猶委也。貞，忠也。娭與嬉同。

姜亮夫曰：貞臣，貞固之臣，原自謂也。日娭，謂委政忠良而遊息也，所謂逸於得人。娭，戲也。此承上言，奉承先業，申明法規，於是國家富強，法度建立；於是而君上以國事屬付此貞固之臣，日惟垂拱逸娭而已。而貞臣則黽勉從事，不敢告勞，故雖偶有過失，而猶不至於有危殆國家民族之處也。

蔣天樞曰：立，行也。富強而法立，蓋謂經過整頓後情事。貞，正也。《左傳》襄公九年：“貞，事之幹也。”貞臣，屈子自謂。《說文》女部：“娭，戲也。”言頃襄以國事付託屈原，而自身則佚豫遊樂也。

湯炳正曰：貞臣，奉公守法、忠於職守之臣。二句謂當時法制確立，國家富強，明君以國事托付貞臣，自己即可放心遊樂休息。此即先秦法家“君佚臣勞”思想的體現。

潘嘯龍曰：貞臣，忠貞之臣。此指懷王將朝政重任托付屈原。日娭，指懷王自己可從政務中解脫出來日享安樂。

按：屬，託付。娭，嬉戲。日娭，所謂逸於得人也。此言君臣相得時，君之收穫。吳世尚言當是時，國家富強，法立令行，付托得人，甚是。

秘密事之載心兮，雖過失猶弗治。

王逸曰：天災地變，乃存念也。臣有過差，猶貰寬也。

朱熹曰：雖國所祕之密事，皆載於其心。是以或有過失，猶寬而不治其罪也。

汪瑗曰：秘，不泄也。　密事，幾密之事。《易》曰："幾事不密則害成。"事固當密，而密事自古有之，君子慎之。　蓋戰國之時，征伐會盟，縱橫游説之徒往來列國，曾無虛日，而密事更多，尤所當慎者，故屈子特言之。　使造憲令是一事也。　載心，藏之於心也。　無心曰過，意外曰失。　弗治，不加之罪也。　此章承上，言己初見信任，致治有效，君享其成，時有密事，秘不敢泄。　其盡心於國如此，故君亦知其忠誠，或有過失，且寬而宥之，不加之罪也。　此上二章述己往日得君之專。

徐師曾曰：君任之重，故忘其過也。

陳第曰：載，存也。　即有過差，猶能相諒。

黃文煥曰：貞臣內載于心，雖有微過小失，君既屬之，則必寬之，弗之治也。

李陳玉曰：慎重不洩。　政不讁，人不間。

周拱辰曰：雖過失猶弗治，言雖制令之未盡，善君切用之，勿我責，正見往日之曾信也。

陸時雍曰：秘密事之載心，雖過失猶弗治，則信心略迹，闇主所弗諒矣。　又曰：鉉婞直以亡身，雖功用而不就，則憤悼而過喻者與。

王萌曰：密事載心，言慎重不洩也。　過失弗治，法甚寬也。

錢澄之曰：《史》稱"原入則與王圖議國事，以出號令"，則所議固多祕密也。　事載於心，一心究圖，則外節容有疏略；雖多過失，王亦弗治。　又曰：秘密二字，是招妒致讒之根。

王夫之曰：過失弗治，王許以雖有過失不責治之。

林雲銘曰：惟有機密之事，不便宣於朝者，任之於心而自酌。　處分甚寬。　又曰：已上敘得懷王之知遇。

高秋月曰：雖有過，君猶寬之也。

徐焕龍曰：秘密事載心，腹心之托，雖過失弗治，格外之恩，已來衆忌矣。

張詩曰：即秘密之事，吾皆得臧載於心，雖有過失，不加罪也。

蔣驥曰：載心，藏於心也。過失弗治，極形懷王之寵遇，與後無辜見尤相反，原所爲繫心不忘者也。

王邦采曰：秘密載心，腹心之託也。過失弗治，格外之恩也。

吳世尚曰：國有暇日，一切秘密之事，無不經於其心，而細爲商度。雖有過誤失當之處，猶且容其改正，而不加斥責，何其相信之至，令人可感而可泣也。此追敘其正任事時也。

許清奇曰：與知秘密則寵任異常，故過失獲寬。首段敘往日之知遇，此篇以任賢明法度爲主，故以曾信昭時領起，曾信則未受雍蔽，昭時則不失法度。

屈復曰：右一段，述往日懷王知遇之厚。

江中時曰：以上敘懷王往日之信任。

夏大霖曰：秘密事，不可洩漏之密謀，倍勞心計籌劃之事也。過猶弗治，極言君之信任無苛責也。

陳遠新曰：載心，推心臣腹。

奚祿詒曰：君曰嬉樂，至於大疑大難，當隱秘安密之事，載於我心而籌畫之。即便有萬一之失，獨寬宥不治也。

劉夢鵬曰：秘密載心，自言深謀遠慮，乃心國事之意。治，猶責也。已偶過失而王恕，不深責，故己得從容盡所長也。

陳本禮曰：過失，錯誤。

胡文英曰：原所言秘密之事，則懷王存之于心而不肯洩也。君不密，則失臣。懷王當時蓋甚明也。有過失猶弗治，蓋信其心之無他也。

胡濬源曰：富强法立，有密事貞臣，便非空尚辭章，史所謂"王甚任之"。 祕密事，猶後世軍機重事。

顏錫名曰：己則因時而損益之，以爲憲令也。 秘密載心，言雖國之秘事，皆載於己之心也。 過失弗治，言君未受讒時，縱有拂忤，亦不計也。

馬其昶曰：此猶言十世宥之也。 蓋王戒其祕密，故原不以草藁與上官大夫。

聞一多曰：閟，藏也。 載，在也。《七諫·怨世》："意有所載而遠逝兮。"《韓非子·說疑》篇："爲人主者，誠明於臣之所言，則雖單弋馳騁，撞鐘舞女，國猶且存也……趙之先君敬侯，不修德行，而好縱慾，適身體之所安，耳目之所樂，冬日單弋，夏浮淫，爲長夜，數日不廢御觴，不能飲者以筩灌其口，進退不肅、應對不恭者斬於前。故居處飲食如此其不節也，制刑殺戮如此其無度也，然敬侯享國數十年，兵不頓於敵國，地不虧於四鄰，内無君臣百官之亂，外無諸侯鄰國之患，明於所以任臣也。"

姜亮夫曰：祕密事，王逸以天災地變當之，朱熹以國所祕之密事釋之，皆未允。 此與下難過失猶弗治句合讀，國之密，安得過失不治？ 則何以明法度之嫌疑與富强法立？ 其不可通至明。 此蓋後世習用祕密爲機密，故作此解也，誤甚。 祕密即黽勉一聲之轉，黽勉又密勿，密別構作黽，故又作黽沒，黽沒又作黽沒，又轉爲劼莫、文莫、懋勉、悗密、文農，皆一聲之轉，別詳余《詩騷聯綿字考》。 祕密事之載心，即《詩經》之"黽勉從事，不敢告勞"之義。 其有黽勉載心之勞，故雖有過失，而非不躬鞠，猶可弗至於危殆也。 載心，即不敢告勞之義。 治借爲殆，同聲之通也。 殆，危殆也。

蔣天樞曰：秘密事，謂復國大事。 載，任也。 載心，任之於己心。　過失，事有過而失當者。　言當頃襄信任己時，對己如是寬宏。

湯炳正曰：秘密事，指屈原奉命爲懷王造爲憲令等工作。

按：此言君臣相得時，臣之收穫。　朱熹解曰雖國所祕之密事，皆載於其心。　是以或有過失，猶寬而不治其罪也，甚得其旨。　蔣驥謂過失弗治，極形懷王之寵遇，與後無辜見尤相反，原所爲繫心不忘者也，亦甚爲有見。

心純庬而不泄兮，遭讒人而嫉之。

王逸曰：素性敦厚，慎語言也。　遭遇靳尚及上官也。

洪興祖曰：庬，厚也。　泄，漏也。

朱熹曰：庬，厚也。　泄，漏也。　謂不敢漏其密事也。　讒人，謂上官大夫、靳尚之徒也。

周用曰：下三章，言讒人嫉賢，人君信讒，致己之被罪遠遷，念往日之相信，反以爲憖也。

汪瑗曰：純，專一也。　庬，敦厚也。　泄，漏也。《懷沙》篇曰"文質疏内"，又曰"材朴委積"，又曰"謹厚以爲豐"，則屈子之爲人可知矣。　讒人，巧言之人，古所謂壬人、憸卜、佞人是也。　指上官大夫也。　嫉，惡人之有也。《史記》之所謂"爭寵而心害其能"是也。

陳第曰：讒人，靳尚及上官也。

黃文煥曰：過猶弗治，況無過乎？　乃以純庬不泄、善秘善密之臣，而卒爲讒間。

李陳玉曰：不泄謂泄。

周拱辰曰：上官大夫讒原曰"非我莫能爲"，亦何曾輕洩此言乎？

陸時雍曰：當是時，懷王既入上官大夫之讒，而平不能婉以自白。 意平之爲人，樸忠而寡智者也。

王萌曰：不泄，不洩。 漏於同列讒人上官大夫、靳尚之徒也。

賀貽孫曰：次四句，自述其心小。 密事載心，純龐不泄，親臣慎密如此，尚且被讒，彼洛陽以諫，逯年少慷慨，大言能無見，沮於絳、灌乎？ 堪爲長嘆。

錢澄之曰：不泄而反坐以泄，謂原自伐其功以動君怒。

王夫之曰：泄，與洩同。《史記》稱懷王甚任屈原，使造爲憲令，屬草藁未定。 上官大夫見而欲奪之，原不與，因讒之曰：原爲令，衆莫不知，一令出，自伐其功，曰非我莫能爲。 此蓋追賦其事。

林雲銘曰：言己心誠信，不敢以機密國事與同列共知。 指造爲憲令，上官大夫欲奪而不與之事，以自伐其功讒之。

高秋月曰：不泄，語言慎也。

徐煥龍曰：又以此心純一無貳，龐厚不佻，不以幾事輕泄，讒人恨不與謀。 又無從窺探王意，因嫉之而遂進讒言。

賀寬曰：不意讒人一間，而君移所以信明者，信暗矣。

張詩曰：言此心純一敦龐，不敢漏泄國事，奈遭讒人之嫉。

蔣驥曰：《史記》：懷王使屈原造爲憲令，上官大夫欲奪之而弗與，因讒之王，即純龐而見嫉之事也。

王邦采曰：讒人，指上官大夫之徒。

吳世尚曰：純，一。 嫉之，即《史記》所云“王使屈平爲令，每一令出，平伐其功，曰非我莫能爲”是也。 言我心純厚，與王圖議國事，何嘗敢以語漏於人。

許清奇曰：不敢以機密泄漏，指造爲憲令，上官欲奪不與事。

江中時曰：讒人，謂上官大夫以自伐其功讒之也。

陳遠新曰：純龐不泄，不與上官草稿，以此具不自伐可知矣。

奚禄詒曰：我心純一龐厚，不輕泄露大政，是故讒人嫉妒。

劉夢鵬曰：純龐不泄，言心真純、渾厚。蘊結中誠，而不散也。

丁元正曰：純龐不泄，不伐其功也。

陳本禮曰：不泄，不敢以機密妄泄於人。

胡文英曰：王所與圖者，原亦不敢洩之于外。臣不密則失身，原于此時，亦自謂無虞也。

牟庭曰：事君不貳，而遇讒人中傷也。

胡濬源曰：史所謂"王怒而疏"。

顏錫名曰：上官讒以自伐其功，此明辯其並未嘗泄。

王闓運曰：載，劖也。言密事切心，不暇治過失，恐傷大度。泄國密謀，蓋有譖原寬縱不察者。

聞一多曰：純龐，古之成語，猶敦厚也。《國語·周語上》："敦庬純固。"《左傳》成十六年："民生敦庬。"一作敦懞。《管子·五輔》篇："敦懞純固。"又作敦龐。《淮南子·俶真》篇："而復反於敦龐。"

姜亮夫曰：庬字當作厖，本訓大石也，引申爲厚大之稱，《左傳》成十六年"民生敦庬"，《周語》"敦庬純固"，注皆訓大。此言純龐，猶他書言敦庬、金文言屯庬矣。泄，猶今言泄沓也。蓋純庬有似慎固，慎固則遲鈍，故以不泄沓限之也。

蔣天樞曰：十句敘遭讒見疏，事業被毀，己亦終遭放黜之歷程。純，篤厚。龐，充盛。不泄，不泄露國事。興復之事不容宣言之也。讒人忌其功成，疑是乘原外出而施其離間之策。

湯炳正曰：此即《史記·屈原賈生列傳》所載奪稿不與、上官大夫進讒之事。

按：龐，厚也。泄，指洩露草稿之事。《史記·屈原列傳》云："懷王使屈原造爲憲令，屈平屬草稿未定。上官大夫見而欲奪之，屈平不與。”不泄，指因草稿未定，不能洩密。 王夫之、林雲銘、蔣驥謂均窺探其旨。 王逸、朱熹説亦近之，然顯粗陋，未及事之詳細。

君含怒而待臣兮，不清澈其然否。 澈，一作澂。

王逸曰：上懷忿恚，欲刑殘也。 内弗省察，其侵冤也。

朱熹曰：清澂，猶審察也。《史記》云：“懷王使屈原造爲憲令，屬草藁未定。 上官大夫見而欲奪之，原不與。 因讒之曰：‘王使屈平爲令，衆莫不知，每一令出，平伐其功，曰：非我莫能爲也。’王怒而疏屈平。”即此事也。

汪瑗曰：含，蓄也。 怒，心不平也。 清澄，猶鑑察也。 譬如水之清澄，則可以鑑物，而溷濁則不能也。 然，是也。 否，非也。 此章承上，言己忠誠之心專壹敦厚，國之密事未嘗敢泄，不幸遭讒人嫉己之功，而妄愬懷王，遂不鑑察其是非，而深信之，含蓄憤怒以待己也。 或曰，屈子之純龐不泄如此，而上官之讒佞，屈子非不知之。 懷王命造憲令，胡爲使上官見之，豈非幾事不密則害成乎？ 瑗曰：此説非也。 所謂不泄者，蓋不泄之於外人與鄰國耳，豈有同列而不與之共謀國事者乎？ 此益足以見屈子之心光明正大，平生無纖芥可疑者。 或曰，然則上官欲奪之，而原不與何也？ 曰：憲令，國法也。 懷王使造君命也，豈得而與之乎？ 同列而不與之，見屈子不爲也；欲奪之而遂輕與之，屈子不敢也。

黄文焕曰：此中或然或否，是泄是密，清澂立見。 而含怒在先，察核不顧。 又曰：含怒待臣，不清澂其然否。 千古直臣受冤，昏君亡國，根因盡此二語中。

周拱辰曰：無奈讒人之嫉妬何，而君又不參驗其然否，由是遷跡於江潭。 而君怒未息，回思往日之我信，竟付之流水。 射工含沙影，遭之亦斃。　噫，彼譖人者，亦已太甚矣。

錢澄之曰：曰含者，君怒而原猶不如也。　含怒以待，則事事皆可怒矣，先入之言惑之也。

林雲銘曰：即《離騷》所謂“齎怒”，《抽思》章所謂“造怒”。蓋以既疏，有成心也。　有諫，總不分辨是非。

高秋月曰：不清澈，不省察也。

徐煥龍曰：怒含則無從申辨，且并不知君之怒己，含怒而不清澂然否。

賀寬曰：臣之賢奸，不難審察，循名核實，爲法最捷，而乃含怒以待。　不清澂其然否，於是讒人蔽君遏賢之術，不可窮詰矣。

張詩曰：而君舍怒待臣，不清澈其是非。

蔣驥曰：清澂，猶省察也。

王邦采曰：清澂，澂之使清也。　然否，是非也。

吳世尚曰：而讒人肆爲萋斐，謂我每令伐功，君遂加怒於我，不復審察，而我遂無以自白也。　此追敘其初放被謗時也。

許清奇曰：君，指懷王。

江中時曰：不清澂其然否，謂不察其是非也。

夏大霖曰：含怒，不明言所讒，便無從申辯。　清澂，明白省察也。

陳遠新曰：君含怒，觀《離騷》“齎怒”，可見王先有怒意，讒人早已窺之矣。　然否，信則有過弗治，怒則然否不清，人心其可恃乎。

奚祿詒曰：君竟含怒待我，不清澈其是非。

劉夢鵬曰：清澂，辨也。

陳本禮曰：此中之虛實然否，清澂立見，無如含怒在先，一切不爲之省察矣。

胡文英曰：君發怒，則猶可剖其心迹。惟含怒，則君既未言其何事，臣又難請其何故，此讒人之所以巧中也。君不清澂此言之然否，臣安敢辨此言之有無乎？

牟庭曰：君含怒者，謂懷王也。

顏錫名曰：蓋言王之怒而遠我，實因不清澂讒言之然否而然，並非怒我法度之乖違，憲令之不是也。

聞一多曰：清澂皆察也。《尚書·呂刑》"明清于單辭"，《後漢書·明帝紀》作"明察單辭"。澂，明也，明亦察也。《法言·五百》篇"聆聽前世，清視在下"，即察視在下也。

姜亮夫曰：清澂之澂，當從一本作澄，《説文》："澄，清也。"清澄然否，言省察清澄其然否也。此四句言心敦大而不遲重，乃遭讒人之嫉妬，於是君王含怒以待其臣，而不省察清澄其是非。即《史記》上官大夫讒原，王怒而疏屈平一事也。

蔣天樞曰：含怒而待臣，即《抽思》所言"蓋爲余而造怒"，豈即《導論》所推論，在原被免職前，有人勸原以兵諫阻和秦事歟？詳見《導論》頁四一。澂，一本作徵，是。徵，審也。《左傳》襄公二十八年："王人來告喪……故書之，以徵過也。"又昭公三十年："非公且徵過。"惠棟曰："讀從《楚辭》'不清徵其然否'之'徵'。"清徵其然否，言當查明當日事實真相，是否如讒人所虚構罪狀？

湯炳正曰：當指《史記·屈原賈生列傳》載上官大夫進讒，懷王怒而疏原一事。

按：此言上官大夫爭寵讒原而懷王信讒之事。《史記·屈原列傳》曰："王怒而疏屈平。"此追憶楚懷王在不清楚具體實情，不辨是非，發怒而疏屈原之事。朱熹説是。

蔽晦君之聰明兮，虛惑誤又以欺。

王逸曰：專擅威恩，握主權也。 欺罔戲弄，若轉丸也。

朱熹曰：虛，空言也。 惑誤，疑而誤之也，然猶畏之也；至於欺，則公肆誣罔，而無所憚矣。 王逸曰：“專擅恩威，握主權也。 欺罔戲弄，若轉丸也。”此言得之矣。

汪瑗曰：蔽，壅其聰也。 晦，障其明也。 虛，本無是事而空言也，下所謂讒人之虛辭是也。 惑，亂其君之心志也。《論語》曰“夫子固有惑志於公伯寮”是也。 誤，謂使君用舍倒置，舉動錯謬也。欺，罔也。 子路問事，君子曰：“勿欺也。”是人臣之罪莫大於欺。讒人騁虛誕之浮說，惑人君之心志，誤人君之政事，甘爲欺罔而不辭，何哉？ 朱子曰：“虛惑誤，然猶畏之也，至於欺，則公肆誣罔而無所憚矣。”此二句責讒人之欺君，以申上章遭讒人而嫉之一句之意。

黃文煥曰：貞臣之治國用昭，讒臣之蔽君用晦。 曰“虛”、曰“惑”、曰“誤”、曰“欺”，四者遞用，無弗搖之君矣。 其始讒之，未敢便欺君也，聊爲虛言而已，虛言久則君暫以惑，至惑而君之所行乃多誤矣，君即自誤，乃無不可肆吾欺也。 又曰：“虛”“惑”“誤”“欺”四字，疊得小人械多，君子氣蹙。 考實是破虛之捷訣，群械雖多，主術原簡，其如喊氣志何？

李陳玉曰：始猶依稀相似，繼則造作事件矣。

王萌曰：貞臣方昭明時之政治，讒人乃蔽晦君之聰明，其道正相反也。 始而虛言以惑，誤君蔽之既深，則明肆欺罔矣。

錢澄之曰：虛惑誤，是虛言其短，以疑誤其君，至於欺，則造出罪欸，如所云：原伐其功。 曰“非莫能爲”之類，是也。

林雲銘曰：以無爲有曰虛，以信爲疑曰惑。 誤，錯。 欺，誑也。

既以虛惑之見，誤國事於先，又以不當行之事，誑君而行之於後，無所不用其蔽晦也。

高秋月曰：虛惑誤又以欺，以虛罔惑誤其君而肆其欺也。

徐煥龍曰：則讒人益無忌憚，遂至蔽晦君之聰明，造虛無莫對證之語，惑誤其聽，又加之以面欺，雖明可對證者，亦公然誣陷矣。

賀寬曰：始之未敢遽欺君也，聊爲虛言而已。虛言久則君必暫惑，至惑而君之所行必多誤矣。君既自誤，何難肆欺，曰"虛"、曰"惑"、曰"誤"、曰"欺"，四者遞進，而欲君之不信，難矣。

張詩曰：言此皆讒人蔽君之聰，晦君之明，虛誕其辭，以惑君之心，誤君之事。

王邦采曰：以無爲有曰虛。惑誤，惑君聽以誤國事也。欺則肆行誣罔而無所忌憚矣。

吳世尚曰：虛者，無是事也。惑者，無是理也。誤者，故爲兩端可此而又可彼也。此三者，皆以嘗試其君也。欺則矯旨詐令，公肆誣罔而無所忌憚矣。言讒言初入，君若能察其然否，則不敢肆其欺罔矣。而君不然也，彼尚何所忌憚哉。所以蔽晦君者，日益工而君墮其術中而不覺。

許清奇曰：既以虛無之理，惑誤國事，又以無實之言欺誑其君。

江中時曰：以上敘懷王信讒，置己於外，以富強法立之國，忽然中廢，真爲可惜。

夏大霖曰："蔽晦"二句，指黨人虛惑娛是無謀失策，欺是讒妬忠良。

邱仰文曰：虛惑，當指絶齊事。誤，當指攻秦。又以欺，當指釋張儀，及背齊合秦，此皆懷王時事。

陳遠新曰：晦，如雲掩日。虛，以無爲有。惑，使信爲疑。

奚祿詒曰：虛惑，指進言時。 又欺，指平日與勿欺也，而犯之反對。 由於此輩專權，蔽晦君之聰明，以虛詞惑主，是玩弄以欺主矣。

劉夢鵬曰：此所謂君，指頃襄也。 虛，僞也。 惑誤，蔽惑而誤國事。 又以欺者，黨人前以虛僞惑誤懷王，而今又欺頃襄也。

丁元正曰：虛惑誤以又欺者，虛誕其詞，惑君之心，誤君之事而又欺罔其君也。

陳本禮曰：見君本聰明，奈爲虛、惑、誤、欺四者所蔽。

胡文英曰：虛，不實也。 使人自疑曰惑。 使人自差曰誤。 使人兩不知曰欺。 以虛無之事告君，使君自疑，而誤以其前之所盡忠者皆爲不忠，又使之兩不知其故，王與原皆墮其術中。 原亦被疏之久，而始知其故，則已晚矣。 讒人真巧于蔽晦君之聰明哉。

牟庭曰：蔽晦君者，又誤頃襄也。

顏錫名曰：虛惑誤者，始則借端設爲虛辭以惑誤之，如上官之讒是也。

聞一多曰：《韓非子·顯學》篇："無參驗而必之者，愚也；弗能而據之者，誣也。"《姦劫弑臣》篇："非參驗以審之也……此幸臣之所以得欺主成私者也。"

姜亮夫曰：欺，言肆其誣罔，而無所憚。

蔣天樞曰：蔽晦，猶言蔽塞。 虛惑誤，謂既構虛詞以惑君，又加之以欺妄。

湯炳正曰：虛惑誤，三字並列，用以強調讒臣的惡劣品質。 虛，僞詐；惑，瞀亂；誤，荒謬。

按：蔽，蒙蔽。 晦，遮蓋。 蔽晦君之聰明，此指責楚之内部讒臣，如上官大夫、靳尚之流。 虛惑誤又以欺，當指他國欺騙迷惑懷王之人，如秦之張儀之輩。《史記·楚世家》載有張儀詐楚懷王商於之地

六百里之事。 此句呼應上句所云“不清澈其然否”，指責懷王内受蒙
蔽，外被欺詐之事實。 邱仰文解謂虚惑，當指絶齊事，誤，當指攻
秦。 又以欺，當指釋張儀，及背齊合秦，此皆懷王時事，近是。 劉
夢鵬以爲黨人前以虚僞惑誤懷王，而今又欺頃襄，可參。

弗參驗以考實兮，遠遷臣而弗思。

王逸曰：不審窮覈其端原也。 放逐徙我，不肯還也。

汪瑗曰：參，謂反覆相參也。 如《易》“參伍以變”之參。 驗，
證也。 考實，謂考察其事情之果有無也。《韓非》曰：“省同異之言，
以知朋黨之分；偶參伍之驗，以責陳言之實。”即參驗考實之説也。
屈子嘗自許曰：“言與行其可迹，情與貌其不變。”懷王苟一參驗以考
實，則屈子之忠見而讒人之欺得矣。 其如懷王之不寤何。 遠，謂久
遠也。 遷，絀而放之也。 弗思，謂不念往日之好也。 瑗按：此篇作
於初放之時。 洪氏謂懷王十八年，復召用之，有使齊諫誅張儀之事，
則此遷未爲遠也。 屈子遽以遠遷弗思，而望懷王，何也？ 蓋孔子三
月無君則皇皇如也，屈子愛君憂國之心，實未嘗有一日而忘乎楚懷者
矣。 故才一遷放，遂以爲君忘乎己，其孟子“王庶幾改之，予日望
之”之心乎？ 屈子之忠，於是乎爲至矣。

黄文煥曰：于是始之虚變而爲實，君不復參聽而别求其實矣。

王萌曰：參驗，以我與讒人之言參互而考驗之也。

錢澄之曰：遠遷，是出之於外，不任國事，疏之，非放之也。

林雲銘曰：以吾所言，與彼之誤欺，參互考驗，而貞讒之實自
得，乃又不然，以蔽晦者深也。 既疏之於外，又遷之於遠，不思罰之
當否，以含怒者久也。

徐煥龍曰：始之不清澄，聽讒猶帶分毫之疑，此之弗參驗，酣讒

直如聲響之應。 遠遷何事，可弗思其罪之果否乎？

張詩曰：而又欺罔其君，君曾弗參驗考實，遂遠遷臣而弗思也。

蔣驥曰：弗思，不復憶念也。

王邦采曰：遠遷何罪，奈何參驗而遽信其讒諛。

吳世尚曰：參驗者，參互前後，而審驗異同也。 遠遷者，懷王始怒疏置漢北。 頃襄大怒，放逐江南也。 弗思者，棄之如遺，永不念及也。 明明事實之不可掩，而弗參驗而考之，明明溷濁之不可聽，而深信不疑。 故於我既遠放而不恤，又大怒而不解也。 此追敘其再遭讒時也。

許清奇曰：此四句，兼懷王頃襄王在內，遠遷兼漢北、江南。

屈復曰：忠與讒弗參互而考其實。

江中時曰：弗參驗以考實，以蔽晦者深也。

奚祿詒曰：漢唐以來，安置大臣，旨多中出，不付外朝參驗矣。君又不參驗於君子，以究考端原，遠放我而不三思也。

戴震曰：遠遷臣，謂遷之江南也。

陳本禮曰：不以讒言參互考驗而遽信以為實。

方東樹曰：弗志，《抽思》“他志”、《惜誦》“所志”，皆同此音讀。

胡文英曰：弗參之輿論，而惟讒人之是信；弗驗之行事，而惟影響以為憑，則亦何從得其實乎？ 此追述既絀之後，即被遷放也。

牟庭曰：於是始棄逐而行也。

胡濬源曰：言不聽，計不從，惟弗參驗考實也。

顏錫名曰：遷，謂放於漢北也。 參驗考實，是察忠佞要訣。 驟聞一事，即加之以喜怒，未有不敗事者。《惜誦》云“言與行其可跡，情與貌其不變”，苟以平日之言行，參驗此日之所聞，其是其非，自有如列宿之錯置者。 然非守法度之君，曾不足以語此，故曰無節於内者，觀物弗之察也。 欲察物而不由禮，物弗之得也。

王闓運曰：遷臣，原自謂也。 懷王時未遷，據後言之。

聞一多曰：《亡徵》篇：“聽以爵不待參驗，用一人爲門户者，可亡也。”《八經》篇：“聽不參則無以責下。”《詭使》篇：“今守度奉量之士欲以忠嬰上而不得見，巧言利辭行姦軌以倖偷世者數御。 據法直言、名刑相當、循繩墨、誅姦人所以爲上治也而愈疏遠，諂施順意從欲以危世者近。”

姜亮夫曰：謂不審窮覈其端原也。

蔣天樞曰：驗，信也。 參驗以考其可信之情狀。 遷，讁也。 叔師訓遷爲遷徙，遂爲後世“遷徙陵陽”説之依據。“遠遷”句有深痛，如其遠遷後念及原之忠耿而賜環，又何至有今日“媒絶路阻”事。

湯炳正曰：考實，考核實情。 先秦名家講“循名責實”，考實、參驗，皆這種思想的反映。

按：參驗考實，汪瑗説參，謂反覆相參也；驗，證也。 考實，謂考察其事情之果有無也，甚是。 此句亦承上句而來，責懷王不考核事實，反而遠遷於我。 王逸曰不審窮覈其端原也。 放逐徙我，不肯還也，意亦近是。

信讒諛之溷濁兮，盛氣志而過之。

王逸曰：聽用邪僞，自亂惑也。 呵罵遷怒，妄誅戮也。

洪興祖曰：《漢書》曰：“聞將軍有意督過之。”

朱熹曰：過之，猶所謂督過之也。

汪瑗曰：毁人之善曰讒，媚人之意曰諛。 溷，不潔也。 濁，不清也。 惟人君之不能清澄其然否，此讒諛之溷濁得以入之也。 盛氣志，謂怒之甚也。 過之，謂罪之也。《漢書》曰"聞將軍用意督過之"是也。 或曰，過之謂過於怒也。 亦通。 此四句言懷王輕於信讒而怒遷乎己，以申上章"君含怒以待臣"二句之意。 上章猶言讒人之嫉乎己也，此則責其虛惑誤以欺君矣。 上章猶言懷王含怒以待己，尚未至於暴也；此則言其盛氣志而過之，加之以罪矣。 此上二章，述己遭讒之禍。

陳第曰：遷怒而督過也。

黃文煥曰：惑變而爲信，前之含怒者益盛怒矣。

李陳玉曰：讒諛手段氣焰種種迫人。

王萌曰：賦氣志者，含怒之所發也。

賀貽孫曰：可見小人欲姦人主之是非，必先姦其喜怒；欲摻其喜怒，欲移人主之國家，必先移其喜怒盛怒之下，親者竦，忠者佞矣，孤臣安所達其情愫哉！

錢澄之曰：昔之雖過失猶弗治，以王甚任之，不見其過也。 王疏，則遇見矣，并昔日弗治之過，皆重見矣。

王夫之曰：盛氣志，怒也。 過，謫也。

林雲銘曰：溷濁，猶言言糊塗，與清澂相反。 此輩有何識見，純是虛惑，偏要信他。 自矜所行爲得計，以盛氣志而加我，即《抽思》章所謂"憍吾以其美好"也。 過，督過也。"遠遷弗思"蓋以此。 又曰：已上敘懷王信讒，放己於外，把富强法立之業，忽然中廢，所以可惜。

高秋月曰：盛氣志者，盛怒而過當也。

徐煥龍曰：職因讒人工於獻諛，以諛行讒，不覺深信賢奸之辨，溷濁不分，賦其氣志，督過於我。

張詩曰：夫信此讒諛溷濁之言，反盛怒其氣志以督過我，能不悲哉？

蔣驥曰：過，督責也。言君始已信讒而見怒，而讒人又虛飾其罪狀，以惑誤君聽而欺之，故至遠遷，既遷而讒言之溷濁日甚，故君益信之而督過無已也。此兼懷襄之世言。

吳世尚曰：過之者，有意督過之也。

屈復曰：溷濁，清澄之反。賦氣，與憍吾美好義同。遠遷弗思以此。右二段，惜往日懷王之信讒不察，蔽晦而遠遷已也。

江中時曰：過之，過責之也。

夏大霖曰："弗參驗"四句，謂君賦氣志，是偏惡造怒過之，是無辜加罪。

陳遠新曰：盛氣志，與含怒反。過，以爲勝人。

奚祿詒曰：信讒諛之溷濁，盛氣加我，怒而過之。

劉夢鵬曰：過，罪也。

丁元正曰：《史記》稱："懷王使原造爲憲令，屬草稿未定，上官大夫見而欲奪之，原不與，因讒之曰：原爲令，衆莫不知，一令出，自伐其功，曰非我莫能爲也。王怒而疏屈平。"此蓋追述其事也。

戴震曰：過之，謂過讁之也。方晞原曰："上言懷王時，此言頃襄時。"

陳本禮曰：見前雖有遇尚蒙弗治，今則有意督責之矣。

胡文英曰：混濁有二義：讒屈子之罪，則故若寬大，而不與分明；諛懷王之能，則己至聖明，而無庸矩矱，故懷王信其模糊之言，而遂自盈其氣志以譴屈子也。

牟庭曰：我誠見讒人無狀，不能假借以容也。

胡濬源曰：惑誤又欺，乃遠遷臣。明明既疏，後平使齊反，時王惑張儀，絕齊、誤失地、喪師；惑鄭袖、子蘭，誤受欺；會秦諫而不聽,遂賊怒而放之。 上含怒,此賊氣志淺深已分。

顏錫名曰:又以欺者,讒言既入,則信口欺詐,不必更有所因。《離騷》所謂謠諑是也。 賊,氣盛貌。 在怒則爲怒,盛在喜則爲喜氣盛也。 過之,加之以過也。

聞一多曰:過,責也。《莊子·則陽》篇:"匿爲物而過從俞樾説改。不識,大爲難而罪不敢。"《國策·趙策》:"太后盛氣而胥之。"

姜亮夫曰:此承上言,彼小人者,蔽塞君之聰明,虛飾罪狀,以惑誤君,又從而欺罔之;君上不參午考驗,以窮其端原,乃遠遷臣而曾不思念。 反信任彼讒諛之言,溷濁是否,以自亂其胸;至使呵罵遷怒,遇而督責之,使其見放,而不得反矣。

蔣天樞曰:《説文》言部:"諛,諂也。"讒人以讒以諛邀寵,頃襄陷其術中不自拔,既忘原所樹功業,又暴戾恣睢,盛怒對原,由此具見讒人誣陷之狠毒。 溷濁,猶言不辨黑白,小人顛倒白黑,混淆是非。

按:過,責備、怪罪。 盛氣志,即盛怒。 盛氣志而過之,意即盛怒地責怪我。 此亦爲責懷王之詞,既信讒諛之言而混淆了是非,又盛怒地責怪我。 王逸説誅戮,與史不合。 蔣驥以爲此兼懷襄之世言,可參。

何貞臣之無罪兮,被離謗而見尤。

王逸曰:忠正之行,少怨忒也。 虛蒙誹訕,獲過愆也。

汪瑗曰:讟謗,猶誹訕也。 罪自外至曰尤。

黃文煥曰:過失弗治,不可得矣。 究竟何嘗有罪哉?

錢澄之曰:自審無罪,罪由謗成。

王夫之曰:離謗,謗以離其上下之交也。

林雲銘曰：本無所犯於頃襄，爲子蘭、上官所短，又遷之江南。

徐煥龍曰：追思往日，以迄於今。何貞臣之苦，一至此乎。實係無辜，一被讒謗，即便見尤。

賀寬曰：既信讒諛，益怒貞臣，始猶含怒，不察罪之有無。今則盛怒，直以忠爲罪矣，而猶望昔之過失不治哉。

張詩曰：言貞臣無罪，被謗見尤。

王邦采曰：人當失意時，每對景自慚，不身歷之，不知其信然也。

吳世尚曰：夫貞臣本無罪也，乃被讒謗之故而遂見尤如此。

屈復曰：讒，衆怨。謗，人道其惡。言無罪見尤。

江中時曰：此下言頃襄以上官、子蘭之讒，又放之江南。

夏大霖曰：言本無罪而被讒見罪。

陳遠新曰：夫以讒諛爲愈，而斥貞臣；以讒諛爲誠信而不明其真僞也。

奚祿詒曰：正臣何罪，乃被謗見尤乎。

丁元正曰：言無罪見放，誠信不昭，無可奈何。

陳本禮曰：貞臣，與上“貞臣”緊對。

胡文英曰：此呼天自訴之辭。

牟庭曰：誰爲貞臣而無罪，莫不以讒謗窮也。

王闓運曰：此頃襄既立，斥逐原黨，所薦者，皆得罪也。

蔣天樞曰：八句言己蒙冤莫白，道阻不得北返，因思沈身以明志。何，猶言“然何”。被，覆也。離，羅也。言謗諑如網羅被覆於己身。見尤，王以謗諑爲己罪過。

按：尤，罪。此言己無罪而遭謗。王逸説與意較遠，林雲銘謂本無所犯於頃襄，爲子蘭、上官所短，又遷之江南。可參。

惭光景之誠信兮，身幽隱而備之。

王逸曰：質性謹厚，貌純慤也。　雖處草野，行彌篤也。

洪興祖曰：《説文》云：“景，光也。”此言己誠信甚著，小人所惎也。　此言身被放棄，多讒謗也。

朱熹曰：無罪見尤，惎見光景，故竄身於幽隱，然亦不敢不爲之備也。

汪瑗曰：慚，愧也。　景，亦光也。　光景，猶言光輝也，誠信之見於外者也。　不僞曰誠，以實曰信。　光景誠信，猶《易》之所謂“篤實光輝”者也。　幽隱，謂僻居而晦處也。　備，豫防也。　無罪見尤，固被讒人之害，然而光景誠信，屈子可行不愧影，寢不愧衾矣。顧以爲慚者，正不慚也，正所以慚小人也。　其意若謂：吾之事君，竭胸盡忠，如此反遭讒遠遷，回顧光景，得無慚乎？　蓋實反言以深表己之誠信，以見小人愧己之不能，而遂嫉妬以讒謗之，其由正在此也。　洪氏曰：“言己誠信甚著，小人所惎也。”朱子曰：“無罪見尤，惎見光景，故竄身於幽隱，然亦不敢不爲之備也。”必合二説，而意始盡。　至於身幽隱而備之，又若不使誠信之光景復見於外，蓋懼讒人之窺伺，人君之不察，而禍殃之有再也。　是亦反言以見誠信之不改，而小人害君子之心無時而已也。　其情亦可悲矣。　嗚呼！　往日得君之專，雖過失而猶弗治；一遭讒人之嫉，雖無罪而乃見尤。　君臣之反覆，邪正之相傾，可畏哉。　瑗按：身幽隱而備之，王逸曰：“雖處草野，行彌篤也。”洪氏曰：“身被放棄，多讒謗也。”二説亦通。　王意是以下二句串講，俱申明無罪之意。　洪意是以下二句分帖上二句。

陳第曰：信而見疑，故見光景而慚，是以竄身幽隱，然修身亦不敢缺，故云備。　雖處草野，行彌篤也。　自“惜往日之曾信”至此，二十二句爲一韻。

黃文煥曰：我之用昭，終不敵小人之用晦。　顧視光景，負慝何極。　既被晦蔽，聊爲備患之計而已。　盛怒在君，備患無策。

李陳玉曰：讒人做出光景一椿一椿都似真，此君所以遠遷弗思也。

周拱辰曰：慚光景之誠信，所謂白日不照吾，精誠對之生。　漸，爾。　身幽隱而備之，所謂蘭生幽谷，不以無人不芳。　言不以窮約廢好修也。

陸時雍曰：屈原過非己作而慝見光景，憤忠信之不昭也。　身處幽隱而不敢不爲之備，懼鬼神之見誚也。

王萌曰：無罪見尤，慝見光景，身雖幽隱，猶備忠貞也。　文勢至此一振，下臨淵沉流，正備忠貞於幽隱也。

王遠曰：景，古影字。　日月照臨，有光有景，人物不能逃，故曰誠信。　而我身獨備歷幽隱，不蒙日月之照臨，故見光景而慝也。

錢澄之曰：思君往日之見任，自惟誠信可對天日，今一旦離異至此，真慝見天日矣。　彼讒人暗肆誣罔，身在幽隱中，不知所加何罪！而罪應已，無不備矣。

王夫之曰：光景，光輝影迹之外著者也。　古之人誠信所孚，光輝外著，上必見信於君，下非小人之所能蔽。　今備誠信於幽隱，而光影不昭，俯自悼念，慝回天轉日之無功，君子自盡之極致也。

林雲銘曰：自愧質性純龐，露出光輝景象，取忌於人，故身處僻地，猶韜晦以防其害。

高秋月曰：慝以己之光明誠信，而被罰處幽隱。

徐煥龍曰：於今對四時光景之誠信，竊自懷慚，慚偷生無謂矣。念此身幽隱如覆盆，猶備讒口，更備防無已矣。

張詩曰：故以見其光景，著其誠信爲慝，則惟有竄身幽隱，以備此光景誠信而已。 景，輝也。 光景，言在外之文章。 誠信，言在内之道德。 人不我知，自爲表襮，深以爲恥也。

蔣驥曰：光景誠信，謂日往月來，信實有常也。 備，防也。 無辜蒙垢，已自慙見光景。 而君怒未息，雖竄斥幽隱，猶日防患之至。

王邦采曰：今無辜被謗，身處幽隱，備嘗其苦，慙何如哉。

吳世尚曰：既自慙於光景，雖平日之誠信，豈可保其無患哉? 邪正不兩立，自然之理勢也。 所以身竄幽隱而不敢不爲之備也。 此乃敘其至江南時也。 觀此則原在當時不惟心不欲去國，且身亦不能去也。 小人既害君子，不殺不已。 原即欲不自沉没，豈可得哉? 危乎危乎!

許清奇曰：前篇光景指月以承上潮水言。 此光景當兼日月，謂日往則月來，猶君子退則小人進，誠信不爽，即張弛信期意，身當幽隱而備此禍亂。

屈復曰：誠信，質性純厚。 光景，光華外著。 備，先具以待用。《書》："有備無患。" 猶言己辦一死也。 自慙誠信外著，至今日身處幽隱，已自有備。

江中時曰：慙光景之誠信，言其光輝景象，皆自質性純龐，發出以致取忌於人，身處幽隱備遭艱苦也。 舊以備之作防害言，觀下即接自忍沉流，知屈子久不爲身計矣。

夏大霖曰：慙我輝光，根於篤實，反遭幽隱放逐之辱備歷也。

邱仰文曰：謂質信謹厚而貌純慤也，竄身幽隱，猶加防備。

陳遠新曰：溷濁之人，外面像誠信，若説光景爲純龐所露，屈子斷不肯以爲慙矣。 身幽而備誠信，異於徒光景者。 又曰：不知讒諛之誠信，特外面光景耳，吾則深以爲慙而備於幽隱之中。

奚禄詒曰：如此光景，我自慙誠慤之心，雖身居幽隱而備之彌篤也。

劉夢鵬曰：慇光景，謂寒暑代禪，信期如謝，已將衰老，對景自慇也。身，身人。備，備嘗。

丁元正曰：光景、誠信，幽隱備之者。言古人之誠信所孚光輝外著者，上必見信於君，下非小人所能蔽，今備誠信於幽隱。

戴震曰：光景，謂白日之可睹也。誠信，猶言誠然。小人害忠亂國，事理明顯，慇於知之而被其禍。幽隱，謂放廢。備之，備受尤謗也。

陳本禮曰：備受其幽隱莫白之冤也。以上兼懷襄兩世。言自憤誠信不能如光景之昭明於世，故對之而生慇也。

胡文英曰：慇我之誠信如日月，而此身幽隱，猶時防小人之害，則不若自沉之爲愈也。《史記》不過言“頃襄王怒而遷之”。沈亞之作《屈原外傳》乃云：“王逼逐之，遂以五月五日自投汨羅以死。”以此知小人假王命以逼逐屈原，如唐宋忠梗之以言事忤權要者，遷謫于蠻烟瘴雨之中，小人于途路毒之、賊之，或僞詔賜盡，而以疾卒聞；或逼迫恐脅，無所不爲，必致死而後已。君門萬里，賢主尚難盡知，而況懷襄之不明乎！

牟庭曰：身雖幽廢，備德輝而自榮也。

顏錫名曰：光景誠信，即《悲回風》所謂張弛信期。光景幽往來也。幽隱備之，即處幽居蔽，多歷寒暑之謂也。慇者，年復一年，不能悟君，自引以爲慇也。

王闓運曰：光景，前謀通秦之事也。《悲回風》曰：“借光景以往來，施黃棘之枉策。”黃棘會在懷王廿五年，秦楚復和，太子出質。其後，頃襄立，欲罪原。因治前謀，故慇也。

馬其昶曰：《國語》注：“備，收藏也。”光景，謂日，容光必照，由其真陽充實。 今己身幽隱收藏，必其誠信之不足，故足慚也。

聞一多曰：避謂避光景，有慙於光景，故欲隱身於玄淵之中以避之。《史記·賈生傳·弔屈原文》曰："襲九淵之神龍兮，沕深潛以自珍。 彌融爚以隱處兮，夫豈從螘與蛭螾?"《正義》引顧野王曰："彌，遠也。 融，明也。 爚，光也。 沒深藏以自珍，彌遠光明以隱處也。"彌融爚，《漢書》作"偭蠛獺"，注引應劭曰："偭，背也。"案彌偭聲轉，背遠義近，背之遠之並猶避之也。

姜亮夫曰："慙光景"二句，諸家說不安處，實皆未會文心，不解詞例之故也。 光景猶言明暗，景即影本字，光指明處之行事言，影指暗處之自守言。 誠信，真信無所欺，可以質天人也。 備者，具備也。 此言余行事獨處，皆真信無欺於天人，然而中心慙愧者，其真信不顯於立朝見信之時，而身既幽隱，乃備具顯白其明暗之無所欺。 慙字直貫兩句爲說；光字即指立朝信任之時言；影字即指心純厖而不泄以下言。 此總束前半之言也。 光景二字不易體會，此戰國時術語之一。 各家皆用之。 如《荀子·解蔽》："故濁明外景，清明内景。"《大戴·曾子天圓》："夫子曰：'天道曰圓，地道曰方，方曰幽，圓曰明。 明者，吐氣者也，是故外景；幽者，食氣者也，是故内景。 故火曰外景，而水曰内景。"此以内外說明景象，而見解不純一，姑採之以申上文之明暗内外諸象。

蔣天樞曰：《說文》心部："慙，媿也。 从心斬聲。"又女部："媿，慙也。 从女鬼聲。 愧，媿或从恥省。"光景，猶言光陰。 信，讀爲伸。 慙光景之誠伸，言己自慙以蒙被詬辱之身，常思假以時日，使己誠獲伸，藉雪詬恥。

湯炳正曰：備，慎防。 二句謂己事君的誠信昭如日月，足使小人慙愧無地；然事已至此，只能幽隱退避謹慎隄防。 以上第一段，追述懷王時君臣際會相得，終於因得罪讒諂而被疏。

　　按：景，即影，影子。有光就有影子。影子對於光來說就是守
誠信。光景之誠信，喻懷王與屈原過去彼此信任的時候。此言光與
景彼此之間十分誠信，慚愧的是，今天已經不再有這種信任了，吾之
身只能處於幽隱之中而暗自生存。朱熹解爲雖無罪見尤，然竄身於幽
隱之中，然亦不敢不爲之備也，迂腐之論。王闓運則云“光景”爲前
謀通秦之事，《悲回風》曰：“借光景以往來，施黃棘之枉策。”黃棘會
在懷王廿五年，秦楚復和，太子出質。其後，頃襄立，欲罪原。因
治前謀，故慼也。說亦可參。

　　臨沅湘之玄淵兮，遂自忍而沈流。

　　王逸曰：觀視流水，心悲惻也。遂赴深水，自害賊也。

　　周用曰：本章言將自沉，忍死有言，以明讒人壅君之罪。

　　汪瑗曰：沅湘，二水名。玄，黑色。淵，水深之處也。水深而
色玄，故曰玄淵。自忍沉流，蓋死者人情之所不忍，今言欲投淵而
死，故曰自忍沉流。

　　林兆珂曰：玄，水色。淵，深也。臨深流而興悲，遂忍而自沈。

　　蔣之翹曰：慮君子身後之事，直是古能皆首流，班固謂其忿對沉
江，誤甚矣。

　　黃文煥曰：臨淵自沈，庶消憒憒。徘徊水上，未可以遽。

　　林雲銘曰：以身無所容故。

　　高秋月曰：而爲備患之計，遂欲自沉以死也。

　　徐煥龍曰：是以臨彼玄淵，自忍沉流。

　　張詩曰：言於是臨沅湘之玄淵，堅忍其心，沉流而死。玄淵，水
深而黑也。

　　蔣驥曰：故自忍而沉淵也，觀此則原之死，蓋亦有大不得已

者矣。

吴世尚曰：言我雖思患豫防，而讒人之心則未必已也。與其死於讒人之手，曷若沉於玄淵之中哉？

許清奇曰：豫先沉死，庶免爲臣僕，正備之之實。

夏大霖曰：言己以誠信反遭幽隱，不勝愁悲，只得臨沅湘深水，忍痛自沉。

陳遠新曰：身備誠信，沉流何慼。

牟庭曰：恨不足以華國，欲自沉於沅江也。

胡濬源曰：此不忍遂沈流，所以賦《離騷》也。

顏錫名曰：玄淵，深淵也。水深而不見底色玄也。

吴汝綸曰：《懷沙》乃投汨羅時絶筆也。若此篇已自明言沉淵，則《懷沙》可不作矣。彼文云“舒憂娛哀”“限以大故”，不似此爲徑直之辭也。若下文“不畢辭而赴淵”，則似更作於《懷沙》後者，史公何爲棄此録彼邪？

聞一多曰：彼言背絶光明以從神龍於九淵之下，此言避去光景而自隱於玄淵之中，用意相仿，足可互發。《荀子·解蔽》篇“水埶玄也”，注曰：“玄，幽深也。”玄淵，深淵也。《國語·晉語六》“以忍去過”，注曰：“忍，以義斷也。”案堅而能止曰忍，堅而能行亦曰忍。朱駿聲説。此及《晉語》忍字皆堅而能行之謂。

姜亮夫曰：此四句乃猶豫不決之詞也。諸家皆以爲陳述者，誤矣。言余臨於沅湘之水，視其玄淵，悲從中來，豈遂自忍而沈諸流乎？

蔣天樞曰：自南行以來，行隱處幽，實備歷種種艱困，而當前路阻，最使己驚駭。玄，幽深也。兼言“臨沅湘”，足見路阻時屈原在洞庭湖之南。

按：玄淵，深淵。 此言己以誠信反遭幽隱，不勝愁悲，只得臨沅
湘深水，忍痛自沉。 夏大霖説是。 此已下投水之志也。 屈原作此篇
距真正投水不遠矣。 吳汝綸以爲此篇當作於《懷沙》之後，當爲屈子
絕筆，亦可備一説。

卒没身而絕名兮，惜雝君之不昭。 没身，一作沈身。

王逸曰：姓字斷絕，形體没也。 懷王雝蔽，不覺悟也。

朱熹曰：言沈流之後，没身絕名，不足深惜，但惜此讒人雝君之
罪，遂不昭著耳。 此原所以忍死而有言也，其亦可悲也哉？

汪瑗曰：卒，終也，或曰猶徒也。 没身，喪其身也。 絕名，滅其
名也。 雝，如淤泥之雝塞不通也。 雝君不昭，謂君之聰明蔽晦，信
讒不察也。 此章承上，言己無罪見尤，誠可忿悲，遂欲臨淵而沉，不
立於惡人之朝，終亦喪身滅名而已矣。 雝君不明情冤，無與之伸者，
則死又何益哉？ 屈子嘗曰："知死不可讓，願勿愛兮。"則死非屈子之
所難也；而爲此言者，非愛其死也，蓋謂死有益於人君，有益於身
名，則死可也。 今人君不察，情冤莫伸，徒使身喪名滅，與草木同
腐，又奚以死爲乎？ 此屈子立言之意也。 上二句是極推己之惡惡之
心，不欲與讒人並生於世，蓋反言以見其欲死也。 下二句是明己之遭
君不明，死爲無益，又正言其不必死也。 後世不深詳其文意，俱解爲
實欲臨淵自沉，誤矣。 瑗按：惜雝君之不昭，是指懷王，非指讒人
也。 王逸曰："懷王雝蔽，不覺悟也。"得之矣。 朱子曰："沈流之
後，没身絕名，不足深惜，但惜此讒人雝君之罪，遂不昭著耳。"不責
懷王而責讒人，其意善矣，但照本文，詞理不順，似爲牽强曲解，非
屈子本意也。 篇末"惜雝君之不識"倣此。

黄文焕曰：不欲以無所著述，便爾吞聲，不能昭匡國之法，而尚

欲昭讒人之罪也。 又曰：曰"蔽晦君"、曰"被謗幽隱"、曰"惜壅君
之不昭"，貞臣所以蒙罪，宵人所以得志。 統此墮暗之一病，層層五
映，字法最工。

李陳玉曰：所以不即投淵者，止爲君心未明。 此一段冤抑，故躊
躇耳。

陸時雍曰：身死名滅而惜雝君之不昭，忠愛之無已也。

王萌曰：言没身絶名不足惜，惜讒人雝蔽，使君不明，故不以一
死塞責而不言也。

王夫之曰：君終於闇，國終於危，身没而名絶也。

林雲銘曰：卒，遽也。 遽死而無可死之罪名。 雝君，被雝之君
也。 可惜君爲讒諛，受不明之咎。

高秋月曰：又言欲自沉而惜君之不悟焉。

徐焕龍曰：身之既死，世復誰知，是没身而絶名也。 夫又何言，
但恐雝君之罪狀，不昭著於人間，故不能已于斯篇之作耳。 此句一篇
大主意後故重言以結之。 按原之放，懷放之，襄復放之，而死則於襄
之世。 此段遽及臨淵自沉，則知何貞臣之句，蓋因咨嗟往事，而遂歎
及目前也。 故後文又有自前世之云。

賀寬曰：臨淵自沉，原亦不惜。 身殁而名絶，但使讒人壅君之罪
得吾言而昭著，俾君移所以信暗者以信明，則雖死之日，猶生之年，
故原忍死而有言也。

張詩曰：身没名絶，亦所不辭。 所可惜者，讒人壅蔽，使君不
明耳。

蔣驥曰：昭，察也。 言沉流之後，己之身名，俱不足惜，獨惜吾
君不能昭察蔽雝之人。 此篇之所爲作也。

王邦采曰：雝，蔽也。 言一死不足惜，但惜讒人雝君之罪不昭著

於人間耳。

吳世尚曰：沒身絶名，吾所不惜。 但讒人雝君之罪，遂不昭著，則天下後世無所知戒，是所惜耳。 此乃敘其忍死作賦時也。

許清奇曰：沉流之後，沒身絶名，亦不足惜。 但惜讒人壅君，使法度不昭耳。 次段敘楚王信讒放己，使昭明之業忽墜，所以可惜。

江中時曰：言沉流之後，沒身絶名，不足深惜。 惜君爲讒人雝蔽，受不明之咎耳。 此原所以忍死而有言。

夏大霖曰：卒沒身名，輝光幽隱，但君德不明，受讒壅蔽可惜也。

邱仰文曰：此作《惜往日》本旨。

陳遠新曰：故雖臨流自沉，沒身無名，亦忍而不惜。

奚禄詒曰：雝君不昭者，小人蔽君而君不悟也。

劉夢鵬曰：即第五章負石無益之意。 言己若遽爾沉流，則黨人蔽惑，己忠不昭，爲可惜也。

丁元正曰：而光景不昭，俯自悼念，慼回天轉日之無功，君子自盡之極至也。

戴震曰：沒身絶名，言身死而不建功名以留于後世也。

陳本禮曰：此痛幽隱不白，對景生慚，不若早赴深淵。 然又竊恐沒身絶名，而鄭袖、子蘭、靳尚等蔽晦欺罔之處，不得昭明於世，故特著一“雝”字以明定其罪，如《春秋》趙盾書弑之例。 蓋深恨若輩既雝其父，又雝其子也。

胡文英曰：不能建功立業，而沒世無稱，亦所不計。 惟惜君之終于雝蔽，而不得明其故。 使君以臣爲不忠而怒之，臣以君爲不察而怨之，情義兩相隔絶耳。

牟庭曰：身名不足惜，獨惜我死之後，君不聽也。

顏錫名曰：雝君，爲讒所雝蔽之君，此則謂頃襄也。昭，明也。
己死而君方受讒人雝蔽，不能明其所以，是可惜也。惜之，正所以大
聲而呼之也。又曰：屈子從彭咸之志，懷之亦既有年，其所以遲遲不
即死者，誠愛惜此有用之身，意謂不得之於先君，猶將得之於嗣君
也。乃終懷王之世，既遠之而弗思，頃襄即位，亦且多歷年所，而仍
雝而不昭，今則禍殃在前，無可冀幸，於是念斷忘絕，甘心葬於魚
腹，以遂其死諫之志焉。是其死也，亦既斟酌之盡善矣。不知者，
乃以小丈夫之悻悻目之，嗚呼冤哉！

王闓運曰：此時沈湘禍由黃棘，故追恨之。

聞一多曰：没，滅也。雝君謂被雝之君，猶暗君也。《韓非子》
《二柄》篇"故劫殺擁蔽之主"；《孤憤》篇"然而人主雝蔽"。下"惜
雝君之不識"同。昭同照，燭也，知也。

姜亮夫曰：卒然没其身而絕其名，己之身名不足惜，而所獨惜
者，則小人雝塞君上，使無昭昭之明。諸家不審文氣，以爲陳述之
言，遂有據之以定爲原之絕筆者；有以爲後人之弔屈而作者；皆一偏
之見矣。余皆不取焉。

蔣天樞曰：絕名，斷絕己立功事之名。雝君，爲讒人雝蔽之君。
痛己將死，雝蔽之君尚不能昭明己志。

湯炳正曰：卒，結果。没身，至死。絕名，無聞於世。以上四
句爲擬想之辭，謂己死不足惜，可惜受蒙蔽的君主永無清醒之日。故
下文乃以史事曉其君。

按：此句朱熹言沈流之後，没身絕名，不足深惜，但惜此讒人雝
君之罪，遂不昭著耳，甚是。陳本禮以爲"雝"字有春秋筆法，如
《春秋》趙盾書弒之例。蓋深恨鄭袖、子蘭、靳尚之輩既雝其父，又
雝其子也。此亦附會之說也。

君無度而弗察兮，使芳草爲藪幽。

王逸曰：上無撿押，以知下也。 賢人放竄，棄草野也。

洪興祖曰：撿押，隱括也。《說文》：“藪，大澤也。”

朱熹曰：無度、弗察，王逸曰：“上無撿押，以知下也。”《記》曰：“無節於内者，其察物弗省矣。”此之謂也。 藪幽，藪澤之幽暗也。 言芳草宜殖於階庭，而今反使爲藪澤之幽暗也。

周用曰：下五章，言君不察讒人壅蔽，使賢臣不能自明，遂言湯武知人之明。 夫差、晉文是謂不能察。 夫讒人致賢臣之死，無以自明，所以讒人得志，壅蔽日甚也。

汪瑗曰：藪，大澤也。 幽，暗也。 本謂幽藪而言藪幽，倒文以協韻耳。 芳草宜殖於階庭，而今反棄之於幽暗之藪澤，以喻君子當立於朝廷，而今乃放之於寂寞之江濱也。 或曰，喻上章没身而絶名也。言苟徒死，則壅君不明，不能旌表善人，身没名絶，如芳草之萎於幽暗之藪澤，無有知之者。 是甘與草木同朽也，亦通。 大抵此章與上章，俱反覆言其死爲無益，而己不必死耳。

陳第曰：芳草宜植於階庭，豈可幽之於藪澤？ 賢人放竄，亦猶是也。

黃文煥曰：臣佐君以治國，在明法度。 君察臣以息讒，亦必有度。 無度則虛惑誤欺，交得肆之矣。 即欲察，無以察矣。 芳草處幽，無緣見矣。

周拱辰曰：無度、弗察，工無繩墨，則曲直淆矣。 君無璿尺，則賢奸溷矣。 無陽春以發其馥，藪幽不章，聖賢所以嘆猗蘭乎。

陸時雍曰：萬象昭昭，我獨黔汶，對之所以懟耳。《記》曰：“無節於内者，其察物弗省矣。”王逸所謂“上無撿押，以知下也”。 蘭萎於澤，謂之藪幽。

王萌曰：無度、弗察，撿押，以知下也。

錢澄之曰：度，心中分寸也。 無度，則不知長短，故不能察。藪幽，遠在藪澤，不見知於世也。

林雲銘曰：以無明法度之貞臣，所以無度益不能察。 竟把貞臣擯棄山澤，此障蔽之害也。

徐煥龍曰：君能自貞其度，然後能察下情。 無度而聲色貨利交進，則賢奸忠佞斯肴，使芳草淪爲藪幽，不復獲見天日。

賀寬曰：讒人妨賢病國，實君之信讒以致此也。 臣佐君以明法度，君之法度也，信讒而不察，非君之無度乎。

張詩曰：無度，謂無檢押。 言君無有檢押，不能察下，使芳草棄於幽暗之藪。

蔣驥曰：度，心中分寸也。 無度，則不知長短，故不能察。 芳草，喻賢人。

王邦采曰：無度，無檢押以知下也。

吳世尚曰：無度，以内言；弗察，以外言。 藪幽，藪澤幽暗之處也。 言君内無尺寸，故外弗能辨是非，遂使芳草厄積於幽藪之中，與汙萊同腐，亦所不惜。

許清奇曰：因信讒故無度，既無度而愈弗察其把賢人擯棄山澤。

江中時曰：弗察，觀物弗之察矣，使芳草爲藪幽也，放貞臣於山澤也。

夏大霖曰：無度，不能察量人才之長短。 藪幽，亂草叢藪，幽蔽芳草也。 使，由君無度致使也。

邱仰文曰：所謂上無道揆者。

陳遠新曰：度，常也。 無度，喜怒無常也。 所惜者，君不知讒諛之僞，必弗察貞臣之貞，使之擯斥耳。

奚祿詒曰：君無度者，君不自檢押，而不察謗也。

劉夢鵬曰：度，所以度物而知長短者也。君無度以爲度，則忠佞不分，即有芬芳，亦棄爲藪幽而已。

丁元正曰：藪幽，謂叢藪幽蔽也。

陳本禮曰：藪，荒澤也。言與澤草同腐。

胡文英曰：君苟有權度，自然精切不差，何至芳草蘊崇于藪澤而萎絕耶？

顏錫名曰：言人能謹守法度，自足以別忠奸，今乃以無度之故，致使芳草埋没萎絕，成爲藪幽，良可愍歎。

王闓運曰：爲藪所幽，蕪榛莽也。

馬其昶曰：謂無權衡。

武延緒曰：藪，疑蔽字之譌。《懷沙》："修路幽蔽，道遠忽兮。"幽蔽、蔽幽，其義一也。

聞一多曰：度，法也。藪幽即幽藪，倒詞以取韻。

姜亮夫曰："芳草爲"之"爲"，於也。

蔣天樞曰：六句言己阻隔南土，所懷願望成空，雖死而無由自達。叔師以檢押釋無度，《補注》曰："檢押，隱括也。"則檢押爲漢代語言。隱括者，矯正曲直之器，亦即矯正曲直之法度，不直釋度爲法而曰檢押者，喻其函義切也。弗察，猶言不明，謂不能見及民情之可爲。芳草，託言南方人民，與《離騷》"使夫百草爲之不芳"之百草同義。《説文》艸部："藪，大澤也。從艸，數聲。九州之藪，揚州具區，荆州雲夢。"此"藪"，喻洞庭。爲藪幽，爲此大澤所隔絕，其芳幽隱而不章。

湯炳正曰：幽，從"山"得義，本指林草隱蔽之處。此謂己遭讒流放，如使芳草在山澤深處荒蕪。

按：度，尺子，此喻標準。無度，則君是非不辨，善惡不分。芳草藪幽，朱熹言芳草宜殖於階庭，而今反使爲藪澤之幽暗也，甚是。黃文煥以爲法度即臣佐君以法治國，無度則虛惑誤欺，交得嘗之矣，可參。

焉舒情而抽信兮，恬死亡而不聊。

王逸曰：安所展思，披愁苦也。忍不貪生，而顧老也。

洪興祖曰：恬，安也。言安於死亡，不苟生也。

汪瑗曰：情，被讒之由也。信，事君之忠也。恬，安也。初終曰死，既葬曰亡。聊，苟且之意。言安於死亡，亦甚易事，但不欲苟死耳。臨淵自沉，身沒名絕，是苟死也。孰謂屈子爲之哉？洪氏解爲不欲苟生，誤矣。苟生固屈子之所不爲，而苟死尤屈子之所不爲也。故曰死有輕於鴻毛，亦有重於泰山，屈子審之久矣，講之熟矣。一遭放逐而遂沉流，何以爲屈子？

黃文煥曰：臣所懇誠信者，無繇抽信矣。不幽則光自昭、信自券，無待抽矣。幽則照有所不及，光有所不到，無繇抽矣。但有以死亡爲恬然而已，不聊生矣。

陸時雍曰：聊，苟且也，謂苟且以求生也。

王萌曰：繹之而不窮者思也，故上曰抽思。引之而如一者，信也，故此曰抽信。

王遠曰："焉舒情"句，言君既弗察，臣又焉從而舒情抽信也。

錢澄之曰：抽信，謂拔出誠心以示人也。

王夫之曰：焉者，無所望之辭。不聊，心無可慰也。無可奈何，決於一死，死而君可以悟，死可恬也。然而心終莫能自慰者，忠貞不見諒。

林雲銘曰：君既弗察，無所自明其情實。 宜安於死，而不苟且以虛生。

高秋月曰：安所舒情而抽露其忠信，但有恬於死亡而已。

徐煥龍曰：焉所舒其情，誰與抽其信，是以恬於死亡而不聊生也。

賀寬曰：以忠爲逆，以佞爲賢，則貞臣之情何自而抒，信何自而抽，安於死亡而已。

張詩曰：亦安所舒吾之情，抽吾之信哉。 故恬然死亡，不敢苟生。

蔣驥曰：不聊，不苟生也。

吳世尚曰：我尚何所舒情而抽信哉，有安於死亡而已矣。

許清奇曰：賢人既棄逐，無從舒情抽信，則君之所行，但安危利災，而不知所聊賴。

屈復曰：何以自明？ 惟有安於死亡，不肯苟生而已。

江中時曰：言己情定若能自明，則安於死亡矣。

夏大霖曰：舒情，申辯也。 抽信，抽胸中之純厖誠信焉，不得白也。 恬，安也。

陳遠新曰：抽，繹也。 恬，但使。 聊，苟且以生。 吾將何以著明吾之情信哉？ 但只一死而不苟生。

劉夢鵬曰：舒，發也。 抽者，取而示之之意。 信，中心之誠也。 言何日得一舒情、抽信、陳白己志乎？ 苟得如此，則亦安於死亡，不爲苟生，乃卒。

丁元正曰：不聊，心無可慰也。

陳本禮曰：君既弗察，宜安於死，不苟且以虛生。

胡文英曰：君既不昭，何處發舒其情、呈露其信乎？ 則亦可苐安于死亡無聊而已。

牟庭曰：君既不察而摧殘，我誠樂死亡，何必戀戀於中也。

胡濬源曰：舒情、抽信，作賦之旨。史遷所云“屈原放逐，乃賦《離騷》”。

顏錫名曰：焉，何也。今君當思我自舒情抽信，安於死亡而不肯苟且以求生者。

馬其昶曰：焉，於是也。

聞一多曰：焉，乃也。情，誠也。恬，安也。聊通憀。《九辯》：“憀慄兮若在遠行。”《招隱士》：“憀兮栗，虎豹穴。”《文選·七發》“聊兮慄兮”，注曰：“聊慄，恐懼之貌。”字作聊。“恬死亡而不聊”，安死亡而不懼也。

姜亮夫曰：焉，安所也。此承上言，言己非惜身名，獨愛君恐其被不明之讒；然君則不能撿押以知己，遂使芳草流於大澤幽深之處，安所舒其情志，展其誠信者耶？

蔣天樞曰：焉，安也。抽，申也。焉舒情而抽信，言道路阻絕，更安從而舒己之情，以申明己所言者爲信乎？聊，俚聊。《方言》郭注：“俚聊，苟且也。”

湯炳正曰：二句緊接前二句，謂表達了自己的實情誠信，即可安於死亡決不偷生。

按：焉，乃、則。抽信，錢澄之謂拔出誠心以示人也。恬，安。聊，苟且。此句朱熹解爲抒發內心之真情，即便是死亡也不苟且偷生，甚合意指。屈原乃節士之一，節士者持節均不畏死。汪瑗解曰安於死亡，亦甚易事，但不欲苟死耳。苟生固屈子之所不爲，而苟死尤屈子之所不爲也。故曰死有輕於鴻毛，亦有重於泰山，屈子審之久矣，講之熟矣。一遭放逐而遂沉流，何以爲屈子？亦爲有見之解。

獨鄣壅而蔽隱兮，使貞臣爲無由。

王逸曰：遠放隔塞，在裔土也。 欲竭忠節，靡其道也。

朱熹曰：無由，無路可行也。

汪瑗曰：鄣壅蔽隱，甚言其君之不明也。 無由，謂無罪而被謗見尤也。 此章承上壅君不昭而言，君之無度弗察，致使君子失所，情信莫達，無故被遷也。 或曰，無由，謂讒人壅蔽君之聰明，使貞臣無由而舒情抽信也。 王逸曰：“欲竭忠節，靡其道也。”朱子曰：“無路可行也。”二説似又謂無由而行其道也，俱通。 瑗按：自“惜往日之曾信”至“盛氣志而過之”，是述己有功而遭放。 自“何貞臣之無罪”至“使貞臣爲無由”，是明己無罪而見尤，皆由於讒人之蔽晦，人君之不察也。 然人君之不察，又由於讒人之蔽晦，讒人之蔽晦，又乘夫人君之不察，二者相爲終始，輾轉固結而不可解，此所以君子一遭放絀而遂情莫能伸，身不復返矣。 嗚呼！ 貞臣之與讒人，其邪正之不能相容也如此。

黃文煥曰：君失其度，屬日娭者，再欲使之，不知其所繇矣。

李陳玉曰：尚望楚君一察，亦是癡忠處。

王萌曰：貞無由而自盡，亦無由而自明，有此兩意但以無由包之，妙。

王遠曰：無由，言己則安於死亡矣。 獨惜君之壅蔽，後有貞臣，亦無由而得使也。

錢澄之曰：君既壅矣，而加障焉；身已隱矣，而又蔽焉，則貞臣亦何由以自明乎？

林雲銘曰：但有蔽賢者在，以後再有貞臣，何由爲君所用？ 不能不爲有國者之慮也。 又曰：已上言頃襄之放己，爲人蔽障，不加察而致死亡。 將來貞臣，必不能用以保其國。

高秋月曰：使忠臣而無由，欲竭其忠而無由也。

徐煥龍曰：若猶不死則舉朝皆讒佞，獨郜雝而蔽隱之，將使貞臣何路之由乎？

張詩曰：亦以小人眾多，郜雝蔽隱。 欲使貞臣舒情、抽信，其道無由也。

蔣驥曰：無由，無路自達也。

王邦采曰：無由，謂欲竭忠節而無從也。

吳世尚曰：蓋讒人郜蔽君心，遂使貞臣更無可通之路也。

許清奇曰：君恬於死亡，貞臣豈忍坐視，但郜蔽既固，君雖欲使貞臣，亦無由也。 此段申"雝君不昭"一句意，君既不昭則無度而怡於死亡，君既被壅，則弗察而棄夫貞臣。

屈復曰：獨是雝蔽之姦人在側，即有貞臣，無由使矣。 右三段，言己今日放流不足惜，惜頃襄之弗察，不能再用貞臣，難立國也。

江中時曰：已上言頃襄放己，因爲人障蔽而不加察，將來貞臣，必不能見用也。

夏大霖曰：因不得白而惜君之壅蔽者，何也？ 蓋國仗貞臣共理，雝君不昭，則本原受病，雖欲得貞臣而使之，末由也已。

邱仰文曰：欲進忠謀而無其道。

陳遠新曰：隱，隱士。 正人死則此輩獨存，此讒諛者獨存，恐明君間出，欲用一貞臣而不得，此所以不忍於沉流也。

劉夢鵬曰：遭郜蔽，欲陳無由，其奈之何也。

丁元正曰：無由，無路可行，唯有死亡而已。 惟決於一死，死而君可以悟，死可以恬也。 然而心終莫自慰者，忠貞不息，諫君終於閹國，終於危身，沒而名絕也。

戴震曰：獨郜壅而蔽隱，言君以一人受讒諛之蔽晦也。 無由，無所行之路也。

陳本禮曰：鄣壅，承“無度”句。蔽隱，承“藪幽”句。此述頃襄之放己也。

胡文英曰：獨有鄣廱之人，以蔽隱君之聰明，使貞臣欲上達而無由。

牟庭曰：然此非君之故，只爲讒人蔽之，欲用我而無從也。我是以臨淵而憧憧也。

顏錫名曰：果何故哉，無度則無以勝私而爲讒所廱蔽，故雖欲使貞臣而無由耳。

王闓運曰：言己既甘死又爲此詞以明誠信，何不聊之甚也？獨念己遭此禍後將無由復使貞臣，故不能默默耳。其後宋玉之徒終莫敢直諫，此其效也。

馬其昶曰：以上惜往日懷王信任之專，遭讒而敗，今不難一死而惜君之壅蔽。

聞一多曰：《韓非子‧主道》篇：“臣閉其主曰壅。”“使貞臣爲無由”即“使貞臣無由爲”，言使人雖欲爲忠貞之臣而無由爲之也。

姜亮夫曰：余無所畏於死亡而思苟且偷安，獨爲鄣壅所隔，而蔽隱不得一見，使貞臣之貞，無所適從，以得盡其貞之道矣。

蔣天樞曰：獨，特也。彰壅，彰明己壅隔之情。蔽，障蔽。隱，翳闇。蔽隱，謂敵阻絕道路事。而，猶乃。言己特以欲彰明己情而北返，竟困於路阻，無由申明己志也。

湯炳正曰：鄣壅，阻塞，言君視聽不明。蔽隱，言己流放荒野。無由，無因。言己欲舒情抽信而不可能。

按：此句乃嘆見君無門之詞。言獨惜貞臣遭遇鄣壅被幽蔽隱居，欲使去障返都卻無路可達。王逸解謂遠放隔塞，在裔土也。欲竭忠

節，靡其道也，意亦不差。 王遠曰獨惜君之壅蔽，後有貞臣，亦無由
而得使也。 意有屈原爲後之貞臣考慮意，恐非是。 下文百里、伊尹
均爲得賢君，故此處亦當解屈原盼得賢君之意爲是。

聞百里之爲虜兮，伊尹烹於庖廚。

洪興祖曰：晉獻公虜虞君與其大夫百里傒，以百里傒爲秦繆公夫
人媵。 百里傒亡秦走宛，楚鄙人執之。 繆公聞百里傒賢，以五羖羊
皮贖之，釋其囚，與語國事。 繆公大説，授之國政，號曰五羖大夫。
《孟子》曰：“百里奚自鬻於秦養牲者五羊之皮，食牛以要秦繆公。”
《莊子》曰：“秦穆公以五羊之皮籠百里奚。”

朱熹曰：晉獻公虜虞君與其大夫百里傒，以百里傒爲秦繆公夫人
媵。 百里傒亡走宛，楚鄙人執之。 繆公聞其賢，以五羖羊皮贖之，
釋其囚，與語國事，大説，授以國政，號曰五羖大夫。 伊、吕、甯
戚，事見《騷經》《天問》。

汪瑗曰：百里，姓，名傒，虞臣也。 虜，俘囚也。 晉獻公虜虞君
與其大夫百里傒，以傒爲秦繆公夫人媵。 傒亡，走宛，楚鄙人執之。
繆公聞其賢，以五羖羊皮贖之，釋其囚，與語，大説，授之國政，號
曰五羖大夫。 瑗按：五羖大夫猶三閭大夫，或當時秦之官名耳，後世
好事者因而實其事也。 伊尹名摯，湯臣。 烹，謂和飲食之味也。 庖
廚，烹調宰殺之所。 伊尹烹庖之事，《天問》有“緣鵠飾玉”之説，
《孟子》有“割烹”之説，《史記》《淮南》有“負鼎”之説，孟子已辯
之矣。

徐師曾曰：百里，百里奚。 見虜於晉獻公。

林雲銘曰：相秦繆，相湯。

徐焕龍曰：晉滅虞，虜百里，媵諸秦，亡走宛，被執而秦繆贖

之，故曰爲虜。 此言生既不如伊、吕、奚、戚。

蔣驥曰：晉獻公滅虞，虜其大夫百里傒，以爲秦繆公夫人媵。 繆公與語國事，大説，授以國政。

王邦采曰：百里相秦繆，伊尹相成湯。

許清奇曰：晉虜虞公與百里奚，後相秦穆。

夏大霖曰：此對照上節，使貞臣在君之明也。

陳遠新曰：虜，微時爲人所虜。

劉夢鵬曰：百里、伊尹事，辨見《孟子》。 蓋戰國時多爲此語者。

蔣天樞曰：六句以史事喻己之生不逢時。

湯炳正曰：百里，即百里傒，春秋時秦穆公大夫。 其經歷諸書所載不同。 據《史記·晉世家》《史記·商君列傳》等，其初爲虞國大夫，爲晉獻公所擒，作爲秦穆公夫人的陪嫁被送至秦國。 後秦穆公知其賢而用之。

按：虜，俘虜。 百里傒，原爲虞國大夫，爲晉獻公所虜，後爲秦繆公夫人媵。 百里傒亡秦走宛，楚人執之。 繆公聞百里傒賢，以五羖羊皮贖之，授之國政。 伊尹，名摯，夏末商初人，《墨子·尚賢》云“伊尹爲有莘氏女師仆”，後爲湯任爲相。《吕氏春秋·本味》載伊尹以“至味”説湯，説明只有任用賢人才能享有天下的道理。 此句言百里傒、伊尹原來地位皆低，然得逢聖君，終成就大業。

吕望屠於朝歌兮，甯戚歌而飯牛。

王逸曰：吕，太公之氏姓也。 或言吕望太公，姜姓也，未遇之時，鼓刀屠於朝歌也。 甯戚，衛人。（《天問》注）

洪興祖曰：《史記》云：“太公望吕尚者，東海上人，本姓姜氏，從

其封姓，故曰吕尚。"《戰國策》云："太公望，老婦之逐夫，朝歌之廢
屠，文王用之而王。"注云："吕尚爲老婦之所逐，賣肉於朝歌，肉上
生臭不售。"

汪瑗曰：吕望姓姜，名牙。吕從封姓，太公望其號也。歸文
王，後佐武王以伐商，故《離騷》《天問》皆以爲文王舉之，此又曰武
王，可通用也。屠，謂宰割也。朝歌，地名。其事《史記》及諸
《傳》多有之，但稍異同耳。甯，姓；戚，名。衛人。脩德不用，
退商於齊，宿郭門外，飯牛車下，擊牛角而爲商聲，謳《南山之歌》。
桓公過而聞之，曰："異哉歌者，非常人也。"召與語，大悦，遂舉而
用之。

黄文焕曰：湯、武、桓、繆之於百里、伊尹、吕望、甯戚，此善使
臣者也。

林雲銘曰：相武王，相齊桓。

王邦采曰：吕望相武王，甯戚相齊桓。

湯炳正曰：朝歌，殷國都，在今河南淇縣。

按：吕望，即姜太公，曾於朝歌賣肉，後遇文王，佐武王伐紂。
甯戚，衛人，遇齊桓公而得舉。《新序·雜事》五："甯戚欲干齊桓公，
窮困無以自進，於是爲商旅，賃車以適齊，暮宿于郭門之外。桓公郊
迎客，夜開門，辟賃車者，執火甚盛，從者甚衆。甯戚飯牛于車下，
望桓公而悲，擊牛角疾商歌。桓公聞之，撫其僕之手曰：'異哉！此
歌者非常人也。'命後車載之。桓公反至，從者以請。桓公曰：'賜
之衣冠，將見之。'甯戚見，説桓公以合境內。明日復見，説桓公以
爲天下。桓公大説，將任之。"王逸曰、洪興祖曰云云，據《離騷》
注補。

不逢湯武與桓繆兮，世孰云而知之。

汪瑗曰：孰云，猶言誰謂也。此章言古賢聖之才德，非遇賢聖之君舉而用之，則四人者不過烹屠商虜之賤耳，誰謂世俗之溷濁能知之也哉？慨想四人之遭遇，以見己之不逢時也。傷今思古，其志亦可悲矣。或從王逸、朱子無由之說，謂此四臣逢此四君，得由而行其道者也，承上而言，亦通。一言此段王逸無注，恐原本無之。未知其審，姑存之，以竢後世君子有所考焉。

李陳玉曰：此老自負處，天生我材必有用，尚等個知己來。

王萌曰：此言君能察下，故貞臣得用也。

錢澄之曰：此言古之賢人，非遇明主不知。

林雲銘曰：惟能察者方能使貞臣。

賀寬曰：試徵之前事，湯、武、桓、繆之於伊尹、呂望、百里、甯戚，此善用臣者也。

張詩曰：言此四臣窮困之時，不遇四君，孰能知之。

吳世尚曰：言君臣相遇，自古爲難。百里、伊尹、呂望、甯戚，於今言之，豈不功業卓卓乎？而未遇之先，或爲虜、或爲烹、或爲屠、或爲販，苟無湯、武、桓、繆，世亦孰從而知之。原之言此，蓋自傷其不遇也。

許清奇曰：以上皆能察者則能使貞臣。

江中時曰：此皆貞臣，惟能察者，乃能用之也。

夏大霖曰：言四貞臣，皆託身微賤，苟不遇四君之明，則世孰有言其賢而知之者。

丁元正曰：言百里、伊尹、太公、甯戚，雖疏賤而大功立，則誠信積中而光景外著矣。

陳本禮曰：人君能察，故貞臣得用。

　　胡文英曰：興國之君臣如此，而我不能逢。

　　胡濬源曰：《史》所謂係心懷王，不忘欲反。

　　顏錫名曰：言賢臣生時，能知者固鮮，但其死後，亦當悟其爲賢，因援古以爲之證。

　　聞一多曰：云猶有也。而能古通。

　　蔣天樞曰：此舉卑賤尚獲遇合之例。云，言也。世誰得而言之與知之。

　　按：此言伊尹、吕望、甯戚、百里傒如不遇到湯、武、桓、繆，世孰從而知之。錢澄之言古之賢人，非遇明主不知，甚是。

吳信讒而弗味兮，子胥死而後憂。

　　王逸曰：宰嚭阿諛，甘如蜜也。竟爲越國所誅滅也。

　　洪興祖曰：《淮南》云："古人味而不貪，今人貪而不味。"此言貪嗜讒諛，不知忠直之味也。

　　朱熹曰：味，譬之食物，咀嚼而審其美惡也。子胥，事見《涉江》。

　　汪瑗曰：吳，指吳王夫差也。信讒，謂聽宰嚭之言也。味，蓋言事必參驗，而後知其虛實，譬之食物，必細咀嚼，而後審其美惡也。子胥，夫差相伍員也。後憂，猶言後悔也。子胥諫夫差滅越，不聽，後賜劍自殺，及越之滅吳，夫差悔不用子胥之言，遂自到死。屈子之言指此事也。

　　王夫之曰：弗味，不玩味子胥之忠諫也。

　　林雲銘曰：不玩味子胥言，越滅吳，夫差臨死言無面目見員。

　　徐焕龍曰：伯嚭甘言，子胥苦口。美疢惡石，弗之味也。夫差後憂，則猶悟子胥之忠。

賀寬曰：吳、晉之於子胥、介子，此不善用臣者也。 吳之死而後憂無及也。

張詩曰：言吳王弗味讒言，子胥既死，始憂國之覆亡。

蔣驥曰：子胥，伍員字。 事吳王夫差，爲太宰嚭讒而死。 弗味，弗玩味子胥之忠諫也。

王邦采曰：夫差臨死言無面目見員，是死而後憂也。

吳世尚曰：此言貪信讒諛，不知忠直之味也。 言明君則能知人於未遇，若不明之君，則徒爲事後之悔思而已。 彼子胥立功於闔閭之世，夫差信伯嚭之讒而弗之味也，賜之鴟夷，卒爲越滅。

許清奇曰：不味子胥言，死而越滅吳。

江中時曰：夫差信宰嚭之讒而殺子胥，及越滅吳，夫差無面目見員。

夏大霖曰：此節引證皆欲使貞臣而無由者也，二臣已死，再憂悔而望使之，豈可得乎？

奚禄詒曰：“弗味”二字妙，巧言孔甘，毒藥苦口也。

劉夢鵬曰：味者，審而嗜之之意。 言吳信伯嚭讒言，弗味子胥忠諫，卒遭滅亡也。

胡文英曰：亡國之君臣如此，而我獨逢之。

王闓運曰：楚俗嫉妒新進，故屢引古人拔進幽隱之例以曉暗君也。

聞一多曰：《淮南子》：“古人味而不貪，今人貪而不味。”《老子》六十三章：“味無味。”《列子·天瑞》篇：“有味者，有味味者。”《後漢書·郎顗傳》：“含味經籍。”味皆動詞。 此言貪信讒言，而不知含味其善惡也。

于省吾曰：各家之説，均讀味如字，未免拘文牽義。 味應讀作沫，二字並从未聲。《禮記‧檀弓》"瓦不成味"，鄭注："味當作沫。"
是其證。《離騷》的"芬至今猶未沫"，《招魂》的"身服義而未沫"，
王注並訓沫爲已。《廣雅‧釋詁》也訓沫爲已。 弗沫應解作弗已，弗
已猶言弗止。 吳王聽信宰嚭的讒言而不止已，謂其無悔悟之意，故以
"子胥死而後憂"爲言。

姜亮夫曰：死而後憂，謂吳竟爲越國所誅滅也。

蔣天樞曰：六句特舉子胥、介推，以見君王於二臣死後乃追思其
功，亦已無及。 後，晚也。 夫差將死，始言"吾何面目以見員"，其
悔已太晚。

湯炳正曰：吳，指春秋時吳國君主夫差。

按：吳，吳王夫差。 子胥，伍子胥。 弗味，未能體味子胥之忠
言。 死而後憂，乃指子胥臨死之言。《史記‧伍子胥列傳》曰：吳太
宰嚭與伍子胥有隙，因向吳王夫差進讒曰："子胥爲人剛暴，少恩，猜
賊，其怨望恐爲深禍也。"於是吳王乃使賜伍子胥屬鏤之劍以死，伍
子胥告其舍人曰："必樹吾墓上以梓，令可以爲器；而抉吾眼懸吳東門
之上，以觀越寇之入滅吳也。"子胥臨死都在擔憂越國將會滅吳國。

介子忠而立枯兮，文君寤而追求。

王逸曰：介子，介子推也。 文君，晉文公也。 寤，覺也。 昔文
公被驪姬之譖，出奔齊楚，介子推從行，道乏糧，割股肉以食文公。
文公得國，賞諸從行者，失忘子推，子推遂逃介山隱。 文公覺悟，追
而求之。 子推遂不肯出。 文公因燒其山，子推抱樹燒而死，故言立
枯也。《七諫》中"推自割而食君"，亦解此也。

朱熹曰：介子，名推。 文君，晉文公也。 文公爲公子時，遭驪
姬之譖而出奔。 介子推從行。 道乏食，子推割股肉以食文公。 文公

得國，賞從行者，不及子推，子推入綿上山中。文公寤而求之。子推不出。

汪瑗曰：介子，名推。立枯，謂抱樹而燒死也。或曰，謂割股以食晉文君也。股肉割則血枯，足所以立者，故曰立枯。寤，覺也。

陳第曰：晉文公出奔，介子推從。道乏糧，割股肉以食文公。及反國，賞諸從行者，不及子推。子推遂逃介山隱。文公覺悟追而求之，不出。文公因燒其山。子推抱樹燒而死。文公遂以介山封子推，使祭祀之，以報其德。

周拱辰曰：死而後憂、寤而追求，知亦晚矣。何則死而後憂，何益於死，寤而追求，不猶之弗寤乎？謂夫不畢詞以沉湘，而讎君弗悟也。其爲死也，亦辱矣。此原所以撫洪波而未忍也。

王夫之曰：枯，焚死也。太公、伊尹、甯戚、百里奚雖疎賤，而大功立，則誠信積中，而光景外著矣。若子胥、介子身死，而夫差、晉文始悔，亦奚益乎？此幽隱絕名，雖身死而固無聊者也。

錢澄之曰：此言臣不見知於君，則死之，古固有此例也。

顧炎武曰：介子推事，見於《左傳》，則曰："晉侯求之，不獲，以綿上爲之田，曰：'以志吾過，且旌善人。'"《吕氏春秋》則曰："負釜蓋簦，終身不見。"二書去當時未遠，爲得其實。然之推亦未久而死，故以田祿其子爾。《史記》之言稍異，亦不過曰"使人召之，則亡。聞其入綿上山中，于是環綿上山中而封之，以爲介推田，號曰介山"而已。"立枯"之説，始自屈原；"燔死"之説，始自《莊子》。《楚辭·九章·惜往日》："介子忠而立枯兮，文公寤而追求。封介山而爲之禁兮，報大德之優游。思久故之親身兮，因縞素而哭之。"《莊子》則曰："介子推至忠也，自割其股以食文公，文公後背之，子推怒

而去，抱木而燔死。"《盜跖》篇。 東方朔《七諫》《丙吉傳》、長安士《伍尊
書》、劉向《説苑》《新序》因之。 於是瑰奇之行彰，而廉靖之心没矣。 今
當以《左氏》爲據，割股燔山，理之所無，皆不可信。

林雲銘曰：禄不及而饑死。

徐焕龍曰：介推不言禄，忠也，禄亦不及，立枯矣。

張詩曰：介子忠而枯死，文公始寤而追求之。

蔣驥曰：介子，名推。 晉文公出奔，子推從。 道乏食，割股肉
以食之。 文公得國，賞從行者，不及子推，子推入綿上山中。 文公
寤而求之。

許清奇曰：子推抱樹燒死。

江中時曰：介子從晉文出亡。 道乏食，介子推割股肉以食文公。
文公得國，賞從亡者，不及介子，介子入綿上山中。 文公寤而求之。
介子不出。 因燒其山，介子抱樹而死。 文公遂封綿上之山，號曰介
山。 禁民樵採，使奉祭祀，以報其德，又變服而哭之。 此有貞臣而
不能察者。

陳遠新曰：枯，禄不及而饑。

奚禄詒曰：介子，姓王，名光，從重耳十九年，不言禄，隱於介
山。 文公焚山以求之。

劉夢鵬曰：介子推從晉文出亡，晉文反國，賞從亡者，不及推。
推逃隱綿山。 文後悔，悟使人求推，必不出，遂自焚死。 二子皆忠
而死，各不同。 故下文遂申言之。

丁元正曰：介子推，晉文公從亡之臣也。 若子推、子胥身死，而
夫差、晉文始悔，亦奚益乎。

聞一多曰：《晏子春秋·諫下》篇第二十："吾將左手擁格，右手
梱心，立餓枯槁而死。"《外篇》第一一："木乾鳥棲，袒肉暴骸，以望

君愍之。"《莊子‧盜跖》篇："介子推至忠也，自割其股以食文公。
文公後背之，子推怒而去，抱木而燔死。"《水經‧汾水注》引王肅
《喪服要記》："昔魯哀公祖載其父，孔子問曰：'寧設桂樹乎？'哀公
曰：'不也。 桂樹者起於介子推，子推，晉之人也，文公有內難，出
國之狄，子推隨其行，割肉以續軍糧。 後文公復國，忽忘子推，子推
奉唱而歌之。 文公始悟，當受爵祿。 子推奔介山，抱木而燒死。 國
人葬之，恐其神魂實於地，故作桂樹焉。 吾父生於宮殿，死於枕席，
何用桂樹爲？'"立枯謂燔死也。 一曰立槁。《韓詩外傳》一："鮑
焦……於是棄其蔬，而立槁於洛水之上。"《說苑‧立節》篇"［成公
趙］遂立槁於彭山之上。"又曰立乾。《莊子‧盜跖》篇："鮑子立
乾。"文君即文公，猶《莊子‧外物》篇宋元君即宋元公也。《淮南
子‧說山》篇："介子歌龍蛇而文君垂泣也。"《齊俗》篇："晉文君大
布之衣，牂羊之裘，韋以帶劍，威立於海內。"亦並以君爲公。

姜亮夫曰：介子，介之推也。 文君，晉文公也。 文公爲公子
時，遭驪姬之譖，而出奔齊楚，介子推從行，道乏食，子推割股肉以
食文公。 文公得國，賞從行者，不及子推，子推不言祿，祿亦不及，
從者乃懸書宮門，文公出見其書，曰：此介子推也，吾方憂王室，未
圖其功；使人召之，則亡去。 遂求其所在，聞其入綿上山中，使人求
之，不肯出，文公因燒其山；子推抱樹自燒而死；文公遂環其山而封
之，號曰介山，禁民樵採，使奉子推祭祀，以報其德，又變服而
哭之。

蔣天樞曰：介子推不求富貴，甘心逃隱。

湯炳正曰：因史稱介子推抱木燒死，故此曰"立枯"。

按：此言介子推與晉文公事。 文君即晉文公。 晉文公出亡，介
子推從。 道乏食，割股肉以食文公。 文公得國，賞從行者，不及子

推，子推入綿上山中。 文公覺悟，追而求之。 子推遂不肯出。 文公
因燒其山，子推抱樹燒而死，故言立枯。

封介山而爲之禁兮，報大德之優遊。

王逸曰：言文公遂以介山之民封子推，使祭祀之。 又禁民不得有
言燒死，以報其德，優游其靈魂也。

洪興祖曰：《史記》：“晉初定，賞從亡，未至隱者介子推，推亦不
言禄，禄亦不及。 介子推從者乃懸書宮門，文公出見其書，曰：‘此
介子推也。 吾方憂王室，未圖其功。’使人召之，則亡。 遂求其所
在，聞其入緜上山中。 於是文公環緜上山中而封之，以爲介推田，號
曰介山。 以記吾過，且旌善人。”《莊子》曰：“介子推至忠也，自割
其股以食文公。 公後背之，子推怒而去，抱木而燔死。”《淮南》曰：
“介子歌龍蛇而文君垂泣也，封介山而爲之禁者，以爲介推田也。”逸
説非是。 優游，大德之貌。

朱熹曰：文公因燒其山，子推抱樹自燒而死，文公遂封綿上之
山，號曰介山。 禁民樵採，使奉子推祭祀，以報其德，又變服而哭
之。 優游，言其德之大也。

汪瑗曰：優游，言其德之大也。

黃文煥曰：吳晉之於子胥、介子，此不善使臣者也。 死而後憂，
無及也；禁而後報，無益也。

錢澄之曰：此言臣不見知於君，則死之。 古固有此例也。

王夫之曰：禁，禁火。 優游，有餘也。

林雲銘曰：禁樵採以供祭祀。 不言禄而自甘，是其德。

徐焕龍曰：晉文如夢方覺，然後追求，封綿上爲介山，禁民樵
採，以報其入山自焚。

賀寬曰：晉之寤而後報，無益也。 奈何其弗察之於始也。

張詩曰：優游，言其德之自然也。 封介山，禁民樵采，以報其優游之大德。

蔣驥曰：子推不出，因燒其山，子推焚死。 遂封綿上之山，禁民樵採，號曰介山，使奉推祀。 又變服而哭之。

王邦采曰：文公賞從亡者，禄不及介推。 聞其入縣上山中，於是環縣上山中而封之，以爲介推田。

吳世尚曰：封介山以綿上之田也。

許清奇曰：不言禄而逃隱，是其德之優游處。

江中時曰：優游，言其德之大也。 生不能用，至死後方察，亦無及矣。

陳遠新曰：大德，指割股食君。 引古貞臣之遇知於幽隱者，必非庸君所能，不然必死而後知也。 意歸文公寤而追求，上蓋以介子之大德，自況而冀懷王之察之也。

劉夢鵬曰：推既死，文公因祀以綿上之田，名其所隱之山曰介山。 禁民不得樵採，以報其德。

顏錫名曰：欲君鑒而追思，庶幾其或一悟，而守其往日之法度也。

聞一多曰：王注曰：“文公遂以介山之民封子推，使祭祀之。”王肅亦謂立桂樹以棲其神魂。 疑此言禁即禁社之類。《墨子·耕柱》篇：“季孫紹與孟伯常治魯國之政，不能相信而祝於禁社。”案禁字從林從示，蓋當以禁社爲其本義，王念孫以禁社爲叢社之誤，非是。 子推遠隱介山，故曰大德之優游，言優游於利禄之外也。

姜亮夫曰：優遊，言其德之大也。

蔣天樞曰：晉文公環介子推所居縣上山而封之以爲介推田，號縣

山曰介山。　禁，謂封其山禁人樵採。　大德，言其胸懷崇高。　優游，
言介推安閒隱逸不求仕。

　　湯炳正曰：大德，指介子推追隨晉文公流浪之功。　優游，德行隆
盛貌。

　　按：大德，指割股食君。　憂，充裕。　遊，遊樂。　憂遊，指祭祀
火食充裕之意。　報大德之憂遊，即以憂遊報大德。　介子推死後，文
公因祀以綿上之田，名其所隱之山曰介山。　禁民不得樵採，以報其
德。　朱熹謂優游言其德之大也，未及題旨深意。

思久故之親身兮，因縞素而哭之。

　　王逸曰：言文公思子推親自割其身，恩義尤篤，因爲變服，悲而
哭之也。

　　洪興祖曰：親身，言不離左右也。　縞，《説文》云：“縞素，白緻
繒也。”

　　朱熹曰：親身，切於己身，謂割股也。　縞素，白緻繒也。

　　汪瑗曰：思，念也。　久，舊也。《遠游》曰：“思舊故以想像。”親
身，言不離左右也。　文君出亡十九年，而子推從之，故曰思久故之親
身。　縞素，白緻繒也。　諸説載文公爲公子時，遭譖出奔，子推從
行，道乏食，子推割股以食文公，文公得國，賞從行者，失亡子推。
子推逃入綿山，文公後覺而求之，子推不出，因焚其山，子推抱樹燒
死。　文公遂封綿山曰介山，禁民樵採，使奉子推，祭祀以報其德，又
變服而哭之。　屈子之言，似指此也。　洪氏據《左傳》《史記》而不信
燒死割股之事。　朱子曰：“此詞明言立枯，又云縞素而哭，《莊子》亦
有抱木而燔之説，固不可以一説而盡疑之也。”瑗嘗謂割股之事不可
必其有無，而焚山之事甚爲迂闊，姑從諸説，以竢後之君子云。　此章

引子胥事，見無罪而見殺；引介子事，見有功而不賞，不得如上四人之遭逢也。 嗚呼！ 子胥死而夫差猶悔之，介子枯而文公猶報之，乃若一遭放逐，而懷王竟弗後憂，竟弗思久故之親身。 明法之功反爲讒人之媒，日嬉之樂反爲盛氣之怒，此又屈原之不得如二子之遭逢，所以慨想之深也。 二子可謂不幸中之幸，則原則不幸中之尤不幸者也。 瑗按：思久故之親身，蓋謂文公思念介子往日相從出亡之久，而故舊親愛之情不能恝然，故既封之而又哭之，而割股之事自在其中矣。 洪氏之説爲是。 王逸解親身爲割股，朱子仍之，今詳文意，不甚穩順，姑從洪説。 又按子胥事只兩句，介子事乃六句，下五句鋪陳文公報德之事，故又以介子句倒上，此亦作文之法，不可不知。 或曰，此蓋言君之報臣，故介子事有可陳者，而子胥則無之。 曰非也。 子胥事亦儘有可言者，若亦鋪陳數句，則冗矣。 只以“信讒弗味，死而後憂”八字該之，則子胥之冤，宰嚭之讒，國家之敗亡，夫差之悔恨，俱見於言表矣。 夫既曰後憂，則夫差爲越所滅，臨死之悔，蓋欲如文公之報介子有不能矣。 是夫差之憂又不得文公之寤也。 雖然，子胥之賜劍而死，責在君也，不得已也；子推之抱木而燔，爲已甚矣。 其得已乎？ 其不得已乎？ 二子之死，亦自不同，因併及之。

陳第曰：親身，切身，謂割股。

李陳玉曰：臚列前世貞臣死後一段，相思激切動人。

王萌曰：此言君始不能察貞臣，死後乃悔無及也。

錢澄之曰：久故，猶故舊。 親身，言親近之久也。 子推雖死，猶蒙縞素之哭，原自傷其不如矣。

王夫之曰：久故，謂從亡出外之舊故。 親身，愛己也。 言追悔痛哭，知其愛己之德有餘，亦無補也。

林雲銘曰：從亡十九年，是其故。 貞臣生不能用，至死後方察，亦無及矣。 又曰：已上分別人君之能察不能察，貞臣之得用不得用，申明上文"使貞臣而無由"句。

徐焕龍曰：優遊之大德，思此久從亡之故舊，曾割股以親愛其身，因縞素哭之，此言死又不如子胥、介推。

賀寬曰：引百里奚一節，照應第一節。 原實有治國之才，始信之而終棄之，所以致惜於往日耳。

張詩曰：蓋文公在外十九年，介子從之，甚久而親，然猶忘之，至死，方縞素哭之也。

蔣驥曰：（自"獨鄣廱"以下）言君之不明，而賢人見斥，無可告訴，甘就死亡，皆由讒人雍蔽其君，無由進達之故也。 幸而復遇知己，則為百里諸人；不幸則為子胥，身死國亡矣。 若介子死而文君寤，又其不幸中之幸者。 故於文之加禮子推。 亹亹述之，蓋忍死而惓惓有望也。

吳世尚曰：久故者，相從十有九年也。 親身者，之推曾割股以食文公也。 縞素，變服也。 介子推抱樹而燒死，晉侯求之不獲，以綿上之田，思其相從之久，念其割股之恩，縞素哭之，意非不厚，然亦晚矣。 故君之不明矣，甚則如吳之於子胥，不甚亦如晉之介子，豈不可痛也哉。 余所以深自悲也。

許清奇曰：從亡十九年，生不能用，至死方哭之，亦無及矣。 以上皆弗察者，則不能使貞臣。

屈復曰：右四段，引古之能用貞臣、不能用貞臣者、與報貞臣者，以惜君之弗察也。 言外有他日思我已晚之意。

江中時曰：以上分別人君之能察不能察，貞臣之得用不得用。 申上使貞臣而無由句。

邱仰文曰：謂從亡十九年。 又曰：二節引古自喻，死而寤無聞焉，騷魂所以不散。

奚祿詒曰：王光死，文公縞素而哭，封介山，禁民烟火，謚曰介之推。

劉夢鵬曰：推從亡十九年，故曰久故。親身，謂患難相親依，未嘗離也。此言推遇賢君，雖死而君猶思之如此。

丁元正曰：此幽隱絕名，雖恬死而固無聊者也。此反覆致意介子，原之微詞也。

戴震曰：黑經白緯曰縞。生帛謂之素。孔沖遠云："經傳之言素者，皆謂白絹。"

陳本禮曰：故親身對往日曾信言。以上援古以自慨也。

胡文英曰：言但使君能爲晉文之一寤，則我雖死而猶生也。

胡濬源曰：此冀死後或君之悟。

王闓運曰：以子胥、介子自喻，一不忍見亡國，一從亡在外，皆以忠死。

聞一多曰：久故即舊故，猶言往昔。親謂親愛。身，我也。親身蓋指割肉事。

姜亮夫曰：久故，久，舊也；舊故謂子推爲文公之故舊也。親身，言在左右不離也。久故之親身，倒句也，猶今言"親身之舊故"也。縞素，《說文》："縞鮮色也。素白緻繒也。"自"君無度"至此，語意一貫：言君之不明，而賢人見斥，無可告訴，等就死亡，皆由讒人之壅蔽，無由達之於君；幸而復遇知己，則爲百里諸人；不幸則爲子胥，身死國亡矣；若介子死而文君寤，又其不幸中之幸者。故於文公之加禮介子，亹亹述之，蓋忍死而惓惓有望也。

蔣天樞曰：六句特言子推，明與己同趣，因論及君信讒誣己。二句設想己身死之後。久故，猶舊故。親身，猶言親己，言己常侍王左右，出入王閨闥。 縞，練也。 素，繒也。《曲禮》："君有憂，則素服哭于庫門之外。"鄭注："素服，縞冠也。"

按：久故，介子推隨文公從亡十九年，故曰久故。 介子推死後，文公縞素而哭。 劉夢鵬説是。

或忠信而死節兮，或訑謾而不疑。

王逸曰：仇牧、荀息與梅伯也。 張儀詐欺，不能誅也。

洪興祖曰：訑、謾，皆欺也。

汪瑗曰：盡心曰忠，實踐曰信。 死節，不變其所守，忠信之道也。 訑、謾，皆欺也。 不疑，人君信其欺而不疑也。 又曰：不疑，或作《論語》"居之不疑"之不疑，言小人之行欺詐肆然，自以爲得計而無所忌憚也，亦通。 王逸以爲指張儀欺詐之事，非是也。

周拱辰曰：吾讀《騷》"聽讒人之虛辭"一語，而竊有疑於晉文也。 晉文遠賢於夫差，亦剛復猜忌主耳。 親莫如子犯，尚須沈璧之盟，豈其有讒之者耶？ 舟之僑棄虞而從，備歷艱辛，亦與子推同棄。嗟乎！ 懸書慘矣，封介山以奚爲？ 耆蛇冤哉，拭縞涕而何益？

王萌曰：此承上介子、子胥之事而長歎之言，所以然者，皆由於君之不察耳。

錢澄之曰：忠信者，聽其死；訑謾者，不之疑。

王夫之曰：訑謾，强不知以爲知而欺人也。

林雲銘曰：有理不當死而反死者，有理所當疑而反不疑者。

徐煥龍曰：或忠信無以自明，致令死節。 或訑然謾罵良士，人主不疑。

賀寬曰：此承上子胥、介子而言。 忠信之所以死亡，由於君之不疑訑謾也。

張詩曰：言人臣或忠信以至死節，或詑謾以欺君，而君信之不疑。

蔣驥曰：詑，音拖。承上言自古忠臣之死，未有不由信讒者。詑，欺罔也。

吳世尚曰：忠信死節，小心敬畏，而至死不變也。詑謾不疑，大言欺罔而自以爲是也。言忠信死節，臣之厚重可任者也。詑謾不疑，臣之詐僞可誅者也。兩者之相去，豈不遠哉？

夏大霖曰：言讎君之不能使貞臣也。詑謾，即讒佞輩。

陳遠新曰：觀於忠信不應死，而或死節，則知詑謾本可疑而或不疑。

奚祿詒曰："忠信"承上子胥、介子言。注：另説仇牧等不妥。詑謾，指張儀之欺詐也。

劉夢鵬曰：或之者，有所指之辭也。伍胥忠信，宰嚭詑謾，故或之雜糅。

戴震曰：《説文》："沇州謂欺曰詑。"

陳本禮曰：詑，詐欺也。欺君罔上者反用之不疑。

胡文英曰：或忠信而死節兮，原自謂。或詑謾而不疑，謂君之于讒諛。

聞一多曰：詑謾，欺法也。《淮南子·説山》篇："媒但（誕）者非學謾他，但成而生不信。"謾他與詑謾同。不疑不見疑也。

姜亮夫曰：此總上文而言也。言人之事君，遭遇至不齊量，或者忠信而死節；或者欺詐而不之疑。

蔣天樞曰：詑，即詫字，欺也。謾，誑也。小人即以詑鰻而保持祿位。

按：謾，《説文》："欺也。"此責社會不公。或有人忠信卻不得不

死，有人欺詐卻信任不疑。 張詩謂人臣或忠信以至死節，或訑謾以欺
君，而君信之不疑，甚是。

　　弗省察而按實兮，聽讒人之虛辭。

　　王逸曰：君不參錯而思慮也。 諂諛毀訾而加誣也。

　　汪瑗曰：省亦察也。 按，猶考也。 弗省察而按實，即上弗參驗
而考實之意也。 此二句申言訑謾而不疑也。

　　陳第曰：世無明智，賢愚惑也。

　　黃文煥曰：君之被欺至此，極也。 總之始於一虛而已。 嗚呼！
弗考實者，自古已然也。

　　王萌曰：忠信、訑謾，各有實行，可以省察，不按其實而信
其虛。

　　錢澄之曰：總由不自省察而聽讒人。

　　林雲銘曰：總因不察而妄聽故。

　　徐煥龍曰：弗省察按實，聽讒人訑謾之虛辭。

　　賀寬曰：所以然者，弗考實行，徒信虛言。

　　張詩曰：蓋因爲君者不省察，不按實，惟聽信讒人虛誕之辭。

　　吳世尚曰：乃君不省察而按實，從聽讒人之虛詞。

　　江中時曰：忠臣死節，訑謾見信。 弗察故也。 弗察則益聽讒人
之虛詞，而賢人不能辨矣。

　　陳遠新曰：蓋由君不按實行而聽虛辭。

　　奚祿詒曰：讒人指上官、子蘭也。

　　顏錫名曰：承上言自古忠佞不别，實君不察其實之由。 如我之芳
澤俱全者，亦君不肯明明察之，而致我以死也。

　　聞一多曰：《韓非子・外儲説左上》：“故籍之虛辭則能勝一國，考

實按形不能謾於一人。”又:“爲虛辭，其無用而勝；實事，其無易而窮也。人主多無用之辯，而少無易之言，此所以亂也。”

蔣天樞曰：虛辭，虛構之辭説。

湯炳正曰：按實，即“考實”，求證。二句皆指君主而言。

按：此責楚王不省察實際，反聽信讒人之詞。吴世尚説是。

芳與澤其雜糅兮，孰申旦而别之？

王逸曰：質性香潤，德之厚也。世無明胸，惑賢愚也。

汪瑗曰：芳，言其氣之芬芳也。澤，言其質之潤澤也。指蘭玉佩屬而言。糅亦雜也。雜糅，言參錯而並陳也。芳澤雜糅，喻君子之備道全美，而悉有衆善也。旦，明也，如《詩》“昊天曰旦”之旦。此二句申言忠信而死節也。此章直結至篇首，通古今而泛言之，謂君子小人之事君，有誠僞之不同，而人君則每售其僞而仇其誠，小人之讒佞，則信之而不疑，君子之節義，則不肯爲申明而别異之也。嗚呼！後世人君可不知所鑑於此哉？

黄文焕曰：芳之藪幽，未易别也。

李陳玉曰：乞火無里媪之談。

王萌曰：芳澤何由而别乎？《惜誦》曰：“言與行其可迹兮，情與貌其不變。”正其意也。

錢澄之曰：不按實而信虛詞，反以芳澤爲臭腐。其孰能旦旦而爲之辨别乎？

王夫之曰：申旦，重察也。

林雲銘曰：貞臣衆善俱全，誰能日日别其何者爲芳？何者爲澤？少不得墮入讒人圈套。

徐焕龍曰：彼懷抱忠信者，雖芳澤雜揉於身，如日之未晦，孰重旦而別白之。

賀寬曰：芳與不芳，何從分別能別之。

張詩曰：而芳香潤澤，雜然而盛者，自不能昭然旦旦以別白之矣。

吳世尚曰：申旦，猶旦旦，明之甚也。遂致賢否混淆，是非倒亂，而無以別白也。

許清奇曰：不能日日別之，則終墜讒間。

夏大霖曰：芳有香，澤有色，雜糅色香交備，喻才德兼憂也。申，重加意。旦，明曉意。言孰能加精明而分別其賢否也。

陳遠新曰：芳澤難別耳。

奚祿詒曰：薰蕕雜糅，君不辨別。

劉夢鵬曰：芳澤雜糅，忠信之美也。孰申旦而列之，則始終弗味而已。子胥、子推死若無異，而一則寤求，一則弗味。然則，己即恬死，亦願爲推，不願爲胥也。

陳本禮曰：此概論古今暗主。

胡文英曰：申明，別白也。所以起下致"芳草蚤夭"之故也。

牟庭曰：此言使貞臣而無由也。聖賢相遇，難與儔也。良臣死而君愁也，讒人高張，莫辨清流也。所以惜壅君之不昭也。

武延緒曰："芳澤雜糅"義與下句不貫，疑澤乃臭字之譌。澤古作臭，臭缺訛作臭，後人遂改臭爲澤也。臭本作朽。《列子·周穆王》篇："饗香以爲朽。"《仲尼》篇："鼻將塞者，先覺焦朽。"《禮·月令》："孟冬之月，其臭朽。"鄭注："朽，一作歾。"《說文》："歾，腐也。"《廣雅》："敗也，臭也。"又歾與殠通。《說文》："殠，腐氣也。"《玉篇》："物傷氣也。"《漢書·楊王孫傳》："其下穿不及泉，上不泄殠。"《楊惲傳》："單于得漢美食，好物以爲殠惡。"後人遂省殠

爲臭矣。 其實朽乃正字，歺、殥通用字。 臭乃假借也。 臭，凡氣之
總名，古皆兼芳朽解，後人省殥爲臭，遂專以臭屬惡氣，而以"朽"
作腐木解矣。 不知古人偶以臭作穢氣解者，皆假字也。《列子》："海
濱有逐臭之夫。"《莊子·知北遊》："所惡者爲臭腐。"此與《書·盤
庚》"無起穢以自臭"，皆假借字，非正字也。 後人專以臭訓惡氣者，
亦有説焉。《説文》："禽走臭而知其跡者，犬也。 故從犬。"徐鍇曰：
"以鼻知臭，故從自。"後人不解，遂以犬爲逐殥之物。 又其鼻最靈，
故臭專屬惡氣解。 不思犬固香臭皆知也。《禮記·曲禮》："毋投於狗
骨。"然則骨亦臭物耶？ 後人習焉不察耳。 猶香字古人專屬口之於
味，故字從甘。 甘惟口知之也。 芳字專屬鼻之於臭，故字從草。 草
木之花，皆芬芳能通於鼻也。 後人不明字學，遂以香爲芳，以臭爲
朽矣。

姜亮夫曰：此皆爲君者弗加省察，而按其實際，只聽信讒佞小人
所設之虛辭，遂使芳與臭雜糅不分，又孰能旦旦而別白之者耶？

蔣天樞曰：承上文論人才，因念及王之信讒不寤，致使己遭遇今
日阨難。 芳與澤其雜糅，承上文"使芳草爲藪幽"而言。 芳、澤，即
《思美人》篇"芳與澤其雜糅，羌芳華自中出"意，言其芬香既盛，節
槩又能不屈不撓。 申旦，向晨未明時。 孰能於平旦清醒時辨識此芳
草乎？

湯炳正曰：芳與澤，皆喻美德。 別，識別。

按：《思美人》曰"芳與澤其雜糅兮，羌芳華自中出"。 澤，潤澤
也。 芳需水潤澤，不然枯萎。 芳與澤雜糅，喻賢人亦須有可用之環
境。 此句亦言貞臣須有識己之環境。 芳離不開澤，不然即無芳，芳
與澤雜糅，芳才能生存并長久。 這樣的道理，孰能夠懂得呢？ 旦，
曉也，明也。 武延緒以爲疑澤乃臭字之譌，可參。

何芳草之早殀兮，微霜降而下戒。 殀，一作夭。

王逸曰：賢臣被讒，命不久也。 嚴刑卒至，死有時也。

汪瑗曰：早夭，謂望秋而先零也。 霜，露之所凝結也。 從上而墜曰降。 降而至地曰下。 戒，如戒道之戒。 微霜降而芳草殀，喻讒言入而君子殺也。 觀微霜，則知讒言之入亦甚詭矣。 觀早夭，則知君子之殺不待辱矣。

黃文煥曰：別之之道，防其早夭。 戒於霜前，則蔓草不得蔽之矣。 草之蔽芳，春夏皆然，而獨以霜爲戒者，春夏生長，草與芳並旺，縱或蔽芳，未爲芳之大害也。 霜降草萎，腐葉瘁莖壓于芳上，足以夭此芳矣，此護芳之明眼深心也。

李陳玉曰：賢人短氣。

錢澄之曰：芳草望霜先零，故爲早夭微霜耳。 初時王之見疏，猶薄譴也。

王夫之曰：戒，棘也。 微霜降、芳草殀，喻己方有爲而遽摧折也。

林雲銘曰：天威示警，無不死之理，所以"忠信而死節"者，此也。

徐煥龍曰：何國有仁賢，隨即淪喪，如芳草之早殀乎。 微霜始降，而下地之民，即爲儆戒，必且愛護此芳，藏之於室，讒言始進，正微霜也。 天芳即在目前，人主胡獨不省信乎？

張詩曰：言芳草所以早殀者，以微霜先將而下戒也。

王邦采曰：微霜，比讒言始進也。 微霜之降，即爲堅冰之漸。

吳世尚曰：從來白黑相混，則白不勝黑。 薰蕕相雜，則薰不勝蕕。 芳草弱植，微霜催之，亦何怪其早殀也。

屈復曰：微霜降而芳草殁，倒句。

江中時曰：微霜降則芳草殘，比忠信而死節也。

夏大霖曰：比而賦也。 此怨死之辭。 言芳草何故而早死，蓋以天威之霜微微下降而示戒，便不能自生，是芳草之自死，實由霜威死之也。 則今我之不能生，豈我之愛死哉？

陳遠新曰：況賢人危亂不居，國無賢人，則君壅益甚。

奚祿詒曰：菶殀，言己將死。 微霜，比嚴法。

劉夢鵬曰：芳草之殀，霜戒故也。 忠賢之死，讒張故也。

陳本禮曰：微霜下戒，正催芳之早殀也。

胡文英曰：芳草菶夭，微霜固所以戒，人知寒也。 猶賢人既盡，國運亦隨之矣，君得無少戒乎？

牟庭曰：此言使芳草爲藪幽也。

王闓運曰：己死郢亡，楚已不國。 而猶以爲微霜之戒，望其用賢以自彊，忠臣志士無已之心也。

聞一多曰：《九辯》：「秋既先戒以白露兮，冬又申之以嚴霜。」

姜亮夫曰：芳草句，喻詞也，言忠貞之不得盡其誠，如芳草之早殀。 芳草之所以早殀者，以微霜既降，而不知早爲之戒，如忠貞者不爲小人之讒而動心也。

蔣天樞曰：草木未成而折曰「殀」。 芳草之早殀，謂其未播芬芳而被摧傷。 微霜降，履霜而知堅冰意。 戒，儆也，言微霜之降，實先予以儆戒。

湯炳正曰：下戒，謂予人以警惕，指讒言初起時，故下文又言「讒諛日得」。

按：言微霜降則芳草殀，喻賢臣遭遇惡劣環境也。 王逸謂賢臣被讒，命不久也。 嚴刑卒至，死有時也。 意亦不差。

諒聰不明而蔽壅兮，使讒諛而日得。

王逸曰：君知淺短，無所照也。 佞人位高，家富饒也。

朱熹曰：得，得志也。

汪瑗曰：諒，信也。 聰不明，一作不聰明，非是。《易·噬嗑》上九《象》曰："何校滅耳，聰不明也。"《夬》九四《象》曰："聞言不信，聰不明也。"《楚辭》用此，如經營四方周流六漠之類，或用全句，或易一二字，往往喜用經語，此雖末事，亦可見屈子之所學也。前言虛惑誤又以欺，故并聰明而言之；此則專罪其聽之不聰，而使讒諛日以得志也。 上二句責讒人之肆害，下二句責人君之信讒。

黃文煥曰：人主所宜具之聰明也，其可蔽于聰明者，實不聰明者也。 我之早戒失先着，則讒嫉之蔽我得長策矣。 又曰：藪幽、蔽隱，應前幽隱；抽信，應前曾信；誠信、按實，應前考實；虛辭，應前慮惑；蔽雝，應前蔽晦。 讒人日得、申冤冀其日明，非日明無以蔽彼之日得也。 此之明遲一日，則彼之得添一日矣。 愈添愈蔽，冤將無繇明矣。

李陳玉曰：讒說之初能察，則以後省許多事。

王萌曰：聰不明，孔穎達釋《夬》四爻小《象》，聰，聽也，言聽之不明也。 得，得志也。

錢澄之曰：讒人從此諒君之聰明易蔽，故益得行其讒諛也。

林雲銘曰：諒，照察也。 聰不明，出《易經·噬嗑》《夬》二卦，猶云聽不審也。 日得，無日不自得也。 君既蔽雝，自然聽讒人之虛辭，所以"訑謾而不疑"者，此也。

徐煥龍曰：有聰不明，受其蔽雝，故使讒諛之人，日益得志耳。此段雖承上以概論古今之暗主，其實歎悼襄王，故下文緊接前世嫉賢。

賀寬曰：於早則聰明不致壅蔽，讒人不致高張。

張詩曰：信乎聰明壅蔽，則讒諛日以得志矣。 聰不明，即不聰明。

蔣驥曰：得，得行其志也。

王邦采曰：聰不明，此猶云聽不審也。 讒諛之人，有不日益得志者乎？

吳世尚曰：然皆上之人不能保護善類，故至此也。 蓋君聽不明，蔽雝環伺，讒諛得志，正直摧殘，必然之理也。

許清奇曰：芳草殀於微霜，忠信死節也。 讒諛日日得志，訑謾不疑也。

江中時曰：聰不明，猶言聽不審也。 日得，日得志也，或訑謾而不疑也。

夏大霖曰：由君實聰本能聽我之直，無奈不明而受蔽雝，使讒諛之人日益得志，則我縱愛生，其可得乎。

陳遠新曰：而小人得志，又何怪訑謾之不疑也。

奚祿詒曰：雝，同壅，《史》《漢》通用。

劉夢鵬曰：既不聰明，又遭蔽雝，申旦亦徒然耳。 蓋因上文方論子胥，而嘆其如此。

丁元正曰：言壅蔽君之聰明，自懷王之世，讒人盤踞。

戴震曰：不明而惑於聽，是之謂聽不明。《易·象傳》於《噬嗑》、於《夬》皆曰：“聽不明也。” 聽，如“尚寐無聽”之聽。《傳》云：“聽，聞也。”

陳本禮曰：此自傷身之被放，皆因君受小人雝蔽以致不聰不明。 諒不聰明者，是諒其聽本不明，故使小人日益自得也。 此推原之辭。

胡文英曰：諒君之聰不明，故爲讒諛所蔽雝。 懷王之世已然，而況頃襄乎？ 故曰“日得”。 蓋原死于水，猶可，若死于小人之手，則小人愈得志矣。

顏錫名曰：言我今日之死，信是君聽不明，若再不以我爲鑒，仍然受其雝蔽，則讒諛日以得志而國不可問矣。

馬其昶曰：姚永樸曰：得，如《左傳》“得太子適郢”之得。 言日見親說於君也。

武延緒曰：得疑侍字之誤，形近也。《七諫》“嫫母勃屑而日侍”是即本諸此也。

聞一多曰：《廣雅·釋詁》四：“聰，聽也。”聰不明即聽不明。《易·噬·上九》象辭：“何校滅耳，聰不明也。”《釋文》引馬注曰：“耳無所聞。”《夬·九四》象辭：“聞言不信，聰不明也。”《正義》曰：“聰，聽也。”得猶中也。

姜亮夫曰：諒聰不明，諒，誠也。 君上信聽之不明而有所蔽壅，至使讒佞小人，日益得勢，據要津矣。

蔣天樞曰：不聰明，承上“君無度而弗察”意，謂不察民情，不辨姦慝。 君智既不能見微知著，有所儆戒，而羣小又從而壅蔽之，以致國事大壞，芳草折傷，終則讒人乃日以得志也。

湯炳正曰：聰不明，即聽不明，古成語。《易·夬》：“聞言不信，聰不明也。”又《噬嗑》：“何校滅耳，聰不明也。”聰皆訓聽。

按：諒，相信。 聽不明，汪瑗引《易·夬》九四《象》曰：“聞言不信，聰不明也。”以爲言聽之不明也，甚是。 此言國君相信聽從讒人迷惑之言而使自己受到了蒙蔽，使得讒諛之人日以得志。 徐煥龍謂有聰不明，受其蔽雝，故使讒諛之人，日益得志耳，甚是。 王逸解“讒諛日得”爲佞人位高而家富饒，非是。

自前世之嫉賢兮，謂蕙若其不可佩。

王逸曰：憎惡忠直，若仇怨也。　賤棄仁智，言難用也。

洪興祖曰：若，杜若也。

朱熹曰：若，杜若也。

周用曰：下二章，言自古讒人蔽賢，變亂是非，故我欲明己之無罪而被讒也。

汪瑗曰：蕙若，二香草名。　謂蕙若不可佩，喻小人讒君子之無益於人國，不可用也，若淳於髡之譏孟子是也。

黃文煥曰：且讒之來，何所不有，毋論芳夭也。　即不夭，而或竟以爲不芳。　前世所云不可佩，豈獨今哉？

周拱辰曰：古昔已然，獨一文公哉。

王夫之曰：前世，謂懷王之世。

林雲銘曰：以芳爲臭。

徐煥龍曰：前世，謂懷王之世。

賀寬曰：反此則將以芳爲不芳。

張詩曰：夫前世之嫉賢者，無不謂蕙若之香草不可爲佩。

蔣驥曰：前世，指懷王時。

吳世尚曰：言君子之賢，猶蕙若之芳，不可掩也。　邪豈能勝正哉？　而無如世之嫉賢者，利口巧言，變亂是非，謂蕙若其不可佩也。

屈復曰：前世，謂往日懷王時。

江中時曰：前世，謂懷王時也。

夏大霖曰：此節申承讒諛得志之辭，賦而比也。　若，杜若也。

陳遠新曰：又人情嫉賢，不止今世爲然，既以美爲惡，自以老爲少，此時小人一受主知自矜才能，雖有美才，鮮不入而短之，而任之於己。

胡文英曰：棄之已久，安得不蚤夭乎？ 古詩：「委身玉盤中，歷年冀見食。 芳菲不相投，青黃忽改色。」亦此意也。

顏錫名曰：言嫉賢之臣，自古皆有。

姜亮夫曰：此又追敘前義，更爲之説也。 言嫉害賢能，蓋自前世而已然。 故謂蕙若之芳爲不可佩。

蔣天樞曰：十句以設喻明己得罪實出意外，雖冤情明白，無人爲昭雪之者。 前世，蓋謂懷王時。 不可佩，不可親近。

按：前世，前代。 蕙若，香草，喻賢才。 王夫之謂懷王之世，更具體。 此言前代嫉賢之世，都是賢才不被使用。 張詩曰前世之嫉賢者，無不謂蕙若之香草不可爲佩，甚是。

妒佳冶之芬芳兮，嫫母姣而自好。

王逸曰：嫉害美善之婉容也。 醜嫗自飾以粉黛也。 佳，一作娃。

洪興祖曰：娃，吳楚之間謂好曰娃。 冶，妖冶，女態。《易》曰：冶容誨淫。 嫫，音謨。《説文》云：嫫母，都醜也。 一曰黃帝妻，貌甚醜。 姣，妖媚也。

朱熹曰：冶，妖冶，女態。 嫫母，黃帝妻，貌甚醜。 姣，妖媚也。

汪瑗曰：妒者，忌人之有也。 佳冶，謂容貌之美；芬芳，謂服飾之盛；言美人也，申嫉賢之意。 或曰，佳冶指下西施，芬芳指上蕙若，《楚辭》每參錯成文，此類甚多。 嫫母，醜婦也。 或曰黃帝妻，荀卿子《儗詩》亦言之。 姣，妖媚態。 好如字，洪氏音耗，朱子仍之，非是。 自好，自以爲美也。 申言「謂蕙若其不可佩」之意。

黃文煥曰：既已妒芳以爲不芳，則必逞醜以爲不醜。

林雲銘曰：以醜爲美。

徐焕龍曰：自好，自以爲好也。

賀寬曰：既以芳爲不芳，則必以醜爲姣，嫫母而代西施，所必然也。 皆由辨之不早耳。

張詩曰：而容貌佳冶，服飾芬芳之美女，則無不妒之。 故嫫母之醜女，且將逞妖姣之態，自以爲好。

吳世尚曰：故妬佳冶之芬芳，使人主不得親近，而反以嫫母爲姣美而自愛焉。

許清奇曰：嫫母，醜嫗也。 一云黄帝妻、此言飾醜爲美也。

夏大霖曰：自好，自以爲美也。

奚禄詒曰：嫫母，黄帝第四妃，貌醜，生子蒼林。

戴震曰：《方言》：“娃，美也。 吳、楚、衡、淮之間曰娃，秦、晉之間曰娥。 故吳有館娃之宫，秦有漆娥之臺。”戴仲達云：“金與冰之融冶，光采煜燴，故容貌之艷者曰冶容。”

汪梧鳳曰：《淮南·脩務訓》：“曼頰皓齒，形夸骨佳，不待脂粉芳澤而性可説者，西施、陽文也。 嘖䐶哆嗎，籧篨戚施，雖粉白黛黑，弗能爲美者，嫫母、仳倠也。”注云：“西施、陽文，古之好女。 嫫母、仳倠，古之醜女。”

顔錫名曰：嫫母，黄帝妃，婦人之醜貌者也。 姣，美也。

馬其昶曰：好，當爲媚。《廣雅》：“媚，好也。”疑校者旁注其訓，因僞爲正文，遂至失韻，不可讀矣。

聞一多曰：《左傳》襄九年：“棄位而姣，不可爲貞。”《方言》一：“凡好而輕者，自關而東，河濟之間，或謂之姣。”《廣雅·釋言》：“姣，侮也。”《韓非子·説林上》篇：“美者自美，吾不知其美也。”

蔣天樞曰：佳冶，猶言佳麗。《説文》女部："嫫母，古帝妃都醜也。"段《注》："都，猶最也。"《漢書·古今人表》作"侮"，云"黃帝妃"。 姣、好，皆美也。 姣而自好，猶言自以爲佳麗。

湯炳正曰：佳冶，指女性的美態，此代稱美女。

按：此責楚嫉賢妬能，以醜爲美，黑白顛倒。 嫫母，貌醜。 賀寬謂既以芳爲不芳，則必以醜爲姣，嫫母而代西施，所必然也。 皆由辨之不早耳。 意亦近是。

雖有西施之美容兮，讒妬人以自代。

王逸曰：世有好女之異貌也。 衆惡推遠，不附近也。

洪興祖曰：西施，越之美女。《越絶書》曰："越王句踐得採薪二女西施、鄭旦，以獻吳王。"

朱熹曰：西施，越之美女。 勾踐得之，以獻吳王。

汪瑗曰：西施，越之美女。 勾踐得之，以獻吳王者也。 自代，謂醜婦奪美女之寵也。 醜婦自以爲美，而謂美人之不美，喻小人自以爲賢，而謂賢人之不賢，是以讒妬人而得以自代也。 此二句又總申上四句。 此章承上，言小人之害君子，人君之信讒言，自古皆然，理勢之所必至者，豈獨今日乃爾哉？ 蓋屈子自慰之詞也。 瑗按：西施之美，人皆知之，而醜婦得以代之者，妖媚故也。 君子之賢，人皆知之，而小人得以代之者，讒諛故也。 小人之害君子，起於嫉妬其賢能。 小人之進讒言，乘於人君之蔽壅。 嫉君子之賢能，則自以爲好矣，乘人君之蔽壅，則得以肆志矣。 自以爲好，則君子之類盡矣，得以肆志，則小人之黨興矣。 如是而欲國之不亡，不可得也。 嗚呼！若以蕙若爲可佩，則君子無由而退矣。 若不自以爲好，則己身無由而進矣。 此章曲盡小人之心術情狀，爲人君者可不深察乎此哉？

林兆珂曰：言醜嫗自飾以粉黛，雖有好女異貌，亦能讒妬而奪其寵。前世嫉賢，亦猶是也。

黃文煥曰：嫫母而代西施，所必至矣。

李陳玉曰：自好，互相標榜也。自代，起獄以奪人位也。

錢澄之曰：讒妬一人，嫫母即以代西施。此言蔽於讒者，自前世已然，不獨今也。

王夫之曰：讒人盤據，衒嫫母之姣好，雖先王客死，國事日非，而相踵代興。如近世所謂傳衣鉢者，堅護門户，終不使貞臣復進。

林雲銘曰：讒人志在專寵，不顧己材不堪。讒諛日得，自懷王時已然，其來久矣。

徐煥龍曰：雖有美女如西施，嫫母讒而妬之，入以自代。懷王之世，嫉賢情狀如此。

張詩曰：雖有西施之美容，亦讒妒而代之矣。

吳世尚曰：夫既潛移主心，使之昏惑，則雖有西施之美容，讒妬者入而相代，西施豈能更迭進御於其間哉？然此風非獨今也，自前世而已然矣。

江中時曰：西施，越之美女，獻吳王者也。

陳遠新曰：賢者既無見長之日，而又何由結主知也哉。

奚祿詒曰：嫫母、西施比小人與己。

劉夢鵬曰：讒人蔽惑，自古爲嘆也。

牟庭曰：醜好溷而相淆也。

陳本禮曰：嫫母何可代西施？以讒人之口，則西施絕不如嫫母之好。蓋小人不知己之不堪，而欲逞材以專寵也。推原其病根，自懷王時已然，又何怪乎今之人？

胡濬源曰：即此可見古人以美女自比，不以比君也。此即上《離騷》篇之"娥眉"。

王闓運曰：極陳亡國之情狀也。

馬其昶曰：戚學標曰："代，從弋，聲弋，聲讀同翳。"

聞一多曰：《韓非子·姦劫弒臣》篇："無捶策之威，銜橛之備，雖造父不能以服馬。 無規矩之法，繩墨之端，雖王爾不能以成方圓。 無威嚴之勢，賞罰之法，雖堯舜不能以爲治。"

姜亮夫曰：西施，洪引《越絕書》："越王勾踐得採薪二女西施、鄭旦，以獻吳王。"句意爲於美好之女，則妬其有芬芳之氣。 代當爲弍之借字，《洪範》"民用僭弍"，馬注"惡也"；《詩·鳲鳩》"其儀不弍"，《傳》"疑也"；自弍猶言自疑矣。 遂致嫫母之醜，乃反自飾以爲姣好；故雖有西施之美，亦遭讒妬之人至於自疑矣。

蔣天樞曰：人，其言見信。 代，更替，更以其人代己職。 屈原頃襄時官左徒，《楚世家》有"使左徒侍太子於秦"，則其任春申君爲左徒當已甚久，此"讒妬人以自代"，或即言其事歟？

湯炳正：讒妒，指生性嫉妬、愛行讒諛的醜女，此喻佞臣。 自代，以己取代西施。

按：西施，越之美女。 喻賢人。 言賢臣被黜，讒佞人代。 徐焕龍解謂雖有美女如西施，嫫母讒而妬之，入以自代。 懷王之世，嫉賢情狀如此。 甚是。 汪瑗說"自代，謂醜婦奪美女之寵也"，則以男女關係來喻君臣關係，意亦在其中。

願陳情以白行兮，得罪過之不意。

王逸曰：列己忠心所趨務也。 譴怒橫異，無宿戒也。

朱熹曰：白，明也。 自明其行之無罪也。 不意，出於意外也。

汪瑗曰：願，欲也。 陳，列也。 情，今日誣枉之情也。 白，明也。 行，平生正直之行也。 過，如前"盛氣志而過之"之過。 不意，出於意外之變，不期而至者也。 謂今日之被怒遠遷，出於意料之所不及，蓋謂無罪見尤而遭讒之嫉，隱然於言表矣。

王萌曰：白行，自明其所行，不意出於意外也。

林雲銘曰：自白其貞，又加以意外之罰。

徐煥龍曰：此時我非不欲陳情於王，自白其行，奈罪過得於不意，忽然遠遷，使我欲白無及。

賀寬曰：如原今日讒人蔽之，我欲白之，雖獲罪出於不意，而冤抑何可不明。

張詩曰：言願陳列其情，表白其行，而得此罪過，誠出不意。

吳世尚曰：言我欲陳隱情而白素行也，則恐"薄言往愬，逢彼之怒"，罪過之得，反有出於不意者，所以隱忍而不敢也。

江中時曰：白行，自明其行也。

夏大霖曰：願陳情以自白，所行無得罪之事。 今得罪過，皆己意之不及。

奚祿詒曰：故願陳白忠心，見得過出於己所不料。

劉夢鵬曰：原言得過不意，讒言蔽惑。

顏錫名曰：惟信其讒，則賢不能自白，而得意外之罪。

王闓運曰：易，不難也。 以先得罪，故難陳白。

蔣天樞曰：本意申明己情，不意竟以得罪，實出意外。

按：白，説清楚，説明白。 言願陳情自白，即便再得罪亦不在意。 徐煥龍以爲我欲白無及，可參。 江中時解白行爲自明其行，然未及得罪過之不意。 夏大霖解謂所行無得罪之事。 今得罪過，皆己意之不及。 於意亦通，可參。

情冤見之日明兮，如列宿之錯置。

王逸曰：行度清白，皎如素也。　皇天羅宿，有度數也。

朱熹曰：情冤，情實與冤枉，猶言曲直也。　列宿錯置，言其光輝而明白也。

汪瑗曰：略行而言情，固爲省文，而今日之所以汲汲欲辯者，莫先於此情也。　冤，枉屈也。　本謂冤枉之情而曰情冤者，倒文耳。　朱子謂：“情實與冤枉，猶言曲直也。”亦通。　見，謂冤枉之情畢露而無遺，讒諛不得蔽晦之也。　日明，猶俗言一日明於一日。　蓋君子真實正大之情，雖參驗考竅，愈究愈明，所謂萬變而不可蓋者，豈若小人之虛僞而不可長也哉？　嗚呼！　小人惟恐人君之考驗，而屈子則欲求一考驗而不得也。　君子小人之情，於是乎辯矣。　列宿，衆星也。　錯置，謂燦然而布也。　蓋衆星之錯置於天，自有確然之度數，一定而不可易，燦然之光輝，明白而不可揜，懸象著明，更歷萬古而不可磨滅者也。　人君苟一考驗之，則屈子之情冤豈有不畢見而日明之，如衆星之錯置於天也哉？　此章言己爲讒人所嫉，以致得罪於君，欲一自暴其中情之冤枉，使人君洞達其忠佞之辯，而無由也。

徐師曾曰：情冤，直曲也。

陳第曰：情實冤枉，有如列星，豈難明乎？

黃文煥曰：讒人蔽之，我欲白之；讒人晦之，我欲明之。　罪過雖出于不意，而情憲何嘗難明？　列宿在天，豈難舉首哉？　藪幽者，固懸宿者也。　又曰：列宿錯置，以譬語出奇助陣。

李陳玉曰：求明反得暗。

陸時雍曰：列宿錯置，言較著明白也。

王萌曰：日明，言逐日見之自明也。

錢澄之曰：情冤，謂真冤也。　見之則日明，其如君之不見何！

言弗省察也。

王夫之曰：是以頃襄之世，更被譖鼠。小人之情，貞人之冤，追惟今昔，皎然易見矣。

林雲銘曰：所陳之情，與所得之冤，見之如日之明，本無難察。可以參互而按其實，以有法度在而嫌疑明也。無奈君之無度，弗察何耳？又曰：已上分別貞臣之死節於忠信，讒諛之得志於訑謾，追論懷王聽讒後，法度之廢已久，以致嫉賢日甚，無以自白，申明上文"鄣雝而蔽隱"句。

徐煥龍曰：此情此冤，見之旭日之光明，直如列星之錯置。情冤無不朗朗，亦正無從計數也。

賀寬曰：日星在上，庶幾鑒諸不至，如芳草之幽於藪澤，歾於嚴霜，使世人以爲不芳也。

張詩曰：錯，如字。然此情冤枉，久久自見，日以明白，如列宿之錯雜而置也。

蔣驥曰：情冤，真情與冤狀也。列宿錯置，言著而且多也。自懷至襄，屢訴而屢獲罪，於斯可見。

王邦采曰：見之如日之明，本不難察，而今竟如列宿之紛錯，其位置豈能復察識乎。

吳世尚曰：向使吾之情冤得以見白，則如白日之昭昭於晝，如列宿之朗朗於夜。凡有目者所共睹，亦豈有難辨哉？

許清奇曰：情實冤枉，有如列星，豈難明乎？奈君之弗察耳。此段申明君之弗察，使貞臣無由意。

屈復曰：右五段，惜往日之忠佞不分，最易察而不能察，爲時已久，非一朝一夕之故也。

江中時曰：列宿錯置，言其明白易見也，無奈，君之無度弗察，何耳。以上分别貞臣之死節於忠信，讒諛之得志於訑謾。自懷王聽讒後，法度之廢已久，以致嫉賢日甚，無以自明。申明上章鄣廱而蔽隱句。

夏大霖曰：料此情此冤之易見，如日如星，粲然羅列，並無難判分，奈何不見察乎！

陳遠新曰：情冤，陳情得罪是冤。言我陳情得罪之冤，明白已久，何復欲畢吾辭哉？

奚禄詒曰：情冤明白，皎如列星在天也。

劉夢鵬曰：至今黨人虚誕己，露己之冤情日見明白，如星之錯置，不難察也。

丁元正曰：如近世所云，傳衣鉢者，堅護門户，終不使貞臣復進。

戴震曰：列宿，謂二十八舍。

陳本禮曰：錯置，倒置也。言我之情宛如列宿倒置在天，人人明白，奈自懷至襄，屢訴而屢獲罪，何也？

胡文英曰：光明磊落，絶無曖昧而易察也，君何以不知其冤。

牟庭曰：冤屈益久，而時事益明，與星宿衡也，所以恬死亡而不聊也。

顔錫名曰：其實賢之情冤，昭然畢見。君如察之，自然日明一日，如列宿之燦陳。

王闓運曰：言己行可考，不難明，亦不必自白也。

武延緒曰：見疑邑字之譌，冤與菀通，讀若鬱，鬱邑猶於邑也。

聞一多曰：冤本一作宛。《詩經·蒹葭》："宛在水中央。"《箋》曰："宛，坐見貌。"案坐見之義未聞。疑讀爲晥。《禮記·檀弓上》"華而晥"，《釋文》曰："晥，明貌。"

姜亮夫曰：情、冤對文，言真情與冤曲也，猶言直曲也。 見，現也。 見之日明，言直曲顯現於日明之時也。 此言己願敷陳其實情，以表白其行事，於以明得罪過之由，爲平日意之所不及，其曲直之情，當顯現於日明之時，有如列宿星羅，各有其錯置之度數也。

蔣天樞曰：情冤，言己情屈抑不能自伸，謂所受謗誣。 見，謂事過已久，漸見虛構己罪狀之非實。 己冤抑之著見，已如列星陳佈天上。

湯炳正曰：以上第二段，於面臨深淵之際，對頃襄王時代讒人得勢的黑暗現實，痛加控訴。

按：言吾之愛國忠君之情，像日一樣明白可見，像列宿一樣燦然而布也。 吳世尚解謂向使吾之情冤得以見白，則如白日之昭昭於晝，如列宿之朗朗於夜。 凡有目者所共睹，亦豈有難辨哉？ 甚是。 徐煥龍解曰情冤無不朗朗，亦正無從計數也，意亦在中，可參。

乘騏驥而馳騁兮，無轡銜而自載。

王逸曰：如駕駑馬而長驅也。 不能制御，乘車將仆。

洪興祖曰：騏驥，駿馬也。《詩》云：“六轡如琴。”《說文》：“銜，馬勒口中，行馬者也。”

朱熹曰：騏驥，按王逸解爲駑馬，又詳下文，恐當作駑駘。 轡，馬韁。 銜，馬勒也。 載，乘也。

周用曰：本章言以乘馬而無轡銜，涉水而無舟楫，比爲治舍法度而以私意必無自治之理，謂不任賢而信讒也。

汪瑗曰：騏驥，駿馬也。 王逸解作駑馬，非是。 馳騁，疾走也。 轡，馬韁。 銜，馬勒。 所以控御乎馬，使不得奔逸者也。 載，乘也。 言人乘駿馬而馳騁之，又無轡銜以控御，而鮮有不顛仆者矣。

黄文焕曰：言騏驥者，駑馬遲鈍，即乏唧勒，猶可支持，若千里之足，可易制乎？

李陳玉曰：無轡銜同于駑馬。

錢澄之曰：合言乘駑駘，而云騏驥者，言雖有騏驥，如此乘之，且猶不可，況駑駘乎？

林雲銘曰：必墜於路。

徐焕龍曰：騏驥雖堪馳騁，可無僕夫之轡銜而自駕載乎？

賀寬曰：此原之所致恨於今日也。

張詩曰：言人乘駿馬而馳騁之，又無轡銜以爲之控馭，鮮有不顛覆者矣。

蔣驥曰：此騏驥，但取其疾足言。騏驥之行本疾，而無以制之，則其顛躓倍速矣。

吳世尚曰：言治國家不可無法度。法度者，御馬之韁勒，而渡江河之舟楫也。故雖乘騏驥之良馬，可以馳騁長途，而無轡銜在御，徒然重載，則未有不車覆而馬顛者。

夏大霖曰：比也。言乘馬而行者，以轡銜而可載。

劉夢鵬曰：駑馬本不任馳，而又無轡銜爲御，則必顛覆。

顏錫名曰：但棄法度而師心以爲治者，則不能知。嗚呼，雖有騏驥之俊，無轡銜而可以馳騁乎。

武延緒曰：王逸解騏驥爲駑馬，非也。意蓋謂文指子蘭輩言耳，不知此言治，非言用人也。猶《書》"朽索馭六馬"之喻也。若果以爲駑駘爲譬，則雖有轡銜何益。下文"乘氾泭"句，猶《書》"若濟巨川""若涉大水"也。

聞一多曰：《韓非子·姦劫弒臣》篇："託於犀車良馬之上，則可以陸犯阪阻之患；乘舟之安，持楫之利，則可以水絶江河之難；操法術之數，行重罰嚴誅，則可以致霸王之功。　治國之有法術賞罰，猶若陸行之有犀車良馬也，水行之有輕舟便檝也，乘之者遂得其成。"《韓詩外傳》一："故急轡御者，非千里之御也。"

姜亮夫曰：載，讀爲《尚書》"載采采"之載，事也。　此言夫乘駑駘之駕而馳驅者，若無轡衘，則將躬自爲之從事；言任其私自爲之轡衘也。

蔣天樞曰：六句仍以設喻喻王之無度。　正文曰"乘騏驥"，而叔師以"如駕駑馬"釋之，不識何故。　載，事也，任己意以從事。

湯炳正曰：乘，或當作"棄"。　乘古寫作桀，與棄形近易譌。　王逸注："如駕駑馬而長驅也。"即解釋"棄騏驥……"，是漢代古本不誤。　因《離騷》本有"乘騏驥以馳騁兮"之句，故被淺人據以妄改。　自載，謂載重自馳。

按：騏驥，駿馬也。　此言遵守法度任用賢人之重要。　乘上駿馬，如果沒有轡衘，馬就會根據自己的喜好自由馳騁，人就駕馭不了它。　王逸解騏驥爲駑馬，非是。　汪瑗以爲乘駿馬而馳騁無轡衘以控御，而鮮有不顛仆者，甚是。

乘氾泭以下流兮，無舟楫而自備。

王逸曰：乘舟氾船而涉渡也。　編竹木曰泭，楚人曰柎，秦人曰撥也。　身將沈没而危殆也。

洪興祖曰：氾，《説文》云："楫，舟櫂也。"

朱熹曰：氾，音汎。　氾泭，編竹木以渡水者也。　既無騏驥，而但乘駑馬，又無轡衘與御者，自爲乘載；既無舟航，而但乘氾泭，又無維檝與舟人，而自爲備禦。　其亦可謂危矣。

汪瑗曰：氾泭，編竹木以渡水者也。　下流，則水勢順而湍流急也。 舟，巨航也，穩於氾浮。 而楫又所以櫂舟者也。 言人乘氾浮之小筏，以渡順流之急水，又無舟楫以豫備之，而鮮有不覆溺者矣。 又曰：承氾浮以下流，王逸曰：“乘舟氾船，而涉渡也。 編竹木曰浮。 楚人曰栙，秦人曰撥也。”又一本正作栙。《爾雅》曰：“舫，浮也。”又曰：“庶人乘栙。”王逸是從《爾雅》，以舟船解浮，以氾屬上，并乘字爲義也。 朱子曰：“氾浮，編竹木以渡水者也。”是又以氾屬下，並浮字爲義也。 二說未知孰是。 瑗嘗疑其俱非也。 蓋氾泛通，浮浮通，氾浮謂水也，對上騏驥而言。 乘馬必須彎銜，渡水必須舟楫，如此解則詞順理明。 若以氾浮爲編竹木之濟具，則下言舟楫又不通矣。 朱子亦悟其不通，故疑舟楫宜改作維楫。 若編竹木之氾浮，又安用維楫也？ 蓋《爾雅》本作栙，後人誤以《楚辭》之浮解爲栙，故刊《爾雅》者，遂改栙爲浮，而刊《楚辭》者，又改浮爲栙，輾轉相譌，卒莫之正也。 然無據考據，不敢自是，前解姑從朱子之說，而因附鄙見於此，以俟後之君子云。

黃文煥曰：備舟檝，言下流者，桴可施於平波，不可施于急流也。

李陳玉曰：無舟楫同于乾涸。

周拱辰曰：明言乘騏驥，王逸謂無騏驥，但乘駑馬。 無舟楫而曰無維楫與舟人，何其愦也。 語意謂騏驥本踶跂難馭之物，馳騁而無彎銜，則顛蹶也。 倍，速也。 氾浮，僅小水渡涉之物，迅流而無舟楫則風波也。 倍可虞矣，夫法度，固騏驥之彎銜，迅流之舟楫也。 棄先王之道，而心治則顛覆也。 更立至矣，大抵人君之患，莫大於剛察自用，而庸暗次之。 辛受聰明給捷，材力過人而亡也。 忽焉，謂此也。 明指懷王服讒棄忠，爲秦所虜，自遭顛蹶，惟當時笑辱，如往日之信臣，豈至是哉！《爾雅》：“浮，舫也，水中㮂。”

王萌曰：馬無轡銜，桴無維楫，皆危事也。

錢澄之曰：氾汚，可以涉平水，不可施於急流也。

王夫之曰：氾，浮也。 汚，與桴同，栰也。

林雲銘曰：必覆於水。

徐焕龍曰：氾汚雖當順流，可無烝徒之舟楫而自爲備具乎？

張詩曰：乘氾汚之小筏以順流而下，又無舟楫以預爲之備，鮮有
不覆溺者矣。

蔣驥曰：自備，自爲備御也。 氾汚之質本輕，而無以御之，則其
沉溺尤易矣。

吳世尚曰：況乘氾汚以下流，而無舟檝以自備，則自谿注川，自
川注河，中流而遇風波，鮮不溺矣。

夏大霖曰：乘水而行者，以舟楫而可備。

陳遠新曰：蓋以治之有法度，猶馬之有銜，舟之有楫也。

劉夢鵬曰：維，纜索也。 氾汚本不可乘，而又無維楫爲備，則必
沉溺。

丁元正曰：氾，同泛，浮也。

戴震曰：汚，《詩》謂之方，或謂之筏，或謂之簙。

顔錫名曰：雖有氾汚之筏，無維楫而可以下流乎。

馬其昶曰：檝，同楫。

武延緒曰：氾，《唐韻》《集韻》並訓“水延漫也”，又通汎，又地
名、國名，無作舟類解者。 疑當爲汉之譌，汉通艙，猶汚之通艗也。
《玉篇》：“艙，艗也。”是其證。《説文》：“汚，編木以渡也。”一曰小
木筏也。《爾雅》：“舫，汚也。”又《釋水》：“庶人乘汚。”揚子《方
言》：“汚。 謂之簙。”注：“小栰曰汚。”又與桴通。《論語》：“乘桴浮
於海。”《集韻》一作“艜栭”。 按亦與艀通。《玉篇》：“艀，小艙

也。”又氾與汎同。汎通泛，泛從乏得聲，音與柎近，故假氾爲柎也。 按《爾雅》：“桴柎，編木爲之大曰柎，小曰桴。”則柎桴二字意亦相連也。 然則氾即泛也。《說文》亦曰“編木以渡曰泭”。 或作柎，通作桴。 孫炎曰：“方木置水曰柎柎。”則氾爲柎之假無疑。

姜亮夫曰：泭，《章句》：“編竹木曰泭，楚人曰柎，秦人曰撥。”則氾泭猶今言渡船，此動賓式復合詞也。 氾即今泛字。《說文》：“編木以渡，從水，付聲。”《方言》九“泭謂之簰，簰謂之筏，筏，秦、晉之通語也。”《廣韻》：“大曰簰，曰筏，小曰泭。”古籍又以桴爲之，《論語》“乘桴浮于海”是也。 又叔師注“楚人曰柎”。 柎字諸家引皆作泭，又洪校云：“泭一作柎。”則有作柎者，柎本訓蘭足，蓋鐘鼓虡之足，然《管子·輕重甲》篇：“桀者冬不爲杠，夏不束柎以觀凍溺。”則古籍亦借柎爲泭也。 乘氾泭以赴下流者，使無操舟之楫，則將躬自爲操舟之備，爲之舟楫也。 皆喻其無所遵循與輔弼之人。

蔣天樞曰：泭，編木爲柎，乘泭亦須運舟之楫。《說文》人部：“備，慎也。”自備，戒慎以從事。

湯炳正曰：備，“服”的同音借字。 服之本義爲運舟，“自服”謂無人駕駛而自行。

按：氾泭，編竹木以渡水者也。 乘上氾泭順流而下，如果沒有楫槳對船加以控制，那麼船就會隨水流而自行，沒有能達到目的地者。汪瑗言人乘氾泭之小筏，以渡順流之急水，又無舟楫以豫備之，而鮮有不覆溺者矣，甚是。

背法度而心治兮，辟與此其無異。

王逸曰：背棄聖制，用愚意也。 若乘船車，無轡櫂也。

朱熹曰：背法度而以私意自爲治者，與此無以異也。

汪瑗曰：背，畔也。　法度，即篇首所言傳之於先王，而昭明於屈原者也。　心治，任己之私心而爲治也。　此指上二事也。　騏驥氾淋，譬國家也。　轡銜舟楫，譬法度也。　背畔法度而任己私心以爲治，其與無轡銜而乘騏驥，無舟楫而乘氾淋，又何以異乎？　吾見用舍不當，賞罰不公，庶事叢脞，倀倀焉，貿貿焉，莫知所之，而鮮有不淪胥以亡者矣。　屈子之言，可謂善譬，而警懷王之意，亦深切矣。　嗚呼，昔者明法度而國治君安，今者背法度而國亂君危，是屈子之去留，係國家之治亂，人君之安危，豈可聽讒而遠遷，遂弗思以還之也耶？　不數十年而國遂滅於秦，其背法度棄賢人故也。　屈子之言，豈不驗哉？使懷王信任屈原，委之終始，急誅張儀之欺，不赴武關之會，脩明法度，進用賢人，則國雖至今存可也。　秦雖虎狼，安能噬予哉？　此章歎今日背法度之失，與篇首二章相應。　或曰，亦承上章而言，上言己欲見君，一明其冤，而人君終棄之，不可得見，然棄己自所以棄法度也。　蓋法度非屈子不能明，不能明而妄用之，與背之同也。　亦通。

陳第曰：舍法度而任意爲治，若乘船車而無轡櫂，其危必矣。

張京元曰：言背氣法度師心求治，猶舟車之無轡楫也。

黃文煥曰：身既不用而復回思法度之不可廢，始之奉詔命以造憲令者，今雖不用吾身，猶當用吾言，忠臣無已之極思也。《惜往日》專追遡懷王之時，此則兼頃襄以興嘆也。　背法冀治，等諸乘馬無制、乘桴無具，顛陷必矣。

李陳玉曰：若乘群讒而改度以求明，與小人何異。

王萌曰：爲治而無法度，何以異此。

錢澄之曰：身廢且死，而猶眷眷國事，極言注法度之不可背，原之自命在此，其怵惕亦在此。

王夫之曰：心治，思治也。　辟與譬同。　馬逸桴浮，國勢危而妄作也。

林雲銘曰：憑臆爲治，必危其國。

高秋月曰：末又申言明法度以作結。

徐焕龍曰：不信仁賢，背棄法度，而師心以治國，僻何以異於
是。楚國之藉，王位之憑，正如駿馬順流，奈僻於自用何，所以深悼
懷王，而襄王之僻仍爾也。

賀寬曰：法度者，即往日信吾之時之法度者。今既廢絕，師心自
治，譬之乘馬無制，乘泭無具，國亡無日矣。

張詩曰：若背棄先王之法度，而任己之私心以爲治，譬之于此，
亦何異哉。法度二字直應篇首。

蔣驥曰：心治，以私意爲治也。

吳世尚曰：人君治國乃不信君子而明先人之法度，顧任小人而師
心以爲治，與彼乘騏驥無轡銜，乘氾泭無舟檝者，其亦何以異哉。人
皆知哀彼而獨不知哀此，此亡國敗家之所以相隨屬也。騏驥良馬，以
喻君子；氾泭竹筏，以喻小人。"馳騁"言其可以致遠，"下流"言其不
知所終，通節止重轡銜舟檝以見法度之不可背。"氾泭"二句，乃加倍
進步法也。不知王逸何意，乃解騏驥爲駑馬，豈不以騏驥、氾泭兩不
相值乎？殊不知果駑馬也，雖無轡銜，未大害也。即氾泭也，而不
下流，尚可持也。王安石之三不足畏，乘騏驥而無轡銜者也；馮道之
痴頑《老子》，乘氾泭而無舟檝者也。

許清奇曰：舍法度而任意爲治，若乘船車而無轡櫂，其危必矣。

夏大霖曰：此法度也，如治國者背棄法度而師心自用以治之，則
譬與此乘馬無轡銜、氾水無舟楫者無異矣。

邱仰文曰：起結皆言法度。

奚祿詒曰：下言君不循法，如馬之無銜，舟之無檝，私心自

治也。

劉夢鵬曰：比有國者不遵法度而私心爲治，則必敗亡，無以異也。

丁元正曰：馬逸桴浮，譬國勢危而忠作也。

戴震曰：騏驥馳騁，汜淠下流，言其駿險難制，恃有轡銜舟楫，喻爲治之必以法度。 轡，靶也。 方晞原云：“此蓋有見於頃襄之行事而云然，故下言‘恐禍殃之有再’。”

陳本禮曰：心治，師心爲治。 此深痛懷襄兩朝用人治國之不當，所以必敗也。 雖有驥騄，無轡銜則泛駕。 雖有桴筏，亦必有舟檝方穩。 備以喻治國不由法度而師心爲治，國必亂。 況當此敗亡之際，尤當由法度行，繳上明法度爲前後關鍵。

胡文英曰：法度之不可棄也，如此君何棄明法度之臣乎？

牟庭曰：治國不任法度，我不知其所極也。

顏錫名曰：若再背法度而用心治，竊恐國之禍殃，未有艾矣。

王闓運曰：棄賢自亡，楚君終不能悔。 此則可傷，然後決死，恐後人疑己畏罪。

馬其昶曰：心治，言各以己意爲治。

武延緒曰：心治猶思治也。 注作“以私意自爲治”解，恐未合。

聞一多曰：《韓非子·用人》篇：“釋法術而用心治，堯不能正一國。 去規矩而妄意度，奚仲不能一軸。 廢尺寸而差短長，王爾不能中。”

姜亮夫曰：夫背法度不遵用，而私心自用以爲治制者。 其取喻蓋與此無轡自載，無楫自備之人無以異也。 謂徒勞無功也。

湯炳正曰：心治，指依個人好惡、喜怒而施治，與“法治”相對而言。《韓非子·用人》：“釋法術而用心治，堯不能正一國。”

按：心治，言各以己意爲治。馬其昶説是。此言背棄法度而師心爲治者，就與馭馬没有轡銜、駕舟没有楫槳一樣，隨心所欲，國家就必然得不到治理。朱熹解爲背法度而以私意自爲治者，與此無以異也。甚是。

寧溘死而流亡兮，恐禍殃之有再。

王逸曰：意欲淹没，隨水去也。罪及父母與親屬也。

朱熹曰：不死，則恐邦其淪喪，而辱爲臣僕，故曰禍殃有再。箕子之憂蓋如此也。

周用曰：末章言己安於死，苟不盡言，惜君不復記讒人之雍蔽，而爲害未已耳。爲上官、靳尚之徒者是已。

汪瑗曰：溘死，謂爲水所淹溺。流亡，謂爲水所漂浮。言自沉也。恐，懼也。禍殃有再，王逸曰："罪及父母與親屬也。"得之矣。朱子謂："不死，則恐邦其淪喪，辱爲臣僕。"頗覺牽强，非是。有古又通用。再，復也。言又復加之罪也。或曰，有如字，本謂再有，而曰有再者，倒文以協韻耳。亦通。

陳第曰：有再，恐邦之淪喪，其禍更大。

黄文焕曰：邦之將亡，則禍且有再，求死於本國不可得矣。懷之死秦，此原之所最心痛。以頃襄之憒憒，國必折於秦，此原之所最心驚也。

李陳玉曰：不自治以謝黨人，毒猶未已。

王遠曰：恐禍殃之有再，謂懷王不聽言而召秦禍，今頃襄王復信讒言，恐再致危亂也。《史記》云："楚日已削數十年，竟爲秦所滅。"斯言驗也。

錢澄之曰：禍殃有再，言楚禍恐不止於此也。

顧炎武曰：恐禍殃之有再，注謂"罪及父母與親屬"者，非也。蓋懷王以不聽屈原而招秦禍，今頃襄王復聽上官大夫之譖而遷之江南，一身不足惜，其如社稷何？《史記》所云楚日以削，數十年竟爲秦所滅，即原所謂禍殃之有再者也。（邱仰文《楚辭韻解》引）

王夫之曰：再者，懷王辱死於秦，頃襄將爲之繼也。小人之情，君子之冤，明白易見，不能覺察。背安全之法度，乃欲希覬功名，此懷王已覆之舟車，禍將再發。

林雲銘曰：恐不死，難免爲興國之臣僕。

徐煥龍曰：吾寧溘死以流亡者，恐前世禍殃，於今有再，不忍復見耳。

賀寬曰：吾若不死，則國將折於秦，死非吾土，是禍殃之有再也。

張詩曰：言吾寧溘焉以死，沉溺流亡。誠恐禍殃再至，有不可意料者。

蔣驥曰：禍殃再有，謂國亡身虜也。

王邦采曰：禍殃有再，深望襄之以懷爲鑑也。

吳世尚曰：言背法度而心治，則邦家未有不淪喪者，邦其淪喪則臣子未有不同爲臣僕者。夫身遭放逐，已一辱矣，何堪再辱奴虜乎。故我寧溘死流亡，誠恐禍殃之有再也。

夏大霖曰：此結言。無寧一死，不忍再見宗國之危亡。

邱仰文曰：此（顧炎武）説更得屈子身份。

陳遠新曰：無之必敗，有同符矣。而明法度者，惟我死恐國之禍殃不一。

奚禄詒曰：故己寧溘死，恐殃及宗黨。

劉夢鵬曰：言寧流亡而死，不死則恐邦其淪喪而辱爲臣僕。

丁元正曰：寧死而恐禍之有再者，言懷王已辱死於秦。

戴震曰：顧炎武云：“懷王以不聽屈原，而召秦禍。今頃襄王復聽上官大夫之譖，而遷之江南。一身不足惜，其如社稷何？《史記》所云‘楚日以削，數十年竟爲秦所滅’，即原所謂‘禍殃之有再’也。”

陳本禮曰：禍殃有再，爲頃襄懼也。當懷王受欺於秦，武關之入，卒死於秦。頃襄嗣位，忘不共之警，輒與結姻和好。《史》稱：七年，迎婦於秦。十四年，又與秦昭會宛和親。夫秦素稱虎狼之國，豈可信其欺詐耶？三閭自痛身放南荒，不得與聞國政，眼見頃襄不鑒前車，必蹈其覆，故曰“恐禍殃之有再”也。

胡文英曰：小人逼逐而恫喝之，必以將即大刑，或更加戮辱，俱不可必也，故不忍再受其殃。

牟庭曰：寧早自沉流而死，恐再見亡國也。

王闓運曰：言非獨亡郢而已。

姜亮夫曰：流亡，流而亡去也。禍殃有再，《章句》以爲“罪及父母親屬”，恐非；朱熹以爲“恐邦其淪喪而辱爲臣僕”。寅按其義甚是；蓋頃襄昏暗，秦之見欺者日益加甚，家國飄搖，恐其不保，則屈子既辱於小人之讒害，或且將再辱於亡國之慘痛，此再辱之恥，寧能更忍，故曰“寧溘死而流亡”矣。

蔣天樞曰：以自沈意結束全篇。而，同以。《離騷》“寧溘死以流亡兮”義同。有，同又。又再，謂再度陷身危難，故甘心流亡，竄伏南土。

潘嘯龍曰：有，又。懷王入秦而死，是楚國遭遇的一大禍殃；屈原擔心會有比懷王失國更大的禍殃降臨。屈原沉江後只數年，便發生了秦將白起攻破楚都、燒毀楚先王陵墓并佔領洞庭、江南、五渚的大災難。

按：此言寧死也不願看到國家再覆亡。朱熹謂不死，則恐邦其淪喪，而辱爲臣僕，是也。王逸以爲不死則罪及父母與親屬，與原品格不合，牽强之解。陳本禮以爲禍殃有再，爲頃襄懼也，可參。

不畢辭而赴淵兮，惜壅君之不識。

王逸曰：陳言未終，遂自投也。哀上愚蔽，心不照也。

李賀曰：驚心動魄之語，徒令千載後，恨血碧於土中耳。

洪興祖曰：識，音試，亦音志。馮衍賦云："韓盧抑而不縱兮，騏驥絆而不試。獨慷慨而遠覽兮，非庸庸之所識。"

朱熹曰：自可佩至此，十二句爲一韻。識，記也。設若不盡其辭，而閔默以死，則上官、靳尚之徒龐君之罪。誰當記之耶？其爲後世君臣之戒，可謂深切著明矣。

汪瑗：畢辭，猶言盡言也，即指此篇之文也。識如字，音志者非是。不識，猶不昭也。此章設言己之遭讒被遷，情冤莫訴，苟不作文以極言己之衷曲，以表己之素行，而徒赴淵自沉，則壅君不能察識，鮮有不信昔日讒人之言，以爲實事，怒今日自沉之死，以爲懟君矣。既信其讒，怒其死，能不復加之罪乎？此理勢之所必至者也。是屈子之不死者，懼其既死而讒人復躪其後，壅君不察其情，而有莫大之禍也。觀此則屈子之本心可見，而實未嘗自沉也彰彰矣。後世不深考其旨意之所歸，遂謂其真投水死，其亦不詳之甚也。瑗按：前惜壅君之不昭，但謂己死則壅君不明其故，不能旌表其志節，徒使身没名絶，寂寞無聞，與草木同腐耳。此惜壅君之不識，則又懼其禍殃之有再，不但一己之身名而已。詞愈切而情愈悲矣。夫介子之死，文公猶封之，乃曰以記吾過，且旌善人。屈子欲死，乃懼其没身絶名，禍殃有再，是則楚懷又晉文之罪人也。　嗚呼！　有功而不念，無罪而見尤，已可悲矣，而欲死則恐其没身而絶名，不亦重可悲乎？　身没而名絶，重可悲矣，斯亦已矣，而又懼其禍殃之有再，不亦尤可悲乎？　徒生則獨受其謗，欲死則不能自明，使非自畢其辭，作爲此篇以陳其情，以白其行，以明其冤，則天下後世，又孰從而知其忠誠之至，讒妬之深如此哉？　此章與“臨沅湘之玄淵”二章相應。　瑗按：此篇大旨言己始見信而終疏，法既立而復廢，國既治而復亂，有功不伐，無罪見尤，情不能達，冤不能伸，小人之欺君誤國，人君之信讒不察也。　嗚呼！　以貞臣事壅君遭讒人，欲始終信任而不放逐也難矣哉。　洪氏曰：“此篇言己初見信任，楚國幾於治矣，而懷王不知君子小人之情狀，以忠爲邪，以譖爲信，卒見放逐，無以自明也。”

徐師曾曰：識，記也。　言不盡其辭而死，則彼壅君之罪無人記之也。

陳第曰：所不忍見，獨惜蔽君之罪，而人不知耳。

黃文焕曰：既呕於溘死，而又務畢辭，暴彼讒人之誤國，所謂懸吾目以觀越之入吳也，留此辭以爲驗也。　又曰：將開章明法度一語，再申言以作結。　生平自負經濟在此，被讒受罪亦即在此，宜其鳴咽難罷也。　不識與不昭對峙，通篇章法只分作兩段，最爲整肅。“惜往日之曾信”“屬貞臣而日娭”，至“惜君之不昭”爲一段。“君無度而弗察”“使貞臣而無繇”，至“壅君之不識”爲一段。

李陳玉曰：不畢辭以謝君，他日焉如其故。

陸時雍曰：此篇專於諷君，不勝憂危之感。

王萌曰：一曰“惜壅君之不昭”，再曰“惜壅君之不識”，惓惓欲以一死明讒人之罪，或冀與之並命，亦未可知也。　此法用於英主之世，未爲失計。　漢張湯自殺，而三長史皆案誅，以有武帝在上也。

原死而上官、靳尚之屬，不聞得罪，汨羅之沉爲無益矣。 然千載以下讀《騷》者，輒代爲切齒，恨不起若輩於泉下而手誅之。 忠良之死，固讒諛之極刑也。

賀貽孫曰：死則死耳，何所冀於歿後之名。 但恐身死之後，讒諛日得，而壅君之罪不復詔護，所以忍死盡言，不敢絶名於世。 而畢其辭以赴淵，蓋生不能悟王，尚欲其死，後冀君之或悟，則死無所憾。 此思往日之所以作也，傷心哉！

錢澄之曰：是時懷王已死秦矣，上官讒原，謂平造爲憲令，自伐其功，以此見疏於王，王至死不知其誣也。 今原且死矣，則此誣千秋萬世，誰明之者，故臨死必欲明之，惜壅君之不識，已先死耳。

王夫之曰：己不忍見，故決意沈湘。 然追念受知懷王，見任之始，中被讒謗，至於今日。 非國之不可爲，君之不可寤，而群姦雙閉，以至於斯，則雖死而有餘惜。 貞臣一以君國爲心，所云伊、吕、戚、奚者，惜君之不王不伯，豈以身之不遇爲憤怒，如劉向諸人之所歎哉？

林雲銘曰：若不作此篇而自沉，恐吾君不記吾辭以自戒也。 若記吾辭而自戒，必誅讒諛，用貞臣以明法度。 吾雖爲介子，君亦不失其爲晉文。 不然則吾爲子胥，君爲吳王，尤可惜耳。 此即所以爲死諫也。 又曰：已上言治國必以法度爲本，法度亡而國隨之，應篇首“明法度”句，以結作此篇之意。

徐焕龍曰：吾不畢盡其言以赴淵，惜讒人之種種廱君，君在術中而識乎？ 不識也。 禍殃斯必不免矣。 深所以叮嚀頃襄，亦遍告後世之爲君者。

賀寬曰：若遽死而不言讒人廱君之罪，則吾君何所鑒而悟過改更耶？ 此吾之忍死畢辭，欲吾君識之，天下後世識之也。 視子胥之抉目東門以應吾言者，未可同日語也。

張詩曰：故陳辭未畢，急欲赴淵。所可惜者，壅君之聰明，使不得記憶往日信吾之時，而國勢日以衰亂耳。

蔣驥曰：識，知也。君信讒人而背法度，皆由不知之故，故臨死昌言其惡，以動君聽焉。按原之死，大約在頃襄十五六年。及二十一年而秦拔鄢、郢，取洞庭五湖江南，沅湘玄淵，亦爲秦有。禍殃有再之言，不旋踵驗矣。

吳世尚曰：但撫今思昔，往日之富強法立，今遂何以殃禍至於此極也。謂非讒人之雍蔽君之聰明乎，然而君不知之矣。吾今不畢辭以赴淵，則雍君之罪，豈惟君終不知哉？恐天下後世，亦遂無有知之者矣。夫讒人罔極，既以爲禍於一時，又將流毒於萬世，吾之身受其殃者小，後之世受其殃者大也。忍死有言，亦望後人之諒之鑒之焉耳矣。

許清奇曰：不作此而自沉，恐壅君之人，不記吾辭以自戒也。此段申明君之無度，恬死亡而不聊意，究之無度，由於棄貞臣，故欲壅君者，戒此而無害賢也。

屈復曰：右六段。背法度，則國亡身虜，不死何待？猶冀君之感悟於萬一也，應轉首節“明法度”，以題中“惜”字結通篇。

江中時曰：言不盡其辭，而悶默以死，恐君不記吾言而自戒，若託吾言而自戒，必誅讒諛，用貞臣，以明法度。吾雖爲介子，君亦不失爲晉文。不然，則吾爲子胥，君爲吳王，尤可惜耳。此即所以爲死諫也。以上言治國必以法度爲本，法度亡而國隨之。應篇首明法度，結出所以作此篇之意。

夏大霖曰：今不必畢辭而赴淵，獨惜雍君之不識往日耳。

邱仰文曰：回風之詞恍以惚，惜往之詞定以專；回風之詞肆以

隱，惜往之詞曲以中；回風之詞激以勵，惜往之詞織以淒，所謂從容
就義。 不知此味，不可讀《九章》之文。

陳遠新曰：且吾死而吾辭未畢，壅君之人又無由聞吾言而識治國
之道也。

奚祿詒曰：辭未畢而赴水，惜君心蔽暗而不察也。

劉夢鵬曰：又言若遽爾赴淵，憫然以死，則惜讒人蔽雍，貞識不
申，無人我識。 蓋猶有陳清之思也？ 右第七章，承第五章末節未盡
之意而申言之。 嗟乎！ 追殊遇於往日，冀畢辭於今朝。 仿皇生死之
交，睠懷君國之際。 朱子稱其憂同箕子，諒哉！

丁元正曰：恐不死則邦其淪喪，而辱爲臣僕也。 言小人之情，君
子之冤，明白易見，不能覺察，背安全之法度，乃欲希覬功名。 此懷
王已覆之舟車，禍將再發，己不忍見，故決意沉湘，然追念受知懷王
見任之始，中被讒謗，至於今日，非國之不可爲，君之不可悟，而群
奸壅蔽以至於斯，則雖死而有餘惜也。

陳本禮曰：然迎婦會宛和親之舉，自必又出於子蘭、靳尚諸姦
計，方以爲迎合秦人乃息兵妙策，而不知其非也。 雍君不識，正痛恨
此等庸愚，妄參廟謨，不識秦人用詐之計。 覆亡之禍應在指日，故不
辭而赴淵也。

胡文英曰：言我之爲此曉曉，非畏死而不早決，實恐所懷未盡而
死，君將終於雍蔽，而不能識真僞矣。 然則臣之畢辭而死，君倘能
察，則臣雖死猶生也。

牟庭曰：獨惜壅君永別不記憶我顏色也。

胡濬源曰：上二句沉淵之故，下二句作賦之故。

顏錫名曰：我不畢罄其辭，而即赴淵，猶惜雍君無所省覽而不能
識記也。 故再爲此畢命之辭，以冀雍君之一寤焉。 乃頃襄二十一

年，秦將白起拔郢，燒先王墓夷陵，楚兵散不復戰，東北保於陳城，其去屈子死時，纔數年耳。 而是篇所謂禍殃有再，《哀郢》所謂夏之爲墟、東門之蕪，《天問》所謂"告堵敖以不常"者，於斯畢應。 嗚呼，當此之時，靡君不知作何語，靡之者，又不知其作何語也。悲夫。

王闓運曰：言己不畢詞，則君終見壅，申作《九章》之意。

馬其昶曰：以上歷數古人遇合之無常，見士不遇不足惜。 獨己所立之法度實興亡治亂所關，故雖死而猶欲畢其辭也。

姜亮夫曰：不畢二句，言若不盡其辭，而悶默赴淵以死。 則小人壅君之明，至使君上亦不之識矣。

蔣天樞曰：雖言"不畢辭而赴淵"，己意仍未申，故再有《橘頌》《悲回風》之作以竟己意。

湯炳正曰：以上第三段，類全章之亂辭，謂頃襄王不分是非，不依法度，終將導致國家覆亡。

潘嘯龍曰：此二句謂倘若不把自己的心志説清楚就投水而死，惜乎昏君永遠不能理解我的死因。 王逸解此句爲詩人没有把話説完就投淵了，恐與句意相反。 詩人正是要在投水前説完己意，否則於心不甘，才有《惜往日》之作。

按：畢辭，汪瑗解爲盡言也，即指此篇之文也。 此言望己之投水能喚醒尚未覺悟之頃襄王。 臨絶之音，亦爲國也。 徐焕龍曰："吾不畢盡其言以赴淵，惜讒人之種種靡君，君在術中而識乎，不識也。 禍殃斯必不免矣。 深所以叮嚀頃襄，亦遍告後世之爲君者。"甚得其意。

橘　頌

洪興祖曰：美橘之有是德，故曰頌。《管子》篇名有《國頌》。說者云："頌，容也。陳爲國之形容。"

劉辰翁曰：似原雜著。此賦托意與荀《箴賦》，俱是後來詠物之祖。（《山嚮齋別集飲騷》引）

祝堯曰：此篇以頌名。雖曰頌橘之德，實則比賦之義也。原蓋有感於踰淮爲枳之說，自比其志節如橘之不可移。篇内意皆倣此。然此一章，宜作兩節看，前一節是形容其根葉華實之紛縕，後一節稱美其本性德行之高潔。兩節發端皆以不遷難徙爲言，原之深情在此也。而後一節尤輾轉詠歎，豈專頌橘也哉？

吳訥曰：此章雖曰頌橘之德，其實比賦之義。原蓋自比其志節云。

汪瑗曰：橘，樹名也。頌者，《詩・大序》所謂美盛德之形容也。洪氏曰："美橘之有是德，故曰頌。"其說是矣。篇内之語，皆形容橘之盛德，故屈子以《橘頌》題之。後世詠物之作，其仿於此乎？夫屈子之作《離騷》，其所取草木多矣，而獨於橘焉頌之，何也？蓋物之受命不遷，誠無有如橘者，故取以爲喻，而自託也，非泛然感物而賦焉者比也。故篇内言之重，詞之復，蓋不覺其反覆詠嘆，淫泆之深也。其亦有當於其心也乎？或曰，《考工記》云："橘踰淮

而北爲枳。”是橘生南國，踰淮而北則化爲枳，其物之易變者，無如橘
也，安得謂之受命不遷乎？ 曰：可以南不可以北，此正可見其獨立不
遷也。 若在此則生於此，在彼則生於彼，則非深固難徙不流不淫者
矣，故屈子獨於橘焉頌之也。 但此篇乃平日所作，未必放逐之後之所
作者也。 或曰，《九章》餘八篇皆言放逐之事，而獨以此篇爲平日所
作，何也？ 曰：《九章》云者，亦後人收拾屈子之文得此九篇，故總
題之曰“九章”，非必屈子所命所編者也，又安得以此篇爲放逐之作
乎？ 細觀其辭而玩其旨可見矣。 或曰，此云行比伯夷，後《悲回
風》篇曰“見伯夷之放迹”，其辭抑何同也？ 曰：此正可見屈子幼而
學之者此也，壯而行之者此也。 窮不失義，達不離道，屈子有之矣，
安得以伯夷所引之人偶同，而遽之放逐之作乎？ 自孔子發歲寒之嘆，
而後松柏之節著。 自屈子作不遷之説，而後橘樹之德彰也。 讀者可
不深警於心，而自勖之也哉？ 若徒以辭焉而視之，則屈子垂教之志
荒矣。

陳第曰：此篇皆原自喻其志節之意。

張京元曰：江南多橘，偶感而作。

黃文焕曰：前後分作兩截，復説愈奇。 前云可喜屬之花葉，後云
可喜專屬之不遷。 前以文章任道屬之圓果，後以有理屬之枝梗，語進
彌深。 自慎終不過失，亦印前内白之旨。 無私參天地，亦即前徠服
受命之意。 而後語視前語，進而彌透。 至曰可友，又曰可師，義益
闊矣。 以不踰淮，特尊之曰樹中之伯夷，可友可師之論，進而彌確。
原真善頌哉。

李陳玉曰：屈子自贊。

賀貽孫曰：獨用四言，蓋頌體也。 其與《懷沙》賦並列《九章》
者，蓋後人輯其放逐之文爲九首，非如《九歌》《九辯》出一時之事

也。 屈子生平所亟稱者芳草，茲又舍芳草而頌橘，蓋以南國產橘而不踰淮，橘固南國之忠臣孝子也。

錢澄之曰：此篇字字頌橘，因楚南多產橘樹，原見橘而因以自況也。 橘不肯逾淮以北，故但就其"受命不遷""深固難徙"，重復言之。 亦自傷爲楚宗臣，不能去國，與橘同命。 彼楚先如巫臣、子胥之輩，輕去其鄉，其有愧於茲橘深矣。

王夫之曰：橘者，南方之嘉木也，古產於楚湘，今盛於閩粵。 按李衡言：江陵有千頭木奴。 則楚之宜橘舊矣。 原偶植之，因比物類志爲之頌，以自旌焉。

林雲銘曰：一篇小小物贊，說出許多大道理。 且以爲有志有德，可友可師而尊之以頌，可謂備極稱揚，不遺餘力矣。 在原當日見國事不可爲，而又有宗國無可去之義，故把橘之不能踰淮做個題目，不覺滔滔汩汩，寫過又寫。 其上段言其履常本領，下段言其處變節，概皆是自己意中之事。 因當世無一相似之人，亦無一相知之人，忽於放廢之所得一良友明師，乃傷心中之快心，雖欲不備極稱揚，不可得也。 看來兩段中句句是頌橘，句句不是頌橘，但見原與橘分不得是一是二，彼此互映，有鏡花水月之妙。 吾里黃維章先輩，謂舊注不得其解，乃以爲前半說橘，後半屬原自言，遂令奇語化作腐談，且"梗其有理""年少置儓"諸句，皆剌謬難通，駁得最確切不易。

佚名曰：是篇不分段落。 每兩句一意，而由淺入深。 起得鄭重，結得簡嚴。 後人作頌，句錘字練，不及其工。（《屈辭洗髓》引）

蔣驥曰：舊解徒知以受命不遷明忠臣不事二君之義，而不知以深固難徙，示其不能變心從俗，尤爲自命之本。 蓋不遷、難徙，義各不同，故特著之曰"更壹志也"。 作文之時不可考，然玩卒章之語，愀然有不終永年之意焉，殆亦近死之音矣。

　　吳世尚曰：頌者，美橘盛德之形容也。體用比而題曰頌，意可知矣。解者尚句句以原擬議，豈不贅疣乎？

　　許淸奇曰：兩段文字，開後世詠物之祖。上段以嘉樹領起，以下皆形容其樹之嘉處。下段以志異領起，以下皆形容其志之異意，然志亦只在形中。按：入一步，頌者，容也，美橘之德而形容之也。實借以形容自己。

　　屈復曰：通篇皆自喩也。句句頌橘，句句非誦橘。

　　邱仰文曰：此在遷所，觸物寄興也。

　　陳遠新曰：此因《離騷》章首“靈修”二字，其旨難以著明，且嫌於自婟，故借橘明之，或不知此以爲非《九章》之文者，誤舊注前半説橘，後半自説，自是確解。今人不知上下俱有“深固難徙”句，以致互相錯誤，故謂兩段中句句説橘，句句不是説橘，已與橘分不得是一是二者，非。

　　奚祿詒曰：此篇賦而比也。頌者，容也，所以形容其美也。

　　劉夢鵬曰：原所謂橘，必有所指。然不知其爲誰何？舊名其章曰“橘頌”，列第八章，今次第三章。

　　丁元正曰：《異物志》云：“橘爲樹，白花赤實，皮既馨香，又有善味。”生於南國，性不踰淮。又曰：此篇全是頌體，句句頌橘，卻句句自頌，直是屈原小照。

　　姚鼐曰：此篇尚在懷王朝初放被讒時所作，故首言后皇，末言年歲。雖少與《涉江》“年既老”之時異矣，而“閉心自慎”之語，又若以辨釋上官所云“每一令出，平伐其功”之爲誣也。

　　陳本禮曰：《史記·貨殖傳》稱“江陵千樹橘”，江陵與夔峽皆在漢水之南，楚文王所都之南郢地。昭王畏吳，徙都於鄀，稱鄢郢，今襄、陸界。後復歸於郢，則原之頌橘似在郢都作也。黃維章次《橘頌》於《悲回風》之前，蔣驥次於《懷沙》之後，余細玩其詞，雖不能定其作於何時，其曰"受命不遷"，是言稟受天賦之命，非被放之命也；其曰"嗟爾幼志""年歲雖少"，明明自道，蓋早年童冠時作也。

胡文英曰：此賦物之祖也。寓意分明，與荀子諸賦競爽，未知作于何地。

牟庭曰：橘頌者，託橘樹以留像人間也，猶自頌也。

顏錫名曰：橘生江南，踰淮爲枳。原志不去宗國，與橘之"受命不遷"相似。涉江南來，見而有感，因作是篇。語語頌橘，實語語爲自己寫。照文亦自分兩大節。"姱而不醜"以上，是賦橘；"嗟爾幼志"以下，是頌橘。

鄭知同曰：全章比體。后皇嘉樹，以況己爲君良臣。首言"受命不遷"，末言"行比伯夷"，皆喻己爲楚臣，無適他國、事二君之理。前"深固難徙"二句，喻己之貞性不移，不緣蒙難而改操。"綠葉素榮"二句，喻己英華發露而有樸素。"曾枝剡棘"二句，喻志圓而行方。"青黃雜糅"四句，喻內有道德，外有文章。"紛縕宜修"二句，喻材德美盛，恒自斧藻，不留疵累。後"深固難徙"四句，喻己耿介而廉潔，寬裕而有容。惟耿介故無求於世；惟寬裕故蘇世而橫肆。"蘇世"二句，又含兩意：蘇者，展大之義。橫，如今文《尚書》"橫被四表"，《禮記》"溥之而橫乎四海"之橫，有包容一世之概。下章所謂統世以自覜也。蘇世而能獨立，橫廣而能不流，謂己有含宏之度，卻不從流俗。下"淑離不淫"亦此義。離者，麗也。淑麗則與人以可親，不淫則無可狎昵。孔子所稱和而不同之君子也。於此，見屈子本量，真無愧古名賢。豈狷潔自守而已哉。"閉心自慎"二句，與上"秘密載心"等語，同一辨冤之詞。"秉德無私"又爲上官讒說誣原自伐其功，"以爲非我莫爲"之語昭雪。但此章恐初黜時所爲。　前《涉江》已言年老，此乃云“幼志年少”。　雖是值稚橘而作頌，豈宜以況己之老乎？　又作《惜往日》之後，去沉淵無幾時。　何“願歲並謝”，與橘長友之有？　決非此時情事。　故文體既異各章，亦無思君愁苦之語。　當編置《九章》之首，不然或附見於末。　自來傳者誤次。　劉子政較録，亦未更正。　且八章淺深層遞，條理井然，以早作間綴於此，不特本文不倫，並令《惜往日》《悲回風》之意相屬者，隔絶矣。　今不敢擅易，讀者辨之可也。

聞一多曰：杜甫《四松》：“別來忽三載，離立如人長。……我生無根蒂，配爾亦茫茫。”白居易《寄題盩厔廳前雙松》：“手栽兩幼樹，聊以當嘉賓。……有時晝掩關，雙影對一身。　盡日不寂寞，意中如三人。　忽奉宣室詔，徵爲文苑臣。　閑來一惆悵，恰似別交親。”《玩松竹》：“窗竹多好風，簷松有嘉色。　幽懷一以合，俗念隨緑息。　在爾雖無情，於予即有得。　乃知性相近，不必動與植。”

游國恩曰：《橘頌》寫作的時代表面上是看不出的。　從“生南國兮”一語看來，似乎這橘樹就是屈原在江南途中所見。　所以《橘頌》這篇短短的詠物詩也很可能是再放時所作。

姜亮夫曰：頌者，容也。　此就文之用而言。　至其體實與《荀子》諸物賦不殊，蓋戰國南疆新興文體之一，荀卿、屈原皆優爲之。惟荀卿哲人，故諸賦無切身寄情之語；而屈原文家，故《橘頌》有興歎致美之辭；此其大殊也。　自王逸以來，多以此篇比附屈子忠貞之德。　文人有作，固可借物以寄其情，甚且融己以攝于物；然寄情之方至多，比附之術無限，必牽合一人一生行事之某某等類，恐多扞格不通之義，實成塗附不經之言。　以後窺前，所宜慎擇，故兹但條理文義，使無疑滯；即有義理，但求通解，不敢穿鑿云。

蔣天樞曰：《涉江》篇言“懷信侘傺，忽乎吾將行兮”，已顯示渡江南來，乃有所爲而爲。《思美人》篇又言"觀南人之變態"，"揚厥憑而不竢"，參合簡單史料，"南人反秦"事時時在屈原心目中。《惜往日》更一再約略言之，意猶未喻，故別爲專篇《橘頌》以明其旨。 題曰"橘頌"，以橘之情操託喻南人之堅貞，三百篇以物託事之遺則，至屈原更變化擴大而使用之。 文中有時亦橘亦人，此則屈文中之特例也。

湯炳正曰：《橘頌》在舊本中篇次第八，按其内容當爲《九章》中的第一篇。 此篇作於楚頃襄王元年遭讒被流放而猶未啓行時。 本篇採用四字句，以擬人化的手法寫成，表現了屈原深厚的愛國與民族熱情。 由於通篇以橘爲歌頌對象，故題名爲"橘頌"。

趙逵夫曰：《橘頌》是屈原二十歲舉行冠禮時的作品。 屈原生於公元前三五三年，故《橘頌》作於前三三四年，即楚威王六年。 又曰：我以爲《橘頌》一詩是屈原行冠禮時有意仿效士冠禮上冠禮祝詞所寫成。《儀禮》中的《冠辭》，也可以稱之爲《冠頌》。 冠禮爲人生之大事，而對於從小具有遠大志向的人來説，更是樹立目標、實現志向的開始，所以特別受到重視。 屈原的《橘頌》借物寫志，不是賓祝的祝頌辭，但卻是仿士冠頌而作，故亦稱之爲"頌"。 這是《橘頌》的題目同《九章》中其他八篇完全不同而名之爲"頌"的原因。（《屈原與他的時代》）又曰：《橘頌》是屈原二十歲行冠禮時所作。 冠辭也叫"冠頌"，本篇是詩人以橘自喻，借橘以明志，故題作"橘頌"。 其形式與《儀禮·士冠禮》和《孔子家語》的幾篇冠頌相同。 上古之時冠禮也叫"嘉禮"，本篇第一句"後皇嘉樹"，用"嘉"字也正是借樹以表示爲自己行嘉禮時明志而作。 同時，篇中一些字句也出於《士冠禮》。 行冠禮的意義是要形成丁禮者從此放棄少年之時一切依靠家庭的觀念，擔當家庭與社會的某些責任。（《楚辭》）

　　潘嘯龍曰：橘頌，讚頌橘樹。“頌”是一種詩體，取義於《詩經》“風、雅、頌”之頌，所謂“美盛德之形容”也。前人多以此詩作于詩人早年，或放逐江南期間。唯清人姚鼐“疑此篇尚在懷王朝初被讒時所作”，《古文辭類纂》。我以爲較爲妥當。詩稱橘“年歲雖少，可師長兮”，可知詩人自己必非少年。又稱“閉心自慎”“蘇世獨立”，似與詩人遭讒被疏心境較爲切近，大抵乃自勵之作。

　　周建忠曰：此篇爲屈原早年詠物言志之作。

　　按：橘頌，即頌橘。本篇在文體上屬於“頌”體，承於《詩經》之頌，而改頌人爲自頌。屈原以橘自比，以橘之忠於故土、文質相副，以伯夷之節士高行，喻己之才情、品格與人生追求。關於《橘頌》的創作時間，當以文中“閉心自慎，不終失過”，以及最後“行比伯夷，置以爲像”兩句爲依據。伯夷爲節士，屈原的人生態度可分爲兩個時期，早期是政治上積極作爲期；而在被讒間疏之後，不願同流合污，而以保持貞潔清廉之行以終其一生，這爲人生的第二個時期。第二個時期，屈原多次自述要效仿像彭咸、伯夷一樣的節士。故本篇應產生于屈原在懷王十六年遭讒間疏之後。但從文中情感不是特別消沉以及“年歲雖少”來看，屈原作此篇時當在遭讒間疏之後而未放逐之前。一般認爲，屈原在懷王十六年不任左徒之後，擔任三閭大夫之職。綜合起來看，將《橘頌》斷爲原任三閭之職時所作較爲合適。

　　后皇嘉樹，橘徠服兮。

　　王逸曰：后，后土也。皇，皇天也。服，習也。言皇天后土生美橘樹，異於衆木，來服習南土，便其風氣。屈原自喻才德如橘樹，亦異於衆也。

　　郭璞曰：橘，似橙，實酢，生江南。（《爾雅·釋木》“柚條”注）

洪興祖曰：《禹貢》："淮海惟揚州，厥包橘柚錫貢。"《漢書》："江陵千樹橘與千户侯等。"《異物志》云："橘爲樹，白華赤實，皮既馨香，又有善味。"徠與來同。《説文》云："周所受瑞麥，來麰。天所來也，故爲行來之來。"

朱熹曰：后皇，指楚王也。嘉，喜好也。言楚王喜好草木之樹，而橘生其土也。《漢書》"江陵千樹橘"，楚地正産橘也。

汪瑗曰：后，后土也。皇，皇天也。嘉，美也。后皇嘉樹，謂橘樹乃天地間之至美者也。服，習也。受命，謂稟天地之氣以生也。

林兆珂曰：后皇，謂天地也。服，習。言天地生此美橘之樹，異於衆木，習於南土，便其性也。

陳第曰：頌橘爲天地間之嘉樹也。

張京元曰：言天生美橘，徠服習南土，便其性也。

黃文煥曰：此因所見以作頌也。《涉江》曰"欸冬緒風"，此冬候之景物也。江陵千樹，地氣所獨宜。是此樹之不往他邦，獨來服於楚土也。服者，傲岸之氣於兹馴服也。后皇，猶云后土之神也。生物者，屬之地，故以美樹歸之后皇也。然非獨地氣也。又曰：徠服，見橘之有心。

李陳玉曰：橘稱徠服，奇。樹物如此，樹人可知。

王夫之曰：徠與來通。服，謂此南服也。天地所生珍木不偶，喻賢者内美性成，爲天所授。

林雲銘曰：后皇，后土之神。樹由地生，故以地爲主。言橘來服屬，而列於嘉樹。

高秋月曰：徠服者，獨來生於此土，便其性也。

徐煥龍曰：后皇，謂楚王。心嘉樹植之事，故橘樹於林，若或招徠，服於兹土。夫木猶嘉樹，王豈不思樹人，橘且從王，賢豈不圖報國，言外味深長。

賀寬曰：此屈子賦物之作，而比興兼備者也。江陵千樹橘，於地爲宜。然江陵之有橘，必有所自來矣。

張詩曰：后，地。皇，天也。言天地間嘉樹，惟橘服習于此。

蔣驥曰：言天地生植嘉樹，惟橘服習楚之水土。《史記》所謂“江陵千樹橘”也。

王邦采曰：后皇，后土之神。服，習也。服其水土是也。

吳世尚曰：后皇，林氏以爲后土之神，是也。嘉樹，猶言敏樹也。言地道敏樹，則橘固其所生之屬也。此言橘之所自生也。通篇純用比體，句句說橘，即句句是原自說也。

許清奇曰：地道敏樹，而橘來服屬焉。

屈復曰：服，荒服。言后皇有美樹，橘來生此荒服也。楚地正產橘。

江中時曰：樹由地生，故以地爲主。徠服，謂橘徠服楚而列於嘉樹也。

夏大霖曰：后皇，舊注指楚王，得其意，非正解。林注后土之神，得正解，非本意。蓋以比楚王也。橘以自比，以己心依楚王不去故國，猶橘生於南國不逾淮土。此作頌之本意。其備諸去，又兼及耳。玩味本文自明。來者遷不去之詞，服身心定之意，下二句只足此句。

邱仰文曰：徠與來同。如“於皇來牟”之“來”。《説文》：“周所受瑞麥，來麰。”服，習也。言慣產也。《漢書》云“江陵千樹橘”是也。

陳遠新曰：橘，生於江湘，踰淮爲枳，有不遷之性。故借以寓言不去宗國之義。服，屬也。

奚禄詒曰：橘樹，高二三丈，葉與枳同，刺生莖間，五六月結實，冬熟，性甘辛，故云嘉樹。后天生橘，異於衆木，來服習於南國。

劉夢鵬曰：服，與土性宜也。

陳本禮曰：謂不生嘉樹，獨産南服也。

胡文英曰：《禹貢》："揚州厥包橘柚錫貢。"自古帝王即以此爲美樹，而惟橘是用也。服，用也。

牟庭曰：慨稱橘樹之美也。

顏錫名曰：樹，猶種也。首賦橘之性情。徠服，徠服屬於南土也。

王闓運曰：后土，皇天也。天地生材，南國有橘。

聞一多曰：《漢書·禮樂志·郊祀歌》十四曰"后皇"，禮后土祠畢，濟汾河作。 王先謙說。 似后皇即后土。徠來同。服，用也。來而效其用也。

姜亮夫曰：后皇，后爲后土，戰國習語；皇爲皇天，則屈賦他文亦多言之，如《離騷》"皇剡剡其揚靈"，《九歌》"穆將愉兮上皇"皆是。則后皇嘉樹，猶天地之嘉樹矣，頌體宜如是也。徠，即來之或體。徠服，義不可解，諸家說亦不安處。以上下文義揆之：徠服有自天降生之意。《易》有"七日來復"之語，亦言七日一復生之義，此或古之成語，今已不可知矣。惟《說文》訓來字曰："周所受瑞麥，來麰。天所來也。"來麰與來服亦聲相近，所降生之麥謂之來麰，則來服之義，其亦與來麰同一語根乎？蓋不可確知矣。

蔣天樞曰：首八句就楚先王賜予南服之橘樹，以爲寫此《橘頌》之根由，并申明橘之特性與資禀。后，先后，謂楚之先王。皇，美也大也。后皇，謂楚先王中功業輝煌之某王，有所指之詞。嘉，善也。《説文》木部："樹，木生植之總名也。"嘉樹，猶言先王所善美之樹，謂橘也。　徠，賜予。《孟子》"勞之來之"，字作"來"。《説文》作"勑"。《説文》力部："勑，勞也。"段注："此當云'勞勑也'，淺人删一字耳。""勑"之義訓爲"勞勑"，因勞勑而賜予，古賞功常法也。　服，楚之南服，古謂邊遠地區曰"服"。　徠服，先王以橘樹賜予其南服。

湯炳正曰：后皇，"后"當爲"侯"之同音借字，爲發語辭。《詩·正月》"侯薪侯蒸"、《四月》"侯栗侯梅"，鄭箋皆云"侯，維也"，是此后皇即侯皇，亦即維皇之意。　皇，盛大。　二句贊歎橘樹高大盛美，適應南土。

按：后皇，后土之神。　服，習也。　服其水土是也。　朱熹解后皇爲楚王，非是。　蔣驥言天地生植嘉樹，惟橘服習楚之水土，甚是。夏大霖以爲后土蓋以比楚王，而橘以自比，以己心依楚王不去故國，猶橘生於南國不逾淮土，此作頌之本意，可參。

受命不遷，生南國兮。

王逸曰：南國，謂江南也。　遷，徙也。　言橘受命於江南，不可移徙。　種於北地，則化而爲枳也。　屈原自比志節如橘，亦不可移徙。

朱熹曰：受命不遷，《記》所謂"橘踰淮而北爲枳也"，舊説屈原自比志節如橘，不可移徙，是也。　篇内意皆放此。

汪瑗曰：遷，徙也。　受命不遷，即《記》所謂"橘踰淮而北爲枳也"之意。　南國，謂楚國也。　楚國在江之南，故謂楚國爲南國。《漢書》"江陵千樹橘"，是楚地正産橘也。　或曰，南國泛指江南，則楚自在其中，亦通。　此章文意當串看，本謂橘者乃天地所生之美樹，而來服習南土，不可移徙也。 嘉樹二字，一篇之綱領，篇内皆頌其道德志行之可嘉，而其所以可嘉者，又在乎受命不遷也。 故不遷之意，一篇之中三致意焉。《莊子》曰："受命於地，唯松柏獨也。 在冬夏青青。受命於天，唯舜獨也。"正其論與屈子受命不遷之意同。 瑗按：上二句還從王逸之説爲是。 朱子曰："后皇，指楚王也。 嘉，喜好也。言楚王喜好草木之樹，而橘生其土也。"其説頗覺迂闊，而亦無所據也。《禹貢》"淮海維揚州，厥包橘柚錫貢"，是南國之有橘也久矣，豈因楚王好草木之樹，而後橘來服此南國哉？ 來服云者，即受命不遷之意。 王逸所謂"服習南土，便其風氣"是矣。 來字須活看，非謂自彼處而移來此處也。 且楚王喜好草木之樹，亦德政之荒也，屈子不能諫之而反頌之，何以爲屈子。 況使楚王果能知喜好此受命不遷之嘉樹，則必知喜好屈子之爲人矣，又豈肯放而逐之也哉？ 讀者詳之。

陳第曰：生於江南，渡淮則化爲枳。

黃文煥曰：亦有天之所命存乎其間焉，受天之命不容他遷，故南土獨也。 又非獨天也，不遷者天之命。 又曰：不遷，見橘之有品，總一土宜恒性，生此意外描寫。

李陳玉曰：橘不踰淮，忠臣孝子之行也。

王萌曰：受命不遷，《考工記》所謂"橘踰淮而北爲枳也"。

賀貽孫曰：不遷、不徙，是屈子學問最得力者。 故於頌橘而復言之。

錢澄之曰："受命不遷"四字，橘之可頌在此，原之以橘自擬亦在此。

林雲銘曰：始生之時，受后土之命，不使遷於他方而定在江南，猶原生而爲楚之同姓也。

高秋月曰：不遷，不可移徙也。

徐煥龍曰：品種之生，受於天者，皆有各正之命，然久而或遷其臭味。橘則不遷以生南國。

賀寬曰：此非獨地氣也，亦若有天命焉。生南國而不遷，豈無所受乎？

張詩曰：而受命不遷，生此南國。

蔣驥曰：受命，言橘之性。不遷者，《列子》云“橘踰淮而北爲枳也”。

王邦采曰：樹附於土，故曰不遷。江陵千樹橘，楚地正產橘也，踰淮則爲枳。

吳世尚曰：受命不遷，生南國者，橘踰淮而北則爲枳也。

江中時曰：受命不遷，言橘受□□，不遷他方。《記》所謂“橘踰淮而北爲枳也”。原生爲楚國，□□□不移，□□於橘，故頌以贊之。

許清奇曰：橘生江南，踰淮則爲枳，是不遷也。猶原生爲楚之同姓。

邱仰文曰：不遷，謂不可移種他地，如“橘踰淮而北爲枳”，喻原生而爲楚同姓。

陳遠新曰：《騷》首章言與楚同宗，此喻與楚同國，互相見義。

奚祿詒曰：受命不遷者，橘不過揚州，至北地則變爲枳。《呂氏春秋》曰：“果之美者，有雲夢之橘。”原以自比志節之不移也。

劉夢鵬曰：橘踰淮而爲枳，若受天所命，不可遷移。《原》蓋借以寓言於賢者也。

胡文英曰：橘踰淮而爲枳，故賦命之初，即宜生於南國也。

牟庭曰：生長南楚，不他徙也。

胡濬源曰：比體實開後世詠物之法。

王闓運曰：蓋遷江南所識之賢士，年少隱居，望其繼己志，故作頌美之。

聞一多曰：《考工記·總目》："橘踰淮而北爲枳。"《晏子春秋·雜下》篇："橘生於淮南則爲橘，生於淮北則爲枳。"《韓詩外傳》十："王不見夫江南之樹乎，名橘，樹之江北，則化爲枳。"《淮南子·原道》篇："橘樹之江北，則化而爲枳。"《史記·貨殖傳》："江陵千樹橘。"

姜亮夫曰：受命，即受天地之命也。 不遷者，《晏子春秋》"橘生淮南則爲橘，生於淮北則爲枳"，《考工記》亦有橘逾淮而化爲枳之說，亦見《吕覽·本味》；蓋戰國所習聞之事也，故曰不遷。 生南國者，南國猶南方也，指江南言。《吕覽·本味》"江浦之橘，雲夢之柚"，高誘注："浦，濱也，橘所生也。"《禹貢》："淮海惟揚州，厥包橘柚錫貢。"《漢書·食貨志》："江陵千樹橘與千户侯等。"蓋江陵、雲夢，皆盛産橘柚，爲楚地生息最繁之果，皮既馨香，又有善味，必且爲民俗嗜好之一，故屈子爲之頌也。 此與荀子之詠雲蠶相似，爲賦中別裁，亦戰代體物瀏亮之一種，爲前代之所無。 當稷下辯説極甚之際，分析事物，繪摹情貌，體物精微，深思邈遠，在哲家爲雕龍談天之學；在文人爲敷陳事狀之文；源雖一泉，出山則萬流自爲，波瀾各異矣。 自淺人言之，或且以爲屈子文中，絶無此體；而達者論之，正所以備騷賦之一格，且其必爲屈子之作者。 即此開首四語，已可論定：記物記地，皆確然有神遊宗邦之感者。 願讀者深思而博辨之可耳！

蔣天樞曰：受命不遷，謂橘，亦謂南人，既言此橘樹植立不移，亦言南人事楚不貳也。 南國，楚之南國，亦即《懷沙》所言之"南土"。《詩·大雅·嵩高》於周之南國，亦"南邦""南土""南國"并用。 屈原唯於《橘頌》中使用"南國"之稱。 楚有東國、西國、南國南國、北國、西國、東國之稱起于殷代而周承用之。之稱。

湯炳正曰：命，天命，此指自然稟性。

按：此言橘踰淮而北則爲枳也。 喻屈原忠誠楚國，志節不移也。王逸解謂橘受命於江南，不可移徙，屈原以此自比志節如橘，亦不可移徙，甚是。 王闓運以爲屈原頌他人，恐非是。

深固難徙，更壹志兮。

王逸曰：屈原見橘根深堅固，終不可徙，則專一己志，守忠信也。

朱熹曰：以其受命獨生南國，故壹志而難徙。

汪瑗曰：深固，謂深根固蒂也。 徙，猶遷也。 壹，專一而不二也。 又曰：夫橘逾淮而北爲枳，誠難徙也，然以樹而謂之曰志者，學者當以意會，不可泥也。 篇內意皆倣此。

林兆珂曰：橘根深堅固，一志而難徙。

黃文煥曰：難徙，則亦橘之志也。 天予人以美質，而人或自敗之者，多矣。 惟有志之士乃能承天。 繇人觀物，敢謂橘無志哉。

李陳玉曰：托根深厚，守志堅確。

王萌曰：難徙，言其托根深厚；壹志，言其守志堅確。

錢澄之曰：受命不遷，得之天也；深固難徙，存乎志也。 惟有志乃能承天。

王夫之曰：更，平聲，連徙爲義，從徙字斷句，而有餘義，下句足之。 古人文字，多有然者，唐、宋人不知耳。 難於徙而更易之，其志壹矣。 橘不踰淮，喻忠臣生死依於宗國。

林雲銘曰：深根固蒂，踰淮則爲枳。 又專壹其志，以奉后土之命。 猶原不往他國求仕，又專壹其志以事楚君也。

高秋月曰：不遷者，天之命難徙者，橘之志也。

徐煥龍曰：其根深，其底固。 難可移徙於他方。 橘踰淮而北則爲枳矣。 更如此無貳心而壹志。 不遷，言楚地無變遷。 難徙，謂他方輒改變。

賀寬曰：其所以不遷，由難徙也。 則又其志之壹也，非獨天地之爲也。

張詩曰：言深根固蔕，不遷徙而志專一。

蔣驥曰：深固，言橘之根。 難徙者，《通釋》云："橘之成實者，移之則不實也。"言其性宜楚地，既不遷於他方，而根本深固，即一處亦難移種，更見其志之專一也。

王邦采曰：專一其志可知。

吳世尚曰：根深蔕固，難於移植。 此言橘之不可以人力徙而北種也。

許清奇曰：深根固蔕，難以徙植。 其志專一，猶原之壹志而不變也。

屈復曰：受命獨生南國，故其根深，固不遷者，以其壹志釋不遷之故也。

江中時曰：深固，謂根之深固，難徙他方，而壹志以奉后土之命。

夏大霖曰：根苗貞一而不遷。

邱仰文曰：喻不仕他國。

奚祿詒曰：言橘根固難移，内心更堅。 壹比己守忠信也。

劉夢鵬曰：深固，言其植根之深。 壹志，言其秉性之確。

丁元正曰：徙，遷徙也。 更，易也。 壹，專一也。 植根深固難遷，若更易於淮北，則化爲枳。可見志之壹於南國也。喻忠臣生死依於宗國也。

陳本禮曰：深根固蒂，喻其不逐於污俗也。

胡文英曰：橘樹種於此，即於此成實，徙之則不實而多死，是志之專一，深固難動也。

王闓運曰：時俗從流，故專美其不遷徙。

聞一多曰：壹，專一也。

姜亮夫曰：深固，以其受命獨生南國也。難徙，橘之成實者，移之則不實也。更壹志者，歌人體察橘德，以其深固難徙爲壹志也；上句寫實，此句付之以情感，則因物以見己志，文家表情之一法也。

蔣天樞曰：深固難徙，謂橘植根於地，性難遷移。壹志，忠誠不貳心，謂南人受封南土後，忠誠向楚，無二心。

按：深固，指橘根深。言因根深而更壹志不遷。胡文英以橘樹種於此，即於此成實，徙之則不實而多死，是志之專一，深固難動也，甚是。丁元正解此句喻忠臣生死依於宗國，亦爲有見。

綠葉素榮，紛其可喜兮。

王逸曰：綠，猶青也。素，白也。言橘青葉白華，紛然盛茂，誠可喜也。以言己行清白，可信任也。

洪興祖曰：《爾雅》："草謂之榮，木謂之華。"此言素榮，則亦通稱也。曹植賦曰："朱實不萌，焉得素榮。"李尤《七歎》曰："白華綠葉，扶疏冬榮。金衣素裹，班理內充。"皆謂橘也。

朱熹曰：橘葉青華白，紛然盛而可喜也。

汪瑗曰：素榮，白華也。《爾雅》："草謂之榮，木謂之華。"若對舉則當分，而單言亦可通稱也。可喜，猶言可愛也。言橘葉綠華白，紛然盛茂，誠可愛也。 上二句言根株，下二句言華葉。

陳第曰：橘青葉白華。 紛然，盛貌。

李陳玉曰：天然素質，不隨時艷。

王萌曰：素榮，言白花。《爾雅》："草謂之榮，木謂之華。"此言素榮，亦通稱也。 曹植賦："采實不萌，焉得素榮。"

王夫之曰：素榮，白華也，喻士志行修潔。

林雲銘曰：分言其葉，猶原有不可掩之儀則。

徐焕龍曰：其花白，故曰素榮。 花葉俱紛然繁盛可喜。

賀寬曰：志壹於中而爲葉、爲榮、爲枝、爲刺，皆壹志之所充也。

張詩曰：綠葉白花，盛而可喜。

王邦采曰：素榮，言花白也。

吳世尚曰：橘之葉青華白，紛然盛美，令人可愛。 此由根説到花葉。

許清奇曰：葉綠花素，紛然可喜。 猶原有儀容之可則。

屈復曰：右一段，頌橘之性情也。

江中時曰：榮，華也。 橘葉青華白，紛然其可喜也。 由根而分言其葉與花。

夏大霖曰：花葉青白而不艷。

邱仰文曰：喻文采外見，喜不樸遫也。

奚禄詒曰：葉花可愛，比己行清白也。

劉夢鵬曰：綠葉言其葉，素榮言其華。

胡文英曰：橘華小而白，與葉偕繁，故曰紛其可喜。

牟庭曰：花葉紛可喜也。

顏錫名曰：次賦橘之根柢花葉。

姜亮夫曰：緑葉素榮，言橘青葉白華，《爾雅》"草謂之榮，木謂之華"，此言素榮，則亦通稱也。　紛，紛然而茂也。

蔣天樞曰：素，白色。　榮，花也，橘四五月開小白花。　紛，多意。　其，謂橘，亦謂南人。

按：素榮，白花。　紛，繁多。　言橘花葉繁盛，非常令人喜歡。此頌橘之美。

　　曾枝剡棘，圓果摶兮。

王逸曰：剡，利也。　棘，橘枝刺若棘也。　摶，圜也，楚人名圓爲摶。　言橘枝重累，又有利棘以象武也，其實圓摶，又象文也。　以喻己有文武，能方圓也。　摶，一作槫。

郭璞曰：《詩》曰："以我剡耜。"（《爾雅·釋詁》"剡，利也"注）又曰：《楚辭》曰"曾枝剡棘"，亦通語耳。（《方言》"凡草刺人，江浦之間謂之棘"注）

洪興祖曰：曾，音增，重也。　剡，音琰。《方言》曰：凡草木刺人，江湘之間謂之棘。　注引"曾枝剡棘"。《説文》云："摶，圜也。"其字從手。　槫，樞車也，其字從木。　音同，義異。

朱熹曰：曾，重纍也。　剡，利也。　果，草木之實可食者也。摶，圓也，與團同。

汪瑗曰：曾層同，重累也。　一曰增同，謂高也。　並通。　剡，利也。　棘，枝之刺也。　枝棘，果之所著者也。　果，草木之實，可食者也。　今俗作菓。　其形圓，故謂之圓果。　摶與團同，圓貌也。　或曰，此句錯文，本謂橘實其形團圓耳。　或曰，摶，聚也。　附，着也。　謂橘摶生於枝棘之間耳。　亦通。

陳第曰：摶，圓貌。

黄文焕曰：爲葉、爲榮、爲枝、爲刺，其氣足以充之。 皆其志足以持之也。

李陳玉曰：外存坊表，内饒嘉實。

王萌曰：曾枝剡棘，以比君子之有坊表。

王夫之曰：曾，與層通，枝重疊也。 剡，銳也。 枝上有棘，與棗棘類，喻貞介與俗相拒。 摶，若摶合而成，喻德行純全。

林雲銘曰：分言其枝，猶原有不可狎之豐棱。 摶，如以手捏聚也。 分言其果，猶原有可以及人之功能。

高秋月曰：曾枝，重累其枝也。

徐焕龍曰：剡，尖且利也。 棘，刺也。 摶，圓甚貌。 增疊其枝，剡利其棘，果結枝頭，圓而摶若。

張詩曰：言層累其枝，剡利其棘，圓果摶摶。 棘，刺也。

蔣驥曰：曾枝，枝之重也。 剡棘，棘之利也。 果，橘實。

王邦采曰：摶，以手捏聚也。

吳世尚曰：此又由枝棘説到果實。

許清奇曰：曾枝，枝重疊。 棘，剡利，猶原有豐棱不可狎。 果可食人，猶原有及物之功能。

屈復曰：圓果，橘之實。

江中時曰：剡棘，謂橘有刺，其廉屬可畏也。 果，實也。 摶，與團同。

夏大霖曰：體豐棱而難狎。

邱仰文曰：摶，《説文》：“圓也。”言如以手捏聚之圓。 二句喻方圓合節。

奚禄詒曰：橘曾壘其枝，銳利其棘，摶圓其果。 喻己有文武方圓之才。

劉夢鵬曰：剡，銳出貌。 棘，叢也。 摶，圓貌。

丁元正曰：曾枝，枝重疊也。 剡，銳枝上有棘，喻貞介與俗相拒也。 摶，若摶合而成，喻德行純全也。

胡文英曰：曾枝，高枝。 圓果雖出于天然，而有若人力所摶，則天賦之厚矣。

牟庭曰：多枝利刺，不委靡也。 果實圓而累累也。

顔錫名曰：又次賦枝幹果實。

聞一多曰：曾，高也。 剡，銳利也。 棘，刺也。 摶團同。

姜亮夫曰：果，草木之實可食者。 摶，楚人名圜爲摶，與團實同字。

蔣天樞曰：曾，同層。 曾枝，層層枝葉。 棘，橘枝上針刺，甚利，故曰剡棘。《九辨》王逸注亦云"楚人名圜曰摶"。 八句狀橘之形貌及其品德。

按：曾，即層，重疊。 剡，銳利。 喻己有銳利的氣節。 摶，以手捏聚使之圓也。 此言橘樹幹銳利而果實圓潤飽滿。 喻己具有充實的内美。 王逸言橘枝重累，又有利棘以象武也，其實圓摶，又象文也。 以喻己有文武，能方圓也。 意亦近是。

青黄雜糅，文章爛兮。

王逸曰：言橘葉青，其實黄，雜糅俱盛，爛然而明。 言己敏達道德，亦爛然有文章也。

洪興祖曰：橘實初青，既熟則黄。 若以青爲葉，則上文已言綠葉矣。

朱熹曰：青，未熟時；黄，已熟時也。 先後雜糅，文章爛然也。

汪瑗曰：青，果未熟時色也；黄，果已熟時色也。 雜糅，猶言參錯，謂果色之或青或黃，先後生熟之不同也。 文章，謂青黃之色相間雜而成文章也。《易》曰：“物相雜故曰文。”又曰：“故易六位而成章。”此青黃雜糅之所以爲文章也。 爛，光輝鮮明貌。 上一句言枝棘，下三句言果實。

陳第曰：先青後黃，爛然文采。

黃文焕曰：在外則青黃呈采，備文章之美。

李陳玉曰：外有文章。

王萌曰：圓果青黃，以比君子內有嘉實，而外有文采也。

王夫之曰：青黃雜糅者，當橘熟時，或青或黃，相雜陸離。 喻德之有實，備諸衆美。 爛，文盛貌。

林雲銘曰：又就果再分言其皮，未熟者青，已熟者黃，相間而文章燦然可觀，猶原之嫺於辭令。

高秋月曰：青黃，葉青而實黃者也。

徐焕龍曰：未熟者青，已熟者黃。 雜糅相間，文章爛然。

賀寬曰：及其成果也，青黃呈采於外。

蔣驥曰：青，實未熟時；黃，實已熟時也。

王邦采曰：橘實初青，既熟則黃，外之文也。

吳世尚曰：青，未熟者也；黃，已熟者也。 相間成章，燦然可觀。

許清奇曰：果未熟者青，已熟者黃。 相雜而文章爛然，猶原能作辭賦。

江中時曰：實未熟則青，已熟則黃。

夏大霖曰：果實周圓而無虧。 又單表其實外著文章之絢綵。

陳遠新曰：果之皮色。

奚禄詒曰：菜青果黃，外茂而內明，爛然文彩。 喻己明能新德，文能經邦也。

劉夢鵬曰：果初色青，熟色黃。 雜糅，不一色也。

陳本禮曰：文章燦爛，喻德之發於外者。

胡文英曰：或青或黃，有類文章之外著。

牟庭曰：青生黃熟，有文彩也。

顏錫名曰：橘生則青，熟則黃。

姜亮夫曰：青，橘未熟時色；黃則已熟時色也。 此言橘枝重纍，又有利刺，其圓果則摶然，生熟同生，青黃雜糅，文彩章明而爛然也。

蔣天樞曰：青黃，謂橘熟時或青或黃。 爛，燦爛鮮明貌。 既有刺棘，又采色斑爛。

按：橘未熟則青，熟則黃。 青黃雜糅，指果實言。 橘熟的過程就是由青逐漸變黃的過程，雜糅則指果實中既有青也有黃。 王夫之言當橘熟時，或青或黃，相雜陸離，甚是。 文章，文采。 王逸言橘葉青，其實黃，非是。

精色內白，類可任兮。

王逸曰：精，明也。 類，猶貌也。 言橘實赤黃，其色精明，內懷潔白，以言賢者亦然，外有精明之貌，內有潔白之志，故可任以道而事用之也。

洪興祖曰：青黃雜糅，言其外之文；精色內白，言其中之質也。

朱熹曰：精色，外色精明也。 內白，內懷潔白也。 外精內白，似有道也。

汪瑗曰：此章承上果實而言。 精色，言外皮色之精明也。 內白，言內瓤色之潔白也。 所謂金衣素裏，班理內充是矣。 類，猶似也。 天下之道，莫貴於精明潔白，故橘之外精內白，似有道也。

陳第曰：其外精明，其內潔白，似任道之人。

黃文煥曰：在內則精白獨含，類有道之素。 其志即其才其德也。

又曰：文章任道更爲深奧，詠物乃疊入理解，佳在説理能奇，不墜腐吻。

李陳玉曰：內純精白。

王萌曰：外色精明，內懷潔白，似有道者。

王夫之曰：內，瓤也。 內含精液而清白，類人有精白之心，可託以大任。

林雲銘曰：又就果再分言其肉，至精之色，含之於內而純白，非以道自任者不能，猶原之行廉志潔。

高秋月曰：類任道，言類有道之士也。

徐煥龍曰：精采在色，其內則白。 任道之人，英華外發而色精，誠積中而內白，豈不相類。

賀寬曰：精白獨含在中，類任道者。

張詩曰：言此圓果外則皮色精明，內則瓤色潔白，有類於任道之人。

蔣驥曰：內白，兼皮、裏瓤、子三者言。 言橘之果實，外則先青後黃，其文交錯燦爛，而其精純之色，蘊於內者，無非潔白，又似任道者之不爲物累也。

王邦采曰：色澤精明，內懷潔白，中之質也。

吳世尚曰：精色，外色精明也。 內白，內懷潔白也。 任道，以道爲己任者也。 此又從果實分説其內外。

許清奇曰：果肉在內而純白，猶任道者之行廉而志潔。

江中時曰：精色內白，言外色精明，內懷潔白，類有道者也。

夏大霖曰：内類有道之貞白，又總會其修美之多，無醜惡也。

邱仰文曰：二句喻美在其中。

陳遠新曰：皮内肉色。

奚禄詒曰：言橘實，其色精明，内懷潔白，類賢人。外明内潔，可以任道也。

劉夢鵬曰：精色，橘外色純粹也。内白，橘内色潔白也。是有類於任道之君子，外有粹盎之容，内懷潔清之志也。

陳本禮曰：精色内蘊，類有道者之行廉志潔也。

胡文英曰：精，膏液也。其膏液之色，在内而白，猶不昏于污累者之足以任道也。

牟庭曰：木材精白，無纖滓也。

顏錫名曰：就一果而觀，外色則精，内色則白也。

王闓運曰：橘皮内白，以保其瓤液也。

聞一多曰：精猶絳，大赤也。《左傳》定四年杜《注》。李尤《七歎》：“金衣素裏。”絳色猶金衣，内白猶素裏也。任，懷也，抱也。

姜亮夫曰：任，考任字，從壬得聲，《詩·賓之初筵》：“有壬有林。”《箋》：“壬，任也。”壬，任古即相通，《魯語》“家欲任兩國”，注：“負荷也。”是任字本義當爲負荷，今恒言猶曰擔任，引申則“任用”“勝任”皆其義爾。

蔣天樞曰：精色内白，謂既有燦爛顏色，内又潔白。橘熟時瓤成晶體狀，味濃而又純潔。《爾雅·釋詁》一：“臧、嘉、令、類……善也。”《左傳》昭公二十八年：“勤施無私曰類。”類，亦善也。可任，可信託。

湯炳正曰：精色，純粹之色。内白，指橘實純潔。任，抱，此謂橘實精純，如君子抱道自守。《文子·下德》：“任道而合人心。”

按：精，橘之最憂良的部分，指果肉。内，指橘絡，橘子果肉外包裹著的一層白色的薄皮，可入藥。此言橘之果肉與橘絡，既可食用又可藥用。前文已云屈原爲巫，巫精於醫術，橘絡入藥，可治化痰止咳平喘。故曰可任。此言橘之價值。王萌以爲橘外色精明，内懷潔白，似有道者，未及果實之實際價值，與意較遠。

紛緼宜修，姱而不醜兮。

王逸曰：紛緼，盛貌。醜，惡也。言橘類紛緼而盛，如人宜有修飾，形容盡好，無有醜惡也。

洪興祖曰：《集韻》：“荺蘊，積也。”姱，好也。

朱熹曰：紛緼，盛貌。

汪瑗曰：紛緼，盛貌。宜脩，謂脩飾之得宜也。《湘君》曰“美要眇兮宜脩”是也。姱，美好也。不醜，不惡陋也。此句即申言宜脩之意。“宜脩”二字，又承精色内白而來也。瑗按：王逸曰：“橘實赤黄，其色精明，内懷潔白。”其説未善。蓋精色，内白，青黄皆有之，青者自有青之精白也。洪氏曰：“青黄雜糅，言其外之文；精色内白，言其中之質也。”以精色内白具作内講，亦通。但俱作内講，則“紛緼”二句又當總承“圓果”以下五句而言，讀者詳之。又按：篇首至此，或總言樹之嘉，或泛言樹之性，或言根株，或言華葉，或言枝棘，或言果實，或言其外，或言其内，其詞悉備，而其意互見也。皆發橘樹之所以爲嘉而可嘉之義，自喻之意自見之矣。曰志、曰行、曰道、曰德，其旨趣亦自明白，而不煩解説矣。王逸以“深固”句爲比己志之忠信，“華葉”句爲比己行之清白，枝棘以象武，圓果以象文。餘皆倣此，不能盡出。其説頗覺支離，穿鑿太甚，不必從之，讀者幸以意會可也。

陳第曰：紛縕而盛，修長而美，無醜惡之態。

黃文煥曰：紛縕，盛也。脩，潔治也。物多則難齊，此之多則有姱而無醜也。文與道，舉可攷而知也。

李陳玉曰：橘樹年須芟繁去蠹，與他樹不同，修士之行也。

王萌曰：宜脩，橘樹須芟繁去蠹，似君子之檢身也。上曰文章，此曰任道，原蓋自許有道文人也。如此而後謂之不醜。古人立品徇名，止求免醜耳。今人動欲求好，醜其可得免乎。

王夫之曰：紛縕，剖之而香霧霏微也，類人之修能合宜，芳美發見而無惡。

林雲銘曰：醜，類也。又合全樹而總言之，見其所得皆善，不與他樹爲類也。又曰：已上頌橘之素具。

高秋月曰：宜修者，如人嘗有修飾也。

徐煥龍曰：紛縕，茂密貌。凡樹修長者，柯幹挺然，多不紛縕，遂覺醜觀。橘獨紛縕而宜於修，姱而不醜。

賀寬曰：然盛而能潔，姱而不醜。又曰：此即《騷經》所云“紛吾既有此內美兮，又重之以修能”，而又托物以自況矣。

張詩曰：紛縕而盛，修餙得宜，信美而不醜焉。紛縕，氣之盛也。

蔣驥曰：橘宜年年芟繁去蠹，與他樹不同。故曰宜修。歷言橘之美以自況。不遷，喻其不適於他邦。難徙，喻其不逐於汙俗。花葉，以喻文藝。枝棘，以喻廉隅。圓果，以喻實德。文章，喻實德之發於經緯。內白，喻實德之蘊於幽獨。宜修，以喻己之修爲。體物之精，寓意之善，兼有之矣。

王邦采曰：茂盛，紛蘊而宜於修飾，信乎姱好而不醜惡矣。以上頌橘之美如此。

吴世尚曰：此二句總承上文，言其盛美如此，則宜其爲百果之宗，而不與衆伍也。

許清奇曰：此句總收。言全樹紛盛，如人之形容宜修，皆美而無醜惡也。以上頌橘之形。

屈復曰：修，理。姱，美。盛而宜修，故有美而無惡也。右二段，頌橘之形狀也。

江中時曰：就實而分言其肉。以上字字切橘，贊嘆已盡。

夏大霖曰：紛緼，盛多貌。宜修，如君子之好修也。又曰：右四節，詮敘橘之諸美以成全體，皆舉橘自比以自道也。林注每句細爲分配猶原之某某，愚但舉根苗花葉體幹果實，合其全體，而言君子立德，何獨不然。蓋大德敦而小德自然有分，見之美，舉其纖細，大段或不著也。

邱仰文曰：二句喻出乎其類。以上四節，言橘之材幹、體段如此，下申其意，一層深一層。

陳遠新曰：醜，不類他樹。

奚禄詒曰：其紛緼茂盛之貌，如有人修餙，形容美好而無惡也。此上頌橘，此下申言己志。

劉夢鵬曰：宜者，兩較而恰好相當之意。修姱，修指任道者言也。姱而不醜，言任道者有大美而無小疵。橘之紛緼者，適與宜也。

汪梧鳳曰：紛緼，《廣韻》又作䵊緼，香氣也。

陳本禮曰：善於修餙，純乎自然，不假人爲也。文分前後兩截，上截寫橘之素具，其下截表橘之貞操。

胡文英曰：紛緼，紛綸蘊蓄也。總上意而并言之，言其與所美，甚爲相宜，而嘆其姱而不醜，爲可用也。《古詩》："橘柚垂華實，乃在

深山側。　聞君好我甘，竊獨自彫飾。　委身玉盤中，歷年冀見食。"稱
所美以蕲見用于君，同此用意。

牟庭曰：刮磨紛緼，饒文理也。

王闓運曰：橘無岐幹，故曰不醜。　醜，儔匹也。

馬其昶曰：以上頌橘，以下述志。

聞一多曰："紛緼宜脩，姱而不醜兮"，疑當作"紛緼脩姱，麗而
不醜兮"。　紛緼猶紛紜，盛貌也。　不醜，猶不群也。　陳子昂《堂弟孜墓
誌銘》："徽烈英曜兮始蓋益。"《館陶郭公姬薛氏墓誌銘》："瑶草芳兮思菳菳。"

姜亮夫曰：紛緼，積也。　宜脩者，宜于修飾，橘宜于年年芟繁去
蠹，與他樹不同，故曰宜修也。　醜，衆也。　姱而不醜，猶言好而不
嫌其繁多，以其宜於修飾也。　此四句言橘實外精內白，貌類可信；其
樹則積茂宜修，美而不繁。

蔣天樞曰：《説文》："脩，脯也。　從肉攸聲。"引申訓治。　宜
脩，謂可訓導栽培之。　非如世俗之見謂蠻夷爲醜類也。

湯炳正曰：二句總結以上數句，概而言之。　以上第一段，通過對
橘樹、橘實的擬人化描寫，表現對橘樹風範的景仰。

按：紛，盛貌。　緼，藏也。　姱，美。　此言橘外在花葉均茂盛可
觀，內在果肉與橘絡又深藏有用，故曰橘善於修，美而不醜。　王逸言
橘類紛緼而盛，如人宜有修飾，形容盡好，無有醜惡也，甚是。

嗟爾幼志，有以異兮。

王逸曰：爾，汝也。　幼，小也。　言嗟乎臣女少小之人，其志易
徙，有異於橘也。

朱熹曰：爾，指橘而言。　幼志，言自幼而已有此志。　蓋其本性
然也。

汪瑗曰：嗟，嘆詞也。 爾，指橘而言。 幼志，謂不遷之志，自受命之初而已有此志，蓋其本性然也。 有以異，謂與眾木不同也。

黃文煥曰：前曰壹志，此曰幼志。 橘之有志，自幼而然，非待其後也。 原之幼、好一也。

李陳玉曰：仍繳上三段，橘稱志奇；稱幼志尤奇。

王萌曰：申言其義，而歎咏之也。

賀貽孫曰：橘冬夏青青，不如松柏千齡。

錢澄之曰：此申言其壹志也。 謂之幼志，蓋自幼如此，性生然也。

王夫之曰：木之美惡，各從其種，當初生而已爲嘉樹，喻貞邪各從性生。

林雲銘曰：承上文"姱而不醜"句，言橘之眾美畢備如此，非有所勉而持之，蓋自少立志，便有不同故也。

高秋月曰："嗟爾"以下，又復前意以自喻也。 專承不遷難徙者，喻己爲楚之宗臣，如橘之不可遷徙也。

徐焕龍曰：橘雖幼小，隨有果實品味且佳。 既有而復異也。

賀寬曰：橘踰淮而爲枳，樹之不可遷，未有如橘者。 原之鍾情惟在獨立不遷，故不禁重復而詠歎之也。 橘雖木也，而志殊於他木，其壹志也，自幼已然。

張詩曰：言受命之初已有異志，故能獨立不遷，豈不可喜。

蔣驥曰：此申不遷難徙之意而咏嘆之，蓋作頌之旨也。 幼，指橘之初生言。

王邦采曰：爾，屈子自指也。 幼志，幼而立志也。 有以異者，無以異也。

吳世尚曰：以下反覆詠歎，視前意更進一層，所以深致其愛慕也。 爾,指橘而言。 言天之生物,本同一氣,然未有不可移者,惟爾幼志,即有以自異。

屈復曰:言自幼而已具不遷之志,不待結實之後而始然。

江中時曰:"嗟爾"二字,直貫至末,呼而語之,直欲師之友之,若忘乎其爲橘者。

夏大霖曰:自此以下方是再核諸美以致頌之文,蓋前文是案,非説了又説也。 嗟心契諸美而歎美之以發端也。 合人與物,交比作頌,故其文以頌人者頌物,曰"幼志"曰"獨立"也。 下仿此。 幼志,橘苗便已一定有志。

邱仰文曰:幼志謂本性如此,非有勉強。 爾,指橘。 自此至終篇,皆是説橘,不則趣語爲腐談,須知。

陳遠新曰:《騷》"皇覽揆初度",又"重以修能",是"異"處。

奚禄詒曰:嗟少年新進,志異於橘。

劉夢鵬曰:爾,即指所寓言之賢者。 上方贊橘於此。

陳本禮曰:獨提"幼志"二字,蓋追憶覽揆初度之事也。

胡文英曰:承上更壹志,而頌其今日之成就非無自也。

牟庭曰:切指所頌一株,蓋小樹也。 有以異者,異於俗也。

姜亮夫曰:此四句王逸、朱熹諸家仍從橘上立言,恐未必當。 寄情寫物,固可物我兩融,是一是二;然其中必有主從,主從不分,則成粘糊,豈是妙文? 解喻文理者,所當審知。 洪《補》曰"自此以下,申前義,以明己志",最爲得文家借喻之旨。 此蓋作者因頌橘而忽思及己身,遂爾將自己牽入,從己身發揮,自此至"參天地"一段之文是也。 爾者,屈子自爾也。

蔣天樞曰:十二句專就南土君長年雖幼少,廓然無累,毅然逐去秦人,深贊其事而稱許之。 爾,有所指之詞,謂其時南夷君長。 幼志，幼而有志，古謂人生十至二十歲間爲幼。 見《禮記·曲禮上》。
有以異，與其他忍受秦人統治地區大有不同。

湯炳正曰：幼志，此指橘樹的天然禀性。 異，特異。

按：此句後爲詠人。 幼志，自幼之志。 此句，汪瑗解幼志，謂
爲不遷之志，自受命之初而已有此志，蓋其本性然也。 有以異，謂與
衆木不同也。 甚是。 王逸言嗟乎臣女少小之人，其志易徙，有異於
橘也，非是。 陳本禮以獨提"幼志"爲追憶覽揆初度之事，附會之
説也。

獨立不遷，豈不可喜兮？

王逸曰：屈原言己之行度，獨立堅固，不可遷徙，誠可喜也。

洪興祖曰：自此以下，申前義以明己志。

汪瑗曰：前四章，其嘉樹之可喜者，亦以略盡，此下三章，蓋即
前義而復申明之，若反歌之類是也；末二章，乃結言之，以明己效法
之意，若亂辭之類是也。 其文雖短少，而體裁亦秩然而完也。 又
按：嗟爾幼志，王逸以爲指衆臣女少小之人，其志易徙，有以異於橘
也。 獨立以下，爲屈子直陳己之志行，非是。

陳第曰：天性所生，少長不異。

黄文焕曰：前曰葉榮可喜，此又曰獨立不遷之可喜。 葉榮之不足
珍，總以"獨立不遷"而重，與衆樹之花葉可喜殊也。 又曰：此申上
意而再一嘆咏也。 曰"文章"，曰"任道"，頌橘最奥不再洗發，乃專
承不遷難徙之言，重復不厭何也？ 屈子爲楚宗臣，生死以之，無復可
去故都之誼，非比異姓，尚可轉移。 猶之橘樹獨宜楚國，不能踰淮，
非比他木堪以別植也。 忠心物理最爲相似，可感可涕，故專承四語闡
義寄感也。

李陳玉曰：楚材每爲晉用，不肯歷九州者，豈不可喜。

錢澄之曰：上文謂其葉榮可喜，此謂其可喜者，更以“獨立不遷”，與他樹之花葉可喜者不同。

王夫之曰：橘既長成實，遷之則不實。豈不可喜者，言遷之肥壤，豈不可榮。

林雲銘曰：申上“受命不遷”句，言南方或遇霜雪嚴凍，不能全其生，亦乏獨立不懼。豈專爲受乏命而然？必待緑葉素榮，而後可喜乎？

徐焕龍曰：其不遷者，其獨立之强，不同他樹，豈不可喜乎？

賀寬曰：葉與榮之可喜，由獨立不遷而可喜也。

蔣驥曰：言橘之初生，其志固已自異，故能獨立於衆木之中，而受命不遷，誠可喜也。

吳世尚曰：獨立南國，不遷北方，誠所謂上智之不移者也，則又何待緑葉素榮，然後紛其可喜乎。

許清奇曰：申“受命不遷”意。

屈復曰：豈不可喜好乎？

夏大霖曰：不遷，有異他種也。如此獨立不由人遷，豈不可羨可喜。此核首節意致頌。

邱仰文曰：喜者喜無矯揉。申言受命不遷。

陳遠新曰：木喜在葉，人喜在志。

奚禄詒曰：我獨立不遷，豈不可喜？

劉夢鵬曰：又直即其人而嘆美之，其獨立不遷，有似於橘之受命不遷也。

陳本禮曰：獨立不遷，則重之以修能也。

胡文英曰：承上“受命不遷”而頌美之。

姜亮夫曰：因言橘而興歎及己：嗟嗟，爾自幼少即有異人之志，獨立不爲人世所遷徙，豈不大有可喜乎！　此從“受命不遷”句來。

蔣天樞曰：獨立不遷，矯然獨立於天地間，無所倚傍。

湯炳正曰：不遷，謂其只生南國，不可移植。

按：此言橘獨立不遷之品質最爲可喜、可敬。　獨立，則明屈原以持節爲高。　此句以下屈原主要表白自己持節的決心，而非不移之品質。　李陳玉謂楚材每爲晉用，不肯歷九州者，豈不可喜，未及意指。

深固難徙，廓其無求兮。

洪興祖曰：凡與世遷徙者，皆有求也。　吾之志舉世莫得而傾之者，無求於彼故也。

汪瑗曰：廓，寥廓也，落落難合之意。

黄文煥曰：原之背衆一也。　前已曰“難徙”，此又曰“無求”，而益之曰廓。　難徙之性，非獨碻碻也。　廓然見大，舉世無可求故也。無可求者，物類自適其性，不求媚人也。　原之廣志一也。

李陳玉曰：惟無求于人，故人亦難徙之。

王萌曰：重言不遷、難從，惟橘獨有此德，以況己之百折不回也。　與世遷徙者，必有求，惟其無求，所以難徙。

錢澄之曰：申言難徙之志，非碻碻自好也。　蓋自得於己，而無求於外，故不徙也。　廓者，言其心境之超曠也。

王夫之曰：而植根必固，徙之則瘁。　喻君子必不徇俗而同汙。廓者自信己貞，廓然無所回惑也。

林雲銘曰：申上“深固難徙”句。　言所以踰淮則爲枳者，以志之大，在各安於所生之土，於南國有不可去之義，無所求於他國也。

徐焕龍曰：其難徙者，其介性廓然，無求於外，不屑他方水土也。

賀寬曰：不遷則深固難徙矣，推此獨立不遷之志，則廓然自大，與世無求也。

張詩曰：言深根固蒂，永不遷徙。廓乎落落，莫求于世。

蔣驥曰：其根之深固難徙，蓋因無慕乎外之故。

吳世尚曰：天下固有難徙者矣，或遷其地而弗能爲良也。否則求人愛玩，隨人移種無不可者矣。爾之深固難徙，則廓其無求於世者也。

許清奇曰：申上深固難徙意，凡可徙者，皆有求也。

屈復曰：謂人好餐其美實也。人好橘之實，人有求於橘。橘何求於人？唐詩云："花木有本心，何勞美人折。"即此意。

江中時曰：廓，虛也。言不但不徙於他國，并無求於他國也。

夏大霖曰：人之遷徙多爲有求，橘之難徙，足以比人之廓然高超，無所干求者。此核"壹志"句以致頌。

邱仰文曰：有求者遷，無求不遷。

奚祿詒曰：此二句反應幼志。

劉夢鵬曰：廓，志意廣也。深固難徙，廓其無求，有似於橘之"深固壹志"也。

丁元正曰：凡不能深固者，必不能獨立；不能獨立，則必有求。獨立無求，喻君子必不徇俗而同汙。

陳本禮曰：只知深固其本根，而於身外固廓然無所求於天地間也。申上"深固"句。

胡文英曰：承上"深固難徙"而頌之。言物之可以喜者，以其求利澤于人，故隨所徙皆生。橘之不然者，以廓然無求于利澤也。

牟庭曰：性獨立以深固，雖小而不可徙去也。

聞一多曰：《哀時命》"廓抱景而獨倚兮"，謂孤寂抱景而獨處也。廓，一曰廓落。《哀時命》又曰"廓落寂而無友兮"，廓落寂亦即孤寂。《莊子·逍遥遊》篇"則瓠落無所容"，簡文注曰："瓠落猶廓落也。"《御覽》九七九引《莊子》，正作廓落。 瓠轉爲廓，猶瓠轉爲廓矣。 逑，匹也；《詩經·關雎》傳。 友也。

姜亮夫曰：廓，恢廓寬大也。

蔣天樞曰：廓，開張貌，意謂其情爽朗無私。《秦本紀》昭王三十一年（楚頃襄二十三年）"楚人反我江南"，《正義》曰："黔中郡反歸楚。"其事毫無外援，故譽之爲"廓其無求"。《思美人》篇"揚厥憑而不竢"，亦謂此也。

按：廓，廣大。 此言深固難徙，更廣大的追求已經沒有了。 陳本禮謂爲只知深固其本根，而於身外固廓然無所求於天地間也，甚是。 洪興祖解謂凡與世遷徙者，皆有求也。 吾之志舉世莫得而傾之者，無求於彼故也，意亦近是。

蘇世獨立，橫而不流兮。

王逸曰：蘇，寤也。 言屈原自知爲讒佞所害，心中覺悟，然不可變節，猶行忠直，橫立自持，不隨俗人也。

洪興祖曰：死而更生曰蘇。《魏都賦》曰："非蘇世而居正。"

朱熹曰：死而復生曰蘇。

汪瑗曰：蘇猶醒也，俗語亦謂之蘇醒。 蘇世獨立，猶舉世皆濁我獨清，衆人皆醉我獨醒之意。 或曰，蘇，疏也，謂與世相疏遠也。橘樹之扶疏而不偏倚，有似乎君子之獨立於世也。 或曰，蘇與疏或古通用，或聲相近而訛也。 或曰，蘇，取也，即《離騷》"蘇糞壤以充幃"之蘇，謂不見取容於世而獨立也。 劉向《九歎·逢紛》篇曰"吸精粹而吐氛濁兮，橫邪世而不取容"是也。 其説亦通。 容更詳之。
橫，如橫逆之橫，謂惡俗也。 洪氏曰："凡與世遷徙者，皆有求也。
吾之志舉世莫得而傾之者，無求於彼故也。"瑗謂惟其無求，故難徙；
惟其獨立，故不流。《詩》曰："不忮不求，何用不臧。"《易》曰："君
子以獨立不懼，遯世無悶。"又曰："旁行而不流。"《記》曰："君子和
而不流，强哉矯。"橘樹似之矣，屈子有之矣。 嗚呼！ 當戰國之世，
環天下皆橫政之所出，橫民之所止，雖有聰明智巧之士，鮮不靡靡詭
隨而垂涎乎富貴者。 屈子之生於其時，獨廓然無求，不遷不流，確乎
其不可拔而獨立乎萬物之上，豈非中流之砥柱也哉？ 泰山巖巖之氣
象，孟子不得擅於其時矣。 或曰，橫古衡通用，平也。 如水之平而
不流也。 更詳之。 瑗按：此章承上獨立不遷而言，上二句申言不
遷，下二句申言獨遷也。

陳第曰：死而復生曰蘇。 凡與世移徙，不免有求也。 再生而
變，亦謂之流也。 橘則不然。

黄文焕曰：獨立必曰蘇世者，死而再生，此性不改。 橘可枯而復
生於楚土，不可以移之淮北也。 橫而不流者，不隨波流也。 隨流則
直奔，不隨流則橫砥，故曰橫也。 原之矢死一也。

李陳玉曰：獨立所以不流。

陸時雍曰：蘇，當作疎。

王萌曰：言雖經霜雪摧殘，亦必獨立不懼，以況己不肯隨流，苟
免禍也。

錢澄之曰：以此觀世之逐逐干求者，心志沉溺，雖生猶死，惟此
爲在世而蘇者也。 蘇世故獨立，滄海橫流，猶堪爲砥柱也。

王夫之曰：蘇，草也。 言生於荏草之中，而貞幹獨立，不隨草
靡。 喻君子雜處於濁世，而不隨橫逆以俱流。 橫有砥柱中流之意。

林雲銘曰：死而復生曰蘇，流而不直曰橫。 言經採摘剝折後，復有萌芽，亦必如前之獨立不懼，不肯變節，蕩然隨流爲不嘉之樹，苟圖免害也。

高秋月曰：橫而不流者，橫砥而不隨波也。

徐煥龍曰：雖死而復生於世，獨立依然，患難不能折，雖其生繁衍而橫，品質不流，富厚不能動。

賀寬曰：無求則可生可死，可死而復生，而終不改此志矣，可以不追波逐流矣。

張詩曰：且能蘇醒世俗之人，挺然獨立，橫逆加之亦不流也。

蔣驥曰：蘇世，未詳。 或曰：蘇，不安也。 則雖不安於世，而獨立之志，不因橫逆而流也。 一説：蘇世，謂能蘇醒世人，《魏都賦》所謂蘇世居政也。

王邦采曰：蘇，猶蘇蘇，氣索貌。 橫，橫立自持。

吳世尚曰：故即死而復生，仍然獨立，橫而不流也。 死而復生曰蘇，橫而不流，以舟爲喻，凡舟之渡人，橫則濟，直則流而去矣。

許清奇曰：經採摘剝折，復有萌芽，若死而更生，然其獨立不遷之操，仍橫亘而不流變。 申“壹志”意。

屈復曰：蘇，按《本草》注：舒暢。 橫，縱橫。 言獨立無求，舉世之人，食其實而舒暢也。 圓者易流，此圓果雖縱橫枝上而終不隨流也。

江中時曰：蘇，復生也。 橫，猶強也。 流，隨流也。 言枯而復生，亦如前之獨立不懼，倔強而不隨流也。

夏大霖曰：蘇，舊注作死而復生，周折難解。 疑是“疏”字，古本音訛耳。 原以己之疏放宜頌及之者也。 言不守清白而與世爭艷者，其勢必至於橫流。 橘則綠葉素枝，不與凡花競艷，其樹雖不孤直而橫生，枝却不柔蔓成流蕩，是猶人疏世獨立橫而不流者也。　此核"綠葉素榮"及"層枝剡棘"意致頌。

邱仰文曰：言經採摘剝折萌芽復生，喻處變而不失其常。

奚禄詒曰：此二句順應獨立，分申上節。

劉夢鵬曰：蘇，不安意。　蘇世獨立，謂不安流俗而卓爾獨立也。橫，獨立貌。　此二句蓋即難徙無求而深贊之之辭。

戴震曰：鄭康成注《樂記》云："更息曰蘇。"

陳本禮曰：蘇，同疏。　既已無求於外，自然與世自疏。　獨立者，孑然不群。　橫而不流者，旁行之枝橫生而不撓也。

胡文英曰：蘇，散也，不與世相合也。　流，從風而靡也。　言雖枝幹縱橫，不至波靡也。　承上"曾枝剡棘"而頌之。

牟庭曰：蘇者，朔也，寤也。　獨立歲寒之世而不失其素也。

顏錫名曰：疏世，猶言絶世也。

俞樾曰：此蘇字當訓俉，寤、俉與蘇聲並相近，然寤世之義不可通，俉即今忤字，俉世言與世俗相忤也。　蘇得訓俉者，《荀子·議兵》篇："順刃者生，蘇刃者死。"蘇與順對文，則蘇者逆也，故爲俉矣。

王闓運曰：蘇，猶竦也。　再言不遷徙者，頌此諷彼也。　人材係國存亡，於死眷眷焉。

馬其昶曰：陳澧曰："此《中庸》所謂'强哉矯'也。"

聞一多曰：蘇猶疏，遠也。《説文》："觟，重文作觥。"《後漢書·郭憲傳》："關中觥觥郭子橫。"注曰："觥觥，剛直之貌。"觥觟橫同。　流，移也。《考工記·弓人注》。《中庸》："君子和而不流。"

姜亮夫曰：蘇世獨立，蘇世猶醒世，即《漁父》所謂"衆人皆醉我獨醒"之義。　橫而不流者，橫讀爲《孔子閒居》"以橫於天下"之横，充也，言其醒世獨立之懷，充塞而不隨流也。 此亦承上自所感於己身者而發：言其獨立不遷之志，深固難徙，廓然寬大，而無所求。蓋與世遷徙者，皆有求也；吾之志，舉世莫得而傾之，無求於彼故也。 且舉世皆昏醉，余獨蘇醒，而特然有以自立，其志充於天地，而不隨從俗流。 此四句仍從上不遷、壹志來。

蔣天樞曰：蘇，覺醒。 蘇世，意謂可使世覺悟秦人無可畏者。橫，闌也。《説文》：“橫，闌木也。 從木黄聲。”言如闌木之隔阻。不流，不與世之懾服於秦者合污。 自黔中郡反秦，秦人遂不能越江而南，故曰“橫而不流”。

湯炳正曰：蘇，即“疏”之借字，謂遠離世俗。 橫，《説文》：“橫，闌木也。”即欄杆，所以防閑内外。 此喻立德矜持，深自約束，意與《離騷》“好修姱以鞿羈兮”略同。 不流，不隨俗流。

按：蘇，音素。 向也。《荀子 · 議兵》：“以故順刃者生，蘇刃者死。”楊倞注：“蘇讀爲傃。 傃，向也。 謂相向格鬬者。”蘇世，即面世、向世。 此言橘面世而獨立，不隨遷而流也。 與上文“深固難徙”照應。 朱熹謂死而復生曰蘇，恐非是。 林雲銘繼之而解謂經採摘剥折後，復有萌芽，亦必如前之獨立不懼，不肯變節，蕩然隨流爲不嘉之樹，苟圖免害也，亦牽强附會之説也。 王夫之以蘇爲草，言生於葏草之中，而貞幹獨立，不隨草靡。 喻君子雜處於濁世，而不隨橫逆以俱流。 橫有砥柱中流之意。 亦爲有見之解，可參。

閉心自慎，終不失過兮。

王逸曰：言己閉心捐欲，敕慎自守，終不敢有過失也。

洪興祖曰：閉，闔也。

汪瑗曰：《記》曰："如松柏之有心也。"凡草木之中，實者皆謂之心。橘樹并果之密緻，而無蟲蠹損害於其内，即閉心自慎，終不過失之意也。

陳第曰：橘皮包裹，故曰自慎。

黄文煥曰：閉心自慎者，橘有不遷難徙之志，閉守於心，不待告人，人終莫能尋其可徙之過失也。此則原之對橘而自傷，且自愧也。莫能讒橘之過失者，而可以讒原，原不逮橘之善閉矣。

李陳玉曰："閉心"二字，是不睹不聞上功夫，屈子迪知學者。

王萌曰：以其精色内白，故曰閉心自慎。

賀貽孫曰：與前篇純龐不洩，皆是聖賢學問，未有不聖賢而可爲忠臣也。

錢澄之曰：閉心較閉口更慎，有心，斯有口；閉心則絶其萌也，故終無過失。橘精色内白，善閉其白者也。

王夫之曰：皮瓤相裹，周固自護。喻己含忠内韞，不敢輕泄，如上官大夫所譖者。

林雲銘曰：惟以青黄之皮，包裹精白之心，慎意外之過差。即《惜往日》篇"憝光景之誠信，身幽隱而備之"意。

徐焕龍曰：有子如心，囊包子，皮裹囊，閉心自慎之象。所以風雨飄摇，人民剥落，不能侵及其子，過失終不及也。

賀寬曰：可以慎獨自守而無過矣。

張詩曰：言其果木密緻，而無蟲蠹，如人之閉密其心以自慎，而無有過失也。

蔣驥曰：閉心，謂固閉其心，不爲物所摇也。如此則冥心於利害之際，而慎其所守，可以無過失矣。

王邦采曰：閉，斂束不放。

吴世尚曰：且其果之搏也，外精内白，既不若柔脆者之易潰，又不若剛暴者之爆裂，堅緻永固，何其閉心自慎，終不過失也。

許清奇曰：包裹精白之心，自慎而無過失。申上“精色内白”意。

屈復曰：橘心閉皮中，故無過失。

江中時曰：精白内涵，彌自謹慎，終無過差。

夏大霖曰：外文章而内精白，團成圓果無有缺，是猶人之閑修存心自慎而不過失者，此核“圓果”三句以致頌。

邱仰文曰：謂以青黄之皮包精白之心，無鏬漏也。

陳遠新曰：精潔似橘内白。

奚禄詒曰：閉心者，屏去欲念也。

劉夢鵬曰：閉，斂也。閉心自慎，成於敬也。

戴震曰：王伯厚曰：“龔氏注中説引古語云：上士閉心，中士閉口，下士閉門。”

陳本禮曰：閉心，屏去嗜欲。自慎，戒慎恐懼，以自盟其幽獨也。

胡文英曰：承上“圓果搏兮”而頌之。言既無間隙之可乘，亦無瑕纇之可指，而何以至于見棄也。

牟庭曰：閉心自慎，言深固也。不過失者，不徙去也。以遷徙爲失誤也。

顔錫名曰：似言其凌冬不凋之意。

聞一多曰：《説苑·政理》篇：“吾已閉心矣，何閉於門哉！”

蔣天樞曰：閉心自慎，謂南人發動其事時計慮之慎密。不失過，行動時無有差失。

按：此言内省自身，終無過失也。《史記》載上官奪稿，懷王聽信

讒言怒而疏屈平。　原雖遭疏，然一心爲國，從無私心，故自思無過
矣。　黃文煥以爲橘善閉心自慎，而已終有不逮，恐非是。　賀寬以喻
己可以慎獨自守而無過矣，可參。

　　秉德無私，參天地兮。

　　王逸曰：秉，執也。　言己執履忠正，行無私阿，故參配天地，通
之神明，使知之也。

　　洪興祖曰：天無私覆，地無私載，秉德無私，則與天地參矣。

　　汪瑗曰：其人之或與或取，樹果初非有意於擇人而施之，即秉德
無私，參天地之意也。　獨立至此，皆發明幼志有異之義，其辭非若前
四章之顯切，讀者須以意會，不可以辭害意也。　如以辭而已矣，此王
逸之所以直爲屈子自陳己志，而不指橘言也。

　　林兆珂曰：其秉行無私，可參質天地，使知之也。

　　陳第曰：堅貞不二，故曰無私。

　　黃文煥曰：秉德者，橘之幼而志立，老而德成也。　參天地者，橘
受地宜而不負地，則參地；受天命而不負天，則參天也。

　　李陳玉曰：橘稱無私，謂其德可分人也。

　　王萌曰：二句，所謂純龐不泄也。　屈子傷心正在此。

　　錢澄之曰：原蓋自愧於橘矣。　橘生南國而不遷，本私也，而謂之
無私，惟其秉德貞夫一也。　私極，即是無私，此德即可以參天地。

　　王夫之曰：內瓢分瓣，均平得理。　如君子之德，可以參天地而
無私。

　　林雲銘曰：心既閉而且慎，則所秉者德，可無待於外矣。　在同類
中，如柚聽其爲柚，橙聽其爲橙，皆無伴援之私。　與“天無私覆，地
無私載”，可以相配。

高秋月曰：參天地者，不負天地之生也。

徐煥龍曰：體圓不雜歃形，味甘不間旁味，德無私也。圓故擬于乾象，甘故合乎土德，參天地也。

賀寬曰：至於無過，則秉德既成，可以參天地矣。

張詩曰：任人之或取或否，初非有意。如人之秉德無私，而參乎天地之自然也。

蔣驥曰：秉持其獨立之德，而不回於私，可以參天地矣。以上皆推廣不遷難徙之義，雖頌橘而非專言橘也。

王邦采曰：參天地，即塞於天地之意。此屈子申前義，以明己與橘之合其德也。

吳世尚曰：雖天地之生物，無私覆載。然既生以後，求如爾之秉德無私者，其亦少矣。天地全而生之，爾全而歸之，豈不可以參天地乎？

許清奇曰：圓果任人取摘便是無私處，不特圓象天之形，青黃象天地之色也。申上“圓果、文章”數句。

屈復曰：橘熟則黃，秉中央之德，故可參天地。

江中時曰：秉德不雜，如此同乎天地之無私矣。此原之頌橘而未必專言橘，總頌其獨立不遷之志耳。若必沾沾於橘而求橘之參天地，其可乎。

夏大霖曰：凡此諸美德，皆天地所以賦畀於人而無私省，人秉之而爲人配三才而參天地。今橘一物也，而諸德備焉，是亦秉天地賦畀之德而參天地者也。此統核諸德以極致其頌。

邱仰文曰：謂不識不知，與天地常存。承精白之意而究言其終。

劉夢鵬曰：秉德無私，熟以仁也。

丁元正曰：秉德，受天之命，受地之宜。幼而立志，老而成德。

喻君子稟天地之正氣以生，而可爲天地立性也。

　　陳本禮曰：天下惟至誠可以參天地，一橘之微，何至頌言若此？此大夫自寫照，欲與天地同垂不朽也。

　　胡文英曰：承上"文章爛兮"而頌之。言有内必形諸外，是其秉彝之德，無所私曲，非得天地之正氣，而足以參立於天地之間者乎？

　　牟庭曰：橘德如是，故能拔地參天，不僮僕也。

　　王闓運曰：言有一不遷者，則國不亡，以其德參天地立也。

　　聞一多曰：參，比也，並也。

　　姜亮夫曰：參，合也。參天地者，謂己德合於天地也。蓋天無私覆，地無私載，天地亦無私矣。作者因物託己，寄感於事之辭止此。

　　蔣天樞曰：秉，執也。參，並也。言此一無私之行動，其高大與天地並。贊許之情，溢於言外。

　　湯炳正曰：秉，持。參天地，謂道德與天地相齊。

　　按：此言己之德可參天地。王逸言原執履忠正，行無私阿，故參配天地，甚是。牟庭以爲此句言橘德能拔地參天，不僮僕也，非是。

願歲並謝，與長友兮。

　　王逸曰：謝，去也。言己願與橘同心并志，歲月雖去，年且衰老，長爲朋友，不相遠離也。

　　洪興祖曰：《説文》云："謝，辭去也。"此言己年雖與歲月俱逝，願長與橘爲友也。

　　朱熹曰：并謝，猶永謝也。歲并謝而長與友，則是終身友之矣。

　　汪瑗曰：并，猶盡也。謝，猶去也。歲并謝，猶言没齒終身云耳。又曰：此二句一意，本謂頤終身長與爲友也。洪氏解歲并謝處與前稍異，容更詳之。 又曰：與"長友"句倒文耳，本謂長與爲友也。

黃文煥曰：歲謝，斯青黃之實俱謝，圓果不復存矣。 然而可長友也，其志其德俱在也。 與友而曰願歲謝者，知松柏必于歲寒，尊橘亦必于歲謝。 吾所欲友，存乎徠服不遷之志，非獨珍其嘉實也。 故于實謝之後願與友也。 紛華堪悦者，友短；凋謝仍堪盟者，友長也。 舉世無可友之人，乃奉友譜以拜嘉樹，原之拊心痛世，極矣。

李陳玉曰：老友，歲寒友，不如"長友"字妙。

王萌曰：歲謝而後，如橘之不凋。 願及此時與之友也。

錢澄之曰：長友，言無時不與友也。 歲并謝者，素榮、綠葉，並青黃雜糅之物，皆不可見。

王夫之曰：橘樹冬榮，霜雪不凋，志願堅貞，與歲相爲代謝，友四時而無渝。 喻己忠貞不改其操。

林雲銘曰：迫歲諸樹並謝，惟此不凋，有歲寒後凋之操。 願與長結爲友。

高秋月曰：歲雖謝而不凋，故願與長友也。

徐煥龍曰：人死則謝歲，原願與橘長友，死而後已。 謝歲方并謝橘耳。

賀寬曰：歲謝云者，猶歲寒松柏之後凋也。

張詩曰：言願與我年歲並去，而長與爲友者。

王邦采曰：此以下則又申明作頌之意也。 人死則謝歲，願與橘長友，死而後已。 謝歲方并謝橘，故曰并謝。

吳世尚曰：我於萬物之中，而獨愛爾之秉德如此。 故今雖年歲并去，老期將至，猶願與爾爲終身之友也。

許清奇曰：橘樹至冬不凋，願當歲寒草木并謝之際，與橘結爲後凋之友。 申"綠葉素榮"意。

屈復曰：歲寒，諸樹并謝，惟橘不凋。 故願於歲寒并謝之時，而長與爲友。

夏大霖曰：此節輔以歲寒不凋以致頌。 以自況其離憂不變也。言橘當歲序萬卉凋謝之時，似猶願與長青之類爲友。

邱仰文曰：以歲謝橘，不謝可長爲友也。

陳遠新曰：謝，即"與子偕老"意。

奚禄詒曰：謝，退也。

劉夢鵬曰：言己願與衆芳萎謝之時，長與爲友。

胡文英曰：謝，如《大招》"青春代謝"之謝。 屈子自言願與長結爲歲寒之友也。

牟庭曰：設如我年凋謝，而橘尚無恙，則不得長久。 又如橘年凋謝而我尚無恙，則亦不得長友。 願我年與橘年並時俱謝，長共爲友。

顔錫名曰：當謂歲寒不凋之物，可與之長爲友也。 或曰屈子願與之爲友，則與下"可師長"句相犯。

王闓運曰：傷己之老，無益國也。 願謝去。 年歲與此人爲友，言己年長彼，不敢與平交。

聞一多曰：并同屏，屏、謝，皆除也。 願隨日月之推移，長與爲友。

蔣天樞曰：八句回歸到具體人物真實形象，以結束《橘頌》全篇文義。 此倔強之蠻夷君長，遂亦屹立千古。 世每以屈子本事説之，又何解於"年歲雖少，可師長兮。 行比伯夷，置以爲像兮"之文乎？歲，年歲。 此謝當讀爲序，《詩·嵩高》"于邑于謝"，王符《潛夫論·志氏姓》引作"于邑于序，南國爲式"。 序者，舒也。 願己與爾之年齡俱舒長，互相輔助以成就事業。

按：長友，錢澄之言無時不與友也，較爲合適。橘爲常緑喬木，冬也常青而不落葉。此句當言橘樹此特征。屈復謂歲寒而諸樹并謝，惟橘不凋。故願於歲寒并謝之時，而長與爲友。甚是。王逸以爲原願與橘同心并志，歲月雖去，年且衰老，長爲朋友，不相遠離也。未及橘綠色長青之特征，而意亦不差。吳世尚謂今雖年歲并去，老期將至，猶願與爾爲終身之友也。恐非是。

淑離不淫，梗其有理兮。

王逸曰：淑，善也。梗，强也。言己雖設與橘離別，猶善持己行，梗然堅强，終不淫惑而失義也。

朱熹曰：淑，善也。離，如離立，言孤特也。梗，强也。

汪瑗曰：淑，善也。離如離立，言樹之孤特也。不淫，猶前不遷不流之意。梗，强也。有理，不亂也。惟其梗而有理，所以淑離而不淫也。此二句又總括通篇所言之旨而頌之，凡不遷、不流、不醜、不過、可嘉、可喜、無私、無求之意，俱在其中矣。所以可友之者此也，所以可師之者此也，所以可比伯夷者此也。或曰，離謂其實離離然，稀疏而不淫也。梗謂枝梗有文理而不亂也，亦通。

徐師曾曰：淑離，爲善而離衆也。

陳第曰：淑，善也。離，麗也。梗，强也。有理，有條理也。

黃文煥曰：淑，善也。離，附離也。不淫，即前所云獨立無求也。梗，枝梗也。歲謝而圓果謝，所謂青黃之文、精白之色，不復可見。然而其志其德，原自附離未謝，枝梗之間，皆有理道存焉。

李陳玉曰：橘實纍垂善離，有君子不群之象。

錢澄之曰：而其淑離不淫，猶見於曾枝、剡棘間也。梗其有理，言枝棘之强梗，皆有獨立不遷之理也。

王夫之曰：淑，美也。離，麗也。枝葉茂盛，華香果美，而其爲木也，堅挺獨立，無繁艷婀娜之態，蓋梗介自理，志士仁人之節也。

林雲銘曰：即迫歲，將青黃精白諸善，暫離目前，不使文章過溢，然枝梗中文理，儘有可觀，不容埋没。所謂"可結爲長友"者，此也。

高秋月曰：離，附離也。不淫，猶前云獨立無求也。梗，梗然堅强而有理也。

徐焕龍曰：離，行列分明於樹頭也。不淫，即不遷難徙也。梗，强立貌。理，内具文理也。總言而歡慕其德，以明願長友之意。

張詩曰：以其善自離立，心志不淫，强梗而有理也。

蔣驥曰：淑，美。離，麗也。兼上花葉枝果之美，而本之以不遷難徙，則是美麗而不淫，既强梗而復有文理矣。

王邦采曰：離，如離立，言孤特也。不淫，即不變易之意。梗，强立貌。理，條理也。二語括上文頌詞而歡慕之。

吳世尚曰：蓋爾之善也，卓立而不淫，强忍而有理者也。故可長以爲友也。謝去也，離猶孤特也。梗，强也。此二句即總上文"幼志"十句而言。以起下文，可師長之意。

許清奇曰：果實美麗於枝，有序不淫，其枝梗甚有條理。申"層枝剡棘"意。

屈復曰：《字書》："草木刺人爲梗。"橘有刺而不妄刺人，故云有理。

夏大霖曰：雖其嘉果，皆被摘離，然不至淫蕩荒廢，其枝梗青青，猶有文理可觀也。

邱仰文曰：以善及人曰淑，分散曰離，貪戀曰淫，謂圓果聽人分

採，無所貪戀。 謂枝幹蒼然，自有條理也。 又曰：二節則願學
之意。

陳遠新曰：淑離，文明之象。 頌橘可爲己友。

奚禄詒曰：言願於歲寒之時，與橘并退爲友，以善自持，與世離
立不受淫汙，梗然堅直而有理也。

劉夢鵬曰：淑離者，善行孤特之意。 淑離不淫，中立而不倚者
也。 梗其有理，有理不亂也。

汪梧鳳曰：梗，堅也。

陳本禮曰：不淫，不淫其志。 歲謝不凋，則其貞可仰；淑離不
淫，見其交之久而能敬，親之不暱，遠之不疏，梗然崛强而有理也。

胡文英曰：淑離之離，應作麗，故下接以不淫字。 美麗不淫，則
不徒以華辭悦世。 梗而有理，則不徒以犯諍沽直。 承上“願與長
友”，起下“所以可師長”之故也。

牟庭曰：惟應雕橘以像我身也，於是善解離之不淫，用斤斧而梗
有文也，以付宋玉、景差報汝師恩也。 刻木爲人曰梗。《詩》云“至
今爲梗”，《齊策》云“桃梗”，《趙策》云“木梗”，皆謂木人也。

顏錫名曰：離者，不群之意。 淫，濫也。 言其以善自處，不與
他物濫相接也。 梗其有理，言其倔强而有文理也。

俞樾曰：淑離，乃雙聲字，猶寂歷也。《文選》江淹《雜體詩》：
“寂歷百草晦。”《注》曰：“寂歷，彫疎貌。”是其義也。 淑與寂並從
叔聲，古同聲而通用，離與歷一聲之轉，離得轉爲歷，猶酈食其之酈
音歷也。

王闓運曰：離，儷也，善配，猶良友也。 梗，直也。

孫詒讓曰：離，與“麗”通。 言橘之章色善麗而不淫邪，又有文
理也。 注説迂曲不可從，戴説亦未允。

馬其昶曰：《爾雅》：“梗，正直也。”梗謂不淫，有文理謂淑麗。

武延緒曰：離，疑儷。《禮·月令》：“司天日月星辰之行，宿離不貸。”注“離讀如儷偶之儷”是其證。　又《曲禮》：“離坐離立。”注：“離，兩也。　兩相麗謂之立。”《玉篇》：“離，兩也。”據此，則麗即儷之義也。

聞一多曰：淫猶繁縟也。　梗，不纖密貌。《方言》十三：“梗，略也。”《文選·東京賦》“言其梗概如此”，注曰：“梗概，不纖密也。”

姜亮夫曰：謝者，辭去也。　此言願年歲之不凋謝，而橘長爲友也。　淑離不淫，叔師以離別釋離，朱熹以孤特釋離。　皆于文義不合。　孫詒讓以爲離麗通，言橘之章色，美麗而不淫邪，又有文理。蔣驥以爲淑美也，離麗也，蓋爲孫氏所本，于文義雖可通，而不知淑離爲一聯綿詞。俞樾知爲雙聲字，而以爲“寂歷”之同聲。見《俞樓雜纂》卷廿四。然寂歷乃彫疏之象，與此文義不合，皆得失參半。　按淑古音讀舌頭音，端組，音如的。“淑離”即漢人所用之的礫若的皪也。《漢書》司馬相如《上林賦》“明月珠子，的礫江靡”，師古曰：“礫音歷，的礫光貌。”《上林賦》又云“皓齒粲爛，宜笑的皪”，注引郭璞曰“鮮明貌也”。　又張衡《思玄賦》“離朱唇而微笑兮，顏的皪以遺光”，注：“的皪，明貌。”按，“淑離不淫”兩句實相成，淑離之訓鮮明，含兩義，一則謂其果葉枝柯之鮮明，一以喻其行事之光明。　如“淑離”即下句之“梗不淫”亦即下句之“有理”也。　諸家體會文理，皆不足。　不淫者，不惑也。　蔣驥說較諸家爲允。“梗其”句，言其所以淑離不淫者，梗然梗與耿聲通，耿，光也。其有理緻也。　此二語蓋物與情糾相爲說，不可分析。文之凌拍處，固有是境也。

蔣天樞曰：淑，同“俶”，俶儻不群。離，離跂，違俗自高貌。不淫，不爲利欲所惑。　梗，猛也。言性雖剛猛，而行事有分際。

湯炳正曰：淑離，或即"陸離"，引申爲美好貌，指果實累累而言。 淫，邪。《國語·晉語》"端而不淫"，韋注："淫，邪也。"

按：離，通麗。 淑離不淫，即美麗而不淫邪。 梗，强直。 梗其有理，即樹幹强直而有文理。 顏錫名解離者，不群之意。 淫，濫也。 言其以善自處，不與他物濫相接也。 梗其有理，言其倔强而有文理也。 可參。

年歲雖少，可師長兮。

王逸曰：言己年雖幼少，言有法則，行有節度，誠可師用長老而事之。

洪興祖曰：言可爲人師長。

朱熹曰：年歲雖少，亦言其本性自少而然，非積習勉强也。

汪瑗曰：年歲雖少，亦言橘也。 此等句須以意會，言橘之年歲雖小於己，而其道德志行則可以爲己之師長也。 朱子曰："年歲雖少，亦言其本性自少而然，非積習勉强。"其意與"嗟爾幼志"句同，恐未是。

陳第曰：凡橘易壞，不如松柏之久長，故云年雖少，可爲師長。

黃文煥曰：不惟可友，而且可師也。 縱橘之年壽不必侈八百歲之椿，而論師固不論年也。 所謂幼志有異也。

李陳玉曰：比松柏爲後生，桃李望之却步。

周拱辰曰：篇中曰"嗟爾幼志"，曰"年歲雖少"，蓋稱橘也。 而不遷之節，夙已成性，故頌之。 頌橘，所以自頌也。

王遠曰：此必偶植稚橘而作頌，故有"年歲雖少"之語，即後人詠物之權輿也。 喜橘之不踰淮，有似乎己之獨立不遷，故頌之以自況。

賀貽孫曰：橘安得稱年少？又何從見其幼志耶？奇矣，奇矣。

錢澄之曰：上文願與爲長友，此直欲以爲師矣。

王夫之曰：本之壽者，或數百年，橘非古木，故曰年少。而堅芳有實，可爲喬木之師。喻己雖生乎百世之下，然可仰質古人，風示來者。

林雲銘曰：雖無松柏之壽，而有可師法者存，不但可爲友而已，意見下文。

徐煥龍曰：數歲之橘，竝堪師長。

賀寬曰：可友可師，原故推而遠之。

張詩曰：言爾年雖少，如師長之可法。

蔣驥曰：橘無松柏之壽，故曰年歲少。

王邦采曰：言不但可爲友，并可以爲師。

吳世尚曰：承上而言，爾之不淫而有理，其善也如此，則爾雖無松柏之久，而實有可師長者存。

屈復曰：年歲雖少，雖無松柏之壽，而歲寒不凋，可爲師長，非但可友而已。

夏大霖曰：此結出觀感儀型之意以致頌。言橘樹之植，其歷年歲未多，雖少於我而其德可師，當師長之不得以年齒拘也。

邱仰文曰："年歲雖少"，謂無松柏之壽。"可師長兮"，不止可友。

陳遠新曰：橘無松柏之壽。

奚禄詒曰：言己雖生於古人之後，言行可爲今之師長，喚起下伯夷。己亦求仁得仁，以立世之法則也。

劉夢鵬曰：年歲，猶云時日。原言己雖衰老，爲日不多，而若此之人，可師者實長也。變友言師者，友親之，而師則尊之矣。

胡文英曰：承上"淑離"二句而頌之。言其有如是之德，則年雖少而可以取法，不必若櫟之百圍，椿之千歲也。

王闓運曰：恐人輕其少，故初異之，後友之，乃欲師之，好賢之至也。其人終亦長隱江南，無以自見，至今想其風規也。

馬其昶曰：師長，謂以長者為師，指伯夷也。欲比其行於伯夷，故植橘以為像也。

姜亮夫曰："年歲"二句，諸家無達解。蔣驥以為橘無松柏之壽，故曰年歲少；讀少為多少，而不隨諸家讀老少，是也。然猶未達一間。按此年歲少，即由上願歲不謝來，己雖願歲之不謝，而年歲實無可多之理也。師讀為追，長讀短長之長。可迹長者，謂人之年壽雖短，而可昭其迹於久恒也。故下以行比伯夷為言。

蔣天樞曰：由於有上述德美，故年歲雖少，可以為人師長。

按：此言己年歲雖少，可以橘為師也。朱熹解以己年歲雖少，謂其本性自少而然，非積習勉強也，與意較遠。蔣驥言橘無松柏之壽，故曰年歲少，非是。橘樹生長期亦可達四五十年。與人相仿佛，不可謂年少。

行比伯夷，置以為像兮。

王逸曰：像，法也。伯夷，孤竹君之子也。父欲立伯夷，伯夷讓弟叔齊，叔齊不肯受，兄弟棄國，俱去之首陽山下。周武王伐紂，伯夷、叔齊扣馬諫之曰："父死不葬，謀及干戈，可謂孝乎？以臣弒君，可謂忠乎？"左右欲殺之。太公曰："不可。"引而去之。遂不食周粟而餓死。屈原亦自以修飾潔白之行，不容於世，將餓餒而終，故曰以伯夷為法也。

洪興祖曰：比，音鼻，近也。韓愈曰："伯夷者，特立獨行，亘萬世而不顧者也。”屈原獨立不遷，宜與伯夷無異。乃自謂近於伯夷，而置以爲像，尊賢之詞也。

朱熹曰：伯夷，孤竹君之長子也。父欲立少子叔齊，叔齊以讓伯夷，伯夷又不肯受，兄弟棄國，俱去之周。及武王伐紂，伯夷、叔齊扣馬而諫，左右欲殺之。太公曰：“不可。”引而去之。遂不食周粟而餓死。言橘之高潔，可比伯夷，宜立以爲像而効法之，亦因以自託也。

汪瑗曰：行，謂橘之德行也。伯夷，孤竹君之長子也。其爲人詳見《史記》及《論》《孟》諸書。《孟子》曰：“伯夷，聖之清也。”韓愈曰：“伯夷者，特立獨行，亘萬世而不顧者也。”觀二子之言，其爲人之大概可知矣。夫橘之行，誠可以比之伯夷而無愧，而伯夷之行欲遠取諸物，苟舍橘而亦莫與之京者矣。置，猶植立也。像，法也。置以爲像，願終身師友之也。朱子曰：“言橘之高潔可比伯夷，宜立之爲像而效法之，亦因以自托也。”此上二章，初而友之，既而師之，既而置以爲像，固言之序也。然頌之之意，愈推而愈尊，法之之心，愈久而愈隆，亦可見矣。或曰，通篇大旨，首章四句總言之也。“深固難徙”以下至“不醜”三章，發明“后皇嘉樹”二句之意。“嗟爾幼志”以下至“參天地”三章，發明“受命不遷”二句之意。末二章又總結之，以見己作頌之本意也。其說亦通。又曰：伯夷之清，雖於餓死而後見，使伯夷之不餓死，而亦不失爲聖之清。屈子所引之本意，要在於伯夷素履之志行，而不在於餓死之一節也。奈何後世注《楚辭》者，遇屈子所引伯夷、伍子、申屠狄之類，遂以餓死投水解之，以爲屈原亦欲餓死而投水。然所引古之聖賢，最多而尤拳拳致意於重華焉，又何不解屈子爲有志於晞舜耶？

徐師曾曰：此後一節申前義以明己志。

林兆珂曰：伯夷兄弟讓國，而扣馬一諫，又不食周粟而餓死。

陳第曰：其特立不遷，行比伯夷，故可置以爲法也。

黃文煥曰：其不踰淮也，猶之伯夷之不事周焉。 吾置橘爲像，宗國以外，豈有可他之者乎？ 又曰：復前數語，再加洗發，從壹意添出幼志，不遷添出獨立，難徙添出無求，内白添出閉心，任道添出有理秉德。 因幼志，又曰“年歲雖少”，因與友，又曰可師。 復中更復，義味無窮。 許大議論，妙在只從橘説，自表之意即在其中。 舊注不得其解，乃以爲前半説橘，後半屬原自言，遂令奇語化作腐談，梗其有理、年少置像諸句，皆刺謬難通矣。

李陳玉曰：橘稱伯夷，亦是肇賜嘉名也。

周拱辰曰：雖然伯夷抗忠，卒以餓死；嘉樹壹志，卒以憂生。 愛忠者，所以惡讒黨；愛橘者，所以惡物蠹與？ 昔季武子庭有嘉樹，韓宣子譽之。 武子曰：“敢不封植。 此樹以無忘《角弓》。”吾曰：尚當封植，此橘以無忘食薇。

王萌曰：伯夷，亦獨立不遷，以是爲比君子，謂之善頌。

賀貽孫曰：橘安得比伯夷，又安能置爲伯夷之像。 伯夷是屈子所第一敬服之人，借以頌橘，大爲南橘生色矣。

錢澄之曰：伯夷餓死，亦以“獨立不遷”，爲志者也。 橘固有似於伯夷也。《懷沙》云“願志之有象”，此云“置之以爲像”，殆以橘爲之像矣。

王夫之曰：置，植也。 以上諸美，堅貞芳潔，可比德於伯夷。 故植之園圃，以礪己志，因而頌之。

林雲銘曰：以不遷南國之志揆之，有合於伯夷不食周粟之義，今宗國之危亡可待，置以爲與國存亡之像，以自矢其志。 所謂可師長者，此也。 又曰：已上頌橘之處變，亦不易其所素具。

高秋月曰：橘之清潔不變，可比伯夷而置以爲法也。

徐煥龍曰：行比伯夷之清，置此於前，即是伯夷之像。

賀寬曰：本以自況而若不自況。此善於賦物者也。善於興比者也。蘭爲王者，香蘭豈真王者耶？而又何疑乎，原之頌橘爲伯夷也。

張詩曰：其行比於伯夷之潔清，宜置之以爲儀像矣。此皆原借以自況也。

蔣驥曰：比橘於伯夷而師法之，蓋悼年壽之不長，而矢忠貞以畢命也。

王邦采曰：蓋其不遷難徙之志，直欲與國存亡。清比伯夷，不同凡樹，吾將立以爲像，而效法之耳。分三段看，謂頌橘，可謂屈子自頌亦可。

吳世尚曰：彼伯夷爲百世之師，以其清之至也。今爾之獨立不遷、廓其無求、橫而不流、終不過失，比之伯夷，夫又何異乎。故我願置以爲像，師之效之，而豈曰友之而已哉。吁原之自待，亦不淺矣。

許清奇曰：橘樹無松柏之壽，然可爲師長，蓋其特立不遷之行，比於伯夷，可置以爲法也。申"姱而不醜"意作結。以上頌橘之德，皆是就上文而申贊之。

屈復曰：四句總結。右三段，頌橘之才德功用也。

夏大霖曰：何以見其可師長，蓋前所頌諸德，可比伯夷之行，乃百世儀型，當置於身心以爲效法之可像者也。

邱仰文曰：伯夷恥食周粟，橘不遷他國，故可比。像，猶儀象，即師也。又曰：通言橘一篇絶妙好辭，讀之令我句句失笑，一錯解，便成似通不通文字，讀者辨之。

陳遠新曰：以橘爲師友也。

奚禄詒曰：伯夷，名墨胎允，字公信，謚夷。 弟叔齊，名墨胎智，字公達，謚齊。 孤竹君，湯伐桀所封之功臣。 夷、齊父名初，字子朝。

劉夢鵬曰：行比伯夷，蓋深贊之之詞。 右第三章，即上章所謂“道思作頌”者也。

丁元正曰：獨比伯夷者，橘不踰淮不歸周，以明己必不忍去宗國之義，故篇中曰“生南國”、曰“獨立不遷”、曰“難徙”，三致意焉。

陳本禮曰：言橘之貞操亮節不但爲我之友，並可以爲我之師與長，何也？ 蓋伯夷，聖之清者，我素所景仰，欲寫伯夷之像，不可得，今若範橘之形可當伯夷之像而事之也。

胡文英曰：伯夷特立獨行，橘亦蘇世獨立，豈非行足以比伯夷乎？ 吾不得見伯夷，在見橘如見伯夷矣。 故願置以爲像。

顏錫名曰：植之目前以爲法也。

聞一多曰：置植古通。《詩經·那》：“置我鞉鼓。”《禮記·明堂位》作植。《論語·微子》篇“植其杖而芸”，《漢石經》作置。

姜亮夫曰：行，道也；即從上迹字來。 此四句言己審視橘之爲德的爍美而不淫惑，梗其有理；因思余年歲雖不能久長於天地之間，然可以迹而長也。 苟能行道近乎伯夷，則庶幾可永長矣。 故置伯夷以爲法像。

蔣天樞曰：伯夷、叔齊，殷末大賢，恥食周粟，餓死首陽山。 南人反秦，義同伯夷，故云“行比伯夷”。 置，立也。 言不肯事敵之節槩，足爲像法。 屈子贊歎南土英雄，深感其秉德無私參天地也。

湯炳正曰：伯夷，殷末孤竹國君的長子，與弟叔齊互讓君位而雙雙逃隱首陽山。 這在古代被視爲清高有操行的典範。

　　按：伯夷，史上有二，一爲堯時秩宗，主管祭祀與禮；一爲周時節士，孤竹君之子。從屈原以“獨立不遷”“蘇世獨立”等句看，應是以節士自居。故伯夷當爲周時節士。原在被讒間疏後，因摯愛楚國，不願遠走他國，又不能屈節從俗，故以節士自居，以伏節爲賢。因以伯夷爲像。陳第以其特立不遷，行比伯夷，故可置以爲法也，意亦近是。

悲回風

洪興祖曰：此章言小人之盛，君子所憂，故託遊天地之間，以泄憤懣，終沈汨羅，從子胥、申徒以畢其志也。

祝堯曰：此章比而賦，賦而比。蓋其臨終之作，出於瞀亂迷惑之際，詞混淆而情哀傷，無復如昔雍容整暇矣。

汪瑗曰：此篇因秋夜愁不能寐，感回風之起，凋傷萬物，而蘭茝獨芳，有似乎古之君子遭亂世而不變其志者，遂託為遠遊訪古之辭，以發泄其憤懣之情。然而遍遊天地之間，愈求而愈遠，其同志者，終不可得一遇焉，故心思之沉抑而竟不能已也。其辭旨略與後《遠遊》篇一二相類，然觀篇末“驟諫君而不聽，任重石之何益”二言，又足以徵屈子之實未嘗投水而死也明矣。後世之論屈子者，奚為不信《楚辭》而信他說也邪？不惟不信，而又反援他說牽強以解之，使《楚辭》之旨湮鬱千載而不明，屈子之為人沉晦千載而不白，徒令後世呶呶者之攻其癖而摭其過焉。可勝嘆哉。此篇詞氣渾雄悲壯，驟而讀之，雖若稠疊可厭，而熟讀詳玩之餘，則旨意實各有攸歸，條理脉絡燦然明白，真作手也。嘗聞之師曰，此篇議論幽眇，詞調鏗鏘，體裁齊整。奇偉佚宕，如洪濤巨浪奔騰；湧湧春撞，如汪洋大海之間。視之令人魄奪目眩，莫可端倪，非規規然從事於尋常筆墨蹊徑間者，所可得而彷彿其萬一也。朱子乃以為臨絶之音，以故顛倒重復，倔強疏鹵，尤憤懣而極悲哀。 其亦未之深思歟？ 海虞吳訥亦謂此篇臨終之作，出於瞀亂迷惑之際，詞混淆而情哀傷，無復如昔雍容整暇矣。是亦拾人之涕吐者也，曷嘗深考其文，而爲自得之言乎？ 謂之曰憤懣哀傷，是矣，然視諸篇，亦未見其甚也。 且《涉江》《懷沙》之篇，舊說俱指爲臨淵沉流之作，是則當爲屈子之絶筆也，然今觀之，雖其亂辭有死不可讓之說，而篇内則優柔冲淡，規矩精緻，而爲和平之音，抑又何也？ 是皆不考屈子實未嘗自死，故解說《楚辭》者，多牽强附會其意，雖和平之音，亦視之爲憤懣之詞。 假令屈子之果死也，是亦自欲死耳，非人君之强迫也。 既非鏢鏤之賜，亦非犴狴之囚，又非剖之慘，又奚至於瞀亂迷惑而顛倒錯謬也哉？ 其不然也審矣。 後之讀《楚辭》者，幸反覆詳玩，究其始終，要其通篇言之所指，意之所歸，而不尋章摘句以立說，執詞泥字以害意，拂去舊見，而獨據《楚辭》本文，朝夕諷誦之久，則自有妙悟，自有神解，方知屈子之實未嘗自死，屈子之辭不爲盡怨，而予之所言不爲妄也。

張京元曰：自春而夏而秋，此又遡朔風而悲也。

黄文焕曰：從"悲回風"，至"託彭咸之所居"，纍不欲死說到必當死。 悲摇蕙，不欲死也；統世自貺，不欲死也；掩哀逍遥，惘惘遂行，種種不欲死也。 至"不忍嘗愁"，則當死；始于造思者，繼以昭聞，則當死；欲遠望自寬，而眇眇默默總無佳況，則當死；物有純而不可爲，則當死；非託居何以昭聞，則必當一死矣。 從"上高岩"至"負重石之何益"，不解不釋，又纍可以死說到不忍死。 託彭咸曰"凌大波"，則見波聲之淘淘可以死，覩潮水之相擊可以死，入海可以死，望河可以死。 而凌波之後亟曰"上高岩"，是避彭咸之所居也，不忍死也；湧湍曰憚，益怯彭咸之所居也，不忍死也；伯夷之死，子推之死，未嘗不在山岩，而徒爾弔古怨悼也，又一不忍死也。 徘徊河

海洲渚間，則非復高岩矣。 彭咸之所居催人矣，乃宗子胥而又排申
徒，曰"負重石之何益"，久欲爲彭咸，復不肯遽爲申徒也，又一不忍
死也。 前後兩截，文陣工于互繞，就中言愁，復語百出，而愈復愈
清，處處擒應，一綫到底，不外兩意：一曰愁之聚者，欲其散而袪之
也；一曰愁之散者，欲其聚而銷之也。 冤結內傷，隱伏思慮，幾輾不
開，繚轉自締，調度不去，著志無適，絓結蹇產，皆爲結聚難破之愁
況。 於邑不止，踴躍若湯，眇眇無垠，芒芒無儀，漫漫不可量，綿綿
不可紓，容容無經，芒芒無紀，馳委蛇也，漂翻翻也，遙遙也，潏潏
也，均爲四散難收之愁緒。 氣於邑而不可止之下，亟曰"糺繾繃膺"，
散者欲其聚而銷之也。 糺繃之後，亟曰"隨飄風之所仍"，聚
者又欲其散而袪之也。 踴躍若湯之下，亟曰"撫佩衽以案志"，散者
又欲其聚而銷之也。 不開自締，則無繇銷而彌添其聚也。 眇眇芒
芒，漫漫綿綿，則無繇袪而彌添其散也。 據青冥以攄虹，結聚者欲其
得攄而散出。 依風穴以自息，四散者又欲其得息而止聚。 然終不能
不散也，可軋則堪以聚銷，乃紛罔者欲軋以聚之而無從，馳、漂、
翼、氾者祇伴之而莫主。 又終不能不聚也，有所適則堪以散袪，乃調
度者欲散以遣之而無所適，絓結蹇產者彌係之而莫開，奈之何哉？ 晦
庵謂《悲同風》顛倒重覆疎鹵。 試以篇法兩截之互繞，句法兩意之互
擒，細細尋之，萬變無窮，一絲不亂。 求隻字之顛倒，片語之重覆，
纖隙之疎鹵，俱無繇摘矣。 甚哉，《騷》之深，而未易讀也。

　　李陳玉曰：此作，屈子將沉淵之絕筆也，亦是一篇自祭文。 自
"上高巖之峭岸"句至末，共四十句，皆言從彭咸所居。 以後上天下
地，登山觀水，神魂所之，靡所不適。 據虹處蜺，捫天吸露，漱霜依
風，過崑崙，涉汶山，看波濤，聽潮水，經炎霜，窺煙液，弔介子，訪
伯夷，與子胥、申徒之輩，上下左右，豈不快哉？ 何事受人間之樊籠

乃爾邪？此所以決意彭咸之從也。中間"施黃棘之枉策"一語，蓋秦、楚嘗萌於黃棘，後懷王遂被執武關，始於黃棘之盟，楚以此受枉，故曰枉策。屈原自以身雖死，魂魄猶應歷此爲秦之屬，亦如秦人黃棘之所施。枉楚者，將復枉秦也。鬼無形，故曰"借光景以往來"，文辭甚深。解者憒憒，故爲節其大意如此。

周拱辰曰：焦竑曰："《九章》有淚無聲，有首無尾。灑一腔之熱血，而究無所補。原真難瞑目於汨羅也。"

賀貽孫曰：字字氣結，不忍竟讀，是屈子自誄文也。

王夫之曰：此章亦以篇首名篇。蓋原自沈時，永訣之辭也。無所復怨於讒人，無所興嗟於國事，既悠然以安死。抑戀君而不忘，述己志之孤清，想不亡之靈爽，合幽明於一致，韜哀怨於獨知。自非當屈子之時，抱屈子之心，有君父之隱悲，知求生之非據者，不足以知其死而不亡之深念。王逸諸人，紛紜罔測，固其宜已。

林雲銘曰：《思美人》《抽思》兩篇，皆一言彭咸，《離騷》兩言彭咸，惟此篇三言彭咸，自當以彭咸爲主腦。開手提出"造思""志介"二句，則篇中許多"思"字、許多"志"字，俱本於此生出來。若"折芳椒""伴張弛""調度弗去"等語，皆其介也。以回風起，中間點出"隨風""流風""息風穴""漂翻翻"諸句，是風又爲一篇之綫矣。其意以爲彭咸之時，正當世風日壞，獨爲所不爲，死生以之，誠出於至情之不容已，非有所虛僞也。今楚國棄賢進姦，國事已不可問，而吾獨思彭咸之永都，既不得用，又思彭咸之獨懷，其造思與彭咸等也。奈吾思及國事，常至於哀，日夜不能自釋，即周流逍遙，猶不可恃。計惟有先把思心愁苦，攢成一條，使終古爲長夜，然後隨風所之，抑其素志，惘惘而行耳。但志最難抑，明知時不可爲，而志猶未衰，有志則有思，有思則有愁，愁之難忍，尤甚於死，而世又無思而不愁之人，是平日所聞彭咸造思，亦以其志有不忘，於此不昭然可見乎？ 及行而登望，景象寥寂，時令悲涼，國事可哀，此身何賴？不得不舍之而去，凌波隨風，與彭咸預結芳鄰，以爲他年自託之地。既而他往，登高撫天，吸露漱霜，頗堪一宿。 豈意癘起，俯觀山水昏濁，無力澄清，經紀蕩然，實難託足，又不得不隨風而行。 惟與大波潮汐，同守張弛信期，庶幾不忘其介，亦可自表其非虛僞也。 夫張弛乃往復之理，爲天之道，而補救存乎其人。 如今日當秋，回風司令矣。 秋以前爲夏，火易於焚，秋以後爲冬，水易於溺。 救焚拯溺，日日當防禍機。 而楚國君臣，惟借易逝之歲時，蹈前車之覆轍，茫不知戒。 吾何樂不爲介子之隱、伯夷之避，而以身調度挽回，守無適之義乎？ 今計前此既無所冀，後此徒自取災，舍子胥、申徒之外，無可爲侶。 但子胥被誅，權不由己，申徒負石，無益於國，未免失之太驟。 吾所以久當死而至今未死者，欲效彭咸不忘其志介故也。 思心何能已乎？ 篇中層層曲折，步步相生，一絲不亂。 無奈舊注強解傳訛，辯之不可勝辯，以致明眼如晦庵，亦訾其顛倒重復疎鹵。 舊注之惑人如此，安得起九原而問之？

俟名曰：此篇詞若難曉者，特以寓言之多。 然段落本自井然，比詞亦無悔義。 自起至"蘭茝獨芳"，因回風而感慨古今也。"佳人未都"四句，則賦及於己，先明作是篇之意。 自"佳人獨懷"至"昭彭咸"，極言放廢之不聊，擬欲投江也。 自"登石巒"至"托彭咸"，欲投江尚懷郢事，卒無可解，因決意赴水也。"上高巖"至終，則竭皆從死後而自擬，其神魂之所四往，靈魄之所欲爲，無非寓言，無一生前話矣。（《屈辭洗髓》引）

蔣驥曰：此篇繼《懷沙》而作。 於爲彭咸之志，反覆著明。 幾已死矣，而卒不死，蓋恐死不足以悟君，徒死無益，而尚幸其未死而悟，則又不如不死之爲愈也，故原之於死詳矣。 原死以五月五日，茲其隔年之秋也歟?

吳世尚曰:《九章》之有《悲回風》，亦若蒙莊之有《齊物論》《庚桑楚》，縱橫馳驟，變化離合，幾於不可方物，非細心靜氣，熟讀詳味，孰從見其文理之接續，得其血脈之貫通哉。 朱子謂《惜往日》《悲回風》，又其臨絶之音，讀之使人太息流涕而不能已。 信哉，其爲急鼓繁弦，衆音將亂時也。

許清奇曰:此篇蓋作於頃襄迎婦於秦之年，通篇以悲楚之亂亡爲主，以施黄棘之枉策爲根，以從彭咸爲歸結。

屈復曰:題是《悲回風》，心是思楚國，故以思起，以思結，中段又用數思字，又三用彭咸字，其意可知。 雖有“隨風”“流風”“息風穴”諸句，不過借以發論而已。 其用“大波”“潮汐”等句，乃正意也。

江中時曰:曷爲悲回風，回風者，盤旋惡風，無處不到，飛沙揚塵，天地爲昏，百物遭之，無不摧敗。 蓋昏濁暗昧之氣，天地閉塞之時也。 國家危亡之象，亦若是焉。 屈子見國事日非，亡可立待，不忍斥言，故托爲回風而悲之。 起處即點題，搖蕙喻傷殘善類也，微物隕性，亂機先兆，已知國事不可爲，而我獨至死不變，此自出於情之誠然。 當此小人得志，賢豪隱遁，雖懷致君之遠志，而不能自遂，中段極寫愁思，總爲光□□□□□□，惟有怊然遠去耳。 國當回風之秋，我年又老，是亦回風之秋也。 世亂身衰，其悲痛爲□□□，以下分作二大段，一言人間杳冥，流風不止;一言天地昏濁，飄風翻翻。 意謂人間天際，回風無處不到，可知人事之莫挽，而天心之難回也。 而楚國君臣，猶然玩寇偷安，亡可立待矣。 己既不忍去，又不即死，其悲安能解釋乎? 篇中用字，多不可解。 讀者當以意度之。 林氏因篇中三言彭咸，遂拈彭咸爲此篇主腦，以起一段爲單表彭咸，以二唯佳人爲思彭咸，是喧客奪主矣。且以登石鸞兩段俱作御風而行，夫風可御，又何□而悲之，亦失命題之意矣。

夏大霖曰：旋風也。風狀，團沙轉葉而行，時俗謂之鬼風。取沙石擊之，則趴收。故託以比之。風言小人之道，長風行而君子爲之消沮也。

邱仰文曰：此感風而悲也。赴淵前作。又曰：此《九章》中第一纏綿文字，非絕命辭也。朱子云：《九章》之文，多直致，無潤色。而《惜往日》《悲回風》又其臨絕之音，以故顛倒重復，倔強踈鹵，尤憤懣而極悲哀。要自大概言之，亦云與《離騷》之文各別也。如此篇極踈直，卻有極蘊藉處；極懵悽，卻有極恣睢處。三言彭咸，終云無益，結以不釋，不惟不比《懷沙》短音促節，亦與《惜往》篇留示後人者不同。總之，蒼莽古質以雜沓震宕之筆，寫轣轆不開之胸，神鬼不居，起滅無端，言之不足，又長言之，錯雜中自整齊，不可逼視而褻玩也。篇中三言彭咸，是三樣。首言彭咸，謂其節之堅，故云志介不忘；次云彭咸，謂遇相等，故云昭所聞；末云彭咸，則欲效所爲，而疑其詞也。故曰"託"、曰"居"，可見屈子之死，大有商量在。

陳遠新曰：首章喻世變，因稱咸之志，不爲世染。二章及三章，首聯稱盛世之人之出處，以下言己處世之哀思以聞於彭咸者節之，因極言"託彭咸所居"之節哀思也。六章自敘放而不去之故，"日"一章，引古人之諫君者，申言之也。此正著明《離騷》願"依彭咸之遺則""託彭咸之所居"之義。

奚祿詒曰：世之可以見天地萬物之情者，莫如風雷。虞舜大麓弗迷，天之所以眷；孝子姬旦偃禾盡拔，天之所以眷。純臣至屈子之悲風不爲虞、周聖人之升，而爲伍胥、申徒之蠹，上無重巽申命之君故也。又曰：此篇賦而比也。

劉夢鵬曰：舊名其章曰《悲回風》，列第九章，今次第五章。

丁元正曰：此章屈子自計沉淵之後，想象魂遊於上下四時之間，亦無聊之極思也，然而忠貞純一之志，氣氲氳磅礡直與天地四時同德，合撰留千古不死之貞魂於今爲烈，豈得謂虛語哉？吁，此太史公所謂與日月爭光者歟。

陳本禮曰：《九章》難讀，而《悲回風》尤難讀，朱子猶嫌其顛到重復，蓋未悉此文乃傷懷王入秦不返，欲以身殉而自明其志也。且首自"悲回風"起，至詩之所明乃其賦序，舊詁亦未截斷。自"寤從容"以下，皆託言夢境。"登石巒"以下，心不忘郢，仍屬魂遊。自"傾寤"以下，盡言死後魂在波中漂蕩之苦。至若"悲霜雪之俱下，聽潮聲之相擊"，則又慘不可讀矣。末則不悲自己，反悲申徒之任石，恐已空死無益，亦猶申徒之抗迹也。篇中三引彭咸，各有取義，故不嫌其復也。按《史》稱懷王三十年，秦復伐楚，取八城，遺書與楚，會武關結盟，昭睢諫無往，王稚子子蘭勸王行。秦詐，令一將軍號爲秦王，伏兵武關，俟懷王至，閉之，遂與西至咸陽，朝章臺如藩臣，不與亢禮，要其割巫黔中郡。懷王怒，不許，因留秦。時太子橫質於齊，未歸，人心惶惶。屈子以疏放之臣，當此敗亡之際，爲人臣子者，雖極疏遠能寂無一言以弔其君乎？歷來注家從未發明此義，故附會百出，不得不掃除群言，另標新義。

胡文英曰：《悲回風》篇，作于郢都。中所有之境，如聽潮水、從江淮，似爲今江南地。然細玩之，皆寓言也。屈子被疏之後，黨人謀復逐屈子，必先謀去屈子所樹之賢人。己既被嫌而不敢言，又不忍見此昏濁之象，故爲無聊之言以自託。始曰"悲回風之搖蕙"，即

《離騷》"樹蕙百畝"，而今見其受侮如此也。末曰吾"惜往昔之所冀"，即《離騷》"冀枝葉之峻茂"，而今見其摧折如此，而將來更有可畏也。

牟庭曰：《悲回風》者，絶命辭也。是日大風，懷長沙長逝也。

顔錫名曰：此篇言立志沉淵，更無他計也。篇中三言彭咸，是其主意。當回風搖穗之時而作，因以篇首三字名篇。沉淵在五月，其啓行在四月。此作尚在秋時，故篇第宜在此。通篇志字爲綫索，説見《懷沙》。

鄭知同曰：此章前半總結上文。凡一切感物傷懷、慮君憂國、忿疾小人，自憐身世，殊勛未建，一逝不還，往事難忍回思。命數將終旦夕，莫不乘此悲愁涕泣，無日無夜，紛投疊至，縈繞寸衷。有時憑高，極目郢楚，愈覺煩冤瞀亂，不能爲懷，故形之於文。無端無緒，雜遝寫來，融成一片哀音。所謂對此，茫茫百感交集也。朱子言：《惜往日》《悲回風》皆臨絶之言，顛倒重復。今讀《惜往日》仍有注意層次，此篇乃真不顧紀律耳。既已至此，更安可一朝居乎？惟有凌大波從彭咸而已。屈子絶筆此構，想不日沉汨羅矣。觀統世自眂一節，足見屈子有澄清天下之志。假令懷王可與有爲，終以大權屬之，得挾當時極强之楚，以逞其雄圖。行見芈氏之爲縱長益尊，縱約益固，天下諸侯拱手聽命，並力卻秦，使秦無所肆其虎視狼吞，屏息而不敢南顧。雖不能朝諸侯，有天下而彌兵息民，威權日盛，豐功偉烈，固猶煌煌一世，此屈子之所優爲。故前章言"國富强而法立"，良非虛語，蘇秦末術，不足言也。凡屈子言必稱堯、舜、湯、武；行必則伊、周、彭咸。爲聖賢之學，抱公輔之器，較以戰國諸子，孰有立言之正如此者乎？孟子而外，蓋所罕見。若荀卿者，可與方駕齊驅。然荀子學盛於才，屈子才長於學，於兩家文之拘放，足以見之。

後人因其勛猷未就，無所考迹，而志在必死，類乎峻潔太過，又以文勝，遂目爲狷介不阿，蓄道德能文章之士，而不窺其有轉移一世之權。　獨杜子美許爲英雄，才具有只眼。　蓋老杜一生心乎君國，不亞屈子。　其自比稷、契，以天下爲己任，亦不異屈子。　而流離困苦之際，不忘蒿目時艱，托之忼慨悲歌，以文章自聖，又宛然一屈子。　惟其曠世同符，故能相喻而深契也。　自“上高岩”以下，明明擬死後事。　意初死時，其魂當上遊太清，餐風飲露。　憩息之間，定心存神，忽自覺窹，此身當求所托。　於是憑河源之崑崙，隱江源之岷山，以求懷王之所在。　懷王西殁於秦，故其靈必至於此。　澄霧清江，隱寓懷王庶幾於死後，昭若發蒙，己爲之撥雲霧，去穢濁，而處之清明之地。　然生前不遇，死後難必，恐仍遭衆口沸騰，如在江河之中，滿目驚波激浪。　故己之心迹，蓋復容容無經，茫茫無紀，靡所適從，而馳不可止。　因之此身或上或下，或左右前後，飄搖無所駐足，以致張弛之信，己亦莫可主持。　如是則王之所在不可依，勢不能不遠求忠魂、毅魄與之周旋，於是周流大造以求之。　凡南方極炎之境，北方極寒之域，遊歷幾遍，無不借光景以往來，始得先見介子、伯夷。　斯時既獲同心，已刻意不欲他適。　繼而入海，遂從子胥，兼望河洲，以吊申徒。　後半幅文義如此，自來注家俱不得解。　至殺尾歷舉四賢，細詳語意，各有輕重，尤見分寸。　介子、伯夷一焚一餓，死事雖異，忠烈不殊。　故引爲同調，既見而心存不去。　子胥沉身，與己尤先後合轍，故從之以爲依歸。　上文托居彭咸，語正一例。　若申徒雖自沉於河，未免太速，故衹望而悲之。　蓋申徒諫紂不聽，遂不復諫。　屈子意中猶以爲未盡匡君之道，故云：驟諫不聽，負石何益。　必己之諫君，周詳反覆，如《抽思》篇所云者。　始極於無所不至，直至放逐九年以後，求君一悟而不得，乃知絶不可爲，而不能不死。　非一言不

入，悻悻而去。 下等小夫，自經溝瀆之爲量也。 以屈子與申徒相
較，知屈子之忠赤遠矣。 如是而君心終不可移，是真齎恨之冥，與天
地無終極，故結以"悼來者之愁愁""思蹇産而不釋"四語。 文情至
此備極無復加矣。 通讀《九章》於生前死後，言盡無餘。 蓋孔子斷
《三百篇》之"可以怨"者，至屈子變騷，已暢發其蘊。 而《騷》詞
以紆餘爲妍，原始要終，猶存蘊藉，益以《九章》，遂無不罄之意，無
不竭之詞。 所以異於風雅者在是。 然而其才之富，其情之切，言之
不已，復長言之，令讀者不覺其累贅、繁複，祗咤其層出不窮，其間
光怪陸離，無所不有，而實無所不可，所以獨標千古詞宗，莫與比
肩。 秦、漢以來，無人不乞靈也。

　　游國恩曰：《悲回風》的寫作不能確定在何年。 但據篇中有云：
"歲曶曶其若頹兮，時亦冉冉而將至。 蘋蘅槁而節離兮，芳已歇而不
比。"屈原此時似已將近衰老之年。 故知此篇亦必是再放期内所作。
《悲回風》是一首完全抒情的詩篇，没有一句敘事的話。 其中有一個
特色，就是後半篇用了十幾句包含着雙聲疊韻的聯綿詞的句子，如
"邈漫漫之不可量兮，縹綿綿之不可紓。 愁悄悄之常悲兮，翩冥冥之
不可娱"，音節特别美妙。

　　姜亮夫曰：此以首句三字名篇。 全章皆以思理迴惑，不知所釋爲
主；而最爲縈惑者，則是非善惡，本不相容，而又實不能顯别；因而
心傷，作爲傷心之詩。 詩中描繪心思，出入内外遠近不同之情，上下
左右前後之態，而仍不知所止，悲感與思理相挾持，而遂思入眇茫，
從彭咸之所居。 既至天上，忽又感煙雨之終不可永久浮遊上天，遂思
追蹤介子、伯夷。 即視申徒之死而無益，又自迴惑不解！ 大體情辭
悽苦，惶惑不安。 然舊説紛出，釋之不易。 自來説者，少有愜當。
余别構新解，不知勝舊説否也？

蔣天樞曰：《悲回風》爲《九章》全篇之結束，篇中就“道絶”一事抒敘志業摧毀，歸陳絶望，及秦人謀楚之情，與楚國處境之危。於將死之際，默察宇内形勢推移，感憤茫茫，終則痛心於一死明志，於國無補，所以致其“撼天抑地”之恨者深矣。

湯炳正曰：《悲回風》在舊本中編次第九，但就内容而言，當是《九章》中的第七篇。作品是屈原到達溆浦後所作。其内容一方面是抒發自己不合時俗的志向，另一方面是描寫流放途中寂寞幽憤的思緒。取篇首三字爲題。

趙逵夫曰：南宋李壁(一一五九— 一二二二)根據《悲回風》《惜往日》兩詩所表現的情感和一些語句同屈原身份的矛盾認爲這兩篇是宋玉、景瑳所作，真是卓見！ 明許學夷《詩學辨體》看法同此。 此後陳鍾凡《楚辭各篇作者考》指出：“且屈子各文無述及淮河者。”“篇中所用疊字……頗近《九辯》。”《悲回風》所表現的在仕途無望情況下打算隱居自保的思想等同《九辯》一致。 今考定爲宋玉之作。（《楚辭》）

潘嘯龍曰：此與《思美人》《惜往日》等詩一樣，取篇首之語爲題。 可見屈原當年未標詩題，乃後人整理時所加。《悲回風》的寫作年代較難確定，大抵作於《離騷》前後，故有“時亦冉冉其將至”之語，與“老冉冉其將至”相近；且詩中充滿活躍的想象力，不斷幻出虚境，也與詩人創作《離騷》時的繽紛之思相似，而與沉江前夕的直抒胸臆異趣。 清人蔣驥稱此詩作于自沉汩羅的前一年秋天，恐怕不確。

周建忠曰：此篇當爲《懷沙》《惜往日》同期之作。

按：此篇有人懷疑非屈原作，這裏仍持原説。 從全篇流露的思想情感看，此篇當作于屈原人生的中期，其思想矛盾主要在節士觀念的形成時期。 判斷本篇的寫作背景當以"夫何彭咸之造思兮，暨志介而不忘"一句爲標尺，此句透露了詩人欲學彭咸，立志做一個介士，也就是下定決心做一個節士。 文中三次説到彭咸，除此之外還説："求介子之所存兮，見伯夷之放跡。"又曰："浮江淮而入海兮，從子胥而自適。 望大河之洲渚兮，悲申徒之抗跡。"彭咸、介子推、伯夷、伍子胥、申徒狄等人都是節士。 此篇如此多的説到節士，不忘彭咸志介，求介子之所存等，皆暗示屈原以節士自居。 彼時屈原還尚無必死之打算，故有"獨隱伏而思慮""孰能思而不隱兮"，一度有想隱居的想法；又曰"任重石而何益"，不贊同申徒狄抱石而死。 故王夫之、牟庭等以此篇爲絶命辭的説法是不成立的。 從時間上看，應爲流放漢北時期比較合適。 從篇次上看，約在《抽思》之後。 洪興祖以爲從子胥、申徒畢其志，意亦近是，然從子胥未必從死也。

悲回風之搖蕙兮，心冤結而内傷。

王逸曰：回風爲飄風。 飄風回邪，以興讒人。 言飄風動搖芳草，使不得安。 以言讒人亦别離忠直，使得罪過也。 故己見之，中心冤結，而傷痛也。

朱熹曰：回風，旋轉之風也，亦上篇悲秋風動容之意。

周用曰：首二章，傷時序之變而其志之所在。 始以彭咸爲期者，終不忘是誠之不可泯也。

汪瑗曰：陽薄陰，則繞而爲風。 回風者，謂旋轉之風也。《爾雅》曰："迴風爲飄。"回風亦謂之飄風，下文曰"隨飄風之所仍"是也。 搖，謂搖落也。《九辯》曰："悲哉！ 秋之爲氣也，草木搖落而變衰。"亦此意也。 王逸曰："言飄風動搖芳草，使不得安。 以言讒人亦别離忠直，使得罪過也。"其説亦是。 但以"物有微而隕性"句照之，則搖不只謂搖動之義。 冤結，謂冤枉之情，絓結於心而不可解也。 傷，痛也。

林兆珂曰：言秋令已行，風搖蕙草，令人見之而感傷也。

陳第曰：回風謂之飄風。

黃文煥曰：轉蕙者，春夏之光風也。 搖蕙者，秋令之同風也。深秋而嚴霜摧萬類，初秋而微風搖萬類。 怖其卒，故悲其始。 人不知傷，而我獨內傷也。

李陳玉曰：風信既來，蕙草死期至矣。 故感而悲。

金蟠曰：芬芳之志，觸於景物，形於詠歎，兩相流連，而味益雋。

王萌曰：回風，旋轉之風。 蕙帶柔弱，故風起而搖動也。

王夫之曰：回風，大風旋折，所謂焚輪之風也。

林雲銘曰：秋氣動物，難爲情也。 而蒙冤鬱結之人，以世道之當秋亦如此，尤覺傷心。

高秋月曰：以回風喻讒人。

徐焕龍曰：回風搖蕙，秋令之始，故悲。 冤結於心，值悲風而內自傷感。

賀寬曰：轉蕙之風，春夏之光風也。 搖蕙之風，清秋之回風也。此亦《抽思》秋風動容之意。

張詩曰：言悲此迴旋之風，搖落蕙草，使吾心冤結內傷。

王邦采曰：回風搖蕙，秋令之始，故悲傷也。

吳世尚曰：回風以喻小人之得志，搖蕙以喻君子之被禍也。 天下之大，堯舜之世，不能無小人也，而不能使之在位而得志，即或在位，患得患失，利祿而已，而不使之傷君子而害宗臣。 蓋君子者，國所與立；宗臣者，公室之所同爲存亡者也。 君子去則人主孤矣，宗臣亡則公室卑矣。 今焉小人肆爲讒言，遂使宗臣中之君子無以自存，一舉而空人之國，覆人之宗，是回風之搖蕙也。 此其所以冤結而内傷也。

許清奇曰：回風，旋風也。 秋氣動物，感時傷心。

江中時曰：秋氣至，則草死，蕙一微物，早隕其性。 起句點出所悲，通篇俱從此發端。

夏大霖曰：首句感秋風之肅殺，二句言心負冤抑，益觸景增悲。

陳遠新曰：回風，旋轉之風也，以喻世變。 舊以興讒邪，亦通。橘畏風寒，故因橘而及之。 蕙，草木嫩條通稱。 言以物爲回風隕性。

奚禄詒曰：言飄風回邪，摇落香草。 睹此秋氣，心冤自傷。

劉夢鵬曰：回風，風回旋也。 回風、摇蕙比讒邪。 傷，善之意。

陳本禮曰：悲，一篇之眼。 回風，秋氣回邪賊人，故曰回風。秦正在西，於時爲秋，喻秦詐楚。 蕙，以蕙喻懷，猶稱荃蓀也。

胡文英曰：回風，羊角風也。 古詩：“迴風動地起，秋草萋以綠。 四時更變化，歲暮一何速。”回風摇蕙，喻小人以危法中君子，而同類不得不内傷也。

牟庭曰：風大而志不平也。

顔錫名曰：見回風之摇蕙，感念己之將死，因言風之摇蕙。

王闓運曰：謝世之詞，追怨無端。

聞一多曰：冤結，猶鬱結也。

姜亮夫曰：回風，即《爾雅》迴風爲飄之迴風，疾風也。 飄風，見《小雅·四月》，又《何人斯》《墨子·尚賢》《莊子·逍遙遊》。摇，撼也。 此段文多支離，義不相屬；則錯簡誤文，所在必有；姑依韻爲節，各爲説之；其義不次，蓋闕如也。 即如摇蕙蕙字，勉强爲

説，則謂見蕙之搖而生感，固亦勉強可通；然出口即滅，後此所言，
詞旨意象，渺不相涉；其必爲誤字，蓋不待辨而可明。屈賦屢言搖
落，蕙落形近，豈即落誤與？冤結，即宛結、鬱結一聲之轉，詳前，
及余《詩騷聯綿字考》。

蔣天樞曰：以"悲回風"名篇，足見回風對屈子意外之打擊。《説
文》："飄，回風也。"《爾雅·釋天》："回風爲飄。"乃叔師所本。《釋
天》又云："西風謂之泰風。""扶搖謂之猋。即飄。"疑此所謂"回
風"即扶搖而起之飄風，故郭《注》云"旋風也"，李巡則云"亦曰飄
風"。屈子用回風比擬西來風暴以託喻暴秦。搖，扇動之疾。蕙，
喻己。以"悲回風之搖蕙兮"發端，沈痛之極。冤結，屈抑之氣上
逆不得伸，鬱結胸中。

湯炳正曰：回風，旋風，古籍中常用以象徵邪惡勢力。蕙，一種
香草。

按：回風，旋轉之風也。言見旋風搖動蕙草，觸動内心之冤結而
憂傷。此感時傷心，觸景生情，興之手法也。王逸謂回風爲飄風，
以飄風回邪，以興讒人作解。有附會之嫌。許清奇以爲秋氣動物，
感時傷心，甚是。

物有微而隕性兮，聲有隱而先倡。

王逸曰：隕，落也。言芳草爲物，其性微眇，易以隕落。以言
賢者用志精微，亦易傷害也。倡，始也。言讒人之言隱匿其聲，先
倡導君，使亂惑也。

朱熹曰：言秋令已行，微物凋隕。風雖無形，而實先爲之倡也。
世之治亂，道之興廢，亦猶是矣。

汪瑗曰：微物，指蕙也。隕，落也。性，猶命也。又曰：聲，

回風之聲。 風本無形，故只稱其聲，又曰隱也。 先倡，言風雖無
形，而實能先爲之倡，以撓萬物，故回風起而蕙遂搖落也。 讒人之踪
迹詭密，中傷君子，猶風無形而能殞物也。 此章首句爲冒頭，次句申
言其悲也，第三句申言其搖蕙也，第四句申言回風也。 然蕙之搖落，
由回風先爲之倡，而心之悲傷，又因蕙之搖落也。 又曰：此章王逸專
以讒人害賢者言，朱子之説，又推廣其意，亦相通也。 大抵此章以蕙
比君子之身，下章蘭茝比君子之志也。 蕙之品雖不如蘭，其盛衰亦不
甚相遠，當蕙搖落之時，而蘭茝恐亦將披離，不得獨芳矣。 不過參錯
起興，言回風既起，蕙雖殞落，而蘭茝獨芳，猶讒人既興，而忠直之
士身雖可殺，而志終不可奪也。 非真劣蕙而優蘭茝，讀者當以意逆志
可也。 彼天下之事，有倡則有和，如回風一起，而草隨之披靡，若風
爲之倡，而草爲之和者。 故孔子言感應之機曰“草上之風必偃”。 然
小人之倡害君子，而君子豈亦有所和哉？ 今以風先倡而物殞性，以比
小人興而君子害者，須以意會不可執其詞也。

　　林兆珂曰：夫蕙性微渺，本易隕落，而風雖無形，實先爲之倡
也。 喻忠賢本自難合，而讒言巧匿其聲，先導其君而放逐之，亦猶
是也。

　　黃文煥曰：回風者，從容回旋之輕風也。 殺氣既至，輕風皆慘。
不待勁風也，蕙帶長而柔，此輕風之易見，故微風首搖蕙也。 因微知
著，因隱知彰。 雖未隕物之形，而已隕物之性。 暗中潛移，奪其情
質。 霜降冰至，皆風倡先矣。 又曰：搖蕙四語，説得現前之景
可傷。

　　李陳玉曰：知微者傷，審聲者思。

　　周拱辰曰：物有微而隕性，愁苦之來，最微渺而中人不覺。 所謂
憂能傷人也。 秋不覺而聲倪之，亦復如是。 微而隕性，微之不可益

也；隱而先倡，隱之不可蓋也。

陸時雍曰：微物陰性，風聲先倡。物之感傷，相因而起。世之秋，人心之憂憤，皆若此矣。風之聲聲，物之形形，孰無根而結響？孰無實而造情？

王萌曰：秋令初行，物雖未陰形，而已陰性，轉瞬而嚴霜堅冰，無物不陰，實先爲之倡。智者見遠，故心傷也。世之治亂，道之興廢，亦猶是矣。

賀貽孫曰：寫得秋意淋漓。宋玉悲秋，屈子已先之矣。

錢澄之曰：秋風起，蕙草先死；害氣至，賢人先喪。物微，指蕙草；聲隱，指回風。衆草未知，而蕙爲之倡。

王夫之曰：性，生也。風之初起，生於蘋末，已而狂飆震蕩，芳草爲之摧折。讒人之在君側，一唱百和，交蕩君心，則國是顛倒，誅逐無忌。貞篤之士，更無可自全之理。故追原禍始，而知己之不可復生也。

林雲銘曰：蕙之爲物甚微，形未枯而性已離；風之爲聲頗隱，未飆於後，而已倡之於先。由微至大，由隱至彰，則受之者難當，而施之者已甚。先幾之人，此時必退步矣。

高秋月曰：回風搖蕙，殺氣既至，雖未陰物之形，而已陰物之性也。倡，始也。聲有隱而先倡，言秋令已行微物陰凋，霜降冰至，皆風先爲之倡也。

徐煥龍曰：傷此蕙物良微，芬芳之性隨陰，風聲雖隱，肅殺之威先倡。賢士孤力而微，輒蒙罪罟。宵小陰謀而隱，職爲亂階，亦如回風之搖蕙耳。

賀寬曰：蕙帶柔弱，初被輕風，而吾心已傷者，因微知著，因隱知彰，雖未陰物之形而已，陰物之性，履霜堅冰，風至爲之倡矣。樹猶如此，人何以堪，故不禁自感也。

張詩曰：夫蕙之爲物，性命甚微，易以隕落，而風聲雖甚隱無形，實能先爲之倡以撓萬物也。

蔣驥曰：物，指蕙言。方在摇蕙，故曰隱。倡者，倡秋時蕭殺之威也。愁放之士，涉秋倍傷，溘死之心，觸蕙而動，故賦其事以發端。

王邦采曰：蕙物良微，芬芳之性，隨隕風聲，雖隱蕭殺之威，先倡道之廢興，世之治亂，亦猶是也。

吳世尚曰：蓋始而摇蕙，不止一蕙也。凡物之微者，皆從此而隕其性矣。始而風回，不止風已也。凡霜雪之摧殘萬物者，其聲皆隱隱而先倡導於此矣，豈不可悲也哉！

許清奇曰：物微指蕙，隕性，隕其生也。物猶如此，人何以堪。隱指風，先倡，倡歲寒也。國將危亡，亦有先兆。

江中時曰：風雖隱而無形，實先爲之倡也。世之治亂，道之興廢，亦猶是矣。

夏大霖曰：三言物之秉質稍微，便因風失其本性，四言風無形而甚隱，而風聲先倡，莫有不隨風變之物。

邱仰文曰：“隕性”，喻正人中傷之殘。“聲有隱而先倡”，喻讒佞發端之屬。

陳遠新曰：喻亂之萌知幾者，必情爲萬變所蓋。

奚禄詒曰：可見天地之間，物雖微小，亦秉天性，因時變衰，則隕其性，如蘭蕙驚秋，與蕭艾同槁也。聲雖無形，已有朕兆。衆竅怒號，則倡其先。如風起青蘋之末，盛於土囊之口也。下二句承上“回風摇蕙”來，却又推開一步了，以喻衆小人謗己也。

劉夢鵬曰：物即蕙，聲即風。微而隕性，不必在大；隱而先倡，不必在顯。 其幾已兆，其勢必張，撫景興懷，能無悲乎？

戴震曰：物不以微而隕性，或殊以蕙搖落言也。 聲不息於隱，則開其先倡，知其終極，以回風之使人傷懷言也。

陳本禮曰：國破君亡，苟有人心，能不同聲一哭？ 武關之人，昭睢諫不聽。 是時楚必有先知秦之謀者，人言嘖嘖，無如楚懷不聞何？

胡文英曰：履霜堅冰至。 蘭蕙，屈子所樹。 邪黨欲絀屈子，亦必先去屈子所薦賢人，而後漸及于屈子也。

牟庭曰：夙志既以衰落，風聲又感人也。

顏錫名曰：其事甚微而實足以隕人之性，猶回風之聲，甚隱而實爲蕭殺之先倡。 四語借時令冒起通篇。

王闓運曰：物，自謂也。 言已與楚國微矣，而王不我用，亦能隕性虧忠孝，致危亡也。 聲，名也。 沈死汨羅，聲名翳如然。 先之所行已足倡導薄俗，又足自慰也。

聞一多曰：性、生古同字，生猶今言生命也。《爾雅·釋詁》："竄，微也。"注："微，謂逃避也。"隕猶絶也。 隱亦微也。《韓詩外傳》六："夫聲無而不聞，行無隱而不形。"

姜亮夫曰："物有"句，即指回風所搖落之物；蓋秋風起則百草不芳，而百卉亦凋殘矣。"物有微而隕性"者，其性本爲"蘭蕙"，爲"芳草"之美，爲"靈修"之高遠，然而被化于俗，"委厥美以從俗""背繩墨以追曲"，"從俗""追曲"而隕其芳質，不爲三后之純粹，而爲桀紂之昌披，不爲昔日之芳草，而爲今日之蕭艾。 俗也，曲也，皆事物之足以隕人良善之本性，使楚王"遂若是而逢殆"矣。 此句就當前事象環境而爲言。 又按"物有微而隕性"句，下文云"聲有隱而相感，物有純而不可爲"，微與純相比，則微當爲嫩之借，美也。 又"物有純而不可爲"之爲，亦當訓僞，人爲之，非自然現象也。 聲有隱而先倡，此與上句“物微隕性”爲比量。 聲者，聲聞也，聲聞者，非目見也。 所聞異詞，所傳聞異詞，故聞之視見爲隱微，然唱之則前乎其質，顯于其事，此謠諑、讒説黨人虚僞之詞也。 唱之于隱，則未有其實而先有其説，則讕言僞詞尤訴，無不罪辜，此謇謇爲患，“余心之所善”“溢死流亡”“九死未悔”而始終不忍從俗，“夫何彭咸之造思兮，暨志介而不忘”之，則余非不知博謇好修之患，本“不周于今之人”而願依彭咸遺則，心之所儀，“前聖之所厚”也。 所以厚之者，蓋厥志行耿介光大，不能忘懷于余心。

蔣天樞曰：微，小也。 隕，自上墜落之稱。 性，生也。 言雖微小物，自上隕墜亦可傷生。 隱，謂隱約不著；倡，歌者倡于前，聲雖隱約不著而已章聞於衆。 喻己在南方行動，或已爲秦人間楚者所誷知，因而有秦人取州事。 此雖局部小事，將爲秦人進一步亡楚之先聲。

湯炳正曰：物，指“回風”。 隱，隱約。 先倡，先導。 二句以回風雖起於微小卻足以傷生，其聲雖起隱約然足爲秋之先導，喻讒人微言中傷。

按：微，衰敗。《詩·邶風·式微》：“式微式微，胡不歸？”性，天命也。 隱，通殷，震動。《史記·司馬相如列傳》：“車騎靁起，隱天動地。”風動萬物而無形，故曰隱。 先倡，汪瑗言風雖無形，而實能先爲之倡，以撓萬物，故回風起而蕙遂摇落也。 此句意爲萬物衰敗且隕落天命，但大自然之聲音有震動而先發出信息。 朱熹謂言秋令已行，微物凋隕。 風雖無形，而實先爲之倡也。 意亦近是。

夫何彭咸之造思兮，暨志介而不忘。

王逸曰：暨，與也。《尚書》曰：“讓于稷契，暨皋陶。”介，節也。 言己見讒人倡君爲惡，則志念古世彭咸，欲與齊志節，而不能忘也。

洪興祖曰：此言物有微而隕性者，己獨不忘彭咸之志節。

朱熹曰：因回風之有實而搖蕙，遂感彭咸之志。

汪瑗曰：彭咸，古之賢人，當殷亂世，西遁流沙。 屈子之所遭類之，故屢稱之，而此篇則極道其慨慕之心也。 造，設也。 造思，猶言設心也。 暨及同字，見《尚書》。 及志，承上造字而言也。 介，如《易》"介於石"之介。 忘，猶失也。 介者，守之堅也。 不忘者，介之久也。 言彭咸之設心與立志，當殷衰亂之世，昏暗之君，而能以中正自守，確乎不拔，而不爲世俗所汩溺也。 亦猶蘭蕙，雖當回風涸隕萬物之時，不以幽僻而變其芳也。

林兆珂曰：言己既以讒被放，因感念彭咸，欲與齊志節而不敢忘也。

陳第曰：因回風而感彭咸，其志介然。

黃文煥曰：因風自感，我生不辰。 今之世，秋之世也。 萬物之死，以風爲端。 原之死，以思爲端。 始焉寄思彭咸，作忠矢死，未嘗遽死也。 迨至今日國事日非，君仇莫報。 前日造之，今日償之。 介然之志，不可以忘。 如復不死，是前願爲虛僞也。

李陳玉曰："造思"，妙。 時窮事極，忠臣烈士，另有一種開闢。若無"志介"兩字，君子與小人何異。

王萌曰：造思，猶言立志。 因感蕙草之隕性，遂言必如彭咸，乃回風之所不能搖者也，一任世態萬變，其情終不可掄，惟其志介不忘耳。 若虛僞之人，豈能長保其志節乎？

賀貽孫曰：蓋此時汨羅之期迫矣。

錢澄之曰：謂自彭咸造思自沉以死，及余而此志介然不忘，惟有此一路也。展轉思量，雖萬變其情，而介然之志益覺分明，不可得而蓋覆也，吾志定矣。

王夫之曰：己與彭咸同其志介，誓死而必無生之想者。何也？下文極言其故。

林雲銘曰：不忘，自始至終，死生以之，猶俗言"拏定做"也。

高秋月曰：讒人傷善而已，獨寄思於彭咸。欲與齊志節不能忘也。

徐焕龍曰：然而彭咸所造忠君之思，及乎此志介然，不忘初念。

賀寬曰：我生不辰，猶逢秋日，因彼秋風，動吾秋思，風能殞物，思以傷心，彭咸其爲之倡矣。我向思彭咸，其思之始造者也。介然之志，終不敢忘。

張詩曰：此因蕙之易隕，不能長久，而言彭咸之造思及其立志，何介然不拔，久而不忘也。暨，及也。

蔣驥曰：介，繫也。因秋風之隕物，而感發彭咸自沉之志。又曰：言初時造意欲爲彭咸，何以長繫於志而不忘。

王邦采曰：造思，猶立志也。回風搖蕙之時，正哲士保身之侯。夫何以彭咸造思死諫，與己志投合，即介然不忘。

吳世尚曰：夫小人道長，則君子固當見幾而遠去矣。夫彭咸之造思也，諫君不聽，抱石自沉，其志介然，雖至死而不易也。

許清奇曰：造，創也，猶言設心。介，堅也。志操堅介，終身不忘。

江中時曰：造思，屈子自謂。言設心總欲爲彭咸也。

夏大霖曰：造思，猶言立心。志介，立志定而守堅介，不忘其心之初念也。言彭咸之立心志堅守定，雖世情變態萬端，不能掩蓋其忠。

邱仰文曰：承"隕性"句而反言之，言自有不隕者在。

陳遠新曰：造思，猶言設心。況彭咸造思，志節不爲。

奚禄詒曰：言小人惑君，我惟志念彭咸，欲與齊其介節，不能忘也。

劉夢鵬曰：因回風之搖蕙，益感彭咸之思。夫何云云者，若爲自叩之詞也。造思，猶云結想。暨，堅毅意。介，猶耿也。

戴震曰：志介而不忘，謂久而不忘其介然之志。

陳本禮曰：此以彭咸喻己。造思者，作《悲回風》也。介，因。欲使人讀其文而悲其志也。

胡文英曰：造思，起意也。志介，即介子推也。《左傳》："以志吾過。"故曰志介。下文"介眇志之所感""求介子之所存"，皆謂此也。彭咸、介子，生不同時，猶遥相感激。一則死於水，一則死於火。前事不忘，後事之師，況回風搖蕙，能令我不内傷而忘彭介之操乎？

牟庭曰：我始託彭咸，至今而不能忘。

顔錫名曰：此篇敘以彭咸爲法之意，故開口便言彭咸。造思，猶起意也。言彭咸起意，是以死諫，既而守其志節，介然不忘。

王闓運曰：暨，不得已也。暨志，謂勉抑己志。介，耿介也。欲成己從彭咸之志，則當從流俗而不忘，其介故至如此。

吳汝綸曰：此因屈子之自沉而歸咎於彭咸之先倡也。志介，謂屈子也。

馬其昶曰：夫何言其無端而至也？慕彭咸之思，與自決之志，無須臾忘。

聞一多曰：之猶是也。造思猶追懷。《思美人》："思彭咸之故也。"暨讀爲氣。《説文》氣重文作，漢隸氣或作炁，是其比。《惜往日》：“盛氣志而過之。”《淮南子·精神篇》：“氣志者五藏之使候也。”介，堅也。

姜亮夫曰：此四句與上下文義均不相屬，疑以韻同，錯簡於此耳。茲姑依文義釋之。造思，猶言設想。不忘，始終不忘其志也。言彭咸設想，何以與其志相繫屬，遂以不忘也？

蔣天樞曰：夫何，託爲歌者語意之問詞。彭咸、巫彭、巫咸，屈原自託之稱。造，爲也。暨，猶“暨暨”，威武不能屈貌。志介，直道而行。不忘，《詩》“永矢弗諼”意。

按：彭咸造思，諸家解釋不一，徐煥龍以爲乃彭咸所造忠君之思。江中時則曰：“造思，屈子自謂。言設心總欲爲彭咸也。”夏大霖曰：“造思，猶言立心。志介，立志定而守堅介，不忘其立心之初念也。”當以夏說爲長。此句言立志作節士而不忘。因彭咸爲節士，故由彭咸而引發節士之思。

萬變其情豈可蓋兮，孰虛僞之可長？

王逸曰：蓋，覆也。言讒人長於巧詐，情意萬變，轉易其辭，前後反覆。如明君察之，則知其態也。言讒人虛造人過，其行邪僞，不可久長，必遇禍也。

洪興祖曰：蓋，掩也。此言聲有隱而先倡者，然明者察之，則虛僞安可久長乎？

朱熹曰：雖萬變而不可易，亦以其有其實也。若涉虛僞，則已不能久矣。

汪瑗曰：萬變，反覆無常也。情，即虛僞之情也。蓋，掩也。虛，不實也。僞，不誠也。長，久也。與上二句正相反，言小人之設心立志，千轉萬變，反覆無常，而虛僞之情，雖欲邀取一時之名

利，而其情狀態度，自有不可揜者。 人之視己，如見其肺肝然，孰有
虛偽之事而可長久者哉？ 若彭咸者，則所謂誠於中，形於外者也，固
未嘗揜其不善，而自無不善也。 其旨與《大學‧誠意》章相合。 屈
子可謂進於道矣。 此承上章，蘭茝不以幽而變其芳，因感古人不以窮
而變其操。 然古人之操，乃有真知真見真守者方能持之於悠久，而非
虛偽之小人所可僥倖於萬一者也。 孰虛偽之可長，即是申言上其情不
可揜句。 又曰：此章以彭咸之設心立志，非小人之所能及，而泛言
之，則屈子自寓之意，讒人虛偽之情，自隱然見於言表矣，不必拘拘
以讒人實之也。 朱子曰：“因回風之有實而搖蕙，遂感彭咸之志。 雖
萬變而不可易也，亦以有其實也。 若涉虛偽，則已不能久矣。”以
“萬變其情豈可蓋”句屬彭咸講，固欠穩當，而又以回風比彭咸，失
其旨矣。 非是。

　　林兆珂曰：言讒人長於巧詐，情雖萬變，然明君能察之，則必知
其態，彼豈能蓋覆其虛偽而長行其姦哉？

　　陳第曰：歷萬變而不易，亦以實也。 若涉虛偽，豈能久乎？

　　黃文煥曰：縱有萬變，不能以遁辭。 蓋其初心，天下有虛偽而可
以長久者乎？

　　李陳玉曰：世事萬變，到底難逃一實。

　　周拱辰曰：質實者不磨，虛誕者終滅，故曰情不可蓋。 偽不可
長，亦自旌其介志與？

　　陸時雍曰：無虛偽之可長，故忠貞者之可核也。

　　錢澄之曰：若一時憤激而有此志，則是虛偽之情，久而變矣。

　　王夫之曰：原雖放逐，而群小猶或為羈縻之言。 楚已濱危，而目
前且未有傾覆之禍，然情形已不可揜，則國之必亡，己之終不容於
世，亦明矣。

　　林雲銘曰：身歷許多撓折，其中情昭著，人所共知，不可掩蓋，則非虛僞可知。　世豈有虛僞之人，而能長保其志節乎？　則彭咸乃回風之所不能搖者也。　又曰：已上單表彭咸於不可爲之時而獨爲，以明可以爲法之意。

　　高秋月曰：縱有萬變不能遁其初心，豈有虛僞而可以長久者乎？此言已矢志之非虛僞也。　以下又言物類之，各不虛僞。

　　徐焕龍曰：雖歷萬變，其情豈可掩蓋，若是者何哉？　良由造思無虛僞耳，孰虛僞而可以長久乎？

　　賀寬曰：而今國事日非，君心未改，堅冰之候矣。　情與貌其不變，吾之素志已定，雖經萬變而何可食言也。　一變則成虛僞矣。

　　張詩曰：維彼小人，雖千變萬化而情狀自有不可掩蓋者，則孰謂虛僞之可以長久哉。

　　蔣驥曰：以情之非僞也，夫情雖萬變，而其實難揜，孰有虛僞而能久長者乎？

　　王邦采曰：雖身歷萬變而初終不渝，中情昭著，良由忠愛之意，本於性生，孰則有一毫虛僞而可以如是之長久者乎？

　　吳世尚曰：則其心之實者爲之也。　故事雖萬變，而其情不可掩蓋。　志士殺身定於始念世，豈有虛僞而可長者乎？　蓋原在懷王時，已辦一死矣。

　　許清奇曰：情雖萬變，不可掩蓋。　無實不可長久。　首段悲國將亂亡，思法彭咸以立節，庶不與回風搖蕙而俱隕，所謂“疾風知勁草，板蕩識誠臣”也。

　　屈復曰：回風能搖蕙，不能搖彭咸之思。　物有時變，故可搖；彭咸之思不變，故不可搖。　良以情不可蓋，而非虛僞也。　右一段，言回風不能搖彭咸之思，有可法之實也。

江中時曰：情經萬變，必不能掩蓋，豈有虛僞之人，能長保其志節者乎？ 以上言回風□□，己獨至死不變，爲一篇之旨。 林注謂以上單表彭咸，大謬。

夏大霖曰：蓋不因回風而隱性，何以能然以發於至誠無虛僞也。

邱仰文曰：承“聲隱”句而反言之，言不可隱，文勢挺拔。

陳遠新曰：變，挫折。 情，動則爲思，守則爲志。 物虛僞則爲回風隱性，人虛僞則爲世變蓋情。 萬變掩情，非至誠無息不能也。

奚祿詒曰：原志彭咸，始終決絶。 此《晉》之初六，晉如摧如，獨行正也。 小人不長，禍敗立至。 此《解》之六三，負且乘致冠至也。 屈原明於理敷，可謂審矣。 如李固、杜喬雖死，梁冀未嘗不誅。 敬暉、張柬之雖死，武三思未嘗不族。 明乎此者，君子不必憂，小人不必樂也。 又曰：彼讒人萬變其情詞，有明君豈可掩蓋。 蓋其情詞盡，屬虛僞決不能長久，而不受禍也。

劉夢鵬曰：言南人變態，靈修數化，無實容長，豈可欺人？ 焉有虛詞、憍美而能長者乎？

陳本禮曰：楚懷被脅，朝章臺如藩臣，不與亢禮，辱國已甚。 而群姦猶諱其事，虛僞其詞，不曰“拘”，而曰“留”，是欲蓋彌彰，何能長掩耶？

胡文英曰：承上“聲有隱”而言。 小人固未敢明言欲去君子，而變詐其情。 然豈知萬變而莫能掩蓋，則誠以虛僞之不能長也。

牟庭曰：其後來至變計，而欲活皆僞情也。

顏錫名曰：情雖爲變，其志終未嘗掩。 假使虛僞，豈能歷久不移如此。 言下見得自己曾言依彭咸之遺則。 此言初非虛僞，亦萬變而不忘也。

王闓運曰：言頃襄謂與己同心，其後卒不可掩。

馬其昶曰：此自言其情發於至誠，所謂指蒼天以爲正也。

聞一多曰：《管子·小稱》篇："務爲（僞）不久，蓋虛不長。"
《韓非子·難一》篇："務原作矜，从俞樾改。僞不長，蓋虛不久。"《抽
思》："望三五以爲像兮，指彭咸以爲儀。夫何極而不至兮，故遠聞而
難虧。善不由外來兮，名不可以虛作。孰無施而有報兮，孰不實而
有穫？"與此四句意同。

姜亮夫曰："萬變"句，即申"志介不忘"之義；萬變其情者，見
放被逐，遠去君親邦國之情思也。"九年不復"，"靈修浩蕩"，"何足
以爲美政"，"國無人莫知"，"於邑侘傺"，"陳志無路"，"背膺牉以交
痛"，然而"覽民德而自鎮"，"苟余心其端直"，"雖僻遠之何傷"，是
君國不可去，況爲宗子、宗臣、孤子、放子，蓋非樂此蹇蹇，既不得
變心從俗，又媿易初而屈志，思理之紛繁，其爲萬變者，難一一枚舉
而件説之，其不可蓋藏也至明。然余之耿介不忘其志，則甚深信念虛
僞小人之不可久長。"虛僞"一句，蓋細理上來，所陳各義爲定讞之
詞，亦爲導引"心冤結之内傷"也。總之，金玉之質，以防微未謹，
漸易其質，至于隕其本性，此喻楚王之"蔽障于讒"及胄子之敗壞於
後。冤事之來，必有誣枉，則小己放逐，自有根源，此事蓋亦自知之
詳，自審之悉矣。何以不求退，不甘蒙不白，蓋情有不容，（宗子維
城）而意有所儀式。思彼彭咸，啓余耿介光大之志，而不能忘。從
頭説起，其千頭萬緒，紛拏激蕩，有非語言所能盡者，然又寬解曰：
余以謇博誠惘光大之懷，至深信念虛僞之必不可長久也。

蔣天樞曰：四句言原已覺察秦人知己在南方行動，因有遮斷江南
之舉，故責己未能慎秘，並申明己情不能長久掩飾僞爲之故。《惜往
日》言"身幽隱而備之"，自謂幽隱，亦明己之並未疏忽也。

按：此句解讀主要有兩種意見，一爲承上句立志而來，再言雖世

態萬變，亦不改初心，如高秋月曰："縱有萬變不能遁其初心，豈有虛偽而可以長久者乎？ 此言己矢志之非虛偽也。"徐焕龍亦謂雖歷萬變而造思無虛偽耳。 二爲怨責小人，洪興祖即言聲有隱而先倡者，然明者察之，則虛偽安可久長乎？ 汪瑗亦言小人之設心立志，千轉萬變，反覆無常，而虛偽之情，豈可掩蓋。 就上下文看，當以前説近是。此言效法彭咸，立志節士，雖萬變，而立節之情不變。 虛偽其情，豈能長久？ 下文鳥鳴同類，草呼同芳，亦喻己引彭咸爲類之意。

　　鳥獸鳴以號群兮，草苴比而不芳。

　　王逸曰：號，呼也。 生曰草，枯曰苴。 比，合也。 言飛鳥走獸，群鳴相呼，則芳草合其莖葉，芬芳以不暢也。 以言讒口衆多，盈君之耳，亦可令忠直之士失其本志也。

　　洪興祖曰：苴，《釋文》："七古切，茅藉祭也。"

　　朱熹曰：苴，枯草也。 言秋冬向寒，鳥獸鳴號以求群類。 則草已枯矣，雖比而合之，亦不能有芬芳之氣。

　　周用曰：下二章，申上二章意。

　　汪瑗曰：凡翼曰鳥，凡蹄曰獸，若單言則彼此可通，而對舉則當分也。 號群，呼其類也。 生曰草，枯曰苴，若單言則彼此可通，而對舉亦當分也。 比，連彙合併之意。

　　黄文焕曰：此承上而言物類之各不容虛偽也。 鳥鳴則號鳥之群，獸鳴則號獸之群。 各自有群，不可亂也。 如思彭咸者，終當以彭咸爲群也。 苟非其類，無縁强附。 如草之苴比，終不能芳也。

　　王夫之曰：苴，敗草。 比，聚也。 鳥獸號群，翕訾相聚也。 草苴相比，衆惡相長也。

　　林雲銘曰：非其類，則氣爲之移。

高秋月曰：鳥獸各號其群，不可亂也。 草與苴比，終不能芳。

徐煥龍曰：惟無一可以虛僞也。 彼鳥獸之鳴，各號其群，非其群者不號矣。 則知君子小人，相感以類。 無名之草，枯萎之苴，雖種種比合，必無方氣，則知比周之黨，臭味堪憎。

賀寬曰：此申不變之志，而引物類以明之也。 忠之與佞，與性俱生，如鳥與鳥群，獸與獸群，其鳴其號，不相亂也。 苟非其類，如草之與苴，雖比不芳。

張詩曰：言回風既起，秋冬向寒，不惟蕙微而性隕，萬物莫不皆然。 言乎鳥獸，則鳴號以求群匹矣。 言乎艸苴，則連彙合比而變衰矣。

蔣驥曰：鳥獸之相號者，以其群也。 草苴之相比者，皆不芳也。

王邦采曰：承上言惟無一可以虛僞也。 故凡物之號群，各求其類，而知君子小人亦必以類聚。 彼小人者，如上言比合，徒覺其臭味之堪憎耳。

吳世尚曰：此遙承首節而言，回風一起，此何時也。 鳥獸則鳴號矣，草苴則黃萎矣。

許清奇曰：鳥獸有所驚懼，則呼群類，不能獨立。 苴，蔴類，比合也。 草苴崇積比合，則臭穢相移。 二句喻凡庸之同流合污。

屈復曰：苴，若草。

江中時曰：苴，土苴也，糞草之類。 言物以類聚，相比者，皆黨穢也。

夏大霖曰：比，相連也。 此節以萬物之隕回風，明君子之處否塞也。

邱仰文曰：十三字，寫盡天地閉賢人隱氣象。 草枯曰苴。

陳遠新曰：同聲相應，同氣相求。

奚禄詒曰：鳥獸號群，小人稱引也。草苴比并亦不香也。

劉夢鵬曰：鳥獸號群，草苴相比，喻小人比周之意。

汪梧鳳曰：苴，《毛詩》云：“水中浮草也。”《鄭箋》云：“樹上之棲苴。”比，併也。

陳本禮曰：鳥獸鳴以號群，隨從入關士卒同被拘留。父不能不號其子，妻不能不號其夫。比而不芳，狀群姦之倉皇失魄也。

胡文英曰：鳥獸猶號群，兔死狐悲，回風搖蕙，我安能不傷耶？草苴比而不芳，承上“虛偽難長”，起下“幽而獨芳”。

牟庭曰：始欲號召朋類如鳥獸呼吟也，既乃被塞不芳，如草與葺鱗也。

顏錫名曰：苴，水中浮草也。言舉朝之人，有如鳥獸之呼群，草苴之比類。

王闓運曰：言眾人但知朋黨言富貴。苴，藉也。蹂辱之草，不可理者也。言眾無才能，如草苴相比。

聞一多曰：鳥獸各以類聚，麟鳳不與眾鳥獸爲群也。比，雜也。《樂論·釋文》：“百草異類，相雜而生，則失其芬矣。”

姜亮夫曰：六句與上下文義不相屬，而各句亦不自屬，王、朱以來，各家雖强爲之説，不能通其義如故。鳥獸、草苴、荼薺、蘭芷四句，尚得以類同相求、類異相斥一義以貫穿之；而魚鱗蛟龍，則無所容於其間矣。兹姑説之如次：“鳥獸”句言鳥獸能言，故其同類之求，尚可以鳴聲得之也。“草苴”句，言草與苴，已生死榮枯異類矣，若比而合之，則芳華已不能見也。

蔣天樞曰：六句設喻以言幽隱之非易。而蘭茝則以幽隱獨葆其芬芳。號，呼也，鳴以相呼，其群始集。苴，此處音“巴”，籬也。比，密也。草如籬之密則難於生華，以抒其芬芳。

湯炳正曰：草苴，雜草。 比，密積，與下文"芳已歇而不比"之比同義。 此言雜草雖然密積而不芳香，小人結黨如鳥獸呼群相從。

按：此承上句以彭咸志節而言。 黃文煥解最恰，其謂此承上而言物類之各不容虛僞也。 鳥鳴則號鳥之群，獸鳴則號獸之群。 各自有群，不可亂也。 如思彭咸者，終當以彭咸爲群也。 苟非其類，無緣強附。 如草之苴比，終不能芳也。 徐煥龍所謂"君子小人，相感以類"。 王逸解言飛鳥走獸，群鳴相呼，則芳草合其莖葉，芬芳不暢。比喻讒口衆多，盈君之耳，令忠直之士失其本志。 未解上下文意。朱熹言秋冬向寒，鳥獸鳴號以求群類。 則草已枯矣，雖比而合之，亦不能有芬芳之氣。 有楚環境惡劣，貞臣無生之意，意亦勉強。

魚葺鱗以自別兮，蛟龍隱其文章。

王逸曰：葺，累也。 言衆魚張其鬐尾，葺累其鱗，則蛟龍隱其文章而避之也。 言俗人朋黨，恣其口舌，則賢者亦伏匿深藏也。

朱熹曰：葺，整治也。 魚整治其鱗，以自別異，則蛟龍亦隱其文章以避之。 皆言時勢之不同，如回風既起，則蕙不得不隕其性也。

汪瑗曰：葺，王逸曰："累也。"朱子曰："整治也。"魚鱗之排列重襲，次第儼然，若有所積累而整治也。 合二意始備。 近日離，遠日別。 自別，謂魚因風起寒生，亦葺鱗而遠遁也。 有鱗曰蛟龍，又蛟亦別爲一物。 隱，匿也。 文章，謂鱗甲之光彩也。 瑗按：龍秋分而降，則蟄寢於淵。 酈道元《水經》曰："魚龍以秋日爲夜。"蓋魚龍生於水者也，至秋則水涸，而非淺瀨之所能容，故自然而隱去，若因秋風而然耳。 至於鳥獸草苴，則產於山者也，蓋實因秋風起，而草木蕭疏，鳥獸之巢窟無所蔭蔽，故長鳴以號群也。

陳第曰：回風一至，則鳥獸、草木、鱗魚、蛟龍，皆有改變。 喻讒人之可畏也。

張京元曰：亂世景象如此，舊注非。

黃文煥曰：魚還爲魚，葺鱗以自別異，仍魚也。 龍還爲龍，即匿文章以自隱藏，仍龍也。

王萌曰：葺鱗自異，魚有不遜蛟龍之意。 故蛟龍思自隱以避之。至靈固不與庸類爭也，然蛟龍之異於魚鱉者，文章耳。 屈子，人中龍也，光爭日月，文章爲不可及矣。 宣尼見龍也，而萬古推文文者，天之所不能喪而人之所爭以爲己任者也。 山雞猶自愛其毛羽，況蛟龍哉。

王夫之曰：葺，亦比也。 葺鱗自別，必與君子異道也。 此情變之不可蓋者，已明見於人情國勢。

林雲銘曰：葺，治也。 凡流飾外，以自別異。 豪傑不敢露其才，以時勢不同故。

高秋月曰：魚葺鱗以自別異，龔匿文章以自藏，兩不相混也。

徐煥龍曰：魚鱗如葺屋之瓦，以此自別。 鱣鯊鰀鯉，人盡得而別識之。 若蛟龍則隱其文章，世莫能見，則知庸才易品題，賢者難物色。

賀寬曰：魚欲自別，而仍爲魚；龍欲自隱，而終爲龍。

張詩曰：魚則整葺其鱗，以自別異，蛟龍則隱晦其文章而遠藏矣。

蔣驥曰：魚之各自別者，其鱗異也。 蛟龍之不輕見者，其文與群魚不同也。

王邦采曰：試觀魚之葺鱗各殊，其品可見，稍知自愛，即恥爲比周。 況君子者，如蛟龍神物，將隱其文章，以遠避耳。

吳世尚曰：魚別隊以歸江，蛟龍潛淵而不躍，此真所謂天地閉賢人隱之象也。

許清奇曰：魚之有文者，知治其鱗以自別異。至蛟龍則并隱其文章，不如凡魚之外餙也。二句喻豪傑之立節自異。

江中時曰：魚葺鱗而蛟龍隱。

邱仰文曰：“魚葺鱗”，喻黨人矯飾。“蛟龍隱”，喻賢人隱藏。

陳遠新曰：小人的然，君子闇然。

奚祿詒曰：魚麟類集，蛟龍亦避也。以比小人道長，君子道消也。

劉夢鵬曰：魚葺鱗以自別，庸流修飾以自異。蛟龍隱其文章，君子晦迹而藏身。

戴震曰：葺，言其鱗次也。隱者，懷臧不自露也。此言物各以類，不相雜厠。比己之不能與世合，而思彭咸，同心同志，自相感矣。

陳本禮曰：士大夫有避嫌疑而誘罪者。賢人有懼既而去位者。以上皆實指當時情事，而不敢直言者，恐暴君過，特隱約其詞。故後文一則曰“獨隱伏而思慮”，再則曰“孰能思而不隱兮”，皆著明此義也。

胡文英曰：魚雖葺鱗自別，然不過成其爲魚，猶小人之比而不芳也。蛟龍雖隱其文章，然終得成其爲蛟龍，猶君子之幽而獨芳也。

牟庭曰：遂欲激清自別，如魚愛鱗也，終更自隱文章，如蛟龍沉也。

顏錫名曰：葺，修也。其稍別者，亦不過如葺鱗之魚，何能蛟龍爭其文采。無如鳥獸盈庭，則蛟龍不得不隱。

王闓運曰：葺，次也。群魚自相比次，而又各欲別異。喻黨人相引，復爭權也。

聞一多曰：葺，蓋屋也。魚鱗相次，狀如蓋屋，故曰葺鱗。別，明也，《鄉飲酒禮》鄭注。別與隱對。魚炫耀其鱗甲，鮫龍則務韜晦其文。

姜亮夫曰："魚葺"句，葺借爲楫，楫所以刺舟也，葺鱗猶言鼓其鱗也。自別言自以爲殊異也。飾僞之意，此與下蛟龍句合成正反之義，言魚之妄自鼓鱗以自殊異，而在蛟龍，則又自隱其文章，蓋不與眾魚同科也。

蔣天樞曰：葺，緊密次比，魚鱗密密相覆，乃得辨其種類。蛟龍隱於深淵，則鱗甲不露。

湯炳正曰：二句以魚喻小人，蛟龍喻己。

按：葺，重疊。此言魚依靠鱗之重疊不同而自相別異，蛟龍則其鱗無文章飾，故隱而不顯。亦喻當立節自守。戴震言此物各以類，不相雜厠。比己之不能與世合，而思彭咸，同心同志，自相感矣。甚是。王逸以爲眾魚張其鬐尾，葺累其鱗，則蛟龍隱其文章而避之。有魚害蛟龍之意，意亦在其中，然有未盡。林雲銘謂豪傑不敢露其才，以時勢不同故，則非是。

故荼薺不同畝兮，蘭茝幽而獨芳。

王逸曰：二百四十步爲畝。言枯草荼薺不同畝而俱生，以言忠佞亦不同朝而俱用也。以言賢人雖居深山，不失其忠正之行。

洪興祖曰：荼音徒。《爾雅》："荼，苦菜。"疏引《易緯》云："苦菜，生於寒秋，經冬歷春，得夏乃成。《月令》'孟夏苦菜秀'是也。葉似苦苣而細，花黃似菊，堪食，但苦耳。"又《爾雅》云："薺，薺實。"疏引《本草》云："薺，味甘，人取其菜，作菹及羹。《詩》云：'誰謂荼苦，其甘如薺。'"又曰："堇荼如飴。"此言荼苦而薺甘，不同畝而生也。 若，杜若也。

朱熹曰：蓋荼薺甘苦不能同生，而蘭茝雖更幽僻而能自芳，亦其情之不可蓋者，而非有虛僞之飾也。

汪瑗曰：荼，苦菜也。 薺，甘菜也。 蘭茝幽而獨芳，以喻君子處窮而不變其志也。 本以蘭茝之不爲秋風變其芳，以喻君子之不爲小人變其志；而又以荼薺之不同畝，以喻蘭茝之異於衆芳，所謂比中之比也。 王逸直以忠佞不同朝解之，其意雖是，而詞則欠體帖也。 此承上章，言回風既起，秋冬向寒，不特蕙微而隕性，而萬物莫不皆然。 以言乎鳥獸，則鳴號以求其群匹矣；以言乎草茝，則連彙變衰而不茂矣；以言乎魚龍，則亦將茸其鱗甲而遠逝，晦其文章而隱藏矣；而蘭茝則生於幽谷之中而獨秀焉，不因秋風而蕭瑟也。 君子之遭亂世也，蓋亦如此。 此與上章要相照應看。 屈子立言之意，不在乎隕其性，乃在乎幽而獨芳也。 蓋蘭蕙之所隕者，性也；而不能泯者，芳也。 今觀蘭蕙，雖枯槁摧折，而氣愈馨遠達可見矣，此君子之所以比德也。 君子之所以擯棄者，身也；而不能屈者，志也。 今觀君子雖貶絀殺戮，而操愈堅剛不撓可見矣，此屈子之所以自恃也。 下文曰"介眇志之所感兮，竊賦詩之所明"，明此志而已矣。 瑗按：此章上四句平看爲是。 王逸謂鳥獸鳴則草茝比而不芳，魚自別則蛟龍隱以避之。 以鳥獸與魚比小人，以草茝蛟龍比君子。 朱子從之，甚非也。

林兆珂曰：蘭茝雖更幽僻亦能自芳，以言賢人雖居深山，不失其忠正之行也。

陳第曰：荼苦薺甘，不可同畝；蘭茝雖幽，不失其香。

黃文煥曰：荼薺甘苦之殊，不能以同畝而遂同味。 蘭茝之味，不以幽谷而遂不芳也。 有其實則始終以之也。 以苦而僞爲甘，以魚而僞爲龍，以草茝僞爲蘭茝，以鳥而僞呼獸群，以獸而僞呼鳥群，舉不能也。 又曰：正論之下忽疊用比，文勢善用拓，文意善用藏，此法最足化腐。

周拱辰曰：鳥獸號群，芳草被其蹂躪。 凡魚鰦鱗蛟龍，避其遙妬，所以荼薺不同畝，而甘者先殘；蘭茝獨芳，而幽香萎於道旁也。六句一串意，分解非是。

陸時雍曰：秋風一起，萬物斂藏。 荼薺不同畝而同衰，惟蘭茝幽而獨芳。 所云無虛僞之可長也。

王萌曰：薺不同荼，遠其苦也。 幽蘭空谷，守其獨也。 物理且然，人可悟矣。

王遠曰：此引物類以明情至不可，蓋非有虛僞也。

錢澄之曰：萬物各從其類。 鳥獸以同群而號，草苴以不芳而比，魚龍不逐隊而行，荼薺不同畝而生，秉性各殊，臭味自別。 此蘭茝所以幽而獨芳也，則君子豈能與小人並世乎？ 當今之世，非吾世也。惟早自決而已。

王夫之曰：荼，苦蓼。 薺，甘菜。 獨芳，人莫知也。 蘭茝必不能登其芳香矣。 此萬變之情不可隱者，欲不誓死，亦奚待哉！

林雲銘曰：苦菜、甘菜不同味，自不同生。 賢人無所用於世，惟有僻處抱德而已。 又曰：已上言楚當日正值回風搖蕙之時，以起下文。

高秋月曰：荼薺甘苦不同畝，蘭茝不以幽谷而遂不芳，有其實則終始以之也。

徐煥龍曰：故荼苦薺甘，必不同畝而植焉，有忠佞而可以同朝者乎？ 蘭茝所居幽僻，獨著芳香，焉有賢人至於改節者乎？ 前四句，廣推物理，明無虛僞可爲，亦即借回風光景則寓言。 蓋令屆深秋，正鳥獸號群，草苴咸萎，魚鱗葺，蛟龍蟄之時也。 後二句，則引起身之不見容，節之終不變。雖承上而實起下矣。

賀寬曰：薺荼甘苦，不以同畝而遂同味；蘭茝香澤，不以幽谷而遂不芳。如原之思彭咸以其類而思之，思之而求踐之，此思終不變，非因傷蕙而始一思也。即如蕙至秋而隕，微回風之搖其能久乎？原微彭咸其澳涊以苟生乎？請試參之。

張詩曰：故雖荼薺之甘苦不同畝，亦莫不衰謝，而惟蘭茝則生于幽谷之中而獨盛。不因秋風而蕭瑟焉。此原自况。言欲如彭咸之造思立志，不似小人之如萬物衰謝也。

蔣驥曰：荼，苦菜。薺，甘菜。荼薺不同畝者，其味殊也；蘭茝之幽而不伍於草苴者，以獨芳也。

王邦采曰：所以荼薺必不同畝焉，有忠佞而可以同朝者乎。蘭茝獨抱幽芳焉，有賢人而至於改節者乎。承上亦起下也。

吴世尚曰：故君子在野，小人在位。荼薺不同畝也，雖有大雅明哲保身，蘭茝幽而獨芳而已。

許清奇曰：苦菜甘菜不同味，自不同畝。荼薺異畝，承蛟龍自異意。蘭茝獨芳，對草苴不芳意。看故字甚明。六句總言人當立節自異。

屈復曰：荼薺甘苦不能同生，蘭茝惟處幽僻而自芳矣。回風之能變物隕性如此，而中有不變者存焉。

江中時曰：言氣味不同，君子無所用於世，惟有僻處自善而已。以上言楚正回風摇蕙之秋。

夏大霖曰：荼苦薺甘不同畝，比君子與小人不相謀，不兩立也。蘭茝幽而獨芳，比君子以幽自矢不求知，不改節也。又曰：鳥獸號群，魚自別，荼薺不同畝，皆自别意。草苴不芳，蛟龍隱文，蘭芷幽芳，皆隱文章意。

邱仰文曰：喻邪正異類，原不並立。 又曰：以上三節，言讒邪害正，側身無所，寬寬起論。

陳遠新曰：君子不同流俗陪說，君子窮則獨善是主。 泛言物理以況君子窮則獨善其身。

奚祿詒曰：陶隱居云：“茶，一名苦菜，一名游冬。”即今之茗。三月生扶踈，六月華從葉出，八月實，冬不枯。《詩》“誰謂茶苦，其甘如薺”，薺葉可作葅羹，實亦呼菥蓂子。

劉夢鵬曰：茶苦薺甘，生不同畂，邪正原不並植。 故蘭茝幽僻，獨有孤芳，不與衆溷也。

丁元正曰：言回風既起，則鳥獸草木魚龍，莫不凋謝潛藏，而惟蘭茝獨生於幽谷之中，不目秋風而蕭瑟焉。 此原自況，言欲如彭咸之造思，立志不似小人之與萬物同衰謝也。

陳本禮曰：茶苦薺甘，其味殊蘭茝之幽，不與草苴爲伍，其芳獨。 此原自喻。

胡文英曰：承上二句，起下獨字。 茶，苦菜，吳名蒲公英，楚名苦菜，根似野萵苣。 又野萵苣、油菜，俱名苦菜。 薺，即今之薺菜，郢中名蕨蒁菜，味甜。

牟庭曰：後又被擠遠遯，如茶薺不同畂也。 今則無人自芳如茝蘭也。

顏錫名曰：觀夫薺甘茶苦，猶不同畂而生，何怪蘭茝甘心處幽而獨芳也。

王闓運曰：忠佞相形，已乃被禍也。 茶，毒草。 薺，苦草。 毒苦之草，不可與同畂。

聞一多曰：甘苦異味，薺茶不同畂而生；蘭茝幽藏，久保其芳。

姜亮夫曰：“蘭茝”句，言蘭茝之幽處，不與衆同其芳也。

蔣天樞曰：《説苑》載楚莊王賜虞丘子田三百，號曰國老。 則種植蔬菜，古已有之。 此言物性不同，或宜於密，或密反爲害，或鳴以達意，或隱以致功，物各有宜，不能相連。 而蘭茝之得芳，蛟龍之變化，終以幽隱爲宜。

湯炳正曰：以上六句皆喻君子立德，"介志不忘"，小人"萬變其情"而不可"蓋"。

按：荼，苦菜也。 薺，甘菜也。 此句亦當言立節自異之意。 許清奇説是。 張詩謂此原自况，言欲如彭咸之造思立志，不似小人之如萬物衰謝也，甚是。 王邦采亦言荼薺必不同畝喻有忠佞而不可以同朝，賢人亦不可改節者，意亦近是。 賀寬謂薺荼甘苦，不以同畝而遂同味；蘭茝香澤，不以幽谷而遂不芳。 如原之思彭咸以其類而思之。 其意較王邦采説又遠一層矣。

惟佳人之永都兮，更統世以自貺。

王逸曰：佳人，謂懷、襄王也。 邑有先君之廟，曰都也。 更，代也。 貺，與也。 言己念懷王長居郢都，世統其位，父子相舉，今不任賢，亦將危殆也。

朱熹曰：佳人，原自謂也。 都，美也。 更，歷也。 統世，謂先世之垂統傳世也。 自貺，謂己得續其官職也。

周用曰：言所以没世，唯平生自遺之善耳。

汪瑗曰：佳，美也。 佳人，猶言君子，美好之通稱耳，故有謂之佳士、佳賓，非必美女而後謂之佳人也。 佳人，原自謂也。 或曰，蓋指彭咸，而因借以自寓也。 永，恒久也。 都，亦美也。 永都，指德行而言，蓋謂君子德行之美恒久而不變也，即上所謂介而不忘是矣。 更，歷也。 統世，猶言歷世也。 貺，與也。 自與，猶自許也。

言君子之美，雖歷屢世，而特立之操，足以自許其不變也，猶今言歷萬世而無弊之意。 王逸以爲楚王長居世統，朱子以爲屈原得續其官職，失之遠矣。《思美人》篇曰："情與質信可保兮，居重蔽而聞章。" 即此意也。

陳第曰：都，淑也。 眠，守也。 故惟佳人常守其善，統承先世而不自失。

張京元曰：佳人，指懷王。 永承世統也。

黃文煥曰：此中之意，匪人不知，惟佳人知之。 務求實行以砥素心。 永都者，以之爲都居也，意安於是之謂也。 統世者，統包一世之美事，一肩承當，必不肯放下片刻，必不肯少漏纖毫。 此非他人所能贈吾，亦非可贈它人者，故曰自眠也。 一世遠矣，非志足以及之，不足以統之也。 又曰"惟佳人之永都"，與下"惟佳人之獨懷"，分作對竪。 自眠自處，語亦互對。

李陳玉曰：才貌爲祟，門第爲禍。

周拱辰曰：統世，言統領衆美，爲好修之領袖也。 自眠，自珍寵也。

陸時雍曰：自眠，自襲其寵眠也。

王遠曰：永都，亦不變之意。 統世，自眠，言總包一世之事，自責於己身也。

錢澄之曰：佳人，自謂也。 永都，言長有其美也。 統世，合萬世而總計之。 自眠，自予以後世之名，所謂"永都"也。

王夫之曰：統世，周覽群情，知其變也。 自眠，折衷物變，擇潔身之道以自予也。 君子不與衆同汙，天下之情僞彙觀，而擇善以自處，乃己所欲效法也。

林雲銘曰：惟，思也。 佳人，指彭咸。 永都，長保其志介之美也。 舊注佳人指君，大謬！ 既思之後，又統包一世之事以自予，獨力承當。

高秋月曰：統世者，合一世之美以自貺贈也。

徐煥龍曰：佳人，原自況也。 思此佳人之都，永久不變，宜乎見貺於君，乃自懷及襄，更歷統世，君莫我知，惟以自貺。

賀寬曰：此亦申言不變之志也。 吾之志比前修他人，不能知也。以一死而全君臣之統，此亦豈堪贈人，惟當自貺耳。

張詩曰：佳人指賢君也。 統，一也。 言惟此佳人，久而益美，更歷一世自許甚高。

蔣驥曰：永都，言其美始終一致也。 統，系也。 更統世，謂自懷及襄，世系更易也。 貺、況同，比也。 夫物各從其類，而情之不可蓋如此。 故惟於彭咸之所爲，情實相契，而易世以之自比。

吳世尚曰：佳人，指彭咸也。 都，美也。 統世自貺，言其統萬世之美而以自與，所謂永都者也。 言世衰道微，賢人隱去，以道而言，固亦美矣。 而惟彭咸之佳人，又有無窮之永美者，以其更統千萬世，莫逃之義，而以自貺於一身也。

許清奇曰：惟，思也。 永都，長保其美也。 統世自貺，言不特獨善其身，且風厲一時，流傳萬古，統世之美以自予。

江中時曰：佳人，謂君也。 永都，永奠其都。 統世，統治一世。自貺，自任也。 此屈子之遠志也。

夏大霖曰：此節以思法彭咸自明也。 惟，思也。 思其可法而法之也。 永都，言其志介之美，能永久不忘，不爲回風掩蓋。 統世自貺，猶言以天下爲已任。

邱仰文曰：自貺，謂宗臣得續其官職。

陳遠新曰：即所謂藹藹王多吉人願慕之稱也。 舊注指君或指彭

咸，俱不妥。 永都，生逢聖主，所以長美。 統世，兼善天下。 覬，
予也，以天下自予，不止獨芳。 惟佳人遭遇明良，更能兼善天下。
故得志與民。

奚禄詒曰：覬，叶匡，與也，善也。 佳人謂懷襄二王都美也。
言懷襄信美質矣。 更代統世，乃父子自興爲善，不任行賢臣也。

劉夢鵬曰：佳人，即所遺所思之美人。 都，善也。 統，合也。
荼薺異處，幽蘭獨芳。 當此回風搖蕙之日，獨有佳人不自委美，永葆
靈修，更合一世之善，以爲己善。

丁元正曰：佳人，猶言君子。 更統世，更歷一世之人情變態也。

戴震曰：覬，猶愛也。

陳本禮曰：佳人，變易彭咸稱佳人，直以己自任矣。 易世相感，
不改其節。

胡文英曰：佳人，即“蘭茝幽而獨芳”之人。 統世自覬，以負荷
世道爲己任也。

牟庭曰：永都者，遠處也。 雖棄逐更以斯世自任也。

胡濬源曰：佳人即美人也，以自稱，可知美人不專比君。

顏錫名曰：言物固如是矣，彼長抱修美之佳人，不特文章異象，
更能統包一世以自擔當。 佳人，屈子自目。 或以爲指君，或以指彭
咸，於文章皆不諧洽。

王闓運曰：佳人，懷王也。 統謂三統，有天下者也，世傳國及子
孫也。 覬，賜也。 言嗣子自當繼統受賜，懷王長美亦必無不慈之
意，深恨頃襄也。

吳汝綸曰：統，繼也。 言屈子終古無絶之美，乃繼嗣彭咸而以咸
自況也。

馬其昶曰：統計萬世，而以古人自覬也。

聞一多曰：佳人，謂彭咸。 都，藏也。《廣雅·釋詁》四。《論衡·詞時》篇："千五百三十九歲爲一統。"統之言充也，充，大也。《淮南子·説山》篇注。 統世猶言大數之世。 又《説文》："充，長也。"統世亦猶長也。 覬，益也。 思念佳人之長年姣好，歷世久速而自然愈甚。

于省吾曰：各家訓覬爲與、爲予、爲比、爲己得續其官職，都無法講得通。 這是由于不知覬字之通借而妄生異議。 覬爲後起字，其本字當作況或兄。《詩·彤弓》的"中心覬之"，陳奐《詩毛氏傳疏》謂"《説文》貝部無覬，當是況字之誤"。 又《釋毛詩音》謂"覬俗，古作兄"。 按陳説甚是。《詩·桑柔》的"倉兄填兮"，倉兄即倉皇，《釋文》謂"兄本亦作況"。《書·秦誓》的"我皇多有之"，《公羊傳》文十二年皇作況。《大誥》的"若兄考"，即"若皇考"。 詳拙著《尚書新證》。《無逸》的"無皇曰"，"則皇自敬德"，漢石經皇字並作兄。古讀兄如皇，屬陽部。《詩·彤弓》的"中心覬之"，即"中心皇之"。 詳拙著《詩經新證》。 以上是覬字本應作況或兄以及況、兄與皇相爲通借的例證。 皇有光大之義，《説文》訓皇爲大，《詩·采芑》的"朱芾斯皇"，《毛傳》訓皇爲煌煌，煌煌乃係光輝之義。《白虎通·號》篇謂"皇，天人之總，美大之稱也"。 美大與光大義相因。 總起來説，佳人爲屈子自喻。 永都，謂永久美麗，不是因時盛衰。"更統世而自皇"，正承佳人永都爲言，是説自懷及襄，雖已更歷統世而仍然認爲自己的一切是光大的。 這顯然是與當時的黑暗統治相對立的。《思美人》稱"欲變節以從俗兮，媿易初而屈志。 獨歷年而離愍兮，羌馮心猶未化"。《懷沙》稱"内厚質正兮，大人所盛"。《橘頌》稱"秉德無私，參天地兮"。 以上所列，均與"惟佳人之永都兮，更統世而自皇"一義相貫。 皇平聲，正與上文陽部字爲韻。

姜亮夫曰：佳人，王注極誤。 朱熹以佳人爲原自謂，于義爲得。

都訓邑有先君之廟曰都，自是都字本義，然與此亦無涉。此都字言美盛也。《詩》"詢美且都"，《傳》"都，閑也"。《山有扶蘇》"不見子都"，《傳》："世之美好者也。"《史記·司馬相如傳》"姣冶嫺都"，《索隱》："雅也。"又"甚都"，《集解》："姣也。"《廣雅·釋詁》："都，大也。"《小爾雅·廣詁》："都，盛也。"按都本大邑，故引申爲大，爲廣，凡廣大諸義，以積極義相類爲訓，則盛美，亦得曰都，故都訓美盛嫺雅矣，此言永都，猶言長好也。統世，猶言繼世。覬，賜也，《爾雅·釋詁》文。厚也；《詩·彤弓》"中心覬之"《傳》。自覬，猶言自求多福。此二句言己之所以長好，蓋繼世更歷，而自求多福以得之也。此自述先德之意。

蔣天樞曰：六句敘阻隔難歸時情懷。惟，思也。佳人，與"美人"義同，屈子自謂也。都，意度安閑，雖在危困中永不變己安閑儀度。更，改變。更統世，改變楚國爲統治斯世之帝業。覬，賜也。自覬，謂大業須自求多福以致之。《天問》所謂"登立（位）爲帝，孰導上之"者是也。

湯炳正曰：佳人，屈原自喻。都，美好。更，經歷。更統世，猶言經歷久遠。自覬，自與，即自許。

按：都，居也。覬，賜與。自覬，自與也。佳人，原自謂也。此句言佳人永居之處，雖歷世而不改立節之自許。亦承上矢志立節之意。王逸以佳人，謂懷襄，言原念懷王長居郢都，世統其位，今不任賢將危殆，以明屈原忠君愛國之心，乃漢儒之見。蔣驥以永都言其美始終一致也，恐非是。

眇遠志之所及兮，憐浮雲之相羊。

王逸曰：言己常眇然高志，執行忠直，冀上及先賢也。相羊，無所據依之貌也。 言己放棄，若浮雲之氣，東西無所據依也。

朱熹曰：相羊，浮遊之貌。 因自言其志之高遠與浮雲齊，而不能有合於世。

汪瑗曰：所及，謂志之所之，其高速直與浮雲齊也。 謂之曰憐者，蓋亦自憐其志之高遠，而不能有合於世也。 謂之曰浮雲者，蓋浮雲輕則愈高遠也。 相羊，共徘徊貌。 更統世以自睨，可久之志也。 浮雲共相羊，可大之志也。 可久可大，此所以爲水都也。

陳第曰：守高遠之節，與浮雲齊。

黃文焕曰：眇遠志者，眇然而遠也，極吾之微視也，目力有不及，志無不及，故曰眇遠志也。 又曰：憐浮雲者，以吾之矢定力，嘆雲之無定姿也。 慨世之喻也。 慨世而忽又自慨。

李陳玉曰：志大高。

陸時雍曰：浮雲無依，中心俳個，托與之俱。

王遠曰：眇然志之高遠如雲之浮游太虛。

錢澄之曰：遠志，謂志之所及者遠也。 眇，微也。 猶云微有此志。 既有遠志，視現在身世，皆如浮雲，暫時相羊而已。

王夫之曰：遠志，遠大之志。 昔所諫君而欲大有爲者也。 相羊，與倘佯同，蕭散不能聚也。

林雲銘曰：然我以眇然之遠志，所及而爲之者，不能實用其力，但如浮雲之遊行天上，難以自主，誠可憐惜。 以有非其類者間之也。

高秋月曰：眇然而有冀及者遠也，憐浮雲者，以吾之有定力，歎浮雲之無定力也。 慨世之喻也。

徐焕龍曰：故幽眇莫知之遠志，所及雖天際之高，而舉世無徒。空虛無着，無異浮雲，則亦見浮雲而憐惜，與之相羊而已。

賀寬曰：吾之志甚遠，非人所能及，相彼浮雲，猶憐其無定姿也。

陳銀曰：遠志即自覛之志。

張詩曰：耿然遠志所及，直與浮雲相羊也。

蔣驥曰：其思獨長，其志之高速，如浮雲相逐於天也。

王邦采曰：而我眇然之遠志，其所及者，空虛無著，無異浮雲之相羊。

吳世尚曰：眇遠志以咸言也，憐浮雲之相羊，如云高誼薄雲天也。此其邈然遠志，高不可似，庶幾天半孤雲，或可相爲徜徉耳。

屈復曰：微志與浮雲齊高也。

江中時曰：遠志所及，如雲之浮遊而無所依，則志不得遂，良可惜矣。

夏大霖曰：無奈空懷遠志，可憐無濟於事。如"浮雲之飄蕩"四句，就彭咸身上說。

邱仰文曰：相羊，同徜徉，喻立志高。

陳遠新曰：眇，視貌。遠志，不忘之志。

奚祿詒曰：言己眇然高志，希及先賢，以致放逐若浮雲之無依。

劉夢鵬曰：無有矜己誇人、傲詞不聽之事，故遠志及之也。

丁元正曰：眇，輕視也。

陳本禮曰：眇其一目而仰視之，以定其高下之所及。

胡文英曰：渺，微也，想也。相羊，浮雲輕漾之貌。晉文賢君，而遠志及于介子者，不過如浮雲相羊。屈子更無志念者，又甚于子推矣。

牟庭曰：志遠而不得自由，從風相羊如浮雲也。

顏錫名曰：其志趣之邈遠，高比浮雲，介然守其遠志。

王闓運曰：遠志所及，悲王在秦也。浮雲，喻客秦也。

聞一多曰:《文選·東京賦》"眇天末以遠期",《注》曰:"眇,視
也。"字一作窅。《聲類》曰:"窅,遠望也。"《文選》謝玄暉《敬亭山詩》注
引。案眇望一聲之轉,眇即望矣。心有所之曰志,其所之絶遠,故曰
遠志。及,屆也,至也。有所之則有所至,故志與及對。

姜亮夫曰:"眇遠"二句,言己高速其志,志之所及,蓋愛憐浮雲
而與之相羊;謂高與浮雲齊,不與世俗等也。

蔣天樞曰:眇,遠貌。遠志之所及,意即北歸佐王以成就大業,
而當前路斷,徒憐浮雲之相徉,痛己身之不能飛渡也。

按:"遠志"呼應上文"志介",即立志爲節士。憐,汪瑗謂自憐
其志之高遠,而不能有合於世也,甚是。相羊,倘佯。此言立志爲
節士,高與浮雲齊。陳第説是。錢澄之謂既有遠志,視現在身世,
皆如浮雲,暫時相羊而已,未及意旨。王闓運以遠志所及,悲王在秦
也,附會之説也。

介眇志之所惑兮,竊賦詩之所明。

王逸曰:介,節也。言己能守耿介之眇節,以自惑誤,不用於世
也。賦,鋪也。詩,志也。言己守高眇之節,不用於世,則鋪陳其
志,以自證明也。

洪興祖曰:古詩之所明者,與今所遇同,故屈原賦之。

朱熹曰:是以其志不能無惑,而遂賦詩以明之也。

汪瑗曰:有所觸於心曰感,謂見回風起而思及彭咸,故遂賦詩以
明己之志也。其即孔子竊比於我老彭之意歟?上言造思及志,而此
獨言志者,舉此可以該彼,亦省文耳。夫志一而已矣,然曰介志,曰
遠志,曰眇志,何也?介言其堅確也,遠言其高大也,眇言其幽深
也。不幽深則淺陋,不高大則卑小,不堅確則頹敗。其與小人虛僞

之情，相去無幾矣。 故必遠以期之，眇以窮之，介以守之。 三者備，而後可以言君子之志矣，始可與蘭茞幽而獨芳者比矣，始可以昭彭咸之所聞，而託彭咸之所居矣。 瑗按：言不忘則曰介志，言及浮雲則曰遠志，言所感則曰眇志，其用字極有斟酌，非漫然而作者可同日而語也。 又按：感一作惑，朱子從之，非是。 賦詩，即指己所作此篇之文也。 洪氏謂"古詩之所明者，與今所遇同，故屈原賦之"。 亦非是。

陳第曰：乃爲世所疑，不得不賦以自明也。

黃文煥曰：介眇志者，微際之中，懼其初健而終弱。 持之以介，乃不變搖，故又曰"介眇志"也。 又曰：統既之願，踐之何日乎？ 此吾之所感也。 世與心違未可知，而心與口矢則可定。 故復自信曰：賦詩之所明也。 又曰：眇遠志，介眇志，字復旨殊，翻洗層疊。

李陳玉曰：才大奇。

周拱辰曰：竊，賦詩之所明，蟲至秋而皆聲，心至愁而皆鳴。 詩之自鳴，非求人之代爲我明也。

王萌曰：言願甚奢也，因自歎此志，終不能遂竊賦詩自明而已。

錢澄之曰：介眇志，介然此微志也。 所惑，謂惑於從彭咸也。志雖惑，而吾所見甚明。 今竊賦其所明，萬世而下，當如從彭咸之非惑也。 賦詩，即指所賦之詞。

王夫之曰：介，獨也。 惑，疑也。 眇志，孤志也。 己所自既者，遠大之志，君既不用，如浮雲之散滅。 則孤眇之心，疑禍亂之必再者，唯賦詩見志而已，不能喻諸人也。

林雲銘曰：介，因也。 因此有感，曾賦詩自明，如《離騷》所謂"依彭咸之遺則"是也。 又曰：已上思彭咸之初諫以爲法。

高秋月曰：賦詩所明，言以守介節不用於世，因感而賦詩以自明也。

徐煥龍曰：吾茲眇志，向爲讒人之所惑亂君聽者，今且介于疑似，不言無以自明，非長言咮歎，猶不足以明之。 竊賦詩之所明耳，見不能已于斯篇之作也。

賀寬曰：而有不能無感者，吾不賦詩以自明，又孰能明吾志之介然乎？ 竊賦詩以明吾不變耳。

張詩曰：乃我之志堅確以介，幽深以眇。 值此回風，忽然有感，因賦詩而自明焉。 此以見有是君，有是臣，乃相得而章也。

蔣驥曰：又恐其志之搖亂，向固嘗賦詩以繫定之。 蓋造思不忘至是，夫豈一毫虛僞而能然乎？ 賦詩，指《離騷》與《抽思》《思美人》言。 三篇皆作於懷王時，以彭咸自命者也。

王邦采曰：介，因也。 是以其志不能無惑，而竊賦詩以明之也。

吳世尚曰：余之介介之微志，深有感乎其人，竊欲附其後塵而恐不得也。 賦此詩以明之，亦冀其有以許我也。

許清奇曰：言我矢其遠志，欲立勁節，憐世人之變態，無定如浮雲之變滅耳。 於是因世之疑惑，而竊古人賦詩明志之意，作此以破疑也。 次段言人當立節自異，方能不朽。 此彭咸之永都，所以動於遠志也。

屈復曰：佳人之志不變，故感而賦詩以明之也。 右二段，賦詩自明之由也。

江中時曰：因志有所感，而賦詩以自明，如《抽思》之歌是也。

夏大霖曰：言我亦堅確遠志與彭咸，現感賦騷篇以自明效法之意。

邱仰文曰：惑如字，言守節適自惑誤。

陳遠新曰：惑，疑也。 爲世所疑。 賦詩，詩言志，而本於思發於情。由之而小人不得泰權，且喜其爲用，即或爲世所疑，賦詩明之，如周公《東山》《破斧》之類，不至忠而見殺，所以謂之永都。

奚祿詒曰：終介介守此遠志，爲世所疑，不得不賦颷以自明也。

劉夢鵬曰：内有遠志，而朕時不當，相羊可憐。感激于中，故欲賦詩自明，如下文所云也。

丁元正曰：眇志，孤眇之志也。詩，即此篇之文。

戴震曰：閔於疑惑，則又賦詩可明，蓋決然定於志如此。

陳本禮曰：以上《悲回風》賦序。眇我志之所及者，欲及彭咸也。憐浮雲之相羊者，君亡無主，如浮雲之無依也。舊詰序、文不分，故人誤謂文多重復。

胡文英曰：言介子之得以君爲志過而感動者，因有賦龍蛇之詩以代明其事也。

牟庭曰：涉世苦迷惑而辭賦頗能明也。此原自敘其生平也。

顏錫名曰：志之所感，竊賦詩以明之。非今日漫然自詡也。

王闓運曰：介，猶紹也。眇，幽也。詩，《離騷》也。心所疑者，賦《離騷》以明之，託以介紹己志也。

吳汝綸曰：介，因也。此憂屈子，而故反其詞。

馬其昶曰：《毛詩序》云：“詩有六義焉：一曰風，二曰賦。”今以心慮煩惑，故竊取賦詩之義，以自明其所志也。自屈子創爲此體，而遂有賦之名。班固曰：“賦者，古詩之流也。”以上言賢者不容於世，自明己志在此，無可悔也。

武延緒曰：“介眇志”當作眇介志，與上眇遠志一例。

聞一多曰：《方言》十二：“忦，恨也。”又二：“齘，怒也，小怒曰齘。”《説文》：“齘，齒相切也。”忦齘義通，蓋本一字。眇，同渺，遠也。竊猶忦也。《説文》竊從古文疾聲，“恔，妎也”。重文作嫉。

忦姤同。 又《莊子·馬蹄》篇"詭銜竊轡",《釋文》曰:"齧轡也。"齘齧聲義俱近。《說文》竊又從卨聲,卨古文偰,是竊齧聲亦本近。 賦者詩之流,以其體尚鋪陳,故謂之賦詩。 後世稱賦,即賦詩之省耳。 明猶著也。 心中有所嚮往,目光隨思緒而馳,至於天邊,則有浮雲相羊,心所念者,宛在其間,不覺注明凝思,寄其微情焉。 然而此徒幻想耳。 幻想既滅,其人終不可見,因恨詩人所著之不實,徒令人惑亂迷惘耳。 張九齡《雜詩》:"我有異鄉憶,宛在雲溶溶。 憑此目不覿,要之心所鍾。 但欲附高鳥,安敢攀飛龍。 至精無感遇,悲惋填心胸。 歸來扣寂寞,人願天豈從!"所寄意雖異,其遣辭則與此甚近也。

姜亮夫曰:"介眇志"二句,介,耿介持守之也。 惑,當從一本作感,言因操守其高遠之志,而有所感之世事,故竊爲賦詩以自明之也。 賦詩,蔣驥曲爲之會也,此當即指下文自"惟佳人之獨懷兮"至"刻著志之無適"一段言,細讀之自能得其義。 此段大體隱括身世,抽繹思理,直舒情誼,爲一切情調色澤之昇華擷英;以調言,則繁音促節,而又紓曲盤旋,於屈賦中最爲流暢酣透;以修辭言,則自第三句起,每句或用疊字,或用聯語,集鏗鏘鼓舞之妙;以表情言,則悽蒼悲壯,委婉屈折;舉此諸端,合而校之,既不敷陳事狀,又不推闡道理,純爲泣訴,確乎詩境,此真所謂詩體也。 既異於賦,亦別於純然之騷體矣。 則以此當屈子自賦之詩,蓋非向壁虛造之詞矣。

蔣天樞曰:惑,迷亂。 心思遠志,而目斷道阻,遠志不達,心意煩亂,因賦詩以明志也。

湯炳正曰:介,猶隔閡,作下面惑的副詞。 二句謂己志遠大而介然有惑,故獨自賦詩予以表白。

按:此言作詩以明立節之志。 如《離騷》所謂"依彭咸之遺則"

是也。 王逸謂言己守高眇之節，不用於世，則鋪陳其志，以自證明
也，甚是。 蔣驥以爲又恐其志之搖亂，向固嘗賦詩以繫定之，恐
非是。

　惟佳人之獨懷兮，折若椒以自處。

王逸曰：懷，思。 處，居也。 言己獨念懷王。 雖見放逐，猶折
香草以自修飾，行善終不怠也。

周用曰：下四章，敘己之去國，哀痛眷戀之情。

汪瑗曰：此章首句與上章首句提起對看，皆頂彭咸章來，然意亦
相承也。 上章憐己立志之高遠，此章傷己高遠之志隱伏，而無所用
也。 懷，思念也，如《論語》“君子懷德”之懷。 下七句皆申言獨懷
之意也。 折芳椒以自處，喻取善行以自居也。 上章永都之志亦是。

林兆珂曰：懷，思念也。

黃文煥曰：上言統世遠及，自鳴其抱負。 此言獨懷折處，專寫其
淒涼。 抱負愈深，淒涼愈甚矣。

李陳玉曰：生性孤往，氣味辛辣。

王遠曰：折椒自處，終不變也。

王夫之曰：若，杜若。 椒，申椒。 君子獨懷芳而不采。

林雲銘曰：思彭咸不得於君，而僅托之造思者。 既思之後，惟以
善自治。 椒性辛，猶云“薑桂之性，到老愈辣”。

高秋月曰：懷，念也。

徐煥龍曰：人莫懷佳人，佳人獨懷。 所獨懷者，折此芳椒無從遺
贈，只以自處。

賀寬曰：此則其《悲回風》而賦者也。 秋至生悲，況當獨處，孤
芳誰共感歎。

張詩曰：言惟此佳人，所以獨係我懷思者，以其平居惟折芳椒以自處，故永都如是，而吾之懷之也。

蔣驥曰：承上言雖志彭咸之所志，然猶未遽爲彭咸之所爲。追觀秋風搖蕙而計始決，以應篇首之意也。椒，辛物，喻直節也。言惟獨懷彭咸之所爲，故守其直節以犯世患。

王邦采曰：折此芳椒，無從遺贈，祇堪自處，所以獨懷。

吳世尚曰：是故古人行事可法者多，而惟佳人則獨我之所懷思而必欲自傚者也。平日折芳椒以自處，而不敢使有一毫之不潔。

許清奇曰：己獨係思彭咸也。

江中時曰：佳人，謂孤臣。言人皆不懷君而我獨懷之，此彭咸之造思也。折若椒自處，言以善自治也。

夏大霖曰：獨懷，獨思立志不變也。椒，芳而味辛，喻性同薑桂，愈老愈辣，不可改也。自處，謂彭咸之自處。

陳遠新曰：縱不統世自睨也，只折芳自處，何至嗟嗟思慮。言佳人或不盡屬永都，有時不克統世而獨懷王，只折芳自娛而已。

奚祿詒曰：獨念君王，長自修芳潔。

劉夢鵬曰：言己懷念美人，益珍芳修。

陳本禮曰：懷，懷王也。

胡文英曰：承上"獨芳"，起下"獨隱伏而思慮"。

顏錫名曰：言此佳人生不逢辰，抱芳獨處。

王闓運曰：椒喻宗室也。思念懷王，又感宗臣之義。

聞一多曰：自猶獨也。處猶寢也。《詩經·殷其靁》以處息平列，寢亦息也。是處亦可訓寢。

姜亮夫曰：獨懷，言胸懷殊異於衆；因其異於衆，故折芳椒而自處。

蔣天樞曰：此八句敘道阻後悲苦焦急之情。因託爲賦詩明志寫己情懷。折，斷也。芳椒，性辛烈之椒。折芳椒以自處，喻必不得已時即舍生成仁。

湯炳正曰：佳人，屈原自喻。

按：佳人，喻指節士。若，杜若，香草名。椒，申椒，芳草名。此言惟獨懷做節士，折芳草以自處，遠俗世也。

曾歔欷之嗟嗟兮，獨隱伏而思慮。

王逸曰：歔欷，啼貌。言己思念懷王，悲啼歔欷，雖獨隱伏，猶思道德，欲輔佐之也。

汪瑗曰：增，申重之意。歔，氣之呼也。欷，氣之吸也。皆嘆息之聲。嗟嗟，嗟而又嗟，嘆之甚也。《詩》曰："嗟嗟臣工。"隱者，潛而不見也。伏者，屈而不伸也。二字亦承自處而來。思者，念之切也。慮者，憂之深也。

林兆珂曰：歔欷，嗟嘆貌。言己以忠直爲懷，雖處放逐，猶折香草以自脩飾。歔欷咨嗟，獨處隱伏而懷思如故也。

黃文煥曰：統世者共爲君子之思，椒處者獨爲君子之日也。共爲之，故曰志及。獨爲之，故曰隱思。聲有隱也，思亦有隱。嗟呼未易與人言矣！賦詩可明祇虛語矣，始之造者兹日以增矣。又曰：聲有隱而先倡，獨隱伏而思慮，天人同此幽涼之況。

林雲銘曰：思所以爲國爲民，總不得行。

徐煥龍曰：折芳何用，增益歔欷，嗟嗟何已。歔嗟誰告，且羞對人，獨眠隱伏，思君慮國。

張詩曰：歔欷而嘆，嗟嗟而咨，思慮隱伏于中，以至涕泣交流。

吳世尚曰：至於今日歔欷涕泣，反覆思慮。

江中時曰：隱伏思慮，終不能忘君國也。

夏大霖曰：曾，同增。 歔欷，悲悼噓嗟又長嘆也。 獨隱伏孤身見棄也。

邱仰文曰：非思君，即慮國。

奚禄詒曰：屢增嗟歎，慮國之患難也。

劉夢鵬曰：隱伏思慮，身放流而心君國也。

陳本禮曰：玩兩“獨”字，則知當時臣民慟心而思懷王者，惟屈子一人而已。 獨隱伏思慮者，恨身不能奮飛入秦，而返楚懷之駕也。

顏錫名曰：日夜憂思，涕泣交横，歔欷太息而不可止。

姜亮夫曰：歔欷，歎喟之聲也，與嗟嗟對文。 嗟嗟，嗟之又嗟不已也，詳余《詩騷聯綿字考》。 曾歔欷句，言屢歎息嗟喟也。 隱伏思慮，言隱居伏處而獨自思慮，無人知也。

蔣天樞曰：歔欷，悲泣聲。 嗟嗟，詫嘆貌。 隱伏，藏匿己身，以思慮脱身逃遁之策。

湯炳正曰：曾，同“增”，一本作“增”，不停的。

按：歔欷，嘆息之聲。 嗟嗟，嗟而又嗟，嘆之甚也。 此言立志做節士乃爲痛苦之選擇。 因節士持節，不與世俗同類，且最終結局皆爲强死，故隱伏思慮再三。 林兆珂謂以忠直爲懷，雖處放逐，猶折香草以自修飾。 歔欷咨嗟，獨處隱伏而懷思如故也。 意亦近是。 王逸以爲雖獨隱伏，猶欲輔佐懷王，亦拳拳之心可鑒，可参。

涕泣交而凄凄兮，思不眠以至曙。

王逸曰：凄凄，流貌。 曙，明也。

洪興祖曰：凄，寒涼也。

汪瑗曰：自鼻出曰涕，自目出曰泣。 涕泣者，歔欷之深也。

交，謂涕泣並下也。　悽悽，慘傷貌，嗟嗟之甚也。　思不眠，謂思慮慘傷之極，不能着寐也。　獨言思者，舉此可以該彼，亦省文耳。曙，天明也。

王夫之曰：宵而不安於寢，旦而不怡於遊，終不釋於懷抱。

徐煥龍曰：涕交至曙，身眠思不眠。

賀寬曰：日增憂從中來，涕泣如雨，欲竟不眠。

張詩曰：天將明曰曙。　悽悽慘傷，思之既切，不眠至曙。

蔣驥曰：至於哀思併集，竟夜無眠，迨既曉，欲遊行以寄意。

吳世尚曰：長夜不眠，耿耿至旦，則殊覺君臣之義，無所逃於天地之間。

夏大霖曰：思慮憂國懷忠也。　因思而不眠，惟不眠而恨夜長。

陳遠新曰：今乃嗟嗟思慮之極，長夜達旦。

劉夢鵬曰：長夜不眠，則望早曙。

丁元正曰：天將明曰曙。

牟庭曰：夜亦愁，晝亦愁也。

蔣天樞曰：悽悽，涼意。　雖淚流滿面，涼意徹骨，不能抑制己悲痛。

湯炳正曰：悽悽，悽涼哀感貌。

按：此言悲傷而徹夜不眠。　王夫之謂宵而不安於寢，旦而不怡於遊，終不釋於懷抱，其是。　吳世尚以悟覺君臣之義，無所逃於天地之間，附會之說。

　終長夜之曼曼兮，掩此哀而不去。

王逸曰：曼曼，長貌。　心常悲慕。

洪興祖曰：掩，撫也，止也。

汪瑗曰：長夜，秋日晝短而夜長也。終長夜，謂至曙也。黃昏者，夜之始。天曙者，夜之終也。曼曼，夜長貌。掩，揮也。此哀，總承嗟嗟悽悽而言也。掩哀，猶所謂排悶遣懷也。言此獨懷之哀，雖揮斥之而不能去也，以見哀之之甚。此蓋秋夜有感於回風，而獨懷不寐，故《悲回風》之所以作也。或曰，上章“憐浮雲之相羊”，有所感於晝者也；此章“思不眠以至曙”，有所感於夜者也；下章“寤從容以周流”，又所以感於晝者也；“依風穴以自息”，又所以感於夜者也；“忽傾寤以嬋媛”，又所以感於晝者也。而回風總言耳，言回風一起，景物蕭索，令人傷感，而晝夜輾轉於無已也。其說亦甚是。瑗按：此章上二句爲冒頭，中四句並承上獨懷來，末二句又總結之意，雖同而有淺深也。又曰：屈子平生心事之苦楚，學問之憂長，才華之精妙，獨賴此篇之存，歷千餘載無有能解其意而注之善者，幸遇我文公爲一顧盼，可謂得所遭矣。然精義大旨，雖多表章，而細微曲折之詳，又不得爲倒廩傾囷，一開發之，使其燦然復明，與《三百篇》並傳，以惠後學，可勝嘆哉？

林兆珂曰：夜則涕泣不眠，含哀達旦；晝則徙倚游戲，强步自娛，旦夕縈懷，哀終不去。

陳第曰：心常悲慕。

黃文煥曰：交淒不眠，短夜猶且不堪，而又遭此長夜，掩而去之，不可得矣。

李陳玉曰：憂時大深。

王遠曰：上節言其立志之高，此節言其獨處之悲。

錢澄之曰：此下總敘其懷思愁苦，不能自已，計惟一死始休。

王夫之曰：原至此，不復名言其所愁者何事。

林雲銘曰：掩，抑也。夜間無不思不哀之時。

高秋月曰：掩，藏也，藏而去之也。

徐煥龍曰：長夜難終，掩哀哀不去。

賀寬曰：以消長夜，而哀不能去也。

張詩曰：終長夜之曼曼，欲掩抑此獨懷之哀思而不去也。

王邦采曰：掩，抑也，止也。

吳世尚曰：君縱不寤，我惟一死以自靖而已。哀哀此情，撢而不去，非我佳人，其孰能知之。

許清奇曰：掩，抑也。

屈復曰：獨懷芳椒，不眠至曙，永夜哀思也。

夏大霖曰：夜長不勝哀，而哀愈不可掩遏，消遣不去矣。

邱仰文曰：掩，抑也，謂丟不下。

陳遠新曰：長夜難挨，只望天光。

奚禄詒曰：此寫題上悲字，可謂纏綿。

劉夢鵬曰：思之之至極而哀涕，掩抑止之也。

胡文英曰：魯欲使樂正子爲政，孟子聞之，喜而不寐。今小人搖屈子所引之賢，則行道無期，自有不眠至曙、掩哀不去之苦矣。

王闓運曰：長夜，喻闇朝也。

武延緒曰：掩讀若淹，掩、綩 淹，古通用。

聞一多曰：《方言》十："攘、掩，止也。"是掩亦攘也。

姜亮夫曰：掩，留止之也。此四語謂己歔欷伏處，遂至於涕泣交流，其情凄涼，而思慮繞人，不眠至旦；終曼曼之長夜，此哀皆掩留而不去懷。此長夜爲喻辭。

蔣天樞曰：在曼曼長夜中，既無法斂此悲苦，直待天已大明，哀痛終難去懷。掩，斂也。

湯炳正曰：此哀，指上文君子修德而不得志。二句謂長夜漫漫，欲抑止哀傷，哀傷卻滯留心中不去。 以上第一段，爲小人得勢、君子隱伏的自傷之詞。

按：哀，當爲立志爲節士不再關心朝政，遠離郢都而哀。 王遠解謂上節言其立志之高，此節言其獨處之悲，甚是。

寤從容以周流兮，聊逍遥以自恃。

王逸曰：覺立徙倚，而行步也。 且徐游戲，内自娛也。

汪瑗曰：寤，覺也。 從容，優游貌。 周，遍也。 流，游也。 流與游古通用，故史傳言上流皆作上游。 逍遥，行樂意。 自恃，猶自娛也。 蓋謂身雖見讒於小人，見黜於人君，而其道之在己者，猶有可恃，足以自娛也，何爲哀苦至此乎？ 下文所謂"不忍此心之常愁"是也。 二句乃自慰之詞。

黄文焕曰：將借樂以敵哀，因景以遣情。 周流他鄉，自恃逍遥，淚可收也。 又曰：自睨自處之後，又曰自恃，勢危於無可恃。 姑一大言遣心耳。 聊字愴，逍遥更愴。 逍遥豈足恃哉！

李陳玉曰：非不善，自排遣。

王萌曰：從容周流，欲遠遊也。

錢澄之曰：承上章本未寐也，而此云寤，自賺自耳。 長夜不眠而思起行，從容周流，庶幾足以逍遥乎？ 自恃者，恃其自能逍遥也。

王夫之曰：周流，遊行也。

林雲銘曰：寤，曙而起也。

高秋月曰：從容周流，徒倚行步也。 逍遥自恃，欲遊戲自娛也。

徐焕龍曰：不寐寤何來，姑以曙爲寤，擬從容以周流山墊。 聊逍遥以自作主張，希幸晝非夜比，或能自恃，不爲哀思煎迫耳。

張詩曰：自恃，言恃其或可不思也。 承上言哀思之深，終夜不去，幸而至旦，既覺寤矣，將欲從容周流，逍遙自恃。

蔣驥曰：寤，天曙而寤也。 恃者，寄託之意。

王邦采曰：不寐，何由得寤，姑以曙爲寤耳。 從容周流，即逍遙也。 自恃者，晝非夜比，聊以把持，不爲哀思煎迫也。

吳世尚曰：夫夜既不能寐矣，則旦而遊行，又豈能爲情哉。 蓋亦聊以自恃而已。

江中時曰：周流逍遙聊自恃，而哀終不能自已。

夏大霖曰：周流，閒行消遣也，自恃作硬心貌。

陳遠新曰：寤，天光之時。 自恃，自恃可免哀思。 言寤又不免，何哉?

劉夢鵬曰：自恃，自鎮其情，無令遇傷之意。 言長夜多哀，至於達曙，庶幾寤而從容，逍遙自恃。

陳本禮曰：由思入夢。《御案》：“似夢非夢，而若有見謂之寤夢。”自恃，恃有夢以爲逍遙計也。

胡文英曰：從容周流，不寤而緩行深念也。 自恃，猶支持也。

顏錫名曰：寤，寐而覺也。 心雖踊躍，身自無事，故曰“從容”。 曰“逍遙”也，周流彷徨而行，無定所也。 自恃，言恃周流以自遣也。

王闓運曰：欲去不可，故又思自託也。

聞一多曰：持，制也。《荀子·正名》篇注。

姜亮夫曰：寤，覺也，正對上長夜言。 從容，猶言徙倚。 周流，見《離騷》，猶言行步也。 自恃，《章句》謂“自娛”，未允。 恃，借爲持，自持者，持此哀而聊且逍遙也。

蔣天樞曰：八句接前意，在觀望形勢，悲痛愁苦中，冀能隨飄風以嚮往。 寤，覺醒。 長夜不眠之後，忽有所開寤，試從容周流，以

觀望形勢。 從容,舉動也。 周流,猶周行。 逍遙,觀望也。 恃,與
"持"通。 持,守也。

按:此言節士之狀,從容周流而又逍遙自在也。 王萌謂從容周
流,欲遠遊也,意亦近是。

傷太息之愍憐兮,氣於邑而不可止。

王逸曰:憂悴重歎,心辛苦也。 氣逆憤懣,結不下也。

洪興祖曰:顏師古云:"於邑,短氣。 上音烏,下烏合切。 一讀
皆如本字。"

汪瑗曰:此章承上,言哀思之深,夜既不寐,幸而至旦,已覺寤
矣,將欲從容遠遊,聊尋樂以自娛,又復感傷,太息愍憐,以至於氣
之於邑而不可止焉。 方自慰而復自悲,以見終不能釋然於懷也。 夫
夜既掩此哀而不去,晝又氣於邑而不可止,其所以然者,亦欲志彭咸
之所志也,豈徒哀傷乎己之不遇而已哉? 屈子所以作此篇之大意,實
在於此,故篇內於彭咸三致意焉。 讀者不可不知。 故此章所以遠遊
者,蓋將欲尋訪彭咸也。 直至下文"胖張弛之信期",皆此意。

林兆珂曰:但覺氣逆憤懣,亦不可止也。

黃文煥曰:氣不可止也,是日出而不窮者也。

李陳玉曰:無奈憂從中來。

王萌曰:言明發雖強自排解,而無如憂從中來,不可斷絶也。

錢澄之曰:而於此時復不禁太息愍嘆,心欲逍遙,而氣自於邑,
則將何所恃耶?

王夫之曰:而但自道其哽塞迷悶之如此,近死之哀鳴,與他篇抑
別矣。

林雲銘曰:日間雖強置不思,亦無不哀之時。

徐煥龍曰：豈知正欲逍遙，不覺感傷太息，自愍自憐，至於哭不出聲，於邑難止，將奈之何哉。

賀寬曰：欲待明發以寫我憂，而氣不能止也。 開後來多少宮辭閨語，而靡有得其萬一者。

張詩曰：而傷嘆愍憐，以至氣於邑不可止焉。

王邦采曰：然而感傷太息，自愍自憐，氣之於邑，不可自持矣。

吳世尚曰：傷太息之無庸氣，嗚咽而不已，憂從中來，殊不知其何以然而然矣。

許清奇曰：寤，曙而起也。

屈復曰：寤而於邑不止，盡日哀思也。

夏大霖曰：日間雖強置不思，亦無不哀之時。 此節寫掩哀不去之狀。

陳遠新曰：太息，指可爲太息之事言。

劉夢鵬曰：而又卒不可止，於邑不伸也。

陳本禮曰：及醒，固不能逍遙而入寐也。

胡文英曰：邑，悒同。 我傷心太息其可憫憐之故，是以氣於邑而不可止也。

聞一多曰：《九辯》：“心閔憐之慘悽兮。”愍憐、閔憐同。《淮南子·覽冥》篇：“孟嘗君爲之增欷歔唱流涕。”於邑即歔唈。

姜亮夫曰：愍憐，即今憐愍之倒言。 於邑不止，言鬱於不下也。“從容”“周流”“逍遙”“太息”“愍憐”“於邑”諸語，均詳余《詩騷聯綿字考》。 此四句亦承上而言，此所謂寤，亦喻辭也。

蔣天樞曰：愍，痛也。 愍欷，痛恨己無良策，爲之長歎。 於邑，猶“嗚咽”。 不可止，不能自制。 言觀望形勢之後，轉爲之太息痛歎，嗚咽不能自己。

按：此言立節自決定讓人歎息傷懷。汪瑗曰“方自慰而復自悲，以見終不能釋然於懷也”，甚是。陳本禮以爲原幻想入秦，終不能行，非是。

紉思心以爲纕兮，編愁苦以爲膺。

王逸曰：紉，戾也。纕，佩帶也。編，結也。膺，胸也。結胸者，言動以憂愁，自係結也。

洪興祖曰：紉，繩三合也。瓖，玉名。一曰馬帶玦。

朱熹曰：紉，戾也。纕，已見《騷經》。編，結也。膺，胸也，謂絡胸者也。

汪瑗曰：紉、編，皆結也。纕，佩帶也。膺，胸也。謂絡胸者也。纕膺之佩，無日而可去，以喻思心愁苦，無時而句釋也。

林兆珂曰：言己思昔時纕佩芬芳，以憂愁自係結。

張京元曰：言紉憂爲帶，結愁爲胸也。

黃文煥曰：於不可止之中，而求所以止之之法。言煩不可結，思煩亦不可結。衆緒雜出，是以難制。吾紉之以爲帶，編之以爲膺，則愁歸一處，足以因而制之矣。又曰：紉纕編膺，苦語能創奇。

周拱辰曰：腸曰愁腸，非別有腸可貯，愁即其腸爾。思纕、苦膺，即此意。言渾身是思，渾身是愁也。《老子》“飄風不終朝”，《詩》“飄風發發”，飄風，大風也。

王萌曰：紉，絞也。繩三合謂之股繩。

賀貽孫曰：如此，人雖不投汨羅，欲求永年，得乎？

錢澄之曰：紉，猶結也。思緒萬端，紉於一處，以爲佩帶也。

林雲銘曰：於是不得已想出一個法，將思與哀攢成一處，庶不亂思，亦不亂哀矣。

徐焕龍曰：無可奈何，因而紀結其思心以爲佩纕。 編輯其愁苦以爲膺服。 一則不使思愁散亂，一則安之如若固常。

賀寬曰：紀思心以爲帶，編愁苦以交膺，我與愁思同歸一處，不復憂其紛然難結矣。

張詩曰：言纕爲佩帶，膺爲胸絡。 吾身無日可去，乃吾之思心愁苦，無時可釋。 則是紀結思心以爲纕，編緝愁苦以爲膺也。

蔣驥曰：而傷其愁思菀結，如縈轉於胸佩而不能暫離，聊試曹然委連。

王邦采曰：合繩曰糾，編結也。 膺，絡胸者也。 無可奈何，因而糾結其思心以爲珮纕，編輯其愁苦以爲膺服。 一則不使散亂，一則安若固常。

吳世尚曰：絞成索曰糾，聯成片曰編。 言身心內外，罔非憂愁，百方解釋，終不可得。

許清奇曰：言將愁思安置身外，不使存衷懷也。

江中時曰：糾思爲纕，編愁爲膺，言愁思之多結，不可解也。

夏大霖曰：糾，絞結也。 纕，帶也。 編，比聯之謂。 膺，胸前絡也。

邱仰文曰：膺，絡胸之物。

陳遠新曰：糾，縛也。 膺，絡膺也，纕膺俱眼前物，言見國事日非，不啻織縛哀思，在目一般，此時只望不見。

奚禄詒曰：糾，絞也。

劉夢鵬曰：糾思編愁，愁思繚繞，緒結不解之意。 不敢愈疏之情也。

戴震曰：膺，《釋名》所謂心衣其是與。

胡文英曰：膺，袜胸也。 喻思心愁苦之時，不與我相離也。 然

玩 "糺" "編" 二字，有自縛自弄之意，蓋無聊之言也。

牟庭曰：打疊愁懷，隨風遊也。

顏錫名曰：其佩纕絡膺諸物，一如糺思心編愁苦而爲之者。

王闓運曰：勉事嗣君，降心徇俗，誠内自傷慇也，亦誰知之？誰
能聽之？

聞一多曰：心亦思也。《吕氏春秋・精諭》篇："勝書能以不言
説，而周公旦能以不言聽，紂雖多心，弗能知矣。"言紂雖多思慮，不
能知周之代己也。 徐廣《史記・五帝本紀》音義引《墨子》"年踰五
十，則聰明心慮不徇通矣"。 謂思慮不徇通也。《爾雅・釋言》："謀，
心也。"心亦思也。 此以忍言與愁苦對文，思心猶思慮也。 下文"憐
思心之不可懲"同。《釋名・釋衣服》："膺，心衣抱腹而施鉤肩，鉤肩
之間施一襠以掩心也。"

姜亮夫曰：糺，即糾之俗字，此句與下句"編愁苦"爲對文，糾、
編義亦相成，則糺者，聚會之意，思心亦愁思之心也。 言編聚愁思之
心，以爲纕帶之屬也。 此本喻語，故得以放佚之言出之。 膺與上句
纕對，則非胸膺可知。 按屈賦亦言佩纓，膺纓聲借字也，纓，冠系
也，又當胸之絡亦可曰纓。 此二句言將愁苦糺結之以佩於身也。 意
謂結束之使不更思更哀也。

蔣天樞曰：糺，古"糾"字，糾合爲繩曰"糺"。 纕，束袖帶，古
衣博，須用纕束之。

按：糺，結也。 糺思編愁，謂愁思繚繞，緒結不解之意。 劉夢
鵬解是。 此句吴世尚謂絞成索曰糺，聯成片曰編。 言身心内外，罔
非憂愁，百方解釋，終不可得。 甚是。 陳遠新以爲原憂國事，
可參。

折若木以蔽光兮，隨飄風之所仍。

王逸曰：光，謂日光。 仍，因也。 言己願折若木以蔽日，使之稽留，因隨群小而遊戲也。

洪興祖曰：《騷經》云：“飄風屯其相離。”亦此意。

朱熹曰：光，謂日光也。 仍，因就之意，言欲自晦而隨俗也。

汪瑗曰：折若木，見《離騷》篇。 蔽，遮覆也。 光，日光也。飄風，即回風，但無取義，與前所用不同。 仍，因就之意。 隨飄風之所仍，猶所謂取風而行也。 此章言己思心愁苦，無時可釋，將折取若木之枝以爲蓋，而遮蔽其杲杲之日光，乘此飄風之所止，或冀彭咸之一遇，以爲知己之遭，庶幾少慰此懷也。 上章言因欲遠遊而復悲傷之甚，此章言因悲傷之甚而復欲遠遊。 下二句即《離騷》篇“折若木以拂日，聊逍遙以相羊”之意。 王逸以飄風比小人，言因隨群小而遊戲也，非是。 朱子以爲言欲自晦而隨俗也，是用《惜往日》篇“慚光景之誠信，身幽隱而備之”之意，亦非是。 詳玩上下文意，還是欲遠遊訪彭咸之意，蓋言折此若木以蔽日光，隨飄風以往就彭咸也。 乃寄託之詞，無比喻之意，讀者更詳之。

林兆珂曰：今欲背而違之，願折若木以蔽日光，而隨風飄轉，蓋欲自晦而隨俗也。

陳第曰：初欲蔽日以少稽留，卒任其飄飄而已。

黃文煥曰：折若木以蔽光者，不眠至曙，遭夜方長，有夜有曙，則夜之愁倍於曙。 日光盡蔽，皆夜而無曙，則無可分別，而憂不至以夜甚矣。 飄風之勁，甚於回風。 觸同風而生悲，意欲避風也。 欲避愈悲，隨飄風之所仍，則不復避之矣。 無可避，而慘肅之氣，視爲固然，可無悲也。 前憐浮雲，其志堅，不欲爲雲，此隨飄風，其情蕩，直欲爲風也。 又曰：日光者，愁人之所欲就；飄風者，逐臣之所欲避。 折蔽隨飄乃爾反言之，時運既爾，不得不然，恨語能造奧。

李陳玉曰：劗削聰明，忘情去往。

陸時雍曰：慭光景之誠信，故折若木以蔽光。 欲浮遊而不歸，故隨飄風之所仍也。

王萌曰：折若木以蔽，傷照臨之不及而羞以面目示人也。 隨飄風所仍，悲而暗自比於羈旅於困，因亦可哀之甚矣。

錢澄之曰：上文云“思不眠以至曙”，此欲“折若木以蔽光”，不願其曙也。 首句云“悲回風之搖蕙”，此則“隨飄風之所仍”，不復悲也。 仍者，相繼而至，所謂終風也。 隨者，任其所爲而已。

王夫之曰：仍，風聲相襲也。 蔽日之光，蔽目不欲視也。 任風之發，塞耳不忍聽也。 目不欲視，耳不忍聽，置斯世於若存若亡之表。

林雲銘曰：又想出一個法，將曙亦合爲夜，弄成長夜黑暗世界。庶不知夜盡當曙，曙盡又夜。 但隨風之所飄而就之，則回風更不能傷我而搖我矣。

高秋月曰：折若木之枝以蔽日光，而使夜不復旦。 飄風之所因，而不欲復避，此託以反言，欲自晦而隨俗也。

徐煥龍曰：夫且折取若木，拂日以蔽其光，飄風之所因仍，我即隨之而去。

賀寬曰：若木無光，不復憂長夜之難旦矣。 飄風可隨，不復憂回風之心傷矣。

張詩曰：庶幾折若木之枝以蔽日之光，瞀瞀然隨飄風以往就佳人乎？

蔣驥曰：仍，風之相襲而至者。 蔽日光，欲其無所見也。 隨飄風，欲其無所執也，使其如長夜之隨風。

王邦采曰：仍，因就之意。夫且折取若木拂日以蔽其光，追隨飄風，因之以乘其便。

吳世尚曰：計莫若永無日月，終古長夜，隨彼飄風往來倏忽而已。

許清奇曰：若木蔽光，謂自晦其光。"隨飄風"句，謂聽亂離之相仍也。

屈復曰：折若木以蔽之，欲自晦而隨回風也。

江中時曰：讒邪蔽君，猶若木蔽日，茅隨風搖蕩，此愁思之所以如結也。林注謂屈子欲蔽日光，使終古爲長夜，方可不愁。意此，豈屈子所忍言乎。且下文"心踴躍其若湯"，又何可説也。此及下解正《悲回風》。

夏大霖曰：若木，折而去之，所以蔽光也。不忍見回風之景色，欲韜光無見也。此節總束上文，言爲今之計，志介不忘，則結此心思而帶之，掩哀不去，便聯此愁而膺之，願蔽光無見，付之不識，不知聽回風轉出何等世界。

邱仰文曰："蔽光"，不知曉夜，庶可遣愁。言隨飄風因緣到此，一點風字，即"飄風屯其相離"意。又曰：三節，既言苦衷，引入本旨。

陳遠新曰：蔽光，庶幾不見可愁。仍，任也，去意。言於是欲不見而任其所爲。

奚禄詒曰：光，日也。仍，頻也、洊也。言己願以若木掩日，使眼不見身之流落，隨飄風之洊至也。

劉夢鵬曰：隨也者，安乎遇之詞。仍，頻加也。折木蔽光，欲晦之速也。長夜不眠，則望早曙，周流於邑，則思蔽光。多愁嫌晝，永懷哀畏漏遲者也。

戴震曰:《毛詩》云:"仍,就也。"

陳本禮曰:此因於邑不寐,急欲入秦不得。於是復思入夢,特恐愁思羃羃負重難行,故欲紉之以爲纕,編之以爲臂,以便於束縛佩帶而行也。折若木以蔽光者,慮陽光射目,欲變晝爲夜,一任神魂隨風飄送,以遂其迫欲見王之心也。

胡文英曰:外勢既如此,内思無可爲。欲不見而不得,時見之又不忍。惟當折若木以蔽日光,使小人不見我,我亦不見小人。隨風吹蕩,任此不分皁白之蒼天而已。仍,仍仍然浮舉也。《老子》:"我獨乘乘兮,其未孩。"

牟庭曰:存者注目望也。風沙迷漫,視不明也。

胡濬源曰:句新開後人之琢鍊。

顏錫名曰:一如在昏黑世界而隨飄風以爲因依者。若木,能助日爲明,折則光蔽,喻處境之昏暗也。

王闓運曰:若木,日入之地,喻秦也。蔽光,遮懷王不得出也。飄風,楚君臣國議無所定也。仍,窘也。

吳汝綸曰:謂鄣蔽之極至也。

馬其昶曰:蔽光,自晦其明也。隨風,任運無心也。

武延緒曰:仍讀若扔,假字也。《説文》:"扔,因也。"仍、扔古通用。《廣雅》:"扔,引也。"《廣韻》:"强牽引也。"《老子》:"攘臂而扔之。"《釋文》:"扔,引也。"即本文仍字解。

聞一多曰:扔,引也。《廣雅·釋詁》一。以物照日取光曰暘。詳《離騷》。

姜亮夫曰:風之相襲而至,若木蔽日光,則欲其無所見也。隨飄風,欲其無所執也。

蔣天樞曰:古神話有"若木之華光照下地"之説,見《淮南子·

墜形訓》。　蔽，隱也。　飄風，即"飆"，疾風也。　仍，叔師訓爲"因也"。　四句喻將藏己思心於卷袖，隱己愁苦於胸衣，屈若木之花遮蔽其光，準備隨風之盪擊牽引，因以成己北行之志。

湯炳正曰：若木，神話傳説中的樹木。　蔽光，即《離騷》中的"拂日"，亦即以樹枝遮陽。　仍，就，至。　此言隨風所至，意即流亡無定所。

按：若木，漢族神話中西方的神木，位於日落的地方。　仍，延續。　此言折取若木以蔽日光，暫隨回風任意飄搖。　汪瑗謂詳玩上下文意，還是欲遠遊訪彭咸之意，蓋言折此若木以蔽日光，隨飄風以往就彭咸也，甚是。《離騷》亦有曰"折若木以拂日，聊逍遙以相羊"，與此意近。　王逸言願折若木以蔽日，因隨群小而遊，非是。　王闓運以爲若木在西可喻秦，若木蔽光，即秦拘懷王，然楚國無主若飄風也，附會之説也。

存髣髴而不見兮，心踊躍其若湯。

王逸曰：髣髴，謂形貌也。　言己設欲隨從群小，存其形貌，察其情志，不可得知，故中心沸熱若湯也。

洪興祖曰：髣髴，形似也。

朱熹曰：髣髴，謂形似也，蓋指君而言也。

汪瑗曰：存，在也。　髣髴，謂如見其形似也。　不見，又復不在也。　即《詩》所謂"將予就之，繼猶判渙"，《論語》所謂"瞻之在前，忽焉在後"之意也，蓋指彭咸也。朱子曰："指君而言。"非是。踊躍，鋭意往進貌。　湯，沸熱之物，以爲不得往進而熱中之喻，所謂欲罷不能是也。

林兆珂曰：言己欲韜晦隨俗，而群小情狀莫測，中心沸熱若湯也。

黃文煥曰：如此自遣，一切觸目之感可以付諸不見，而無如中心若湯也。 外止而中又起也。

李陳玉曰：思君如見其形。

周拱辰曰：言不見猶依稀見之也。

陸時雍曰：存，存省。 存髣髴而不見，蓋有所思也。

王萌曰：言欲將君國事付之不見，而心不能禁也。

錢澄之曰：原所存者，愁憤而已。 言無時能忘，或有一時依稀不見，而即一時踴躍若湯，非真愁不悉此苦趣也。

王夫之曰：憂從中來，倏然而興，盪魂震魄，不可忍戢。

林雲銘曰：國家之事，俱存之依稀不辨中，可以免哀。 然思不能終禁，熱腸跳躍如沸湯也。

高秋月曰：如此則一切觸目之物可以付之不見矣，而無如中心踴躍而若湯也。

徐煥龍曰：如同閉眼，一任風吹，其如目雖如閉，但存髣髴之形，不復朗見。 心則熬煎，踴躍若湯之沸，不可彌忘，又將奈之何哉。

賀寬曰：於無可遣愁之中，強立一遣愁之法，而無如不見而非不見也。

張詩曰：言佳人在于髣髴形似間，若可見而終不得見，使吾心踴躍，若湯之沸。

蔣驥曰：若湯，如湯之沸熱也。 將愁思彷彿無存矣，然卒不禁，其心之沸動也。

王邦采曰：目則但存髣髴，不見其真心，則一任踴躍如湯之沸。

吳世尚曰：於斯時也，在外所存，不見其物；在內之心，如湯斯沸。

許清奇曰：既自晦其明，則國家之事俱存之依稀不辨中，庶可免哀。然思終不能禁，心之跳躍，熱如沸湯。

屈復曰：髣髴，謂形以，蓋指國事而言。

江中時曰：髣髴，即承上蔽光來，若湯，如湯沸也。

夏大霖曰：目自蔽光，心尚存髣髴之明，此一腔熱血踴躍如湯之沸。

邱仰文曰：謂不聞近年朝政得失。

陳遠新曰：不見而有髣髴者，存則不見亦見矣。髣髴中已哀思來矣。言乃猶有仿佛者存，則心不能不動焉。

奚祿詒曰：言己存髣髴思君之心，終不得見，令中心如沸。

劉夢鵬曰：髣髴不見，思君之至髣髴，其儀容而終不得見也。若湯歸思沸騰也。

陳本禮曰：存髣髴者，隱若秦關在望矣。不見者，不見懷王也。心踊躍其若湯，急欲到關。

胡文英曰：略存一髣髴而未曾見也，然心已踴躍而不忍矣，其奈何哉。

牟庭曰：風氣煩冤，心若湯也。

顏錫名曰：存身髣髴之中，毫無所見。但其憂國憂民之念，踴若沸湯。

王闓運曰：不能反王，心痛沸也。

武延緒曰：存乃時字之誤。《遠遊》"時髣髴而遙見兮"是其證。

聞一多曰：存謂存想。《禮記‧祭義》："致愛則存，致愨則著。"注曰："存、著則得其思念也。"

姜亮夫曰：髣髴，洪《補》曰"形似也"，義較允。髣髴猶恍惚、荒忽，皆不甚確切之象，詳余《詩騷聯綿字考》。 踊躍，踊，高也；躍，起也；此以形湯貌，故《章句》以爲沸熟。 存髣髴二語，言世之事可存之於依稀不辨之中，庶可免於哀思；然思不能終禁，熱腸踊躍，如湯之沸也。

蔣天樞曰：八句言己在精神恍惚中，雖欲惘惘獨行，自感年歲流逝，蘅槁節離，中心爲之悒悒。 髣髴，見不審也。 言環境雖如是艱屯，己髣髴如無所見，踊躍前進之情若沸湯然，壹發而不可制止。

湯炳正曰：存，存在，即現實。 二句謂流亡荒僻之地，醜惡現實似若不見，但內心焦慮猶如熱水沸騰。

按：此以言立身節士選擇之痛苦與艱難，身雖隱仿佛不見，然心若踴躍若熱湯。 節士特征之一便是放棄現實政治理想之追求，此在原當屬艱難之抉擇，故有此言。 顏錫名解爲存身髣髴之中，毫無所見；但其憂國憂民之念，踴若沸湯。 甚是。 王逸言原設欲隨從群小，存其形貌，察其情志，不可得知，故中心沸熱若湯也，非是。 許清奇則謂言國家之事俱存之依稀不辨中，庶可免哀。 然思終不能禁，心之跳躍，熱如沸湯。 亦爲有見之說，可參。

撫珮衽以案志兮，超惘惘而遂行。

王逸曰：整飭衣裳，自覺慰也。 失志惶遽而直逝也。

洪興祖曰：衽，衣裣也，音稔。 案，抑也，與按同。

朱熹曰：衽，裳際也。

汪瑗曰：撫，捫也。 珮，雜佩也。 衽，裳際也。 按：志，抑弭其志，不使躁急也，應上"心踊躍其若湯"而言。 超，遠舉貌。 惘惘，猶茫茫。 蓋不知其定在方所，而將周流以求之也。 遂，猶速也。《論語》曰："明日遂行。"此承上二章而言，言己隨飄風所仍，以

求彭咸，時或髣髴而得其形似之所在，已而又復不見。 將以爲或遇
邪？ 則忽焉不見；將以爲不遇邪？ 則又髣髴而存；若在若亡，莫知
定在，此心之所以踊躍而不能已也。 惟此心終不能已，故復從容而按
志，超然而遂行，將以周流乎天地之間，以冀其終當獲遇而後已焉。
上二章言或行或悲，意猶未定，至此則決於行矣。 瑗按：此篇所謂遠
遊之說，雖若託爲求訪彭咸之所在，然其意實寓乎求道之心。 觀此章
所言，其意與顏淵喟然嘆曰章相類。 後章嘆老之將至，及下文愈求愈
遠之說，其微詞奧旨，實有所在也。 上章之所言志者，豈徒然哉？
或曰，彭咸之所，即道之所在也。 亦是。

　　林兆珂曰：則亦整飭衣裳，不敢背違昔時之纕佩，以案定己志，
惆惆然徨遽而遂行也。

　　黃文煥曰：眇志、介志，撫而按之，再求周流他邦，則超行之說
也。 又曰：案志則不欲行矣。 亟接遂行，渾身顛倒自繇不得。

　　李陳玉曰：珮衽之間尚是君恩，聞命即行，豈敢擇地。

　　周拱辰曰：去志浩然，其如慷慨絕兮，不得何哉。

　　陸時雍曰：瑤琚珮兮謬然而不鳴，蘭茝兮而暗馨，抑心兮而私自
憐。 所謂撫珮衽而案志也。 超惆惆而遂行，復激昂而自强也。

　　王萌曰：案志，所謂抑心而私自可憐也。 惆惆遂行，根從容周
流來。

　　錢澄之曰：案志，抑之使伏也。 然忽不自按，惆惆起行，亦不知
所行也。

　　王夫之曰：俯仰無聊，惟整衣惝怳，抑志而赴江南。 蓋雖未赴湘
流，而生趣已盡，有若此者。

　　林雲銘曰：心之所以踊躍者，以遠志猶在也。 抑按其志，超然爲
無所知之人，周流而行，或可以逍遙自恃乎？ 伏下"登石巒""上高

巖"兩段。 又曰：已上思彭咸既諫見拒，而己之哀思不能自遣，有相符者。

高秋月曰：耿介之珮袿，欲撫而按之，將惘惘然失志而遂行。

徐焕龍曰：又從而撫此所糾之珮，所編之袿，以案定此志，超然惘惘，不復辨取南北西東，遂行而作逍遥之事。

賀寬曰：外未止而中又起也。 庶幾周流其可乎。 忽按疑不欲行也，而又遂行，成其爲惘惘而已。

張詩曰：乃思之不已，則撫此佩袿，按抑其志，無使躁急。 超惘惘而遂行，將周流天地之間以冀一遇焉。

蔣驥曰：珮袿，即指纕膺言。 袿，衣襟，亦近膺之服也。 則復撫其繫縛者以抑按之，庶得超然遂其遊行乎。

吳世尚曰：暗中摸索，唯珮袿在身而已，撫之以自抑其志，超然遠舉而離彼塵世矣。

許清奇曰：惟以芳珮可貴，抑按其志，庶超乎失意之境，而遂其志行耳。 珮袿，珮玉之帶於袿者，喻彭咸志介也。 惘惘，失意貌。 遂行，遂其所行也。 三段言己之哀思難已。 惟以立節遂行，庶可排遣耳。

屈復曰：目雖不見，心不能忘，故自抑其志，惘惘隨風而去也。 右三段，明思無晝夜，乃隨風而去也。

江中時曰：言此惘惘世界，不可與處。 惟案抑其志，超然遠去耳。 林注超然爲惘惘之人，謬。 以上正悲回風。

夏大霖曰：又若之何則有以纕膺之珮袿者，撫之摩之，一力按下。 此心志超然局外，付之惘惘，無知可信步而遂我之行矣。

邱仰文曰：行，讀杭，謂只好隨風漂泊。

陳遠新曰：超，按不住。 言抑而不止，奈之何哉。 此明己之所以不能如佳人之故，蓋以遇之不同也。

奚祿詒曰：復撫心安慰，仍超然悵惘而遠行也。

劉夢鵬曰：案，考也。 超，急舉貌。 惘惘，思切急而神昏憒也。惘惘遂行，猶上章"凭凭南行"之意。 自"惟佳人之永懷"至此，歸所云"賦詩自明"者。

丁元正曰：原至此不復名言其所愁者何事，而但自道其哽塞迷悶之，如此蓋雖未赴湘流而生，趣已絕近死之哀鳴，與他篇更別矣。

陳本禮曰：此已入秦境矣。 惘惘者，有茫然不知其所之之意。

胡文英曰：超，疾躍也。 自撫其珮祍，以案其志，若別有所寄者，乘此惘惘然不甚分明之際，而疾躍以行，或可留落。 此思心愁苦，若待分明，恐又不忍行也。

牟庭曰：風衣亂舉，撫佩裳也。 志意飛越，案而不揚也。 超者，躍而行也，足不著地，飄風狂也。

顏錫名曰：計惟有抑其志遠，惘惘而行，以就死耳。

王闓運曰：言遷沅不死之意，猶欲王反，故自抑志。

聞一多曰：怊，失意貌。《莊子·徐無鬼》篇："武侯超然不對。"《韓詩外傳》九："超然自知不及遠矣。"《七諫·自悲》："超慌忽其焉如。"字並作超。

姜亮夫曰：珮，玉佩也。 超，舉也。 此二句言思湧若湯，以志之猶有所指在也。 撫持珮祍，而抑案其志，遂惶惶遽遽，而超舉遠行矣。

蔣天樞曰：珮繫於帶，帶之下為祍，故連言"珮祍"。 超，舉足越過之稱。 惘惘，神識不清貌。 在神智惘惘中，竟欲在某地超越而過，極言不能自制之心情。

湯炳正曰：案志，即《離騷》中"抑志"，謂壓抑內心的痛苦。

超，同怊，悵恨。《莊子·天地》："怊乎若嬰兒之失其母。"惘惘，迷惘貌。

按：志，即立志作節士。 此言自撫其珮衹，以案其志，惘惘而行也。 許清奇解爲惟以芳珮可貴，抑按其志，庶超乎失意之境，而遂其志行耳。 珮衹，珮玉之帶於衹者，喻彭咸志介也。 甚是。 顔錫名以惘惘而行以就死，非是。

歲曶曶其若頽兮，時亦冉冉而將至。

王逸曰：年歲轉去，而流没也。 春秋更到，與老會也。

洪興祖曰：曶，音忽。 頽，徒回切，下墜也。

朱熹曰：時，謂衰老之期也。

周用曰：言歲月漸迫，知心之不可變，言之不可已者，必死而後已。 則夫臣子之怨慕，孰能不思於心，見於言，以昭彭咸之所聞。

汪瑗曰：此承上章而嘆己之將老，此所以急於行而求古人也。 曰歲曰時，互文耳。 或曰，歲者，時之積也。 時者，歲之分也。 歲指一歲而言，時指四時而言。 亦通。 忽忽，去之速也。 土崩水逝皆曰頽，易詞也。 冉冉，來之迫也。 忽忽而若頽，言既往之歲也。 王逸曰："年歲轉去，而流没也。"冉冉而將至，言將來之時也。 王逸曰："春秋更到，與老會也。"所謂去日苦多，來日苦短，是也。

林兆珂曰：言歲月曶曶流没，時冉冉將與老會矣。

黃文煥曰：既將遠行，還念時候，歲時將盡。

李陳玉曰：光陰迅速，老亦至矣。

王夫之曰：曶，與忽同。 頽，墜也。

林雲銘曰：曶曶，急視貌。 視此時之國事，已頽敗而不可爲。自己年老，死期將至，力亦不能爲。

高秋月曰：又念歲時將盡，舉目益悲。

徐煥龍曰：乃還顧年歲，曶曶若頹，老死之時，冉冉將至。

賀寬曰：此即其按志不欲行之意也。 我欲遠行，殆將歲暮矣。

張詩曰：承上言，吾之惘惘遂行者，蓋恐歲則忽忽若頹，時亦冉冉將至。

吳世尚曰：夫余之生也，日月不居，老期則漸屆矣。

許清奇曰：世將亂如歲將殘，年既老死期將至，力亦不能爲矣。

江中時曰：若頹，謂秋深則歲云暮見時事不可爲也。 時，謂己之年也。

夏大霖曰：言我亦何故其惘惘而遂行耶？ 以歲際回風之候，時曶曶不光明，若頹敝矣。 我之年華冉冉而過，老將至矣。

邱仰文曰：謂縱使得爲，年已垂老。

陳遠新曰：時，死期。 因上章夜哀思而寤，又然望不見而存仿佛，故爲此。

奚祿詒曰：歲，指流年。 旹，指老年。 言流年恍惚，而頹委老暮，亦茌苒將至矣。

劉夢鵬曰：旹，古時字。 歲頹，歲將暮也。 時至，年將老也。

胡文英曰：歲，己之歲也。 曶曶，速貌。 若頹，老也。 含下“薠蘅”句，兼隱國事日非之意。

牟庭曰：隨風而行，自歉歟也。

顏錫名曰：現當秋令，歲已迫暮，猶我之死期將至。

聞一多曰：曶，冥也。《廣雅·釋詁》四。

蔣天樞曰：歲，謂己之年歲。 曶曶，謂逝去疾速。 若頹，若物自上下墜之易。 時，謂楚危艱之國運。 冉冉，行進貌。 二句與《離騷》“及年歲之未晏兮，時亦猶其未央”語意相發。

湯炳正曰：穨，同"隤"，本指山石崩裂下墜，此喻光陰流逝速如山石崩裂下墜。

按：曶，迅疾貌。穨，衰。此言歲月流逝，老亦將至也。王逸説年歲轉去，而流没也。春秋更到，與老會也。意亦是。林雲銘謂視此時之國事，已穨敗而不可爲。自己年老，死期將至，力亦不能爲。非是。

蘋蘅槁而節離兮，芳以歇而不比。

王逸曰：喻己年衰，齒隨落也。志意以盡，知慮闕也。

洪興祖曰：比，合也。

朱熹曰：節離，草枯則節處斷落也。比，合也。

汪瑗曰：槁，枯也。節離，草枯則節處斷落也。或曰，謂節節而離斷也。歇，銷也。不比，謂不連彙茂盛也。下句即申接上句之意，承上歲時而喻年老也。王逸以蘋蘅枯喻年衰，節離喻齒落，芳歇喻志意智慮而盡闕。或又以上句喻年紀之衰，下句喻才華之退，似太支離。瑗按：大禹有惜陰之勤，孔子有愛日之志，揚雄有競辰之心，屈原往往有遲暮之歎，蓋有聖賢汲汲皇皇之意矣。但篇内所言者有二意，有行道之歎，有求道之歎，此則蓋歎其欲急於求道也。或曰，自此章至末，皆承"超惘惘而遂行"之句而推衍之耳。亦通。

林兆珂曰：如蘋蘅枯而節落，其芬芳自歇，即所謂"草苴比而不芳"也。

陳第曰：此言志意已盡，不可復爲。

黃文焕曰：舉目益悲。吾所憂秋風之搖蕙者，秋深冬至，槁矣，離矣，所矜幽芳者歇而不比矣。

李陳玉曰：精華銷歇，非復少時。

王萌曰：節離，草枯則節脫也。

錢澄之曰：自言其歲時已過，精華已銷，雖不死，無能爲也。

王夫之曰：節離，葉離枝也。 不比，葉落香散也。

林雲銘曰：同時之正士，皆變節從俗，又無相助而爲之者。

高秋月曰：秋深冬至，衆芳離槁。

徐煥龍曰：煩蕕竝槁，其節脫離，芳氣無存，不可比合。 惘惘之行安往哉。 歲暮則草枯，草枯則節脫，節脫則無芳。 又即借悲風時景物，以比己之日暮途短，芳香莫合，無妄之往不如死。

賀寬曰：秋風搖蕙，已動傷心，而今則槁且離矣，幽芳歇而不比矣。

張詩曰：則老期至矣，如煩蕕之草，枯槁節離芳香消歇，不能連比茂盛耳。

蔣驥曰：乃既行而見秋風一起，蘭蕙隕芳，則愁思愈不可懲抑也。

吳世尚曰：亦如煩蕕至秋日，枝節脫落，芳香歇絕，尚安能如少壯榮茂時哉?

許清奇曰：草枯而節斷，則芳亦歇而不合。

屈復曰：言草枯芳歇，歲月易邁，老將至矣。

江中時曰：群芳俱謝，則死期益迫，是身亦回風之秋矣。

夏大霖曰：歲若頹，故見芳草枯而斷節，此時之不可爲也。 老將至猶芳以歇，而非昔此我之無能爲也。 故其惘惘者，亦無聊之極思也。

邱仰文曰：蕕，青蕕似莎者。 比，合也，謂君子皆化小人。

陳遠新曰：草枯則節離而芳歇，喻人死則思淡而無愁。

奚祿詒曰：比，與庇同。 節，春節去也。 比，庇廕也。 如芳草秋枯，而春去香盡，而不得庇廕也。

劉夢鵬曰：嬪，潔。蘅，芳。槁而節離，言零落也。不比，謂無與合。

丁元正曰：此言從彭咸赴淵之志也。

陳本禮曰：此夢醒而悼時光之迅速也。纔見秋風搖蕙，瞬已節離草枯。悵魂夢依然，我固未嘗入秦也。

胡文英曰：時非，故蘋蘅槁，芳已歇而不比。君子無黨，不若小人之比而不芳也。

顏錫名曰：衆芳已歇，誰與爲比。比，親也。

王闓運曰：節，四時之序也。秋蘋春衡俱槁，則節序離易矣。

馬其昶曰：天地閉賢，人隱所憂，非止一身之故。

聞一多曰：《國語‧周語上》：“本見而草木節解。”節離猶節解也。原本《玉篇》曰“歇，臭味消散也”引此文。《說文》：“荵，馨香也。”《詩經‧楚茨》：“荵芬孝祀。”

姜亮夫曰：蘋蘅，《淮南子》云“路無莎蘋”，注云：“蘋狀如葴。”葴音針，見《爾雅》。又《說文》云：“青蘋，似莎者。”司馬相如賦注云：“蘋似莎而大，生江湖，雁所食。”蘅，杜衡也，香草，與蘭、蕙、芷爲儔匹。

蔣天樞曰：《說文》：“蘋，青蘋，似莎者。從艸煩聲。”生江湖或道路邊。蘅，杜蘅，香草。蘋蘅，用以喻江南人才。槁，葉落。節，蘋、蘅皆有莖節。枯槁與節離，彫落景象。芳已歇，喻芬芳泄露。比，親附也。二句言楚失地如久久不能收復，若蘋若蘅之屬，將葉落莖解，芬芳泄散，不再親附於楚也。

湯炳正曰：節離，枝節枯折。

按：比，及也。此言蘋蘅枯槁則節離，其芳亦息而不及見也。

喻踐行立節之後，遠離政治，治國之才華也就荒廢了，足爲可惜。 錢
澄之謂自言其歲時已過，精華已銷，雖不死，無能爲也，雖未及立
節，然亦近題旨。

　憐思心之不可懲兮，證此言之不可聊。

王逸曰：履信被害，志不怂也。 明己之謀，不空設也。

朱熹曰：聊，賴也。

劉辰翁曰：寂寞惆悵，令人凜然不能留。

汪瑗曰：有所警誡而悔改之曰懲。 此言指前“更統世以自貺”
“竊賦詩之所明”，及往日以忠貞清白自誓自許之言，皆是。 聊，苟
也，言此心之不改者，蓋欲證此言之不可苟也。 又曰：此承上章，言
己年已老矣，功業莫建，道德無聞，脩名不立。 既憐此心之不可變，
又誓此言之不可苟，又不忍此心之常愁，而反己自省，愁嘆無益，又
安能鬱鬱於此，而不爲遠遊之行，求知己之遇，一渫其憤懣之情，而
徒以讒人芥蒂於胸中也哉?

黃文煥曰：不獨隕性，且隕形矣。 雖有難懲之心，不因芳歇以改
志，亦何堪遇此無聊之景。

王夫之曰：此言，所言也。

林雲銘曰：是思之總無益，但憐不可懲創而抑之，便足徵“從彭
咸之所居”，其言斷非虛僞，不可苟且以偷生。

高秋月曰：但自憐思心之難懲，此言之無訴。

徐煥龍曰：自憐思君之心，既不可懲創而止，又欲證明此不聊生
之言。

賀寬曰：我欲抒情而當此無與聊之景，是添愁也。

張詩曰：此言，從彭咸赴淵之言也。 言自憐思心之不可懲創而改

悔者，將以明証吾言之不苟故也。

蔣驥曰：此言，指前賦詩言。 聊，苟且也。

吳世尚曰：故既自憐其不能不思，又明知此言之不可恃。

許清奇曰：言時事日非，芳草改節，自憐憂思過甚。 恐珮袿遂行之言，不可恃賴，蓋即《離騷》"老冉冉其將至，恐修名之不立"意。

江中時曰：言謂諫君之言。 知其言之無復諫也。

夏大霖曰：言可憐眷顧楚國之思心不可懲改，乃至掩哀不去，可証余此言不可堪矣。

陳遠新曰：聊，無聊之極。

奚祿詒曰：言忠信之心不可懲艾，以見吾言之不可聊賴而發也。

劉夢鵬曰：懲，禁也。 此言指所賦之詩聊觀也。

陳本禮曰：不以思之渺茫爲懲，而反以爲憐者，欲証返懷之言。明知其不能而必欲証之者，不肯作聊且之詞也。

胡文英曰：自憐思心，既如佩之不離左右，而又莫可懲創。 不可聊，無聊也。

顏錫名曰：憐我思彭咸之心不可懲改，足証我從彭咸之言不可聊。

聞一多曰：懲，止也。 証讀爲懲，猶澄一作澂。《廣雅‧釋言》："懲，恐也。" 聊，賴也。

姜亮夫曰：憐，愛憐之也。 思心，即前所欲抑案之志，與踴躍若湯之心也。 不可懲，言不可創傷之也，言愛憐此思心，而不忍創傷之也。 此思心即上所欲紓之思心。 言思心不可懲艾創傷，因以証明上所言紓思編愁苦之心，爲不可信賴也。 思心既不可懲，而紓之編之又不可賴，則此種常愁，終無可解之一日。

蔣天樞曰：八句結束前部意，另起端緒，并著明孤子逐臣身份與不可變更之志願。 憐，哀也。 懲，惕懼而止，有所懲戒意。 證，驗也。 此言，即上文蘋蘅節離、芳歇不比之言。 聊，苟且，言將來可以驗證己所言者非苟且空論。

湯炳正曰：思心，指忠貞之志。 二句謂己前所言者，不足以釋解內心的憂愁。

按：憐，《説文》：“哀也。” 聊，依憑、依賴。 此言哀歎吾之思持節之心不可改，證我之“心若湯”而不舍之言不可信賴。 此處又將此前猶豫之情加以否定，以徹底走向持節之路。 顔錫名謂憐我思彭咸之心不可懲改，足證我從彭咸之言不可聊。 意亦近是。

寧逝死而流亡兮，不忍爲此之常愁。 逝，一作溘。

王逸曰：意欲終命，心乃快也。 心情悁悁，常如愁也。

汪瑗曰：寧溘死而流亡，是喚起下句，甚言其不忍此心常愁之意，而見遠遊之志決也。

黄文焕曰：言及而傷情，止愁無術，但有一死，庶以無知而忘耳。

李陳玉曰：古詩“一死永無愁”本此。

周拱辰曰：此身之死，不以易此心之愁益愁。 苦而生，不如無生。 謂天益高，不能寄憂；地益厚，不能埋愁。 人至一死而天地不能愁我矣。 死可忍而愁不可忍也。 任重石以自沉，愁固重於石耶？

錢澄之曰：自“惟佳人之獨懷”以下至此，總寫其愁。 明知愁思之過而不可懲，此意誰知之乎？ 有知而憐者，則“證此言之不可聊”，謂無聊之極而爲此言也。 止愁無術，惟有一死，古詩所云“一死永無愁”也。

王夫之曰：生趣盡，死志決，則形雖存，而神已去之。平日志願皆爲萎歇，愁無可改，言窮而意亂，雖欲弗死，不能忍矣。

林雲銘曰：思既不懲，又是愁，惟死纔不知愁。此心常愁，更甚於死，如何耐得過？反不如證此言而溘死也。

高秋月曰：惟有一死，可以忘愁也。

徐焕龍曰：故寧溘死流亡，不忍生而此心常愁。

賀寬曰：庶幾一死，愁其不附我乎。

張詩曰：故寧溘死流亡，不忍使此心之常愁。蓋死則愁心自解，生則不能也。

蔣驥曰：欲遊行以寄意，而傷其愁思菀結，如繫縛於胸佩而不能暫離，聊試曹然委運。於是寧踐前言而就死矣。

吳世尚曰：然則尚能一息以自安哉？故寧溘死而流亡也，不則此心之愁。我亦不忍令其長無已時矣。

許清奇曰：死節遂志，纔不知愁。

屈復曰：與其生而愁苦，不如死而不思。

夏大霖曰：所其惘惘而遂行者，明吾不樂生，無寧死亡云爾，誠不能忍受此心之常愁也。

陳遠新曰：愁甚於死。言庶可信，以懲心思而不愁。此不忍常愁乎。

奚禄詒曰：言既不聽，故寧死亡，不忍常愁耳。

丁元正曰：不忍常愁，言死則愁心自解也。言平日志願至此，皆爲萎歇而愁無可改，言窮意亂。雖欲不死，不能忍矣。

陳本禮曰：寧溘死而流亡兮，謂寧死於秦關道路。總爲後文“登石巒”“上高巖”作勢，不背以前之一夢而止。此則必欲神魂親至其地，目覿懷王無恙，始得紓我之愁，而解我之鬱也。

胡文英曰：至死而流亡，固所不堪。然編愁苦以爲膺，則尤所難耐。所以宜惘惘遂行，而乍可爲孤子放子也。

牟庭曰：念我一身將老，幽思不絕，而壯志辜也。

顏錫名曰：且死而已矣，何苦常愁。

聞一多曰：忍，耐也。

蔣天樞曰：逝死而流亡，意謂己將往死，使身隨波流殞滅。與《離騷》"寧溘死與流亡"意異。不忍此心之常愁，言己已無力任此憂思。

按：此句承上文而言更加堅定走向持節。寧願持節而死，亦不願負此常愁。王逸以爲意欲終命，心乃快也，非是。

孤子唫而抆淚兮，放子出而不還。 唫，一作吟。

王逸曰：自哀煢獨，心悲愁也。遠離父母，無依歸也。屈原傷己無安樂之志，而有孤放之悲也。

洪興祖曰：唫，古吟字，歎也。抆，音吻，拭也。

朱熹曰：幼而無父曰孤。放，棄逐也。

汪瑗曰：幼而無父曰孤。吟，呻吟也，哀痛之聲。抆，拭也。吟而抆淚，自傷煢獨，無所依歸也。放，棄逐也。《記》曰："子放婦出，而不表禮焉。"出而不還，擯絕之深，不復收錄也。又曰：《惜誦》篇援引申生孝子之事，此又以人子之孤放而自比之，其恩義固有不容以遽去者，所謂君親一體，忠孝一道，屈子知之深矣。

孫鑛曰：孤子自喻，放子喻君。

林兆珂曰：孤子悲淚，放子無依，原蓋以自況也。

王遠曰：孤子失其父母，放子不得於父母，其悲一也。

王夫之曰：唫，口急不能言也。臣之於君，猶子之於父母，孤子悲哽，放子長離。

林雲銘曰：唫，歎也。 在家父母死，則思而哀。 放逐之子居外，父母死，未得聞，則不思而不哀。

徐煥龍曰：家則無父之孤子，唫而抆淚，愁祀考之無期。 國則負罪之放子，出而不還。

賀寬曰：孤臣去國，逐子去家，悲相似耳。

張詩曰：言孤子呻吟而抆淚，放子一出而不反。

蔣驥曰：孤子、放子，皆原自謂。 所以然者，秦關不返，孤臣有故主之悲；南土投荒，放子無還家之日。

王邦采曰：無父曰孤子，負罪爲放子。

吳世尚曰：此譬孤子無父，放子違親，孰有思而不痛者也。

許清奇曰：喻己於懷王，亡君如喪父。 喻己於頃襄，放逐不得近。

江中時曰：在家父母死則思而哀，放子不得還則更思而哀。

屈復曰：孤子、放子，莫不皆然。

夏大霖曰：此援證不忍常愁者之寧溘死，皆臣子之至性也。 知子可以知臣矣。 彼孤子無父，猶且悲唫而抆淚不已，況放逐之子有父而不許還依膝下，豈能忘情乎？

邱仰文曰：不還，喻懷王客死。

陳遠新曰：在家親死則思而哀，出外之子則不然。

劉夢鵬曰：唫，呻吟。

丁元正曰：夫臣之於君，猶子之於父母。 孤子悲哽，放子長離。

陳本禮曰：二語證此言之不可聊也。

胡文英曰：臣子一例，君忍視臣之抆淚不還乎？ 孤子、放子，如尹伯奇之且吟且哭，履霜以死也。

牟庭曰：孤子在家而悲唵，放子在遠而思家也。

顏錫名曰：且人不知忠，尚其知孝，彼孤子無父，猶且抆淚，放逐之子，有父而不得見，其痛心欲死可知。

姜亮夫曰：孤子，屈子自哀煢獨也。 放子，見逐於君，被放之子，遠離父母者也。

蔣天樞曰：孤子，死王事者之子。《周禮·天官冢宰·外饔》："邦饗耆老孤子，則掌其割亨之事。"鄭《注》："孤子者，死王事者之子也。"又《周禮·地官司徒·司門》："以其財養死政者之老與其孤。"鄭《注》："死政之老，死國事者之父母也。 孤，其子。"《左傳》昭公二十七年："陳成子屬孤子，三日朝。"杜《注》："死事者之子。"由此具見春秋戰國間，"孤子"非通常泛稱，意者屈子之父若祖，爲殉國而死者歟？ 唵，同吟，口閉抽咽貌。 放子，謂己爲放逐之臣。 見逐後竟無賜環之詔，致己今日不得生還。

湯炳正曰：孤子、放子，皆屈原自喻。

按：孤子、放子，皆原自謂。 原爲孤子，故立志持節；原爲放子，仍未得召用復還郢都，故吟而拭淚也。 故此句也可作"放子唵而抆淚兮，孤子出而不還"也。 邱仰文以不還喻懷王客死，附會之說也。

孰能思而不隱兮，照彭咸之所聞。

王逸曰：誰有悲哀而不憂也。 隱，憂也。《詩》曰："如有隱憂。"覩見先賢之法則也。

朱熹曰：隱，痛也。 昭，明也。

汪瑗曰：隱，痛也。 孤子之哀，放子之苦，誰有能思念之而不爲之傷痛者乎？ 於此而不痛者，是無人心者也。 屈子太息而流涕，永

嘆而增傷，其哀吟也甚矣。 九年而不復，歷年而離愍，其不還也久
矣，楚王獨不一思而痛之，何心哉？ 曰昭彭咸之所聞者，又將遠去而
求知己，以漊其憤懣之心也。 此章言昭所聞者，謂尊所聞。 下曰托
所居者，行所知也。 反覆申言，直欲以古人自期，古道自處，豈徒付
之空言而已哉？

　　陳第曰：思則必痛，所聞於先賢者可覩矣。

　　黃文煥曰：身爲孤放，回念彭咸。 思愈以隱，聞愈以昭。 我之
當繼彭咸，蓋顯然哉。 又曰：孤子、放子，疊得淒涼。 孰能思而不
隱，應前隱伏思慮。 昭所聞，亟承隱字。 欲得明白只有一死，不然
畢生負痛，長如暗室，只有隱而無昭矣。

　　李陳玉曰：思必痛，痛必求死。

　　王遠曰：孰能不痛，惟有一死，我嘗聞於彭咸也。

　　錢澄之曰：思不能以語人爲隱。 彭咸始未嘗不隱，迨一死而咸之
隱以聞。 吾之隱久矣，寧不可昭咸之所聞乎？

　　王夫之曰：昭彭咸之所聞，見所傳聞於彭咸者，正與己類也。 彭
咸之隱痛，其情亦然，以我例之，正與同也。

　　林雲銘曰：世無思而不痛之人，故常愁。 以此推之，則所聞彭咸
之事，即其心亦昭然可以共見矣。 又曰：已上自言思君而哀，至死方
已，與彭咸同。

　　高秋月曰：所聞，聞先賢之法則也。

　　徐煥龍曰：愁面君之無日，孰能思而不痛乎？ 是故彭咸之節，所
聞於古者，願從而復著之也。

　　賀寬曰：隱痛傷心，不如一死之明吾志也。 我固聞於彭咸者也。

　　張詩曰：孰有思念之不爲隱痛者乎？ 吾之孤獨放廢，猶孤子之
哀，放子之苦。 孤子放子，人皆思之痛之，吾何獨異于是？ 故將遠

行以昭彭咸之所聞也。昭所聞，猶尊其所聞也。

蔣驥曰：既孤又放，則其痛彌深。蓋指懷王既死，襄王又從而放之也。此固交痛而不已者也，安得不爲彭咸之所爲乎？

吳世尚曰：故不如昭彭咸之所聞，相從於玄淵之中也。蓋人之千愁萬苦，一死則遂已矣。否則愛其身而不愛其心，其爲不忍者小，其爲忍者大矣。以上反覆自計，止有死之爲是也。

許清奇曰：思則必痛，遂覺所聞彭咸之事，愈昭昭在念。四段恐老將至而修名不立，故欲同彭咸之造思耳。

屈復曰：昭，昭明也。平日所聞彭咸之事，昭然可見矣。右四段，明所聞彭咸之事，不能更待也。"惘惘而行"之下，即當接登巒一段，却插此段者，不惟嫌其文情太直，又見彭咸之思，定之有素，不待徧歷諸處而後定也。

江中時曰：哀思不已，皆本至性，其造思同彭咸，亦可見其之虛僞矣。以上言國當回風搖落之秋，己年又哀，同芳已謝，則己又回風凋謝之日，其可悲有甚焉者。

夏大霖曰：孰有思及此而不能抱隱痛者，痛則何以堪哉。故彭咸不得於君，抱痛沉淵以死，此昭然所共聞者，則吾亦昭彭咸之志介不負所聞耳。

邱仰文曰：昭，示也。謂吾所聞於彭咸者，豈不明示我以其事。輕輕一逗如蜻蜓點水，懷王死秦，第一國辱，故單提另説。又曰：以上四節，言所以愁之故。

陳遠新曰：不隱，痛之深也。言惟聞於彭咸。

奚禄詒曰：言己無依歸，有孤放之憾，孰能悲思而不隱軫者？此所聞彭咸之節，昭昭今古也。

劉夢鵬曰：處此窮愁，有思必痛。彭咸詔我，遺則不變也。

丁元正曰：彭咸之隱痛，其情亦然，以我例之，正與相同也。

陳本禮曰：懷王留秦事，多不便明言，故總託諸隱語以自寫其憂思也。 昭彭咸所聞，欲以自明其志也。

胡文英曰：思則不能不痛，以見思心不懲之難也。 人尚如此，況我明所聞於彭咸者乎！

牟庭曰：誰能不常愁者，惟彭咸之徒也。

胡濬源曰：此已絕望矣。

顏錫名曰：夫彭咸之前，未嘗無彭咸。 彭咸死諫，有所聞也。 我人效法彭咸，不更昭彭咸之所聞乎。

王闓運曰：孰能者，自許其能也。 有思而不隱，惟忠貞烈士能之。 以楚舊典告嗣王也。

吳汝綸曰：以上言屈原之愁思，不能無言。

馬其昶曰：言彭咸遺迹，昭昭在耳目也。 以上述赴江南之時幽憂愁苦之情，而因以彭咸自證。

聞一多曰：隱當作慇，痛也。

姜亮夫曰：照，照見之也。 彭咸之所聞，猶彭咸之所知。 此言思心既不可創傷，則惟有一死。 所以然者，秦關不返，孤臣有故主之悲，南土投荒，放子無還家之日，此固交痛而不已者也。 安得不爲彭咸之所爲乎？

蔣天樞曰：彭咸，屈子自謂。 所聞，彭咸所聞於古人舍生取義之道。

按：隱，度也。 照，察看。 此言思度人生，當察彭咸之法行事。 徐煥龍謂愁面君之無日，孰能思而不痛乎？ 是故彭咸之節，所聞於古者，願從而復著之也。 甚是。 王夫之亦曰“見所傳聞於彭咸者，正與己類也”，亦是。 賀寬以固聞於彭咸者，不如一死之明吾志，以效法彭咸爲求死，非是。

   登石巒以遠望兮，路眇眇之默默。

王逸曰：升彼高山，瞰楚國也。郢道遼遠，居僻陋也。

洪興祖曰：山少而銳曰巒。眇眇，遠也。默默，寂無人聲也。

朱熹曰：山少而銳曰巒。

周用曰：下四章，蓋言身之所歷，皆其情之所不能堪，即將往從彭咸之所居矣。

汪瑗曰：自平地而上山曰登。山小而銳曰巒。石巒，則無草木蔽翳，可遠望也。望，望彭咸也。路，登石巒之徑路也。眇眇，幽深貌。默默，寂寞貌。總言道路僻陋而無人聲也。舊注分帖，非是。

黃文煥曰：既以歲時告盡，不復遠行，聊昱就近登高，以舒遠望。庶幾耳目開爽乎？乃獨立生淒，意同鬼況。欲視無路也，欲問無應也，欲聞無聲也，如此光景，可堪登乎？

李陳玉曰：游子難見故鄉路。

周拱辰曰：愁緒微杳，故曰眇眇。

陸時雍曰：山小而銳曰巒。

錢澄之曰：此言所居之岑寂，益增其愁。登巒遠望，欲以娛憂也。而路眇眇以遠，默默以幽。

王夫之曰：此以下述被遷以後，不可忍而誓死之情。眇眇，無形。默默，無聲。

林雲銘曰：寂然無聲。

徐煥龍曰：身雖將死於沅湘，心尚難忘於鄢郢。復登巒遠望，則其路眇眇而幽，默默而寂。

賀寬曰：此即其惘惘遂行之況也。未成遠行聊爾登眺，獨立淒然，竟同鬼況。

張詩曰：巒，山石之銳者。言于是登石巒以遠望佳人，惟見路之眇眇而幽深，默默而寂靜。

蔣驥曰：山狹而高曰巒。此又承上言，欲死而未忍忘君，故登高以望之。

王邦采曰：遠望，望鄠郢也。

吳世尚曰：默默，言其幽，所謂前路無窮，其暗似漆者也。言吾今者登高望遠，則前途眇眇。

屈復曰：默默，黑也。

夏大霖曰：遠望，望郢都也。路，歸郢之路也。眇眇者，不得見。默默者，無人言也。

陳遠新曰：遠望，造高見廣。登高路遠，應想俱絶之旨昭然甚明。

奚禄詒曰：言登山望國，路遠且僻。

劉夢鵬曰：望，望郢也。望遠而精絶，目眢之境也。

陳本禮曰：先寫望郢。路既眇眇，時復昏黑。

牟庭曰：隨風上石巒，前望無路也。

顏錫名曰：言我雖效法彭咸，而心終不忘楚。乃登山遠望，路既杳眇而寂默。

王闓運曰：巒石，夷陵以上夔巫諸山也。望，望蜀憂秦也。

馬其昶曰：之，猶與也。

姜亮夫曰：遠望者，望家國也。默默者，無人聲也。

蔣天樞曰：八句敘己在無計北歸情況下，因登山遠望，聊紓遐想。凡山麓外伸狹長處，楚人謂之“巒”。遼望，望陳。默默，無動靜聲息。

按：此言登高遠視，抒發立志爲節士之後之矛盾與痛苦的心情。登上高高的山以遠望故都，路遼遠而居僻陋也。 王逸解爲升彼高山，瞰楚國也；郢道遼遠，居僻陋也。 契合題旨。 顏錫名言我雖效法彭咸，而心終不忘楚。 乃登山遠望，路既杳眇而寂默。 甚是。

入景響之無應兮，聞省想而不可得。

王逸曰：竄在山野，無人域也。 目視耳聽，嘆寂默也。

洪興祖曰：景，物之陰影也。 葛洪始作影響。 省，察也、審也。

朱熹曰：景，於境反。 葛洪始加彡爲影字。 省想，聞見所不能接，而但可省記思想者也。

汪瑗曰：深造曰入。 蓋言登高既無所見，故復深入以尋訪也。景，古影字。 響，聲響也。 無應，猶言不答也。 省想，亦猶景響也，如今俗言絕不聞消息之意。 此等字當以意會，難明解也。 洪氏曰："省，察也、審也。"朱子曰："省想，聞見所不能接，而但可省記思想者也。"然以察審記想釋之，詳照本文之意，亦不穩順。 王逸曰："目視耳聽，歎寂寞也。"意雖是，而於省想二字，亦滑突欠明白也。 瑗按：有所望者則有所見，有所感者則有所應，有所求者則有所得，今登高入深，極其搜覓，顧乃眇眇焉，默默焉，而景響省想之無所遇焉，能不令人鬱鬱而愁哉？ 無應以在人而言，不可得以在己而言，二句一意。 曰入曰聞，互文也，本謂深入尋訪，而絕無所聞耳。景響無應，省想不得，所以極狀其無聞也。 或曰，上二句言登高無所見，下二句言入深無所聞。 或曰，下二句俱承眇眇默默而申言之。

按：二説皆通，但彭咸乃古人，必無可遇之理。 屈子特設言，以見惟彭咸爲知己，而今世求知彭咸者既不可有，而思古之彭咸又不可及，而此心之常愁，將何時而已邪？ 蓋託詞以漼其憤懣之情耳。 此段至下"翩冥冥之不可娛"，皆承上章"昭彭咸之所聞"一句而言，然謂之曰"昭彭咸之所聞"者，蓋彭咸之道乃聞之於古者，而己之道又聞之於彭咸者，今爲守之而不忍變者，所以欲昭明其彭咸之所聞於古者也。 嗚呼！ 其道自古相傳，由彭咸以至於己，其責任亦重矣，又安肯一旦而讓之哉？ 可以觀屈子之志矣。 下"託彭咸之所居"，其意倣此。 但此以知言，彼以行言。

陳第曰：山高路遠，故影響俱無，而聽視寂滅。

黃文煥曰：前曰"昭彭咸之所聞"，但有古人之死魂在，前來伴也。 此曰"聞省想而不可得"，竟無今世之樂事，入耳可憶也。 又曰：眇眇默默，景響無應，省想不得，寫出愁鄉，氣息俱沉，形神交廢。 後人《別賦》《恨賦》能道此等隻字否？

李陳玉曰：登高疾呼，故鄉誰應？ 況知此心省想乎？

陸時雍曰：入景響之無應，其鬼徑耶？ 聞省想而不得，抑何無人緒也。

王萌曰：省想聞見所不能接，但可省記思想也。 自此以下，忽山忽水，忽虹霓忽霧露，忽風穴忽湍潮，忽炎煙忽霜雪，如狂如癡，如魅如囈，觸物皆悲，隨處即淚，臨命之言，煩冤瞀亂，不可倫次也。

錢澄之曰：既入而景響無應，不惟無"跫然"之"足音"也。 空山獨處，即使無人而有景響之應，聞之猶動人省想，庶幾其有至者乎？ 今求聞以省想而不可得，則寂寞極矣。 又曰：省想，猶猜度也。

王夫之曰：聞，去聲，聲也。 登高山而回瞻故國，省想其聲容，不可得而見聞。 君臣之恩已絕，宗國之安危不可知，是以鬱戚愈不能堪，如下文所云。

林雲銘曰：我人本有影，無應我影者；我人本有響，無應我響者，是世俗無一同我也。我或有所聞，省之不可得其故，想之不可得其理，是我又無解於俗也。二句總言國內無人。

高秋月曰：此又言思登高以舒，遠望而欲視無路，欲問無應，欲聞無聲也。

徐煥龍曰：凡物影隨形，響隨聲，莫不有應。今則人於景響無應之鄉，欲一聞吾日夜之所省思想念之事，而絕不可得。聞且不得，他復何望哉。

賀寬曰：視之無形，聽之無聲，叩之無應，即思設一境，而亦不可得成。

張詩曰：省想，見聞不接，但可省記思想者也。景響無應，省想不聞，僻陋無人，不可得見。

蔣驥曰：省，憶也。而熟視不覩其影，靜想不聞其聲。

吳世尚曰：然人影響之無應，默默然聞省想而不可得也。既遠且幽，令人何以爲情也。

許清奇曰：既無影響，則無所可聞而省想矣。

屈復曰：景響無應，省想聞見所不能接，寂寞之極也。

江中時曰：總是荒寂荒昧之象。

夏大霖曰：人，進也。景嚮，指騷賦托物比興之作。無應者，不入君之耳也。身在放所，側耳以聽，曾望君一省想其言不可得也。

邱仰文曰：聞見不接，但可記思者。曰“省想”，重申骫骳不見意。

陳遠新曰：四句是所聞於彭咸者，思而不隱之理，惟此昭然。苟得乎此任，甚愁思心氣不能運動，思哀無由得入，此節哀思之良法也。

奚禄詒曰：入無形聲之地，不但聞見無人，即省想亦不可得。

劉夢鵬曰：影響無應，卓遠阻維，消息不通之意。 省想，思也。去國既遠，遙聞省思，反已無期，可想望而不可得見也。

丁元正曰：此以下述被遷以後不可忍而誓死之情。

陳本禮曰：大有魂來楓林青，魂返關塞黑意。 此魂又入夢，景響無應，嘆國中之無人也。 聞，是欲聞圖議國事。 省，是省問在秦消息。 想，是思想從前信任之專。"不可得"三字起下。

胡文英曰：景之應形，響之應聲，理所宜然。 今唫而拔淚，放而不還，緣離君太遠，路既眇眇，故默默然不能感而遂通也。 聞省想而不可得，孤子放子苦境也。 省，君之省察，聞于己。 想，己之想像，聞于君。

牟庭曰：石戀之静，使人耳無聞，目無省，心無想慮也。

顏錫名曰：思欲入國，則同心無耦，縱極目遠眺，絕景響之應，思欲聞政，則無人告我。 縱極力省想，絕無可得之端。

王闓運曰：言懷王入秦，孤獨阻絕也。

姜亮夫曰：景響，《淮南·原道訓》"如響之與景"，注："響應聲，景應形。"以此釋"入景響之無應"句，最易明白。《史記·禮書》："時使而誠愛之，則下應之如景響。"字又作景鄉，《漢書·董仲舒傳》"如景鄉之應形聲也"，師古曰："鄉讀如響。"又作"景嚮"，《荀子》："天下之人應之如景嚮。"又《富國》篇"三德者誠乎上，則下應之如景嚮"，注："嚮讀爲響。"《漢書·伍被傳》："下之應上，猶景嚮也。"師古曰："言如影之隨形，響之應聲。"按此兩字連文，起于戰國，戰國以前則單言景，或單言響，今可考者，自屈原、荀子始。 荀子仕爲蘭陵令，則此詞亦南楚士大夫之習用語。 景響無應，竄在山野無人之地也。 聞省句，言耳聽目視心想皆寂默也。 下三句皆登高遠望情景。 聞、省、想三字遞進爲義，乃屈子描寫心理狀態最重要之處。 詳參《通故》。

蔣天樞曰：入，納也。 景，明也，光也。 納之以己所景行嚮往之物俱無反應，因生幽眇之遐想。 聞，有所知聞。 省，楚王之省閣。 想，日旁輝光形狀。《周禮·春官宗伯·眂祲》：“眂，祲掌十輝之法，……十曰想。”鄭司農曰：“想者，輝光也。”玄謂：“想，雜氣有似可形想。”《漢書·天文志》：“日旁雲氣，人主象，皆如其形以占。”此漢代承戰國以來舊説，非漢人始有此見也。“聞省想而不可得”二句，極言己與王之隔絶。

湯炳正曰：入，進人，指進入荒野之地。 景響，人的身影、音響。 無應，沒有反應，言其荒遠無人。 聞省想，三字并列，謂聽、看、思索都不可得，寂寞之至。

按：此言登高遠望，心中所想。 欲人郢都再行美政，然無影響回應；欲聞國事，然再省想亦不可得。 值此立節遠去之際，念念不忘國事也。 顔錫名解曰“思欲入國，則同心無耦，縱極目遠眺，絶景響之應，思欲聞政，則無人告我。 縱極力省想，絶無可得之端”，甚得其意。 高秋月則言思登高以舒，遠望而欲視無路，欲問無應，欲聞無聲，亦在意中。 王闓運謂言懷王入秦，孤獨阻絶也，非是。

愁鬱鬱之無快兮，居戚戚而不可解。

王逸曰：中心煩冤，常懷忿也。 思念憔悴，相連接也。

洪興祖曰：解，除也。

汪瑗曰：此承上章，言求彭咸之知己而不可得，故極其愁也。 鬱鬱，不舒暢也。 無快，不樂也。 居，居然也。 或作退居，非是。 蓋此時正在石巒之上也。 或作居石巒之上，如後“處雌蜺之標巔，依風穴以自息”之意，亦通。 慼慼，迫蹙急切之意。 解，除也。

黃文煥曰：鬱鬱、慼慼，向所欲紈欲編者，玆不待紈編矣，不開而自締矣。

周拱辰曰：愁緒吐不出，故曰嘿嘿。 愁緒佶屈不申，故曰鬱鬱。愁緒危苦，故曰慼慼。

錢澄之曰：鬱鬱、寂寂，承上章義，惟居寂寂，益不可解鬱鬱之愁也。

林雲銘曰：居，坐也。

徐煥龍曰：擬學彭咸，常愁不難頓釋。 只因遠望，傷懷又倍前時，鬱鬱仍無快也，慼慼仍靡解也。

賀寬曰：其爲鬱鬱慼慼而已。

張詩曰：言佳人既不可得見，故愁則鬱鬱不得快，居則慼慼不可解。

蔣驥曰：愁思轉增矣。

吳世尚曰：夫登臨而愁鬱鬱矣，則意者其居乎。 乃居則又慼慼也，是則動不可，靜亦不可也。

夏大霖曰：此節極言愁苦，身心氣息，無一堪也。 君總一身。

胡文英曰：承思心愁苦而淺言之。

牟庭曰：鬱鬱、慼慼者，憂心也。

于省吾曰：《考異》謂“快一作決。 一無可字”。 按《考異》所引一本是對的。 本文應作“愁鬱鬱之無決兮，居慼慼而不解”。《文選·甘泉賦》：“天闕決兮地垠開。”李注謂“決亦開也”。 本文之“無決”與“不解”相對爲文。“決”訓“開”與“解”訓“除”，《詩·天保》的“何福不除”，《毛傳》訓“除”爲“開”。 互文同義。《哀郢》稱：“心絓結而不解兮，思蹇產而不釋。”“釋”與“開”義相因，可以互證。

姜亮夫曰：鬱鬱，猶言憂鬱、鬱邑也。 無快，猶言不快。"居戚戚"句，《章句》釋云："思念憔悴相連接也。"憔悴釋戚戚，相連接釋不可解；則思念二字，所以釋居；居無思念之義，疑居本思之誤。章皆從思念想像處立義，必爲思字無疑。

蔣天樞曰：愁，思慮焦苦。 鬱鬱，堙塞不通。 快，喜也。 無快，謂不能思得良策，少紓歡顏。 居，謂安坐時。 戚戚，内心憂戚愁苦。 解，割斷。

湯炳正曰：居，通常。 戚戚，憂慮貌。

按：此言立節遠去之際心中愁苦。 居，停留。 值此登高之際，愁緒鬱結心中而不樂；欲停留不進，心中愁苦亦不可得解。 所謂猶豫不捨，進退不得也。 吳世尚謂夫登臨而愁鬱鬱矣，則意者其居乎。乃居則又戚戚也，是則動不可，静亦不可也。 甚是。 張詩以爲言佳人既不可得見，則愁思不解，非是。

心鞿羈而不形兮，氣繚轉而自締。

王逸曰：肝膽係結，難解釋也。 思念緊卷，而成結也。

洪興祖曰：鞿羈，見《騷經》。 不形，謂中心係結不見於外也。繚，纏也。 締，結不解也。

朱熹曰：繚轉自締，謂繚戾回轉而自相結也。

汪瑗曰：鞿羈，見《離騷》，所以絡馬者也。 心有愁戚不能開豁，猶馬有鞿羈則不能放逸也。 繚，纏縛也。 轉，既繚而復繚之也。 締，結不解也。 言鬱結之氣，如繩之輾轉繚繞而自相糺結，不可解脱也。 上句以馬喻心，此句以繩喻氣，而四句不過反覆言其愁之甚也。 但始而鬱鬱，既而戚戚，既而鞿羈而繚轉；始而無快，既而不解，既而不開而自締，其詞意義又自有淺深之序，讀者不可不知也。

黄文焕曰：繚轉自締，與糺編相映，無待編糺自加團結。 語更奇苦。

周拱辰曰：愁緒拴鎖不開，故曰犧羈。 愁緒如軸盧，故曰繚轉。

陸時雍曰：繚，糺戾也。 蒂，結也。

錢澄之曰：繚轉、自締，蓋不俟糺之、編之而自固結也。

王夫之曰：犧羈不形，困心不釋，神結於中而不能泄也。 繚轉自締，氣隨心困，欲舒而若束之也。

林雲銘曰：總是不可解之意，登巒遠望，本以掩哀，乃景象荒涼至此，念及君國，徒增哀耳。

徐煥龍曰：心隨犧羈而不開，氣因繚轉而自締也。

賀寬曰：不待糺編而不可解，不可開回轉而糾結矣。

張詩曰：心則犧羈不能開，氣則繚繞于中，輾轉不已而自相締結也。

蔣驥曰：自締，自相締結也。

王邦采曰：締，結也。

吳世尚曰：故吾心善愁，如有所係縛，其不開宜矣。 豈氣亦善愁乎，繚轉自締，謂之何哉?

夏大霖曰：言心如馬受韁絡不得開展，氣纏轉自提不起。

陳遠新曰：犧羈不開，無思之體。 繚轉自締，無哀之用。

劉夢鵬曰：犧羈，心緒結也。 惟不可得，故憂思如此。

陳本禮曰：此望見郢都城內形象、光景敗壞如此，能不令人氣轉鬱而心轉戚耶?

胡文英曰：承爲纕、爲膺而顯言之。

顏錫名曰：但覺愁思鬱塞，氣結心犧。

王闓運曰：締，結也，所謂繫心懷王。

姜亮夫曰：不形形字，宜從一本作開。《章句》釋此句云“肝膽係結，難解釋也”，解釋即訓開字。 繚轉，繾綣固結也。 鬱鬱、戚戚、鞿羈，皆詳余《詩騷聯綿字考》。

蔣天樞曰：鞿羈，如馬頭有銜絡。 不開，不便露見。 繚，纏束。氣繚轉，言氣如纏束而又轉動百結，不能少紓。 締，結不解也。

湯炳正曰：鞿、羈，本皆爲繫馬工具，此喻心氣糾結不暢。 形，洪興祖《楚辭考異》云“一作開”，《楚辭章句》本亦作“開”，“形”乃“開”字之殘缺，作“開”是。

按：鞿，轡在馬口中的部分。《離騷》：“余雖好脩姱以鞿羈兮，謇朝誶而夕替。”王逸注：“轡在口曰鞿，革絡頭曰羈。”此處喻束縛。繚，纏也。 締，結不解也。 此句言愁思鬱積，心氣繚繞不解。 夏大霖言心如馬受轡絡不得開展，氣纏轉自提不起，意在其中。 陳本禮謂此望見郢都城內形象、光景敗壞，令人心氣轉鬱，有附會之嫌。

穆眇眇之無垠兮，莽芒芒之無儀。

王逸曰：天與地合，無垠形也。 草木彌望，容貌盛也。

洪興祖曰：賈誼賦云：“沕穆無閒。”沕穆，深微貌。 芒芒，廣大貌。《詩》曰：“宅殷土芒芒。”儀，匹也。 見《爾雅》。

朱熹曰：儀，匹也；或曰：儀，猶像也。 言己之愁思浩然，廣大幽深，不可爲像也。

王應麟曰：《哀郢》曰云“忠湛湛而願進兮，妬披離而鄣之”，壅蔽之患也，元帝似之。 故周堪、劉更生不能攻一石顯。 此云“聲有隱而相感兮，物有純而不可爲”，偏聽之害也，德宗似之。 故陸贄陽城不能攻一延齡。

汪瑗曰：此章承上入石鬱之深，而有感於其中風景之蕭索而言

也。　穆，深微貌。　無垠，無邊際也。　此句言丘壑之遼僻。　莽，茂盛
貌。《懷沙》篇曰"草木莽莽"，是也。　芒芒，廣大貌。　儀、倪通
用，無儀，猶無垠也。　此句言草木之蔽晦。

陳第曰：儀，猶像也。　眇眇、芒芒，言愁之無極。

黃文煥曰：結於內者既堅，觸於外者益廣。　眇眇，無垠也；芒
芒，無儀也。

周拱辰曰：愁緒難倪，故曰芒芒。

陸時雍曰：儀，象也。

王萌曰：申言己之愁思。

錢澄之曰：眇眇、芒芒二句，言宇宙之大，無所不有，不可以常
理揆也。

王夫之曰：穆，幽遠也。　無垠，魂四蕩而無所依也。　芒芒，無
所知貌。　無儀，昏瞀不復自持也。

林雲銘曰：又當高秋曠遠清淒之景。

高秋月曰：芒芒無儀，草木彌望，不可分辨也。

徐煥龍曰：思君之念，戀郢之情，穆然幽深，眇眇無垠可限。　莽
然浩蕩，茫茫無像可儀。

賀寬曰：愁思浩然，無垠無像。

張詩曰：穆眇眇，遠貌。　莽芒芒，雜貌。　言此時近視石巒之
下，丘壑遼曼，則穆乎眇眇，無有涯際；草木幽晦，則莽乎芒芒，不
可端倪。　沈瀏蕭條之狀如此。

蔣驥曰：無垠，言路之遠；無儀，言身之孤。　蓋修路孑身。

王邦采曰：垠，岸也。　儀，猶像也。　言己之愁思，穆然不可以
限，莽然不可爲像也。

吳世尚曰：無垠，無畔岸也。　無儀，無儔侶也。　唯無畔岸也，

故無所限隔。

許清奇曰：此高秋曠遠淒清之景。

江中時曰：言高秋曠遠，獨無匹也。

夏大霖曰：此節言世景風氣之惡薄，君子勢不能保全也。 言遠觀四境如黃霧四塞，風霾無際，穆眇眇其象也。

邱仰文曰：愁遠無邊，大無匹。

陳遠新曰：穆，深也。 以秋色寫風景。

奚禄詒曰：言天地於穆而無極，比君之遠也；草莽蒼芒而無容，比讒之亂也。

劉夢鵬曰：穆，即上默默意。 莽，草亂貌。 芒芒，荒郊草衰之象。 無儀，猶言不成景象。 登望故國，觸目生哀。 而見其狀如此，黍離之痛也。

陳本禮曰：前眇眇，歎郢路之遙遠也。 此眇眇，嘆懷王之孤魂羈於秦也。 芒芒無儀，不見其形影也。 此寫望秦也。 秋風悽慘，秋色蕭條，莽莽平原，未知何處是吾君栖依之所。 言念及此，寧不令孤臣淚落連珠子哉！

胡文英曰：穆，穆然靜也。 眇眇無垠，承上“路眇眇”而推言之。 無儀，無可儀像也。承上“入影響”而深言之。

牟庭曰：眇眇、芒芒者，山林也。

顏錫名曰：穆，靜也。 眇眇，遠也。 莽，草盛貌。 芒芒，亂生貌。 當此高秋搖落之時，曠野淒涼，更增傷感。

聞一多曰：穆之言沕穆也。《文選·鵩鳥賦》“沕穆無窮”注曰：“沕穆，不可分別也。”儀，象也。《禮記·緇衣·疏》。

姜亮夫曰：穆，靜也。 無垠，無痕跡涯涘也。 莽，謂思理莽蒼。芒芒，彌望無涯也。 儀，容也。 穆眇眇，言心靜止之時，莽芒芒，言心運動之時；言心静則深遠無涯，動則蒼茫無容儀也。

蔣天樞曰：十句述在遐想之後，更縱目遠眺，雖思入微茫，而不能鴻飛冥冥，隨風以逝。終乃以死自期。穆，《說文·禾部》："穆，禾也。從禾㣊聲。"以下文與"莽"並言例之，則"穆"確當釋"禾"，舊釋"穆，深微貌"，非是。《方言》十："莽，草也。……南楚曰莽。"芒芒，盛貌。承上路眇眇默默，言遠望則禾稼無垠，野草怒生，壹若無任何變動景象。

湯炳正曰：穆眇眇，遼闊貌。莽芒芒，混茫貌。無儀，没有形狀。二句極言孤立無助。

按：穆，蕭穆。悲回風之風爲秋風，故此處當寫秋景，秋景則蕭穆蕭殺之氣也。莽，密生的草。無儀，即不成景象。此句寫秋天之景，言天地之間遼遠蕭穆，草木亂生不成景象。張詩以爲此時當近視石巒之下，丘壑遼曼，則穆乎眇眇，無有涯際；草木幽晦，則莽乎芒芒，不可端倪，可參。朱熹解言己之愁思浩然，廣大幽深，不可爲像也。當就喻意而言，亦合題旨。陳本禮以此句寫望秦思懷王，恐非是。

聲有隱而相感兮，物有純而不可爲。

王逸曰：鶴鳴九皋，聞於天也。松柏冬生，稟氣純也。

洪興祖曰：此言天地之大，眇眇芒芒，然聲有隱而相感者，己獨不能感君何哉？物有純而不可爲者，己之志節亦非勉强而爲之也。

朱熹曰：聲有隱而相感，意其可以瘟於君心也。物有純而不可爲，則其心已一於彼而不可變矣。不可爲，如言疾不可爲之意。

汪瑗曰：聲有隱而相感，猶聲有隱而先倡也，指飄風而言。倡、感，其義一也。蓋有所倡者有所和，而亦有不和者，蘭茝幽而獨芳是也。 有所感者有所應，而亦有不應者，物有純而不可爲是也。 但前物有微而隕性，物字專承蕙言。 此物字乃泛言，而亦暗指蘭茝以自喻也。 王逸獨指松柏，意是而詞隘矣。 純而不可爲，謂受氣之渾厚而不可變化也。 化字與爲字，古書及古韻多通用，如訛字亦作譌，則化與爲通用可知，但不能求其說，而《易》曰“變化云爲”，則其義相通者久矣。《莊子》曰：“受命於地，惟松柏獨也，在冬夏青青。 受命於天，惟舜獨也。”正此即“物有純而不可爲”之意也。

陳第曰：聲有隱而相感，今不能感王矣。 物有純而不可爲，謂如松柏之純，堅不可易也。

黃文煥曰：愈思愈感。 向所稱虛僞之不可長者，自以爲純之可爲，今始悟矣。 物有純而不可爲矣，矢忠適以自賤矣。 又曰：聲相感，應前先倡，有純而不可爲，翻前孰虛僞之可長。

陸時雍曰：聲隱相感，最足撩愁。 而物之純者，則堅確而不可爲也。

王萌曰：復感歎君之偏聽也。 聲有相感，怪其不能感動也。 物不可爲歎，其偏信而不變也。

賀貽孫曰：又恨其不變，蓋一爲小人所變，遂終不復變矣。“純”字妙，所謂下愚不移也。

錢澄之曰：呂望之鼓刀，甯戚之扣角，聲隱而相感也。 伍子逢殃，比干葅醢，物純而不可爲也。

王夫之曰：聲隱相感，不必有聲，而若或惕之也。 物，事也。 純而不可爲，若欲專有所爲，而竦然起，己乃知其不可爲也。

林雲銘曰：蕭颯之響，最易撩愁，前止云先倡，茲已刺入人心矣。 即至全至粹之物，當之亦不能保。 前止云微而隕性，茲則有形無不敗矣。 不可爲，如言疾不可爲之意。 二句總言國內無美政。

高秋月曰：隱而相感，無形而可通矣。 純不可爲，矢忠而受害也。

徐煥龍曰：我心至此，宜乎不待呼號，不煩辭説，可以感悟君心。 聲固有隱而相感者，焉知不猶感悟乎。 其如一於信讒，堅於棄德，純濁而不可使之智，純忍而不可使之仁，物有純而不可爲，則終無可奈何矣。

賀寬曰：以愁感愁，如同聲之相應也。 隱痛於心而不能已矣。

張詩曰：蓋以飄風之聲至隱，于以感物，則物無不應。 故雖物之受氣純厚者，至此亦有所不可爲矣。

蔣驥曰：純而不可爲，言一而不可變也。 將欲乘高以聲感之，而君心之一而不變者，汗漫而不可極，綿遠而不可回。

王邦采曰：聲有隱而相感，意其可以寤於君心也。 物有純而不可爲，則其心已專一於讒言而不可變矣。 不可爲，如言疾不可爲之意。

吳世尚曰：聲之隱者，無不相感而通焉。 其無儔侶也，則人無余之心，故亦無余之愁。 所謂物有純而不可爲者也，而豈可假托哉？

許清奇曰：值此淒涼之景，忽感回風之搖蕙，而知目前之物。 雖純全而隕敗將至，實不可爲也。

江中時曰：聲有隱而相感，蕭颯之聲，最易撩愁，前只先倡，茲則刺人人心矣。 物有純而不可爲，即純全之物，當之亦不能保，前止微物隕性，茲則有形無不敗矣。

夏大霖曰：隱，言風聲未到而先感其氣者，無不枯槁也，喻讒人之流毒其害，賢之跡甚隱。 賢者冒其毒害，及國家之子受讒乃隱而相感者，物有純而不可爲，如彭咸志介，可謂得矣。 然雖守死終，不能移風易俗，所以寧死也。

邱仰文曰：隱而相感，謂潛移有道。 謂偏聽難移。 二語深中骨理，與首節二句詞大同，意各別。 一段主腦。

陳遠新曰：言睹回風之景色，非但先倡也，而且相感矣。 非但微者隕性也，而且純者難爲矣。

奚祿詒曰：王應麟謂"聲隱"二句爲偏聽之害，未嘗不妙。 但知其一未知其二也。 聲有隱而相感，在《中孚》之九二，二陰相感，君臣之以誠應也。 鶴鳴在陰，其子和之，天機之自動也。 我有好爵，與爾靡之，天理之自孚也。 故風后隱於海隅，力牧隱於大澤，而軒轅氏占夢傅説隱於胥靡，吕尚隱於渭川。 而高宗、西伯旁求，不期其應而應焉。 此指好一邊説。 物有純而不可爲，在《履》之二三。 古之公卿大夫士，各修其德，以稱其分耳。 初九之素履而往，不爲利害所雜，而負其初心也。 九二之履道坦坦，幽人貞吉，謂心之純静而無欲也。 故文王徽柔而不免羑里之拘，周公謙德而不免流言之毁，悦以應乎剛而患猶莫測焉。 此在不好一邊説。 屈原之旨蓋如此云。 又曰：聲隱相感，鶴鳴九皋，聲聞於天也。 物純不爲，松柏後凋，歲窮見節也。

劉夢鵬曰：聲，風聲。 純，猶美也。 適聽回風之聲，動己無窮之感。 蕙生非時，不免搖落。 雖有其美，而終不可爲。 其如此回風何哉?

丁元正曰：純而不可爲者，非有纏束而若有纏束者之不可爲也。 不可爲，猶言疾不可爲之意。

戴震曰：純，猶專也。

陳本禮曰：聲隱有感，兩魂異地相望，恍聞悲哭之聲也。 物純不可爲者，前懷王因誤信子蘭，奈何絶秦歡，一派媚秦軟語迎合。 秦昭卒，致被留。 故痛斥其純而不可爲，深有恨於此也。

胡文英曰：聲隱而相感，兩美必合也。 物純不可爲，荃不揆予也。

牟庭曰：純者，全也。風聲感人，不賴生存也。

顏錫名曰：因思聞回風而念及己之將死，實因事有專於一偏而不可爲者。

王闓運曰：言己獨以孤忠感眇芒也。爲，化也。己志純一，不隨衆變也。

馬其昶曰：再申篇首之意，言因秋聲興感，而知氣化所乘。凡物之彫隕，實亦無可奈何也。

武延緒曰：爲，古僞字。古只作爲，後人加人旁以別之也。又按：爲讀詩蔽，又改爲之爲。

聞一多曰：《九嘆·悲思》注：“僞，變也。”爲僞通。

姜亮夫曰：隱，微也。聲有二句，王逸注非是。洪義亦未全允。此兩語以相反之義，表白己意。聲隱而可感，志純而不可爲，此“聲有隱”句與篇首“聲有隱”句義同。言讒妒之言易入，而至于被黜放廢，此隱言有相感之力也。相感與先倡義實相成。先倡，從聲之發言，相感，從聲作用言爾。“物有”句，言物有此純美之質，而不得施展才能之機，失志侘傺，無可言説，此“純”即“紛既有此內美兮”，亦即“歷煉而昭質未虧”，“昭質”所謂“惟茲佩之可貴兮”“委厥美而歷茲”及“芳菲菲而難虧，芳至己猶未沫”等義是也。總言之則讒言雖微，而可動君之心，質純才美，而不得君之任也。

蔣天樞曰：物，猶事也。純，大也。此言處情隔勢阻之地，因思聲音之道，有時隱微亦可感人，獨至具體人事，則有愈大而愈難於行者。

湯炳正曰：純，精純。二句謂天地間有的聲音雖隱微，却能相互感應；有的東西雖精純，却用不上。喻指己雖有才德，却不能感君致用。

按：純，物之精者。純而不可爲，汪瑗謂受氣之渾厚而不可變化也。此言雖然聲隱相感，秋氣來襲，但萬物有其精者，一時非秋氣所能全然改變者。喻楚之環境惡劣，然己挺立不改之志。錢澄之謂此曰"呂望之鼓刀，甯戚之扣角，聲隱而相感也。伍子逢殃，比干菹醢，物純而不可爲也"，亦爲有見，可參。

藐蔓蔓之不可量兮，縹綿綿之不可紆。

王逸曰：八極道理，難筭計也。細微之思，難斷絕也。

洪興祖曰：藐，音邈，遠也。紆，音迂，縈也。

朱熹曰：藐，遠也。縹，微細也。紆，縈也。

汪瑗曰：此章又承上，言復出幽谷之中，而登石巒以遠望，有感於天地山川之曠蕩，石巒不可以爲娛，將渡大江，上高巖，以尋訪彭咸之所居也。藐，遠也。漫漫，猶茫茫也。不可量，謂不可以丈尺量度而算計也。此句言天地之寥廓。縹，猶縹緲，與綿綿皆遠意也。舊注俱解爲微細也，非是。古人用字多不拘，如窈窕，《詩》言淑女，而後世言山之深奧者亦稱之；溯澇，本謂水，而宋玉《風賦》亦用之；此類甚多，不可枚舉，學者當以意會可也。紆，屈曲之義，此當解作縮也。不可紆，言不可縮也。此句猶後世所謂"安得縮地術，與君相晤言"之意，蓋指山川之迢遞也。

周拱辰曰：愁緒長，故曰曼曼。愁緒不可斷，故曰綿綿。

王夫之曰：蔓蔓，思緒相引無事，而思不知首尾也。縹，輕微之色。心神恍忽，若在若無，攬之無端也。

林雲銘曰：縹，帛青白色。紆，曲也。極目無際，自顧無可託身處。

高秋月曰：漫漫，遠也。 綿綿，長也。

徐焕龍曰：君德日即於惉淫，如邈濤之漫漫，不可量而制坊。 國祚特懸於一綫，若飄絲之綿綿，不可紆而縈繫。

賀寬曰：雖有湛湛之純心，其能禦此漫漫綿綿悄悄冥冥之愁思哉。

張詩曰：邈漫漫，不窮貌。 縹綿綿，不絕貌。 言遠望天地之間，邈乎漫漫，不可度量。 縹乎綿綿，不可紆縮。

蔣驥曰："邈漫漫"二句，承"純而不可爲"言。 縹，飄然一往之意。 紆，回也。

吳世尚曰：不可量，不知其多寡也。 不可紆，不能以收拾也。 言余之愁也，既不能定其多寡，又不可以細爲收拾，止有終身之憂，更無一朝之樂。

許清奇曰：二句正言不可爲之意。 禍之漫漶不可測，綿長不可盡。

江中時曰：縹，青白色，謂空際色青白也。

夏大霖曰：言國之敗亡，不可量細微之綿力，不能縈結以約束散漫之物。 又曰：此節言國事無底止，逐臣不得有爲。

邱仰文曰：人極之理，難可計算，承"隱相感"意。 回曲之思，難可斷絕，承"純不可爲"意。

陳遠新曰：紆，曲轉也。 極目無際，即"穆眇"二句意，但彼以景言，此則以世言。

奚禄詒曰：紆，縮也。 言天地邈不可籌量，身亦縹不可縮結。

劉夢鵬曰：漫漫，遠也。 縹，心緒微也，綿綿不絕也。 邈漫漫，去國道遠也。 縹綿綿，思君情長也。

戴震曰：藐，《方言》云："廣也。"縹，長組之貌。

胡文英曰：邈漫漫之不可量，前途當幾許，未知止泊處也。 縹，縹渺，遠意。 綿綿，長也。 不可紓，不能曲以就我也。

牟庭曰：山風之多，蔓蔓四起也。 山風之長，縣縣千里也。

顏錫名曰：邈漫漫，不可測也。 縹綿綿，不可斷也。 言我雖睠顧楚國，而楚敗亡之禍，已經漫漫然不可量度，綿綿然不可挽回。

武延緒曰：紓讀爲舒，《說文》：“舒，緩也。”《左傳》僖二十一年：“紓禍也。”注：“紓，解也。”《玉篇》：“紓，或作舒。”《集韻》“或作徐”。

聞一多曰：《廣雅·釋詁》三：“紓，索也。”繩索之索謂之紓，求索之索亦謂之紓。

于省吾曰：上文言“登石巒以遠望兮，路眇眇之默默”，自此以下，均係描述愁緒無端之意。《漢書·賈誼傳》之“鳳縹縹其高逝兮”，顏注訓“縹縹”爲輕舉貌，是縹與飄同，即蔣驥所謂“飄然”之意。 但是，既言飄綿綿，則有彎環縈繞之意，與不可紓回之義顯然不合。 紓字在此應讀爲虞，紓、虞疊韻。 晚周器《杕氏壺》：“歲賢鮮于。”鮮于即鮮虞，于之通虞，猶紓从于聲。之通虞。《爾雅·釋言》：“虞，度也。”《孟子·離婁》“有不虞之譽”，趙注訓虞爲度。 虞訓度，典籍習見。 上句言“藐漫漫之不可量兮”，量謂計量，計量與虞度互文見義。 王注訓紓爲繼絕，不僅紓字本無斷絕之訓，而且在文義上也是講不通的。

姜亮夫曰：首四句亦狀思也。 藐者謂思之邈遠；縹者謂思之細微。

蔣天樞曰：藐，神遠馳也。 蔓蔓，引而愈長。 縹，猶縹眇，遠視貌。 縣縣，長貌。

湯炳正曰：藐蔓蔓，道路漫長貌。 縹縣縣，思緒紛亂貌。 紓，當爲"扜"之同音借字。《廣韻·虞》："扜，引也。"此謂引而理之。二句謂道里漫長難計，思緒紛繁難理。

按：藐，廣遠。 縹，青白色的絹。 紆，曲折。 此句當與下句連讀方能成義。 下句言"愁"，此句言愁廣遠漫長不可度量，就像絹細小綿長不可縈繫。 王逸云細微之思難斷絶也，意亦近是。 徐焕龍以爲喻君德日即於慆淫，國祚特懸於一綫，恐非是。

愁悄悄之常悲兮，翩冥冥之不可娱。

王逸曰：憂心慘慘，常涕泣也。 身處幽冥，心不樂也。

洪興祖曰：悄，親小切。《詩》云："憂心悄悄。"翩，疾飛也。《楊子》曰："鴻飛冥冥。"此言己欲疾飛而去，無可以解憂者也。

朱熹曰：翩，疾飛也。 冥冥，遠去也。

汪瑗曰：悄悄，憂貌。《詩》曰"憂心悄悄"是也。 既言愁悄悄，又言常悲，如上文既言愁鬱鬱，又言無快，《楚辭》中此類極多，古人文章非如後世之拘拘，不可以爲病也。《詩》曰"亦既見止"，又曰"亦既覯止"；既曰"何辜於天"，又曰"我罪伊何"；既曰"昊天已威，予慎無罪"，又曰"昊天泰憮，予慎無辜"。 使今人作之，豈不爲重復可笑？ 古人未嘗以重復爲嫌，而亦自有淺深輕重之不同。 古今文章之重復者，無如此篇，然其意皆有所屬，而其指各有攸歸也。 學者不深究詳考，而朱子且以顛倒重復言之，况其他乎？ 翩，翩翻貌，猶所謂心搖搖如懸旌是也。 冥冥不可娱，蓋言山中之幽晦，不可久樂也。 二句又總結"登石巒"以下十四句，以起下文也。"昭彭咸之所聞"至此，當爲一段之意。

張京元曰：蔓、綿、悄、冥，極狀愁容。

李陳玉曰：愁緒萬端，描寫盡變。

周拱辰曰：愁緒削屬自凛，故曰悄悄。 愁緒幽僻而難白，故曰冥冥。 呼之不應，省之不得，聲者此聲，物者此物，不能不愁而又不忍常愁之意，凄然言外。

陸時雍曰：翩，飛貌。 此皆言愁緒之不可聊也。

王夫之曰：翩冥冥者，神已去形。 不可娛者，形雖旮而不戀也。以上迫寫幽憂不可解之情。 盡古今思士愁人之自言，無有曲寫如此者。 情中之景，刻畫幽微，如此常愁，其可忽乎？

林雲銘曰：愁多則傷人，故常以愁之多爲悲。 翩，往來貌。 冥冥，昏暗也。 往來登望，自朝至暗，無一可樂。 本爲掩哀至此，私念己身，又徒增哀耳。

徐煥龍曰：是以我之愁思悄悄常悲，縱令遠去他邦，如鳥之翩飛於冥冥，終不以娛樂我心。

張詩曰：翩冥冥，不定貌。 而余之愁心悄悄常悲，翩乎寂寞，如懸旌之搖而不可娛樂。

蔣驥曰：翩冥冥，翩然入於冥途也。 故不禁悲愁，而自沉之意益決也。

江中時曰：翩，往來貌。

夏大霖曰：心中愁悲，便飛身雲際，亦不可得歡娛。

邱仰文曰：常悲則傷神，故愁。 去無樂處。 冥冥，遠去之謂。

陳遠新曰：翩冥冥似猶未至，愁悄悄且不可娛，況愁者能免悲乎？ 又曰：世道如此，愁者之悲，固無時不然。 即翩冥冥者，亦未見其可娛也。

奚祿詒曰：翩，往來貌。 愁悲悄悄，又冥冥往來。

劉夢鵬曰：翩，遠騫貌。 冥冥，境幽僻也。 愁悄悄，以綿不可紓而言。 翩冥冥，以漫不可量而言。

陳本禮曰：點“悲”字醒題。

胡文英曰：悄悄，隱愁貌。欲翩然而下，則冥冥之象，無可娛也。

顏錫名曰：徒含悲往來於昏暗世界，何以自娛。

姜亮夫曰：愁者思之愁也；翩者思之忽然而出也。此言思入深遠，則漫漫然長而不可量；思入細微，則綿綿然難於斷絕；思入愁苦，則慘慘然常含悲楚；思理忽然而出，則亦冥冥幽微而不可樂也。

蔣天樞曰：娛，樂也。言己心雖能如鴻飛冥冥，終於當前情勢無如何也。

湯炳正曰：冥冥，高速。二句謂常處悲愁，即高飛亦無法快樂。

按：翩，飛動貌。常悲而愁緒綿綿，即便立節遠去也不會開心。徐煥龍解爲愁思悄悄常悲，縱令遠去他邦，如鳥之翩飛於冥冥，終不以娛樂我心。此解雖未言及立節遠去，然意亦近是，可參。蔣驥以翩冥冥爲翩然入於冥途，而自沉之意益決也，非是。

淩大波而流風兮，託彭咸之所居。

王逸曰：意欲隨水而自退也。從古賢俊，自沈沒也。

洪興祖曰：言乘風波而流行也。

朱熹曰：流，猶隨也。淩波隨風而從彭咸，又自沈之意也。

汪瑗曰：淩，乘也。淩大波而流風，猶《哀郢》篇所謂順風波而流從之意。言乘舟而濟渡也。託彭咸之所居，猶託彭咸之所在也，設詞耳，後世遂以自沈解之。上文所謂“孰能思而不隱兮，昭彭咸之所聞”，則彭咸又豈嘗爲孤子放子耶？《離騷》所謂“濟沅湘以南征，就重華而陳詞”，則重華又豈嘗沉江湘以死，而屈子往從之邪？《遠遊》篇所謂“順凱風以從遊，至南巢而一息，見王子而宿之，審一氣之和德", 則屈子又豈嘗真至南巢而從王喬以升仙去邪? 故後世以屈原爲投水而死者, 皆是因《楚辭》中此等語而附會之者也。

陳第曰: 此亦言其自沉之意。

張京元曰: 以下所謂上天無路, 入地無門也。

黃文煥曰: 漫漫、綿綿, 悄悄、冥冥, 登山難遣, 勢將凌波。 波之中惟咸之居昭所聞者, 將託所居而後已矣。 又曰: 託所居又應前昭所聞。

李陳玉曰: 全副精神, 將入水矣。

陸時雍曰: 秋氣愈高, 孤衷愈凜。 豈因蕭瑟之感, 摧折其抗屬之情乎? 此以終託彭咸之所居也。

王萌曰: 備寫愁緒直覺身心茫茫無着, 舍託彭咸, 無可安頓也。
可亭曰: 連用疊字, 甚有逸態。"青青河畔草"等詩祖此。

錢澄之曰: 極寫愁心, 重復瑣屑, 數落不盡, 其志惟在託彭咸之所居, 而愁思始息。 自此以下, 皆是從彭咸往來上下, 所言俱非人間世也。

王夫之曰: 所以凌波隨風, 決於自沉也。

林雲銘曰: 凌, 歷也。 流, 漂也。 申上文"隨飄風之所仍"意。因登石巒而增哀, 不得不舍去, 歷大波, 隨風而行, 但思大波爲彭咸所居之處, 雖一時不能相從, 且預以身爲託, 又可他往也。 申上文"昭彭咸之所聞"意。 又曰: 已上言惘惘而行, 於國中無可自寄處。

高秋月曰: 託彭咸之所居, 思赴水以死也。

徐焕龍曰: 惟有凌没大波之内, 隨流聽轉於風, 託彭咸之所居而已。

賀寬曰: 登山難遣, 且復凌波, 我聞彭咸久矣, 不待問諸水濱而相依以居已矣。

張詩曰：則將凌大波從風而流，以遠託彭咸之所居也。

蔣驥曰：流，從也。

吳世尚曰：故不知凌波從風，與彭咸爲徒也。 以上再思，亦死爲是也。

許清奇曰：言欲高飛冥冥，而非心所樂。 惟有凌波隨風，從彭咸赴水而死耳。 此段言見放以後，寂寞無聊，感先幾而知國將亂亡，惟有守彭咸之志介耳。

屈復曰：漫漫綿綿，無可託身，悄悄冥冥，有愁無娛，乃隨風波而託彭咸之所居也。 右五段，明至寂之境，不免愁思，何如凌波隨風而從彭咸之所居乎？

江中時曰：回風一起，人間昏暗，歷大波而漂風不止，不得不託彭咸以爲居矣。 以上登巒遠望，見人間都是荒涼杳冥景象，則人間回風無處不到，可悲也。

夏大霖曰：止有凌大波任飄風從彭咸耳。 又曰：愁不可堪，決計以死從彭咸也。

邱仰文曰：再逗“風”字一筆，托彭咸心口相問，語聊爾暫寄曰。“託”下又縱筆颺去。 又曰：以上四節，承“羌靁不見”而重言之大意，總謂讒邪壅蔽，悟君無由。

陳遠新曰：凌，非但隨。 大波，非但漂。 所居，即所聞，以自處者也。 庶幾隨風漂泊以所聞於彭咸者，追求其居而託之可乎。

奚祿詒曰：只得臨波而與彭咸同居也。

劉夢鵬曰：流風，謂從流隨風不拘所泊也。 託彭咸之所居，與《離騷》亂語同意。

陳本禮曰：此悲己之神魂茫茫飄泊於黑雲霧雨之中，不知秦關何在，楚塞何存，與其生而魂遊，不若早從地下之爲妙也。“漫漫”“綿綿"者，此恨無期也；"翩冥冥"者，託足無所也；"凌大波而流風"者，此直欲以身殉矣。"從石巒"以下連用十疊字，一氣奔注，至彭咸爲歸宿之地。 不曰死而曰託者，蓋未窘彭咸而先爲擬託之詞。

胡文英曰：欲凌大波而流風，則惟有託彭咸之所居而已。

牟庭曰：風大而山高，翩然欲飛去，不如從彭咸於水也。

顏錫名曰：計惟有託彭咸之所居而已。

王闓運曰：流風，上水帆風，行如流也。 欲還都夔巫，控蜀以制秦也。 今彭水在涪、萬間，其大彭舊國乎？

吳汝綸曰：以上言屈原愁思之不可聊，不能不死。

馬其昶曰：以上言眷懷君國之念，登高遠望，益生其感。 惟有凌大波以從彭咸，庶幾可以忘憂耳。

聞一多曰：凌，乘也。 游，浮游也。

姜亮夫曰：凌，當之也，乘也，借爲夌；《說文》："越也。"《廣雅·釋詁》："犯也。"流風者，順風而流也。 託彭咸之所居，言將從彭咸而居也。 彭咸所居，即下文"上高巖"以下一段也。

蔣天樞曰：流，行也。 託，寄也。 居，據也。 己心雖欲乘大波而行風，但無所據依。 意謂當心情激盪時，直思凌波行風，以成己彭咸之志，言死志之不可奪也。

湯炳正曰：流，跟隨。 所居，所以自處之道。 此謂將效法彭咸，追隨其行。

按：此言立節當以效法彭咸爲榜樣。 彭咸投水而死，故曰凌大波而托於風。 王逸、朱熹皆以從彭咸而有自沈之意，意亦近是。

上高岩之峭岸兮，處雌蜺之標顚。

王逸曰：升彼山石之峻峭也。 託乘風氣，遊天際也。

洪興祖曰：標，杪也。 其字從木。 顛，頂也。

朱熹曰：峭，峻也。 標，杪也。 顛，頂也。

周用曰：下四章，言其浮遊荒忽，意若無所止，形若無所依也。

汪瑗曰：此承上言登石巒小山以訪彭咸，既不可遇，復上高巖峭岸以求之也。 峭，峻也。 岸，巖畔也。 處，居也。 蜺，虹屬，霓雌而虹雄也。 標，杪也。 或曰，古人稱山頂曰山椒，椒字義不可解，或當與標字通用，或聲相近而訛也。 山頂亦謂之冢。

周拱辰曰：上言不忍常愁，此正借狂游以解愁也。

賀貽孫曰："上高岩"以下，總是一死耳。 寫得興致淋漓。

陸時雍曰：無聊之極，神魄不居，故遂爲此。 飄忽蕩颺，而上極至高，下臨至潔也。 此即遠遊所自作矣。

王夫之曰：此下言沉湘以後，精神不泯。 遊翶天宇之內，脫濁世之汙卑，釋離愁之菀結。 以一死自靖於先君，迶然自得也。 雌蜺，虹外暈也。

林雲銘曰：隨風而舍大波，登極高處。 虹之雌爲蜺。

高秋月曰：此又言欲上天而遨遊虛空，乃死後之隱語也。

徐煥龍曰：託彭咸所居，則我且上彼高巖，更登峭岸，接雌蜺之標顛而處之。

賀寬曰：此與《騷經》去重華而上征同意，而有不同者，彼將叩帝閽，而此則成其爲惘惘之行而已。

張詩曰：比巖岸之高峻。 言更由石巒以上高巖之峭岸，處雌蜺之標顛。

蔣驥曰：此下皆預設魂遊之境。 此言由水而登天也。

吳世尚曰：言余心之所以常悲者，以其有此生也。 今既託彭咸之所居矣，則吾遙想其時，其樂必有不可名言者，始焉自下而升，上高岩之峭岸，固遠離塵世矣。 繼焉處雌蜺之標顛，則又高矣。

夏大霖曰：此節言死後靈爽上升於天。

陳遠新曰：峭岸，前之石巒畢矣。 託之不但所居之高也。

陳本禮曰：此設言死後之神遊也。 上高巖之峭岸者，嘆塵海茫茫，此愁何日得紓。 不若上登高巖，姑爲汗漫之遊，以求弭悲之術。

胡文英曰：此與“登石巒以遠望”，皆承“惘惘遂行”而言，蓋不忍此心之常愁，而託速遊以自解也。

牟庭曰：由石巒而上進也。 巖益高則俯瞰淵深，岸益峭則前臨水近也。

顏錫名曰：言我固欲託彭咸矣，人或謂我處此昏暗世界，豈無別策，何必定從彭咸。 然而我嘗思之，我將超然高舉以保天真，如《遠遊》之所云乎。

王闓運曰：巫彭據山險以扼江。 上言凌大波嫌欲爭水要利，故以上巖岸明之。

聞一多曰：處讀爲摅，挐持也，《說文》。 引也。《廣雅·釋詁》一。標，杪也。《漢書·司馬相如傳》：“偃蹇杪顛。”標顛即杪顛（巔）。

姜亮夫曰：自此以下至聽波聲之洶洶，皆從彭咸之所居也。 峭亦作陗，陵也；斗直曰陗。 雌蜺，雲氣也。 虹蜺，雄曰虹，雌曰蜺。蜺，五歷切，通霓。 洪《補》：“《說文》：‘霓，屈虹，青赤，或白色，陰氣也。’郭氏云：‘雄曰虹，謂明盛者，雌曰蜺，謂暗微者，虹者，陰陽交會之氣。 雲薄漏日，日照雨滴，則虹生也。’”

蔣天樞曰：八句更馳騁想象，據天摅虹，思欲突破陰翳，潄冰吸露，進而搗彼風暴之穴。 文承上登石巒、更上至山巖最高處。 峭，高而峻。 山崖重疊曰岸。 處，居也。“處”爲《說文》“処”字之或體，《說文》几部：“処，止也。 得几而止，從几從夊。 處，或從虍

聲。"《説文》虫部:"虹,螮蝀也。 狀似虫,從虫工聲。"始見《詩·
鄘風·蝃蝀》:"蝃蝀在東,莫之敢指。"《爾雅·釋天》:"螮蝀,虹
也。"郭注:"俗名爲美人虹,江東呼雩。"世俗以色鮮盛者爲雄,雄
曰"虹";色暗在外者爲雌,雌曰"蜺",字亦作"霓"。《釋名》:
"蜺,齧也。 其體斷絶,見於非時,此灾氣也。 傷害於物,如有所食
齧也。"言己高踞雌蜺顛杪,欲使其内之虹氣得伸。

湯炳正曰:雌蜺,虹之白者。 標,樹梢。

按:此幻設上天之情景。 言上高岩之峭壁,處霓之頂端。 賀寬
曰:此與《騷經》去重華而上征同意,而有不同者,彼將叩帝閽,而
此則成其爲惘惘之行而已。 甚是。 王逸言託乘風氣,遊天際也,意
亦近是。 蔣驥、陳本禮皆解爲設言死後之神遊,非是。

據青冥而攄虹兮,遂儵忽而捫天。

王逸曰:上至玄冥,舒光耀也。 所至高眇,不可逮也。

洪興祖曰:攄,舒也。 捫,撫也。

汪瑗曰:攄,憑也。 青冥,近天輕清高速之氣也。 攄,舒也。
攄虹,蓋謂拂去其虹,而將以捫天也。 儵忽,迅速貌。 捫,撫也。
儵忽而捫天,蓋謂天非真可捫,而所處之高,若有所捫耳。 下儵忽二
字甚妙。 四句言所陟攀之高,而曰"處雌蜺""據青冥""攄虹""捫
天"者,亦以形容巖岸之高峻,他無所取義也。

黄文焕曰:前登石臨波,山間水上已經道盡。 此復言之者,前之
登山在於觀世無歎,此則冀上天有藉也;前之凌波意在就死,此則徘
徊不欲死也。 雌霓,天地之淫氣聚爲霓也。 攄虹者,胸中之憤氣吐
如虹也。 讒邪害正,忠直蒙冤。 彼之霓偏不肯沉,我之虹偏不得
吐。 處標顛者,出乎彼之上也。 據而攄者,盡達我之中也。 儵忽之

間，氛者破，枉者伸，此捫天之快景也。

王夫之曰：青冥，空宇也。 攄虹，發氣成虹也。

林雲銘曰：天工似可代矣。

高秋月曰：青冥，天也。

徐煥龍曰：據青冥之表，攄虹以爲蜺匹。 蜺虹交煥，遂倐忽而光華可以捫天。 雌蜺遇雄虹，隨有捫天之采，賢臣逢聖主，便成蓋世之勳。 其象同，其快一也。

賀寬曰：去人間而遊天上，上高巖而攄青冥。 苦樂不可同矣。 霓爲天地之淫氣，出乎彼之上而吐，吾如虹之正氣，邪不勝正矣。 儵忽捫天，猶之朝發蒼梧，夕至懸圃也。

張詩曰：身據青冥而手攄拂其虹，倐忽之間可以捫天。

吳世尚曰：久之據青冥而攄虹，則更高矣。 久之遂不覺倐忽而捫乎天焉。

江中時曰：登極高處。

許清奇曰：精誠上征，天若可捫然。

陳遠新曰：捫天，所居極高。

奚祿詒曰：攄上四句，形容身心之飄蕩。

劉夢鵬曰：寓言抗行之高，有若是也。

陳本禮曰：據青冥，攄虹蜺，而捫青天，極其遊之所至。 不但思可以無庸紃，愁可以毋庸編，而哀亦可以掩而去矣。

胡文英曰：攄，手循也。 蜺卑而虹高，故先處雌蜺之末，而後得據青冥以攄虹也。 儵忽捫天，則所處最高，呼吸通于真宰。

顏錫名曰：虹之彩色者爲雄爲虹，白色者爲雌爲霓。

聞一多曰：《呂氏春秋·求人》篇：「攢樹之所，揹天之山。」揹捫同。

姜亮夫曰：青冥，太空青冥之所也。 虹，虹采光耀也。 儵忽，頃刻之間。 此言上依彭咸，初至高巖陵岸之間，繼則更上而處於雲氣之杪頂，再上則至於玄冥之上；而舒攄其虹采，遂爾於俄頃之間，而上撫於天庭矣。 此上升之事也。

蔣天樞曰：攄，倚也。 青冥，蒼天。 攄，舒也。 儵忽，疾也。倚蒼天以舒虹也。 言攄己懣結之情，如虹突破陰翳之蜺，儵忽已摩蒼天。

湯炳正曰：攄，舒展。 此言彩虹當空，如己所展。

按：青冥，指帶青色的昏暗之處。 倚在蒼穹的昏暗之處，發散彩虹，於是透過彩虹倏忽間撫摸到天。 此爲幻想之詞，爲後世所效法。王逸、江中時、陳遠新等以爲言所至之高，不可逮也，未盡題旨。 奚禄詒解以形容身心之飄蕩，喻意之解，可參。 劉夢鵬謂寓言抗行之高，亦爲有見之説，可參。

吸湛露之浮源兮，漱凝霜之雰雰。 源，一作涼。

王逸曰：湛，厚也。《詩》曰：“湛湛露斯。”雰雰，霜貌也。 言己雖昇清冥，猶能食霜露之精，以自潔也。

洪興祖曰：漱，《説文》曰：“盪口也。”雰，《詩傳》：“雰雰，雪貌。”

朱熹曰：湛，厚也。 漱，盪口也。 雰雰，分散貌。

汪瑗曰：吸，吞也。 湛，清也，漢儒皆解作厚也。《詩》曰“湛湛露斯”亦然，朱子從之，非是。 浮涼，謂露之清澈，其光若浮而味涼也。 漱，以水盪口也。 凝，謂聚而厚也。 霜，露之所結者也。 雰雰，皎潔貌，一曰分散貌。

黄文焕曰：爲露爲霜，皆秋令所以摧萬物。 吸之漱之，則不懼其摧殘矣。

周拱辰曰：上極無天，下臨無地，樂極欲狂，幾於忘死，所謂遺世而肆志也。

陸時雍曰：此真不啻飲水，而無奈嬋媛其故宇也。

王夫之曰：此想像魂遊空際，與霜露風虹相爲往來之貌。

林雲銘曰：於天之能養物者，吸而存之。於天之能戕物者，漱而棄之。

徐煥龍曰：我於此時，吸湛露，漱凝霜，鬱勃之氣全消，涼爽之情頻飫。

賀寬曰：何其迅速也，爲霜爲露，皆秋令所以摧萬物者。而吸之漱之，飄風不可隨也。

張詩曰：口吸湛露，其光若浮，其味甚涼。漱此露所凝之霜，則雰雰而香潔，其境之清高如此。或者佳人其在兹乎，然終不可見也。

蔣驥曰：漱，滌口也。

吳世尚曰：於斯時也，所吸者湛露，所漱者凝霜。入乎口，則涼快透乎心脾；出乎口，則珠璣成乎欵唾。

夏大霖曰：寫靈處清涼無煩惱意。

邱仰文曰：霓虹喻讒邪，霜露喻恩威也。

陳遠新曰：吸、漱，因所居而異。

劉夢鵬曰：吸露、漱霜，寓言所志之潔也。志潔行高，所謂託彭咸之所居者也。

陳本禮曰：吸湛露，漱凝霜，如得一服清涼散，將平昔心中所謂如焦如焚者，悉化爲烏有矣。

胡文英曰：而吸露漱霜，可以滌蕩一切思心愁苦矣。《莊子》：“今吾朝受命，而夕飲冰。”吸浮涼，漱凝霜，蓋亦思心愁苦，焦神内熱，而思有以解之也。

王闓運曰：虹蜺邪氣，霜露正氣，言都彭巫則國脉復氛復消也。

武延緒曰：浮，疑當爲净，净與瀞通，清亦通。 清，《説文》：
"清寒也。"瀞，無垢穢也。 又瀄，冷寒也。 澼，冷寒也。 楚人謂冷
曰瀄，皆通。 净此處疑讀净，《唐韻》："净，楚耕反。"《集韻》："音
琤，冷貌。"疑二字通，猶清清二字也。 涼，一作兩點。

聞一多曰：源猶泉也。《九懷·通路》"北飲兮飛泉"，注曰："吮
嗽天液之浮源也。"王以浮源爲飛泉，殆確。《爾雅·釋天》"甘露今作
雨，從《論衡·是應》篇引改。時降，萬物以嘉，謂之醴泉。"此古稱露爲泉
之證。 嗽，吮也。 玄應《一切經音義》二引《三蒼》。

姜亮夫曰：此言從彭咸居後之事也。 浮源，源一作涼，皆不可
通；涼源又一字之誤，疑本作浮浮，與下句霜之雰雰對文。 浮浮者，
言露濃重之像，《詩·江漢》"江漢浮浮"，《傳》"衆彊貌"；《詩·角
弓》"雨雪浮浮"，《傳》"猶瀌瀌"；是也。

蔣天樞曰：吸，微吮之。 湛，厚重貌。 浮，輕也。 漱，盈口
貌。 凝，古冰字，凝霜，冰霜。 雰雰，墜落貌。 始欲少吸湛露之輕
涼，入口乃如冰霜之寒冷。

湯炳正曰：湛露，濃重的露水。 浮源，猶言飛泉。 古人視露水
爲"飛泉"或"浮源"。《九懷·通路》："北飲兮飛泉。"王逸云"吮漱
天液之浮源也"，是其義。

按：浮，漂浮。 源，水之源頭。 湛露浮源，即露之源頭，漂浮在
空中之氣。 雰，霧氣。 凝霜雰雰，即霜形成之前的霧氣。 此句言在
空中吸漱露霜形成之精氣。 王逸謂雖昇清冥，猶能食霜露之精，以自
潔也，甚是。 劉夢鵬承之而曰"吸露、漱霜，寓言所志之潔也。 志
潔行高，所謂託彭咸之所居者也"，結爲立節而從彭咸，意已道盡矣。

黃文煥解爲露霜，皆秋令所以摧萬物。吸之漱之，則不懼其摧殘矣。
亦爲有見，可參。

依風穴以自息兮，忽傾寤以嬋媛。

王逸曰：伏聽天命之緩急也。心覺自傷，又痛惻也。

洪興祖曰：《歸藏》曰：“乾者，積石風穴之隖隖。”《淮南》曰：
“鳳皇羽翼弱水，暮宿風穴。”注云：“風穴，北方寒風從地出也。”宋
玉賦云：“空穴來風。”

朱熹曰：風穴，風從地出之處也。傾寤，傾惻而覺寤也。嬋
媛，已見前，大率悲感流連之意也。

汪瑗曰：依，傍也。穴者，巢窟之處也。蓋風從地出，而又出
於地之虛處，故曰虛則生風，又曰空穴來風。凡風所從出之處，皆曰
風穴。如《莊子》所謂大塊之竅，宋玉所謂土囊之口，是也。自息，
獨宿也。傾寤，謂假寐輾轉之間，忽然傾側而覺寤也，是亦獨懷不眠
之意。王逸曰：“心覺自傷，又痛惻也。”得其意矣。但以嬋媛爲痛
惻，非是。嬋媛，美女嬌態貌。人之乍寤，欠伸而起，其體軟弱，不
能自持，若嬌態也。此二字《楚辭》凡四見。《離騷》曰“女嬃之嬋
媛”，《湘君》曰“女嬋媛兮爲余太息”，《哀郢》曰“心嬋媛而傷懷”，
此三處王《注》皆云猶牽引也。朱子曰：“王注意近而語疏，蓋顧戀
留連之意也。”夫《哀郢》之嬋媛，解爲顧戀留連之意，而餘三處當從
予解爲是，而顧戀留連之意自在其中矣。若直以顧戀留連解之，雖得
其意，而於二字之義亦未甚明也。四句言食息之潔。夫古之高潔之
士莫如彭咸，而屈子自言其居處飲食之高潔如此，此所以爲託彭咸之
所居也。然忽傾寤以嬋媛，蓋又傷彭咸之不可遇，而不能忘情於懷，
又將登崑崙、岷山極高極遠之處而尋訪之，以期必得也。瑗按：依風

穴以自息者,特謂伏匿於窟穴之中而託宿耳。曰風穴者,本無所取義,蓋以此篇因《悲回風》而作,故曰隨飄風之所仍。曰聲有隱而相感,或取其義,或用其字,間或拈出題目一二,使不離其題,而亦不屑屑以着題也。此所謂大方家大作手,無意於工而自工也。若後世賦雪詩,而通篇絕不道雪字,以爲奇,其不然者,又皆粘皮着骨而太甚焉,其可以語此哉?

徐師曾曰:嬋媛,皆悲感流連之意。

林兆珂曰:嬋媛,流連貌。

陳第曰:心覺自傷,展轉不釋。

黃文煥曰:隨飄風之所仍,息駕無從。依風穴以自息,則不憂乎飄蕩矣。至是而快然自悟,嬋媛之姿,足以保矣。又曰:前登石巒,此又曰上高巖,勢若對列,意則疊進。前望路,爲人間之苦況,此則據青,爲天上之清景。前曰流風託居,此曰依風自息,苦樂一一不同。

周拱辰曰:《水經注》:"故城西十里有風山,有穴如輪,當其衝飄,略無生草,衆風之門故也。"又《神異經》:"南方有炎山,山有火井,有東西谷,南岸下有風穴,雖三伏盛暑,猶煩襲裘。"

陸時雍曰:風穴,即宋玉所謂土囊之口是也。張華《博物志》:"風山之首,方高三百里。風穴如電,突深三十里,春風從此而出。"又《荊州記》:"狼山,有穴口,大數尺,名風井。夏則風出,冬則風入。出入之間,吹拂左右,常淨。"所謂風穴,大都類此。

錢澄之曰:此篇凡累言"從彭咸之所居",蓋決志自沉矣。此下則言自沉後魂之登天入地,無所不之。故又申之曰"漂翻翻其上下",而終不能已於"傾寤"之"嬋媛"。情至此,愈真矣。

王夫之曰:風穴,風所自出也。傾寤,欹眠而寤也。嬋媛,空遊自得也。

林雲銘曰：既隨風來，因就其源頭而宿，不必問其爲回爲飄矣。雖無不眠至曙之患，然忽傾側而覺，又有牽戀之事。

高秋月曰：嬋媛，自適也。

徐煥龍曰：吾可依風穴以自休息矣，乃忽又側身而寤，不免牽持眷戀於捫天之景。我更將焉往，更復何爲哉？蓋此景實不可得，特屬冥途之夢境，故忽寤耳。

賀寬曰：而依風穴以自息，天上不同人間也。忽焉而寤，豈其夢耶而非也？

張詩曰：風生每在空穴中，故曰風穴。嬋媛，亦眷戀意。于是下至風穴之中，依以自息。方假寐之時，忽然傾側覺寤，猶眷戀流連而不能已焉。

蔣驥曰：風穴，在崑崙之巔。《淮南子》云：“崑崙山北門開以納不周之風。”即《天問》所云西北辟啓者也。言因登天而至崑崙，忽睨楚而心有牽戀也。

吳世尚曰：至彼風穴聊以自休，自以爲天下之至樂矣。乃忽焉傾側，如夢斯覺，則依然在塵世之中。而悄悄悲愁，援引牽纏，莫之能絕。欲求如死後之樂，而渺不可即矣，豈非傷心之極歟？

江中時曰：風穴，風所從地出之處。《博物志》：“風山之首，高三百里。風穴如電，突深三十里，風從此而出。”又《荆州記》：“狼山，有穴口，大數尺，名風井。夏則風出，冬則風入。出入之間，吹拂左右，常浄。”

夏大霖曰：又靈返楚國，依此回風之穴，風更其如我何，但靈如領側覺悟有知，則見此風景，又生嬋媛牽戀之意，不能無悲感也。又曰：死而有知，終依宗國，猶動回風之悲也。

邱仰文曰：風穴，北方寒風從地出，乾地物所息也。《淮南》："鳳凰羽翼弱水，暮宿風穴。"再點"風"字。 忽傾寤以嬋媛，覺則又痛傷也。

陳遠新曰：息、寤，因所居而適。 而且所吸所漱所息所寤，皆以所居而異。

奚祿詒曰：以上四句形容身心之清潔也。 嬋媛，本美貌，此只解作牽引。

劉夢鵬曰：風穴自息，飛仙御風，不繼塵氛之意。 言己將遂初解脱高尚志行，又忽傾寤嬋媛，不忘君國也。

陳本禮曰：傾，同頃，俄頃。寤，同晤。嬋媛，彭咸來矣。且更喜依風穴以自息，不受回風之賊。 內患既除，外侮不侵，正在自幸，不覺嬋媛早已在寤。 不曰彭咸而曰嬋媛者，寫將入水時隱隱約約，若見神見鬼，神情活現。

胡文英曰：內則吸露漱霜，外復依風穴以乘涼，故煩熱去而略能自息。 乃忽然傾側而醒寤，復眷戀而不能已矣。

牟庭曰：上至絶頂通風處，徒依小憩，左立不能穩也。

顔錫名曰：無如傾側寤寐之間，又嬋媛傷懷而不能已，則不可爲也。

王闓運曰：風穴，執政主議者也。《詩》曰："大風有隧。"貪人敗類依之者，頃襄也。嬋媛，傷懷之貌。善謀不行，故悟而自傷。

吳汝綸曰："忽傾寤"以上，言上天而風忽吹落；"憑崑崙"以下，言隱江而波濤無定。

聞一多曰：《左傳》文十八年，又宣六年敬嬴，《公》《穀》敬皆作頃。 又昭七年南宮敬叔，《説苑·雜言》篇敬亦作頃。 此並驚傾聲近字通之比。 左芬《離思賦》"驚寤號咷"。嘽咺，喘息也，詳

《離騷》。

　　姜亮夫曰：忽傾寤，忽然而全了寤也。　嬋媛一本作撣援，此聲訓字，不必以字形求之者也。　此句義爲傷感，即《方言》之嘽咺矣；《方言》一：“凡恐而噎噫，南楚江、湘之間曰嘽咺。”蓋憂恐則氣不舒矣。　詳《離騷》及余《詩騷聯綿字考》。

　　蔣天樞曰：依，倚也。　風穴，風所自出之穴，欲進而搗毁之。風即“悲回風”之風，風穴以喻暴秦。　以，使也。　使風所從來止息風暴。　傾，反側。　忽然反側覺醒，心仍牽縈王室。

　　湯炳正曰：風穴，傳說中風的起源地。　宋玉《風賦》：“臣聞於師，枳句來巢，空穴來風。”傾寤，即驚寤、驚醒。　嬋媛，内心牽扯傷痛的感覺。

　　按：風穴，神話中風從此出之處。　張華《博物志》：“風山之首，方高三百里。　風穴如電，突深三十里，春風從此而出。”此言夜宿風穴，俄頃醒來之後又徘徊眷戀流連不已也。　汪瑗謂依風穴以自息者，特謂伏匿於窟穴之中而託宿耳。　曰風穴者，本無所取義，蓋以此篇因《悲回風》而作，故曰隨飄風之所仍。　非是。　夏大霖以此言靈返楚國，恐附會之説。

　　馮崑崙以瞰霧兮，隱汶山以清江。　瞰，一本作澂。

　　王逸曰：遂處神山，觀濁亂之氣也。　隱，伏也。　岷山，江所出也。《尚書》曰：“岷山導江。”言己雖遠遊戲，猶依神山而止，欲清澄邪惡者也。

　　郭璞曰：岷山，今在汶山郡廣陽縣西，大江所出。（《山海經·中山經》“岷山江水出焉”注）

　　洪興祖曰：馮，登也。　瞰，視也。　隱，依據也。　岐、嶓、汶，並與岷同。《書》曰："岷山導江。"岷山在蜀郡氐道縣，大江所出。《史記》作汶山。《列子音義》引《楚詞》："隱汶山之清江。"隱，依據也。

朱熹曰：馮，據也，如馮軾之馮。澂霧，去其昏亂之氣也。隱，依也，如隱几之隱。清江，去其濁穢之流也。汶，與岷同，在蜀郡，江水所出也。

汪瑗曰：憑、隱，皆依據也，如憑軾之憑、隱几之隱。崑崙，見《離騷》；岷山在蜀郡，大江所出也，二山名。澂霧，清霧也，舊解昏濁之氣，非是。是知其有霧，而不知其有澂霧也。澂一作瞰，亦非是。此二句着以字者，蓋謂憑崑崙以望清澂之霧氣，隱岷山以望清澂之江流也。若下二之字，便無望字之義。此與上章上高巖之峭岸，並不言遠望者，蓋承上登石巒以遠望而來也。

徐師曾曰：憑同據也。澂，清也。言去江水之濁穢也。

黃文煥曰：猶未已也。霧則祛之，流則澄之。從山所發脉之崑崙爲之始，從水所發源之岷山爲之始。庶幾上天下地，扼要收功乎。再言澂霧、清江，因天上之力，掃世間之阨，或冀人世無妨。

陸時雍曰：何其快也。

王夫之曰：瞰，俯視也。汶，與岷同。清江，澄江水使清也。

林雲銘曰：欲開其昏。汶山，即岷山。欲去其濁。

高秋月曰：清江，澄清江水也。

徐煥龍曰：此神鬼側瘯之餘，往而欲爲之事。馮如馮軾。崑崙，河發源，馮此以澂其昏霧。隱，若隱幾。汶山，江自導，隱此以清其濁流。

賀寬曰：因天上之力，掃世間之暗霧可澂，而江可清也。而曰馮崑崙、隱汶山者，崑崙爲山之所自起，汶山爲江之所自出，潔其源也。

張詩曰：言高巖既不可見，乃復憑崑崙以望清澄之霧氣，隱汶山以望清澈之江流。

蔣驥曰：此又言由天而入江水也。 崑崙，承上風穴言。 汶山，在今成都府茂州，江水所出也。 江本楚水，因心戀楚地，生不能正其國，而死猶欲清其流。 又以崑崙風穴，身在霧露之表，故澄去昏氣，而見江水發源之山，依而清之。

吳世尚曰：言今之世，上下昏濁不可為矣。 吾欲清其下，非先清其上不可霧之塞乎川原也。 崑崙其上也，吾憑崑崙以澂霧，則昏者皆明矣。 吾欲清其流，非先清其源不可，江之汨於荊揚也，汶山其源也。 吾隱汶山以清江，則濁者皆潔矣。 然而正不易為力也。

許清奇曰：欲開其昏，欲去其濁。 汶山即岷山。

夏大霖曰：寫所見之風濤險惡也。 憑崑崙，立至高之處，澂霧，去障霧也。 隱汶山避濁境，望清江遠濁流，喻靈魂之清高。

邱仰文曰：澂霧，喻去其昏氣。 清江，喻清其濁流。

陳遠新曰：清江，欲去其濁，作為所居而大。 由是澂霧、清江，縱涌湍洶洶，可悼聽之而已。

奚祿詒曰：隱，依意也。 澂霧、清江，比除邪惡。

劉夢鵬曰：馮，依也。 崑崙，山之最高者。 澂，澂之也。 霧，雰亂之氣。 隱亦馮也。 清，清之也。 江下流淤濁，故隱汶山以澄源也。 馮崑崙、隱汶山，即"上高巖"四句之意。 澂霧、清江，則不但自吸自潄而已，蓋欲舉一世而潔清之，上文所謂"單媛"者也。

丁元正曰：清江，澄江水去其濁穢使清也。

陳本禮曰：以下寫魂在波中與彭咸遊也。 按：江亦發源於崑崙。馮崑崙者，溯其源；隱岷山者，窮其委。

牟庭曰：從此憑望崑崙，而不見河源，惟見霧氣蒸也。隱隱望見汶山，并江水清也。

顏錫名曰：抑將離群遁逸而入山之深乎。澂，亦清也，言去其霧而清其流也。

王闓運曰：馮崑崙，言制秦也。瞰之，言闚隙以乘之也。隱據岷山則無夏水燒夷陵之禍，故江清也。

聞一多曰：岐山即岷山，清江出焉。《水經・夷水注》曰："夷水即佷山清江也……蜀人見其澄清，因名清江。"自崑崙下視，岐山、清江皆隱於霧中。

姜亮夫曰：岐與岷同，《書》曰："岷山導江。"岷山在蜀郡茂州，江水所出也。

蔣天樞曰：八句承上文"凝霜""風穴"意，設想秦人動態。馮，憑藉崑崙高山，俯視其下動靜。瞰，俯視也。俯瞰崑崙山下霧露何自而起。《漢書・地理志》："岷山在湔氐道西徼外，江水所出。"憑視岷山，使江清無波，喻清除秦人在長江勢力。

湯炳正曰：清江，指岷江。《尚書》有"岷山導江"之説，是古人以爲長江發源於岷山，故此以"岷山"與"清江"連舉。以清江即與清江，古人以、與多通用。二句謂憑倚崑崙，俯視雲霧中隱見岷山與長江。以下數句即分寫俯視所見所感。

按：崑崙，古神話之山。《山海經・海內西經》："海內昆侖之虛，在西北，帝之下都。昆侖之虛，方八百里，高萬仞。"瞰，俯視。汶山，即岷山。此言逢登高遠望而逍遙徜徉。依靠在崑崙山鳥瞰濁霧，站在岷山上俯視清流。王逸謂雖遠遊戲，猶依神山而止，欲清澄邪惡者也。有附會之嫌。本篇屈原已確立持節做節士之志向，此爲決定之後如釋重負，暫留戀而徜徉。如解爲欲清澄邪惡，則與全篇主旨不類。 王闓運以馮崑崙爲言制秦，附會之説也。

　　憚涌湍之磕磕兮，聽波聲之洶洶。

　　王逸曰：憚，難也。 涌湍，危阻也。 以興讒賊危害賢人。 水得風而波，以喻俗人言也。 已欲澄清邪惡，復爲讒人所危，俗人所謗訕也。

　　洪興祖曰：磕，石聲。 洶，水勢。

　　朱熹曰：磕磕，水石聲。 洶洶，風水聲。

　　汪瑗曰：憚，畏也。 水瀉瀨而爲湍，湍水回流而復涌，故曰湧湍也。 磕磕，水石相激聲。 洶洶，風水相蕩聲。 此二句言風波之惡，蓋因上言欲凌大波而流風，以訪彭咸之居，既上高巖，久處亦無所遇，而今復上崑、岷遠望，而風波之惡又不可渡也。 蓋託言彭咸之不能尋訪耳，無取義也。 二句亦互文，蓋謂在崑、岷之上以望江中，但見其波湍聲勢極爲洶湧，令人心有所畏憚耳。 此等句法，須以意會，不可泥也。 或曰，上句言所見，下句言所聞，恐未必然。

　　林兆珂曰：言欲乘高登天。 既悲寤而流連，欲澂霧而清流，又爲風波所震懾。 大率寫其飄泊驚惶之狀也。

　　黃文煥曰：忽一觸懷，湧湍駭目，波聲駭耳，吾憚之而又不能不聽也。 又曰：亟曰憚，曰聽，江終不可清，波終不可凌也。

　　陸時雍曰：無亦擊五夷之太苦乎？

　　錢澄之曰：原未死，其魂已不離水上。

　　王夫之曰：憚，驚也。 磕磕，波聲。 只凌其上而聽之。

　　林雲銘曰：危阻可畏，開其昏無着手處。 沸騰難聞，去其濁又無着手處。

　　徐煥龍曰：則又憚彼湧流，磕磕難犯，聽彼波聲，洶洶可畏，比楚俗之昏濁，急待澂清，而小人之作威，不敢向邇也。

賀寬曰：無何而涌湍駭目，水與石擊而礧礧矣，波聲駭耳，風與水擊而洶洶矣。心憚之而又不能不聽也。

張詩曰：則畏此涌起之湍，水石相激而礧礧焉。聽此波濤之聲，風水相蕩而洶洶焉。

蔣驥曰：浪勢洶湧。

吳世尚曰：水石相激，風水相蕩，礧礧洶洶，於清江吾且憚之矣，敢輕言也哉。

許清奇曰：二句言清江之難也。

江中時曰：言危阻可畏，昏亂不可開，濁終不可去也。

夏大霖曰：礧礧，水石相激聲。洶洶，風濤聲。憚，畏聽此也。

邱仰文曰：（涌湍礧礧）喻讒嫉之害。（洶洶）喻百和之口。

陳遠新曰：礧礧，水石聲。所居怕與水波相近。所居可託，以凌大波，流風如此矣。波以風而大，風以波而見流，固非可一端言語形容也。

奚祿詒曰：涌湍比小人之危險。波聲比讒言之沸騰。

劉夢鵬曰：寓言狂瀾既倒，波流溷濁之意。憚之云音事難為，而對境心駭也。

丁元正曰：洶洶，風水相遭聲。

戴震曰：《說文》：“湍，疾瀨也。”

陳本禮曰：此二句形容初入水時，神魂猶慄慄悚懼也。

胡文英曰：澂霧，去在上之蒙蔽；清江，別在下之濁流。此亦無聊之極，而思有所寄，因以喻其志也。涌湍礧礧，波聲洶洶，則凜乎不可久留矣。

牟庭曰：江風浩浩，湍涌波騰也。

胡濬源曰：連用疊字句法，促節繁絃，斷腸之詞。

顏錫名曰：又憚涌湍波聲。洶洶，風水相搏聲。

王闓運曰：秦兵必從蜀下，故憚湍波也。

姜亮夫曰：憚，懼也。磕磕，水石聲也，水得風而波有聲也。洶洶，風水聲也。

蔣天樞曰：涌，波濤躍起貌。湍，急流。磕磕、洶洶，皆波濤鼓盪聲。

湯炳正曰：涌湍，奔涌的急流。磕磕，奔流擊石之聲。洶洶，本指水勢，以“聽”言之，則由聽波聲而知水勢。

按：憚，懼也。此言水波之兇惡。上文言托彭咸之所居，彭咸水死，故臨風凌波。此言水波亦兇惡異常，涌湍磕磕，波聲洶洶，則投水亦有所懼也。彼時屈原已定立節之心，然節士甚多，其持節方式亦有不同。介子推抱樹而死，伯夷不食周粟而死，申徒狄則抱石投河而死。彭咸爲節士，其死亦爲投水。此處言水波大而兇，可見屈原一開始對投水而死頗有介懷。申徒狄亦投水而死，故下文有“悲申徒之抗迹”。汪瑗解此二句爲言風波之惡，蓋因上言欲凌大波而流風，以訪彭咸之居，既上高巖，久處亦無所遇，而今復上崑、岷遠望，而風波之惡又不可渡也。蓋託言彭咸之不能尋訪耳，無取義也。頗得此句深意。奚禄詒以爲涌湍比小人之危險，波聲比讒言之沸騰，附會之說也，非是。王闓運以憚湍波爲喻秦兵必從蜀下，亦牽強之說，非是。

紛容容之無經兮，罔芒芒之無紀。

王逸曰：言己欲隨衆容容，則無經緯於世人也。又欲罔然芒芒，與衆同志，則無以立紀綱，垂號謚也。

洪興祖曰：此言楚國變亂舊常，無定法也。容容，變動之貌。此言楚國上下昏亂，無綱紀也。

朱熹曰：容容，紛亂之貌。

汪瑗曰：容容，紛亂貌。直曰經，罔罔然也，猶所謂悵悵貿貿之意。芒芒，即茫茫，古通用。橫曰紀。或曰，大綱曰經，萬目曰紀，亦通。此二句言山川之渺茫曠蕩也。

陳深曰：永嘉林應推議以爲屈子不死於汨羅，比諸浮海鷗夷之意。今考諸秭歸傳記稗官里人皆云。

黃文煥曰：容容，芒芒也。

陸時雍曰：其心緒既已煩亂。

錢澄之曰：容容，指水之紆徐。芒芒，言水之浩淼。

王夫之曰：容容，不一容也。芒芒，無定則也。謂翺翔於高山大川，無定往也。

林雲銘曰：濁未去，則紛然變動，而無履義之經。昏未開，則罔然惑迷，而無周物之紀。代天工者，無可施力。

高秋月曰：容容、芒芒，大水貌。無經、無紀，無涯也。

徐煥龍曰：容容，亂貌。罔與網同。承上江河而言，言若亂絲之紛，容容無經，又如不結之網，茫茫無紀。

賀寬曰：容容，芒芒也。洋洋，焉止也。於向之眇眇芒芒無異也。

張詩曰：紛容容，亂貌。罔芒芒，迷貌。紛乎容容，直而無經可行。罔乎芒芒，橫而無紀可往。

蔣驥曰：容容、芒芒，皆指江水言。水流散漫。

吳世尚曰：承上憚字之意而言。吾之邀霧清江，固今日至急之先務也，而又不免自憚者，蓋以昏濁之極，如亂絲之無經，如破網之無紀。

　　許清奇曰：容容，雲氣也。芒芒，霧也。迷離無經紀。二句言激霧之難矣。

　　江中時曰：容容，紛亂之貌。昏濁未去，則紛亂而無經，罔昧而無紀。

　　夏大霖曰：紛，亂也。容容，亂貌。經，常道也。罔，危殆也。芒芒，危殆貌。紀，所以周物維繫者也。

　　邱仰文曰：謂政事之亂。

　　陳遠新曰：二句渾寫大波流風大勢。

　　奚祿詒曰：紛，雜也。容，盛也。罔，惘也。

　　劉夢鵬曰：容容，飛揚貌。容容無經，言神思飛揚而無緒也。芒，通作茫。芒芒無紀，煩瞀昏茫不可紀極也。

　　戴震曰：無經紀者，臨大野而不見區分之謂。

　　陳本禮曰：水之潛盧洞出、沒滑濊濆也。水之布濩汗漫、潒沆洋溢也。

　　胡文英曰：容容，雲霧擾亂之貌。《山鬼》篇：「雲容容兮在下。」無經，亂而不整也。芒芒，空曠也。《左傳》：「芒芒禹跡。」紀，極也。此又舉目而見其象之無定，而無可託也。此二句，根「澂霧」來。

　　牟庭曰：江流渺渺，不見縱橫之道、來去之程也。

　　顏錫名曰：與夫山中容容芒芒，無經無紀之狀。容容，山亂貌。罔，猶罔然不可辨也。芒芒，草亂生之狀。

　　王闓運曰：國亂，議論愈多也。

　　馬其昶曰：無經紀，言隨水泛濫。

武延緒曰:容,溶假字。《説文》:"水盛也。"司馬相如《大人賦》"汾鴻溶而上屬",注:"鴻溶,竦踊貌。"芒,讀若茫。茫與汇同,《集韻》:"汇同浤,浤浪,水大貌。"《類篇》:"蒼茫,水大貌。"《韻會》:"茫茫,廣大貌。"

聞一多曰:《集韻》:"涸同浤。"溶溶,水盛貌。《月令》:"毋失經紀。"經紀猶法度條理也。此言水波之紛亂。

姜亮夫曰:紛者,心思紛亂也。容容,惝惚無歸貌。無經,無爲之經緯者。罔與惘通,悵惘。無紀,無綱紀也。

蔣天樞曰:紛,波騰湧而流亂。容容,飛揚貌。經,綱領,言紛然騰湧之波濤,似飛揚難控而又無統紀。罔,同綱,覆蓋意。芒芒,廣遠貌,言此茫茫大波,若覆罩而下,其綱領所在又難推知,以喻秦人動態及其目的所在,有時難於索解。

湯炳正曰:無經,没規律。罔芒芒,模糊貌。無紀,没頭緒。《方言》卷十:"緤、末、紀,緒也。南楚皆曰緤,或曰端,或曰紀,或曰末,皆楚轉語也。"

按:容容,亂貌。芒芒,迷貌。此言既言心緒混亂没有經緯,又言當下所行漫無目的。王夫之謂翱翔於高山大川,無定往也,意亦近是。在立節之前後,屈原思想鬥爭極其激烈,此句當是彼時真實心態之反映。洪興祖謂言楚上下昏亂,無法無常,附會之説也。汪瑗謂此二句言山川之渺茫曠蕩,亦可備一説。

軋洋洋之無從兮,馳委移之焉止?

王逸曰:言欲軋沕己心,彷徉立功,則其道無從至也。雖欲長驅,無所及也。

洪興祖曰:此言懷亂之勢,如水洋洋,雖欲軋絶之而無由也。

沟，潛藏也。

朱熹曰：軋，傾壓之貌。言己心煩亂，無復經紀，欲進則無所從，欲退則所無止也。

汪瑗曰：軋，車輿咿啞之聲。洋洋，無所歸貌。馳，馬騎奔騰之貌。此二句總承上六句言也。蓋言高巖獨宿，絶無所得，而既覺寤之後，復上崑、岷之山以遠望，欲審其所從止，將以求彭咸之所在；但見風波之兇惡而可畏，山川之渺茫而難尋，如此則吾之車馬又將何所自而進，何所馳而歸邪？二句亦互文，言無從而止耳。

張京元曰：洶、容、芒、洋，將安往哉。

黃文煥曰：洋洋，焉止也。依然前之眇眇芒芒也。

王萌曰：言己心煩亂，無復經紀，進無所從，馳無所止，不欲去之意也。

錢澄之曰：軋者，波波相壓之勢。洋洋無從，委蛇焉止，皆預擬水中之情境。

王夫之曰：軋，凌轢也，言凌軋元氣。洋洋，八極之内，不由津逕。委移，與逶迤同，曲折自如也。此想像魂遊四方，俯瞰江山之貌。

林雲銘曰：相傾曰軋。此時水不可行，山又無可住，不得不又隨風去矣。

高秋月曰：無從、焉止，驅而不得也。

徐焕龍曰：車輾曰軋。水遇阻防，則其轉如軋。其軋洋洋盈溢，不見其所適從其馳委曲遷移，不知其焉所底止。

張詩曰：欲以車輿相軋而行，則洋洋而無從。欲以馬騎奔馳而往，則委移而焉止。則崑汶二山之上，又不得見之矣。

蔣驥曰：軋，勢相傾也。從，隨行者也。將以予身與洋洋者相軋，馳逐雖勞，安能清哉？

王邦采曰：欲進則無所適從，欲退則無所底止也。

吳世尚曰：錯疊堆積，無從尋理，縱復從容以須，決無底止。 此其所以有憚也。

許清奇曰：委蛇，雲霧長貌。

江中時曰：言欲涉水而無從欲行也，山而無可止也。

夏大霖曰：軋，傾覆也。 洋洋，無從，言汜濫無從下手收拾也。 馳，當急救止意。 委蛇，萎靡廢弛也。 焉止，焉有底止也。 言國之亂風無經常，紀綱將傾覆難救，而君臣猶且廢弛，敗亡無底止也。

邱仰文曰：車載重碾有聲曰軋，謂相傾也。《莊子·人間世》：“名也者，相軋也。”謂傾害無因，側身無所也。

陳遠新曰：凌之者，於其經紀，從止、上下、左右、前後之無定者。 委移弛之，張移之有定者。

奚祿詒曰：軋，無垠際也。 委移，逶迤也。 以上四句承上“捫天”八句來。 言捫天乎，則虹蜺霜露之紛紜，天體又青冥而容與，不可窮其經緯也。 經緯者，即天式縱橫也。 馮崑崙乎，則有罔然未澂之霧，其高且芒芒萬里，不可尋其紀極也。 欲隱岷山至於江乎，則軋然連峯疊岫，洋洋洶涌波濤，不可從其溯洄也。 令我馳驅委移，焉所止哉？ 我將翻翻漂轉於國都之上下乎，遙遙集翼於君之左右乎，滿滿汜游於君之前後乎，冀君之一悟，心神伴奐，政令張弛，或有信我之期乎。

劉夢鵬曰：軋，轉轂前行貌，進也。 委移，車緩將止貌，退也。 本上文從彭咸而依，則仍故我之嬋媛。 而因自言其己心煩亂，進退維谷如此。

戴震曰：軋，戴仲達云：“載重碾軋有聲也。”

陳本禮曰：水之流湍投潰、砏汃軿軋也。水之長輪遠逝、瀏淚淢汩也。此悲尸在水中，隨波漂泊，無所定止。四語形容入化，與張平子《南都賦》語適合。

胡文英曰：軋，撓而止之也。欲軋之，則水固洋洋而無可軋。不軋，而任水之自馳，又不知其委移而何所止也。

顏錫名曰：大有類於讒口之囂囂，朝綱之汶汶，見聞之下，此心洋洋焉無所依從，使我馳亦不可，委移亦不可，而焉止也。

王闓運曰：趨於亂亡也。

馬其昶曰：無從焉止，言水之源流。

武延緒曰：軋，讀若圠，《方言》："圠圠，不測也。"《鵬賦》："圠圠無垠。"《漢書》作"圠軋"。《甘泉賦》作"鞅軋"是其證。委移，與委蛇同，讀若"濰"，沱濰，音唯。《集韻》："水泛沙動貌。"郭璞《江賦》："碧沙濰沱而往來。"沱即沱字。

聞一多曰：軋，案猶軋塊也。《文選·七發》"軋盤涌裔兮"，注曰："軋塊，無垠貌。"從，始。止，終也。

姜亮夫曰：軋，《説文》："軋，報也"。報轢即凌轢轢義，音衍則爲"圠軋"，不通利也，凌轢安得通利，故得引申爲傾壓也。然報有絕止之義，較傾壓又有輕重之別。此處應解爲絕止。洋洋，心意仿惶也。軋洋洋，言有絕止此仿惶之心也。"紛容"四句，本就心境立説，朱熹之説至當，惟傾壓釋軋，情象尚不足。馳，心放馳。委蛇，相屬不斷也。

蔣天樞曰：軋，截斷。洋洋，水流廣大貌。言欲截斷此連天巨流，又不知從何着手。馳，奔流貌。委移，一作"逶迤"，《説文》："逶，逶迤，衺（邪）去兒。從辵委聲。""迤，衺行也。從辵也聲。"是"委移"爲邪行而不循正道情景，言此奔馳邪行之狂流，將何所至而止乎?

　　按: 軋, 車載重碾有聲。 此言原欲平復心中紛亂的愁緒, 强行壓制內心之矛盾, 要在曲折的心靈之路上做出抉擇。 王逸注言欲軋沕己心, 近是。 朱熹解謂言己心煩亂, 無復經紀, 欲進則無所從, 欲退則所無止也, 其是。 錢澄之以爲洋洋無從委蛇焉止, 皆預擬水中之情境, 可參。 夏大霖以爲此句言國之亂風無經常, 紀綱將傾覆難救, 而君臣猶且廢弛, 敗亡無底止也, 非是。

漂翻翻其上下兮, 翼遥遥其左右。

王逸曰: 登山入水, 周六合也。 雖遠念君在旁側也。

洪興祖曰: 翼, 疾趨也。《語》曰: "趨進翼如也。"

汪瑗曰: 此章直從前 "寤從容以周流" 以下而總結之。 飄翻翻, 言旌旗之屬; 翼遥遥, 言車馬之屬。

徐師曾曰: 皆反覆不定之意。

林兆珂曰: 翻翻、遥遥, 皆言其反覆不定之意。

黃文煥曰: 於焉上高捫天之懷, 復隨漂而從上就下矣。

陸時雍曰: 遥遥, 當作摇摇。 此皆言此身之無所止也。

錢澄之曰: 上三句, 皆言波流上下、左右動撼之狀。

王夫之曰: 漂, 流動也。 翼, 飛騖也。

林雲銘曰: 御風如有翼然, 翻覆不定。

高秋月曰: 漂, 上下、前後、左右。

徐煥龍曰: 漂泊之變態, 則上下翻翻; 翼飛之橫勢, 則左右遥遥。

賀寬曰: 捫天不久, 仍復凌波, 或上或下也, 或左或右也, 或前或後也。

張詩曰：此總結上文，言此身飄乎如風之翻翻，而或上或下。翼乎如鳥之遙遙，而或左或右。

蔣驥曰："漂翻翻"三句，皆與水相逐之意。

屈復曰："漂翻翻"三句，亦皆言其反覆不定之意。

吳世尚曰：上下左右前後，一身所接之人盡此矣。

許清奇曰：雲霧如左右翼。

江中時曰：言當此昏濁之地，飄風猶翻翻上下，如翼之遙遙，於我左右，此安可久處乎。

夏大霖曰：漂，飄蕩無維繫也。翻翻，上下欲顛覆貌。翼，輔翼。言靈欲救傾覆輔翼於左右也。遙遙者，人神理隔不得近而實有為也。

邱仰文曰：登山臨水，無定在也。以身雖遠，君心常翼之，如在左右。

奚祿詒曰：翼，飛貌。

劉夢鵬曰：漂，浮舟行也。翼，舟名。

戴震曰：翼，謂隨從之在兩旁者。

陳本禮曰：翼，比翼也。

胡文英曰：翻翻，水墊出貌。上下，汩而復沒也。翼遙遙，如鳥翼之分而遠去也。左右。倚兩岸而行也。

牟庭曰：我在其中，或上或下，浪頭漂也；或左或右，翼搖搖也。

顏錫名曰：想我自疏絀以來，惘惘昏昏，虛歷歲月，如身溺洪波，翻翻上下，如鳥在虛空，搖搖左右。漂，漂溺也。翼，鳥翼也。

王闓運曰：君側皆讒人也。

馬其昶曰：上下左右，言波瀾。

武延緒曰：翼讀灤。 郭璞《江賦》："磴之以瀯灤。"注："湊漏之流曰灤。"《集韻》："水貌也。"《淮南子·本經訓》"淌遊灤㳽"，本文即作水貌解。

聞一多曰：《淮南子·本經》篇："淌遊灤㳽。"

姜亮夫曰：上三句亦言心意之反覆無定也，故曰上下左右前後也。 漂翻翻，言其心如飄風之翻翻然，上下無定也。 翼遙遙，遙，猶搖；翼分左右，言其心如兩翼之搖搖然，左右不定也。

蔣天樞曰：八句承上文文意，前四句極言秦人策略之變化。 後四句則屈子默察楚國當日形勢。 漂，悍疾貌。 字一作"飄"，義同。翻翻，言疾悍之波若鳥翅之反復扇動。 翼，翅也，其行動則兩翅抒張，左右俱舉，故謂之"翼遙遙其左右"。 遙遙，遠飛貌。

湯炳正曰：翼遙遙，水勢急速流動貌。

按：漂，浮。 此句字面意義，當從胡文英說。 其謂"翻翻，水墊出貌。 上下，汨而復沒也。 翼遙遙，如鳥翼之分而遠去也"。 以凌波則上下翻動，左右飄搖喻內心之矛盾。 賀寬謂捫天不久，仍復凌波，或上或下也，或左或右也，或前或後也，甚是。 王闓運以爲君側皆讒人也，非是。

氾濫濫其前後兮，伴張弛之信期。

王逸曰：思如流水，遊楚國也。 伴，俱也。 弛，毀也。 言己悲君國，而眾人俱共毀己，言內無誠信，不可與期之也。

洪興祖曰：氾，濫也。 濫，涌出也。 伴，讀若背畔之畔。 言己嘗以弛張之道期於君，而君背之也。

朱熹曰：上三句亦皆言其反覆不定之意。 伴，與叛同。 叛，繚散之貌也。 言其憂心雖若不能自定，而其張弛進退又自不失其時也。

汪瑗曰：氾濫濫，言舟舫之屬。車馬由陸而進者，舟舫由水而進者，旌旗又所以載之於舟車者也。上下左右前後，謂或上或下而求之，或左或右而求之，或前或後而求之，言求之無定在，以見己遠遊尋訪之周遍也。牂牁同。張弛，如弓之或張或弛，無一定之體，以喻人無一定之信也。相約日期，相期不牂曰信。彭咸乃古人，而屈子未嘗與之期，而今且曰信期，而責彭咸或張或弛，以背牂之何也？猶後人弔古詩曰：“千載共襟期。”韓昌黎曰：“士有曠百世而相感者。”孔子曰：“百世以俟聖人而不惑。”孟子曰：“聖人復起，必從吾言矣。”揚子雲曰：“後世有揚雄者出，則吾《太玄》必不廢也。”此類甚多，皆是古人相期之語。苟其志同，其道同，雖一生於千百載之上，一生於千百載之下，一生於東海之東，一生於西海之西，皆可以謂之相期之知己，奚必並生於世，邂逅面晤，而後謂之相期也哉？此章甚言己求彭咸之急，欲踐其信期，而彭咸竟背牂之，而不我遇也。蓋設言以見當世無知己者，而知己者惟彭咸耳，惜乎其不並生於世也。其詞若憾其牂期，而其實乃所以深表其慨慕之心也。此篇似是專爲慕彭咸而作，故極騁其詞，以渫其憤懣耳。若下文之四子，是又不得已而思其次者也。後世注此篇者，多不深考其旨意，而苟且以釋之，如眇眇、芒芒、漫漫、綿綿、翻翻、容容、遙遙、濫濫等字，皆各有所指，舊俱釋爲憂愁悲感，反覆不定之意，故祇見其顛倒重復而可厭也。惜哉。

陳第曰：言憂心反覆不定，而失其起居之常也。

黃文煥曰：前後左右，隨水潮汐，與張弛之信期相應相盪，不能自主，徒爲流水作伴矣。又曰：連用九疊字，與前段十疊字相應，章法、字法，最創最慘。芒芒無儀，芒芒無紀，寫出愁狀，懶散。罔、軋、漂、翼、氾、伴與前穆、莽、縹、翩逐字工煉。

陸時雍曰：而張弛之度，復不失期，又何卓也。

王萌曰：叛，繚散之貌也。言其憂心，雖若不能，自定而其張馳進退，又自不失其時也。

王遠曰：此言魂靈飄蕩上下左右，靡有定身。在水中氾然流動，隨潮上下。潮有上下，故曰張馳。潮汐有信，故曰信期伴隨也。

錢澄之曰：氾與泛同。潏潏前後，言忽前忽後也。朝潮夕汐，一長一落，皆有信期。"伴張弛之信期"，言隨潮汐往來也。

王夫之曰：氾與泛通。潏，音決。潏潏，流轉貌。上下，天地之間。左右，前後四方也。此總言上文登青冥，歷江山之遠速。張弛，屈伸也。遊魂舒卷，信心而無定期。伴，與泮同，回散而無常之意。

林雲銘曰：潏潏，水流貌。張弛，指水之潮汐，故曰信期。言俯視大波，出吾前後，吾雖行止無定，而不敢失所守，與潮汐之有信，可爲伴侶。此即彭咸造思志介不忘之心也。又曰：已上言惘惘而行於天上，亦無可着力處。

高秋月曰：遙遙、潏潏，伴潮汐往來，乃張弛之信期也。

徐煥龍曰：氾濫之淬觀，則前後潏潏，上下左右前後，時變時遷，忽緩忽急，伴散其張弛之信，而曾無一定之期。皆以比楚國之亂流，極言其不可澂清也，則又將何事哉？

賀寬曰：雖潮汐有期而漂流無定，成其爲惘惘而已。二節連用疊字數十，而意則不同。

張詩曰：氾乎如水之潏潏，而或前或後。求之無不遍，而無定在如此。何尚或張或弛，畔此相約可信之期乎？

蔣驥曰：潏潏，水流貌。伴，依也。張弛信期，指潮汐往來，有常期也。

吳世尚曰：翻翻、遥遥、潏潏，則固無一之可信者也。 張弛之期，於我相叛也。 吾亦奈之何哉？ 上言事不可爲，此言人不可與也。

許清奇曰：言開昏去濁俱不能，則泛無主張，惟見治而必亂，張而必弛，以一身伴其信期耳。 伴猶隨也。

屈復曰：張，施弓弦也。 弛，弓解也。 比潮汐之起落也。 隨風而行，上極於天，下極於地，惟見波浪洶洶，芒無經紀，上下左右，惟伴潮汐之信期而已，與己託彭咸之居同也。 右六段，致身無地，惟與潮汐相伴而已。

江中時曰：言水之潮汐，張弛有信，猶可少伴也。 以上置身極高處，方欲少息而山水昏濁，飄風又上下翻覆，則天上回風無處不到，可悲也。

夏大霖曰：氾，風濤氾濫也。 潏潏，風濤接續貌。 前後，則不能兩顧意。 張弛，風之張弛，喻當國之設施。 信期，風信所欲倒也。 伴，靈伴也。 言靈焱無能有爲亦止隨風倒也。 又曰：此言靈依宗國嬋媛牽戀總翼於左右，不離而上下前後處處風濤事侵人，爲靈亦空伴依人所爲而已，不能出力相救也。

邱仰文曰：潏潏，水漏出貌。 潮汐有定曰信期，如張弛然。

陳遠新曰：信期伴之，非託彭咸之所居何以與此。

奚禄詒曰：伴，廣大也。《詩》："伴奐爾遊。"子曰："一張一弛，文武之道也。"此段正賦回風，以比身世。 此四句是不忘君國，正意固如此解，而行文全是賦回風云爾。 王注牽强，與章旨不洽。 自"上高巖"至此，舊注全不分疏，似章句重復。

劉夢鵬曰：氾，亦浮舟意。 此三句皆言泝流江潭，風波不定之象。 秋冬，陰氣嚴肅，張也；春夏，陽氣覺舒，弛也。 寒暑往來，按候不爽，故曰信期。 伴信期者，言己在放，幾閱寒暑也。

丁元正曰：上下左右前後，無所往而不之，而無定期也。

戴震曰：伴之言寬也。

陳本禮曰：又連用八疊字與前相應，字字工煉。 此悲同没於水
者。 漂者，水上之尸；翼者，水中之鬼；氾者，騎鯨之夜叉水怪也。
張者，潮之來；弛者，汐之去。 伴者，則鬼與鬼、怪與怪互相結伴而
隨潮汐之往來也。 以上描寫波之混瀁簸蕩處，大有海水群飛、驚濤夜
湧之勢，又若有無數冤魂在於上下左右前後，呼嘯啼泣、淒淒切切，
猶聞索命之聲。《山鬼》而外，復見斯篇，恍若魑魅滿紙，真神於
説鬼。

胡文英曰：潏潏，水聲。 伴張弛之信期，如一張一弛之有信而可
期也。 張弛，見《禮記》。 此六句，根“隱汶山以清江”三句來。

牟庭曰：或前或後，隨流急慢也。 張弛潮汐，共我伴也。

顏錫名曰：潏潏，水流貌。 前者過，後者續，氾乎若水之流，寒
馳暑張，歲無失信，我則以身伴之。

王闓運曰：張，謂與秦戰；弛，與秦和也。 信期，王意所在，政
令所出也。 衆皆伴，以爲言無定謀也。

馬其昶曰：前後、張弛言潮汐。

聞一多曰：張弛之信期疑謂潮信。

姜亮夫曰：氾潏潏，氾，濫也。 潏，涌出也。 言其心又如氾濫
之水，潏潏然出於前後不定也。 伴，王讀如伴，即今信伴侶，洪讀爲
畔，即背離之義，説以洪爲長。 然此伴字，實即伴奐之急言，伴奐
者，《詩·卷阿》“伴奐而游矣”，《傳》“廣大貌”，《箋》“自縱弛也”。
此言自縱弛其信期也。 洪義雖允，而語源未得矣。

蔣天樞曰：氾，氾濫。 言其行動無所係制。 潏潏，水微轉細涌

貌，人爲之水勢曰“濔”。　言其行動忽隱忽顯，若前又後。　伴，隨也。　張弛，言秦人政策之或張或弛，一切伴隨其政策之張弛，其舉動似有信期，此信期蓋爲秦人政治行動準則。

湯炳正曰：信期，指潮水消漲所遵循的時間。　此指江水消漲與海潮相應，故曰“伴”。　以上十句均寫所見水勢，亦借以抒寫心緒煩亂、憂思無邊、不知所從的心理狀況。

按：此承上句仍爲言水。　氾，氾濫。　張弛信期，則指海水有潮汐漲落之期。　伴張弛之信期，錢澄之謂爲言隨潮汐往來也。　朱熹謂言其憂心雖若不能自定，而其張弛進退又自不失其時也，甚得其意。　王闓運謂張乃與秦戰，弛與秦和也。　信期，王意所在，政令所出也。　附會之説也。

觀炎氣之相仍兮，窺煙液之所積。

王逸曰：炎氣，南方火也。　火氣煙上天爲雲，雲出湊液而爲雨也。　相仍者，相從也。　煙液所積者，所聚也。

洪興祖曰：《神異經》曰：“南方有火山，晝夜火然。”《抱朴子》曰：“南海蕭丘之中有自生之火，常以春起而秋滅。”

朱熹曰：炎氣，火氣也。　相仍者，相因而不已也。　煙液者，火氣鬱而爲煙，煙所著又凝而爲液也。

周用曰：下三章，言光景悽愴，志慕不他，周旋不合，惟以往者之志不遂，將來之憂無窮也。

汪瑗曰：正視曰觀，邪視曰窺。　炎，燄也。《書》曰：“火炎上。”炎氣，言南方火氣也。　煙液者，火氣鬱而爲煙，煙之所著，又凝而爲液也。

陳繼儒曰：寫天南風濤煙景，尺幅萬里。

陳第曰：炎氣，火氣也。火氣鬱而爲煙，煙氣流而爲液。

張京元曰：沅湘之間，既爲水國，又是炎鄉，悲哉。

黃文煥曰：前既歷山水以寫憂矣，此復合四時而遡恨。炎氣，炎熱之氣也。炎氣生煙，煙復生液，夏而秋也。

王萌曰：危苦之魂，無處不到。炎、寒二境，尤盡。

王夫之曰：煙，雲也。液，雨也。積者，雲屯而雨沛也。此春夏之氣也。

林雲銘曰：以信期論之，秋之先，則火令也。火氣鬱而爲煙，煙所着又凝而爲液，此相因之理。若不知張弛之政，其始有厝火之虞，其後且有燎原之禍。

高秋月曰：夏則炎氣相仍，煙液化而爲雨。

徐煥龍曰：春夏炎氣相因，鬱而爲煙，煙氣上積，流而爲液。煙雲霧露之景，可觀可窺。

賀寬曰：登山臨水，甚且捫天以爲我憂而不能已也。茲又合四時而言之，炎氣未散，鬱而爲液，液即露也。

張詩曰：煙液，火氣烝爲煙，煙又凝爲液也。言于夏，則觀炎氣之仍，窺煙液之積。

蔣驥曰：炎氣，指夏。

吳世尚曰：煙液，煙氣所結而粘潤者也。承上文末句而言。夫人何可以無信也，試觀火氣鬱而爲煙，煙氣凝而爲液。相仍相積，固不爽也。

許清奇曰：以張弛之信期言之。春夏之張，則炎氣鬱蒸而煙液以流而相積。

江中時曰：言炎夏而忽秋深，光景如此，其易逝。廖尹卿曰："煙液嵐光，濕翠之意。"言炎氣相仍，則煙液之所積可窺。

夏大霖曰：炎氣，喻氣數興隆。 煙液，林注「火氣鬱而爲煙，煙所着又凝而爲液」，究竟要看人事所積之喻。 言氣運興衰，總由人作。 靈依宗國，但能冥冥觀聽而已。

邱仰文曰：火氣鬱而爲煙，煙所著凝而爲液。

陳遠新曰：陽亢則陰精承。

奚祿詒曰：炎火之煙，上蒸爲雲。 雲液而爲雨，以比百姓之水火也。

劉夢鵬曰：觀炎氣，夏也。 炎氣鬱爲煙雲，雲出湊爲膏雨。

戴震曰：仍，猶薦也。

陳本禮曰：此悲尸在淵，久歷四時而如生也。

胡文英曰：炎氣相仍，則去一障而一障復生。 煙液所積，則其蔽已久，而非一朝之力所及，承上而言澂霧之難。

顏錫名曰：時而炎氣相仍，則窺其煙液而已。

王闓運曰：炎氣，喻言戰有驕氣盛也。 徒見煙液，喻昏而不悟也。 此謂張者。

武延緒曰：氣，或疑當爲氛。

聞一多曰：仍，亦積也。

姜亮夫曰：炎氣，《章句》以爲南方火，朱熹以爲火氣，皆未允。炎、氣當爲兩物，故曰相仍，炎即今俗餤字，炎與氣相仍，有炎則氣不見，有氣則炎不見，而炎由氣生，氣實炎先，故曰相仍。 相仍，相因也。 煙液，煙謂上蒸之煙，即雲也；液謂下降之液，即雨也。 積，猶言結也，聚也，所以聚爲雨也。 此兩語言事物相因之理。

蔣天樞曰：炎氣，火炎而上之威力。 此喻楚，楚爲高辛火正重黎之後，故以炎火喻楚。 仍，因也。 相仍，子孫相承續此舊有之聲威。 窺，窺伺其聲威不振之故。 煙液，火燃而其炎不暢，則煙氣鬱蒸而有汁液。

湯炳正曰：炎氣，熱氣。 相仍，相繼出現。

按：炎，通“燄”。《説文》：“燄，火華也。”此句言夏日之陽光盛如火華，而氣爲蒸騰，相繼而升，積爲雲雨。 煙，雲也。 液，雨也。王逸解以火氣煙上天爲雲，雲出湊液而爲雨也，意亦不差。 炎氣，今人吴孟復引《漢書·郡國志》“連渾府遥火山而有火井，深不見底，炎氣上升，常若微電，以草爇之，則煙騰火發”，解爲今時之天然氣，頗具啓發，可參。 王萌則以爲言魂無處不到，非是。

悲霜雪之俱下兮，聽潮水之相擊。

王逸曰：言己上觀炎陽烟液之氣，下視霜雪江潮之流，憂思在心，無所告也。

洪興祖曰：《七發》云：“江水逆流，海水上潮。”

朱熹曰：潮，海水以月加子午之時，一日而再至者也。 朝日潮，夕日汐。

汪瑗曰：露結而爲霜，雨凍而爲雪。 俱下，齊降也。 海水逆湧爲潮。 朝日潮，夕日汐，單言則可以該之，以月加子午之時，一日而再至者也。 舉一歲而言之，獨盛於二月八月之望日。 先儒論潮之説雖詳而辨，要之此物亦莫知其所以然，而理之難推者也。 六經言潮者絕少，蓋因中原無之，故當時未有舉以詢聖人也。 觀枚乘《七發》，則知楚之多潮，故屈子言之。 相擊，相衝激也。 瑗按：炎煙者，火氣之所成而盛於夏者也。 霜雪者，水氣之所結而盛於冬者也。 潮水相擊，則盛於仲春仲秋二季者也。

林兆珂曰：言上觀火陽烟液之積氣，下視霜雪而聽潮流，憂思在心，無所告也。

陳第曰：言上觀炎陽烟液之氣，下視霜雪江潮之流，憂思無不在也。

黃文煥曰：下霜之後，繼之以雪，秋而冬也。潮水相擊，則一日再至，歷乎四時而如一者也。觀焉、窺焉、悲焉、聽焉，景遞變，緒遞牽矣。

錢澄之曰：觀炎氣而窺煙液，悲霜雪而聽潮水，自言其魂氣所之，隨時即境，無冬無夏，無不可以寄其情也。

王夫之曰：悲，感也。潮水相擊、雪霰雜遝之聲，此秋冬之氣也。言魂亘寒暑，歷四時，遊於太虛之中，乘氣往來。

林雲銘曰：秋之後，則水令也。海水潮汐，一日再至，有相擊之勢，若不知張弛之政，其始有蕩析之灾，其後且有陸沉之變。

高秋月曰：冬則霜雪俱下，潮水自相衝擊。

徐煥龍曰：秋冬雪霜俱下，木落水涸，潮信無差，其聲相擊，寒蟬淒切之情，堪悲堪聽。

賀寬曰：露零未已，化而為霜，繼霜者雪，自夏徂秋，自秋徂東矣。水之潮汐，歷時而不變者也。

張詩曰：仲春晚潮盛，仲秋早潮盛。于冬則悲霜雪之雜然俱下；于春秋之仲，則聽潮聲之朝夕相擊。

蔣驥曰：霜雪，指冬。錯舉以槩四時也。惟隨流委波，與潮汐相往來，而觀四時之變態而已。

王邦采曰：秋冬霜雪俱下，散歸於海，潮信再至，勢若相擊。比讒言日進，終無已時也。

吳世尚曰：霜雪零於節，屆秋冬之時，潮水至於月加子午之候，其下其擊，亦不爽也。人者天地之心，五行之秀也。而吾所遇上下左右前後之人，皆叛信期也。如此，余尚安能忍而與之同居此世哉！

許清奇曰：秋冬之弛，則霜雪洹寒，而潮水愈盛而相擊。

屈復曰：觀、窺、悲、聽，承上伴信期而言，內有無限愁思。

江中時曰：至於霜雪俱下，舉目蕭然，惟聽潮水之相擊。 此乾坤何等時耶，而猶覆轍相尋，可哀也已。

夏大霖曰：霜雪，喻氣數衰，潮水相擊中無完物，無不傾覆者。所以言伴張弛之信期，無能有爲也。

邱仰文曰：此伴信期也。 炎氣霜雪並言，則在遷所久矣。 以上五節，重念往事，傷不見君，擯棄江濱也。 回風之悲，正在於是。

陳遠新曰：陰極則陽氣鼓。

奚祿詒曰：以上四句亦隱隱寫風，却有分貼。 霜雪比君人之嚴法也，潮擊比小人之相攻也。

劉夢鵬曰：悲霜雪，冬也。 相擊，潮盛貌。 聽潮擊，春與秋也。潮水平於冬夏，擊於春秋。 言歷四時，伴信期也。

陳本禮曰：見耳目所觸，無非悽慘。“相擊”二字，不忍卒讀。

胡文英曰：霜雪交下，則陰黨凝洹。 潮水相擊，則濁流往來。承上而言清江之難。

牟庭曰：夏有積煙，冬雪寒也。 乘潮觀聽作水仙也。

顏錫名曰：時而霜雪俱下，則聽夫潮水而已。 潮者，海水隨月升降而生，一日而雨消長，朝至曰潮，夕至曰汐。 月未升而長，既升而消，月未沒而長，既沒而消也。

王闓運曰：霜雪，政亂國危之象。 潮水擊，秦兵奄至也。 此謂弛者。

姜亮夫曰：“悲霜雪”二句，直從炎氣煙液生來，言炎氣之上騰，雖爲相因，而煙之化雨，實爲聚積而然；即其即化爲液，則爲霜之嚴，爲雪之皚，俱當下墜，不能永爲雲煙浮遊在天也，故見霜雪爲尤可悲。 而霜雪融入於江湖而爲水，則潮汐之來，又使水有相擊相盪之像，亦可悲之甚矣。 此蓋將轉入下文求介子、伯夷於人世一段，而設爲此詞也。 蓋天庭亦不能久居，即彭咸亦不可終從之義。 故借炎氣煙液以爲喻，不得已而下求之於介子、伯夷之以孤忠而死。 然而調度無從，志終無所適矣。 以結從彭咸一段之義也。

蔣天樞曰：窺視其炎威不暢，煙液積聚之故，實爲雪霜所摧傷，故云“悲霜雪之俱下”也。 聽，言己若有所聞。 雪霜之外復有潮水，循信期而至，設想潮水來相撞擊，其勢若驟，將可以滅火。

按：此仍爲言立志之後，徜徉流連也。 霜雪俱下時，聽潮汐之相擊。 王逸謂言己上觀炎陽烟液之氣，下視霜雪江潮之流，憂思在心，無所告也，甚是。 王夫之言此爲魂亘寒暑，歷四時，遊於太虛之中，乘氣往來，可參。 王闓運以霜雪喻政亂國危之象。 以潮水擊，喻秦兵奄至也。 附會之說，非是。

借光景以往來兮，施黃棘之枉策。

王逸曰：黃棘，棘刺也。 枉，曲也。 言己願借神光電景，飛注往來，施黃棘之刺，以爲馬策，言其利用急疾也。

洪興祖曰：言己所以假延日月，往來本天地之間，無以自處者，以其君施黃棘之枉策故也。 初，懷王二十五年，入與秦昭王盟約於黃棘，其後爲秦所欺，卒客死於秦。 今頃襄信任姦回，將至亡國，是復施行黃棘之枉策也。 黃棘，地名。

朱熹曰：黃棘，棘刺也。 枉，曲也。 以棘爲策，既有芒刺而又不直，則馬傷深而行速。

汪瑗曰：各舉四時之盛者而言之，此四時之光景也。 曰“觀”、曰“窺”、曰“悲”、曰“聽”，參錯之文耳。 蓋謂四時之光景，其聲色之觸於目，入乎耳，而感乎心，不勝其日月如流之嘆也。 即“歲忽忽其若頹，時亦冉冉而將至”之意。 故欲借四時之光景，而急乘時以往來而周流，以求古之知己者。 借光景以往來，猶假日以消憂之意。施，加也。 棘，有刺之木也。 然觀書傳，有言黃棘者，有言青棘者，有言赤棘者，隨人所道耳。 或曰黃取中色，非是。 若以取譬言之，則枉策亦取其曲矣。 策，馬鞭也。 以棘爲策，既有芒刺，而又不直，則馬傷深而行速，蓋欲急進以求子推、伯夷之故迹也。 又曰：“借光景以往來”，是總承上四句而言，蓋恐時光易過，欲急於追古之意。 王注以爲願借神光電影，飛注往來，非是。 洪注以爲假延日月，往來天地之間，似矣；而其指意又無所歸着，故炎潮霜雪四句，特爲留連光景之詞，而上下皆不知其所屬也。 又按：“觀炎氣之相仍”以下五句，足以概括《遠遊》篇經營四方周流六漠一篇之意，讀者亦不可不知。

黃文煥曰：於此而四時索伴，則俯乘光景仰奮鞭策。 介子、伯夷真吾友也。 借往來者，懼光陰之易逝，願天之假年也。 施枉棘者，恐前驅之莫追，冀馬之速步也。

周拱辰曰：欲借光景，故施枉策。 鞭日馭而令其迁轡，即揮戈駐日之說也。《遠遊》“撰余轡而正策”即此意。 黃棘、枉策，王逸以爲木帶刺而枉曲，非是。 洪興祖以黃棘爲地名，而以黃棘之會解之，亦繆。 按《山海經》有木焉，曰黃棘，黃華而葉圓，其實如蘭，服之不字。 欲邀日光而施不祥之策，知其不效也已。 即夢夫不孕，夢君不侯之苦語也。

王遠曰：黃棘，晦翁以爲以棘刺爲策而又不直，則馬行速。 覺解牽強。《補注》引懷王與秦萌於黃棘事，又與上下文不相貫串，當別有解中。

王夫之曰：光景不息也。 黄棘，未詳。 枉策，謂策馬以回旋也。 此上皆言沉湘既死之後，魂爽不昧，焄蒿絪縕於天地之間，駘蕩自如。 離汙濁而釋不解之憂。 故不忍常愁，而決於一死。 乃豫想其浩然之氣，不隨生死爲聚散。 而輼輪旁薄於兩間者如此。 蓋忠貞純一之志氣，與天地合德。 鬼神效靈者，可以自信。 屈子之貞魂，至今爲烈，豈虛也哉！

林雲銘曰：光景往來，難于再借，燎原陸沉之變，計日可待。

徐煥龍曰：借此四時光景，往來宇宙之間，用黄落之棘，刺多而不直，爲策以策吾馬，則其行不留，驅亦不疾，便于玩光景，兼可訪遺踪矣。 生前憔悴行唫，死亦不具鞭策。 枯槁同於黄棘，受枉曾無直時。 寓意極其慘淡。

賀寬曰：念時之易變，且乘此光景，仰奮鞭策，以追蹤古人。

張詩曰：黄棘之枉策，以有刺之木爲策，不暇斷削，故枉而不直。 此四時之光景，往來以求之，則折此黄棘以爲鞭策。

蔣驥曰：此又由江而登陸也。 又曰：抑考《中山經》云：苦山有木名黄棘，黄華而員葉，其實如蘭，服之不字。 豈亦芳香貞烈而有棘刺之物，故借以寓意與？（《楚辭餘論》）

王邦采曰：言黄棘、言枉策者，寓意枯槁同於黄棘、受枉曾無直時也。 而洪氏以爲懷王二十五年入秦，與昭王盟於黄棘，後爲秦欺，客死於秦。 今頃襄迎婦，是欲復施黄棘之枉策也。 林氏遂仍其説。竊謂不然，通篇皆是寓言，豈有至是忽然斥言之理。 且與下文不貫，或借以掩映則有之。 然終屬曲説也。

吳世尚曰：黄棘，小棗，枉曲而有刺，以之策馬，則馬傷深而行速也。 承上而言，今人不可與居，則唯與古人爲徒耳。 然古人去我遠矣，何以及之哉。 我於是借光景以爲車馬，駕而乘之，施枉策以爲鞭策，驅而逐之，既輕且速。

許清奇曰："光景"句承上潮水來。 光景，月也。 潮水應月，陰氣盛而潮水乘月以相擊，猶國將亡而敵國施策以相誤也。 枉策，詭詐不直之計策也。 懷王二十五年，入秦與昭王盟於黃棘，後爲秦欺，客死於秦。 頃襄七年，又迎婦於秦，是秦再施黃棘之策也。 按通篇著眼，在"施黃棘之枉策"一句，蓋因頃襄迎婦再墜强秦之計，亡國之幾，即伏於此。 所謂回風之先倡也。 六段言己之精誠上遊，思欲開君之昏，去俗之濁而不能，惟聽治亂不爽之期，任敵國之施詭策，頃襄之蹈覆轍，而不能救止也。

屈復曰：言正觀聽時，忽思吾楚不能自强，惟借此迅速之光景往來於秦，蹈黃棘枉策之前轍。

江中時曰：黃棘，舊注謂以棘爲策，則馬傷深而行速。 洪興祖曰：懷王二十五年，入秦與昭王盟約於黃棘，其後爲秦所欺，卒客死於秦。 頃襄又迎婦於秦，是復施行黃棘之枉策也。 不能自强，徒借光景，往之□會耳，□□□□□而行也。

夏大霖曰：黃棘，地名。 懷王二十五年與昭王盟於黃棘，恃二十四年，迎婦於秦，爲婚姻也。 從此輕信，致武關之辱。 頃襄十四年，復會於黃棘，故爲枉策。 言天地如逆旅光陰，吾人偶然生死暫借往來耳。 吾生不能補救，聽廷臣施黃棘之枉策，何有於死後之輔翼乎。

邱仰文曰：神光電影，閃爍無定，爲虛惑欺誤之喻，如黃棘之受欺是也。 蓋懷王初與秦昭盟黃棘，其後卒爲秦欺，死於秦。 今頃襄又迎婦於秦，是又欲施此策。 二句，太息時勢。

陳遠新曰：睹目前熱極復涼，静中有動之景，借以推考國家治亂往來之機。 乃知黃棘之會，施策於王，枉不見聽，亦屬氣數，非干人事。

奚祿詒曰：光景，日月也。黃棘，黃荆也，一名牡荆。《圖經》云：“枝莖堅勁，即作箠杖荆也。”此承上，言思故國而歸見國中皆煙霧之象，乃願借日月之末光，施策遠遊求介子、伯夷之遺行。

劉夢鵬曰：借光景，猶云假時日。施，陳也。枉策，策之不善。黃棘，地名。楚懷王迎婦於秦，會于黃棘，即其處也。按：楚懷與秦和親，客死武關。頃襄與秦和親，竄於陳城。覆轍相尋，隳義速寇。原被放九年，西浮東下，漢北南指，往來流觀，目擊心傷，故欲陳其策之枉。不言宛鄢，而獨舉黃棘者，禍成宛鄢之會，實作俑黃棘之盟，故即往事爲言也。

丁元正曰：黃棘，地名。懷王二十五年入與昭王盟於黃棘，其後爲秦所欺，卒客死於秦。楚之不競實始禍於黃棘之失策也。按施讀如君子不施其親之施，音弛，遺棄也。猶言可以忘懷也。又曰：此言魂遊於四時之光景以往來也。又曰：自上高岩至此，皆想象沉湘既死之後，魂爽不昧焄蒿綱縕於上下左右前後四時之間，騁蕩自如，離污濁之世，而前日之失策，以致國將淪喪，我之所以常愁者，決於一死之後而可以釋然也。

陳本禮曰：光，日光。景，月光。借光景以往來，猶《離騷經》“聊假日以媮樂”。逸注作“神光電景”，非是。黃棘，《中山經》苦山有木，曰黃棘，黃華圓葉，其實如蘭，故取爲策馬之鞭。

胡文英曰：光與影往來甚速，故借之以遊，猶隨飄風所仍之意。施黃棘之枉策，蓋使其創巨痛深而行之速。所以求介子、見伯夷、從子胥、悲申徒，頃刻而至也。夫光景本無可乘，亦無可策，然既借以言之，則及特自策之意，亦可見矣。

牟庭曰：我既從石巒凌波而去，後有遊人借此幽隱之光景往來，憑吊策馬如飛也。　黃棘，柘枝也。

　　朱亦棟曰：黃棘，地名。　吳仁傑《離騷草木疏》云"借光景以往來"，猶《離騷經》"聊假日以媮樂"。　逸注云"神光電影"，非是。又以黃棘爲棘刺，而不知所據。　今按《山海經》："苦山有木焉，名曰黃棘，黃華而圓葉，其實如蘭。"《離騷》草木多用《山海經》，《九章》蓋取諸此地名之說，誤也。《本草》"木部"有赤棘、白棘。　唐本注引《切韻》曰"棘，小棗也"。　花、葉、莖、實俱類棗。《嘉佑圖經》云：枸杞，一名仙人杖。　而枸杞有針者，一名枸棘。　今此所云黃棘，以黃華得名。　又其實如蘭，則用爲馬策者，特取其香耳，不以刺嫌也。

　　顏錫名曰：光景往來，君不我念。　秦乃用其曲計，結以婚姻，約盟黃棘，致楚兵連禍結，吾君走死。

　　王闓運曰：此言己本謀在張弛之外，因追傷懷王時本謀也。　光景，言君有時明悟也。　懷王廿五年，與秦王會黃棘，秦復歸我上庸。明年，太子質秦。　蓋原主姑講，以紓目前之禍，太子逃歸，所謀不成，故恨其枉施策。

　　孫詒讓曰：洪以"黃棘"爲地名，其說太巧，且與上下語氣不相貫，殆非也。　此"黃棘"自當以王詁爲正，即所謂"王棘"也。《儀禮·士喪禮》云"決用正王棘若擇棘"，鄭注云："王棘與桿棘，善理堅刃者，皆可以爲決。"世俗謂王棘矹鼠，黃、王音近，故通稱。《神農本草經》云："黃連，一名王連。"是其例也。　黃棘多刺，又策當直而今反枉，皆言其不足用，注乃以爲利用急疾，則正與屈子意相戾矣。

　　武延緒曰：黃讀若芒。　芒與荒通，《爾雅》"大荒落"，一作大芒落。《莊子》"芒乎芴乎"皆是也。　荒、黃同，音義亦可通，故注曰黃棘。 棘，刺也。《史記·楚世家》：懷王二十五年與秦昭王盟約於黃棘。 三十年，秦復伐楚，遺楚王書曰：“始寡人與王約爲弟兄，盟於黃棘。 太子爲質，至驩也。 太子陵殺寡人之重臣，不謝而亡去，寡人誠不勝怒，使兵侵君王之邊。 今聞君王乃令太子質於齊以求平。 寡人與楚接境壤界，故爲婚姻，所從相親久矣。 而今秦楚不驩，則無以令諸侯。 寡人原與君王會武關而相約，結盟而去，寡人之願也。”楚懷王見秦王書，患之。 昭睢曰：“王毋行，而發兵自守耳。”懷王子子蘭勸王行，曰：“奈何絶秦之驩心！”於是往會秦昭王。 昭王詐令一將軍伏兵武關，號爲秦王。 楚王至，則閉武關，遂與西至咸陽，朝章臺，如蕃臣。 秦因留楚王，要以割巫、黔中之郡。 楚王欲盟，秦欲先得地。 楚王怒不復許秦。 秦因留之。 楚大臣患之，乃詐赴於齊，齊湣王謂其相曰：“不若留太子以求楚之淮北。”相曰：“不可，郢中立王，是吾抱空質而行不義於天下也。”齊王用其相計而歸楚太子。 太子橫至，立爲王，是爲頃襄王。 秦昭王怒，發兵出武關攻楚，大敗楚軍。 二年，懷王亡逃歸，秦覺之，遮楚道，懷王乃從間道走趙以求歸。 趙主父在代，其子惠王初立，行王事，恐，不敢入楚王。 楚王欲走魏，秦追至，遂與秦使復之秦。 懷王遂發病，三年，懷王卒於秦，秦歸其喪於楚。 楚人皆憐之，如悲親戚。 按：此即文中所謂黃棘之枉策也。 疑黃棘之地，或産枉策，或如注所解以刺棘爲枉策。屈子引用之以隱寓傷時意也。 尋《山海經》“苦山，其上有木焉，名曰黃棘。 黃花而圓葉，其葉如蘭，服之不字。”施，讀若弛，易也、解也。《論語》：“君子不施其親。”何晏注：“施，易也。”不以它人之親，易己之親。《後漢·光武紀》：“將衆部施刑屯北邊。”注：“施，讀若弛，解也。”施，亦讀移，移亦易也。 施、弛、移，古通。《漢書·郊祀志》：“上陽施不下通，下陰施不上達。”《開元占經·水占》篇：

"施，作弛。"王石渠曰："經傳中通以施爲弛。"亦一證。

聞一多曰：《中山經》："苦山……其上有木焉，名曰黃棘。"一曰王棘。《士喪禮》云"決用正王棘若擇棘"，注云："王棘與桿棘，善理堅刃者，皆可以爲決。"孫詒讓謂王棘即黃棘，猶《神農本草經》黃連一名王連也。又名黃荆。《通鑑·齊紀》十："東昏侯……乃敕虎賁不得進大荆。"胡注曰："大荆，牡荆也，俗謂之黃荆，以爲箠杖。"案策之言刺也，古鞭策以有芒刺之木爲之，故曰"黃棘之枉策"。王注得之。

姜亮夫曰："潮水"句以上，皆從彭咸所居之事。即其既癙炎氣、煙液之理，不能永長浮遊天地，而必返於霜雪潮水之悲，遂欲棄彭咸之所而去；故借上天之光與景，以往來於上下；光景喻其速，黃棘枉策喻速而更求其遠。

蔣天樞曰：六句言己南行以來本意。光景，猶言光陰，借光景，意謂假己時日。往來，指己周行南土事。施，行也。黃棘，舊楚地名，在今河南新野縣境内。《楚世家》："二十五年，懷王入與秦昭王盟約於黃棘。秦復與楚上庸。"枉，屈也。謂之"枉策"者，言頃襄與秦媾和，有如懷王與秦盟約於黃棘之故事，己因利用秦人暫緩圖楚之時間，南行有所規畫，以圖報秦，所謂"行黃棘之枉策"者此也。枉策，枉屈以求伸也。

湯炳正曰：往來，即上文所謂觀、窺、悲、聽，往來於天地寒暑之間。黃棘，楚國地名。在今河南新野東北。楚懷王二十五年，與秦昭王盟約於此，楚國外交從此走向被動。枉策，錯誤的政策。以上六句言己所以憑藉漫長的歲月，往來於天地寒暑之間，無所歸宿，其因皆源於國家誤施黃棘"枉策"。

按：此爲想象之詞，言乘日月之光影而往來，折黃棘以爲鞭策。

胡文英解爲光與影往來甚速，故借之以遊，猶隨飄風所仍之意。 施黃
棘之枉策，蓋使其創巨痛深而行之速。 較合題旨。 張詩亦解此四時
之光景，往來以求之，則折此黃棘以爲鞭策。 洪興祖以爲黃棘爲地
名，以懷王二十五年，與秦昭王盟約於黃棘爲其本事，與上下文意不
甚相合，聊備一説。

求介子之所存兮，見伯夷之放迹。

王逸曰：介子推也。 伯夷，叔齊兄也。 放，放逐也。 迹，
行也。

朱熹曰：舊注以爲願借神光電景，飛注往來，施黃棘之刺以爲
策，以求子推、伯夷之故迹，是也。

汪瑗曰：所存，所在也。 見，猶覽也。 放迹，猶言放逸之迹也。
非放逐之放。

張京元曰：子胥浮江，申徒沉河，原欲效之也。

錢澄之曰：以上皆志從彭咸死也。 已復念古人，死各不同，如子
推以焚死，伯夷以餓死。 於是復欲借光景而策黃棘，急求二子之遺
則，而更審所處也。 又曰：死期已近，故求之甚急。

林雲銘曰：放，逸也。 一不食晉禄，一避紂北海。 追言懷王施
枉策時，即當效二子辭禄而隱遁也。

高秋月曰：借神光電景以往來，奮鞭策以求介子、伯夷之居處，
永於二子爲依歸。

徐焕龍曰：介子雖没，其神實存。 往將求之，路過首陽，見伯夷
放廢之跡。

張詩曰：既有芒刺，又枉不直，庶馬傷行速，于以求介子之所
在，見伯夷之放迹。

蔣驥曰：神光電景，飛注往來。 施棘刺之曲者以爲策，而求子推、伯夷之故迹也。

王邦采曰：王注謂願借神光電景，飛注往來，施黄棘之曲策，以求介子、伯夷之故跡是也。

吴世尚曰：求綿上之介子，見首陽之伯夷而已。

江中時曰：介子，名推，不食晉禄，隱綿山而死。 所存，猶言所在也。 伯夷，嘗避紂，居北海。

夏大霖曰：介子推事，晉文從亡不言禄而死，伯夷孤清逢周武，窮餓而死。 所志介者，求介子之存心以爲心，望伯夷之高跡以踐跡耳。

邱仰文曰：子推終乎晉，伯夷恥食周粟。"求"與"見"，皆願效之意。

陳遠新曰：所存，求其存君之心。

劉夢鵬曰：介子不求晉禄，隱于綿山。 伯夷恥食周粟，隱于首陽。 原欲陳枉策而以二子自方者，言但願一陳其枉，不復求仕，雖如二子遯逸，終身所甘心也。

丁元正曰：上既已豫念死後之情景，神遊六合，散其鬱滯，因決自沉之計，如介子、伯夷之行。

牟庭曰：訪我遺跡，將與首陽、綿山同懷思也。

顔錫名曰：當此之時，我未嘗不欲如介子、伯夷，逃遁隱避。 若前之所謂求仙逃世者。 伯夷，避紂隱居北海之濱。

王闓運曰：放，倣效也。 效介子從亡，以自喻伯夷讓國，望頃襄倣其迹也。

武延緒曰：放，疑當作故。

姜亮夫曰：求介子、伯夷之往迹者，求介子之自焚，伯夷之餓死也。

蔣天樞曰：存，存心。介子之所存，謂介推有功而不受報之志行。僅舉"伯夷"者，以伯夷興託南人舉兵反秦事，與《橘頌》用"行比伯夷，置以爲像兮"用意同。放，效法，言此南人能效法伯夷也。

湯炳正曰：所存，猶所守，指介子推忠貞而無求於世。放跡，高逸放曠的行爲，此指伯夷棄國隱居，不食周粟而死。

按：介子，介子推。伯夷，孤竹君之子。二者皆節士也。此言效法介子推、伯夷持節而終也。林雲銘解介子不食晉禄，伯夷避紂北海，當效二子辭禄而隱遯也，甚是。錢澄之謂以上皆志從彭咸死也，非是。

心調度而弗去兮，刻著志之無適。

王逸曰：無適，言己思慕子推、伯夷清白之行，尅心遵樂，志無復所適也。

洪興祖曰：調度，見《騷經》。刻，勵也。著，立也。

朱熹曰：言心乎二子之調度，而不忍去，刻爲二子之明志，而無它適。

汪瑗曰：刻如刀之刻木，而所入之深他。著志，如物有所附着，而不能離也。故安土重遷者曰着土。無適，猶不去也。言心乎二子之調度，而不忍去，刻爲二子之明志，而無他適也。二句一意而有淺深，總見己學古之志，專而切也。蓋因上文遍求彭咸之不可得，故不得已而思其次也。然二子與彭咸未暇論其優劣，但屈子之意以爲不得於彼，必得於此，以見己之信而好古之志，無時可懈耳。然亦特如此設言之，實亦未嘗遇介子與伯夷也。故下文又嘆曰"吾怨往昔之所冀兮，悼來者之逖逖”是也。

陳第曰：蓋心調度乎二子之間而弗舍，猶刻著於志而無復他適矣！

黃文煥曰：曰弗去而又曰無適者，調度已定，刻意勵行，著明在此，即欲去而他無可適也，永以二子爲歸依也。

陸時雍曰：調度，二子之法度也。

王萌曰：調度，見《離騷》，言心乎昔人之所爲，不必專指上文二子弗去。弗去乎，心也。刻，堅到意，著，明也。無適，無他適也。

錢澄之曰：調度，猶酌量得宜也。刻，銘刻也。著，住也。言以伯夷、子推、彭咸三人之死，時時酌量而弗去諸心，刻著於志，志在必死，而未知所適從也。

王夫之曰：調度，審處也。既已豫念死後之情景，因決自沉之計。調度已審，刻志著意，從子推、伯夷之所適，弗能去此，而別有自靖之道也。

林雲銘曰：心中因有所冀，欲挽回而不決。勉立志以守，無他適之義。

徐煥龍曰：吾心乎其調度，低徊弗能去，以其恥食周粟之志。

賀寬曰：我調度已定，刻意著明，即欲去而他無可適也。

張詩曰：則心以二子爲調度而弗肯去，刻二子，使之着志而無他適也。蓋佳人既不可得見，故其心不惟欲效彭咸之赴淵，又欲如介子之焚、伯夷之餓，以見其不得已之極耳。調度，以二子調度于心而法之也。刻，深入也。著志，所附著不能離者。此二句言求二子之心志甚切也。

蔣驥曰：刻，鑴也。無適，無他適也。言心乎二子之調度而不忍舍去，故鑴著其專一之志而告之曰：吾之寧死無他適者。

王邦采曰：言心慕二子之調度，刻勵二子之立志，不忍去而他適也。

吳世尚曰：調度者，喜而弗忘也。刻著，猶言銘心刻骨也。言吾往見二子，則二子之高風，果遠矣美矣，不可及矣。我於是心誠愛之，調度而弗忍去，志切師之刻著而無他適也。

許清奇曰：二子亦與彭咸同志介者，心中調度乎二子之間而弗舍，己刻著於志而無復他適矣。

屈復曰：適，主也。

江中時曰：言欲效二子之去，未免太悤，惟勵志以守，無他適之義而已。

夏大霖曰：調度，審義裁度也。刻著志堅，守裁度之義，不以禍害回惑也。弗去宗國，無適他國，乃調度於義所當然而刻志不移，所謂求介子所存，見伯夷放跡也。

陳遠新曰：乃求存君而見放逐，不決於去，亦刻著無適他國之志而已，豈他有望哉？

奚祿詒曰：著，被服也，附麗也。然又心中調籌籌度，不忍去，刻意佩著匡君之志，猶於二子之死無所適從也。

劉夢鵬曰：刻，猶期也。著，明。適，之也。言己調和志度，不能遂去，如介子、伯夷者，急欲陳說明白，而又無由也。

丁元正曰：刻著志之無適者，刻意著志於子推、伯夷之所遭，弗能去此而別有自靖之道也。

陳本禮曰：著志，回應序首。時刻調度於心而弗去。往來施策，見死後精靈不沒，求介子之所存者，欲生保懷王歸國，如晉文故事。見伯夷之放迹者，設楚不幸，國滅於秦，必效伯夷不食而死也。

胡文英曰：心雖若有所調度，而實不能去者，以深明吾志之不他適而已。前證此言之不可聊，于此，益足以明其託言，而非本志矣。

牟庭曰：流連不去，刻著文辭也。

顏錫名曰：乃調度在心而弗可去，著志有定而無可移。遂隱伏思慮以至於今耳。

王闓運曰：調度，和協案情也。弗去，言不忘也。《離騷》曰“和調所以自娛”。刻，猶傷也。著，讀爲著衣之著。志之所著，言己志在興楚反王也。適，猶如也。自傷無如己志之時也。

馬其昶曰：介子、伯夷皆古志節之士。刻著，猶牢著也。言嚮慕二子之專。

武延緒曰：刻，疑爲劾。《集韻》：“劾，勤力也。”一曰勉也。“刻著者”，言勉力著明其志之無它也。“著”字與下“曰”字相應，《惜誦》“故重著以自明”是也。

聞一多曰：心，猶思也。《後漢書·第五倫傳》：“臣常刻著五藏。”注曰：“謂銘之於心也。”無適，無所適從。

姜亮夫曰：調度，見《離騷》，此猶言惆悵也。弗去者，不能決也。此言勉立己志，從其中心之所適，猶今言下決心也。即上介子、伯夷之故迹也。賦詩止此。

蔣天樞曰：心，謂藏之於心。調度，與《離騷》“和調度以自娛兮”之“調度”義同，謂己對國事所規畫之方暑與準則。言己內心所貯藏之規畫準則從不去懷，故言“心調度而弗去”也。刻，謂銘刻於心。著志，謂著見其志於功業。無適，古成語，《論語·里仁》：“子曰：君子於天下也，無適也，無莫也，義之與比。”何晏《集解》：“言君子之於天下，無適無莫，無所貪慕也。唯義之所在也。”此用《論語》“無適”成語，申明“求介子之所存”意，言己但思著見銘心之志，即功業蓋世，絕無富貴之念存於其間也。

湯炳正曰：調度，猶安排考慮，此指上文介子、伯夷所以自處之道。弗去，不能放棄。刻著志，猶銘記於心。以上第二段，寫流放途中所見所聞及所感。

按：此言立節之志已定，不再猶豫反復也。刻著志之無適，即於無適之中終於下定決心。馬其昶謂介子、伯夷皆古志節之士。刻著，猶牢著也。言嚮慕二子之專。甚得題旨。王逸言屈原思慕子推、伯夷清白之行，尅心遵樂，志無復所適也。意亦近是。錢澄之以效法伯夷、子推，刻著於志，志在必死，而未知所適從，恐非是。

日：吾怨往昔之所冀兮，悼來者之逖逖。

王逸曰：冀，幸也。言己怨往古以邪事君，而幸蒙富貴也。逖逖，欲利貌也。言傷今世人見利，逖逖然欲競之也。

洪興祖曰：逖，勞也。

朱熹曰：逖逖，憂懼貌。往昔所冀，謂猶欲有為於時。來者逖逖，謂將赴水而死也。

周用曰：末二章，言自沉亦知其無益於君，特以憂心終不可釋，故致命遂志也。

汪瑗曰：此又結通篇之意，故以日字更端之，若亂辭是也。或云上當脫一亂字，未知其審。怨者，有求而不遂，悵憾之意也。往昔，往古也。冀，期望也。言往古如彭咸與子推、伯夷，皆尋訪而不遇，故怨之也。悼，傷感也。來者，來世也。逖逖，遼遠貌。言來世遼遠，不能相待，故傷悼之也。二句即《遠遊》篇"往者余弗及，來者吾不聞"之意，但彼乃嘆其欲及時行樂之意，此則嘆其知己者之不可遇故也。

陳第曰：昔日之所希冀者，俱不能遂，故怨，今則流落而逖逖遠矣。

黃文煥曰：往昔來者，即指介子、伯夷、子胥、申徒而言也。在商周，則伯夷之後又有申徒；在列國，則介子之後又有子胥。爲西山餓死，爲介山焚死，爲生而自投水，爲死而君投諸水。嗚呼！何君德不明之多，忠臣含冤之衆也。既希踪往昔，冀與之同。又曰怨者，昔人開端於前，而歷代接踵於後。天若祚國，豈願有此！可冀也，亦可怨也。後之悲今，亦猶今之悲昔。愁愁，遞憂，相衍何盡。

王萌曰：所冀，謂欲有爲來者，謂身後也。娛心調度之，同刻意志節之著。傷往日之無成功，悲死後之無終極。默傷身世，總覽前後，有心人于此，固知其攬泣而不能自己也。

錢澄之曰：又自決曰：祇是死耳，死有何冀乎？吾怨往昔猶有所冀於死後，欲以死悟君也。死何足懼乎？吾悼後人之愁愁於此一死也。

王夫之曰：愁愁，貪昧也。

林雲銘曰：必無所冀，而尚欲調度，是爲癡想，豈不可怨？後來無辜，受許多憂懼，豈不可悼？此二句上加一“曰”字，因合前後己意而總言之，以別上文也。

高秋月曰：怨者，怨君之不明，而忠臣含冤者衆也。

徐煥龍曰：當年刻欲著明，苦於率土皆周，無地可適，遂死於此。因向夷而告之曰：吾怨往昔生前，所冀望者，一無所就。又悼於今死後，來日無窮。此怨與之俱未耳。愁愁，常怨貌。

賀寬曰：而有不能無怨者，昔人開殉義之端，後人接踵而起，若遇明良，何由至此。可冀也，也可怨也。

張詩曰：愁愁，憂意。言吾怨往昔所冀望一見之佳人，既求而不遇也，復悼來者之遼遠，而惕然靡寧。

蔣驥曰：曰者，與二子相語之詞。愁愁，憂懼貌。來者愁愁，言危亡將至而可懼也。蓋以昔之期望大可哀，而後之危亡不忍見故也。人逢知己，則樂輸其情，蓋有然矣。

王邦采曰：加一"曰"字者，因合前後己意而總言之，以別上文也。往昔所冀一無成就，來者愁愁，正自無窮，日復一日，冤結豈有了期。

吳世尚曰：遂不覺轉而自悔，曰吾怨往昔之所冀，結情陳詞，尚欲厚望於人。又因以自悲，吾悼來者之愁愁，沒身沉淵未免孤絕於己矣。

許清奇曰：往昔所冀，謂君一悟，俗一改。如上文澄霧清江之所譬也。來者惕惕，謂危亡所譬也。所以著志無適者爲此。

屈復曰：歲月如流，時不再來，以如此之日月而皆虛度也。

江中時曰：往昔所冀，謂欲有所爲於時也。來者愁愁，謂將赴水而死也。

夏大霖曰：曰者，總前後而起言也，往昔所冀，謂從前諫諍，冀君之大有爲也。來者，謂將來之敗亡可憂懼也。往昔所冀，無成是以怨，將來敗亡難救，是可悼也。

邱仰文曰：結"高巖"一段，言大願成空。"曰"者，分別上文之詞。

陳遠新曰："曰"字上脱"亂"字。所冀，施策原冀興治，乃被放所以怨。恐致敗亂，蓋往之所冀不遂，則敗亂之來必矣。"往來"映前"往來"。

奚禄詒曰：又再三思之曰：吾怨往昔所冀，家國之心不遂，悼來者所放湘、沅之路其遠。

劉夢鵬曰：曰者，別於上文而更舉之詞。怨，怨其不遂也。往昔所冀，即冀反，冀進也。

戴震曰：愬愬，驚懼貌。

汪梧鳳曰：愬，同惕，見《説文》。

陳本禮曰：言吾往昔所冀者，君如堯、舜，臣盡皋、夔。不料懷王卒死於秦，使我竟成虚願。今襄雖繼立，不能步武前王，恐危亡將至，能不爲之愬愬耶。曰者，亂詞也。注家均連上文作屈子自己解説之詞，誤也。

胡文英曰：往昔所冀蘭蕙，今已如此摧折，故可怨。而將來之回風可悼，更足令人愬愬然也。

牟庭曰：謂我壯志不申，而怨怒也。年老長愁，悼不遇也。

顔錫名曰：心去如何，曰吾自怨矣。吾往昔之所冀者，彭咸也。不爲彭咸，後之來者，必以我爲口實。故愬愬然而不敢也。

王闓運曰：愬愬，遠貌，猶茫茫也。來者愬愬，謂楚將亡，此國亡身死時也。冀舒國難而得罪太子，以成今禍，故怨也。

吳汝綸曰："曰"者，即志之無適也，代爲屈子之詞。

馬其昶曰：曰者，語辭。言己之志節專一如此，既不能有爲，又不忍見國之危亡，則惟有死之可樂耳。

姜亮夫曰：曰，更端之辭也，屈子賦詩已畢，更繼前而言也。"吾怨"二句，言吾於往昔之所冀望者，情實相反，不能無怨；而今之來者，更愬愬然可爲憂慮，故亦悼惜之也。過去未來，皆可怨可悼。

蔣天樞曰：八句預測將來可能發生情景，用以警王。終則以死明志。"曰"字上疑脱"亂"字，用亂辭抒己悲憤也。往昔之所冀，已在遷陳初所作爲，及所希冀能成就之功業均未獲實現，即《離騷》篇中用興託以闡述者。今己將死，追思尤爲深恨。來者，屈子預測楚國未來。 愻,《説文》"惕"字之或體。 念及楚國未來則爲惕懼不安。所謂"心謂之危",不得不最後正告於王也。

湯炳正曰:此言所冀於往日已告失敗,而理想於將來亦遙遙無期。

按:曰,乃一篇之結,汪瑗以爲或前脱一"亂"字,是也。 愻愻,憂懼貌。 此言怨過去希望有所作爲卻無所成就,而未來持節之路漫長,亦不知如何度過,心中憂懼,怨結何時得解。 王邦采謂往昔所冀一無成就,來者愻愻,正自無窮,日復一日,冤結豈有了期,甚是。 朱熹謂往昔所冀,謂猶欲有爲於時;來者愻愻,謂將赴水而死也,意亦近是。 黄文焕以往昔來者,指介子、伯夷、子胥、申徒而言也,非是。

浮江淮而入海兮,從子胥而自適。

王逸曰:適,之。

洪興祖曰:《越絶書》曰:"子胥死,王使捐於大江。 乃發憤馳騰,氣若奔馬,乃歸神大海。"自適,謂順適己志也。

朱熹曰:子胥,事見前篇。 適,便安也。

汪瑗曰:江淮,二水名。 海,江淮之所聚者也。 自適,猶自得也。 子胥諫夫差,夫差不聽,賜劍而死。 乘以鴟夷之皮,而浮之江,既浮之江,則必歸於海,故曰浮江淮而入海。

林兆珂曰:夫差既殺子胥,盛以鴟夷而投之江。 子胥因隨流揚波,蕩激崩岸。

陳第曰:故觸目而思子胥、悲申徒。

金蟠曰:臨絶命辭,歷歷容與乃爾。 所謂從容就死難矣。

林雲銘曰:是君不聽諫而殺之,故當從以適意。

張詩曰：于是浮江淮以入海，將欲從伍胥而自適。

蔣驥曰：此又由陸返江而遍歷諸水也。

王邦采曰：不若東浮江淮，覓子胥於海中，從之以自適耳。

吳世尚曰：子胥死於江，爲海神。言我既往綿上、首陽，而欲效法介子、伯夷矣。然而往來不一地也，或浮江淮而入海，則子胥之盡忠而死，固吾師也。吾願從之而徜徉於江濤海漲之間，何其適也。

夏大霖曰：伍子胥諫夫差不聽，賜鴟夷之皮而浮之江。言從彭咸所居之後，其靈則無不之浮江入海，則南會子胥之靈。

陳遠新曰：吳王殺子胥，投於江，屍馳騰，神歸大海。諫而待罪，且自適生，故言從調度者一。

奚祿詒曰：子胥，鴟夷沉於江。

劉夢鵬曰：子胥諫吳王夫差，不聽，殺之盛以鴟夷而浮之江。原言己欲浮而從之也。

胡文英曰：子胥之潮神在浙江，故須由江淮入海，由海入浙，而後能從子胥以自安也。

牟庭曰：親從伍相，自樂江濤。

吳汝綸曰：所引子胥入江，申屠狄赴河二事爲比，明是屈子沉汨羅後引彼二證，若屈子自言則期於必死可也。安能自必其死於水哉。

姜亮夫曰：遂思浮江淮以入於海，從子胥之捐軀，以自求順適其意。

蔣天樞曰：浮，泛舟也。浮江，謂過去東走遷陳；浮淮，則謂將來勢不能支，必且浮淮東走，以至入海。從子胥，謂如吳王夫差之從子胥而死。適，音責。《方言》十三：“適，唔也。”戴東原云：“《廣雅·釋言》：適，唔也，‘適’字，郭璞、曹憲皆無音，以義推之，當讀爲‘適見於天’之‘適’。鄭注：‘適，之言責也。’”自適，夫差自責己罪過。《國語·吳語》："夫差將死，使人説于子胥曰：'使死者無知，則已矣！若其有知，吾何面目以見員也！'遂自殺。"即所謂"從子胥而自適（責）"也。

按：此言持節當效法伍子胥。子胥之死乃爲冤殺，據《史記·伍子胥列傳》：吳太宰嚭與子胥有隙，因向吳王夫差讒曰："自以爲先王之謀臣，今不見用，常鞅鞅怨望。願王早圖之。"吳王曰："微子之言，吾亦疑之。"乃使使賜伍子胥屬鏤之劍。子胥自殺前，乃告其舍人曰："必樹吾墓上以梓，令可以爲器；而抉吾眼懸吳東門之上，以觀越寇之入滅吳矣。"乃自到死。子胥臨死，猶替國分憂，囑咐舍人樹梓以備作兵器抗越，且進越必攻吳之諫言，死亦爲國死，不爲個人之私而死。此精神爲屈原所激賞。原定持節之志，亦爲爲國持節，以持節進諫楚王立志堅定，勿在國家政策上左右搖擺。與子胥相類，故以子胥爲效法之楷模也。汪瑗曰子胥諫夫差，夫差不聽，賜劍而死。乘以鴟夷之皮，而浮之江，既浮之江，則必歸於海，故曰浮江淮而入海。甚是。

望大河之洲渚兮，悲申徒之抗迹。

王逸曰：申徒狄也。遭遇闇君，遁世離俗，自擁石赴河，故言抗迹也。

洪興祖曰：《莊子》云："申徒狄諫而不聽，負石自投於河。"《淮南》注云："申徒狄，殷末人也，不忍見紂亂，自沈於淵。"

朱熹曰：《莊子》曰："申徒狄諫紂不聽，負石自沈於河。"

汪瑗曰：大河，即指今之黃河也。水中可居者曰洲。小洲曰渚。申徒，姓，名狄。諫紂不聽，負石沉於河。事見《莊子》。抗迹，高踪也。曰浮、曰望、曰從、曰悲、曰自適、曰抗迹，亦互文也。　言本欲望江河而浮泛，以從子胥申徒二子以自適，不使此心之常愁也。　然又悲二子之迹高抗太甚，非人之所能從者也。

陳第曰：申徒狄遁世離俗，擁石赴河，故言抗迹也。

錢澄之曰：子胥，君投之水；申徒狄，自沉於水，皆水死也。　蓋審酌之，而決從彭咸之所居也。

王夫之曰：申徒狄諫紂不聽，負石自沈於河。

林雲銘曰：申徒狄不忍見紂亂，擁石投河，是君未殺而自抗其迹之高，故可悲。

徐煥龍曰：申徒狄，紂臣，屢諫不聽，負石沉河。

賀寬曰：後之悲今，亦猶今之悲昔也。　以伯夷、申徒爲往者，則介子、子胥爲來者矣。　以四賢爲往者，則原又爲來者矣，而繼原而爲來者，又何可窮盡耶。

張詩曰：而回望大河中之洲渚，又慨然悲申徒狄之負石而死，其高踪至今不泯也。　申徒狄亦諫其君不聽，負石自沉于河者。

蔣驥曰：言由江達淮入海，還泝大河，見子胥、申徒，皆其同類，而忽感二子之死，不能救商與吳之亡，故躊躇徘徊。

王邦采曰：申徒狄諫紂不聽，負石自沉於河。　乃還望大河之洲渚，有申徒之抗迹在，不覺心悲。

吳世尚曰：或望大河之洲渚，則申徒之抱憤而沉，亦吾師也。　吾即因之而尋求，其負石投河之跡，然而悲矣，悲適互言之也。

許清奇曰：子胥死於江，發憤馳騰，歸神大海。　申徒狄不忍見紂亂，擁石投河。　二子又與彭咸同赴水者，故欲從之而生悲焉。

江中時曰：《莊子》云：“申徒狄諫紂不聽，負石自投於河。”劉向《新序》：“申徒狄非其世，將自投於河。　崔嘉聞而止之。”則春秋時人。　未知孰是。

夏大霖曰：望淮至河，則比會申徒之靈，皆千古同調可共作一場悲痛，還相慰勉者也。

陳遠新曰：申屠狄不忍見紂亡，擁石投河。抗迹，先死抗其迹之高，故言悲調度者二。

奚祿詒曰：申徒狄所遭非其時，將投河，其友崔嘉止之。狄曰：“昔桀殺龍逢，紂殺比干而亡天下；吳殺子胥，陳殺洩治而亡其國，不用故也。遂負石自沈於河。”狄事詳劉向《節士》篇。不若浮江海以從子胥，臨洪河以弔申徒也。

劉夢鵬曰：原言其行高而遇窮，重可悲也。此四句相爲抑揚，言方欲從之，又重悲之。

陳本禮曰：悲，結上悲字。

胡文英曰：申徒狄諫桀不聽而隱，聞桀被放而亡，乃抱石投河而死。

牟庭曰：遙望申徒，同悲河渚也。

俞樾曰：申徒狄，《漢書·鄒陽傳》注引服虔曰：“殷之末世人也。”

顏錫名曰：且昔之忠而死於水者，不獨彭咸一人，有若子胥，有若申徒，比比皆是。

王闓運曰：申徒狄，蓋楚人也，或者本司徒，楚讀爲申耳。疾暗君，自投於河，不待國亡而先死也。

聞一多曰：《莊子·刻意》篇：“刻意尚行，離世異俗，高論怨誹，爲亢而已矣。此山谷之士，非世之人，枯槁赴淵者之所好也。”司馬注：“赴淵若申徒狄。”《淮南子·說山》篇：“申徒狄負石沈於淵，而溺者不可以爲抗。”注曰：“抗，高也。”迹，行也。《哀郢》：“堯舜之抗行兮。”

姜亮夫曰：抗迹，高跡也。 即指投水而死之事言。

蔣天樞曰：望，遙望。 大河之洲渚，喻北方故九河旁燕、齊、趙、魏諸國。 謂北方各國亦將繼楚之亡爲秦所滅，其臣亦有如申徒狄之高迹，自沈而死也。

湯炳正曰：大河，黃河。 洲渚，此指申徒狄投水自沈處。 申徒，即申徒狄。 傳說中殷末賢臣，諫紂不聽，遂負石自沉於淵。 事參《莊子》中的《外物》《刻意》《盜跖》，《荀子・不苟》《淮南子・説山》等。

按：申徒狄，古之節士，負石自投於河。 其年代説法不一，《淮南子》以爲殷末，諫紂不聽而死。 劉向《新序》則爲春秋時人，非其世而死。 從下文“驟諫君”來看，當從《淮南子》殷末諫紂之事較爲合適。 抗，亢，高也。 抗迹，即下文“驟諫君不聽而死”。 諫君當從禮，申徒狄“驟”諫，紂不聽，當即而死。 此“死諫”即爲抗迹。 屈原對此抗迹是不讚同的，諫有多種方式，驟諫，令對方毫無準備，一時心理難以接受，不聽則負石而死，雖爲抗迹，亦不免有魯莽脅迫之嫌。 故曰悲。 此言見大河之洲渚，悲申徒之抗迹，遺憾其持節方式不與吾同。 王邦采謂乃還望大河之洲渚，有申徒之抗迹在，不覺心悲。 意亦近是。 張詩解爲回望大河中之洲渚，又慨然悲申徒狄之負石而死，其高踪至今不泯也。 未盡其義也。

驟諫君而不聽兮，重任石之何益。

王逸曰：驟，數也。 任，負也。 百二十斤爲石。 言己數諫君而不見聽，雖欲自任以重石，憂終無益於萬分也。 石，一作祏。

郭璞曰：悲靈均之任石，歎漁父之櫂歌。 （《文選》郭璞《江賦》）

洪興祖曰：秙，當作䄻，音石，百二十斤也。 稻一䄻，爲粟二十升。 禾黍一䄻，爲粟十六升，大升半。 又三十斤爲鈞，四鈞爲石。秙音庫，禾不實也。 義與此異。《文選・江賦》云：“悲靈均之任石。”注引：“重任石之何益，懷沙礫而自沈。”懷沙，即任石也。 與逸説不同。

朱熹曰：任，負也。 石，或謂百二十斤也。《補》引《文選・江賦》注云：“任石，即懷沙也。”其説爲近。

汪瑗曰：夫驟而諫君，已失從容之道矣。 而其君不聽，斯亦已矣。 又負重石以自沉，果何益於君國，果何益於身名耶？ 獨言負石者，舉此以見彼二句，蓋總責二子自處之不善也。 故屈子一則曰孰知余之從容，二則曰尚不知余之從容，則屈子之未嘗强非其人，忿懟不容可知矣。 二子之不爲屈子所取，則未嘗懷沙而投淵也審矣。 任，負也。 石即沙石之石。 或謂石百二十斤，非是。

陳第曰：此言諫而不聽，死亦無益。

黄文焕曰：以伯夷爲往昔，則申徒爲來者；以介子爲往昔，則子胥爲來者；以伯夷、申徒、介子、子胥爲往昔，則原自視爲來者；以原爲往昔，則後人又將爲來者矣。 何能不悼！ 何能不悲哉！ 從四人之中分別低昂，則申徒之死傷於過急，伯夷以忍餓，介子以被焚，皆隱避山中久而後死者也，子胥則君之賜劍投江也。 申徒諫一不聽，負石自沉，驟矣！ 乖從容之義矣！ 故終評之曰“驟諫不聽，任重石之何益”。

周拱辰曰：讀至“任重石之何益”一語，凄斷。 始謂一抱石，足以釋吾愁，乃抱石之後，而吾愁轉劇也。 諫君不聽，愁付之石，任石無益，愁又付之何所乎？ 傷哉。

王萌曰：任重石，即所謂懷沙也。

王遠曰：此節即承申徒而長歎之，如聞其聲。言申徒負石自沉，何益於君？亦知己之死爲無益也。知此無益而終不得不死，舍此更無歸者，所以心終不解，思終不釋也。傷哉！以上九節，自上高巖起，似皆凝死後之事，靈魂所之上天下地，周流四方，求介子、伯夷、子胥、申徒，引爲同心。又歎後之視今，亦猶今之視昔。往昔可怨來者，更可悼也。應是畢命之詞，可抵一篇自祭文。

王夫之曰：上既言生不堪愁，庶幾一死以神遊六合，散其菀滯。此復言子胥死而吳亡，申徒沉而殷滅。屢諫於君者，既不得用，身死之後，盈廷貪昧，以趨於危。君不閔己之死而生悔悟，則雖死無益。

林雲銘曰：吾之所怨所悼如彼。舍死之外，別無他着。然所以遲至今日者，恐負重石入河，如申徒狄無益於事，失之太驟耳。子胥投江，非出己意。一從一悲，此從容就義之苦衷也。

高秋月曰：驟諫不聽，指申徒言也，任石負石以説也。言其死傷於遇急而已。

徐煥龍曰：吾策馬西征，求介推於綿上，不若乘舟東濟，覓子胥於海中，擬浮江淮之自適，乃還望大河之州渚，有申徒之抗跡存，不覺心悲，悲其驟諫君而不聽，任重石之何益矣。

賀寬曰：四人中獨悲申徒者，既悲申徒，重自悲也。諫紂不聽，遽爾負石自沉，驟矣無益矣。即原之從容以死，而又何益乎。

張詩曰：夫驟然諫君，已失從容之道，宜其不聽，而負重石以自沉，亦何益乎？又曰：（自吾怨往昔之所冀以下至此）此結通篇之意，以曰冠之者，猶亂辭也。

王邦采曰：任石，即懷沙也。悲其驟諫君而不聽，任重石之何益矣。

吳世尚曰：言人臣進諫，至再至三而君卒不聽，於臣心亦無負矣。 如申徒狄者，遂任重石而自沉於河，此亦何益於君，何益於己。

江中時曰：此言申徒之死，無益於事，知屈子之死，非若溝瀆之諒也。

夏大霖曰：此所以悲申徒抗跡自沉激烈無益，又轉作回思也。

邱仰文曰：徒轉重石，即懷沙。

陳遠新曰：不聽，一不聽而遂止。 忠臣之義，於國如負重石，必求有益，則不能一諫而死。

奚祿詒曰：百二十斤爲重石，言荷重任也。 蓋我曾數諫不聽，即使自任以重石，更何益哉！

劉夢鵬曰：因言人臣事君，驟諫不聽，一死奚裨已？ 蓋有不敢遽效二子之所爲者。

胡文英曰：言雖死而已無補于君也。 屈子既放，楚亦遂亡，不亦悲哉！

牟庭曰：自悲自樂，無悟於君，負石懷沙，無益於主也。

顏錫名曰：是貞臣水死，若有定例。 吾從之以自適，固其所耳。 惟諫君不聽，抱石沉淵，究竟於國何益，於君何益。

王闓運曰：任，袵也。 任石，謂懷沙也。 重，今也。 懷石自沈，終兩無益，哀其徒死也。

吳汝綸曰：洪引《文選》注“任石”即“懷沙”也。 通篇皆敘屈子之憤懣自沉，此二句，乃歎其死之無益，終前眇志所惑之説，此豈屈子所自爲哉？

聞一多曰：任猶抱也。《詩經·生民·傳》。 蔡邕《弔屈原文》：“卒壞覆而不振，顧抱石其何補？”許維遹曰：“《莊子·盜跖》篇‘申徒狄諫而不聽，負石自投於河’。《韓詩外傳》一謂申徒狄抱石而沈於河，並與本篇任重石之説合。 以上二句指申徒狄言，説者咸以爲屈原事，誤矣。"案許説至碻，此可證本篇與屈原全無干涉。

姜亮夫曰：任，猶抱負也。 此句即蔡邕《弔屈原文》所謂"顧抱石其何補"之義，《章句》誤以石爲百二十斤，遂不能説矣。 洪補引江賦注以任石即懷沙義，至碻。 此反上文而爲説也，言本欲浮江入海，從子胥而自適；然既見夫大河洲渚之中，因悲申徒徒有抱石赴水，以死君亂之高迹；夫申徒數數進諫於殷王，而不見聽，則雖抱重石以自沈，更有何益哉？ 介子、伯夷、子胥之事，爲余心之所欲自適者如此；而忠良如申徒之迹又如彼。

蔣天樞曰：所恨者往昔數諫王而王不納，今日雖負重石以自沉，於國何補。

按：驟，疾急也。 此言驟諫君而不聽，便是任重石亦無益也。申徒狄采用"驟諫"方式，屈原不認同，亦不以其爲效法之榜樣，故曰無益。 此句與上句均爲持節方式之選擇，上二句爲伍子胥方式，此二句爲申徒狄方式。 屈原最終認同伍子胥，而非申徒狄。 申徒狄驟諫驟死，原不認同，則可見原諫武關之會後，不會即死。 事實也正是如此。 亦由此可見，此篇非原之絶命辭也。 王逸釋"驟"爲"數"，非是。 王遠解言申徒負石自沉，何益於君？ 亦知己之死爲無益也。頗得其意，然未有深入説明。 吴世尚言人臣進諫，至再至三而君卒不聽，於臣心亦無負矣。 如申徒狄者，遂任重石而自沉於河，此亦何益於君，何益於己。 雖嫌迂腐，意在其中矣。

心絓結而不解兮，思蹇産而不釋。

王逸曰：絓，懸也。 蹇産，猶詰屈也。 言己乘水蹈波，乃愁而恐懼，則心懸結詰屈，不可解也。

汪瑗曰：末二句又總結之。 夫彭咸既不可遇矣，於是而思其次。

其次又不可遇矣，於是而又思其次。　若子胥、申徒，是又其次者也，而非中道之可爲者也。　而屈子又不忍爲之，此所以“心絓結而不解，思蹇産而不釋”也。

陳第曰：但心思戀戀不忘，故不容苟生耳。

黃文煥曰：絓結、蹇産，矢死而未敢遽死也。　此原所謂“孰知余之從容”也。　又曰：前言景響無應，省想不得，於世路有人中，苦其寂無人。　此言借景往來，調度弗去，求介子、見伯夷、從子胥、悲申徒，於孤行無人中，突出許多古人，文心幻絶。　刻著志之無適應前介志不忘。　眇遠志之所及、介眇志之所明，又應前案志。　蓋欲及、欲明者，至此俱無繇及、無繇明，欲案者不待案矣。

李陳玉曰：俱是從彭咸後逍遙上升光景，愧彼濁世，徒勞張弓。

錢澄之曰：明知死之無益而必欲死，身死而心仍絓結不解，蹇産不釋，則所謂不忍心之長愁者何謂也！

王夫之曰：心終不能自釋。　蓋原愛君憂國之心，不以生死而忘，非但憤世疾邪，婷婷焉決意捐生而已。

林雲銘曰：以此有待而死，則思心愈不可懲矣。　又曰：已上言頃襄玩日愒歲，不能自强於政治，棄賢任姦，危亡日近。　念念以必死自矢，但欲求合於彭咸，不忘其志介而已。

徐焕龍曰：言吾策馬西征，求介推於綿上，不若乘舟東濟，覓子胥於海中，擬浮江淮，從之自適，乃還望大河之洲渚，有申徒之抗迹存，不覺心悲，悲其驟諫君而不聽，任重石之何益矣。　當年任石無救殷亡，今日懷沙，曷裨楚敗。　能不心猶絓結，思仍蹇産乎。　攄虹、捫天，殆冥途之夢境；清江、澂霧，非事勢能爲。　借景往來，亦浮游而無著，惟有尋同調之古人，吊孤忠於方外，然而伯夷何怨，吾其能勿怨乎。　申徒無益，吾其能有益耶。　此恨綿綿無絶期，亦如是以作游魂而已。

賀寬曰：末二句云云，言雖死而仍不能解、不能釋也。

張詩曰：然而國將破君將亡，目不忍見，耳不忍聞，即欲不溘死赴淵，不可得矣。夫是以心絓結而思蹇產也。此又欲如伍胥申徒之沉于江湖也。

蔣驥曰：卒又不忍遽死，而其愁思益縈徊而不能解釋也。

吳世尚曰：然而不能已也，心絓結而不可解，思蹇產而不能釋，故以此自靖自獻，行其心之所安耳。利鈍損益，夫尚何所計哉，吁！原之處死，可謂審矣，慎毋輕議也。

許清奇曰：末段言己志效古人，不以歲寒而易節，雖知死亦無益，而此心終不可解，以結彭咸造思，志介不忘之意。

屈復曰：我之所以不去者，不爲介子之復國，則爲伯夷之首陽。其如往者懷王如此，來者頃襄又如此，復何所冀乎？惟有從古之忠臣，重石自沈，以遂彭咸之思而已。右七段，明兩世枉策，不得不以彭咸爲法也。

江中時曰：以上言楚玩寇偷安，亡可立待已。既不忍去，又不即死，則悲思未有已矣。

夏大霖曰：此有待而死，則思心愈不可懲矣。心不解，思不釋，結出《悲回風》之所以有作也。

邱仰文曰：以不釋作結，萬窮怒號收入一綫，煙波無盡。以上四節，言死無補，蓋尚冀君之一悟也。

陳遠新曰：蹇，艱也。不死如何得過，死又怕無益，生又怕難挨。所以弗去中大費調度，所謂從容就義，難也。

奚祿詒曰：雖然君惑不解我心，終縣結詰屈而不忘君也。

劉夢鵬曰：故長此絓結，蹇產不能自釋。誰謂原忿懟湛身哉？

蓋至不得已而後死耳。 又曰：因上章（《思美人》——編者按）"思
彭咸"之意，而反復言之。

陳本禮曰：思，結思字。 前求介子、見伯夷者，指死後言也。
此從子胥、悲申徒者，指生前言也。 思蹇産不釋，是仍望於頃襄之繼
立，故不忍遽自引決也。

胡文英曰：絓結不解，則將終于冤結內傷。 蹇産不釋，亦無如
此。 彭咸之造思何矣！

牟庭曰：我念弔者，論此氣結而不吐也。

顏錫名曰：此則思之而不能釋者也。

王闓運曰：死猶有恨，忠之至也。 此篇總述志意蹤迹。 蓋絶筆
於此，若群書之自序也。

姜亮夫曰：於是余心中懸懸不安，不知所解，遂至思理亦艱塞而
無所釋矣。 自來說者於末數語皆不得其義，遂使此詩益不可明矣。

按：此言持節方式之選擇令人難以釋懷。 汪瑗曰解謂末二句又總
結之，夫彭咸既不可遇矣，於是而思其次；其次又不可遇矣，於是而
又思其次；若子胥、申徒，是又其次者也，而非中道之可爲者也。 而
屈子又不忍爲之，此所以"心絓結而不解，思蹇産而不釋"也。 說中
持節榜樣之選擇，甚是。

圖書在版編目（CIP）數據

九章集注 / 許富宏撰. —南京：南京大學出版社，
2021.4

（東亞楚辭整理與研究叢書 / 周建忠主編）

ISBN 978 - 7 - 305 - 23836 - 9

Ⅰ.①九…　Ⅱ.①許…　Ⅲ.①古典詩歌–詩集–中
國–戰國時代 ②《九章》–注釋　Ⅳ.①I222.3

中國版本圖書館 CIP 數據核字（2020）第 191355 號

出版發行　南京大學出版社
社　　址　南京市漢口路 22 號　　　　郵　編 210093
出 版 人　金鑫榮

叢 書 名　東亞楚辭整理與研究叢書
主　　編　周建忠
書　　名　九章集注
撰　　者　許富宏
責任編輯　李晨遠

照　　排　南京紫藤製版印務中心
印　　刷　南京愛德印刷有限公司
開　　本　880×1230　1/32　印張 36.375　字數 873 千
版　　次　2021 年 4 月第 1 版　2021 年 4 月第 1 次印刷
ISBN　978 - 7 - 305 - 23836 - 9
定　　價　198.00 圓（全二冊）

網址：http：//www.njupco.com
官方微博：http：//weibo.com/njupco
官方微信號：njupress
銷售諮詢熱綫：（025）83594756